btb
Aus Freude am Lesen

HONORÉ DE BALZAC

Eine dunkle Begebenheit
Die Königstreuen

u. a.

btb

Diese Ausgabe folgt der von Balzac bestimmten Anordnung der ›Comédie humaine‹

Eine Übersicht über die Gesamtausgabe befindet sich am Ende dieses Bandes.
Je ein Register nach den deutschen und französischen Titeln und ein Verzeichnis aller in der ›Menschlichen Komödie‹ auftretenden Personen enthält Band XII.

Umwelthinweis:
Alle bedruckten Materialien dieses Buches sind chlorfrei und umweltschonend.

btb Taschenbücher erscheinen im Goldmann Verlag, einem Unternehmen der Verlagsgruppe Bertelsmann.

1. Auflage
Genehmigte Taschenbuchausgabe Dezember 1998

Unveränderter Nachdruck der Goldmann-Gesamtausgabe in zwölf Bänden
Umschlaggestaltung: Design Team München
Umschlagmotiv: Claude Monet »Der Park von Monceau«
KR · Herstellung: Augustin Wiesbeck
Made in Germany
ISBN 3-442-72448-1

INHALT

SITTENSTUDIEN

Szenen aus dem Pariser Leben

Die Kehrseite der Zeitgeschichte

Szenen aus dem politischen Leben

Szenen aus dem Soldatenleben

Szenen aus dem Pariser Leben

Die Kehrseite der Zeitgeschichte

1. Madame de La Chanterie
2. Der Aufgenommene

ERSTER TEIL

MADAME DE LA CHANTERIE

Übertragung von Ernst Sander

Balzacs Roman ›L'Envers de l'Histoire contemporaine‹ hatte ursprünglich den Titel ›Les Frères de la Consolation‹ (›Die Trostbrüder‹) führen sollen. Seine Entstehung erstreckt sich über fünf Jahre.

Der erste Teil bestand zunächst aus drei Fragmenten, die getrennt in ›Le Musée des feuilles‹ veröffentlicht wurden, und zwar zunächst das Mittelstück unter dem Titel ›Les Méchancetés d'un saint‹ (›Böswilligkeiten eines Heiligen‹) im September 1842, alsdann der Anfang unter dem Titel ›Madame de La Chanterie‹ im September 1843, und schließlich das Ende unter dem Titel ›Madame de La Chanterie‹, Fortsetzung und Schluß, im Oktober und November 1844. Ein Jahr später, im Oktober 1845, verknüpfte Balzac die drei Fragmente mittels Überleitungen und Einschaltungen, wodurch der Roman seine endgültige Gestalt erhielt; in dieser erschien 1846 die erste Buchausgabe als Schlußband der Reihe ›Szenen aus dem politischen Leben‹ innerhalb der ›Menschlichen Komödie‹. Eine zweite, gesonderte Buchausgabe erschien 1847 unter dem Titel ›La Femme de soixante ans‹ (›Die Frau von sechzig Jahren‹); diese enthielt überdies die Novellen ›L'Enfant maudit‹, ›L'Epicier‹, ›Le Notaire‹ und ›La Femme de Province‹. Der Roman ist in dieser Ausgabe in 55 kleine Kapitel eingeteilt. Ein weiterer Nachdruck erfolgte vom 29. März 1848 bis 31. Juli in der Zeitschrift ›Le Spectateur républicain‹; ihm schloß sich, als Feuilleton-Erstdruck vom 1. August bis zum 3. September 1848, der zweite Teil ›L'Initié‹ an. Der gesamte Roman wurde 1854 unter dem Titel ›Madame de La Chanterie‹ als Buchausgabe veröffentlicht.

Jener zweite Teil ›L'Initié‹ ist der letzte Roman, den Balzac geschrieben hat. Er entstand, als der Dichter bei Mme Hanska auf Schloß Wierzchownia zu Gast war, und wurde im Dezember 1847 abgeschlossen. Er wurde dann 1855 als Supplementband der ›Menschlichen Komödie‹ eingefügt.

Auf Grund einer Nachlaßnotiz Balzacs erhielt das Werk den Titel ›Die Kehrseite der Zeitgeschichte‹ und wurde den ›Szenen aus dem Pariser Leben‹ zugeordnet.

Der Roman trägt keine Widmung.

Im Jahre 1836 stand an einem schönen Septemberabend ein etwa dreißigjähriger Mann an die Brüstung jenes Quais gelehnt, von dem aus man die Seine stromauf vom Jardin-des-Plantes bis Notre-Dame überblicken kann und gleichzeitig den zweiten Ausblick über den Fluß bis hin zum Louvre hat. Es gibt in der Hauptstadt des Geistes keinen zweiten so gearteten Aussichtspunkt. Man kommt sich vor wie auf dem Heck eines ins Riesenhafte gediehenen Schiffs. Dort erträumt man sich Paris von den Römern bis zu den Franken, von den Normannen bis zu den Burgundern, das Mittelalter, die Valois, Heinrich IV., Ludwig XIV., Napoleon und Louis-Philippe. Von dort aus gewahrt man Spuren aller dieser Arten des Herrschens oder Bauwerke, die sie in die Erinnerung zurückrufen. Sainte-Geneviève überragt mit ihrer Kuppel das Quartier latin[1]. Hinter einer erhebt sich der herrliche Chor der Kathedrale. Das Hôtel-de-Ville[2] erzählt von sämtlichen Revolutionen und das Hôtel-Dieu[3] von allem Elend der Stadt Paris. Hat man einen Blick auf die Pracht des Louvre geworfen und geht ein paar Schritte weiter, so kann man die Schäbigkeit der gemein wirkenden Häusergruppe[4] zwischen dem Quai de la Tournelle und dem Hôtel-Dieu erblicken, die verschwinden zu lassen den modernen Stadtschöffen jetzt obliegt.

Im Jahre 1835 enthielt dies wundervolle Bild noch etwas anderes, das belehrend wirkte: Zwischen dem an die Brüstung gelehnten Pariser und der Kathedrale erstreckte sich das »Terrain«, wie der alte Name jener einsamen Stätte lautete, der noch mit den Trümmern des erzbischöflichen Palais bedeckt war[5]. Wenn man von dort aus die Fülle der inspirierenden Bilder betrachtet, wenn die Seele Vergangenheit und Gegenwart der Stadt Paris in sich aufnimmt, scheint die Religion hier Unterkunft gefunden zu haben, um ihre Hände über die Leiden beider Ufer auszubreiten, vom Faubourg Saint-Antoine bis zum Faubourg Saint-Marceau. Wir wollen hoffen, daß all diese erhabenen harmonischen Zusammenklänge durch den Bau eines Bischofspalastes im gotischen Stil vervollkommnet werden, der die charakterlosen, baufälligen Häuser zwischen dem »Terrain«, der Rue d'Arcole, der Kathedrale und dem Quai de la Cité ersetzen könnte.

Dieser Punkt, das Herz des alten Paris, ist dessen einsamste, schwermütigste Stätte. Die Wasser der Seine brechen sich hier geräuschvoll ihren Weg, bei Sonnenuntergang wirft die Kathedrale ihre Schatten darauf. Es ist verständlich, daß in einem seelisch kranken Menschen gerade hier schwere Gedanken aufkommen. Vielleicht hatte den Spaziergänger eine gewisse Übereinstimmung der Gedanken, denen er in dieser Minute nachhing, mit denen, die in einem beim Anblick so unterschiedlicher Szenerien wach werden, verlockt, und auf die Brüstung gestützt, war er stehengeblieben im Banne einer zweifachen Betrachtung von Paris und seinem Innern! Die Schatten wurden größer, in der Ferne wurden die Lichter angezündet. Er ging jedoch nicht davon, sondern ließ sich vom Strom zukunftsschwerer Gedanken forttragen, der das Vergangene zu etwas Feierlichem machte.

Da hörte er zwei Leute auf sich zukommen. Er hatte ihre Stimmen bereits von der steinernen Brücke her vernommen, die die Ile de la Cité mit dem Quai de la Tournelle verbindet. Jene beiden Leute glaubten sich wohl allein, und sie sprachen ein wenig lauter, als sie es an verkehrsreichen Stätten getan oder wenn sie gemerkt hätten, daß ein Fremder in der Nähe sei. Schon als sie sich noch auf der Brücke befanden, hatten die Stimmen auf ein Gespräch schließen lassen, bei dem es sich, wie aus den wenigen Worten zu schließen war, die an das Ohr des unfreiwilligen Zeugen dieser Szene gedrungen waren, um ein Darlehen gehandelt hatte. Als sie in die Nähe des Spaziergängers gelangten, ließ einer der beiden, der wie ein Handwerker gekleidet war, den andern mit einer Geste der Verzweiflung stehen und ging davon. Der andere wandte sich um, rief den Handwerker zurück und sagte zu ihm: »Sie haben kein Geld für den Brückenzoll. Da, nehmen Sie«, fügte er hinzu und gab ihm eine Münze, »und vergessen Sie nie, daß Gott selber zu uns spricht, wenn uns gute Gedanken kommen!«

Diese letzte Äußerung ließ den Grübler zusammenzucken. Der Mann, der so gesprochen hatte, ahnte nicht, daß er, um eine sprichwörtliche Redensart zu gebrauchen, zwei Fliegen mit einer Klappe geschlagen, daß er zu zwei in einer Notlage Befindlichen gesprochen hatte: zu einem der Verzweiflung anheimgefallenen Handwerker und zu den Leiden einer verirrten Seele; zu einem

Opfer des Fortschritts, wie es die Hammel Panurgs nennen, und zu einem Opfer dessen, was Frankreich als die »Gleichheit« bezeichnet. Jener an sich so schlichte Ausspruch war zu etwas Großem durch den Stimmklang dessen geworden, der ihn getan hatte: seiner Stimme wohnte etwas wie Zauberkraft inne. Gibt es nicht ruhige, sanfte Stimmen, die den Wirkungen entsprechen, die der Anblick der Farbe Ultramarin in uns hervorruft?

An der Tracht erkannte der Pariser einen Priester, und im letzten Schein der Abenddämmerung nahm er ein bleiches, erhabenes, aber abgezehrtes Antlitz wahr. Der Anblick eines Priesters, der aus dem schönen Stephansdom zu Wien heraustrat, um einem Sterbenden die letzte Wegzehr zu bringen, hat den berühmten Dramatiker Werner[6] bestimmt, katholisch zu werden. Fast das gleiche widerfuhr dem Pariser, als er den Mann erblickte, der, ohne es zu wissen, ihm soeben Trost gespendet hatte. An dem bedrohlichen Horizont seiner Zukunft gewahrte er eine lange Lichtspur, darin das Ätherblau schimmerte, und er folgte dieser Helle, wie die Hirten des Evangeliums auf die Stimme zugingen, die ihnen aus der Höhe zurief: »Euch ist heute der Heiland geboren.« Der Mann, der das wohltätige Wort gesprochen hatte, schritt an der Kathedrale entlang und wandte sich durch den Zufall, der bisweilen folgerichtig ist, der Straße zu, aus der der Spaziergänger gekommen war und in die er zurückkehren mußte, geleitet von dem, was er in seinem Leben an Falschem getan hatte.

Jener Spaziergänger trug den Namen Godefroid. Wer diese Geschichte liest, wird die Gründe verstehen, warum darin nur die Vornamen derer genannt werden, von denen erzählt wird. Jetzt sei berichtet, warum Godefroid, der in der Gegend der Chaussée-d'Antin wohnte, sich zu gerade dieser Stunde hinter dem Chor von Notre-Dame befand.

Er war der Sohn eines Kleinhändlers, der durch Sparsamkeit zu etwas wie einem Vermögen gelangt war. Er war zum Gegenstand des Ehrgeizes seiner Eltern geworden, die sich beide erträumt hatten, daß er ein Notar in Paris werden würde. Daher wurde er mit sieben Jahren in ein Internat gesteckt, und zwar in dasjenige des Abbé Liautard[7], unter Kinder vieler vornehmer Familien, die unter der Regierung des Kaisers durch ihre

Anhänglichkeit an die in den Gymnasien allzu verkannte Religion gerade dieses Institut als Erziehungsstätte für ihre Söhne erwählt hatten. Die gesellschaftlichen Unterschiede unter Kameraden konnten sich damals noch nicht geltend machen. Als aber Godefroid 1821 seine Schulbildung abgeschlossen hatte und man ihn bei einem Notar unterbrachte, wurde er sich nur zu bald der Kluft bewußt, die ihn von denjenigen trennte, mit denen er bislang ungezwungen zusammengelebt hatte.

Als Student der Rechte gehörte er somit der Schar von Söhnen der Bourgeoisie an, die ohne Vermögen und vornehme Abkunft alles ihren individuellen Fähigkeiten oder ihrer Arbeitsbesessenheit verdankten. Seine Eltern hatten sich inzwischen vom Geschäft zurückgezogen. Die Hoffnungen, die sie auf seinen Kopf gesetzt hatten, stachelten seinen Ehrgeiz an, konnten ihn aber nicht hochmütig machen. Seine Eltern lebten nach Art der Holländer schlicht und einfach. Sie gaben nur den vierten Teil ihrer zwölftausend Francs Zinsen aus und bestimmten ihre Ersparnisse wie die Hälfte ihres Kapitals zum Ankauf einer Notarstelle und Praxis für ihren Sohn. Godefroid mußte sich den Gesetzen dieser häuslichen Sparsamkeit unterordnen. Seine gegenwärtigen Lebensumstände fand er den Träumen der Eltern und den eigenen so wenig entsprechend, daß ihn Mutlosigkeit überkam. Bei schwachen Charakteren entsteht aus Mutlosigkeit Neid. Während andere, bei denen äußerer Zwang, Wille und Überlegung das Talent ersetzten, umweglos und entschlossen den für den Ehrgeiz Bürgerlicher vorgezeichneten Weg gingen, empörte sich Godefroid, wollte glänzen, ging an alle Stätten, wo es funkelte und blitzte, und verdarb sich dort die Augen. Er versuchte voranzukommen, aber alle seine Bemühungen liefen darauf hinaus, daß er seine Unfähigkeit feststellen mußte. Als er sich schließlich des Mangels an Ausgewogenheit zwischen seinen Ansprüchen und seinem Vermögen bewußt wurde, überkam ihn Haß gegen die sozialen Supremate. Er wurde Liberaler und versuchte, durch ein Buch berühmt zu werden, aber dabei lernte er lediglich, und zwar zu seinem Nachteil, das Talent mit den gleichen Augen zu betrachten wie den Adel. Nachdem er sich erfolglos um das Notariat, die Anwaltschaft und die Literatur bemüht hatte, wollte er Richter werden.

Da starb sein Vater. Seine Mutter, die sich in ihrem Alter mit zweitausend Francs Zinsen begnügen konnte, überließ ihm nahezu das gesamte Vermögen. Er besaß somit als Fünfundzwanzigjähriger zehntausend Francs Zinsen, glaubte sich reich und war es ja auch im Verhältnis zu seiner Vergangenheit. Bis jetzt hatte sein Leben aus Handlungen ohne Willenskraft, aus ohnmächtigem Wollen bestanden. Um nun mit seinem Jahrhundert gleichen Schritt zu halten, um zu handeln, um eine Rolle zu spielen, versuchte er, mittels seines Vermögens in irgendeine Gesellschaftsschicht hineinzugelangen. Zunächst stieß er auf den Journalismus, der ja stets dem erstbesten sich nähernden Geldsack die Arme entgegenstreckt. Besitzer einer Zeitung heißt eine Persönlichkeit werden: Man beutet die Intelligenz aus, man teilt die Freude, ohne die Arbeit verrichten zu müssen. Nichts ist für inferiore Geister verlockender, als sich auf solcherlei Weise über die Befähigung anderer zu erheben. Paris hat mehrere Parvenüs dieser Art erlebt; ihr Erfolg ist eine Schmach für die Zeit und für diejenigen, die ihnen ihre Schultern geliehen haben.

In dieser Sphäre wurde Godefroid übertroffen durch den plumpen Machiavellismus der einen oder die Verschwendung der andern, durch das Vermögen ehrgeiziger Kapitalisten oder den Geist der Redakteure. Dann wurde er in den ungebundenen Lebenswandel hineingezogen, zu dem das literarische oder politische Leben verführt, lernte das Verhalten der Kritiker hinter den Kulissen kennen und die Ablenkungen, deren stark beschäftigte Intelligenzen nun einmal bedürfen. Er lebte also in schlechter Gesellschaft, aber es wurde ihm zu verstehen gegeben, daß er ein unbedeutendes Gesicht habe, daß eine seiner Schultern auffallend höher stehe als die andere, ohne daß dieses Mißverhältnis durch Bosheit oder Güte seines Geistes ausgeglichen werde. Schlechter Ton ist der Lohn, den die Künstler im voraus ernten, indem sie die Wahrheit sagen.

Er war klein, mißgestaltet, geistlos und ohne Zielstrebigkeit. Damit schien einem jungen Mann das Urteil gesprochen zu sein, noch dazu in einer Zeit, da in allen Laufbahnen das Gesamt höchster geistiger Qualitäten bedeutungslos ist ohne das Glück oder ohne die Zähigkeit, die das Glück kommandiert.

Die Revolution von 1830 war ein Pflaster auf Godefroids Wunden. Er brachte den Mut zur Hoffnung auf, der dem der Verzweiflung gleichwertig ist. Er ließ sich wie viele obskure Journalisten auf einen Verwaltungsposten berufen, wo seine liberalen Ideen in Widerspruch zu den Forderungen der neuen Regierung gerieten und ihn zu einem rebellischen Werkzeug machten. Sein Liberalismus war oberflächlich, denn er brachte es nicht fertig, wie viele überragende Männer, sich zu entscheiden. Den Ministern gehorchen hieß für ihn, seine Anschauungen wechseln. Überdies schien ihm die Regierung gegen die Grundregeln zu verstoßen, durch die sie an die Macht gelangt war. Godefroid bekannte sich für den Fortschritt, als es darauf angekommen wäre, auf die Seite der Konservativen[8] zu treten, und er kehrte fast arm, aber den Doktrinen der Opposition getreu nach Paris zurück.

Die Übergriffe der Presse erschreckten ihn, mehr aber noch die Attentate der republikanischen Partei. So suchte er denn in der Zurückgezogenheit die Lebenshaltung, die einem Menschen gemäß ist, dessen Fähigkeiten unvollkommen sind, der nicht über die Kraft verfügt, dem rauhen Treiben des politischen Lebens standzuhalten, dessen Leiden und Kämpfe sich glanzlos vollziehen, den seine Fehlschläge erschöpft haben, der keine Freunde besitzt, weil Freundschaft wertvolle Eigenschaften oder hervorstechende Mängel verlangt, der indessen einer mehr träumerischen als tiefen Sensibilität teilhaftig war. War das nicht der einzige Entschluß für einen jungen Menschen, den die Freuden der Liebe schon mehrmals enttäuscht hatten, den der Kontakt mit einer ebenso beunruhigenden wie unruhigen Gesellschaft hatte altern lassen?

Seine Mutter, die in dem friedlichen Dorf Auteuil ihrem Ende entgegenlebte, rief den Sohn zu sich, und zwar ebensosehr, um ihn zur Seite zu haben, als auch, um ihm einen Weg zu weisen, auf dem er das gleichmäßige, schlichte Glück zu finden vermochte, das solcherlei Seelen genügen muß. Sie hatte sich schließlich ein richtiges Urteil über Godefroid gebildet, als sie sah, wie er mit seinen achtundzwanzig Jahren von seinem Vermögen so viel eingebüßt hatte, daß er nur noch viertausend Francs Zinsen bekam; daß sein Wollen ermattet war, seine vorgeblichen Fähigkeiten erloschen, sein Betätigungsdrang gleich Null, sein Ehrgeiz gedemütigt und sein Haß gegen alles, was auf legitime Weise sich erhoben hatte, durch seine Rechenfehler, seine getäuschten Hoffnungen nur noch gesteigert wurde. Sie versuchte, Godefroid mit einem jungen Mädchen zu verheiraten, der einzigen Tochter eines im Ruhestand lebenden Kaufmannehepaars. Das Mädchen hätte die Betreuerin der kranken Seele des Sohnes werden können. Allein der Vater besaß jenen berechnenden Verstand, der einen alten Kaufmann bei der Festsetzung von Ehekontrakten nicht im Stich läßt, und nach einem Jahr der Bemühungen und der Nachbarschaft erhielt Godefroid keine Zusage. Zunächst mußte in den Augen dieser ausgeprägten Bourgeois dem Bewerber von seinem bisherigen Leben her eine tiefe Immoralität anhaften. Ferner hatte er während jenes Jahrs sein Kapital noch mehr angegriffen, teils um die Eltern zu blenden, teils um der Tochter zu gefallen Diese übrigens durchaus verzeihliche Eitelkeit gab den Ausschlag bei der Weigerung der Familie, der Verschwendung als etwas Entsetzliches galt, sobald sie erfahren hatte, daß Godefroid innerhalb von sechs Jahren hundertfünfzigtausend Francs von seinem Kapital eingebüßt hatte.

Dieser Schlag traf sein ohnehin verletztes Herz um so tiefer, als die junge Dame nicht eben schön war. Aber Godefroid war durch seine Mutter darauf aufmerksam gemacht worden, daß seine Zukünftige um ihrer ernsten Seele willen Wert besitze und zudem den unermeßlichen Vorteil eines soliden Verstandes. An ihr Gesicht hatte er sich gewöhnt und dessen Züge genau geprüft. Er hatte ihre Stimme gern und auch ihre ganze Art, wie auch den Blick der jungen Dame. Er hatte für diese Neigung den letzten Einsatz seines Lebens gewagt und nun die bitterste aller Enttäuschungen erfahren. Seine Mutter starb, und nun stand er, dessen Bedürfnisse mit immer mehr gesteigertem Luxus gewachsen waren, mit fünftausend Francs Zinsen als einzigen Einkünften da, und mit der Gewißheit, niemals irgendeinen Verlust wieder ausgleichen zu können, da er sich unfähig zur Entfaltung der Tatkraft wußte, welche die schreckliche Formel: »Zu Gelde kommen« erfordert.

Ungeduldige, sich grämende Schwäche willigt nicht in ein

plötzliches Nachgeben ein. Deswegen suchte Godefroid während dieser Trauerzeit in Paris nach glücklichen Wendungen. Er speiste an der Table d'hôte, ließ sich unbedachterweise mit Ausländern ein, verkehrte abermals in der Gesellschaft und stieß lediglich auf Gelegenheiten zum Geldausgeben. Wenn er die Boulevards entlangschlenderte, litt er solche Selbstqual, daß der Anblick einer von einer heiratsfähigen Tochter begleiteten Mutter das gleiche schmerzliche Gefühl in ihm auslöste wie der Anblick eines in den Bois reitenden jungen Herrn, eines Emporkömmlings in seiner eleganten Equipage oder eines Beamten mit dem Ordensbändchen. Das Gefühl seiner Ohnmacht sagte ihm, daß er nicht auf die ehrenwerteste aller zweitrangigen Stellungen noch auf die leiseste Erleichterung seines Schicksals hoffen könne. Und er besaß genügend Herz, um dadurch unaufhörlich verletzt zu werden, und genügend Geist, um in seinem Innern Elegien voller Galle anzustimmen.

Er war außerstande, gegen die Dinge anzukämpfen, er hatte die Empfindung, überlegene Fähigkeiten zu besitzen, aber nicht die Willenskraft, sie zu betätigen. Er fühlte sich unvollkommen, ohne Kraft, etwas Großes zu unternehmen, und gleichermaßen ohne Widerstand gegen die Neigungen, die von seinem früheren Leben her, von seiner Erziehung und seiner Sorglosigkeit in ihm fortdauerten. Und so wurde er von drei Krankheiten verzehrt, von denen allein schon eine hingereicht hätte, einem jungen, dem religiösen Glauben entfremdeten jungen Menschen Daseinsekel einzuflößen. Daher trug denn auch Godefroid jenes Gesicht zur Schau, das, da es sich bei so vielen Männern findet, zum Typus des Parisers geworden ist: Man gewahrt darin getäuschten oder erstorbenen Ehrgeiz, innere Not, einen Haß, der durch die Indolenz eines ohnehin mit dem Schauspiel des Pariser Alltags ringsum zur Genüge beschäftigten Lebens eingeschläfert ist, eine Appetitlosigkeit, die nach Anreizungen sucht, unbegabte Klagen, grimassierend vorgetäuschte Kraft, das Vergiftende früherer Fehlrechnungen, das dazu anstachelt, über alles mokant zu lächeln, alles, was zum Großen strebt, zu verunglimpfen, die am dringendsten notwendigen Äußerungen der Macht zu verkennen, sich an deren Schwierigkeiten zu ergötzen, und keine soziale Form anzuerkennen. Diese Pariser

Seuche bedeutet für die tatkräftige, permanente Verschwörung der mit Energie begabten Leute dasselbe, was der Splint für den Saft des Baumes ist: Sie bewahrt sie, sie unterstützt und verhüllt sie.

Godefroid war seiner selbst überdrüssig und wollte eines Morgens seinem Leben einen Sinn geben, als er einen Kameraden wiedergetroffen hatte, der die Rolle der Schildkröte in La Fontaines Fabel[9] gespielt hatte, wie er selber der Hase gewesen war. Bei einer Unterhaltung, wie sie sich beim Wiedersehen von Schulfreunden ergibt, und die auf dem Boulevard des Italiens beim Aufundabgehen im Sonnenschein stattfand, erkannte er bestürzt, daß jener, der dem Anschein nach weniger begabt und weniger wohlhabend als er gewesen war, alles erreicht hatte, weil er ständig bestrebt gewesen war, jeden Morgen das zu wollen, was er am Abend zuvor gewollt hatte. Der Kranke beschloß also, dieses schlichte Tun nachzuahmen.

»Das soziale Leben ist wie die Erde«, hatte sein Kamerad ihm gesagt, »es spendet uns nach Maßgabe unserer Bemühungen.«

Godefroid hatte bereits Schulden gemacht. Als erste Strafe, als erste Aufgabe erlegte er sich auf, im verborgenen zu leben und jene Schuldsumme von seinen Einkünften zu bezahlen. Für einen Mann, der es gewohnt war, sechstausend Francs auszugeben, obwohl er nur über fünftausend verfügte, war es kein geringes Unterfangen, sich so weit zu bescheiden, von zweitausend Francs zu leben. Jeden Morgen las er die »Kleinen Anzeigen«[10] in der Hoffnung, darin ein Asyl angekündigt zu finden, wo er seine Ausgaben festsetzen, wo er die Einsamkeit genießen könne, deren ein Mensch bedurfte, der sich auf sich selbst zurückziehen, sich prüfen, seine wahre Berufung erkennen wollte. Die Gepflogenheiten in den bürgerlichen Pensionen des Quartier latin wirkten bei seiner Empfindlichkeit auf ihn abstoßend, Sanatorien dünkten ihn ungesund, und er war drauf und dran, wieder in die fatale Entschlußlosigkeit der Willensschwachen zu verfallen, als ihn die folgende Anzeige aufmerken ließ:

»Kleine Wohnung, Monatsmiete siebzig Francs, für Geistlichen geeignet. Gewünscht wird ruhiger Mieter; Verpflegung und

Möblierung zu mäßigen Preisen nach gegenseitiger Übereinkunft.

Man wende sich an Monsieur Millet, Krämer, Rue Chanoinesse, bei Notre-Dame, der alle gewünschten Auskünfte erteilt.«

Godefroid fühlte sich angetan durch den hinter diesem Text verborgenen Geist eines Biedermanns und den Duft von solider Bürgerlichkeit, den er ausströmte. Er ging um vier Uhr zu dem Krämer, und dieser sagte ihm, Madame de La Chanterie speise augenblicklich und empfange niemanden, während sie bei Tisch sitze. Die Dame sei abends nach sieben oder vormittags zwischen zehn und zwölf zu sprechen. Während er redete, musterte Monsieur Millet Godefroid und unterzog ihn, wie es in der Gerichtssprache heißt, einem ersten Verhör.

»Der Herr ist Junggeselle? Madame möchte jemanden von geregelter Lebensführung haben. Die Haustür wird spätestens um elf geschlossen. Der Herr«, sagte er abschließend, »scheint übrigens in dem Alter zu sein, das Madame de La Chanterie zusagt.«

»Für wie alt halten Sie mich denn?« fragte Godefroid.

»So um die Vierzig herum«, antwortete der Krämer.

Diese naive Antwort stürzte Godefroid in einen Anfall von Menschenhaß und Traurigkeit. Er aß am Quai de la Tournelle zu Abend, kam dann wieder und betrachtete Notre-Dame in dem Augenblick, da die Gluten der untergehenden Sonne über die mannigfachen Strebebögen des Chors rieselten und sich an ihnen brachen. Der Quai liegt dann im Schatten, aber die Türme schimmern glanzgesäumt, und dieser Gegensatz erschütterte Godefroid, der sich noch im Bann aller Bitterkeiten befand, die die grausame Naivität des Krämers aufgewühlt hatte.

Der junge Herr schwankte also zwischen den Ratschlägen der Verzweiflung und der rührenden Stimme der frommen Harmonien, die die Glocke der Kathedrale ins Schwingen gebracht hatte, als er inmitten des Schattendunkels, der Stille und der Mondhelle die Worte des Priesters vernahm. Obwohl er nicht eben gläubig war, wie die meisten Kinder dieses Jahrhunderts, rührte dieser Ausspruch an seine Feinfühligkeit, und er ging abermals zur Rue Chanoinesse, wohin er eigentlich nicht mehr hatte gehen wollen.

Der Priester und Godefroid waren beide gleichermaßen erstaunt, als sie in die Rue Massillon einbogen, die gegenüber dem kleinen Nordportal der Kathedrale einmündet, und dann gemeinsam in die Rue Chanoinesse, an der Stelle, wo sie in Richtung der Rue de la Colombe hin endet und zur Rue des Marmousets[11] wird. Als Godefroid vor der Rundbogentür des Hauses stehenblieb, in dem Madame de La Chanterie wohnte, wandte der Priester sich nach ihm um und musterte ihn beim Licht einer Straßenlaterne, die sicherlich eine der letzten sein wird, die im Herzen des alten Paris verschwinden.

»Möchten Sie zu Madame de La Chanterie, Monsieur?« fragte der Priester.

»Ja«, antwortete Godefroid. »Was Sie, wie ich soeben hörte, zu jenem Handwerker sagten, hat mir bewiesen, daß dieses Haus, wenn Sie darin wohnen, für die Seele heilsam sein muß.«

»Dann sind Sie also Zeuge meiner Niederlage gewesen?« fragte der Priester und hob den Türklopfer. »Ich habe nämlich nichts erreicht.«

»Mir scheint vielmehr, das sei bei dem Handwerker der Fall gewesen. Er hatte doch ziemlich energisch von Ihnen Geld verlangt.«

»Ach!« antwortet der Priester, »es ist eins der größten Unglücke der Revolutionen Frankreichs, daß jede von ihnen eine neue Prämie bildet, die dem Ehrgeiz der unteren Klassen dargeboten wird. Um aus seiner Lage herauszukommen, um zu Vermögen zu gelangen, was heute als die einzige soziale Garantie betrachtet wird, gibt jener Handwerker sich mit monströsen Plänen ab, die, wenn sie nicht gelingen, den Spekulanten unbedingt in Konflikt mit der menschlichen Gerechtigkeit bringen müssen. Das ist bisweilen das Ergebnis eines Liebesdienstes.«

Der Portier öffnete eine schwere Tür, und der Priester fragte Godefroid: »Der Herr kommt vielleicht der kleinen Wohnung wegen?«

»Ja.«

Der Priester und Godefroid durchschritten jetzt einen ziemlich ausgedehnten Hof, in dessen Hintergrund sich dunkel ein hohes Haus abzeichnete. Es war von einem viereckigen Turm flankiert, der noch höher emporragte als die auffällig altertümlichen Dächer. Wer die Geschichte der Stadt Paris kennt, weiß, daß sich hier vor und rings um die Kathedrale der Boden so sehr erhöht hat, daß sich keine Spur mehr von den zwölf Stufen findet, auf denen man ehedem emporstieg. Heute befindet sich die Basis der Säulen der Vorhalle auf gleicher Höhe mit dem Straßenpflaster. So kommt es, daß das ursprüngliche Erdgeschoß jenes Hauses heute dessen Keller bildet. Vor dem Eingang des Turmes befindet sich eine ein paar Stufen hohe Freitreppe, von der aus sich eine alte Wendeltreppe emporwindet, um eine Spindel herum, die wie eine hochrankende Rebe gemeißelt ist. Dieser Stil, der an die Treppen König Ludwigs XII. im Schloß zu Blois erinnert, reicht bis ins vierzehnte Jahrhundert zurück. Der von den tausend Zeichen hoher Altertümlichkeit gefesselte Godefroid konnte nicht umhin, lächelnd zu dem Priester zu sagen: »Dieser Turm ist nicht von gestern.«

»Er hat, so heißt es, dem Ansturm der Normannen widerstanden und soll zum ersten Palast der Könige in Paris gehört haben; aber der Überlieferung nach dürfte er mit größerer Wahrscheinlichkeit der des berühmten Kanonikus Fulbert[12] gewesen sein, des Onkels der Héloïse.«

Mit diesen Worten öffnete der Priester die Tür der Wohnung, die das Erdgeschoß zu sein schien, die sich jedoch nach dem ersten und zweiten Hof zu, denn es bestand noch ein kleiner Binnenhof, im ersten Stock befand.

Im ersten Zimmer arbeitete beim Schein einer kleinen Lampe eine Hausangestellte. Sie trug eine Batisthaube, deren einzigen Zierat gerollte Röhrenfalten bildeten. Sie steckte sich eine ihrer Nadeln ins Haar und behielt ihr Strickzeug in der Hand, als sie aufstand und die Tür eines hell erleuchteten Wohnraumes öffnete, der nach dem Binnenhof zu gelegen war. Die Kleidung jener Frau glich der der Grauen Schwestern.

»Madame, ich bringe Ihnen einen Mieter«, sagte der Priester und führte Godefroid in jenes Zimmer, der drei Personen gewahrte, die auf Sesseln um Madame de La Chanterie herum saßen.

Die drei Personen erhoben sich, die Hausherrin ebenfalls.

Als dann der Priester einen Sessel für Godefroid herangerückt und als der künftige Mieter auf eine Geste der Madame de La Chanterie hin Platz genommen hatte, eine Geste, die die altertümliche Äußerung: »Bequemen Sie sich, Monsieur!« begleitet hatte, glaubte der Pariser sich unendlich weit von Paris entfernt, in der Basse-Bretagne, oder im tiefsten Kanada.

Vielleicht kennt auch die Stille Abschattungen. Vielleicht mußte Godefroid, den bereits die Stille der Rue Massillon und der Rue Chanoinesse ergriffen hatte, wo im Monat keine zwei Wagen durchrollen, der ergriffen war von der Stille des Hofs und des Turms, sich vorkommen, als befinde er sich in diesem Wohnraum, den so viele alten Straßen, alte Höfe und alte Mauern schirmten, im Herzen der Stille.

Dieser Teil der Ile de la Cité, der die Bezeichnung Le Cloître trägt, hat den Charakter bewahrt, den alle Kreuzgänge gemeinsam haben, er wirkt feucht und kalt und verharrt auch in den geräuschvollsten Stunden des Tages im tiefsten mönchischen Schweigen. Übrigens muß darauf hingewiesen werden, daß dieser ganze, zwischen die Seitenfront von Notre-Dame und dem Fluß eingezwängte Teil der Cité nach Norden zu und im Schatten der Kathedrale gelegen ist. Die Winde, die sich, ohne auf ein Hindernis zu stoßen, dort verfangen, und die Seinenebel werden hier gewissermaßen von den dunklen Mauern der alten Metropolitankirche festgehalten. Also darf sich niemand über das Gefühl wundern, das Godefroid empfand, als er in dieser alten Wohnstatt erschien, angesichts der vier schweigenden Menschen, die genauso feierlich anmuteten wie die Dinge selber. Er hielt nicht Umschau. Seine Neugier galt allein Madame de La Chanterie, deren Name ihm bereits zu schaffen gemacht hatte. Augenscheinlich war die Dame eine Gestalt aus dem verflossenen Jahrhundert, um nicht zu sagen: aus einer anderen Welt. Sie hatte ein mildes Gesicht von zugleich weicher und kühler Tönung, eine Adlernase, eine überaus gütige Stirn, braune Augen und ein Doppelkinn; das Ganze war von gewelltem, silbrigen Haar umrahmt. Ihr Kleid konnte nur mit der alten Bezeichnung »Hülle« bedacht werden, so eng lag es an, der Mode des achtzehnten Jahrhunderts entsprechend. Der Stoff, karmeliterbraune Seide mit langen, schmalen, sattgrünen Streifen, schien aus derselben Zeit zu stammen. Das Oberteil schloß unmittelbar an den Rock an und war unter einem Umhang aus glanzlosem Paduaner Seidenstoff mit schwarzem Spitzenbesatz verborgen, der auf der Brust durch eine Nadel mit einem Miniaturbildnis zusammengehalten wurde. Die mit schwarzsamtenen Schnürstiefeln bekleideten Füße ruhten auf einem kleinen Kissen. Gerade wie ihre Hausgehilfin strickte Madame de La Chanterie Strümpfe. Auch hatte sie sich unter ihr Spitzenhäubchen eine Stricknadel in die gebrannten Locken gesteckt.

»Sind Sie bei Monsieur Millet gewesen?« fragte sie Godefroid mit der Kopfstimme, die eine Besonderheit der adligen Witwen des Faubourg Saint-Germain ist, als sie merkte, daß er nahezu sprachlos dasaß, wie um ihm das Wort zu erteilen.

»Ja, Madame.«

»Ich fürchte, die Wohnung wird Ihnen nicht zusagen«, fuhr sie fort. Sie hatte die Eleganz und den guten Zustand der noch neuen Kleidung ihres künftigen Mieters wahrgenommen.

Godefroid trug Lackschuhe, gelbe Handschuhe, wertvolle Hemdknöpfe und eine hübsche Uhrkette, die durch eins der Knöpflöcher seiner blaugeblümten schwarzen Seidenweste geschlungen war. Madame de La Chanterie entnahm einer ihrer Taschen ein silbernes Pfeifchen und pfiff. Die Hausgehilfin kam herein.

»Manon, mein Kind, zeig dem Herrn die Wohnung. Würden Sie wohl den Herrn begleiten, lieber Vikar?« wandte sie sich an den Priester. »Wenn die Wohnung Ihnen zufällig dennoch behagen sollte«, sagte sie, stand abermals auf und blickte Godefroid an, »dann können wir hernach über die Bedingungen plaudern.«

Godefroid verneigte sich und ging hinaus. Er vernahm ein metallisches Klappern. Es rührte von den Schlüsseln her, die Manon einem Schubfach entnahm, und er sah, wie sie die Kerze in einem großen, messingnen Handleuchter ansteckte. Manon ging wortlos voran. Als Godefroid sich auf der Treppe befand und zu den oberen Stockwerken emporstieg, zweifelte er am wirklichen Leben. Er träumte mit wachen Sinnen, er sah um sich die phantastische Welt der Romane, die er in seinen Mußestunden gelesen hatte. Jeder Pariser, der gleich ihm aus einem modernen Stadtteil, aus dem Luxus der Häuser und ihrer Einrichtungen, aus dem Lichterglanz der Restaurants und der Theater, aus dem Trubel des Herzens von Paris unvermittelt hierher gelangt wäre, hätte seine Empfindungen geteilt. Der Handleuchter, den die Hausgehilfin trug, erhellte schwach die alte Wendeltreppe, in der Spinnen ihre staubbedeckten Draperien aufgehängt hatten. Manon trug einen plumpfaltigen Rock aus grobem Wollstoff. Ihr Mieder war hinten wie vorn viereckig, und das Kleid ganz aus einem Stück. Als Manon im dritten Stock angelangt war, der als der zweite angesehen werden konnte, blieb sie stehen, setzte die Federn eines altertümlichen Schlosses in Bewegung und öffnete eine Tür, deren Bemalung auf grobe Weise knotiges Mahagoniholz imitierte.

»Hier«, sagte sie und ging als erste hinein.

Wer mochte in dieser Behausung gewohnt haben, ein Geizhals, ein in Not und Elend zugrunde gegangener Maler, ein Zyniker, dem Welt und Leben gleichgültig waren, oder ein Mönch, der sich von allem Irdischen losgelöst hatte? Dieses Bündel von Fragen konnte man sich stellen, wenn man den Geruch der Not einsog, wenn man die Fettflecken der rauchfarbenen Tapeten wahrnahm, die geschwärzten Zimmerdecken, die Fenster mit den kleinen, verstaubten Scheiben, die gebräunten Backsteine der Fußböden, die Wandtäfelungen, die aussahen, als hafte darauf eine klebrige Lasur. Feuchte Kälte entströmte den steinernen Kaminen, deren plastischer Schmuck übertüncht war und deren Spiegel Rahmen aus dem siebzehnten Jahrhundert hatten. Die Wohnung war rechtwinklig wie das Haus um den Binnenhof, den Godefroid im Dunkeln erkennen konnte.

»Wer hat denn hier gewohnt?« fragte Godefroid den Priester.

»Ein ehemaliger Parlamentsgerichtsrat, Madames Großonkel, ein Monsieur de Boisfrelon. Seit der Revolution war der alte Herr kindisch geworden. 1832 ist er gestorben, sechsundneunzig Jahre alt, und Madame hat sich nicht entschließen können, sogleich einen Fremden einziehen zu lassen. Aber sie hat den Ausfall der Miete nicht länger auf sich nehmen können.«

»Oh, Madame wird die Wohnung schon reinigen lassen und

sie so mit Möbeln ausstatten lassen, daß der Herr zufrieden sein kann«, versetzte Manon.

»Das hängt von den Vereinbarungen ab, die Sie treffen«, sagte der Priester. »Es ließe sich hier ein schönes Wohnzimmer einrichten, ein großes Schlafzimmer und ein Kabinett; ferner könnten die beiden kleinen, hinten nach dem Hof zu gelegenen Räume ein schönes Arbeitszimmer abgeben. Genauso ist meine eigene Wohnung eingeteilt, die unter dieser liegt, und die darüber befindliche ebenfalls.«

»Ja«, sagte Manon, »Monsieur Alains Wohnung ist genauso wie Ihre; aber sie hat einen Ausblick auf den Turm.«

»Ich glaube, man müßte sich die Wohnung und das Haus nochmal bei Tageslicht ansehen . . .«, sagte Godefroid beklommen.

»Das ließe sich machen«, sagte Manon.

Der Priester und Godefroid gingen wieder hinunter und ließen die Türen von der Hausangestellten abschließen, die ihnen dann nachging und ihnen leuchtete. Als Godefroid wieder in das Wohnzimmer trat, konnte er, nachdem er ein wenig abgehärtet war, die Menschen und Dinge mustern, während er sich mit Madame de La Chanterie unterhielt.

Das Wohnzimmer hatte vor den Fenstern Gardinen aus altem roten, chinesischen Seidenstoff mit bogenförmigen Überhängen, die mit Seidenkordeln gerafft waren. An den Rändern eines alten Gobelinteppichs, der zu klein war, um den ganzen Fußboden zu bedecken, waren die roten Fliesen sichtbar. Die Wandtäfelung war grau getüncht. Die Zimmerdecke wurde durch einen mächtigen Balkon unterteilt, der vom Kamin ausging und eine verspätete Konzession zu sein schien, die dem Luxus gemacht worden war. Die Sessel mit den weiß gestrichenen Holzteilen waren mit Gobelinstoff bezogen. Eine schäbige Stutzuhr zwischen zwei vergoldeten Messingleuchtern bildete den Schmuck des Kaminsimses. Madame de La Chanterie hatte neben sich einen alten Tisch mit Rehfüßen, auf dem in einem Weidenkörbchen ihre Wollknäuel lagen. Eine hydrostatische Lampe beleuchtete diese Szene.

Die vier Männer, die starr, reglos und stumm wie Bonzen dasaßen, hatten, wie auch Madame de La Chanterie, offenbar ihr Gespräch unterbrochen, als sie den Fremden zurückkommen hörten. Aller Gesichter waren kalt und verschwiegen, wie es dem Wohnzimmer, dem Haus und der Stadtgegend entsprach. Madame de La Chanterie erkannte die Richtigkeit von Godefroids Bemerkungen an und antwortete ihm, sie wolle nichts unternehmen, ehe sie nicht die genauen Absichten ihres Mieters oder, besser gesagt, ihres Pensionsgastes kenne. Wenn der Mieter sich den Gewohnheiten des Hauses anpasse, dürfe er ihr Pensionsgast werden. Aber eben jene Gewohnheiten unterschieden sich weitgehend von den in Paris üblichen! Man lebe in der Rue Chanoinesse wie in der Provinz: Für gewöhnlich müsse man gegen zehn wieder zu Hause sein. Lärm werde nicht geduldet. Man wünsche weder Frauen noch Kinder, damit die nun einmal erwählte Lebensweise in nichts gestört werde. Nur ein Geistlicher könne sich in diese strenge Zucht schicken. Madame de La Chanterie sei vor allem an jemandem gelegen, der ein bescheidenes, anspruchsloses Leben führe. Sie könne nur das unbedingt Notwendige in die Wohnung stellen. Monsieur Alain (sie wies auf einen der vier anwesenden Herren) sei übrigens zufrieden, und sie werde für ihren neuen Mieter dasselbe tun wie für ihre alten.

»Ich glaube nicht«, sagte da der Priester, »daß der Herr geneigt ist, sich in unserem Kloster niederzulassen.«

»Ja, warum denn nicht?« fragte Monsieur Alain. »Wir fühlen uns hier wohl, und es geht uns nicht eben schlecht.«

»Madame«, entgegnete Godefroid und stand auf, »ich bitte Sie um die Ehre, Sie morgen wieder aufzusuchen.«

Obgleich er noch ein junger Mensch war, erhoben sich die vier alten Herren und Madame de La Chanterie, und der Vikar geleitete ihn bis zur Freitreppe. Ein Pfeifton erscholl. Auf dieses Zeichen hin erschien, mit einer Laterne bewaffnet, der Portier, übernahm Godefroid, führte ihn bis auf die Straße und schloß die riesige gelbbraune Tür, die schwer wie die eines Gefängnisses war. Sie wies Schlösser in Arabesken auf, die bis in ein schwierig zu bestimmendes Zeitalter zurückreichten.

Als Godefroid in ein Kabriolett gestiegen war und den Bereichen des lebendigen, erleuchteten, warmen Paris entgegenrollte, dünkte ihn alles, was er soeben gesehen hatte, ein Traum, und als er den Boulevard des Italiens entlangschlenderte, hatten die empfangenen Eindrücke bereits das Ferne von Erinnerungen. Er fragte sich: »Ob ich morgen all diese Leute wieder vorfinden werde . . .?«

Als Godefroid am nächsten Morgen inmitten der Zierate des modernen Luxus und der Raffiniertheiten des englischen Komforts aufstand, fielen ihm alle Einzelheiten seines Besuchs im »Cloître« bei Notre-Dame wieder ein, und er vergegenwärtigte sich den Sinn dessen, was er gesehen hatte. Die vier Unbekannten, deren Tracht, Haltung und Schweigen ihn noch immer beeindruckten, mußten Pensionsgäste sein wie der Priester. Die Feierlichkeit der Madame de La Chanterie schien ihm von der geheimen Würde herzurühren, mit der sie großes Unglück trug. Aber trotz der Erklärungen, die er sich abgab, konnte Godefroid nicht umhin, in diesen verschwiegenen Gesichtern etwas Geheimnisvolles zu wittern. Er suchte mit den Blicken diejenigen Möbelstücke aus, die behalten werden konnten, die ihm unentbehrlich waren. Doch als er sie in Gedanken in die gräßliche Behausung in der Rue Chanoinesse überführte, fing er an zu lachen über den Kontrast, den sie dort bilden würden, und er beschloß, alles zu verkaufen, um mit dem Erlös seine Schulden zu mindern, und die Einrichtung Madame de La Chanterie zu überlassen. Er mußte ein neues Leben beginnen, und die Dinge, die ihn an sein altes Dasein zu erinnern vermochten, mußten ihm einen unangenehmen Anblick darbieten. In seinem Verlangen nach Verwandlung, denn er gehörte zu den Charakteren, die sich mit dem ersten Sprung sehr weit in eine neue Lage hineinstürzen, anstatt sich wie andere Schritt für Schritt hineinzubegeben, überfiel ihn während des Frühstücks ein Gedanke: Er wollte sein Vermögen flüssigmachen, seine Schulden bezahlen und den Rest seines Kapitals in dem Bankhaus anlegen, mit dem sein Vater in Verbindung gestanden hatte.

Jenes Bankhaus war das von Mongenod u. Co. Es bestand in Paris seit 1816 oder 1817, und der Ruf seiner Verläßlichkeit hatte nie auch nur die mindeste Einbuße inmitten der Verderbtheit des Geschäftslebens erlitten, von der gewisse Pariser Firmen befallen waren. Daher wurden, ungeachtet ihres immensen Reichtums, die Bankhäuser Nucingen und du Tillet, der Gebrüder Keller sowie Palma u. Co. mit einer heimlichen Mißachtung betrachtet. Mit den übelsten Mitteln waren so schöne Ergebnisse erzielt worden. Die politischen Erfolge, die dynastischen Prinzipien verbargen schmutzige Ursprünge so gut, daß im Jahre 1834 niemand mehr des Schmutzes gedachte, in den sich die Wurzeln dieser majestätischen Bäume, dieser Stützen des Staates, hineinsenken. Nichtsdestoweniger gab es unter jenen Bankiers keinen einzigen, für den der löbliche Ruf des Bankhauses Mongenod nicht eine Wunde gewesen wäre. Nach dem Beispiel englischer Bankiers entfaltete die Familie Mongenod nach außen hin keinerlei Luxus. Sie lebte in tiefer Stille und begnügte sich damit, die Bankgeschäfte vorsichtig, klug und mit einer Loyalität zu betreiben, die es erlaubt, mit Sicherheit vom einen Ende der Welt bis zum andern zu operieren.

Frédéric Mongenod, der gegenwärtige Chef, ist der Schwager des Vicomte de Fontaine. Auf diese Weise ist jene große Familie durch den Baron de Fontaine mit dem Generalsteuereinnehmer Grossetête verwandt, dem Bruder des Inhabers der Firma Grossetête u. Co. in Limoges, mit den Vandenesses und mit Planat de Baudry, ebenfalls einem Generalsteuereinnehmer. Diese Verwandtschaft war dem verstorbenen Vater Mongenod von großem Nutzen bei seinen Finanzoperationen während der Restauration. Sie hatte ihm das Vertrauen der ersten Familien des alten Adels eingebracht, deren Kapitalien und riesige Ersparnisse an sein Bankhaus gingen. Die Mongenods waren weit davon entfernt, nach der Pairswürde zu streben, wie es Leute wie die Kellers, Nucingen und du Tillet taten. Sie hielten sich von der Politik abseits und wußten von ihr nur, was eine Bank wissen muß.

Das Bankhaus Mongenod ist in einem herrlichen, in der Rue de la Victoire zwischen Ehrenhof und Garten gelegenen Stadtpalais untergebracht. Dort wohnten die alte Madame Mongenod und ihre beiden Söhne. Alle drei gehörten als Teilhaber der Firma an. Die Vicomtesse de Fontaine war beim Tod des alten Mongenod im Jahre 1827 ausbezahlt worden. Frédéric Mongenod war ein gutaussehender junger Herr von etwa fünfunddreißig Jahren. Er wirkte kühl, wortkarg und zurückhaltend wie ein Genfer und gepflegt wie ein Engländer. Bei seinem Vater hatte er sich alle Eigenschaften erworben, die für seinen schwierigen Beruf erforderlich waren. Er war gebildeter, als ein Bankier es im allgemeinen ist. Seine Erziehung umfaßte das universale Wissen einer Beschäftigung mit allen Wissenschaften. Aber gleich vielen Bankiers huldigte er einer Vorliebe, einem Hang zu einer Tätigkeit außerhalb seines Geschäftsbetriebs, er befaßte sich nämlich mit Mechanik und Chemie. Der jüngere Mongenod, der zehn Jahre jünger war als Frédéric, hatte im Arbeitszimmer seines Bruders eine Stellung inne, die der des Bürovorstehers bei einem Notar oder Anwalt entsprach. Frédéric bildete ihn aus, wie er selber von seinem Vater in allem ausgebildet worden war, was ein richtiger Bankier wissen muß, für den Geld dasselbe ist, was für einen Schriftsteller die Ideen sind: Beide müssen sich in allem auskennen.

Als Godefroid seinen Familiennamen nannte, merkte er, welche Achtung sein Vater hier genoß. Er konnte nämlich ohne weiteres durch die Büros hindurch in Mongenods Arbeitszimmer gehen. Jenes Arbeitszimmer war lediglich durch Glastüren abgetrennt, so daß Godefroid trotz seinem Verlangen, nicht zu lauschen, die Unterhaltung mithörte, die drinnen geführt wurde.

»Madame, Ihr Konto beläuft sich nach Soll und Haben auf eine Million sechshunderttausend Francs«, sagte der jüngere Mongenod. »Ich kenne die Absichten meines Bruders nicht. Er allein weiß, ob ein Vorschuß von hunderttausend Francs möglich ist . . . Sie haben es an Vorsicht fehlen lassen . . . Man vertraut nicht eine Million sechshunderttausend Francs einem Geschäftsunternehmen an . . .«

»Nicht so laut, Louis«, sagte eine Frauenstimme. »Dein Bruder hat dir nahegelegt, immer nur leise zu sprechen. Es könnten doch Leute in dem kleinen Raum nebenan sein.«

In diesem Augenblick öffnete Frédéric Mongenod die Verbindungstür zwischen seiner Wohnung und dem Arbeitszimmer; er sah Godefroid, durchquerte sein Arbeitszimmer und begrüßte dabei respektvoll die Dame, mit der sein Bruder sprach.

»Mit wem habe ich die Ehre . . .?« fragte er Godefroid, dem er den Vortritt gelassen hatte.

Als Godefroid seinen Namen genannt hatte, forderte Frédéric ihn zum Platznehmen auf, und während der Bankier seinen

Schreibtisch aufschloß, standen Louis Mongenod und eine Dame, die niemand anders war als Madame de La Chanterie, auf und gingen auf Frédéric zu. Alle drei traten in eine Fensternische und besprachen sich leise mit der alten Madame Mongenod, die stets in alles Geschäftliche eingeweiht wurde. Seit einem Menschenalter hatte diese Frau, sei es ihrem Gatten, sei es ihren Söhnen, Beweise ihrer Fähigkeiten gegeben, weswegen sie Geschäftsteilhaberin mit Prokura geworden war. Godefroid sah Aktenordner mit der Aufschrift »Konto La Chanterie«; sie trugen die Nummern 1 bis 7. Als die Besprechung durch die Weisung des Bankiers an seinen Bruder: »Also gut, geh hinüber zur Kasse« beendet war, wandte Madame de La Chanterie sich um, erblickte Godefroid, unterdrückte eine Geste der Überraschung und richtete ein paar geflüsterte Fragen an Mongenod, die dieser gleichfalls flüsternd beanwortete.

Madame de La Chanterie trug kleine, dunkelviolette Schuhe und graue Seidenstrümpfe, dazu das Kleid vom Vortage. Sie war in einen venezianischen Umhang gehüllt, eine Art Mantille, die wieder in Mode gekommen war. Sie trug einen grünseidenen Kapotthut, genannt »à la bonne femme«. Er war mit weißer Seide gefüttert. Ihr Gesicht war von Spitzen umrahmt. Sie hielt sich gerade. Sie nahm eine Haltung ein, aus der, wenn nicht hohe Geburt, so doch wenigstens das Gewohntsein aristokratischer Lebensformen sprach. Ohne ihre deutlich bekundete Liebenswürdigkeit hätte sie vielleicht sehr hochmütig gewirkt. Kurzum, sie wirkte eindrucksvoll.

»Es ist weniger ein Zufall als ein Befehl der Vorsehung, was uns hier zusammenführt, Monsieur«, sagte sie zu Godefroid. »Ich war nahezu entschlossen, einen Pensionsgast abzuweisen, dessen Gepflogenheiten denen meines Hauses nicht zu entsprechen schienen; nun aber hat Monsieur Mongenod soeben Auskünfte über Ihre Familie erteilt, die mich . . .«

»Oh, Madame . . .! Monsieur«, sagte Godefroid und wandte sich gleichzeitig an Madame de La Chanterie und den Bankier, »ich habe keine Familie mehr, und ich bin nur hergekommen, um den früheren Bankier meines Vaters um finanziellen Rat zu bitten, wie ich eine neue Lebenshaltung mit meinem Vermögen in Einklang bringen könnte.«

Bald hatte Godefroid mit wenigen Worten seine Lebensgeschichte erzählt und sein Verlangen nach einer Daseinswandlung bekundet.

»Früher«, sagte er, »wäre ein Mann in meiner Lage Mönch geworden. Aber wir haben ja keine religiösen Orden mehr . . .«

»Ziehen Sie zu Madame, wenn Madame Sie als Pensionsgast aufnehmen will«, sagte Frédéric Mongenod, nachdem er mit Madame de La Chanterie einen Blick gewechselt hatte, »und verkaufen Sie Ihre Rentenpapiere nicht, lassen Sie sie mir. Geben Sie mir eine genaue Aufstellung Ihrer Verpflichtungen. Ich werde Ihren Gläubigern die Abzahlungsfristen mitteilen. Es verbleiben Ihnen dann monatlich etwa hundertfünfzig Francs. In zwei Jahren können Sie schuldenfrei sein. Während jener zwei Jahre können Sie dort, wo Sie leben werden, in aller Ruhe überlegen, welchen Beruf Sie einschlagen wollen, vor allem in dem Kreis von Menschen, der Sie umgeben wird. Es sind gute Ratgeber.«

Louis Mongenod kam zurück und hielt in der Hand hundert Tausendfrancsscheine, die er Madame de La Chanterie einhändigte. Godefroid bot seiner künftigen Wirtin den Arm und geleitete sie zu ihrer Droschke.

»Also auf bald«, sagte sie, und ihre Stimme klang herzlich.

»Um welche Zeit werden Sie daheim sein, Madame?« fragte Godefroid.

»In zwei Stunden.«

»Da habe ich Zeit, mein Mobiliar zu verkaufen«, sagte er und verabschiedete sich.

Während der kurzen Zeit, da der Arm der Madame de La Chanterie auf dem seinen geruht hatte und sie nebeneinander hergegangen waren, hatte Godefroid nicht die Aureole zum Verschwinden bringen können, die die Worte: »Ihr Konto beläuft sich auf eine Million sechshunderttausend Francs«, die Louis Mongenod gesprochen, dieser Frau verliehen hatten, deren Leben sich hinten im »Cloître« von Notre-Dame abspielte. Der Gedanke: »Dann muß sie ja reich sein!« ließ ihn sie mit gänzlich anderen Augen betrachten. »Wie alt mag sie sein?« fragte er sich. Er vermutete hinter der Tatsache, daß sie in der Rue

Chanoinesse wohnte, einen Roman. »Sie wirkt so nobel! Ob sie tatsächlich spekuliert?« überlegte er.

In unserer Zeit wären von tausend jungen Leuten in Godefroids Lage neunhundertneunundneunzig auf den Gedanken verfallen, diese Frau zu heiraten.

Ein Möbelhändler, der auch ein wenig Tapezierer und in der Hauptsache Vermieter möblierter Wohnungen war, gab für alles, was Godefroid verkaufen wollte, etwa dreitausend Francs und überließ es ihm noch für die paar Tage, bis er die gräßliche Wohnung in der Rue Chanoinesse eingerichtet hatte. Der Seelenkranke begab sich schleunigst dorthin. Er ließ einen Maler kommen, dessen Adresse Madame de La Chanterie ihm gab und der sich für einen mäßigen Preis verpflichtete, binnen einer Woche die Decke zu weißen, die Fenster zu säubern, alles Holzwerk im Farbton »bois de Spa« zu streichen und den Fliesenboden wieder als solchen kenntlich zu machen. Godefroid maß die Zimmer aus, um sie überall mit dem gleichen Teppichstoff belegen zu lassen, einem grünen, sehr billigen Teppichstoff. Er wollte seine Klosterzelle ganz schlicht und einheitlich gestalten. Diesen Einfall billigte Madame de La Chanterie. Mit Manons Hilfe berechnete sie, wieviel weißer Kaliko für die Gardinen und die Vorhänge eines bescheidenen Eisenbetts nötig sei. Dann nahm sie Kauf und Herstellung auf sich, und zwar zu einem Preis, dessen Bescheidenheit Godefroid überraschte. Mit den Möbeln, die er mitbrachte, würde ihn die Neueinrichtung seiner Wohnung nicht mehr als sechshundert Francs kosten.

»Dann kann ich also etwa tausend Monsieur Mongenod überbringen.«

»Wir führen hier«, sagte ihm Madame de La Chanterie, »ein christliches Leben, und wie Sie wohl wissen, verträgt sich das schlecht mit vielen Überflüssigkeiten, von denen ich glaube, daß Sie noch allzuviel davon beibehalten haben.«

Als sie ihrem künftigen Pensionsgast diesen Hinweis gab, verweilte ihr Blick auf einem Diamanten, der in dem Ring funkelte, durch den Godefroids blaue Halsbinde gezogen war.

»Ich erwähne das Ihnen gegenüber lediglich«, fuhr sie fort, »weil ich sehe, daß Sie beabsichtigen, mit dem leichtsinnigen Leben Schluß zu machen, über das Sie sich Monsieur Mongenod gegenüber beklagt haben.«

Godefroid blickte nachdenklich Madame de La Chanterie an und genoß den Wohllaut ihrer klaren Stimme. Er musterte dieses ganz und gar weiße Gesicht, das einer der ernsten, kühlen Holländerinnen würdig gewesen wäre, die der Pinsel der flämischen Schule so trefflich wiedergegeben hat und auf dem Falten etwas Unmögliches sind.

»Weiß und rundlich!« sagte er sich beim Weggehen. »Aber sie hat schon viele weiße Haare ...«

Wie alle schwachen Naturen hatte Godefroid sich schnell in ein neues Leben geschickt, da er meinte, es werde ein vollauf glückliches Leben sein, und er hatte es eilig gehabt, in die Rue Chanoinesse überzusiedeln. Dennoch war eine Erwägung der Vorsicht oder, wenn man will, des Mißtrauens in ihm aufgestiegen. Zwei Tage vor seinem Einzug war er nochmals zu Monsieur Mongenod gegangen, um einige Auskünfte über das Haus einzuholen, in dem er fortan zu leben gedachte. Während der wenigen Augenblicke, die er in seiner künftigen Behausung verbracht hatte, um die Veränderungen, die sich dort vollzogen, in Augenschein zu nehmen, war ihm das Kommen und Gehen mehrerer Leute aufgefallen, deren Miene und Haltung zwar nicht gerade mysteriös angemutet, aber doch die Vermutung nahegelegt hatten, daß die Bewohner des Hauses einen Beruf ausübten, heimlichen Tätigkeiten nachgingen. Zu jener Zeit beschäftigten sich die Geister viel mit den Versuchen des älteren Zweiges des Hauses Bourbon, wieder auf den Thron zu gelangen, und Godefroid glaubte an eine Verschwörung. Als er sich im Arbeitszimmer des Bankiers befand und dessen forschenden Blick auf sich fühlte, während er seine Frage vorbrachte, schämte er sich seiner selbst, und auf Frédéric Mongenods Lippen zeichnete sich ein Lächeln ab.

»Die Frau Baronin de La Chanterie«, antwortete er, »ist eine der wenigst bekannten Persönlichkeiten in Paris, aber sie ist auch eine der ehrenwertesten. Haben Sie denn besondere Gründe dafür, daß Sie mich um Auskünfte bitten?«

Godefroid nahm seine Zuflucht zu Banalitäten: Er müsse für längere Zeit mit ihm fremden Leuten zusammen wohnen, man müsse doch wissen, mit wem man es zu tun habe, usw. Allein das Lächeln des Bankiers wurde immer ironischer, und Godefroid, der mehr und mehr in Verlegenheit geriet, schämte sich seines Schrittes, ohne daraus irgendwelchen Nutzen zu ziehen. Denn jetzt wagte er es nicht mehr, über Madame de La Chanterie oder deren Hausgenossen irgendwelche Fragen zu stellen.

Zwei Tage später hatte er zum letztenmal im ›Café Anglais‹ zu Abend gegessen und sich die beiden ersten Stücke im ›Théâtre des Variétés‹ angeschaut. Dann erschien er um zehn Uhr in der Rue Chanoinesse und ließ sich von Manon in seine Wohnung führen, um dort zu übernachten.

Die Einsamkeit besitzt etwas ebenso Reizvolles wie das Leben in der Wildnis, das kein Europäer, der es genossen, je vergessen hat. Das mag seltsam anmuten in einem Zeitalter, in dem jeder so sehr für die andern lebt, daß jeder sich um jeden Gedanken macht und wo es bald kein Privatleben mehr geben wird, so sehr gewinnen die Augen der Presse, dieses modernen Argus, an Dreistigkeit und Begierde. Dennoch wird diese Anschauung durch die Autorität der ersten sechs Jahrhunderte des Christentums gestützt, denn während jener Zeitspanne ist kein Einsiedler je in das gesellige Leben zurückgekehrt. Es gibt nur wenige Seelenwunden, die die Einsamkeit nicht zu heilen vermöchte. Daher geriet Godefroid zunächst in den Bann der tiefen Ruhe und der absoluten Stille seiner neuen Wohnung, gerade wie ein müder Wanderer sich im Bade entspannt.

Schon am Tage, nachdem er sich bei Madame de La Chanterie in Kost gegeben hatte, sah er sich genötigt, mit sich selbst zu Rate zu gehen, da er sich von allem abgeschieden sah, sogar von Paris, obschon er sich nach wie vor im Schatten der Kathedrale befand. Er war dort aller gesellschaftlichen Eitelkeiten ledig, er würde für sein Tun und Lassen keine andern Zeugen mehr haben als sein Gewissen und die Hausgenossen der Madame de La Chanterie. Das hieß, die große Landstraße von Welt und Gesellschaft verlassen und einen unbekannten Seitenweg einschlagen. Doch wohin würde dieser ihn führen? Welcher Betätigung sollte er sich widmen?

Seit zwei Stunden hatte er sich in solcherlei Überlegungen versenkt, als Manon, die einzige Bedienstete des Hauses, an seine Tür klopfte und ihm sagte, das Mittagessen sei aufgetragen und er werde erwartet. Es schlug zwölf. Sogleich ging der neue Pensionsgast hinunter, angetrieben von dem Verlangen, sich ein Urteil über die fünf Menschen zu bilden, unter denen sich fortan sein Leben abspielen sollte. Beim Betreten des Wohnzimmers sah er alle Hausbewohner darin versammelt. Sie waren genauso gekleidet wie an dem Tage, da er gekommen war und seine Erkundigungen eingezogen hatte.

»Haben Sie gut geschlafen . . .?« fragte ihn Madame de La Chanterie.

»Ich bin erst um zehn aufgewacht«, antwortete Godefroid und verneigte sich vor den vier Hausgenossen, die seinen Gruß ernst erwiderten.

»Darauf sind wir gefaßt gewesen«, sagte lächelnd der alte Herr, der Alain hieß.

»Manon hat mir etwas vom Mittagessen gesagt«, entgegnete Godefroid, »es scheint also, daß ich, ohne es zu wollen, gegen die Hausordnung verstoßen habe . . . Um welche Zeit wird aufgestanden?«

»Wir stehen ganz und gar nicht so früh auf wie ehedem die Mönche«, antwortete Madame de La Chanterie liebenswürdig, »aber doch so früh wie die Arbeiter . . . winters um sechs, sommers um halb vier. Mit dem Schlafen halten wir es genauso wie die Sonne. Im Sommer gehen wir stets um neun zu Bett, und im Winter um elf. Wir nehmen alle ein wenig Milch zu uns, die von unserm Pachthof kommt, nachdem wir unsere Gebete gesprochen haben, mit Ausnahme des Herrn Abbé de Vèze, der in Notre-Dame die erste Messe liest, im Sommer um sechs, im Winter um sieben. Die Herren hier hören sie jeden Tag, und ebenso Ihre sehr ergebene Dienerin.«

Madame de La Chanterie vollendete diese Darlegungen bei Tisch, an dem ihre fünf Gäste inzwischen Platz genommen hatten.

Das Eßzimmer war ganz und gar grau gestrichen. Es hatte Holztäfelungen, deren Muster vom Geschmack des Jahrhunderts Ludwigs XIV. zeugte. Es stieß an eine Art Vorzimmer, in dem Manon sich aufhielt, und schien dem Schlafzimmer der Madame de La Chanterie parallel gelegen zu sein, das wohl eine Verbindungstür zum Wohnzimmer besaß. Es hatte als einziges Zierstück eine alte Wanduhr. Das Mobiliar bestand aus sechs Stühlen, deren ovale Rückenlehnen Gobelinstickereien aufwiesen, die offenbar von der Hand der Madame de La Chanterie herrührten, ferner aus zwei Anrichten und einem Mahagonitisch, auf den Manon für das Mittagessen kein Tischtuch legte. Das Essen war von mönchischer Frugalität und bestand aus einem kleinen Steinbutt mit weißer Sauce, Kartoffeln, Salat und vier Schalen mit Früchten: Pfirsichen, Trauben, Erdbeeren und grünen Mandeln. Als Vorspeise gab es Wabenhonig wie in der Schweiz, Butter und Radieschen, Gurken und Sardinen. Serviert wurde sie auf Porzellan mit einem Muster von Kornblumen und kleinen grünen Blättern, das wohl unter Ludwig XVI. als ein großer Luxus gegolten hätte, das indessen die gesteigerten Ansprüche des modernen Lebens zu etwas Gewöhnlichem gemacht haben.

»Wir halten die Fastenzeit ein«, sagte Monsieur Alain. »Da wir allmorgendlich zur Messe gehen, können Sie sich wohl denken, daß wir blind den Geboten der Kirche folgen, auch den strengsten.«

»Und Sie müssen damit anfangen, zu tun wie wir«, sagte Madame de La Chanterie mit einem Seitenblick auf Godefroid, den sie neben sich gesetzt hatte.

Von den fünf Tischgästen kannte Godefroid nun bereits die Namen der Madame de La Chanterie, des Abbé de Vèze und des Monsieur Alain. Es blieb ihm also noch, die Namen der beiden andern Herren zu erfahren. Diese wahrten Schweigen, während sie mit der Aufmerksamkeit aßen, die Mönche auch den geringsten Einzelheiten ihrer Mahlzeiten zu widmen pflegen.

»Kommen diese schönen Früchte ebenfalls von Ihrem Pachthof, Madame?« fragte Godefroid.

»Ja«, antwortete sie. »Wir haben unser kleines Mustergut, genau wie die Regierung. Dort ist auch unser Landhaus, es liegt drei Meilen von hier entfernt, an der Landstraße nach Italien, bei Villeneuve-Saint-Georges.«

»Das Gut gehört uns allen gemeinsam und soll dem letzten Überlebenden anheimfallen«, sagte der Biedermann Alain.

»Oh, es ist keine große Sache«, fügte Madame de La Chanterie hinzu. Sie schien zu befürchten, Godefroid könne jene Äußerung als einen Köder betrachten.

»Es sind insgesamt«, sagte einer der beiden Herren, die Godefroid noch nicht kannte, »dreißig Morgen bestellbares Land, sechs Morgen Gartengehege, in dem unser Haus steht. Davor liegt das Pächterhaus.«

»Aber ein solcher Besitz«, antwortete Godefroid, »muß doch mehr als hunderttausend Francs wert sein.«

»Oh, für uns wirft er lediglich ab, was wir an Lebensmitteln brauchen«, erwiderte derselbe Herr.

Es war ein hochgewachsener, hagerer, ernster Mann. Auf den ersten Anblick schien er früher im Heeresdienst gestanden zu haben. Sein weißes Haar besagte genugsam, daß er die Sechzig überschritten hatte, und sein Antlitz zeugte von heftigem, durch den Glauben gemildertem Leid.

Der andere Unbekannte, der gleichzeitig wie ein Gymnasialprofessor und wie ein Sachwalter aussah, war von mittlerem Wuchs, beleibt und nichtsdestoweniger beweglich. Sein Gesicht bot den Augenschein der Jovialität dar, der den Pariser Notaren und Anwälten eigentümlich ist.

Die Kleidung jener vier Männer ließ jene Sauberkeit erkennen, wie sie nur einer geradezu selbstsüchtigen Fürsorglichkeit zu verdanken ist. Die Hand Manons war in den winzigsten Einzelheiten zu erkennen. Die Anzüge waren vielleicht schon zehn Jahre alt und noch so gut erhalten, wie es durch das verborgene Walten der Dienstmagd trotz ständiger Benutzung die Anzüge der Pfarrer sind. Jene Männer trugen gewissermaßen die Livree eines Daseinssystems, sie gehörten sämtlich der gleichen Denkart an, ihre Blicke sprachen das gleiche aus, ihre Gesichter atmeten eine milde Entsagung, eine herausfordernde Seelenruhe.

»Wäre es Taktlosigkeit, Madame«, fragte Godefroid, »wenn ich um die Namen jener Herren bäte? Ich bin bereit, ihnen meine Lebensgeschichte zu erzählen. Könnte ich von der ihren nicht erfahren, was der Anstand davon mitzuteilen erlaubt?«

»Der Herr dort«, antwortete Madame de La Chanterie und deutete auf den großen Hageren, »heißt Monsieur Nicolas. Er ist Oberst des Gendarmerie-Korps im Ruhestand mit dem Dienstgrad eines Brigadegenerals. Und jener Herr«, fügte sie hinzu und zeigte auf den kleinen Dicken, »ist ein ehemaliger Rat am königlichen Gericht zu Paris, der sich im August 1830 aus dem Richteramt zurückgezogen hat. Er heißt Monsieur Joseph. Obwohl Sie erst seit gestern hier sind, möchte ich Ihnen sagen, daß Monsieur Nicolas draußen in der Welt den Namen Marquis de Montauran getragen hat, und Monsieur Joseph den Namen Le Camus, Baron de Tresnes. Aber für uns wie für jedermann existieren diese Namen nicht mehr. Die Herren haben keine Erben, sie haben die Vergessenheit, die ihrer Familie wartet, vorweggenommen und sind ganz einfach Monsieur Nicolas und Monsieur Joseph, wie Sie Monsieur Godefroid sein werden.«

Als Godefroid diese beiden Namen vernahm, deren einer in den Annalen des Königtums so berühmt war durch die Katastrophe, die dem Aufstand des Chouans zu Beginn des Konsulats[13] ein Ende machte, und deren anderer in den Annalen des alten Pariser Parlamentsgerichts[14] mit soviel Verehrung verzeichnet stand, konnte er ein Erbeben nicht unterdrücken. Doch als er die beiden Überbleibsel der beiden größten Werte der zusammengebrochenen Monarchie, nämlich des Adels und des Richterstandes, anschaute, gewahrte er in ihren Zügen keine Wandlung, keine Änderung des Ausdrucks, der in ihnen einen Gedanken an Weltliches enthüllt hätte. Diese beiden Männer erinnerten sich nicht mehr daran, was sie gewesen waren, oder wollten sich nicht mehr daran erinnern. Das war die erste Lehre, die Godefroid empfing.

»Jeder Ihrer Namen stellt eine ganze Geschichte dar, meine Herren«, sagte er respektvoll zu ihnen.

»Die Geschichte unserer Zeit«, antwortete Monsieur Joseph, »nämlich Ruinen.«

»Sie sind in guter Gesellschaft«, bemerkte Monsieur Alain lächelnd.

Dieser läßt sich in zwei Worten schildern: Er war der typische Pariser Kleinbürger, ein guter Bürgersmann mit einem Kalbsgesicht, das das weiße Haar hervorhob, das indessen durch ein ewiges Lächeln ein wenig fade wirkte.

Was nun den Priester betraf, den Abbé de Vèze, so besagte sein Stand alles. Der Priester, der seine Mission erfüllt, läßt sich auf den ersten Blick erkennen, den er einem oder den man ihm zuwirft.

Was Godefroid während der ersten Minuten auffiel, war der tiefe Respekt, den die vier Pensionsgäste Madame de La Chanterie bezeigten. Es war, als befänden sie sich alle, sogar der Priester, ungeachtet der heiligen Würde, die sein Amt ihm verlieh, einer Königin gegenüber. Godefroid fiel die Mäßigkeit aller Tischgenossen auf. Jeder aß tatsächlich nur, um sich zu ernähren. Madame de La Chanterie nahm gleich den andern einen einzigen Pfirsich und eine halbe Weintraube. Aber sie sagte zu ihrem neuen Pensionsgast, er möge diese Selbstbescheidung nicht nachahmen, und reichte ihm nacheinander von jedem Gericht.

Godefroids Neugier wurde durch diesen Beginn aufs höchste gesteigert. Als man nach dem Mittagessen ins Wohnzimmer zurückging, überließ man ihn sich selbst, und Madame de La Chanterie hielt in einer der Fensternischen eine kleine geheime Beratung mit den vier Freunden ab. Diese Konferenz, bei der es nicht im mindesten lebhaft herging, dauerte fast eine halbe Stunde. Es wurde leise gesprochen, und die ausgetauschten Worte schien jeder reiflich überlegt zu haben. Von Zeit zu Zeit blätterten Monsieur Alain und Monsieur Joseph in einem Notizbuch und schlugen etwas nach.

»Halten Sie im Faubourg Umschau«, sagte Madame de La Chanterie zu Monsieur Nicolas, als dieser ging.

Das war das erste Wort, das Godefroid hatte verstehen können.

»Und Sie im Stadtviertel Saint-Marceau«, fuhr sie fort und sprach jetzt zu Monsieur Joseph. »Durchstöbern Sie den Faubourg Saint-Germain, und versuchen Sie dort zu finden, was wir brauchen . . . !« fügte sie hinzu und blickte den Abbé de Vèze an, der sich auf der Stelle entfernte.

»Und Sie, mein lieber Alain«, wandte sie sich lächelnd an den letzten, »Sie prüfen alles genau nach . . . – Damit ist der heutige Arbeitsplan festgelegt«, sagte sie, als sie auf Godefroid zutrat.

Und sie setzte sich in ihren Sessel, nahm vom vor ihr stehenden Tischchen zugeschnittene Wäsche und begann zu nähen, als mache sie eine Schulaufgabe.

Godefroid, der seinen Mutmaßungen nachgehangen hatte und an eine royalistische Verschwörung glaubte, hielt diese Worte seiner Wirtin für eine Eröffnung, setzte sich zu ihr und machte sich daran, sie aufmerksam zu beobachten. Ihm fiel die eigentümliche Fingerfertigkeit auf, mit der diese Frau arbeitete, bei der doch alles die große Dame verkündete. Sie besaß dennoch die Gewandtheit einer Arbeiterin, denn an einer gewissen Art und Weise vermag jedermann das Tun eines Fachmanns und das eines Dilettanten zu unterscheiden.

»Es geht bei Ihnen so gewandt«, sagte Godefroid zu ihr, »als verstünden Sie diese Tätigkeit . . . !«

»Ach!« antwortete sie, ohne den Kopf zu heben, »ich habe sie früher einmal gezwungenermaßen ausüben müssen . . . !«

Zwei dicke Tränen rannen aus den Augen der alten Frau und fielen von der unteren Partie der Wangen auf das Wäschestück, das sie hielt.

»Verzeihen Sie bitte«, rief Godefroid aus.

Madame de La Chanterie blickte ihren neuen Pensionsgast an und gewahrte auf seinem Antlitz einen Ausdruck so tiefen Bedauerns, daß sie ihm freundschaftlich zunickte. Als sie sich die Augen getrocknet hatte, gewann sie sogleich die Ruhe wieder, die der bezeichnende Zug ihres eher kühlen als kalten Gesichts war.

»Sie sind, Monsieur Godefroid, denn Sie wissen ja bereits, daß Sie lediglich mit Ihrem Taufnamen angeredet werden, Sie sind hier inmitten der Trümmer nach einem großen Sturm. Wir alle sind in unsern Herzen schwer verwundet oder verletzt, auch in unsern Familienangelegenheiten oder unserm Vermögen, und zwar durch den Orkan, der vierzig Jahre lang gewütet und das Königtum und die Religion umgestürzt und die Elemente dessen in alle Winde zerstreut hat, was das alte Frankreich ausgemacht hat. Dem Anschein nach gleichgültige Äußerungen tun uns allen weh, und das ist der Grund für das Schweigen, das hier herrscht. Wir sprechen untereinander nur selten von uns selbst. Wir haben uns vergessen, und wir haben das Mittel gefunden, unserm Leben ein anderes Leben zu unterschieben. Und eben weil ich nach Ihren Bekenntnissen bei Mongenod geglaubt habe, es bestehe eine Ähnlichkeit zwischen Ihrer Lage und der unsern, habe ich meine vier Freunde dazu bestimmt, Sie in unserer Mitte aufzunehmen. Überdies brauchten wir einen weiteren Mönch für unser Kloster.

Was nun aber werden Sie jetzt tun? Man steuert die Einsamkeit nicht ohne einen moralischen Nahrungsvorrat an.«

»Madame, wenn ich Sie so sprechen höre, wäre ich nur zu froh, wenn Sie die Schiedsrichterin meines Schicksals würden.«

»Sie sprechen als Weltmann«, antwortete sie, »und Sie versuchen, mir zu schmeicheln, mir, einer Frau von sechzig Jahren . . . ! – Mein lieber Junge«, fuhr sie fort, »Sie müssen wissen, daß Sie sich hier unter Leuten befinden, die mit aller Kraft an Gott glauben, die alle seine Hand gespürt und die sich ihm fast ebenso ausschließlich hingegeben haben wie die Trappisten. Haben Sie je die tiefe Gewißheit des wahren Priesters bemerkt, wenn er sich dem Herrn anbefohlen hat, wenn er seine Stimme vernimmt und sich bemüht, ein gefügiges Werkzeug in der Hand der Vorsehung zu sein . . . ? In ihm ist keine Eitelkeit mehr, keine Eigenliebe, nichts von alledem, was den Weltkindern beständige Wunden schlägt. Seine Ruhe gleicht der des Fatalisten, seine Resignation läßt ihn alles ertragen. Der wahre Priester, einer wie der Abbé de Vèze, ist dann wie ein Kind bei seiner Mutter, denn die Kirche, mein Lieber, ist eine gute Mutter. Nun, man kann auch ohne die Tonsur zum Priester werden. Nicht alle Priester gehören einem Orden an. Sich dem Guten weihen heißt, es dem Priester gleichtun, es heißt Gott gehorchen! Ich halte Ihnen hier keine Predigt, ich will Sie nicht bekehren, ich will Ihnen nur unser Leben erklären.«

»Belehren Sie mich, Madame«, sagte Godefroid überwältigt, »damit ich gegen keinen Punkt Ihrer Hausordnung verstoße.«

»Das wäre zuviel auf einmal; Sie werden sie stufenweise lernen. Vor allem sprechen Sie hier nie von Ihrem Unglück. Es ist eine Kinderei im Vergleich zu den grausigen Katastrophen, die Gott auf die hat herabdonnern lassen, mit denen Sie jetzt zusammenleben . . .«

Während Madame de La Chanterie so sprach, hatte sie in einem fort mit trostloser Regelmäßigkeit ihre Stiche genäht. Jetzt aber hob sie den Kopf und schaute Godefroid an. Sie fand ihn völlig im Bann der eindringlichen Süße ihrer Stimme, die, sagen wir es getrost, eine apostolische Salbung besaß. Der junge Seelenkranke betrachtete bewundernd den wahrhaft außerordentlichen Charakter, den diese Frau mit dem leuchtenden Antlitz darstellte. Über die wachsweißen Wangen hatten sich rosige Tönungen gebreitet. Ihre Augen glänzten, die Jugend der Seele verlebendigte ihre leichten Falten, die jetzt anmutig wirkten, und alles an ihr erbat innig Zuneigung. Godefroid ermaß in dieser Minute die Tiefe des Abgrunds, der diese Frau von allen vulgären Empfindungen trennte. Er sah sie auf einem unersteigbaren Gipfel, auf den die Religion sie geleitet hatte, und er war noch immer zu weltlich, um nicht bis ins tiefste Innere getroffen zu sein, um nicht zu wünschen, in diese Kluft hinabzusteigen und den schroffen Gipfel zu erklimmen, auf den Madame de La Chanterie versetzt worden war, und sich neben sie zu stellen. Er gab sich einer vertieften Betrachtung dieser Frau hin. Er erzählte ihr von den Enttäuschungen seines Lebens und von allem, was er bei Mongenod nicht hatte sagen können. Dort hatten seine Geständnisse sich auf die Darlegung seiner materiellen Lage beschränkt.

»Sie armer Junge . . . !«

Dieser mütterliche Ausruf, den die Lippen der Madame de La Chanterie fallen ließen, tropfte dann und wann wie Balsam auf das Herz des jungen Mannes.

»Was könnte ich an die Stelle so vieler getäuschter Hoffnungen und verratener Liebe treten lassen?« fragte er schließlich und blickte seine Wirtin an, die nachdenklich geworden war. »Ich bin hierhergekommen«, fuhr er fort, »um darüber nachzusinnen und einen Entschluß zu fassen. Ich habe keine Mutter mehr. Ersetzen Sie sie mir . . .«

»Werden Sie«, fragte sie, »den Gehorsam eines Sohnes aufbringen . . . ?«

»Ja, wenn Sie all die Zuneigung aufbringen, die den Gehorsam bedingt.«

»Gut, wir wollen es versuchen«, entgegnete sie.

Godefroid streckte die Hand aus, um eine der Hände seiner Wirtin zu ergreifen. Sie erriet seine Absicht und überließ sie ihm, und er hob sie respektvoll an die Lippen. Die Hand der Madame de La Chanterie war wunderbar schön, ohne Falten, weder dicklich noch mager, so weiß, daß sie den Neid einer jungen Frau hätte erwecken können, und von einer Vollendung der Form, daß ein Bildhauer sie hätte nachgestalten mögen. Godefroid hatte diese Hände schon bewundert, als er sich gewahr geworden war, daß sie mit dem Zauberklang der Stimme, mit dem himmlischen Blau des Blicks harmonierten.

»Bleiben Sie sitzen!« sagte Madame de La Chanterie, stand auf und ging in ihr Zimmer.

Godefroid verspürte eine heftige Aufwallung. Er wußte nicht, welchem Gedankenbereich er das Weggehen dieser Frau zuschreiben sollte. Aber seine Ratlosigkeit war nicht von langer Dauer, denn sie kam mit einem Buch in der Hand wieder ins Zimmer.

»Hier, mein lieber Junge«, sagte sie, »haben Sie die Verordnungen eines großen Seelenarztes. Wenn das profane Leben uns nicht das Glück gespendet hat, das wir uns davon erwarteten, müssen wir das Glück in einem Leben höherer Art suchen, und dies hier ist der Schlüssel zu einer neuen Welt. Lesen Sie abends und morgens ein Kapitel dieses Buches. Aber widmen sie ihm, wenn Sie es lesen, Ihre ganze Aufmerksamkeit, befassen Sie sich mit den einzelnen Sätzen, als handele es sich um eine fremde Sprache ... Nach Ablauf eines Monats sind Sie dann ein völlig anderer Mensch. Ich lese seit zwanzig Jahren täglich ein Kapitel, und meine drei Freunde Nicolas, Alain und Joseph versäumen diese Praktik genausowenig wie das Schlafengehen und Aufstehen. Tun Sie gleich ihnen, Gott zuliebe und mir zuliebe«, sagte sie mit göttlicher Heiterkeit, mit erhabenem Vertrauen.

Godefroid drehte das Buch um und las auf dem Rücken in goldenen Lettern: ›Die Nachfolge Jesu Christi‹. Die Naivität dieser alten Dame, ihre jugendliche Harmlosigkeit, ihre Gewißheit, etwas Gutes zu tun, verwirrten den Ex-Dandy. Madame de La Chanterie bezeigte vollauf die Haltung und das Entzükken einer Frau, die einem unmittelbar vor dem Konkurs stehenden Kaufmann hunderttausend Francs überreicht.

»Ich habe mich seiner seit zwanzig Jahren bedient«, sagte sie. »Gott gebe, daß dieses Buch ansteckend wirke! Gehen Sie jetzt und kaufen Sie mir ein anderes. Denn jetzt naht die Stunde, da wahrscheinlich Leute zu mir kommen, die nicht gesehen werden dürfen ...«

Godefroid verneigte sich vor Madame de La Chanterie und stieg in sein Zimmer hinauf, wo er das Buch auf einen Tisch warf und dabei ausrief: »Arme, gute Frau ...! Meinetwegen ...!«

Wie alle häufig gelesenen Bücher klappte sich auch dieses an einer Stelle auf. Godefroid hatte sich gesetzt. Er wollte seine Gedanken ordnen, denn er hatte an diesem Vormittag mehr Aufregungen durchlebt als während der bewegtesten Monate seines Lebens, und vor allem seine Neugierde war nie zuvor so heftig angestachelt worden. Als er seine Blicke von ungefähr umherschweifen ließ, wie es Menschen geschieht, deren Seele sich dem Grübeln ergeben hat, fielen sie mechanisch auf die beiden aufgeschlagenen Seiten des Buches, und unwillkürlich las er die Überschrift:

»KAPITEL XII.

Vom königlichen Weg des heiligen Kreuzes.«

Und er ergriff das Buch! Und folgender Absatz aus jenem schönen Kapitel lenkte seinen Blick auf sich, als leuchte er:

»Beladen mit seinem Kreuz ist er vor euch gewandelt, und er ist für euch gestorben, damit auch ihr euer Kreuz traget und wünschet, daran zu sterben.

Gehet, wohin ihr wollet, und forschet, soviel ihr möget, ihr werdet keinen höheren und verläßlicheren Pfad finden als den Weg des heiligen Kreuzes.

Richtet und regelt alle Dinge nach euern Wünschen und euern Einsichten, und ihr werdet dabei stets einer Aufforderung begegnen, diesen und jenen Schmerz zu erleiden, möget ihr es nun wollen oder nicht, und also werdet ihr stets das Kreuz finden; denn ihr werdet die Schmerzen des Körpers verspüren oder Pein erleiden in der Seele.

Im gleichen Maße wie ihr von Gott verlassen seid, werden die Menschen euch zu schaffen machen. Mehr noch, oftmals werdet ihr euch selbst zur Last sein, ohne daß ein Heilmittel euch zu befreien vermöchte noch ein Trost euch Linderung verschaffte. Und bis es Gott gefällt, dem ein Ende zu machen, müsset ihr leiden, denn Gott will, daß ihr Leiden lernet ohne Tröstung, damit ihr euch rückhaltlos ihm unterwerfet und damit ihr demütiger werdet durch Drangsale.«

»Welch ein Buch!« sagte er sich und blätterte in dem Kapitel weiter. Und er stieß auf die Sätze:

»Wenn ihr dahin gelangt seid, die Kümmernisse als süß zu empfinden und Geschmack daran zu gewinnen um der Liebe Jesu Christi willen, dann dürft ihr euch glücklich preisen, weil ihr dann in dieser Welt das Paradies gefunden habt.«

Tief betroffen über diese Schlichtheit, die ja das Kennzeichen der Stärke ist, und ärgerlich darüber, von diesem Buche geschlagen worden zu sein, klappte er es zu. Aber auf dem grünen Maroquin des Einbanddeckels las er in goldenen Lettern eingeprägt den Rat:

»TRACHTET EINZIG NACH DEM, WAS EWIG IST!«

»Sollten sie es hier tatsächlich gefunden haben ...?« fragte er sich.

Er schickte sich zum Fortgehen an, um ein schönes Exemplar der ›Nachfolge Jesu Christi‹ zu kaufen, da ihm einfiel, daß Madame de La Chanterie ja doch am Abend ein Kapitel daraus lesen müsse. Er ging hinunter und trat auf die Straße. Zwei Schritte vor der Tür blieb er ein paar Augenblicke stehen. Er war unentschlossen, welchen Weg er einzuschlagen habe. Er überlegte, in welcher Stadtgegend, in welcher Buchhandlung er sein Buch kaufen könne, als er das gewichtige Geräusch des ins Schloß fallenden massiven Haustors vernahm.

Zwei Männer verließen das Stadthaus La Chanterie, dessen Charakter man richtig begriffen hat, wenn man darin denjenigen der alten Adelspalais erkannt hat. Als Manon Godefroid am Morgen geweckt hatte, da hatte sie ihn gefragt, offenbar lachend, wie er die erste Nacht im Stadthaus La Chanterie geschlafen habe. Ohne den leisesten Gedanken, auszuspionieren, ging Godefroid den beiden Männern nach. Sie hielten ihn wohl für einen Spaziergänger und sprachen in diesen wenig begangenen Gassen so laut, daß er ihre Unterhaltung vernehmen konnte.

Die beiden Unbekannten hatten die Rue Massillon eingeschlagen, um an Notre-Dame entlangzugehen und dann den Vorplatz der Kathedrale zu überqueren.

»Na, siehst du nun, alter Freund, daß es gar nicht so schwer ist, Moneten aus ihnen herauszulocken ...? Man braucht ihnen nur nach dem Munde zu reden ... weiter nichts.«

»Aber jetzt haben wir doch Schulden!«

»Bei wem denn?«

»Bei dieser Dame . . .«

»Das möchte ich erleben, daß die alte Schachtel mich gerichtlich belangt. Dann würde ich . . .«

»Du würdest ihr . . . du würdest ihr das Geld zurückzahlen . . .«

»Recht hast du. Denn wenn ich es zurückzahle, kann ich später aus ihr noch mehr 'rausholen als heute . . .«

»Wäre es nicht besser, wenn wir uns von ihrem Rat leiten ließen und ein solides Geschäft aufmachten . . . ?«

»Ach, Quatsch!«

»Wo sie uns doch gesagt hat, die Leute da könnten uns stille Teilhaber verschaffen?«

»Dann müßten wir unseren Lebenswandel aufgeben . . .«

»Dieser Lebenswandel ödet mich an. Man ist ja gar kein Mensch mehr, wenn man immerzu besoffen 'rumläuft . . .«

»Ja, aber hat der Abbé neulich nicht den ollen Marin abfahren lassen? Er hat ihm alles abgeschlagen.«

»Pah! Der olle Marin hat Gaunerstreiche machen wollen, wie sie nur Millionären glücken können.«

In diesem Augenblick machten die beiden Männer, die ihrer Kleidung nach Vorarbeiter in irgendwelchen Werkstätten waren, unvermittelt kehrt, als wollten sie über den Pont de l'Hôtel-Dieu[15] auf die Gegend der Place Maubert zugehen. Godefroid wich ihnen aus, aber als sie erkannten, wie dicht er hinter ihnen hergegangen war, wechselten sie einen mißtrauischen Blick, und ihre Gesichter drückten das Bedauern aus, gesprochen zu haben.

Godefroid hatte diese Unterhaltung um so mehr interessiert, als sie ihn an die Szene zwischen dem Abbé de Vèze und dem Arbeiter denken ließ, die er am Tage seines ersten Besuchs erlebt hatte.

»Was mag im Haus der Madame de la Chanterie vorgehen?« fragte er sich abermals.

In Gedanken über diese Frage versunken ging er zu einem Buchhändler in der Rue Saint-Jacques und machte sich mit einem Luxusexemplar der schönsten je in Frankreich gedruckten Ausgabe der ›Nachfolge Jesu Christi‹ auf dem Heimweg. Er ging langsam, um sich genau zur Stunde des Abendessens einzufinden, dachte dabei an alles zurück, was er im Lauf des Vormittags empfunden hatte, und verspürte darüber eine ungemeine seelische Erquickung. Tiefe Neugier hatte ihn gepackt, aber dennoch schwand seine Neugier vor einem unerklärlichen Verlangen hin. Er fühlte sich zu Madame de La Chanterie hingezogen, er verspürte einen heftigen Drang, sich an sie anzuschließen, sich für sie aufzuopfern, ihr Wohlgefallen zu finden, ihres Lobes würdig zu sein. Kurzum, er war erfüllt von einer platonischen Liebe, er erahnte in dieser Seele etwas unerhört Großartiges. Er wollte sie in ihrer Gänze kennenlernen. Es drängte ihn, in die Daseinsgeheimnisse dieser reinen Katholikin einzudringen. In dieser kleinen Vereinigung von Gläubigen, verband sich die Majestät der praktizierten Religion so trefflich mit dem, was die Französin an Majestätischem besitzt, daß er beschloß, alles zu tun, um in jenen Kreis aufgenommen zu werden. Solcherlei Gefühle wären bei einem vielbeschäftigten Pariser rasch vorübergegangen. Godefroid nun aber befand sich, wie man gesehen hat, in der Lage der Schiffbrüchigen, die sich an die biegsamsten Zweige anklammern, weil sie meinen, sie seien verläßlich, und überdies hatte er eine gepflügte Seele, die bereit war, jedweden Samen aufzunehmen.

Er traf die vier Freunde im Wohnzimmer an, überreichte Madame de La Chanterie das Buch und sagte dabei: »Ich habe es Ihnen für heute abend nicht rauben wollen ...«

»Gott wolle«, sagte sie und betrachtete den prächtigen Band, »daß dies Ihr letzter Anfall von Eleganz ist.«

Da Godefroid sah, daß bei den Vieren die geringsten Dinge der Bekleidung auf Sauberkeit und Zweckmäßigkeit beschränkt waren und daß dieses System auch auf das strengste für die geringsten Einzelheiten des Hauses angewandt worden war, begriff er die Schwere des so liebenswürdig ausgedrückten Vorwurfs.

»Madame«, sagte er, »die Leute, denen Sie heute morgen geholfen haben, sind schlechte Menschen. Ohne es zu wollen, habe ich Bemerkungen mitangehört, die sie austauschten, als sie von hier weggingen; es herrschte darin die schwärzeste Undankbarkeit ...«

»Es handelt sich um die beiden Schlosser aus der Rue de Mouffetard«, sagte Madame de La Chanterie zu Monsieur Nicolas, »das geht Sie an ...«

»Der Fisch entkommt mehr als einmal, ehe er gefangen wird«, antwortete Monsieur Alain lächelnd.

Die gänzliche Ungerührtheit der Madame de La Chanterie, als sie von der sich sofort bekundenden Undankbarkeit der Leute hörte, denen sie doch sicherlich Geld gegeben hatte, überraschte Godefroid und machte ihn nachdenklich.

Monsieur Alain und der alte Gerichtsrat sorgten beim Abendessen für Heiterkeit. Aber der Offizier blieb ernst, traurig und kalt. Sein Gesicht trug die unauslöschlichen Spuren bitteren Kummers und ewigen Schmerzes. Madame de La Chanterie verhielt sich allen gegenüber gleich aufmerksam. Godefroid spürte, daß er von diesen Menschen, deren Vorsicht ihrer Frömmigkeit entsprach, beobachtet wurde. Seine Eitelkeit ließ ihn ihre Zurückhaltung nachahmen, und er wog, was er sagte, sorglich ab.

Dieser erste Tag war sehr viel bewegter verlaufen als die ihm folgenden. Godefroid sah sich von allen wichtigen Besprechungen ausgeschlossen. Während mehrerer Morgen- und Abendstunden, an denen er in seiner Wohnung allein war, sah er sich gezwungen, die ›Nachfolge Jesu Christi‹ aufzuschlagen, und schließlich las er jenes Buch so eingehend, wie man es tut, wenn man nur ein Buch besitzt und sich in Gefangenschaft befindet. Mit einem solchen Buch geht es einem dann wie mit einer Frau, mit der zusammen man sich in der Einsamkeit befindet. Gerade wie man die Frau dann hassen oder vergöttern muß, läßt man sich von dem Geist des betreffenden Autors durchdringen, oder aber man liest von ihm keine zwei Zeilen.

Nun jedoch ist es unmöglich, von der ›Nachfolge‹ nicht ergriffen zu werden. Sie ist für das Dogma das gleiche, was die Ausführung für das Denken ist. Der Katholizismus vibriert darin, regt sich, bewegt sich und setzt sich unmittelbar mit dem Menschenleben auseinander. Dies Buch ist ein verläßlicher Freund. Alle Leidenschaften, alle Schwierigkeiten werden darin angesprochen, sogar die weltlichen. Es widerlegt alle Einwände, es ist beredter als alle Prediger, denn seine Stimme ist die unsrige, sie erhebt sich aus unserm Herzen, und man vernimmt sie durch die Seele. Mit einem Wort: Es ist das übertragene, allen Zeiten angeglichene, allen Lagen angepaßte Evangelium. Seltsam, daß die Kirche Gerson nicht kanonisiert hat. Denn offenbar hat der Heilige Geist ihm die Feder geführt.

Für Godefroid barg das Stadthaus La Chanterie außer dem Buch auch eine Frau. Und er verliebte sich von Tag zu Tag mehr in diese Frau. Er entdeckte in ihr unter dem Winterschnee begrabene Blumen, er gewann Einblick in die Entzückungen heiliger Freundschaft, die die Religion erlaubt, der die Engel zulächeln, die diese fünf Menschen vereint hatte und gegen die nichts Schlechtes aufstehen konnte. Es gibt ein Gefühl, das allen andern überlegen ist, eine Liebe von Seele zu Seele. Sie ähnelt den so seltenen Blumen, die auf den höchsten Gipfeln der Erde sprießen, eine Liebe, von der der Menschheit ein oder zwei Beispiele von Jahrhundert zu Jahrhundert dargeboten werden, eine Liebe, durch die oftmals Liebende vereint werden. Sie bilden dann Beweise für treue Bindungen, die durch die gewöhnlichen Gesetze der Welt unerklärlich wären. Es ist eine Bindung ohne Rechenfehler, ohne Zwiste, ohne Eitelkeit, ohne Kämpfe, sogar ohne Kontraste, so sehr sind die geistig-seelischen Wesenszüge wechselseitig miteinander verschmolzen. Dieses gewaltige, unendliche, aus der katholischen Nächstenliebe geborene Gefühl bot Godefroid einen Blick in die Seligkeit dar. Bisweilen vermochte er an das Schauspiel, das er vor Augen hatte, nicht zu glauben, und er suchte nach Gründen für die sublime Freundschaft dieser fünf Menschen. Er staunte, wahre Katholiken vorzufinden, Christen aus den ersten Zeiten der Kirche, und zwar im Paris des Jahres 1835.

Acht Tage nach seinem Einzug in die Wohnung war Godefroid Zeuge eines Zustroms von Menschen gewesen, er hatte Bruchstücke von Gesprächen aufgeschnappt, bei denen es sich um so wichtige Dinge handelte, daß er sich denken konnte, welch gewaltige Tätigkeit im Leben dieser fünf Persönlichkeiten entfaltet wurde. Er stellte fest, daß jede von ihnen höchstens fünf Stunden schlief.

Alle hatten sie irgendwie schon vor dem Mittagessen eine erste Tagesarbeit hinter sich gebracht. Fremde brachten oder holten Summen ab, die bisweilen beträchtlich waren. Häufig kam Mongenods Kassenbote, und stets zu sehr früher Morgenstunde, so daß sein Dienst nicht unter diesen außerhalb der Geschäftsstunden des Bankhauses erledigten Gängen litt.

Eines Abends kam Monsieur Mongenod persönlich, und es fiel Godefroid an ihm auf, daß er Monsieur Alain Andeutungen von Vertraulichkeit bezeigte, die fast diejenigen eines Sohnes waren. Er gesellte sie der tiefen Achtung zu, die er ihm wie den drei anderen Pensionsgästen der Madame de La Chanterie erwies.

An Godefroid richtete der Bankier an jenem Abend nur banale Fragen: ob er sich hier wohl fühle, ob er zu bleiben gedenke, usw. Dabei legte er ihm nahe, auf seinem Entschluß zu beharren.

»Nur eins fehlt mir zum Glücklichsein«, sagte Godefroid.

»Ja, und das wäre?« fragte der Bankier.

»Eine Betätigung.«

»Eine Betätigung!« wiederholte der Abbé de Vèze. »Dann sind Sie also anderen Sinnes geworden, denn Sie waren doch in unser Kloster gekommen, um dort Ruhe zu finden ...«

»Ruhe ohne die Gebete, die den Klöstern Leben einhauchten, ohne die stillen Andachten, die die Einsiedler in die Einöden trieb, wird zu einer Krankheit«, sagte Monsieur Joseph sentenziös.

»Lernen Sie doch Buchführung«, sagte Monsieur Mongenod lächelnd, »dann können Sie meinen Freunden in ein paar Monaten von großem Nutzen sein ...«

»Oh, aber mit tausend Freuden!« rief Godefroid.

Der folgende Tag war ein Sonntag. Madame de La Chanterie bat ihren Pensionsgast, ihr den Arm zu leihen und sie zum Hochamt zu begleiten.

»Das ist«, sagte sie, »die einzige Gewaltmaßnahme, die ich Ihnen auferlegen möchte. Schon oftmals habe ich mit Ihnen im Verlauf dieser Woche über Ihr Seelenheil sprechen wollen. Allein ich hielt den rechten Augenblick noch nicht für gekommen. Sie würden sehr beansprucht werden, wenn Sie unsern Glauben teilten. Denn dann würden Sie auch unsere Arbeiten teilen.«

Bei der Messe gewahrte Godefroid die Glaubensglut Nicolas', Josephs und Alains. Doch da er sich während jener paar Tage von der Überlegenheit, dem Scharfsinn, den ausgedehnten Kenntnissen, der hohen Geistigkeit der drei Herren hatte überzeugen können, dachte er, daß, wenn sie sich auf solcherlei Weise demütigten, der katholische Glaube Geheimnisse bergen müsse, die ihm bislang entgangen seien.

»Es ist ja doch schließlich«, sagte er sich, »der Glaube von Männern wie Bossuet, Pascal, Racine, dem heiligen Ludwig, Ludwig XIV., Raffael, Michelangelo, Ximenes, Bayard und du Guesclin, und ich in meiner Kläglichkeit kann mich nicht mit diesen großen Geistern, diesen Staatsmännern, Dichtern und Heerführern vergleichen.«

Ergäbe sich nicht eine tiefe Belehrung aus diesen winzigen Einzelheiten, so wäre es unklug, in Zeiten wie der gegenwärtigen dabei zu verweilen. Aber sie sind für die Anteilnahme an dieser Geschichte unentbehrlich, die dem heutigen Publikum ohnehin kaum glaubwürdig erscheinen dürfte und die mit einem fast lächerlichen Faktum einsetzt: mit der Oberherrschaft, die eine Frau von sechzig Jahren über einen jungen, von allem enttäuschten Mann gewann.

»Sie haben nicht gebetet«, sagte Madame de La Chanterie am Portal von Notre-Dame zu Godefroid, »für niemanden, nicht einmal für die Ruhe der Seele ihrer Mutter.«

Godefroid errötete und schwieg.

»Machen Sie mir die Freude«, sagte Madame de La Chanterie zu ihm, »hinauf in Ihre Wohnung zu gehen und nicht vor ein Uhr im Wohnzimmer zu erscheinen. Wenn Sie mich gern haben«, fügte sie hinzu, »dann meditieren Sie über das erste Kapitel des dreizehnten Buchs der ›Nachfolge‹, das mit der Überschrift: ‹Vom inneren Gespräch›.«

Godefroid verneigte sich kühl und ging hinauf.

»Hol der Teufel sie allesamt«, sagte er sich und geriet in ernstlichen Zorn. »Was wollen sie hier von mir? Was spinnt sich hier an ...? Pah, alle Frauen, sogar die frommen, verfügen über dieselben Listen. Und wenn Madame«, sagte er und nannte seine Wirtin mit dem Namen, mit dem ihre Pensionsgäste sie bezeichneten, »mich nicht bei sich haben will, dann geschieht das, weil irgendwas gegen mich angezettelt wird.«

Während er diesen Gedanken nachhing, versuchte er, von seinem Fenster aus ins Wohnzimmer zu schauen, aber die Lage seines Fensters gestattete ihm keinen Einblick. Er stieg um ein Stockwerk hinab und kehrte schnell wieder in seine Wohnung zurück, weil er meinte, bei den strengen Grundsätzen der Hausbewohner würde ein Bespitzeln sogleich zu seiner Verabschiedung führen. Die Achtung dieser fünf Menschen einzubüßen dünkte ihn genauso folgenschwer wie eine öffentliche Entehrung. Etwa drei Viertelstunden wartete er, und dann beschloß er, vor der ihm angegebenen Stunde zu erscheinen und dadurch Madame de La Chanterie auf die Schliche zu kommen. Er meinte, er könne sich durch eine Lüge rechtfertigen. Er könne ja sagen, seine Uhr gehe falsch, und er stellte sie zwanzig Minuten vor. Dann ging er hinunter, ohne das leiseste Geräusch zu machen. Er gelangte an die Wohnzimmertür und machte sie jäh auf.

Er erblickte einen ziemlich berühmten, noch jungen Mann, einen Dichter, dem er oftmals in der Gesellschaft begegnet war, Victor de Vernisset, der vor Madame de La Chanterie auf ein Knie gesunken war und ihr den Rocksaum küßte. Wäre der Himmel aus Kristall gewesen, wie die Alten es glaubten, und knallend zerborsten, so hätte es Godefroid weniger überrascht als dieser Anblick. Die gräßlichsten Gedanken überkamen ihn, und es vollzog sich in ihm eine noch schrecklichere Reaktion, als er, bei dem ersten Sarkasmus, der ihm auf die Lippen kam und den er fast ausgesprochen hätte, in einer Ecke des Wohnzimmers Monsieur Alain gewahrte, der Tausendfrancsscheine zählte.

In Sekundenschnelle war Vernisset aufgesprungen, und der biedere Alain saß verdutzt da. Madame de La Chanterie schleuderte Godefroid einen Blick entgegen, der ihn versteinerte. Der zweideutige Ausdruck auf dem Gesicht ihres neuen Hausgastes war ihr nicht entgangen.

»Der Herr«, sagte sie zu dem jungen Dichter und deutete auf Godefroid, »ist einer der Unsern . . .«

»Da sind Sie gut dran, mein Lieber«, sagte Vernisset, »denn dann sind Sie gerettet. Aber, Madame«, fuhr er fort und wandte sich Madame de La Chanterie zu, »auch wenn ganz Paris mich gesehen hätte, so wäre ich darüber glücklich, denn nichts kann mich Ihnen gegenüber schuldenfrei machen . . .! Ich bin Ihnen bis in alle Ewigkeit verpflichtet! Ich gehöre Ihnen gänzlich. Befehlen Sie mir, was immer Sie wollen, ich werde gehorchen! Meine Dankbarkeit ist grenzenlos. Ich danke Ihnen das Leben, es gehört Ihnen . . .«

»Nun, nun, junger Mann«, sagte Alain, »seien Sie doch vernünftig. Arbeiten Sie, aber vor allem greifen Sie in Ihren Werken nie die Religion an ... Kurz und gut: Gedenken Sie Ihrer Schuld!«

Und er hielt ihm einen von den Banknoten, die er gezählt hatte, geschwellten Briefumschlag hin. Victor de Vernisset standen Tränen in den Augen. Respektvoll küßte er Madame de La Chanterie die Hand, und nach dem Austausch eines Händedrucks mit Monsieur Alain und Godefroid empfahl er sich.

»Sie haben Madame nicht gehorcht«, sagte der Biedermann feierlich, und sein Gesicht zeigte einen so traurigen Ausdruck, wie Godefroid ihn noch nicht wahrgenommen hatte. »Das ist ein sehr schwerer Verstoß. Begehen Sie noch etwas dergleichen, so trennen sich unsere Wege ... Das wird sehr hart für Sie sein, nachdem Sie uns als unseres Vertrauens würdig erschienen sind.«

»Mein lieber Alain«, sagte Madame de La Chanterie, »tun Sie mir die Liebe und halten Sie reinen Mund über diese Unbesonnenheit ... Man darf von einem Neuankömmling nicht gar zuviel verlangen, von einem, der kein großes Unglück durchgemacht hat, der keine Religion besitzt, den nur eine gewaltige Neugier antreibt und der noch nicht an uns glaubt.«

»Verzeihen Sie mir, Madame«, antwortete Godefroid, »von dieser Stunde an will ich Ihrer würdig sein. Ich will mich allen Prüfungen unterwerfen, die Sie für notwendig halten, ehe Sie mich in das Geheimnis Ihrer Betätigungen einweihen, und wenn der Herr Abbé de Vèze es übernehmen will, mein Inneres zu erleuchten, will ich ihm meine Seele und meine Vernunft anbefehlen.«

Diese Worte machten Madame de La Chanterie so froh, daß ihre Wangen eine leichte Röte überzog. Sie ergriff Godefroids Hand, drückte sie und sagte dann mit seltsamer innerer Bewegung: »Es ist gut so!«

Abends, nach dem Essen, sah Godefroid einen Generalvikar der Diözese Paris, zwei Domherren, zwei ehemalige Pariser Bürgermeister und eine barmherzige Schwester kommen. Es wurde nicht gespielt. Die Unterhaltung war heiter, ohne oberflächlich zu sein.

Ein Besuch, der Godefroid in ganz besonderem Maß überraschte, war derjenige der Gräfin de Cinq-Cygne[16], einer Aristokratin höchsten Ranges, deren Salon für Bürgerliche und Emporkömmlinge unbetretbar war. Die Anwesenheit dieser großen Dame im Wohnzimmer der Madame de La Chanterie war an sich schon etwas Außerordentliches. Aber die Art, wie die beiden Frauen einander begrüßten und miteinander umgingen, war für Godefroid etwas Unerklärliches, denn sie zeugte von einer Intimität, von ständigem Umgang miteinander, was Madame de La Chanterie einen unermeßlichen Wert lieh. Madame de Cinq-Cygne war zu den drei Freunden ihrer Freundin liebenswürdig und herzlich. Monsieur Nicolas bezeigte sie besondere Hochachtung. Man sieht, daß Godefroid nach wie vor von gesellschaftlicher Eitelkeit beherrscht wurde. War er bis jetzt schwankend gewesen, so beschloß er nunmehr, sich mit oder ohne Überzeugung allem zu unterziehen, was Madame de La Chanterie und deren Freunde von ihm verlangen würden, um dazu zu gelangen, in ihren Orden aufgenommen oder in ihre Geheimnisse eingeweiht zu werden, wobei er sich indessen die endgültige Entscheidung vorbehielt.

Am folgenden Tage begab er sich zu dem Buchhalter, den Madame de La Chanterie ihm genannt hatte, verabredete mit ihm die Stunden, zu denen sie gemeinsam arbeiten wollten, und so war denn seine Zeit völlig ausgefüllt. Denn am Morgen katechisierte ihn der Abbé de Vèze. Er verbrachte täglich zwei Stunden bei dem Buchhalter und arbeitete zwischen Mittag- und Abendessen an imaginären Geschäftsbüchern, die sein Lehrer ihn führen ließ.

So vergingen ein paar Tage, in denen Godefroid das Reizvolle eines Lebens empfand, bei dem jede Stunde ausgenutzt wird. Die stete Wiederkehr vertrauter Arbeiten zu festgesetzten Zeiten, die Regelmäßigkeit erklärt viele glückliche Existenzen und beweist, wie tief die Stifter religiöser Orden über die menschliche Natur nachgesonnen haben. Godefroid, der sich gelobt hatte, den Abbé de Vèze anzuhören, hatte bereits Befürchtungen für sein künftiges Leben gehegt und begann zu erkennen, daß er nichts von der Gewichtigkeit religiöser Fragen ahnte. Kurzum, Madame de La Chanterie, bei der er nach dem Mittagessen etwa eine Stunde verweilte, ließ ihn von Tag zu Tag neue

Schätze ihres Innern entdecken. Nie zuvor hatte er sich eine so vollkommene, so weitreichende Güte vorgestellt. Eine Frau des Alters, das Madame de La Chanterie zu haben schien, besitzt keine der Schwachheiten junger Frauen mehr. Sie ist ein Freund, der einem alle weiblichen Erlesenheiten darbietet, der alle Anmut, alle Verfeinerungen entfaltet, die die Natur der Frau für den Mann einflößte und die sie nicht mehr verkauft. Sie ist verabscheuenswert oder vollkommen, denn alle ihre Ansprüche dauern unter der Epidermis aus oder sind erstorben. Und Madame de La Chanterie war vollkommen. Sie schien nie jung gewesen zu sein. Ihr Blick sprach nie von Vergangenem. Weit davon entfernt, Godefroids Neugier zu stillen, verdoppelten die immer intimere Kenntnis dieses sublimen Charakters sowie seine täglichen Beobachtungen sein Verlangen, etwas über das Vorleben dieser Frau zu erfahren, die ihn eine Heilige dünkte. Hatte sie je geliebt? War sie verheiratet, war sie Mutter gewesen? Nichts an ihr wirkte altjüngferlich. Sie entfaltete die Anmut einer hochgeborenen Frau, und man konnte aus ihrer robusten Gesundheit, aus dem ungewöhnlichen Phänomen ihres jugendlichen Aussehens auf ein heiligmäßiges Leben, auf eine Art Unkenntnis des Lebens schließen. Den stets heiter gestimmten Biedermann Alain ausgenommen, hatten alle diese Menschen gelitten. Doch Monsieur Nicolas selber schien die Palme des Märtyrertums Madame de La Chanterie zuzuerkennen, und dennoch wurde das Rückdenken an ihr Unglück so trefflich von der katholischen Resignation und ihren geheimen Betätigungen zurückgedämmt, daß es den Anschein hatte, sie sei immer glücklich gewesen.

»Sie sind«, sagte Godefroid eines Tages zu ihr, »das Leben Ihrer Freunde, Sie sind das Band, das sie eint. Sie sind sozusagen die Haushälterin eines großen Liebeswerks. Und da wir alle sterblich sind, frage ich mich, was aus Ihrer Vereinigung einmal ohne Sie werden soll ...«

»Eben das macht auch den Freunden Sorge. Aber die Vorsehung, der wir ja auch unseren Buchführer zu verdanken haben«, sagte sie lächelnd, »wird dabei schon helfen. Überdies werde ich mich auf die Suche begeben.«

»Kann Ihr Buchhalter bald seinen Dienst in Ihrem Handelsunternehmen antreten?« antwortete Godefroid lachend.

»Das hängt von ihm selbst ab«, entgegnete sie lächelnd. »Erst muß er wahrhaft religiös, wahrhaft fromm geworden sein, er darf keine Eigenliebe mehr hegen, sich nicht mehr um die Reichtümer unseres Unternehmens kümmern, er muß sich über kleinliche soziale Bedenken erheben und sich der beiden Fittiche bedienen, mit denen Gott uns begabt hat ...«

»Welcher Fittiche ...?«

»Der Einfalt und der Reinheit«, antwortete Madame de La Chanterie. »Ihre Ahnungslosigkeit sagt mir zur Genüge, daß Sie die Lektüre unseres Buches vernachlässigen«, fügte sie hinzu und lächelte über die kleine Hinterhältigkeit, deren sie sich bedient hatte, um herauszubekommen, ob Godefroid auch die ›Nachfolge Jesu Christi‹ lese. »Kurzum, versenken Sie sich in die Epistel des heiligen Paulus über die Nächstenliebe. Nicht Sie«, sagte sie mit einem himmlischen Ausdruck, »sollen uns angehören, sondern wir Ihnen, und es soll Ihnen verstattet sein, die unermeßlichen Reichtümer zu sammeln, die je ein Herrscher besessen hat. Sie sollen sie genießen, wie wir sie genießen. Und lassen Sie mich Ihnen sagen, daß, wenn Sie sich an ›Tausendundeine Nacht‹ erinnern, die Schätze Aladins nichts sind im Vergleich zu dem, was wir besitzen ... Daher wissen wir seit einem Jahr nicht mehr, was wir machen sollen. Wir genügen nicht mehr: Wir bedürfen eines Buchhalters.«

Während sie sprach, beobachtete sie Godefroids Gesicht. Er wußte nicht, was er von dieser seltsamen Vertrauensbekundung halten sollte. Aber da er häufig an die Szene zwischen Madame de La Chanterie und der alten Madame Mongenod zurückdenken mußte, verharrte er zwischen Zweifel und Glauben.

»Oh, Sie würden dann recht glücklich sein«, sagte sie.

Godefroid wurde so sehr von Neugier verzehrt, daß er von dieser Minute an beschloß, das zurückhaltende Wesen der vier Freunde zu erweichen und sie über ihr Persönliches auszufragen. Nun aber war unter allen Hausgenossen der Madame de La Chanterie der gute, heitere, schlichte Monsieur Alain derjenige, zu dem Godefroid sich am meisten hingezogen fühlte. Auch schien Alain am meisten die Sympathie der Leute jeder Gesellschaftsklasse zu erregen. Auf welchen Pfaden mochte die Vorsehung dieses treuherzige Wesen in dieses Kloster ohne Klausur geleitet haben, dessen Mönche mitten in Paris, in aller Freiheit, sich unter der Herrschaft einer genau eingehaltenen Regel betätigten, als unterständen sie dem strengen Superior? Welches Drama, welches Geschehnis hatte ihn von seiner Bahn in Welt und Gesellschaft abgelenkt, damit er diesen so mühselig zu bewältigenden Pfad durch alles Elend einer Großstadt einschlage?

Eines Abends wollte Godefroid seinem Hausgenossen einen Besuch abstatten, weil er beabsichtigte, seine Neugier zu stillen, die durch die Unmöglichkeit einer Katastrophe in diesem Dasein mehr angefacht wurde, als sie es durch die Erwartung des Berichts einer schrecklichen Episode aus dem Leben eines Korsaren worden wäre. Auf das Wort »Herein!« hin, das die Antwort auf ein zweimaliges, diskretes Anklopfen bildete, drehte Godefroid den Schlüssel herum, der immer im Schlüsselloch stecken blieb, und gewahrte Monsieur Alain am Kamin sitzen. Er las, ehe er zu Bett ging, ein Kapitel aus der ›Nachfolge Jesu Christi‹, und zwar beim Licht zweier Kerzen; jede trug einen der grünen, verstellbaren Lampenschirme, deren die Whistspieler sich bedienen.

Der wackere Mann trug eine lange Hose und einen hellgrauen Flanellschlafrock. Die Füße hatte er in der Höhe des Feuers auf ein Kissen in Gobelinstickerei gestellt, das, wie auch seine Pantoffeln, von Madame de La Chanterie verfertigt worden war. Der schöne Greisenkopf, den nur ein Kranz weißen Haars umgab und der fast wie derjenige eines alten Mönchs aussah, hob sich hell von dem braunen Gobelinbezug seines riesigen Lehnstuhls ab.

Monsieur Alain legte behutsam sein an den vier Ecken verschlissenes Buch auf das Tischchen mit den gewundenen Säulenbeinen und wies mit der andern Hand den jungen Herrn auf einen zweiten Lehnsessel hin, wobei er die Brille abnahm, die seine Nasenspitze einklemmte.

»Schmerzt Sie etwas, daß Sie zu dieser Stunde Ihre Wohnung verlassen haben?« fragte er Godefroid.

»Lieber Monsieur Alain«, antwortete Godefroid offenherzig, »mich quält eine Neugier, die ein einziges Wort von Ihnen zu etwas sehr Harmlosem oder zu etwas sehr Taktlosem stempeln kann, und das sagt Ihnen wohl zur Genüge, in welchem Sinn ich meine Frage an Sie richten möchte.«

»Oh! Oh! Was für eine Frage ist denn das?« fragte er und sah den jungen Mann mit einer beinahe boshaften Miene an.

»Welcher Umstand hat Sie dazu gebracht, das Leben zu erwählen, das Sie hier führen? Denn um sich zu der Lehre von einem solchen Verzicht auf allen persönlichen Nutzen zu bekennen, müssen Welt und Gesellschaft einen mit Ekel erfüllt haben, man muß darin verwundet worden sein oder aber die andern verwundet haben.«

»Na, hören Sie mal, mein Junge«, antwortete der alte Mann und verzog seine breiten Lippen zu einem Lächeln, das seinen hochroten Mund zu dem freundlichsten machte, den das Genie der Maler sich je hätte erträumen können, »vermag man sich denn nicht von tiefem Mitleid bewegt zu fühlen beim Anblick all der Nöte und des Elends, das die Mauern von Paris umschließen? Hat der heilige Vincent de Paul[17] des Stachels der Gewissensbisse oder der gekränkten Eitelkeit bedurft, um sich den Findelkindern zu widmen?«

»Das schließt mir um so mehr den Mund, als, wenn je eine Seele derjenigen dieses christlichen Heros geglichen hat, es sicherlich die Ihrige ist.«

Trotz der Härte, mit der das Alter die Haut seines fast gelben, faltigen Gesichts imprägniert hatte, wurde der alte Mann über die Maßen rot. Denn es hatte den Anschein, als habe er dieses Lob provoziert, obgleich seine wohlbekannte Bescheidenheit zu glauben gestattete, daß er daran nicht gedacht habe. Godefroid wußte ganz genau, daß die Hausgenossen der Madame de La Chanterie nichts für solcherlei Weihrauch übrig hatten. Nichtsdestoweniger wurde das Übermaß an Bescheidenheit des wackeren Alain von diesem Skrupel mehr in Verlegenheit gesetzt, als ein junges Mädchen sie hätte empfinden können, dem ein schlimmer Gedanke gekommen wäre.

»Ich bin zwar, was das Menschliche betrifft, noch sehr weit hinter ihm zurück«, entgegnete Monsieur Alain, »aber ich bin sicher, daß ich ihm im Äußeren ähnele . . .«

Godefroid wollte sprechen, aber er wurde durch eine Geste

des alten Mannes daran gehindert, dessen Nase tatsächlich knollig war wie die des Heiligen und dessen Gesicht, das dem eines bejahrten Winzers ähnelte, wahrhaftig wie ein Duplikat des plumpen Durchschnittsgesichts jenes Heiligen wirkte, der das ›Hilfswerk für Findelkinder‹ begründet hatte.

»Was nun mich selber betrifft, so haben Sie recht«, fuhr er fort. »Meine Berufung zu unserm Werk wurde durch ein Reuegefühl entschieden, die Reue über ein Abenteuer ...«

»Sie, und ein Abenteuer?« rief Godefroid leise. Jener Ausspruch hatte ihn vergessen lassen, was er dem alten Mann anfänglich hatte antworten wollen.

»Ach, mein Gott, was ich Ihnen jetzt erzählen will, wird Ihnen sicherlich als eine Bagatelle, eine Nichtigkeit erscheinen. Aber vor dem Tribunal des Gewissens war es damit anders bestellt. Wenn Sie bei Ihrem Verlangen, an unserm Tun teilzunehmen, beharren, nachdem Sie mir zugehört haben, werden Sie verstehen, daß die Gefühle der Stärke der Seelen entsprechen und daß ein Geschehnis, das einen Freigeist nicht weiter beunruhigt, sehr wohl dem Gewissen eines schwachen Christen zu schaffen machen kann.«

Schwerlich würde sich ausdrücken lassen, zu welchem Grad die Neugier des Neophyten nach dieser Art Vorrede gelangte. Welches mochte das Verbrechen dieses Biedermanns sein, den Madame de La Chanterie ihr »Osterlamm« nannte? Das war genauso fesselnd wie ein Buch mit dem Titel: ›Die Verbrechen eines Schäfleins‹. Sind die Schafe vielleicht grausam gegen Gras und Blumen? Wenn man einem der sanftesten Republikaner unserer Tage Glauben schenkt, ist sogar der beste aller Menschen stets grausam gegen irgend etwas. Aber der biedere Alain! Er, der wie Sternes Onkel Toby[18] eine Mücke erst zerquetschte, nachdem sie ihn zwanzigmal gestochen hatte! Diese schöne Seele war von Reue gemartert worden!

Diese Erwägung füllte die Pause, die der Alte nach den Worten: »Hören Sie mir zu!« machte. Er benutzte sie dazu, daß er sein Kissen unter Godefroids Füße schob, damit er es mit ihm teile.

»Ich war damals etwas über dreißig Jahre alt«, sagte er »wir schrieben das Jahr 98, soweit ich mich erinnere, es war eine Zeit, da es nicht anders möglich war, als daß die jungen Leute die Erfahrung Sechzigjähriger hatten. Eines Vormittags, kurz vor der Stunde meines Mittagessens, meldete meine alte Haushälterin mir einen der paar Freunde, die mir in den Gewitterstürmen der Revolution verblieben waren. Daher war mein erstes Wort eine Einladung zum Essen. Mein Freund, er hieß Mongenod, ein Junggeselle von achtundzwanzig Jahren, nimmt an, aber mit beklommener Miene. Ich hatte ihn seit 1793 nicht gesehen.«

»Mongenod . . .?« rief Godefroid. »Etwa der . . .«

»Wenn Sie das Ende vor dem Anfang wissen wollen«, entgegnete der alte Mann, »wie soll ich Ihnen dann meine Geschichte erzählen?«

Godefroid machte eine Bewegung, die völliges Schweigen gelobte.

»Als Mongenod Platz nahm«, fuhr der wackere Alain fort, »gewahrte ich, daß seine Schuhe schrecklich abgetragen waren. Seine getüpfelten Strümpfe waren so verwaschen, daß ich Mühe hatte zu erkennen, daß sie aus Seide waren. Seine aprikosenfarbene Kaschmirkniehose war lange nicht gebügelt und kündete davon, daß sie lange getragen worden war, was überdies durch ihre verblichene Farbe bezeugt wurde. Die Schnallen schienen mir aus gewöhnlichem Eisen anstatt aus Stahl zu sein. Seine weiße, geblümte Weste war durch das Tragen gelb geworden wie sein Hemd, dessen steifes Jabot zerknittert war. All das ließ auf ein grausiges, aber verhehltes Elend schließen. Schließlich überzeugte mich der Anblick seiner ›Houppelande‹ (so nannte man damals einen Überrock mit nur einem Kragen nach Art des Mantels à la Crispin[19]) vollends davon, daß mein Freund in Unglück geraten war. Jene Houppelande aus haselnußbraunem Tuch war über die Maßen fadenscheinig, aber wunderbar abgebürstet. Sein Kragen war fleckig von Pomade oder Puder, und die Weißmetallknöpfe waren rot geworden. Kurzum, diese ganze Schäbigkeit war so beschämend, daß ich nicht länger die Blicke darauf zu richten wagte. Der Klapphut, eine Art Halbkreis aus Filz, den man damals unter dem Arm zu tragen pflegte, anstatt ihn auf den Kopf zu setzen, hatte sicherlich mehrere Regierungen erlebt. Dennoch hatte mein Freund wohl unmittelbar zuvor ein paar Sous für seine Herrichtung bei einem Barbier ausgegeben, er war nämlich rasiert. Sein hinten zusammengerafftes, durch einen Kamm festgehaltenes und verschwenderisch gepudertes Haar duftete nach Pomade. Ich gewahrte zwar zwei parallele Ketten vorn an seiner Hose, zwei Ketten aus matt gewordenem Stahl, aber nicht die Spur einer Uhr in der Tasche. Es war Winter, und Mongenod hatte keinen richtigen Mantel an, denn ein paar dicke Tropfen geschmolzenen Schnees, die wohl von den Dächern gefallen waren, unter denen er entlanggegangen sein mußte, rannen vom Kragen seiner Houppelande herab. Als er die Handschuhe aus Kaninchenfell abstreifte und ich seine rechte Hand erblickte, gewahrte ich daran die Spuren irgendeiner schweren Arbeit. Nun aber hatte sein Vater, ein Advokat beim Großen Rat, ihm einiges Vermögen hinterlassen, fünf- bis sechstausend Francs Zinsen. Ich war mir sofort darüber klar, daß Mongenod zu mir gekommen war, um mich anzupumpen. Ich besaß in einem Versteck zweihundert Goldlouis, eine für jene Zeit riesige Summe. Ich weiß nicht, wie viele hunderttausend Francs in Assignaten[20] sie wert war. Mongenod und ich hatten dasselbe Gymnasium besucht, das der Grassins[21], und hatten einander dann bei demselben Anwalt wiedergefunden, einem anständigen Mann, dem wackeren Bordin. Wenn man seine Jugend und die Tollheiten der Jünglingszeit mit einem Kameraden durchlebt hat, so bestehen zwischen ihm und einem selbst beinahe geheiligte Sympathien. Seine Stimme, seine Blicke schlagen im Herzen gewisse Saiten an, bei denen es bloß der Kraft der Erinnerungen bedarf, um sie von neuem zum Schwingen zu bringen. Sogar wenn man Gründe zu Beschwerden wider einen solchen Kameraden hätte, wären deswegen nicht alle Rechte der Freundschaft in Acht und Bann getan. Zwischen uns nun aber war nie der geringste Streit aufgekommen. Beim Tode seines Vaters im Jahre 1787 war Mongenod reicher als ich gewesen. Obgleich ich mir niemals von ihm Geld geliehen, hatte ich ihm dennoch jene kleinen Freuden zu verdanken gehabt, die die Strenge meines Vaters mir verbot. Ohne meinen großzügigen Kameraden hätte ich nicht an der Uraufführung von ›Figaros Hochzeit‹[22] teilnehmen können. Mongenod war zu jener Zeit das, was man als einen charmanten Kavalier bezeichnet. Er hatte galante Abenteuer. Ich machte ihm die Leichtfertigkeit zum

Vorwurf, mit der er Verbindungen einging, und auch sein allzu großes Entgegenkommen. Seine Börse öffnete sich gar zu leicht, er lebte auf großem Fuß. Er hätte sich einem als Sekundant zur Verfügung gestellt, wenn man nur zweimal mit ihm beisammen gewesen wäre . . . – Mein Gott, da haben Sie mich auf die Pfade meiner Jugend zurückversetzt!« rief der biedere Alain, lächelte Godefroid heiter an und schob eine Pause ein.

»Sind Sie mir deswegen böse . . .?« fragte Godefroid.

»O nein! Und aus den vielen Einzelheiten, mit denen ich Ihnen aufwarte, mögen Sie ersehen, welchen Raum jenes Ereignis in meinem Leben einnimmt . . . – Mongenod besaß ein vortreffliches Herz und Mut. Er war ein wenig Voltaireaner und war ganz dazu geschaffen, den großen Herrn zu spielen«, fuhr Monsieur Alain fort. »Seine Schulzeit bei den Grassins, bei denen auch Adlige unterrichtet wurden, sowie seine galanten Beziehungen hatten ihm das geschliffene Auftreten von Leuten von Rang und Stand vermittelt, die man damals Aristokraten nannte. Jetzt können Sie sich ausmalen, wie groß meine Überraschung war, als ich bei Mongenod die Symptome des Elends wahrnahm, die für mich den jungen, eleganten Mongenod von 1787 degradierten, als meine Augen sich von seinem Gesicht abwandten und seine Kleidung musterten. Da freilich in jener Zeit allgemeiner Not manche Abgefeimte auch nach außen hin Not zur Schau trugen und da für andere zureichende Gründe, sich zu verkleiden, bestanden, erwartete ich eine Erklärung, aber ich bat zuvor inständig darum. – ›In welch einem Aufzug kommst du da zu mir, lieber Mongenod!‹ sagte ich zu ihm und nahm eine Prise, die er mir in einer Tabaksdose aus Similigold anbot. – ›In einem recht traurigen‹, antwortete er. ›Mir bleibt nur ein einziger Freund . . . und dieser Freund bist du. Ich habe alles getan, was in meinen Kräften stand, um nicht so weit zu kommen. Aber nun muß ich dich um hundert Louis bitten. Das ist eine hohe Summe‹, sagte er, als er mein Erstaunen sah. ›Aber wenn du mir nur fünfzig gäbest, wäre ich außerstande, sie dir jemals zurückzuzahlen, während, sollte mein Unternehmen fehlschlagen, mir noch fünfzig Louis bleiben werden, um mein Glück auf andere Weise zu versuchen. Und ich weiß noch nicht, wozu die Verzweiflung mir dann raten wird.‹ – ›Du hast also nichts!‹

entfuhr es mir. – ›Ich habe‹, entgegnete er und wehrte einer Träne, ›noch fünf Sous, die ich auf mein letztes Goldstück herausbekommen habe. Um vor dir erscheinen zu können, habe ich mir die Schuhe putzen lassen und bin beim Friseur gewesen. An Kleidung besitze ich nur, was ich auf dem Leibe trage. Aber‹, fuhr er fort und vollführte eine Geste, ›ich schulde meiner Wirtin tausend Taler in Assignaten, und unser Garkoch hat mir gestern den Kredit verweigert. Ich sitze also völlig auf dem trokkenen!‹ – ›Und was gedenkst du zu tun?‹ fragte ich und mischte mich damit bereits in seine Privatangelegenheiten ein. – ›Soldat zu werden, wenn du nein sagst . . .‹ – ›Du, und Soldat! Du, Mongenod!‹ – ›Ich falle, oder ich werde General Mongenod.‹ – ›Also‹, sagte ich ganz erschüttert zu ihm, ›du kannst in aller Ruhe essen. Ich habe hundert Louis . . .‹

An dieser Stelle«, sagte der gute Alte und blickte Godefroid listig an, »hielt ich eine kleine Geldgeberlüge für angebracht.

›Das ist alles, was ich auf Erden besitze‹, sagte ich zu Mongenod. ›Ich hatte auf den Augenblick warten wollen, da die Staatsrentenpapiere so tief wie möglich ständen, um das Geld darin anzulegen. Aber ich will es dir anvertrauen, und du betrachtest mich als deinen Teilhaber, wobei ich es deinem Gewissen überlasse, wann und wo du mir das Ganze zurückerstattest. Das Gewissen eines Ehrenmannes‹, sagte ich zu ihm, ›ist das beste Hauptbuch.‹ Mongenod sah mich starr an, während er mir zuhörte, und schien meine Worte in sein Herz einzufügen. Er streckte die rechte Hand aus, ich legte meine linke hinein, wir drückten uns die Hände. Ich war tief gerührt, er, ohne diesmal zwei dicken Tränen zu wehren, die ihm über die schon welken Wangen rannen. Der Anblick dieser beiden Tränen zerriß mir das Herz. Aber es erschütterte mich noch mehr, als Mongenod, der in diesem Augenblick alles vergaß, ein schäbiges, völlig zerfetztes Kattuntaschentuch hervorzog, um sie abzuwischen. – ›Bleib sitzen‹, sagte ich zu ihm und lief davon, zu meinem Versteck hin, im Herzen bewegt, als hätte mir eine Frau gestanden, sie liebe mich. Ich kam mit zwei Rollen wieder, jede zu fünfzig Louis. – ›Da, nimm und zähle nach . . .‹ Er wollte sie nicht nachzählen, er hielt Umschau nach einem Schreibzeug, um mir, wie er sagte, einen Schuldschein auszustellen. Ich lehnte die Entgegennahme von irgend etwas Schriftlichem rundweg ab. – ›Wenn ich stürbe‹, sagte ich zu ihm, ›würden meine Erben dir die Hölle heiß machen. Dies muß unter uns bleiben.‹ Als Mongenod in mir einen so guten Freund erkannte, ließ er die kummervolle, von Unruhe verzerrte Maske fallen, die er bei seinem Kommen getragen hatte, er wurde fröhlich. Meine Haushälterin hatte uns Austern serviert, Weißwein, ein Omelett, Nieren am Spieß, die Reste einer Pâté de Chartres, die meine alte Mutter mir geschickt hatte, dann ein kleines Dessert, Kaffee und westindische Liköre. Mongenod, der seit zwei Tagen gefastet hatte, lebte auf. Wir sprachen von unserm Leben vor der Revolution und blieben bis drei Uhr bei Tisch, als die besten Freunde von der Welt. Mongenod erzählte mir, wie er sein Vermögen eingebüßt hatte. Zunächst hatte ihn die Kürzung der Hôtel-de-Ville-Renten[23] um zwei Drittel seiner Einkünfte gebracht. Sein Vater hatte nämlich den größten Teil seiner Kapitalien in Stadtanleihen angelegt. Dann hatte er sein Haus in der Rue de Savoie[24] verkauft und war gezwungen worden, den Preis in Assignaten entgegenzunehmen. Darauf hatte er sich in den Kopf gesetzt, eine Zeitung zu gründen, ›Die Schildwache‹[25], die er nach einem halben Jahr ihres Bestehens schleunigst hatte aufgeben müssen. Im gegenwärtigen Augenblick setzte er all seine Hoffnungen auf eine komische Oper mit dem Titel ›Die Peruaner‹. Diese letzte Mitteilung ließ mich erbeben. Mongenod, der sein Geld durch die ›Schildwache‹ vertan hatte und ein Autor geworden war, lebte jetzt sicherlich im Theater und stand in Beziehungen zu den Sängern des Feydeau, zu den Musikern und der bizarren Welt hinter dem Vorhang. Er schien mir nicht mehr mein alter Mongenod zu sein. Mich durchrann ein leichtes Frösteln. Aber gab es ein Mittel, meine hundert Louis wieder an mich zu nehmen? Aus jeder Tasche der Kniehose lugte eine Rolle hervor wie ein Pistolenlauf. Mongenod verabschiedete sich. Als ich allein war und nicht mehr dies bittere, grausame Elend vor Augen hatte, mußte ich unwillkürlich nachdenken und ernüchterte mich dabei. ›Mongenod‹, so dachte ich, ›ist sicherlich durch und durch verdorben. Er hat mir eine Komödienszene vorgespielt!‹ Seine Heiterkeit, als er mich ihm gutmütig eine so riesige Summe hatte übergeben sehen, dünkte mich jetzt die Freude der Diener auf der Bühne zu sein, die irgendeinen Géronte[26] erwischt haben. Schließlich gelangte ich dorthin, wo ich hätte anfangen sollen, und nahm mir vor, Erkundigungen über meinen Freund Mongenod einzuziehen. Seine Adresse hatte er mir auf eine Spielkarte geschrieben. Aus einer Art Zartgefühl heraus wollte ich nicht schon am nächsten Tag zu ihm gehen. Er hätte in meiner Eilfertigkeit Mißtrauen erblicken können. Am übernächsten Tage beanspruchten mich andere, wichtige Dinge, und erst nach Ablauf von vierzehn Tagen, da Mongenod sich inzwischen nicht hatte sehen lassen, begab ich mich eines Morgens von La Croix-Rouge, wo ich damals wohnte, in die Rue des Moinaux[27], wo er wohnte. Mongenod logierte damals in einem Pensionshaus niedrigster Art, dessen Leiterin jedoch eine hochanständige Frau war, die Witwe eines Generalsteuerpächters, der auf dem Schafott geendet hatte. Völlig verarmt hatte sie mit ein paar Louis das aussichtsreiche Gewerbe einer Hauptmieterin begonnen. Seither hatte sie im Stadtviertel Saint-Roch sieben Häuser gehabt und es zu Vermögen gebracht. – ›Der Bürger Mongenod ist nicht zu Hause, aber es ist jemand in seinem Zimmer‹, sagte mir jene Dame. Der zweite Teil ihrer Mitteilung erregte meine Neugier. Ich stieg zum fünften Stock hinauf. Eine reizende Person machte mir die Tür auf ...! Oh, eine junge Person von ungemeiner Schönheit, die mit ziemlich argwöhnischer Miene auf der Schwelle der halb geöffneten Tür stehenblieb. – ›Ich bin Alain, Mongenods Freund‹, sagte ich. Auf der Stelle wurde die Tür ganz aufgemacht, ich trat in ein schauerliches Bodengelaß ein, in dem jene junge Person dennoch große Sauberkeit hatte walten lassen. Sie rückte mir einen Stuhl vor einen Kamin voller Asche, ohne Feuer. Ich gewahrte darin in einem Winkel eine vulgäre irdene Wärmpfanne. Es war eiskalt. – ›Ich bin sehr froh, Monsieur‹, sagte sie zu mir, nahm meine Hände und drückte sie herzlich, ›daß ich Gelegenheit habe, Ihnen meine Dankbarkeit zu bezeigen. Sie sind unser Retter. Ohne Sie hätte ich Mongenod vielleicht nie wieder gesehen .. Er hätte sich ... ja, was? ... wohl in die Seine gestürzt. Er war vollkommen außer sich, als er wegging, um Sie aufzusuchen ...‹ Als ich mir die junge Person genauer ansah, war ich recht erstaunt, daß sie sich einen Schal um den Kopf gebunden hatte und daß am Hinterkopf und längs der Schläfen ein dunkler Schatten zu sehen war. Und indem ich sie schärfer ins Auge faßte, stellte ich fest, daß ihr Kopf kahlgeschoren war. – ›Sind Sie krank?‹ fragte ich und starrte auf diese Eigentümlichkeit. Sie warf einen flüchtigen Blick auf das trübe Glas eines schmutzigen Spiegels, wurde rot, und dann stiegen ihr Tränen in die Augen. – ›Ja‹, entgegnete sie lebhaft, ›ich hatte grausige Kopfschmerzen, ich mußte mir mein schönes Haar abschneiden lassen. Bis zu den Fersen hing es herunter.‹ – ›Habe ich die Ehre, mit Madame Mongenod zu sprechen?‹ fragte ich. – ›Ja‹, antwortete sie und warf mir einen wahrhaft himmlischen Blick zu. Ich verabschiedete mich von der armen kleinen Frau, stieg hinab und nahm mir dabei vor, die Vermieterin zum Reden zu bringen. Aber sie war fortgegangen. Mir schien, die junge Frau habe ihr Haar verkaufen müssen, um etwas zu essen zu bekommen. Sofort ging ich zu einem Holzhändler, schickte ein halbes Klafter Feuerholz hin und bat den Karrenfahrer und die Säger, der kleinen Frau eine auf den Namen Mongenod ausgestellte Quittung zu geben.

Damit endete der Zeitabschnitt, in dem sich das ereignete, was ich lange Zeit hindurch als meine Dummheit bezeichnet habe«, sagte der biedere Alain, wobei er die Hände faltete und sich in einer Regung der Reue ein wenig erhob.

Godefroid konnte sich eines Lächelns nicht erwehren, war indessen, wie man sehen wird, durch eben jenes Lächeln in einem schweren Irrtum befangen.

»Zwei Tage später«, fuhr der wackere Alain fort, »begegnete ich einem der Menschen, mit denen man nicht befreundet ist, mit denen man oberflächliche Beziehungen unterhält, also einem sogenannten Bekannten, einem gewissen Monsieur Barillaud, der sich, als zufällig die Rede auf die ›Peruaner‹ kam, als einen Freund des Autors bezeichnete. – ›Du kennst also den Bürger Mongenod?‹ fragte ich ihn.

Zu jener Zeit waren wir alle noch verpflichtet, einander zu duzen«, sagte er, gleichsam in Klammern, zu Godefroid.

»Jener Bürger sah mich an«, fuhr der biedere Alte mit seiner Erzählung fort, »und rief dann aus: ›Mir wäre es das liebste, ich hätte ihn nie gekannt. Er hat sich nämlich mehrmals Geld von mir geliehen und bezeigt mir eine so große Freundschaft, daß er es mir nicht wiedergibt. Ein komischer Kerl ist das, ein guter Junge, aber er schwebt in Illusionen ...! Oh, er hat tatsächlich eine glühende Phantasie. Ich beurteile ihn gerecht: Er will nicht betrügen. Aber da er über alles und jedes in Selbsttäuschung befangen ist, geschieht es ihm, daß er sich verhält wie einer, dem man nicht trauen kann.‹ – ›Sag mal, wieviel schuldet er dir denn?‹ – ›Pah, einige hundert Taler ... Er ist ein Faß ohne Boden. Kein Mensch weiß, wo er mit seinem Geld bleibt. Vielleicht weiß er selber es nicht.‹ – ›Verfügt er über Hilfsquellen?‹ – ›Na ja!‹ antwortete Barillaud lachend. ›Gegenwärtig redet er davon, er wolle Ländereien aufkaufen, und zwar bei den Indianern in den Vereinigten Staaten.‹ Ich trug diesen Tropfen Essig, den die üble Nachrede mir ins Herz geträufelt hatte, mit mir fort. Er vergällte alle meine guten Vorsätze. Ich suchte meinen ehemaligen Chef auf, der mir oft mit seinen Ratschlägen beigestanden hatte. Sowie ich ihm das Geheimnis meines Darlehens an Mongenod und die Art und Weise meines Verfahrens dabei anvertraut hatte, rief er: ›Was? So führt einer meiner Schreiber sich auf? Sie hätten die Sache auf den nächsten Tag verschieben und zu mir kommen sollen. Dann hätten Sie nämlich erfahren, daß ich Mongenod nicht mehr vorlasse. Schon vor einem Jahr hat er mich um mehr als hundert Taler in Silber angepumpt, eine horrende Summe! Und drei Tage vor jenem Mittagessen mit Ihnen ist er mir auf der Straße begegnet und hat mir seine Notlage in so herzzerreißenden Worten geschildert, daß ich ihm zwei Louis gegeben habe!‹ – ›Wenn ich einem geschickten Komödianten auf den Leim gegangen bin, dann um so schlimmer für ihn, nicht für mich!‹ antwortete ich ihm. ›Aber was soll ich tun?‹ – ›Zumindest müssen Sie irgend etwas Schriftliches von ihm bekommen, denn ein Schuldner, mag er noch so zweifelhaft sein, er kann immer mal wieder auf die Beine kommen, und dann kann man sein Geld eintreiben.‹ Danach entnahm Bordin einer auf seinem Schreibtisch liegenden Aktenmappe einen Umschlag, auf dem, wie ich sah, der Name Mongenod geschrieben stand. Er zeigte mir drei Empfangsbestätigungen, jede über hundert Francs. – ›Beim nächsten Mal, wenn er wiederkommt, rechne ich die Zinsen hinzu, die zwei Louis, die ich ihm gegeben habe, und das, was er etwa überdies noch von mir erbittet. Dann muß er über den Gesamtbetrag eine Quittung unterschreiben und darin anerkennen, daß die Zinsen vom Tag der Gewährung des Darlehens an laufen. Auf diese Weise ist meinerseits alles in Ordnung, und ich verfüge über Mittel und Wege, wieder zu meinem Geld zu gelangen.‹ – ›Gut und schön‹, sagte ich zu Bordin, ›könnten Sie meine Angelegenheit nicht auf die gleiche Weise in Ordnung bringen wie die Ihre? Sie sind ein Ehrenmann, und was Sie tun, ist korrekt.‹ – ›Auf diese Weise bleibe ich Herr des Geländes‹, antwortete mir der Ex-Sachwalter. ›Wenn man sich verhält, wie Sie es getan haben, ist man einem Menschen preisgegeben, der sich über einen ins Fäustchen lachen kann. Ich aber will nun mal nicht, daß man sich über mich ins Fäustchen lacht! Einen ehemaligen Prokurator am Châtelet[28] auslachen . . .? Nein! Jeder Mensch, dem Sie eine Summe leihen, wie Sie unbedachterweise Ihr Geld Mongenod geliehen haben, glaubt nach Ablauf einer gewissen Zeit, der Betrag gehöre ihm. Es ist dann nicht mehr Ihr Geld, sondern das seine, und Sie werden sein Gläubiger, also ein unbequemer Mensch. Der Schuldner sucht sich Ihrer dann dadurch zu entledigen, daß er eine Übereinkunft mit seinem Gewissen schließt. Und fünfundsiebzig von hundert Leuten versuchen dann, Ihnen für den Rest ihrer Lebenstage nicht wieder zu begegnen . . .‹ – ›Sie meinen also, es gebe nur fünfundzwanzig Prozent ehrliche Menschen?‹ – ›Habe ich das gesagt?‹ entgegnete er und lächelte boshaft. ›Das wäre sehr viel.‹ Vierzehn Tage danach bekam ich einen Brief, durch den Bordin mich bat, bei ihm vorzusprechen und meine Schuldverschreibung in Empfang zu nehmen. Ich ging hin. – ›Ich habe versucht, fünfzig Louis für Sie aus ihm herauszuholen‹, sagte er. (Ich hatte ihm meine Unterhaltung mit Mongenod anvertraut.) ›Aber die Vögel sind davongeflattert. Sagen Sie Ihrem ›Gelben‹ Lebewohl! Ihre Kanarienvögel sind längst wieder in einem wärmeren Klima. Wir haben es mit einem Hochstapler zu tun. Mir gegenüber hat er behauptet, seine Frau und sein Schwiegervater seien mit sechzig von Ihren Louis in die Vereinigten Staaten gereist, um dort Ländereien aufzukaufen, und er rechne damit, dort wieder mit ihnen zusammenzutreffen, sozusagen, um zu Vermögen zu gelangen und dann zurückzukehren und seine Schulden zu bezahlen. Deren Verzeichnis, das vollkommen in Ordnung ist, hat er mir anvertraut und mich gebeten, im Auge zu behalten, was aus seinen Gläubigern werden würde. Hier sehen Sie die Aufstellung‹, sagte Bordin und zeigte mir ein Dokument, von dem er die Gesamtsumme ablas. ›Siebzehntausend Francs in Silber‹, sagte er, ›eine Summe, für die man ein Mietshaus haben könnte, das zweitausend Taler an Einkünften abwirft!‹ Und nachdem er das Aktenstück wieder an seinen Ort gelegt hatte, händigte er mir einen Wechsel über eine Summe aus, die dem Wert von hundert Goldlouis, umgerechnet in Assignaten, entsprach, sowie einen Brief, durch den Mongenod anerkannte, hundert Goldlouis empfangen zu haben und mir die Zinsen zu schulden. – Damit wäre also meine Angelegenheit geordnet‹, sagte ich zu Bordin. – ›Er kann Ihnen den Schuldbetrag nicht abstreiten‹, antwortete mir mein ehemaliger Chef. ›Aber wo nichts ist, hat der König, das heißt: das Direktorium, sein Recht verloren.‹ Nach diesem Ausspruch verabschiedete ich mich. Im Glauben, ich sei durch eine Machenschaft bestohlen worden, die sich dem Gesetz entzieht, entzog ich Mongenod meine Achtung und beschied mich auf echt philosophische Weise.

Wenn ich großes Gewicht auf alle diese alltäglichen und dem Anschein nach unerheblichen Einzelheiten lege, so geschieht das nicht ohne Grund«, sagte der biedere Alte und blickte Godefroid an. »Ich versuche, Ihnen darzulegen, wieso ich dazu veranlaßt wurde, zu handeln, wie die meisten Menschen es tun, auf gut Glück und unter Mißachtung der Regeln, die die wilden Indianer auch bei den bedeutungslosesten Dingen beobachten. Viele Leute würden sich durch die Berufung auf einen so seriösen Mann wie Bordin rechtfertigen. Ich jedoch komme mir heute unentschuldbar vor. Sobald es darum geht, unseresgleichen dadurch in Acht und Bann zu tun, daß wir ihm für alle Zeit unsere Achtung entziehen, kann man sich nur auf sich selber berufen, und auch das kaum ...! Dürfen wir aus unserm Herzen einen Gerichtshof machen, vor den wir unsern Nächsten zitieren? Woher würden wir dann das Gesetz nehmen? Welches würde der Maßstab unserer Bewertung sein? Was bei uns dann Schwäche wäre, würde das nicht die Stärke unseres Nächsten ausmachen? Soviel Menschen, soviel verschieden geartete Umstände für jedes

Faktum, denn es gibt im menschlichen Dasein keine zwei einander völlig gleichenden Geschehnisse. Einzig und allein die Gesellschaft besitzt über die ihr Angehörenden das Recht der Verwerfung. Das Recht der Bestrafung dagegen bestreite ich ihr: Verwerfung möge ihr genügen, und diese bringt überdies genug an Grausamkeit mit sich.

Indem ich nach Art eines Parisers die Bemerkungen meines ehemaligen Chefs anhörte und dessen Weisheit Bewunderung zollte, verurteilte ich also Mongenod«, fuhr der Biedere mit seiner Erzählung fort, nachdem er daraus jene sublime Folgerung gezogen hatte. »Die ›Peruaner‹ wurden angezeigt. Ich hatte erwartet, von Mongenod eine Eintrittskarte für die Uraufführung zu bekommen. Ich hatte mir ihm gegenüber eine gewisse Überlegenheit angemaßt. Mein Freund dünkte mich, eben seines Darlehens wegen, eine Art Vasall, der mir eine Fülle von Dingen schuldete, über die Zinsen meines Geldes hinaus. So handeln wir eben samt und sonders ...! Nicht nur, daß Mongenod mir mitnichten eine Eintrittskarte schickte. Ich sah ihn überdies von weitem den unter dem Théâtre Feydeau hindurchführenden dunklen Gang durchschreiten, und zwar gut, fast elegant gekleidet. Er tat, als habe er mich nicht bemerkt. Als mein Schuldner mich dann überholt hatte, als ich ihm nachlaufen wollte, war er durch einen Seitengang verschwunden. Dieser Umstand verärgerte mich tief. Mein Verdruß war weit davon entfernt, nur vorübergehend zu sein. Er steigerte sich im Lauf der Zeit noch. Und zwar aus folgendem Grunde. Ein paar Tage nach dieser Begegnung schrieb ich an Mongenod etwa folgendes: ›Lieber Freund, Sie dürfen nicht glauben, es sei mir gleichgültig, was Ihnen an Glück oder Unglück widerfährt. Sind Sie mit den ›Peruanern‹ zufrieden? Sie haben mich bei der Uraufführung, bei der ich Ihnen soviel Beifall geklatscht habe, vergessen. Nun, das war Ihr gutes Recht. Aber wie dem auch sei, ich wünsche Ihnen, Sie möchten ein Peru finden, weil ich nämlich jetzt Möglichkeiten zur Anlage meiner Kapitalien gefunden habe und mich auf Sie am Verfallstage verlasse. Ihr Freund Alain.‹ – Vierzehn Tage lang wartete ich auf eine Antwort. Dann begab ich mich in die Rue des Moineaux. Die Wirtin teilte mir mit, die kleine Frau sei mit ihrem Vater tatsächlich zu dem Zeitpunkt abgereist, den Mongenod Bordin angegeben hatte. Mongenod pflege seine Mansarde morgens zu früher Stunde zu verlassen und komme erst spät in der Nacht wieder. Vierzehn weitere Tage gingen hin. Ich schrieb abermals einen Brief: ›Mein lieber Mongenod, ich bekomme Sie nicht zu Gesicht, auf meine Briefe antworten Sie mitnichten: Ihr Verhalten ist mir unbegreiflich. Was würden Sie von mir denken, wenn ich mich Ihnen gegenüber genauso benähme? – Ich unterschreibe nicht mehr ›Ihr Freund‹, sondern lediglich: ›Freundliche Grüße‹. – Es verging ein weiterer Monat, ohne daß ich irgend etwas von Mongenod hörte. Die ›Peruaner‹ hatten nicht den großen Erfolg davongetragen, mit dem Mongenod gerechnet hatte. Ich ging auf eigene Kosten in die zwanzigste Aufführung. Sie war schlecht besucht. Dabei war Madame Scio[29] darin glänzend. Im Foyer wurde mir gesagt, das Stück werde nur noch ein paar Aufführungen erleben. Ich sprach siebenmal hintereinander bei Mongenod vor, traf ihn nicht an und hinterließ jedesmal der Wirtin meinen Namen. Dann schrieb ich ihm: ›Monsieur, wenn Sie, nachdem Sie meine Freundschaft eingebüßt haben, nicht auch noch meiner Achtung verlustig gehen wollen, dann behandeln Sie mich von jetzt an wie einen Fremden, also höflich, und lassen mich wissen, ob Sie am Verfallstage in der Lage sind, meinen Wechsel einzulösen. Ich werde mich Ihrer Antwort entsprechend verhalten. Ihr ergebener Alain.‹ – Keine Antwort. Wir schrieben damals das Jahr 1799. In etwa zwei Monaten wäre ein volles Jahr verflossen gewesen. Am Fälligkeitstag suchte ich Bordin auf. Bordin nahm den Wechsel an sich, ließ ihn zu Protest gehen und einklagen. Die Katastrophen, die die französische Armee erlitten hatte, hatten die Kurse so tief sinken lassen, daß man die Fünf-Francs-Rentenpapiere für sieben Francs kaufen konnte. Also hätte ich für hundert Goldlouis fast fünfzehnhundert Francs Zinsen haben können. Jeden Morgen, wenn ich meine Tasse Kaffee trank, sagte ich mir bei der Lektüre der Zeitung: ›Dieser verflixte Mongenod! Ohne ihn könnte ich mir tausend Taler Zinsen verschaffen!‹ Mongenod war mein Sündenbock geworden. Wenn ich durch die Straßen ging, wetterte ich gegen ihn. – ›Aber es gibt ja noch Bordin‹, sagte ich mir, ›der wird ihn schon zwicken, und damit tut er recht!‹ Mein Haß verströmte sich in Verwünschungen, ich fluchte diesem Menschen, ich gewahrte an ihm jedes erdenkliche Laster. Ach, Monsieur Barillaud hatte nur zu sehr recht mit allem gehabt, was er mir über ihn gesagt hatte. Schließlich sah ich eines Morgens meinen Schuldner bei mir eintreten, und zwar so wenig verlegen, als wenn er mir keinen Centime geschuldet hätte. Als ich ihn erblickte, empfand ich all die Scham, die eigentlich er hätte verspüren müssen. Ich kam mir vor wie ein auf frischer Tat ertappter Verbrecher. Mir war sehr unbehaglich zumute. Der 18. Brumaire[30] hatte stattgefunden, alles ging zum besten, die Kurse stiegen, und Bonaparte war ins Feld gerückt, um die Schlacht bei Marengo[31] zu schlagen. – ›Es ist bedauerlich, Monsieur‹, sagte ich, ohne Mongenod zum Platznehmen aufzufordern, ›daß ich Ihren Besuch lediglich dem Eingreifen eines Gerichtsvollziehers zu verdanken habe.‹ Mongenod nahm einen Stuhl und setzte sich. – ›Ich komme, um dir zu sagen‹, antwortete er, ›daß ich außerstande bin zu zahlen.‹ – ›Sie haben mich die Anlage meines Geldes vor dem Auftreten des Ersten Konsuls verpassen lassen. Denn zu jener Zeit hätte ich mir ein kleines Vermögen schaffen können . . .‹ – ›Ich weiß, Alain‹, sagte er zu mir, ›ich weiß. Aber was für einen Sinn hat es, mich zu verklagen und meine Schulden dadurch zu erhöhen, daß mir die Kosten aufgebürdet werden? Ich habe Nachricht von meinem Schwiegervater und meiner Frau. Sie haben Ländereien gekauft und mir ein Verzeichnis der Dinge geschickt, deren sie für ihre Einrichtung bedürfen. Ich habe alles, was mir zur Verfügung stand, für diese Anschaffungen verwenden müssen. Jetzt werde ich, ohne daß mich jemand daran hindern könnte, in Vlissingen, wohin ich all mein geringes Hab und Gut habe befördern lassen, auf einem holländischen Schiff in See gehen. Bonaparte hat die Schlacht bei Marengo gewonnen, der Friede wird unterzeichnet werden. Ich kann unbesorgt zu meiner Familie stoßen, denn meine liebe kleine Frau war bei der Abreise guter Hoffnung.‹ – ›Dann haben Sie mich also Ihren Interessen geopfert . . .?‹ fragte ich ihn. – ›Freilich‹, antwortete er. ›Ich hatte gemeint, Sie seien mein Freund.‹ In diesem Augenblick habe ich mich Mongenod unterlegen gefühlt, so erhaben kam er mir vor, als er jenes schlichte und so große Wort aussprach. – ›Habe ich es Ihnen nicht gesagt?‹ fuhr er fort. ›Bin ich Ihnen gegenüber nicht von letzter Offenheit gewesen, hier, an ebendieser Stelle? Ich bin zu Ihnen gekommen, Alain, als zu dem einzigen Menschen, durch den ich richtig eingeschätzt werden konnte. Fünfzig Louis, habe ich zu Ihnen gesagt, würden verlorene Liebesmüh sein, aber hundert, die kann ich Ihnen zurückerstatten. Ich habe keinen Termin genannt. Konnte ich denn wissen, an welchem Tag mein langes Ringen mit dem Elend zu Ende sein würde? Sie waren mein letzter Freund. Alle meine Freunde, sogar unser alter Chef Bordin, verachteten mich, weil ich von ihnen Geld geliehen habe. Ach, Sie wissen nicht, Alain, welch grausiges Gefühl das Herz eines anständigen Menschen zusammenkrampft, der sich in den Klauen des Unglücks befindet, wenn er zu jemandem ins Zimmer tritt, um ihn um Hilfe zu bitten . . .! Und alles, was sich daraus ergibt! Ich wünsche, Sie möchten es niemals kennenlernen: Es ist schauerlicher als die Angst vor dem Tode. Sie haben mir Briefe geschrieben, die, wären sie in derselben Lage von mir geschrieben worden, Ihnen recht häßlich vorgekommen sein würden. Sie haben von mir Dinge erwartet, die nicht in meiner Macht standen. Sie sind der einzige, vor den ich hintrete, um mich zu rechtfertigen. Trotz Ihrer strengen Maßnahmen, und obwohl Sie sich aus einem Freund in einen Gläubiger verwandelt haben, nämlich an dem Tag, als Bordin mir einen Schuldschein für Sie abgefordert hat, wodurch die noble Abmachung, die wir geschlossen hatten, damals, als wir einander die Hand drückten und beide Tränen in den Augen hatten, zunichte wurde. Nun, ich habe immer nur an jene Vormittagsstunde gedacht. Um jener Stunde willen bin ich hergekommen und sage zu Ihnen: ›Sie kennen das Unglück nicht, also klagen Sie es nicht an!‹ Ich habe über keine Stunde, über keine Minute verfügt, um Ihnen zu schreiben und Ihnen zu antworten! Wünschten Sie vielleicht, ich solle kommen und Ihnen um den Bart gehen . . .? Ebenso hätte man von einem von den Hunden und den Jägern abgehetzten Hasen verlangen können, er solle sich auf einer Lichtung ausruhen und dort Gras fressen! Nein, ich habe Ihnen keine Eintrittskarte geschickt. Ich hatte ja nicht mal genug für die Forderungen derer, von denen mein Schicksal abhing. Ich war beim Theater ein Grünhorn. Ich wurde die Beute der Musiker, der Schauspieler, der Sänger, des Orchesters. Um abreisen und um das kaufen zu können, was meine Familie da drüben braucht, habe ich die ›Peruaner‹ an den Direktor verkauft und dazu zwei weitere Stücke, die ich im Schubfach liegen hatte. Ich reise ohne einen Sou nach Holland. Ich esse unterwegs, bis ich in Vlissingen bin, trocken Brot. Meine Überfahrt ist bezahlt, das ist alles. Ohne das Mitleid meiner Wirtin, die Vertrauen zu mir hat, hätte ich zu Fuß gehen müssen, mit dem Rucksack auf dem Buckel. Also verbleibt Ihnen, trotz Ihren Zweifeln an mir, meine volle Dankbarkeit, da ich ohne Sie meinen Schwiegervater und meine Frau nicht hätte nach New York schicken können. Nein, ›Monsieur‹ Alain, ich werde nie vergessen, daß die hundert Louis, die Sie mir geliehen haben, Ihnen heute fünfzehnhundert Francs Zinsen einbringen würden.‹ – ›Ich würde Ihnen gerne glauben, Mongenod‹, sagte ich, beinahe wankend gemacht durch den Tonfall, in dem er jene Erklärung vorgebracht hatte. – ›Oh, du sagst nicht mehr ›Monsieur‹ zu mir‹, entgegnete er lebhaft und schaute mich mit gerührter Miene an. ›Mein Gott, ich würde Frankreich mit geringerem Bedauern verlassen, wenn ich dort einen Menschen zurückließe, in dessen Augen ich weder ein halber Gauner noch ein Verschwender noch ein Mensch wäre, der Selbsttäuschungen nachhängt. Inmitten meines Elends habe ich einen Engel geliebt. Ein Mann, der von ganzem Herzen liebt, Alain, ist niemals ganz und gar verächtlich . . .‹ Als er das gesagt hatte, streckte ich ihm die Hand hin. Er nahm und drückte sie. – ›Möge der Himmel dich schützen‹, sagte ich zu ihm. – ›Dann sind wir nach wie vor Freunde?‹ fragte er. – ›Ja‹, erwiderte ich. ›Es soll nicht heißen, mein Kindheitsgefährte und mein Jugendfreund sei mit der Last meines Zorns beladen nach Amerika gereist . . .!‹ Mongenod küßte mich mit Tränen in den Augen auf beide Wangen und stürzte auf die Tür zu. Als ich ein paar Tage später Bordin begegnete, erzählte ich ihm von meinem letzten Zusammentreffen, und er sagte lächelnd zu mir: ›Ich wünsche nur, daß das keine Komödienszene gewesen ist . . .! Er hat Sie also um nichts gebeten?‹ – ›Nein‹, antwortete ich. – ›Dabei ist er zu mir gekommen, ich habe fast die gleiche Schwachheit bezeigt wie Sie, und er hat mich um so viel gebeten, daß er unterwegs leben könne. Nun, wir werden ja sehen!‹ Diese Bemerkung Bordins ließ mich fürchten, ich hätte auf dümmliche Weise einer Regung der Rührseligkeit nachgegeben. – ›Aber auch er, der Sachwalter, hat gehandelt wie ich!‹ sagte ich mir. Ich halte es für unnötig, Ihnen darzulegen, wie ich mein ganzes Vermögen verloren habe, ausgenommen meine andern hundert Louis, die ich ins Staatsschuldbuch eintragen ließ, als der Kurs der Staatspapiere schon so hoch gestiegen war, daß ich mit Not und Mühe fünfhundert Francs Zinsen zum Leben hatte, als ich vierunddreißig Jahre alt war. Ich bekam dann, da Bordin sich für mich einsetzte, eine Stellung mit achthundert Francs Gehalt an einer Zweigstelle des Mont-de-Piété[32] in der Rue des Petits-Augustins[33]. Ich lebte damals sehr bescheiden. Ich hatte in der Rue des Marais[34] eine kleine Wohnung im dritten Stock. Sie bestand aus zwei größeren Räumen und einem kleinen und kostete zweihundertfünfzig Francs. Zum Essen ging ich in eine bürgerliche Pension, was mich monatlich vierzig Francs kostete. Abends machte ich Abschriften. Da ich nun mal häßlich und arm war, mußte ich darauf verzichten zu heiraten.«

Als Godefroid dieses Urteil vernahm, das der arme Alain mit anbetenswürdiger Schicksalsergebenheit über sich selber fällte, vollführte er eine Bewegung, die besser als ein vertrauliches Eingeständnis die Gleichheit von ihrer beider Schicksalen bestätigte, und als Antwort auf diese beredte Geste erweckte der biedere Alte den Anschein, als erwarte er eine Äußerung seines Zuhörers.

»Sind Sie denn niemals geliebt worden . . .?« fragte Godefroid.

»Nie!« entgegnete Alain. »Ausgenommen von Madame. Sie erstattet uns allen die Liebe zurück, die wir alle für sie hegen. Es ist eine Liebe, die ich als himmlisch bezeichnen möchte. Sie haben sich davon überzeugen können. Wir leben ihr Leben, wie sie das unsrige lebt. Und wenn unsere Liebesfreuden auch nicht körperlich sind, so sind sie nichtsdestoweniger von großer Leidenschaftlichkeit, da wir nur durch das Herz existieren . . . Es ist nun mal so, mein Junge«, fuhr er fort, »wenn die Frauen moralische Qualitäten zu würdigen wissen, haben sie mit der Außenwelt abgeschlossen und sind dann alt . . . Ich habe viel gelitten, lassen Sie's gut sein . . .!«

»Ach, mir geht es genauso . . .«, sagte Godefroid.

»Unter dem Kaiserreich«, fuhr der biedere Alte fort und senkte den Kopf, »wurden die Zinsen der Staatsrentenpapiere unpünktlich bezahlt. Man mußte sich auf einen Aufschub der Zahlungen gefaßt machen. Von 1802 bis 1814 verging keine Woche, in der ich nicht Mongenod für meine Nöte verantwortlich gemacht hätte. – ›Ohne Mongenod‹, sagte ich mir, ›hätte ich heiraten können. Ohne ihn wäre ich nicht genötigt, unter Entbehrungen zu leben.‹ Aber bisweilen sagte ich mir auch: – ›Vielleicht wird der Unglücksmensch drüben von schlimmen Schicksalen verfolgt!‹ Im Jahre 1806, an einem Tage, da mein Leben mich kaum noch ertragbar dünkte, schrieb ich ihm einen langen Brief, den ich ihm über Holland zukommen ließ. Ich bekam keine Antwort, und ich wartete drei Jahre hindurch, wobei ich auf ebenjene Antwort stets enttäuschte Hoffnungen gründete. Schließlich schickte ich mich in mein Dasein. Zu meinen fünfhundert Francs Zinsen aus den Rentenpapieren, meinen zwölfhundert Francs beim Monte-de-Piété, denn mein Gehalt war erhöht worden, fügte ich den Ertrag aus einer Buchführung hinzu, mit der mich Monsieur Birotteau, der Parfümhändler, betraut hatte. Ich verdiente dadurch fünfhundert Francs. Auf diese Weise hielt ich mich nicht nur über Wasser, sondern legte auch noch jährlich achthundert Francs auf die hohe Kante. Zu Beginn des Jahres 1814 erwarb ich für neuntausend Francs Ersparnisse Staatsrentenpapiere, die damals auf vierzig standen, und sicherte mir dadurch sechzehnhundert Francs Zinsen für meine alten Tage. Ich verfügte auf diese Weise über fünfzehntausend Francs vom Mont-de-Piété, sechshundert Francs für meine Buchführung und sechzehnhundert Francs aus den Staatspapieren, alles in allem dreitausendsiebenhundert Francs. Ich mietete eine Wohnung in der Rue de Seine und lebte jetzt ein bißchen besser. Meine Stellung brachte mich in Beziehung zu vielen Unglücklichen. Seit zwölf Jahren kannte ich mich besser als jeder andere im öffentlichen Elend aus. Ein paarmal habe ich armen Leuten geholfen. Es machte mir große Freude, wenn ich sah, daß unter zehn, denen geholfen worden war, ein oder zwei Haushalte sich wieder hinaufarbeiteten. Es kam mir in den Sinn, daß die Wohltätigkeit nicht darin bestehen dürfe, den in Not

Befindlichen Geld hinzuwerfen. Die Bezeigung von Mildtätigkeit, wie man so sagt, schien mir häufig eine Art Prämie zu sein, die den Verbrechen gezahlt wird. Ich machte mich daran, diese Frage genauer zu untersuchen. Damals war ich fünfzig Jahre alt, und mein Leben war nahezu abgeschlossen. ›Wozu bin ich noch nütze?‹ fragte ich mich. ›Wem soll ich mein Vermögen hinterlassen? Wenn ich meine Wohnung reicher ausstatte, wenn ich mir eine gute Köchin zulege, wenn ich auf anständige Weise und gesichert lebe, womit soll ich dann meine Zeit hinbringen?‹ Auf diese Weise hatten elf Jahre Revolution und fünfzehn Jahre der Not die glücklichste Zeit meines Lebens verschlungen! Sie hatten es in einer sterilen Arbeit aufgezehrt oder einzig der Erhaltung meiner selbst gedient. In diesem Alter kann sich niemand aus einem dunklen, von der Not niedergedrückten Schicksal zu einem glänzenden aufschwingen, aber nützlich machen kann man sich immer noch. Mit einem Wort, ich sah ein, daß eine weitgespannte Überwachung in Gestalt guter Ratschläge den Wert des gespendeten Geldes verzehnfacht. Denn die, denen es schlecht geht, bedürfen vor allem der Leitung. Wenn man sie an der Arbeit beteiligt, die sie für andere leisten, mangelt es ihnen nicht an erfinderischer Intelligenz. Ein paar schöne Ergebnisse, die ich erzielte, machten mich sehr stolz. Ich gewahrte zugleich ein Ziel und eine Betätigung, gar nicht zu reden von den erlesenen Genüssen, die es bereitet, wenn man im Kleinen die Rolle der Vorsehung spielt.«

»Und heute spielen Sie sie im Großen . . .?« fragte Godefroid lebhaft.

»Oh, Sie wollen alles wissen?« fragte der alte Mann. »Besser nicht. – Würden Sie es wohl glauben . . .?« fuhr er nach dieser Pause fort. »Die Geringfügigkeit der Mittel, die mein kleines Vermögen mir zur Verfügung stellte, ließ mich oftmals von neuem an Mongenod denken. – ›Ohne Mongenod hätte ich sehr viel mehr tun können‹, sagte ich. ›Hätte ein unehrlicher Mensch mich nicht um fünfzehnhundert Francs Zinsen gebracht‹, habe ich oftmals gedacht, ›so hätte ich diese Familie retten können.‹ Indem ich also mein Unvermögen durch eine Anklage entschuldigte, verfluchten diejenigen, denen ich als Trost nur Worte darbringen konnte, mit mir zusammen Mongenod. Diese Flüche erleichterten mir das Herz. Eines Morgens im Januar 1816 meldet meine Haushälterin mir ... wen? Mongenod! Monsieur Mongenod! Und wen sehe ich eintreten ...? Eine schöne, jetzt sechsunddreißigjährige Frau, begleitet von drei Kindern; dann Mongenod, der jünger wirkte als bei seiner Abreise, denn Reichtum und Glück breiten eine Aureole um ihre Günstlinge. Als er abreiste, war er mager, blaß, gelb und dürr gewesen. Jetzt, wo er wiederkam, war er dick, wohlgenährt, blühend wie ein Stiftsvikar, und gut gekleidet. Er warf sich in meine Arme, und als er sich kühl empfangen sah, lautete sein erstes Wort: ›Hätte ich denn eher kommen können, lieber Freund? Erst seit 1815 sind die Meere frei, und dann habe ich noch achtzehn Monate gebraucht, um mein Vermögen flüssigzumachen, meine Konten abzuschließen und meine Außenstände einzuziehen. Ich habe Erfolg gehabt, lieber Freund. Als ich im Jahre 1806 deinen Brief erhielt, bin ich auf einem holländischen Schiff abgereist, um dir persönlich ein kleines Vermögen zu überbringen. Aber durch die Vereinigung Hollands mit dem französischen Kaiserreich bin ich den Engländern in die Hände gefallen, und die haben mich nach Jamaika gebracht, von wo ich durch einen Zufall habe auskneifen können. Als ich wieder in New York angelangt war, bin ich Konkursen zum Opfer gefallen, denn die arme Charlotte hatte sich während meines Fernseins nicht vor Betrügern schützen können. Also war ich gezwungen, mit dem Aufbau meines Vermögens von vorn zu beginnen. Kurzum, jetzt sind wir heimgekehrt. Aus der Art und Weise, wie diese Kinder dich anschauen, kannst du wohl ersehen, daß ihnen oft von dem Wohltäter der Familie erzählt worden ist!‹ – ›Ach ja, Monsieur‹, sagte die schöne Madame Mongenod, ›es ist kein einziger Tag hingegangen, ohne daß wir Ihrer gedacht hätten. Bei allen Geschäften ist Ihr Anteil beiseite gelegt worden. Wir alle haben das Glück herbeigesehnt, das uns in diesem Augenblick widerfährt, das Glück, Ihnen Ihr Vermögen darzubringen, ohne daß wir indessen glaubten, dieser ‚Zehent des Herrn' könne uns je der Schuld der Dankbarkeit entledigen.‹ Mit diesen Worten überreichte Madame Mongenod mir die prächtige Kassette, die Sie hier vor sich sehen. Darin befanden sich hundertfünfzig Tausendfrancsscheine. – ›Du hast viel gelitten, armer, guter Alain, ich weiß es, aber wir haben deine Leiden geahnt, und wir haben uns den Kopf bei Überlegungen zerbrochen, wie wir dir das Geld überweisen sollten, ohne daß es uns gelungen wäre‹, fuhr Mongenod fort. ›Du hast nicht heiraten können, das hast du mir geschrieben. Aber hier ist unsere älteste Tochter, sie ist in dem Gedanken erzogen worden, deine Frau zu werden, und sie bekommt eine Mitgift von einer halben Million Francs . . .‹ – ›Gott bewahre mich davor, sie unglücklich zu machen!‹ rief ich hastig aus und betrachtete ein Mädchen, das genauso schön war wie seine Mutter in jenem Alter. Ich zog es an mich und küßte es auf die Stirn. – ›Fürchten Sie nichts, mein schönes Kind!‹ sagte ich zu ihr. ›Ein Mann von fünfzig und ein siebzehnjähriges Mädchen! Und noch dazu ein Mann, der so häßlich ist wie ich!‹ rief ich. ›Nein, niemals.‹ – ›Monsieur‹, sagte sie zu mir, ›der Wohltäter meines Vaters wird für mich nie häßlich sein.‹ Dieser Ausspruch, der ganz spontan und herzensrein getan wurde, machte mir klar, daß alles, was Mongenod erzählt hatte, wahr sei. Also bot ich ihm die Hand, und wir lagen einander endlich wieder in den Armen. – ›Lieber Freund‹, sagte ich zu ihm, ›ich habe dir unrecht getan. Ich habe dir oftmals Vorwürfe gemacht und dir geflucht . . .‹ – ›Das mußtest du tun, Alain‹, antwortete er mir und errötete. ›Du hast Schweres durchgemacht, und zwar durch meine Schuld . . .‹ Ich entnahm einer Mappe das Aktenstück Mongenod und übergab ihm die Papiere und seinen quittierten Wechsel. – ›Jetzt sollt ihr alle mit mir zu Mittag essen‹, sagte ich zu der Familie. – ›Unter der Bedingung, daß du zu meiner Frau zum Abendessen kommst, sobald sie richtig eingerichtet ist. Wir sind nämlich erst gestern angelangt. Wir wollen ein Stadtpalais kaufen, und ich will in Paris ein Bankgeschäft für Nordamerika eröffnen, damit ich es dem Lümmel da einmal hinterlassen kann‹, sagte er und deutete auf seinen ältesten, fünfzehnjährigen Sohn. Den Rest des Tages verbrachten wir gemeinsam, und abends gingen wir in die Komödie, denn Mongenod und die Seinen waren heißhungrig auf eine Theateraufführung. Am andern Tag ließ ich die Summe ins Staatsschuldbuch eintragen und besaß nunmehr alles in allem ein Einkommen von fünfzehntausend Francs. Dieser Wohlstand erlaubte mir, nicht länger abends der Buchführung obzuliegen und meine Stellung aufzugeben, zur großen Genugtuung der Supernumerare. Nach der Gründung des Bankhauses Mongenod u. Co., das bei den ersten Anleihen der Restauration riesige Gewinne machte, starb mein Freund 1827, im dreiundsechzigsten Lebensjahr. Seine Tochter, der er eine Million Mitgift gegeben hat, hat den Vicomte de Fontaine geheiratet. Der Sohn, den Sie ja kennen, ist noch unverheiratet. Er lebt mit seiner Mutter und seinem jüngeren Bruder zusammen. Wir bekommen bei ihnen alle Summen, die wir etwa benötigen. Frédéric, denn der Vater hatte ihm in Amerika meinen Vornamen gegeben, Frédéric Mongenod ist mit seinen siebenunddreißig Jahren einer der geschicktesten und redlichsten unter den Pariser Bankiers. Unlängst ist Madame Mongenod endlich damit herausgerückt, daß sie einmal für zwei Taler zu sechs Francs ihr Haar verkauft habe, um Brot zu schaffen. Sie spendet im Jahr vierundzwanzig Klafter Brennholz, die ich an arme Leute verteile, als Gegengabe für das halbe Klafter, das ich ihr einstmals geschickt hatte.«

»Das erklärt mir jetzt Ihre Beziehungen zu dem Bankhaus Mongenod«, sagte Godefroid, »und Ihre Geldmittel . . .«

Der biedere Alte blickte Godefroid an und lächelte dabei nach wie vor mit demselben Ausdruck freundlicher Bosheit.

»Erzählen Sie doch weiter . . .«, entgegnete Godefroid. Er sah es Alain an, daß der Alte noch nicht alles gesagt habe.

»Diese Lösung, mein lieber Godefroid, hat auf mich tiefsten Eindruck gemacht. Wenn auch der Mann, der soviel gelitten, wenn auch mein Freund mir meine Ungerechtigkeit verziehen hatte: Ich selber habe sie mir mitnichten verziehen.«

»Oh!« entfuhr es Godefroid.

»Ich beschloß, alles, was ich entbehren konnte, jährlich etwa zehntausend Francs, einer wohlüberlegten Wohltätigkeit zu opfern«, fuhr Monsieur Alain ruhig fort. »Ich lernte um jene Zeit einen Richter vom Tribunal erster Instanz des Seine-Départements namens Popinot kennen, den wir bedauerlicherweise vor drei Jahren verloren haben. Er hat fünfzehn Jahre lang im Stadtviertel Saint-Marcel auf die aktivste Weise Wohltätigkeit geübt. Er hatte, gemeinsam mit unserm ehrwürdigen Vikar von Notre-Dame und mit Madame, den Gedanken der Gründung des Wohltätigkeitswerkes, an dem wir mitarbeiten und das seit

1825 in der Stille mancherlei Gutes vollbracht hat. Jenes Werk hat in Madame de La Chanterie eine Seele erhalten. Denn sie ist in Wahrheit die Seele des Unternehmens. Der Vikar hat sich darauf verstanden, uns noch frömmer zu machen, als wir zu Beginn waren, und zwar dadurch, daß er uns die Notwendigkeit aufzeigte, selber tugendhaft zu sein, um Tugend einflößen, um das gute Beispiel predigen zu können. Je weiter wir auf diesem Wege fortgeschritten sind, desto glücklicher haben wir alle uns gefühlt. Somit hat die Reue darüber, das Herz meines Kindheitsfreundes verkannt zu haben, mir den Gedanken eingegeben, aus freien Stücken den Armen das Vermögen zu weihen, das er mir zurückgebracht und das ich entgegengenommen hatte, ohne Protest zu erheben gegen die große Höhe der Summe im Verhältnis zu der geliehenen: Ihre Bestimmung glich alles aus.«

Diese Erzählung, die ohne alle Emphase und mit rührender Harmlosigkeit in Tonfall, Geste und Blick erfolgt war, hätte Godefroid endgültig das Verlangen eingeflößt, in diese fromme, edle Gemeinschaft einzutreten, wenn er nicht schon vorher dazu entschlossen gewesen wäre.

»Sie haben geringe Kenntnis von Welt und Leben«, sagte Godefroid, »wenn Sie sich solche Gewissensbisse über etwas gemacht haben, das kein Gewissen belastet haben würde.«

»Ich kenne nur die, die übel dran sind«, antwortete der gute Alte. »Mich verlangt nicht eben danach, eine Welt kennenzulernen, in der man sich so wenig scheut, einander schlecht zu beurteilen. Aber gleich ist es Mitternacht, und ich muß noch über mein Kapitel aus der ›Nachfolge Jesu Christi‹ meditieren. Gute Nacht.«

Godefroid ergriff die Hand des biederen Alten und drückte sie ihm in aufwallender Bewunderung.

»Können Sie mir wohl die Lebensgeschichte der Madame de La Chanterie erzählen?« fragte er.

»Das ist ohne ihre Einwilligung unmöglich«, antwortete der Alte, »denn sie berührt sich mit einem der schrecklichsten Ereignisse der kaiserlichen Politik. Ich habe Madame durch meinen Freund Bordin kennengelernt. Er hat um alle Geheimnisse dieses noblen Lebens gewußt, und er hat mich sozusagen in dieses Haus gebracht.«

»Wie dem auch sei«, antwortete Godefroid, »ich danke Ihnen, daß Sie mir Ihre Lebensgeschichte erzählt haben. Es finden sich darin Lehren für mich.«

»Wissen Sie denn, was die Moral davon ist?«

»Bitte sagen Sie es mir«, entgegnete Godefroid, »denn ich könnte ja etwas anderes darin erblicken als Sie . . .!«

»Nun, der Genuß«, sagte der biedere Alte, »ist im Leben eines Christen nur ein Begleitumstand, nicht aber das Ziel, und eben das begreifen wir zu spät.«

»Und was geschieht, wenn man zum Christen wird?« fragte Godefroid.

»Schauen Sie dorthin!« sagte der Alte.

Er wies mit dem Finger Godefroid auf eine Inschrift in goldenen Lettern auf schwarzem Grunde hin, die der neue Pensionsgast noch nicht hatte sehen können, da er das Zimmer des Alten zum erstenmal betreten hatte. Godefroid wandte sich um und las: TRANSIRE BENEFACIENDO[35].

»Das, mein Sohn, ist der Sinn, den man dann dem Leben gibt. Es ist unsere Devise. Wenn Sie einer der Unsern werden, ist das Ihr ganzer Bestallungsbrief. Wir lesen diesen Hinweis und erteilen ihn uns zu jeder Stunde, beim Aufstehen, beim Schlafengehen, beim Ankleiden . . . Ach, wenn Sie wüßten, welch unermeßliche Freuden die Erfüllung einer Regel in sich beschließt . . .!«

»Wie denn . . .?« fragte Godefroid in der Hoffnung auf Enthüllungen.

»Zunächst sind wir ebenso reich wie der Baron Nucingen . . . Aber die ›Nachfolge Jesu Christi‹ verbietet uns, etwas für uns selber zu besitzen. Wir sind nur Verteiler, und wenn in uns eine einzige Regung des Stolzes wäre, dann wären wir nicht würdig, Verteiler zu sein. Das wäre dann nicht *transire benefaciendo*, das hieße, durch das Denken daran genießen. Wenn Sie sich mit einem gewissen Aufblähen der Nasenflügel sagten, ich spielte die Rolle der Vorsehung, wie Sie sich vielleicht hätten denken können, wenn Sie heute morgen an meiner Stelle gewesen wären und einer Familie zu neuem Aufleben verholfen hätten, dann wären Sie ein Sardanapal[36] geworden, ein schlimmer! Von den Herren hier denkt keiner an sich selber, wenn er Gutes tut. Man muß sich aller Eitelkeit entledigen, allen Hochmuts, allen Ehrgeizes, und das ist schwierig, das können Sie mir glauben ...!«

Godefroid wünschte Monsieur Alain gute Nacht und kehrte in seine Wohnung zurück, heftig erschüttert von dieser Erzählung. Allein seine Neugier war eher angestachelt als befriedigt, denn die Hauptgestalt des Gemäldes, das dieses Hausinnere darstellte, war Madame de La Chanterie. Die Lebensgeschichte dieser Frau besaß für ihn einen solchen Wert, daß er aus dieser Erkundung Zweck und Ziel seines Aufenthalts im Stadtpalais de La Chanterie machte. Schon jetzt erahnte er in der Gemeinschaft dieser fünf Menschen eine riesige Wohltätigkeitsorganisation. Aber darüber machte er sich weit weniger Gedanken als über seine Heldin.

Der Neophyt brachte einige Tage damit hin, die Elitemenschen, in deren Mitte er sich befand, besser zu beobachten, als er es bislang getan hatte, und es vollzog sich in ihm ein moralisches Phänomen, das die modernen Philanthropen, vielleicht aus Ahnungslosigkeit, vernachlässigt haben. Die Sphäre, in der er lebte, übte auf Godefroid einen positiven Einfluß aus. Das Gesetz, das die physische Natur in bezug auf das atmosphärische Milieu beherrscht, um der Daseinsbedingungen der sich darin entwickelnden Wesen willen, regiert gleichermaßen die moralische Natur. Daraus folgt, daß die Zusammenfassung Verurteilter eines der größten sozialen Verbrechen und daß deren Isolierung ein Experiment von zweifelhaftem Erfolg darstellt. Die Verurteilten müßten religiösen Institutionen ausgeliefert und mit den Wundern des Guten umgeben werden, anstatt im Bereich der Mirakel des Bösen zu verbleiben. Man kann, was das betrifft, auf völliges Entgegenkommen von seiten der Kirche rechnen. Wenn sie Missionare zu wilden oder barbarischen Völkern entsendet, mit welcher Freude würde sie dann den religiösen Orden die Mission übertragen, die ›Wilden der Kulturwelt‹ zu übernehmen, um sie zu bekehren. Denn jeder Verbrecher ist ein Atheist, und oftmals, ohne es zu wissen. Godefroid erkannte, daß jene fünf Menschen mit den Qualitäten begabt seien, die sie von ihm verlangten. Sie alle waren frei von Hochmut, von Eitelkeit. Sie waren wahrhaft demütig und fromm, ohne eine der Anmaßungen, aus denen die »Devotion« besteht, das Wort in seinem üblen Sinn verstanden. Diese Tugenden waren ansteckend. Es überkam ihn das Verlangen, es jenen unbekannten Helden gleichzutun, und so gelangte er schließlich dahin, sich leidenschaftlich in das Buch zu versenken, das er zunächst geringgeachtet hatte. Innerhalb von vierzehn Tagen gestaltete er sein Leben so einfach, wie es im Grunde sein soll, wenn man es von den erhabenen Gesichtspunkten aus betrachtet, zu denen die religiöse Gesinnung einen führt. Kurzum, seine anfangs so weltliche Neugier, die von so vielerlei minderen Motiven angefacht worden war, wurde gereinigt. Wenn er nicht gänzlich darauf verzichtete, so geschah das, weil es schwierig war, an Madame de La Chanterie keinen Anteil zu nehmen. Aber er bezeigte, ohne es zu wollen, ein taktvolles Verhalten, das von den Männern gewürdigt wurde. Denn bei ihnen hatte der göttliche Geist eine unerhörte Vertiefung der Fähigkeiten bewirkt, wie es übrigens bei allen frommen Menschen der Fall ist. Die Konzentration der moralischen Kräfte verzehnfacht durch welches System auch immer deren Reichweite.

»Unser Freund ist noch nicht bekehrt«, sagte der gute Abbé de Vèze. »Aber es verlangt ihn danach, es zu werden ...«

Ein unvorhergesehener Umstand beschleunigte die Enthüllung der Lebensgeschichte der Madame de La Chanterie, so daß Godefroids Wißbegierde in ihrem wichtigsten Punkt sehr schnell befriedigt wurde.

Paris beschäftigte sich damals mit der an der Zollschranke Saint-Jacques[37] erfolgenden Lösung eines der schrecklichsten Kriminalprozesse, die in den Annalen unserer Schwurgerichte einen Markstein bilden. Das gewaltige Interesse an jenem Prozeß wurde durch die Verbrecher selber ausgelöst, deren Kühnheit, deren gewöhnlichen Angeklagten überlegene Intelligenz, deren zynische Antworten die Gesellschaft entsetzten. Ein bemerkenswerter Umstand ist, daß in das Stadtpalais de La Chanterie keine Zeitung Eingang fand und daß Godefroid von der Ablehnung der von den Verurteilten eingelegten Berufung lediglich durch seinen Lehrer in der Buchführung vernahm. Der Prozeß hatte nämlich schon eine ganze Weile vor seinem Einzug bei Madame de La Chanterie stattgefunden.

»Kommen Sie auch«, fragte er seine künftigen Freunde, »mit

Leuten wie diesen wüsten Schurken zusammen, und wenn ja, wie verhalten Sie sich ihnen gegenüber ...?«

»Zunächst«, sagte Monsieur Nicolas, »gibt es keine wüsten Schurken, sondern lediglich kranke Naturen, die eigentlich nach Charenton[38] gehören. Aber abgesehen von solcherlei krankhaften Ausnahmen sehen wir nur Menschen ohne Religion oder Leute, die ihre Vernunft nicht richtig anwenden, und es ist die Aufgabe mildherziger Menschen, die Seelen wieder aufzurichten und die Verirrten wieder auf den richtigen Weg zu bringen.«

»Und«, sagte der Abbé de Vèze, »dem Apostel ist alles möglich, er hat Gott auf seiner Seite ...«

»Wenn Sie zu den beiden Verurteilten geschickt würden«, fragt Godefroid, »könnten Sie dann bei ihnen etwas erreichen?«

»Dazu wäre die Zeit zu knapp«, gab der biedere Alain zu bedenken.

»Im allgemeinen«, sagte Monsieur Nicolas, »überliefert man der Religion Seelen, die alles andere als bußfertig sind, und läßt ihr nur unzulängliche Zeit zum Vollbringen von Wundern. Die Leute, von denen Sie sprechen, wären in unsern Händen vortreffliche Menschen geworden. Sie besitzen nämlich eine ungeheure Energie. Aber sobald sie einen Mord begangen haben, ist es nicht mehr möglich, sich mit ihnen zu befassen. Die menschliche Gerechtigkeit bemächtigt sich ihrer ...«

»Dann sind Sie also«, sagte Godefroid, »gegen die Todesstrafe ...?«

Monsieur Nicolas stand mit einem Ruck auf und ging hinaus.

»Sprechen Sie im Dabeisein von Monsieur Nicolas nie von der Todesstrafe. Er hat einmal in einem Verbrecher, dessen Hinrichtung er beiwohnen mußte, seinen natürlichen Sohn erkannt ...!«

»Und er war unschuldig!« warf Monsieur Joseph ein.

In diesem Augenblick kam Madame de La Chanterie, die sich für kurze Zeit entfernt hatte, wieder ins Wohnzimmer.

»Nun, Sie müssen aber doch zugeben«, wandte Godefroid sich an Monsieur Joseph, »daß die Gesellschaft ohne die Todesstrafe nicht bestehen kann und daß die beiden, denen morgen früh der Kopf abge ...«

Godefroid spürte, wie ihm von kräftiger Hand gewaltsam der Mund geschlossen wurde, und der Abbé de Vèze führte Madame de La Chanterie hinaus. Sie war bleich und sah fast aus wie eine Sterbende.

»Was haben Sie getan . . .?« fragte Monsieur Joseph Godefroid. »Möchten Sie ihn nicht wegführen, Alain?« fragte er und zog die Hand zurück, mit der er Godefroid zum Schweigen gebracht hatte. Und er folgte dem Abbé de Vèze in Madames Zimmer.

»Kommen Sie«, sagte Monsieur Alain zu Godefroid, »Sie haben uns gezwungen, Ihnen Madames Lebensgeheimnisse anzuvertrauen.«

Kurze Zeit danach befanden die beiden Freunde sich im Zimmer des biederen Alain, gerade wie sie dort beisammen gewesen waren, als der alte Mann dem jungen seine Lebensgeschichte erzählt hatte.

»Ja, und nun?« fragte Godefroid, dessen Gesicht von seiner Verzweiflung kündete, die Ursache von etwas gewesen zu sein, das in diesem frommen Haus als eine Katastrophe bezeichnet werden konnte.

»Ich warte, bis Manon kommt und uns beruhigt«, antwortete der Alte, als er das Geräusch der Schritte der Hausgehilfin auf der Treppe vernahm.

»Monsieur, es geht Madame wieder gut, der Herr Abbé hat ihr eingeredet, sie habe das Gesagte mißverstanden!« sagte Manon und bedachte Godefroid mit einem beinahe wütenden Blick.

»Mein Gott!« rief der arme junge Mensch, dem die Tränen in die Augen traten.

»Kommen Sie, setzen Sie sich«, sagte Monsieur Alain zu ihm und nahm selber Platz.

Und er flocht eine Pause ein und sammelte seine Gedanken.

»Ich weiß nicht«, sagte der gütige Alte, »ob ich über das Talent verfüge, das ein würdiger Bericht über ein Leben erfordert, das so grausamen Heimsuchungen unterworfen war. Sie müssen Nachsicht mit mir haben, wenn Sie meinen sollten, die Worte eines so armseligen Redners entsprächen nicht den Vorgängen und den Katastrophen. Bedenken Sie, daß meine Schulzeit schon seit langem hinter mir liegt und daß ich einem Zeitalter entsprossen bin, in dem man sich mehr mit dem Gedankengehalt als mit der Wirkung befaßte, einem prosaischen Zeitalter, da man sich lediglich darauf verstand, die Dinge bei ihrem Namen zu nennen.«

Godefroid machte eine beifällige Bewegung, und der biedere Alain konnte eine ehrliche Bewunderung wahrnehmen, die sagen wollte: »Ich lausche.«

»Sie haben soeben gesehen, junger Freund«, fuhr der alte Mann fort, »daß Sie unmöglich länger unter uns weilen können, ohne in einige der grausigen Besonderheiten im Leben dieser frommen Frau eingeweiht zu werden. Es gibt Gedanken, Anspielungen, fatale Worte, die in diesem Hause absolut verboten sind, weil dadurch bei Madame Wunden aufgerissen würden, deren Schmerzen, bei einem oder mehreren Wiederholungsfällen, sie töten könnten . . .«

»O mein Gott!« rief Godefroid, »was habe ich denn getan...«

»Ohne Monsieur Joseph, der Ihnen das Wort abgeschnitten hat, weil er ahnte, daß Sie auf das fatale Werkzeug des Todes zu sprechen kommen wollten, hätten Sie die arme Madame zu Boden geschmettert . . . Es ist an der Zeit, daß Sie alles erfahren. Denn Sie werden einer der Unsern sein, davon sind wir heute alle überzeugt.

Madame de La Chanterie«, sagte er nach einer Pause, »entstammt einer der ersten Familien der Basse-Normandie. Ihr Mädchenname lautet Barbe-Philiberte de Champignolles. Sie gehört einem jüngeren Zweig dieses Geschlechts an. Daher war sie dazu bestimmt, den Schleier zu nehmen, falls es nicht zu einer Heirat unter Verzichtleistung auf die legitimen Erbansprüche kam, wie es bei armen Familien der Brauch war. Ein Sieur de La Chanterie, dessen Familie abgesunken war, obgleich sie bis zum Kreuzzug Philipp-Augusts[39] zurückreicht, wollte wieder zu dem Rang emporsteigen, der ihm des Alters seiner Familie wegen in der Provinz Normandie gebührte. Jener Edelmann hatte sich sehr unwürdig verhalten, denn er hatte bei Lieferungen für die Armee des Königs während des Kriegs in Hannover[40] einige dreihunderttausend Taler in die eigene Tasche gesteckt. Sein Sohn vertraute allzu sehr auf einen solchen Reichtum, den die in der Provinz umlaufenden Gerüchte als noch größer hinstellten, und führte in Paris ein Leben, das den Vater mit

Sorgen erfüllen mußte. Mademoiselle de Champignolles' guter Ruf hatte ihr in der Landschaft Bessin[41] eine gewisse Berühmtheit eingetragen. Der alte Herr, dessen kleines Lehnsgut La Chanterie zwischen Caen und Saint-Lô gelegen ist, vernahm, wie sehr bedauert wurde, daß eine Demoiselle von solcher Vortrefflichkeit, so danach geschaffen, einen Mann glücklich zu machen, ihre Tage im Kloster beschließen solle. Auf seinen Wunsch, Erkundigungen über das Mädchen einzuziehen, wurde ihm Hoffnung gemacht, er könne durch die Familie de Champignolles die Hand der Mademoiselle Philiberte für seinen Sohn erlangen, vorausgesetzt, daß er auf eine Mitgift verzichte. Er begab sich nach Bayeux, leitete einige Zusammenkünfte mit der Familie de Champignolles in die Wege und war von den glänzenden Eigenschaften der jungen Dame hingerissen. Mit ihren sechzehn Jahren versprach Mademoiselle de Champignolles bereits alles, was später aus ihr werden sollte. Man ahnte in ihr eine verläßliche Frömmigkeit, einen unwandelbar gesunden Menschenverstand, eine unbeugsame Rechtlichkeit und eine der Seelen, die sich nie von einer Bindung abbringen lassen würden, und sei es eine befohlene. Der alte, durch seine Nebenverdienste bei den Heereslieferungen reich gewordene Edelmann witterte in diesem bezaubernden Mädchen die Frau, die seinen Sohn durch die Autorität der Tugend und durch ihren bei aller Milde festen Charakter würde im Zaum halten können. Denn, Sie haben es selber sicher bemerkt, es gibt kein sanfteres Wesen als Madame de La Chanterie. Aber es gibt auch kein vertrauensseligeres als sie. Bis zum Ausklang ihres Lebens hat sie die Treuherzigkeit der Unschuld. Sie hat nie an das Böse glauben wollen. Das geringe Mißtrauen, das Sie an ihr kennen, verdankt sie ihren Schicksalsschlägen. Der alte Herr verpflichtete sich den Champignolles' gegenüber, im Ehekontrakt zu bestätigen, daß Mademoiselle Philiberte das ihr gesetzlich zustehende Erbteil erhalten habe. Dafür jedoch sagten die Champignolles', die mit einigen großen Adelshäusern verwandt waren, zu, daß das Lehen La Chanterie zu einer Baronie erhoben werden solle, und sie hielten Wort. Die Tante des künftigen Ehegatten, Madame de Boisfrelon, die Frau des Parlamentsgerichtsrats, der in der Wohnung gestorben ist, die jetzt Sie innehaben, versprach, ihrem Neffen ihr Vermögen zu vermachen. Als alle diese Vereinbarungen zwischen den beiden Familien getroffen worden waren, ließ der Vater seinen Sohn kommen. Dieser war Bearbeiter der Bittschriften im Großen Rat und zur Zeit seiner Heirat fünfundzwanzig Jahre alt. Er hatte zusammen mit den jungen Edelherren jener Zeit, mit denen er auf ihre Art lebte, zahlreiche tolle Streiche begangen. Deswegen hatte der alte unredliche Heereslieferant bereits mehrmals ansehnliche Schuldsummen bezahlen müssen. Der arme Vater war sich weiterer Verfehlungen des Sohns gewärtig. Er war recht froh, daß er seiner künftigen Schwiegertochter ein gewisses Vermögen zuerkennen konnte. Aber es wohnte in ihm ein solches Mißtrauen, daß er bestimmte, das Lehen La Chanterie solle auf die Kinder männlichen Geschlechts übergehen, die der Ehe entspringen würden ... Die Revolution«, schaltete der biedere Alain ein, »hat diese Vorsichtsmaßnahme überflüssig gemacht. – Der junge Bearbeiter der Bittschriften war mit einer engelhaften Schönheit begabt und von einer wunderbaren Gewandtheit in allen Leibesübungen; er wirkte verführerisch«, fuhr er fort. »Mademoiselle de Champignolles verliebte sich also heftig in ihren Mann, wie Sie mir ohne weiteres glauben werden. Der alte Herr war über die Maßen beglückt über diesen Ehebeginn, und da er seinen Sohn gebessert glaubte, schickte er von sich aus das junge Paar nach Paris. Das geschah zu Anfang des Jahres 1788. Das gedieh nahezu zu einem Glücksjahr. Madame de La Chanterie lernte die kleinen Fürsorglichkeiten, die zärtlichsten Aufmerksamkeiten kennen, die ein von Liebe erfüllter Mann an eine einzige von ihm geliebte Frau verschwenden kann. So kurz die Flitterwochenzeit auch gewesen sein mag, sie hat ihm das Herz dieser edlen, unglücklichen Frau eingetragen. Wie Sie wissen, nährten die Mütter ihre Kinder damals selber, und Madame hatte eine Tochter. Jene Zeitspanne, während welcher eine Frau der Gegenstand verdoppelter Zärtlichkeit hätte sein müssen, wurde indessen zum Beginn unerhörten Unglücks. Der Berichterstatter über die Bittschriften war genötigt, alles zu verkaufen, worüber er verfügen konnte, um alte, nicht eingestandene Schulden sowie neue Spielschulden zu bezahlen. Bald danach verkündete die Nationalversammlung die Auflösung des Großen Rats, des Parlamentsgerichts, sowie die Aufhebung aller so teuer erkauften Ämter innerhalb der Justiz. Der junge, durch eine Tochter vergrößerte Hausstand hatte also als einzige Einkünfte die aus den ererbten Gütern und aus der Madame de La Chanterie zuerkannten Mitgift. Nach zwanzig Monaten sah die liebreizende, siebzehn und ein halbes Jahr alte Frau sich genötigt, mitsamt ihrer Tochter, die sie nährte, von ihrer Hände Arbeit in einem obskuren Stadtviertel zu leben, in das sie sich zurückgezogen hatte. Ihr Mann hatte sie zu jener Zeit gänzlich verlassen. Er sank von Stufe zu Stufe herab im Umgang mit Kreaturen übelster Sorte. Madame hat ihrem Mann nie einen Vorwurf gemacht. Nie hat sie auch nur die leiseste Klage lautwerden lassen. Sie hat uns gesagt, in jenen schlimmen Tagen habe sie für ihren geliebten Henri zu Gott gebetet. – Jener üble Bursche hieß nämlich Henri«, sagte der biedere Alte, »und dieser Name darf hier niemals ausgesprochen werden, und ebensowenig der Name Henriette. Ich fahre fort. – Da Madame de La Chanterie ihr kleines Zimmer in der Rue de la Corderie-du-Temple[42] nur verließ, um Essen einzukaufen oder um sich Arbeit zu verschaffen, konnte sie mit genauer Not leben, und zwar dank der hundert Francs, die ihr über so große Tugend gerührter Schwiegervater ihr monatlich zukommen ließ. Dennoch hatte die arme junge Frau in der Voraussicht, diese Hilfsquelle könne einmal versiegen, sich dem harten Beruf einer Korsettmacherin zugewandt und arbeitete für eine berühmte Schneiderin. In der Tat starb der alte, geschäftstüchtige Heereslieferant, und dank der Aufhebung der Gesetze der Monarchie war sein Erbe durch seinen Sohn schnell vertan. Der ehemalige Bearbeiter der Bittschriften war einer der blutgierigsten Präsidenten des Revolutionstribunals geworden, den es je gegeben hat. Er wurde zum Schrecken der Normandie und konnte jetzt allen seinen Leidenschaften Genüge tun. Nach dem Sturz Robespierres wurde er seinerseits eingekerkert, und der Haß seines Departements weihte ihn einem sicheren Tode. Durch einen Abschiedsbrief erfuhr Madame de La Chanterie von dem Los, das ihren Gatten erwartete. Sogleich vertraute sie ihr kleines Mädchen einer Nachbarin an und begab sich in die Stadt, wo der Elende gefangen saß. Sie hatte die paar Louis mitgenommen, aus denen ihr Vermögen bestand. Mittels jener Louis brachte sie es fertig, in das

Gefängnis einzudringen. Es gelang ihr, ihren Mann zu retten, den sie in ihre eigenen Kleider steckte. Alles geschah unter ähnlichen Umständen, wie später Madame de La Valette[43] sie so trefflich genutzt hat. Sie wurde zum Tode verurteilt, aber man scheute vor dieser Bestrafung zurück, und das Tribunal, dessen Vorsitz ehedem ihr Mann geführt hatte, förderte unter der Hand ihr Entkommen aus dem Gefängnis. Zu Fuß, ohne jeden Beistand, ist sie nach Paris zurückgekehrt. Sie hat in Bauernhäusern genächtigt und oft von Almosen gelebt.«

»Mein Gott!« rief Godefroid aus.

»Warten Sie nur ab ...!« entgegnete der gute Alte, »das ist noch gar nichts. Innerhalb von acht Jahren hat die arme Frau ihren Mann dreimal wiedergesehen. Das erstemal blieb Monsieur zweimal vierundzwanzig Stunden in der bescheidenen Unterkunft seiner Frau, nahm ihr all ihr Geld ab, überhäufte sie mit Zärtlichkeiten und ließ sie glauben, er habe sich von Grund auf gewandelt. ›Ich war‹, so hat sie gesagt, ›völlig kraftlos gegenüber einem Mann, für den ich Tag für Tag gebetet hatte und der mein Denken ausschließlich beschäftigte.‹ Das zweitemal langte Monsieur de La Chanterie todkrank bei ihr an, und an was für einer Krankheit litt er ...! Sie pflegte ihn, sie heilte ihn. Dann versuchte sie, ihn zu einer anständigen Gesinnung und Lebensweise zu bekehren. Er versprach alles, was dieser Engel von ihm erbat. Aber dann stürzte der Revolutionär sich abermals in ein ungeordnetes Leben und entzog sich dem Eingreifen des Staatsanwalts lediglich dadurch, daß er Zuflucht bei seiner Frau suchte, wo er ungefährdet starb.

Oh, es kommt noch weit schlimmer!« rief der wackere Alte, als er sah, welches Erstaunen sich auf Godefroids Antlitz abzeichnete. »In den Kreisen, in denen dieser Mensch verkehrt hatte, wußte niemand, daß er verheiratet war. Zwei Jahre nach dem Tod des Elenden erfuhr Madame de La Chanterie, daß es noch eine zweite Madame de La Chanterie gebe, Witwe wie sie und zugrunde gerichtet wie sie. Dieser Bigamist hatte zwei Engel gefunden, die außerstande waren, ihn zu verraten.

Um das Jahr 1803«, fuhr Monsieur Alain nach einer Pause fort, »kam Monsieur de Boisfrelon, der Onkel der Madame de La Chanterie, der von der Emigrantenliste gestrichen worden war, nach Paris und übergab ihr eine Summe von zweihunderttausend Francs, die ihm früher von dem alten Heereslieferanten anvertraut worden war, mit dem Auftrag, sie für die Kinder seiner Nichte aufzubewahren. Er veranlaßte die Witwe zur Rückkehr in die Normandie, wo sie die Erziehung ihrer Tochter zu Ende führte und wo sie, immer von dem ehemaligen Richter beraten, unter sehr günstigen Bedingungen ein Erbgut kaufte.«

»Aha!« rief Godefroid.

»Das ist noch immer nichts«, sagte der biedere Alain, »wir sind noch nicht bei den eigentlichen Stürmen angelangt. Ich fahre fort. Im Jahre 1807, nach vier Jahren der Ruhe, verheiratete Madame de La Chanterie ihre einzige Tochter an einen Edelmann, dessen Frömmigkeit, Vorleben und Vermögen Bürgschaften jedweder Art boten. Es war ein Herr, der, wie das Volk sagt, ›der Hahn im Korb‹ bei der besten Gesellschaft der Hauptstadt des Départements war, in der Madame und ihre Tochter den Winter zu verleben pflegten. Beachten Sie bitte, daß jene Gesellschaft aus sieben oder acht Familien bestand, die sämtlich dem französischen Hochadel zugezählt wurden, den d'Esgrignons, den Troisvilles, den Nouâtres usw. Nach anderthalb Jahren ließ jener Mann seine Frau sitzen und verschwand nach Paris, wo er einen andern Namen annahm. Madame de La Chanterie hat die Gründe für diese Trennung erst beim Aufleuchten der Blitze und inmitten des Unwetters erfahren. Ihre Tochter, die mit peinlichster Sorgfalt und in den Empfindungen reinster Frömmigkeit erzogen worden war, bewahrte über jenes Ereignis absolutes Stillschweigen. Dieser Mangel an Vertrauen machte Madame de La Chanterie tief betroffen. Schon mehrmals hatte sie bei ihrer Tochter einige Indizien wahrgenommen, die auf den abenteuerlichen Charakter des Vaters schließen ließen, aber noch gesteigert durch eine nahezu männliche Festigkeit. Der Mann war aus freien Stücken auf und davon gegangen und hatte seine geschäftlichen Angelegenheiten in einem jämmerlichen Zustand zurückgelassen. Madame de La Chanterie staunt noch heute über diese Katastrophe, die keine menschliche Macht hätte vereiteln können. Die Leute, die sie vorsichtshalber um Rat gefragt hatte, hatten samt und sonders gesagt, das Vermögen des Zukünftigen sei in allerbester Ordnung, es bestehe aus hypothekenfreiem Grundbesitz. Dabei war das Gut bereits seit zehn Jahren über seinen Wert hinaus belastet. Also wurde der unbewegliche Besitz verkauft, und die unglückliche junge Frau, die nur noch auf ihr eigenes Vermögen angewiesen war, kehrte zu ihrer Mutter zurück. Madame de La Chanterie hat später erfahren, daß dieser Mensch von den ehrenwertesten Leuten der Gegend im Interesse ihrer Schuldforderungen unterstützt worden sei. Denn dieser Elende hatte ihnen allen mehr oder weniger beträchtliche Summen geschuldet. Deshalb war Madame de La Chanterie von ihrer Ankunft in der Provinz an als ein Beutestück betrachtet worden. Nichtsdestoweniger gab es für diese Katastrophe auch noch andere Gründe, die Ihnen durch einen vertraulichen, dem Kaiser vorgelegten Bericht enthüllt werden sollen. Übrigens hatte jener Mensch sich seit langem schon das Wohlwollen der royalistischen Häupter des Départements durch seine Hingabe an die Sache des Königtums während der stürmischsten Zeiten der Revolution erschlichen. Als einer der aktivsten Emissäre Ludwigs XVIII. war er von 1813 an in alle Verschwörungen verwickelt gewesen und hatte sich so klug und so geschickt daraus zurückgezogen, daß er schließlich Argwohn erregt hatte. Ludwig XVIII. hatte sich für seine Dienste bedankt und ihn fortan von jeder Betätigung ferngehalten, und so war er auf seine schon seit langem verschuldeten Güter zurückgekehrt. Dieses damals noch dunkle Vorleben (die in die Geheimnisse des königlichen Kabinetts Eingeweihten hatten über einen so gefährlichen Mitarbeiter Schweigen bewahrt) hatte jenen Menschen zum Gegenstand einer Art Kult in einer den Bourbonen ergebenen Stadt gemacht, in der die grausamsten Mittel der Chouannerie als gute Kriegsführung gebilligt wurden. Die d'Esgrignons, de Casterans, der Chevalier de Valois, kurzum, die Aristokratie und die Kirche öffneten diesem royalistischen Diplomaten die Arme und nahmen ihn in ihren Schoß auf. Dieser Schutz wurde noch durch das Verlangen der Gläubiger verstärkt, wieder zu ihrem Gelde zu kommen. Der Elende, das Gegenstück zu dem verstorbenen La Chanterie, brachte es fertig, sich drei Jahre lang über Wasser zu halten. Er trug die höchste Frömmigkeit zur Schau und dämmte seine Laster zurück. Während der ersten Monate, die die Jungvermählten gemeinsam verbrachten, übte er auf seine Frau einen gewissen Einfluß aus. Er versuchte, sie durch seine Lehren, sofern der Atheismus eine Lehre ist, und den scherzhaften Ton zu verderben, mit dem er über die heiligsten Grundsätze redete. Dieser Diplomat niedrigster Stufe unterhielt seit seiner Rückkehr in die Gegend eine enge Verbindung mit einem jungen Mann, der gleich ihm bis an den Hals in Schulden steckte, sich aber durch ebensoviel Offenherzigkeit und Mut empfahl wie jener durch Heuchelei und Feigheit. Dieser Hausgast, dessen angenehmes Wesen und Charakter, dessen abenteuerliches Leben auf ein junges Mädchen nicht ohne Einfluß bleiben konnte, wurde in den Händen des Ehemanns zu etwas wie einem Werkzeug, und er bediente sich seiner zur Bekräftigung seiner infamen Theorien. Die Tochter hat die Mutter nie in den Abgrund blicken lassen, in den der Zufall sie gestürzt hatte. Denn man muß darauf verzichten, von menschlicher Klugheit zu sprechen, wenn man die peinlich genauen Vorsichtsmaßregeln bedenkt, die Madame de La Chanterie unternommen hatte, als es sich um die Frage der Verehelichung ihrer einzigen Tochter handelte. Dieser letzte Schlag in einem so aufopfernden, so reinen, so frommen Leben wie dem einer von so vielen Unglücksfällen heimgesuchten Frau erfüllte Madame de La Chanterie mit einem Mißtrauen gegen sich selber, das sie um so mehr von ihrer Tochter absonderte, als jene Tochter zum Ausgleich für ihr Pech fast völlige Freiheit verlangte, die Mutter beherrschte und sie bisweilen gar vor den Kopf stieß. Madame de La Chanterie war auf diese Weise in allen ihren Zuneigungen verletzt, in ihrer Hingabe an ihren Mann und ihrer Liebe zu ihm getäuscht worden. Sie hatte ihm ohne einen Klagelaut ihr Glück, ihr Vermögen und ihr Leben geopfert. Die ausschließlich religiöse Erziehung, die sie der Tochter hatte zuteil werden lassen, war fehlgeschlagen. Sogar die Gesellschaft hatte sie in der Heiratsangelegenheit hinters Licht geführt. Das Herz, in das sie einzig gute Gesinnungen gesät hatte, wurde ihr nicht gerecht. So schloß sie sich denn eng an Gott an, dessen Hand sie so schwer getroffen hatte. Sie wurde nahezu zur Nonne, ging jeden Morgen zur Kirche, erlegte sich strenge klösterliche Pflichten auf und machte Ersparnisse, um den Armen ihr Los zu erleichtern . . .

Hat es bis zum heutigen Tag ein heiligmäßigeres, schwereren Heimsuchungen unterworfenes Leben gegeben als das dieser edlen Frau, die so sanftmütig mit dem Unglück, so tapfer in der Gefahr und stets so christlich ist?« fragte der biedere Alte und blickte den staunenden Godefroid an. »Sie kennen Madame. Sie wissen, ob es ihr an Menschenverstand, an Urteilskraft, an Überlegung mangelt. Alle diese Eigenschaften besitzt sie im höchsten Grade. Nun, alle diese unseligen Geschehnisse, die hinreichen würden, um von einem Dasein zu sagen, es übertreffe alle andern an Widrigkeiten, sind nichts im Vergleich zu dem, was Gott dieser Frau noch vorbehalten hatte. – Wir wollen uns jetzt ausschließlich mit der Tochter der Madame de La Chanterie befassen«, sagte der Alte und fuhr mit seinem Bericht fort.

»Als Achtzehnjährige, zur Zeit ihrer Heirat«, sagte er, »war Mademoiselle de La Chanterie ein junges Mädchen von äußerst zarter Konstitution, brünett, von frischen Farben, schlank und mit überaus hübschem Gesicht. Über einer edel geformten Stirn konnte man das schönste schwarze Haar bewundern, das gut mit den braunen Augen und dem heiteren Ausdruck harmonierte. Eine gewisse Geziertheit der Züge täuschte über ihren wahren Charakter und über ihre männliche Entschlußkraft hinweg. Sie hatte kleine Hände, kleine Füße. Etwas Zartes, Gebrechliches war in ihrer ganzen Erscheinung, das jeden Gedanken an Kraft und Ungestüm ausschloß. Da sie stets bei ihrer Mutter gelebt hatte, war sie von vollkommener Unschuld der Sitten und von auffälliger Frömmigkeit. Genau wie Madame de La Chanterie war das junge Mädchen bis zum Fanatismus eine Anhängerin der Bourbonen, eine Gegnerin der Französischen Revolution. Sie betrachtete die Herrschaft Napoleons lediglich als eine Strafe, die die Vorsehung Frankreich als Sühne für die Morde von 1793 auferlegt hatte. Die Gleichheit der Anschauungen von Schwiegermutter und Schwiegersohn wurde, wie stets bei solcherlei Gelegenheiten, ein entscheidender Grund für die Eheschließung, an der übrigens die ganze Aristokratie der Gegend interessiert war. Der Freund jenes Elenden hatte bei der Wiederaufnahme der Feindseligkeiten im Jahre 1799 einen Trupp der Chouans, der Königstreuen, befehligt. Anscheinend hat der Baron (der Schwiegersohn der Madame de La Chanterie war Baron), als er seine Frau und seinen Freund liierte, dabei keinen andern Plan gehabt, als sich dieser Liebschaft zu bedienen, um von den beiden Hilfe und Unterstützung zu fordern. Obwohl jener junge Abenteurer vor Schulden nicht aus noch ein wußte und keinerlei Existenzmittel besaß, lebte er sehr gut und konnte tatsächlich den Begünstiger royalistischer Verschwörungen mit Leichtigkeit unterstützen.

An dieser Stelle will ich ein paar Worte über eine Vereinigung einschalten, die damals viel von sich reden machte«, unterbrach Monsieur Alain seine Erzählung. »Ich will auf die ›Chauffeurs‹ zu sprechen kommen. Jede der Westprovinzen wurde damals mehr oder weniger von diesem Brigantenunwesen heimgesucht, dessen Ziel weit weniger das Plündern und Rauben als das Wiederentfachen des royalistischen Kriegs war. Man bediente sich, so heißt es, der großen Zahl derer, die sich dem Konskriptionsgesetz, das, wie Sie wissen, damals bis zum Mißbrauch durchgeführt wurde, nicht beugen wollten. Zwischen Mortagne und Rennes und sogar noch darüber hinaus bis an die Ufer der Loire kam es zu nächtlichen Streifzügen, die sich in diesem Teil der Normandie vor allem gegen die richteten, die Nationalgüter besaßen. Jene Banden verbreiteten draußen auf dem Lande tiefen Schrecken. Ich will Ihnen nichts vorreden, wenn ich Sie darauf hinweise, daß in gewissen Départements die Tätigkeit der Justiz lange Zeit hindurch gelähmt war. Dieser letzte Widerhall des Bürgerkriegs machte nicht so viel Lärm, wie Sie vielleicht glauben könnten. Wir Heutigen sind ja an die erschreckende Publizität gewöhnt, zu der die Presse dem geringsten politischen oder privaten Gerichtsverfahren verhilft. Das System der kaiserlichen Regierung war dasjenige aller absoluten Regimes. Die Zensur ließ nichts durchgehen, was die Politik betraf, abgesehen von vollendeten Tatsachen, und sogar die wurden entstellt wiedergegeben. Wenn Sie sich die Mühe machten, den ›Moniteur‹ und andere damals erscheinende Zeitungen, sogar die des Westens, durchzublättern, würden Sie darin kein Wort über die vier oder fünf Kriminalprozesse finden, die sechzig oder achtzig Briganten das Leben kosteten. Dieser Name wurde während der Revolutionszeit den Vendéern, den Chouans und allen denjenigen beigelegt, die für das Haus Bourbon zu den

Waffen gegriffen hatten. Er wurde auch unter dem Kaiserreich in der Gerichtssprache auf die royalistischen Opfer einiger vereinzelter Verschwörungen angewandt. Für ein paar leidenschaftliche Charaktere galten der Kaiser und seine Regierung als der Feind schlechthin. Alles, was gegen ihn gerichtet war, schien gut und recht zu sein. Ich lege Ihnen diese Anschauungen dar, ohne mir anzumaßen, sie zu rechtfertigen, und fahre fort.

Jetzt«, sagte er nach einer der Pausen, die bei langen Erzählungen unvermeidlich sind, »müssen Sie sich in diese durch den Bürgerkrieg von 1793 ruinierten, heftigen Leidenschaften unterworfenen Royalisten hineinversetzen. Sie müssen sich Ausnahmenaturen, die von der Not bedrängt wurden, wie den Schwiegersohn der Madame de La Chanterie und jenen ehemaligen Anführer vorstellen. Dann ist Ihnen wohl begreiflich, daß jene sich dazu hinreißen lassen konnten, in ihrem Privatinteresse räuberische Taten zu begehen, zu denen ihre politische Überzeugung sie gegen die kaiserliche Regierung ermächtigte, zum Nutzen der guten Sache. Jener junge Anführer machte sich also daran, die Fackel der Chouannerie aufs neue zu entzünden, um im geeigneten Augenblick zu handeln. Es bestand damals für den Kaiser eine schreckliche Krise, als er, auf der Insel Lobau[44] eingeschlossen, dem gemeinsamen Angriff Englands und Österreichs erliegen zu müssen schien. Der Sieg bei Wagram[45] machte die Verschwörung im Landesinneren zu etwas nahezu Unnützem. Jene Hoffnung, in der Bretagne, der Vendée und in einem Teil der Normandie den Bürgerkrieg zu entfachen, traf auf fatale Weise mit der Zerrüttung der Vermögensverhältnisse des Barons zusammen. Er plante ein Unternehmen, dessen Ertrag ausschließlich der Rettung seines Besitzes dienen sollte. In einer Aufwallung voller Noblesse weigerten seine Frau und sein Freund sich, um eines Privatinteresses willen die Summen beiseite zu schaffen, die mit bewaffneter Hand aus der Staatskasse geraubt werden und eigentlich dazu dienen sollten, die Heeresdienstverweigerer und die Chouans zu besolden und um Waffen und Munition für eine Erhebung zu beschaffen. Als nach gehässigen Besprechungen der von der Frau unterstützte junge Anführer es dem Ehemann endgültig abschlug, ihm an die hunderttausend Francs in Bargeld zu überlassen, deren Raub zugunsten der königlichen

Armee an einer der Generalsteuerkassen des Westens verübt werden sollte, verschwand der Baron und entzog sich auf diese Weise mehreren dringenden Haftbefehlen. Die Gläubiger wollten sich an das Vermögen der Frau heranmachen, aber jener Elende hatte den Quell der Anteilnahme zum Versiegen gebracht, der eine Gattin veranlaßt, sich für ihren Mann aufzuopfern. Das alles nun aber war der armen Madame de La Chanterie unbekannt. Allein auch dies ist nichts im Vergleich zu der Verschwörung, die unter dieser einleitenden Darlegung verborgen war.

Heute abend«, sagte der biedere Alte nach einem Blick auf seine kleine Stutzuhr, »ist es schon zu spät geworden, und wir würden allzu lange Zeit brauchen, wenn ich Ihnen den Rest dieser Geschichte erzählen wollte. Der alte Bordin, mein Freund, den die Führung des bekannten Simeuse-Prozesses[46] innerhalb der royalistischen Partei berühmt gemacht und der in dem Strafprozeß gegen die sogenannten ›Chauffeurs‹ von Mortagne plädiert hat, hat mir, seit ich hier eingezogen bin, zwei Aktenstücke übergeben, die ich bei mir behalten habe, da er einige Zeit danach gestorben ist. Sie finden die Tatsachen darin sehr viel konzentrierter dargestellt, als ich sie Ihnen vortragen könnte. Es handelt sich um eine so große Anzahl von Fakten, daß ich mich in die Einzelheiten verirren würde, und ich müßte länger als zwei Stunden darüber reden, wogegen Sie sie hier summarisch dargestellt finden. Morgen früh vollende ich dann den Bericht über das, was Madame de La Chanterie betrifft. Die Lektüre wird Sie so gut unterrichten, daß ich es mit ein paar Worten bewenden lassen kann.«

Der alte Mann übergab Godefroid einen Stapel zeitvergilbter Papiere, und Godefroid wünschte seinem Nachbarn gute Nacht und zog sich in sein Schlafzimmer zurück, wo er vor dem Einschlafen die beiden nachstehenden Aktenstücke las.

Anklageakte.
Sondergerichtshof für Strafsachen
des Départements Orne.

Der Generalstaatsanwalt am kaiserlichen Gericht zu Caen, der durch kaiserliches Dekret vom September 1809 mit der Ausübung dieser Funktion beim Sondergericht in Strafsachen betraut worden ist, das in Alençon tagt, unterbreitet dem Gericht den nachstehenden Tatbestand als Ergebnis des Untersuchungsverfahrens.

Ein von langer Hand und mit unerhörter Gründlichkeit vorbereitetes räuberisches Komplott, das im Zusammenhang mit einem geplanten Aufstand in den Départements des Westens steht, ist in Gestalt mehrerer Attentate auf Bürger und deren Eigentum ausgebrochen, zumal jedoch durch einen Angriff und Raub mit bewaffneter Hand auf einen Wagen, der am ... Mai 180 ... die Steuereinnahmen von Caen transportierte. Dieses Attentat, das bedauerliche Erinnerungen an einen glücklicherweise erloschenen Bürgerkrieg wachwerden läßt, ist das Ergebnis schurkischer Pläne, die das Aufflammen von Leidenschaften nicht mehr zu rechtfertigen vermag.

Von Anbeginn an bis zu den Resultaten ist die Verschwörung kompliziert, und es finden sich zahlreiche Einzelheiten: Die Untersuchung hat länger als ein Jahr gedauert. Aber die Beweisaufnahme, die sich auf alle Schritte des Verbrechens erstreckte, hat dessen Vorbereitungen, Durchführung und Folgen klargestellt.

Der Einfall zu dem Komplott ist einem gewissen Charles-Amédée-Louis-Joseph Rifoël zuzuschreiben, der sich Chevalier du Vissard nennt, geboren in le Vissard, einer zu Saint-Mexme bei Ernée gehörenden Gemeinde. Es handelt sich um einen ehemaligen Rebellenanführer.

Dieser Schuldige, den S. M. der Kaiser und König nach der endgültigen Befriedung begnadigte und der die Großmut des Souveräns nur durch neue Verbrechen vergolten hat, hat bereits für seine zahlreichen Untaten mit dem Tode gebüßt. Allein es ist notwendig, auf einige seiner Unternehmungen zurückzugreifen, da er seinen Einfluß auf die gegenwärtig vor Gericht stehenden Schuldigen ausgeübt hat und im Zusammenhang mit jeder Einzelheit des Prozesses steht.

Dieser gefährliche Agitator, der sich, den Gepflogenheiten der Rebellen entsprechend, mit dem Namen »Pierrot« tarnte, hat sich in den Départements des Westens umhergetrieben und dort die Elemente zu einer neuen Revolte angeworben. Sein sicherstes Asyl jedoch war das Schloß Saint-Savin, der Wohnsitz einer Dame Lechantre und deren Tochter, der Dame Bryond, gelegen in der Gemeinde Saint-Savin, Arrondissement Mortagne. Dieser strategisch günstige Punkt verknüpft sich mit den furchtbarsten Erinnerungen an die Rebellion von 1799. Dort wurde der Kurier ermordet und sein Wagen ausgeraubt, und zwar durch eine Räuberbande unter dem Befehl einer Frau, welcher der nur zu berüchtigte »Marche-à-Terre«[47] dabei Beistand leistete. Auf diese Weise ist in jener Gegend das Räuberunwesen sozusagen endemisch.

Seit länger als einem Jahr bestanden zwischen der Dame Bryond und besagtem Rifoël intime Beziehungen, die zu qualifizieren versucht werden soll.

In jener Gemeinde hat etwa im April 1808 eine Zusammenkunft zwischen Rifoël und einem gewissen Boislaurier stattgefunden, einem Befehlshaber, bekannt von den üblen Rebellionen im Westen unter dem Namen »Auguste«. Er hat den Fall geistig geleitet, der gegenwärtig vor dem Gericht verhandelt wird.

Dieser dunkle Punkt in bezug auf die Beziehungen zwischen den beiden Anführern, der durch zahlreiche Zeugen glänzend aufgeklärt worden ist, war übrigens von Wichtigkeit für den Fall, der zur Verurteilung Rifoëls führte.

Jener Boislaurier hat damals mit Rifoël ein gemeinsames Handeln vereinbart.

Beide, und zunächst nur sie allein, teilten einander ihre ruchlosen Pläne mit, zu denen sie durch die Abwesenheit Seiner Kaiserlichen und Königlichen Majestät, die damals ihre Armeen in Spanien befehligte, inspiriert worden waren. Zu jener Zeit müssen sie, als Grundlage ihres Vorhabens, den Raub der Staatssteuern beschlossen haben.

Einige Zeit danach sandte ein gewisser Dubut aus Caen einen Emissär nach Schloß Saint-Savin, einen gewissen Hiley, genannt der »Laboureur«, seit langem als Postwagenräuber bekannt, um Auskünfte über die Leute zu erstatten, denen man vertrauen könne.

Auf diese Weise geschah es, daß durch die Einschaltung Hileys das Komplott sich von Anfang an die Mitwirkung eines gewissen Herbomez sicherte, der den Decknamen »Général-Hardi« führte. Er war ein ehemaliger Rebell vom Schlage des Rifoël und gleich diesem galt er als ein wortbrüchiger Amnestierter.

Herbomez und Hiley rekrutierten dann in den umliegenden Gemeinden sieben Banditen, die hier auf der Stelle aufgezählt werden müssen. Es handelt sich um:

1. Jean Cibot, genannt »Pille-Miche«, einer der wagemutigsten Briganten des im Jahre VII von Montauran gebildeten Korps, einer der Urheber des Überfalls auf den Kurier von Mortagne und dessen Todes.

2. François Lisieux, Deckname »Grand-Fils«, Heeresdienstverweigerer aus dem Département la Mayenne.

3. Charles Grenier, genannt »Fleur-de-Genêt«, Deserteur aus der 69. Halbbrigade.

4. Gabriel Bruce, genannt »Gros-Jean«, einer der ruchlosesten Chouans der Division Fontaine.

5. Jacques Horeau, genannt der »Stuart«, Ex-Leutnant derselben Halbbrigade, einer der Vertrauensleute Tinténiacs, zur Genüge bekannt durch seine Teilnahme an der Expedition von Quiberon[48].

6. Marie-Anne Cabot, genannt »La jeunesse«, ehemaliger Pikeur des Sieur Carol d'Alençon.

7. Louis Minard, Heeresdienstverweigerer.

Diese Angeworbenen wurden in drei verschiedenen Gemeinden einquartiert, und zwar bei Binet, Mélin und Laravinière, Gasthof- oder Kneipenbesitzern, sämtlich Rifoël ergeben.

Die notwendigen Waffen wurden ihnen alsbald von dem Sieur Jean-François Léveillé geliefert, einem Notar und unverbesserlichen Korrespondenten der Briganten, dem Bindeglied zwischen ihnen und mehreren Anführern, die sich verborgen hielten. Er führt den Decknamen »Le Confesseur«. Des weiteren von einem gewissen Félix Courceuil, einem ehemaligen Chirurgen der Rebellenarmeen in der Vendée, beide aus Alençon.

Elf Gewehre wurden in dem Haus versteckt, das der Sieur Bryond in der Vorstadt von Alençon besaß, und zwar ohne sein Wissen. Er bewohnte nämlich zu jener Zeit sein Landhaus zwischen Alençon und Mortagne.

Als der Sieur Bryond sich von seiner Frau abwandte und sie auf dem unheilvollen Weg, den sie einschlagen sollte, sich selbst überließ, wurden jene Gewehre auf geheimnisvolle Weise aus dem Hause weggeholt und von der Dame Bryond persönlich in ihrem Wagen nach Schloß Saint-Savin transportiert.

Auf diese Weise konnten im Département Orne und in den benachbarten Départements die räuberischen Überfälle durchgeführt werden, die die Behörden nicht minder überraschten als die Einwohner jener Landstriche, die so lange in Frieden gelebt hatten. Jene Untaten beweisen, daß verabscheuenswerte Feinde der Regierung und des französischen Kaiserreichs durch ihr Einvernehmen mit dem Ausland in das Geheimnis der Koalition von 1809 eingeweiht waren.

Der Notar Léveillé, die Dame Bryond, Dubut aus Caen, Herbomez aus Mayenne, Boislaurier aus Le Mans und Rifoël waren somit die Führer der Gemeinschaft, der auch die bereits durch das Urteil, das sie zusammen mit Rifoël traf, bestraften Schuldigen angehörten, ferner diejenigen, die Gegenstand des gegenwärtigen Anklageverfahrens sind, sowie mehrere andere, die sich durch die Flucht oder durch das Schweigen ihrer Komplicen dem Eingreifen der Gerichte entzogen haben.

Der in der Nähe von Caen wohnhafte Dubut benachrichtigte den Notar Léveillé von dem Geldtransport. Daraufhin unternahm Dubut mehrere Reisen nach Caen und Mortagne, und Léveillé war gleichfalls häufig auf der Landstraße zu sehen.

Hier muß darauf hingewiesen werden, daß nach dem Wegschaffen der Gewehre Léveillé, der Bruce, Grenier und Cibot in Mélins Haus aufsuchte, sie dabei betroffen hat, daß sie die Gewehre in einem Gelaß im Hausinnern versteckten und daß er selber bei diesem Vorhaben geholfen hat.

Es wurde eine allgemeine Zusammenkunft im Hotel »Zum Wappen von Frankreich« in Mortagne vereinbart. Sämtliche Angeklagte fanden sich dort in unterschiedlichen Verkleidungen ein. Dort geschah es, daß Léveillé, die Dame Bryond, Dubut, Herbomez, Boislaurier und Hiley, der geschickteste der Komplicen unteren Grades, wie Cibot deren wagemutigster ist, sich der Mitwirkung eines gewissen Vauthier, genannt Vieux-Chêne, versicherten, eines ehemaligen Dieners des berüchtigten Longuy, des Stallknechts in dem Hotel. Vauthier erklärte sich bereit, der Dame Bryond das Kommen des Wagens mit der Steuerkasse zu melden, der für gewöhnlich vor jenem Hotel haltmacht.

Bald war der Augenblick gekommen, die Vereinigung der angeworbenen Banditen ins Werk zu setzen, die auf mehrere Unterkünfte verteilt worden waren, bald in dieser Gemeinde, bald in jener. Dafür hatten Courceuil und Léveillé gesorgt. Jene Vereinigung wird unter der Leitung der Dame Bryond durchgeführt, die den Briganten eine neue Zufluchtsstätte in einem unbewohnten Teil des Schlosses Saint-Savin zur Verfügung stellte, wo sie, ein paar Meilen von Mortagne entfernt, seit der Trennung von ihrem Ehemann bei ihrer Mutter wohnte. Die Briganten, Hiley an der Spitze, nisteten sich dort ein und verbrachten daselbst mehrere Tage. Die Dame Bryond sorgte persönlich mit der unverehelichten Godard, ihrer Zofe, für alles, was zur Unterbringung und Ernährung solcher Gäste notwendig war. Sie ließ zu diesem Behuf Strohbündel herbeischaffen, sie besuchte die Briganten in dem Asyl, das sie ihnen verschaffte, und kehrte dahin mehrmals mit Léveillé zurück. Die Dinge des täglichen Bedarfs und die Lebensmittel wurden unter der Leitung und auf das Betreiben Courceuils herbeigeschafft, der seinerseits Befehle von Rifoël und Boislaurier empfangen hatte.

Das Hauptunternehmen zeichnete sich ab, die Bewaffnung war durchgeführt worden. Die Briganten verließen ihre Zuflucht Saint-Savin, sie handelten bei Nacht, der Ankunft der Steuerkasse gewärtig, und die ganze Gegend geriet in Schrecken über ihre wiederholten Übergriffe.

Es steht unbezweifelbar fest, daß die in La Sartinière, in Vonay, auf Schloß Saint-Seny verübten Attentate von dieser Bande begangen worden sind, deren Kühnheit ihr entspricht und die sich darauf verstanden hat, einen so großen Schrecken zu verbreiten, daß ihre Opfer samt und sonders Schweigen bewahrten und die Justiz auf Vermutungen angewiesen blieb.

Aber während jene Briganten von den Erwerbern von Nationalgütern Kontributionen erhoben, durchforschten sie sorgsam das Wäldchen von Le Chesnay, das sie als Schauplatz ihrer Verbrechen ausgewählt hatten.

Nicht weit davon entfernt liegt das Dorf Louvigny. Dort wird eine Herberge von den Brüdern Chaussard betrieben, ehemaligen Jagdhütern des Gutes Troisville. Sie sollte als die letzte Versammlungsstätte der Briganten dienen. Diese kannten von vornherein die Rolle, die sie spielen sollten. Courceuil und Boislaurier hatten ihnen seit langem Eröffnungen gemacht, um ihren Haß gegen die Regierung unseres erhabenen Kaisers anzustacheln. Sie hatten sie wissen lassen, unter den zu ihnen kommenden Gästen würden Männer aus ihrem Bekanntenkreis sein, der furchtbare Hiley und der nicht minder furchtbare Cibot.

Tatsächlich langten am 6. die sieben Banditen unter Führung Hileys bei den Brüdern Chaussard an und verbrachten dort zwei Tage. Am 8. führte der Anführer seine Leute weg, wobei er ihnen sagte, sie hätten drei Meilen zurückzulegen, und befahl den beiden Brüdern, ihnen Verpflegung zu verschaffen. Diese wurde an eine nur wenig vom Dorf entfernte Wegabzweigung gebracht. Hiley kehrte allein zurück und übernachtete.

Zwei Berittene, es dürften die Dame Bryond und Rifoël gewesen sein, denn es ist festgestellt worden, daß jene Dame Rifoël bei seinen Streifzügen zu Pferde und in Männerkleidung zu begleiten pflegte, kamen im Lauf des Abends und unterhielten sich mit Hiley.

Am andern Tag schrieb Hiley einen Brief an den Notar Léveillé, den einer der Brüder Chaussard hintrug und auch gleich eine Antwort zurückbrachte.

Zwei Stunden später kamen die Dame Bryond und Rifoël zu Pferde und besprachen sich mit Hiley.

Bei all diesen Besprechungen, bei diesem Kommen und Gehen ergab sich die Notwendigkeit, daß man eine Axt zum Aufbrechen der Geldkisten haben müsse. Der Notar begleitete die Dame Bryond nach Saint-Savin zurück, und dort wurde vergebens nach einer Axt gesucht. Der Notar ging zurück und begegnete auf halben Weg Hiley, dem er mitteilte, man sei noch immer ohne Axt.

Hiley ging wieder in die Herberge, bestellte dort ein Abendessen für zehn Personen und führte die sieben Briganten herein.

Diesmal waren sie alle bewaffnet. Hiley ließ die Waffen zusammenstellen, wie es beim Militär üblich ist. Es wurde zu Tisch gegangen, hastig zu Abend gegessen, und Hiley verlangte, daß er reichlich mit Mundvorräten zum Mitnehmen versehen werde. Dann nahm er den älteren Chaussard beiseite und bat ihn um eine Axt. Der Herbergsvater, wenn man ihm glauben darf, wunderte sich und lehnte es ab, sie herzugeben. Courceuil und Boislaurier kamen, die Nacht verrann, und jene drei Männer verbrachten sie damit, daß sie im Zimmer auf und ab gingen und sich über ihre Komplotte unterhielten. Courceuil, genannt »Le Confesseur«, der Abgefeimteste unter all diesen Briganten, bemächtigte sich einer Axt. Und gegen zwei Uhr morgens verschwanden alle durch verschiedene Ausgänge.

Die Minuten wurden kostbar, die Durchführung der Untat war auf diesen Unheilstag festgesetzt worden. Hiley, Courceuil und Boislaurier führten ihre Leute herbei und stellten sie auf. Hiley legte sich mit Minard, Cabot und Bruce in den Hinterhalt rechts vom Wäldchen bei Le Chesnay. Boislaurier, Grenier und Horeau stellten sich in der Mitte auf. Courceuil, Herbomez und Lisieux bezogen Deckung am Waldrand. Alle diese Stellungen waren in den vom Ingenieur des Katasteramts gezeichneten topographischen Plan, der sich unter den Akten befindet, eingetragen worden.

Der Wagen war inzwischen gegen ein Uhr morgens von Mortagne abgefahren. Es fuhr ihn ein gewisser Rousseau, den die Geschehnisse hinlänglich belasten, so daß seine Verhaftung als notwendig erschienen ist. Der langsam fahrende Wagen mußte gegen drei Uhr am Wäldchen von Le Chesnay anlangen.

Es eskortierte ihn ein einziger Gendarm. In Donnery sollte gefrühstückt werden. Drei Wanderer hatten die Gelegenheit wahrgenommen und legten den Weg mit dem Gendarm zurück.

Der Kutscher, der mit ihnen sehr langsam gefahren war, langte an der Brücke von Chesnay an, am Eingang des Wäldchens dieses Namens, trieb seine Pferde mit einem Nachdruck und einer Lebhaftigkeit an, die auffällig wirkten, und bog hastig in einen Seitenweg ein, den sogenannten Weg nach Senzey. Der Wagen entschwand den Blicken, seine Richtung war lediglich durch das Geräusch der Schellen auszumachen, der Gendarm und die jungen Leute beschleunigten den Schritt, um ihn einzuholen. Ein Schrei gellte auf. Jener Schrei lautete: »Halt, ihr Schurken!« Vier Gewehrschüsse wurden abgefeuert.

Der Gendarm wurde nicht getroffen, er zog den Säbel und lief in der Richtung davon, die seiner Meinung nach der Wagen eingeschlagen hatte. Er wurde von vier Männern gestellt, die auf ihn schossen, sein schnelles Laufen bewahrte ihn, denn er hastete davon, um einem der jungen Leute zu sagen, er solle in Le Chesnay die Sturmglocke läuten lassen. Aber zwei Briganten stürzten auf ihn los und legten an, er mußte ein paar Schritte zurück, und in dem Augenblick, da er das Wäldchen ins Auge fassen wollte, wurde er in die linke Achsel getroffen, eine Kugel hatte ihm den Arm zerschmettert. Er fiel hin und sah sich außer Gefecht gesetzt.

Das Geschrei und die Schießerei waren in Donnery gehört worden. Der Unteroffizier und einer der Gendarmen dieser Ortschaft ritten eilends herbei. Pelotonfeuer lockte sie nach der Seite des Wäldchens, die derjenigen entgegengesetzt ist, wo der Raubüberfall sich vollzog. Der Gendarm versuchte, Schreie auszustoßen, um die Briganten einzuschüchtern und durch sein Lärmen zu tun, als lange ein fiktiver Hilfstrupp an. Er rief: »Vorrücken! Hierhin das erste Peloton! Wir haben sie! Dahin das zweite Peloton!«

Die Briganten ihrerseits schrien: »An die Gewehre! Hierher, Kameraden! Macht rasch!«

Der Lärm der Schüsse ließ den Unteroffizier die Schreie des verwundeten Gendarms nicht vernehmen noch das Scheinmanöver unterstützen, durch das der andere Gendarm die Briganten in Schach hielt. Aber er konnte ein Geräusch in seiner Nähe hören, das vom Aufbrechen und Einschlagen der Kiste herrührte. Er ritt in die Richtung weiter, vier bewaffnete Banditen traten ihm entgegen, er schrie sie an: »Ergebt euch, ihr Schurken!«

Sie antworteten: »Keinen Schritt weiter, oder du bist erledigt!« Der Unteroffizier preschte vor, zwei Schüsse wurden abgefeuert, er wurde getroffen, eine Kugel durchschlug ihm das linke Bein und drang seinem Pferd in die Flanke. Der tapfere, blutüberströmte Soldat mußte den ungleichen Kampf aufgeben.

Er rief, aber umsonst: »Her zu mir! Die Briganten sind in Le Quesnay!«

Dank ihrer Zahl waren die Banditen Herren des Kampffeldes geblieben. Sie durchwühlten den Wagen, der absichtlich in einen Hohlweg gefahren worden war. Zum Schein hatten sie dem Kutscher die Augen verbunden. Die Kisten wurden aufgebrochen, die Geldsäcke bedeckten den Boden. Die Wagenpferde wurden ausgespannt, das gemünzte Geld wurde ihnen aufgeladen. 3000 Francs in Scheidemünze ließ man verächtlich liegen, und eine Summe von 103 000 Francs wurde auf vier Pferden weggeschafft. Es ging auf den Weiler Menneville zu, der an den Marktflecken Saint-Savin stößt. Die Bande mit der Beute machte an einem einzeln stehenden Haus halt, das den Brüdern Chaussard gehört und wo deren Onkel wohnt, ein gewisser Bourget, der von Anfang an in den Plan eingeweiht war. Dieser alte Mann, dem seine Frau half, ließ die Briganten ein, empfahl ihnen, sich ruhig zu verhalten, lud das Geld ab, verschaffte ihnen etwas zu trinken. Die Frau hatte beim Schloß Wache gestanden. Der alte Mann nahm die Pferde, führte sie zurück ins Wäldchen, übergab sie dem Kutscher, befreite die beiden jungen Leute, die, wie der willfährige Kutscher, gefesselt worden waren. Nachdem sie verschnauft hatten, setzten die Banditen sich wieder in Marsch. Courceuil, Hiley und Boislaurier ließen ihre Komplicen antreten. Und nachdem jeder eine karg bemessene Belohnung erhalten hatte, zerstreute sich die Bande in alle Winde.

Als sie an einer Champ-Landry genannten Örtlichkeit angelangt waren, hatten die Übeltäter, der Stimme gehorchend, die alle Verbrecher in Widersprüche verwickelt und zu falschen Berechnungen des Verbrechens verleitet, ihre Gewehre in ein Kornfeld geworfen. Das taten sie gemeinsam. Es ist das letzte Zeichen ihres wechselseitigen Einvernehmens. In ihrem Schrecken über die Kühnheit ihres Unternehmens und dessen unverhofftes Gelingen gingen sie auseinander.

Nachdem dieser Überfall unter dem Zeichen des Mords und des Angriffs mit bewaffneter Hand durchgeführt wurde, bereitete sich die Verkettung anderer Geschehnisse vor, und andere

Akteure griffen ein, um über den Raub zu berichten und ihn seiner Bestimmung zuzuführen.

Rifoël hielt sich in Paris verborgen. Von dort aus hatte seine Hand jeden Faden dieses Gespinstes geleitet. Er übermittelte Léveillé den Befehl, ihm so schnell wie möglich fünfzigtausend Francs zukommen zu lassen.

Courceuil, der geeignete Mann für alle Begleitumstände von dergleichen Untaten, hatte bereits eilends Hiley abgesandt, um Léveillé von dem Gelingen und von seiner Ankunft in Mortagne zu unterrichten. Léveillé begab sich dorthin.

Vauthier, auf dessen Treue man sich verlassen zu können glaubte, nahm es auf sich, den Onkel der Chaussards aufzusuchen. Er langte in jenem Haus an, der Alte sagte ihm, er solle sich an seine Neffen wenden. Diese hätten der Dame Bryond beträchtliche Summen eingehändigt. Dennoch sagte er ihm, er möge auf der Landstraße warten, und übergab ihm einen Beutel mit zwölfhundert Francs, den Vauthier der Dame Lechantre für ihre Tochter überbrachte.

Auf das dringende Ersuchen Léveillés hin kehrte Courceuil zu Bourget zurück, der ihn diesmal direkt zu seinen Neffen schickte. Der ältere Chaussard fuhr Vauthier in das Wäldchen und bezeichnete ihm einen Baum. Darunter fand man einen vergrabenen Beutel mit tausend Francs. Schließlich unternahmen Hiley und Vauthier neue Fahrten, und jedesmal wurde ihnen eine im Verhältnis zu dem Gesamt des Raubs winzige Summe gegeben.

Madame Lechantre hatte jene Summen in Mortagne entgegengenommen. Auf eine briefliche Benachrichtigung ihrer Tochter hin brachte sie sie nach Saint-Savin, wohin die Dame Bryond zurückgekehrt war.

Es ist an dieser Stelle unangebracht, nachzuprüfen, ob die Dame Lechantre etwa schon früher Kenntnis von dem Komplott gehabt hatte.

Für den Augenblick genügt der Hinweis, daß ebenjene Dame Mortagne verließ, um am Vorabend der Ausführung des Verbrechens nach Saint-Savin zu kommen und ihre Tochter von dort abzuholen; daß jene Damen einander mitten auf der Landstraße begegneten und nach Mortagne zurückkehrten; daß am anderen Tage der von Hiley benachrichtigte Notar sich von

Alençon nach Mortagne begab, sofort zu ihnen ging und sie später bestimmte, die von den Brüdern Chaussard und Bourget so mühsam erhaltenen Summen in ein Haus in Alençon zu bringen, von dem bald die Rede sein wird; es gehört dem Sieur Pannier, einem Kaufmann.

Die Dame Lechantre schrieb dem Verwalter von Saint-Savin, er solle sie und ihre Tochter in Mortagne abholen und sie auf schnellstem Wege nach Alençon bringen.

Jene Gelder, alles in allem etwa 20 000 Francs, wurden bei Nacht aufgeladen, und die unverehelichte Godard half dabei.

Der Notar hatte den Weg angegeben. Sie langten in der Herberge eines der Vertrauensmänner in der Gemeinde Littray an, eines gewissen Louis Chargegrain. Trotz der Vorsichtsmaßnahmen des Notars, der vor dem Wagen angelangt war, fanden sich Zeugen, und es wurde beobachtet, wie Mantelsäcke und Beutel, die Geld enthielten, ausgeladen wurden.

Aber in dem Augenblick, da Courceuil und Hiley, die als Frauen verkleidet waren, auf einem Platz in Alençon mit dem Sieur Pannier, der seit 1794 der Schatzmeister der Rebellen war und gänzlich im Bann Rifoëls stand, beratschlagten, um zu vereinbaren, auf welchem Wege die erbetene Summe an Rifoël gelangen könne, war der durch die einsetzenden Verhaftungen und die Haussuchungen ausgelöste Schrecken so groß, daß die verstörte Dame Lechantre bei Nacht und Nebel aus der Herberge, in der sie sich befand, auf Umwegen entfloh und ihre Tochter mitnahm. Sie ließ den Notar Léveillé im Stich und verbarg sich in den im Schloß Saint-Savin vorbereiteten Verstekken. Die gleiche Bestürzung bemächtigte sich der übrigen Schuldigen. Courceuil, Boislaurier und dessen Verwandter Dubut wechselten zweitausend Silberfrancs bei einem Kaufmann in Gold um und flohen durch die Bretagne nach England.

Bei der Ankunft in Saint-Savin erfuhren die Damen Lechantre und Bryond von der Verhaftung Bourgets, des Kutschers und der Heeresdienstverweigerer.

Die Richter, die Gendarmerie, die Behörden schlugen mit so sicherer Hand zu, daß es als dringend notwendig erschien, die Dame Bryond den Nachforschungen der Justiz zu entziehen. Schließlich waren alle diese von ihr bestrickten Übeltäter ihr blind ergeben. Daher verließ die Dame Bryond Saint-Savin und hielt sich zunächst in Alençon verborgen, wo ihre Getreuen sich berieten und übereinkamen, sie in Panniers Keller zu verstekken.

An dieser Stelle nun aber entwickelten sich neue Zwischenfälle.

Seit der Verhaftung Bourgets und seiner Frau hatten die Chaussards jede weitere Zahlung abgelehnt, unter der Behauptung, sie seien verraten worden. Diese unerwartete Abtrünnigkeit erfolgte in dem Augenblick, da alle Komplicen sich in größter Geldverlegenheit befanden, und sei es nur, um sich in Sicherheit zu bringen. Rifoël hungerte nach Geld. Hiley, Cibot und Léveillé begannen, die Brüder Chaussard zu beargwöhnen.

An dieser Stelle trat ein neuer Zwischenfall ein, der strenge Maßnahmen des Gerichts bedingte.

Zwei Gendarmen, die den Auftrag hatten, die Dame Bryond ausfindig zu machen, gelang es, bei Pannier einzudringen. Sie wohnten dort einer Beratung bei. Aber jene des Vertrauens ihrer Vorgesetzten unwürdigen Männer unterlagen der Verführungskraft der Dame Bryond, anstatt sie zu verhaften. Diese würdevergessenen Soldaten namens Ratel und Mallet bezeigten jener Frau das lebhafteste Interesse und erboten sich, sie ungefährdet zu den Chaussards zu führen, um diese zur Erstattung des Geldes zu zwingen.

Die Dame Bryond brach, als Mann verkleidet, zu Pferde auf, begleitet von Ratel, Mallet und der unverehelichten Godard. Sie legte den Weg bei Nacht zurück. Sie langte an und hatte allein eine angeregte Besprechung mit einem der Brüder Chaussard. Sie hatte sich mit einer Pistole bewaffnet und war entschlossen, ihren Komplicen im Fall der Weigerung eine Kugel durch den Kopf zu jagen. Aber sie ließ sich in das Wäldchen führen und kam mit einem schweren Beutel wieder. Bei der Rückkehr fand sie darin Kleingeld und Zwölfsousstücke[49] im Wert von fünfzehnhundert Francs vor.

Jetzt wurde vorgeschlagen, alle Komplicen, die zu erreichen waren, aufzubieten und zu den Chaussards zu ziehen, um sich ihrer zu bemächtigen und sie zu foltern.

Pannier erfuhr von dem Mißerfolg, geriet in Wut und brach

in Drohungen aus. Und obwohl die Dame Bryond ihrerseits ihm mit Rifoëls Zorn drohte, mußte sie fliehen.

Alle diese Einzelheiten sind das Ergebnis der Aussage Ratels.

Der über diese Situation gerührte Mallet schlug der Dame Bryond eine Zufluchtsstätte vor. Alle übernachteten im Wald von Troisville. Dann begaben sich Mallet und Ratel, von Hiley und Cibot begleitet, bei Nacht zu den Brüdern Chaussard. Aber diesmal erfuhren sie, daß die beiden Brüder das Dorf verlassen hatten und daß der Rest des Geldes sicherlich weggeschafft worden war.

Das war die letzte Bemühung des Komplotts, das geraubte Geld an sich zu bringen.

Jetzt ist es an der Zeit, den besonderen Anteil jedes der Anstifter dieses Attentats festzustellen.

Dubut, Boislaurier, Gentil, Herbomez, Courceuil und Hiley sind die Häupter, die einen als Ratgeber, die andern als Ausführende.

Boislaurier, Dubut und Courceuil, alle drei flüchtig und in Abwesenheit zu verurteilen, sind gewohnheitsmäßige Rebellen, Anstifter von Unruhen, unversöhnliche Gegner Napoleons des Großen, seiner Siege, seiner Dynastie und seiner Regierung, unserer neuen Gesetze und der Verfassung des Kaiserreichs.

Herbomez und Hiley waren die Arme, welche kühn durchführten, was jene als Kopf ausgeheckt hatten.

Die Schuld der sieben Werkzeuge des Verbrechens, der Cibot, Lisieux, Grenier, Bruce, Horeau, Cabot und Minard ist offenbar. Sie geht aus den Geständnissen derjenigen hervor, die sich in der Hand der Justiz befinden. Denn Lisieux ist während der Untersuchungshaft gestorben, und Bruce ist flüchtig.

Das Verhalten des Kutschers Rousseau trägt den Stempel der Mittäterschaft. Seine Langsamkeit unterwegs, die Überstürzung, mit der er seine Pferde bei der Einfahrt in das Wäldchen angetrieben hat, sein beharrliches Betonen, daß ihm die Augen verbunden worden seien, obwohl der Anführer der Briganten ihm sein Taschentuch mit den Worten wegnehmen ließ, er solle sie wiedererkennen, was die jungen Leute bezeugt haben; alle diese Einzelheiten sind starke Indizienbeweise für sein Einverständnis.

Was nun die Dame Bryond und den Notar Léveillé betrifft:

Kann es eine engere, länger andauernde Mittäterschaft geben als die ihrige? Sie haben beständig Mittel für das Verbrechen geliefert, sie haben darum gewußt und es unterstützt. Léveillé ist bei jeder Gelegenheit unterwegs gewesen. Die Dame Bryond hat sich Kriegslist auf Kriegslist ausgedacht. Sie hat alles aufs Spiel gesetzt, sogar ihr Leben, um die Beitreibung der Gelder sicherzustellen. Sie stellte ihr Schloß zur Verfügung, ihren Wagen. Sie war an dem Komplott von Anfang an beteiligt. Sie hat dessen Hauptanstifter nicht anderen Sinnes gemacht, als sie ihren schuldhaften Einfluß hätte geltend machen können, um es zu vereiteln. Sie hat ihre Zofe mit hineingezogen, die unverehelichte Godard. Léveillé hat bei der Durchführung so intensiv mitgewirkt, daß er versucht hat, die Axt zu beschaffen, die die Briganten verlangten.

Die Frau des Bourget, Vauthier, die Chaussards, die Dame Lechantre, Mallet und Ratel sind samt und sonders in unterschiedlichen Graden an dem Verbrechen beteiligt gewesen, und ebenso die Herbergswirte Mélin, Binet, Laravinière und Chargegrain.

Bourget ist während der Untersuchungshaft gestorben, nachdem er Aussagen gemacht hatte, die jede Ungewißheit über die Teilnahme Vauthiers und der Dame Bryond beseitigen. Und wenn er versucht hat, seine Frau und seine Neffen zu entlasten, so sind die Motive seines Verschweigens leicht zu verstehen.

Aber die Chaussards haben die Briganten wissentlich mit Verpflegung versehen, sie haben gesehen, daß sie bewaffnet waren, sie sind Zeugen aller ihrer Zurüstungen gewesen, und sie haben sie die Axt wegnehmen lassen, die zum Aufbrechen der Geldkisten notwendig war, im Wissen, welchem Zweck sie dienen sollte. Schließlich und endlich haben sie auch noch Hehlerei begangen; sie haben mitangesehen, wie die aus dem Raub herrührenden Summen zu ihnen gebracht wurden, sie haben etwas davon versteckt und den größeren Teil vergeudet.

Pannier, der ehemalige Schatzmeister der Rebellen, hat die Dame Bryond versteckt. Er ist einer der gefährlichsten Komplicen des Verbrechens. Er hat von Anfang an darum gewußt. Bei ihm setzen unbekannte Verbindungen ein, die vorerst dunkel bleiben, die indessen die Justiz untersuchen wird. Er ist der treue Gefolgsmann Rifoëls, der Betreuer der Geheimnisse der konterrevolutionären Partei im Westen. Er hat bedauert, daß Rifoël an dem Komplott der Frauen beteiligt war und sich ihnen anvertraut hat. Er hat an Rifoël Geldbeträge gesandt, und er hat sich bezüglich des bei dem Raub entwendeten Geldes als Hehler betätigt.

Was das Verhalten der beiden Gendarmen Ratel und Mallet betrifft, so verdient es die äußerste Strenge der Justiz. Sie haben gegen ihre Dienstpflichten verstoßen. Der eine von ihnen hat sein Schicksal vorausgesehen und Selbstmord begangen. Aber vorher hat er wichtige Enthüllungen gemacht. Der andere, Mallet, hat nichts abgeleugnet. Seine Aussagen lassen keine Ungewißheit aufkommen.

Die Dame Lechantre hat ungeachtet ihres beständigen Leugnens alles gewußt. Die Heuchelei dieser Frau, die versucht, ihre vorgebliche Unschuld mit der Ausübung einer verlogenen Frömmigkeit zu tarnen, hat ein Vorleben, das ihre Entschlossenheit und Unerschrockenheit in dringlichen Fällen beweist. Sie beruft sich darauf, daß sie von ihrer Tochter hinters Licht geführt worden sei, daß sie geglaubt habe, es handele sich um Gelder, die dem Sieur Bryond gehörten. Eine plumpe Ausflucht! Wenn der Sieur Bryond Kapital besessen hätte, dann hätte er nicht die Gegend zu verlassen brauchen, um nicht Zeuge seines gänzlichen Verfalls zu sein. Die Dame Lechantre beruhigte sich über das Schmähliche des Raubs, als sie merkte, daß ihr Bundesgenosse Boislaurier ihn billigte. Aber wie erklärt sie die Anwesenheit Rifoëls auf Saint-Savin, das Kommen und Gehen und die Beziehungen dieses jungen Mannes zu ihrer Tochter, den Aufenthalt der Briganten, die von der unverehelichten Godard und von der Dame Bryond bedient wurden? Sie gibt vor, sie habe tief geschlafen, sie verschanzt sich hinter einer vorgeblichen Gewohnheit, um sieben Uhr abends zu Bett zu gehen, und sie weiß keine Antwort, wenn der Untersuchungsrichter sie darauf hinweist, daß sie früh am Tage aufstehe und daß sie bei Tageslicht doch einige Spuren des Komplotts und des Aufenthalts so vieler Leute hätte bemerken und sich sorgende Gedanken über das nächtliche Verschwinden und Heimkommen ihrer Tochter hätte machen müssen. Dem hält sie dann entgegen, sie sei in

Gebete versunken gewesen. Jene Frau ist ein Musterbild der Heuchelei. Schließlich ihre Ausfahrt am Tag des Verbrechens, die Besorgtheit, mit der sie ihre Tochter nach Mortagne brachte, ihre Fahrt mit dem Gelde, ihre überhastete Flucht, als alles entdeckt ist, die Besorgtheit, mit der sie sich versteckt, zumal die Umstände ihrer Verhaftung, all das beweist eine Mittäterschaft von langer Hand. Sie hat nicht wie eine Mutter gehandelt, die ihre Tochter aufklären und sie der Gefahr entreißen will, sondern wie eine zitternde Mitschuldige. Und ihre Mittäterschaft hat nicht auf irregeleiteter Liebe beruht, sondern ist die Frucht des Parteigeistes, die Einflüsterung eines wohlbekannten Hasses gegen die Regierung Seiner Kaiserlichen und Königlichen Majestät. Übrigens würde irregeleitete Mutterliebe sie nicht entschuldigen, und wir dürfen nicht vergessen, daß die lange zurückliegende, vorbedachte Einwilligung das deutlichste Zeichen der Mitschuld ist.

Gerade wie die Grundelemente des Verbrechens sind auch dessen Anstifter entdeckt worden. Man gewahrt die ungeheuerliche Vereinigung von Fanatikerwahnsinn mit dem Verlockenden des Raubes und Mordes, wozu der Parteigeist angeraten hat, unter dessen Ägide man die gemeinsten Ausschreitungen vor sich selbst zu rechtfertigen versucht. Die Stimme der Anführer gab das Signal zur Plünderung öffentlicher Gelder, um spätere Verbrechen damit zu bezahlen. Feile wüste Söldner führten diese zu niedrigem Preis durch und schreckten nicht vor dem Mord zurück, und die nicht minder schuldigen Begünstiger der Rebellion halfen bei der Teilung, beim Hehlen der Beute. Welche Gesellschaft würde solcherlei Attentate dulden? Die Justiz verfügt nicht über Gesetze, die streng genug wären, um sie zu bestrafen.

Weshalb das Sondergericht für Strafsachen zu urteilen haben wird über die vorgenannten Herbomez, Hiley, Cibot, Grenier, Horeau, Cabot, Minard, Mélin, Binet, Laravinière, Rousseau, die verehelichte Bryond, Léveillé, die verehelichte Bourget, Vauthier, den älteren Chaussard, Pannier, die Witwe Lechantre, Mallet, alle oben namentlich angeführt und gekennzeichnet, die hier anwesenden Angeklagten, sowie über die vorgenannten Boislaurier, Dubut, Courceuil, Bruce, den jüngeren Chaussard, Chargegrain und die unverehelichte Godard, die letzteren abwesend und flüchtig, ob sie schuldig oder nicht schuldig sind an den in der vorstehenden Anklageakte erwähnten Tatsachen.

Gegeben zu Caen, im Gerichtsgebäude, am 1. Dezember 180...

Gezeichnet: Baron BOURLAC.

Dieses juristische Aktenstück war sehr viel kürzer und unabweislicher, als es die Anklageschriften von heute sind, die sich so genau und umfassend mit den geringfügigsten Begleitumständen und zumal mit dem Leben befassen, das die Angeklagten vor der Begehung des Verbrechens geführt haben. Sie erregte Godefroid tief. Die Trockenheit der Aktensprache, in der die amtliche Feder mit roter Tinte die wichtigsten Einzelheiten des Falles erzählte, wurde für seine Phantasie ein Anlaß zur Betätigung. Zusammenfassende knappe Berichte sind für gewisse Köpfe Texte, in die sie sich hineinwühlen und deren geheimnisvolle Tiefen sie durchschweifen.

Mitten in der Nacht setzte Godefroid alle Kräfte seiner Intelligenz ein, um dieses schreckliche Thema weiter zu entwickeln. Die Stille, die Dunkelheit, die beängstigende Wechselbeziehung zwischen diesem Schriftstück und Madame de La Chanterie, die der gute Alain ihn hatte ahnen lassen, kamen ihm dabei zu Hilfe.

Augenscheinlich mußte der Name Lechantre der Familienname des Geschlechts de La Chanterie sein, dem unter der Republik und dem Kaiserreich wohl die Führung seines aristokratischen Namens verboten worden war.

Er sah die Landschaften vor sich, in denen dieses Drama sich abgespielt hatte. Die Gesichter der Komplicen zweiten Ranges glitten vor seinen Augen vorüber. In seiner Phantasie malte er sich nicht den gewissen Rifoël aus, sondern einen Chevalier du Vissard, einen jungen, dem Fergus Walter Scotts ähnlichen jungen Mann, mithin einen französischen Jakobiten[50]. Er entwarf den Roman eines jungen, durch die Infamie eines Ehemanns gröblich betrogenen Mädchens (dergleichen Romane waren damals Mode), das einen jungen, gegen den Kaiser kämpfenden Rebellenführer liebt, sich, wie Diana Vernon, blindlings in eine Verschwörung stürzt, sich dafür begeistert und, da es nun einmal auf diese gefährliche schiefe Ebene geraten ist, nicht mehr haltmacht! Ob sie auf dem Schafott geendet hatte?

Godefroid gewahrte eine ganze Welt. Er irrte in den normannischen Waldlandstrichen umher, er erblickte dort den bretonischen Chevalier und Madame Bryond hinter den Hecken. Er wohnte auf dem alten Schloß Saint-Savin. Er wohnte den mannigfachen Szenen bei, in denen so viele Personen verleitet wurden, er sah den Notar vor sich, den Kaufmann, all die kühnen Anführer der Chouans. Er ahnte die nahezu allgemeine Mitwirkung einer Gegend, in der die Erinnerung an die Unternehmungen des berühmten Marche-à-Terre fortlebte, an die Grafen de Bauvan, de Longuy, an das Massaker von La Vivetière, an den Tod des Marquis de Montauran[51], von dessen Heldentaten ihm Madame de La Chanterie bereits erzählt hatte.

Es war eine Art Vision der Dinge, der Menschen, der Örtlichkeiten, und sie ging schnell vorüber. Indem Godefroid bedachte, daß es sich um die eindrucksvolle, edle und fromme alte Dame handelte, deren Tugenden so stark auf ihn gewirkt hatten, daß er im Begriff stand, sich gänzlich zu wandeln, langte er mit einer Aufwallung des Erschreckens nach dem zweiten Aktenstück, das der gute alte Alain ihm gegeben hatte. Es trug die Überschrift:

»Gnadengesuch für Madame Henriette Bryond des Tours-Minières, geborene Lechantre de La Chanterie.«

»Jetzt scheidet jeder Zweifel aus!« sagte sich Godefroid. Das Aktenstück enthielt folgendes:

Wir[52] sind verurteilt und schuldig. Aber wenn je der Souverän Ursache gehabt hat, von seinem Recht zur Begnadigung Gebrauch zu machen, dann in den Gegebenheiten dieses Falles.

Es handelt sich um eine junge Frau, die erklärt hat, sie fühle sich Mutter, und die zum Tode verurteilt worden ist.

Auf der Schwelle des Gefängnisses, angesichts des Schafotts, das ihrer wartet, wird diese Frau die Wahrheit sagen.

Die Wahrheit wird für sie plädieren. Ihr wird sie ihre Begnadigung zu verdanken haben.

Der vor dem Strafgericht von Alençon verhandelte Prozeß

weist, wie alle Prozesse, bei denen es um eine große Anzahl von Angeklagten geht, die sich in einem vom Parteigeist inspirierten Komplott zusammengefunden haben, völlig unaufgeklärte Teilstücke auf.

Die Staatskanzlei Seiner Kaiserlichen und Königlichen Majestät weiß, was sie heute von der mysteriösen Persönlichkeit mit dem Decknamen »Le Marchand« zu halten hat, deren Anwesenheit im Département Orne während der Gerichtsverhandlungen von der Staatsanwaltschaft nicht geleugnet worden ist, aber die vorzuführen die Verteidigung nicht befähigt war, wie sie auch nicht die Macht besaß, sie ausfindig zu machen.

Diese Persönlichkeit ist, wie die Staatsanwaltschaft, die Präfektur, die Pariser Polizei und die Staatskanzlei Seiner Kaiserlichen und Königlichen Majestät wissen, der Sieur Bernard-Polydore Bryond des Tours-Minières, seit 1794 Korrespondent des Grafen von Lille[53], im Ausland bekannt als Baron des Tours-Minières und in den Annalen der Pariser Polizei unter dem Namen Contenson[54].

Er ist ein Ausnahmemensch, ein Mann, dessen Adel und Jugend durch so hervorstechende Laster, durch eine so tiefe Immoralität, durch so verbrecherische Abwege befleckt sind, daß dieses infame Leben gewiß auf dem Schafott geendet hätte, wäre nicht die Kunstfertigkeit gewesen, mit der er verstanden hat, sich durch seine Doppelrolle nützlich zu machen, auf die bereits sein doppelter Name hinweist. Aber da er mehr und mehr von seinen Leidenschaften, von seinen immer wieder auftretenden Geldnöten beherrscht wird, dürfte er schließlich noch unter die Infamie hinabstürzen und bald nur noch völlig untergeordnete Dienste leisten, trotz unbestreitbarer Talente und einer bemerkenswerten Intelligenz.

Als die Scharfsichtigkeit des Grafen von Lille Bryond nicht gestattete, Geld aus dem Ausland zu beziehen, hat er der blutbefleckten Arena, in die seine Geldnöte ihn getrieben hatten, entrinnen wollen.

War diese Laufbahn nicht ertragreich genug gewesen? Haben Gewissensbisse oder Scham diesen Mann in die Gegend zurückgeführt, wo seine bei seinem Fortgehen bereits mit Schulden überlasteten Besitzungen seinem Genie schwerlich Hilfsmittel darbieten konnten? Das zu glauben ist unmöglich. Wahrscheinlicher ist die Annahme, daß er in jenen Départements, in denen noch Funken unserer bürgerlichen Zwietracht glommen, eine Mission zu erfüllen hatte.

Als er das Land mit forschenden Blicken betrachtete, in dem seine perfide Mitarbeit an den Intrigen Englands und des Grafen von Lille ihm das Vertrauen der Familien eintrug, die Anhänger der durch das Genie unseres unsterblichen Kaisers besiegten Partei waren, stieß er auf einen der ehemaligen Anführer der Revolte, mit dem er seit dem Unternehmen von Quiberon[55] und seit der letzten Erhebung der Rebellen im Jahre VII als Abgesandter des Auslands Beziehungen unterhalten hatte. Er begünstigte die Hoffnungen dieses großen Agitators, der seine Verschwörungen gegen den Staat auf dem Schafott gebüßt hat. Bryond konnte somit in die Geheimnisse jener unverbesserlichen Partei eindringen, die gleichzeitig den Ruhm Seiner Majestät des Kaisers Napoleons I. und die wahren Interessen des Landes verkennt, die in jener geheiligten Person vereinigt sind.

Dieser Mann hat im Alter von fünfunddreißig Jahren die aufrichtigste Frömmigkeit geheuchelt, eine grenzenlose Hingabe für die Interessen des Grafen von Lille bezeigt und einem Kult für die Insurgenten gefrönt, die im Westen den Tod im Kampf gefunden haben. Er hat geschickt die Überreste seiner erschöpften Jugend getarnt, die ihn indessen durch einige äußere Vorzüge annehmlich machten. Trefflich geschützt durch das Schweigen seiner Gläubiger und durch eine unerhörte Willfährigkeit seitens aller Ci-devants[56] des Landes wurde er, ein wahres getünchtes Grab, mit wer weiß wie vielen Bezeigungen der Hochachtung bei der Dame Lechantre eingeführt, von der geglaubt wurde, sie besitze ein großes Vermögen.

Es wurde ein Komplott geschmiedet, um die einzige Tochter der Madame Lechantre, die junge Henriette, mit diesem Schützling der Ci-devants zu verheiraten.

Priester, ehemals Adlige und Gläubiger, jeder aus einem andersgearteten Interesse, die einen loyal, die andern habgierig, die meisten blind, kurzum, alle taten sich zusammen, um die Eheschließung Bernard Bryonds mit Henriette Lechantre zu bewerkstelligen.

Der gesunde Menschenverstand des Notars, der mit den geschäftlichen Angelegenheiten der Madame Lechantre betraut war, und vielleicht auch einiges Mißtrauen wurden die Ursache, daß das junge Mädchen ins Verderben geriet. Der Sieur Chesnel, Notar in Alençon, schloß das Gut Saint-Savin, den einzigen Besitz der künftigen Ehefrau, von der Gütergemeinschaft aus. Der Mutter wurde dabei das Wohnrecht und eine bescheidene Rente vorbehalten.

Die Gläubiger, die bei der Dame Lechantre um ihres Ordnungssinnes und um ihrer Sparsamkeit willen beträchtliche Kapitalien vermutet hatten, wurden in ihren Hoffnungen getäuscht. Und da alle jene Dame für geizig hielten, unternahmen sie gerichtliche Beitreibungen, durch die Bryonds prekäre Situation offenbar wurde.

Daraufhin brachen zwischen den Jungvermählten ernstliche Zwistigkeiten aus, bei denen der jungen Frau die Augen über die verderbten Sitten, den religiösen und politischen Atheismus, darf ich mich so ausdrücken? und die Infamie des Mannes aufgingen, mit dem ihr Schicksal auf eine so unheilvolle Weise verknüpft war. Bryond war genötigt, seine Frau in das Geheimnis der widerwärtigen, gegen die kaiserliche Regierung angezettelten Verschwörungen einzuweihen. Er bot sein Haus Rifoël du Vissard als Zufluchtsstätte an.

Rifoëls abenteuerlicher, tapferer, großherziger Charakter hat auf alle, die ihm nähertraten, eine Verführungskraft ausgeübt, für die ein überwältigendes Beweismaterial in den Kriminalprozessen vorliegt, die vor den Sondergerichten für Strafsachen verhandelt worden sind.

Der unwiderstehliche Einfluß, die absolute Oberherrschaft, die er über eine junge Frau erlangte, die sich in der Tiefe eines Abgrunds sah, wird nur allzu sichtbar durch die Katastrophe, deren Grausigkeit sie sich als um Gnade Flehende vor den Stufen des Throns niederwerfen läßt. Aber was die Staatskanzlei Seiner Kaiserlichen und Königlichen Majestät leichtiglich feststellen kann, ist die infame Bereitwilligkeit Bryonds, der, weit davon entfernt, seine Pflichten als Leiter und Berater des Kindes, das eine arme, betrogene Mutter ihm anvertraut hatte, zu erfüllen, sich darin gefallen hat, den Knoten der Intimität der jungen Frau und des Anführers der Rebellen noch fester zu knüpfen.

Der Plan dieser hassenswerten Persönlichkeit, die es sich als Ruhmestitel anrechnet, alles zu verachten, in jedem Zusammenhang nur auf die Stillung seiner Gelüste Wert zu legen und in den von der bürgerlichen oder religiösen Moral diktierten Empfindungen lediglich vulgäre Hindernisse zu erblicken, jener Plan war der folgende.

An dieser Stelle muß darauf hingewiesen werden, wie vertraut ein solches Vorgehen einem Manne ist, der seit 1794 eine Doppelrolle spielt und der acht Jahre lang den Grafen von Lille und dessen Anhänger hat täuschen können, vielleicht auch die Polizei des Kaiserreichs hat täuschen können: Gehören dergleichen Menschen nicht zu denen, die sie am höchsten bezahlt?

Bryond hat Rifoël zum Verbrechen getrieben, er hat auf einem Angriff mit bewaffneter Hand auf die Steuerkasse des Staates und auf einer hohen Kontribution zu Lasten der Käufer von Nationalgütern beharrt. Sie sollte mittels abscheulicher Martern erhoben werden, die fünf Départements in Schrecken setzten und die er sich ausgedacht hat. Er verlangte, daß ihm dreihunderttausend Francs übergeben werden sollten, damit er seine Güter schuldenfrei machen könne.

Für den Fall des Widerstrebens seiner Frau oder Rifoëls hatte er sich vorgenommen, Rache für die tiefe Verachtung zu nehmen, die er dieser rechtlichen Seele einflößte, Rache dadurch, daß er beide der Strenge der Gesetze preisgeben wollte, sobald sie irgendein Kapitalverbrechen begangen hätten.

Als er erkannte, daß bei diesen beiden Menschenwesen, die er aneinandergekettet hatte, der Parteigeist stärker war als die Wahrung seiner Interessen, verschwand er und kehrte, versehen mit lückenlosen Auskünften über die Lage in den Départements des Westens, nach Paris zurück.

Die Brüder Chaussard und Vauthier waren Bryonds Korrespondenten, wie die Staatskanzlei weiß.

Heimlich und verkleidet kam Bryond, und zwar unter dem Decknamen »Le Marchand«, in seine Heimat zurück, sobald das Attentat auf die Steuerkasse von Caen begangen worden war, und setzte sich unter der Hand mit dem Herrn Präfekten und den Behörden ins Einverständnis. Was geschah alsdann? Nie zuvor ist eine so weitreichende Verschwörung, noch dazu eine, an der so viele auf so unterschiedlichen Sprossen der sozialen Leiter stehende Leute teilnahmen, der Justiz rascher bekanntgeworden als diese, deren unvermutetes Zutagetreten durch den Überfall auf die Steuerkasse von Caen erfolgte. Schon sechs Tage nach dem Attentat wurden sämtliche Schuldige verfolgt und aufgespürt, und zwar mit einer Scharfsicht, aus der die umfassendste Kenntnis der Pläne und der Individuen sprach. Die Verhaftung, der Prozeß, der Tod Rifoëls und seiner Spießgesellen sind dafür ein Beweis, den wir einzig und allein geben, um unsere Gewißheit darzulegen. Die Staatskanzlei, wir wiederholen es, weiß mehr als wir über dieses Thema.

Wenn je ein Verurteilter seine Zuflucht zur Gnade des Souveräns hat nehmen dürfen, ist es dann nicht Henriette Lechantre?

Fortgerissen von der Liebe, von den Gedanken an Rebellion, die sie mit der Muttermilch eingesogen hat, ist sie in den Augen der Justiz sicherlich unentschuldbar. Aber werden in den Augen des großherzigsten aller Kaiser nicht der infamste Verrat, die heftigste aller Begeisterungen in dieser Sache plädieren?

Wird der größte Heerführer, der unsterbliche Genius, der den Fürsten Hatzfeld[57] begnadigte und der wie Gott selber die aus der schicksalsbedingten Beschaffenheit des Herzens entsprungenen Beweggründe zu erahnen weiß, nicht die in jugendlichem Alter unbezwingliche Macht zugeben, die dafür spricht, diesem Verbrechen, so groß es auch immer sein möge, Nachsicht zu bezeigen?

Zweiundzwanzig Köpfe sind schon unter dem Schwerthieb der Justiz gefallen, auf die Urteile dreier Strafgerichtshöfe hin. Nur derjenige einer jungen, zwanzigjährigen Frau, einer Minderjährigen, ist noch übrig: Wird Kaiser Napoleon der Große sie nicht der Reue überlassen? Hieße das nicht, sie Gott anheimstellen ...?

Für Henriette Le Chantre, Ehefrau des Bryond des Tours-Minières,

deren Verteidiger
Bordin
Anwalt am Tribunal erster Instanz
des Seine-Départements.

Dieses furchtbare Drama störte den wenigen Schlummer, den Godefroid fand. Er träumte von der Vollstreckung des Todesurteils, wie sie der Arzt Guillotin aus menschenfreundlichen Gründen erfunden hat. Durch die warmen Dünste eines Alpdrucks hindurch gewahrte er eine junge Frau, eine schöne Exaltierte, wie sie die letzten Vorbereitungen erlitt, wie sie auf einen Karren gezerrt wurde, wie sie das Schafott bestieg und ausrief: »Es lebe der König!«

Die Neugier durchbohrte Godefroid. Bei Tagesanbruch stand er auf, zog sich an, ging in seinem Schlafzimmer auf und ab und blieb schließlich am Fenster stehen. Mechanisch schaute er den Himmel an und ließ, wie es ein moderner Autor tun würde, dieses Drama, zu mehreren Bänden ausgewalzt, vor sich erstehen. Und immerfort sah er vor diesem düstern Hintergrund von Chouans, Landleuten, Provinzedelleuten, Anführern, Justizbeamten, Anwälten und Spitzeln sich strahlend die Gestalten der Mutter und der Tochter abheben: der Tochter, die ihre Mutter hinterging, der Tochter, die das Opfer eines Scheusals geworden war, das Opfer ihres Verfallenseins an einen jener kühnen Männer, die später als Helden bezeichnet wurden und denen Godefroids Phantasie Ähnlichkeit mit Männern wie Charette[58], wie Georges Cadoudal[59] lieh, mit den Giganten jenes Kampfes zwischen der Republik und der Monarchie.

Sowie Godefroid den alten Alain sich in seinem Zimmer regen hörte, ging er hin. Doch als er durch den Türspalt geblickt hatte, kehrte er in sein Zimmer zurück. Der alte Mann hatte vor seinem Betstuhl gekniet und seine Morgengebete verrichtet. Der Anblick dieses weißen, in einer Haltung edler Frömmigkeit gesenkten Hauptes erinnerte Godefroid an seine vergessene Pflicht. Er begann inbrünstig zu beten.

»Ich hatte Sie erwartet«, sagte der biedere Alte, als er nach einer Viertelstunde Godefroid eintreten sah, »ich bin Ihrer Ungeduld zuvorgekommen und früher als gewöhnlich aufgestanden.«

»Wer ist Madame Henriette ...?« fragte Godefroid mit sichtlicher Angst.

»Madames Tochter«, fiel der alte Mann Godefroid ins Wort. »Madame heißt Lechantre de La Chanterie. Unter dem Kaiserreich wurden weder die Adelstitel noch die dem Familiennamen oder dem ursprünglichen Namen hinzugefügten Namen anerkannt. Auf diese Weise nannte die Baronin des Tours-Minières sich ›verehelichte Bryond‹. Der Marquis d'Esgrignon nahm seinen Namen Carol wieder an, er war der Bürger Carol und später der Sieur Carol. Die Troisvilles wurden die Sieurs Guibelin.«

»Aber was ist denn geschehen? Hat der Kaiser Gnade walten lassen?«

»Leider nicht!« antwortete Alain. »Die unselige kleine Frau, einundzwanzig Jahre war sie alt, hat auf dem Schafott geendet. Als er Bordins Eingabe gelesen hatte, hat der Kaiser seinem Groß-Richter[60] etwa folgendes geantwortet:

›Warum soll ich mich gegen einen Spitzel ereifern? Ein Agent ist kein Mensch mehr. Er darf keine menschlichen Gefühle mehr haben. Er ist ein Rad in einer Maschine. Bryond hat seine Pflicht getan. Wären Werkzeuge dieser Art nicht, was sie sind, nämlich Stahlbarren, und intelligent einzig im Sinne der Herrschaft, der sie dienen, so wäre keine Regierung möglich. Urteile der Sondergerichte müssen vollstreckt werden, sonst hätten meine Richter zu sich und zu mir kein Vertrauen mehr. Übrigens sind die Söldlinge dieser Leute tot, und die waren weniger schuldig als die Anführer. Kurz und gut, den Frauen im Westen muß beigebracht werden, sich nicht in Komplotte zu mischen. Gerade weil es sich hier um eine Frau handelt, die das Urteil trifft, muß die Gerechtigkeit ihren Lauf nehmen. Gegenüber den Staatsinteressen gibt es keine Entschuldigung.‹ Das ist der wesentliche Inhalt dessen, was der Groß-Richter so freundlich war, Bordin über seine Unterredung mit dem Kaiser mitzuteilen. Als Bordin erfuhr, daß Frankreich und Rußland sich demnächst miteinander messen würden, daß der Kaiser genötigt sein würde, sich siebenhundert Meilen weit von Paris wegzubegeben und ein unermeßliches, ödes Land anzugreifen, begriff er die wahren Gründe für die Unnachgiebigkeit des Kaisers. Um im Westen Ruhe zu haben, wo es ohnehin von Heeresdienstverweigerern wimmelte, dünkte es Napoleon notwendig, tiefen Schrecken zu erregen. Daher riet der Groß-Richter dem Anwalt, nichts mehr für seine Klienten zu unternehmen . . .«

»Für seine Klientin«, sagte Godefroid.

»Madame de La Chanterie war zu zweiundzwanzig Jahren Zuchthaus verurteilt worden«, sagte Alain. »Sie war schon nach Bicêtre in der Nähe von Rouen gebracht worden, wo sie ihre Strafe verbüßen sollte. Deshalb konnte man sich mit ihr erst nach der Rettung ihrer Henriette befassen, die ihr nach den schrecklichen Gerichtsverhandlungen so lieb geworden war, daß ohne Bordins Versicherung, er werde ihre Begnadigung erlangen, niemand geglaubt hätte, Madame würde die Verurteilung überleben. Also wurde die arme Mutter getäuscht. Nach der Hinrichtung der zum Tode Verurteilten sah sie ihre Tochter, ohne zu wissen, daß dieser Aufschub der falschen Erklärung, daß sie schwanger sei, zu verdanken war.«

»Ach, ich begreife alles ...!« rief Godefroid.

»Nein, mein lieber Junge, es gibt Dinge, die man nicht durchschaut. Madame hat geraume Zeit geglaubt, ihre Tochter sei am Leben ...«

»Wie kam das?«

»Folgendermaßen. Als Madame des Tours-Minières durch Bordin die Ablehnung ihres Gnadengesuchs erfahren hatte, brachte diese wundervolle kleine Frau den Mut auf, etwa zwanzig Briefe zu schreiben, die sie Monat um Monat nach ihrer Hinrichtung datierte, um den Glauben zu erwecken, sie sei am Leben, und darin die Leiden einer imaginären Krankheit bis zum Tode zu steigern. Diese Briefe umfaßten den Zeitraum von zwei Jahren. Madame de La Chanterie wurde also auf den Tod ihrer Tochter vorbereitet, aber auf einen natürlichen Tod: Von ihrer Hinrichtung hat sie erst 1814 erfahren. Sie blieb zwei Jahre lang in strenger Haft, zusammen mit den gemeinsten Kreaturen ihres Geschlechts, und trug Gefängniskleidung. Aber dank den inständigen Bemühungen der Champignolles' und der Beauséants erhielt sie nach Ende des zweiten Jahres ein besonderes Zimmer, in dem sie gelebt hat wie eine Nonne, die ihr Kloster nicht verlassen darf.«

»Und die andern?«

»Der Notar Léveillé, Herbomez, Hiley, Cibot, Grenier, Horeau, Cabot, Minard und Mallet wurden zum Tode verurteilt und am selben Tag hingerichtet. Pannier wie Chaussard und Vauthier wurden zu zwanzig Jahren Zwangsarbeit verurteilt, gebrandmarkt und auf die Galeeren geschickt. Aber der Kaiser begnadigte Chaussard und Vauthier. Mélin, Laravinière und Binet bekamen fünf Jahre Zuchthaus. Die verehelichte Bourget wurde zu zweiundzwanzig Jahren Zuchthaus verurteilt. Chargegrain und Rousseau wurden freigesprochen. Die Geflüchteten wurden sämtlich in Abwesenheit zum Tode verurteilt, bis auf die unverehelichte Godard, die, wie Sie wohl ahnen, niemand anders ist als unsere arme Manon . . .«

»Manon . . .!« rief Godefroid verblüfft aus.

»Oh, Sie kennen Manon noch nicht!« entgegnete der gute Alain. »Dies opferwillige Geschöpf, das zu zweiundzwanzig Jahren Zuchthaus verurteilt worden war, hat sich gestellt, um Madame de La Chanterie im Kerker bedienen zu können. Unser lieber Vikar ist der Priester von Mortagne, der der Frau Baronin des Tours-Minières die Sterbesakramente gereicht, der den Mut aufgebracht hat, sie zum Schafott zu geleiten, und dem sie den letzten Abschiedskuß gab. Dieser tapfere, erhabene Priester hatte dem Chevalier du Vissard beigestanden. Unserm lieben Abbé de Vèze sind also sämtliche Geheimnisse jener Verschwörer bekannt gewesen . . .«

»Jetzt wird mir klar, woher sein weißes Haar stammt!« sagte Godefroid.

»Ach!« fuhr Alain fort, »er hat von Amédée du Vissard das Miniaturbildnis der Madame des Tours-Minières erhalten, das einzige Bild, das es von ihr gibt. Dadurch hat der Abbé für Madame de La Chanterie eine besondere Weihe erhalten, als sie glorreich wieder in das gesellschaftliche Leben zurückgekehrt war . . .«

»Und wie geschah das . . .?« fragte der erstaunte Godefroid.

»Natürlich nach der Rückkehr Ludwigs XVIII., 1814. Boislaurier, der jüngere Bruder von Monsieur de Boisfrelon, war vom König im Jahre 1809 befohlen worden, den Westen aufzuwiegeln, und später noch einmal, im Jahre 1812. Ihr eigentlicher Name ist Dubut. Der Dubut aus Caen ist ein Verwandter von ihnen. Es waren drei Brüder: Dubut de Boisfranc, der Präsident des Obersteueramts, Dubut de Boisfrelon, der Rat am Parlamentsgericht, und Dubut-Boislaurier, der Dragonerrittmeister.

Der Vater hatte seinen Söhnen mit dem Adelstitel verbundene Ämter gekauft und ihnen die Namen von drei verschiedenen Gütern gegeben. Der Großvater jener Dubuts ist nämlich Leinenhändler gewesen. Der Dubut aus Caen, der sich hatte in Sicherheit bringen können, gehörte zu den Dubuts, die Kaufleute geblieben waren, und er hoffte, um seiner Aufopferung für die Sache des Königs willen zu erreichen, daß ihm der Titel des Monsieur de Boisfranc als Erbe zugesprochen werde. Ludwig XVIII. hat auch den Wunsch dieses treuen Dieners erfüllt. 1815 wurde er Groß-Profos[61] und später unter dem Namen de Boisfranc Generalstaatsanwalt. Er ist als erster Präsident eines königlichen Gerichts gestorben. Der Marquis du Vissard, der ältere Bruder des armen Chevalier, den der König zum Pair von Frankreich ernannte und mit Ehren überschüttete, wurde zum Leutnant der königlichen Haustruppen ernannt und nach deren Auflösung zum Präfekten. Monsieur Herbomez' Bruder ist Graf und Generalsteuereinnehmer geworden. Der arme Bankier Pannier ist vor Kummer im Zuchthaus gestorben. Boislaurier ist kinderlos gestorben, als Generalleutnant und Gouverneur eines königlichen Schlosses. Die Herren de Champignolles, de Beauséant, der Herzog von Verneuil und der Justizminister haben Madame de La Chanterie dem König vorgestellt. ›Sie haben um meinetwillen viel gelitten, Baronin. Sie besitzen ein Anrecht auf alle meine Gunst und alle meine Dankbarkeit‹, hat er gesagt. – ›Sire‹, hat sie geantwortet, ›Eure Majestät haben so viele Schmerzen zu lindern, daß ich Sie nicht noch mit einem Schmerz belasten möchte, für den es keinen Trost gibt. In der Vergessenheit leben, meine Tochter beweinen und Gutes tun: Das soll mein Dasein sein. Wenn etwas mein Unglück mildern kann, dann ist es die Güte meines Königs, dann ist es die Freude, zu erleben, daß die Vorsehung so viele Opfer nicht hat unnütz sein lassen.‹«

»Und was hat Ludwig XVIII. getan?« fragte Godefroid.

»Der König hat Madame de La Chanterie zweihunderttausend Francs zurückerstatten lassen. Denn das Gut Saint-Savin war verkauft worden, als Entschädigung für den Fiskus«, antwortete der Alte. »Die Begnadigungsschreiben für die Frau Baronin und deren Zofe enthalten das Bedauern des Königs über in seinem

Dienst ausgestandene Leiden, stellen aber fest, daß ›der Eifer seiner Diener in den Mitteln der Betätigung zu weit gegangen sei‹. Aber schrecklich und für Sie wohl der merkwürdigste Charakterzug dieses Monarchen ist es, daß er während seiner ganzen Regierungszeit Bryond auch weiterhin in seiner Geheimpolizei verwendet hat.«

»Oh, die Könige, die Könige!« rief Godefroid aus. »Und lebt dieser Schurke noch?«

»Nein. Dieser Elende, der wenigstens seinen Namen mit dem Namen Contenson tarnte, ist gegen Ende 1829 oder zu Anfang 1830 zu Tode gekommen. Als er einen Verbrecher verhaften wollte, der sich auf ein Hausdach geflüchtet hatte, stürzte er auf die Straße hinab[62]. Ludwig XVIII. teilte die Meinung Napoleons über Menschen, die der Polizei angehörten. Madame de La Chanterie ist eine Heilige, sie betet für die Seele dieses Scheusals und läßt für ihn jährlich zwei Messen lesen. Obgleich Madame de La Chanterie vom Vater eines großen Redners und einem der berühmtesten Anwälte jener Zeit verteidigt wurde und von der Gefahr, der ihre Tochter sich ausgesetzt hatte, erst in dem Augenblick erfuhr, als das Geld weggeschafft wurde, und auch dann nur dadurch, daß ihr Verwandter Boisiaurier sie aufklärte, hat sie niemals ihre Unschuld beweisen können. Der Präsident du Ronceret und der Vizepräsident des Gerichts von Alençon, ein gewisser Blondet, haben vergeblich versucht, unsere arme Dame zu retten. Der Einfluß des Rats am kaiserlichen Gericht, der den Vorsitz beim Sondergericht für Strafsachen innehatte, des berüchtigten Mergi, des späteren Generalstaatsanwalts und fanatischen Anhängers von Thron und Altar, der mehr als einen bonapartistischen Kopf hat fallen lassen, auf seine Kollegen war so groß, daß er die Verurteilung der armen Baronin de La Chanterie durchsetzte. Die Herren Bourlac und Mergi bezeigten bei den Verhandlungen eine unerhörte Erbitterung. Der Präsident nannte die Baronin des Tours immer nur ›verehelichte Bryond‹, und Madame ›verehelichte Lechantre‹. Die Namen der Angeklagten sind durch das republikanische System sämtlich verkürzt und fast alle verstümmelt worden. Es gab bei jenem Prozeß ungewöhnliche Einzelheiten. Ich erinnere mich nicht mehr aller. Aber ein kühner Streich ist mir im Gedächtnis verblieben, aus dem Sie zu erkennen vermögen, was für Männer diese Chouans waren. Die Menge, die den Verhandlungen beiwohnen wollte, übertraf alles, was Ihre Phantasie sich ausmalen könnte. Sie füllte die Korridore, und auf dem Platz herrschte ein Andrang wie an Markttagen. Eines Tages, bei der Eröffnung der Sitzung, noch ehe der Gerichtshof eingetreten war, sprang der berühmte Chouan Pille-Miche über die Schranke, mitten in die Menschenmasse hinein, schaffte sich mit den Ellbogen Bahn, mischte sich unter all die Leute und flüchtete mit der Woge der erschreckten Menge. ›Wie ein Eber ist er losgestürmt‹, hat Bordin mir erzählt. Die Gendarmen, die Wachmannschaft liefen ihm nach, er wurde auf der Treppe gefaßt, gerade als er hinaus auf den Platz wollte. Auf diesen kühnen Streich hin wurde die Wache verdoppelt. Auf dem Platz wurde ein Gendarmeriepikett aufgestellt, weil befürchtet wurde, es könnten sich unter der Menge Chouans befinden, die den Angeklagten Hilfe und Beistand leisten wollten. Bei jenem Fluchtversuch sind in der Menge drei Menschen totgequetscht worden. Seither ist herausgekommen, daß Contenson (gerade wie mein alter Freund Bordin kann ich es nicht über mich bringen, ihn Baron de Tours-Minières oder Bryond zu nennen, was der Name eines alten Geschlechts ist), ist herausgekommen, sage ich, daß dieser Schuft von dem geraubten Gelde sechzigtausend Francs unterschlagen und vergeudet hat. Zehntausend hat er dem jungen Chaussard gegeben, den er dadurch, daß er ihm seine Gelüste und Laster einimpfte, für die Polizei gedingt hat. Aber keiner seiner Spießgesellen hat Glück gehabt. Der geflüchtete Chaussard ist von Monsieur de Boislaurier ins Meer gestürzt worden, als dieser durch ein paar Zeilen Panniers von der Verräterei dieses Burschen erfahren hatte. Contenson hatte ihm nämlich geraten, sich den geflüchteten Verschwörern zuzugesellen und sie zu überwachen. Vauthier ist in Paris umgebracht worden, wohl von einem der unbekannten, treuen Gefährten des Chevalier du Vissard. Der jüngere Chaussard schließlich wurde bei einer der nächtlichen Unternehmungen ermordet, die zu den Eigentümlichkeiten der Polizei gehören. Es ist anzunehmen, daß Contenson sich seinen Forderungen oder seinen Vorwürfen hat entziehen wollen, indem er ihn, wie man sagt, ›der Fürbitte der Gläubigen empfahl‹. Madame de La Chanterie hat ihr Kapital in Staatsrentenpapieren angelegt und dieses Haus gekauft, um dem Wunsch ihres Onkels nachzukommen, des alten Gerichtsrats de Boisfrelon, der ihr das für den Kauf erforderliche Geld gab. Diese stille Stadtgegend liegt in der Nähe des erzbischöflichen Palais, wo unser lieber Abbé einen Posten in der unmittelbaren Umgebung des Kardinals erhielt. Das war für Madame der Hauptgrund, sich dem Wunsch des alten Herrn nicht zu widersetzen, dessen Vermögen nach fünfundzwanzig Revolutionsjahren auf sechstausend Francs Zinsen zusammengeschmolzen war. Überdies war Madame daran gelegen, durch ein fast klösterliches Leben die Reihe der grausigen Unglücksfälle abzuschließen, die seit sechsundzwanzig Jahren über sie hereingebrochen waren. Jetzt dürften Sie sich die Majestät, die Seelengröße dieses, wie ich zu sagen wage, erlauchten Opfers erklären können ...«

»Ja«, sagte Godefroid, »die Spuren all der Schicksalsschläge, die sie empfangen hat, leihen ihr etwas Großes, etwas Majestätisches.«

»Jede Wunde, jeder neue Hieb hat ihre Geduld, ihre Selbstbescheidung verdoppelt«, entgegnete Alain. »Aber wenn Sie sie kennten, wie wir sie kennen, wenn Sie wüßten, wie sehr ihre Feinfühligkeit entwickelt, wie tätig die unerschöpfliche Liebe ist, die diesem Herzen entquillt, dann würden Sie davor zurückschrecken, die vergossenen Tränen, die inbrünstigen, an Gott gerichteten Gebete zu zählen. Man muß, wie sie, nur eine rasch vorübergegangene Zeit des Glücks erlebt haben, um solcherlei Erschütterungen überstehen zu können! Sie hat ein zärtliches Herz, eine sanfte Seele in einem Körper aus Stahl, der gehärtet worden ist durch Entbehrungen, Arbeit und ein sehr strenges Leben.«

»Ihr Leben macht einem das lange Leben der Einsiedler verständlich«, sagte Godefroid.

»An manchen Tagen frage ich mich, welches der Sinn eines solchen Daseins sein möge ... Behält Gott solche äußersten, solche grausamen Heimsuchungen denjenigen seiner Geschöpfe vor, die sich am Tag nach ihrem Tod zu ihm setzen dürfen?« fragte der biedere Alain, ohne zu wissen, daß er damit auf naive Weise die ganze Lehre Swedenborgs[63] über die Engel ausdrückte.

»Wie?« rief Godefroid aus, »Madame de La Chanterie ist zusammengesperrt gewesen mit . . .«

»Madame ist in ihrem Gefängnis erhaben gewesen«, fuhr Alain fort. »Drei Jahre lang hat sie die Erdichtung des ›Vikar von Wakefield‹[64] in die Wirklichkeit umgesetzt. Sie hat nämlich mehrere der Frauen mit schlechtem Lebenswandel, die um sie waren, bekehrt. Während ihrer Gefangenschaft, als sie die Lebensgewohnheiten der Zuchthäuslerinnen beobachtete, ist sie von dem großen Mitleid für die Nöte des Volkes gepackt worden, dem Mitleid, das ihr schwer auf dem Herzen liegt und das sie zur Königin der Pariser Wohltätigkeit macht. Mitten in dem abscheulichen Bicêtre bei Rouen hat sie den Plan gefaßt, dessen Verwirklichung wir uns geweiht haben. Das war, wie sie gesagt hat, ein köstlicher Traum, eine engelhafte Eingebung mitten in der Hölle. Sie hat sich nie vorgestellt, daß sie ihn je werde verwirklichen können. Hier, als 1819 in Paris wieder Ruhe eingetreten zu sein schien, hat sie auf ihren Traum zurückgegriffen. Die Frau Herzogin von Angoulême[65], dann die Dauphine, die Herzogin von Berry[66], der Erzbischof, später der Kanzler und noch ein paar fromme Menschen haben großzügig die ersten Summen gespendet, die erforderlich waren. Jenes Kapital wuchs durch den verfügbaren Anteil unserer Einkünfte, von denen jeder sich nur das unbedingt Notwendige nimmt.«

Godefroid stiegen Tränen in die Augen.

»Wir sind die getreuen Sachwalter eines christlichen Gedankens, und wir gehören mit Leib und Seele diesem Wohltätigkeitswerk an, dessen guter Geist, dessen Gründerin die Baronin de La Chanterie ist, von der Sie uns so respektvoll als von ›Madame‹ reden hören.«

»Ach, ich möchte einer der Ihrigen werden«, sagte Godefroid und streckte dem Alten die Hände hin.

»Verstehen Sie jetzt, daß es Gesprächsthemen gibt, die hier absolut verboten sind und auf die nicht einmal angespielt werden darf?« fuhr der alte Mann fort. »Verstehen Sie, welche Verpflichtungen zum Takt jeder der Bewohner dieses Hauses gegenüber derjenigen eingegangen ist, die uns eine Heilige dünkt?

Verstehen Sie die Verführungskraft, die eine von soviel Unglück geweihte Frau ausübt, eine Frau, die soviel weiß, der jedes erdenkliche Unheil sein Äußerstes angetan; die aus jeder Widerwärtigkeit eine Lehre gezogen hat; deren sämtliche Tugenden eine doppelte Weihe durch die härtesten Prüfungen und eine beständige Tätigkeit erfahren haben; deren Seele makellos ist und ohne Tadel; die einzig die Schmerzen der Mutterschaft, die Bitternisse der ehelichen Liebe erfahren; der das Leben nur ein paar Monate lang zugelächelt hat; der der Himmel sicherlich einen Palmenwedel zudenkt als Preis für soviel Schicksalsergebenheit, als Belohnung für alle Kümmernisse? Hat sie es nicht vor Hiob voraus, daß sie nie gemurrt hat? Jetzt wundern Sie sich wohl nicht mehr über die Macht ihres Wortes, ihre Jugendlichkeit im Alter, ihre mitteilsame Seele, ihren überzeugenden Blick. Sie ist ungemeiner Kräfte teilhaftig, um den Leidenden zum Bekenntnis seiner Leiden zu bringen, denn sie selber hat alles durchlitten. Angesichts ihrer verstummt jeder Schmerz.«

»Sie ist ein lebendiges Abbild der Mildtätigkeit!« rief Godefroid begeistert aus. »Ob ich je zu den Ihren gehören werde?«

»Sie müssen sich den Prüfungen unterziehen, und vor allem müssen Sie GLAUBEN!« rief der alte Mann mit sanfter Stimme. »Solange Sie nicht den Glauben haben, solange Sie nicht Ihrem Herzen und Ihrem Verstand den göttlichen Sinn der Epistel des heiligen Paulus über die Barmherzigkeit einverleibt haben, können Sie an unserm Werk nicht teilhaben.«

ZWEITER TEIL

Der Aufgenommene

Gerade wie das Böse besitzt das Erhabene Ansteckungskraft. Als daher der Pensionsgast der Madame de La Chanterie ein paar Monate in dem alten, stillen Haus gewohnt hatte, verspürte er nach den letzten vertraulichen Eröffnungen des wakkeren Alain, der ihm den tiefsten Respekt für die gewissermaßen mönchisch Lebenden, unter denen er sich befand, eingeflößt hatte, das seelische Wohlbehagen, das ein geregeltes Leben, friedliche Gewohnheiten und die zwischen den uns umgebenden Charakteren waltende Harmonie uns zuteil werden lassen. Nach vier Monaten, in denen Godefroid weder ein lautes Wort noch ein Streitgespräch gehört hatte, gestand er sich schließlich ein, daß er, seit er ins Alter der Vernunft eingetreten war, sich nicht erinnerte, sich alles in allem, wenn auch nicht glücklich, so doch nie zuvor so ruhig gefühlt habe. Er sah die Welt jetzt nur von fern, und so bildete er sich ein gesundes Urteil über sie. Kurzum, der Wunsch nach Teilnahme am Tun dieser mysteriösen Persönlichkeiten, den er seit einem Vierteljahr genährt hatte, wurde zu einem leidenschaftlichen Verlangen. Und jeder kann sich, ohne ein großer Philosoph zu sein, die Kraft vorstellen, die Leidenschaften in der Einsamkeit gewinnen.

Eines Tages also, und dieser Tag wurde für ihn durch die Allmacht des Geistes zu etwas Feierlichem, sondierte Godefroid sein Herz und überprüfte seine Kräfte, und dann stieg er zu dem guten Alain hinauf, demjenigen, den Madame de La Chanterie als »ihr Lamm« zu bezeichnen pflegte. Er schien ihm unter allen Hausgenossen der am wenigsten beeindruckende, der zugänglichste zu sein. Godefroid beabsichtigte, von dem biederen Alten ein paar Aufklärungen über die Art und Umstände der aufopfernden Tätigkeit zu erhalten, die diese Brüder in Gott, wie man sie bezeichnen konnte, in Paris ausübten. Die Anspielungen auf eine Probezeit, die er bereits vernommen hatte, verhießen ihm, und darauf wartete er ja, die Aufnahme. Seine Wissensbegierde war durch das, was der ehrwürdige Greis ihm über Bedingungen seiner Zulassung zu dem Werke der Madame de La Chanterie gesagt hatte, nicht gestillt worden, er wollte mehr darüber erfahren.

Zum drittenmal stand jetzt Godefroid vor dem guten Alain. Es war abends um halb elf, und der Greis hatte seine Lektüre der ›Nachfolge‹ beendet. Diesmal vermochte der freundliche mit der Einführung Betraute eines Lächelns nicht Herr zu werden, und beim Anblick des jungen Mannes sagte er zu ihm, ohne ihn zu Worte kommen zu lassen: – »Warum wenden Sie sich an mich, lieber Junge, statt sich an Madame zu wenden? Ich bin der Unwissendste, der am wenigsten Geistvolle, der Unvollkommenste im ganzen Hause. Schon seit drei Tagen lesen Madame und meine Freunde in Ihrem Herzen«, fügte er mit einer ganz leise listigen Miene hinzu.

»Und was haben sie darin gelesen . . .?« fragte Godefroid.

»Ach!« erwiderte der Wackere ohne Umschweife, »sie haben erraten, daß in Ihnen ein ziemlich naives Verlangen lebendig ist, unserer kleinen Schar anzugehören. Aber dieses Gefühl ist bei Ihnen noch nicht zu einer glühenden Berufung geworden. Ja«, fuhr er auf eine Geste Godefroids hin eifrig fort, »in Ihnen ist mehr Neugierde als Inbrunst. Kurzum, Sie haben sich noch nicht so völlig von Ihren früheren Gedanken losgelöst, als daß Sie nicht in unserm Tun und Treiben etwas Abenteuerliches, etwas Romantisches erblickten, wie man sagt . . .«

Godefroid konnte ein Erröten nicht vermeiden.

»Sie erblicken in unsern Betätigungen eine Ähnlichkeit mit derjenigen der Kalifen in ›Tausendundeine Nacht‹, und Sie empfinden schon im voraus eine Art Genugtuung, die Rolle des guten Geistes in den Wohltätigkeitsromanen zu spielen, die zu ersinnen Sie sich gefallen . . . Schon gut, mein Junge, Ihr verwirrtes Auflachen beweist mir, daß wir uns nicht geirrt haben. Wie können Sie glauben, Sie vermöchten Leuten eine Empfindung zu verhehlen, deren Beruf es ist, die verborgensten Seelenregungen zu wittern, die Kniffe und Pfiffe der Armut, das Berechnende der Bedürftigkeit, Leuten, die ehrenhafte Spitzel sind, Beauftragte der Polizei des lieben Gottes, alte Richter, deren Gesetzbuch nur Freisprüche enthält, Ärzte für alle Leiden, deren einziges Heilmittel klüglich angewandtes Geld ist? Aber sehen Sie, mein Junge, wir streiten uns nicht über die Motive, die uns einen Neophyten zuführen, vorausgesetzt, daß er bei uns bleibt und ein Bruder unseres Ordens wird. Wir wollen Sie nach Ihren Taten beurteilen. Es gibt zwei Arten von Neugier, die auf das Gute und die auf das Böse erpichte. In Ihnen ist die gegenwärtig, die zum Guten strebt. Sollten Sie ein Arbeiter in unserm Weinberg werden, so wird der Saft der Trauben Sie mit ewigem Durst nach der göttlichen Frucht erfüllen. Das Eingeweihtwerden ist wie bei jeder angewandten Wissenschaft dem Anschein nach leicht und in Wirklichkeit schwierig. Mit der Wohltätigkeit geht es wie mit der Dichtkunst. Nichts ist leichter, als durch den Augenschein zu täuschen. Aber wir hier begnügen uns, wie auf dem Parnaß, lediglich mit dem Vollkommenen. Um einer der Unsern zu werden, müssen Sie sich eine große Kenntnis des Lebens erwerben, und welches Lebens, du lieber Himmel! Des Pariser Lebens, das des Scharfsinns des Herrn Polizeipräsidenten und seiner Leute spottet. Müssen wir nicht gegen die permanente Verschwörung des Bösen ankämpfen? Es in allen seinen Erscheinungsformen packen, die so wandelbar sind, daß man sie für unendlich halten könnte? Die Wohltätigkeit muß in Paris ebenso durchtrieben sein wie das Laster, gerade wie der Polizeiagent ebenso abgefeimt sein muß wie der Dieb. Jeder von uns muß treuherzig und mißtrauisch sein, muß beim ersten Blick über eine sichere, rasche Urteilskraft verfügen. Daher, mein Junge, sind wir alle alt oder gealtert. Aber wir sind so zufrieden mit den erlangten Resultaten, daß wir nicht sterben wollen, ohne Nachfolger zu hinterlassen. Und gerade Sie sind uns allen um so lieber, als Sie, wenn Sie durchhalten, unser erster Schüler sein werden. Für uns gibt es keinen Zufall. Wir verdanken Sie Gott! Sie sind ein guter Mensch, wenngleich verbittert. Und seit Sie hier wohnen, sind die bösen Krankheitskeime schwächer geworden. Madames göttliche Natur hat sich auf Sie ausgewirkt. Gestern haben wir beratschlagt. Und da ich Ihr Vertrauen besitze, haben meine guten Brüder beschlossen, mich Ihnen als Leiter und Lehrer zuzugesellen ... Freut Sie das?«

»Ach, lieber, guter Monsieur Alain! Sie haben durch Ihre Beredsamkeit in mir etwas erweckt, das . . .«

»Nicht ich rede gut, mein Junge. Vielmehr sind es die Dinge, denen Redegewandtheit innewohnt . . . Man ist stets sicher, etwas Großes zu tun, wenn man Gott gehorcht und Jesus Christus nachfolgt, soweit Menschen das vermögen, wenn der Glaube ihnen hilft . . .«

»Nun denn, dieser Augenblick hat über mein Leben entschieden, und ich verspüre die Inbrunst in mir!« rief Godefroid. »Auch ich will mein Leben damit hinbringen, Gutes zu tun . . .«

»Darin besteht das Geheimnis, in Gott zu verbleiben«, entgegnete der gute Alte. »Haben Sie den Wahlspruch: *Transire benefaciendo* gut durchdacht? *Transire* bedeutet, aus dieser Welt zu scheiden und darin eine lange Spur von Wohltaten zu hinterlassen.«

»Das habe ich gut verstanden, und ich habe mir aus eigenem Antrieb den Wahlspruch des Ordens über mein Bett gehängt.«

»Das ist wohlgetan! Diese Handlung, so leicht sie an sich wiegen möge, bedeutet in meinen Augen viel! Also, mein Junge, ich bringe Ihnen den ersten Auftrag, ich führe Sie zu Ihrem ersten Zweikampf mit der Not, und ich will Ihnen dabei den Steigbügel halten . . . Wir müssen uns trennen . . . Ja, ich selber bin vom Kloster entsandt worden, um eine Stellung im Krater eines Vulkans anzutreten. Ich soll Werkmeister in einer großen Fabrik werden, deren sämtliche Arbeiter mit kommunistischen Lehren infiziert sind. Sie träumen von einer sozialen Umwälzung, von der Abschlachtung ihrer Chefs, ohne zu wissen, daß das den Tod der Industrie, des Handels, der Fabriken bedeuten würde . . . Ich werde dort, wer weiß? vielleicht ein Jahr lang bleiben, als Kassierer, als Buchhalter, und ich werde in hundert oder hundertzwanzig Haushalte armer Leute eindringen, die wohl schon durch das Elend irregeleitet waren, ehe sie es durch schlechte Bücher wurden. Nichtsdestoweniger werden wir einander hier alle Sonn- und Feiertage sehen . . . Da wir im selben Stadtviertel wohnen bleiben, bezeichne ich Ihnen als Treffpunkt die Kirche Saint-Jacques du Haut-Pas[67]. Dort werde ich täglich morgens um halb acht die Messe hören. Wenn Sie mir anderswo begegnen, dürfen Sie mich nie erkennen, sofern Sie nicht sehen, daß ich mir selbstzufrieden die Hände reibe. Das ist eins unserer Zeichen. Wie die Taubstummen haben wir eine Zeichensprache, ihre Notwendigkeit wird Ihnen bald zur Genüge bewiesen werden.«

Godefroid vollführte eine Geste, die der biedere Alain richtig auslegte, denn er lächelte und ergriff sogleich wieder das Wort.

»Jetzt aber zu Ihrem Auftrag. Wir üben weder die Wohltätigkeit noch die Philanthropie aus, die Ihnen bekannt sind und die sich in mehrere Zweige teilen und von den Schwindlern der Redlichkeit ausgebeutet werden wie die gleiche Zahl von Handelsunternehmungen. Wir üben vielmehr die Mildtätigkeit so aus, wie unser großer, erhabener heiliger Paulus sie definiert hat. Wir meinen nämlich, mein Junge, daß einzig die Mildtätigkeit die Wunden der Stadt Paris zu verbinden vermag. Daher sind das Unglück, das Elend, das Leiden, der Kummer, das Böse, welchen Ursachen sie auch immer entstammen und in welcher sozialen Schicht sie sich auch bekunden mögen, in unsern Augen gleichberechtigt. Ein Unglücklicher, gleichgültig, welchem Glauben und welchen Anschauungen er auch immer anhängt, gilt zunächst als ein Unglücklicher. Und wir dürfen sein Antlitz erst unserer heiligen Mutter Kirche zukehren, wenn wir seine Verzweiflung beschwichtigt und seinen Hunger gestillt haben. Und weiterhin müssen wir ihn mehr durch Beispiel und durch sanfte Nachsicht bekehren als auf andere Weise. Wir glauben ja doch, daß Gott uns dabei hilft. Deswegen ist aller Zwang von Übel. Von allen Pariser Elendsfällen sind die am schwierigsten zu entdeckenden und bittersten diejenigen der anständigen Menschen, diejenigen des gehobenen Bürgertums, wenn dessen Familien der Not anheimgefallen sind. Sie setzen dann nämlich ihre Ehre darein, es geheimzuhalten. Diese Unglücksmenschen, mein lieber Godefroid, sind der Gegenstand einer ganz besonderen Fürsorge. Tatsächlich besitzen die von uns Unterstützten Einsicht und Herz. Sie erstatten uns mit Zins und Zinseszins die Summen zurück, die wir ihnen geliehen haben. Und nach einer gewissen Zeit decken die Rückzahlungen die Verluste, die wir durch Gebrechliche, durch Gauner oder durch solche erleiden, die das Unglück verblödet hat. Manchmal erhalten wir Auskünfte von denen, die uns verpflichtet sind. Aber unser Werk hat einen solchen Umfang angenommen, seine Einzelheiten sind so mannigfaltig, daß wir ihnen nicht mehr genügen können. Deswegen haben wir seit sieben oder acht Monaten einen eigenen Arzt in jedem Pariser Arrondissement. Jedem von uns unterstehen vier Arrondissements. Wir geben jedem Arzt eine jährliche Entschädigung von dreitausend Francs, damit er sich um unsere Armen kümmert. Er schuldet uns dafür vorzugsweise seine Zeit und seine ärztliche Tätigkeit in allen Fällen. Aber wir hindern ihn nicht daran, auch andere Kranke zu behandeln. Können Sie sich vorstellen, daß wir innerhalb von acht Monaten keine zwölf solcher wertvollen, wackeren Menschen haben ausfindig machen können, trotz der Hilfe, die uns durch unsere Freunde und unsere eigenen Erfahrungen zuteil wurden? Bedurften wir nicht Leute von absoluter Verschwiegenheit, von reinen Sitten, von erprobtem Können, fleißige Leute, die gern Gutes tun? Nun, obwohl es in Paris zehntausend Individuen gibt, die mehr oder weniger für unsere Zwecke geeignet wären, haben wir jene zwölf Auserlesenen erst innerhalb eines Jahres zusammengebracht.«

»Unser Heiland hat seine liebe Not gehabt, seine Apostel zu sammeln, und überdies haben sich darunter ein Verräter und ein Ungläubiger gefunden!« sagte Godefroid.

»Kurz und gut, seit vierzehn Tagen sind unsere Arrondissements sämtlich mit einem ›Besucher‹ versehen«, fuhr der biedere Alte lächelnd fort, »so nämlich bezeichnen wir unsere Ärzte. Deswegen haben wir auch seit vierzehn Tagen ein Übermaß an Arbeit zu bewältigen. Aber wir verdoppeln einfach unsere Tätigkeit. – Wenn ich Ihnen dieses Geheimnis unseres entstehenden Ordens anvertraue, so geschieht es, weil Sie den Arzt des Arrondissements, in das Sie gehen, kennenlernen sollen, und zwar um so eher, als die Auskünfte von ihm stammen. Dieser ›Besucher‹ heißt Berton, Doktor Berton. Er wohnt Rue d'Enfer. Und jetzt sollen Sie hören, um was es sich handelt. Doktor Berton behandelt eine Dame, deren Krankheit irgendwie der ärztlichen Wissenschaft trotzt. Das geht uns nichts an, sondern wohl eher die Medizinische Fakultät. Unsere Aufgabe ist es, uns über das Elend klarzuwerden, in dem die Familie jener Kranken sich befindet. Der Doktor hält es für entsetzlich, und vor allem wird es mit einer Energie, mit einem Stolz geheimgehalten, die unsere ganze Sorgsamkeit erfordern. Früher hätte ich für diese Aufgabe ausgereicht, mein Junge. Heute nun aber bedarf das Werk, dem ich mich widme, eines Helfers für meine vier Arrondissements, und dieser Helfer sollen Sie sein. Jene Familie wohnt in der Rue Notre-Dame-des-Champs in einem Haus, das auch einen Eingang am Boulevard du Montparnasse hat. Sie werden dort wohl ein zu vermietendes Zimmer finden und sollen versuchen, während der Zeit, da Sie dort wohnen, die Wahrheit zu ergründen. Seien Sie für sich selber von schmutzigem Geiz. Wenn es sich jedoch darum handelt, Geld zu spenden, brauchen Sie sich keine Sorgen zu machen, ich werde Ihnen die Summen zur Verfügung stellen, die wir für erforderlich halten, wenn alle Gegebenheiten unter uns genau geprüft worden sind. Aber beschäftigen Sie sich eingehend mit der Moral dieser armen Leute. Das Herz, der Adel der Gefühle stellen unsere Hypotheken dar! Wenn wir geizig uns selbst, großherzig den Leidenden gegenüber sein wollen, müssen wir klug und sogar berechnend vorgehen, denn wir schöpfen ja doch aus dem Schatz der Armen. Also brechen Sie morgen früh auf und vergessen Sie nie, über welche Macht Sie verfügen. Die Brüder sind mit Ihnen . . . !«

»Ach!« rief Godefroid, »Sie bereiten mir eine solche Freude, weil ich nun Gutes tun und mich als würdig erweisen kann, eines Tages zu Ihnen zu gehören, daß ich wahrhaftig nicht werde schlafen können . . . !«

»Noch eine letzte Empfehlung, mein Junge! Das Verbot, mich ohne das Zeichen zu erkennen, gilt auch für die andern Herren, für Madame und sogar für die Hausangestellten. Dieses unverbrüchliche Inkognito ist uns bei unsern Unternehmungen notwendig, und wir sind so oft gezwungen, es zu wahren, daß wir daraus ein Gesetz gemacht haben. Überdies müssen wir in Paris unbekannt und verloren bleiben . . . Denken Sie auch, lieber Godefroid, an den Geist unseres Ordens. Er besteht darin, daß wir niemals als Wohltäter in Erscheinung treten, daß wir eine undurchsichtige Rolle durchführen, nämlich die von Vermittlern. Wir treten stets als Agenten einer frommen, heiligmäßigen (arbeiten wir letztlich nicht für Gott?) Person auf, damit niemand glaubt, er sei uns Dankbarkeit schuldig, oder damit wir auf keinen Fall für reiche Leute gehalten werden. Die wahre, aufrichtige Demut, nicht die falsche Demut der Menschen, die sich erniedrigen, um ans Licht gezogen zu werden, muß Sie inspirieren und Ihr gesamtes Denken beherrschen ... Sie dürfen zwar zufrieden sein, wenn Sie Erfolg gehabt haben. Aber sobald Sie eine Regung der Eitelkeit, der Hoffart in sich verspüren, sind Sie nicht mehr würdig, in den Orden einzutreten. Wir haben zwei vollkommene Menschen gekannt, der eine, eins unserer Gründungsmitglieder, war der Richter Popinot[68]. Der andere, der durch das von ihm Vollbrachte bekannt wurde, ist ein Landarzt[69], dessen Name in einem ganzen Bezirk unvergeßlich ist. Dieser, mein lieber Godefroid, ist einer der größten Männer unserer Zeit. Er hat eine ganze Gegend aus einer Wüste in einen gedeihlichen Zustand übergeführt, aus der Irreligiosität zum Katholizismus, aus der Barbarei zur Kultur. Die Namen dieser beiden Männer sind in unsere Herzen eingegraben, und wir setzen sie uns als Vorbilder. Wir würden sehr glücklich sein, wenn wir eines Tages in Paris den gleichen Einfluß hätten, wie jener Landarzt ihn in seinem Bezirk ausgeübt hat. Hier nun aber ist die Wunde unermeßlich groß und übersteigt unsere Kräfte, wenigstens gegenwärtig. Möge Gott uns Madame noch lange erhalten, möge er uns ein paar Helfer gleich Ihnen senden. Vielleicht hinterlassen wir dann eine Institution, die zum Segen der heiligen Religion gedeihen wird. Doch jetzt Lebwohl ... Ihre Probezeit beginnt ... Ach, ich schwatze wie ein Schullehrer und vergesse das Wesentliche. Da, die Adresse jener Familie«, sagte er und händigte Godefroid einen Zettel ein. »Ich habe die Nummer des Hauses hinzugefügt, in dem Monsieur Berton in der Rue d'Enfer wohnt ... Jetzt gehen Sie und beten Sie zu Gott, daß er Ihnen seine Hilfe leihe.«

Godefroid nahm die Hände des gütigen Alten, drückte sie herzlich, wünschte ihm gute Nacht und beteuerte, gegen keine seiner Anordnungen zu verstoßen.

»Alles, was Sie mir gesagt haben«, fügte er hinzu, »ist für mein ganzes Leben in mein Erinnerungsvermögen eingegraben ...«

Der alte Mann lächelte, ohne irgendwelchen Zweifel zu äußern, und stand auf, um an seinem Betpult niederzuknien. Godefroid kehrte in sein Schlafzimmer zurück. Er war überglücklich, jetzt endlich an den Geheimnissen dieses Hauses teilzuhaben und einer Beschäftigung nachgehen zu können, die bei der seelischen Verfassung, in der er sich befand, zu einem Vergnügen werden mußte.

Am nächsten Tage beim Frühstück fehlte der biedere Alain, aber Godefroid machte nicht die leiseste Anspielung auf die Ursache seiner Abwesenheit. Ebensowenig war die Rede von dem Auftrag, den der Alte ihm anvertraut hatte. Auf diese Weise empfing er seine erste Lehre in der Verschwiegenheit. Nichtsdestoweniger nahm er nach der Mahlzeit Madame de La Chanterie beiseite und sagte ihr, er werde ein paar Tage lang außer Hause sein.

»Gut, mein Junge!« antwortete ihm Madame de La Chanterie. »Versuchen Sie, Ihrem Paten Ehre zu machen. Denn Monsieur Alain hat sich für Sie bei seinen Brüdern verbürgt.«

Godefroid verabschiedete sich von den drei andern Brüdern, die ihm herzlich Lebewohl sagten. Dadurch schienen sie dem Beginn seiner schwierigen Laufbahn ihren Segen zu erteilen.

Die Gemeinschaft, eine der größten sozialen Kräfte, die überdies das Europa des Mittelalters geschaffen haben, beruht auf Gefühlen, die seit 1792 in Frankreich nicht mehr bestehen. Dort hat das Individuum über den Staat triumphiert. Die Gemeinschaft verlangt zunächst eine Befähigung zur Hingabe, die dort nicht verstanden wird, alsdann einen naiven Glauben, der dem Geist der Nation entgegengesetzt ist, und schließlich eine Disziplin, gegen die alles sich sträubt und die einzig die katholische Religion aufrechterhalten kann. Sobald sich in unserm Lande eine Gemeinschaft bildet, denkt jedes Mitglied, wenn es aus einer Versammlung heimgeht, in der die schönsten Gefühle zum Ausbruch kamen, daran, wie er aus dieser Kollektivhingabe, dieser Vereinigung von Kräften etwas herausholen könne, und zerbricht sich den Kopf, wie er die gemeinsame Kuh zum eigenen Nutzen melken könne, die, da sie so vieler individueller Geschicklichkeit nicht gewachsen ist, an Entkräftung eingeht.

Man hat keine Ahnung, wie viele edelmütige Gefühle hingewelkt, wie viele zum Licht drängende Keime verdorrt, wie viele Triebfedern zerbrochen und für das Land verlorengegangen sind durch die infamen Betrügereien der französischen Charbonnerie[70], durch die patriotische Subskription für das »Zufluchtslager«[71] und andere politische Schwindeleien, die große, noble Dramen hatten werden sollen und nur zu Zuchtpolizei-Vaudevilles geworden sind. Ebenso ging es mit den industriellen und den politischen Gemeinschaften. Die Selbstliebe ist an die Stelle der Liebe zum Kollektivkorps getreten. Die Korporationen und die Hansenbünde des Mittelalters, auf die man wieder zurückkehren wird, sind vorerst noch unmöglich. Deshalb sind die einzigen »Gesellschaften«, die noch ausdauern, die kirchlichen Institutionen, die gegenwärtig aufs härteste bekämpft werden. Denn die natürliche Neigung Kranker ist gegen die Medikamente und häufig gegen die Ärzte gerichtet. Frankreich weiß nichts von Selbstverleugnung. Daher kann jede Gemeinschaft nur aus dem religiösen Empfinden heraus leben, dem einzigen, das die Rebellionen des Geistes, die Berechnungen des Ehrgeizes und jede wie auch immer geartete Habgier bändigt. Die Weltverbesserer ahnen nicht, daß die Gemeinschaft ganze Welten zu verschenken hat.

Als Godefroid durch die Straßen ging, war ihm, als sei er ein völlig anderer Mensch geworden. Wer ihn hätte durchschauen können, hätte das seltsame Phänomen der Übertragung kollektiver Macht bewundert. Er war kein Einzelmensch mehr, sondern ein verzehnfachtes Menschenwesen. Er wußte, daß er der Repräsentant von fünf Personen war, deren vereinigte Kräfte sein Tun stützten und die mit ihm marschierten. Da er diese Macht in seinem Herzen trug, verspürte er eine Lebensfülle und ein nobles Vermögen, die ihn begeisterten. Es war, wie er später gesagt hat, einer der schönsten Augenblicke seines Daseins, weil er in einem neuen Sinne eine sicherere Allmacht als die der Despoten genoß. Die moralische Macht ist grenzenlos wie das Denken.

»Für andere leben«, sagte er sich, »in der Gemeinschaft handeln wie ein Einzelmensch, und für sich allein handeln wie alle zusammen! Als Oberhaupt die Barmherzigkeit haben, die schönste, die lebendigste der Idealgestalten, die wir aus den katholischen Tugenden erschaffen haben, erst das heißt leben! Aber wir wollen diese puerile Freude unterdrücken. Papa Alain würde darüber lachen. Aber ist es nicht seltsam«, sagte er sich, »wie ich gerade dadurch, daß ich mich auslöschen wollte, die seit so langer Zeit begehrte Kraft gefunden habe? Die Welt der Unglücklichen wird mir gehören!«

Er legte den Weg von den Häusern bei Notre-Dame bis zur Avenue de l'Observatoire in einer solchen Erregung zurück, daß er dessen Länge gar nicht wahrnahm.

Als er in der Rue Notre-Dame-des-Champs an dem Teil angelangt war, der in die Rue de l'Ouest[72] einmündet, Straßen, die beide zu jener Zeit noch nicht gepflastert waren, überraschte es ihn, an einer so prächtigen Örtlichkeit einen solchen Morast vorzufinden. Man konnte damals nur an den Plankenzäunen entlanggehen, die die sumpfigen Gärten einfaßten, oder längs der Häuser, auf schmalen Pfaden, auf denen sich bald stehendes Wasser sammelte und sie in Gossen verwandelte.

Nach einigem Suchen fand er schließlich das ihm bezeichnete Haus, und er gelangte nicht ohne Mühe hin. Es handelte sich offenbar um eine alte, leerstehende Fabrik. Das ziemlich schmale Bauwerk bot sich dar wie eine lange, schmucklose, von Fenstern durchbrochene Mauer. Aber jene viereckigen Öffnungen fanden sich nur im Erdgeschoß, in dem auch eine schäbige kleine Tür zu sehen war.

Godefroid vermutete, der Eigentümer habe in dieser Lokalität kleine Wohnungen eingerichtet, um dadurch Einnahmen zu haben, denn über der Tür war eine mit der Hand geschriebene Ankündigung angebracht worden: »Mehrere Zimmer zu vermieten.« Godefroid schellte, allein es kam niemand. Und als er wartend dastand, wies ihn eine vorbeigehende Frau darauf hin, daß das Haus einen zweiten Eingang am Boulevard habe, wo er jemanden finden werde, mit dem er reden könne.

Godefroid folgte diesem Rat und erblickte jenseits eines Gärtchens, das sich am Boulevard entlangzog, die Fassade jenes Gebäudes, obgleich sie hinter Bäumen versteckt lag. Das ziemlich vernachlässigte Gärtchen lag tief, weil zwischen dem Boulevard und der Rue Notre-Dame-des-Champs ein so großer Niveauunterschied besteht, daß der kleine Garten eine Art Graben bildete. Godefroid ging also einen Gartenweg hinab, an dessen Ende er eine alte Frau sah, deren verschlissene Kleidung sich in vollkommener Harmonie mit dem Haus befand.

»Haben Sie vielleicht in der Rue Notre-Dame geschellt?« fragte sie.

»Ja, Madame ... Sind Sie beauftragt, die Zimmer zu zeigen?«

Auf die Antwort jener Portiersfrau von ungewissem Alter hin erkundigte Godefroid sich, ob das Haus von ruhigen Leuten bewohnt werde. Er gehe einer Tätigkeit nach, die Stille und Ruhe verlange, und er wolle mit der Portiersfrau vereinbaren, daß sie ihm den Haushalt führe.

Auf die Ankündigung hin machte die Portiersfrau ein freundliches Gesicht und sagte:

»Der Herr hat es gut getroffen, daß er hierhergekommen ist; denn abgesehen von den Tanztagen in der Chaumière[73] ist der Boulevard menschenleer wie die Pontinischen Sümpfe[74]...«

»Kennen Sie denn die Pontinischen Sümpfe?« fragte Godefroid.

»Nein, aber ich habe da oben einen alten Herrn wohnen, dessen Tochter in einem fort in der Agonie liegt, und der sagt das immer. Ich rede es ihm bloß nach. Der arme alte Mann wird recht froh sein, wenn er erfährt, daß der Herr Ruhe liebt und verlangt. Ein Mieter nämlich, der sich wie ein General Wettersturm[75] benähme, würde seiner Tochter den Rest geben... Im zweiten Stock haben wir zwei sogenannte Schriftsteller. Aber die kommen immer erst um Mitternacht heim, und morgens um acht Uhr gehen sie weg. Sie sagen, sie seien Autoren. Aber ich weiß nicht, wo und wann sie arbeiten.«

Unter solcherlei Gerede hatte die Portiersfrau Godefroid eine der abscheulichen Treppen hinaufgeführt, die aus Ziegelsteinen und Holz bestehen, die aber so schlecht ineinandergefügt sind, daß man nicht weiß, wo das Holz sich von den Ziegelsteinen trennen will oder wo die Ziegelsteine sich ärgern, daß sie vom Holz festgehalten werden. So kommt es, daß diese beiden Materialien sich im Sommer mit Mengen von Staub und im Winter mit Straßenschmutz gegeneinander verschanzen. Die rissigen Gipswände boten den Blicken mehr Inschriften dar, als die Académie des Belles-Lettres[76] je erdacht hat. Auf dem ersten Treppenabsatz blieb die Portiersfrau stehen.

»Hier, Monsieur, sehen Sie zwei zusammenhängende, sehr saubere Zimmer, die Türen nach Monsieur Bernards Flur haben.

Das ist der besagte alte Herr, übrigens ein tadelloser Mann. Er hat Orden, aber er muß Pech gehabt haben, denn er trägt sie nie ... Anfangs sind sie von einem Diener aus der Provinz betreut worden, aber dem haben sie vor drei Jahren den Laufpaß gegeben ... Der junge Sohn der Dame muß seither alles erledigen: Er macht die Hausarbeit ...«

Godefroid machte eine Bewegung.

»Oh!« rief die Portiersfrau, »seien Sie unbesorgt, die sagen Ihnen nichts, die reden mit niemandem. Der Herr wohnt seit der Juli-Revolution hier, 1831 ist er eingezogen ... Es sind Leute aus der Provinz, sicher sind sie durch den Regierungswechsel verarmt. Sie sind stolz, stumm wie die Fische ... Innerhalb von vier Jahren haben sie von mir auch nicht die kleinste Dienstleistung angenommen, aus Angst, sie bezahlen zu müssen ... Hundert Sous zu Neujahr, das ist alles, was ich an ihnen verdiene ... Da sind die beiden Schriftsteller andere Leute! Von denen bekomme ich jeden Monat zehn Francs bloß dafür, daß ich allen, die nach ihnen fragen, sage, sie seien am letzten Ersten ausgezogen.«

Dies Geschwätz ließ Godefroid hoffen, er könne an dieser Portiersfrau eine Bundesgenossin haben. Während sie rühmend hervorhob, wie gesund die beiden Zimmer und die beiden Kabinette seien, sagte sie ihm, sie sei gar keine Portiersfrau, sondern die Vertrauensperson des Hausbesitzers. Sie verwalte gewissermaßen für ihn das Haus.

»Zu mir kann man Vertrauen haben, Monsieur, das können Sie mir glauben! Madame Vauthier würde lieber überhaupt nichts haben wollen als einen Sou, der dem lieben Nächsten gehört!«

Madame Vauthier hatte sich bald mit Godefroid geeinigt. Er wollte die Wohnung nur bei monatlicher Kündigung und möbliert mieten. Die jämmerlichen Buden für Studenten oder Schriftsteller, denen es schlecht geht, wurden stets möbliert oder leer vermietet. Die geräumigen Dachböden, die sich über dem ganzen Bauwerk erstreckten, bargen die Möbel. Monsieur Bernard indessen hatte die Wohnung, die er innehatte, selber möbliert.

Dadurch, daß Godefroid die Dame Vauthier reden ließ,

wurde ihm klar, daß ihr Ehrgeiz darauf abzielte, eine bürgerliche Pension zu führen. Aber innerhalb von fünf Jahren hatte unter ihren Mietern sich kein einziger zu ihr in Pension geben wollen. Sie wohnte im Erdgeschoß zum Boulevard hin und war auf diese Weise die Hüterin des Hauses, wobei ihr ein dicker Hund, eine dicke Dienstmagd und ein kleiner Hausdiener halfen, die die Stiefel putzten, die Zimmer säuberten und die Botengänge erledigten; es waren zwei arme Wesen wie sie selber, und sie standen im Einklang mit dem Elend des Hauses, demjenigen der Mieter und dem verwilderten, trostlosen Aussehen des Gartens vor dem Haus.

Beide waren von ihren Familien im Stich gelassene Kinder, denen die Witwe Vauthier als einzigen Lohn Essen gab, und was für ein Essen! Der Junge, den Godefroid flüchtig gesehen hatte, trug als Livree einen zerfetzten Kittel, Überziehsocken statt Schuhen, und draußen lief er in Holzschuhen einher. Er war struppig wie ein Spatz, der gerade gebadet hat, hatte schwarze Hände, und wenn er mit seinem Morgendienst fertig war, arbeitete er auf einem der Holzplätze des Boulevard, wo er Brennholz bündelte. Nach Beendigung seiner Tagesarbeit, die bei den Holzhändlern nachmittags um half fünf aufhört, nahm er seine häuslichen Betätigungen wieder auf. Er holte vom Brunnen beim Observatoire das für das Haus benötigte Wasser, das die Witwe dann an die Mieter weitergab, wie auch das von ihm gesägte und gespaltene Brennholz.

Népomucène, so hieß jener Sklave der Witwe Vauthier, händigte seinen Tageslohn seiner Herrin aus. Im Sommer wurde der arme Findeljunge montags und sonntags Kellner bei den Weinhändlern an der Zollschranke. Dann ließ die Witwe ihn sich anständig anziehen.

Was nun das dicke Mädchen betraf, so erledigte es unter der Leitung der Witwe Vauthier das Kochen und half in ihrer freien Zeit der Witwe bei ihrer Heimarbeit. Diese nämlich hatte einen Beruf, sie fertigte für die Hausierer Hausschuhe aus Tuchstreifen.

All diese Einzelheiten erfuhr Godefroid im Verlauf einer Stunde. Denn die Witwe führte ihn überall umher, zeigte ihm das Haus und erklärte ihm dessen Umwandlung. Bis 1828 war darin nämlich eine Seidenraupenzucht betrieben worden, weniger um der Herstellung von Seide als um der Gewinnung der »Eier« willen. Elf mit Maulbeerbäumen bestandene Morgen Land in der Ebene von Montrouge sowie drei Morgen an der Rue de l'Ouest, die später mit Häusern bebaut worden waren, hatten das Futter für diese Seidenraupeneierfabrik geliefert. Als die Witwe gerade Godefroid auseinandersetzte, daß Monsieur Barbet, der einem Italiener namens Fresconi, dem Unternehmer jener Fabrik, Geld geliehen habe, das er, als hypothekarisch auf Gebäude und Grundstücke eingetragen, nur durch den Verkauf der drei Morgen hatte zurückbekommen können, die sie ihm auf der anderen Seite der Rue Notre-Dame-des-Champs zeigte, erschien am Ende der Straße, die an der Ecke der Rue de l'Ouest einmündet, ein hochgewachsener, hagerer alter Herr mit völlig weißem Haar.

»Ha, gut, der kommt gerade recht!« rief die Vauthier. »Sehen Sie, das ist Ihr Nachbar Monsieur Bernard ... – Monsieur Bernard«, sagte sie zu dem alten Herrn, sobald er in Hörweite war, »jetzt sind Sie nicht länger allein, der Herr hier hat gerade eben die Wohnung gemietet, die der Ihrigen gegenüberliegt ...«

Monsieur Bernard richtete in einer leicht begreiflichen Besorgnis den Blick auf Godefroid; er sah aus, als sage er sich:

»Jetzt also ist das gefürchtete Unglück endlich eingetroffen ...«

»Monsieur«, sagte er laut, »gedenken Sie tatsächlich hier zu wohnen?«

»Ja«, antwortete Godefroid höflich. »Es ist zwar kein Asyl für Menschen, die zu den Glücklichen auf Erden gehören, aber es ist das billigste, was ich in dieser Stadtgegend ausfindig gemacht habe. Madame Vauthier hegt nicht den Ehrgeiz, Millionäre zu beherbergen ... Adieu, meine gute Madame Vauthier, richten Sie alles so ein, daß ich heute abend um sechs einziehen kann. Ich komme pünktlich um diese Zeit wieder.«

Und Godefroid bewegte sich auf die Ecke der Rue de l'Ouest zu, wobei er betont langsam ging, denn die Angst, die sich auf dem Antlitz des hochgewachsenen, hageren alten Herrn abgezeichnet hatte, ließ ihn glauben, es werde zwischen ihnen beiden zu einer Auseinandersetzung kommen. Tatsächlich machte Monsieur Bernard nach einigem Zögern kehrt und schritt hastig aus, um Godefroid einzuholen. – »Der alte Schnüffler! Der will ihn bloß am Wiederkommen hindern . . .«, sagte sich Madame Vauthier. »Jetzt spielt er mir diesen Streich schon zum zweitenmal . . . Aber Geduld! In fünf Tagen muß er seine Miete bezahlen, und wenn er sie mir nicht in bar auf den Tisch legt, setze ich ihn vor die Tür. Monsieur Barbet ist ein Tiger, ihn braucht man nicht erst zu reizen, und . . . Aber ich möchte doch wissen, was er zu ihnen sagt . . . Félicité . . .! Félicité! Du dicke Schlampe! Wo bleibst du denn . . .?« rief die Witwe mit ihrer barschen, fürchterlichen Stimme. Denn als sie mit Godefroid sprach, hatte sie sich leiser Flötentöne bedient.

Die Magd, ein plumpes, rothaariges, schielendes Mädchen, kam herbeigelaufen.

»Paß hier für ein Weilchen auf alles gut auf, hast du verstanden . . .? Ich bin in fünf Minuten wieder da.«

Und die Dame Vauthier, die ehemalige Köchin des Buchhändlers Barbet, eines der hartherzigsten Geldleiher auf kurze Frist, schlich auf leisen Sohlen hinter ihren beiden Mietern her, um sie aus einiger Entfernung belauschen und sich wieder an Godefroid heranmachen zu können, wenn die Unterhaltung zwischen Monsieur Bernard und ihm beendet war.

Monsieur Bernard ging langsam, wie ein Unentschlossener oder wie ein Schuldner, der einem Gläubiger gegenüber, der sich eben mit unheilvollen Plänen von ihm abgewandt hat, mit neuen Gründen aufwarten will.

Obgleich Godefroid vor jenem Unbekannten herging, beobachtete er ihn und tat dabei, als halte er in der Stadtgegend Umschau. So geschah es, daß Monsieur Bernard Godefroid erst auf dem breiten Hauptweg des Jardin du Luxembourg ansprach.

»Bitte verzeihen Sie«, sagte Monsieur Bernard und verbeugte sich vor Godefroid, der das gleiche tat, »verzeihen Sie tausendmal, daß ich Sie aufhalte, ohne die Ehre zu haben, von Ihnen gekannt zu sein. Aber ist es Ihre feste Absicht, sich in dem gräßlichen Haus einzumieten, wo ich wohne?«

»Aber, Monsieur . . .«

»Ja«, fiel der alte Herr Godefroid mit einer gebieterischen Geste ins Wort, »ich weiß, Sie können mich fragen, mit welchem

Rechtstitel ich mich in Ihre Angelegenheiten mische, mit welchem Recht ich Sie ausfrage ... Aber bedenken Sie, Monsieur, Sie sind jung. Und ich bin recht alt, ich sehe noch älter aus als ich bin, und dabei bin ich schon siebenundsechzig, aber man könnte mich auf achtzig schätzen ... Alter und Unglück ermächtigen zu vielerlei Dingen, da ja das Gesetz die Siebzigjährigen von gewissen öffentlichen Dienstleistungen ausnimmt. Aber ich will zu Ihnen nicht von den Rechten sprechen, die ergreiste Häupter besitzen. Es handelt sich um Sie. Wissen Sie, daß die Stadtgegend, in der Sie zu wohnen gedenken, von acht Uhr abends an völlig menschenverlassen ist und daß man sich dort Gefahren aussetzt, deren geringste ist, beraubt zu werden ...! Haben Sie die unbewohnten Wegstrecken beachtet, die Felder, die Gärten ...? Sie könnten mir entgegnen, auch ich wohnte ja hier: Aber ich verlasse nach sechs Uhr abends das Haus nicht mehr ... Sie könnten mich darauf hinweisen, im zweiten Stock wohnten zwei junge Leute, über der Wohnung, die Sie beziehen wollen ... Aber diese beiden armen Literaten haben Wechselschulden und werden von Gläubigern verfolgt. Sie halten sich versteckt, sind tagsüber unterwegs, kommen erst um Mitternacht heim und haben weder vor Dieben noch vor Mördern Angst. Überdies gehen sie immer nur zu zweit aus und sind bewaffnet ... Ich habe für sie bei der Polizeipräfektur die Erlaubnis durchgesetzt, Waffen zu tragen ...«

»Ach, Monsieur«, sagte Godefroid, »ich fürchte mich nicht vor Dieben, und zwar aus denselben Gründen, die jene beiden Herren unverwundbar machen, und ich hege für das Leben eine so tiefe Verachtung, daß ich, wenn man mich versehentlich ermordete, den Mörder segnen würde ...«

»Dabei sehen Sie nicht eben aus, als seien Sie tief unglücklich«, entgegnete der alte Herr, der Godefroid prüfend angeschaut hatte.

»Ich habe höchstens so viel, daß ich leben, daß ich mein Brot essen kann, und hierher bin ich der hier herrschenden Stille wegen gekommen. Aber darf ich Sie fragen, welches Interesse Sie daran haben, mich jenem Haus fernzuhalten?«

Der hochgewachsene alte Herr zögerte mit der Antwort. Er sah Madame Vauthier kommen. Aber Godefroid, der ihn aufmerksam im Auge behielt, war überrascht über den Grad der Magerkeit, bis zu dem wohl Kümmernisse, auch Hunger, vielleicht Arbeit ihn hatten gelangen lassen. Es fanden sich Spuren aller dieser Gründe für seine Hinfälligkeit in seinem Antlitz, dessen ausgetrocknete Haut sich so heftig über die Knochen spannte, als sei sie der Sonnenglut Afrikas ausgesetzt gewesen. Die hohe, bedrohlich wirkende Stirn schirmte unter ihrer Wölbung zwei stahlblaue Augen, kalte, harte, kluge und argwöhnische Augen wie die der Indianer. Aber sie waren von tiefen, dunklen, sehr runzligen Ringen umgeben. Die große, lange, schmale Nase und das stark vorspringende Kinn liehen diesem Greis eine Ähnlichkeit mit dem bekannten volkstümlichen Gesichtsschnitt, der Don Quijote zugeschrieben wird. Dies nun freilich war ein boshafter Don Quijote ohne Illusionen, ein Don Quijote, der Schrecken einflößte.

Bei dieser allgemeinen Strenge des Aussehens ließ der alte Herr die Furcht und die Schwäche durchblicken, die bittere Not allen Unglücklichen leiht. Diese beiden Empfindungen gruben etwas wie Risse in dies Antlitz, das wirkte, als sei es so fest gefügt, daß die zerstörende Axt des Elends dem Anschein nach daran schartig werden mußte. Der Mund war beredt und ernst. Don Quijote wurde kompliziert durch den Präsidenten de Montesquieu[77].

Seine gesamte Kleidung war aus schwarzem Tuch, aber einem Tuch, dessen Grundgewebe durchschimmerte. Der Frack, der von altertümlichem Schnitt war, und die Hose zeigten ungeschickt ausgeführte Ausbesserungen. Die Knöpfe waren unlängst durch neue ersetzt worden. Der bis zum Kinn zugeknöpfte Frack ließ die Farbe der Leibwäsche nicht erkennen, und die Halsbinde, deren Schwarz rötlich geworden war, verbarg geschickt den Hemdkragen. Dieses seit langen Jahren getragene Schwarz stank nach Kot und Elend. Aber die Weltmannsmiene dieses mysteriösen Greises, sein Auftreten, das Denken, das hinter seiner Stirn wohnte und sich in den Augen kundtat, schlossen die Vorstellung, daß er arm sei, aus. Ein Beobachter würde gezögert haben, diesen Pariser zu klassifizieren.

Monsieur Bernard wirkte dermaßen gedankenversunken, daß er für einen Gymnasiallehrer der Stadtgegend gehalten werden konnte, für einen Gelehrten, der sich mißgünstigen, tyrannischen Meditationen hingibt. Deswegen wurde Godefroid von einem jähen Interesse und einer Neugier gepackt, die sein Wohltätigkeitsauftrag noch anstachelte.

»Monsieur, wenn ich sicher wäre, daß Sie Ruhe und Zurückgezogenheit suchen, würde ich Ihnen sagen: Mieten Sie sich neben mir ein«, fuhr der alte Herr fort. – »Mieten Sie jene Wohnung«, sagte er und hob dabei die Stimme, damit sie für die Vauthier vernehmlich sei, die gerade vorüberging und die sie tatsächlich hörte. »Ich bin Vater, Monsieur, und ich habe auf Erden niemanden mehr als meine Tochter und deren Sohn, die mir die Nöte des Lebens ertragen helfen. Nun aber bedarf meine Tochter der Stille und einer absoluten Ruhe ... Alle, die bislang gekommen sind, um sich in der Wohnung einzuquartieren, die Sie nehmen wollen, haben sich den Gründen und der Bitte eines verzweifelten Vaters gefügt. Es war ihnen gleichgültig, ob sie in dieser oder jener Straße einer öden Stadtgegend wohnten, wo kein Mangel an billigen Unterkünften herrscht, und ebensowenig an Pensionen zu mäßigen Preisen. Aber ich gewahre an Ihnen einen fest gefaßten Entschluß, und ich flehe Sie an: Täuschen Sie mich nicht. Denn sonst wäre ich gezwungen, auszuziehen und mich jenseits der Zollschranken niederzulassen ... Aber erstens könnte ein Umzug mich das Leben meiner Tochter kosten«, sagte er mit ängstlicher Stimme, »und zweitens: Wer weiß, ob die Ärzte, die ohnehin schon nur um Gotteslohn zu meiner Tochter kommen, sich über die Zollschranken hinausbegeben würden ...!«

Wenn jener Mann hätte weinen können, so wären seine Wangen, als er diese letzten Worte sagte, von Tränen überströmt gewesen. Aber, ein heute Allgemeingut gewordener Ausspruch, er hatte Tränen in der Stimme, und er bedeckte die Stirn mit einer Hand, die nur noch aus Knochen und Sehnen bestand.

»Welche Krankheit hat denn Ihre Frau Tochter?« fragte Godefroid mit teilnehmender, freundlicher Miene.

»Eine schreckliche Krankheit, der die Ärzte alle möglichen Namen geben, oder, besser gesagt, die keinen Namen hat ... Mein Vermögen ist dabei draufgegangen ...« Er verbesserte sich und vollführte dabei eine der Gesten, wie sie nur den Unglücklichen zur Verfügung stehen: »Das bißchen Geld, das ich besaß, denn seit 1830 bin ich ohne Vermögen, ich habe eine hohe Stellung eingebüßt. Kurz und gut, alles, was ich besaß, ist rasch um meiner Tochter willen verbraucht worden, um derentwillen schon ihre Mutter und die Familie ihres Mannes ruiniert worden sind ... Heute genügt die Pension, die ich beziehe, kaum, um zu bezahlen, was der Zustand meiner armen, gottergebenen Tochter erfordert ... Sie hat meine Fähigkeit zu weinen erschöpft ... Ich habe tausend Martern erduldet. Ich muß aus Granit bestehen, weil ich noch nicht tot bin, oder vielmehr: Gott erhält dem Kind den Vater, damit es einen Hüter habe, einen Schutzengel, denn ihre Mutter ist vor Kummer gestorben ... Ach, Sie, junger Mann, Sie sind in dem Augenblick gekommen, da der alte Baum, der sich nie gebeugt hat, die Axt der Not spürt, die der Schmerz geschärft hat und die ihm das Herz zerspaltet ... Und ich, der niemals einen Klagelaut ausgestoßen hat, ich will Ihnen von jener Krankheit erzählen, damit ich Sie daran hindere, in jenes Haus zu ziehen, oder, wenn Sie darauf beharren, Ihnen die Notwendigkeit darzulegen, unsere Ruhe nicht zu stören ... In diesem Augenblick, Monsieur, bellt meine Tochter wie ein Hund, Tag und Nacht ...«

»Sie ist geisteskrank!« sagte Godefroid.

»Sie ist vollauf bei Vernunft, und sie ist eine Heilige«, antwortete der alte Herr. »Wenn ich Ihnen alles gesagt habe, werden Sie meinen, ich sei verrückt. Meine einzige Tochter ist das Kind einer Mutter, die sich der glänzendsten Gesundheit erfreute. Ich habe in meinem Leben nur eine einzige Frau geliebt, und das war die meine. Ich habe sie mir erwählt. Ich habe eine Liebesheirat geschlossen, als ich mich mit der Tochter eines der tapfersten Oberste der kaiserlichen Garde vermählte. Er war Pole, einer der ehemaligen Ordonnanzoffiziere des Kaisers, der tapfere General[78] Tarlowski. Die Funktionen, die ich ausübte, bedingten einen tadellosen Lebenswandel. Aber mein Herz ist nicht so geartet, daß viele Gefühle darin Raum hätten. Ich habe meine Frau treu geliebt, und sie hat eine solche Liebe verdient. Ich bin Vater, wie ich Gatte gewesen bin. Das sagt Ihnen in einem Worte alles. Meine Tochter hat ihre Mutter nie verlassen, und nie hat ein Kind keuscher und christlicher gelebt als diese geliebte Tochter. Sie ist mehr als hübsch geboren worden, nämlich schön. Und ihr Mann, ein junger Herr, auf dessen Sittenreinheit ich mich verlassen konnte, da er der Sohn eines meiner Freunde war, hat ganz sicher in nichts zu der Erkrankung meiner Tochter beigetragen.«

Godefroid und Monsieur Bernard schalteten unwillkürlich eine Pause ein und schauten einander an.

»Sie wissen ja, die Heirat verändert bisweilen die jungen Menschen«, fuhr der alte Herr fort. »Die erste Schwangerschaft wurde gut überstanden. Ihr Ergebnis war ein Sohn, mein Enkel, der jetzt bei mir wohnt, der einzige Sproß zweier Familien, die sich miteinander verbunden haben. Die zweite Schwangerschaft wurde von so ungewöhnlichen Symptomen begleitet, daß die Ärzte, die sich sämtlich darüber wunderten, sie den absonderlichen Phänomenen zugeschrieben haben, die sich manchmal bei diesem Zustand einstellen und die sie in den Annalen der Wissenschaft festhalten. Meine Tochter gebar ein totes Kind. Es war durch innerliche Bewegungen buchstäblich verrenkt und erstickt worden. Die Krankheit setzte ein. Die Schwangerschaft hatte nichts damit zu tun . . . Vielleicht sind Sie Medizinstudent?«

Godefroid vollführte eine Geste, die ebensogut als eine Bestätigung wie als eine Verneinung gedeutet werden konnte.

»Nach dieser schrecklichen, mühseligen Niederkunft«, fuhr Monsieur Bernard fort, »einer Niederkunft, Monsieur, die auf meinen Schwiegersohn einen so heftigen Eindruck machte, daß bei ihm die Schwermut einsetzte, an der er gestorben ist, klagte meine Tochter zwei oder drei Monate später über einen allgemeinen Schwächezustand, der sich zumal in den Füßen zeigte. Ihr war, so drückte sie sich aus, als beständen sie aus Wolle. Diese Erschlaffung hat sich in eine Lähmung verwandelt, aber in was für eine Lähmung! Man kann die Füße meiner Tochter biegen, man kann sie zerbrechen, ohne daß sie es spürt. Die Gliedmaßen sind vorhanden, aber dem Anschein nach sind weder Blut noch Muskeln, noch Knochen darin. Dieses Leiden, das mit nichts Bekanntem zusammenhängt, hat sich auf die Arme, die Hände ausgedehnt, und wir haben an eine Erkrankung des Rückenmarks geglaubt. Ärzte und Medikamente haben diesen Zustand lediglich verschlimmert, und meine arme Tochter hat sich nicht mehr bewegen können, ohne sich die Hüften, die Schultern oder die Arme auszurenken. Wir haben geraume Zeit einen ausgezeichneten Chirurgen im Hause gehabt. Er hat beinahe bei uns gewohnt, und er hat sich im Einverständnis mit dem behandelnden Arzt oder den Ärzten (denn manche sind aus purer Neugier zu uns gekommen) damit befaßt, ihr die Glieder wieder einzurenken ... ob Sie das glauben können, Monsieur? Täglich drei- oder viermal ...! Ach ... diese Krankheit hat so viele Formen, daß ich vergessen habe, Ihnen zu sagen, daß während der Schwächeperiode, vor der Lähmung der Glieder, bei meiner Tochter die absonderlichsten Erscheinungen der Starrsucht aufgetreten sind ... Sie wissen ja, was es mit der Starrsucht auf sich hat. Sie blieb also ein paar Tage lang mit offenen Augen reglos in der Lage, in der jener Zustand sie überkommen hatte. Sie hat die ungeheuerlichsten Anfälle dieses Leidens durchgemacht, sie steigerten sich bis zum Starrkrampf. Diese Phase der Krankheit hat mir den Gedanken eingegeben, ihre Heilung durch Magnetismus zu versuchen, als ich sah, daß sie auf so eigentümliche Weise gelähmt war. Meine Tochter war von ans Phantastische grenzender Hellsicht. Ihre Seele ist zum Schauplatz aller Wunder des Somnambulismus geworden, wie ihr Körper der Schauplatz sämtlicher Krankheiten ist ...«

Godefroid überlegte, ob der alte Herr im Besitz aller seiner Verstandeskräfte sei.

»Wahrhaftig, ich, der ich Voltaire, Diderot und Helvetius in mich gesogen habe, bin ein Kind des achtzehnten Jahrhunderts«, fuhr er fort, ohne Godefroids Augenausdruck zu beachten. »Ich bin ein Sohn der Revolution, ich habe über alles gespottet, was Altertum und Mittelalter von Besessenen erzählen. Allein einzig Besessenheit kann den Zustand erklären, in dem mein Kind sich befindet. Auch im hypnotischen Schlaf hat sie uns nie die Ursachen ihrer Leiden angeben können. Sie hat sie nicht erkannt, und alle Behandlungsmethoden, die sie uns diktiert hat, sind zwar gewissenhaft befolgt worden, haben indessen keine Besserung bewirkt. So zum Beispiel hat sie in ein frisch geschlachtetes Schwein gesteckt werden wollen. Dann befahl sie, man solle ihr mit stark magnetisierten, glühend gemachten Eisenspitzen in die Beine stechen ... ihr flüssiges, heißes Siegelwachs über den Rücken rinnen lassen ...

Und diese Verheerungen, Monsieur! Die Zähne sind ihr ausgefallen! Sie ist taub, darauf stumm geworden. Dann, nach einem halben Jahr absoluter Stummheit, völliger Taubheit, sind ihr Gehör und Sprache ganz plötzlich wiedergekehrt. Auf genauso unerwartete Weise, wie sie den Gebrauch ihrer Hände einbüßt, ist er ihr von neuem geworden. Ihre Füße jedoch sind seit sieben Jahren unbeweglich. Sie hat die Symptome und die Anfälle einer deutlich ausgeprägten, typischen Wasserscheu durchgemacht. Nicht nur, daß der Anblick, das Geräusch des Wassers, das Erblicken eines Glases, einer Tasse sie in Wut versetzten. Sie hat es sich überdies angewöhnt, zu bellen wie ein Hund, ein schwermütiges Gebell anzustimmen, das Geheul, das Hunde ausstoßen, wenn jemand Orgel spielt. Mehrmals hat sie im Sterben gelegen und ist versehen worden, und dann ist sie wieder aufgelebt und hat bei vollem Verstand, bei aller Geistesklarheit weitergelitten. Denn die Fähigkeiten der Seele und des Herzens sind noch unberührt geblieben ... Zwar ist sie am Leben geblieben, aber sie hat den Tod ihres Mannes und ihrer Mutter verursacht. Die beiden haben dergleichen Krisen nicht mehr ertragen können ... Ach, Monsieur ...! Was ich Ihnen da vorrede, ist nichts! Alle natürlichen Funktionen sind ins Gegenteil verkehrt, und die Medizin kann nichts tun, als einem die seltsamen Abweichungen der Organe zu erklären ... Und in diesem Zustand habe ich sie 1829 aus der Provinz nach Paris bringen lassen müssen. Denn die paar berühmten Pariser Ärzte, an die ich mich gewandt habe, Desplein, Bianchon und Haudry, haben alle geglaubt, es solle ihnen etwas weisgemacht werden. Der Magnetismus wurde damals von den Akademikern energisch abgelehnt. Und ohne die Gutgläubigkeit der Provinzärzte und meiner selbst in Zweifel zu ziehen, nahmen sie unrichtige Beobachtungen oder, wenn Sie wollen, Übertreibungen an, wie sie in den Familien oder bei den Patienten gang und gäbe sind. Aber sie haben ihre Ansicht ändern müssen, und ebenjene Phänomene sind der Anlaß für die Forschungen gewesen, die in der letzten Zeit über Nervenkrankheiten angestellt worden sind. Sie haben nämlich jenen bizarren Zustand unter die ›Neurosen‹

eingeordnet. Die letzte Konsultation, die jene Herren vornahmen, hatte als Ergebnis, daß alle Medikamente fortgelassen werden sollten. Sie haben beschlossen, man müsse der Natur freien Lauf lassen und sie im Auge behalten. Und seither habe ich nur noch einen Arzt gehabt, und das ist der Armenarzt dieses Stadtviertels. Es genügt tatsächlich, die Schmerzen zu lindern, sie oberflächlich zu stillen, da die Ursache ja unbekannt ist.«

Hier hielt der alte Herr inne, als überwältigte ihn diese furchtbare Enthüllung.

»Seit fünf Jahren«, sprach er weiter, »lebt meine Tochter in einem Wechsel von Besserung und beständigen Rückfällen. Aber es hat sich kein neues Phänomen gezeigt. Sie leidet teils mehr, teils weniger an der Tatsache der mannigfachen nervösen Anfälle, die ich Ihnen kurz beschrieben habe. Aber mit den Beinen und der Störung der natürlichen Funktionen ist es immer dasselbe. Die bedrängte Lage, in der wir uns befinden und die mittlerweile immer schlimmer geworden ist, hat uns zur Aufgabe der Wohnung genötigt, die ich 1829 in der Gegend des Faubourg du Roule gemietet hatte. Und da meine Tochter keine Ortsveränderung ertragen kann, da ich sie bereits zweimal fast verloren hätte, als ich sie nach Paris und dann aus dem Stadtviertel Beaujon hierherbrachte, habe ich auf der Stelle die Wohnung genommen, die ich jetzt innehabe, in der Voraussicht all des Unglücks, das dann auch nicht lange gezögert hat, über mich hereinzubrechen. Denn nach dreißig Dienstjahren hat man mich auf die Regelung meiner Pensionsansprüche bis 1833 warten lassen. Erst seit einem halben Jahre bekomme ich meine Pension ausgezahlt, und die neue Regierung hat zu allen Härten noch die hinzugefügt, mir bloß das Minimum zu gewähren.«

Godefroid tat eine erstaunte Geste, die nach rückhaltloser Eröffnung verlangte, und so verstand der alte Herr sie auch, denn er antwortete sogleich, und zwar, nicht ohne einen raschen, anklagenden Blick gen Himmel zu richten:

»Ich bin eins der tausend Opfer der politischen Umschwünge. Ich verheimliche einen Namen, der das Ziel zahlreicher Rachegedanken ist. Und wenn die Lehren der Erfahrung nicht von einer Generation zur andern verlorengehen sollen, dann halten Sie sich stets vor Augen, junger Mann, daß Sie sich nie zu den

Gewaltmaßnahmen einer politischen Richtung hergeben dürfen . . . Nicht, daß ich bereute, meine Pflicht getan zu haben. Mein Gewissen ist vollkommen ruhig. Aber die heutigen Machthaber verfügen nicht mehr über die Solidarität, die die Regierungen miteinander verbindet, so verschieden geartet sie auch sein mögen. Und wenn der Übereifer belohnt wird, so geschieht das aus einer vorübergehenden Angst. Das Werkzeug, dessen man sich bedient hat, möge es sich auch als verläßlich erwiesen haben, wird früher oder später gänzlich vergessen. Sie sehen in mir eine der festesten Stützen der Regierung der älteren Linie der Bourbonen, wie ich es zuvor für die kaiserliche Regierung gewesen bin, und jetzt stecke ich im Elend! Da ich zu stolz bin, die Hand auszustrecken, ist man nie auf den Gedanken gekommen, ich litte an unerhörten Bedrängnissen. Vor fünf Tagen hat der Arzt des Stadtviertels, der meine Tochter behandelt oder, wenn Sie wollen, beobachtet, mir gesagt, er sei außerstande, eine Krankheit zu heilen, deren Symptome sich alle vierzehn Tage änderten. Wie er sagt, bilden die Neurosen die Verzweiflung der Mediziner, da deren Ursachen einem unerklärlichen System angehören. Er hat mir gesagt, ich solle mich an einen jüdischen Arzt wenden, der als Empiriker gelte. Aber er hat mich darauf hingewiesen, es handle sich um einen Ausländer, einen polnischen Flüchtling, auf den die Ärzte wegen einiger ungewöhnlicher Heilungen, von denen viel geredet werde, über die Maßen eifersüchtig seien. Manche Leute hielten ihn für sehr kundig und sehr geschickt. Nur fordere er viel, sei mißtrauisch, suche sich seine Patienten aus und vergeude nicht seine Zeit. Kurzum, er sei . . . Kommunist . . . er heiße Halpersohn. Mein Enkel hat jenen Arzt schon zweimal vergeblich aufgesucht. Er ist nämlich noch nicht zu uns gekommen, und ich kann mir denken, aus welchem Grunde nicht . . .!«

»Aus welchem denn?« fragte Godefroid.

»Oh, mein sechzehnjähriger Enkel ist noch viel schlechter gekleidet als ich. Und Sie können mir glauben, Monsieur, ich selber wage nicht, vor jenem Arzt zu erscheinen: Mein Äußeres steht zuwenig in Einklang mit dem, was man von einem Mann meines Alters erwartet, der sich seiner Würde bewußt ist. Wenn der Arzt den Großvater so abgerissen vor sich sieht, nachdem der Enkel genauso schäbig gekleidet bei ihm erschienen ist, wird er dann meine Tochter mit der notwendigen Sorgfalt behandeln? Er wird mit ihr umspringen, wie man es mit armen Leuten tut . . . Und Sie müssen bedenken, lieber Herr, daß ich meine Tochter um all der Schmerzen willen liebhabe, die sie mir angetan hat, wie ich sie früher um aller Glückseligkeit willen liebgehabt habe, mit der sie mich überschüttete. Sie ist zu einem engelhaften Wesen geworden. Ach, sie ist nur noch eine Seele, eine Seele, deren Ausstrahlungen sich über ihren Sohn und über mich ergießen. Der Körper existiert nicht mehr. Der Schmerz hat ihn besiegt . . . Urteilen Sie, welch ein Anblick das für einen Vater ist! Für meine Tochter ist ihr Zimmer die Welt! Sie muß darin Blumen haben, denn die hat sie gern. Sie liest viel, und wenn sie ihre Hände gebrauchen kann, macht sie Handarbeiten wie eine Fee . . . Sie ahnt nichts von dem tiefen Elend, in das wir hinabgesunken sind . . . Daher ist unser Dasein so absonderlich, daß wir niemanden zu uns hineinlassen können . . . Ob Sie mich recht verstehen? Ob Sie sich denken können, daß ein Nachbar für uns etwas Unmögliches ist? Ich würde von ihm so viele Dinge verlangen müssen, daß ich ihm gegenüber allzu große Verpflichtungen übernehmen müßte, deren mich zu entledigen mir unmöglich wäre. Vor allem mangelt es mir für alles und jedes an Zeit. Ich sorge für die Erziehung meines Enkels, und ich arbeite viel, sehr viel, so daß ich nachts nur drei oder vier Stunden schlafe.«

»Monsieur«, unterbrach Godefroid den alten Herrn, dem er geduldig gelauscht und den er mit schmerzlicher Aufmerksamkeit beobachtet hatte, »ich werde Ihr Nachbar, und ich werde Ihnen helfen . . .«

Der Greis tat eine stolze, sogar ungeduldige Bewegung. Er traute den Menschen nichts Gutes mehr zu.

»Ich will Ihnen helfen«, wiederholte Godefroid, nahm die Hände des alten Herrn und drückte sie ihm mit frommer Herzlichkeit. »Aber da ich Ihnen helfen könnte . . . Sagen Sie: Was gedenken Sie aus Ihrem Enkel zu machen?«

»Er wird bald mit dem Jurastudium anfangen. Er soll nämlich die Richterlaufbahn einschlagen.«

»Dann dürfte Ihr Enkel Sie jährlich sechshundert Francs kosten . . .«

Der alte Herr verharrte in Schweigen.

»Ich selber«, fuhr Godefoid nach einer Pause fort, »habe nichts, aber ich kann viel vollbringen. Ich werde den jüdischen Arzt zu Ihnen kommen lassen! Und wenn Ihre Tochter heilbar ist, dann wird sie geheilt werden. Wir werden Mittel und Wege ausfindig machen, diesen Halpersohn zu honorieren.«

»Oh, wenn meine Tochter gesund würde, dann brächte ich ein Opfer, das ich nur einmal bringen könnte!« rief der Greis. »Ich würde meinen letzten Notpfennig hergeben!«

»Den werden Sie behalten . . .«

»Ach, die Jugend, die Jugend . . .!« rief der alte Mann kopfschüttelnd . . . »Adieu, Monsieur, oder vielmehr auf Wiedersehen. Die Bibliothek macht jetzt auf, und da ich meine sämtlichen Bücher verkauft habe, muß ich, meiner Arbeiten wegen, täglich hingehen . . . Ich rechne Ihnen die gute Regung, die Sie eben gezeigt haben, hoch an. Aber wir werden sehen, ob Sie mir die Rücksichtnahme gewähren, um die ich meine Nachbarn bitten muß. Weiter erwarte ich nichts von Ihnen . . .«

»Ja, lassen Sie mich Ihr Nachbar sein. Denn Sie wissen ja, Barbet ist nicht der Mann, längere Zeit hindurch auf eine Einnahme zu verzichten, und Sie könnten einen schlechteren Elendsgefährten als mich bekommen . . . Ich will Sie jetzt nicht bitten, mir zu glauben, sondern mir zu erlauben, Ihnen nützlich zu sein . . .«

»Und weshalb?« rief der alte Herr und schickte sich an, die Stufen des Kartäuserklosters[79] hinabzusteigen, von dem aus man damals von dem Hauptweg des Jardin du Luxembourg in die Rue de l'Enfer gelangte.

»Haben Sie sich denn während Ihrer Amtstätigkeit niemanden zu Dank verpflichtet?«

Der Greis schaute Godefroid mit zusammengezogenen Brauen an, die Augen von Erinnerungen erfüllt, wie jemand, der in seinem Lebensbuch nachschlägt und darin nach einer Tat sucht, die ihm eine so seltene Dankbarkeit eintragen könnte. Dann wandte er sich nach einem Gruß, aus dem Zweifel sprachen, kalt ab.

»Nun, für eine erste Zusammenkunft hat er sich nicht gerade

kopfscheu verhalten«, sagte sich der die Aufnahme in den Orden Erstrebende.

Sogleich begab Godefroid sich in die Rue d'Enfer zu der ihm von Monsieur Alain angegebenen Adresse und traf dort den Doktor Berton an, einen kühlen, strengen Mann, der ihn höflichst in Erstaunen versetzte, als er ihm versicherte, alle Einzelheiten, die Monsieur Bernard ihm über die Krankheit seiner Tochter mitgeteilt hatte, stimmten aufs Haar. Er bekam auch Halpersohns Adresse.

Jener polnische Arzt, der seither so berühmt geworden ist, wohnte damals in Chaillot, Rue Marbeuf, in einem kleinen, für sich stehenden Haus, dessen ersten Stock er innehatte. Der General Roman Tarnowski wohnte im Erdgeschoß, und die Diener der beiden Flüchtlinge hausten unter dem Dach dieses kleinen, vornehmen, einstöckigen Hauses. Diesmal bekam Godefroid den Doktor nicht zu sehen. Er erfuhr, er sei ziemlich weit weg in die Provinz gefahren, wohin ein reicher Patient ihn gerufen habe. Indessen war er ganz zufrieden, ihn nicht anzutreffen, da er in der Hast vergessen hatte, sich mit Geld zu versehen. Er war genötigt, zum Palais de La Chanterie zurückzukehren, um sich welches zu holen.

Diese Gänge und die Zeit, deren Godefroid zum Essen in einem Restaurant in der Rue de l'Odéon bedurfte, ließen die Stunde heranrücken, da er von seiner Wohnung am Boulevard Mont-Parnasse Besitz ergreifen mußte. Es gibt nichts Erbärmlicheres als das Mobiliar, mit dem die Witwe Vauthier die beiden Zimmer ausgestattet hatte. Es schien zu den Gepflogenheiten dieser Frau zu gehören, daß sie Behausungen vermietete, die nicht dauernd bewohnt wurden. Offenbar stammten das Bett, die Stühle, die Tische, die Kommode, der Sekretär und die Gardinen aus vom Gericht befohlenen Versteigerungen, bei denen der Wucherer sie, um zu seinem Gelde zu kommen, erworben hatte, ohne dabei auf seine Kosten gekommen zu sein, welcher Fall recht häufig eintritt.

Madame Vauthier hatte die Fäuste in die Hüften gestemmt und wartete auf Dankesworte. Somit hielt sie Godefroids Lächeln für ein Lächeln der Überraschung.

»Ach, von allem, was wir haben, habe ich Ihnen das Schönste

ausgesucht, mein lieber Monsieur Godefroid«, sagte sie mit triumphierender Miene ... »Sehen Sie nur, die hübschen, seidenen Vorhänge und ein Mahagonibett ohne Holzwurmlöcher ...! Es hat dem Fürsten von Weißenburg gehört und stammt aus seinem Stadtpalais. Als er 1809 in der Rue Louis-le-Grand weggezogen ist, war ich bei ihm Küchenmädchen ... Von da bin ich zu meinem jetzigen Hausbesitzer gekommen.«

Godefroid hemmte ihren Redeschwall dadurch, daß er seine Monatsmiete im voraus bezahlte, und gleichfalls als Vorauszahlung gab er Madame Vauthier die sechs Francs, die er ihr zu zahlen hatte, damit sie ihn betreute. In diesem Augenblick hörte er Hundegebell, und wenn er nicht von Monsieur Bernard vorbereitet worden wäre, hätte er glauben können, sein Nachbar halte in seiner Wohnung einen Köter.

»Bellt der Hund etwa auch nachts ...?«

»Oh, seien Sie unbesorgt, fassen Sie sich in Geduld, Sie brauchen nur noch diese Woche darunter zu leiden. Monsieur Bernard kann sicher seine Miete nicht bezahlen, und dann wird er hinausgesetzt ... Es sind schon recht merkwürdige Leute, lassen Sie's gut sein! Ihren Hund habe ich nie zu Gesicht bekommen. Monatelang, was sage ich: monatelang? Ein halbes Jahr lang ist er nicht zu hören! Man möchte fast glauben, sie hätten überhaupt keinen Hund. Das Tier kommt nie aus dem Zimmer der Dame heraus ... Die Dame ist nämlich sehr krank, müssen Sie wissen. Seit ihrem Einzug hat sie ihr Zimmer nicht verlassen ... Der alte Monsieur Bernard arbeitet viel, und der Sohn ebenfalls. Er ist Externer am Collège Louis-le-Grand und schon in der Oberprima, mit sechzehn Jahren! Der ist nicht auf den Kopf gefallen, aber der kleine Lümmel arbeitet ja auch wie verrückt ...! Sie werden schon noch hören, wie sie die Blumen aus dem Zimmer der Dame hinausschaffen. Der Großvater und der Enkel essen zwar nur trocken Brot, aber für die Dame kaufen sie Blumen und Leckereien ... Der Dame muß es recht schlecht gehen, daß sie seit ihrem Einzug hier das Haus nicht verlassen hat. Und wenn man Monsieur Berton glaubt, dem Arzt, der immer zu ihr kommt, dann verläßt sie es nur mit den Füßen voran.«

»Was treibt er eigentlich, dieser Monsieur Bernard?«

»Anscheinend ist er ein Gelehrter. Er schreibt nämlich, und er geht in die Bibliotheken und arbeitet da, und Monsieur leiht ihm Geld auf das, was er schreibt.«

»Welcher ›Monsieur‹ denn?«

»Mein Hausbesitzer, Monsieur Barbet, der ehemalige Buchhändler, sechzehn Jahre lang hat er sein Geschäft geführt. Er ist Normanne, hat früher auf der Straße Salat verkauft und ist 1818 Buchhökerer an den Seinequais geworden. Dann hat er einen kleinen Laden aufgemacht, und jetzt ist er schwerreich ... Er ist so eine Art Jude, der sechsunddreißig Gewerbe betreibt, er war nämlich auch Teilhaber des Italieners, der die Bruchbude hier gebaut hat, damit er darin Seidenraupen unterbringen konnte ...«

»Also ist dies Haus eine Zufluchtsstätte für Schriftsteller, denen es schlecht geht?«

»Sollten Sie das Pech haben, auch so einer zu sein?« fragte die Witwe Vauthier.

»Ich fange erst damit an«, antwortete Godefroid.

»Oh, mein guter Mann, lassen Sie bloß die Finger davon ... Journalist, meinetwegen, dagegen will ich nichts sagen ...«

Godefroid konnte sich ein Auflachen nicht verkneifen. Er wünschte dieser Köchin gute Nacht. Ohne es zu wissen, repräsentierte sie die Bourgeoisie. Als Godefroid in diesem schauderhaften Schlafzimmer zu Bett ging, dessen Fußboden aus roten Ziegelsteinen, die nicht einmal alle von derselben Farbe waren, bestand und dessen Tapeten sieben Sous die Rolle gekostet hatten, sehnte er sich nicht nur nach seiner kleinen Wohnung in der Rue Chanoinesse, sondern auch nach der Gesellschaft der Madame de La Chanterie. Er verspürte in seiner Seele eine große Leere. Sein Innenleben hatte bereits neue Formen angenommen, und er erinnerte sich nicht, in seinem früheren Leben eine ähnliche Sehnsucht nach irgend etwas empfunden zu haben. Dieser so kurze Vergleich übte auf seine Seele eine wunderbare Wirkung aus. Er sah ein, daß kein Leben den gleichen Wert haben könne wie das, dem er sich anbefehlen wollte, und sein Entschluß, dem guten Vater Alain nachzueifern, wurde unerschütterlich. Zwar hatte er noch nicht die Berufung, wohl aber den Willen.

Am nächsten Tag sah Godefroid, der sich bei seinem neuen Leben daran gewöhnt hatte, sehr früh am Morgen aufzustehen, von seinem Fenster aus einen etwa siebzehnjährigen jungen Mann, der mit einem Kittel bekleidet war und offenbar von einem öffentlichen Brunnen zurückkam, da er in jeder Hand einen Wasserkrug trug. Das Gesicht jenes jungen Mannes, der nicht wußte, daß jemand zu ihm hinsah, ließ ein reiches Innenleben erkennen, und nie zuvor hatte Godefroid etwas so Naives und zugleich so Trauriges erblickt. Die Anmut der Jugend war durch Elend, geistige Arbeit und große körperliche Anstrengungen unterdrückt worden. Monsieur Bernards Enkel fiel durch eine ungewöhnliche, bleiche Gesichtsfarbe auf, die das dunkelbraune Haar noch mehr hervorhob. Er legte den Gang dreimal zurück. Beim letztenmal sah er, wie eine Ladung frisches Brennholz abgeladen wurde, die Godefroid tags zuvor bestellt hatte, weil der spät einsetzende Winter des Jahres 1838 sich allmählich bemerkbar machte. Während der Nacht hatte es leicht geschneit.

Népomucène, der seine Tagesarbeit mit dem Abholen jenes Holzes begonnen hatte, für das Madame Vauthier sich im voraus das Geld für die Aufbewahrung hatte zahlen lassen, plauderte mit dem jungen Mann, indessen er wartete, bis der Holzsäger ihm die Last geliefert hatte, die er nach oben tragen sollte. Es war leicht zu erraten, daß der plötzlich eingetretene Frost Monsieur Bernards Enkel Unruhe schuf und daß der Anblick des Feuerholzes ihn gleichermaßen wie derjenige des grauen Himmels an die Notwendigkeit gemahnte, sich gleichfalls einen Vorrat zuzulegen. Unvermittelt jedoch ergriff der junge Mann, als werfe er sich vor, kostbare Zeit zu vertrödeln, seine beiden Krüge und ging hastig ins Haus. Es war tatsächlich schon halb acht, und als er hörte, daß die Glocke des Klosters von der Heimsuchung diese Stunde schlug, war ihm eingefallen, daß er um halb neun im Collège Louis-le-Grand sein müsse.

Gerade als der junge Mann das Haus betrat, öffnete Godefroid Madame Vauthier die Tür. Sie wollte bei ihrem neuen Mieter Feuer machen, und auf diese Weise wurde Godefroid Zeuge einer Szene, die sich auf dem Treppenabsatz abspielte. Ein Gärtner aus der Nachbarschaft hatte mehrmals an Monsieur Bernards Tür geschellt, ohne daß er jemanden zum Kommen hatte veranlassen können, da die Schelle mit Papier umwickelt war. Jetzt war er in einer ziemlich heftigen Schimpferei mit dem jungen Mann begriffen. Er verlangte von ihm Geld für die Miete der Blumen, die er geliefert hatte. Als der Gläubiger immer lauter einherredete, erschien Monsieur Bernard.

»Auguste«, sagte er zu seinem Enkel, »zieh dich an, es ist Zeit für dich, zum Collège zu gehen.«

Er nahm die beiden Wasserkrüge und trug sie in das erste Zimmer seiner Wohnung, in dem Blumen in Jardinieren zu sehen waren. Dann schloß er die Tür wieder und nahm das Gespräch mit dem Gärtner auf. Godefroids Tür stand offen, denn Népomucène hatte mit dem Hinauftragen des Holzes angefangen. Er schichtete es im ersten Zimmer auf. Angesichts Monsieur Bernards, der einen bis zum Kinn zugeknöpften Schlafrock aus violetter Seide anhatte und imponierend wirkte, war der Gärtner verstummt.

»Sie hätten das, was wir Ihnen schulden, recht gut auch ohne Geschrei verlangen können«, sagte Monsieur Bernard.

»Seien Sie doch gerecht, lieber Herr«, sagte der Gärtner. »Sie müßten mich doch eigentlich jede Woche bezahlen, und jetzt habe ich seit drei Monaten, seit sechs Wochen nichts bekommen, und Sie schulden mir hundertzwanzig Francs. Wir sind es gewohnt, unsere Blumen an reiche Leute zu vermieten. Die geben uns unser Geld immer, sobald wir darum bitten, und nun bin ich schon zum fünftenmal gekommen. Wir müssen doch unsere Miete bezahlen, unsere Arbeiter, und ich bin schwerlich reicher als Sie. Meine Frau, die Ihnen Milch und Eier liefert, kommt heute morgen gar nicht erst her. Sie schulden ihr dreißig Francs, und sie will lieber nicht kommen als Sie drängen, sie hat nämlich ein gutes Herz, meine Frau! Wenn ich auf sie hörte, könnte ich meinen Laden zumachen. Aber auf diesem Ohr bin ich taub, müssen Sie wissen ...«

In diesem Augenblick ging Auguste weg. Er trug einen schäbigen kurzen, grünen Rock und eine Tuchhose von derselben Farbe, eine schwarze Halsbinde und abgetragene Schuhe. Seine Kleidung war zwar sorgfältig abgebürstet, zeugte indessen von einer Bedürftigkeit höchsten Grades, da sie zu kurz und zu eng war. Es sah aus, als müsse sie aus den Nähten platzen, wenn der

Primaner die geringste Bewegung vollführte. Die weißgewordenen Nähte, die zusammengeschrumpften Ränder, die ausgefaserten, wenngleich ausgebesserten Knopflöcher wiesen auch dem ungeübtesten Auge die erniedrigenden Kennzeichen äußerster Not. Diese Tracht stand in auffälligem Gegensatz zu Augustes Jugend. Er ging davon und kaute dabei ein Stück altes Brot, in dem seine schönen, kräftigen Zähne ihren Abdruck hinterließen. Auf diese Weise frühstückte er während seines Schulwegs vom Boulevard du Mont-Parnasse zur Rue Saint-Jacques, wobei er seine Bücher und Hefte unterm Arm hielt und eine Mütze aufhatte, die ebenfalls für seinen großen Kopf zu eng war und unter der sein prächtiges dunkles Haar hervorquoll.

Als er an seinem Großvater vorbeiging, wechselte er rasch einen Blick von furchtbarer Traurigkeit mit ihm. Denn er gewahrte ihn in den Fängen einer fast unüberwindlichen Schwierigkeit, deren Folgen noch dazu entsetzlich waren. Um dem Primaner Platz zu machen, war der Gärtner bis zu Godefroids Tür zurückgetreten, und als dieser Mann auf der Schwelle stand, nahm der mit Holz beladene Népomucène den ganzen Treppenabsatz ein, so daß der Gläubiger bis ans Fenster zurücktreten mußte.

»Monsieur Bernard«, kreischte die Witwe, »Glauben Sie etwa, Monsieur Godefroid habe seine Wohnung gemietet, damit Sie darin Ihre Besprechungen abhalten könnten?«

»Pardon, Madame«, antwortete der Gärtner. »Auf dem Flur war kein Platz mehr ...«

»Was ich sagte, galt nicht Ihnen, Monsieur Cartier«, sagte die Witwe.

»Hiergeblieben!« sagte Godefroid zu dem Gärtner. »Und Sie, lieber Herr Nachbar«, fügte er hinzu und schaute Monsieur Bernard an, der die grobe Kränkung gar nicht empfunden zu haben schien, »wenn es Ihnen genehm ist, mit Ihrem Gärtner in diesem Zimmer zu unterhandeln, dann kommen Sie getrost herein.«

Der hochgewachsene, von seinem Leid abgestumpfte alte Herr bedachte Godefroid mit einem Blick, der tausend Dankesworte barg.

»Was nun aber Sie betrifft, meine gute Madame Vauthier, so

seien Sie bitte nicht so grob zu dem Herrn, denn erstens ist er bejahrt, und zweitens danken Sie es ihm, daß ich mich hier eingemietet habe.«

»Ach, Unsinn!« rief die Witwe.

»Außerdem: Wenn Menschen, die nicht reich sind, einander nicht gegenseitig helfen, wer hülfe ihnen dann? Lassen Sie uns allein, Madame Vauthier, ich fache mein Feuer selber an. Sehen Sie zu, daß mein Brennholz in Ihrem Keller aufgestapelt wird. Ich glaube, es ist bei Ihnen in guter Obhut.«

Madame Vauthier verschwand. Dadurch, daß Godefroid ihr sein Holz zur Aufbewahrung anvertraut hatte, war ihrer Habgier Nahrung gegeben worden.

»Kommen Sie bitte hier herein, meine Herren«, sagte Godefroid, gab dem Gärtner einen Wink und bot dem Schuldner und dem Gläubiger zwei Stühle an.

Der alte Herr blieb stehen, aber der Gärtner nahm Platz.

»Hören Sie mal zu, Bester, die reichen Leute zahlen nicht so regelmäßig, wie Sie behaupten, und man darf einen Ehrenmann nicht um ein paar Louis willen bedrängen. Der Herr bekommt seine Pension halbjährlich ausbezahlt und kann Ihnen einer so elenden Summe wegen keine Zahlungsanweisung ausstellen. Aber ich will das Geld vorstrecken, wenn Sie es absolut verlangen.«

»Monsieur Bernard hat seine Pension vor etwa drei Wochen abgehoben und mich nicht bezahlt . . Es täte mir leid, wenn ich ihm Ungelegenheiten machen müßte . . .«

»Nanu! Sie liefern ihm doch Blumen seit . . .«

»Ja, seit zehn Jahren, und er hat mich stets pünktlich bezahlt.«

Monsieur Bernard, der in einem fort auf das lauschte, was in seiner Wohnung vorging und auf diese Unterhaltung nicht achtete, hörte durch die Wände hindurch Schreie und stürzte erschrocken hinein, ohne ein Wort zu sagen.

»Jetzt hören Sie mal zu, guter Mann. Bringen Sie noch heute vormittag schöne Blumen, Ihre schönsten Blumen, zu Monsieur Bernard, und Ihre Frau soll frische Eier und Milch bringen. Ich bezahle Sie heute abend.«

Cartier schaute Godefroid mit einem seltsamen Blick an.

»Sie sind wahrscheinlich besser im Bilde als Madame Vauthier; die hat mich nämlich gewarnt. Ich müsse mich beeilen, wenn ich zu meinem Geld kommen wolle«, sagte er. »Weder sie noch ich, Monsieur, können uns erklären, weshalb Leute, die trocken Brot essen, die Gemüseabfälle, Karottenreste, Steckrüben und Kartoffeln an den Türen der Restaurateure aufsammeln . . . ja, ja, Monsieur, ich habe den Jungen dabei ertappt, daß er einen alten Korb damit vollstopfte . . . na, kurz und gut, weshalb diese Leute monatlich beinah hundert Francs für Blumen verschwenden . . . Es heißt, der Alte habe bloß dreitausend Francs Pension.«

»Jedenfalls«, erwiderte Godefroid, »schneiden Sie nicht schlecht dabei ab, wenn sie sich durch Blumen ruinieren.«

»Freilich. Vorausgesetzt, daß ich bezahlt werde.«

»Bringen Sie mir Ihre Rechnung.«

»In Ordnung . . .«, sagte der Gärtner mit einer Andeutung von Respekt. »Sicher will der Herr die versteckte Dame mal sehen . . .«

»Lieber Freund, Sie vergessen sich!« entgegnete Godefroid trocken. »Gehen Sie heim, suchen Sie Ihre schönsten Blumen aus und ersetzen Sie damit die, die Sie wieder abholen. Wenn Sie mir gute Sahne und frische Eier liefern können, werde ich Ihr Kunde; ich sehe mir noch heute vormittag Ihre Gärtnerei an.«

»Die ist eine der schönsten in ganz Paris, und ich stelle im Luxembourg aus. Mein Garten ist drei Morgen groß. Er liegt am Boulevard, hinter dem Garten der Grande-Chaumière.«

»Gut, Monsieur Cartier. Sie sind, wie ich sehe, reicher als ich . . . Verhalten Sie sich also uns gegenüber rücksichtsvoll. Wer weiß, ob wir einander nicht mal nötig haben?«

Der Gärtner trollte sich, sehr beunruhigt, wer Godefroid wohl sein möge.

»Dabei bin auch ich einmal so gewesen!« sagte sich Godefroid, als er sein Feuer anfachte. »Welch wunderbarer Repräsentant der heutigen Bourgeoisie: geschwätzig, neugierig, vom Gleichheitswahn verzehrt, auf Kundschaft erpicht, erbost, weil er nicht weiß, warum eine arme Kranke in ihrem Zimmer bleibt und sich nicht zeigt. Mit seinem Vermögen hält er hinterm Berge, und dabei ist er so eitel, daß er es offenbart, nur um sich über seinen lieben Nächsten erheben zu können. Dieser Mann muß in seiner Kompanie mindestens Leutnant sein[80]. Mit welcher Leichtigkeit spielt sich in jedem Zeitalter Monsieur Dimanches[81] Szene ab! Noch ein Weilchen länger, und ich hätte mit diesem Cartier Duzfreundschaft geschlossen.«

Der hochgewachsene alte Herr unterbrach Godefroids Selbstgespräch, das beweist, wie sehr seine Anschauungen sich innerhalb von vier Monaten gewandelt hatten.

»Verzeihen Sie, Herr Nachbar«, sagte er mit verwirrter Stimme, »ich merke, daß Sie den Gärtner zufrieden weggeschickt haben. Er hat mich nämlich höflich gegrüßt. Tatsächlich, junger Mann, die Vorsehung scheint Sie eigens hierher zu uns geschickt zu haben, in dem Augenblick, da wir nicht mehr aus noch ein wußten. Ach, eine Taktlosigkeit dieses Menschen hat Sie wohl mancherlei Dinge erahnen lassen. Es stimmt, daß ich meine halbjährige Pension vor vierzehn Tagen abgehoben habe. Aber ich hatte dringlichere Schulden als diese, und ich habe den Betrag unserer Miete zurücklegen müssen, denn sonst wären wir von hier vertrieben worden. Sie, dem ich anvertraut habe, in welchem Zustand meine Tochter sich befindet, und der Sie sie gehört haben . . .«

Beunruhigt blickte er Godefroid an. Dieser nickte.

»Gut. Dann urteilen Sie selber, ob das nicht ihr Todesstreich hätte sein können . . . denn dann hätte ich sie in ein Krankenhaus schaffen lassen müssen . . . Mein Enkel und ich, wir hatten Angst vor diesem Morgen, und am meisten hatten wir nicht vor Cartier Angst, sondern vor der Kälte . . .«

»Lieber Monsieur Bernard, ich habe doch Holz. Bitte bedienen Sie sich«, entgegnete Godefroid.

»Wie soll ich je solche Gefälligkeit vergelten . . .?« rief der alte Herr aus.

»Indem Sie sie ohne große Umstände annehmen«, erwiderte Godefroid lebhaft, »und indem Sie mir Ihr volles Vertrauen schenken.«

»Aber welches Anrecht habe ich denn auf soviel Großherzigkeit?« fragte Monsieur Bernard in erneut aufwallendem Mißtrauen. »Mein Stolz und der meines Enkels sind besiegt!« rief er. »Wir sind schon so weit herabgesunken, daß wir mit unsern paar

Gläubigern haben unterhandeln müssen. Wenn man sich Gläubiger leisten will, muß man einen gewissen äußeren Glanz entfalten, und den haben wir eingebüßt ... Aber noch bin ich Herr meines gesunden Menschenverstandes, meiner Vernunft ...«, fügte er hinzu, wie jemand, der zu sich selbst spricht.

»Monsieur«, antwortete Godefroid ernst, »was Sie mir gestern erzählt haben, hätte einem Wucherer die Tränen in die Augen treiben können.«

»Nein, nein, denn Barbet, dieser Verleger, unser Hausbesitzer, spekuliert auf meine Notlage und läßt mich durch diese Vauthier auskundschaften, seine ehemalige Dienstmagd ...«

»Wieso kann er denn auf Sie spekulieren?« fragte Godefroid.

»Das möchte ich Ihnen später auseinandersetzen«, antwortete der alte Herr. »Meine Tochter könnte frieren, und da Sie es gestatten ... ich bin nämlich in einer solchen Lage, daß ich auch von meinem grausamsten Feind ein Almosen annehmen würde ...«

»Ich trage Ihnen Holz hinüber«, sagte Godefroid und überquerte mit etwa zehn Holzscheiten den Treppenabsatz, worauf er sie im ersten Zimmer der Wohnung des alten Herrn niederlegte.

Monsieur Bernard hatte sich die gleiche Menge aufgepackt, und als er diesen kleinen Holzvorrat ansah, konnte er das blöde und beinah schwachsinnige Lächeln nicht unterdrücken, durch das Menschen, die aus einer dem Anschein nach unentrinnbaren Todesgefahr gerettet worden sind, ihre Freude auszudrücken pflegen. Denn auch in jener Freude dauert der Schrecken noch fort.

»Nehmen Sie getrost alles von mir an, lieber Monsieur Bernard, ohne jedes Mißtrauen, und wenn Ihre Tochter wieder gesund ist, wenn Sie glücklich sind, werde ich Ihnen alles erklären. Aber bis dahin lassen Sie mich bitte schalten und walten ... Ich habe bei dem jüdischen Arzt vorgesprochen, und unglücklicherweise ist Halpersohn nicht in Paris. Er kommt erst in zwei Tagen wieder ...«

In diesem Augenblick rief eine Stimme, die für Godefroids Ohren frisch und melodiös klang und es auch tatsächlich war, zweimal in ausdrucksvollem Tonfall: »Papa! Papa!«

Bei seinem Gespräch mit dem alten Herrn waren Godefroid an dem Rahmen der Tür, die der Eingangstür gegenüberlag, weiße, sorgfältig gemalte Linien aufgefallen, die einen großen Unterschied zwischen dem Zimmer der Kranken und den übrigen Räumen der Wohnung darstellten. Allein seine schon in hohem Maße angestachelte Neugier erreichte jetzt den Höchstgrad, seine Wohltätigkeitsmission war nur noch ein Vorwand. Sein Ziel war es, die Kranke zu sehen. Er lehnte es ab, zu glauben, ein mit einer solchen Stimme begabtes Geschöpf könne ein Gegenstand des Abscheus sein.

»Du machst dir wirklich gar zu viel Mühe, Papa . . .!« sagte die Stimme. »Warum stellst du nicht mehr Dienstboten an . . . in deinem Alter . . .! Mein Gott . . .!«

»Du weißt doch, liebe Wanda, ich will nicht, daß außer deinem Sohn und mir andere dich bedienen.«

Diese beiden Sätze, die Godefroid durch die Tür hörte, oder vielmehr erriet, denn eine Portiere dämpfte den Hall, ließen ihn die Wahrheit ahnen. Die von Luxus umgebene Kranke durfte nichts von der Notlage ihres Vaters und ihres Sohnes wissen. Monsieur Bernards seidener Schlafrock, die Blumen und Godefroids Gespräch mit Cartier hatten in ihm schon einen Verdacht erregt. Jetzt stand er da und war fast starr vor diesem Übermaß an Vaterliebe. Der Kontrast zwischen dem Zimmer der Kranken, wie er es sich vorstellte, und allem übrigen war ja auch schwindelerregend. Man möge sich da hineindenken!

Durch die Tür des dritten Zimmers, die der alte Herr halb offengelassen hatte, gewahrte Godefroid zwei nebeneinanderstehende, hölzerne, angestrichene Bettstellen, wie die Betten ganz billiger Pensionshäuser. Darauf lagen je ein Strohsack und eine kleine, dünne Matratze, und darüber nur eine einzige Decke. Ein kleiner, gußeiserner Ofen wie die, auf deren Deckel sich die Portiers ihr Essen kochen, und vor dem etwa zehn Torfsoden lagen, hätte hingereicht, zur Genüge die Notlage Monsieur Bernards zu beweisen, ohne all die anderen Einzelheiten, die vollauf mit diesem gräßlichen Ofen harmonierten.

Godefroid trat einen Schritt vor und erblickte Geschirr, wie es sich nur in den ärmlichsten Haushaltungen findet: glasierte Steingutnäpfe, in denen in Schmutzwasser Kartoffeln schwammen. Zwei Tische aus geschwärztem Holz waren mit Papier und Büchern beladen. Sie standen vor dem auf die Rue Notre-Dame-des-Champs hinausgehenden Fenster und ließen auf die nächtliche Tätigkeit von Vater und Sohn der Kranken schließen. Auf beiden Tischen standen je zwei schmiedeeiserne Leuchter, wie die Armen sie haben. Darin sah Godefroid ganz billige Kerzen stecken, solche, bei denen acht auf das Pfund gehen.

Auf dem dritten Tisch, der als Küchentisch diente, schimmerten zwei silbervergoldete Bestecke und ein Teelöffel, Teller, eine Schale, Tassen aus Sèvres-Porzellan, ein silbervergoldetes Messer mit zweischneidiger Stahlklinge in seinem Etui, kurzum, das Eßgeschirr der Kranken.

Der Ofen brannte, das Wasser im Kessel dampfte schwach. Ein gestrichener hölzerner Schrank enthielt wohl die Wäsche und die Sachen von Monsieur Bernards Tochter. Denn auf dem Bett des Vaters sah er die Kleidungsstücke, die dieser tags zuvor getragen hatte, quer liegen, gewissermaßen als Fußwärmer.

Andere Garderobestücke, die genauso auf dem Bett des Enkels lagen, legten die Vermutung nahe, daß diese alles waren, was sie an Kleidung besaßen. Unter dem Bett erblickte Godefroid Schuhe. Der Fliesenboden, der offenbar selten gefegt wurde, sah aus wie der in Schulklassen eines Internats. Ein angeschnittenes Sechspfundbrot lag über dem Tisch auf einem Wandbrett. Kurzum: Es war das Elend in seiner letzten Phase, das vollkommen mit dem kalten Anstand des Entschlusses, es zu ertragen, organisierte Elend; das abgehetzte Elend, das im Hause alles tun will und muß, aber es nicht kann, und das sich dann damit behilft, von jedwedem armseligen Möbelstück verkehrten Gebrauch zu machen. Deswegen herrschte in diesem selten gesäuberten Zimmer ein starker, ekelerregender Geruch.

Wenigstens das Vorzimmer, in dem Godefroid sich befand, war erträglich gehalten, und er konnte sich denken, daß es dazu diene, die Schrecknisse dessen zu verbergen, in dem Enkel und Großvater hausten. Dieses Vorzimmer hatte eine schottisch gemusterte Tapete, und es standen darin vier Nußbaumstühle und ein kleiner Tisch. Als Wandschmuck dienten Farbstiche nach Horace Vernets[82] Porträt des Kaisers, nach dem Porträt Ludwigs XVIII., Karls X. und des Fürsten Poniatowski[83], der wohl mit

Monsieur Bernards Schwiegervater befreundet gewesen war. Das Fenster hatte Kattungardinen mit roten Säumen und Fransen.

Godefroid paßte Népomucène ab, den er eine Ladung Holz heraufbringen hörte, und wies ihn an, es ganz leise in Monsieur Bernards Vorzimmer aufzuschichten. Und mit einer Bedachtsamkeit, die bewies, welche Fortschritte der in den Orden einzutreten Gewillte schon gemacht hatte, schloß er die Tür des armseligen Gelasses, damit der Laufbursche der Witwe Vauthier nichts von dem Elend des alten Herrn merke.

Im Vorzimmer standen immer noch die drei Jardinièren mit den herrlichsten Blumen, zwei längliche und eine runde, alle drei aus Palisanderholz und überaus elegant. Daher konnte Népomucène, nachdem er sein Brennholz auf den Fliesenboden gelegt hatte, es sich nicht verkneifen, zu sagen:

»Wie hübsch das ist...! So was muß teuer sein...!«

»Jean, machen Sie doch nicht solchen Lärm...!« rief Monsieur Bernard.

»Haben Sie gehört?« fragte Népomucène Godefroid. »Bei dem ist sicher 'ne Schraube los, bei dem alten Knaben...!«

»Weißt du, wie du in seinem Alter sein wirst?«

»Natürlich weiß ich das!« antwortete Népomucène. »Dann bin ich in einer Zuckerdose!«

»In einer Zuckerdose...?«

»Ja, dann ist sicher aus meinen Knochen Kohle gemacht worden. Ich habe oft genug gesehen, wie die Karren der Zuckersieder nach Montsouris[84] gefahren sind und Knochenkohle für ihre Raffinerien geholt haben. Und die haben mir gesagt, daraus werde Zucker gemacht...«

Und nach diesem philosophischen Ausspruch ging er und holte eine weitere Ladung Holz.

Godefroid zog diskret Monsieur Bernards Tür zu und ließ ihn mit seiner Tochter allein. Madame Vauthier, die während dieser Zeit für ihren neuen Mieter das Frühstück bereitet hatte, trug es auf, wobei Félicité ihr half. Der in Grübeleien versunkene Godefroid starrte in sein Kaminfeuer. Er war so sehr in Gedanken über dieses Elend verstrickt, das sich aus so vielen verschiedenen Arten von Elend zusammensetzte, aber in dem er auch die unaussprechlichen Freuden über die tausend Triumphe wahrnahm, die Kindesliebe und Vaterliebe davongetragen hatten. Es war wie auf groben Stoff geschüttete Perlen.

»Welche Romane unter den berühmtesten kommen dieser Wirklichkeit gleich!« sagte er sich. »Wie schön ist ein Leben, in dem man sich mit solchen Existenzen befassen darf...! In dem die Seele bis zu den Ursachen und Wirkungen vordringt und Abhilfe schafft, die Schmerzen lindert und das Gute herbeiführen hilft...? Sich auf diese Weise dem Unglück einverleiben, sich in solchen Haushalten umtun! Beständig ein Handelnder sein in den immerfort aufs neue anhebenden Dramen, deren Schilderung uns bei den berühmten Autoren hinreißt... Ich hätte nie geglaubt, daß das Gute reizvoller sein könne als das Laster.«

»Ist Monsieur zufrieden...?« fragte die Witwe Vauthier, die gerade, wobei Félicité half, den Tisch vor Godefroid hingestellt hatte.

Godefroid erblickte erst jetzt ein vortreffliche Tasse Milchkaffee und dazu eine dampfende Omelette, frische Butter und kleine, rosige Radieschen.

»Wo, zum Teufel, haben Sie die Radieschen aufgetrieben...?« fragte Godefroid.

»Die hat Monsieur Cartier mir geschenkt«, antwortete sie, »ich habe sie an Monsieur abgetreten.«

»Und was verlangen Sie dafür, wenn Sie mir täglich ein solches Frühstück vorsetzen?« fragte Godefroid.

»Na, Monsieur, seien Sie ehrlich. Es wäre recht schwierig, es Ihnen für weniger als dreißig Sous zu liefern.«

»Meinetwegen, also dreißig Sous!« sagte Godefroid. »Aber wie kommt es, daß gleich nebenan bei Madame Machillot für die Hauptmahlzeit monatlich nur fünfundvierzig Francs verlangt werden, was dreißig Sous den Tag macht...?«

»Oh, was für ein Unterschied ist es, ein Essen für fünfzehn Leute zu bereiten oder alles zusammenzuholen, was man für ein Frühstück braucht! Passen Sie mal auf! Ein Brötchen, Eier, Butter, das Feuer muß angesteckt werden, Zucker, Milch, Kaffee... Bedenken Sie, daß Ihnen auf der Place de l'Odéon für eine einfache Tasse Milchkaffee sechzehn Sous abverlangt werden, und dann geben Sie ja noch dem Kellner einen oder zwei Sous...!

Hier dagegen haben Sie es ganz bequem. Sie frühstücken daheim und in Pantoffeln.«

»Also gut«, antwortete Godefroid.

»Ohne Madame Cartier, die mir die Milch, die Eier und die Kräuter liefert, käme ich dabei nicht auf meine Kosten. Sie müssen sich ihre Gärtnerei mal ansehen, Monsieur. Eine feine Sache ist das! Fünf Gärtnerjungen sind da beschäftigt, und Népomucène schleppt da den ganzen Sommer Wasser. Ich vermiete ihn ihnen zum Begießen... Die verdienen einen Haufen Geld mit Melonen und Erdbeeren... Anscheinend interessiert sich Monsieur sehr für Monsieur Bernard...?« fragte die Witwe Vauthier mit einschmeichelnder Stimme. »Denn um einfach so für die Schulden dieser Leute gutzusagen... Monsieur weiß vielleicht gar nicht, was die alles schulden... Da ist die Dame von der Leihbibliothek an der Place Saint-Michel. Die kommt alle drei oder vier Tage her und verlangt ihre dreißig Francs, und sie hat sie bitter nötig. Du lieber Himmel, was die auch alles liest, die arme kranke Dame! Sie liest und liest! Also kurz und gut, zwei Sous für den Band, dreißig Francs in drei Monaten...«

»Das macht ja monatlich hundert Bände!« sagte Godefroid...

»Aha! Da holt der Alte die Sahne und das Brötchen für Madame...!« fuhr die Witwe Vauthier fort. »Das ist für den Tee, sie lebt nämlich nur von Tee, die Dame! Zweimal täglich trinkt sie welchen, und zweimal die Woche muß sie Süßigkeiten haben... Solch ein Leckermaul ist sie! Der Alte kauft ihr Gebäck, und Pasteten bei dem Pastetenbäcker in der Rue de Bussy. Ja, wenn es sich um sie handelt, dann kommt es ihm nicht drauf an. Er sagt wenigstens, es sei seine Tochter...! Als ob man in seinem Alter all das, was er tut, für seine Tochter täte...! Er rackert sich für sie ab, er und sein Auguste... Ist Monsieur meiner Ansicht? Ich würde gut und gern zwanzig Francs geben, wenn ich sie mal sehen könnte. Monsieur Berton hat gesagt, sie sei ein Monstrum, etwas, das man für Geld öffentlich zeigen könnte. Die Leute haben recht daran getan, in eine Gegend wie die unsere zu ziehen, wo kaum je Menschen hinkommen... Also Monsieur hat vor, bei Madame Machillott zu essen . . .?«

»Ja, ich glaube, ich nehme bei ihr ein Abonnement...«

»Monsieur, ich möchte Sie nicht von dieser Absicht abbringen.

Aber eine billige Garküche ist nun mal eine billige Garküche. Sie täten besser, zum Essen in die Rue de Tournon zu gehen. Da brauchen Sie sich nicht auf einen Monat festzulegen und bekämen besseres Essen...«

»Wo denn in der Rue Tournon?«

»Beim Nachfolger der Mutter Girard... Da gehen die Herren, die oben wohnen, auch oft hin, und sie sind so zufrieden, wie man es nur sein kann.«

»Also gut, Mutter Vauthier, ich will Ihrem Rat folgen und zum Essen dorthin gehen...«

»Mein Bester«, sagte die Portiersfrau, die durch das Entgegenkommen, das Godefroid ihr in voller Absicht bezeigt hatte, kühn geworden war, »jetzt aber mal im Ernst: Sollten Sie tatsächlich so einfältig sein, die Schulden Monsieur Bernards bezahlen zu wollen...? Das würde ich tief bedauern. Denn bedenken Sie doch, mein wackerer Monsieur Godefroid, daß er beinah siebzig ist, und wenn er stirbt, dann Prost Mahlzeit, dann ist es aus und vorbei mit der Pension. Und mit was wollen Sie sich dann schadlos halten...? Die jungen Leute sind so unbedacht! Wissen Sie eigentlich, daß er mehr als tausend Taler Schulden haben muß?«

»Und bei wem?« fragte Godefroid.

»Ach, bei wem? Das geht mich nichts an«, antwortete die Vauthier geheimnisvoll. »Es genügt, daß er sie schuldet, und, ganz unter uns, er ist elend in der Klemme, hier in der Gegend bekommt er deswegen keinen Liard Kredit...«

»Tausend Taler!« wiederholte Godefroid. »Na, machen Sie sich keine Sorgen, wenn ich tausend Taler hätte, dann wäre ich nicht Ihr Mieter. Ich, sehen Sie, kann es nicht mitansehen, wenn andere Menschen leiden, und wenn es mich auch ein paar hundert Francs kosten könnte, ich wüßte dann wenigstens, daß mein Nachbar, ein Mann mit weißem Haar, was zu essen und Feuerholz hat... Sagen Sie nichts dagegen. Soviel verliert man oft beim Kartenspiel... Aber dreitausend Francs... Wo denken Sie hin? Du lieber Himmel...!«

Die alte Vauthier wurde durch Godefroids geheuchelte Offenherzigkeit hinters Licht geführt und ließ auf ihrem Gesicht ein süßliches Lächeln der Befriedigung erscheinen, das den Argwohn des Mieters bestätigte. Godefroid war jetzt überzeugt, daß die

Alte dem Komplott angehöre, das gegen den armen Monsieur Bernard geschmiedet worden war.

»Sonderbar, Monsieur, was für Einbildungen man sich in den Kopf setzt! Sie werden mir sicher sagen, ich sei sehr neugierig. Aber als ich Sie gestern sich mit Monsieur Bernard unterhalten sah, da habe ich mir eingebildet, Sie seien ein Verlagsangestellter, denn hier im Viertel sind viele Verlagsbuchhandlungen. Bei mir hat mal ein Faktor gewohnt. Seine Druckerei lag in der Rue de Vaugirard, und der hieß genauso wie Sie...«

»Was geht Sie eigentlich mein Beruf an?« fragte Godefroid.

»Pah! Ob Sie ihn mir nun sagen oder nicht«, entgegnete die Vauthier, »herausbekommen tue ich ihn trotzdem... Da ist zum Beispiel Monsieur Bernard, na, achtzehn Monate lang habe ich nicht gewußt, was er war. Aber im neunzehnten habe ich schließlich entdeckt, daß er Staatsanwalt oder Richter oder sonst irgendwas im Justizwesen gewesen ist und daß er darüber schreibt... Was kommt für ihn dabei heraus? Das frage ich mich! Und wenn er es mir anvertraut hätte, dann hätte ich darüber den Mund gehalten. Also!«

»Noch bin ich nicht Verlagsangestellter, aber vielleicht werde ich es bald.«

»Das habe ich mir doch gleich gedacht«, sagte die Witwe Vauthier, drehte sich um und trat von dem Bett weg, das sie gemacht hatte, um einen Vorwand zum Verweilen bei ihrem Mieter zu haben. »Sie sind hergekommen, weil Sie jemandem was vor der Nase wegschnappen wollen... In Ordnung! Ist man gewarnt, dann ist man doppelt vorsichtig...

»Halt!« rief Godefroid und stellte sich zwischen die Vauthier und die Tür. »Sagen Sie mal, was für ein Interesse haben Sie an alledem?«

»Schau, schau!« entgegnete die Alte und schielte Godefroid an, »Sie sind mir ja ein ganz Gerissener!«

Sie verriegelte die Tür des ersten Zimmers, kam zurück und setzte sich auf einen Stuhl am Kamin.

»Mein Ehrenwort, so wahr ich Vauthier heiße, ich hatte Sie für einen Studenten gehalten, bis ich sah, daß Sie Ihr Holz dem Papa Bernard gaben. Haha, Sie haben es faustdick hinter den Ohren! Zum Donnerwetter, sind Sie etwa Komödiant...? Und

Sie habe ich für einen Einfaltspinsel gehalten! Passen Sie mal auf, wollen Sie mir tausend Francs garantieren? So wahr uns die Sonne bescheint, mein alter Barbet und Monsieur Métivier haben mir fünfhundert Francs versprochen, wenn ich die Augen offenhielte.«

»Die, und fünfhundert Francs...? Na, hören Sie mal!« rief Godefroid, »allerhöchstens zweihundert, gute Frau, und auch dann bloß ›versprochen‹... und Sie können sie deswegen nicht verklagen...! Wenn Sie mir das Geschäft zuschustern, das die beiden mit Monsieur Bernard machen wollen, dann gebe ich Ihnen vierhundert Francs...! Also heraus mit der Sprache, was haben die beiden vor?«

»Aber sie haben doch fünfzehnhundert Francs Vorschuß auf das Werk gezahlt, und der Alte hat eine Quittung über tausend Taler ausgestellt... Sie haben immer mal hundert Francs und dann wieder hundert Francs lockergelassen... sie haben es so gedreht, daß er immer in seiner Notlage blieb... Und sie hetzen auch die Gläubiger gegen ihn auf. Ganz sicher haben sie Cartier hergeschickt...«

Jetzt warf Godefroid der Vauthier einen Blick voll ironischer Scharfsicht zu und gab ihr damit zu verstehen, daß er die Rolle durchschaue, die sie zum Nutzen ihres Hausbesitzers spielte.

Jener Satz hatte ihn auf zwiefache Weise aufgeklärt, denn jetzt begriff er die seltsame Szene zwischen dem Gärtner und sich.

»Oh!« fuhr sie fort, »die beiden haben ihn beim Wickel. Denn wo soll er jemals tausend Taler auftreiben? Sie rechnen damit, daß sie ihm an dem Tag, da er ihnen das Werk übergibt, fünfhundert Francs anbieten, und weitere fünfhundert Francs für jeden Band bei dessen Erscheinen... Der Vertrag ist im Namen eines Verlegers geschlossen worden, dem die beiden Herren sein Geschäft am Quai des Augustins finanziert haben...«

»Ach so, Sie meinen den kleinen Dingsda?«

»Ja, den, Morand, Monsieurs ehemaligen Prokuristen... Anscheinend ist dabei ein Haufen Geld zu verdienen?«

»Na, erstmal muß ein Haufen Geld hineingesteckt werden«, antwortete Godefroid und verzog auf bedeutungsvolle Weise den Mund.

»Also, mein Wort ist mein Wort, Mutter Vauthier«, sagte Godefroid, als er Monsieur Bernard erblickte.

»Monsieur Bernard«, rief sie, »ich habe einen Brief für Sie...«

Der alte Herr stieg ein paar Treppenstufen hinab.

»Ach was, ich habe gar keinen Brief, Monsieur Bernard. Ich hatte Ihnen bloß sagen wollen, daß Sie sich vor dem jungen Mann da in acht nehmen müssen. Der ist nämlich ein Verleger.«

»Ach, jetzt wird mir alles klar«, sagte sich der alte Mann.

Und er trat mit völlig verändertem Gesicht wieder zu seinem Nachbarn.

Der Ausdruck kalter Ruhe, den Monsieur Bernard jetzt zeigte, stand in so klaffendem Gegensatz zu der liebenswürdigen offenen Miene, die bei ihm die Dankbarkeit hervorgerufen hatte, daß ein so jäher Wandel Godefroid betroffen machte.

»Verzeihen Sie bitte, wenn ich Sie in Ihrer Ruhe störe. Aber Sie überhäufen mich seit gestern mit Wohltaten, und der Wohltäter räumt dem, der ihm verpflichtet ist, Rechte ein.«

Godefroid verbeugte sich.

»Ich, der ich seit fünf Jahren alle vierzehn Tage die Passion Jesu Christi erlitten habe! Ich, der ich sechsunddreißig Jahre lang die Gesellschaft repräsentiert habe, die Regierung, der ich damals die öffentliche Vergeltung gewesen bin und der ich, wie Sie sich denken können, keinerlei Illusionen mehr hatte... nein, ich habe nur noch Kummer und Leid. Kurz und gut, Monsieur, die Aufmerksamkeit, die Sie bezeigten, als Sie die Tür des elenden Gelasses schlossen, in dem mein Enkel und ich schlafen, diese Kleinigkeit ist für mich das Glas Wasser gewesen, von dem Bossuet spricht... Ja, ich habe in meinem Herzen... in diesem erschöpften Herzen, das keine Tränen mehr hervorbringt wie mein Körper keinen Schweiß mehr... ich habe in meinem Herzen den letzten Tropfen jenes Elixiers wiedergefunden, das uns in der Jugend alle menschlichen Handlungen sehen läßt, als wären sie schön, und ich habe Ihnen die Hand gereicht, die ich sonst nur meiner Tochter reiche. Ich habe Ihnen die himmlische Rose des Glaubens an das Gute dargebracht...«

»Monsieur Bernard«, sagte Godefroid, der an die Lehren des wackeren Alain denken mußte, »ich habe nichts in der Absicht getan, Gegenstand Ihrer Dankbarkeit zu werden... Was das betrifft, so irren Sie sich...«

»Nun, das nenne ich Freimut!« entgegnete der ehemalige Richter. »Ja, das gefällt mir. Ich war drauf und dran, Sie zu verachten... Pardon, ich achte Sie. Sie sind also Verleger, und Sie sind gekommen, um der Firma Barbet, Métivier und Morand mein Werk vor der Nase wegzuschnappen... Jetzt ist mir alles klar. Sie geben mir Vorschüsse, wie jene es getan haben, nur daß Sie es auf liebenswürdige Weise tun.«

»Hat etwa die Vauthier Ihnen eben gesagt, ich sei Verlagsangestellter?« fragte Godefroid den alten Herrn.

»Ja«, antwortete er.

»Also, Monsieur Bernard, um zu wissen, was ich Ihnen über das hinaus zahlen kann, was jene Herren Ihnen anbieten, müssen Sie mir die Bedingungen sagen, die Sie mit ihnen vereinbart haben.«

»Das ist recht und billig«, erwiderte der ehemalige Richter. Er schien erfreut zu sein, daß er das Objekt eines Konkurrenzkampfs geworden war, bei dem er nur gewinnen konnte. »Wissen Sie, um was für ein Werk es sich handelt?«

»Nein. Ich weiß lediglich, daß damit ein Geschäft zu machen ist.«

»Es ist erst halb zehn, meine Tochter hat gefrühstückt, mein Enkel Auguste kommt erst um Viertel vor elf wieder. Cartier bringt die Blumen erst in einer Stunde. Wir können plaudern... Monsieur... wie war doch Ihr werter Name?«

»Godefroid.«

»Monsieur Godefroid, das Werk, um das es sich handelt, ist von mir im Jahre 1825 konzipiert worden, zu der Zeit, da das über die ständige Entwertung des Grundeigentums betroffene Ministerium das Gesetz über das Erstgeburtsrecht einbrachte, das dann abgelehnt wurde[85]. Mir waren gewisse Mängel in unsern Gesetzbüchern und in den grundlegenden Institutionen Frankreichs aufgefallen. Unsere Gesetzbücher sind das Thema bedeutsamer Arbeiten gewesen. Aber alle diese Abhandlungen waren rein juristischer Art. Niemand hatte gewagt, das von der Revolution oder, wenn Sie wollen, von Napoleon Vollbrachte in seiner Gesamtheit zu betrachten, sich eingehend mit dem Geist jener Gesetze zu befassen, sie in ihrer praktischen Anwendung zu beurteilen. Davon handelt im großen ganzen mein Werk. Der Titel der Arbeit lautet: ›Der Geist der neuen Gesetze‹. Es umfaßt gleichermaßen die Grundgesetze der organischen Entwicklung wie die Gesetzbücher, sämtliche Gesetzbücher, denn wir haben mehr als fünf. Daher hat mein Werk fünf Bände und einen Band mit Zitaten, Notizen und Hinweisen. Ich habe noch drei Monate daran zu arbeiten. Der Besitzer dieses Hauses, ein früherer Verleger, hat aus ein paar Fragen, die ich ihm stellte, geahnt oder gewittert, wenn Sie wollen, daß damit etwas zu verdienen sei. Ich selber habe ursprünglich nur an das Wohl meines Landes gedacht. Dieser Barbet hat mich umgarnt... Jetzt werden Sie sich fragen, wie ein Verleger einen alten Richter hat überlisten können. Aber Sie kennen ja meine Lebensgeschichte, und dieser Mensch ist ein Wucherer. Er hat den richtigen Blick und verfügt über die Kniffe und Pfiffe dieser Leute... Sein Geld ist meiner Notlage immer auf den Fersen gewesen... Er hat sich stets an den Tagen eingefunden, da das Verzweifelte meiner Lage mich wehrlos machte...«

»Nein, nein, bester Herr« sagte Godefroid. »Er hat ganz einfach in der Mutter Vauthier eine Spionin gehabt. Aber wie sind die Bedingungen . . .? Sagen Sie sie mir bitte klipp und klar.«

»Es sind mir fünfzehnhundert Francs vorgeschossen worden. Sie werden heute repräsentiert durch drei Wechsel über je tausend Francs, und diese dreitausend Francs sind durch einen Vertrag auf das Eigentumsrecht an meinem Werk verpfändet worden. Ich kann darüber nur verfügen, wenn ich die Wechsel einlöse. Die Wechsel nun sind zu Protest gegangen. Es liegt ein Urteil vor... Das sind die Begleitumstände meiner Notlage, Monsieur . . . Bei bescheidenster Schätzung würde die erste Auflage dieses Riesenwerks, des Werks einer zehnjährigen Arbeit und einer sechsunddreißigjährigen Erfahrung, gut und gern zehntausend Francs wert sein . . . Nun, vor fünf Tagen hat Morand mir tausend Taler und die Einlösung meiner Wechsel gegen Überlassung aller Rechte vorgeschlagen... Da ich außerstande bin, dreitausendzweihundertvierzig Francs aufzutreiben, muß ich, sofern Sie nicht zwischen diese Leute und mich treten, mich ihnen wohl fügen... Sie haben sich nicht mit meiner Ehre begnügt! Sie haben, als größere Garantie, die Wechsel zu Protest gehen lassen und können jetzt meine Verhaftung durchsetzen. Wenn ich die Wechsel einlöse, haben die Wucherer ihren Einsatz verdoppelt. Wenn ich mit ihnen abschließe, verdienen sie ein Vermögen. Der eine von ihnen ist nämlich ein ehemaliger Papierhändler, und Gott weiß, wie weit sie die Herstellungskosten noch vermindern können! Und da sie meinen Namen kennen, wissen sie, daß der Absatz von zehntausend Exemplaren gesichert ist.«

»Wie konnten Sie nur, Monsieur, als alter Jurist...!«

»Nichts zu machen! Kein Freund! Keiner, der sich erinnerte...! Und ich habe viele Köpfe gerettet, wenn ich auch manche habe fallen lassen...! Und ferner meine Tochter, meine Tochter, deren Krankenwärter ich bin! Der ich Gesellschaft leiste, weil ich ja nur die Nacht über arbeite... Ach, junger Freund, nur wer selber unglücklich ist, kann über das Elend urteilen... Heute meine ich, daß ich früher zu streng gewesen bin.«

»Monsieur, ich frage Sie nicht nach Ihrem Namen. Ich kann nicht über tausend Taler verfügen, vor allem nicht, wenn ich Halpersohn und Ihre kleinen Schulden bezahle. Aber ich werde Ihnen helfen, wenn Sie mir schwören, nicht über Ihr Werk zu verfügen, ohne daß ich zuvor benachrichtigt werde. Denn ein so wichtiges Geschäft kann nicht getätigt werden, ohne daß Fachleute zu Rate gezogen werden. Meine Auftraggeber sind mächtig, und ich kann Ihnen den Erfolg versprechen, wenn Sie mir tiefste Geheimhaltung zusagen, sogar Ihrer Tochter und Ihrem Enkel gegenüber, und mir Ihre Zusage halten...«

»Der einzige Erfolg, den ich davontragen möchte, ist die Gesundung meiner armen Wanda. Denn solche Leiden löschen im Herzen eines Vaters jede andere Regung aus, und Ruhmsucht ist nichts mehr für jemanden, der schon sein Grab offen vor sich sieht.«

»Ich möchte heute abend zu Ihnen kommen. Halpersohn wird jeden Augenblick erwartet, und ich habe mir vorgenommen, täglich nachzusehen, ob er wieder da ist . . . Dieser ganze Tag soll Ihnen gewidmet werden.«

»Ach, wenn Sie die Gesundung meiner Tochter durchsetzen könnten, Monsieur... Monsieur, dann wäre ich bereit, Ihnen mein Werk zu geben...!«

»Ich bin kein Verleger«, sagte Godefroid.

Der Greis machte eine Geste der Überraschung.

»Es ging nicht anders, ich habe es die alte Vauthier glauben lassen, um sämtliche Fallen kennenzulernen, die Ihnen gestellt worden sind...«

»Wer sind Sie dann...?«

»Godefroid!« antwortete der zum Eintritt in den Orden Bereite. »Und da Sie mir erlauben müssen, zur Verbesserung Ihrer Lebenshaltung beizutragen«, fügte er lächelnd hinzu, »können Sie mich ›Godefroid de Bouillon‹[86] nennen.«

Der ehemalige Justizbeamte war zu bewegt, als daß er über diesen Kalauer hätte lachen können. Er streckte Godefroid die Hand hin und drückte die Hand, die sein Nachbar ihm darbot.

»Sie wollen also Ihr Inkognito wahren...?« fragte er und blickte Godefroid mit einer Traurigkeit an, in die sich Unruhe mischte.

»Erlauben Sie es mir...?«

»Nun, halten Sie das, wie Sie wollen...! Und kommen Sie heute abend. Wenn ihr Zustand es gestattet, sollen Sie meine Tochter sehen...«

Das war augenscheinlich die größte Konzession, die der arme Vater machen konnte. Und aus dem Dankesblick, den Godefroid ihm zuwarf, erkannte der alte Herr zu seiner Genugtuung, daß er verstanden worden sei.

Eine Stunde danach kam Cartier mit wunderbaren Blumen, wechselte eigenhändig den Inhalt der Jardinièren aus, legte Moos hinein, und Godefroid bezahlte die Rechnung, gerade wie er die der Leihbibliothek bezahlte, die ein paar Minuten später gebracht wurde. Bücher und Blumen waren das Brot der armen kranken oder vielmehr gemarterten Frau, die sich mit einer so geringen Menge an Nahrungsmitteln begnügte.

Wenn Godefroid an diese Familie dachte, die vom Unglück umstrickt war wie diejenige Laokoons (des erhabenen Sinnbilds für so viele Existenzen!), verspürte er, der auf dem Wege in die Rue Marbeuf war, was ihm zugleich als Spaziergang diente, im Herzen nach wie vor mehr Neugierde als das Verlangen, sich als Wohltäter zu betätigen. Die von Luxus umgebene Kranke in ihrem grausigen Elendszustand ließ ihn nie die schrecklichen

Einzelheiten der absonderlichsten unter allen Nervenkrankheiten vergessen, die, wie einige Historiker bekunden, glücklicherweise eine äußerst seltene Ausnahme ist. Einer unserer geschwätzigsten Chronisten, Tallemant des Réaux[87], führt ein Beispiel dafür an. Man stellt sich die Frauen auch in ihren furchtbarsten Schmerzen gern elegant vor. Daher versprach Godefroid sich eine Art Freude davon, in jenes Schlafzimmer zu gelangen, das seit sechs Jahren lediglich der Arzt, der Vater und der Sohn betreten hatten. Nichtsdestoweniger schalt er sich schließlich seiner Neugierde wegen. Der Neophyt sah sogar ein, daß dieses so natürliche Gefühl am Ende in dem Maß erlöschen, wie er seinen Wohltätigkeitsdienst ausüben würde, da er ja doch immerfort neue Wohnungen, neue Wunden zu sehen bekäme.

Tatsächlich gelangt man zu der göttlichen Sanftmut, die sich über nichts wundert und die nichts überrascht, gerade wie man in der Liebe zu der sublimen Gemütsruhe gelangt und durch ein stetes Erbeben von Schmerzen und Beglückungen der Stärke und Dauer des Gefühls sicher ist.

Godefroid erfuhr, Halpersohn sei während der Nacht angelangt. Aber schon am Morgen sei er gezwungen worden, in seinen Wagen zu steigen und nach seinen Patienten zu sehen, die ihn erwarteten. Die Portiersfrau sagte Godefroid, er solle am nächsten Tag vor neun Uhr wiederkommen.

Da Godefroid an Monsieur Alains Empfehlung denken mußte, er müsse in seinen persönlichen Ausgaben knickerig sein, ging er in die Rue de Tournon und aß dort für fünfundzwanzig Sous. Für diese Selbstverleugnung wurde er dadurch belohnt, daß er dort in eine Schar von Setzern und Korrektoren geriet. Er belauschte ein Gespräch über Herstellungskosten, in das er sich einmischte, und erfuhr, daß ein Oktavband zu vierzig Bogen bei einer Auflage von tausend Exemplaren bei sorgfältigster Ausführung nicht mehr als dreißig Sous pro Exemplar koste. Er nahm sich vor, Erkundigungen über die Preise einzuziehen, zu denen die Buchhändler mit juristischen Werken ihre Bände verkauften, um zu einer Auseinandersetzung mit den Verlegern gerüstet zu sein, die Monsieur Bernard in der Hand hatten, wenn er mit ihnen zusammenkam.

Gegen sieben Uhr abends kehrte er durch die Rue de Vaugirard, die Rue Madame und die Rue de l'Ouest zum Boulevard du Mont-Parnasse zurück und nahm dabei wahr, wie öde und verlassen diese Stadtgegend war, wo er keinen Menschen sah. Allerdings war die Kälte strenger geworden, der Schnee fiel in dicken Flocken, die Wagen machten auf den Pflastersteinen keinerlei Geräusch.

»Ach, da sind Sie ja«, sagte die Witwe Vauthier, als sie Godefroid erblickte. »Wenn ich gewußt hätte, daß Sie so früh heimkämen, hätte ich bei Ihnen geheizt...«

»Das ist unnötig«, sagte Godefroid, als er sah, daß die Vauthier ihm folgte, »ich bin den ganzen Abend bei Monsieur Bernard...«

»Na, hören Sie mal, sind Sie denn sein Vetter, daß Sie schon am zweiten Tag auf so vertrautem Fuß mit ihm stehen...? Ich hatte geglaubt, Monsieur und ich würden die Unterhaltung zu Ende führen, die wir angefangen haben.«

»Ja, richtig, die vierhundert Francs!« sagte Godefroid ganz leise zu der Witwe. »Passen Sie mal auf, Mama Vauthier, die hätten Sie heute abend schon bekommen, wenn Sie Monsieur Bernard nichts gesagt hätten... Sie wollen es mit keiner Partei verderben, und dadurch verderben Sie es mit beiden. Denn was mich betrifft, so haben Sie mich verraten... mein Geschäft ist völlig fehlgeschlagen...«

»Glauben Sie das ja nicht, lieber Herr... Morgen, wenn Sie frühstücken...«

»Oh, morgen verschwinde ich schon ganz früh, wie Ihre Schriftsteller...«

Godefroids Vorleben als Dandy und als Journalist kam ihm zustatten. Er besaß Erfahrung genug, um sich denken zu können, daß, wenn er nicht so handelte, die Spießgesellin Barbets den Verleger vor einer Gefahr warnen würde und daß dann die gerichtliche Verfolgung einsetzen und binnen kurzem Monsieur Bernards Freiheit gefährdet sein mußte. Wenn er dagegen das Trio der geldgierigen Schacherer in dem Glauben ließ, ihr Vorhaben laufe keinerlei Gefahr, würden sie sich ruhig verhalten. Aber Godefroid kannte sich in dem Pariser Charakter noch nicht aus, wenn dieser sich in die Gestalt der Witwe Vauthier hüllte. Diese Frau wollte von Godefroid und zugleich von ihrem Hauseigentümer Geld. Sie lief sofort zu ihrem Monsieur Barbet, während Godefroid sich umkleidete, um in würdiger Gewandung vor Monsieur Bernards Tochter zu erscheinen.

Vom Kloster Zur Heimsuchung[88] schlug die Uhr des Stadtviertels acht, als der neugierige Godefroid behutsam an die Tür seines Nachbars klopfte. Auguste öffnete, und da es Samstag war, hatte der junge Mann einen freien Abend. Godefroid sah, daß er einen kleinen Gehrock aus schwarzem Samt trug, eine blauseidene Halsbinde und eine schwarze, ziemlich gut erhaltene Hose. Aber sein Erstaunen, daß der Jüngling so gänzlich anders aussah als gewöhnlich, endete jäh, als er sich im Zimmer der Kranken befand. Er begriff die für den Vater und den Sohn bestehende Notwendigkeit, gut gekleidet zu erscheinen.

Tatsächlich war der Gegensatz zwischen dem Elend der Behausung, die er am Morgen gesehen hatte, und dem Luxus dieses Raums allzu groß, als daß Godefroid nicht hätte geblendet sein müssen, obwohl für ihn das Erlesene und die Eleganz, die der Reichtum aufweist, nichts Fremdes waren.

Die Wände waren mit gelber Seide bespannt, deren Farbton durch gewundene Streifen hellgrüner Seide noch gesteigert wurde. Sie liehen dem Zimmer eine ungemeine Heiterkeit. Der kalte Fliesenboden lag unter einem weißen, geblümten Moketteppich. Die beiden Fenster, versehen mit schönen, gerafften, mit weißer Seide gefütterten Vorhängen, glichen zwei Blumenbeeten, so viele üppig gefüllte Jardinieren standen in den Nischen. Stores verhinderten, daß dieser in jenem Viertel so seltene Reichtum von draußen gesehen werden konnte. Das mit reinweißer Leimfarbe gestrichene Holzgetäfel wurde durch dünne Goldlinien belebt.

Vor der Tür hing eine schwere Portiere in Gobelinstickerei, phantastisches Blattwerk auf gelbem Grunde darstellend. Sie erstickte jedes von außen kommende Geräusch. Diese prächtige Portiere war das Werk der Kranken, die wie eine Fee handarbeitete, wenn sie ihre Hände gebrauchen konnte.

Hinten im Zimmer und gegenüber der Tür befand sich der mit grünem Samt bekleidete Kamin und bot den Blicken eine Garnitur von übertriebener Eleganz dar. Es waren die einzigen Überbleibsel des üppigen Wohlstands der beiden Familien. Jene

Garnitur bestand aus einer seltsamen Stutzuhr: Ein Elefant trug einen Porzellanturm, aus dem eine Fülle von Blumen hervorquoll; daneben zwei mehrarmige Leuchter gleichen Stils und kostbare Chinoiserien[89]. Der Aschenkasten, die Feuerböcke, die Schaufeln und Zangen, alles war sehr, sehr teuer gewesen.

Mitten im Zimmer stand die größte der Jardinieren, und darüber hing an einer Rosette ein Kronleuchter aus Porzellanblumen.

Das Bett, in dem die Tochter des Justizbeamten lag, war eins der schönen, weiß-goldenen Betten mit Holzschnitzereien, wie sie unter Ludwig XV. angefertigt wurden. Am Kopfende, neben der Kranken, stand ein hübscher Tisch mit Einlegearbeit. Darauf befanden sich alle Dinge, deren dieses im Bett verbrachte Leben bedurfte. An der Wand war ein zweiarmiger Leuchter befestigt, der mit einer leichten Handbewegung vor- und zurückgeschoben werden konnte. Ein ungemein bequemes, den Bedürfnissen der Kranken angepaßtes Tischchen stand vor ihr. Auf dem Bett lag eine prächtige Steppdecke. Es hatte mittels Haltern geraffte Gardinen, und darauf lagen zahlreiche Bücher und ein Handarbeitskörbchen. Und unter all diesen Dingen hätte Godefroid ohne die beiden Kerzen des beweglichen Wandleuchters die Kranke schwerlich wahrnehmen können.

Sie war nur noch ein Antlitz mit sehr weißem, um die Augen durch das Leiden gebräuntem Teint, in dem zwei feurige Augen schimmerten und das als Hauptschmuck prachtvolles schwarzes Haar darbot, dessen Fülle schwerer, einzeln gelegter Locken erkennen ließ, daß das Frisieren und die Pflege jenes Haares die Kranke einen Teil des Vormittags beschäftigte, was sich auch aus dem tragbaren Spiegel am Fußende des Bettes schließen ließ.

Hier war alle moderne Verfeinerung vorhanden. Ein paar Spielzeuge, mit denen die arme Wanda sich vergnügte, bewiesen, daß die väterliche Liebe bis zum Widersinnigen ging.

Der alte Herr erhob sich von einer weiß-goldenen Bergère[90] im Louis-Quinze-Stil mit Gobelinbezug und ging Godefroid einige Schritte entgegen. Dieser hätte ihn bestimmt nicht wiedererkannt, denn das kühle, strenge Gesicht hatte jetzt den heiteren Ausdruck, wie er Greisen eigentümlich ist, die sich die Noblesse der Haltung und die augenscheinliche Unbeschwertheit der Hofleute bewahrt haben. Sein flohfarbener, wattierter, gesteppter Überrock stand im Einklang mit all dem Luxus, und er schnupfte aus einer goldenen, reich mit Diamanten besetzten Tabaksdose...!

»Hier, liebes Kind«, sagte Monsieur Bernard zu seiner Tochter und nahm dabei Godefroid bei der Hand, »stelle ich dir den Nachbarn vor, von dem ich dir erzählt habe...«

Und er bedeutete seinem Enkel durch einen Wink, er möge einen der beiden der Bergère ähnlichen Sessel vorrücken, die an beiden Seiten des Kamins standen.

»Er heißt Monsieur Godefroid und bezeigt uns große Nachsicht...«

Wanda beantwortete Godefroids tiefe Verbeugung mit einem leichten Nicken, und aus der Art, wie der Hals sich bewegte, ersah Godefroid nur zu gut, daß das ganze Leben der Kranken ihrem Kopf innewohnte. Die abgemagerten Arme, die schlaffen Hände ruhten auf der weißen, feinen Decke wie zwei Dinge, die gar nicht zu diesem Körper gehörten, der im Bett überhaupt keinen Platz einzunehmen schien. Die der Kranken notwendigen Gegenstände lagen hinter dem Kopfende des Bettes auf einem durch einen Seidenvorhang verhüllten Wandbrett.

»Sie sind, abgesehen von den Ärzten, die für mich keine Menschen mehr sind, der erste, den ich seit sechs Jahren bei mir sehe. Daher können Sie sich schwerlich die Spannung vorstellen, die Sie in mir seit dem Augenblick erregt haben, da mein Vater mir Ihren Besuch anzeigte... Wahrhaftig, es war eine Neugierde wie die unserer Urmutter Eva... Mein Vater, der so gütig zu mir ist, und mein Sohn, den ich so liebhabe, genügen zwar gewißlich, die Ödnis einer Seele auszufüllen, die jetzt fast ohne Körper ist; aber diese Seele ist schließlich dennoch Frau geblieben, und so wird Sie das Interesse nicht wundern, das ich an Ihrem Besuch genommen habe... Sie machen mir doch wohl die Freude, eine Tasse Tee mit uns zu trinken...«

»Monsieur Godefroid hat mir den ganzen Abend zugesagt«, antwortete der alte Herr mit dem Anstand eines Millionärs, der in seinem Haus die Repräsentationspflichten erfüllt.

Auguste, der auf einem Stuhl mit Gobelinbezug an einem Tischchen mit Einlegearbeit und Bronzebeschlägen saß, las beim Schein der Leuchter auf dem Kaminsims in einem Buch.

»Auguste, mein Junge, sag Jean, er solle uns in einer Stunde den Tee servieren.«

Sie begleitete diese Worte mit einem ausdrucksvollen Blick, den Auguste durch ein zustimmendes Nicken beantwortete.

»Ob Sie es wohl glauben, Monsieur, daß ich seit sechs Jahren keine andere Bedienung als meinen Vater und meinen Sohn habe und daß ich keine andere mehr ertragen könnte? Wären die beiden nicht, so müßte ich sterben... Mein Vater will nicht, daß Jean, ein armer Normanne, der uns seit dreißig Jahren dient, mein Zimmer betritt.«

»Ich glaube«, sagte der alte Herr listig, »Monsieur Godefroid hat ihn gesehen. Er sägt das Holz und bringt es herauf. Er kocht, erledigt die Besorgungen. Er trägt eine schmutzige Schürze. Er würde die ganze Eleganz hier zunichte machen, die den Augen einer armen Frau so nötig ist. Dies Zimmer ist für sie die ganze Welt...«

»Oh, Madame, Ihr Herr Vater hat vollauf recht...«

»Und warum?« fragte sie. »Wenn Jean mein Zimmer beschmutzt hätte, so würde mein Vater es neu haben herrichten lassen.«

»Ja, mein Kind. Dem steht lediglich entgegen, daß du es nicht verlassen kannst. Und du kennst die Pariser Tapezierer nicht...! Die würden mehr als zwei Monate brauchen, um dein Zimmer neu auszustatten. Bedenk doch den Staub, der aus deinem Teppich aufwirbeln würde, wenn man ihn wegnähme. Dein Zimmer durch Jean saubermachen lassen? Wo denkst du hin . . .? Nur durch peinlichste Achtsamkeit, wie ein Vater und ein Sohn sie aufbringen, haben wir dir das Ausfegen und den Staub erspart... Sogar wenn Jean nur zum Bedienen hereinkäme, wäre es in einem Monat damit aus...«

»Es geschieht nicht aus Sparsamkeit«, sagte Godefroid, »sondern um Ihres Gesundheitszustandes willen. Ihr Herr Vater hat recht.«

»Ich beschwere mich ja auch nicht«, sagte Wanda mit kokettem Stimmklang.

Ihre Stimme klang wie Musik. Die Seele, die Bewegung und das Leben hatten sich im Blick und in der Stimme konzentriert. Denn durch Übungen, zu denen es Wanda wahrlich nicht an Zeit gemangelt hatte, war sie dahin gelangt, die Schwierigkeiten zu überwinden, die ihr durch den Verlust der Zähne erwachsen waren.

»Ich bin noch gut dran in dem furchtbaren Unglück, das mich betroffen hat. Denn das Vermögen ist eine große Hilfe, meine Leiden zu ertragen ... Wenn wir in Not wären, existierte ich seit achtzehn Jahren nicht mehr, und ich lebe ...! Ich habe Freuden, die um so köstlicher sind, als ich sie beständig dem Tode abgewinne ... Sicher halten Sie mich für sehr schwatzhaft«, fuhr sie fort.

»Madame«, antwortete Godefroid, »am liebsten bäte ich Sie, ohne Unterlaß zu sprechen. Ich habe nie eine der Ihren vergleichbare Stimme gehört . . . sie ist reinster Wohllaut. Nicht einmal Rubini[91] kann einen stärker bezaubern ...«

»Bitte sprechen Sie nicht von Rubini und dem Théâtre-Italien[92]«, sagte der alte Herr mit einem Anflug von Traurigkeit, »so reich wir auch sein mögen, es ist mir unmöglich, meiner sehr musikalischen Tochter diesen Genuß zu bereiten, nach dem sie sich so sehnt.«

»Verzeihung«, sagte Godefroid.

»Sie werden sich uns schon anpassen«, sagte der alte Herr.

»Das geht folgendermaßen vor sich«, sagte die Kranke lächelnd. »Wenn Ihnen ein paarmal zugerufen worden ist, ›es brennt!‹, werden Sie das Blindekuh-Spiel unserer Unterhaltung begriffen haben ...«

Godefroid wechselte einen raschen Blick mit Monsieur Bernard, der, als er in den Augen seines Nachbarn Tränen erblickte, den Finger auf den Mund legte, um ihn zu ermahnen, es nicht an dem Heroismus fehlen zu lassen, den er selber und sein Enkel seit sieben Jahren bezeigten.

Dieser erhabene, ständige Betrug, den die völlige Ahnungslosigkeit der Kranken bestätigte, machte auf Godefroid in diesem Augenblick den Eindruck einer Steilwand, an der zwei Gemsenjäger mit Leichtigkeit hinabstiegen. Die wundervolle, mit Diamanten besetzte Golddose, mit der der alte Herr sorglos am Fußende des Bettes seiner Tochter spielte, wirkte wie der geniale Zug, der im Werk eines großen Mannes einen Aufschrei der Bewunderung auslöst. Godefroid betrachtete jene Tabaksdose und überlegte, warum sie nicht verkauft oder zum Mont-de-Piété[93] getragen worden sei. Und er behielt es sich vor, mit dem alten Herrn darüber zu sprechen.

»Heute abend, Monsieur Godefroid, ist meine Tochter durch die Ankündigung Ihres Besuchs in eine solche Erregung geraten, daß all die absonderlichen Symptome ihrer Krankheit, die uns seit zwölf Tagen ganz verzweifelt gestimmt hatten, völlig hingeschwunden sind... Ermessen Sie, ob ich Ihnen Dankbarkeit schulde.«

»Und ich etwa nicht...?« rief die Kranke mit schmeichlerischem Stimmklang und neigte mit einer koketten Bewegung den Kopf. »Monsieur Godefroid ist für mich der Abgesandte von Welt und Gesellschaft... Seit meinem zwanzigsten Lebensjahr weiß ich nicht mehr, was ein Salon ist, eine Abendgesellschaft, ein Ball... Und dabei müssen Sie wissen, daß ich sehr gern tanze, daß ich fürs Theater schwärme, und besonders für Musik. All das stelle ich mir in Gedanken vor! Ich lese viel. Und außerdem erzählt mir mein Vater, was draußen in der Welt geschieht...«

Als er diese Worte vernahm, machte Godefroid eine Bewegung, als wolle er vor dem armen Alten niederknien.

»Ja, wenn er ins Théâtre-Italien geht, und da geht er häufig hin, schildert er mir die Toiletten und beschreibt mir die Wirkungen des Gesangs. Ach, ich möchte so gern wieder gesund sein, vor allem um meines Vaters willen, der einzig und allein für mich lebt, wie ich durch ihn, für ihn lebe; und dann für meinen Sohn, für den ich eine andere Mutter sein möchte! Ach, Monsieur, was für vollkommene Menschen sind doch mein alter Vater... mein vortrefflicher Sohn... Aber auch um Lablache[94], Rubini, Tamburini[95] zu hören, und die Grisi[96] in ›I Puritani‹[97]... Aber...«

»Nur Ruhe, mein Kind...! Wenn wir über Musik sprechen, dann sind wir verloren!« sagte lächelnd der alte Herr.

Er lächelte, und jenes Lächeln, das sein Gesicht verjüngte, täuschte wohl stets die Kranke.

»Laß nur, ich will auch ganz artig sein«, sagte Wanda mit mutwilliger Miene. »Aber schenk mir das Accordéon[98]...«

Dieses tragbare Instrument war zu jener Zeit erfunden worden; es konnte notfalls am Bettrand der Kranken aufgestellt werden, und um seine orgelähnlichen Töne erklingen zu lassen, mußte sein Balg mit dem Fuß getreten werden. In seiner vollkommensten Ausführung kam dieses Instrument einem Piano gleich, aber es kostete damals dreihundert Francs. Die Kranke, die Zeitungen und Zeitschriften las, wußte von der Existenz jenes Instruments und wünschte sich seit zwei Monaten eins.

»Ja, Madame, Sie sollen eins bekommen«, entgegnete Godefroid auf einen Blick hin, den der alte Herr ihm zuwarf. »Einer meiner Freunde, der nach Algier geht, hat ein ganz ausgezeichnetes. Ich will es mir von ihm leihen. Bevor Sie eins kaufen, sollten Sie dieses ausprobieren. Es könnte sein, daß die vibrierenden, mächtigen Töne Ihnen nicht angenehm sind...«

»Kann ich es morgen schon haben...?« fragte sie mit der Lebhaftigkeit einer Kreolin.

»Morgen«, erwiderte Monsieur Bernard, »das wäre ein bißchen schnell, und außerdem ist morgen Sonntag.«

»Ach...!« stieß sie hervor und schaute Godefroid an. Er glaubte eine Seele flattern zu sehen, als er bewundernd Wandas nach allen Richtungen schweifenden Blicken folgte.

Bis dahin hatte Godefroid nichts von der Macht der Stimme und der Augen gewußt, wenn sie das ganze Leben geworden sind. Der Blick war nicht nur ein Blick, sondern eine Flamme, oder besser ein göttliches Lodern, ein Strahlen, das von Leben und geistiger Wachheit kündete, sichtbar gewordenes Denken! Jene Stimme mit ihren tausendfachen Klangfarben ersetzte die Bewegungen, die Gesten und die Haltungen des Kopfes. Die Abschattungen der Gesichtsfarbe, die ihre Farbe veränderte wie das fabulöse Chamäleon, vervollständigten diese Illusion oder, wenn man will, dieses Wunder. Das in das batistene, spitzenverzierte Kopfkissen getauchte Haupt stellte eine ganze Persönlichkeit dar.

In seinem ganzen Leben hatte Godefroid niemals ein so großartiges Schauspiel gesehen. Er vermochte seine Erregung kaum zu bewältigen. Noch etwas Erhabenes trat hinzu, denn alles in dieser von Poesie und Schrecken erfüllten Situation war seltsam: Denn einzig die Seele war bei den Zuschauern lebendig. Die nur vom Gefühl erfüllte Atmosphäre besaß einen himmlischen Einfluß. Man spürte den eigenen Körper so wenig, wie die Kranke noch einen Körper besaß. Alles war ganz und gar geistig geworden. Wenn Godefroid dieses winzige Überbleibsel einer hübschen Frau anschaute, vergaß er die tausenderlei eleganten Einzelheiten dieses Zimmers. Er glaubte sich im Himmel. Erst nach Ablauf einer Stunde erblickte er ein Wandbrett voller Kuriositäten. Es befand sich unter einem herrlichen Porträt der Madame Bernard, das sich anzusehen ihn die Kranke bat, es war nämlich von Géricault[99].

»Géricault«, sagte sie, »stammte aus Rouen, und da seine Familie einige Verpflichtungen gegen meinen Vater hatte, den ersten Gerichtspräsidenten, dankte er uns durch dieses Meisterwerk. Sie sehen mich darauf, wie ich als Sechzehnjährige aussah.«

»Sie besitzen da ein ungemein schönes Bild«, sagte Godefroid. »Es ist denen, die sich mit den so seltenen Werken dieses Genies befaßt haben, völlig unbekannt...«

»Für mich«, sagte sie, »ist es nur noch als eine Bekundung der Freundschaft von Bedeutung, da ich lediglich durch das Herz lebe. Und dabei führe ich das schönste Leben«, fügte sie hinzu und blickte ihren Vater an. Sie brachte ihm in jenem Blick ihre ganze Seele dar. »Ach, wenn Sie wüßten, welch einen Vater ich mein nenne. Wer hätte je glauben können, daß dieser große, strenge Richter, dem der Kaiser sich so verpflichtet fühlte, daß er ihm jene Tabaksdose schenkte, und den Karl X. mit einem Sèvres-Service belohnen zu müssen glaubte, das dort steht«, sagte sie und deutete auf die Konsole, »daß diese feste Stütze der Regierung und der Gesetze, dieser gelehrte Publizist in einem felsgesteinharten Herzen die Zartheit eines Mutterherzens besäße. O Papa, Papa, küß mich . . . komm! Ich will es, wenn du mich liebhast.«

Der alte Herr stand auf, beugte sich über das Bett und drückte einen Kuß auf die weiße, breite, poetische Stirn der Tochter, deren Wutanfälle nicht immer diesem stürmischen Zärtlichkeitsverlangen glichen.

Der alte Herr schritt im Zimmer auf und ab. Er hatte von seiner Tochter gestickte Pantoffeln an den Füßen und ging lautlos.

»Und was tun und treiben Sie?« fragte sie Godefroid nach einer Pause.

»Madame, ich werde von frommen Leuten dazu benutzt, in tiefem Unglück befindlichen Leuten zu helfen.«

»Oh, welch eine schöne Aufgabe ist das!« sagte sie. »Ob Sie es glauben, daß auch ich einmal beabsichtigt habe, mich dieser Betätigung zu weihen...? Aber auf welchen Gedanken wäre ich nicht schon verfallen?« fuhr sie mit einem Kopfschütteln fort. »Der Schmerz ist wie eine Fackel, die für uns das Leben erleuchtet... Könnte ich doch wieder gesund werden...!«

»Dann würdest du ein fröhliches Leben führen, mein Kind«, sagte der alte Herr.

»Freilich«, antwortete sie, »danach verlangt mich, aber werde ich dazu befähigt sein? Mein Sohn wird, wie ich hoffe, ein seinen beiden Großvätern würdiger Richter werden und von mir gehen. Was soll ich tun...? Wenn Gott mir das Leben wiederschenkt, will ich es ihm darbringen! Oh, aber erst, nachdem ich euch alles gespendet habe, was ihr von mir verlangt!« rief sie und blickte ihren Vater und ihren Sohn an. »Es gibt Augenblicke, Vater, in denen Monsieur de Maistres[100] Gedanken mir zu schaffen machen, und dann glaube ich, daß ich für etwas Buße tue.«

»Das kommt bei dem vielen Lesen heraus«, rief der alte Mann, offensichtlich verstimmt.

»Der tapfere polnische General, mein Großvater, ist ganz unschuldigerweise in die Teilung Polens verstrickt worden.«

»Damit sind wir wieder bei Polen angelangt!« entgegnete Bernard.

»Nichts zu machen, Papa! Meine Schmerzen sind höllisch, sie schaffen mir Abscheu vor dem Leben, sie flößen mir Ekel vor mir selbst ein. Ja, womit habe ich sie mir verdient? Solcherlei Krankheiten sind keine einfache Störung der Gesundheit. Der ganze Organismus stimmt nicht mehr, und...«

»Sing uns doch das Volkslied vor, das deine gute Mutter immer sang. Du machst Monsieur Godefroid damit eine Freude. Ich habe ihm erzählt, wie gut du singst«, sagte der alte Herr. Offenbar wollte er die Tochter von den Gedanken ablenken, in die sie sich verbohrte.

Wanda begann mit leiser, lieblicher Stimme ein Lied in polnischer Sprache zu singen. Godefroid war starr vor Bewunderung, und Traurigkeit beschlich ihn. Die Melodie ähnelte den schleppenden, schwermütigen Volksweisen der Bretagne. Es war eins der Gebilde, die noch lange, nachdem man sie gehört hat, im

Herzen nachschwingen. Während Godefroid Wanda lauschte, schaute er sie an, allein er vermochte die ekstatischen Blicke dieses gewissermaßen irrsinnigen Restes eines weiblichen Wesens nicht zu ertragen und richtete den Blick auf die Quasten, die an beiden Seiten des Betthimmels herabhingen.

»Haha!« lachte Wanda über Godefroids aufmerksames Starren, »Sie überlegen sich wohl, wozu das dienlich ist?«

»Wanda!« sagte der Vater, »beruhige dich doch, mein Kind! Sieh, da kommt der Tee. Das da«, wandte er sich an Godefroid, »ist eine sehr kostspielige Maschinerie. Meine Tochter kann sich nicht erheben, sie kann aber auch nicht im Bett liegen bleiben. Es muß doch gemacht, die Bettwäsche muß doch gewechselt werden. Jene Seile laufen über Rollen. Wir schieben unter meine Tochter ein Stück Leder, das an den vier Ecken Ringe hat. An diesen sind vier Seile befestigt. Wir können sie also hochheben, ohne daß es sie oder uns eine Anstrengung kostet.«

»Ich mache dann eine Luftfahrt!« sagte Wanda übermütig mehrmals.

Zum Glück erschien Auguste. Er trug eine Teekanne und stellte sie auf ein Tischchen, auf das er auch das Sèvres-Service setzte und auf dem er Gebäck und Sandwiches verteilte. Auch Sahne und Butter brachte er. Dieser Anblick änderte unvermittelt die Stimmung der Kranken, die in eine Krise auszuarten gedroht hatte.

»Hier hast du Nathans neuen Roman, Wanda. Wenn du diese Nacht aufwachst, hast du was zu lesen.«

»›Die Perle von Dol‹! Ach, das muß eine Liebesgeschichte sein. Auguste, denk nur, ich soll ein Accordéon bekommen.«

Auguste hob jäh den Kopf und blickte seinen Großvater mit einem sonderbaren Gesichtsausdruck an.

»Da sehen Sie, wie lieb er seine Mutter hat!« fuhr Wanda fort. »Komm, küß mich, mein Katerchen. Nein, nicht deinem Großvater, Monsieur Godefroid mußt du danken. Denn unser Nachbar will morgen eins für mich leihen. – Wie sieht es eigentlich aus, Monsieur?«

Auf einen Wink des alten Herrn hin erging Godefroid sich in langen Erklärungen des Accordéons, wobei er dem von Auguste bereiteten Tee zusprach, der, als von erlesener Qualität, köstlich war.

Gegen halb elf zog der Aufnahmebegierige sich zurück. Er war es satt, dem unsinnigen Kampf des Großvaters und des Enkels noch länger beizuwohnen, obwohl er ihren Heroismus und ihre Geduld bewunderte, Tag für Tag eine Doppelrolle zu spielen, von denen jede gleichermaßend bedrückend war.

»Ja«, sagte Monsieur Bernard, der ihm in seine Wohnung gefolgt war, zu ihm, »Sie verstehen wohl, welches Leben ich führe! Stündlich durchlebe ich die Aufregungen eines Diebs, der auf alles achtgibt. Ein Wort, eine Geste könnten für meine Tochter den Tod bedeuten! Das Fehlen eines Spielzeugs unter denen, die zu sehen sie gewohnt ist, würde ihrem Geist, der durch die Wände sieht, alles enthüllen.«

»Monsieur«, antwortete Godefroid, »am Montag wird Halpersohn sich über Ihre Tochter äußern. Er ist von der Reise zurück. Ich zweifle, ob die ärztliche Kunst diesen Körper wiederherzustellen vermag...«

»Oh, auch ich rechne nicht damit«, entgegnete der ehemalige Richter. »Aber das Leben müßte ihr erträglich gemacht werden... Ich habe mich auf Ihre Intelligenz verlassen, Monsieur, und jetzt möchte ich Ihnen danken, denn Sie haben alles verstanden... Ach! Jetzt setzt der Anfall wieder ein!« rief er, als er durch die Wände hindurch einen Aufschrei hörte. »Sie hat sich überanstrengt!«

Und der alte Herr drückte Godefroid die Hand und hastete in seine Wohnung.

Am folgenden Morgen um acht klopfte Godefroid an die Tür des berühmten polnischen Arztes. Von einem Diener wurde er in den ersten Stock des kleinen, herrschaftlichen Hauses geführt, das er sich hatte anschauen können, während der Portier sich darangemacht hatte, den Diener zu suchen und zu benachrichtigen.

Ganz wie Godefroid es sich gedacht hatte, ersparte seine Pünktlichkeit ihm zu seinem Glück, warten zu müssen. Er war wohl der erste, der kam. Er ging durch einen sehr schlichten Flur in ein großes Arbeitszimmer. Dort erblickte er einen alten Mann, der im Schlafrock eine lange Pfeife rauchte. Der Schlafrock war aus blankgeschabter Halbseide und sah aus, als werde er schon seit der Emigration aus Polen getragen.

»Was steht Ihnen zu Diensten?« fragte der jüdische Arzt. »Sie sind nämlich nicht krank!«

Und er ließ auf Godefroid einen Blick ruhen, der den neugierigen, durchdringenden Ausdruck der Augen polnischer Juden hatte, jener Augen, die Ohren zu haben scheinen.

Zum großen Erstaunen Godefroids war Halpersohn ein Mann von sechsundfünfzig Jahren mit kurzen, krummen Beinen und breitem, kräftigem Oberkörper. Es haftete diesem Mann etwas Orientalisches an, in seiner Jugend mußte sein Gesicht sehr schön gewesen sein. Es war davon nur eine lange, wie eine Damaszenerklinge gekrümmte, hebräische Nase übriggeblieben. Die wahrhaft polnische, breite, edle, aber wie zerknittertes Papier faltige Stirn erinnerte an die des heiligen Joseph alter italienischer Meister. Die seegrünen, wie die der Papageien von grauer, runzliger Haut umgebenen Augen drückten in hohem Maße List und Habsucht aus. Der wie eine Wunde klaffende Mund endlich fügte dieser unheimlichen Physiognomie das Ätzende des Mißtrauens hinzu.

Dieses blasse, magere Gesicht, denn Halpersohn war von auffälliger Magerkeit, war mit grauem, schlecht gekämmtem Haar bedeckt und hatte als Zier einen langen, sehr starken, schwarzen, graumelierten Bart, der die Hälfte seiner Züge verdeckte, so daß nur die Stirn, die Augen, die Nase, die Backenknochen und der Mund zu sehen waren.

Der Freund des Revolutionärs Lelewel[101] trug ein schwarzes Samtkäppchen; es ragte mit einer Spitze in die Stirn und steigerte deren goldgelbe Farbe, die Rembrandts Pinsel würdig gewesen wäre.

Die Frage, die dieser durch seine Talente wie auch durch seine Habsucht so berühmt gewordene Arzt gestellt hatte, schuf Godefroid einige Überraschung. Er fragte sich:

»Sollte er mich für einen Betrüger halten?«

Die Antwort auf diese Frage fand sich auf dem Tisch und dem Kaminsims des Doktors. Godefroid hatte geglaubt, als erster gekommen zu sein, dabei war er der letzte. Die Patienten hatten auf dem Kamin und der Tischplatte schon ziemlich beträchtliche

Opferspenden niedergelegt, denn Godefroid gewahrte Haufen von Zwanzigfrancsstücken, von Vierzigfrancsstücken und zwei Tausendfrancsscheine. War das das Ergebnis eines Morgens? Das bezweifelte er stark. Er glaubte an ein intelligentes Manöver. Vielleicht beabsichtigte der habgierige, aber unfehlbare Doktor, seine Einnahmen dadurch zu erhöhen, daß er seine unter reichen Leuten ausgewählten Patienten glauben ließ, man müsse ihm Geldrollen und nicht Papierwische geben.

Moses Halpersohn war übrigens vollauf berechtigt, sich hoch bezahlen zu lassen, denn er heilte tatsächlich, und er heilte vor allem die nahezu hoffnungslosen Fälle, bei denen die Kunst der Ärzte versagte. In Europa ist unbekannt, daß die slawischen Völker viele Geheimmittel besitzen. Sie verfügen über eine ganze Sammlung höchst wirksamer Medikamente, Früchte ihrer Beziehungen zu den Chinesen, den Persern, den Kosaken, den Türken und Tataren. Gewisse als Hexen geltende Bauersfrauen heilen in Polen mit Kräuteraufgüssen verläßlich die Tollwut. Es gibt in jenem Lande eine Sammlung nicht schriftlich festgelegter Beobachtungen über die Wirkung bestimmter Pflanzen und einiger zu Pulver zerstampfter Baumrinden, die von Generation zu Generation überliefert werden. Es werden damit an Wunder grenzende Heilungen vollbracht.

Halpersohn, der seiner Pulver und Mixturen wegen fünf oder sechs Jahre lang für einen Kurpfuscher gehalten worden war, besaß das angeborene Können großer Ärzte. Nicht nur, daß er gelehrt war und große praktische Erfahrung besaß. Er hatte überdies Deutschland, Rußland, Persien und die Türkei bereist und dort mancherlei Überlieferungen gesammelt. Und da er sich in der Chemie auskannte, war er die lebendige Bibliothek der überall anzutreffenden Geheimnisse der »weisen Frauen«, wie man in Frankreich sagt, aller Länder geworden, in die er als Begleiter seines Vaters, der von Beruf Hausierer gewesen war, seine Schritte gelenkt hatte.

Man darf nicht glauben, daß die Szene in ›Richard in Palästina‹[102], in der Saladin den König von England heilt, pure Erfindung sei. Halpersohn besitzt eine seidene Börse, die er in Wasser taucht. Dieses färbt sich dann schwach, und wenn der Kranke es trinkt, weichen gewisse Fieber. Die Heilkraft der Pflanzen ist nach der Meinung dieses Mannes unendlich, und die Heilung der furchtbarsten Krankheiten durchaus möglich. Indessen hält auch er, wie seine Kollegen, vor Unbegreiflichkeiten inne. Halpersohn schätzt die Entdeckung der Homöopathie[103], und zwar mehr ihrer Therapeutik als ihres medizinischen Systems wegen. Er korrespondierte damals mit Hedenus[104] in Dresden, Chelius[105] in Heidelberg und den berühmten deutschen Ärzten, hielt dabei aber immer die Hand geschlossen, obwohl sie voller Entdeckungen war. Er wollte keine Schüler haben.

Übrigens harmonierte der Rahmen vollauf mit diesem aus einem Gemälde Rembrandts entwichenen Porträt. Das Arbeitszimmer hatte eine grünen Plüsch vortäuschende Tapete, es war schäbig möbliert. Ein grüner Diwan stand darin. Bei dem in grünen Farbtönen gehaltenen Teppich schimmerte das Grundgewebe durch. Ein großer schwarzer Lederlehnstuhl stand am Fenster, das grüne Vorhänge hatte. Ein Schreibtischsessel von römischer Form in Mahagoni und mit grünem Maroquin bezogen diente dem Doktor als Sitzgelegenheit.

Zwischen dem Kamin und dem langen Tisch, an dem er schrieb, stand, dem Kamin gegenüber, in der Mitte der Wand, ein gewöhnlicher eiserner Geldkasten, und darauf eine Stutzuhr aus Wiener Granit mit einer Bronzegruppe, die Amor im Spiel mit dem Tode darstellte, das Geschenk eines großen deutschen Bildhauers, den Halpersohn wohl geheilt hatte. Der Kaminsims trug als einzigen Schmuck einen Pokal zwischen zwei Armleuchtern. An beiden Seiten des Kamins dienten zwei Eckschränke aus Ebenholz zum Abstellen von Tabletts, auf denen Godefroid silberne Schalen, Karaffen und Servietten gewahrte.

Diese beinahe an Kahlheit grenzende Schlichtheit machte Godefroid tief betroffen. Er hatte alles mit einem einzigen Blick erfaßt und rasch seine Kaltblütigkeit wiedergewonnnen.

»Ich befinde mich durchaus wohl. Deshalb komme ich nicht um meinetwillen, sondern einer Frau wegen, die Sie schon längst hätten aufsuchen sollen. Es handelt sich um eine Dame, die am Boulevard du Mont-Parnasse wohnt...«

»Ja, richtig. Die Dame hat schon mehrmals ihren Sohn zu mir geschickt... Also, dann soll sie doch zu mir in die Sprechstunde kommen.«

»Sie soll kommen!« wiederholte Godefroid unwillig. »Aber sie kann ja nicht einmal aus ihrem Bett auf einen Sessel transportiert werden. Sie muß mit Gurten hochgehoben werden.«

»Sie sind doch nicht etwa Arzt?« fragte der jüdische Doktor mit einer eigenartigen Grimasse, die sein Gesicht noch boshafter machte, als es ohnehin schon war.

»Wenn der Baron de Nucingen Ihnen sagen ließe, er sei krank und Sie möchten ihn aufsuchen, würden Sie dann ebenfalls antworten: ›Er soll zu mir kommen‹?«

»Nein, ich würde hingehen«, antwortete der Jude kalt und spie einen Speichelstrahl in den holländischen, mit Sand gefüllten Mahagonispucknapf.

»Sie würden hingehen«, fuhr Godefroid freundlich fort, »weil der Baron de Nucingen ein Einkommen von zwei Millionen hat, und...«

»Das übrige hat nichts damit zu tun. Ich würde hingehen.«

»Gut, Sie werden also aus dem gleichen Grund zu der Kranken am Boulevard du Mont-Parnasse gehen. Ich besitze zwar nicht das Vermögen des Barons de Nucingen, aber ich bin hier, um Ihnen zu sagen, daß Sie selber das Honorar für die Heilung festsetzen können oder für Ihre Mühewaltung im Falle eines Mißerfolgs... Ich bin bereit, Sie im voraus zu honorieren. Aber würden Sie, der Sie ein polnischer Emigrant und, wie ich glaube, Kommunist sind, nicht für Polen ein Opfer bringen? Jene Dame ist nämlich die Enkelin des Generals Tarlowski, des Freundes des Fürsten Poniatowski.«

»Sie sind hergekommen, um mich zu bitten, daß ich die Dame heile, und nicht, um mir Ratschläge zu erteilen. In Polen bin ich Pole, in Paris Pariser. Jeder tut auf seine Weise Gutes, und Sie können glauben, daß die Geldgier, deren man mich bezichtigt, ihre Gründe hat. Der Schatz, den ich anhäufe, hat seine Bestimmung und ist unantastbar. Ich verkaufe Gesundheit. Die Reichen können sie bezahlen, ich bringe sie dazu, sie zu kaufen... Die Armen haben ihre Ärzte ... Wenn ich kein Ziel hätte, würde ich den Arztberuf nicht ausüben... Ich lebe kärglich und verbringe meine Zeit mit Laufereien. Ich bin faul und war Spieler... Ziehen Sie daraus Ihre Folgerungen, junger Mann...! Sie sind noch nicht alt genug, um über Greise zu urteilen.«

Godefroid bewahrte Schweigen.

»Sie wohnen also mit der Enkelin dieses Schwachkopfs zusammen, der nur Mut zum Kämpfen hatte und der sein Land Katharina II. ausgeliefert hat?«

»Ja.«

»Seien Sie am Montag um drei Uhr daheim«, sagte er, legte die Pfeife beiseite und nahm seinen Terminkalender vor, in den er ein paar Worte hineinkritzelte. »Sie übergeben mir bei meinem Kommen zweihundert Francs. Und wenn ich Ihnen die Heilung verspreche, geben Sie mir tausend Taler... Es ist mir gesagt worden«, fuhr er fort, »die Dame sei zusammengeschrumpft, als wenn sie ins Feuer gefallen wäre.«

»Es handelt sich nach der Meinung der berühmtesten Pariser Ärzte um eine Neurose, deren Auswirkungen so geartet sind, daß alle, die sie nicht mit eigenen Augen gesehen haben, sie ableugnen.«

»Ja, jetzt fällt mir wieder ein, was der Kleine mir an Einzelheiten berichtet hat... Bis morgen also.«

Godefroid verbeugte sich vor diesem ebenso seltsamen wie außerordentlichen Mann und ging. Nichts an Halpersohn ließ in ihm einen Arzt vermuten oder auf einen Arzt schließen, nicht einmal das kahle Arbeitszimmer, in dem das einzige auffällige Möbelstück der fürchterliche Geldkasten von Huret[106] oder Fichet[107] war.

Godefroid konnte noch rechtzeitig genug in der Passage Vivienne anlangen, um, ehe der Laden schloß, ein prächtiges Accordéon zu kaufen, das er vor seinen Augen zu Monsieur Bernard befördern ließ, dessen Adresse er angegeben hatte.

Danach ging er in die Rue Chanoinesse, und zwar über den Quai des Augustins, wo er noch einen der Kommissionsverlage offen zu finden hoffte. Tatsächlich machte er einen ausfindig und führte ein langes Gespräch mit einem jungen Angestellten über juristische Bücher.

Er traf Madame de La Chanterie und ihre Freunde auf dem Heimweg vom Hochamt, und auf ihren ersten ihm zugeworfenen Blick antwortete Godefroid mit einem bedeutsamen Nicken.

»Nun?« fragte er sie, »ist unser lieber Papa Alain nicht mit Ihnen gegangen?«

»An diesem Sonntag kommt er nicht«, antwortete Madame de La Chanterie. »Sie können ihn erst heute in acht Tagen wiedersehen . . . Sofern Sie nicht zu dem Treffpunkt gehen, den er Ihnen angegeben hat.«

»Madame«, sagte Godefroid ganz leise zu ihr, »Sie wissen ja, daß er mich nicht so einschüchtert wie die anderen Herren. Ich hatte damit gerechnet, ihm berichten zu können.«

»Und wie ist es mit mir?«

»Oh, Ihnen kann ich alles sagen, ich habe nämlich vielerlei zu erzählen. Ich habe bei diesem meinem Debüt die eigenartigste aller unglücklichen Lagen vorgefunden, eine wilde Mischung von Elend und Luxus, und ferner Gestalten von einer Erhabenheit, die alle Erfindungen unserer beliebtesten Romanautoren übertrifft.«

»Die Natur, und vor allem die moralische Natur, steht stets über der Kunst, wie Gott über seinen Geschöpfen steht. Aber kommen Sie«, sagte Madame de La Chanterie, »erzählen Sie mir von Ihrer Expedition in die unbekannten Länder, in die Sie Ihre erste Reise unternommen haben.«

Monsieur Nicolas und Monsieur Joseph, denn der Abbé de Vèze war noch eine Weile in Notre-Dame geblieben, ließen Madame de La Chanterie mit Godefroid allein, der unter der Nachwirkung all des Erregenden, das ihm am Vorabend zuteil geworden war, alles bis in die geringsten Einzelheiten mit der Kraft, der Lebhaftigkeit und dem Schwung erzählte, den der erste Eindruck eines solchen Schauspiels und seines Zubehörs an Menschen und Dingen verleiht. Er hatte großen Erfolg, denn die sanfte, ruhige Madame de La Chanterie weinte, sosehr sie es auch gewohnt war, in die Abgründe der Schmerzen hinabzusteigen.

»Sie haben recht getan«, sagte sie, »das Accordéon hinzuschicken.«

»Ich möchte noch sehr viel mehr tun«, antwortete Godefroid, »da jene Familie die erste ist, die mich gelehrt hat, welche Freude das Wohltun bereitet. Ich möchte diesem erhabenen Greis den Großteil des Gewinnes an seinem Riesenwerk verschaffen. Ich weiß nicht, ob Sie genügend Vertrauen zu meinen Fähigkeiten haben, um mich in den Stand zu setzen, ein solches Unterfangen durchzuführen. Nach den Auskünften, die ich vorhin eingeholt habe, würden für die Herstellung des Buches in fünfzehnhundert Exemplaren etwa neuntausend Francs erforderlich sein, und es kämen dabei zumindest vierundzwanzigtausend heraus. Da wir die dreitausend und einige hundert Francs zuvor bezahlen müßten, mit denen das Manuskript belastet ist, wären dabei also zwölftausend Francs aufs Spiel zu setzen. Ach, Madame, wenn Sie wüßten, welch bittere Reue ich auf dem Weg vom Quai des Augustins hierher darüber empfunden habe, daß ich mein kleines Vermögen so töricht vergeudete! Denn jetzt ist mir gewissermaßen der Geist der Barmherzigkeit erschienen. Ich habe den Eifer des Aufnahmebegierigen, ich will das Leben der Herren hier teilen, und ich werde Ihrer würdig sein. Seit zwei Tagen habe ich mehrmals den Zufall gesegnet, der mich hierher geleitet hat. Ich will Ihnen in allem gehorchen, bis Sie mich für fähig halten, einer der Ihrigen zu sein.«

»Gut«, antwortete Madame de La Chanterie ernst, nachdem sie nachgedacht hatte, »hören Sie mich an. Ich habe Ihnen wichtige Dinge zu enthüllen. Sie sind, mein Junge, durch das Poetische des Unglücks verführt worden. Ja, oftmals hat Unglück etwas Poetisches. Denn für mich ist das Poetische ein Gefühls-Überschwang, und der Schmerz ist ein Gefühl. Man wird durch den Schmerz so lebendig . . .!«

»Ja, Madame, ich bin vom bösen Geist der Wißbegierde gepackt worden . . . Und wie konnte es auch anders sein? Ich bin es noch nicht gewohnt, mitten in das Unglück hineinzudringen, und ich gehe dabei nicht mit der Ruhe Ihrer drei frommen Soldaten des Herrn vor. Aber bedenken Sie bitte, daß ich mich erst nach dem Aufgeben dieses Irrwegs Ihrem Werk geweiht habe . . .!«

»Hören Sie weiter, mein geliebter Engel«, sagte Madame de La Chanterie. Sie sprach diese drei Worte mit einer sanften Heiligkeit aus, die Godefroid auf seltsame Weise rührte, »wir haben uns verboten, und zwar unwiderruflich, und wir tun den Worten hier keine Gewalt an . . . Was verboten ist, beschäftigt nicht einmal unsere Gedanken . . . Wir haben uns also verboten, uns auf Spekulationen einzulassen. Ein Buch drucken zu lassen, um es zu verkaufen und davon Gewinn zu erwarten, ist ein

Geschäft, und Unternehmungen dieser Art würden uns in die Ungelegenheiten des Handels verwickeln. Freilich scheint diese Sache mir durchführbar und sogar notwendig zu sein. Glauben Sie, es sei der erste sogeartete Fall, der sich uns darbietet? Wir haben zwanzigmal, hundertmal Mittel und Wege gewahrt, um auf solcherlei Weise Familie und Firmen zu retten! Was nun aber wäre aus uns bei Geschäften dieser Gattung geworden? Kaufleute wären wir gewesen . . . In das Unglück Geld stecken, das heißt nicht, selber arbeiten, sondern das Unglück in den Stand setzen, zu arbeiten. In ein paar Tagen könnten Sie einer noch bittereren Not begegnen als dieser. Täten Sie dann dasselbe? Sie würden sich übernehmen! Bedenken Sie, mein Junge, daß die Herren Mongenod sich seit einem Jahr nicht mehr mit unserer Buchführung befassen können. Sie müssen die Hälfte Ihrer Zeit auf die Führung unserer Geschäftsbücher verwenden. Wir haben heute in Paris fast zweitausend Schuldner. Und es ist doch zumindest nötig, daß wir bei denen, die uns das Geld zurückerstatten können, den Betrag ihrer Schuld wissen . . . Wir fordern nie, wir warten. Wir rechnen damit, daß die Hälfte des gegebenen Geldes verlorengeht. Die andere Hälfte kommt bisweilen verdoppelt wieder herein . . . Nehmen Sie also mal an, jener Richter stürbe. Dann wären zwölftausend Francs bedenklich gefährdet. Aber wenn seine Tochter gesundet, wenn sein Enkel Erfolg hat und eines Tages Richter wird . . . Nun, wenn er Ehre im Leibe hat, wird er sich der Schuldsumme erinnern und uns das Geld der Armen mit Wucherzinsen zurückzahlen. Wissen Sie, daß mehr als eine Familie, die wir aus der Not zogen und durch unsere zinslosen Darlehen auf den Weg zum Vermögen gebracht haben, mit den Armen geteilt und uns die Summe verdoppelt und manchmal verdreifacht zurückgezahlt hat . . .? Das sind unsere einzigen Spekulationen! Bedenken Sie erst einmal bezüglich dessen, was Sie beschäftigt (und Sie müssen sich eingehend damit beschäftigen), daß der Verkauf des Werks jenes Richters von der Güte ebenjenes Werks abhängt. Haben Sie es gelesen? Alsdann bedenken Sie, selbst wenn das Buch vortrefflich ist, wie viele vortreffliche Bücher ein, zwei oder drei Jahre liegengeblieben sind, ohne den verdienten Erfolg zu finden! Wieviel Kränze auf Gräber gelegt worden sind! Und ich weiß, daß die Verleger Methoden des Vertragsabschlusses und der Realisierung haben, die aus ihrem Gewerbe das am meisten vom Glück abhängige und am schwierigsten zu durchschauende unter sämtlichen Pariser Gewerben machen. Monsieur Nicolas wird Ihnen über diese Schwierigkeiten etwas sagen, die der Natur des Buches innewohnen. Deshalb, sehen Sie, sind wir vernünftig. Wir kennen uns in allem Elend aus wie in allen Handelszweigen, denn wir befassen uns seit langem eingehend mit Paris . . . Die Mongenods helfen uns. Wir haben in ihnen zwei Leuchten. Und durch sie wissen wir, daß die Bank von Frankreich beständig ein argwöhnisches Auge auf das Verlagswesen hat, obwohl es einer der schönsten Handelszweige ist, aber schlecht geführt wird . . . Was nun die viertausend Francs betrifft, die notwendig sind, um diese edle Familie vor den Schrecknissen der äußersten Not zu retten, denn jener arme Junge und sein Großvater müssen doch leben und sich anständig anziehen, so will ich sie Ihnen geben . . . Es gibt Leiden, Notlagen, Wunden, bei denen wir auf der Stelle eingreifen, ohne Zögern, ohne zu wissen, wem wir helfen. Religion, Ehre, Charakter, all das ist gleichgültig. Aber sobald es darum geht, das Geld der Armen zu verleihen, um dem Unglück in Gestalt der Betätigung in der Industrie oder dem Handel zu helfen . . . oh, dann suchen wir mit der Strenge von Wucherern nach Bürgschaften. Deswegen beschränken Sie Ihren Enthusiasmus im Höchstfall darauf, für diesen alten Herrn einen möglichst anständigen Verleger zu finden. Das geht Monsieur Nicolas an. Er kennt Advokaten, Professoren, Verfasser von Büchern über juristische Themen. Und am nächsten Sonntag kann er Ihnen sicherlich einen guten Rat geben . . . Seien Sie unbesorgt, wenn es möglich ist, wird diese Schwierigkeit gelöst. Jedoch wäre es vielleicht gut, wenn Monsieur Nicolas das Werk dieses Richters läse . . . Läßt sich das machen, so übernehmen Sie bitte die Vermittlung . . .«

Godefroid war verblüfft über den gesunden Menschenverstand dieser Frau, von der er geglaubt hatte, einzig und allein der Geist der Barmherzigkeit beseele sie. Der Aufnahmebegierige beugte das Knie, küßte eine der schönen Hände der Madame de La Chanterie und sagte:

»Also sind Sie auch die leibhaftige Vernunft?«

»Bei unserm Tun muß man alles sein«, entgegnete sie mit der sanften Heiterkeit, die das Merkmal der wahren Heiligen ist.

»Wie? Zweitausend Konten?« rief er aus. »Aber das ist ja ungeheuerlich!«

»Oh, zweitausend Konten, bei denen man auf Rückerstattung rechnen kann«, antwortete sie. »Wie ich Ihnen sagte, hängt diese von dem Takt der uns Verpflichteten ab. Denn wir haben gut und gern dreitausend weitere Familien, die uns schwerlich anderes als ihren Dank abstatten werden. Daher verspüren wir, ich wiederhole es Ihnen, die Notwendigkeit, Geschäftsbücher zu führen. Und wenn Sie von einer Diskretion sind, die jeder Probe standhält, sollen Sie unser Orakel in Finanzdingen werden. Wir sind genötigt, ein Journal zu führen, das Hauptbuch mit den laufenden Konten und ein Kassenbuch. Zwar haben wir Notizen, aber wir verlieren gar zuviel Zeit beim Suchen ... Da kommen die andern Herren«, fuhr sie fort.

Godefroid war ernst und nachdenklich geworden und nahm zunächst an der Unterhaltung wenig teil. Er war ganz betäubt über die Enthüllung, die Madame de La Chanterie ihm soeben gemacht hatte, noch dazu in einem Ton, der bewies, daß sie ihn für seinen Eifer belohnen wolle.

»Zweitausend Familien, die unterstützt worden sind!« sagte er sich. »Aber wenn sie uns dasselbe kosten, was Monsieur Bernard uns kosten wird, dann haben wir ja in Paris Millionen ausgesät!«

Diese Erwägung war eine der letzten Regungen weltlichen Geistes, der in Godefroid unmerklich am Hinschwinden war. Als er darüber nachdachte, wurde ihm klar, daß die Zusammenlegung der Vermögen der Madame de La Chanterie, der Herren Alain, Nicolas und Joseph sowie desjenigen des Richters Popinot und die vom Abbé de Vèze gesammelten Gaben nebst den vom Bankhaus Mongenod gewährten Unterstützungen ein beträchtliches Kapital ergeben haben mußte und daß ebenjenes Kapital im Lauf von zehn oder fünfzehn Jahren vermöge des Zuwachses durch dasjenige der Schuldner, die sich dankbar bezeigt hatten, wie ein Schneeball hatte anschwellen müssen, da diese Wohltätigen nichts davon ausgegeben hatten. Er gewann nach und nach Klarheit über dieses riesige Werk, und sein Verlangen, daran mitzuarbeiten, wurde immer stärker.

Er hatte gegen neun Uhr zu Fuß zum Boulevard du Mont-Parnasse zurückkehren wollen. Aber Madame de La Chanterie, die die Einsamkeit jener Stadtgegend fürchtete, hatte ihn gezwungen, ein Kabriolett zu nehmen. Als Godefroid aus dem Wagen stieg, vernahm er, obgleich die Fensterladen so sorgfältig geschlossen waren, daß kein Lichtstrahl hindurchzudringen vermochte, die Töne des Instruments. Und als er auf dem Treppenabsatz angelangt war, öffnete Auguste, der wohl nach Godefroids Kommen Ausschau gehalten hatte, spaltbreit die Wohnungstür und sagte:

»Mama möchte Sie gern sehen, und mein Großvater lädt Sie zu einer Tasse Tee ein.«

Beim Eintreten fand Godefroid die Kranke verklärt durch die Freude, musizieren zu können. Ihr Antlitz strahlte, und ihre Augen funkelten wie zwei Diamanten.

»Eigentlich hätte ich auf Sie warten müssen, um Ihnen die ersten Akkorde zu schenken. Aber ich habe mich auf diese kleine Orgel gestürzt wie ein Ausgehungerter auf ein Festmahl. Ihre Seele ist voller Verständnis für mich, und also ist mir verziehen.«

Und Wanda machte ihrem Sohn ein Zeichen. Er setzte sich so hin, daß er das Pedal treten konnte, durch das der Blasebalg im Innern des Instruments gefüllt wurde. Und die Kranke, deren Finger ihre Kraft und Beweglichkeit wiedergefunden hatten, richtete wie die heilige Caecilie die Augen gen Himmel und spielte nochmals Variationen über das ›Gebet des Moses‹[108], das ihr Sohn ihr gekauft und die sie innerhalb einiger Stunden komponiert hatte. Godefroid erkannte ihr ein Talent zu, das mit demjenigen Chopins identisch war. Es war eine Seele, die sich durch göttliche Klänge bekundete, in denen eine weiche Schwermut herrschte. Monsieur Bernard hatte Godefroid durch einen Blick begrüßt, in dem sich ein Gefühl abzeichnete, das seit langem unausgedrückt geblieben war. Wenn bei dem durch so viele glühenden Schmerzen ausgedörrten alten Herrn die Tränen nicht für immer versiegt gewesen wären, dann würde dieser Blick feucht gewesen sein. Das ließ sich erraten.

Monsieur Bernard spielte mit seiner Tabaksdose und schaute mit unbeschreiblicher Hingerissenheit seine Tochter an.

»Morgen, Madame«, fuhr Codefroid fort, als die Musik geendet hatte, »morgen entscheidet sich Ihr Schicksal. Ich bringe Ihnen eine gute Nachricht. Morgen um drei kommt der berühmte Halpersohn zu Ihnen. – Und er hat mir versprochen«, fügte er hinzu und flüsterte diese Worte Monsieur Bernard ins Ohr, »mir die Wahrheit zu sagen.«

»Ach, welch eine Nacht werde ich verbringen! Dies ist ein unabänderliches Urteil!« flüsterte Monsieur Bernard seinerseits. »Meine Tochter gesundet oder ist hoffnungslos verloren.«

»Fassen Sie Mut«, antwortete Godefroid, »und kommen Sie nach dem Tee zu mir hinüber.«

»Hör auf, hör auf, mein Kind«, sagte der alte Mann, »sonst bekommst du wieder einen Anfall. Auf solch eine Kraftentfaltung folgt stets die Erschöpfung.«

Er ließ durch Auguste das Instrument wegschieben und bot die für seine Tochter bestimmte Tasse Tee mit der ganzen Schmeichelei einer Amme dar, die der Ungeduld eines kleinen Kindes zuvorkommen will.

»Wie ist er eigentlich, dieser Arzt?« fragte sie. Die Aussicht, ein neues Menschenwesen zu sehen, hatte sie bereits abgelenkt.

Wie alle Gefangenen wurde Wanda von Neugier verzehrt. Wenn die physischen Phänomene ihrer Krankheit aufhörten, schienen sie sich aufs Geistig-Seelische zu übertragen, und dann bezeigte sie seltsame Launen und heftige, phantastische Eingebungen. Sie wollte, daß Rossini sie besuche. Sie weinte, daß ihr Vater, den sie für allmächtig hielt, es ablehnte, ihn zu ihr zu führen.

Godefroid gab jetzt eine eingehende Beschreibung des jüdischen Arztes und seines Arbeitszimmers. Sie wußte ja nichts von den von ihrem Vater unternommenen Schritten. Monsieur Bernard hatte seinem Enkel Schweigen über dessen Besuche bei Halpersohn geboten, so sehr hatte er gefürchtet, in seiner Tochter Hoffnungen zu erwecken, die sich dann nicht verwirklichen würden. Wanda schien sich an die Worte zu klammern, die Godefroids Mund entströmten. Sie war bezaubert, und sie fiel in eine Art Tollheit, so glühend wurde ihr Verlangen, diesen seltsamen Polen zu sehen.

»Polen hat schon oftmals dergleichen seltsame, geheimnisvolle Menschen hervorgebracht«, sagte der ehemalige Richter. »Heute zum Beispiel haben wir außer jenem Arzt Hoëné Wronski[109], den erleuchteten Mathematiker, den Dichter Mickiewicz[110], den inspirierten Towianski[111] und Chopin[112] mit seinem übernatürlichen Talent. Große nationale Umwälzungen bringen stets solcherlei Halbgiganten hervor.«

»Ach, was für ein Mensch du bist, lieber Papa! Wenn du alles, was wir dich sagen hören, nur, um mir eine Freude zu machen, niederschriebest, könntest du ein Vermögen machen . . . denn stellen Sie sich vor, Monsieur Godefroid, daß mein guter alter Vater für mich wundervolle Geschichten ersinnt, wenn ich keine Romane mehr zum Lesen habe, und daß er mich auf diese Weise einschläfert. Seine Stimme wiegt mich ein, und oftmals lindert er meine Schmerzen durch seinen Geist . . . Wer wird ihn je belohnen . . .! Auguste, mein Junge, du müßtest an meiner Stelle die Fußstapfen deines Großvaters küssen.«

Der junge Mensch hob seine schönen, feuchten Augen zu seiner Mutter auf, und dieser Blick, in dem ein lange eingedämmtes Mitleid überströmte, war eine ganze Dichtung. Godefroid erhob sich, nahm Augustes Hand und drückte sie.

»Madame, Gott hat Ihnen zwei Engel zugesellt . . .!« rief er.

»Ja, ich weiß es. Deswegen werfe ich mir häufig vor, daß ich ihnen Ärger bereite. Komm, lieber Augustinus, küß deine Mutter. Er ist ein Sohn, Monsieur, auf den alle Mütter stolz sein würden. Rein wie Gold ist er, dazu freimütig, eine sündlose Seele, aber eine etwas zu leidenschaftliche Seele, wie die seiner Mama. Vielleicht hat Gott mich ans Bett gefesselt, um mich vor den Dummheiten zu bewahren, die die Frauen nun mal begehen . . . die zuviel Herz haben . . .«, fügte sie lächelnd hinzu.

Godefroid antwortete mit einem Lächeln und einer Verbeugung.

»Adieu, Monsieur Godefroid, und vor allem danken Sie Ihrem Freunde, er hat eine arme Gelähmte glücklich gemacht.«

»Monsieur«, sagte Godefroid, als er mit Monsieur Bernard, der ihn in seine Wohnung begleitet hatte, allein war, »ich glaube

Ihnen versichern zu können, daß jenes Trio dunkler Ehrenmänner Sie nicht ausbeuten wird. Ich verfüge über die erforderliche Summe, aber Sie müßten mir Ihren Rückkaufsvertrag anvertrauen . . . Damit ich noch mehr für Sie tun kann, müßten Sie mir auch Ihr Werk zum Durchlesen anvertrauen . . . nicht mir selbst, ich besitze nicht genügend Fachkenntnisse zu seiner Beurteilung, sondern einem ehemaligen Richter von absoluter Lauterkeit, der es, nachdem er sich von dem Wert des Werkes überzeugt hat, auf sich nehmen will, ein anständiges Verlagshaus ausfindig zu machen, mit dem Sie einen Vertrag schließen können, der recht und billig ist . . . Ich bestehe jedoch nicht darauf. Vorerst sind hier fünfhundert Francs«, fügte er hinzu und reichte dem verblüfften ehemaligen Richter eine Banknote, »zur Befriedigung Ihrer dringendsten Bedürfnisse. Ich verlange von Ihnen keine Quittung darüber. Sie sollen einzig durch Ihr Gewissen verpflichtet sein, und Ihr Gewissen darf nur in dem Falle sprechen, wenn Ihre Lage sich gebessert hat . . . Ich nehme es auf mich, Halpersohn zu honorieren . . .«

»Wer in aller Welt sind Sie denn?« sagte der alte Herr und sank auf einen Stuhl.

»Ich«, antwortete Godefroid, »bin nichts. Aber ich stehe im Dienst mächtiger Leute, die jetzt um Ihre Notlage wissen und sich für Sie interessieren . . . Bitte stellen Sie mir weiter keine Fragen.«

»Welches ist denn der Beweggrund dieser Leute?« fragte der Greis.

»Die Religion«, entgegnete Godefroid.

»Wäre das möglich . . .? Die Religion . . .«

»Ja, die römisch-katholische, apostolische Religion . . .«

»Gehören Sie etwa dem Jesuitenorden an?«

»Nein«, antwortete Godefroid. »Seien Sie ohne Sorge. Jene Leute hegen in bezug auf Sie keine Absichten, außer der, Ihnen zu helfen und Ihre Familie wieder glücklich zu machen.«

»Dann wäre die Philanthropie also etwas anderes als eine Eitelkeit . . .?«

»Bitte«, sagte Godefroid lebhaft, »entehren Sie nicht die heilige katholische Barmherzigkeit, die vom heiligen Paulus festgelegte Tugend . . .!«

Als Monsieur Bernard diese Antwort vernahm, begann er, mit großen Schritten im Zimmer umherzugehen.

»Ich bin einverstanden«, sagte er unvermittelt, »und ich verfüge nur über *eine* Möglichkeit, Ihnen zu danken, und die besteht darin, daß ich Ihnen mein Werk anvertraue. Die Anmerkungen, die Zitate sind entbehrlich für einen früheren Richter, und ich habe noch für die Abschrift der Zitate zwei Monate Arbeit, wie ich Ihnen sagte ... Bis morgen also«, fügte er hinzu und schüttelte Godefroid die Hand.

»Sollte ich eine Bekehrung vollbracht haben ...?« fragte sich Godefroid. Der neue Ausdruck, den die Züge dieses hochgewachsenen alten Herrn bei seiner letzten Antwort angenommen hatten, hatte ihn betroffen gemacht.

Am übernächsten Tage um drei Uhr hielt eine Mietdroschke vor dem Hause, und Godefroid sah ihr Halpersohn entsteigen. Er war in einen dicken Bärenpelz gehüllt. Während der Nacht hatte der Frost sich verdoppelt, das Thermometer zeigte zehn Grad.

Der jüdische Arzt musterte neugierig, wenngleich verstohlen, das Zimmer, in dem sein Besucher vom vorvorigen Tage ihn empfing, und Godefroid nahm einen Gedanken des Mißtrauens wahr, der in seinen Augen aufblitzte wie eine Dolchspitze. Dieses rasche Auffunkeln eines Argwohns ließ Godefroid innerlich frösteln. Er meinte, dieser Mann müsse in geschäftlichen Angelegenheiten erbarmungslos sein. Und die Mutmaßung, Genie und Güte träten immer gleichzeitig auf, ist etwas so Natürliches, daß er abermals eine Aufwallung des Ekels empfand.

»Monsieur«, sagte er, »ich sehe, daß die Kargheit meiner Wohnung Sie beunruhigt. Daher dürfen Sie sich über mein Verhalten nicht wundern. Hier sind Ihre zweihundert Francs, und hier drei Tausendfrancsscheine«, fügte er hinzu und entnahm seiner Brieftasche die Banknoten, die Madame de La Chanterie ihm zum Freikauf von Monsieur Bernards Werk eingehändigt hatte. »Für den Fall jedoch, daß Sie Befürchtungen hinsichtlich meiner Zahlungsfähigkeit haben, nenne ich Ihnen als Garanten für die Durchführung unserer Abmachungen die Bankiers Mongenod in der Rue de la Victoire.«

»Die kenne ich«, antwortete Halpersohn und schob die zehn Goldstücke in seine Tasche.

»Er geht bestimmt zu ihnen«, dachte Godefroid.

»Und wo wohnt die Kranke?« fragte der Arzt und stand auf als ein Mann, der um den Wert der Zeit weiß.

»Bitte folgen Sie mir«, sagte Godefroid und ging voran, um den Weg zu zeigen.

Mit argwöhnischem, witterndem Blick prüfte der Jude die Räumlichkeiten, die er durchschritt, denn er besaß den schnellen, scharfen Blick eines Spions. Daher sah er nur zu gut durch die Tür des Zimmers, in dem der Richter und sein Enkel schliefen, die Schrecken der Bedürftigkeit. Ein unglücklicher Zufall hatte es gefügt, daß Monsieur Bernard gerade die Kleidung angezogen hatte, in der er vor seiner Tochter zu erscheinen pflegte, und in seiner Beflissenheit, die Wohnungstür zu öffnen, hatte er die seines Gelasses nicht richtig geschlossen.

Er begrüßte Halpersohn vornehm und öffnete behutsam die Zimmertür seiner Tochter. – »Wanda, mein Kind, hier kommt der Arzt«, sagte er.

Und er trat beiseite, um Halpersohn, der seinen Pelz anbehielt, vorbeigehen zu lassen. Den Juden überraschte der Gegensatz, den dieses Zimmer darbot. Der Glanz war in dieser Stadtgegend, in diesem Hause zumal, eine Regelwidrigkeit. Aber Halpersohns Erstaunen war nur von kurzer Dauer. Er hatte oftmals bei deutschen und russischen Juden ähnliche Gegensätze zwischen zur Schau getragener äußerster Armut und verborgenem Reichtum erlebt. Auf dem Weg von der Tür zum Bett der Kranken ließ er diese nicht aus den Augen, und als er an ihrem Lager stand, fragte er sie in polnischer Sprache:

»Sind Sie Polin?«

»Ich nicht, aber meine Mutter.«

»Wen hatte Ihr Großvater, der General Tarlowski, geheiratet?«

»Eine Polin.«

»Aus welcher Provinz?«

»Eine Sobolewska aus Pinsk.«

»Gut. Ist der Herr da Ihr Vater?«

»Ja.«

»Monsieur«, fragte er, »Ihre Frau Gemahlin . . .«

»Ist tot«, antwortete Monsieur Bernard.

»War sie sehr hellhäutig?« fragte Halpersohn mit einer leichten Bekundung des Unwillens, unterbrochen worden zu sein.

»Hier ist ihr Bild«, antwortete Monsieur Bernard und hakte einen prächtigen Rahmen los, in dem sich mehrere schöne Miniaturen befanden. Halpersohn betastete den Kopf seiner Patientin und fuhr mit der Hand durch ihr Haar, wobei er unausgesetzt das Porträt der Wanda Tarlowska, geborener Gräfin Sobolewska, anschaute.

»Schildern Sie mir die durch die Krankheit verursachten Störungen.« Er setzte sich auf die Bergère und blickte während der zwanzig Minuten, die der von Vater und Tochter abwechselnd erstattete Bericht dauerte, Wanda starr an.

»Wie alt sind Sie?«

»Achtunddreißig Jahre.«

»Na, schön!« rief er und stand auf. »Ich verbürge mich für die Heilung. Dafür, daß sie wieder in den Gebrauch der Beine gelangt, kann ich nicht einstehen, aber gesund wird sie. Die Sache ist nur die, daß sie in eine Klinik meines Stadtviertels gebracht werden muß.«

»Aber meine Tochter ist doch nicht transportfähig.«

»Ich stehe Ihnen für sie ein«, sagte Halpersohn betont, »aber ich stehe nur unter dieser Bedingung für sie ein . . . Ist Ihnen bekannt, daß ihre gegenwärtige Krankheit sich in eine andere schreckliche Krankheit verwandeln wird, die vielleicht ein Jahr, oder aber mindestens sechs Monate dauern wird . . .? Sie können Madame besuchen, da Sie ihr Vater sind.«

»Ist es auch sicher?« fragte Monsieur Bernard.

»Sicher!« wiederholte der Jude. »Madame hat einen Urstoff im Körper, einen Nationalsaft, davon muß sie befreit werden. Sie bringen sie in die Rue Basse-Saint-Pierre[113] in Chaillot, Privatklinik Doktor Halpersohn.«

»Und wie?«

»Auf einer Bahre, so, wie man alle Kranken in die Krankenhäuser befördert.«

»Aber der Transport ist ihr sicherer Tod.«

»Nein.« Und mit diesem dürren Wort war Halpersohn bereits aus der Tür. Godefroid trat auf der Treppe zu ihm. Der Jude, der vor Hitze fast umkam, flüsterte ihm zu: – »Außer den tausend Talern macht es pro Tag fünfzehn Francs. Vorauszahlung für ein Vierteljahr ist das übliche.«

»Gut. Und«, fragte Godefroid und stieg auf den Tritt der Droschke, in die Halpersohn sich geschwungen hatte, »Sie verbürgen sich für die Heilung?«

»Ich verbürge mich«, wiederholte der Pole. »Lieben Sie die Dame?«

»Nein«, sagte Godefroid.

»Sie werden nicht weitererzählen, was ich Ihnen jetzt anvertraue. Ich sage es Ihnen lediglich, um Ihnen zu beweisen, daß ich der Heilung sicher bin, und wenn Sie eine Indiskretion begingen, würden Sie die Dame umbringen ...«

Godefroid antwortete nur durch eine Geste.

»Sie ist seit siebzehn Jahren Opfer eines Urübels des polnischen Weichselzopfs[114], der alle diese Verheerungen hervorbringt. Ich habe noch weit schrecklichere Beispiele davon erlebt. Nun aber weiß einzig und allein ich heutzutage, wie der Weichselzopf so ausgetrieben werden muß, daß er geheilt werden kann, denn er wird nicht immer geheilt. Sie sehen, ich bin recht uneigennützig. Wäre jene Dame eine große Dame, eine Baronin de Nucingen oder eine andere Frau oder Tochter eines der modernen Krösusse, so würden mir für diese Kur hundert-, zweihunderttausend Francs bezahlt werden, kurzum, alles, was ich fordern würde ...! Aber das ist unerheblich.«

»Und der Transport ...?«

»Pah! Sie wird aussehen, als stürbe sie, aber sie wird nicht sterben ...! In der steckt Leben für hundert Jahre, wenn sie wieder gesund ist. – Los, Jacques ...! Schnell, Rue de Monsieur ...! Aber Tempo ...!« sagte er zu dem Kutscher. Und er ließ Godefroid auf dem Boulevard stehen. Er stand stumpfsinnig da und blickte der hastig davonfahrenden Droschke nach.

»Wer ist denn der komische Mann mit dem Bärenpelz?« fragte die Mutter Vauthier, der nichts entgangen war. »Stimmt es, was mir der Droschkenkutscher gesagt hat, daß er der berühmteste Pariser Arzt ist?«

»Und was geht Sie das an, Mutter Vauthier?«

»Ach, gar nichts!« entgegnete sie und verzog das Gesicht.

»Sie haben ganz falsch gehandelt, daß Sie sich nicht auf meine Seite gestellt haben«, sagte Godefroid und ging langsamen Schrittes wieder ins Haus. »Sie hätten dabei mehr verdient als durch die Herren Barbet und Métivier. Von denen werden Sie nämlich überhaupt nichts bekommen.«

»Wieso bin ich denn für diese Herren?« erwiderte sie achselzuckend. »Monsieur Barbet ist mein Hausbesitzer, das ist alles!«

Es bedurfte zweier Tage, bis Monsieur Bernard sich zu dem Entschluß durchgerungen hatte, sich von seiner Tochter zu trennen und sie nach Chaillot zu transportieren. Godefroid und der ehemalige Richter legten den Weg jeder an einer Seite der Bahre zurück, die mit blauweiß gestreiftem Zwillich bedeckt war und auf der die liebe Kranke lag. Sie war auf der Matratze beinahe festgeschnallt, so sehr fürchtete der Vater ihre Zuckungen bei einem Nervenanfall. Der Zug war um drei Uhr aufgebrochen. Um fünf, als es bereits dämmerte, langte er in der Klinik an. Godefroid bezahlte gegen Quittung die verlangte Vorauszahlung von vierhundertfünfzig Francs für ein Vierteljahr. Als er dann hinüberging, um den beiden Trägern ein Trinkgeld zuzustecken, wurde er von Monsieur Bernard eingeholt, der ein unter der Matratze verstecktes, ziemlich dickes Paket hervorzog und es Godefroid überreichte.

»Einer der Träger soll Ihnen eine Droschke holen«, sagte der alte Herr, »denn lange könnten Sie diese vier Bände nicht schleppen. Es ist mein Werk. Händigen Sie es meinem Zensor ein, ich vertraue es ihm für diese ganze Woche an. Ich werde mindestens acht Tage in dieser Stadtgegend bleiben, ich will meine Tochter nicht allein lassen. Ich kenne meinen Enkel, er kann das Haus hüten, vor allem, wenn Sie ihm dabei helfen. Im übrigen empfehle ich ihn Ihrer Obhut. Wenn ich noch wäre, der ich gewesen bin, würde ich Sie nach dem Namen meines Kritikers, jenes früheren Richters, fragen, denn sicher kenne ich ihn . . .«

»Oh, der Name ist kein Geheimnis«, unterbrach Godefroid Monsieur Bernard. »Da Sie nun Ihr volles Vertrauen in mich gesetzt haben, kann ich Ihnen sagen, daß Ihr Zensor der ehemalige Präsident Le Camus de Tresnes ist.«

»Siehe da, der vom königlichen Gericht zu Paris! Nehmen Sie . . .! Hier . . .! Das ist einer der schönsten Charaktere unserer Zeit . . . Er und der verstorbene Popinot, der Richter am Tribunal Erster Instanz, sind Richter gewesen, die der schönen Tage der alten Parlamentsgerichte würdig gewesen wären. Auch wenn ich irgendwelche Befürchtungen gehegt hätte, wären sie jetzt zerstreut . . . Und wo wohnt er? Ich möchte zu ihm gehen und ihm für die Mühe danken, die er sich machen will.«

»Er wohnt in der Rue Chanoinesse, unter dem Namen Monsieur Nicolas . . . Ich gehe gerade hin . . . Und Ihr Vertrag mit Ihren beiden Gaunern . . .?«

»Den wird Auguste Ihnen aushändigen«, sagte der alte Herr und ging zurück in den Hof der Klinik.

Einer der Dienstmänner hatte auf dem Quai de Billy eine Droschke aufgetrieben. Godefroid stieg ein und stellte dem Kutscher ein gutes Trinkgeld in Aussicht, wenn er beizeiten in der Rue Chanoinesse anlange. Denn Godefroid wollte dort essen.

Eine halbe Stunde, nachdem Wanda fortgebracht worden war, stiegen drei in schwarzes Tuch gekleidete Männer, die durch die Vauthier von der Rue Notre-Dame-des-Champs her, wo sie sicherlich den günstigen Augenblick abgewartet hatten, ins Haus eingelassen worden waren, in Begleitung dieses weiblichen Judas die Treppe hinauf und klopften leise an Monsieur Bernards Wohnungstür. Da gerade Donnerstag war, hatte der Gymnasiast daheim bleiben können. Er öffnete, und drei Männer glitten wie Schattengestalten in das erste Zimmer.

»Was wünschen Sie?« fragte der junge Mensch.

»Sind wir hier richtig bei Monsieur Bernard . . . das heißt, bei dem Herrn Baron . . .?«

»Aber was wollen Sie denn?«

»Ach, das wissen Sie recht gut, junger Mann. Es ist uns nämlich gesagt worden, Ihr Großvater sei vor ein paar Minuten mit einer verdeckten Bahre weggegangen . . . Das wundert uns nicht! Es ist sein gutes Recht. Ich bin Gerichtsvollzieher, ich komme, um alles hier zu pfänden . . . Sie haben am Montag die Aufforderung erhalten, dreitausend Francs als Hauptschuld, dazu die Kosten, an Monsieur Métivier zu zahlen, widrigenfalls die Festnahme erfolgt, die wir angedroht haben. Und da ein alter Fuchs sich auskennt, hat der Schuldner Reißaus genommen, um nicht nach Clichy[115] zu müssen. Aber wenn wir ihn selber auch nicht geschnappt haben, halten wir uns an sein reiches Mobiliar. Wir sind nämlich bestens im Bilde, junger Mann . . . und jetzt wird ein Protokoll aufgenommen . . .«

»Hier sind amtliche Formulare, die Ihr Großpapa nie hat annehmen wollen«, sagte jetzt die Vauthier und drückte Auguste drei Zahlungsbefehle in die Hand.

»Bleiben Sie hier, Madame, Sie werden gerichtlich als Hüterin der beschlagnahmten Sachen eingesetzt. Das Gesetz gewährt Ihnen vierzig Sous den Tag, die sind nicht zu verachten.«

»Ach, jetzt werde ich also zu sehen bekommen, was in dem schönen Zimmer ist . . .!« rief die Vauthier.

»Sie tun keinen Schritt in das Zimmer meiner Mutter!« rief der junge Mensch mit furchtbarer Stimme und sprang zwischen die Tür und die drei schwarzen Männer.

Auf einen Wink des Gerichtsvollziehers packten die beiden Büttel und der Bürovorsteher, der dazukam, Auguste.

»Machen Sie keine Geschichten, junger Mann! Sie sind hier nicht Herr im Hause. Wir würden sonst ein Protokoll aufnehmen, und Sie könnten in der Polizeipräfektur übernachten . . .« Als er diese beängstigenden Worte vernahm, zerschmolz Auguste in Tränen.

»Ach, welch ein Glück«, sagte er, »daß Mama nicht mehr hier ist! Dies wäre ihr Tod gewesen!«

Es wurde zwischen den Bütteln, dem Gerichtsvollzieher und der Vauthier eine Art Besprechung abgehalten. Obwohl sie sehr leise redeten, verstand Auguste, daß vor allem die Manuskripte seines Großvaters beschlagnahmt werden sollten. Daraufhin öffnete er die Tür des Zimmers.

»Treten Sie ein, aber beschädigen Sie nichts. Morgen früh werden Sie bezahlt.« Dann ging er schluchzend in sein Gelaß, wo er die Notizen seines Großvaters nahm und in den kleinen Ofen steckte, von dem er wußte, daß darin kein Funken glomm.

Das wurde so schnell durchgeführt, daß der Gerichtsvollzieher, ein intelligenter, gerissener, seiner Auftraggeber Barbet und Métivier würdiger Bursche, den jungen Menschen weinend auf seinem Stuhl vorfand, als er in das Gelaß stürzte, nachdem er festgestellt hatte, daß die Manuskripte nicht im Vorzimmer waren. Obwohl weder Bücher noch Manuskripte gepfändet werden dürfen, hätte der von dem ehemaligen Richter unterzeichnete Rückkaufsvertrag zu diesem Vorgehen berechtigt. Aber es war leicht, dieser Pfändung durch dilatorische Mittel zu begegnen, was zu tun Monsieur Bernard schwerlich unterlassen haben würde. Daraus hatte sich die Notwendigkeit ergeben, mit List und Tücke zu handeln. Auf diese Weise hatte die Witwe Vauthier ihrem Hausbesitzer wunderbar in die Hände gearbeitet, indem sie den Mietern die Zahlungsbefehle nicht eingehändigt hatte. Sie hatte damit gerechnet, sie in der Wohnung irgendwo hinzulegen, wenn sie im Gefolge der Leute vom Gericht hineinginge, oder nötigenfalls zu Monsieur Bernard zu sagen, sie habe geglaubt, die Zustellungen hätten den beiden Schriftstellern gegolten, die seit zwei Tagen nicht im Hause waren.

Das Pfändungsprotokoll beanspruchte etwa eine Stunde, denn der Gerichtsvollzieher ließ nichts aus und schätzte den Wert der gepfändeten Gegenstände als ausreichend für die Begleichung der Schuld. Als der Gerichtsvollzieher gegangen war, nahm der arme junge Mensch die Zahlungsbefehle und lief in die Klinik zu seinem Großvater. Der Gerichtsvollzieher hatte ihm nämlich gesagt, die Vauthier sei unter Androhung schwerer Strafen für die gepfändeten Dinge verantwortlich. Somit konnte er die Wohnung verlassen, ohne irgend etwas befürchten zu müssen.

Der Gedanke, sein Großvater könne ins Schuldgefängnis geschleppt werden, machte den armen Jungen buchstäblich wahnsinnig, wenngleich wahnsinnig, wie junge Leute es eben sind, das heißt, er war in einen der gefährlichen, verhängnisvollen Erregungszustände geraten, in denen alle jugendlichen Kräfte zugleich gären und ebensogut schlimme Handlungen wie Heldentaten begehen lassen können. Als der arme Auguste in der Rue Basse-Saint-Pierre angelangt war, sagte ihm der Pförtner, er wisse nicht, was aus dem Vater der um halb fünf eingelieferten Patientin geworden sei. Jedoch habe Monsieur Halpersohn befohlen, niemanden, nicht einmal den Vater, während der nächsten acht Tage die Dame besuchen zu lassen, da sonst ihr Leben in Gefahr sei.

Diese Auskunft brachte Auguste vollends außer sich. Er machte sich auf den Rückweg zum Boulevard Mont-Parnasse. Verzweifelt schritt er einher und wälzte im Kopf die ausschweifendsten Pläne. Abends gegen halb neun langte er an, er hatte so gut wie nichts gegessen und war so erschöpft von Hunger und Schmerz, daß er der Vauthier folgte, als sie ihm anbot, er solle doch an ihrem Abendessen teilnehmen. Es bestand aus einem Hammelragout und Kartoffeln. Halb tot sank der arme Junge bei dieser abscheulichen Frau auf einen Stuhl. Das hinterlistige Getue und die honigsüßen Worte der Alten flößten ihm Mut ein. Er antwortete auf einige, Godefroid betreffende geschickte Fragen und ließ heraus, wer der Mieter sei und daß er morgen die Schulden des Großvaters bezahlen werde. Godefroid habe man die glückhaften Veränderungen zu danken, die sich seit einer Woche unvermittelt in ihrer aller Lage vollzogen hätten. Die Witwe hörte sich diese Äußerungen mit zweiflerischer Miene an. Sie zwang Auguste, ein paar Glas Wein zu trinken.

Gegen zehn wurde das Rollen einer Droschke vernehmlich. Sie hielt vor dem Hause an, und die Witwe rief:

»Das ist sicher Monsieur Godefroid.«

Sogleich ergriff Auguste den Wohnungsschlüssel und stieg hinauf, um dem Schützer seiner Familie nachzugehen, allein er fand Godefroids Gesicht so sehr verändert, daß er zögerte, ihn anzureden. Doch die Gefahr, in der sein Großvater schwebte, gab dem edelmütigen Jungen Mut zum Entschluß. Folgendes hatte sich in der Rue Chanoinesse zugetragen und war die Ursache der Strenge, die sich über Godefroids Antlitz gebreitet hatte.

Der Aufnahmebegierige war zur rechten Zeit eingetroffen und hatte Madame de La Chanterie und ihre Getreuen im Wohnzimmer angetroffen. Er hatte Monsieur Nicolas beiseite genommen, um ihm die vier Bände von ›Der Geist der neuen Gesetze‹ zu übergeben. Monsieur Nicolas hatte sogleich das umfangreiche Manuskript hinauf in sein Zimmer getragen und war dann zum Abendessen wieder nach unten gekommen. Dann hatte er während des ersten Teils des Abends geplaudert und war dann, in der Absicht, mit der Lektüre des Werks zu beginnen, abermals nach oben gegangen.

Godefroid war höchlichst erstaunt, als er ein paar Augenblicke nach Monsieur Nicolas' Verschwinden von Manon im Auftrag des ehemaligen Präsidenten zu diesem gebeten wurde; er habe mit ihm zu reden. Von Manon geführt, stieg er zu Monsieur Nicolas hinauf, dessen Wohnung er nicht die mindeste Aufmerksamkeit schenkte, so sehr erschütterte ihn das bestürzte Gesicht dieses immer so ruhigen, selbstsicheren Mannes.

»Kennen Sie«, fragte Monsieur Nicolas, der jetzt wieder zum Präsidenten geworden war, »kennen Sie den Namen des Verfassers dieses Werkes?«

»Monsieur Bernard«, antwortete Godefroid, »ich kenne ihn nur unter diesem Namen. Ich habe das Paket nicht aufgemacht . . .«

»Ja, das stimmt«, sagte sich Monsieur Nicolas, »ich selber habe es ja entsiegelt. – Sie haben nicht versucht«, fuhr er fort, »Erkundigungen über sein Vorleben einzuziehen?«

»Nein. Ich weiß, daß er eine Neigungsehe mit der Tochter des Generals Tarlowski eingegangen ist; daß seine Tochter wie ihre Mutter Wanda heißt, der Enkel Auguste; und das Porträt von Monsieur Bernard, das ich gesehen habe, war, wie ich glaube, dasjenige eines Präsidenten des königlichen Gerichts in roter Robe.«

»Da, lesen Sie!« sagte Monsieur Nicolas und zeigte auf den Titel des Werkes. Er war von Auguste in Schönschrift geschrieben worden und folgendermaßen angeordnet:

GEIST
DER NEUEN GESETZE
Von Bernard-Jean-Baptiste-Maclod
BARON BOURLAC
ehemaligem Generalstaatsanwalt am Königlichen Gericht
zu Rouen,
Großoffizier der Ehrenlegion

»Oh, der Henker Madames, ihrer Tochter, des Chevalier du Vissard!« sagte Godefroid mit schwacher Stimme. Und da ihm die Beine schwach wurden, ließ der Neophyt sich in einen Sessel fallen. – »Ein schöner Anfang!« murmelte er.

»Dies, mein lieber Godefroid«, entgegnete Monsieur Nicolas, »ist ein Fall, der uns alle angeht. Sie haben Ihren Teil daran getan. Der Rest ist unsere Sache! Ich bitte Sie, mischen Sie sich in nichts mehr ein, gehen Sie und holen Sie alles, was Sie möglerweise noch dort gelassen haben! Kein Wort! Kurz und gut, absolutes Stillschweigen! Und sagen Sie dem Baron Bourlac, er möge sich an mich wenden. Bis dahin werden wir uns klar darüber geworden sein, wie unter diesen Umständen zu handeln uns geziemt.«

Godefroid ging hinunter, verließ das Haus, nahm eine Droschke und gelangte schnell zum Boulevard du Mont-Parnasse, entsetzt in der Erinnerung an die Anklageschrift des Gerichts zu Caen, an das blutige Drama, das auf dem Schafott geendet hatte, an die Gefangenschaft der Madame de La Chanterie in Bicêtre. Er verstand die Verlassenheit, in der dieser ehemalige Generalstaatsanwalt, der fast ein Ebenbild Fouquier-Tinvilles war, sein Leben zu Ende lebte, und die Gründe für sein so sorglich gewahrtes Inkognito.

»Wenn doch Monsieur Nicolas die arme Madame de La Chanterie furchtbar rächen würde!« Als er in seinem Innern diesen nicht eben katholischen Wunsch vollendet hatte, erblickte er Auguste.

»Was wollen Sie von mir?« fragte Godefroid.

»Guter Herr, es ist uns vorhin ein Unglück widerfahren, das mich verrückt macht. Es sind Schurken gekommen und haben bei meiner Mutter alles gepfändet, und mein Großvater wird gesucht und soll ins Gefängnis gebracht werden. Aber nicht dieser unseligen Geschehnisse wegen flehe ich Sie an«, sagte der Jüngling mit dem Stolz eines Römers, »sondern um Sie um einen Gefallen zu bitten, den man auch einem zum Tode Verurteilten tun würde ...«

»Sprechen Sie«, sagte Godefroid.

»Die Manuskripte meines Großvaters haben beschlagnahmt werden sollen, und da ich glaube, daß er Ihnen das Werk übergeben hat, möchte ich Sie bitten, auch die Anmerkungen an sich zu nehmen. Die Portiersfrau wird nicht erlauben, daß ich hier etwas weghole . . . Legen Sie sie zu den Bänden, und . . .«

»Gut, gut«, antwortete Godefroid. »Schnell, bringen Sie sie her.«

Während der junge Mensch in sein Zimmer ging, aus dem er gleich wieder zurückkam, bedachte Godefroid, daß dieser Knabe nichts Unrechtes getan habe und daß man ihn nicht zur Verzweiflung treiben dürfe, indem man ihm von seinem Großvater erzählte, von der Verlassenheit, mit der dieses traurige Altern für ein Wüten im politischen Leben bestraft wurde. Und so nahm er das Paket einigermaßen freundlich entgegen.

»Wie heißt Ihre Mutter?« fragte er.

»Meine Mutter ist die Baronin de Mergi. Mein Vater ist der Sohn des ersten Präsidenten des königlichen Gerichts zu Rouen.«

»So, so«, sagte Godefroid, »da hat Ihr Großvater also seine Tochter mit dem Sohn des berühmten Präsidenten de Mergi verheiratet.«

»Ja.«

»Gehen Sie jetzt, junger Freund«, sagte Godefroid. Er begleitete den jungen Baron de Mergi bis auf den Treppenabsatz und rief nach der Vauthier.

»Mutter Vauthier«, sagte er zu ihr, »Sie können über meine Wohnung verfügen. Ich komme nie wieder hierher.«

Und er ging hinab und stieg wieder in seinen Wagen.

»Haben Sie diesem Herrn etwas ausgehändigt?« fragte die Vauthier Auguste.

»Ja«, sagte der Jüngling.

»Sie sind mir der Rechte! Der ist doch ein Agent eurer Feinde! Ganz sicher steckt er hinter der ganzen Geschichte. Der Beweis dafür, daß der Streich geglückt ist, ist, daß er nie wieder hierher zurückkommen will . . . Er hat mir gesagt, ich könne seine Wohnung zum Vermieten ausschreiben.« Auguste hastete auf den Boulevard, lief der Droschke nach und rief so laut, daß er sie zum Anhalten brachte.

»Was wollen Sie denn von mir?« fragte Godefroid.

»Die Manuskripte meines Großvaters, wo sind sie . . .?«

»Sagen Sie ihm, er solle sie bei Monsieur Nicolas zurückfordern.«

Der junge Mensch hielt diese Äußerung für den abscheulichen Scherz eines Diebes, dem jedes Schamgefühl mangelte, und er setzte sich in den Schnee und sah, wie die Droschke in schlankem Trab davonfuhr. In einem Anfall wilder Entschlossenheit stand er auf und legte sich schlafen. Er war erschöpft von seinen rasch zurückgelegten Gängen, und das Herz war ihm gebrochen. Am nächsten Morgen erwachte Auguste de Mergi allein in dieser Wohnung, in der noch am Vortage seine Mutter und sein Großvater geweilt hatten, und er fiel schmerzlichen Empfindungen über die Lage anheim, in die er sich ausweglos versetzt sah. Die tiefe Einsamkeit einer vor kurzem noch so belebten Wohnung, wo jeder Augenblick eine Pflicht, eine Betätigung mit sich gebracht hatte, ließ ihn so viel Unheil gewahren, daß er hinabging und die Witwe Vauthier fragte, ob sein Großvater während der Nacht oder am frühen Morgen dagewesen sei. Denn er war sehr spät aufgewacht, und er vermutete, falls der Baron Bourlac zurückgekehrt sei, würde die Portiersfrau ihn über den Haftbefehl unterrichtet haben. Allein sie antwortete ihm höhnisch, er wisse doch ganz genau, wo er seinen Großvater finden könne, und wenn dieser heute morgen nicht heimgekehrt sei, dann deshalb, weil er jetzt im Schloß zu Clichy wohne. Dieser Spott von seiten einer Frau, die ihn am Vorabend noch so sehr verhätschelt hatte, brachte den armen jungen Menschen abermals vollauf zum Rasen, und er lief zu der Klinik in der Rue Basse-Saint-Pierre, voller Verzweiflung über die Vermutung, daß sein Großvater im Gefängnis sei.

Der Baron Bourlac war die ganze Nacht hindurch um die Klinik herumgeschlichen, die zu betreten ihm verboten war, und auch um das Haus des Doktors Halpersohn, von dem er begreiflicherweise Rechenschaft über ein solches Verhalten fordern wollte. Der Doktor war erst um zwei Uhr morgens heimgekehrt. Der Greis, der um halb zwei an der Tür des Doktors gewesen war, hatte kehrtgemacht und war auf der großen Allee der Champs-Elysées auf und ab gegangen. Als er um halb drei abermals vorsprach, sagte der Portier ihm, Monsieur Halpersohn sei heimgekommen und zu Bett gegangen. Jetzt schlafe er und dürfe nicht geweckt werden.

Der verzweifelte alte Vater befand sich also um drei Uhr

morgens in diesem Stadtviertel. Er irrte auf dem Quai umher, unter den rauhreifbehangenen Bäumen der Seitenwege des Cours-la-Reine und wartete, daß es hell werde. Um neun Uhr morgens fand er sich bei dem Arzt ein und fragte ihn, warum er seine Tochter in so strengem Gewahrsam halte.

»Monsieur«, antwortete ihm der Doktor, »gestern habe ich die Verantwortung für die Gesundung Ihrer Tochter übernommen. In diesem Augenblick nun aber bin ich für ihr Leben verantwortlich, und Sie verstehen wohl, daß ich in einem solchen Fall selbstherrlich vorgehen muß. Hören Sie denn also, daß Ihre Tochter gestern ein Medikament eingenommen hat, das ihr die ›Plica‹ geben soll, und ehe diese furchtbare Krankheit nicht aus ihr heraus ist, bleibt sie unsichtbar. Ich will nicht, daß eine heftige Erregung, ein Diätfehler mir die Patientin und Ihnen die Tochter wegnehmen. Wenn Sie sie absolut sehen wollen, verlange ich die Hinzuziehung dreier Ärzte, um mich von der Verantwortung zu entbinden, denn die Patientin könnte sterben.«

Der von der Erschöpfung überwältigte alte Herr sank auf einen Stuhl, stand jedoch schnell wieder auf und sagte: »Entschuldigen Sie. Ich habe die ganze Nacht hindurch in entsetzlichen Angstzuständen auf Sie gewartet. Sie wissen ja nicht, wie lieb ich meine Tochter habe. Seit fünfzehn Jahren schwebt sie zwischen Tod und Leben, und ich betreue sie. Diese acht Tage des Wartens sind eine Folterqual.«

Der Baron verließ Halpersohns Arbeitszimmer und taumelte dabei wie ein Trunkener. Etwa eine Stunde nach dem Fortgehen des alten Herrn, den der jüdische Arzt am Arm gestützt und geführt hatte, bis er am Treppengeländer angelangt war, sah er Auguste de Mergi eintreten. Auf seine an die Portiersfrau der Klinik gerichteten Fragen hatte der arme junge Mensch gerade erfahren, der Vater der am Vortage eingelieferten jungen Dame sei am Abend wiedergekommen, habe nach ihr gefragt und erwähnt, er wolle an diesem Morgen zu Doktor Halpersohn gehen. Dort werde er sicherlich etwas über ihn erfahren. In dem Augenblick, da Auguste de Mergi sich in Halpersohns Arbeitszimmer einfand, frühstückte der Doktor gerade eine Tasse Schokolade, die zusammen mit einem Glas Wasser auf einem kleinen, runden Tisch stand. Er ließ sich durch den jungen Menschen nicht stören und fuhr damit fort, sein Stückchen Weißbrot in die Schokolade zu tauchen. Er aß nämlich nie etwas anderes als eine »flûte«[116], und diese war mit einer Genauigkeit in vier Teile zerschnitten, die von der Geschicklichkeit eines Operateurs zeugte. Halpersohn hatte tatsächlich auf seinen Reisen als Chirurg praktiziert.

»Na, junger Mann«, sagte er, als er Wandas Sohn eintreten sah, »Sie kommen natürlich ebenfalls, um von mir Rechenschaft über Ihre Mutter zu verlangen . . .«

»Ja«, antwortete Auguste de Mergi.

Auguste war an den Tisch herangetreten, auf dem ihm als erstes mehrere Banknoten zwischen mehreren Haufen von Goldstücken in die Augen fielen. In der Lage, in der der unglückliche Junge sich befand, war die Versuchung größer als seine Grundsätze, so verläßlich sie auch sein mochten. Er sah das Mittel zur Rettung seines Großvaters und der Früchte einer zwanzigjährigen Arbeit vor sich, die durch habgierige Spekulanten bedroht wurden. Dieser Bann überkam ihn schnell wie ein Denkvorgang und dünkte den Knaben gerechtfertigt durch den ihm zulächelnden Einfall, daß er sich aufopfere. Er sagte sich: »Ich richte mich zugrunde, aber ich rette meine Mutter und meinen Großvater . . .!«

In dieser Umschlingung seiner Vernunft durch die Pranken des Verbrechens gewann er, wie die Geisteskranken, eine eigenartige, nur für diesen Augenblick waltende Geschicklichkeit. Denn anstatt über seinen Großvater zu berichten, pflichtete er dem Arzt völlig bei. Wie alle großen Beobachter hatte Halpersohn rückschauend das Leben des alten Herrn, dieses Jungen und seiner Mutter erfaßt. Er ahnte oder gewahrte halb und halb die Wahrheit, die die Reden der Baronin de Mergi ihm andeutungsweise enthüllt hatten, und daraus hatte sich in ihm eine Art Wohlwollen für seine neuen Schutzbefohlenen angebahnt. Denn zu Hochachtung oder Bewunderung war er außerstande.

»Also, mein lieber Junge«, antwortete er zwanglos dem jungen Baron, »ich erhalte Ihnen Ihre Mutter, und ich erstatte sie Ihnen jung, schön und gesund zurück. Es handelt sich um eine der wenigen Patientinnen, an denen die Ärzte wahrhaft Anteil nehmen. Überdies ist sie durch ihre Mutter eine Landsmännin von mir! Sie und Ihr Großvater müssen den Mut aufbringen, die Dame zwei Wochen lang nicht zu besuchen ...«

»Die Baronin Mergi ...«

»Wenn sie Baronin ist, dann sind Sie also Baron?« fragte Halpersohn.

In diesem Augenblick war der Diebstahl vollbracht worden. Während der Arzt sein in der Schokolade aufgeweichtes und schwer gewordenes Stück Brot anschaute, hatte Auguste vier zusammengefaltete Banknoten ergriffen und sie in seine Hosentasche gesteckt. Er hatte dabei so getan, als tue er das, um sich eine gute Haltung zu geben.

»Ja, ich bin Baron. Mein Großvater ist ebenfalls Baron. Unter der Restauration war er Generalstaatsanwalt.«

»Sie werden ja rot, junger Mann. Man braucht nicht zu erröten, wenn man arm und Baron ist, das ist nicht eben selten.«

»Wer hat Ihnen denn gesagt, wir seien arm?«

»Nun, Ihr Großvater hat mir erzählt, er sei die Nacht über auf den Champs-Elysées umhergelaufen, und obgleich ich kein Palais kenne, in dem sich eine so schöne Wölbung befände wie die, die dort um zwei Uhr morgens geschimmert hat, kann ich Ihnen versichern, daß in dem Palais, in dem Ihr Großvater umherspazierte, Frost herrschte. Man übernachtet nicht aus purer Neigung unterm Sternenhimmel ...«

»Mein Großvater ist hier gewesen?« entgegnete Auguste, der diese Gelegenheit zum Antreten des Rückzugs wahrnahm. »Ich danke Ihnen, und wenn Sie gestatten, komme ich wieder und erkundige mich nach meiner Mutter.«

Kaum war der junge Baron draußen, als er sich beeilte, daß er zu dem Gerichtsvollzieher kam. Er nahm eine Droschke, damit er schneller hingelange, und beglich die Schuld seines Großvaters. Der Gerichtsvollzieher händigte die Wechsel aus und gab eine Quittung über die Erstattung der Kosten. Dann sagte er dem jungen Mann, er solle einen seiner Schreiber mitnehmen, um die gerichtlich eingesetzte Hüterin von ihren Funktionen zu entbinden.

»Und zwar um so eher, als ja die Herren Barbet und Métivier in Ihrer Stadtgegend wohnen«, fügte er hinzu. »Mein Angestellter kann ihnen ihr Geld überbringen und ihnen sagen, er möge Ihnen den Rückkaufsvertrag aushändigen . . .«

Auguste, der nichts von diesen Fachausdrücken und Formalitäten verstand, ließ alles mit sich geschehen. Er bekam die siebenhundert Francs heraus, die ihm von den viertausend zustanden, und ging. Ein Schreiber begleitete ihn. Er stieg in einem Zustand unsagbarer Betäubung in die Droschke. Denn jetzt, da das Ergebnis erzielt war, begannen die Gewissensbisse, und er sah sich entehrt, verflucht von seinem Großvater, dessen Unbeugsamkeit ihm bekannt war, und er meinte, seine Mutter werde vor Schmerz sterben, wenn sie erfahre, wessen er sich schuldig gemacht habe. Die Natur änderte für seine Blicke ihr Aussehen. Ihm war heiß, er sah den Schnee nicht mehr, die Häuser dünkten ihn gespenstisch. Als der junge Baron daheim angelangt war, faßte er einen Entschluß, der sicherlich derjenige eines ehrenhaften jungen Menschen war. Er ging in das Zimmer seiner Mutter und nahm dort die mit Diamanten besetzte Tabaksdose an sich, die der Kaiser seinem Großvater geschenkt hatte. Er wollte sie zusammen mit den siebenhundert Francs an Doktor Halpersohn schicken, und zwar mit nachstehendem Brief, zu dem es mehrerer Entwürfe bedurfte.

Monsieur,

die Früchte einer zwanzigjährigen, von meinem Großvater geleisteten Arbeit hatten durch Wucherer aufgezehrt werden sollen, die seine Freiheit bedrohten. Dreitausend Francs hätten ihn gerettet, und als ich soviel Gold auf Ihrem Tische liegen sah, habe ich dem Glück, meinem Ahnherrn die Freiheit zu verschaffen und ihm gleichzeitig den Lohn für seine durchwachten Nächte zurückzuerstatten, nicht widerstehen können. Ich habe von Ihnen ohne Ihre Zustimmung viertausend Francs entliehen. Aber da dreitausenddreihundert ausreichten, schicke ich Ihnen die übrigen siebenhundert Francs wieder und füge eine mit Diamanten verzierte Dose hinzu, ein Geschenk des Kaisers an meinen Großvater. Ihr Wert möge Ihnen als Bürgschaft für die ganze Summe dienen.

Für den Fall, daß Sie nicht an die Ehrenhaftigkeit dessen glauben, der in Ihnen sein Leben lang einen Wohltäter sehen wird, bewahren Sie bitte Schweigen über eine unter allen andersgearteten Umständen nicht zu rechtfertigende Tat. Dann nämlich werden Sie meinen Großvater wie meine Mutter retten, und ich werde für mein ganzes Leben Ihr ergebener Sklave sein.

Auguste de Mergi

Gegen halb drei ließ Auguste, der bis zu den Champs-Elysées gegangen war, durch einen Dienstmann an der Tür des Doktors Halpersohn eine versiegelte Schachtel abgeben, in der sich zehn Louis, ein Fünfhundertfrancsschein und die Tabaksdose befanden. Dann kehrte er langsam zu Fuß heim, und zwar über den Pont d'Iéna, die Place des Invalides und die Boulevards. Er verließ sich auf die Großherzigkeit des Doktors Halpersohn. Der Arzt, der den Diebstahl festgestellt hatte, war sogleich anderer Meinung über die ihm Anbefohlenen geworden. Der Arzt meinte, der alte Herr sei zu ihm gekommen, um zu stehlen, und als ihm das nicht gelungen sei, habe er diesen kleinen Burschen geschickt. Er bezweifelte, daß sie seien, als was sie sich ausgegeben hatten, und ging schnurstracks zum Staatsanwalt, reichte seine Klage ein und bestand auf sofortiger Betreibung.

Die Bedachtsamkeit, mit der die Justiz vorgeht, erlaubt nur selten ein so schnelles Eingreifen, wie die klagenden Parteien es verlangen. Aber um drei Uhr bereits stellte ein Polizeikommissar, den Beamte begleiteten, die so taten, als schlenderten sie auf dem Boulevard einher, der Mutter Vauthier Fragen über ihre Mieter, und ohne es zu wissen, steigerte die Witwe den Verdacht des Polizeikommissars.

Népomucène, der die Polizeibeamten gewittert hatte, glaubte, der alte Herr solle verhaftet werden. Und da er Monsieur Auguste gern hatte, lief er Monsieur Bernard entgegen. Er erblickte ihn in der Avenue de l'Observatoire.

»Machen Sie, daß Sie wegkommen, Monsieur!« rief er. »Sie sollen festgenommen werden. Heute morgen sind die Gerichtsvollzieher in Ihrer Wohnung gewesen. Alles haben sie gepfändet. Die Mutter Vauthier hatte die Zahlungsbefehle für Sie versteckt. Sie hat gesagt, heute nacht müßten Sie in Clichy schlafen oder aber morgen. Da, sehen Sie die Spürhunde?«

Ein Blick genügte dem ehemaligen Generalstaatsanwalt, um

in den Polizeibeamten Büttel zu erkennen, und er durchschaute alles.

»Und Monsieur Godefroid?«

»Verduftet, der kommt nicht wieder. Die Mutter Vauthier hat gesagt, er sei ein Spitzel Ihrer Feinde gewesen . . .«

Der Baron Bourlac beschloß auf der Stelle, zu Barbet zu gehen. In einer Viertelstunde war er dort. Der ehemalige Verleger wohnte in der Rue Sainte-Catherine-d'Enfer[117].

»Aha! Sie wollen wohl Ihren Rückkaufsvertrag holen?« fragte der alte Buchhändler und erwiderte den Gruß seines Opfers. »Hier ist er.«

Und zum größten Erstaunen des Barons Bourlac hielt er ihm das Dokument hin. Der ehemalige Generalstaatsanwalt nahm es und sagte:

»Ich verstehe nicht . . .«

»Dann haben also nicht *Sie* mich bezahlt?« entgegnete der Verleger.

»Sind Sie denn bezahlt worden?«

»Ihr Enkel hat den Betrag heute vormittag zu dem Gerichtsvollzieher gebracht.«

»Stimmt es, daß Sie mich gestern haben pfänden lassen?«

»Sind Sie denn seit zwei Tagen nicht in Ihrer Wohnung gewesen?« fragte Barbet. »Aber ein Generalstaatsanwalt weiß doch ganz genau, was ein Zahlungsbefehl mit Androhung der Verhaftung bedeutet . . .«

Als er diesen Satz vernahm, verbeugte der Baron sich kalt vor Barbet und ging heim in dem Glauben, der Büttel des Handelsgerichts sei sicherlich der beiden Schriftsteller aus dem zweiten Stock wegen dort, die sich versteckt hielten. Er ging langsam, in vage, bangende Vermutungen verloren. In dem Maße, wie er ausschritt, dünkten ihn Népomucènes Worte rätselhafter und unerklärlicher. Ob Godefroid ihn tatsächlich verraten hatte? Mechanisch bog er in die Rue Notre-Dame-des-Champs ein und betrat das Haus durch die kleine Tür, die er zufällig offen fand. Dabei stieß er auf Népomucène.

»Oh, kommen Sie doch schnell! Monsieur Auguste soll ins Gefängnis geschafft werden! Sie haben ihn auf dem Boulevard geschnappt; hinter *ihm* sind sie her gewesen. Er ist schon verhört worden ...«

Der alte Herr tat einen Sprung wie ein Tiger, lief den zum Boulevard führenden Gartenweg entlang, durcheilte pfeilgeschwind Haus und Garten und kam gerade im rechten Augenblick, um zu sehen, wie sein Enkel zwischen drei Männern in eine Droschke stieg.

»Auguste«, sagte er, »was soll das bedeuten?«

Der junge Mensch zerschmolz in Tränen und sank in Ohnmacht.

»Monsieur, ich bin der Baron Bourlac, ehemaliger Generalstaatsanwalt«, sagte er zu dem Polizeikommissar, dessen Schärpe seinen Blick auf sich gelenkt hatte. »Bitte erklären Sie mir dies ...«

»Wenn Sie tatsächlich der Baron Bourlac sind, ist Ihnen alles in zwei Worten klar. Ich habe diesen jungen Menschen verhört, und leider hat er gestanden ...«

»Was ...?«

»Einen Diebstahl von viertausend Francs, den er bei Doktor Halpersohn begangen hat.«

»Ist das möglich? Du, Auguste?«

»Großpapa, ich habe ihm als Sicherheit deine Tabaksdose mit den Diamanten geschickt. Ich wollte dich vor der Schmach bewahren, ins Gefängnis zu müssen.«

»Oh, du Unseliger, was hast du getan!« rief der Baron. »Die Diamanten sind ja falsch, die echten habe ich schon vor drei Jahren verkauft.«

Der Polizeikommissar und sein Schreiber blickten einander auf eigentümliche Weise an. Dieser vielsagende Blick, den der Baron wahrgenommen hatte, schmetterte ihn zu Boden.

»Herr Kommissar«, fuhr der ehemalige Generalstaatsanwalt fort, »seien Sie unbesorgt. Ich gehe zum Herrn Königlichen Staatsanwalt. Aber Sie können den Irrtum bezeugen, in dem ich meinen Enkel und meine Tochter gelassen habe. Sie müssen Ihre Pflicht tun. Aber im Namen der Menschlichkeit, geben Sie meinem Enkel im Gefängnis ein Sonderzimmer mit eigener Verpflegung... Ich spreche im Gefängnis vor... Wohin bringen Sie ihn?«

»Sind Sie tatsächlich der Baron de Bourlac?« fragte der Polizeikommissar.

»Aber hören Sie ...!«

»Weil nämlich der Herr Königliche Staatsanwalt, der Untersuchungsrichter und ich bezweifelten, daß Leute wie Sie und Ihr Enkel sich etwas hätten zuschulden kommen lassen. Wir haben, wie auch der Doktor, geglaubt, Gauner hätten Ihren Namen angenommen.«

Er nahm den Baron beiseite und fragte ihn:

»Sind Sie heute morgen bei Doktor Halpersohn gewesen ...?«

»Ja.«

»Ist Ihr Enkel eine halbe Stunde nach Ihnen bei ihm gewesen?«

»Davon weiß ich nichts. Ich komme gerade nach Hause, ich habe meinen Enkel seit gestern nicht gesehen.«

»Die Zahlungsbefehle, die er uns vorgezeigt hat, und die Akten haben mir alles erklärt«, fuhr der Polizeikommissar fort. »Ich kenne den Beweggrund zu dem Verbrechen. Eigentlich müßte ich Sie als Komplicen Ihres Enkels gleichfalls verhaften, denn Ihre Antworten bestätigen die in der Klageschrift angeführten Tatsachen. Aber die Zahlungsbefehle, die Ihnen zugestellt worden sind und die ich Ihnen hiermit übergebe«, sagte er und überreichte ihm einen Stapel amtlicher Formulare, die er in der Hand hielt, »beweisen, daß Sie wirklich der Baron Bourlac sind. Nichtsdestoweniger halten Sie sich bitte bereit, vor Monsieur Marest zu erscheinen, dem mit dieser Sache betrauten Untersuchungsrichter. In Anbetracht Ihres früheren Ranges glaube ich, daß ich die üblichen strengen Vorschriften lockern darf. Was nun Ihren Enkel betrifft, so werde ich bei meiner Rückkunft mit dem Herrn Königlichen Staatsanwalt sprechen, und wir werden dem Enkel eines früheren Ersten Präsidenten, dem Opfer eines jugendlichen Irrtums, alle Rücksichtnahme angedeihen lassen. Aber die Klage liegt vor. Der Angeklagte gesteht, ich habe das Protokoll aufgenommen, es ist ein Haftbefehl erlassen worden. Ich kann nichts tun. Was nun die Haftanstalt betrifft, so bringen wir Ihren Enkel in die Conciergerie.«

»Danke, Monsieur!« sagte der unglückliche Bourlac.

Steif und starr fiel er in den Schnee und rollte in eine der Vertiefungen, die damals die Bäume des Boulevards voneinander trennten.

Der Polizeikommissar rief Hilfe herbei, und Népomucène und die alte Vauthier kamen gelaufen. Der alte Herr wurde in seine Wohnung getragen, und die Vauthier bat den Polizeikommissar, der ja durch die Rue d'Enfer gehen mußte, schleunigst den Doktor Berton herzuschickten.

»Was hat denn mein Großvater?« fragte der arme Auguste.

»Verrückt geworden ist er...! Das kommt dabei heraus, wenn man klaut...!«

Auguste vollführte eine Bewegung, als wolle er sich den Kopf zerschmettern. Allein die beiden Beamten hielten ihn fest.

»Na, na, junger Mann, nur Ruhe!« sagte der Polizeikommissar, »nur Ruhe. Sie haben ein Unrecht begangen, aber das läßt sich schon wieder einrenken...«

»Bitte sagen Sie doch der Frau da, daß mein Großvater wahrscheinlich seit vierundzwanzig Stunden nichts gegessen hat...!«

»Ach, die armen Leute...!« entfuhr es leise dem Polizeikommissar.

Er ließ den Wagen, der schon angefahren war, stoppen, flüsterte seinem Sekretär ein paar Worte zu, dieser lief davon, redete mit der Vauthier und kam sogleich wieder.

Doktor Berton hielt die Krankheit Monsieur Bernards, den er einzig unter diesem Namen kannte, für ein hitziges Fieber von großer Stärke. Aber als die Witwe Vauthier so, wie Portiersfrauen eben erzählen, die Geschehnisse berichtet hatte, durch die dieser Zustand herbeigeführt worden war, hielt er es für erforderlich, am anderen Morgen in Saint-Jacques du Haut-Pas Monsieur Alain über dieses Abenteuer ins Bild zu setzen, und Monsieur Alain ließ durch einen Dienstmann ein paar mit Bleistift gekritzelte Zeilen an Monsieur Nicolas in der Rue Chanoinesse gelangen.

Godefroid hatte bei seinem Kommen am Vorabend die Anmerkungen zu dem Werk Monsieur Nicolas übergeben. Dieser hatte den größten Teil der Nacht damit hingebracht, den ersten Teil des Werks des Barons Bourlac zu lesen.

Am nächsten Morgen sagte Madame de La Chanterie zu dem Neophyten, wenn er noch immer bei seinem Entschluß beharre, müsse er sich unverzüglich an die Arbeit machen. Godefroid wurde durch sie in die Finanzgeheimnisse der Gemeinschaft eingeweiht und arbeitete mehrere Monate lang täglich sieben oder acht Stunden unter der Aufsicht Frédéric Mongenods, der jeden Sonntag kam, um das Geleistete nachzuprüfen. Er wurde von ihm mit Lobsprüchen über seine Arbeit bedacht.

»Sie sind«, sagte er ihm, als alle Konten abgeschlossen und klar aufgestellt worden waren, »eine kostbare Erwerbung für die frommen Menschen, in deren Mitte Sie leben. Von jetzt an dürften für Sie täglich zwei oder drei Stunden genügen, um die Buchführung auf dem laufenden zu halten, und Sie können ihnen in der übrigen Zeit helfen, sofern Sie nach wie vor die Berufung verspüren, die Sie vor einem halben Jahr bekundet haben...«

Es war inzwischen Juli 1838 geworden. Während der ganzen Zeit, die seit dem Abenteuer am Boulevard Mont-Parnasse verronnen war, hatte Godefroid, der eifrig darauf bedacht war, sich als seiner Freunde würdig zu bezeigen, keine einzige den Baron Bourlac betreffende Frage gestellt. Denn da er kein Wort darüber laut werden hörte, noch in den schriftlichen Unterlagen etwas fand, das Bezug auf jene Angelegenheit gehabt hätte, betrachtete er das Stillschweigen, das über die Familie der beiden Henker der Madame de La Chanterie gewahrt wurde, entweder als eine Prüfung, der man ihn unterzog, oder als einen Beweis dafür, daß die Freunde dieser erhabenen Frau sie gerächt hätten.

In Wirklichkeit hatte er zwei Monate später einen Spaziergang bis zum Boulevard Mont-Parnasse ausgedehnt. Er hatte es fertiggebracht, die Witwe Vauthier zu treffen, und sie gefragt, ob sie etwas über die Familie Bernard wisse.

»Wer weiß, mein lieber Monsieur Godefroid, was aus diesen Leuten geworden ist...! Zwei Tage nach Ihrem Eingreifen, denn natürlich haben Sie, Sie Schlaukopf, die Sache meinem Hausbesitzer eingeblasen, sind Leute gekommen und haben uns den alten, aufgeblasenen Kerl vom Halse geschafft. Pah! Innerhalb von vierundzwanzig Stunden war alles weggebracht, und aus den Augen, aus dem Sinn! Keiner hat mit der Sprache herauswollen. Ich glaube, er ist mit seinem Schlingel von Enkel nach Algier gegangen. Denn Népomucène, der eine Schwäche für diesen Langfinger hatte und der genausowenig taugt wie er, hat ihn in der Conciergerie nicht mehr vorgefunden, und er allein weiß, wo sie sind, der Lump hat mich nämlich einfach sitzenlassen ... Da soll einer noch Findelkinder aufziehen! So belohnen sie einen, lassen einen einfach in der Klemme sitzen. Ich habe noch keinen Ersatz für ihn gefunden. Und da die Gegend hier sich gut entwickelt, ist das ganze Haus vermietet, und die Arbeit wächst mir über den Kopf.«

Godefroid hätte niemals wieder etwas über den Baron Bourlac erfahren, hätte dieses Abenteuer nicht durch eine Begegnung, wie sie in Paris nun mal geschehen, seine Lösung gefunden.

Im September ging Godefroid die große Avenue des Champs-Elysées hinab, und als er an der Rue Marboeuf vorbeikam, mußte er an den Doktor Halpersohn denken.

»Eigentlich müßte ich mal bei ihm vorsprechen, um zu erfahren, ob er Bourlacs Tochter geheilt hat . . .! Was für eine Stimme hat sie gehabt, und wie begabt war sie . . .! Sie hatte sich Gott weihen wollen!«

Als Godefroid am Rond-Point angelangt war, überquerte er ihn rasch der schnell fahrenden Wagen wegen, und stieß zwischen den Bäumen einen jungen Herrn an, der eine junge Dame am Arm führte.

»Passen Sie doch auf!« rief der junge Herr. »Sind Sie denn blind?«

»Siehe da! *Sie* sind es!« antwortete Godefroid. Er hatte in jenem jungen Herrn Auguste de Mergi wiedererkannt.

Auguste war so gut angezogen, so hübsch, so schmuck, so stolz, er jene Dame am Arm führen zu dürfen, daß er ihn ohne die Erinnerungen, denen er nachgehangen hatte, schwerlich wiedererkannt haben würde.

»Aber das ist ja der liebe Monsieur Godefroid«, sagte die Dame.

Als Godefroid den himmlischen Klang der bestrickenden Stimme der schon weitergegangenen Wanda vernahm, blieb er wie angenagelt stehen, wo er stand.

»Geheilt . . .!« sagte er.

»Vor zehn Tagen hat er mir zu gehen erlaubt . . .!« antwortete sie.

»Halpersohn . . .?«

»Ja!« sagte sie. »Aber warum haben Sie uns nicht besucht?« fuhr sie fort »... Oh, daran haben Sie recht getan! Vor acht Tagen ist mir das Haar abgeschnitten worden! Das, was Sie an mir sehen, ist eine Perücke. Aber der Doktor hat mir geschworen, es werde wieder wachsen ...! Wie vielerlei haben wir einander zu erzählen ...! Kommen Sie doch zum Essen zu uns ...! Ach, Ihr Accordéon ...! Ach, Monsieur Godefroid ...«

Und sie drückte ihr Taschentuch an die Augen.

»Mein Leben lang will ich es behalten! Mein Sohn wird es aufbewahren wie eine Reliquie! In ganz Paris hat mein Vater nach Ihnen gesucht. Außerdem ist er auf der Suche nach seinen unbekannten Wohltätern. Er vergeht vor Kummer, wenn Sie ihm nicht helfen, sie aufzustöbern ... Es nagt an ihm eine düstere Schwermut, über die er nicht immer triumphiert.«

Godefroid wurde im gleichen Maße durch die Stimme dieser köstlichen, aus dem Grab zurückgerufenen Frau wie durch die Stimme einer faszinierenden Neugier verlockt. Er nahm den Arm, den die Baronin de Mergi ihm bot. Ihren Sohn ließ sie vorausgehen. Durch eine Kopfbewegung, die der junge Mann verstand, hatte sie ihm einen Auftrag erteilt.

»Ich entführe Sie nur ein kurzes Stück Weges. Wir wohnen in der Allée d'Antin in einem hübschen Haus im englischen Stil. Wir bewohnen es allein. Jeder von uns hat ein ganzes Stockwerk. Oh, es geht uns tadellos! Mein Vater glaubt, Sie hätten viel zu dem Glück und der Seligkeit beigetragen, die über uns hereingebrochen sind ...!«

»Ich ...?«

»Wissen Sie denn nicht, daß für ihn auf Grund eines Berichts des Ministers für das Unterrichtswesen ein Lehrstuhl für vergleichende Rechtswissenschaft an der Sorbonne geschaffen worden ist? Im kommenden November hält mein Vater seine erste Vorlesung. Das große Werk, an dem er arbeitete, soll in einem Monat erscheinen. Der Verlag Cavalier veröffentlicht es und teilt den Erlös mit meinem Vater. Er hat ihm auf seinen Anteil einen Vorschuß von dreißigtausend Francs gezahlt. Daraufhin hat mein Vater das Haus gekauft, in dem wir wohnen. Der Justizminister zahlt mir eine Pension von zwölfhundert Francs als jährliche Unterstützung für die Tochter eines ehemaligen Richters. Mein Vater bekommt eine Pension von tausend Talern. Für seine Professur werden ihm fünftausend Francs gezahlt. Wir sind so sparsam, daß wir fast reich werden. Mein Auguste fängt in zwei Monaten mit seinem Rechtsstudium an. Aber er arbeitet bereits beim Generalstaatsanwalt und verdient zwölfhundert Francs ... Ach, Monsieur Godefroid, lassen wir Augustes unselige Angelegenheit aus dem Spiel. Ich segne ihn allmorgendlich für diese Tat, aber sein Großvater kann sie ihm noch immer nicht verzeihen! Seine Mutter segnet ihn, Halpersohn ist sehr von ihm angetan, und der ehemalige Generalstaatsanwalt ist unerbittlich.«

»Welche Angelegenheit denn?« fragte Godefroid.

»Oh, ich merke, wie großherzig Sie sind!« rief Wanda. »Was für ein edles Herz haben Sie ...! Ihre Mutter muß stolz auf Sie sein.«

Sie blieb stehen, als habe ihr Herz ein Schmerz durchzuckt.

»Ich schwöre Ihnen, daß ich nichts von der Angelegenheit weiß, die Sie erwähnten«, sagte Godefroid.

»Ach, Sie kennen sie nicht!«

Und sie erzählte ohne Umschweif, wobei Bewunderung für den Sohn durchklang, von dem »Darlehen« Augustes bei dem Doktor.

»Da wir vor dem Herrn Baron Bourlac nicht davon reden dürfen«, gab Godefroid zu bedenken, »berichten Sie mir doch bitte, wie Ihr Sohn sich aus der Affäre gezogen hat ...«

»Aber ich glaube, ich habe Ihnen doch schon gesagt«, antwortete Wanda, »daß er beim Generalstaatsanwalt beschäftigt ist, der ihm das größte Wohlwollen bezeigt. Er ist nur achtundvierzig Stunden in der Conciergerie geblieben; er war dort beim Direktor untergebracht. Der gute Doktor hatte Augustes schönen, noblen Brief erst am Abend vorgefunden und seine Klage zurückgezogen. Und durch das Eingreifen eines früheren Präsidenten am königlichen Gericht, den mein Vater nie gesehen hat, hat der Generalstaatsanwalt das Protokoll des Polizeikommissars und den Haftbefehl aus der Welt geschafft. Kurzum, es besteht von jener Angelegenheit keine Spur mehr, außer in meinem Herzen, im Gewissen meines Sohnes und im Kopf seines Großvaters, der Auguste seit jenem Tag mit ›Sie‹ anredet und ihn wie einen Fremden behandelt. Noch gestern hat Halpersohn um Gnade für ihn gebeten. Aber mein Vater, der mich abweist, obwohl er mich so liebhat, hat geantwortet: – ›Sie sind der Bestohlene. Sie können, Sie dürfen verzeihen. Ich jedoch bin verantwortlich für den Dieb ... und als ich Generalstaatsanwalt war, habe ich nie Nachsicht geübt ...!‹ – ›Sie bringen damit noch Ihre Tochter um!‹ hat Halpersohn gesagt. Ich habe ihn belauscht. Mein Vater hat geschwiegen.«

»Aber wer hat Ihnen nun eigentlich geholfen?«

»Ein Herr, von dem wir glauben, er sei beauftragt, die Wohltaten der Königin auszuteilen.«

»Wie sieht er denn aus?« fragte Godefroid.

»Feierlich und hager, bekümmert wie mein Vater ... Er hat meinen Vater in das Haus bringen lassen, in dem wir uns jetzt befinden, als er an dem hitzigen Fieber erkrankte. Stellen Sie sich vor, daß er mich, sobald mein Vater wieder gesund war, aus der Klinik geholt und ebenfalls dorthin gebracht hat. Ich bin in meinem Zimmer wieder zu mir gekommen, als hätte ich es nie verlassen. Halpersohn, den jener hochgewachsene Herr auf irgendeine Weise für sich eingenommen hat, hat mir dann also von all den Leiden erzählt, die mein Vater durchgemacht hat! Und auch von den verkauften Diamanten seiner Tabaksdose! Und daß mein Sohn und mein Vater die meiste Zeit ohne Brot gewesen sind und vor mir die Reichen gespielt haben ... Oh, Monsieur Godefroid ...! Die beiden sind Märtyrer ... Was könnte ich meinem Vater sagen ...? Ich stehe zwischen meinem Sohn und ihm, ich kann nur Gleiches mit Gleichem vergelten, indem ich für sie, mit ihnen leide.«

»Und hat jener hochgewachsene Herr etwa ein bißchen nach altem Offizier ausgesehen ...?«

»Ach, Sie kennen ihn!« rief Wanda an der Tür ihres Hauses.

Mit der Kraft einer Frau, wenn sie gerade einen Nervenanfall erleidet, ergriff sie Godefroid bei der Hand und zog ihn in einen Salon, dessen Tür gerade aufging, und rief:

»Vater! Monsieur Godefroid kennt deinen Wohltäter!«

Der Baron Bourlac, der, wie Godefroid gewahrte, jetzt gekleidet war, wie es ein früherer Richter so hohen Ranges sein mußte, stand auf, streckte Godefroid die Hand hin und sagte: »Das hatte ich mir gedacht!«

Godefroid vollführte eine Geste, als wolle er die Auswirkungen dieser noblen Rache abstreiten. Aber der Generalstaatsanwalt ließ ihn nicht zu Worte kommen.

»Ach, Monsieur«, fuhr er fort, »nur die Vorsehung ist mächtiger, nur die Liebe erfindungsreicher, nur eine Mutter hellsichtiger als Ihre Freunde, denen etwas von diesen drei großen Gottheiten innewohnt ... Ich segne den Zufall, dem wir unsere Begegnung verdanken. Denn Monsieur Joseph ist für immer verschwunden, und da er sich darauf verstanden hat, allen Fallen zu entschlüpfen, die ich ihm gestellt habe, um seinen wahren Namen und seine Wohnung zu erfahren, würde ich vor Kummer gestorben sein ... Da, lesen Sie seinen Brief. Aber vielleicht kennen Sie ihn gar schon?«

Godefroid las das Nachstehende:

Herr Baron Bourlac, die Summen, die wir auf Geheiß einer mildherzigen Dame an Sie gewendet haben, belaufen sich auf fünfzehntausend Francs. Notieren Sie sie sich, damit entweder Sie selber oder Ihre Nachkommen sie zurückzahlen können, sobald der Wohlstand Ihrer Familie es gestattet, denn es handelt sich um das Hab und Gut der Armen. Sobald die Rückerstattung möglich ist, zahlen Sie die Summen, die Sie schulden, beim Bankhaus der Gebrüder Mongenod ein. Möge Gott Ihnen Ihre Sünden vergeben!

Die geheimnisvolle Unterschrift dieses Briefes, den Godefroid zurückreichte, bildete fünf Kreuze.

»Die fünf Kreuze sind ...«, sagte er zu sich selbst.

»Ach, Monsieur«, sagte der alte Herr, »Sie, der Sie alles wissen, der Sie der Beauftragte dieser mysteriösen Dame sind ... sagen Sie mir doch deren Namen!«

»Ihren Namen!« schrie Godefroid auf, »ihren Namen! Fragen Sie nie danach, Sie Unseliger! Suchen Sie ihn nie zu erfahren! Ach, Madame«, sagte Godefroid und nahm die Hand der Madame de Mergi in seine zitternden Hände, »wenn Sie Wert auf den klaren Verstand Ihres Vaters legen, dann sorgen Sie dafür, daß er in seiner Unkenntnis verbleibt, daß er nicht den geringsten Schritt unternimmt!«

Tiefes Erstaunen vereiste Vater, Tochter und August.

»Es ist . . .?« fragte Wanda.

»Ja, die, die Ihre Tochter gerettet hat«, fuhr Godefroid fort und blickte den Greis an, »die sie Ihnen jung, schön, frisch, neu belebt wiedergeschenkt, die sie aus dem Sarg erlöst hat, die, die Ihnen ein glückliches Alter in Ehren beschert, die Sie alle drei gerettet hat . . .«

Er hielt inne.

». . . ist eine Frau, die Sie für zwanzig Jahre unschuldig ins Zuchthaus geschickt haben!« rief Godefroid dem Baron Bourlac zu, ». . . ist eine Frau, die Sie als Staatsanwalt mit den grausamsten Kränkungen überhäuft, deren Heiligkeit Sie beleidigt und der Sie eine wonnige Tochter entrissen haben, um sie in den schrecklichsten Tod zu schicken; sie ist guillotiniert worden . . .!«

Godefroid sah, daß Wanda ohnmächtig in einen Sessel gefallen war. Er stürzte davon, in den Korridor, von dort auf die Allée d'Antin und begann aus Leibeskräften zu laufen.

»Wenn dir verziehen werden soll«, sagte der Baron Bourlac zu seinem Enkel, »dann folge diesem Mann und erkunde, wo er wohnt . . .!«

Auguste schoß davon wie ein Pfeil.

Am nächsten Morgen um halb neun klopfte der Baron Bourlac an die alte, gelbe Tür des Stadthauses de La Chanterie in der Rue Chanoinesse und fragte den Pförtner, wo Madame de La Chanterie wohne. Es wurde ihm die Freitreppe gewiesen. Zum Glück war es die Stunde des Frühstücks, und Godefroid hatte durch eins der kleinen Fenster, die die Treppe erhellten, den Baron im Hof erkannt. Er hatte gerade noch genügend Zeit, hinabzueilen, in das Wohnzimmer zu stürzen, wo alle beisammensaßen, und zu rufen:

»Der Baron de Bourlac kommt . . .!«

Als Madame de La Chanterie diesen Namen vernahm, ging sie, auf den Abbé de Vèze gestützt, in ihr Zimmer.

»Du kommst hier nicht herein, du Gesandter der Hölle!« schrie Manon. Sie hatte den Generalstaatsanwalt erkannt und stellte sich vor die Wohnzimmertür. »Kommst du, um Madame den Rest zu geben?«

»Ruhig, Manon. Lassen Sie den Herrn eintreten«, sagte Monsieur Alain.

Manon setzte sich auf einen Stuhl, wie wenn ihr beide Beine gleichzeitig versagt hätten.

»Meine Herren«, sagte der Baron mit äußerst bewegter Stimme, als er Godefroid und Monsieur Joseph vor sich sah, und verneigte sich vor den beiden andern, »die Wohltätigkeit verleiht dem, dem sie galt, Rechte!«

»Sie verdanken uns nichts«, sagte der gute Alain, »Sie verdanken alles Gott ...«

»Sie sind Heilige und haben die Ruhe der Heiligen«, sagte der ehemalige Richter. »Bitte hören Sie mich an ...! Ich weiß, daß die übermenschlichen Wohltaten, mit denen ich seit achtzehn Monaten überschüttet werde, das Werk einer Frau sind, die ich dadurch, daß ich meine Pflicht tat, schwer geschädigt habe. Es waren fünfzehn Jahre nötig, bis ich ihre Unschuld erkannte. Aber dies, meine Herren, ist der einzige Gewissensbiß, den die Ausübung meiner Tätigkeit mit sich gebracht hat. – Hören Sie mich an! Ich habe nur noch kurze Zeit zu leben, aber ich will dies bißchen Leben, das für meine durch Madame de La Chanterie geretteten Kinder noch so notwendig ist, von mir werfen, wenn ich nicht ihre Verzeihung erlangen kann. Meine Herren, ich will auf dem Vorhof von Notre-Dame auf den Knien liegenbleiben, bis sie mir ein Wort gesagt hat ... Dort will ich warten ... Ich will die Spur ihrer Schritte küssen, ich werde wieder Tränen finden, um sie zu rühren, ich, den die Folterqualen meines Kindes ausgedörrt haben wie einen Strohhalm ...«

Die Tür des Zimmers der Madame de La Chanterie tat sich auf, der Abbé de Vèze glitt hindurch wie ein Schatten und sagte zu Monsieur Joseph: »Diese Stimme tötet Madame.«

»Oh, sie ist hier! Sie geht hier durch!« sagte der Baron Bourlac.

Er fiel auf die Knie, küßte den Parkettboden, zerschmolz in Tränen und rief mit herzzerreißender Stimme: »Im Namen

Jesu, der am Kreuze starb, verzeihen Sie! Verzeihen Sie! Denn *meine* Tochter hat tausend Tode erlitten!«

Der alte Mann sank so in sich zusammen, daß die erschütterten Dabeistehenden ihn für tot hielten. In diesem Augenblick erschien Madame de La Chanterie wie ein Geist in der Tür ihres Zimmers, an die sie sich, einer Ohnmacht nahe, lehnte.

»Im Namen Ludwigs XVI. und Marie-Antoinettes, die ich auf dem Schafott vor mir sehe, im Namen der Madame Elisabeth[118], im Namen meiner Tochter, in Ihrem Namen und in Jesu Namen verzeihe ich Ihnen ...«

Als er diese letzten Worte vernahm, hob der einstige Staatsanwalt die Augen auf und sagte: »So rächen sich die Engel.«

Monsieur Joseph und Monsieur Nicolas halfen dem Baron Bourlac auf und führten ihn in den Hof. Godefroid holte einen Wagen, und als sie ihn hatten heranrollen hören, setzte Monsieur Nicolas den alten Herrn hinein und sagte:

»Kommen Sie nie wieder, sonst würden Sie auch die Mutter dem Tod überantworten. Denn Gottes Macht ist unendlich, aber die menschliche Natur hat ihre Grenzen.«

An jenem Tag wurde Godefroid in den Orden der Brüder von der Tröstung aufgenommen.

Anmerkungen

Die Kehrseite der Zeitgeschichte

1 Pariser Stadtgegend am linken Seineufer, die Teile des heutigen V. Arrondissements (Panthéon) und des VI. (Luxembourg) umfaßt. Dort befindet sich seit dem 12. Jahrhundert das Zentrum der Bildungsanstalten.

2 Das Pariser Rathaus, 1874–1882 neu nach dem Muster des alten, kleineren erbaut, mit dessen Bau im italienischen Renaissancestil 1533 begonnen wurde. Das alte Hôtel-de-Ville wurde 1871 während des Kommunardenaufstands niedergebrannt.

3 Das große Krankenhaus Hôtel-Dieu wurde in seiner heutigen Gestalt 1868–1878 erbaut. Es ist eins der ältesten Krankenhäuser Europas, da es auf ein um 660 gegründetes Frauenkloster zurückgeht, das später als Herberge für Pilger und Kranke diente.

4 Es handelte sich dabei um einen Anbau des Hôtel-Dieu nach dem Quai Montebello zu, der zu Balzacs Zeiten beseitigt wurde.

5 Das erzbischöfliche Palais, als Bauwerk ohne besonderen Wert, war gegen Ende des 17. Jahrhunderts von Kardinal de Noailles erbaut und während der zweiten Hälfte des 18. Jahrhunderts von Monsignore de Beaunord verschönert, umgestaltet und eingerichtet worden. Es stand an der Südseite von Notre-Dame.

Am 14. Februar 1831 wurde nach einem Trauergottesdienst für den an jenem Tag ermordeten Herzog von Berry eine Kollekte für die während der Juli-Revolution verwundeten Soldaten der königlichen Garde veranstaltet. Das empörte die liberale Opposition. Kaum war der Gottesdienst zu Ende, als eine hauptsächlich aus Bürgern bestehende Menge sich auf die Kirche und das Pfarrhaus stürzte und zu plündern begann. Dann wandte sie sich dem erzbischöflichen Palais zu, stieß jedoch auf Polizeikräfte, die ihr Einhalt geboten. Am andern Tage brach der Aufruhr abermals aus, und diesmal griff die Nationalgarde nicht ein, sondern blieb, auf Thiers' Befehl, Gewehr bei Fuß stehen. Jetzt wurde das erzbischöfliche Palais völlig ausgeplündert, und als nichts mehr zu holen war, machte man sich an die Steine; es wurde auf der Stelle mit dem Abbruch des Palais begonnen. Erst 1845 wurde das Gelände gesäubert und in einen öffentlichen Park umgewandelt.

6 Der Dramatiker Zacharias Werner (1768–1823), geboren in Königsberg, ist eine der seltsamsten und schwierigsten Dichtergestalten der deutschen Romantik. Er studierte Rechtswissenschaft und

Philosophie, hörte Kant. 1807/08 war er in Weimar bei Goethe, der ihn schätzte; beide dichteten Sonette auf Wilhelmine Herzlieb. Eine Zeitlang weilte er in Coppet bei Mme de Staël. Mehrere deutsche Fürsten setzten ihm ein Jahresgehalt aus. Er bekam den Hofratstitel und lebte in Rom, wo er 1810 zum katholischen Glauben übertrat und seine frühen Werke, zumal die Dramen ›Das Kreuz an der Ostsee‹ (1806) und ›Martin Luther oder die Weihe der Kraft‹ (1807) widerrief. Er schrieb fortan mystisch-religiöse Stücke und wurde mit ›Der 24. Februar‹ der Begründer der romantischen Schicksalstragödie.

7 Der Abbé Charles Liautard (1774–1842) gründete 1804 in der Rue Notre-Dame-des-Champs eine Erziehungsanstalt, der Ludwig XVIII., ihr Schirmherr, 1822 den Namen ›Collège Stanislas‹ verlieh, nach dem zweimal entthronten Polenkönig und späteren Herzog von Bar und Lothringen Stanislaus Leszczinski (1677–1766), dem Urgroßvater Ludwigs XVI.

8 Die politischen Richtungen des »Fortschritts« (»Mouvement«) und des Konservativismus (»Résistance«) wirkten sich während der ganzen Zeit der Julimonarchie aus. Unter den Drahtziehern der Juli-Revolution wollten die einen, die mit den Republikanern verbündeten Liberalen, also Laffitte, La Fayette und Odilon Barrot, die Abschaffung der Erblichkeit der Pairswürde und die Erweiterung des Wahlrechts. Sie verlangten das Eingreifen Frankreichs zugunsten aller liberalen oder nationalen Erhebungen. Die andern, darunter Guizot, Broglie und Casimir Périer, erblickten in der Regierung Louis-Philippes die endgültige, unwandelbare Weihe der Verfassung von 1814. Sie verlangten lediglich deren unbeeinträchtigte Annahme und Durchführung. Die ersteren verkörperten unter dem neuen Regime die Politik des »Mouvement«, die andern die Politik der »Résistance«. Das erste vom König eingesetzte Ministerium vereinigte Mitglieder beider Parteien, was notwendigerweise eine gebrechliche, kurzfristige Lösung war, die bereits am 2. November 1830 endete. Mit dem Ziel, Männer, die er nicht mochte, möglichst schnell loszuwerden, setzte Louis-Philippe ein lediglich aus Angehörigen des Mouvement bestehendes Kabinett ein, an dessen Spitze Laffitte und La Fayette standen. Während der nächsten vier Monate fanden unaufhörlich Aufstände und Zusammenrottungen statt, bei denen Laffittes politisches Glück und Privatvermögen draufgingen. Am 13. März 1831 bildeten Casimir Périer, Montalivet und der Baron Louis das erste Résistance-Ministerium. Das letzte und am längsten am Ruder befind-

liche war das Guizots von 1840 bis 1848; es regierte in enger Ideengemeinschaft mit dem König.

9 La Fontaine, ›Fables‹ VI, 10.

10 ›Les Petites Affiches ou Journal général d'annonces, d'indications et de correspondances commerciales, politiques et littéraires‹ wurde im Nivôse des Jahres VIII gegründet und entwickelte sich zu einem erfolgreichen Anzeigenblatt, bis 1811 durch ein kaiserliches Dekret sämtliche Anzeigenblätter miteinander verschmolzen wurden und den Titel ›Petites Affiches‹ führen mußten.

11 Wo jene Straße früher lag, befindet sich das heutige Hôtel-Dieu.

12 Das Haus, das, der Überlieferung gemäß, als dasjenige des Kanonikus Fulbert und seiner Nichte Héloïse angesehen wurde, bildete vor 1849 die Nr. 1 der Rue des Chantres. Damals wurde es abgebrochen. An seiner Stelle entstanden zwei Miethäuser, deren Fassaden am Quai des Fleurs liegen (Nr. 9 und Nr. 11). Über jedem der beiden Haustore befinden sich konventionell gemeißelte Masken, die Abélard und Héloïse darstellen sollen.

13 Jene Katastrophe bestand in dem Tod des Chouanführers Marquis Alphonse de Montauron, Nicolas' Bruder, der in einen von dem Polizeiagenten Corentin gestellten Hinterhalt geraten war, sowie seiner jungen Frau Marie de Verneuil am Morgen nach ihrer Hochzeit. (Siehe Balzacs Roman ›Die Königstreuen‹.)

14 Nicht am Pariser Parlamentsgericht, sondern am Obersteuergericht haben von 1672 bis 1746 nacheinander drei Nicolas Le Camus als erste Präsidenten gewaltet. Drei weitere Le Camus haben sich am selben Gericht als Generalstaatsanwälte ausgezeichnet.

15 Jene Brücke trug auch den Namen Pont Saint-Charles. Sie besteht nicht mehr.

16 Die Hauptgestalt von Balzacs Roman ›Eine dunkle Begebenheit‹.

17 Vincent de Paul (1581–1660), war ein wegen seiner Mildtätigkeit berühmter Priester, Gründer mehrerer frommer Gemeinschaften und Wohltätigkeitsvereinigungen; er wurde heiliggesprochen.

18 Onkel Toby ist eine der Hauptgestalten in dem Roman ›Tristram Shandy‹ (1760–1767) von Laurence Sterne (1713–1768).

19 Dienergestalt der italienischen Komödie.

20 Das Papiergeld der Revolution, 1790 eingeführt, sank, trotz der Zwangskurse, schnell im Wert und wurde schließlich 1796 zu einem Dreißigstel des Nominalwertes umgetauscht.

21 Jene Schule wird in der ›Menschlichen Komödie‹ nicht wieder erwähnt. Eine Bankiersfamilie des Grassins aus Saumur spielt in Balzacs Roman ›Eugénie Grandet‹ eine Rolle; daß eines ihrer Mitglieder in Paris eine Schule geleitet habe, bleibt unerwähnt.

22 Die eigentliche Uraufführung von Beaumarchais' berühmter Komödie hatte auf Betreiben der Königin Marie-Antoinette und der Polignacs vor dem Hof im Théâtre des Menus-Plaisirs stattgefunden. Die erste öffentliche Aufführung fand am 27. April 1784 in der Comédie-Française statt.

23 Die Hôtel-de-Ville-Renten sind die ältesten französischen Staatspapiere. Sie wurden 1522 von Franz I. geschaffen, wurden vierteljährlich im Hôtel-de-Ville ausgezahlt und brachten 9 Prozent.

24 Kleine, parallel zur Seine verlaufende Straße zwischen der Rue Séguier und der Rue des Grands-Augustins.

25 ›La Sentinelle‹. Es gab während der Revolution mindestens sieben Zeitungen dieses Titels, die alle fortschrittlich eingestellt und nur von kurzer Lebensdauer waren.

26 Greisengestalt in Komödien von Corneille, Molière, Regnard usw.

27 Jene Straße bildete die Seite mit ungeraden Nummern der heutigen Avenue de l'Opéra zwischen der Rue Sainte-Anne und der Rue Saint-Roch.

28 Das Châtelet-Tribunal, das seine Sitzungen in dem »Châtelet« (kleine Burg, Befestigungsanlage) abhielt, das am Ende des Pont au Change erbaut worden war, um dessen Verteidigung zu sichern, urteilte über Zivilfälle. Die Prokuratoren am Châtelet hatten sich bereits 1317 zu Bruderschaften zusammengeschlossen, welchem Beispiel die Prokuratoren der Parlamentsgerichte erst 1347 folgten. Beide Funktionen wurden durch die Revolution abgeschafft und durch die der Anwälte ersetzt.

29 Claudine-Angélique Legrand (1770–1807), Gattin des Musikers Etienne Scio, Sängerin am Théâtre Feydeau der Opéra-Comique, trat besonders gern in Hosenrollen auf.

30 Der 9. November 1799, der Tag, an dem der aus Ägypten zurückgekehrte Bonaparte das Direktorium stürzte.

31 Entscheidender Sieg Bonapartes über die Österreicher am 14. Juni 1800.

32 Das altberühmte Pariser Pfandhaus, 1777 gegründet, 1804 neu eingerichtet, in der Rue des Francs-Bourgeois, Haupteingang Rue des Blancs-Manteaux.

33 Heute der Teil der Rue Bonaparte zwischen der Rue Jacob und dem Quai Malaquais.

34 Die heutige Rue Visconti. Balzac kannte die Straße gut, weil er dort gewohnt und 1826–1828 seine Druckerei betrieben hatte.

35 Lateinisch: Als Wohltäter aus dem Leben scheiden.

36 Nach der medisch-persischen Sage letzter König von Assyrien, aus dem Geschlecht des Ninos, prunkliebend, ausschweifend. Er wurde von den Statthaltern von Medien und Babylon angegriffen, in seiner Hauptstadt Ninive belagert und verbrannte sich, als er die Hoffnungslosigkeit seiner Lage erkannte, 606 v. Chr. mit seinen Frauen, Sklaven und Schätzen auf einem Scheiterhaufen. Held einer Tragödie von Lord Byron (1821). Gemälde ›Der Tod des Sardanapal‹ von Eugène Delacroix (1828).

37 Jene Stadtzollschranke lag am Boulevard du Port-Royal, zwischen der Rue Saint-Jacques und dem Faubourg Saint-Jacques. Die beiden Mörder, die dort am 19. Januar 1836 hingerichtet wurden, hießen Lacenaire und Avril.

38 Stadt im Arrondissement Sceaux, am Zusammenfluß von Seine und Marne, berühmt durch ihre Irrenanstalt.

39 Philipp II. oder Philipp-August (1165–1223), Sohn Ludwigs VII., seit 1180 König von Frankreich, ein energischer, geschickter Fürst, unternahm 1194 den dritten Kreuzzug. Er vereinigte Normandie, Maine, Anjou, Touraine und Poitou mit der französischen Krone und besiegte Kaiser Otto IV. 1214 bei Bouvines. Er reformierte die Verwaltung, die Justiz und das Finanzwesen, gründete die Universität Paris und verschönerte und befestigte die Stadt.

40 Jener Feldzug, eine der Episoden des Siebenjährigen Krieges, wurde durch den Herzog von Richelieu glänzend durchgeführt und endete durch die Konvention von Kloster-Zeven (einem Dorf bei Stade) am 8. September 1757, bei der der die Verbündeten befehligende Herzog von Cumberland kapitulierte, worauf die Franzosen das Kurfürstentum Hannover besetzten. Richelieu mußte 1758 das Oberkommando niederlegen, als seine nicht eben lautere Geldwirtschaft ruchbar geworden war.

41 Im Calvados.

42 Diese Straße ist heute der Teil der Rue de Bretagne, der zwischen der Rue de Beauce und der Rue du Temple liegt.

43 Antoine-Marie Chamans, Graf de La Valette (1769–1830), verheiratet mit Louise de Beauharnais, einer angeheirateten Nichte der Kaiserin Joséphine, hatte dem Kaiser treu gedient, bemächtigte

sich nach der Rückkehr von Elba des Pariser Hauptpostgebäudes, wurde unter der zweiten Restauration vor das Schwurgericht gestellt und zum Tode verurteilt. Der König lehnte sein Gnadengesuch ab. Am Abend vor seiner Hinrichtung suchte seine Frau ihn im Gefängnis auf, tauschte die Kleider mit ihm und ließ ihn am 20. Dezember 1815 entweichen. Es scheint übrigens, daß Ludwig XVIII. diese Flucht begünstigt hat. La Valette gelangte glücklich ins Ausland, aber seine Frau wurde durch die Aufregungen wahnsinnig. 1822 wurde La Valette begnadigt und kehrte nach Frankreich zurück.

44 Große Donau-Insel unterhalb Wiens.

45 Berühmter Sieg Napoleons über den Erzherzog Karl am 6. Juli 1809.

46 Siehe Balzacs Roman ›Eine dunkle Begebenheit‹.

47 Siehe Balzacs Roman ›Die Königstreuen‹ (›Les Chouans‹).

48 Dort versuchte 1795 mit Hilfe der Engländer eine kleine Emigrantenarmee zu landen und wurde von Hoche gefangengenommen. Gegen den Willen des hochherzigen Revolutionsgenerals Hoche wurden auf Befehl des Konvents 711 der Emigranten erschossen.

49 Es handelt sich wohl um alte Zwölfsousstücke mit dem Bildnis Ludwigs XVI., die noch Gültigkeit besaßen.

50 In England und Schottland die Anhänger der 1689 vertriebenen Stuarts.

51 Siehe Balzacs Roman ›Die Königstreuen‹ (›Les Chouans‹).

52 Die französischen Anwälte identifizieren sich vor Gericht und in den Schriftwechseln mit den von ihnen vertretenen Parteien.

53 Diesen Namen führte Ludwig XVIII. zur Zeit seines Exils.

54 Der Polizeispitzel Contenson spielt eine bedeutende Rolle in Balzacs Romanen ›Eine dunkle Begebenheit‹ und ›Glanz und Elend der Kurtisanen‹.

55 Siehe Anmerkung 48.

56 Als »Vormalige« wurden während der Revolution die ihrer Titel beraubten Adligen bezeichnet.

57 Franz-Ludwig, Fürst von Hatzfeld (1758–1827), war Gouverneur von Berlin, als 1806 dort die Franzosen einrückten. Ein Bericht, den er über die damaligen Zustände in der Stadt an seinen König sandte, wurde von der französischen Polizei abgefangen. Der Fürst wurde als Spion vor ein Kriegsgericht gestellt und zum Tode ver-

urteilt. Erst auf die flehentlichen Bitten der Gattin des Fürsten hin ließ der Kaiser Gnade walten. Diese vorbedachte Milde wurde in Versen und Bildern ausgiebig gefeiert.

58 François-Athanase Charette de la Contrie (1763–1796), Anführer der Vendéer, zu Nantes erschossen.

59 Georges Cadoudal (1771–1804), Anführer der Vendéer, beteiligte sich an dem Komplott gegen den Ersten Konsul, das zu dem Höllenmaschinenattentat in der Rue Nicaise führte. Er wurde verhaftet und hingerichtet.

60 Dem Groß-Richter unterstand während des Kaiserreichs die allgemeine Leitung des Justizwesens und der Polizei. Bei wichtigen Anlässen führte er den Vorsitz des Kassationsgerichts.

61 Die Prevotalgerichte wurden, unter dem Beifall Cuviers, durch das Gesetz vom 4. Dezember 1815 geschaffen. Sie wurden in jeder Départementshauptstadt gebildet und bestanden aus einem Profos, der mindestens den Rang eines Obersts haben mußte, einem Präsidenten und vier einem Gericht erster Instanz angehörenden Richtern. Ihr Auftrag war es, selbständig über alle Rebellen oder Meuterer zu richten. Die Urteile, gegen die es keine Berufung gab, wurden innerhalb von vierundzwanzig Stunden vollstreckt. Die Prevotalgerichte gingen erbarmungslos gegen die »Helfershelfer der Rebellion der Hundert Tage« vor. Erst am 31. Dezember 1817 wurden sie aufgehoben.

62 Siehe Balzacs Roman ›Glanz und Elend der Kurtisanen‹.

63 Emanuel Swedenborg (1688–1772), Sohn eines schwedischen Bischofs, hatte sich bis etwa zu seinem sechzigsten Lebensjahr der Literatur und dann den Naturwissenschaften gewidmet, als eine Vision, in der ihm Gott erschien, ihm seine Berufung zum Propheten offenbarte. Fortan setzte eine ans Wunderbare grenzende Produktionskraft ein. Er schrieb eine Fülle umfangreicher theosophischer Traktate. Sein Hauptwerk, die ›Arcana Coelestia‹, wurde 1845 bis 1848 ins Französische übersetzt. Swedenborg lehrt, Christus sei an sich die Dreieinigkeit, und zwischen Gott und uns bestehe eine unsichtbare Welt, die er als eine geistige Transposition der Menschenwelt schildert. Jene Welt ist von Engeln bevölkert, die uns gleichen, die wie wir in Häusern wohnen und wie wir heiraten. Balzacs Roman ›Séraphita‹ baut sich ganz und gar auf Swedenborgs Lehre auf.

64 Berühmter englischer Roman von Oliver Goldsmith, erschienen 1776.

65 Tochter Ludwigs XVI. und Schwiegertochter des späteren Karls X.

66 Tochter des Königs von Neapel, vermählt mit dem 1820 ermordeten Herzog von Berry, dem jüngeren Sohn des späteren Karls X. Er galt als Thronfolger, da die Ehe seines Bruders, des Herzogs von Angoulême, kinderlos geblieben war.

67 In der Rue Saint-Jacques, erbaut im 17. Jahrhundert.

68 Siehe Balzacs kleinen Roman ›Die Entmündigung‹.

69 Der Doktor Bénassis, der Held von Balzacs Roman ›Der Landarzt‹.

70 Französische Zweiggesellschaft des italienischen Geheimbundes der Carbonari (Köhler), die vor allem die Einheit Italiens erstrebten und vorbereiteten. Ihre französischen Genossen waren teils Bonapartisten, teils Republikaner, und zwar seit 1821. Die französische Charbonnerie wurde von einer »Haute Vente« (Ober-Venta) geleitet, der »Ventes centrales« und »Ventes particulières« unterstanden; die letzteren bestanden aus mindestens zwanzig Mitgliedern. Die Charbonnerie war die Seele aller gegen die Restauration gerichteten Verschwörungen und trug die Verantwortung für alle Opfer, die diese kosteten. Endlich gelang es ihr, im Jahre 1830 die Liberalen gegen die Juli-Ordonnanzen aufzuhetzen. Zusammen mit der Fortschrittspartei (Mouvement) zog ein Teil ihrer Mitglieder in die Abgeordnetenkammer ein. Unter Louis-Philippe befanden sich 1832 und 1834 ihre Adepten unter den Mitgliedern der »Liga für die Menschenrechte«.

71 Das »Champ-d'Asile« ist eine nach der zweiten Restauration an den Ufern des Golfs von Mexiko gegründete Kolonie von französischen politischen Flüchtlingen, Liberalen und Bonapartisten. Als das zur Verfügung gestellte Terrain von Spanien zurückverlangt wurde, empfingen die Kolonisten als Entschädigung von den Vereinigten Staaten ein Gebiet in Alabama, das sie den »Staat Marengo« nannten. Die Hauptstadt hieß Aigleville. Das neue Unternehmen gedieh nicht, und unter dem liberalen Ministerium Decazes kehrten die meisten Exilierten nach Frankreich zurück.

72 Die heutige Rue d'Assas.

73 Tanzlokal im ländlichen Stil, heute aufgehoben.

74 Sumpfgebiet in der Provinz Rom, ehedem der Malaria wegen gefürchtet, ca. 500 Quadratkilometer groß, im Altertum fruchtbar, durch Vernachlässigung des der Entwässerung dienenden Ka-

nalsystems verödet. 1930 begann Mussolini mit der erfolgreichen Trockenlegung.

75 ›Général Tempête‹, Spitzname des Generals Andoche Junot, des Herzogs von Abrantès (1771–1813), dessen Gattin, geb. Laure Permon, mit Balzac befreundet war, der ihr fesselndes vielbändiges Memoirenwerk bearbeitete.

76 Die »Petite Académie«, die anfangs nur aus vier unter den jungen Mitgliedern der Académie Française ausgewählten bestand, ist 1663 von Colbert gegründet worden. Ihre Aufgabe war es, lateinische Inschriften für die zu Ehren des Königs geprägten Medaillen oder errichteten Denkmäler zu verfassen. Bald danach erhielt sie die Bezeichnung »Académie des Inscriptions et Médailles«, die 1701 in die Benennung »Académie des Inscriptions et Belles-Lettres« umgewandelt wurde.

77 Charles de Secondat, Baron de Montesquieu (1689–1755), berühmter Publizist, Autor der ›Lettres persanes‹, eines Werks ›De la grandeur et de la décadence des Romains‹ und vor allem seines staatswissenschaftlichen Hauptwerks ›L'Esprit des lois‹.

78 Die Obersten der kaiserlichen Garde standen im Generalsrang.

79 Jenes Kloster, das auch in Balzacs Roman ›Die Kleinbürger‹ erwähnt wird, stand in der heutigen Rue Auguste-Comte, die zwischen der Avenue de l'Observatoire (der früheren Allée du Luxembourg) und dem Boulevard Saint-Michel gelegen ist. Die Rue d'Enfer ist die heutige Rue Denfert-Rocherau.

80 Bei der Nationalgarde, die ihre Offiziere selber wählte.

81 Gestalt aus Molières Komödie ›Le Bourgeois gentilhomme‹ (1670).

82 Gemeint ist wahrscheinlich ein Stich nach dem Reiterbildnis des Kaisers, das der 1835 gestorbene Vater Horaces, Carle Vernet, im Salon von 1808 ausgestellt hatte.

83 Fürst Joseph Poniatowski (1762–1813), polnischer General, Marschall von Frankreich, deckte nach der Schlacht bei Leipzig den Rückzug des französischen Heeres und ertrank, als er, schwer verwundet, zu Pferde die durch Hochwasser angeschwollene Elster durchschwimmen wollte. Durch zahlreiche Trauergedichte und Lithographien wurde der Tod des »polnischen Bayard« popularisiert.

84 Gemeint sind die »Katakomben«, alte, gegen Ende des 18. Jahrhunderts zum Teil ausgemauerte Steinbrüche. Der Gedanke, jene Steinbrüche, deren Gänge sich labyrinthisch unter jenem Pariser

Stadtteil hinziehen, zu einem gigantischen Beinhaus zu machen, wurde 1780 von Lenoir, dem Generalleutnant der Polizei, gefaßt. Es wurden dort die bei Abbruch von Kirchen und bei Auflassung von Friedhöfen, zumal während der Revolution, gefundenen menschlichen Gebeine untergebracht. Gegen Ende des Kaiserreichs betrug ihre Zahl bereits mehr als zehn Millionen. Die Besichtigung ist heute nur mit besonderem Erlaubnisschein gestattet. Einer der drei Eingänge der Katakomben befindet sich in der Rue Dareau, bei der Avenue du Parc-de-Montsouris.

85 Jener Gesetzentwurf verfolgte eigentlich nur das Ziel, dem Familienvater bei der Abfassung seines Testaments volle Freiheit einzuräumen. Die Bevorzugung des ältesten Sohnes war davon im Grunde nur eine Konsequenz zweiten Grades. Nur Erblassern, die mindestens 300 Francs Grundsteuern zahlten, sollte, besonders was Grundbesitz betraf, die Bevorzugung des ältesten Nachkommen zuerkannt werden. Das Gesetz bezog sich nur auf 80 000 Familien von 6 Millionen und brachte dennoch die liberale Opposition in Harnisch. Es wurde in der Pairskammer durch den Minister Peyronnet befürwortet, von Pasquier, Molé und Broglie bekämpft, und mit 120 gegen 94 Stimmen abgelehnt. Am Abend der Ablehnung illuminierten die Pariser Bürger.

86 Gottfried von Bouillon, Herzog von Niederlothringen (1061 bis 1100), Führer des ersten Kreuzzugs, erster König von Jerusalem.

87 Gédéon Tallemant des Réaux (1619–1692), Schriftsteller, Verfasser einer Ödipus-Tragödie, von Memoiren über die Regierungszeit Annas von Österreich und der ›Historiettes‹, geistvoller, zynischer Anekdoten über berühmte Zeitgenossen. Er entstammte einer reichen protestantischen Bankiersfamilie, unternahm mit dem späteren Kardinal de Retz eine Italien-Reise, verkehrte in den literarischen Salons und trat 1685 zum Katholizismus über.

88 Jenes Kloster lag in Wahrheit ganz und gar nicht in der Nähe der Rue Notre-Dame-des-Champs, vielmehr in der Rue Saint-Jacques, dort, wo heute das Ozeanographische Institut steht.

89 Diese Schilderung ist bezeichnend für Balzacs Kunstgeschmack und den seiner Zeit.

90 Breiter, tiefer Sessel mit zusätzlichem Sitzkissen.

91 Giovanni Battista Rubini (1795–1854), schlug sich zunächst kümmerlich als Chorsänger und Darsteller von Nebenrollen bei Wandertruppen durch, bis er 1814 in Pavia entdeckt wurde. Schon 1816 wurde er mit hoher Gage nach Neapel verpflichtet. Im Win-

ter 1825/26 sang er zum erstenmal mit ungeheurem Erfolg am Théâtre-Italien in Paris, mußte aber wegen seines Vertrags zurück nach Neapel, wo er eine Gage von 60 000 Francs erhielt. Von 1832 bis 1843 sang er abwechselnd in Paris und London, vor allem in Opern Rossinis, dann in denjenigen Donizettis und Bellinis. 1843 und 1844 reiste er mit Liszt nach Berlin und St. Petersburg. 1845 zog er sich als Millionär von der Bühne zurück und kaufte sich in Italien, in der Nähe von Bergamo, ein Schloß und ein Gut von der Größe eines kleinen Herzogtums.

92 Regelmäßige Aufführungen italienischer Opern fanden in Paris erst seit 1789 statt. Léonard, der Friseur der Königin, hatte das Privileg dazu erhalten. Die erste Truppe wurde durch den Ausbruch der Revolution in alle Winde zerstreut. Nach einem vergeblichen Versuch der Mlle Montansier, das Théâtre-Italien auferstehen zu lassen, gelang Picard die Neugründung im Jahre 1804. Es wurde ihm eine Subvention der kaiserlichen Regierung gewährt. Gespielt wurde zunächst in der Salle Louvois, dann, abwechselnd mit dem Théâtre-Français, im Odéon. Direktoren waren gegen Ende des Kaiserreichs Spontini und Paër, unter der Restauration die Catalani. Unter dieser ging der Erfolg des Theaters zurück. 1819 verzichtete sie auf ihr Privileg. Im folgenden Jahr wurde das Theater reorganisiert und teilte sich mit der Comédie-Française die Salle Louvois. Jetzt begann seine Glanzzeit mit Rossinis Opern, in denen die Pasta, die Malibran, die Fodor, die Grisi und Rubini sangen. Von 1827 bis 1838 spielte es in verschiedenen Theatergebäuden. Nach dem Kriege von 1870 erlebte das Théâtre-Italien eine kurze Nachblüte. Damals teilte es sich die Salle Ventadour mit der französischen Oper.

93 Siehe Anmerkung 32.

94 Louis Lablache (1794–1858), debütierte erst 1830 am Théâtre-Italien. Er hatte seine musikalischen Studien ganz und gar in seiner Geburtsstadt Neapel hinter sich gebracht. Auf diese Weise konnte er nur in den Werken italienischer Komponisten, zumal in denjenigen Rossinis, auftreten, wo er bald in Bufforollen, bald in tragischen Rollen Triumphe errang.

95 Antonio Tamburini (1800–1876), Sohn eines Musiklehrers, war zunächst Chorsänger und Darsteller kleiner Rollen bei einer umherziehenden Sängertruppe, hatte sich aber schon 1824 einen glänzenden Namen gemacht und war in Mailand, Rom, Venedig und Neapel aufgetreten. 1832–1841 war er einer der größten Sänger des Théâtre-Italien in Paris. Bis 1865 sang er noch in Italien,

Rußland und London, worauf er sich auf sein Gut bei Sèvres zurückzog. Seine darstellerische Begabung entsprach nicht seiner stimmlichen.

96 Die Sängerin Giulia Grisi (1812–1869) war 1832 an das Théâtre-Italien verpflichtet worden; sie war eine ebenso glänzende Sängerin wie Darstellerin. Eine ihrer Hauptrollen war Rossinis ›Semiramis‹.

97 Bellinis Oper ›I Puritani di Scozzia‹ (›Die Puritaner‹), Text von Graf Pepoli, war am 25. Januar 1835 am Théâtre-Italien aufgeführt worden.

98 Diese Benennung bezeichnet jetzt eine Ziehharmonika. Es handelt sich jedoch um eine Frühform des Harmoniums, das um 1800 erfunden wurde. Die Bezeichnung »accordéon« trugen die seit 1829 von Jacob Alexandre gebauten Instrumente, die auch »Melodium« genannt wurden. Den Namen »Harmonium« gab Debain seinen 1840 patentierten Instrumenten. Diese wiesen als die ersten mehrere Register auf.

99 Théodore Géricault (1791–1824), berühmter Maler der französischen Romantik. Sein Hauptwerk, ›Das Floß der Medusa‹, hängt im Louvre.

100 Joseph-Marie Graf de Maistre (1753–1821), religiöser, ultramontaner Philosoph, auch im Staatsdienst tätig, Vertreter des kirchlichen Absolutismus.

101 Joachim Lelewel (1786–1861), Professor der Geschichte in Warschau und Wilna, hatte in seinen Studenten den polnischen Patriotismus und die Hoffnung auf Befreiung genährt. Er war einer der Anstifter der Revolution von 1830 und eines der starrsinnigsten Mitglieder der provisorischen Regierung. Nach dem Fall von Warschau ging er nach Paris. Aber seine antirussischen Umtriebe führten zu seiner Ausweisung. Er ließ sich fortan in Brüssel nieder und lehrte an der Universität neue Geschichte. Er ist der Verfasser zahlreicher historischer, historisch-geographischer und numismatischer Werke.

102 Roman von Walter Scott (1824), sehr wenig historisch, sehr romantisch und von wundersamen Geschehnissen erfüllt.

103 Die von ihrem Entdecker »Homöopathie« genannte therapeutische Methode wurde von dem sächsischen Arzt Samuel Hahnemann (1755–1843) entwickelt. Sein Prinzip war: »Similia similibus curantur« (Gleiches wird durch Gleiches geheilt). Nachdem Hahnemann in Deutschland lange verfolgt und verspottet worden war,

heiratete er 1835 eine Französin, die ihn bewog, nach Paris überzusiedeln, wo er endlich Erfolg hatte.

104 August Wilhelm Hedenus (Balzac schreibt »Hedenius«), deutscher Arzt (1797–1862).

105 Maximilian-Joseph von Chelius (1794–1876), deutscher Chirurg, Professor in Heidelberg, oder dessen Sohn Franz, gleichfalls Chirurg und Dozent in Heidelberg.

106 Léopold Huret, Kunstschlosser, Verfertiger von Geldschränken mit Kombinationsschlössern, Konkurrent Fichets, hatte seine Werkstatt in der Rue Castiglione Nr. 3.

107 Der Schlosser Fichet hatte seine Werkstatt in der Rue Rameau Nr. 5.

108 Rossinis Oper ›Mosè in Egitto‹ (›Moses in Ägypten‹) war 1818 im Teatro San Carlo zu Neapel uraufgeführt worden. Das umgearbeitete und erweiterte Werk mit einem Text von Jouy wurde am 26. März 1827 in Paris aufgeführt. Das darin enthaltene ›Gebet des Moses‹ wurde rasch volkstümlich. Eins der erstaunlichsten Virtuosenstücke Paganinis war es, von ihm komponierte Variationen über jene Melodie einzig auf der G-Saite seiner Violine zu spielen.

109 Hoëné Wronski (1778–1853), ein seit dem Direktorium in Frankreich ansässiger Pole, hat neben mathematischen und rationalistisch-philosophischen Büchern auch hermetische und kabbalistische Werke veröffentlicht.

110 Adam Mickiewicz (1798–1855), einer der größten polnischen Dichter, galt der russischen Regierung als verdächtig und wurde 1823 in das Innere Rußlands verbannt. 1829 ging er ins Ausland, 1840 erhielt er die Professur für slawische Literatur am Collège de France. Er starb in Konstantinopel. Die Krankheit seiner Frau, die der Visionär Towianski durch Magnetismus behandelte, machte ihn zum blinden Adepten des letzteren. Er begann, auf seinem Lehrstuhl die von Towianski imaginierte Religion zu predigen, deren Messias Napoleon war. Er wurde daraufhin seines Amtes enthoben und verfiel in Geisteskrankheit. Zu seiner Erholung ging er auf Reisen, kehrte halbwegs geheilt nach Frankreich zurück und konnte seine Stellung als Bibliothekar der Sorbonne ausüben.

111 Noël Towianski (1799–1878) war von Geburt an blind und erhielt plötzlich, durch ein Wunder, wie er meinte, die Sehkraft. Er glaubte, er sei mit göttlichen Visionen begnadet, und machte sich zum Apostel einer Religion, deren Messias Napoleon war, und er selber dessen Stellvertreter auf Erden, also eine Reinkarnation

des heiligen Petrus. Nach der polnischen Revolution verließ er 1831 sein Vaterland, ging nach Paris, behandelte und heilte Kranke durch Magnetismus und bestieg eines Tages die Kanzel von Notre-Dame und predigte sein Evangelium. Er wurde aus Frankreich ausgewiesen und starb in der Schweiz.

112 Frédéric-François Chopin (1810–1849), polnischer Pianist und Komponist französischer Abkunft; einer der großen Meister der Romantik.

113 Heute Rue de la Manutention und Rue Brignole.

114 Plica polonica. Mit diesem Namen wird eine Verklebung und Verfilzung des Kopfhaares bezeichnet, die früher als eins der Symptome eines allgemeinen, noch nicht voll erkannten Krankheitszustands betrachtet wurde, der zumal in Polen, in der Weichselgegend, unter der ärmeren Bevölkerung auftrat. »Die Beseitigung durch Abschneiden des Haars und Reinlichkeit wird wegen angeblich darauf folgender Lähmungen etc. (?) gefürchtet.« (Meyers Handlexikon, 1878). Balzac hat jene heute selten gewordene Krankheit mythisiert. Sie beruht in Wahrheit auf grober Unreinlichkeit, die zu Ekzemen auf der Kopfhaut führt. Es gibt eine Form, bei der das Haar sich oberhalb der Ekzeme normal entwickelt, ohne Verfilzung – dies könnte bei dem von Balzac geschilderten Krankheitsbild der Fall gewesen sein. Die Lähmungserscheinungen usw. beruhen auf Infektionen durch das Ungeziefer. Balzac hat die damals noch wenig erforschte Krankheit für ein »polnisches Nationalübel« gehalten.

115 Das Schuldgefängnis.

116 Flöte, Bezeichnung der langen, schmalen französischen Weißbrote.

117 Die heutige Rue Le Goff.

118 Schwester Ludwigs XVI. (1764–1794), an dem sie sehr hing. Sie starb auf dem Schafott.

Biographische Notizen über die Romangestalten

Die Kehrseite der Zeitgeschichte

BOURLAC, Bernard-Jean-Baptiste-Maclod, Baron de, war 1817 Generalstaatsanwalt. Er protegierte den jungen Soudry, der Staatsanwalt in Les Aigues, Burgund, war (›Die Bauern‹).

CINQ-CYGNE, Laurence, Marquise de, geboren 1781. Im Jahre 1806 wurde sie von ihren beiden Vettern de Simeuse geliebt, deren einen sie heiraten wollte, als sie, ihre Vettern Simeuse, ihre beiden andern Vettern d'Hauteserre und ihr Verwalter Michu in eine Polizeimachenschaft verwickelt wurden, nämlich in die Affäre der Entführung des Senators des Kaiserreichs Malin de Gondreville. Ihre Vettern und der Verwalter wurden zum Tode verurteilt. Sie konnte nur die vier ersteren retten, indem sie am Vorabend der Schlacht bei Jena beim Kaiser ihre Begnadigung erwirkte. Die beiden Simeuses fielen im Krieg. Laurence de Cinq-Cygne heiratete ihren Vetter Adrien d'Hauteserre, dem sie ihren Namen übertrug und von dem sie zwei Kinder hatte (›Eine dunkle Begebenheit‹).

Die übrigen Gestalten treten in der ›Menschlichen Komödie‹ nicht wieder auf.

Szenen aus dem politischen Leben

Eine Episode aus der Zeit der Schreckensherrschaft

Übertragung von Irma Schauber

Die Novelle ›Un Épisode sous la Terreur‹, nach Balzacs sicherlich irriger Angabe niedergeschrieben in Paris im Januar 1831, ist einer der frühest geschaffenen Bestandteile der ›Comédie humaine‹. Balzac hatte zu Beginn des Jahres 1830 mit zwei Mitarbeitern die mehr oder weniger apokryphen Memoiren des Henkers Sanson (der Ludwig XVI. hinrichtete) bearbeitet. Als Einleitung hatte er, anonym, die Novelle vorangestellt. Sie wurde in ›Le Cabinet de lecture‹ vom 29. Januar bis 4. Februar 1830 nachgedruckt; darauf 1842 in ›Le Royal Keepsake‹ unter dem Titel ›Eine Messe im Jahre 1793‹; alsdann, unter demselben Titel, der Ausgabe der ›Modeste Mignon‹ von 1844 angefügt. 1846 ging sie als die erste der ›Scènes de la Vie politique‹ in die ›Comédie humaine‹ ein. – Die Novelle wurde Jean-Baptiste Guillonnet de Merville (1773–1855) gewidmet, einem Pariser Anwalt, in dessen Büro der junge Balzac der Forderung seiner Eltern entsprechend 1817–1818 als Schreiber-Volontär tätig war; wie es heißt, zusammen mit Eugène Scribe und Jules Janin. – Guillonnet de Merville gilt als das Urbild des Anwalts Derville in der ›Comédie humaine‹.

Am 22. Januar 1793 ging in Paris gegen acht Uhr abends eine alte Dame die steile Anhöhe hinab, die vor der Kirche Saint-Laurent im Faubourg Saint-Martin endet[1]. Den ganzen Tag über hatte es so stark geschneit, daß die Schritte kaum vernehmlich waren. Die Straßen waren menschenleer. Die verständliche Furcht, die die Stille erzeugte, wurde noch gesteigert durch all den Schrecken, unter dem Frankreich damals ächzte. Daher war denn auch die alte Dame bislang niemandem begegnet. Ihr seit langem geschwächtes Sehvermögen gestattete ihr überdies nur, in der Ferne beim Laternenlicht ein paar spärliche

Fußgänger wie Geisterschatten in der Endlosigkeit jener Vorstadtstraße wahrzunehmen. Tapfer schritt sie ganz allein durch diese Einsamkeit, als sei ihr Alter ein Talisman, der sie vor allem Unheil schützen mußte. Als sie die Rue des Morts[2] überquert hatte, glaubte sie den schweren, festen Schritt eines hinter ihr gehenden Mannes zu vernehmen. Ihr war, als höre sie dieses Geräusch nicht zum erstenmal. Sie erschrak, daß jemand ihr folgte, und versuchte, noch schneller zu gehen, bis zu einem ziemlich hell erleuchteten Laden. Sie hoffte, sich in dessen Lichtschein von der Richtigkeit des Argwohns überzeugen zu können, der sie gepackt hatte. Sowie sie sich in dem waagerechten Streifen von Helligkeit befand, der von jenem Laden ausging, wandte sie jäh den Kopf und gewahrte flüchtig im Nebeldunst eine menschliche Gestalt. Diese undeutliche Erscheinung genügte ihr, sie wankte einen Augenblick unter der Last des Entsetzens, das sie überwältigte, denn jetzt zweifelte sie nicht mehr daran, daß der Fremde sie seit dem ersten Schritt begleitet hatte, den sie aus ihrer Wohnung getan, und das Verlangen, einem Spitzel zu entrinnen, lieh ihr Kräfte. Ruhig überlegen konnte sie nicht mehr, sie verdoppelte ihren Schritt, als könne sie einem Mann entkommen, der, wie es nicht anders sein konnte, sehr viel behender als sie war. Nachdem sie ein paar Minuten lang weitergeeilt war, gelangte sie zum Laden eines Kuchenbäckers, ging hinein und fiel mehr als sie sich setzte auf einen vor dem Ladentisch stehenden Stuhl. Als sie die quietschende Türklinke niedergedrückt, hatte eine junge, mit einer Stickerei beschäftigte Frau aufgeblickt, durch die Scheiben des Schaufensters hindurch den altmodischen lila Seidenumhang erkannt, in den die alte Dame gehüllt war, und eilends ein Schubfach aufgezogen, als wolle sie etwas herausnehmen, das sie ihr einhändigen müsse. Nicht nur die Geste und das Gesicht der jungen Frau drückten den Wunsch aus, sich der Unbekannten schleunigst zu entledigen, als gehöre jene zu den Menschen, die man nur ungern bei sich sieht, sondern sie ließ sich überdies noch einen Ausruf der Ungeduld entschlüpfen, als sie das Schubfach leer fand. Darauf stand sie rasch, ohne die Dame eines Blicks zu würdigen, von ihrem Platz hinter dem Ladentisch auf, ging in den hinter dem Laden gelegenen Raum und rief nach ihrem Mann, der unverzüglich erschien.

»Wo hast du es nur ...?« fragte sie mit geheimnisvoller Miene, ohne ihren Satz zu beenden, und wies ihn durch einen Blick auf die alte Dame hin.

Obwohl der Bäcker lediglich die übergroße schwarze, mit violetten Bandschleifen umgebene Haube zu sehen vermochte, die der Unbekannten als Kopfbedeckung diente, verschwand er, nachdem er seiner Frau einen Blick zugeworfen hatte, der zu besagen schien: »Glaubst du etwa, ich ließe so was in deinem Ladentisch liegen ...?« Verwundert ob des Schweigens und der Reglosigkeit der alten Dame trat die Bäckersfrau zu ihr hin. Als sie sie anschaute, verspürte sie eine Regung des Mitleids oder vielleicht auch der Neugier. Obwohl die Gesichtsfarbe der Frau von Natur fahl war wie die eines Menschen, der sich heimlich einem strengen Leben geweiht hat, war es leicht ersichtlich, daß eine unlängst erfolgte Erschütterung sie hatte ungemein blaß werden lassen. Sie trug ihre Kopfbedeckung so, daß sie das Haar verbarg. Es war sicherlich durch das Alter weiß geworden; denn die Sauberkeit des Kragens ihres Kleides ließ darauf schließen, daß sie keinen Puder benutzte. Dieser Mangel an Schönheitsmitteln verlieh ihrem Gesicht eine Art religiöser Strenge. Ihre Züge waren ernst und stolz. Früher waren Umgangsformen und Gewohnheiten der Leute von Stand so verschieden von denjenigen andern Gesellschaftsklassen Angehörenden, daß leicht zu erraten war, ob man jemand aus Adelskreisen vor sich hatte. Daher war die junge Frau überzeugt, die Unbekannte sei eine *Ci-devant*, eine ehemalige Aristokratin, und habe zum Hof gehört.

»Madame ...?« fragte sie unwillkürlich und respektvoll, und vergaß, daß diese Form der Anrede in Acht und Bann getan worden war.

Die alte Dame gab keine Antwort. Ihre Blicke hafteten starr an der Schaufensterscheibe, als zeichne sich darauf etwas Erschreckendes ab.

»Was hast du, Bürgerin?« fragte der sogleich zurückkehrende Hausherr.

Der Bürger Bäckermeister riß die Dame aus ihrer Versunkenheit und hielt ihr eine kleine, in blaues Papier gewickelte Pappschachtel hin.

»Nichts, nichts, ihr Freunde«, antwortete sie mit weicher Stimme.

Sie schaute zu dem Bäcker auf, als wolle sie ihm einen Dankesblick zuwerfen. Doch als sie sah, daß er eine rote Mütze trug, ließ sie sich einen Schrei entschlüpfen:

»Oh . . . haben Sie mich verraten . . .?«

Die junge Frau und ihr Mann antworteten durch eine Gebärde des Abscheus, die die Unbekannte erröten ließ, sei es, weil sie die beiden verdächtigt hatte, sei es vor Freude.

»Entschuldigen Sie«, sagte sie dann mit kindlicher Sanftmut. Darauf zog sie ein Goldstück aus der Tasche und reichte es dem Bäcker: »Hier, der vereinbarte Preis«, sagte sie dabei.

Es gibt eine Bedürftigkeit, die die Bedürftigen zu erraten wissen. Der Bäcker und seine Frau blickten einander an und dann auf die alte Dame, als übermittelten sie einander den gleichen Gedanken. Dies Goldstück mußte das letzte sein. Die Hände der alten Dame zitterten, als sie die Münze darbot. Sie schaute schmerzlich und ohne Geiz darauf nieder, aber sie schien sich über die ganze Tragweite des Opfers klar zu sein. Fasten und Elend waren in dieses Gesicht mit ebenso lesbarer Schrift eingegraben wie Furcht und asketisches Leben. In ihrer Kleidung waren noch Spuren früheren Glanzes. Sie war aus verschlissener Seide, einem sauberen, wenn auch abgetragenen Umhang, sorgfältig ausgebesserten Spitzen, kurzum: Fetzen des Überflusses! Die Bäckersleute schwankten zwischen Mitleid und Gewinnsucht und begannen ihr Gewissen durch Redensarten zu erleichtern.

»Na, Bürgerin, du siehst recht schwächlich aus.«

»Möchte Madame vielleicht etwas zu sich nehmen?« fragte die Frau und schnitt ihrem Mann das Wort ab.

»Wir haben recht gute Fleischbrühe«, sagte der Bäcker.

»Es ist so kalt, vielleicht hat Madame sich unterwegs was geholt. Aber Sie können sich hier verschnaufen und ein bißchen wärmen.«

»Wir sind nicht so schwarz wie der Teufel«, rief der Bäcker.

Die Dame wurde durch den wohlwollenden Klang gewonnen, der in den Worten der mitleidigen Bäckersleute lag. Sie gestand, daß ihr ein Mann nachgegangen sei und daß sie Angst habe, allein heimzugehen.

»Weiter nichts?« antwortete der Mann mit der roten Mütze. »Warten Sie auf mich, Bürgerin.«

Er gab das Goldstück seiner Frau. In einer Aufwallung von Erkenntlichkeit, wie sie sich in die Seele eines Händlers schleicht, der einen übertrieben hohen Preis für Ware von mäßigem Wert erhält, ging er weg, zog sich seine Nationalgardistenuniform an, nahm seinen Hut, schnallte sich sein krummes Seitengewehr um und kam dann voll bewaffnet wieder zum Vorschein. Aber seine Frau hatte sich inzwischen die Sache überlegt. Wie in vielen andern Herzen schloß Überlegung die geöffnete Hand des Wohltuns. Voller Unruhe und Angst, ihren Mann in irgendeine üble Angelegenheit verstrickt zu sehen, versuchte die Bäckersfrau, ihn am Rockzipfel zu zupfen. Sie wollte ihn zurückhalten, aber der wackere Mann gab einer Mitleidsempfindung nach und erbot sich auf der Stelle, die alte Dame heimzugeleiten.

»Es scheint, daß der Mann, vor dem die Bürgerin sich fürchtet, noch vor dem Laden herumstreicht«, sagte die junge Frau lebhaft.

»Ich habe Angst vor ihm«, sagte die alte Dame naiv.

»Wenn es nun ein Spitzel wäre? Oder eine Verschwörung? Geh nicht fort, und nimm ihr die Schachtel wieder weg ...«

Diese dem Bäcker von seiner Frau zugeflüsterten Worte stärkten den unverhofften Mut, der ihn überkommen hatte.

»Na, ich gehe und rede ein Wörtlein mit ihm, dann sind Sie ihn sofort los«, rief der Bäcker, machte die Tür auf und hastete hinaus.

Die alte Dame, die willenlos wie ein Kind und fast betäubt war, setzte sich wieder auf ihren Stuhl. Der ehrenwerte Kuchenhändler kam nur zu rasch wieder herein, sein schon von Natur rotes und zudem von der Backofenglut erhitztes Gesicht war bleich geworden. Ihn durchschüttelte ein so großer Schreck, daß ihm die Beine zitterten und daß seine Augen denen eines Betrunkenen glichen.

»Willst du, daß wir um einen Kopf kürzer gemacht werden, du schuftige Aristokratin ...?« schrie er wütend. »Mach dich auf die Socken, laß dich hier nie wieder blicken und glaub ja nicht, daß ich dir irgendwelches Verschwörerzeug liefere!«

Als er das gesagt hatte, versuchte der Bäcker, der alten Dame die kleine Schachtel wegzunehmen, die sie in eine ihrer Taschen gesteckt hatte. Doch kaum hatten seine dreisten Hände ihr Kleid berührt, als die Unbekannte, die sich lieber den Gefahren der Straße mit Gott als einzigem Verteidiger aussetzen als verlieren wollte, was sie gekauft hatte, die Behendigkeit ihrer Jugend wiedergewann. Sie stürzte auf die Tür zu, riß sie auf und verschwand vor den Augen der Frau und ihres Mannes, die beide verdutzt dastanden und zitterten. Sowie die Unbekannte im Freien war, schritt sie eilig aus. Bald jedoch ließen ihre Kräfte sie im Stich, denn sie hörte den Spitzel, der ihr erbarmungslos nachging, wobei der Schnee knirschte, den er mit seinen schweren Schritten zusammenpreßte. Sie mußte stehenbleiben, er blieb gleichfalls stehen. Sie wagte weder, ihn anzureden noch ihn anzuschauen, sei es infolge der Furcht, die sie gepackt hielt, sei es aus mangelnder Überlegung. Sie setzte, langsamer gehend, ihren Weg fort, da verlangsamte auch der Mann den Schritt und hielt einen Abstand inne, aus dem er sie im Auge behalten konnte. Der Unbekannte schien der Schatten der alten Frau zu sein. Als das stumme Paar an der Kirche Saint-Laurent vorüberkam, schlug es neun Uhr. Es liegt in der Natur aller Menschen, selbst der gebrechlichsten, daß auf eine heftige Erregung ein Gefühl der Ruhe folgt, denn wenn auch die Gefühle unendlich sind, so haben unsere Organe ihre Grenzen. Daher wollte die Unbekannte, deren vermeintlicher Verfolger ihr nichts Übles zugefügt hatte, in ihm einen heimlichen, auf ihren Schutz bedachten Freund erblicken. Sie bedachte alle Umstände, die das Erscheinen des Fremden begleitet hatten, wie um einleuchtende Gründe für diese tröstliche Meinung ausfindig zu machen, und alsbald gefiel sie sich darin, ihm eher gute als böse Absichten zuzuschreiben. Sie vergaß den Schrecken, den jener Mann eben noch dem Bäcker eingeflößt hatte, und stieg festen Schrittes in die höher gelegenen Teile des Faubourg Saint-Martin hinauf. Nach einer halben Stunde Wegs gelangte sie an ein Haus an der Abzweigung, die durch die Hauptstraße des Faubourg und jene gebildet wird, die zur Stadtzollschranke Pantin[3] führt. Diese Gegend ist auch heute noch eine der einsamsten von ganz Paris. Der Wind, der über die Buttes Saint-Chaumont und Belleville herwehte, pfiff zwischen den Häusern oder vielmehr den Hütten hindurch, die verstreut in dem fast unbewohnten Tälchen lagen und deren Einfriedungen aus Mauern von Lehm und Steinknollen bestehen. Diese trostlose Stätte scheint das natürliche Asyl des Elends und der Verzweiflung zu sein. Der hartnäckige Verfolger der armen Kreatur, die beherzt genug war, nächtlicherweile diese schweigenden Straßen zu durchschreiten, schien betroffen über den Anblick, der sich seinen Augen bot. Nachdenklich blieb er in zögernder Haltung stehen, schwach beleuchtet von einer Straßenlaterne, deren ungewisses Licht kaum den Nebel durchdrang. Die Furcht schärfte den Blick der alten Frau. Sie glaubte etwas Unheilvolles in den Zügen des Unbekannten wahrzunehmen, sie fühlte ihre Ängste wieder erwachen. Sie nahm die Unentschlossenheit wahr, die den Mann hatte innehalten lassen, und huschte im Schatten auf die Tür des einsamen Hauses zu. Sie drückte auf eine Feder und verschwand mit geisterhafter Schnelle. Der andere stand reglos da und betrachtete das Haus, das etwa den Typus der elenden Wohnstätten dieses Vororts darstellte. Die baufällige Baracke aus Backsteinen war mit einer gelbgewordenen Gipsschicht beworfen, die indessen so rissig war, daß zu befürchten stand, sie werde beim geringsten Windstoß abbröckeln. Das braune, moosbedeckte Ziegeldach bog sich an mehreren Stellen so sehr, daß sich glauben ließ, es gebe unter der Last des Schnees nach. Jedes Stockwerk hatte drei Fenster. Die Rahmen waren durch die Feuchtigkeit morsch geworden und durch den Sonnenschein verzogen; die Winterkälte mußte durch sie in die Zimmer eindringen. Das einsam dastehende Haus ähnelte einem alten Turm, den zu zerstören die Zeit vergessen hatte. Schwacher Lichtschein erhellte die unregelmäßig eingefügten Fenster des Mansardengeschosses, das das armselige Bauwerk abschloß, wogegen das übrige Haus völlig dunkel war. Mühselig stieg die alte Frau die unbequeme, plumpe Treppe hinauf, wobei sie sich an einem Seil hielt, das als Geländer diente. Dann klopfte sie geheimnisvoll an die Tür der Dachwohnung und setzte sich überhastet auf einen Stuhl, den ein alter Mann ihr hinschob.

»Verstecken Sie sich, verstecken Sie sich!« sagte sie zu ihm. »Obwohl wir nur selten ausgegangen sind, ist bekannt, was wir tun, unsere Schritte werden bespitzelt.«

»Was gibt es denn?« fragte eine zweite alte Frau, die am Kamin saß.

»Der Mann, der seit gestern um das Haus herumstreicht, ist mir heute abend nachgegangen.«

Bei diesen Worten schauten die drei Bewohner der elenden kleinen Behausung einander an, und ihre Gesichter ließen die Anzeichen tiefen Entsetzens erkennen. Der Greis war der am wenigsten erregte der drei, vielleicht, weil er der am meisten gefährdete war. Unter der Last eines großen Unglücks oder unter dem Joch der Verfolgung ist das erste, was ein tapferer Mann tut, sich selber als Opfer darzubringen, er betrachtet jeden seiner Tage als ebensoviel Siege über das Verhängnis. Die Blicke der beiden Frauen hingen an dem Greis und ließen leicht erraten, daß einzig er der Gegenstand ihrer heftigen Beunruhigung war.

»Warum an Gott zweifeln, Schwestern?« sagte er mit dumpfer, aber weicher, inniger Stimme, »wir haben sein Lob inmitten der Schreie gesungen, die die Mörder und Sterbenden im Karmeliterkloster ausstießen[4]. Wenn er gewollt hat, daß ich dieser Metzelei entkam, dann sicherlich, um mich für ein Schicksal aufzusparen, das ich ohne Murren auf mich nehmen muß. Gott schützt die Seinen, er kann nach seinem Willen mit ihnen verfahren. An euch und nicht an mich muß gedacht werden.«

»Nein«, sagte die eine der alten Frauen, »was ist unser Leben verglichen mit dem eines Priesters?«

»Seit ich mich endgültig außerhalb der Abtei von Challes[5] befand, habe ich mich als tot betrachtet«, rief diejenige der beiden Nonnen, die im Haus geblieben war.

»Hier«, sagte die Heimgekommene und reichte dem Priester die kleine Schachtel hin, »die Hostien. – Aber«, schrie sie auf, »ich höre jemanden die Treppe heraufkommen.«

Daraufhin lauschten alle drei. Das Geräusch hörte auf.

»Fürchtet euch nicht«, sagte der Priester, »wenn jemand versucht, bis zu euch vorzudringen. Einer, auf dessen Treue wir uns verlassen können, hat alles unternommen, was er vermochte, um über die Grenze zu gelangen, er kommt und holt die Briefe, die ich an den Herzog von Langeais und den Marquis de Beauséant geschrieben habe, damit sie auf Mittel und Wege bedacht sind, euch aus diesem fürchterlichen Lande zu befreien, wo Tod und Elend euer warten.«

»Kommen Sie denn nicht mit uns?« riefen die beiden Nonnen leise und bekundeten Verzweiflung.

»Mein Platz ist dort, wo Opfer fallen«, sagte der Priester schlicht.

Sie schwiegen und blickten ihren Gast mit frommer Bewunderung an.

»Schwester Marthe«, sagte er zu der Nonne, die die Hostien geholt hatte, »jener Bote muß auf das Wort *Hosianna* mit *Fiat voluntas*[6] anworten.«

»Es ist wer auf der Treppe!« rief die andere Nonne und öffnete ein unter dem Dach vorbereitetes Versteck.

Diesmal waren in der tiefen Stille ohne weiteres die Schritte eines Mannes zu vernehmen. Sie ließen die mit Klumpen von getrocknetem Straßenschmutz bedeckten Stufen erdröhnen. Mühsam verkroch sich der Priester in einer Art Schrank, und die Nonne warf ein paar Kleidungsstücke über ihn.

»Sie können zumachen, Schwester Agathe«, sagte er mit gedämpfter Stimme.

Kaum war der Priester versteckt, als ein dreimaliges Klopfen an die Tür die beiden Nonnen zusammenfahren ließ. Sie warfen einander fragende Blicke zu, wagten indessen kein einziges Wort. Sie schienen beide etwa sechzig Jahre alt zu sein. Vierzig Jahre lang waren sie von der Welt abgeschieden gewesen, und nun wirkten sie wie an Treibhausluft gewöhnte Pflanzen, die hinwelken, wenn sie herausgenommen werden. Sie waren an das Klosterleben gewöhnt und konnten sich kein anderes mehr vorstellen. Als eines Morgens ihre Gitter zerbrochen worden waren, hatten sie gezittert, daß sie frei waren. Man kann sich leicht die von außen her bewirkte Verblödung vorstellen, die die Geschehnisse der Revolution in ihren unschuldigen Seelen erzeugt hatten. Sie waren außerstande, die Schwierigkeiten des profanen Lebens mit ihrer klösterlichen Ideenwelt in Einklang zu bringen. Sie begriffen nicht einmal ihre Lage, sie waren wie Kinder, die bislang umhegt worden waren, die von der mütterlichen Vorsehung verlassen worden sind und nun beten, anstatt zu rufen. Daher blieben sie angesichts der Gefahr, die sie in diesem Augenblick witterten, stumm und untätig. Sie kannten keine Abwehr als die christliche Ergebung. Der Mann, der Einlaß begehrt hatte, deutete sich das Schweigen auf seine Weise. Er machte die Tür auf und stand plötzlich vor ihnen. Die beiden Nonnen erbebten, als sie in ihm den erkannten, der seit einiger Zeit ihr Haus umschlichen und Erkundigungen über sie eingezogen hatte. Sie rührten sich auch weiterhin nicht und musterten ihn mit beunruhigter Neugier, wie Kinder Wilder, die stumm Fremdlinge anschauen. Der Mann war hochgewachsen und beleibt, aber nichts in seinem Gehaben, seiner Miene und seinen Gesichtszügen wies darauf hin, daß er ein schlechter Mensch sei. Er ahmte die Reglosigkeit der Nonnen nach und ließ langsam die Blicke durch das Zimmer schweifen, in dem er sich befand.

Zwei Strohmatten, die auf Brettern lagen, dienten den beiden Nonnen als Betten. In der Zimmermitte stand ein einziger Tisch, und darauf ein Messingleuchter, ein paar Teller, drei Messer und ein rundes Brot. Das Kaminfeuer war karg. Zu allem übrigen legten ein paar in einem Winkel aufgestapelte Holzscheite Zeugnis von der Armut der beiden Klausnerinnen ab. Die Wände mit ihrer sehr alten Tünche bewiesen den schlechten Zustand des Dachs. Flecke wie braunes Netzwerk zeigten, wo das Regenwasser durchgesickert war. Eine Reliquie, sicherlich eine aus der Plünderung der Abtei von Challes gerettete, schmückte den Kaminsims. Drei Stühle, zwei Truhen und eine schäbige Kommode vervollständigten die Ausstattung des Raums. Eine Tür neben dem Kamin ließ mutmaßen, daß noch ein zweites Zimmer vorhanden sei.

Der Mann, der unter so schrecklichen Auspizien in diese Häuslichkeit eingedrungen war, hatte seine Bestandsaufnahme dieser Zelle bald beendet. Auf seinem Gesicht zeichnete sich ein Gefühl des Mitleids ab, und er warf einen wohlwollenden Blick auf die beiden alten Jungfern. Er war zumindest ebenso verlegen wie sie. Das seltsame Schweigen, in dem sie alle drei verharrten, war nur von kurzer Dauer. Der Unbekannte durchschaute schließlich die innere Schwäche und Unerfahrenheit der beiden armen Geschöpfe, und so sagte er denn zu ihnen mit einer Stimme, deren Klang er zu mildern versuchte: »Ich komme nicht als Feind hierher, Bürgerin ...« Er hielt inne und fuhr dann fort: »Schwestern, wenn Ihnen ein Unglück zustoßen sollte, dann glauben Sie nicht, daß ich dazu beigetragen hätte. Ich habe Sie um eine Gunstbezeigung zu bitten ...«

Sie bewahrten nach wie vor Schweigen.

»Wenn ich Ihnen ungelegen komme, wenn ... ich Ihnen lästig bin, dann sagen Sie es offen ... dann gehe ich wieder. Aber Sie müssen wissen, daß ich Ihnen ganz ergeben bin; daß Sie sich meiner ohne Furcht bedienen können, wenn ich Ihnen einen guten Dienst zu leisten vermag, und daß vielleicht ich ganz allein über dem Gesetz stehe, da es ja keinen König mehr gibt ...«

Seine Worte klangen so wahrhaftig, daß Schwester Agathe, diejenige der Nonnen, die dem Geschlecht der Herzöge von Langeais angehörte und deren Gehaben anzudeuten schien, daß sie ehedem den Glanz der Feste erlebt und Hofluft geatmet hatte, sich beeilte, auf einen der Stühle zu deuten, wie wenn sie den Gast bitte, sich zu setzen. Der Unbekannte bezeigte, als er den Sinn der Handbewegung verstand, ein Gemisch von Freude und Traurigkeit. Ehe er Platz nahm, wartete er, bis die beiden ehrwürdigen Schwestern sich gesetzt hatten.

»Sie haben einem hochwürdigen Priester Obdach geboten, der den Eid nicht geleistet hat«, fuhr er fort, »und der wie durch ein Wunder dem Gemetzel im Karmeliterkloster entronnen ist.«

»*Hosianna* ...!« unterbrach Schwester Agathe den Fremden und blickte ihn mit unruhiger Neugier an.

»So heißt er nicht, glaube ich«, war die Antwort.

»Aber wir haben ja gar keinen Priester hier, Monsieur«, sagte Schwester Marthe lebhaft, »und ...«

»Dann hätten Sie sorgsamer und voraussehender sein müssen«, antwortete der Fremde freundlich, streckte den Arm nach dem Tisch aus und hob ein Brevier hoch. »Ich nehme nicht an, daß Sie Latein verstehen, und ...«

Er vollendete den Satz nicht. Die ungemeine Erregung, die sich auf den Gesichtern der beiden armen Nonnen abzeichnete, ließ ihn fürchten, er sei zu weit gegangen. Sie saßen zitternd da, und ihre Augen füllten sich mit Tränen.

»Beruhigen Sie sich«, sagte er freimütig, »ich weiß den Namen Ihres Gastes und die Ihrigen, und seit drei Tagen bin ich unterrichtet über Ihre Notlage und Ihre Aufopferung für den hochwürdigen Abbé de ...«

»Pst!« machte Schwester Agathe naiv und legte einen Finger auf die Lippen.

»Sie sehen, Schwestern, wenn ich die abscheuliche Absicht hätte, Sie zu verraten, so hätte ich sie schon mehr als einmal durchführen können ...«

Als der Priester diese Worte vernahm, befreite er sich aus seinem Gefängnis und erschien im Zimmer.

»Ich bringe es nicht fertig, zu glauben, daß Sie einer unserer Verfolger sind«, sagte er zu dem Unbekannten, »ich vertraue mich Ihnen an. Was wünschen Sie von mir?«

Das fromme Vertrauen des Priesters, der Adel, der sich in seinen Zügen bekundete, hätten sogar Mörder entwaffnet. Die geheimnisvolle Persönlichkeit, die gekommen war und Leben in diese Szenerie der Not und der Entsagung gebracht hatte, ließ eine Weile den Blick auf der Gruppe dieser drei Menschen ruhen. Dann schlug er einen vertrauensvollen Ton an und richtete an den Priester folgende Worte: »Ehrwürdiger Vater, ich bin gekommen, um Sie flehentlich um eine Totenmesse für die Ruhe der Seele ... einer ... einer geheiligten Persönlichkeit zu bitten, deren Leichnam nie in geweihter Erde ruhen wird ...«

Unwillkürlich fuhr der Priester zusammen. Die beiden Nonnen, denen noch nicht klar war, von wem der Unbekannte sprechen wollte, saßen mit gerecktem Hals, die Gesichter den beiden Sprechenden zugewandt, in neugieriger Haltung da. Der Geistliche blickte den Fremden forschend an: Auf seinem Gesicht malte sich unzweideutige Angst, und aus seinen Blicken sprach ein inbrünstiges Flehen.

»Es sei«, antwortete er, »kommen Sie heute um Mitternacht wieder, dann bin ich bereit, das einzige Totenamt zu feiern, das wir als Sühne für das Verbrechen anbieten können, von dem Sie sprechen ...«

Der Unbekannte erzitterte, aber eine zugleich weiche und strenge Genugtuung schien bei ihm über einen geheimen Schmerz zu triumphieren. Er verneigte sich respektvoll vor dem Priester und den beiden frommen Nonnen und verschwand unter Bezeigung einer stummen Dankbarkeit, die von den drei hochherzigen Seelen verstanden wurde. Etwa zwei Stunden nach dieser Szene kam der Unbekannte wieder, klopfte bescheiden an die Tür der Speicherkammer und wurde von Mademoiselle de Beauséant eingelassen. Sie führte ihn in das zweite Zimmer der kärglichen Behausung, wo alles für die Feierlichkeit vorbereitet war. Zwischen zwei Rauchfänge hatten die beiden Nonnen die alte Kommode gerückt, deren altertümliche Formen von einer herrlichen Altardecke aus grünem Moiré überdeckt waren. Ein großes Kruzifix aus Ebenholz und Elfenbein hing an der gelben Wand, betonte noch deren Kahlheit und zog, wie es nicht anders sein konnte, den Blick auf sich. Vier kleine, dünne Kerzen, die von den Schwestern mit Siegelwachs auf diesem improvisierten Altar befestigt worden waren, warfen einen blassen, von der Wand kaum zurückgestrahlten Schein. Kaum erleuchtete ihr schwaches Licht den übrigen Raum. Aber da es seinen Glanz nur den geweihten Dingen lieh, ähnelte es einem Himmelsstrahl, der auf diesen schmucklosen Altar herniedergefallen war. Die Bodenfliesen waren feucht. Das Dach, das sich wie stets bei Bodenräumen, nach beiden Seiten steil senkte, hatte Risse, durch die ein eisiger Wind strich. Nichts konnte weniger prunkvoll sein, und dabei war vielleicht nichts feierlicher als diese Trauerzeremonie. Tiefe Stille, in der man den leisesten Ruf gehört hätte, der auf der Route d'Allemagne[7] erschollen wäre, breitete eine Art düsterer Majestät über diese nächtliche Szene. Kurzum: Die Größe des Vorhabens kontrastierte so stark mit der Ärmlichkeit der Dinge, daß sie einen frommen Schauder erregte. An jeder Seite des Altars knieten die beiden alten Einsiedlerinnen auf den Ziegelplatten des Bodens, unbekümmert um seine todbringende Feuchtigkeit, und beteten gemeinsam mit dem Priester, der, in sein Ornat gekleidet, einen mit Edelsteinen geschmückten goldenen Kelch, der sicherlich bei der Plünderung der Abtei von Challes gerettet worden war, hinstellte. Neben diesem Ziborium, einem Gedenkzeichen königlicher Freigebigkeit, standen Wasser und Wein für die heilige Handlung in zwei Gläsern, die kaum der letzten Schenke würdig gewesen wären. Mangels eines Meßbuchs hatte der Priester sein Brevier auf eine Ecke des Altars gelegt. Ein gewöhnlicher Teller war zum Waschen der unschuldigen, nie von Blut befleckten Hände bereitgestellt. Alles war gewaltig, aber klein, armselig, aber nobel, profan und heilig zugleich. Der Unbekannte kniete fromm zwischen den beiden Nonnen nieder. Plötzlich jedoch, als er einen Trauerflor am Kelch und am Kruzifix gewahrte (denn da er nichts besaß, um die Bedeutung dieser Totenmesse deutlich zu machen, hatte der Priester Gott in Trauer gehüllt), wurde er von einer so mächtigen Erinnerung heimgesucht, daß sich auf seiner breiten Stirn Schweißtropfen bildeten. Die vier stummen Darsteller dieser Szene blickten einander jetzt geheimnisvoll an. Dann aber teilten ihre Seelen, die voller Verlangen aufeinander einwirkten, sich mit, was sie empfanden und verschmolzen in frommem Mitgefühl. Es war, als riefen ihre Gedanken den Märtyrer herbei, dessen sterbliche Überreste vom ungelöschten Kalk verzehrt worden waren, als stehe sein Schatten vor ihnen in all seiner königlichen Majestät. Sie feierten eine Seelenmesse ohne die Leiche des Verstorbenen. Unter diesen Dachziegeln und aus den Fugen geratenen Sparren legten vier Christen bei Gott Fürsprache für einen König von Frankreich ein und hielten sein Leichenbegängnis ohne Sarg. Es war die reinste aller Hingebungen, ein erstaunlicher Akt der Treue, der hier ohne jeden Hintergedanken vollzogen wurde. Es war in den Augen Gottes sicherlich der Wassertropfen, der die größten Tugenden aufwiegt. Die ganze Monarchie lag in den Gebeten eines Priesters und zweier armer, alter Mädchen. Aber vielleicht war auch die Revolution vertreten durch den Mann, dessen Gesicht allzu viele Gewissensbisse verriet, als daß man nicht hätte glauben können, er erfülle die Gelübde unendlicher Reue.

Anstatt die lateinischen Worte *Introibo ad altare Dei*[8] usw. zu sprechen, blickte der Priester aus einer göttlichen Eingebung heraus die drei Anwesenden an, die das christliche Frankreich darstellten, und er sagte zu ihnen, um die Jämmerlichkeit der Stätte zunichte zu machen: »Lasset uns eintreten in das Heiligtum Gottes!«

Bei diesen mit weihevoller Eindringlichkeit gesprochenen Worten überkam den Fremden und die beiden Nonnen ein heiliges Erschrecken. Unter den Wölbungen der Peterskirche in Rom hätte Gott sich nicht majestätischer offenbaren können als in diesem Asyl der Dürftigkeit den Augen dieser Christen: So sehr trifft es zu, daß zwischen den Menschen und ihm jeder Mittler sich zu erübrigen scheint, und daß er seine Größe nur sich selbst entlehnt. Die Glaubensglut des Unbekannten war echt. Daher war das Gefühl, das die Gebete dieser vier Diener Gottes und des Königs zusammenschloß, einmütig. Die heiligen Worte durchhallten die Stille wie himmlische Musik. Es kam ein Augenblick, da den Unbekannten die Tränen überwältigten: Das geschah beim *Pater noster*. Der Priester fügte diesem lateinischen Gebet, das der Fremde sicherlich verstand, die Worte an: *Et remitte scelus regicidis sicut Ludovicus eis remisit semet ipse.* (Und verzeih den Königsmördern, wie Ludwig selber ihnen verziehen hat.)

Die beiden Nonnen sahen, wie zwei dicke Tränen sich eine feuchte Spur über die männlichen Backen des Fremden bahnten und auf den Boden tropften. Das Totenamt wurde gelesen. Das *Domine salvum fac regem*[9], das leise gesungen wurde, rührte die treuen Royalisten, die daran denken mußten, daß der Königssohn, für den sie zu dieser Stunde zum Allerhöchsten beteten, als Gefangener in den Händen seiner Feinde sei. Der Unbekannte erschauerte bei dem Gedanken, es könne sich noch ein weiteres Verbrechen ereignen, an dem teilzuhaben er sicherlich gezwungen werde. Als der Trauergottesdienst zu Ende war, gab der Priester den beiden Nonnen einen Wink, und sie zogen sich zurück. Sobald er mit dem Unbekannten allein war, trat er mit sanfter, bekümmerter Miene zu ihm hin. Dann sagte er ihm mit väterlicher Stimme: »Mein Sohn, wenn Sie Ihre Hände in das Blut des Märtyrerkönigs getaucht haben, dann vertrauen Sie es mir an. Es gibt keine Sünde, die in den Augen Gottes nicht ausgelöscht würde durch eine so erschütternde und aufrichtige Reue, wie die Ihre zu sein scheint.«

Bei den ersten Worten des Geistlichen tat der Fremde eine unwillkürliche Geste des Schreckens. Doch er gewann gleich wieder eine ruhige Haltung und schaute den erstaunten Priester voller Sicherheit an: »Ehrwürdiger Vater«, erwiderte er mit merklich veränderter Stimme, »niemand ist unschuldiger als ich an dem vergossenen Blut . . .«

»Ich muß Ihnen glauben«, sagte der Priester . . .

Er machte eine Pause und musterte abermals den Bußfertigen.

Dann, als seine Überzeugung wuchs, er habe es mit einem der ängstlichen Konventsmitglieder zu tun, die ein unverletzliches und geheiligtes Haupt preisgegeben hatten, um das ihrige zu bewahren, fuhr er mit ernster Stimme fort: »Bedenken Sie, mein Sohn, daß es zur Absolution von diesem großen Verbrechen nicht genügt, daran nicht teilgenommen zu haben. Die, die den König hätten verteidigen können und den Degen in der Scheide ließen, haben vor dem König der Himmel eine schwere Rechenschaftsablegung zu erstatten ... O ja!« fügte der alte Priester hinzu und wiegte den Kopf mit einer ausdrucksvollen Bewegung von rechts nach links, »ja, eine sehr schwere ...! Denn dadurch, daß sie untätig blieben, sind sie ungewollt zu Mitschuldigen an dieser furchtbaren Untat geworden ...«

»Glauben Sie«, fragte der Unbekannte bestürzt, »daß eine indirekte Teilnahme bestraft wird ...? Lädt der Soldat, dem befohlen wird, Spalier zu bilden, eine Schuld auf sich ...?«

Der Priester war unentschlossen. Nur zu froh über die Verlegenheit, in die er diesen Puritaner des Königtums gebracht hatte, indem er ihn zwischen das Dogma des passiven Gehorsams, das nach der Ansicht der Parteigänger der Monarchie die militärische Gesetzgebung beherrschen soll, und das ebenso bedeutsame Dogma stellte, das Ehrfurcht vor der Person der Könige gebietet, erblickte der Fremde im Zögern des Priesters sogleich eine günstige Lösung für die Zweifel, von denen er gequält zu werden schien. Doch um den ehrwürdigen Jansenisten[10] nicht länger sich zergrübeln zu lassen, sagte er: »Ich müßte erröten, wenn ich Ihnen eine Entlohnung für das Totenamt anböte, das Sie hier für die Ruhe der Seele des Königs und für die Beruhigung meines Gewissens gelesen haben. Unschätzbares kann man nur mit einer Gabe bezahlen, die ebenfalls unbezahlbar ist. Geruhen Sie also, das Geschenk anzunehmen, das ich Ihnen mit einer heiligen Reliquie mache ... Vielleicht kommt einmal ein Tag, da Sie ihren Wert einsehen.«

Als der Fremde diese Worte beendet hatte, bot er dem Geistlichen eine kleine, sehr leichte Schachtel dar, der Priester griff sozusagen unwillentlich danach, denn die Feierlichkeit der Worte jenes Mannes, die Ehrfurcht, mit der er die Schachtel gehalten hatte, hatten ihn aufs tiefste überrascht. Dann gingen sie zurück in das Zimmer, wo die beiden Nonnen ihrer warteten.

»Sie befinden sich«, sagte der Unbekannte zu ihnen, »in einem Haus, dessen Eigentümer, der Gipser Mucius Scaevola, der im ersten Stock wohnt, im Stadtbezirk um seines Patriotismus willen berühmt ist. Aber heimlich hängt er den Bourbonen an. Früher war er Pikeur bei Monseigneur dem Prinzen Condé. Wenn Sie sein Haus nicht verlassen, sind Sie hier in größerer Sicherheit als an irgendeinem andern Ort Frankreichs. Bleiben Sie hier. Fromme Seelen werden über das wachen, was Ihnen nottut, und Sie können ungefährdet weniger schlimme Zeiten abwarten. In einem Jahr, am 21. Januar ... (bei diesen letzten Worten konnte er eine unwillkürliche Erschütterung nicht unterdrücken), wenn Sie diese traurige Stätte als Asyl beibehalten, komme ich wieder und feiere mit Ihnen die Sühnemesse ...«

Er sprach nicht weiter. Er verneigte sich stumm vor den Bewohnern der Dachbehausung, warf einen letzten Blick auf die Merkmale ihrer Bedürftigkeit und verschwand.

Für die beiden harmlosen Nonnen besaß ein solches Abenteuer die gleiche Spannung wie ein Roman. Als ihnen daher der ehrwürdige Abbé von dem geheimnisvollen Geschenk erzählte, das jener Mann ihm so feierlich überreicht habe, wurde die Schachtel von ihnen auf den Tisch gestellt, und die drei unruhevollen, vom schwachen Kerzenschein beleuchtete Gesichter verrieten eine unbeschreibliche Neugier. Mademoiselle de Langeais öffnete die Schachtel. Es lag darin ein sehr feines Batisttaschentuch mit Schweißspuren, und als sie es auseinanderfalteten, gewahrten sie Flecke darauf.

»Das ist ja Blut ...!« sagte der Priester. – »Es ist mit der Königskrone gezeichnet!« rief die andere Schwester.

Entsetzt ließen die beiden Nonnen die kostbare Reliquie fallen. Für diese beiden naiven Seelen wurde das Geheimnis, das den Fremden umhüllte, zu etwas Unerklärlichem. Und was den Priester betraf, so versuchte er von diesem Tage an nicht einmal, es sich zu erklären.

Die drei Gefangenen merkten nur zu bald, trotz der Schrekkensherrschaft, daß eine mächtige Hand über sie ausgestreckt war. Zunächst erhielten sie Feuerholz und Lebensmittel. Dann errieten die beiden Nonnen, daß eine Frau mit ihrem Beschützer im Bunde stehe, als ihnen nämlich Wäsche und Kleidung geschickt wurden, so daß sie ausgehen konnten, ohne durch den aristokratischen Schnitt derjenigen aufzufallen, die aufzubewahren sie gezwungen gewesen waren. Schließlich gab Mucius Scaevola ihnen zwei Bürgerausweise. Oftmals gelangten auf Umwegen Weisungen zu ihnen, die für die Sicherheit des Priesters notwendig waren. Und er erkannte in diesen Ratschlägen eine solche Zweckmäßigkeit, daß sie nur von einer in die Staatsgeheimnisse eingeweihten Persönlichkeit herrühren konnten. Trotz der auf Paris lastenden Hungersnot fanden die Geächteten vor der Tür ihrer Behausung Rationen von Weißbrot, das ihnen regelmäßig von unsichtbaren Händen gebracht wurde. Indessen glaubten sie in Mucius Scaevola den geheimnisvollen Vermittler dieser ebenso erfindungsreichen wie verständigen Wohltaten zu erblicken. Die adligen Bewohner der Dachbehausung konnten nicht bezweifeln, daß ihr Beschützer der Mann sei, der in der Nacht des 22. Januar 1793 zur Begehung der Sühnemesse zu ihnen gekommen war. Daher wurde er zum Gegenstand eines ganz besonderen Kults dieser drei Menschen, die nur auf ihn hofften und nur durch ihn lebten. Sie hatten ihren Gebeten eigens für ihn Gebete hinzugefügt. Abends und morgens ergingen sich diese frommen Seelen in Wünschen für sein Glück, sein Wohlergehen, sein Heil. Sie flehten zu Gott, ihn allen Hinterhalten fernzuhalten, ihn von seinen Feinden zu befreien und ihm ein langes, friedliches Leben zu schenken. Ihre sozusagen jeden Tag sich erneuernde Dankbarkeit verband sich, wie es nicht anders sein konnte, mit einem Gefühl der Neugier, das von Tag zu Tag lebhafter wurde. Die Umstände, die das Erscheinen des Fremden begleitet hatten, bildeten das Thema ihrer Gespräche. Sie stellten tausenderlei Mutmaßungen über ihn an, und die Ablenkung, die er ihnen bot, wurde zu einer neugearteten Wohltat für sie. Sie gelobten sich, den Fremden ihrer Freundschaft nicht entschlüpfen zu lassen, wenn er, wie er es versprochen hatte, abends wiederkomme, um mit ihnen den traurigen Jahrestag des Todes Ludwigs XVI. zu feiern. Endlich kam die so ungeduldig erwartete Nacht heran. Um Mitternacht erdröhnte das Geräusch der schweren Schritte des Unbekannten auf der alten Holztreppe, das Zimmer war zu seinem Empfang geschmückt, der Altar stand bereit. Diesmal öffneten die Schwestern die Tür schon im voraus, und beide beleuchteten eilends die Treppe. Mademoiselle de Langeais stieg sogar ein paar Stufen hinab, um ihren Wohltäter eher zu erblicken.

»Kommen Sie«, sagte sie gerührt und herzlich zu ihm, »kommen Sie . . . Sie werden erwartet.«

Der Mann hob den Kopf, warf einen finsteren Blick auf die Nonne und antwortete nicht. Ihr war, als werde ihr ein eiskaltes Gewand übergestreift, und sie schwieg. Bei seinem Anblick erstarben Dankbarkeit und Neugier in aller Herzen. Er war vielleicht weniger kühl, weniger verschlossen, weniger furchtbar, als er diesen Seelen vorkam, die der Gefühlsüberschwang zu Freundschaftsbeteuerungen geneigt machte. Die drei armen Gefangenen, die erkannten, daß jener Mann für sie ein Fremdling bleiben wolle, schickten sich darein. Der Priester glaubte auf den Lippen des Unbekannten ein Lächeln wahrzunehmen, das rasch unterdrückt worden war, als er die zu seinem Empfang getroffenen Zurüstungen bemerkte. Er hörte die Messe an und betete. Aber dann verschwand er, nachdem er mit ein paar Worten höflicher Ablehnung auf die Einladung geantwortet hatte, die Mademoiselle de Langeais ihm machte: Er möge doch an der kleinen, bereitstehenden Mahlzeit teilnehmen.

Nach dem 9. Thermidor konnten die Nonnen und der Abbé de Marolles durch Paris gehen, ohne dabei die geringste Gefahr zu laufen. Der erste Gang des alten Priesters galt einem Parfümerieladen mit dem Firmenschild ›Zur Königin der Blumen‹. Er wurde vom Bürger und der Bürgerin Ragon geleitet, ehemaligen Hofparfümhändlern, die der königlichen Familie treu geblieben waren und deren die Vendéer sich bedienten, um mit den Prinzen und dem royalistischen Komitee in Paris zu korrespondieren. Der Abbé, der gekleidet war, wie die Zeit es wollte, stand gerade auf der Türschwelle jenes Ladens, der zwischen Saint-Roch und der Rue des Frondeurs[11] gelegen war, als eine die ganze Rue Saint-Honoré ausfüllende Menschenmenge ihn am Hinausgehen hinderte.

»Was ist denn los?« fragte er Madame Ragon.

»Ach, nichts weiter«, antwortete sie, »bloß der Karren und

der Henker, sie fahren nach der Place Louis XV. Wir haben sie im letzten Jahr ziemlich oft gesehen. Aber heute, vier Tage nach dem Gedenktag, dem 21. Januar[12], kann man sich den gräßlichen Zug ohne Kummer ansehen.«

»Warum?« fragte der Abbé. »Was Sie da sagen, ist unchristlich.«

»Na, jetzt werden doch Robespierres Komplicen hingerichtet, sie haben sich verteidigt, so gut sie konnten. Aber nun ist die Reihe an ihnen, dahin zu gehen, wo sie so viele Unschuldige hingeschickt haben.«

Wie eine Woge rollte die Menschenmenge vorüber, die die Rue Saint-Honoré ausgefüllt hatte. Der Abbé de Marolles gab einer Bewegung der Neugierde nach. Über den Köpfen sah er auf dem Karren den stehen, der drei Tage zuvor bei ihm die Messe gehört hatte.

»Wer ist das?« fragte er, »der, der da ...«

»Der Henker«, antwortete Monsieur Ragon. Er bezeichnete den Scharfrichter mit dessen Titel aus der Zeit der Monarchie.

»Mann, Mann!« rief Madame Ragon, »der Herr Abbé stirbt!«

Und die alte Dame holte ein Fläschchen Essig, um den ohnmächtig gewordenen alten Priester wieder zu sich zu bringen.

Er sagte: »Ganz sicher hat er mir das Taschentuch geschenkt, mit dem der König sich die Stirn abgewischt hat, als er zum Martyrium schritt ... Der arme Mann! ... Das stählerne Fallbeil hat ein Herz gehabt, als ganz Frankreich keins hatte ... !«

Die Parfümhändler glaubten, der arme Priester rede irre.

Anmerkungen

Eine Episode aus der Zeit der Schreckensherrschaft

1 Später eingeebnet, um Platz für die Gare de l'Est zu schaffen.

2 Heute die Rue des Ecluses – Saint-Martin.

3 Heute die Kreuzung Faubourg Saint-Martin und Rue Lafayette.

4 Vom 1. bis 5. September, den Tagen der »Septembermorde«.

5 Im Arrondissement Meaux, Département Seine-et-Marne. Die dortige Benediktinerinnenabtei wurde 660 von der heiligen Bathilde, der Gemahlin Chlodwigs II., gestiftet und 1790 aufgehoben.

6 Lateinisch: Dein Wille geschehe.

7 Heute die Rue d'Allemagne.

8 Lateinisch: Ich trete vor den Altar Gottes.

9 Lateinisch: Herr, segne den König.

10 Cornelius Jansenius (1585–1638), niederländischer Theologe, begründete eine gegen die Jesuiten gerichtete Bewegung, die eine religiös-asketische Verinnerlichung auf der Basis augustinischer Gedanken anstrebte. Ihr genialster Verfechter war Pascal.

11 Heute ein Teil der Rue de l'Echelle zwischen der Rue Saint-Honoré und der Avenue de l'Opéra.

12 Irrtum Balzacs: Robespierres Komplicen wurden nicht am 25. Januar, sondern am 29. Juli 1794 hingerichtet.

Biographische Notizen über die Romangestalten

Eine Episode aus der Zeit der Schreckensherrschaft

Die Gestalten dieser Novelle erscheinen in der ›Menschlichen Komödie‹ nicht wieder.

Eine dunkle Begebenheit

Übertragung von Felix Paul Greve. Bearbeitet von Ernst Sander.

Der Roman ›Une ténébreuse Affaire‹, entstanden in Paris im Januar 1841, Erstdruck in ›Le Commerce‹ vom 14. Januar bis 20. Februar 1841, erschien Ende 1842 in einer dreibändigen Buchausgabe und ging 1846 in die ›Comédie Humaine‹ ein. Ein Teil der Kritik lehnte das Werk als einen ›roman policier‹ ab; in der Tat hat Balzac hier einen der ersten Kriminalromane der Weltliteratur geschrieben. Der Handlung liegt ein historisches Ereignis zugrunde, die Entführung des Senators Clément de Ris und deren Hintergründe, die niemals völlig aufgeklärt worden sind. Balzac hat behauptet, er habe den Stoff in den (von ihm bearbeiteten) Memoiren der Herzogin von Abrantès gefunden, wo er im 4. Kapitel des siebten Bandes kurz behandelt worden ist. Zugleich aber darf angenommen werden, daß Balzacs Vater, der den Senator de Ris kannte, dem Sohn Einzelheiten über den noch heute rätselhaften Fall mitgeteilt hat. – Der Roman wurde Jean de Margonne gewidmet, der in mehr als freundschaftlichen Beziehungen zu Balzacs Mutter gestanden hatte und als der Vater von Balzacs Bruder Henri gilt; Margonne war Herr des Schlosses Saché in der Nähe von Tours, wo Balzac mehrfach als Gast weilte.

ERSTES KAPITEL

Die Nöte der Polizei

Der Herbst des Jahres 1803 war einer der schönsten des ersten Zeitabschnittes dieses Jahrhunderts, den wir das Kaiserreich nennen. Im Oktober hatten einige Regengüsse die Wiesen erfrischt; Mitte November waren die Bäume noch grün und belaubt. Das Volk begann daher zwischen dem Himmel und Bonaparte, der damals zum Konsul auf Lebenszeit ernannt worden war, ein Einvernehmen zu erblicken, dem dieser Mann einen Teil seines Prestiges verdankte; und seltsam, an dem Tage, da sich ihm 1812 die Sonne versagte, war es mit seinem Glück zu Ende. Am 15. November dieses Jahres schüttete die Sonne gegen vier Uhr nachmittags etwas wie einen roten Staub über die hundertjährigen Wipfel der vier Ulmenreihen der langen Allee eines Herrensitzes aus; sie ließ den Sand und die Grasbüschel eines jener riesigen Rondelle erglänzen, wie man sie auf Landgütern findet; dort war der Boden damals noch so billig, daß man ihn einer derartigen Zier opfern konnte. Die Luft war so rein, die Atmosphäre so mild, daß eine Familie im Freien saß, als sei es Sommer. Ein Mann in einer Jagdjoppe aus grünem Zwillich und mit grünen Knöpfen, einer kurzen Hose aus gleichem Stoff, dünnsohligen Schuhen und Zwillichgamaschen, die bis zu den Knien hinaufreichten, putzte eine Flinte, und zwar mit der Sorgfalt, die geschickte Jäger dieser Beschäftigung in ihren Mußestunden widmen. Der Mann hatte weder Jagdtasche noch erlegtes Wild bei sich, keins der Attribute, die auf einen Aufbruch zur Jagd oder die Rückkehr davon schließen ließen; und zwei Frauen, die neben ihm saßen, schauten ihm zu und schienen mit einer schlecht verhehlten Angst zu ringen. Wer, in einem Gebüsch versteckt, diese Szene hätte beobachten können, hätte wahrscheinlich genauso gezittert wie Schwiegermutter und Frau jenes Mannes. Offenbar trifft kein Jäger so peinliche Vorkehrungen, wenn er Wild töten will, und im Département Aube benützt er auch keine Waffe mit gezogenem Lauf.

»Willst du Rehe schießen, Michu?« fragte seine schöne, junge Frau und versuchte, eine lachende Miene aufzusetzen. Ehe Michu antwortete, blickte er aufmerksam seinen Hund an. Der lag in der bekannten anmutigen Haltung der Jagdhunde in der Sonne, die Pfoten vor sich hingestreckt, den Kopf auf die Pfoten gelegt; eben aber hatte er den Kopf gehoben und witterte nun abwechselnd geradeaus in die Allee, die eine Viertelstunde lang war, und in einen Querweg hinein, der links in den ›Stern‹ einmündete. »Nein«, erwiderte Michu, »sondern ein Raubtier, das ich nicht fehlen werde, einen Luchs.« Der Hund, ein prachtvoller Stöberhund mit weißem, braungeflecktem Fell, knurrte. »Schön!« sagte Michu vor sich hin, »Spione! Von denen wimmelt das Land.«

Madame Michu hob die Augen schmerzlich gen Himmel. Sie

war eine blonde Schönheit mit blauen Augen, gewachsen wie eine antike Statue, und schien, nachdenklich und in Betrachtungen versunken, von einem dunklen, bitteren Kummer verzehrt zu werden. Der Anblick des Mannes konnte die Angst der beiden Frauen bis zu einem gewissen Grade erklären. Die Gesetze der Physiognomie besitzen Gültigkeit nicht nur, soweit es sich um die Deutung der Charaktere handelt, sondern auch in bezug auf das Verhängnis des Daseins. Es gibt prophetische Physiognomien. Wenn es möglich wäre, und eine solche lebende Statistik wäre wichtig für die Gesellschaft, eine genaue Zeichnung von all denen zu erhalten, die auf dem Schafott enden, so würden die Wissenschaften Lavaters[1] und Galls[2] untrüglich beweisen, daß in den Köpfen all dieser Leute, selbst bei den Unschuldigen, wunderliche Merkmale zu finden sind. Ja, das Verhängnis drückt dem Gesicht all derer seinen Stempel auf, die irgendeines gewaltsamen Todes sterben sollen. Dieser Stempel nun aber hatte für den Beobachter ganz deutlich die ausdrucksvollen Züge des Mannes mit der Flinte geprägt. Michu war klein und dick, schnell und behend wie ein Affe, wenn auch von ruhigem Charakter, und seinem weißen, rotgeäderten Gesicht, das zusammengezogen war wie das eines Kalmücken, gab das rote krause Haar einen unheimlichen Ausdruck. Seine gelblichen hellen Augen zeigten wie die des Tigers eine innere Tiefe, in der sich der Blick dessen, der ihn betrachtete, verlor, ohne Bewegung oder Wärme zu finden. Seine Augen waren starr, leuchtend und unbeweglich, und letztlich beängstigten sie. Der beständige Gegensatz zwischen den reglosen Augen und der Behendigkeit des Körpers steigerte noch den eisigen Eindruck, den Michu auf den ersten Blick machte. Bei diesem Mann mußte ein schnell entschlossenes Handeln im Dienst eines einzigen Gedankens stehen; genau wie bei den Tieren das Leben ohne Überlegung im Dienst der Instinkte steht. Seit 1793 hatte er sich einen roten, fächerförmigen Bart stehen lassen. Auch wenn er während der Schreckenszeit nicht Vorsitzender eines Jakobinerklubs gewesen wäre, hätte schon diese Eigentümlichkeit seinem Gesicht etwas Furchteinflößendes verliehen. Jenes Gesicht mit der sokratischen Stumpfnase wurde von einer sehr schönen, aber so stark gewölbten Stirn überragt, daß sie über dem Gesicht auszuladen schien. Die abstehenden

Ohren besaßen eine gewisse Beweglichkeit, ähnlich derjenigen der wilden Tiere, die stets auf der Hut sind. Der Mund, der infolge einer bei Landbewohnern ziemlich häufigen Gewohnheit stets halb offenstand, zeigte starke, mandelweiße, jedoch unregelmäßige Zähne. Der Backenbart umrahmte dieses weiße und stellenweise violette Gesicht dicht und schimmernd. Das Haar, das vorn kurz geschoren, über den Backen und hinter dem Kopf aber lang gewachsen war, hob durch sein falbes Rot all das Wunderliche und Schicksalhafte hervor, das diese Physiognomie aufwies. Der kurze, dicke Hals schien nach dem Fallbeil des Gesetzes zu rufen. In diesem Augenblick beleuchtete die Sonne, die schräg auf die Gruppe fiel, voll die drei Köpfe, nach denen der Hund ab und zu hinblickte. Die Szene spielte übrigens auf einem prächtigen Schauplatz. Das Rondell liegt am äußersten Ende des Parks von Gondreville, einem der reichsten Landgüter Frankreichs und unstreitig dem schönsten im Département Aube. Es umfaßte herrliche Ulmenalleen, ein Schloß, das nach Plänen Mansards[3] erbaut worden war, einen mauerumgebenen Park von fünfzehnhundert Morgen, neun große Pachthöfe, einen Wald, Mühlen und Weiden. Dieser fast königliche Besitz hatte vor der Revolution der Familie de Simeuse gehört. Ximeuse ist ein Lehnsgut in Lothringen. Man sprach den Namen Simeuse aus, und schließlich hatte man ihn geschrieben, wie man ihn aussprach.

Das große Vermögen der Simeuses, eines Adelsgeschlechts, das dem Hause Burgund anhing, geht zurück auf die Zeit, in der die Guises die Valois bedrohten. Zunächst Richelieu und dann Ludwig XIV. hatten sich erinnert, wie ergeben die Simeuses dem rebellischen Lothringer Hause gewesen waren, und also hatten sie sie von sich gestoßen. Der damalige Marquis de Simeuse, ein ehemaliger Burgunder, Anhänger der Guises, Gefolgsmann der Liga, Rebell der Fronde (er hatte den vierfachen großen Groll des Adels gegen das Königtum geerbt), hatte sich auf Cinq-Cygne niedergelassen. Der vom Louvre abgewiesene Höfling hatte die Witwe des Grafen de Cinq-Cygne geheiratet, aus der jüngeren Linie des berühmten Geschlechts de Chargeboeuf, eines der erlauchtesten in der alten Grafschaft Champagne; jene jüngere Linie wurde ebenso berühmt und noch wohlhabender als die ältere. Der Marquis, einer der reichsten Leute jener Zeit, baute, statt sich am Hof zu ruinieren, Gondreville, legte die Güter zusammen und kaufte noch Ländereien hinzu, einzig, um sich eine schöne Jagd zu schaffen. Ferner erbaute er in Troyes das Hôtel Simeuse, das nur ein paar Schritte vom Hôtel Cinq-Cygne entfernt liegt. Diese beiden alten Stadtpalais und der erzbischöfliche Palast waren in Troyes lange Zeit hindurch die einzigen Steinbauten. Simeuse verkaufte der Marquis an den Herzog von Lothringen. Sein Sohn verschwendete die Ersparnisse und einen Teil des großen Vermögens unter der Regierung Ludwigs XV. Aber jener Sohn wurde erst Geschwaderchef, dann Vizeadmiral, und er machte die Torheiten seiner Jugend durch glänzende Dienste wieder gut. Der Marquis de Simeuse, der Sohn dieses Seefahrers, hatte zu Troyes auf dem Schafott geendet; er hatte zwei Zwillingssöhne hinterlassen, die emigriert waren und gegenwärtig im Ausland weilten, wo sie die Schicksale des Hauses Condé teilten.

Das Rondell war ehedem bei den Jagden des großen Marquis der Versammlungspunkt gewesen. Den ›großen Marquis‹ nannte man in der Familie jenen Simeuse, der Gondreville erbaut hatte. Seit 1789 wohnte Michu im Jagdschlößchen, das innerhalb des Parks lag, zu Ludwigs XIV. Zeiten erbaut worden war und ›Pavillon von Cinq-Cygne‹ hieß. Das Dorf Cinq-Cygne liegt am Rande des Waldes von Nodesme (verderbt aus Notre-Dame), in den die Allee mit den vier Ulmenreihen führt, wo Couraut die Spione gewittert hatte. Seit dem Tode des großen Marquis war der Pavillon völlig vernachlässigt worden. Der Vizeadmiral war mehr auf See und am Hofe als in der Champagne, und sein Sohn gab das verfallene Schlößchen Michu zur Wohnung.

Der noble Bau besteht aus Backstein und hat an den Ecken, den Türen und Fenstern Einfassungen mit gewundenen Verzierungen in Haustein. Auf beiden Seiten öffnet sich ein schönes, aber rostzerfressenes schmiedeeisernes Tor. Hinter dem Gitter erstreckt sich ein breiter tiefer Graben, aus dem kräftige Bäume emporwachsen und dessen Brustwehr von Eisenarabesken starrt, die allen Missetätern ihre unzähligen Spitzen entgegenhalten. Die Parkmauern beginnen erst jenseits des vom Rondell beschriebenen Kreises. Weiter draußen wird das großartige Halbrund von Böschungen eingerahmt, die mit Ulmen bestanden sind, und ebenso wird der Halbkreis, der in den Park einbuchtet und jenem gegenüberliegt, von Gruppen exotischer Bäume abgeschlossen. Der Pavillon steht in der Mitte des Runds, das diese beiden Hufeisen bilden. Michu hatte aus den alten Räumen des Erdgeschosses einen Pferdestall, einen Kuhstall, eine Küche und einen Holzschuppen gemacht. Von dem alten Glanz war als einziger Rest ein Vorzimmer mit einem Boden aus schwarzen und weißen Marmorfliesen verblieben, das man vom Park her durch eine jener Fenstertüren mit kleinen Glasscheiben betrat, wie es sie noch in Versailles gab, bevor Louis-Philippe es zum Hospital der Glorie Frankreichs machte. Im Innern wird der Pavillon durch eine alte, charaktervolle, aber wurmstichige Holztreppe geteilt, die in den ersten Stock hinaufführt; oben liegen fünf etwas niedrige Zimmer. Darüber erstreckt sich ein riesengroßer Speicher. Das ehrwürdige Bauwerk trägt eins der großen, vierflächigen Dächer, deren First zwei Blumenbüschel aus Blei verzieren; es wird von vier jener Rundfenster durchbrochen, wie Mansard sie mit Recht liebte; denn in Frankreich sind Attika[4] und flache Dächer nach italienischer Art eine Sinnlosigkeit, gegen die das Klima protestiert. Michu brachte dort oben sein Viehfutter unter. Der ganze Teil des Parks, der den alten Pavillon umgibt, ist im englischen Stil angelegt. Hundert Schritte weiter hinein gibt ein ehemaliger See, der zu einem fischreichen Teich geworden ist, Kunde von seinem Dasein einesteils durch einen leichten Nebel über den Bäumen, andernteils durch den Lärm von Tausenden von Fröschen, Kröten und andern Amphibien, die bei Sonnenuntergang geschwätzig werden. Die Altertümlichkeit aller Dinge, die tiefe Stille der Wälder, der Blick in die Allee und auf den fernen Wald, tausend Einzelheiten, das vom Rost zerfressene Schmiedeeisen, die Massen der samtig vom Moos überzogenen Steine, all das macht dies noch vorhandene Gebäude poetisch.

In dem Augenblick, da diese Geschichte beginnt, lehnte Michu an einer bemoosten Mauerbrüstung, auf der sein Pulverhorn, seine Mütze, sein Taschentuch, ein Schraubenzieher, Lappen, kurz alle Geräte lagen, die zu einer verdächtigen Tätigkeit nötig waren. Der Stuhl seiner Frau stand mit dem Rücken seitlich der Eingangstür des Pavillons, über der noch das üppiggemeißelte

Wappen der Simeuses mit der schönen Devise: *Si meurs!*[5] erhalten war. Die bäuerlich gekleidete Mutter hatte ihren Stuhl vor Madame Michu gerückt, um die Füße auf eine der Leisten stellen zu können, wo sie vor der Feuchtigkeit geschützt waren.

»Ist der Kleine da?« fragte Michu seine Frau. »Er strolcht am Teich herum, er ist versessen auf Frösche und Insekten«, sagte die Mutter. Michu pfiff auf eine Art, daß man erschrecken konnte. Die Schnelligkeit, mit der sein Sohn herbeigelaufen kam, verriet, welchen Despotismus der Verwalter von Gondreville ausübte. Michu war seit 1789, vor allem aber seit 1793, beinahe der Herr dieses Landsitzes. Die Angst, die er seiner Frau, seiner Schwiegermutter, einem kleinen Bedienten namens Gaucher und einer Magd namens Marianne einflößte, wurde auf zehn Meilen in der Runde geteilt. Vielleicht dürfen wir nicht länger zögern, die Gründe für diese Empfindung anzugeben, Gründe, die übrigens Michus Bildnis in moralischer Hinsicht vervollständigen dürften.

Der alte Marquis de Simeuse hatte 1790 seinen Besitz verlassen; da ihm aber die Ereignisse zuvorkamen, hatte er sein schönes Landgut Gondreville nicht mehr treuen Händen anvertrauen können. Unter der Anklage, mit dem Herzog von Braunschweig und dem Herzog von Coburg Beziehungen zu unterhalten, wurden der Marquis de Simeuse und seine Frau von dem Revolutionsgericht in Troyes, dessen Vorsitz Marthe Michus Vater führte, gefangengesetzt und zum Tode verurteilt. Der schöne Besitz wurde also als Nationaleigentum verkauft. Bei der Hinrichtung des Marquis und der Marquise gewahrte man nicht ohne Grauen den Generalverwalter des Gutes Gondreville, der in Arcis Präsident des Jakobinerklubs geworden war und nach Troyes kam, um zuzuschauen. Als Sohn eines einfachen Bauern und als Waise galt Michu, den die Marquise mit Wohltaten überhäuft hatte – denn sie hatte ihm den Verwalterposten gegeben, nachdem er im Schloß aufgezogen worden war –, den Heißspornen als ein Brutus; aber im Lande hörte nach dieser Bekundung des Undanks jedermann auf, mit ihm zu verkehren. Der Käufer des Besitzes war ein Mann aus Arcis namens Marion, der Enkel eines Hausmeisters der Simeuses. Dieser Mann, der vor und nach der Revolution Advokat war, hatte Angst vor dem Verwalter;

er beließ ihn in seiner Stellung, gab ihm dreitausend Francs Gehalt und einen Anteil an den Verkäufen. Michu, dem bereits etwa zehntausend Francs Vermögen zugeschrieben wurden, heiratete unter dem Schutz seines Rufs als Patriot die Tochter eines Gerbers in Troyes, des Apostels der Revolution in jener Stadt, in deren Revolutionsgericht er auch den Vorsitz führte. Der Gerber, ein Mann von Überzeugung, der seinem Charakter nach Saint-Just[6] glich, wurde später in die Verschwörung Babeufs[7] verwickelt und beging Selbstmord, um sich seiner Verurteilung zu entziehen. Marthe war das schönste Mädchen in Troyes. Trotz ihrer rührenden Bescheidenheit war sie daher von ihrem Vater gezwungen worden, bei einer republikanischen Zeremonie die Freiheitsgöttin darzustellen. Der Käufer kam in sieben Jahren nur dreimal nach Gondreville. Sein Großvater war Hausmeister der Simeuses gewesen; ganz Arcis glaubte damals, der Citoyen Marion vertrete die Herren von Simeuse. Solange die Schreckensherrschaft dauerte, sah sich der Gutsverwalter von Gondreville als ergebener Patriot, als Schwiegersohn des Vorsitzenden im Revolutionsgericht zu Troyes, als Gegenstand der Schmeicheleien Malins, eines der Volksrepräsentanten des Départements Aube, von einer gewissen Achtung umgeben. Als aber die Bergpartei unterlag, als sein Schwiegervater Selbstmord beging, wurde Michu zum Sündenbock; jedermann beeilte sich, ihm wie seinem Schwiegervater Handlungen zuzuschreiben, denen zumindest er völlig ferngestanden hatte. Der Gutsverwalter bäumte sich gegen die Ungerechtigkeit der Masse auf; er wurde schroff und nahm eine feindselige Haltung an. Seine Ausdrucksweise wurde verwegen. Aber seit dem 18. Brumaire bewahrte er das tiefe Schweigen, das die Philosophie der Starken ist; er kämpfte nicht länger gegen die allgemeine Meinung, er begnügte sich damit, zu handeln. Dieses kluge Verhalten trug ihm den Ruf der Heimtücke ein, denn er besaß in Grund und Boden ein Vermögen von etwa hunderttausend Francs. Erstens gab er nichts aus; zweitens war dies Vermögen sein rechtmäßiger Besitz aus der Erbschaft seines Schwiegervaters und aus den jährlichen sechstausend Francs, die er in Gewinnanteil und Gehalt bezog. Obwohl er seit zwölf Jahren Verwalter war, obwohl jeder seine Ersparnisse nachrechnen konnte, erhoben sich, als er zu Beginn des Konsulats einen Bauernhof im Werte von fünfzigtausend Francs kaufte, allerlei Anklagen wider den ehemaligen Anhänger der Bergpartei; die Leute in Arcis schoben ihm die Absicht unter, er wolle sich durch ein großes Vermögen die Achtung zurückgewinnen. Unglücklicherweise belebte in dem Augenblick, da jedermann ihn vergessen hatte, eine dumme Geschichte, die durch das Geschwätz in den Bauernstuben noch verschlimmert wurde, den allgemeinen Glauben an die Wildheit seines Charakters von neuem.

Eines Abends ließ er auf dem Heimweg von Troyes, auf dem ihn mehrere Bauern begleiteten, unter andern der Pächter von Cinq-Cygne, ein Papier auf die Straße fallen; der Pächter, der den Schluß des Zuges bildete, bückte sich und hob es auf. Michu drehte sich um, sah das Papier in den Händen dieses Menschen, zog eine Pistole aus dem Gürtel, lud sie und drohte dem Pächter, der lesen konnte, er werde ihm eine Kugel in den Kopf schießen, wenn er das Blatt auseinanderfalte. Michus Bewegung war so rasch und heftig, der Klang seiner Stimme so beängstigend, und seine Augen flackerten so wild, daß alle vor Schreck erstarrten. Der Pächter von Cinq-Cygne war naturgemäß Michus Feind. Mademoiselle de Cinq-Cygne, die Kusine der Simeuses, besaß von ihrem ganzen Vermögen nur noch einen Pachthof, und sie wohnte in ihrem Schloß Cinq-Cygne. Sie lebte nur für ihre Vettern, die Zwillinge, mit denen sie in ihrer Kindheit zu Troyes und auf Gondreville gespielt hatte. Ihr einziger Bruder, Jules de Cinq-Cygne, war schon vor den Simeuses emigriert und vor Mainz[8] gefallen; aber vermöge eines ziemlich seltenen Vorrechts, von dem noch die Rede sein wird, erlosch der Name de Cinq-Cygne nicht mit dem Aussterben der männlichen Linie. Der Vorfall zwischen Michu und dem Pächter von Cinq-Cygne erregte gewaltiges Aufsehen im Arrondissement und machte die geheimnisvollen Farbnebel, die Michu verschleierten, noch dunkler. Doch dies Ereignis war nicht das einzige, das ihn als beängstigend erscheinen ließ. Ein paar Monate nach jener Szene kam der Citoyen Marion mit dem Citoyen Malin nach Gondreville. Es lief das Gerücht um, Marion werde den Landsitz an diesen Mann verkaufen, der durch die politischen Ereignisse sehr gefördert worden war und den der Erste Konsul eben in den Staatsrat berufen hatte, um ihn für seine Dienste am 18. Brumaire zu belohnen. Die politischen Köpfe der kleinen Stadt Arcis errieten jetzt, daß Marion nur der Strohmann des Malin gewesen war, aber nicht derjenige der Herren de Simeuse. Der allmächtige Staatsrat war die größte Persönlichkeit in Arcis. Er hatte einen seiner politischen Freunde in der Präfektur von Troyes untergebracht, er hatte den Sohn eines der Pächter von Gondreville namens Beauvisage vom Militärdienst befreit; er hatte sich jedermann verpflichtet. Die Angelegenheit konnte also in der Gegend, wo Malin herrschte und noch herrscht, nicht auf Widerspruch stoßen. Man stand in der Morgenröte des Kaiserreichs. Wer heute die Geschichte der Französischen Revolution liest, wird nie begreifen, welch ungeheuren Abstand das öffentliche Denken den einander so naheliegenden Ereignissen jener Zeit zumaß. Das allgemeine Verlangen nach Frieden und Ruhe, das nach den heftigen Erschütterungen jedermann empfand, ließ die gewichtigsten früheren Geschehnisse in Vergessenheit geraten. Die Geschichte veraltete schnell, da sie beständig durch neue, brennende Interessen reifer wurde. So forschte denn auch außer Michu niemand nach der Entwicklung dieser Angelegenheit, die man für ganz einfach hielt. Marion, der seinerzeit Gondreville für sechshunderttausend Francs in Staatspapieren gekauft hatte, verkaufte es für eine Million in barem Gelde; aber das einzige, was Malin wirklich auszahlte, war die Stempelsteuer für die Eintragung. Grévin, ein alter Bürokollege Malins, begünstigte diese Schiebung natürlich, und der Staatsrat belohnte ihn dadurch, daß er ihn zum Notar in Arcis ernennen ließ. Als diese Nachricht in den Pavillon gelangte, durch den Pächter eines Hofs zwischen dem Wald und dem Park, links von der schönen Allee – der Hof hieß Grouage –, erbleichte Michu und ging hinaus; er lauerte Marion auf und traf ihn schließlich allein in einer Allee des Parks. – »Der Herr verkauft Gondreville?« – »Ja, Michu, ja. Sie werden einen mächtigen Mann zum Herrn erhalten. Der Staatsrat ist ein Freund des Ersten Konsuls, und er steht in enger Verbindung mit allen Ministern; er wird die Hand über Sie halten!« – »Also hatten Sie das Gut für ihn erworben?« – »Das sage ich nicht«, erwiderte Marion; »ich wußte damals nicht, wie ich mein Geld unterbringen sollte; der Sicherheit halber habe ich es in Nationalgütern angelegt; aber es behagt mir nicht, das Gut zu behalten, das der Familie gehört hat, bei der mein Vater...« – »Domestik, Hausmeister war!« sagte Michu heftig. »Aber Sie werden es nicht verkaufen; ich selber will es, und ich kann es Ihnen bezahlen, ich . . .« – »Du?« – »Ja, ich, im Ernst und in gutem Gold, achthunderttausend Francs . . .« – »Achthunderttausend Francs . . . Woher hast du die?« fragte Marion. – »Das geht Sie nichts an«, erwiderte Michu. Dann wurde er maßvoller und fügte leise hinzu: »Mein Schwiegervater hat viele Menschen gerettet!« – »Du kommst zu spät, Michu; der Verkauf ist abgeschlossen!« – »Dann machen Sie ihn rückgängig!« rief der Gutsverwalter, nahm seinen Herrn bei der Hand und preßte sie ihm zusammen wie in einem Schraubstock. »Ich bin verhaßt, ich will reich und mächtig werden; ich brauche Gondreville! Hören Sie, mir liegt nichts am Leben; Sie werden mir den Landsitz verkaufen, oder ich jage Ihnen eine Kugel in den Kopf . . .« – »Aber ich muß doch wenigstens Zeit haben, mich mit Malin zu einigen; er ist nicht gerade gemütlich . . .« – »Ich lasse Ihnen vierundzwanzig Stunden Zeit. Wenn Sie ein Wort von der Sache verlauten lassen, dann schneide ich Ihnen den Kopf ab wie einer Rübe . . .« – Marion und Malin verließen noch in der Nacht das Schloß. Marion hatte Angst und unterrichtete den Staatsrat von der Begegnung; er sagte ihm, er möge ein Auge auf den Gutsverwalter haben. Es war Marion nicht möglich, sich der Verpflichtung zu entziehen, die ihn zwang, das Gut dem zu übergeben, der es tatsächlich bezahlt hatte; und Michu schien nicht der Mann, einen solchen Grund zu begreifen oder gelten zu lassen. Übrigens mußte der Dienst, den Marion Malin auf diese Weise geleistet hatte, zum Ausgangspunkt seiner politischen Laufbahn und der seines Bruders werden, und das geschah dann auch. Malin ließ 1806 den Advokaten Marion zum Ersten Vorsitzenden eines kaiserlichen Gerichtshofs ernennen; und als die Posten der Generalsteuereinnehmer geschaffen wurden, ließ er dem Bruder des Advokaten die Stellung im Département Aube verleihen. Der Staatsrat riet Marion, in Paris zu bleiben, und erstattete Anzeige beim Polizeiminister, der den Gutsverwalter unter Überwachung stellte. Um ihn aber nicht zum Äußersten zu treiben, vielleicht auch um ihn besser überwachen zu können, behielt Malin Michu als Gutsverwalter bei, und zwar unter der Zuchtrute des Notars in Arcis. Von diesem Augenblick an genoß Michu, der immer schweigsamer und grübelnder wurde, den Ruf eines Mannes, der eines schlimmen Streiches fähig sei. Malin spielte in Paris als Staatsrat, welche Stellung der Erste Konsul damals derjenigen eines Ministers gleichmachte, und als einer der Mitverfasser des ›Code‹ eine große Rolle; er hatte sich eins der schönsten Häuser im Faubourg Saint-Germain gekauft, nachdem er zuvor die einzige Tochter Sibuelles, eines reichen, wenig angesehenen Hoflieferanten, den er Marion im Département Aube als zweiten Steuereinnehmer beigesellte, geheiratet hatte. Daher war er nur ein einziges Mal nach Gondreville gekommen; er verließ sich übrigens in allem, was seine Interessen betraf, auf Grévin. Was hatte schließlich er, der ehemalige Vertreter der Aube, von einem ehemaligen Vorsitzenden des Jakobinerklubs in Arcis zu befürchten? Inzwischen wurde die öffentliche Meinung, die Michu in den unteren Klassen bereits so ungünstig war, naturgemäß auch von der Bürgerschaft geteilt; und Marion, Grévin und Malin bezeichneten ihn, ohne sich näher zu erklären oder bloßzustellen, als einen äußerst gefährlichen Menschen. Die Behörden aber, die von dem Polizeiminister angewiesen worden waren, den Verwalter im Auge zu behalten, entkräfteten diesen Glauben nicht. Man hatte schließlich in der Gegend aufgehört, sich darüber zu wundern, daß Michu seine Stellung behielt; aber man sah in dieser Konzession eine Wirkung der Angst, die er einflößte. Wer begriffe also nicht die tiefe Melancholie, die Michus Frau zur Schau trug?

Marthe war von ihrer Mutter fromm erzogen worden. Sie hatten beide als gute Katholikinnen unter den Ansichten und dem Verhalten des Gerbers gelitten. Marthe konnte nie ohne Erröten daran zurückdenken, wie sie im Kostüm einer Göttin durch Troyes geführt worden war. Ihr Vater hatte sie zu der Ehe mit Michu gezwungen; sein schlechter Ruf wuchs immer mehr, und sie fürchtete ihren Mann zu sehr, um ihn je gerecht beurteilen zu können. Dennoch fühlte sie sich geliebt, und auf dem Grunde ihres Herzens regte sich für diesen beängstigenden Menschen die echteste Neigung. Sie hatte nie erlebt, daß er etwas anderes getan hätte, als was recht und billig war; nie waren seine Worte brutal, wenigstens ihr gegenüber nicht; ja, er gab sich sogar Mühe, all ihre Wünsche zu erraten. Der arme Paria glaubte seiner Frau unangenehm zu sein, und deshalb blieb er fast immer außerhalb des Hauses. Marthe und Michu lebten infolge des gegenseitigen Mißtrauens ›im bewaffneten Frieden‹, wie man heutzutage sagt. Marthe, die mit niemandem zusammenkam, litt schwer unter der allgemeinen Verurteilung, die sie als die Tochter eines Kopfabschneiders und ihren Gatten als einen Verräter traf. Mehr als einmal hatte sie gehört, wie die Leute von dem Pachthof, der rechts von der Allee in der Ebene lag, Bellache hieß und von Beauvisage verwaltet wurde, einem Manne, der an den Simeuses hing, sagten, wenn sie vor dem Pavillon vorüberkamen: »Das ist das Haus der Judassöhne!« Die eigentümliche Ähnlichkeit von des Verwalters Kopf mit dem des dreizehnten Apostels, eine Ähnlichkeit, die er noch vollkommener machen zu wollen schien, hatte ihm in der Tat in der ganzen Gegend diesen Beinamen eingetragen. Dieser Mißstand und unbestimmte beständige Ängste vor der Zukunft machten Marthe nachdenklich und verschlossen. Nichts verletzt tiefer als eine unverdiente Erniedrigung, aus der sich zu erheben unmöglich ist. Hätte nicht ein Maler ein schönes Bild von dieser Pariafamilie inmitten einer der schönsten Landschaften der Champagne machen können, wo die Szenerie im allgemeinen traurig ist?

»François!« rief der Verwalter, um seinen Sohn zu noch größerer Eile anzutreiben.

François Michu, ein Kind von zehn Jahren, vergnügte sich in Park und Wald, als sei er der Herr, und erhob überall seine Naturaliensteuern; er aß von den Früchten, er jagte, er hatte weder Sorge noch Mühen; er war das einzige glückliche Wesen dieser Familie, die durch ihre Behausung zwischen Park und Wald isoliert war, wie sie moralisch infolge der allgemeinen Abneigung für sich allein stand.

»Nimm all das an dich, was da liegt«, sagte der Vater zu seinem Sohn und deutete auf die Mauerbrüstung, »und schließe es ein. Sieh mich an! Du hast doch deine Eltern lieb?« Der Junge stürzte zu seinem Vater, um ihn zu küssen; aber Michu stellte das Gewehr weg und stieß ihn zurück. »Schon gut. Du hast dann und wann über das, was hier vorgeht, geschwätzt«, sagte er und heftete seine beiden Augen, die furchtbar waren wie die einer wilden

Katze, auf ihn. »Merke dir: wenn du das Gleichgültigste von dem, was hier geschieht, Gaucher oder den Leuten aus Grouage und Bellache oder selbst Marianne, die uns liebt, verrätst, so bringst du deinen Vater ums Leben. Daß dir das nicht wieder passiert! Dein gestriges Geschwätz verzeih' ich dir.«

Der Junge fing an zu weinen. »Heul nicht; aber was man dich auch fragen möge, antworte wie die Bauern: ›Ich weiß nicht ...‹ Hier schweifen Leute in der Gegend herum, die mir nicht behagen. Geh ... Habt ihr gehört, ihr beiden?« fragte Michu die Frauen. »Haltet reinen Mund.« – »Lieber, was hast du vor?«

Michu, der bedächtig eine Pulverdosis abmaß und sie in den Lauf seiner Flinte schüttete, lehnte die Waffe gegen die Mauer und sagte zu Marthe: »Niemand weiß, daß ich diesen Karabiner habe; setz dich davor!«

Couraut war aufgesprungen und bellte wütend. „Schönes, kluges Tier!« rief Michu. »Ich bin sicher, es sind Spione ...«

Man weiß, wenn man beobachtet wird. Couraut und Michu, die nur eine Seele zu haben schienen, lebten miteinander, wie in der Wüste der Araber mit seinem Pferde lebt. Der Verwalter kannte alle Modulationen der Stimme Courauts, er wußte, welche Gedanken sie ausdrückten; und ebenso las der Hund seinem Herrn die Gedanken von den Augen ab, ja, er erwitterte sie in der Luft, die sein Körper ausdünstete. »Was sagst du dazu?« sagte Michu ganz leise, und zeigte seiner Frau zwei unheimliche Gestalten, die in einem Seitenweg auftauchten und auf das Rondell zukamen.

»Was geht denn hier vor? Das sind ja Pariser!« sagte die Alte. »Aha!« rief Michu. »Versteck mein Gewehr«, flüsterte er seiner Frau ins Ohr, »sie kommen zu uns.«

Die beiden Pariser, die herankamen, hatten Gesichter, die wahrlich für einen Maler Typen abgegeben hätten. Der eine, der der Untergebene zu sein schien, trug Stulpenstiefel, die etwas herabgerutscht waren und schmächtige Waden in buntseidenen Strümpfen von zweifelhafter Sauberkeit sehen ließen. Die Hose aus aprikosenfarbenem, geripptem Tuch und mit Metallknöpfen war ein bißchen zu weit; der Körper hatte reichlich Platz darin, und die abgescheuerten Falten deuteten durch ihre Anordnung auf einen Mann von sitzender Lebensweise. Die mit stark aufliegenden Stickereien überladene Pikeeweste stand offen und wurde über dem Bauch von einem einzigen Knopf zusammengehalten; sie gab dieser Persönlichkeit ein um so unordentlicheres Aussehen, als sein schwarzes, zu Korkzieherlocken gedrehtes Haar die Stirn verbarg und über die Wangen herabfiel. Zwei stählerne Uhrketten hingen auf die Hose hinab. Das Hemd war mit einer weiß und blauen Kameennadel geschmückt. Der zimtfarbene Rock empfahl sich dem Karikaturisten durch einen langen Schoß, der, von hinten gesehen, so vollkommen dem Schwanz eines Schellfischs glich, daß ihm dieser Name gegeben wurde. Die Mode der Schellfischschwanzröcke hat zehn Jahre gedauert, fast so lange wie das Reich Napoleons. Die Binde, die den Hals locker und in zahlreichen großen Falten umschloß, erlaubte dem Mann, den Kopf bis zur Nase darin zu vergraben. Sein finniges Gesicht, seine dicke, ziegelrote Nase, seine lebhaft gefärbten Backen, sein zahnloser, aber drohender und gefräßiger Mund, seine mit dicken Ringen geschmückten Ohren, seine niedrige Stirn, all diese Einzelheiten, die an sich nur grotesk wirken, wurden furchtbar durch zwei kleine Augen, deren Stellung und tiefe Lage sie denen der Schweine ähnlich machte; zudem waren sie von unerbittlicher Gier und einer spöttischen, beinahe fröhlichen Grausamkeit. Jene beiden stöbernden, scharfblickenden Augen mit ihrem eisigen, gefrorenen Blau konnte man für das Vorbild jenes berühmten Auges halten, des furchtbaren Emblems der Polizei, das während der Revolution erfunden worden ist. In der Hand hielt er schwarzseidene Handschuhe und ein Spazierstöckchen. Er mußte irgendeine Amtsperson sein, denn in seiner Haltung, in der Art, wie er sich seinen Tabak nahm und in die Nase stopfte, verriet sich die bürokratische Wichtigkeit eines untergeordneten Menschen, der jedoch sein Gehalt nur zum Schein bezieht und den die Ausführung der von oben kommenden Befehle für den Augenblick selbstherrlich machen.

Der andere, dessen Kostüm in gleichem Stil gehalten, aber elegant war und überaus elegant getragen wurde, gepflegt bis in die kleinste Einzelheit hinein, ließ im Gehen seine über die enganliegende Hose gezogenen Stiefel à la Suwarow[9] knarren und trug über dem Rock einen enganschließenden Spenzer; diese Mode war aristokratisch, und ihr folgten die *Clichyens*[10] und die *Jeunesse dorée*[11]; aber sowohl die *Clichyens* wie die *Jeunesse dorée* sanken vor ihr ins Grab. In jener Zeit gab es Moden, die länger lebten als die Parteien, ein Symptom der Anarchie, das uns auch das Jahr 1830 schon gezeigt hat. Dieser vollendete Stutzer schien etwa dreißig Jahre alt zu sein. Seine Manieren rochen nach der guten Gesellschaft; er trug wertvolle Juwelen. Sein Hemdkragen reichte bis zu den Ohren hinauf. Sein eitles und fast impertinentes Wesen deutete auf eine gewisse verborgene Überlegenheit; sein fahles Gesicht schien keinen einzigen Tropfen Bluts zu enthalten; seine dünne Stumpfnase zeigte den sardonischen Umriß der Nase eines Totenkopfes, und seine grünen Augen waren undurchdringlich: Ihr Blick war ebenso verschwiegen, wie sein dünner, verkniffener Mund es sein mußte. Der erste erschien im Vergleich mit diesem dürren, mageren jungen Menschen, der einen Rohrstock mit in der Sonne glänzendem goldenem Knopf durch die Luft sausen ließ, als ein guter Kerl. Der erste konnte wohl selber einen Kopf abschneiden, aber der zweite war imstande, die Unschuld, die Schönheit, die Tugend in die Netze der Verleumdung und Intrige zu verstricken, sie kaltblütig zu ertränken oder zu vergiften. Der Rote hätte sein Opfer mit Kalauern getröstet, der andere nicht einmal gelächelt. Der erste war etwa fünfundvierzig Jahre alt, er mußte die Freuden der Tafel und die Frauen lieben. Solche Leute haben alle Leidenschaften, und die machen sie zu Sklaven ihres Berufs. Aber der Jüngere war ohne Leidenschaften und Laster. Wenn er Spion war, so gehörte er zur Diplomatie, und er arbeitete um der Kunst willen. Er entwarf, der andere führte aus; er war der Gedanke, der andere die Durchführung.

»Sollten wir hier etwa in Gondreville sein, gute Frau?« sagte der Jüngere. »Man sagt hier nicht ›gute Frau‹«, erwiderte Michu; »wir nennen uns noch schlicht Bürger und Bürgerin.« – »Ach so!« sagte der junge Herr mit der natürlichsten Miene, ohne im geringsten verletzt zu scheinen.

Oft schon haben Spieler, besonders beim Ecarté, gleichsam eine innerliche Panik empfunden, wenn sich vor ihnen, mitten im besten Glück, ein Spieler niederläßt, dessen Manieren, dessen Blick, dessen Stimme und dessen Art, die Karten zu mischen, ihnen ihre Niederlage prophezeien. Beim Anblick des jungen

Herrn empfand Michu eine derartige prophetische Entmutigung. Ihn überkam eine Todesahnung, er sah unklar das Schafott vor sich; irgendeine Stimme sagte ihm, dieser Stutzer werde ihm verhängnisvoll werden, wiewohl sie noch nichts miteinander gemein hatten. Daher war seine Redeweise auch rauh gewesen; er hatte grob sein wollen, und er war es.

»Gehören Sie nicht dem Staatsrat Malin?« fragte der zweite Pariser. – »Ich bin mein eigener Herr«, erwiderte Michu. – »Nun, meine Damen«, sagte der junge Herr übertrieben höflich, »sind wir hier in Gondreville? Wir werden dort von Monsieur Malin erwartet.« – »Dies hier ist der Park«, sagte Michu und zeigte auf das Tor. »Und weshalb verstecken Sie das Gewehr, mein schönes Kind?« fragte der joviale Begleiter des jungen Herrn, als er durchs Tor trat und den Lauf gewahrte. »Du ›arbeitest‹ doch immer, sogar auf dem Lande!« rief der junge Herr lächelnd aus.

Von einem Gedanken des Mißtrauens getrieben, drehten sich beide um; obwohl sich in ihren Gesichtern keine Miene veränderte, erriet der Verwalter ihren Gedanken. Marthe ließ sie den Karabiner betrachten, während Couraut laut bellte; sie war überzeugt, daß Michu irgendeinen schlimmen Streich plante, und sie war über den Scharfblick der Unbekannten beinahe glücklich. Michu warf seiner Frau einen Blick zu, vor dem sie erzitterte. Er nahm den Karabiner und schickte sich an, eine Kugel in den Lauf zu stoßen; er ließ es auf die verhängnisvollen Möglichkeiten dieser Entdeckung und Begegnung ankommen; es schien, daß er keinen Wert mehr auf sein Leben legte, und seine Frau begriff seinen verderblichen Entschluß.

»Haben Sie denn Wölfe hier?« fragte der junge Herr den Verwalter. – »Es gibt immer Wölfe, wo es Schafe gibt. Sie befinden sich in der Champagne, und die ist waldreich; aber wir haben auch Schwarzwild hier, wir haben große und kleine Tiere, wir haben von allem ein wenig«, sagte Michu mit spöttischer Miene. – »Ich wette, Corentin«, sagte der Ältere der beiden, nachdem er mit dem andern einen Blick getauscht hatte, »dieser Mann ist mein Michu . . .« – »Wir haben noch keine Schweine zusammen gehütet«, sagte der Gutsverwalter. – »Nein, aber wir sind Vorsitzende der Jakobiner gewesen, Bürger«, erwiderte der alte Zyniker, »du in Arcis, ich anderswo. Du hast die Höflichkeit der Carmagnole[12] beibehalten; aber sie ist nicht mehr in Mode, mein Junge.« – »Der Park kommt mir recht groß vor, wir könnten uns verlaufen; wenn Sie der Verwalter sind, dann lassen Sie uns ins Schloß führen«, sagte Corentin in einem Ton, der keinen Widerspruch duldete.

Michu pfiff seinem Sohn und stieß seine Kugel fest. Corentin sah Marthe mit einem gleichgültigen Blick an, während sein Gefährte entzückt schien; aber er stellte an ihr Anzeichen einer Angst fest, die dem alten Lüstling entgingen, obwohl doch gerade ihn das Gewehr erschreckt hatte. In dieser bedeutsamen Kleinigkeit spiegelte sich beider Charakter ganz und gar.

»Ich habe eine Verabredung jenseits des Waldes«, sagte der Verwalter, »ich kann Ihnen den Dienst nicht selber leisten; aber mein Sohn kann Sie zum Schloß führen. Von woher kommen Sie eigentlich nach Gondreville? Etwa über Cinq-Cygne?« – »Wir hatten, wie Sie, im Wald zu tun«, sagte Corentin ohne jede merkliche Ironie.

»François«, rief Michu, »führe die Herren auf Seitenwegen zum Schloß, damit man sie nicht sieht, sie gehen nicht auf gepflasterten Straßen ... Erst mal komm zu mir her«, sagte er, als er sah, daß die beiden Fremden ihnen den Rücken gewandt hatten und im Gehen leise miteinander sprachen. Michu packte seinen Jungen und küßte ihn fast andächtig und mit einem Ausdruck, der die Befürchtungen seiner Frau bestätigte; es lief ihr kalt den Rücken hinunter, und sie sah mit trockenem Auge ihre Mutter an, denn weinen konnte sie nicht. »Geh!« sagte Michu zu seinem Sohn. Und er schaute ihm nach, bis er ihn gänzlich aus den Augen verloren hatte. Couraut bellte in der Richtung nach dem Pachthof Grouage hin. »Oh, das ist Violette«, sagte Michu. »Da kommt er seit heute morgen zum drittenmal vorüber! Was mag nur in der Luft liegen? ... Still, Couraut!«

Ein paar Minuten danach war der langsame Trab eines Pferdes zu hören. Violette ritt einen jener Klepper, wie sie die Pächter in der Umgebung von Paris benutzen. Ein Hut mit rundem Kopfteil und breitem Rand machte sein holzfarbenes Gesicht mit den tiefen Falten noch düsterer. Seine grauen, boshaft funkelnden Augen verrieten die Tücke seines Charakters. Seine dürren, mit weißleinenen, bis zum Knie reichenden Gamaschen angetanen Beine hingen über die Steigbügel herab, ohne sie zu benützen, und schienen von dem Gewicht der groben, eisenbeschlagenen Schuhe gehalten zu werden. Über seiner blauen Tuchjacke trug er einen weiß und schwarz gestreiften Fuhrmannsmantel. Sein graues Haar fiel hinten in Locken nieder. Dieses Kostüm, das graue Pferd mit den niedrigen, dünnen Beinen, die Art, wie Violette sich hielt: den Bauch vorgestreckt, den Oberkörper zurückgebogen; ferner die rissige, erdfarbene Hand, die einen elenden, angenagten und zerschlissenen Zügel hielt – all das verriet in ihm einen habgierigen, ehrgeizigen Bauern, der Grund und Boden besitzen will und ihn um jeden Preis kauft. Sein Mund mit den bläulichen Lippen, der gespalten war, als habe ein Chirurg ihn mit dem Operiermesser eingeschnitten, und die zahllosen Runzeln seines Gesichts und seiner Stirn hemmten das Spiel der Züge, von denen nur die Umrisse beredt waren. Die harten, festen Linien schienen trotz des demütigen Wesens, das sich fast alle Leute vom Lande geben und mit dem sie ihr Inneres und ihre Berechnungen tarnen, wie die Orientalen und Wilden die ihrigen unter unerschütterlichem Ernst verstecken –, jene Linien schienen einer Drohung Ausdruck zu leihen. Nachdem er durch ein System von immer größer werdender Verschlagenheit vom einfachen Bauern, der um Tagelohn arbeitete, zum Pächter von Grouage aufgestiegen war, behielt er jenes System bei, obwohl die erlangte Stellung bereits seine ersten Träume übertraf. Er wollte dem Nächsten Böses und wünschte es ihm glühend. Wenn er dazu beitragen konnte, so half er nur zu gern dabei. Violette war eingestandenermaßen neidisch. Aber trotz all seiner Bosheit verblieb er innerhalb der Grenzen der Gesetze; er übte nicht mehr und nicht minder als eine parlamentarische Opposition aus. Er glaubte, sein Wohlstand hänge vom Ruin anderer ab; und was über ihm stand, war ein Feind, gegen den jedes Mittel tauglich sein mußte. Ein solcher Charakter findet sich bei den Bauern ziemlich häufig. Gegenwärtig beschäftigte ihn vor allem eine große Sorge: Er wollte von Malin eine Verlängerung seiner Pacht erlangen, die nur noch sechs Jahre lief. Er war neidisch auf den Wohlstand des Verwalters und überwachte ihn deswegen genau; es wurde in der Gegend Krieg gegen ihn geführt seiner Beziehungen zu den Michus wegen; aber in der Hoffnung, seine Pacht auf weitere zwölf Jahre verlängert zu erhalten, suchte der schlaue Pächter nach einer Gelegenheit, der Regierung oder Malin einen Dienst zu leisten, denn dieser mißtraute Michu. Violette, dem der von Gondreville angestellte Wächter, der Feldhüter und ein paar Holzsammler halfen, hielt den Polizeikommissar von Arcis über die geringsten Handlungen Michus auf dem laufenden. Dieser Beamte hatte, freilich vergebens, versucht, Marianne, Michus Magd, für die Interessen der Regierung zu gewinnen; Violette und seine Getreuen indes erfuhren alles durch Gaucher, den kleinen Bedienten, auf dessen Treue Michu sich verließ und der ihn gegen ein paar Lappalien, gegen eine Weste, eine Schnalle, gegen Baumwollstrümpfe und Leckereien verriet. Übrigens ahnte der Bursche nicht einmal, daß sein Geschwätz irgendwie von Bedeutung sei. Violette färbte alle Handlungen Michus schwarz; durch absurde Unterstellungen verwandelte er sie in Verbrechen, natürlich ohne daß der Verwalter davon ahnte, obwohl er wußte, welche schäbige Rolle der Pächter ihm gegenüber spielte, und daß er sich ein Vergnügen daraus machte, ihn zu mystifizieren.

»Sie haben wohl sehr viel in Bellache zu tun, daß Sie schon wieder mal vorbeikommen?« fragte Michu. – »Schon wieder mal! Das ist ein Vorwurf, Monsieur Michu ... Mit solchen Klarinettentönen können Sie den Spatzen nicht pfeifen! Den Karabiner da habe ich noch nie bei Ihnen gesehen ...« – »Der ist auf meinen Feldern gewachsen; da wachsen nämlich Karabiner«, erwiderte Michu; »passen Sie mal auf, wie ich säe.« Der Verwalter nahm eine dreißig Schritt entfernt stehende Natternkopfblüte aufs Korn und schoß sie glatt ab. – »Haben Sie eine solche Banditenwaffe, um Ihren Herrn zu schützen? Vielleicht hat er sie Ihnen gar geschenkt ...?« – »Er ist eigens aus Paris hergekommen, um sie mir zu geben«, antwortete Michu. – »Ja, es wird in der ganzen Gegend viel von seiner Reise geredet; die einen sagen, er sei in Ungnade gefallen und ziehe sich von den Geschäften zurück; die andern behaupten, er wolle hier klarsehen. Ja, wirklich, weshalb kommt er an, ohne ein Wort zu sagen, genau wie der Erste Konsul? Haben Sie gewußt, daß er kommen würde?« – »Ich stehe mich nicht gut genug mit ihm, um ins Vertrauen gezogen zu werden.« – »Dann haben Sie ihn also noch nicht mal gesehen?« – »Ich habe von seiner Ankunft erst erfahren, als ich von meinem Rundgang im Wald zurückkam«, sagte Michu und lud seine Waffe aufs neue. »Er hat nach Arcis geschickt, um Monsieur Grévin holen zu lassen; die werden sicher zusammen ›tribunieren‹ ...« Malin hatte nämlich dem Tribunat[13] angehört.

»Wenn Sie nach Cinq-Cygne reiten«, sagte der Verwalter zu Violette, »dann nehmen Sie mich mit; ich will auch hin.« Violette war zu ängstlich, um einen Mann von Michus Kraft auf die Kruppe zu nehmen; er machte sich aus dem Staube. Der Judas warf den Karabiner über die Schulter und eilte durch die Allee davon.

»Auf wen hat Michu es eigentlich abgesehen?« fragte Marthe ihre Mutter. »Seit er von Monsieur Malins Ankunft erfahren hat, ist er recht finster geworden«, antwortete diese. »Aber es ist feucht; laß uns ins Haus gehen.«

Als die beiden Frauen unter dem Kaminmantel saßen, hörten sie Couraut anschlagen. »Da kommt mein Mann«, rief Marthe. Wirklich stieg Michu die Treppe hinauf; seine Frau ging beunruhigt mit ihm in ihrer beider Schlafzimmer. »Sieh nach, ob auch niemand da ist«, sagte er mit seltsam klingender Stimme zu Marthe. »Niemand«, erwiderte sie; »Marianne ist mit der Kuh auf dem Felde, und Gaucher ...« – »Wo ist Gaucher?« fragte er. – »Ich weiß es nicht.« – »Ich mißtraue diesem kleinen Schlingel; steig auf den Boden, durchsuche ihn und suche den Pavillon bis in den geringsten Winkel hinein ab.«

Marthe ging und suchte. Als sie wiederkam, fand sie Michu kniend; er betete. »Was hast du denn?« fragte sie erschrocken. Der Verwalter faßte seine Frau um die Hüften, zog sie auf seine Knie, küßte sie auf die Stirn und erwiderte mit bewegter Stimme: »Wenn wir uns nicht wiedersehen, so wisse, meine arme Frau, daß ich dich von Herzen lieb gehabt habe. Folge Punkt für Punkt den Anweisungen, die ich in einem Briefe niedergelegt habe; er ist unter der Lärche in der Gruppe da drüben vergraben«, sagte er nach einer Weile und zeigte ihr den Baum, »er steckt in einer Blechrolle. Rühre ihn nicht vor meinem Tode an. Schließlich, was mir auch widerfahre, sei überzeugt, daß mein Tun trotz der Ungerechtigkeit der Menschen der Gerechtigkeit Gottes gedient hat.«

Marthe, die langsam erblich, wurde weiß wie ein Laken; sie sah ihren Mann mit starrem, schreckensweitem Auge an; sie wollte reden, aber die Kehle war ihr trocken. Michu entwich wie ein Schatten; er hatte Couraut an den Fuß seines Bettes gebunden, und das Tier heulte, wie Hunde heulen, wenn sie außer sich sind.

Michus Grimm gegen Monsieur Marion hatte ernste Gründe gehabt; aber er hatte sich gegen einen in seinen Augen weit verbrecherischeren Menschen gewandt, gegen Malin, dessen Geheimnisse sich vor den Augen des Verwalters entschleiert hatten: Er war mehr als sonst irgend jemand imstande, das Verhalten des Staatsrats zu beurteilen. Michus Schwiegervater hatte, politisch gesprochen, das Vertrauen Malins genossen, der durch Grévins Bemühungen zum Volkspräsidenten des Départements Aube im Konvent ernannt worden war.

Vielleicht ist es nicht unnütz, hier zu berichten, was die Simeuses und die Cinq-Cygnes mit Malin zusammengeführt hatte und was auf dem Schicksal der beiden Zwillinge und der Mademoiselle de Cinq-Cygne lastete, mehr noch freilich auf dem Michus und Marthes. In Troyes lag das Hôtel Cinq-Cygne dem Hôtel Simeuse gegenüber. Als der von ebenso kundigen wie vorsichtigen Händen entfesselte Pöbel das Hôtel Simeuse geplündert, den Marquis und die Marquise, die beschuldigt wurden, mit den Feinden in Verbindung zu stehen, aufgestöbert und den Nationalgarden überliefert hatte, die sie ins Gefängnis führten, schrie die Menge folgerichtig: »Zu den Cinq-Cygnes!« Sie kam gar nicht auf den Gedanken, daß die Cinq-Cygnes an dem Verbrechen der Simeuses unschuldig sein könnten. Der würdige, beherzte Marquis de Simeuse hatte seine beiden Söhne, die achtzehn Jahre alt waren und die ihr Mut bloßstellen konnte, wenige Augenblicke vor dem Sturm ihrer Tante, der Gräfin von Cinq-Cygne, anvertraut, um sie zu retten. Zwei Diener, die an der Familie Simeuse hingen, hielten die jungen Herren eingesperrt. Der Greis, der nicht wollte, daß sein Name untergehe, hatte befohlen, seinen Söhnen für den Fall des schlimmsten Unglücks alles zu verbergen. Laurence, die damals zwölf Jahre alt war, wurde von beiden Brüdern gleich geliebt, und sie liebte sie ebenfalls gleicherweise. Wie viele Zwillinge glichen die beiden

Simeuses sich so sehr, daß ihnen ihre Mutter lange Zeit Kleidung von verschiedener Farbe geben mußte, um sie unterscheiden zu können. Der Erstgeborene hieß Paul-Maria, der andere Maria-Paul. Laurence de Cinq-Cygne, der man das Geheimnis der Lage anvertraut hatte, spielte ihre Frauenrolle sehr gut; sie flehte ihre Vettern an, sie schmeichelte ihnen und behütete sie, bis der Pöbel das Stadtpalais Cinq-Cygne umringte. Im selben Augenblick erkannten die beiden Brüder die Gefahr und sagten es einander durch einen Blick. Ihr Entschluß war alsbald gefaßt; sie bewaffneten ihre beiden Diener, wie auch die der Gräfin de Cinq-Cygne, verrammelten das Tor und bezogen, nachdem sie die Jalousien geschlossen hatten, mit fünf Dienern und dem Abbé d'Hauteserre, einem Verwandten der Cinq-Cygnes, an den Fenstern Stellung. Die acht mutigen Kämpfer eröffneten ein furchtbares Feuer auf die Menge. Jeder Schuß tötete oder verwundete einen der Angreifer. Laurence lud, statt zu verzweifeln, mit außerordentlicher Kaltblütigkeit die Gewehre und reichte denen, die sie brauchten, Kugeln und Pulver. Die Gräfin de Cinq-Cygne war auf die Knie gesunken. »Was tust du, liebe Mutter?« fragte Laurence. »Ich bete«, erwiderte sie, »für sie wie für euch.«

Ein erhabenes Wort, das auch die Mutter des Friedensfürsten in Spanien[14] bei einer ähnlichen Gelegenheit gesagt hat. In einem Augenblick waren elf Personen getötet und unter die Verwundeten zu Boden gestreckt. Solche Ereignisse kühlen den Pöbel ab, oder sie machen ihn noch wütender; er verbeißt sich in sein Vorhaben, oder er läßt es fallen. Die Vordersten wichen entsetzt zurück; aber die ganze Masse, die morden und stehlen wollte, begann beim Anblick der Toten zu schreien: »Mord, Meuchelei!« Die Vorsichtigen suchten den Volksrepräsentanten auf. Die beiden Brüder, die jetzt von den verhängnisvollen Ereignissen des Tages unterrichtet wurden, faßten Verdacht, das Konventsmitglied wünschte den Untergang ihrer Familie, und dieser Verdacht wurde bald zur Überzeugung. Vom Rachedurst getrieben, nahmen sie Stellung unter der Einfahrt und luden ihre Gewehre, um Malin zu erschießen, sobald er sich zeigen sollte. Die Gräfin hatte den Kopf verloren, sie sah ihr Haus schon eingeäschert und ihre Tochter ermordet; sie schalt auf ihre Verwandten der heldenhaften Verteidigung wegen, die ganz Frankreich acht Tage lang beschäftigte. Laurence öffnete die Tür ein wenig, als Malin sie dazu aufforderte. Als er sie sah, verließ sich der Volksrepräsentant auf seinen gefürchteten Charakter und die Schwäche dieses Kindes; er trat ein. – »Wie«, antwortete sie auf das erste Wort, das er sprach, um Rechenschaft dieses Widerstands wegen zu verlangen, »Sie wollen Frankreich die Freiheit geben, und Sie schützen die Leute nicht einmal in ihrem eigenen Hause? Man will unser Haus niederreißen und uns ermorden, und wir hätten nicht einmal das Recht, Gewalt mit Gewalt zurückzuweisen?« Malin stand wie angenagelt. – »Sie, der Enkel eines Maurers, den der große Marquis beim Bau seines Schlosses beschäftigt hat«, sagte Maria-Paul, »Sie geben einer Verleumdung Gehör und lassen unsern Vater ins Gefängnis schleppen?« – »Er soll freigelassen werden«, sagte Malin, der sich für verloren hielt, als er sah, wie die beiden jungen Herren krampfhaft ihre Gewehre schüttelten. – »Diesem Versprechen verdanken Sie Ihr Leben«, sagte Maria-Paul feierlich. »Aber wenn es nicht noch heute abend erfüllt wird, so werden wir Sie zu finden wissen!« – »Was den heulenden Pöbel angeht«, sagte Laurence, »so gilt, wenn Sie ihn nicht wegschicken, der erste Schuß Ihnen. Jetzt, Monsieur Malin, gehen Sie hinaus.« – Das Konventsmitglied ging hinaus und hielt eine Ansprache an die Menge, in der er von den geheiligten Rechten des Herdes, vom *Habeas corpus* und vom englischen Hausrecht redete. Er sagte, Gesetz und Volk seien souverän; das Gesetz sei das Volk, das Volk dürfe nur durch das Gesetz handeln, und das Gesetz müsse siegen. Das Gesetz der Not machte ihn beredt, er trieb die Ansammlung auseinander. Aber nie vergaß er den Ausdruck der Verachtung im Gesicht der beiden Brüder, noch auch das ›Gehen Sie hinaus!‹ der Mademoiselle de Cinq-Cygne. Sobald also die Rede davon war, der Besitz des Grafen de Cinq-Cygne, des Bruders von Laurence, solle als Nationalgut verkauft werden, wurde die Aufteilung streng durchgeführt. Die Kommissäre des Distrikts ließen Laurence nichts als das Schloß, den Park, die Gärten und den Pachthof, der den Namen Cinq-Cygne trug. Nach Malins Anweisungen hatte Laurence nur auf ihren Pflichtteil Anspruch, da an die Stelle des Emigranten die Nation trat, zumal seit er gegen die Republik in Waffen stand. Am Abend nach diesem wütenden Sturm flehte Laurence, da sie irgendeinen Verrat und die Fallen des Volksrepräsentanten befürchtete, ihre Vettern so inständig an, aufzubrechen, daß sie zu Pferde stiegen und die Vorposten der preußischen Armee erreichten. Zu derselben Stunde, da die beiden Brüder an dem Wald von Gondreville anlangten, wurde das Hôtel Cinq-Cygne umringt; der Volksrepräsentant kam selbst mit bewaffneter Macht, um die Erben der Familie Simeuse zu verhaften. Er wagte es nicht, sich der Gräfin de Cinq-Cygne und ihrer Tochter Laurence, die damals ein Kind von zwölf Jahren war, zu bemächtigen; gequält von einem furchtbaren Nervenfieber, lag die Gräfin zu Bett. Die Bedienten, die die Strenge der Republik fürchteten, waren verschwunden. Am folgenden Morgen verbreitete sich die Nachricht von dem Widerstand der beiden Brüder und ihrer Flucht nach Preußen, wie gesagt wurde, in der ganzen Umgegend; es bildete sich vor dem Hôtel Cinq-Cygne eine Zusammenrottung von dreitausend Leuten, und das Haus wurde mit unerklärlicher Schnelligkeit demoliert. Madame de Cinq-Cygne, die ins Hôtel Simeuse getragen wurde, erlag dort einem neuen, heftigeren Fieberanfall. Michu war erst nach diesen Ereignissen auf dem politischen Schauplatz erschienen, denn der Marquis und die Marquise blieben etwa fünf Monate im Gefängnis. Während dieser Zeit übernahm der Volksrepräsentant des Départements Aube eine Mission. Als aber Monsieur Marion Gondreville an Malin verkaufte, als in der ganzen Gegend die Wirkungen der Volksgärungen vergessen waren, durchschaute Michu den ganzen Malin; wenigstens glaubte Michu, ihn zu durchschauen; denn Malin gehörte wie Fouché[15] zu den Persönlichkeiten, die so viele Gesichter und unter jedem Gesicht so viel Hintergründiges haben, daß sie in dem Augenblick, da sie spielen, undurchdringlich sind und erst lange nach der Partie erklärt werden können.

Nie unterließ Malin es, bei den großen Gelegenheiten seines Lebens seinen treuen Freund Grévin zu Rate zu ziehen, denn der Notar von Arcis besaß ein sehr klares, scharfes und genaues Urteilsvermögen über ferne Menschen und Dinge. Diese Eigenschaft ist die Klugheit der Menschen zweiten Ranges, und sie macht ihre Stärke aus. Nun lagen die Dinge im November 1803 für den Staatsrat so ernst, daß ein Brief die beiden Freunde bloßgestellt hätte. Malin, der zum Senator ernannt werden sollte, fürchtete sich vor einer Auseinandersetzung in Paris; er verließ sein Haus, kam nach Gondreville und gab dem Ersten Konsul nur einen der Gründe an, die es ihm wünschenswert erscheinen ließen, dort zu sein, und zwar einen Grund, der ihm in Bonapartes Augen den Anstrich des Eifers lieh, während es sich dabei, statt um den Staat, um ihn selber handelte. Als nun Michu im Park nach Art eines Wilden auf einen der Rache günstigen Augenblick lauerte, führte der politische Malin, gewohnt, alle Ereignisse für seine Rechnung auszunutzen, seinen Freund auf eine kleine Wiese des englischen Gartens, eine verlassene Stätte, wie sie einer geheimnisvollen Besprechung günstig war. So waren die beiden Freunde, die sich mitten auf die Wiese stellten und leise sprachen, zu weit entfernt, um belauscht zu werden, wenn sich etwa jemand versteckte, um ihnen zuzuhören; und wenn Zudringlinge kämen, konnte das Thema gewechselt werden.

»Weshalb sind wir nicht im Schloß in einem der Zimmer geblieben?« fragte Grévin. »Hast du nicht die beiden Leute gesehen, die mir der Polizeipräfekt schickt?«

Obgleich Fouché, als es um die Verschwörung Pichegrus, Georges', Moreaus und Polignacs ging, die Seele des Konsulatskabinetts gewesen war, leitete er nicht das Polizeiministerium und war damals wie Malin einfacher Staatsrat.

»Die beiden sind Fouchés Arme. Der eine, der junge Stutzer, dessen Gesicht aussieht wie eine Flasche Limonade, der Essig auf den Lippen hat und Krätzer in den Augen, hat im Jahre VII den Aufstand im Westen[16] in vierzehn Tagen erledigt. Der andere ist ein Untergebener Lenoirs[17]; er ist der einzige, der die großen Traditionen der Polizei in sich trägt. Ich hatte um irgendeinen Agenten gebeten, den eine Amtsperson unterstützen sollte, und man schickt mir diese beiden Gevattern. Ach, Grévin, Fouché will mir zweifellos in die Karten blicken. Deshalb habe ich die Herren beim Essen im Schloß allein gelassen; mögen sie alles durchsuchen, sie werden weder Ludwig XVIII. noch das geringste Indiz finden.« – »Na ja, aber«, fragte Grévin, »welches Spiel spielst du denn?« – »Lieber Freund, ein doppeltes Spiel ist recht gefährlich; aber in bezug auf Fouché ist mein Spiel dreifach; er hat vielleicht gerochen, daß ich die Geheimnisse des Hauses Bourbon kenne.« – »Du?« – »Ja, ich!« erwiderte Malin.

»Denkst du denn nicht mehr an Favras[18]?« – Dies Wort machte Eindruck auf Malin. – »Und seit wann?« fragte Grévin nach einer Pause. – »Seit dem Konsulat auf Lebenszeit.« – »Aber keine Beweise?« – »Nicht so viel!« sagte Malin, indem er mit dem Daumennagel gegen einen seiner Schneidezähne klopfte.

Mit ein paar Worten entwarf Malin ein scharfes Bild der kritischen Lage, in die Bonaparte England drängte, das durch das Lager bei Boulogne tödlich bedroht war; er erklärte Grévin die Frankreich und Europa unbekannte Tragweite dieses Invasionsplans, die Pitt freilich ahnte; dann die kritische Lage, in die England insgeheim Bonaparte bringen wollte. Eine imposante Koalition, Preußen, Österreich und Rußland, sollte, durch englisches Gold unterstützt, siebenhunderttausend Mann unter Waffen bringen. Zu gleicher Zeit spannte im Innern eine furchtbare Verschwörung ihre Netze aus und vereinigte die Bergpartei, die Chouans, die Royalisten und ihre Prinzen.

»Solange Ludwig XVIII. drei Konsuln sah, glaubte er, die Anarchie dauere noch fort, und er werde mit Hilfe irgendeiner Bewegung Rache nehmen können für den 13. Vendémiaire und den 18. Fructidor«, sagte Malin; »aber das Konsulat auf Lebenszeit hat Bonapartes Pläne aufgedeckt, er wird bald Kaiser sein. Dieser ehemalige Unterleutnant geht mit dem Gedanken um, eine Dynastie zu gründen! Diesmal aber will man ihm ans Leben, und der Handstreich ist noch geschickter angelegt als der der Rue Saint-Nicaise[19]. Pichegru[20], Georges[21], Moreau[22], der Herzog von Enghien[23], Polignac[24] und Rivière[25], die beiden Freunde des Grafen von Artois, machen mit.« – »Was für ein Gemisch!« rief Grévin. »Frankreich wird heimlich überfallen, es soll von allen Seiten angegriffen werden, Himmel und Hölle werden in Bewegung gesetzt. Hundert Mann, die Georges befehligt, sollen die Leibwache des Konsuls und den Konsul Mann gegen Mann angreifen.« – »Gut, denunziere sie!« – »Seit zwei Monaten haben der Konsul, sein Polizeiminister, der Präfekt und Fouché einen Teil der Fäden dieses riesigen Gewebes in der Hand; aber die ganze Ausdehnung kennen sie noch nicht; und für den Augenblick lassen sie fast sämtliche Verschworenen auf freiem Fuß, um alles zu erfahren.« – »Soweit es sich ums Recht handelt«, sagte der Notar, »haben die Bourbonen wohl eher das Recht, ein

Unternehmen gegen Bonaparte zu planen, einzuleiten und durchzuführen, als Bonaparte, der sich am 18. Brumaire gegen die Republik verschwor, deren Kind er war. Er ermordete gewissermaßen seine Mutter; die Bourbonen wollen lediglich zurück in ihr Haus. Ich verstehe, daß die Prinzen, als sie die Emigrantenliste schließen, die Streichungen in den Listen wachsen, den katholischen Kultus wiedererrichten und die kontrarevolutionären Erlasse sich häufen sahen, begriffen, wie schwierig, um nicht zu sagen unmöglich, ihre Rückkehr wurde. Bonaparte ist jetzt das einzige Hindernis, das sich ihrer Wiederkehr entgegenstellt, und sie wollen das Hindernis beseitigen; nichts ist einfacher. Werden die Verschwörer besiegt, so sind sie Räuber; siegen sie, so sind sie Helden, und da scheint mir deine Ratlosigkeit ganz begreiflich.« – »Es handelt sich darum«, sagte Malin, »den Bourbonen durch Bonaparte den Kopf des Herzogs von Enghien zuwerfen zu lassen, wie der Konvent den Königen den Kopf Ludwigs XVI. zugeworfen hat, um ihn ebenso tief in den Strom der Revolution zu tauchen, wie zuvor wir darin versunken waren; oder darum, das gegenwärtige Idol des französischen Volks und seinen künftigen Kaiser zu stützen, um den echten Thron auf den Trümmern aufzurichten. Ich bin von einem Ereignis abhängig, einem glücklichen Pistolenschuß, einem Anschlag in der Rue Saint-Nicaise, der gelingen könnte. Es ist mir nicht alles gesagt worden. Man hat mir vorgeschlagen, im kritischen Augenblick den Staatsrat zusammenzurufen und gesetzmäßig die Wiedereinsetzung der Bourbonen in die Wege zu leiten.« – »Warte!« erwiderte der Notar. – »Unmöglich! Mir bleibt nur noch der gegenwärtige Augenblick zur Entscheidung.« – »Und weshalb?« – »Die beiden Simeuses sind mitverschworen, sie sind hier in der Gegend; ich muß sie entweder verfolgen lassen, so daß sie sich bloßstellen und ich sie loswerde, oder ich muß sie heimlich schützen. Ich hatte um Subalternbeamte gebeten, und man schickt mir ausgesuchte Luchse, die über Troyes gekommen sind, um die Gendarmerie für sich zu haben!« – »Gondreville ist das ›Hat‹ und die Verschwörung das ›Du bekommst‹?« sagte Grévin. »Weder Fouché noch Talleyrand, deine beiden Partner, gehören ihr an: spiele offenes Spiel mit ihnen. Bedenk doch: alle, die Ludwig XVI. geköpft haben, sitzen in der Regierung; Frankreich wimmelt von

Leuten, die konfiszierte Güter erworben haben, und du willst die zurückführen, die Gondreville von dir fordern würden? Wenn die Bourbonen keine Schwachköpfe sind, müssen sie alles, was wir getan haben, mit dem Schwamm wegwischen. Warne Bonaparte.« – »Ein Mann meines Ranges denunziert nicht«, sagte Malin lebhaft. – »Deines Ranges?« rief Grévin lächelnd. – »Mir ist das Justizministerium angeboten worden.« – »Ich verstehe, daß dich das blendet, und es ist meines Amtes, in diesen politischen Finsternissen klarzusehen, die Ausgangstür zu wittern. Nun aber ist es unmöglich, die Ereignisse vorauszusehen, die die Bourbonen zurückführen könnten, solange ein General Bonaparte über achtzig Schiffe und vierhunderttausend Mann verfügt. Es gibt nichts Schwierigeres in der abwartenden Politik, als zu erkennen, wann eine Macht, die sich neigt, stürzen wird; die Macht Bonapartes aber, alter Freund, ist noch im Steigen ... Könnte es nicht sein, daß Fouché dich hätte sondieren lassen, um deine tiefsten Gedanken kennenzulernen und sich deiner zu entledigen?« – »Nein, ich bin des Gesandten sicher. Übrigens würde mir Fouché dann nicht zwei solche Affen geschickt haben, die ich viel zu gut kenne, um nicht argwöhnisch zu werden.“ – »Mir machen sie Angst«, sagte Grévin. »Wenn Fouché dir nicht mißtraut, dich nicht prüfen will, weshalb hat er sie dir dann geschickt? Fouché spielt einen solchen Streich nie ohne irgendeinen Grund ...« – »Das entscheidet es für mich!« rief Malin; »ich werde vor den beiden Simeuses niemals Ruhe haben; vielleicht will Fouché, der meine Lage kennt, sich ihrer bemächtigen, und er glaubt, durch sie bis zu den Condés durchzudringen.« – »Ach, alter Freund, solange Bonaparte im Sattel ist, wird niemand dem Besitzer von Gondreville Scherereien machen.«

Als Malin aufblickte, gewahrte er im Laubwerk einer großen, dichten Linde einen Gewehrlauf. »Ich habe mich nicht getäuscht; ich hatte das trockene Geräusch gehört, das beim Spannen eines Gewehrlaufs entsteht«, sagte er zu Grévin, nachdem er hinter einen dicken Baumstamm getreten war, wohin der Notar ihm folgte, da ihn die plötzliche Bewegung seines Freundes beunruhigte. – »Es ist Michu«, sagte Grévin, »ich sehe seinen roten Bart.« – »Laß uns tun, als hätten wir keine Angst«, erwiderte Malin und ging langsam davon, wobei er wiederholt sagte:

»Was hat dieser Mensch gegen die Käufer dieses Guts? Sicherlich hatte er es nicht auf dich abgesehen. Wenn er uns belauscht hat, muß ich ihn an höherer Stelle melden! Wir hätten besser getan, aufs freie Feld hinauszugehen. Wer zum Teufel wär' darauf gekommen, den Lüften zu mißtrauen?« – »Man lernt nie aus«, sagte der Notar; »aber er war ziemlich weit weg, und wir haben ganz leise gesprochen.« – »Ich sage Corentin ein paar Worte darüber«, antwortete Malin.

Wenige Augenblicke darauf kam Michu heim; er war bleich und sein Gesicht verkniffen. – »Was hast du?« fragte seine Frau ängstlich. – »Nichts«, erwiderte er; er hatte Violette erblickt, dessen Anwesenheit ihn wie ein Blitzschlag traf.

Michu nahm einen Stuhl, setzte sich ruhig ans Feuer und warf einen Brief hinein, den er aus einer der Blechröhren gezogen hatte, die die Soldaten geliefert bekommen, um darin ihre Papiere aufzubewahren. Dieses Tun, das Marthe erlaubte aufzuatmen, als sei sie von einer ungeheuren Last befreit, machte Violette viel zu schaffen. Der Verwalter legte seinen Karabiner mit bewundernswerter Kaltblütigkeit auf den Kaminsims. Marianne und die Mutter spannen beim Schein einer Lampe. »Auf, François«, sagte der Vater, »zu Bett! Marsch in die Klappe!«

Er faßte seinen Sohn brutal um die Hüften und trug ihn davon. »Geh in den Keller hinunter«, flüsterte er ihm zu, als sie auf der Treppe waren, »nimm zwei Flaschen Mâcon, gieß ein Drittel ihres Inhalts aus und fülle sie mit dem Kognak auf, der auf dem Flaschenbrett steht; dann mische in einer Flasche zur Hälfte Weißwein und zur Hälfte Schnaps. Mach das geschickt und stelle die drei Flaschen auf das leere Faß an der Kellertür. Wenn ich das Fenster aufmache, kommst du aus dem Keller heraus, sattelst mir mein Pferd, sitzt auf und erwartest mich beim Bettlerpfahl.« – »Der kleine Lümmel will nie ins Bett«, sagte der Verwalter, als er wieder hereinkam; »er will es machen wie die Erwachsenen, will alles sehen, hören und erfahren. Sie verderben mir meine Leute, Papa Violette.«

»Großer Gott! Großer Gott!« rief Violette, »wer hat Ihnen die Zunge gelöst? So viel haben Sie noch nie geredet.« – »Meinen Sie etwa, ich ließe mich ausspionieren, ohne es zu merken? Sie stehen nicht auf der richtigen Seite, Papa Violette. Wenn Sie, statt denen zu dienen, die mir übel wollen, für mich wären, dann würde ich noch mehr für Sie tun, als Ihre Pacht erneuern ...« – »Was denn sonst noch?« fragte der habgierige Bauer und riß die Augen weit auf. – »Ich würde Ihnen meinen Besitz billig verkaufen.« – »Billig ist nichts, wenn man bezahlen muß«, sagte Violette sentenziös. – »Ich will aus dieser Gegend weg, ich lasse Ihnen meinen Pachthof Le Mousseau mit Gebäuden, Saatgut und Vieh für fünfzigtausend Francs.« – »Wahrhaftig?« – »Wäre Ihnen das recht?« – »Na, es wäre zu überlegen.« – »Lassen Sie uns darüber reden. Aber ich verlange eine Anzahlung.« – »Ich habe nichts.« – Sie müssen nur was sagen.« – »Auch das noch!« – »Sagen Sie mir, wer Sie hierher geschickt hat.« – »Ich war auf dem Rückweg von da, wo ich vorher gewesen bin, und ich wollte Ihnen nur eben mal guten Abend sagen.« – »Auf dem Rückweg ohne dein Pferd? Für was für einen Schwachkopf hältst du mich eigentlich? Du lügst, du bekommst meinen Hof nicht.« – »Na gut, Monsieur Grévin war es. ›Violette‹, hat er gesagt, ›wir brauchen Michu, geh und hol ihn. Wenn er nicht da ist, dann warte‹ ... Ich habe kapiert, daß ich heute abend hier bleiben sollte ...« – »Waren die Pariser Schnapphähne noch im Schloß?« – »Ach, ich weiß nicht recht; aber es waren Leute im Salon.« – »Du bekommst meinen Hof, laß uns die Bedingungen besprechen. Marthe, geh und hol den Vertragswein. Nimm vom besten Roussillon, dem Wein des Ex-Marquis. Wir sind keine Kinder mehr. Zwei Flaschen stehen bei der Tür auf dem leeren Faß, auch eine Flasche Weißer.« – »In Ordnung!« sagte Violette, der sich nie betrank. »Wir wollen einen heben!« – »Sie haben fünfzigtausend Francs unter den Fliesen Ihres Schlafzimmers liegen, genau unter dem Bett; vierzehn Tage, nachdem der Vertrag bei Grévin abgeschlossen ist, geben Sie mir die ...« – Violette sah Michu starr an und wurde bleifahl. »Haha, du willst einen alten Jakobiner auskundschaften, der die Ehre gehabt hat, Präsident des Klubs in Arcis gewesen zu sein, und du meinst, er werde es nicht merken? Ich habe Augen im Kopf und gesehen, daß deine Fliesen frisch vergipst sind, und daraus konnte ich wohl folgern, daß du sie nicht ausgehoben hättest, um Getreide darunter zu säen ... Komm, trink.«

Violette trank in seiner Unruhe ein ganzes Glas Wein, ohne auf das Gewächs zu achten; der Schrecken hatte ihm gleichsam ein heißes Eisen in den Leib gestoßen; der Geiz verbrannte dort den Branntwein. Er hätte viel darum gegeben, wenn er hätte zu Hause sein können, um seinen Schatz anderswo zu verstekken. Die drei Frauen lächelten.

»Einverstanden?« fragte Michu Violette und füllte ihm nochmals sein Glas. – »Freilich.« — »Dann bist du auf eigenem Grund und Boden, alter Halunke!«

Nach einer halben Stunde lebhaften Hinundhergeredes über den Zeitpunkt des Besitzantritts und über die tausend Spitzfindigkeiten, unter denen die Bauern ihre Geschäfte abschließen, fiel Violette unter Beteuerungen, unter geleerten Weingläsern, unter Worten voller Versprechungen, unter Ableugnungen, unter Ausrufen wie ›Nicht wahr? Selbstverständlich! Ehrenwort! Was ich dir sage! Der Hals soll mir abgeschnitten werden, wenn . . . Dies Glas Wein soll mir zu Gift werden, wenn ich nicht die reine Wahrheit sage . . .!‹ mit dem Kopf auf den Tisch; er war nicht angeheitert, sondern sinnlos betrunken; und sowie Michu gesehen hatte, daß Violettes Augen glasig wurden, hatte er schleunigst das Fenster aufgemacht.

»Wo ist Gaucher, dieser Lümmel?« fragte er seine Frau. – »Schon zu Bett.« – »Du, Marianne«, sagte der Verwalter zu seiner treuen Magd, »stellst dich vor seine Tür und läßt ihn nicht ’raus. Du, Mutter, bleibst hier unten und behütest mir diesen Spion; sei auf der Hut und mach nur auf, wenn François ruft. Es geht um Leben oder Tod!« fügte er leise hinzu. »Für alle, die unter meinem Dache wohnen, habe ich heute nacht das Haus nicht verlassen; und dabei habt ihr zu bleiben, auch wenn man euch den Kopf unters Fallbeil legt. – Komm«, sagte er zu seiner Frau, »komm, zieh Schuhe an, setz deine Haube auf und dann los! Keine Fragen, ich gehe mit dir.«

Seit dreiviertel Stunden hatte dieser Mann in Blick und Geste einen despotischen, unwiderstehlichen Willen bekundet, der aus der gemeinsamen, unbekannten Quelle geflossen war, aus der sowohl die großen Generale auf dem Schlachtfeld, wo sie die Massen entflammen, wie die großen Redner, die Versammlungen hinreißen, wie auch, um nichts zu verschweigen, die großen Verbrecher für ihre verwegenen Untaten ihre außerordentlichen

Kräfte schöpfen! Es ist dann, als gehe vom Kopf eine unbezwingliche Wirkungskraft aus, die das Wort übermittelt, und als flöße die Geste andern den Willen des betreffenden Menschen ein. Die drei Frauen wußten, daß sie in eine furchtbare Krisis verwickelt waren; ohne daß ihnen etwas davon gesagt worden wäre, ahnten sie es an der wirbelartigen Raschheit, mit der Michu handelte; sein Gesicht funkelte, seine Stirn redete, seine Augen glitzerten wie Sterne; sie hatten den Schweiß an seinen Haarwurzeln gesehen; mehr als einmal hatte seine Stimme vor Ungeduld und Wut gezittert. Daher gehorchte Marthe willig. Bis an die Zähne bewaffnet, das Gewehr über der Schulter, hastete Michu die Allee hinab; seine Frau folgte ihm, und schnell gelangten sie an den Kreuzweg, wo François sich im Gebüsch versteckt hatte. – »Der Junge ist nicht auf den Kopf gefallen«, sagte Michu, als er ihn entdeckte. Es waren seine ersten Worte; seine Frau und er waren bisher gelaufen, ohne eine Silbe sprechen zu können.

»Geh zum Pavillon zurück, versteck dich in der dichtesten Baumkrone, behalt die Felder und den Park im Auge«, sagte er zu seinem Sohn. »Wir sind alle zu Bett gegangen, wir machen niemandem auf; deine Großmutter wacht, und sie wird sich nur vom Fleck rühren, wenn sie dich sprechen hört! Merke dir alles, was ich dir sage. Es geht um das Leben deiner Eltern. Die Justiz darf nie erfahren, daß wir wieder aufgestanden sind!« Als Michu seinem Sohn diese Worte zugeflüstert hatte, verschwand François durch den Wald wie ein Aal im Schlamm, und Michu sagte zu seiner Frau: »Jetzt aufgesessen! Und bete zu Gott, daß er für uns sei. Halte dich gut fest! Das Pferd kann dabei verrecken.«

Kaum waren diese Worte gesprochen, so schoß das Pferd, dem Michu zweimal die Füße in die Flanken stieß und das er mit seinen kräftigen Knien einpreßte, mit der Geschwindigkeit eines Rennpferds davon; das Tier schien seinen Herrn zu verstehen: nach einer Viertelstunde lag der Wald hinter ihnen. Michu, der nicht vom kürzesten Weg abgewichen war, befand sich an einer Stelle der Waldgrenze, von der aus man im Mondschein die Dächer des Schlosses von Cinq-Cygne schimmern sehen konnte. Er band sein Pferd an einen Baum und stieg hurtig auf den kleinen Hügel hinauf, von dem aus man das Tal von Cinq-Cygne überwachen konnte.

Das Schloß, das Marthe und Michu beide eine kurze Weile betrachteten, bietet in der Landschaft einen reizenden Anblick. Obgleich es sich weder durch seine Größe noch durch seine Architektur auszeichnet, mangelt ihm nicht ein gewisses archäologisches Interesse. Der alte, aus dem fünfzehnten Jahrhundert stammende Bau, der auf einer Anhöhe liegt und von tiefen, breiten und noch mit Wasser gefüllten Gräben umgeben ist, ist aus Feldsteinen und Mörtel erbaut; aber die Mauern haben eine Dicke von sieben Fuß. Seine Schlichtheit erinnert wundervoll an das rauhe, kriegerische Leben der Feudalzeit. Dieses kunstlos errichtete Schloß besteht aus zwei dicken, rötlichen Türmen, die durch ein langes Wohngebäude getrennt sind; seine Wand ist von echten Steinfenstern durchbrochen, deren roh gemeißelte Kreuze Rebenranken gleichen. Die Treppe liegt in der Mitte vor dem Ganzen in einem fünfeckigen Turm mit kleinem Spitzbogentor. Das Erdgeschoß, dessen Inneres unter Ludwig XIV. modernisiert wurde, wie übrigens auch der erste Stock, wird überragt von riesigen Dächern, deren Fenster gemeißelte Giebelfenster aufweisen. Vor dem Schloß liegt eine ausgedehnte Rasenfläche, deren Bäume kürzlich gefällt worden waren. Zu beiden Seiten der Zugangsbrücke liegen zwei Häuschen, in denen die Gärtner wohnen; sie werden getrennt durch ein dürftiges, charakterloses, offenbar modernes Gittertor. Rechts und links von der durch einen gepflasterten Weg geteilten Rasenfläche befinden sich die Pferde- und Kuhställe, die Scheunen, der Holzschuppen, die Bäckerei, die Geflügelställe und die Gesindewohnungen; diese sind zweifellos in den Resten zweier Flügel untergebracht, die dem gegenwärtigen Schloß ganz ähnlich waren. Früher dürfte dieses Kastell ein Viereck gewesen sein, das an den vier Ecken befestigt war und von einem ungeheuren Turm mit gewölbtem Tor verteidigt wurde; unter diesem befand sich dort, wo jetzt das Gittertor steht, eine Zugbrücke. Die beiden dicken Türme, deren Pfefferbüchsendächer damals noch nicht flachgelegt waren, gaben dem Dorf, zusammen mit dem Glockentürmchen auf dem Mittelturm, Relief. Die ebenfalls alte Kirche reckte ein paar Schritte vom Schloß entfernt ihren spitzen Turm, der sich harmonisch in die Massen des Kastells einfügte. Der Mond goß Glanz über alle Firste und Kegel, um die das Licht spielte und flimmerte. Michu sah diesen alten Herrensitz mit einem Blick an, der die Ängste seiner Frau zerstreute, denn sein jetzt ruhigeres Gesicht zeigte einen Ausdruck der Hoffnung und eines gewissen Stolzes. Seine Blicke schweiften nicht ohne Mißtrauen in die Weite; er lauschte über die Felder hin: Es mochte gegen neun Uhr sein, der Mond überschüttete mit seinem Licht den Waldrand, und vor allem der Hügel war hell beleuchtet. Sein Standort dünkte dem Verwalter gefährlich, er stieg hinab, offenbar fürchtete er, gesehen zu werden. Doch keinerlei verdächtiges Geräusch störte den Frieden des schönen Tals, das auf dieser Seite von dem Wald von Nodesme umschlossen wird. Marthe, die nach einem solchen Ritt erschöpft war und zitterte, erwartete irgendeine Aufklärung. Was sollte sie hier? Sollte sie einer guten Tat oder einem Verbrechen Vorschub leisten helfen? In diesem Augenblick neigte Michu sich zum Ohr seiner Frau hinab.

»Du gehst jetzt zur Gräfin de Cinq-Cygne und verlangst sie zu sprechen; wenn sie erscheint, bittest du sie, abseits zu kommen. Und wenn euch niemand hören kann, sagst du ihr: ›Mademoiselle, das Leben Ihrer beiden Vettern ist in Gefahr, und der, der Ihnen das Warum und Wie auseinandersetzen möchte, wartet auf Sie.‹ Wenn sie Angst hat, wenn sie mißtrauisch ist, sagst du noch: ›Die beiden jungen Herren gehören der Verschwörung gegen den Ersten Konsul an, und die Verschwörung ist entdeckt.‹ Sag nicht deinen Namen, man mißtraut uns zu sehr.« Marthe blickte zu ihrem Mann auf und fragte: »Du dienst ihnen also?« – »Ja, und?« sagte er und runzelte die Stirn, denn er glaubte, sie wolle ihm einen Vorwurf machen. »Du verstehst mich nicht!« rief Marthe, ergriff Michus breite Hand und fiel vor ihm auf die Knie; als sie die Hand küßte, ward sie plötzlich von Tränen feucht. – »Lauf! Weinen kannst du nachher«, sagte er und umarmte sie mit barscher Kraft.

Als er den Schritt seiner Frau nicht mehr hörte, traten diesem eisernen Mann Tränen in die Augen. Er hatte Marthe um der Anschauungen ihres Vaters willen mißtraut; er hatte die Geheimnisse seines Lebens vor ihr verborgen gehalten; aber die Schönheit des schlichten Charakters seiner Frau war ihm plötzlich deutlich geworden, wie ihr die Größe des seinen aufgegangen war. Marthe durchlebte die Wandlung aus der tiefen Demütigung, wie sie der Verruf eines Mannes, dessen Namen man trägt, mit sich bringt, zu dem Entzücken, das sein Ruhm bereitet; es war eine Wandlung ohne Übergang; hätte sie nicht genügt, die Frau in Ohnmacht sinken zu lassen? Von heftigster Unruhe gequält, habe sie, wie sie ihm später sagte, auf dem Weg vom Pavillon bis nach Cinq-Cygne Blut geschwitzt; und dann habe sie einen Augenblick lang die Empfindung gehabt, als werde sie unter die Engel in den Himmel entrückt. Er, der meinte, er werde nicht geschätzt, der das kummervolle melancholische Gehabe seiner Frau für einen Mangel an Liebe hielt, er, der sie sich selbst überlassen hatte, während er außerhalb des Hauses sein Wesen trieb und seine ganze Zärtlichkeit auf seinen Sohn übertrug, hatte jetzt im Nu begriffen, was die Tränen dieser Frau bedeuteten: Sie fluchte der Rolle, die ihre Schönheit und der väterliche Wille sie zu spielen gezwungen hatten. Mitten im Unwetter hatte das Glück wie ein Blitz seine schönste Flamme für sie entzündet. Und es mußte ja wie ein Blitz wirken! Beide dachten an zehn Jahre beständiger Mißverständnisse, und jeder gab einzig sich die Schuld. Michu blieb stehen, den Ellbogen auf den Karabiner gestützt und das Kinn auf den Ellbogen, er war in tiefe Grübelei versunken. In einem solchen Augenblick nimmt man allen Schmerz der schmerzlichsten Vergangenheit in Kauf.

Von tausend, denen ihres Mannes ähnlichen Gedanken bestürmt, fühlte Marthe ihr Herz bedrückt von der Gefahr, die den Simeuses drohte, denn sie durchschaute alles, sogar die Gesichter der beiden Pariser; aber den Karabiner konnte sie sich nicht erklären. Sie eilte dahin wie ein Reh und kam auf den Weg zum Schloß; sie schrak zusammen, als sie die Schritte eines Mannes hinter sich hörte, und wollte einen Schrei ausstoßen; Michus breite Hand schloß ihr den Mund.

»Oben von dem Hügel aus habe ich in der Ferne das Silber von Hutborten aufglänzen sehen! Lauf durch die Bresche des Grabens zwischen Mademoiselles Turm und den Ställen; die Hunde werden dir nicht nachbellen. Geh in den Garten, ruf die junge Gräfin durchs Fenster, laß ihr Pferd satteln, sag ihr, sie soll es durch den Graben führen; ich komme dorthin, wenn ich den

Plan der Pariser erkundet und Mittel und Wege gefunden habe, ihnen zu entgehen.«

Die Gefahr, die sich wie eine Lawine heranwälzte und der zuvorgekommen werden mußte, gab Marthe Flügel.

Der fränkische Name, der den Cinq-Cygnes und den Chargeboeufs gemeinsam ist, lautet Duineff. Cinq-Cygne wurde zum Namen der jüngeren Linie der Chargeboeufs, nachdem fünf Töchter dieses Hauses in Abwesenheit ihres Vaters ein Kastell verteidigt hatten; sie waren alle auffallend hellhäutig, und niemand hätte von ihnen ein solches Verhalten erwartet. Einer der ersten Grafen der Champagne wollte durch diesen hübschen Namen die Erinnerung daran so lange verewigen, wie die Familie leben würde. Seit dieser denkwürdigen Waffentat waren alle Töchter des Hauses stolz, aber sie waren vielleicht nicht alle schwanenweiß. Die letzte, Laurence, war entgegen dem salischen Gesetz die Erbin des Namens, des Wappens und der Lehnsgüter. Der König von Frankreich hatte den Erlaß des Grafen der Champagne bestätigt, nach dem in dieser Familie die Frau den Adelstitel weitergeben und auch erben sollte. Laurence war also Gräfin de Cinq-Cygne; ihr Gatte mußte ihren Namen und ihr Wappen annehmen, in dem man als Devise die erhabene Antwort las, die die älteste der fünf Schwestern auf den Ruf zur Übergabe des Schlosses gegeben hatte: Singend sterben! Laurence war dieser schönen Heldinnen würdig; ihre Weiße wirkte wie ein Wettpreis des Zufalls. Unter dem feinen dichten Gewebe ihrer Haut waren die geringsten Verästelungen ihrer blauen Adern wahrzunehmen. Ihr Haar, das vom lieblichsten Blond war, stimmte wundervoll zu ihren tiefblauen Augen. Alles war zierlich an ihr. Aber in ihrem gebrechlichen Körper lebte trotz ihres schlanken Wuchses, trotz ihrer milchweißen Haut eine Seele, die gestählt war wie die eines Mannes von festestem Charakter, doch niemand, nicht einmal ein geübtes Auge, hätte sie beim Anblick ihrer sanften Züge, ihres Gesichts, dessen Profil unbestimmte Ähnlichkeit mit dem Kopf eines Lamms besaß, in ihr vermutet. Ihre übergroße, wenn auch vornehme Sanftmut schien bis zur Blödheit eines Lamms zu gehen. – »Ich sehe aus wie ein Schaf, das träumt!« sagte sie mitunter lächelnd. Laurence, die wenig sprach, wirkte weniger nachdenklich als schläfrig. Ergaben sich indes ernste Situationen, so offenbarte sich auf der Stelle die verborgene Judith in ihrer Erhabenheit, und an solcherlei Situationen hatte es ihr unglücklicherweise nicht gefehlt. Mit dreizehn Jahren stand Laurence nach den bereits berichteten Ereignissen als Waise vor der Stelle, auf der sich in Troyes noch tags zuvor eines der merkwürdigsten unter den für die Architektur des 16. Jahrhunderts bezeichnenden Häusern erhoben hatte: das Hôtel Cinq-Cygne. Monsieur d'Hauteserre, einer ihrer Verwandten, der ihr Vormund geworden war, brachte die Erbin sofort aufs Land. Dieser wackere Provinzedelmann, den der Tod seines Bruders, des Abbé d'Hauteserre, erschreckt hatte, der in dem Augenblick, da er sich in der Tracht eines Bauern hatte retten wollen, auf dem Platz von einer Kugel getroffen worden war, befand sich nicht in der Lage, die Interessen seines Mündels zu verteidigen: Er hatte zwei Söhne im Heer der Prinzen, und tagtäglich glaubte er beim geringsten Geräusch, die Behörden von Arcis kämen, um ihn zu verhaften. Laurence, die stolz darauf war, eine Belagerung durchgemacht zu haben und die historische Schwanenweiße ihrer Vorfahrinnen zu besitzen, sah mit Verachtung auf diese kluge Feigheit des unter dem Zeitensturm gebeugten Greises herab; sie war nur darauf bedacht, sich berühmt zu machen. Deshalb hängte sie auch verwegenermaßen das mit kleinen ineinander geflochtenen Eichenzweigen bekränzte Bild der Charlotte Corday[26] in ihren armseligen Salon auf Cinq-Cygne. Dem Gesetz, das sie mit dem Tode bestraft hätte, zum Trotz, stand sie durch einen reitenden Boten in Briefwechsel mit den Zwillingen. Der Bote, der gleichfalls sein Leben aufs Spiel setzte, brachte ihr die Antworten. Seit der Katastrophe in Troyes lebte Laurence nur noch für den Triumph der Sache des Königshauses. Nachdem sie sich ein verständiges Urteil über Monsieur und Madame d'Hauteserre gebildet und deren ehrenhaften, aber energielosen Charakter erkannt hatte, stellte sie sie außerhalb der Gesetze ihrer Sphäre. Laurence hatte zuviel Geist und wirkliche Nachsicht, um den beiden ihres Charakters wegen zu grollen; sie war gut, liebenswürdig und herzlich gegen sie, aber sie gab ihnen keins ihrer Geheimnisse preis. Nichts verschließt die Seele so sehr wie beständige Verstellung im Kreis der Familie. Als Laurence großjährig wurde, überließ sie die Führung ihrer geschäftlichen Angelegenheiten wie bisher dem guten d'Hauteserre. Wenn nur ihre Lieblingsstute gut gestriegelt wurde, wenn ihre Zofe Catherine nur nach ihrem Geschmack und ihr kleiner Diener Gothard anständig angezogen waren, kümmerte sie sich wenig um alles übrige. Sie richtete ihr Denken auf ein zu hohes Ziel, als daß sie sich zu Beschäftigungen herabgelassen hätte, die ihr zu andern Zeiten sicherlich nicht unlieb gewesen wären. Die Toilette spielte für sie nur eine geringe Rolle, und übrigens waren ja ihre Vettern nicht da. Laurence besaß ein flaschengrünes Reitkleid zum Ausreiten, ein ärmelloses Kleid mit Schnurbesatz aus gewöhnlichem Wollstoff für Spaziergänge, und fürs Haus einen seidenen Morgenrock. Gothard, ihr kleiner Stallknecht, ein gewandter, beherzter Junge von fünfzehn Jahren, begleitete sie; denn sie war fast immer im Freien, und sie jagte auf allen Feldern von Gondreville, ohne daß sich die Pächter oder Michu widersetzten. Sie ritt vortrefflich, und ihre Geschicklichkeit auf der Jagd grenzte fast an ein Wunder. Sogar während der Revolution wurde sie in der ganzen Gegend stets nur »Mademoiselle« genannt.

Wer den schönen Roman ›Rob-Roy‹ gelesen hat, wird sich eines der seltenen Frauencharaktere entsinnen, bei deren Schilderung Walter Scott von seiner gewohnten Kühlheit abwich; ich meine Diana Vernon. Diese Erinnerung kann dazu dienen, Laurence verständlich zu machen, wenn man den Eigenschaften der schottischen Jägerin die verhaltene Begeisterung der Charlotte Corday hinzufügt, aber die liebenswürdige Lebhaftigkeit abzieht, die Diana so reizvoll macht. Die junge Gräfin hatte ihre Mutter sterben, den Abbé d'Hauteserre fallen, den Marquis und die Marquise de Simeuse auf dem Schafott umkommen sehen; ihr einziger Bruder war seinen Wunden erlegen; ihre beiden Vettern, die in der Armee Condés dienten, konnten jeden Augenblick fallen; und schließlich war das Vermögen der Simeuses und der Cinq-Cygnes von der Republik verschlungen worden, ohne der Republik Nutzen gebracht zu haben. Laurences Ernst, der in scheinbare Erstarrung ausartete, ist also wohl begreiflich.

Monsieur d'Hauteserre bezeigte sich übrigens als der ehrlichste und einsichtigste Vormund. Unter seiner Verwaltung nahm

Cinq-Cygne das Aussehen eines Bauernhofs an. Der gute Mann, der weit weniger wie ein hochgeborener als wie ein strebsamer Landwirt aussah, hatte den Park und die Gärten, die etwa zweihundert Morgen umfaßten, ausgenutzt; sie lieferten Futter für die Pferde, Nahrung für die Menschen und Holz zum Heizen. Dank der strengsten Sparsamkeit hatte die Gräfin, als sie großjährig wurde, bereits ein hinlängliches Vermögen zurückgewonnen, da die Einkünfte in Staatspapieren angelegt worden waren. 1798 besaß die Erbin zwanzigtausend Francs Staatsrenten, deren Zinsen freilich Außenstände waren, und zwölftausend Francs durch Cinq-Cygne, wo man die Pachtverträge unter beträchtlichen Steigerungen erneuert hatte. Monsieur und Madame d'Hauteserre hatten sich mit einer Leibrente der Tontinengesellschaft Lafarge[27] aufs Land zurückgezogen; sie betrug dreitausend Francs: Dieser karge Rest ihres Vermögens erlaubte ihnen nicht, anderswo zu wohnen als auf Cinq-Cygne; daher war auch das erste, was Laurence tat, daß sie ihnen die lebenslängliche Nutznießung des von ihnen bewohnten Pavillons überließ. Die d'Hauteserres, die für ihr Mündel ebenso geizig geworden waren wie für sich selber und die ihre tausend Taler alljährlich auf die hohe Kante legten, da sie an ihre beiden Söhne dachten, gaben der Erbin eine elende Kost. Die Gesamtausgaben von Cinq-Cygne gingen nicht über fünftausend Francs jährlich hinaus. Aber Laurence, die sich um keine Einzelheiten kümmerte, fand alles gut. Der Vormund und seine Frau, über die der unmerkliche Einfluß von Laurences Charakter, der sich in den kleinsten Dingen geltend machte, unversehens Gewalt gewann, waren schließlich dahin gekommen, daß sie das Mädchen, das sie als Kind gekannt hatten, bewunderten: eine recht seltene Empfindung. Aber Laurence hatte im Wesen, in ihrer gutturalen Stimme, in ihrem herrischen Blick jenes Etwas, jene unerklärliche Macht, die stets imponiert, auch wenn sie nur dem Anschein nach vorhanden ist; denn für die Dummen gleicht die Leere der Tiefe. Für die Masse ist Tiefe etwas Unverständliches. Daher rührt vielleicht die Bewunderung des Volks für alles, was es nicht versteht. Monsieur und Madame d'Hauteserre waren, da das stete Schweigen der jungen Gräfin und deren Ungeselligkeit ihnen tiefen Eindruck machten, immerfort auf irgendein großes Geschehnis gefaßt. Da Laurence klugen Sinnes Gutes tat und sich nicht hinters Licht führen ließ, erwarb sie sich bei den Bauern große Achtung, obgleich sie Aristokratin war. Ihr Geschlecht, ihr Name, ihr Unglück, die Wunderlichkeit ihrer Lebensführung, alles trug dazu bei, ihr Macht über die Bewohner des Tals von Cinq-Cygne zu leihen. Mitunter ritt sie, von Gothard begleitet, auf ein oder zwei Tage fort, und nie fragten Monsieur und Madame d'Hauteserre sie bei ihrer Rückkehr nach den Gründen ihrer Abwesenheit. Man beachte, daß Laurence nichts Wunderliches an sich hatte. Die Virago[28] verbarg sich unter dem anscheinend weiblichsten und schwächsten Inhalt. Ihr Herz war von äußerster Empfindsamkeit, aber ihr Geist zeigte männliche Entschlossenheit und stoische Festigkeit. Ihre klarblickenden Augen vermochten nicht zu weinen. Wenn man ihr weißes, zartes, von blauen Adern getöntes Handgelenk sah, hätte man nie geglaubt, daß sie es mit dem härtesten Reiter hätte aufnehmen können. Ihre weiche, schmächtige Hand bediente sich der Pistole und des Gewehrs mit der Kraft eines geübten Jägers. Im Freien trug sie nie eine andere Frisur, als eben Frauen sie beim Reiten tragen, und dazu einen koketten kleinen Biberhut mit herabgelassenem grünem Schleier; daher hatten auch ihr zartes Gesicht, ihr weißer Hals, der von einer schwarzen Krawatte umschlungen war, nie von ihren Ritten in freier Luft gelitten. Unter dem Direktorium und zu Beginn des Konsulats hatte Laurence ein solches Verhalten beobachten können, ohne daß sich irgend jemand um sie kümmerte; aber seit es eine geregelte Regierung gab, versuchten die neuen Behörden, der Präfekt des Départements Aube, Malins Freunde und Malin selber, sie in Mißkredit zu bringen. Laurence hatte nur den Sturz Bonapartes im Sinn, dessen Ehrgeiz und Triumph in ihr gewissermaßen eine Wut entfacht hatten, aber eine kalte, berechnende Wut. Als unbekannte und unbeachtete Feindin jenes ruhmbedeckten Mannes zielte sie aus der Tiefe ihres Tals und ihrer Wälder heraus mit grauenhafter Starrheit auf ihn; sie fühlte sich bisweilen getrieben, hinzugehen und ihn in der Umgebung von Saint-Cloud oder Malmaison zu erschießen. Die Ausführung dieses Plans hätte sofort ihre Übungen und Lebensgewohnheiten erklärt; aber da sie seit dem Bruch des Friedens zu Amiens in die Verschwörung der Männer eingeweiht war, die den 18. Brumaire, diesmal gegen den Ersten Konsul, zu wiederholen versuchten, hatte sie seither ihre Kraft und ihren Haß dem ausgedehnten und sehr gut geleiteten Plan untergeordnet, der Bonaparte von außen her durch die gewaltige Koalition Rußlands, Österreichs und Preußens, die der Kaiser nachmals bei Austerlitz besiegte, treffen sollte; im Innern aber durch die Koalition der unter sich gegensätzlichsten Männer, die jedoch ein gemeinsamer Haß verband und von denen manche gleich Laurence auf den Tod Bonapartes sannen, ohne vor dem Wort Meuchelmord zurückzuschrecken. Dies dem Anschein nach so zarte, für den, der sie genauer kannte, aber so starke Mädchen war also in diesem Augenblick der treue und sichere Leiter der Edelleute, die aus Deutschland kamen, um an diesem ernstgemeinten Angriff teilzunehmen. Fouché hoffte auf die Mitwirkung der Emigranten jenseits des Rheins, als er den Herzog von Enghien mit in das Komplott verwickeln wollte. Daß dieser Fürst sich auf badischem Gebiet aufhielt, nicht weit von Straßburg, gab später dergleichen Unterstellungen Gewicht. Die große Frage, ob der Fürst wirklich Kenntnis von dem Unternehmen hatte, ob er nach dessen Gelingen in Frankreich einziehen wollte, gehört zu den Geheimnissen, über die die Prinzen des Hauses Bourbon wie über noch einige andere das tiefste Schweigen bewahrt haben. In dem Maße, wie wir uns von der Geschichte dieser Zeit entfernen, werden unparteiische Geschichtsschreiber dem Fürsten wenigstens die Unvorsichtigkeit zum Vorwurf machen, daß er in dem Augenblick, da eine ungeheure Verschwörung zum Ausbruch kommen sollte, bei der sicherlich die ganze königliche Familie ins Vertrauen gezogen worden war, so nahe der Grenze weilte. Die Vorsicht, die Malin angewandt hatte, als er sich mit Grévin im Freien besprach, ließ auch das Mädchen bei den geringsten Unternehmungen walten. Sie empfing die Abgesandten und besprach sich mit ihnen, sei es an den verschiedenen Grenzen des Waldes von Nodesme, sei es jenseits des Tals von Cinq-Cygne, zwischen Sézanne und Brienne. Oft legte sie mit Gothard in einem einzigen Ritt fünfzehn Meilen zurück; und wenn sie nach Cinq-Cygne heimkehrte, war ihrem frischen Gesicht nicht die geringste Spur der Ermüdung oder der Sorge anzusehen. Einst hatte sie in den Augen dieses kleinen, damals neunjährigen Kuhhirten die naive Bewunderung gewahrt, die Kinder dem Außergewöhnlichen entgegenbringen; sie machte ihn zu ihrem Reitknecht und lehrte ihn die Pferde mit der Sorgfalt und der Aufmerksamkeit der Engländer striegeln. Sie erkannte in ihm den Wunsch, alles gutzumachen, Intelligenz und das Nichtvorhandensein jeder Berechnung. Als sie seine Ergebenheit auf die Probe stellte, fand sie in ihm nicht nur die Anlage dazu, sondern auch die Vornehmheit: er dachte an keinen Lohn. Sie pflegte diese noch so junge Seele und war gut gegen ihn, gut nicht ohne Größe; so fesselte sie ihn an sich, indem sie sich an ihn anschloß; sie schliff diesen halbwilden Charakter, ohne ihm seine Jugendlichkeit und Einfalt zu nehmen. Als sie die fast hündische Treue, die sie züchtete, zur Genüge erprobt hatte, wurde er zu ihrem findigen, unauffälligen Mitschuldigen. Der Bauernjunge, gegen den niemand Verdacht hegen konnte, ritt manchmal von Cinq-Cygne bis Nancy hin und zurück, ohne daß jemand erfuhr, er habe die Gegend verlassen. Er wandte alle Listen an, deren sich die Spione bedienen. Ein Übermaß an Mißtrauen, das seine Herrin ihm eingeflößt hatte, veränderte seinen Charakter in nichts. Gothard, der zugleich die Verschlagenheit der Frauen, die Offenheit der Kinder und die unablässige Wachsamkeit der Verschwörer besaß, verbarg seine wunderbaren Eigenschaften unter der tiefen Unwissenheit und dem Stumpfsinn der Leute vom Lande. Dieser kleine Mann wirkte albern, schwach und ungeschickt. War er aber einmal am Werk, so war er behend wie ein Fisch und entschlüpfte wie ein Aal; er verstand wie ein Hund einen Blick: Er witterte die Gedanken. Sein gutes, grobes, rotes Rundgesicht, seine schläfrigen braunen Augen, seine nach Bauernart kurzgeschnittenen Haare, seine Kleidung, sein sehr zurückgebliebenes Wachstum bewahrten ihm das Aussehen eines zehnjährigen Jungen. Unter dem Schutze ihrer Kusine, die von Straßburg bis Bar-sur-Aube über sie wachte, kamen die Herren von Hauteserre und von Simeuse durch das Elsaß, Lothringen und die Champagne herbei, begleitet von mehreren andern Emigranten; zugleich landeten weitere, nicht minder mutige Verschwörer an den Steilklippen der Normandie in Frankreich. Als Arbeiter verkleidet, waren die d'Hauteserres und die Simeuses von Wald zu Wald gezogen, geführt von Ort zu Ort durch Leute, die Laurence seit drei Monaten in jedem Département unter den ergebensten und am wenigsten beargwöhnten Anhängern der Bourbonen ausgesucht hatte. Die Emigranten schliefen am Tage und wanderten nachts. Jeder brachte zwei ergebene Soldaten mit, von denen einer als Späher vorauszog, während der andere folgte, um im Fall eines Unglücks den Rückzug zu decken. Dank dieser militärischen Vorsichtsmaßregeln hatte das kostbare Häuflein ohne Zwischenfall den Wald von Nodesme erreicht, der zur Stätte des Zusammentreffens erwählt worden war. Weitere siebenundzwanzig Edelleute kamen durch Burgund aus der Schweiz; sie wurden unter ähnlichen Vorsichtsmaßregeln nach Paris geführt. Monsieur de Rivière verfügte über fünfhundert Leute, unter denen sich hundert junge Edelleute befanden: die Offiziere dieser heiligen Schar. Die Herren de Polignac und de Rivière, deren Verhalten als Führer von ungewöhnlicher Begabtheit zeugte, schützten all diese Mitverschworenen, die nicht entdeckt wurden, mit undurchdringlicher Verschwiegenheit. So kann man heute im Einklang mit den während der Restauration gemachten Enthüllungen sagen, daß Bonaparte den Umfang der Gefahren, die ihn damals umgaben, so wenig kannte, wie England die bedrohliche Lage, in die es durch das Lager von Boulogne geriet; und dennoch wurde die Polizei zu keiner Zeit geistvoller und geschickter geleitet. In dem Augenblick, da diese Geschichte beginnt, gab ein Feigling, wie sich ihrer einer bei allen Verschwörungen findet, die nicht streng auf eine kleine Zahl gleichstarker Männer beschränkt werden, gab ein Mitverschworener, als er mit dem Tode bedroht wurde, Aufklärungen über das Ziel des Unternehmens, die zum Glück in bezug auf dessen Ausdehnung ungenügend, aber immerhin ziemlich genau waren. Die Polizei also ließ, wie Malin zu Grévin gesagt hatte, die überwachten Verschwörer in aller Freiheit handeln, um die ganze Verzweigtheit des Komplotts aufzudecken. Nichtsdestoweniger waren der Regierung gewissermaßen die Hände durch Georges Cadoudal gebunden, der den Anschlag ausführen sollte und der nur seinem eigenen Gutdünken folgte; er hielt sich in Paris mit fünfundzwanzig Chouans verborgen, um über den Ersten Konsul herzufallen. In Laurences Planungen verband sich mit dem Haß die Liebe. Hieß nicht Napoleon vernichten und die Bourbonen zurückführen, sich Gondrevilles von neuem bemächtigen und das

Glück ihrer Vettern machen? Jene beiden Empfindungen, von denen die eine der Gegenpol der andern ist, genügen, zumal, wenn man dreiundzwanzig ist, um alle Fähigkeiten der Seele und alle Lebenskräfte zur Entfaltung zu bringen. Seit zwei Monaten erschien daher Laurence den Bewohnern von Cinq-Cygne schöner, als sie es je gewesen war: Ihre Wangen waren rosig geworden, die Hoffnung verlieh ihrer Stirn auf Augenblicke Stolz; aber wenn dann abends die ›Gazette‹[29] mit den konservativen Verfügungen des Ersten Konsuls gelesen wurde, schlug sie die Augen nieder, um nicht die drohende Gewißheit von dem baldigen Sturz des Feindes der Bourbonen zu verraten. Niemand im Schloß ahnte also, daß die junge Gräfin in der letzten Nacht ihre Vettern wiedergesehen hatte. Die beiden Söhne des Ehepaars d'Hauteserre hatten die Nacht im Zimmer der jungen Gräfin verbracht, unter einem Dache mit ihren Eltern; denn Laurence war, um keinerlei Verdacht zu erwecken, nachdem sie die beiden d'Hauteserres zu Bett geschickt hatte, zwischen ein und zwei Uhr morgens aufgebrochen und zu ihren Vettern gestoßen und hatte sie mitten durch den Wald geführt, wo sie sie in der verlassenen Hütte eines Forstaufsehers untergebracht hatte. Da sie des Wiedersehens mit ihnen sicher war, zeigte sie nicht das geringste Anzeichen der Freude, nichts verriet die Aufgeregtheit der Erwartung; auch früher schon hatte sie die Spuren der Freude über das genossene Wiedersehen zu verwischen und Gleichgültigkeit zur Schau zu tragen gewußt. Die hübsche Catherine, die Tochter ihrer Amme, und Gothard, die beide ins Vertrauen gezogen waren, paßten ihr Verhalten dem ihrer Herrin an. Catherine war neunzehn Jahre alt. In diesem Alter ist ein Mädchen so fanatisch wie Gothard in dem seinen und läßt sich den Hals abschneiden, ohne ein Wort zu sagen. Für Gothard aber hätte es genügt, das Parfüm zu riechen, das seine Herrin sich ins Haar und in die Kleider sprengte, daß er, ohne das geringste zu verraten, die peinlichste Folter ertragen hätte.

In dem Augenblick, da Marthe, nun sie über die unmittelbar bevorstehende Gefahr verständigt worden war, mit der Geschwindigkeit eines Schattens auf die ihr von Michu bezeichnete Bresche zueilte, bot der Salon des Schlosses Cinq-Cygne den friedlichsten Anblick dar. Seine Bewohner waren so weit davon entfernt, zu ahnen, welch ein Sturm über sie hereinbrechen sollte, daß ihre Haltung bei dem ersten besten, der ihre Lage gekannt hätte, Mitleid erweckt haben würde. In dem hohen Kamin, der mit einem Wandspiegel geschmückt war, über dessen Scheibe Schäferinnen im Reifrock tanzten, glühte eines jener Feuer, wie man sie nur in den Schlössern am Waldessaum kennt. Vor dem Kamin lag in einer großen viereckigen Bergère aus vergoldetem Holz, deren Polsterung mit wundervoller grüner chinesischer Seide überzogen war, die junge Gräfin in der Haltung völliger Erschöpfung. Sie war erst gegen sechs Uhr von den Grenzen der Brie heimgekommen, nachdem sie lange als Späherin umhergestreift war, um die vier Edelleute in dem Lager, in dem sie ihre letzte Rast abhalten sollten, ehe sie in Paris einzogen, sicher in den Hafen zu bringen; sie hatte Monsieur und Madame d'Hauteserre gegen Ende von deren Abendessen überrascht. Da der Hunger sie getrieben, hatte sie sich zu Tisch gesetzt, ohne ihr schmutzbespritztes Reitkleid und ihre Stiefel abzulegen. Statt sich nach dem Essen umzukleiden, hatte sie, die sich von all ihren Anstrengungen wie zerschlagen fühlte, den entblößten schönen Kopf mit seinen tausend blonden Locken gegen die Rückenlehne der riesigen Bergère gestützt und die Füße vor sich auf ein Taburett gelegt. Das Feuer trocknete die Kotspritzer auf ihrem Reitkleid und ihren Stiefeln. Ihre wildledernen Handschuhe, ihr kleiner Biberhut, ihr grüner Schleier und ihre Reitpeitsche lagen noch auf der Konsole, auf die sie sie geworfen hatte. Sie blickte bald auf die alte Boule-Uhr, die zwischen zwei Leuchtern in Blütenform auf dem Kaminsims stand, denn sie fragte sich, ob die vier Verschwörer wohl inzwischen schliefen, und bald auf den Bostonisch, der vor dem Kamin aufgestellt war und an dem Monsieur und Madame d'Hauteserre mit dem Pfarrer von Cinq-Cygne und dessen Schwester saßen.

Selbst wenn diese Personen nichts mit unserm Drama zu tun hätten, würde ihren Köpfen doch das Verdienst eignen, eine von den Außenseiten zu kennzeichnen, die die Aristokratie nach ihrer Niederlage im Jahre 1793 angenommen hatte. In dieser Hinsicht hat die Schilderung des Salons von Cinq-Cygne den Reiz der Historie im Negligé.

Der Edelmann, der damals zweiundfünfzig Jahre alt war, eine

hohe, dürre, vollblütige Gestalt von robuster Gesundheit, hätte ohne die fayenceblauen großen Augen, deren Blick auf äußerste Einfalt schließen ließ, für energisch gelten können. In seinem Gesicht, das in ein schuhspitzenförmiges Kinn auslief, lag zwischen der Nase und dem Mund ein nach den Gesetzen der Zeichenkunst übergroßer Zwischenraum, der ihm einen Zug von Unterwürfigkeit verlieh, wie er mit seinem Wesen in vollkommenem Einklang stand; übrigens stimmten die geringsten Einzelheiten seiner Züge zu diesem Charakter. So bildete sein graues Haar, das durch den Hut, den er fast den ganzen Tag hindurch auf dem Kopf behielt, verfilzt war, gleichsam eine Kappe, die den Umriß des birnenförmigen Schädels klar hervortreten ließ. Seine vom Landleben und beständigen Sorgen stark gefurchte Stirn war flach und ausdruckslos. Die Adlernase belebte das Gesicht ein wenig; das einzige Zeichen von Kraft lag in den buschigen Augenbrauen, die ihre schwarze Farbe bewahrt hatten, und in der lebhaften Tönung seines Teints. Aber dieses Anzeichen log nicht; der Edelmann hing, wenngleich er einfältig und sanft war, fest am monarchischen und katholischen Glauben, und kein Einwand hätte ihn zu einem Wechsel der Partei gebracht. Der gute Mann hätte sich verhaften lassen; er hätte nicht auf die Behörde geschossen und wäre ganz gemächlich aufs Schafott gestiegen. Die dreitausend Francs Leibrente, die seine einzigen Existenzmittel darstellten, hatten ihn daran gehindert, zu emigrieren. Er fügte sich also der gegenwärtigen Regierung, ohne deshalb von seiner Liebe zur königlichen Familie und dem Wunsch nach ihrer Wiedereinsetzung abzulassen. Aber er hätte es abgelehnt, sich durch die Teilnahme an einem Anschlag zugunsten der Bourbonen zu kompromittieren. Er gehörte zu jener Schar von Royalisten, die beständig daran denken mußten, daß sie geschlagen und bestohlen waren, und hinfort stumm und sparsam lebten, grollend, ohne jede Energie, aber auch jeder Entsagung und jedes Opfers unfähig; sie waren bereit, das Königtum zu begrüßen, wenn es triumphierte, sie waren Freunde der Religion und der Priester, aber sie waren auch entschlossen, jeden Schimpf des Unglücks zu ertragen. So etwas heißt nicht mehr eine Meinung haben, sondern im Eigensinn verharren. Das Wesen der Parteien besteht im Handeln. Geistlos, aber königstreu, geizig wie ein

Bauer und doch von noblen Umgangsformen, kühn in seinen Wünschen, aber vorsichtig in Worten und Handlungen – so vertrat Monsieur d'Hauteserre, der aus allem Nutzen zog und bereit war, sich zum Bürgermeister von Cinq-Cygne ernennen zu lassen, vortrefflich jene ehrenwerten Edelleute, die die Gewitter der Revolution über ihre Adelssitze und ihre Köpfe dahinziehen ließen, sich mit dem Reichtum ihrer versteckten Ersparnisse unter der Restauration wieder erhoben, stolz auf ihre verschwiegene Gefolgschaft, und die nach 1830 auf ihre Güter zurückkehrten. Seine Kleidung, die beredte Hülle dieses Charakters, malte den Mann wie die Zeit. Er trug einen jener haselnußbraunen Überröcke mit kleinem Kragen, wie der letzte Herzog von Orléans sie bei seiner Rückkehr aus England in Mode gebracht hatte und wie sie während der Revolution gewissermaßen einen Kompromiß zwischen den scheußlichen Volkstrachten und den eleganten Gehröcken der Aristokratie bildeten. Seine Samtweste mit den Blumenmusterstreifen, deren Schnitt an die Robespierres und Saint-Justs erinnerte, ließ den oberen Teil eines kleingefältelten Jabots sehen, das dem Hemd anlag. Er trug noch die Kniehose, aber sie war aus grobem blauem Tuch und hatte blindgewordene Stahlschnallen. Seine Strümpfe aus schwarzer Florseide umschlossen glatt seine Hirschbeine, an denen die plumpen Schuhe von Gamaschen aus schwarzem Tuch festgehalten wurden. Er trug auch noch den tausendfach gefältelten Musselinkragen, den am Hals eine goldene Schnalle zusammenhielt. Der wackere Mann hatte keineswegs politischen Eklektizismus treiben wollen, als er diese zugleich bäurische, revolutionäre und aristokratische Gewandung anlegte; er hatte in aller Unschuld den Verhältnissen gehorcht.

Madame d'Hauteserre, die vierzig Jahre alt und von den Aufregungen arg mitgenommen war, hatte ein verwelktes Gesicht, das immer aussah, als stehe es Modell für ein Porträt; ihre mit weißen Satinschleifen geschmückte Spitzenhaube trug auf merkwürdige Weise dazu bei, ihr ein feierliches Aussehen zu verleihen. Trotz des weißen Spitzentuchs, des flohbraunen Seidenkleids mit glatten Ärmeln und dem sehr weiten Rock – es war das letzte traurige Kleid der Königin Marie Antoinette –, legte sie noch Puder auf. Sie hatte eine dünne Nase, ein spitzes Kinn, ein fast dreieckiges Gesicht und verweinte Augen; aber sie legte auch einen Soupçon Rouge auf, was ihre grauen Augen belebte. Sie schnupfte, und stets wandte sie all die hübschen Vorsichtsmaßregeln an, mit denen früher die Zierpuppen so viel Mißbrauch trieben; alle Einzelverrichtungen des Schnupfens bildeten eine Zeremonie, die ein einziges Wort zu erklären vermag: sie hatte hübsche Hände.

Seit zwei Jahren hatte der ehemalige Erzieher der beiden Simeuses, ein Abbé, der dem Mönchsorden der Minimen angehörte, namens Goujet, aus Freundschaft für die d'Hauteserres und die junge Gräfin die Pfarre von Cinq-Cygne als Alterssitz übernommen. Seine Schwester, Mademoiselle Goujet, besaß siebenhundert Francs Rente, legte ihr Geld mit den mageren Einkünften der Pfarre zusammen und führte ihrem Bruder den Haushalt. Weder Kirche noch Pfarrhaus waren verkauft worden, weil sie zu wenig wert waren. Der Abbé Goujet wohnte somit wenige Schritte vom Schloß entfernt, denn der Pfarrgarten und der Park hatten eine gemeinschaftliche Mauer. Daher speisten denn auch der Abbé Goujet und seine Schwester zweimal in der Woche auf Cinq-Cygne, wo sie jeden Abend mit den d'Hauteserres ihr Spielchen machten. Laurence verstand nichts vom Kartenspiel. Der Abbé Goujet war ein weißhaariger Greis mit liebenswürdigem Lächeln und sanfter einschmeichelnder Stimme, dessen weißes Gesicht dem einer alten Frau glich, in seinem ziemlich puppenhaft faden Ausdruck aber ausgeglichen wurde durch eine Stirn, die Intelligenz verriet, und durch sehr kluge Augen. Er war von mittlerer Größe und gut gewachsen, trug noch immer den schwarzen französischen Priesterrock, an Hose und Schuhen silberne Schnallen, schwarzseidene Strümpfe und eine schwarze Weste, auf die sein Beffchen herabfiel; all das gab ihm ein weltmännisches Ansehen, ohne ihm die Würde zu nehmen. Dieser Abbé, der zur Zeit der Restauration Bischof von Troyes wurde und durch sein früheres Leben daran gewöhnt war, junge Menschen zu durchschauen, hatte in Laurence den großen Charakter erkannt; er schätzte sie nach ihrem vollen Wert ein, und vom ersten Augenblick an hatte er dem Mädchen eine ehrfurchtsvolle Achtung bezeigt, die viel dazu beitrug, sie auf Cinq-Cygne unabhängig zu machen, so daß die strenge Dame und der gute

Edelmann sich ihr beugten, obgleich sie nach der Sitte ihnen hätte gehorchen müssen. Seit einem halben Jahr beobachtete der Abbé Goujet Laurence mit dem den Priestern eigenen genialen Blick – sind sie doch die scharfsichtigsten Menschen; und ohne zu wissen, daß dies dreiundzwanzigjährige Mädchen den Gedanken hegte, Bonaparte zu stürzen, wenn sie mit ihren schwachen Händen eine der Verschnürungen entwirrte, die sich von ihrem Reitkleid gelöst hatte, nahm er an, daß ein großer Plan sie bewege.

Mademoiselle Goujet war eins der Mädchen, deren Porträt in zwei Worten gezeichnet ist, die sogar Menschen mit geringer Einbildungskraft erlauben, sich von ihr eine Vorstellung zu bilden: Sie gehörte zur Familie der ›Schlachtrösser‹. Sie wußte, daß sie häßlich war, sie lachte als erste über ihre Häßlichkeit, wobei sie ihre langen Zähne zeigte, die gelb waren wie ihr Gesicht und ihre knochigen Hände. Sie war durchaus gutartig und lustig. Sie trug ihre berühmte altmodische Schoßjacke, einen sehr weiten Rock, dessen Taschen stets voller Schlüssel steckten, eine Bänderhaube und einen Haarturm. Sie war sehr früh vierzig Jahre alt geworden, hielt sich aber, wie sie sagte, dadurch schadlos, daß sie es seit zwanzig Jahren bei diesem Alter bewenden ließ. Sie verehrte den Adel und wußte die eigene Würde zu wahren, indem sie den Adligen an Achtungsbezeigungen und Huldigungen erwies, was ihnen gebührte.

Diese Gesellschaft war für Madame d'Hauteserre zu gelegener Zeit nach Cinq-Cygne gekommen: Sie ging nicht, wie ihr Mann, einer landwirtschaftlichen Tätigkeit nach, noch auch besaß sie wie Laurence die Stütze eines Hasses, der ihr die Last eines einsamen Lebens erleichtert hätte. Auch war seit sechs Jahren alles ein wenig besser gegangen. Der wiederhergestellte katholische Kult gewährte die Erfüllung der religiösen Pflichten, die auf dem Lande mehr Widerhall finden als irgendwo anders. Monsieur und Madame d'Hauteserre waren durch die konservativen Maßnahmen des Ersten Konsuls beruhigt worden und hatten mit ihren Söhnen korrespondieren und von ihnen hören können; sie brauchten nicht länger um ihretwillen zu zittern; sie hatten sie gebeten, um ihre Streichung von den Emigrantenlisten einzukommen und wieder nach Frankreich zurückzukehren. Der Staatsschatz hatte die rückständigen Zinsen gezahlt und hielt die halbjährlichen Termine regelmäßig ein. Die d'Hauteserres besaßen damals außer ihrer Leibrente achttausend Francs jährlicher Einkünfte. Der alte Herr beglückwünschte sich zu seinem klugen Verhalten; er hatte gleichzeitig mit seinem Mündel all seine Ersparnisse, zwanzigtausend Francs, vor dem 18. Brumaire angelegt, der bekanntlich den Kurs von zwölf auf achtzehn Francs in die Höhe getrieben hatte.

Lange hatte Cinq-Cygne entblößt, leer und verödet dagelegen. Aus Berechnung hatte der vorsichtige Vormund während der Aufregungen der Revolution nichts am Äußeren des Besitzes ändern wollen; aber nach dem Frieden von Amiens war er nach Troyes gefahren, um ein paar Überbleibsel aus den beiden geplünderten Stadthäusern zu holen; er hatte sie bei Trödlern aufkaufen können. Schöne Vorhänge aus grüngeblümter weißer chinesischer Seide, die aus dem Hôtel Simeuse stammten, schmückten die sechs Fenster des Salons, in dem die geschilderten Persönlichkeiten saßen. Der weitläufige Raum hatte eine Holzverkleidung, die in Felder aufgeteilt war; die Rahmen bestanden aus Perlstäben, die an den Ecken mit grotesken Masken geschmückt und in zwei Grautönen gestrichen waren. Die Supraporten der vier Türen zeigten jene Themen in Grisaillemalerei, wie sie unter Ludwig XV. Mode gewesen waren. Der wackere Mann hatte in Troyes überdies ein paar vergoldete Konsolen, eine Zimmereinrichtung in grüner Seide, einen Kristallüster, einen eingelegten Spieltisch und noch mancherlei aufgetrieben, was zur Wiederherstellung von Cinq-Cygne dienen konnte. 1792 war das ganze Mobiliar des Schlosses geraubt worden, denn die Plünderung der beiden Stadtpalais hatte auch im Tal ihr Gegenspiel gehabt. Jedesmal, wenn der alte Herr nach Troyes fuhr, kehrte er mit ein paar Überresten des alten Glanzes zurück: Bald brachte er einen schönen Teppich mit, wie zum Beispiel den, der den Boden des Salons bedeckte, bald einen Satz Geschirr oder altes Meißner oder Sèvres-Porzellan. Vor sechs Monaten hatte er sogar den Mut aufgebracht, das Tafelsilber der Cinq-Cygnes auszugraben, das der Koch in einem kleinen, ihm gehörigen Hause verscharrt hatte, ganz am Ende eines der ausgedehnten Vororte von Troyes.

Dieser treue Diener – er hieß Durieu – wie auch seine Frau

waren ihrer jungen Herrin in all ihren Schicksalen nicht von der Seite gewichen. Durieu war das Faktotum des Schlosses, wie seine Frau die Wirtschafterin war. Durieu hatte zur Gehilfin in der Küche Catherines Schwester, die er in seiner Kunst unterrichtete und die eine ausgezeichnete Köchin wurde. Ein alter Gärtner und seine Frau, deren als Tagelöhner besoldeter Sohn und deren Tochter, die als Kuhmagd diente, vervollständigten das Gesinde des Schlosses. Vor einem halben Jahr hatte die Durieu für den Sohn des Gärtners und für Gothard heimlich Livreen in den Farben der Cinq-Cygnes machen lassen. Obwohl der alte Edelmann sie dieser Unvorsichtigkeit wegen gehörig abkanzelte, hatte sie sich das Vergnügen nicht verkneifen können, am Sankt-Laurentius-Tage, dem Namensfest der jungen Gräfin, das Abendessen fast wie ehemals servieren zu lassen. Die langsame, mühsame Wiederherstellung der Dinge machte den d'Hauteserres und den Durieus Freude. Laurence lächelte darüber und nannte all das Kindereien. Aber der wackere d'Hauteserre dachte auch an etwas Solideres: Er besserte die Gebäude aus, richtete die Mauern wieder auf, pflanzte an, wo nur ein Baum Aussicht hatte zu wachsen, und ließ keinen Zoll des Bodens ungenutzt; daher wurde er im ganzen Tal von Cinq-Cygne in allem, was die Landwirtschaft betraf, als eine Art Orakel angesehen. Er hatte es fertiggebracht, hundert Morgen Ackerland zurückzuerhalten, die strittig und nicht verkauft worden waren, die aber die Gemeinde mit Beschlag belegt hatte; er hatte sie in künstliche Weidewiesen umgewandelt, die das Vieh des Schlosses ernährten, und sie mit Pappeln eingerahmt, die seit sechs Jahren herrlich gediehen. Er trug sich mit der Absicht, noch einige Äcker zurückzukaufen und alle Gebäude des Schlosses auszunutzen, indem er einen zweiten Pachthof anlegte, den er selbst zu verwalten gedachte. Das Leben auf dem Schloß war also seit zwei Jahren beinahe glücklich geworden. Monsieur d'Hauteserre ging mit Sonnenaufgang aus dem Hause und überwachte seine Arbeiter, denn er ließ seine Leute nie ohne Beschäftigung; zum Mittagessen kehrte er heim, stieg dann auf einen Pächterklepper und machte wie ein Inspektor seine Runde; wenn er zum Abendessen wiedergekommen war, beendete er seinen Tageslauf mit einer Partie Boston. Alle Bewohner des Schlosses hatten ihre

Beschäftigung; das Leben war geregelt wie in einem Kloster. Nur Laurence brachte durch ihre plötzlichen Ausritte, durch ihr Fehlen, durch das, was Madame d'Hauteserre ihre Streiche nannte, Unruhe hinein. Und dennoch bestanden auf Cinq-Cygne zwei politische Lager, und es gab Keime der Zwietracht. Erstens waren Durieu und seine Frau eifersüchtig auf Gothard und Catherine, die es in der Vertrautheit mit ihrer jungen Herrin, dem Idol des Hauses, weitergebracht hatten als sie. Dann wollten die beiden d'Hauteserres, unterstützt von Mademoiselle Goujet und dem Pfarrer, daß ihre Söhne, ebenso wie die Zwillinge der Simeuses, heimkehrten und an dem Glück dieses friedlichen Lebens teilnähmen, statt ein kärgliches Dasein im Ausland zu fristen. Laurence brandmarkte einen solchen schmählichen Kompromiß; sie vertrat den reinen kriegerischen, unerbittlichen Royalismus. Die vier alten Leute, die nicht wollten, daß man ein glückliches Dasein gefährdete oder diesen Winkel Landes preisgab, den sie den wilden Strudeln des revolutionären Gießbachs abgewonnen hatten, suchten Laurence zu ihren im Grunde verständigen Lehren zu bekehren, denn sie ahnten, daß Laurence an dem Widerstand, den ihre Söhne und die beiden Simeuses einer Rückkehr nach Frankreich entgegensetzten, stark beteiligt sei. Die hochmütige Geringschätzung ihres Mündels beängstigte die armen Leute, und sie täuschten sich nicht, wenn sie fürchteten, was sie als einen unüberlegten Streich bezeichneten. Die Zwietracht war ausgebrochen, als in der Rue Saint-Nicaise die Höllenmaschine explodierte; es war das erste royalistische Attentat gegen den Sieger von Marengo gewesen, als er sich geweigert hatte, mit dem Hause Bourbon zu unterhandeln. Die d'Hauteserres sahen es als ein Glück an, daß Bonaparte dieser Gefahr entgangen war, denn sie glaubten, die Urheber des Anschlags seien Republikaner gewesen. Laurence weinte vor Wut, als sie den Ersten Konsul gerettet sah. Ihre Verzweiflung siegte über ihre gewöhnliche Verstellung: Sie klagte Gott an, er verrate die Söhne des heiligen Ludwig. – »Ich«, rief sie aus, »ich hätte Erfolg gehabt! Hat man nicht«, sagte sie zu dem Abbé Goujet, als sie sah, welche tiefe Bestürzung sich bei ihrem Wort auf allen Gesichtern malte, »hat man nicht das Recht, die Usurpation mit allen nur erdenklichen Mitteln anzugreifen?« – »Liebes Kind«, erwiderte der Abbé Goujet, »die Kirche ist von den Philosophen scharf angegriffen und getadelt worden, weil sie ehemals behauptet hat, man dürfe die Waffen, deren die Usurpatoren sich zur Erringung des Erfolgs bedient hätten, auch gegen die Usurpatoren anwenden; aber heute verdankt die Kirche dem Herrn Ersten Konsul zuviel, als daß sie ihn nicht schützen und ihn vor diesem Grundsatz sichern müßte, der übrigens von den Jesuiten herrührt.« – »Dann läßt die Kirche uns aber im Stich!« hatte sie mit finsterer Miene erwidert.

Von diesem Tage an verließ die junge Gräfin den Salon, sooft die vier Alten davon sprachen, daß man sich der Vorsehung unterwerfen müsse. Seit einiger Zeit hob der Pfarrer, der geschickter war als der Vormund, statt Prinzipien zu erörtern, die materiellen Vorteile der Konsulatsregierung hervor, weniger, um die Gräfin zu bekehren, als vielmehr, um in ihren Augen einen Ausdruck wahrzunehmen, der ihn über ihre Pläne aufklären könnte. Die häufige Abwesenheit Gothards, die mannigfachen Ritte des Mädchens und ihre Zerstreutheit, die sich in den letzten Tagen sogar auf ihrem Gesicht ausgeprägt hatte, und schließlich eine Fülle von Kleinigkeiten, die in der Stille und Ruhe des Lebens auf Cinq-Cygne nicht einmal den ängstlichen Augen der d'Hauteserres, des Abbé Goujet und der Durieus entgehen konnten – all das hatte in diesen fügsamen Royalisten Befürchtungen erweckt. Aber da seit einigen Tagen in der politischen Atmosphäre vollkommene Ruhe herrschte, war das Leben in dem kleinen Schloß wieder friedlich geworden. Alle hatten die Ritte der Gräfin deren Leidenschaft für die Jagd zugeschrieben.

Man kann sich vorstellen, welche Stille um neun Uhr im Park, auf den Höfen und in der Umgebung des Schlosses Cinq-Cygne herrschte, wo in diesem Augenblick Dinge und Menschen so harmonisch aufeinander abgestimmt waren, wo der tiefste Friede waltete, wo der Wohlstand sich wieder einstellte und wo der gute, verständige Edelmann sein Mündel durch das Fortdauern der glücklichen Resultate zu seinem System des Gehorsams zu bekehren hoffte. Diese Royalisten spielten auch weiterhin ihr Bostonspiel, das unter einer frivolen Form Unabhängigkeitsideen durch ganz Frankreich verbreitete, das zu Ehren der Aufständischen Amerikas erfunden worden war und dessen sämtliche Ausdrücke an den Kampf erinnern, den Ludwig XVI. begünstigt hatte. Während sie ihre *Indépendances* und *Misères* ansagten, beobachteten sie Laurence, die, vom Schlummer überwältigt, bald mit einem ironischen Lächeln auf den Lippen einschlief: Ihr letzter Gedanke hatte dem friedlichen Bild dieses Tisches gegolten, an dem zwei Worte, durch die die d'Hauteserres erfahren hätten, daß ihre Söhne die letzte Nacht unter ihrem Dache geschlafen, den lebhaftesten Schrecken verbreiten konnten. Welches dreiundzwanzigjährige Mädchen wäre nicht wie Laurence stolz darauf gewesen, Schicksal zu spielen, und hätte nicht gleich ihr eine leichte Regung des Mitleids mit denen gespürt, die sie so weit unter sich sah?

»Sie schläft«, sagte der Abbé; »ich habe sie nie so müde gesehen.« – »Durieu hat mir gesagt, ihre Stute sei völlig abgetrieben«, bemerkte Madame d'Hauteserre; »ihr Gewehr habe sie nicht benutzt, die Zündpfanne sei sauber; gejagt also hat sie nicht.« – »Ach, sapperlot«, erwiderte der Pfarrer, »da stimmt was nicht!«

»Bah!« rief Mademoiselle Goujet; »als ich dreiundzwanzig war und mich dazu verurteilt sah, eine alte Jungfer zu werden, bin ich noch ganz anders herumgetollt und habe mich abgemattet. Ich verstehe es, daß die Gräfin durch die Felder reitet, statt daran zu denken, Wild abzuschießen. Seit bald zwölf Jahren hat sie ihre Vettern nicht mehr gesehen, und dabei hat sie sie doch lieb; ja, an ihrer Stelle würde ich, wenn ich jung und hübsch wäre wie sie, spornstreichs nach Deutschland reiten! Vielleicht zieht es das arme Kind an die Grenze.«

»Du bist leichtfertig, Schwesterchen«, sagte der Pfarrer lächelnd. – »Nun«, erwiderte sie, »ich merke, Sie machen sich Sorge um das Kommen und Gehen eines dreiundzwanzigjährigen Mädchens; ich erkläre es Ihnen.« – »Ihre Vettern werden sicher heimkehren, dann ist sie reich und wird sich schließlich beruhigen«, sagte der biedere d'Hauteserre. – »Gott gebe es!« rief die alte Dame und langte nach ihrer goldenen Tabatière, die seit dem Konsulat auf Lebenszeit wieder ans Licht gekommen war.

»Es gibt eine Neuigkeit zu berichten«, sagte der gute d'Hauteserre zum Pfarrer; »Malin ist seit gestern abend auf Gondreville.« – »Malin?« rief Laurence, die trotz ihres tiefen Schlummers durch den Namen geweckt worden war. – »Ja«, antwortete der Pfarrer; »aber er fährt heute nacht wieder ab, und es werden vielerlei Vermutungen über den Zweck dieser überstürzten Reise angestellt.« – »Dieser Mensch«, sagte Laurence, »ist der böse Geist unserer beiden Familien.«

Die junge Gräfin hatte von ihren Vettern und den d'Hauteserres geträumt: Sie hatte sie bedroht gesehen. Ihre schönen Augen wurden starr und trüb, als sie an die Gefahren dachte, die der jungen Herren in Paris warteten; sie stand unvermittelt auf und begab sich, ohne noch etwas zu äußern, auf ihr Zimmer. Sie bewohnte das Ehrenzimmer, mit dem ein Kabinett und ein Oratorium verbunden waren; es lag in dem Turm nach dem Wald hin. Als sie den Salon verlassen hatte, schlugen die Hunde an; an dem kleinen Gitter erklang die Schelle, und Durieu kam mit verstörtem Gesicht in den Salon und meldete: »Der Bürgermeister kommt! Es gibt was Neues.«

Dieser Bürgermeister, ein ehemaliger Reitknecht der Familie Simeuse, kam gelegentlich ins Schloß, wo die d'Hauteserres ihm aus Politik eine Achtung bezeigten, auf die er den größten Wert legte. Er hieß Goulard[30] und hatte eine reiche Kaufmannsfrau aus Troyes geheiratet, deren Besitz im Gemeindebezirk Cinq-Cygne lag; er hatte ihn um die gesamten Ländereien einer reichen Abtei vermehrt und auf ihren Erwerb seine sämtlichen Ersparnisse verwandt. Die ausgedehnte Abtei Val des Preux, eine Viertelstunde vom Schloß entfernt gelegen, bot ihm einen fast ebenso prachtvollen Wohnsitz wie Gondreville; und seine Frau und er nahmen sich darin aus wie zwei Ratten in einem Dom. »Goulard, du hast aber geschlungen!« hatte ihm Mademoiselle lachend gesagt, als er zum erstenmal auf Cinq-Cygne erschienen war. Obgleich er ein eifriger Anhänger der Revolution war und von der Gräfin kühl behandelt wurde, fühlte der Bürgermeister sich noch immer durch die Bande der Achtung an die Cinq-Cygnes und die Simeuses gebunden. Deshalb drückte er bei allem, was im Schloß vorging, ein Auge zu. Ein Auge zudrücken nannte er es, wenn er die Porträts Ludwigs XVI., der Marie Antoinette, der königlichen Prinzen, des Grafen von Artois, Cazalès'[31] und der Charlotte Corday übersah, die die Felder in der Wandtäfelung des Salons schmückten; und wenn er nichts Arges dabei fand, daß man in seinem Dabeisein der Republik den Untergang wünschte und sich über die fünf Direktoren und alle damaligen Ministerien lustig machte. Die Stellung dieses Mannes, der, gleich vielen Emporkömmlingen, nachdem er einmal sein Glück gemacht, den Glauben an die alten Familien zurückgewonnen hatte und sich ihnen verbinden wollte, war von den beiden Persönlichkeiten ausgenutzt worden, deren Beruf Michu so rasch erraten und die, ehe sie nach Gondreville kamen, die ganze Gegend durchforscht hatten.

Der Mann mit den schönen Traditionen der alten Polizei und Corentin, der Phönix der Spione, hatten einen Geheimauftrag. Malin täuschte sich nicht, wenn er diesen beiden Künstlern in tragischen Possen eine Doppelrolle zuschrieb: Vielleicht ist es daher nötig, ehe wir sie an der Arbeit sehen, den Kopf zu zeigen, dem sie als Arme dienten. Als Bonaparte Erster Konsul wurde, fand er Fouché mit der Leitung der allgemeinen Polizei betraut. Die Revolution hatte unverhohlen und mit gutem Grund ein eigenes Polizeiministerium eingesetzt. Bonaparte jedoch schuf bei seiner Rückkehr von Marengo die Polizeipräfektur, die er Dubois[32] unterstellte; Fouché berief er in den Staatsrat und gab ihm im Polizeiministerium das Konventsmitglied Cochon zum Nachfolger. Cochon wurde später Graf de Lapparent. Fouché, der das Polizeiministerium für das Wichtigste in einer weitblickenden Regierung mit feststehender Politik hielt, erblickte in diesem Wechsel eine Ungnade oder doch zumindest ein Mißtrauen. Als Napoleon im Zusammenhang mit der Höllenmaschine und der Verschwörung, um die es sich hier handelt, die außerordentliche Überlegenheit dieses großen Staatsmannes erkannt hatte, gab er ihm das Polizeiministerium zurück. Später erschreckten den Kaiser die Talente, die Fouché während seiner Abwesenheit zur Zeit der Affäre Walcheren[33] entfaltete, und er gab das Ministerium dem Herzog von Rovigo, während er den Herzog von Otranto als Gouverneur in die Illyrischen Provinzen schickte: in ein wahres Exil.

Das eigenartige Genie, das Napoleon eine Art Schrecken einjagte, zeigte sich bei Fouché nicht mit einemmal. Das unbekannte Konventsmitglied, einer der außerordentlichsten und zugleich der am verkehrtesten beurteilten Männer dieser Zeit, wurde in ihren Stürmen zu dem, was er nachher war. Er erhob sich unter dem Direktorium zu der Höhe, von der aus kluge Männer die Zukunft zu erkennen wissen, indem sie die Vergangenheit abwägen; dann gab er ganz plötzlich – wie manche mittelmäßigen Schauspieler, durch eine plötzliche Erleuchtung aufgeklärt, ausgezeichnete Darsteller werden –, während der schnell sich vollziehenden Revolution des 18. Brumaire, Beweise seiner Geschicklichkeit. Dieser Mann mit dem blassen Gesicht, der unter klösterlicher Verstellungskunst aufgewachsen war, der alle Geheimnisse der Bergpartei, der er zunächst angehörte, und auch die der Royalisten kannte, zu denen er schließlich überging, hatte die Menschen, die Dinge und die Interessen des politischen Schauplatzes langsam und schweigsam studiert; er durchschaute Bonapartes Geheimnisse und erteilte ihm nützliche Ratschläge und kostbare Auskünfte. Zufrieden damit, seine Gewandtheit und Nützlichkeit bewiesen zu haben, hatte Fouché sich sorglich gehütet, sich ganz zu enthüllen, er wollte an der Spitze der Geschäfte bleiben; aber Napoleons Unsicherheit ihm gegenüber gab ihm seine politische Freiheit zurück. Die Undankbarkeit oder vielmehr das Mißtrauen des Kaisers nach der Affäre Walcheren erklärt diesen Menschen, der zu seinem Unglück kein großer Herr war und dessen Verhalten eine Kopie desjenigen des Fürsten Talleyrand war. In diesem Augenblick ahnten weder seine neuen noch seine ehemaligen Kollegen die Reichweite seines Genies, das rein ministeriellen Charakter hatte und im wesentlichen Regierungsbefähigung war: treffend in all seinen Prophezeiungen und von unglaublichem Scharfblick. Sicherlich gilt heute jedem unparteiischen Geschichtsschreiber Napoleons übertriebene Eitelkeit als einer der tausend Gründe seines Sturzes, der übrigens all sein Unrecht grausam gesühnt hat. Dem mißtrauischen Souverän eignete eine große Eifersucht auf seine junge Macht, die seine Handlungen ebensosehr beeinflußte wie sein geheimer Haß auf alle geschickten Leute, die ihm die Revolution als kostbares Vermächtnis hinterlassen hatte und aus denen er sich hätte ein Kabinett zusammenstellen können, das nur ein Gefäß für seine Ideen gewesen wäre. Talleyrand und Fouché waren nicht die einzigen, die seinen Argwohn erregten. Nun ist es das Unglück der Usurpatoren, daß sie sowohl all jene, die ihnen die Krone gegeben haben, als auch die, denen sie sie genommen, zu Feinden haben. Napoleon überzeugte die Männer, die seine Vorgesetzten und seinesgleichen gewesen waren, und auch die, die am Recht festhielten, niemals gänzlich von seiner Souveränität: niemand hielt sich also durch seinen Eid auf ihn für gebunden.

Malin, ein mittelmäßiger Mensch, außerstande, das düstere Genie Fouchés zu würdigen oder seinem raschen Blick zu mißtrauen, verbrannte sich wie ein Schmetterling an der Kerze, als er ihn vertraulich bat, ihm Agenten nach Gondreville zu schikken, wo er, wie er sagte, Aufklärung über die Verschwörung zu erlangen hoffte. Fouché fragte sich, ohne seinen Freund durch eine Frage zu erschrecken, wozu Malin wohl nach Gondreville gehe, warum er die Auskünfte, die er zu geben hätte, nicht gleich und in Paris gebe. Der ehemalige Oratorianer, der voller Trug steckte und wohl um die Doppelrolle wußte, die manche Konventsmitglieder spielten, sagte sich: »Durch wen kann Malin etwas wissen, wenn noch nicht einmal wir allzuviel herausbekommen haben?« Fouché schloß also auf eine verborgene oder abwartende Mitschuld und hütete sich, dem Ersten Konsul irgend etwas zu sagen. Er wollte sich in Malin lieber ein Werkzeug schaffen, als ihn verlieren. So behielt Fouché einen großen Teil der Geheimnisse, die er entdeckte, für sich, und schuf sich eine Macht über die Menschen, die der Bonapartes noch überlegen war. Diese Doppelzüngigkeit war einer der Vorwürfe, die Napoleon gegen seine Minister erhob. Fouché kannte die Gaunereien, denen Malin sein Gut Gondreville verdankte und die ihn zwangen, die Herren de Simeuse zu überwachen. Die Simeuses dienten im Heer Condés; Mademoiselle de Cinq-Cygne war ihre Kusine; sie konnten sich also sehr wohl in der Gegend befinden und an dem Unternehmen beteiligt sein; ihre Teilnahme verwickelte auch das Haus Condé in das Komplott, denn diesem Hause hatten sie sich geweiht. Monsieur de Talleyrand und Fouché legten Wert darauf, in diesen sehr dunklen Winkel der Verschwörung von 1803 hineinzuleuchten. Diese Erwägungen stellte Fouché blitzschnell und scharfsichtig an. Aber es gab zwischen Malin, Talleyrand und ihm gewisse Bande, die ihn zwangen, die größte Umsicht walten zu lassen, und die ihm den

Wunsch einflößten, das Innere des Schlosses Gondreville genau kennenzulernen. Corentin hing rückhaltlos an Fouché, wie Monsieur de la Besnardière[34] am Fürsten Talleyrand, wie Gentz[35] am Herrn von Metternich, wie Dundas[36] an Pitt, wie Duroc[37] an Napoleon, wie Chavigny[38] am Kardinal von Richelieu. Corentin war nicht der Ratgeber des Ministers, sondern seine schlimmere Hälfte, der heimliche Tristan[39] dieses Ludwigs XI. im kleinen; daher hatte Fouché ihn denn auch im Polizeiministerium belassen, um dort ein Auge und einen Arm zu behalten. Der junge Mensch sollte, so hieß es, zu Fouché in einer der verwandtschaftlichen Beziehungen stehen, die man nie eingesteht; denn Fouché belohnte ihn, sooft er seine Tätigkeit in Anspruch nahm, überreichlich. Corentin hatte in Peyrade, dem alten Schüler des letzten Polizeileutnants, einen Freund gewonnen, was nicht hinderte, daß er Heimlichkeiten vor Peyrade hatte. Corentin erhielt von Fouché den Auftrag, das Schloß Gondreville auszukundschaften, sich den Plan des Bauwerks genau zu merken und seine geringsten Verstecke zu durchstöbern. – »Wir werden vielleicht gezwungen sein, darauf zurückzukommen«, hatte der Exminister zu ihm gesagt, gerade wie Napoleon seinen Leutnants befahl, sich das Schlachtfeld von Austerlitz so weit anzusehen, wie er zurückzuweichen gedachte. Corentin sollte des weiteren Malins Verhalten beobachten, sich Klarheit darüber verschaffen, wie weit sein Einfluß in der Gegend reichte, und ein Auge auf die Leute haben, deren er sich dort bediente. Fouché hielt es für so gut wie sicher, daß die beiden Simeuses in der dortigen Gegend waren. Wenn Peyrade und Corentin die beiden Offiziere, für die der Prinz Condé viel übrig hatte, geschickt ausspionierten, konnten ihnen vielleicht wertvolle Aufklärungen über die Verästelungen des Komplotts jenseits des Rheins zuteil werden. Jedenfalls erhielt Corentin die Mittel, die Befehle und die Agenten, die nötig waren, um Cinq-Cygne zu umstellen und die Gegend vom Wald von Nodesme an bis nach Paris hin auszuspionieren. Fouché empfahl größte Umsicht und gab die Erlaubnis zu einer Haussuchung auf Cinq-Cygne nur für den Fall, daß Malin positive Auskünfte gegeben hätte. Um Corentin aufzuklären, wies er ihn schließlich auf die schwer durchschaubare Persönlichkeit Michus hin, der seit drei Jahren überwacht wurde. Corentin kam bald auf denselben Gedanken wie sein Auftraggeber: Malin hat Kenntnis von der Verschwörung! – Aber wer weiß, sagte er sich, ob Fouché ihr nicht ebenfalls angehört?

Corentin hatte sich, da er vor Malin nach Troyes gereist war, mit dem Gendarmerie-Major verständigt; er hatte die intelligentesten Leute ausgesucht und ihnen einen geschickten Hauptmann zum Befehlshaber gegeben. Diesem Hauptmann bezeichnete Corentin als Sammelpunkt Schloß Gondreville; er befahl ihm, nachts an vier verschiedene Punkte des Tals von Cinq-Cygne, in einem Abstand, groß genug, um nirgends Alarm zu wecken, je einen Trupp von zwölf Mann zu schicken. Diese vier Trupps sollten ein Viereck bilden und sich um Schloß Cinq-Cygne zusammenziehen. Da Malin ihn während seiner Beratung mit Grévin im Schloß allein ließ, hatte er Corentin Gelegenheit gegeben, einen Teil seines Auftrags zu erfüllen. Als der Staatsrat aus dem Park zurückkam, hatte er Corentin mit solcher Bestimmtheit gesagt, die Simeuses und die d'Hauteserres seien in der Gegend, daß die beiden Agenten den Hauptmann losschickten, der zum Glück für die Edelleute den Wald auf der Allee durchquerte, während Michu seinen Spion Violette betrunken machte. Der Staatsrat hatte Peyrade und Corentin zunächst auseinandergesetzt, welchem Hinterhalt er soeben entgangen sei. Die beiden Pariser hatten ihm daraufhin den Zwischenfall mit dem Karabiner erzählt, und Grévin hatte Violette in Marsch gesetzt, um einige Aufklärungen über das zu erhalten, was im Pavillon vorging. Corentin sagte dem Notar, er solle der größeren Sicherheit halber seinen Freund, den Staatsrat, für die Nacht in die kleine Stadt Arcis in sein Haus mitnehmen. In dem Augenblick, da Michu den Wald durchjagte und nach Cinq-Cygne ritt, brachen also auch Corentin und Peyrade von Gondreville auf, und zwar in einem elenden Korbwagen, den ein Postpferd zog und den der Gendarmeriemeister von Arcis lenkte; diesen Mann hatte ihnen der Major in Troyes als einen der schlauesten Leute der Legion empfohlen.

»Das beste Mittel, alle abzufangen, ist, daß man ihnen zuvorkommt«, sagte Peyrade zu Corentin. »In dem Augenblick, da ihre Bestürzung einsetzt, da sie ihre Papiere in Sicherheit bringen oder entfliehen wollen, fallen wir wie der Blitz über sie her. Die Gendarmenkette wird, wenn sie sich um das Schloß zusammenzieht, wirken wie ein Netzwurf. Also wird uns keiner entwischen.« – »Sie können ihnen den Bürgermeister schicken«, sagte der Wachtmeister; »er ist gefällig, er wünscht denen im Schloß nichts Böses, sie werden ihm nicht mißtrauen.«

In dem Augenblick, da Goulard zu Bett gehen wollte, trat also Corentin, der den Wagen in einem kleinen Gehölz hatte halten lassen, bei ihm ein, um ihm im Vertrauen zu sagen, ein Agent der Regierung werde ihn in wenigen Minuten auffordern, das Schloß von Cinq-Cygne zu umstellen, weil dort die Herren d'Hauteserre und de Simeuse abgefangen werden sollten; falls sie verschwunden seien, wolle man sich vergewissern, ob sie die letzte Nacht dort verbracht hätten, die Papiere der Mademoiselle de Cinq-Cygne untersuchen und gegebenenfalls Gesinde und Herren des Schlosses verhaften. – »Mademoiselle de Cinq-Cygne«, sagte Corentin, »hat sicherlich hohe Persönlichkeiten zu Gönnern, ich habe nämlich den geheimen Auftrag, sie von der Haussuchung zu benachrichtigen und, ohne mich bloßzustellen, alles zu tun, um sie zu retten. Bin ich einmal auf dem Schauplatz, so sind mir die Hände gebunden; da bin ich nicht allein. Also gehen Sie schleunigst ins Schloß.«

Der Besuch des Bürgermeisters am späten Abend erstaunte die Spieler um so mehr, als Goulard ein verstörtes Gesicht machte. – »Wo ist die Gräfin?« fragte er. – »Sie geht zu Bett«, sagte Madame d'Hauteserre. Der Bürgermeister begann ungläubig auf die Geräusche im ersten Stock zu lauschen.

»Was ist heute mit Ihnen los, Goulard?« fragte Madame d'Hauteserre. Goulard verfiel in tiefstes Staunen, als er diese Gesichter sah, aus denen die Aufrichtigkeit sprach, wie man sie in jedem Alter besitzen kann. Beim Anblick dieser Ruhe und dieser harmlosen gestörten Bostonpartie kam ihm der Verdacht der Pariser Polizei unbegreiflich vor. Zur gleichen Zeit kniete Laurence in ihrer Betkammer und betete inbrünstig für das Gelingen der Verschwörung. Sie bat Gott, den Mördern Bonapartes Hilfe und Beistand zu leihen! Sie flehte voller Liebe zu Gott, diesen unseligen Menschen zu zerschmettern! Der Fanatismus eines Harmodios[40], einer Judith, eines Jacques Clément[41], eines

Ankarstroëm[42], einer Charlotte Corday, eines Limoëlan[43] belebte ihre schöne, reine jungfräuliche Seele. Catherine machte das Bett bereit, und Gothard schloß die Läden, so daß Marthe Michu, als sie unter den Fenstern der Gräfin ankam und kleine Steine gegen die Scheiben warf, bemerkt werden konnte.

»Mademoiselle, jetzt gibt es was Neues«, sagte Gothard, als er eine Unbekannte erblickte. »Still!« sagte Marthe leise; »kommen Sie herunter, ich habe mit Ihnen zu reden.«

Gothard war schneller im Garten, als ein Vogel von einem Baum zu Boden geflogen wäre. – »Gleich wird das Schloß von der Gendarmerie umstellt«, sagte sie zu Gothard, »sattelt jetzt geräuschlos Mademoiselles Pferd und führt es zwischen diesem Turm und den Ställen durch die Bresche in der Grabenmauer hinunter.« Marthe fuhr zusammen, als sie zwei Schritte vor sich Laurence erkannte, die Gothard gefolgt war.

»Was gibt es?« fragte Laurence einfach und anscheinend ohne jede Erregung. – »Die Verschwörung gegen den Ersten Konsul ist entdeckt«, flüsterte Marthe der jungen Gräfin ins Ohr. »Mein Mann will Ihre beiden Vettern retten; er schickt mich, um Ihnen zu sagen, daß Sie mitkommen und sich mit ihm bereden sollen.« Laurence wich drei Schritte zurück und blickte Marthe an. »Wer sind Sie?« fragte sie. »Marthe Michu.« – »Ich weiß nicht, was Sie von mir wollen«, erwiderte Mademoiselle de Cinq-Cygne kühl. »Sie bringen Sie um! Kommen Sie, im Namen der Simeuses!« sagte Marthe, indem sie sich auf die Knie warf, und streckte Laurence die Hände entgegen. »Sind keine Papiere hier? Nichts, was Sie bloßstellen könnte? Oben vom Wald aus hat mein Mann die Hutborten und die Gewehre der Gendarmen im Dunkeln blinken sehen.«

Das erste, was Gothard tat, war, auf den Dachboden zu klettern; er sah in der Ferne die Tressen der Gendarmen, er hörte in der tiefen Stille der Felder den Huftritt ihrer Pferde; er eilte in den Stall hinunter und sattelte das Pferd seiner Herrin, um dessen Hufe Catherine auf sein Geheiß Leinenlappen band.

»Wohin soll ich kommen?« fragte Laurence Marthe, deren Blick und Wort ihr Eindruck machten, weil sie den unverfälschbaren Stempel der Aufrichtigkeit trugen. »Durch die Bresche«, sagte sie und zog Laurence mit sich fort; »da ist mein edler Mann. Jetzt sollen Sie erfahren, was ein Judas wert ist.«

Catherine ging schnell in den Salon, nahm Reitpeitsche, Handschuhe, Hut und Schleier ihrer Herrin und verschwand wieder. Catherines plötzliches Erscheinen und Tun waren ein so sprechender Kommentar zu den Worten des Bürgermeisters, daß Madame d'Hauteserre und der Abbé Goulet einen Blick austauschten, durch den sie sich einen furchtbaren Gedanken mitteilten: Lebwohl, all unser Glück! Laurence konspiriert, sie hat ihre beiden Vettern und die beiden d'Hauteserres ins Verderben gestürzt!

»Was hatten Sie uns sagen wollen?« fragte Monsieur d'Hauteserre Goulard. – »Ja, das Schloß ist umstellt, Sie müssen eine Haussuchung über sich ergehen lassen. Wenn also Ihre Söhne hier sind, so sorgen Sie, Madame, daß sie wegkommen, ebenso die Herren de Simeuse.« – »Meine Söhne!« rief Madame d'Hauteserre bestürzt. – »Wir haben niemanden gesehen«, sagte Monsieur d'Hauteserre. – »Um so besser!« fuhr Goulard fort. »Aber ich hänge zu sehr an den Familien de Cinq-Cygne und de Simeuse, um mit anzusehen, wie ihnen ein Unglück widerfährt. Hören Sie auf mich: wenn Sie kompromittierende Papiere haben ...« – »Papiere ...?« wiederholte der Edelmann. – »Ja, wenn Sie welche haben, dann verbrennen Sie sie«, fuhr der Bürgermeister fort; »ich gehe und halte die Agenten auf.«

Goulard, der zugleich die ›royalistische Ziege‹ wie den ›republikanischen Kohl‹ schützen wollte, ging hinaus; in diesem Augenblick begannen die Hunde wütend zu bellen. »Sie haben keine Zeit mehr, da sind sie schon«, sagte der Pfarrer. »Aber wer warnt die Gräfin? Wo ist sie?« – »Catherine hat ihre Reitpeitsche, ihre Handschuhe und ihren Hut nicht aus purem Vergnügen geholt«, sagte Mademoiselle Goujet.

Goulard versuchte die beiden Agenten dadurch ein paar Minuten aufzuhalten, daß er ihnen die völlige Unbefangenheit der Bewohner des Schlosses von Cinq-Cygne schilderte. – »Sie kennen dergleichen Leute nicht«, sagte Peyrade und lachte Goulard ins Gesicht.

Jetzt traten die beiden übertrieben freundlichen, unheimlichen Männer, begleitet von dem Wachtmeister aus Arcis und einem

Gendarmen, ins Zimmer. Bei ihrem Anblick blieben die vier friedlichen Bostonspieler, die über einen solchen Aufwand von Gewaltmaßregeln ganz bestürzt und vor Schreck erstarrt waren, auf ihren Sesseln sitzen. Von dem Rasenplatz klangen Geräusche, wie etwa zehn Gendarmen sie vollführen, und das Gestampf ihrer Pferde herauf.

»Es fehlt nur Mademoiselle de Cinq-Cygne«, sagte Corentin. – »Aber die schläft sicher schon, sie ist in ihrem Zimmer«, antwortete Monsieur d'Hauteserre. – »Kommen Sie mit, meine Damen«, sagte Corentin, hastete ins Vorzimmer und von dort auf die Treppe, wohin Mademoiselle Goujet und Madame d'Hauteserre ihm folgten. – »Verlassen Sie sich auf mich«, flüsterte Corentin der alten Dame zu; »ich bin einer der Ihren, ich habe Ihnen ja schon den Bürgermeister geschickt. Mißtrauen Sie meinem Kollegen und vertrauen Sie mir, ich werde Sie alle retten!« – »Um was handelt es sich denn?« fragte Mademoiselle Goujet. – »Um Leben oder Tod! Wissen Sie das nicht?« erwiderte Corentin.

Madame d'Hauteserre wurde ohnmächtig. Zum großen Erstaunen Mademoiselle Goujets und zu Corentins großer Enttäuschung war das Schlafzimmer der Gräfin leer. Da Corentin überzeugt war, daß niemand aus dem Park oder dem Schloß ins Tal entweichen könne, dessen sämtliche Ausgänge bewacht wurden, ließ er einen Gendarmen in jedes Zimmer hinaufsteigen; er gab Befehl, die Ställe und Ökonomiegebäude zu durchsuchen, und kehrte in den Salon zurück, wohin schon in heftigster Aufregung Durieu, seine Frau und alle Gutsleute geflüchtet waren. Peyrade musterte mit seinen kleinen blauen Augen alle Gesichter; er blieb in diesem Wirrwarr kalt und ruhig. Als Corentin allein wiederkam, denn Mademoiselle Goujet bemühte sich um Madame d'Hauteserre, wurden das Getrappel von Pferden und und das Weinen eines Kindes laut. Die Pferde kamen durchs kleine Tor herein. Mitten in der allgemeinen Angst erschien ein Wachtmeister, der Catherine und Gothard mit gefesselten Händen vor sich herschob und den Agenten vorführte. – »Die haben wir gefangen«, sagte er. »Dieser kleine Lümmel hier war zu Pferde und machte sich aus dem Staube.« – »Dummkopf!« flüsterte Corentin dem verblüfften Wachtmeister zu. »Weshalb hast du ihn nicht laufenlassen? Wir hätten etwas erfahren, wenn wir ihm gefolgt wären.«

Gothard hatte beschlossen, wie ein Schwachsinniger zu heulen und zu greinen. Catherine stand in einer unschuldigen und naiven Haltung da, die den alten Agenten tief nachdenklich machte. Nachdem der Schüler Lenoirs die beiden Kinder miteinander verglichen, die einfältige Miene des alten Edelmannes, den er für durchtrieben hielt, studiert und den geistreichen Pfarrer, der die Spielmarken durch die Finger gleiten ließ, sowie die Bestürzung aller Leute und der Durieus festgestellt hatte, wandte er sich Corentin zu und sagte ihm leise: »Wir haben es nicht mit Tolpatscherei zu tun!«

Corentin antwortete zunächst durch einen Blick auf den Spieltisch; dann fügte er hinzu: »Sie haben Boston gespielt! Das Bett der Schloßherrin war gemacht; sie ist entschlüpft, sie sind überrumpelt, wir kriegen sie beim Kragen.«

Eine Bresche hat stets ihre Ursache und ihren Zweck. Der Grund, weshalb man jene zwischen dem Turm, der heute der Mademoisellen-Turm heißt, und den Ställen angelegt hatte, ist der folgende: Als der gute d'Hauteserre sich auf Cinq-Cygne niederließ, machte er aus einer langen Schlucht, durch die sich die Wasser des Waldes in den Graben ergossen, einen Weg, der zwei große, zum Reservat des Schlosses gehörende Landstücke teilte, aber er tat es lediglich, um dort etwa hundert Nußbäume anzupflanzen, die er in einer Baumschule aufgetrieben hatte. Innerhalb von elf Jahren waren jene Nußbäume ziemlich dicht geworden, sie überdeckten nahezu den Weg, zumal da er von sechs Fuß hohen Böschungen eingeschlossen wurde; er führte zu einem kürzlich gekauften, dreißig Morgen großen Wald. Als das Schloß gänzlich bewohnt war, ging jedermann, statt den Umweg durchs Tor zu machen, lieber durch den Graben, um dann in den Gemeindeweg einzubiegen, der an den Parkmauern entlang zum Pachthof führte. Da in einem fort hindurchgegangen wurde, erweiterte sich ohne Zutun die Bresche auf beiden Seiten; das erregte um so weniger Bedenken, als im neunzehnten Jahrhundert Festungsgräben völlig nutzlos sind und der Vormund oft davon sprach, sie auszunutzen. Das beständige Abbröckeln lieferte Erde, Kies und Steine, die schließlich den Boden des

Grabens verschütteten. Das Wasser, aus dem dieser Damm hervorragte, bedeckte ihn nur, wenn es stark regnete. Trotz dieser Zerstörung, an der alle, auch die Gräfin, mitgeholfen hatten, war freilich die Bresche immer noch so steil, daß es Schwierigkeiten bereitete, ein Pferd hinunterzuführen, vor allem aber, es jenseits wieder auf den Gemeindeweg zu bringen; doch anscheinend bezeigen Pferde in Gefahren volles Verständnis für die Gedanken ihrer Herren. Während die junge Gräfin zögerte, Marthe zu folgen, und Erklärungen von ihr verlangte, verzweifelte Michu, der oben von seinem Hügel aus den Linien, die die Gendarmen beschrieben, gefolgt war, so daß er den Plan der Spione durchschaute, bereits am Erfolg, weil er niemanden kommen sah. Ein Trupp der Gendarmen folgte der Parkmauer; die einzelnen Leute stellten sich als Posten auf, und zwar in einem Abstand, der ihnen erlaubte, einander zu verstehen und zu erkennen und die leisesten Geräusche zu hören und die geringsten Dinge zu überwachen. Michu, der, das Ohr an den Erdboden geschmiegt, auf dem Bauch lag, schätzte nach Art der Indianer auf die Kraft des Schalles hin ab, wieviel Zeit ihm noch blieb.

»Ich bin zu spät gekommen!« sagte er sich. »Das soll Violette mir büßen! Hat das lange gedauert, bis er betrunken war! Was soll ich tun?« Er hörte den Trupp, der vom Walde herabkam, am Tor vorüberreiten; durch ein Manöver, ähnlich dem des andern Trupps auf dem Gemeindeweg, wollte er die Verbindung mit diesem herstellen. ›Noch fünf bis sechs Minuten!‹ sagte Michu sich.

In diesem Augenblick erschien die Gräfin. Michu faßte sie mit kräftiger Hand und schob sie in den überwachsenen Weg. »Gehen Sie geradeaus! Führe sie dahin, wo mein Pferd steht«, sagte er zu seiner Frau, »und vergeßt nicht, daß die Gendarmen Ohren haben.«

Als der Mann, der in der Gefahr eine so schnelle Fassungskraft bewies, Catherine erblickte, die Gerte, Handschuhe und Hut trug, vor allem aber, als er Gothard mit der Stute sah, beschloß er, die Gendarmen ebenso erfolgreich an der Nase herumzuführen, wie er vor kurzem Violette an der Nase herumgeführt hatte. Gothard hatte die Stute wie durch Zauberei gezwungen, die Grabenwand zu erklettern.

»Lappen um die Hufe . . . Dafür umarme ich dich!« sagte der Verwalter und drückte Gothard an sich. Michu ließ das Tier neben seiner Herrin gehen und nahm Handschuhe, Hut und Reitpeitsche an sich. »Du hast Witz, du wirst mich verstehen«, fuhr er fort. »Zwinge auch dein eigenes Pferd, die Grabenböschung hinaufzuklettern, sitz ohne Sattel auf, lock die Gendarmen hinter dir her, indem du in Karriere querfeldein auf den Pachthof zu reitest, und schaff mir den ganzen Trupp vom Halse, der sich da auseinanderzieht«, fügte er hinzu; er vervollständigte seinen Gedanken durch eine Geste, die den einzuschlagenden Weg andeutete. – »Du, Mädchen, paß auf«, sagte er zu Catherine, »auf dem Weg von Cinq-Cygne nach Gondreville kommen gleichfalls Gendarmen her; lauf also in der Gothard entgegengesetzten Richtung davon und lock sie vom Schloß weg auf den Wald zu. Mit einem Wort, sorgt dafür, daß wir im Hohlweg nicht belästigt werden.«

Catherine und der Prachtjunge, der bei dieser Begebenheit so viele Beweise der Intelligenz geben sollte, führten ihre Manöver so vortrefflich aus, daß die beiden Gendarmenketten glaubten, ihr Wild entschlüpfe ihnen. Das trügerische Mondlicht erlaubte nicht, Wuchs, Kleidung, Geschlecht, ja Zahl der Verfolgten auszumachen. Es wurde ihnen auf Grund des falschen Satzes nachgesetzt: »Wer wegläuft, der muß verhaftet werden!« Wie töricht dieser Satz in der Kunst der Polizei ist, hatte Corentin dem Wachtmeister ja eben energisch bewiesen. Michu, der mit diesem instinktiven Verhalten der Gendarmen gerechnet hatte, konnte den Wald kurze Zeit nach der jungen Gräfin erreichen; Marthe hatte sie bereits an den verabredeten Ort geführt.

»Lauf zum Pavillon«, sagte er zu Marthe. »Der Wald dürfte von den Parisern bewacht werden; es ist gefährlich, hierzubleiben. Wir müssen unbedingt freie Hand haben.«

Michu band sein Pferd los und bat die Gräfin, ihm zu folgen. »Ich gehe keinen Schritt weiter mit«, sagte Laurence, »ohne daß Sie mir ein Unterpfand für die Anteilnahme geben, die Sie mir entgegenbringen; denn schließlich sind Sie Michu.« – »Mademoiselle«, sagte er ohne Zorn, »meine Rolle wird Ihnen nach wenigen Worten klar sein. Ich bin, ohne daß die Herren de Simeuse es wissen, der Verwalter ihres Vermögens. Ich habe in dieser

Hinsicht von ihrem verstorbenen Vater und ihrer lieben Mutter, meiner Gönnerin, Anweisungen erhalten. Ich habe die Rolle eines wütenden Jakobiners gespielt, um meinen jungen Herren von Nutzen sein zu können; leider habe ich mein Spiel zu spät begonnen und die alten Herrschaften nicht mehr retten können!« Hier versagte Michu die Stimme. »Seit der Flucht der jungen Herren habe ich ihnen die Summen zukommen lassen, die sie brauchten, um anständig zu leben.« – »Durch das Bankhaus Breintmayer in Straßburg?« fragte sie. – »Ja, die Geschäftsfreunde von Monsieur Girel in Troyes, einem Royalisten, der um seines Vermögens willen wie ich den Jakobiner gespielt hat. Das Papier, das Ihr Pächter eines Abends am Ausgang von Troyes aufhob, bezog sich auf diese Angelegenheit, sie hätte uns kompromittieren können: mein Leben gehörte nicht mehr mir, sondern den Herren; Sie verstehen? Zum Besitzer von Gondreville konnte ich mich nicht machen. In meiner Stellung hätte man mir den Hals abgeschnitten, um herauszubekommen, woher ich so viel Geld hätte. Ich zog es vor, das Gut etwas später zurückzukaufen; aber der Halunke Marion war nur der Strohmann eines andern Halunken, nämlich Malins. Gondreville wird trotzdem an seine Herren zurückfallen. Das ist meine Sache. Vor vier Stunden hatte ich Malin vor dem Lauf meines Karabiners, er wäre geliefert gewesen! Wahrhaftig, ist der tot, so wird Gondreville versteigert und verkauft; dann können Sie es erstehen. Im Fall meines Todes hätte meine Frau Ihnen einen Brief zugestellt, der Ihnen die Mittel in die Hand gegeben hätte. Aber dieser Räuber hat seinem Gevatter Grévin, der ebenfalls ein Hund ist, gesagt, die Herren de Simeuse seien gegen den Ersten Konsul verschworen, sie seien hier in der Gegend, und es sei besser, sie auszuliefern und sich ihrer zu entledigen, um auf Gondreville Ruhe zu haben. Da ich nun aber zwei Meisterspione hatte ankommen sehen, habe ich meinen Karabiner genommen und bin schleunigst hierher geeilt; ich dachte mir, Sie müßten wissen, wo und wie man die jungen Herren warnen könne. Das ist alles.«

»Sie verdienten es, adlig zu sein«, sagte Laurence, indem sie Michu ihre Hand reichte; er wollte niederknien, um jene Hand zu küssen. Laurence sah seine Bewegung, kam ihm zuvor und sagte in einem Ton und mit einem Blick, der ihn in diesem Augenblick ebenso glücklich machte, wie er seit zwölf Jahren unglücklich gewesen war: »Kopf hoch, Michu!« – »Sie belohnen mich, als hätte ich schon alles getan, was mir noch zu tun bleibt«, sagte er. »Hören Sie die Scharfrichtergehilfen? Wir wollen anderswo weiterreden.«

Michu ergriff den Zügel der Stute, ritt auf die Seite, der die Gräfin den Rücken zuwandte, und sagte: »Kümmern Sie sich um nichts, als daß Sie sich gut festhalten, Ihr Pferd vorwärts jagen und Ihr Gesicht vor den Zweigen schützen, daß es Ihnen nicht gepeitscht wird.« Dann lenkte er das Mädchen eine halbe Stunde lang in scharfem Galopp weiter; er machte Umwege und Wendungen, kreuzte mehrmals den eigenen Weg quer über die Lichtungen, um die Spur zu verwischen, bis er an einer andern Stelle haltmachte.

»Ich weiß nicht mehr, wo ich bin, und ich kenne den Wald doch ebenso gut wie Sie«, sagte die Gräfin und hielt Umschau. – »Wir sind genau in der Mitte«, erwiderte er. »Wir haben zwei Gendarmen auf den Fersen, aber wir sind gerettet!«

Der malerische Ort, zu dem der Verwalter Laurence hingeführt hatte, sollte für die Hauptpersonen dieses Dramas und für Michu so verhängnisvoll werden, daß es die Pflicht des Historikers ist, ihn zu schildern. Die Landschaft ist übrigens, wie man sehen wird, in den Gerichtsannalen des Kaiserreichs berühmt geworden.

Der Wald von Nodesme gehörte zu einem Kloster, das Notre-Dame hieß. Dieses Kloster, das gestürmt, geplündert und geschleift wurde, verschwand vollständig, die Mönche wie der Besitz. Der Wald, ein Gegenstand der Begehrlichkeit, wurde zur Habe der Grafen der Champagne geschlagen, die ihn später verpfändeten und verkaufen ließen. In sechs Jahrhunderten deckte die Natur die Ruinen mit ihrem üppigen, machtvollen grünen Mantel zu und tilgte sie so völlig aus, daß von dem Dasein eines der schönsten Klöster nur noch eine ziemlich schwache Bodenerhebung zeugte, die schöne Bäume beschatteten und undurchdringlich dichtes Gebüsch umschloß; Michu hatte es von 1794 an noch dichter gemacht, indem er in die der Büsche entbehrenden Zwischenräume dornige Akazien pflanzte. Am Fuß dieser Erhebung befand sich ein Teich, der auf eine ehemalige Quelle hindeutete, die vormals die Lage des Klosters bestimmt haben mochte. Nur der Besitzer der Urkunden über den Wald von Nodesme hatte die Etymologie dieses Wortes, das achthundert Jahre alt war, aufklären können und zu entdecken vermocht, daß einst mitten im Wald ein Kloster gelegen hatte. Als der Marquis de Simeuse das erste Donnergrollen der Revolution vernahm, hatte er, da ein Zufall ihn von dieser Besonderheit unterrichtete, als er bei Gelegenheit einer Besitzanfechtung die Urkunden zu Rate ziehen mußte, aus einem leichtverständlichen Hintergedanken heraus, die Stätte des Klosters zu suchen begonnen. Der Verwalter, der sich in dem Wald gut auskannte, hatte seinem Herrn selbstverständlich bei diesem Unterfangen geholfen, und vermöge seines Försterscharfblicks hatte er die Örtlichkeit erkannt. Als er sich die Richtung der fünf Hauptwege des Waldes überlegte, von denen mehrere nicht mehr bestanden, sah er, daß sie alle auf den Hügel und beim Sumpf mündeten und in früherer Zeit von Troyes, aus dem Tal von Arcis, aus dem von Cinq-Cygne und von Bar-sur-Aube dahin geführt hatten. Der Marquis wollte den Hügel untersuchen lassen, aber er konnte für ein solches Werk nur Leute einsetzen, die in der Gegend nicht bekannt waren. Unter dem Druck der Verhältnisse gab er seine Nachforschungen auf, doch in Michus Geist blieb der Gedanke haften, daß die Bodenerhebung entweder Schätze oder die Fundamente des Klosters verbergen müsse. Michu setzte das archäologische Werk fort; er merkte, daß der Boden hohl klang, und zwar schon in der Höhe des Sumpfes, zwischen zwei Bäumen, am Fuß der einzigen steil abfallenden Stelle des Hügels. In einer schönen Nacht ging er, mit einem Spaten bewaffnet, hin, und seine Graberei legte eine Kelleröffnung bloß, in die sich auf steinernen Stufen hinabsteigen ließ. Der Teich, der an seiner tiefsten Stelle drei Fuß tief ist, hat die Form eines Spatels, dessen Griff aus dem Hügel zu kommen scheint; und man konnte glauben, daß aus diesem künstlichen Felsen eine Quelle entspringt, die durch Versickerung in dem riesigen Wald sich verliert. Der Teich, den allerlei wasserliebende Bäume umstehen, Erlen, Weiden und Eschen, ist der Kreuzungspunkt der Pfade, die noch von den ehemaligen Straßen und den heute aufgegebenen Waldwegen übrig sind. Das dem Anschein nach stehende, aber lebendige Wasser, das von großblättrigen Pflanzen und Wasserkresse bedeckt ist, zeigt eine vollkommen grüne Oberfläche, die sich kaum von den Ufern unterscheidet, denn dort wächst feines, dichtes Gras. Es liegt zu weit von allen Wohnstätten entfernt, als daß außer dem Wild noch andere Tiere zur Tränke kämen. In der festen Überzeugung, daß unter diesem Sumpf nichts vorhanden sein könne, hatten die Verwalter und Jäger, die durch die unzugänglichen Hänge des Hügels gehindert wurden, diesen Winkel niemals untersucht und durchforscht, der zum ältesten Waldschlag gehörte; und als an ihn die Reihe kam, abgeholzt zu werden, hatte Michu ihn verschont und ihn als Hochwald stehenlassen. Am Ende der Höhle liegt ein gewölbter Keller, sauber und gesund, ganz aus Haustein nach Art derer, die man das *In-pace*, den Kerker der Klöster, nannte. Die zuträgliche Beschaffenheit des Kellers und die gute Erhaltung des Treppenrestes und Gewölbes finden ihre Erklärung darin, daß die Quelle von den Zerstörern verschont worden war; denn eine wahrscheinlich außerordentlich dicke Mauer aus Backstein und Mörtel, ähnlich den Mauern der Römer, hielt die oberen Wasser ab. Michu deckte den Eingang der Höhle mit großen Steinen zu; um sich aber das Geheimnis ganz zu eigen und um es zugleich undurchdringlich zu machen, machte er es sich zum Gesetz, stets die bewaldete Höhe hinaufzusteigen und über den steilen Abhang zur Höhle hinunterzuklettern, statt durch den Teich zu waten. Als die beiden Flüchtlinge dort anlangten, warf der Mond sein schönes Silberlicht auf die Wipfel der hundertjährigen Bäume des Hügels; es spielte in den prachtvollen Kronen der mannigfach von den dort einmündenden Wegen ausgeschnittenen Waldzungen: Die eine war abgerundet, die andere spitz, diese endigte in einem einzigen Baum, jene in einer Gruppe. Dort wurde das Auge unwiderstehlich von sich verjüngenden Fernsichten gefesselt, wobei der Blick bald der Krümmung eines Pfades folgte, bald dem feierlichen Durchblick eines langen Waldweges, bald einer fast schwarzen Mauer aus Laub. Das Licht, das zwischen dem Geäst dieser Wegkreuzung durchsickerte, ließ zwischen der Wasserkresse und den Seerosen ein paar Diamanten des stillen, unbekannten Wassers aufglitzern. Das Quaken der

Frösche störte die tiefe Stille dieses lieblichen Waldwinkels, dessen wilder Duft in der Seele Freiheitsideen weckte.

»Sind wir wirklich gerettet?« fragte die Gräfin Michu. »Ja, Mademoiselle. Aber wir haben beide noch unsere Aufgabe vor uns. Binden Sie oben auf dem kleinen Hügel dort unsere Pferde an Bäume und knüpfen Sie jedem ein Tuch um das Maul«, sagte er und reichte ihr seine Halsbinde; »sie sind beide klug, meins wie Ihrs; dann wissen sie, daß sie still sein müssen. Wenn Sie fertig sind, steigen Sie über den Abhang oberhalb des Wassers hinunter, aber bleiben Sie nicht mit dem Reitkleid hängen; Sie finden mich unten.«

Während die Gräfin die Pferde versteckte, anband und ihnen das Maul schloß, schaffte Michu die Steine beiseite und legte den Eingang des Kellers frei. Die Gräfin, die ihren Wald zu kennen meinte, war aufs höchste erstaunt, als sie sich unter einem Kellergewölbe sah. Michu legte die Steine mit der Geschicklichkeit eines Maurers wieder gewölbt vor den Eingang. Als er fertig war, hallten das Stampfen der Pferde und die Stimmen der Gendarmen durch die Stille der Nacht; er aber schlug unbesorgt das Feuerzeug an und entzündete einen kleinen Fichtenast, um die Gräfin in das Gewölbe zu führen, wo sich noch ein Stückchen der Kerze vorfand, bei deren Licht er den Keller ausgekundschaftet hatte. Das mehrere Zoll dicke eiserne Tor, das an vielen Stellen vom Rost durchlöchert war, hatte der Verwalter ausgebessert; es ließ sich von außen mit Riegeln verschließen, die auf beiden Seiten in Löcher paßten. Die Gräfin war vor Ermüdung halbtot und setzte sich auf eine Steinbank, über der noch ein in die Wand eingelassener Ring vorhanden war.

»Wir haben hier einen Salon zum Plaudern«, sagte Michu. »Jetzt können die Gendarmen suchen, solange sie wollen; das Schlimmste, was uns noch passieren kann, ist, daß sie uns unsere Pferde wegnehmen.« – »Uns die Pferde wegnehmen«, sagte Laurence, »das wäre der Tod für meine Vettern und die Herren d'Hauteserre! ... Lassen Sie hören, was Sie wissen!«

Michu erzählte das wenige, was er von der Unterhaltung zwischen Malin und Grévin verstanden hatte. »Sie sind auf dem Wege nach Paris und treffen morgen früh dort ein«, sagte die Gräfin, als er fertig war. – »Dann sind wir verloren!« rief Michu.

»Es ist doch klar, daß alle, die zu den Toren hineinkommen und herausgehen, streng überwacht werden. Malin hat das größte Interesse daran, daß meine Herren sich gründlich kompromittieren, damit sie umgebracht werden.« – »Und ich, die ich nichts von dem allgemeinen Plan weiß!« rief Laurence. »Wie sollen Georges, Rivière und Moreau gewarnt werden? Wo sind sie? Aber wir wollen nur an meine Vettern und die d'Hauteserres denken; holen Sie sie um jeden Preis ein!« – »Der Telegraph läuft schneller als die schnellsten Pferde«, sagte Michu, »und von allen Adligen, die in diese Verschwörung verwickelt sind, werden Ihre Vettern am leichtesten aufzuspüren sein. Wenn ich sie finde, müssen sie hier untergebracht werden; da können wir sie bis zum Schluß der Angelegenheit versteckt halten. Ihr armer Vater hatte vielleicht eine Vorahnung, als er mich auf die Spur dieses Versteckes brachte: Er ahnte, daß seine Söhne sich einmal dahinein retten würden.« – »Meine Stute stammt aus den Ställen des Grafen von Artois, sie ist eine Tochter seines schönsten englischen Pferdes; aber sie hat sechsunddreißig Meilen gemacht, sie würde verenden, ohne Sie ans Ziel gebracht zu haben«, sagte sie. – »Mein Pferd ist gut«, erwiderte Michu; »und wenn Sie sechsunddreißig Meilen hinter sich gebracht haben, dann habe ich also nur achtzehn vor mir?« – »Dreiundzwanzig«, sagte sie, »denn seit fünf Stunden sind sie unterwegs! Sie werden sie oberhalb von Lagny finden, in Coupvrai, das sie in der Dämmerung als Schiffer verkleidet verlassen sollen; sie rechnen damit, mit Hilfe von Booten nach Paris hineinzugelangen. Hier«, sagte sie und zog sich die Hälfte des zweireifigen Traurings ihrer Mutter vom Finger, »das ist das einzige Zeichen, dem sie Glauben beimessen werden; die andere Hälfte habe ich ihnen gegeben. Der Inspektor von Coupvrai, der Vater eines ihrer Soldaten, versteckt sie heute nacht in einer von den Köhlern verlassenen Hütte mitten im Walde. Sie sind im ganzen zu acht. Die Herren d'Hauteserre und vier Leute sind bei meinen Vettern.« – »Den Soldaten wird nicht nachgelaufen; wir dürfen uns nur um die Herren de Simeuse kümmern, mögen die andern sich retten, wie sie wollen. Genügt es nicht, daß man ihnen zuruft: ›Es brennt‹?« – »Die d'Hauteserres im Stich lassen? Nie!« rief sie. »Sie müssen alle zusammen umkommen oder sich alle zusammen retten.« – »Kleine

Edelleute?« warf Michu ein. – »Sie sind nur Chevaliers«, erwiderte sie, »ich weiß; aber sie haben sich mit den Cinq-Cygnes und den Simeuses verbündet. Bringen Sie meine Vettern und die d'Hauteserres zurück; beraten Sie sich mit ihnen über die besten Mittel und Wege, wie sie in diesen Wald gelangen können.« – »In dem stecken die Gendarmen! Hören Sie sie? Sie beraten sich.« – »Sie haben heute abend schon zweimal Glück gehabt, gehen Sie also! Und wenn Sie sie bringen, so verstecken Sie sie in diesem Keller; da sind sie vor jeder Nachforschung sicher. Ich kann Ihnen zu nichts nütze sein«, sagte sie voller Wut, »ich wäre eine Fackel, die dem Feind leuchtete. Wenn die Polizei mich ruhig sieht, wird sie nie auf den Gedanken kommen, daß meine Verwandten in den Wald zurückkehren könnten. Also ist die ganze Frage die, ob sich fünf gute Pferde auftreiben lassen, um in sechs Stunden von Lagny bis zum Wald zu reiten, fünf Pferde, die dann in einem Dickicht verendet liegengelassen werden müßten.«

»Und Geld?« fragte Michu, der der jungen Gräfin in tiefen Gedanken zuhörte. – »Ich habe meinen Vettern heute abend hundert Louisdor gegeben.« – »Ich bürge für sie«, rief Michu; »sind sie aber versteckt, so müssen Sie es sich versagen, zu ihnen zu gehen; meine Frau oder mein Junge werden ihnen zweimal in der Woche zu essen bringen. Aber da ich für mich nicht bürgen kann, so müssen Sie für den Fall, daß mir etwas zustößt, wissen, daß der Hauptbalken meines Pavillons mit einem Hohlbohrer ausgehöhlt worden ist. In dem mit einem dicken Pflock verstopften Loch steckt der Plan zu einem Winkel des Waldes. Die Bäume, die auf dem Plan einen roten Punkt aufweisen, tragen im Wald am Fuß einen schwarzen Strich. Jeder dieser Bäume ist ein Wegweiser. Unter der dritten alten Eiche links von jedem Wegweiser liegt zwei Schritt vor dem Stamm in einer Tiefe von sieben Fuß je eine Blechröhre vergraben, deren jede hunderttausend Francs in Gold enthält. Bei diesen elf Bäumen, es sind nur elf, liegt das ganze Vermögen der Simeuses, seit Gondreville ihnen genommen worden ist.« – »Der Adel wird hundert Jahre brauchen, um sich von den Schlägen zu erholen, die man ihm versetzt hat!« sagte Mademoiselle de Cinq-Cygne langsam.

»Ist eine Parole ausgegeben worden?« fragte Michu. – »›Frankreich und Charles‹ für die Soldaten; ›Laurence und Ludwig‹ für die Herren de Simeuse und d'Hauteserre. Mein Gott! gestern habe ich sie seit elf Jahren zum erstenmal wiedergesehen, und heute muß ich sie in Todesgefahr wissen, und in Gefahr welches Todes! Michu«, sagte sie melancholisch, »seien Sie während dieser fünfzehn Stunden ebenso vorsichtig, wie Sie während dieser zwölf Jahre groß und treu gewesen sind. Wenn meinen Vettern etwas widerführe, würde ich sterben. Nein«, fuhr sie fort, »ich würde noch lange genug leben, um Bonaparte zu morden!« – »Dabei wären wir zu zweit, an dem Tag, da alles verloren ist.«

Laurence ergriff Michus rauhe Hand und drückte sie kräftig nach englischer Art. Michu zog seine Taschenuhr: es war Mitternacht. »Wir müssen um jeden Preis hinaus. Wehe dem Gendarmen, der mir den Weg versperrt! Und Sie, ohne Ihnen etwas vorschreiben zu wollen, Frau Gräfin, kehren Sie mit verhängtem Zügel nach Cinq-Cygne zurück; dort sind sie, halten Sie sie auf.«

Als Michu den Eingang geöffnet hatte, hörte er nichts mehr; er warf sich mit dem Ohr auf den Boden und sprang gleich wieder auf: »Sie sind am Waldsaum von Troyes«, sagte er; »ich will sie über den Löffel barbieren!«

Er half der Gräfin hinaus und legte die Steine wieder vor. Als er fertig war, hörte er, wie Laurences sanfte Stimme ihn rief: sie wollte ihn zu Pferde sehen, ehe sie das ihre bestieg. Der rauhe Mann hatte Tränen in den Augen, als er mit seiner jungen Herrin einen letzten Blick tauschte; ihre Augen aber blieben trocken.

Wir müssen sie aufhalten, er hat recht! sagte sie, als sie nichts mehr hörte. Und sie jagte in scharfem Galopp nach Cinq-Cygne davon.

Als Madame d'Hauteserre, die die Revolution noch nicht für abgeschlossen hielt und wußte, wie oberflächlich die Rechtsprechung in diesen Zeiten war, erfuhr, ihre Söhne schwebten in Todesgefahr, kam sie durch die bloße Gewalt des Schmerzes, der sie in Ohnmacht gestürzt hatte, wieder zur Besinnung und zu Kräften. Von einer furchtbaren Neugier getrieben, begab sie sich in den Salon hinunter, der jetzt ein Bild darbot, wie es des Pinsels eines Genremalers würdig gewesen wäre. Der Pfarrer saß noch immer am Spieltisch, und während er mechanisch mit den

Zahlmarken spielte, beobachtete er verstohlen Peyrade und Corentin, die auf der einen Seite des Kamins standen und leise miteinander sprachen. Mehrmals begegnete der kluge Blick Corentins dem nicht minder klugen des Pfarrers; aber gleich zwei Gegnern, die sich gleichstark fühlen und die in die Parade zurückfallen, nachdem sie die Degen gekreuzt haben, wandten der eine wie der andere den Blick gleich wieder ab. Der biedere d'Hauteserre, der auf beiden Beinen wie ein Reiher dastand, hielt sich neben dem breiten, dicken, großen, geizigen Goulard, und zwar noch immer in der Haltung, in die ihn seine Bestürzung versetzt hatte. Der Bürgermeister wirkte trotz seiner bürgerlichen Kleidung immer noch wie ein Diener. Beide schauten mit stumpfem Blick auf die Gendarmen, zwischen denen Gothard noch immer weinte; ihm waren die Hände so fest gefesselt, daß sie bläulich anschwollen. Catherine hatte ihre Haltung, die zwar voller Einfalt und Naivität, aber dennoch undurchdringlich rätselhaft war, nicht verändert. Der Wachtmeister, der, wie Corentin gesagt, die Dummheit begangen hatte, diese guten Kinder zu verhaften, wußte nicht, ob er gehen oder bleiben sollte. Er stand nachdenklich mitten im Salon, die Hand auf den Knauf seines Säbels gestützt, den Blick auf die beiden Pariser gerichtet. Die bestürzten Durieus und die Dienerschaft des Schlosses bildeten eine Gruppe, die wunderbar der Besorgnis Ausdruck gab. Ohne Gothards krampfhaftes Schluchzen hätte man die Fliegen summen hören.

Als die Mutter bleich und voller Angst die Tür öffnete und eintrat, fast gezogen von Mademoiselle Goujet, deren rote Augen erkennen ließen, daß sie geweint hatte, richteten sich aller Blicke auf die beiden Frauen. Die beiden Agenten hofften ebensosehr, Laurence hereinkommen zu sehen, wie die Bewohner des Schlosses davor zitterten. Die spontane Bewegung der Leute und der Herren schien von einem jener Mechanismen hervorgerufen zu sein, die gewisse Holzfiguren eine einzige Geste oder ein Augenzwinkern vollführen lassen.

Madame d'Hauteserre trat in drei überstürzten Schritten auf Corentin zu und sagte mit stockender, aber heftiger Stimme: »Erbarmen! Wessen sind meine Söhne angeklagt? Und glauben Sie, daß sie hier gewesen sind?« Der Pfarrer, der sich offenbar gesagt hatte, als er die alte Dame sah: Sicher macht sie jetzt irgendeine Dummheit, senkte die Augen. – »Meine Pflichten und der Auftrag, den ich erfülle, verbieten mir, es Ihnen zu sagen«, erwiderte Corentin mit zugleich liebenswürdiger und spöttischer Miene.

Diese Zurückweisung, die die abscheuliche Höflichkeit des Gecken noch unerbittlicher machte, ließ die alte Mutter erstarren; sie sank neben dem Abbé Goujet in einen Sessel, faltete die Hände und tat ein Gelübde.

»Wo habt Ihr diesen Tränensack gefaßt?« fragte Corentin den Wachtmeister und zeigte dabei auf den kleinen Stallknecht der Gräfin. – »Auf dem Weg zum Pachthof, an der Parkmauer; der Lümmel wollte in den Wald von Les Closeaux.« – »Und das Mädchen?« – »Die? Die hat Olivier gefaßt.« – »Wohin lief sie?« – »Nach Gondreville.« – »Sie sind also beide in entgegengesetzte Richtungen gelaufen?« fragte Corentin. – »Ja«, erwiderte der Gendarm. »Sind das nicht der kleine Diener und die Zofe der Citoyenne Cinq-Cygne?« fragte Corentin den Bürgermeister. – »Ja«, sagte Goulard.

Peyrade wechselte flüsternd ein paar Worte mit Corentin, winkte dem Wachtmeister und ging hinaus.

In diesem Augenblick kam der Wachtmeister aus Arcis herein; er trat auf Corentin zu und sagte ganz leise zu ihm: »Ich kenne mich hier sehr gut aus, ich habe in den Nebengebäuden alles untersucht; wenn die Burschen sich nicht eingegraben haben, so ist niemand da. Wir sind jetzt dabei, die Fußböden und die Mauern mit den Gewehrkolben abzuklopfen.«

Peyrade, der wieder hereinkam, winkte Corentin und führte ihn zu der Mauerbresche am Graben, wobei er ihm den Hohlweg zeigte, der sie fortsetzte. – »Jetzt wissen wir, wie sie es angestellt haben«, sagte Peyrade. – »Und ich, ich will es Ihnen klarmachen«, erwiderte Corentin. »Der kleine Lümmel und das Mädchen haben diese Tröpfe von Gendarmen auf die falsche Fährte gelockt, um dem Wild das Entkommen zu sichern.« – »Wie es wirklich gewesen ist, können wir erst am Tage feststellen«, fuhr Peyrade fort. »Dieser Weg hier ist feucht, ich habe ihn oben und unten mit zwei Gendarmen besetzen lassen; wenn es hell geworden ist, können wir an den Fußabdrücken erkennen, wer ihn benutzt hat.« – »Hier sind die Hufspuren«, sagte Corentin, »kommen Sie mit in die Ställe.«

»Wieviel Pferde sind hier vorhanden?« fragte Peyrade Monsieur d'Hauteserre und Goulard, als sie wieder in den Salon kamen. »Herr Bürgermeister, Sie wissen es, los, antworten Sie!« rief Corentin, als er sah, wie der Beamte mit der Antwort zögerte. – »Ja, die Stute der Gräfin, Gothards Pferd und das von Monsieur d'Hauteserre.« – »Wir haben im Stall nur eins vorgefunden«, sagte Peyrade. – »Mademoiselle reitet wohl spazieren«, sagte Durieu. – »Reitet Ihr Mündel oft so spät in der Nacht spazieren?« fragte der Wüstling Peyrade Monsieur d'Hauteserre. – »Sehr oft«, sagte der gute Mann einfach; »der Herr Bürgermeister kann es Ihnen bezeugen.« – »Jeder weiß, daß sie ihre Grillen hat«, fügte Catherine hinzu. »Ehe sie zu Bett ging, hat sie sich noch den Himmel angesehen; und ich glaube gern, daß Ihre Bajonette, die sie in der Ferne sah, sie neugierig gemacht haben. Sie wolle nachsehen, hat sie zu mir gesagt, als sie hinausging, ob es etwa wieder eine Revolution gebe.« – »Wann ist sie fortgegangen?« fragte Peyrade. – »Als sie Ihre Gewehre sah.« – »Und welchen Weg hat sie eingeschlagen?« – »Das weiß ich nicht.« – »Und das andere Pferd?« fragte Corentin. – »Da-s haaa-ben mir die Gendaaar-men weggenom-men«, heulte Gothard. – »Und wohin hast du wollen?« fragte einer der Gendarmen. – »Ich bin mei-ner He-er-errin nach de-m Pa-a-achthof nachgeritten.«

Der Gendarm wandte den Kopf gegen Corentin hin, denn er erwartete einen Befehl; aber Gothards Stimme klang zugleich so falsch und so wahr, so in der Tiefe unschuldig und so listig, daß die beiden Pariser einander anschauten, als wollten sie Peyrades Worte wiederholen: Wir haben es nicht mit Tolpatscherei zu tun.

Der Edelmann schien nicht genug Hirn zu haben, um ein Epigramm zu verstehen. Der Bürgermeister war borniert. Die alte Dame, die vor mütterlicher Angst ganz dumm geworden war, stellte den Agenten Fragen von alberner Unschuld. Die Diener waren sämtlich im Schlaf überrascht worden. Angesichts dieser kleinen Tatsachen begriff Corentin, als er die verschiedenen Charaktere beobachtete, auf der Stelle, daß seine einzige Gegnerin Mademoiselle de Cinq-Cygne war. Wie geschickt die Polizei auch sein möge, sie ist dennoch tausendfach im Nachteil. Sie soll nicht nur alles erfahren, was der Verschwörer weiß, sondern sie muß sich auch noch auf tausend Annahmen stützen, ehe sie zu einer einzigen Wahrheit durchdringt. Der Verschwörer denkt unablässig an seine Sicherheit, während die Polizei nur zu ihren Stunden wach ist. Gäbe es keinen Verrat, so wäre nichts leichter, als eine Verschwörung anzuzetteln. Ein Verschwörer hat schon für sich allein mehr Geist als die Polizei mit all ihren ungeheuren Aktionsmitteln. Da sie fühlten, daß sie moralisch festgehalten wurden, gerade wie eine Tür sie physisch aufgehalten hätte, die sie offen zu finden glaubten und die sie mit einem Dietrich hätten aufbrechen können, während sich von der andern Seite her stumm viele Männer dagegenstemmten, so sahen Corentin und Peyrade sich durchschaut und genarrt, ohne zu wissen von wem.

»Ich versichere«, flüsterte ihnen jetzt der Wachtmeister aus Arcis zu, »wenn die beiden Herren de Simeuse und die Herren d'Hauteserre die Nacht hier verbracht haben, so hat man ihnen die Betten des Vaters, der Mutter, der Mademoiselle de Cinq-Cygne oder die der Magd und der Diener gegeben; oder sie sind im Park spazieren gegangen; es ist nämlich nicht die kleinste Spur von ihrem Aufenthalt zu finden.« – »Wer hat sie nur warnen können?« fragte Corentin Peyrade. – »Bisher wissen nur der Erste Konsul, Fouché, die Minister, der Polizeipräfekt und Malin etwas.« – »Wir wollen Spitzel in der Gegend lassen«, sagte Peyrade leise zu Corentin. – »Daran werden Sie um so besser tun, als sie in der Champagne bleiben werden«, bemerkte der Pfarrer, der sich eines Lächelns nicht enthalten konnte, als er das Wort Spitzel verstand und nach dem einen Wort den ganzen Satz erriet.

Mein Gott! dachte Corentin, indem er dem Pfarrer gleichfalls durch ein Lächeln antwortete, hier ist nur ein einziger Mann von Geist vorhanden, ich kann mich mit keinem andern verständigen; den werde ich ausforschen.

»Meine Herren . . .«, sagte der Bürgermeister, der immerhin einen Beweis seiner Ergebenheit für den Ersten Konsul geben wollte, zu den beiden Agenten. – »Sagen Sie getrost: Bürger, noch besteht die Republik«, unterbrach ihn Corentin, mit einem spöttischen Blick auf den Pfarrer. – »Bürger«, fuhr der Bürgermeister fort, »als ich hier in diesen Salon eintrat, kam Catherine hereingestürzt und holte die Reitpeitsche, die Handschuhe und den Hut ihrer Herrin.«

Jeder Brust entrang sich ein dunkles Murmeln des Grauens, nur Gothard blieb ruhig. Aller Augen, außer denen der Gendarmen und Agenten, bedrohten Goulard, den Denunzianten, indem sie ihm Flammenblicke zuwarfen.

»Schön, Bürger Bürgermeister«, sagte Peyrade. »Wir sehen schon klar. Die Bürgerin Cinq-Cygne ist rechtzeitig gewarnt worden!« fügte er hinzu und blickte Corentin mit sichtlichem Mißtrauen an. – »Wachtmeister«, sagte Corentin zu dem Gendarmen, »legen Sie diesem kleinen Burschen da die Daumenschrauben an; aber führen Sie ihn in ein Zimmer für sich. Schließen Sie mir auch die Kleine da ein«, fügte er hinzu und deutete auf Catherine. »Du wirst die Durchsuchung der Papiere leiten«, flüsterte er alsdann Peyrade zu; »durchstöbere alles, verschone nichts. Herr Abbé«, sagte er vertraulich zu dem Pfarrer, »ich habe Ihnen wichtige Mitteilungen zu machen.« Und er führte ihn in den Garten hinaus.

»Hören Sie, Herr Abbé, Sie scheinen mir ganz den Geist eines Bischofs zu haben, und – hier kann uns niemand hören – Sie verstehen mich; ich setze meine ganze Hoffnung nur noch auf Sie; denn ich will nämlich zwei Familien retten, die sich aus Dummheit in einen Abgrund stoßen lassen, aus dem nichts wieder herauskommt. Die Herren de Simeuse und d'Hauteserre sind von einem jener niederträchtigen Spione verraten worden, die die Regierung in alle Verschwörungen einzuschmuggeln versteht, wenn es gilt, deren Ziel, deren Kampfmittel und die beteiligten Personen kennenzulernen. Verwechseln Sie mich nicht mit dem Elenden, der mich begleitet, er gehört zur Polizei; ich aber habe eine sehr ehrenvolle Stellung im Kabinett des Konsuls inne, und ich habe sein letztes Wort erhalten. Das Verbrechen der Herren de Simeuse ist unerwünscht; wenn Malin es erleben möchte, daß sie füsiliert werden, so will sie der Erste Konsul, wenn sie hier sind und keine schlimmen Absichten haben, am Rande des Abgrunds zurückhalten, denn er schätzt gute Offiziere. Der Agent, der mich begleitet, hat alle Vollmachten; ich selber bin scheinbar nichts, aber ich weiß, wo der Ansatzpunkt des Komplotts liegt. Der Agent ist von Malin instruiert, der ihm wohl seine Fürsprache, eine Stellung, vielleicht gar Geld versprochen hat, wenn er die beiden Simeuses aufstöbert und ausliefert. Der Erste Konsul, der wirklich ein großer Mann ist, begünstigt habgierige Gedanken nie. Ich will nicht wissen, ob die beiden jungen Leute hier sind«, sagte er, als er eine Geste des Pfarrers wahrnahm; »aber sie können nur auf eine einzige Art gerettet werden. Sie kennen das Gesetz vom 6. Floréal des Jahres X, es gewährt allen Emigranten, die noch im Ausland sind, Amnestie, freilich unter der Bedingung, daß sie vor dem 1. Vendémiaire des Jahres XI, das heißt, dem September vorigen Jahres heimkehrten. Da aber die Herren de Simeuse ebenso wie die Herren d'Hauteserre Kommandos im Heere Condés innehatten, fallen sie unter die Ausnahmen, die dieses Gesetz vorsieht; ihre Anwesenheit in Frankreich ist also ein Verbrechen und genügt unter den gegenwärtigen Umständen als Beweis für ihre Mitschuld an einem abscheulichen Komplott. Der Erste Konsul hat erkannt, welch ein Fehler diese Ausnahmebestimmung war, da sie seiner Regierung unversöhnliche Feinde schafft; er möchte den Herren de Simeuse kundtun, daß keine Verfolgung gegen sie in die Wege geleitet werden soll, wenn sie ihm eine Bittschrift unterbreiten, in der sie sagen, sie seien in der Absicht nach Frankreich zurückgekehrt, sich den Gesetzen zu unterwerfen, und versprechen, den Eid auf die Verfassung zu leisten. Sie verstehen, daß dieses Schriftstück vor ihrer Verhaftung in seinen Händen sein muß; es muß um einige Tage zurückdatiert sein, ich erbiete mich als Überbringer. Ich frage Sie nicht, wo die jungen Leute sind«, sagte er, als er den Pfarrer von neuem eine verneinende Geste machen sah; »wir sind leider sicher, daß wir sie finden; der Wald ist umstellt, die Eingänge von Paris werden bewacht und ebenso die Grenze. Hören Sie gut zu! Wenn die Herren zwischen diesem Wald und Paris sind, dann werden sie gefaßt; wenn sie in Paris sind, werden sie ausfindig gemacht; wenn sie umkehren, werden die armen Kerle verhaftet. Der Erste Konsul schätzt die Adligen und kann die Republikaner nicht leiden; die Sache ist ganz einfach: Wenn er einen Thron will, muß er die Freiheit erwürgen. Dies Geheimnis möge unter uns bleiben. Also! Ich warte bis morgen; bis dahin stelle ich mich blind. Aber mißtrauen Sie dem Agenten; dieser verdammte Provenzale ist der Kammerdiener des Teufels, er hat Fouchés Anweisung, wie ich die des Ersten Konsuls habe.«

»Wenn die Herren de Simeuse hier sind«, sagte der Pfarrer, »würde ich zehn Liter meines Bluts und einen Arm geben, um sie zu retten; aber wenn Mademoiselle Cinq-Cygne ihre Vertraute ist, dann hat sie, das schwöre ich bei meinem Seelenheil, sich nicht das mindeste anmerken lassen und mir nicht die Ehre erwiesen, mich um Rat zu fragen. Ich bin jetzt sehr froh über ihre Diskretion, sofern es überhaupt Diskretion war. Wir haben gestern abend wie tagtäglich bis halb elf Uhr in der tiefsten Stille Boston gespielt, und wir haben weder etwas gesehen noch gehört. Durch dieses einsame Tal kommt kein Kind, ohne daß alle Welt es sieht und davon erfährt, und seit vierzehn Tagen ist kein Fremder mehr durchgekommen. Nun bilden die Herren d'Hauteserre und de Simeuse für sich allein schon eine Gruppe von vier Personen. Der wackere Edelmann hier und seine Frau haben sich der Regierung unterworfen, und sie haben alles Erdenkliche getan, um ihre Söhne wieder in ihre Nähe zu führen; sie haben noch vorgestern an sie geschrieben. Daher bedurfte es, bei meiner Seele und meinem Gewissen, Ihres Überfalls hier, um meinen festen Glauben, sie seien in Deutschland, zu erschüttern. Unter uns, hier ist außer der jungen Gräfin niemand, der den hervorragenden Eigenschaften des Herrn Ersten Konsuls nicht Gerechtigkeit widerfahren ließe.«

Ein Schlaukopf! dachte Corentin. – »Wenn die jungen Leute füsiliert werden, so hat man es eben hier gewollt!« antwortete er laut; »jetzt wasche ich mir die Hände in Unschuld.«

Er hatte den Abbé Goujet an eine vom Mond hell erleuchtete Stelle geführt und sah ihn jäh an, als er diese unheimlichen Worte sprach. Der Priester wirkte sehr niedergeschlagen, aber wie ein überraschter und völlig ahnungsloser Mensch. »Begreifen Sie doch, Herr Abbé«, fuhr Corentin fort, »daß ihre Rechte auf das Gut Gondreville sie in den Augen aller Leute in untergeordneter Stellung doppelt verbrecherisch machen! Kurz und gut, ich möchte, daß sie es mit Gott zu tun haben und nicht mit seinen Heiligen.« – »Es besteht also eine Verschwörung?« fragte der Pfarrer naiv. – »Eine unedle, hassenswerte, feige Verschwörung, die dem großherzigen Geist der Nation so entgegen ist«, sagte

Corentin, »daß sie von allgemeiner Verachtung getroffen werden wird.« – »Nun, einer Feigheit ist Mademoiselle de Cinq-Cygne nicht fähig!« rief der Pfarrer. – »Herr Abbé«, fuhr Corentin fort, »sehen Sie, es liegen für uns – immer unter uns gesprochen – die klarsten Beweise für ihre Mitschuld vor; aber für die Rechtsprechung genügen sie noch nicht. Sie hat bei unserem Kommen die Flucht ergriffen . . . Und dabei hatte ich Ihnen den Bürgermeister geschickt!« – »Ja, aber für einen, der Wert darauf legte, sie zu retten, folgten Sie dem Bürgermeister etwas gar zu schnell auf den Fersen«, versetzte der Abbé.

Bei diesem Wort sahen die beiden Männer einander an und hatten sich nichts mehr zu sagen: sie gehörten beide zu jenen tiefen Anatomikern des inneren Menschen, denen ein einziger Tonfall der Stimme, ein Blick, ein Wort genügt, um eine Seele zu durchschauen, gerade wie der Wilde seine Feinde an Zeichen errät, die dem Auge eines Europäers unsichtbar bleiben. Ich glaubte, etwas aus ihm herauszuholen, und habe mich selber aufgedeckt! dachte Corentin. Ach, dieser Bursche! sagte sich der Pfarrer.

Von der alten Uhr der Kirche schlug es gerade Mitternacht, als Corentin und der Pfarrer wieder in den Salon kamen. Man hörte Türen von Zimmern und Schränken öffnen und schließen. Die Gendarmen deckten die Betten auf. Peyrade durchsuchte und durchstöberte alles mit der flinken Intelligenz des Spions. Diese Plünderung erregte bei den treuen Dienern, die immer noch aufrecht und reglos dastanden, zugleich Schrecken und Entrüstung. Monsieur d'Hauteserre tauschte mit seiner Frau und Mademoiselle Goujet mitleidige Blicke. Furchtbare Neugier hielt alle wach. Peyrade kam herab und trat in den Salon; in der Hand hielt er eine Kassette aus geschnitztem Sandelholz, die der Admiral de Simeuse wohl einmal aus China mitgebracht haben mochte. Die hübsche Schatulle war flach und etwa von der Größe eines Quartbandes.

Peyrade gab Corentin einen Wink und zog ihn in die Fensternische. »Ich hab's!« sagte er. »Dieser Michu, der an Marion für Gondreville achthunderttausend Francs in Gold zahlen wollte und der eben noch Malin zu erschießen beabsichtigte, muß der Vertrauensmann der Simeuses sein; er muß Marion aus demselben Grunde bedroht haben, aus dem er auch Malin aufs Korn nahm. Ich hielt ihn für fähig, Ideen zu haben; aber er hat nur eine; er ist von allem unterrichtet und dürfte die Leute hier gewarnt haben.« – »Malin hat sicher mit seinem Freund, dem Notar, über die Verschwörung gesprochen«, sagte Corentin, der die Schlußfolgerungen seines Kollegen weiterführte, »und als Michu im Hinterhalt lag, hat er sie fraglos von den Simeuses sprechen hören. Wahrhaftig, er kann seinen Schuß nur aufgeschoben haben, um ein Unglück zu verhindern, das ihm noch größer schien als der Verlust Gondrevilles.« – »Er hat uns auf der Stelle als das erkannt, was wir sind«, sagte Peyrade; »daher erschien mir in jenem Augenblick der Verstand dieses Bauern so fabelhaft.« – »Oh, das ist ein Beweis dafür, daß er auf der Hut war«, erwiderte Corentin. »Aber schließlich, alter Freund, wollen wir uns keiner Täuschung hingeben: Der Verrat stinkt zum Himmel, und primitive Menschen riechen ihn schon von weitem.« – »Um so stärker sind wir deswegen«, sagte der Provenzale.

»Lassen Sie den Wachtmeister aus Arcis kommen«, rief Corentin einem der Gendarmen zu. – »Den schicken wir nach Michus Pavillon«, sagte er zu Peyrade. – »Da sitzt Violette, unser Ohr«, versetzte der Provenzale. – »Wir sind aufgebrochen, ehe wir Nachricht von ihm hatten«, gab Corentin zurück. »Wir hätten Sabatier mitnehmen sollen. Wir zwei sind nicht genug. Wachtmeister«, sagte er, als er den Gendarmen eintreten sah, und nahm ihn zwischen sich und Peyrade, »lassen Sie sich nicht wie vorhin der Wachtmeister aus Troyes an der Nase herumführen. Michu scheint in die Geschichte verwickelt zu sein; reiten Sie nach seinem Pavillon, haben Sie ein Auge auf alles und erstatten Sie uns Bericht.« – »Einer meiner Leute hat im Walde Hufschlag gehört, als die kleinen Bedienten verhaftet wurden; ich habe denen, die sich dort verstecken möchten, vier tüchtige Burschen auf die Fersen gehetzt«, gab der Gendarm zur Antwort. Er ging hinaus. Der Lärm seines galoppierenden Pferdes, der auf dem gepflasterten Weg der Rasenfläche hallte, verminderte sich schnell.

»Also, sie sind unterwegs nach Paris, oder sie ziehen sich nach Deutschland zurück«, sagte Corentin. Er setzte sich, zog ein Heft aus der Tasche seines Spenzers, schrieb mit Bleistift zwei Befehle nieder, versiegelte sie und winkte sich einen der Gendarmen herbei: »Im Galopp nach Troyes; wecken Sie den Präfekten und sagen Sie ihm, er solle die Dämmerung benutzen, um den Telegraphen arbeiten zu lassen.«

Der Gendarm ritt im gestreckten Galopp davon. Der Sinn dieses Schachzugs und Corentins Absicht waren so klar, daß sich den Schloßbewohnern das Herz zusammenkrampfte; aber diese neue Sorge war sozusagen nur ein weiterer Schlag in ihrem Martyrium, denn in diesem Augenblick hatten alle die Augen auf die kostbare Kassette gerichtet. Die Agenten plauderten und belauschten dabei die Sprache dieser flammenden Blicke. Eine Art kalter Leidenschaft erregte die fühllosen Herzen dieser beiden Menschen, die sich an dem allgemeinen Entsetzen weideten. Der Polizist kennt alle Aufregungen des Jägers; aber wenn dieser, indem er die Kräfte des Körpers und Geistes entfaltet, einen Hasen, ein Rebhuhn oder ein Reh abzuschießen sucht, handelt es sich für jenen darum, den Staat oder den Fürsten zu retten oder eine hohe Belohnung zu verdienen. So ist die Jagd auf Menschen der andern um den Unterschied überlegen, der zwischen Menschen und Tieren besteht. Überdies muß der Spion seine Rolle zur vollen Größe und Bedeutung der Interessen erheben, denen er sich widmet. Ohne mit diesem Beruf näher vertraut zu sein, kann sich also jeder denken, daß die Seele darin ebensoviel Leidenschaft aufwendet, wie der Jäger braucht, das Wild zu verfolgen. Je mehr jene beiden Männer sich also ihrem Ziel näherten, desto eifriger wurden sie; aber ihre Züge und ihre Augen blieben ruhig und kühl, gerade wie ihr Argwohn, ihre Gedanken, ihre Pläne undurchdringlich blieben. Doch jeder, der die Wirkungen des Witterungsvermögens dieser beiden Spürhunde auf der Spur unbekannter und verborgener Tatsachen verfolgt, der die hündische Behendigkeit in den Bewegungen begriffen hätte, die sie durch eine schnelle Prüfung der Wahrscheinlichkeiten zur Erkenntnis der Wahrheit führten, der hätte erbeben müssen! Warum und weshalb standen diese genial begabten Männer so niedrig, da sie doch so hoch hätten stehen können? Welche Unvollkommenheit, welches Laster, welche Leidenschaft würdigte sie herab? Wird man Polizist, wie man Denker, Schriftsteller, Staatsmann, Maler, General wird, unter der Voraussetzung, daß man nichts als nur spionieren kann, wie jene reden, schreiben, regieren, malen oder kämpfen? Die Leute vom Schloß hegten nur den einen Wunsch im Herzen: Wird nicht der Blitz auf diese Ehrlosen niederfahren? Alle verspürten sie Rachedurst. Daher hätte es auch, wären nicht die Gendarmen gewesen, einen Aufruhr gegeben.

»Hat keiner einen Schlüssel zu der Schatulle?« fragte der zynische Peyrade, wobei er die Versammelten ebensosehr durch die Bewegung seiner dicken, roten Nase fragte wie durch seine Worte.

Der Provenzale stellte nicht ohne eine Anwandlung von Furcht fest, daß keine Gendarmen mehr da seien. Corentin und er waren allein. Corentin zog einen kleinen Dolch aus der Tasche und schickte sich an, ihn unter den Deckel der Schatulle zu schieben. In diesem Augenblick wurde, erst auf dem Wege, dann auf dem kleinen Pflasterpfad des Rasenplatzes, das furchtbare Geräusch eines verzweifelten Galopps hörbar; beängstigender aber noch waren der Sturz und das Röcheln des Pferdes, das am Fuß des mittleren Turms mit allen vier Beinen zugleich zusammenbrach. Eine Aufregung, ähnlich der, wie sie ein Blitzschlag hervorruft, erschütterte alle Zuschauer, als Laurence erschien, die das Rascheln ihres Reitkleides schon gemeldet hatte; ihre Leute hatten rasch Spalier gebildet, um sie durchzulassen. Trotz ihres schnellen Ritts hatte sie den Schmerz empfunden, den die Entdeckung der Verschwörung ihr bereiten mußte: all ihre Hoffnungen waren zusammengebrochen! Sie war durch Ruinen geritten, während sie die Notwendigkeit einer Unterwerfung unter die Konsulatsregierung überdachte. Daher wäre sie auch ohne die Gefahr, in der die vier Edelleute schwebten und die das Belebungsmittel war, mit dessen Hilfe sie ihrer Ermattung und Verzweiflung Herr wurde, ohnmächtig zusammengebrochen. Sie hatte ihre Stute fast zu Tode gehetzt, um zwischen den Tod und ihre Vettern zu treten. Nun sahen alle das heldische Mädchen bleich und mit erschlafften Zügen auf der Schwelle stehen, den Schleier zur Seite geschlagen, die Reitpeitsche in der Hand; ihr brennender Blick überflog und durchschaute die ganze Szene, und ein jeder ersah aus der unmerklichen Bewegung, die über Corentins herbes und unruhiges Gesicht zuckte, daß jetzt die beiden eigentlichen Gegner einander gegenüberstanden. Ein furchtbarer Zweikampf mußte beginnen. Als die junge Gräfin die Kassette in Corentins Händen sah, hob sie die Reitpeitsche, sprang behende auf ihn zu und versetzte ihm einen so heftigen Schlag auf die Hände, daß die Kassette zu Boden fiel. Sie ergriff sie, warf sie in die Kaminglut und hatte sich in drohender Haltung davor aufgepflanzt, ehe sich die beiden Agenten von ihrer Überraschung erholt hatten. Aus ihren Augen loderte Verachtung, ihre blasse Stirn und ihre verächtlich aufgeworfenen Lippen beleidigten diese Männer noch mehr als die autokratische Geste, mit der sie Corentin wie ein giftiges Tier behandelt hatte. Der wackere d'Hauteserre fühlte sich als Kavalier, alles Blut stieg ihm ins Gesicht; er bedauerte, daß er keinen Degen zur Hand hatte. Die Diener zitterten zunächst vor Jubel. Diese so innig herbeigesehnte Rache hatte den einen der beiden Männer getroffen wie der Blitz. Aber ihr Glück wurde von einer furchtbaren Angst in die Tiefen der Seele zurückgedrängt: Immer noch hörten sie in den Speicherräumen die Gendarmen kommen und gehen. Der ›Spion‹, dies kräftige Wort, in dem alle die verschiedenen Arten von Polizeibeamten zusammengefaßt werden, denn die Öffentlichkeit hat in der Sprache die unterschiedlichsten Charaktere derer, die sich mit dieser für die Regierungen so notwendigen Apothekerküche befassen, niemals sondern wollen –, der Spion also besitzt eine großartige und merkwürdige Eigenschaft: Er wird nie ärgerlich, er hat die christliche Demut des Priesters, er versteht über Verachtung hinwegzusehen, wie er sie gleichzeitig wie eine Schranke all den Tröpfen entgegensetzt, die ihn nicht verstehen; er bewahrt Beschimpfungen gegenüber eine eherne Stirn, er geht auf sein Ziel zu wie ein Tier, dessen Rückenpanzer nur von einer Kanonenkugel durchschlagen werden kann; aber wenn er fühlt, daß er getroffen ist, wird er auch wie das Tier desto rasender, weil er seinen Panzer für undurchdringlich gehalten hat. Der Schlag mit der Reitpeitsche war für Corentin, ganz abgesehen vom Schmerz, der Kanonenschuß, der den Panzer durchlöchert; von seiten des hoheitsvollen, edlen Mädchens demütigte ihn diese Bewegung voll Ekel nicht nur diesem kleinen Kreis gegenüber, sondern vor allem in seinen eigenen Augen. Peyrade, der Provenzale, sprang auf das Feuer zu; er erhielt einen Fußtritt von Laurence, aber er ergriff ihren Fuß und hob ihn empor, so daß er sie durch das Schamgefühl zwang, in die Bergère zu sinken, auf der sie vor so kurzer Zeit geschlafen hatte. Das war das Burleske mitten im Grauen, ein Gegensatz, wie er in allen menschlichen Dingen häufig vorkommt. Peyrade versengte sich die Hand, als er sich der brennenden Kassette bemächtigen wollte, aber es gelang ihm, sie zu fassen; er stellte sie auf den Boden und setzte sich darauf. Diese kleinen Geschehnisse folgten einander lautlos mit großer Schnelligkeit. Corentin, der sich von dem Schmerz des Peitschenschlags erholt hatte, hielt Mademoiselle de Cinq-Cygne an den Händen fest. »Zwingen Sie mich nicht, schöne Bürgerin, Gewalt gegen Sie anzuwenden«, sagte er mit seiner geißelnden Höflichkeit. Peyrades Handlungsweise hatte den Erfolg, daß das Feuer durch den Druck, der ihm die Luft entzog, erlosch. »Gendarmen, hierher!« rief er in seiner wunderlichen Stellung.

»Versprechen Sie, vernünftig zu sein?« fragte Corentin unverschämt Laurence und hob seinen Dolch auf, ohne jedoch den Fehler zu begehen, daß er ihr damit drohte. – »Die Geheimnisse dieser Kassette gehen die Regierung nichts an«, antwortete sie mit einer melancholischen Beimischung in Miene und Ton. »Wenn Sie die Briefe gelesen haben, die darin sind, werden Sie sich trotz Ihrer Ehrlosigkeit schämen, sie gelesen zu haben. Aber schämen Sie sich überhaupt noch vor etwas?« fügte sie nach einer Pause hinzu.

Der Pfarrer warf Laurence einen Blick zu, als wolle er ihr sagen: Um Gottes willen, beruhigen Sie sich!

Peyrade stand auf. Der Boden der Kassette, der mit den Kohlen in Berührung gekommen und fast gänzlich verbrannt war, ließ einen versengten Fleck auf dem Teppich zurück. Auch der Deckel der Kassette war schon verkohlt, die Seiten gaben nach. Der groteske Scaevola, der den Boden seiner aprikosenfarbenen Hose dem Gotte der Polizei, der Furcht, geopfert hatte, schlug die beiden Seiten der Schatulle auf, als handelte es sich um ein Buch: Drei Briefe und zwei Haarlocken fielen auf den Spieltisch. Er wollte, mit einem Blick auf Corentin, lächeln, als er merkte, daß die beiden Locken von verschiedenem Weiß waren. Corentin ließ Mademoiselle de Cinq-Cygne los, er wollte den Brief lesen, aus dem die Locken gefallen waren.

Auch Laurence stand auf, trat neben die beiden Spione und sagte: »Oh, lesen Sie es laut vor, das soll Ihre Strafe sein!«

Da die beiden aber nur mit den Augen lasen, las sie selber den folgenden Brief vor:

Liebe Laurence!

Wir haben von Deinem schönen Verhalten an dem traurigen Tage unserer Verhaftung erfahren, mein Gatte wie ich. Wir wissen, daß Du unsere geliebten Zwillinge ebensosehr und auf die gleiche Weise liebst wie wir selber; deshalb vertrauen wir auch Dir ein zugleich kostbares und trauriges Pfand für sie an. Der Herr Scharfrichter hat uns eben die Haare geschoren, da wir in wenigen Augenblicken sterben sollen, und er hat uns versprochen, Dir das einzige Andenken zu übermitteln, das wir unsern geliebten Waisen geben können. Bewahre ihnen also diese unsere Überreste auf, Du wirst sie ihnen in besseren Zeiten geben. Wir haben unsern letzten Kuß für sie daraufgedrückt und unsern Segen darüber gesprochen. Unser letzter Gedanke wird zunächst unsern Söhnen, dann Dir und schließlich Gott gelten! Liebe sie von Herzen.

Berthe de Cinq-Cygne

Jean de Simeuse

Allen traten bei dem Vorlesen dieses Briefes Tränen in die Augen. Laurence sagte mit fester Stimme zu den beiden Agenten, denen sie einen versteinernden Blick zuwarf: »Sie haben weniger Erbarmen als der ›Herr Scharfrichter‹!« Corentin schob ungerührt die Haare in den Brief und den Brief auf dem Tisch beiseite; er stellte einen Korb mit Spielmarken darauf, damit er nicht fortfliege. Diese Kaltblütigkeit inmitten der allgemeinen Rührung hatte etwas Grauenhaftes. Peyrade entfaltete die beiden andern Briefe.

»Oh, die sind fast ebenso«, sagte Laurence. »Sie haben das Testament gehört, jetzt folgt die Vollstreckung. In Zukunft hat mein Herz für niemanden mehr Geheimnisse, das ist alles.«

1794, Andernach, vor dem Kampf

Meine liebe Laurence, ich liebe Dich für mein ganzes Leben, und ich will, daß Du es weißt; aber falls ich fallen sollte, so wisse, daß mein Bruder Paul-Maria Dich ebensosehr liebt wie ich. Mein einziger Trost beim Sterben wird die Gewißheit sein, daß Du eines Tages meinen lieben Bruder wirst zum Gatten nehmen können, ohne mit ansehen zu müssen, daß ich vor Eifersucht umkomme, wie es der Fall wäre, wenn Du ihn mir, während er und ich am Leben sind, vorziehen solltest. Doch würde mir diese Bevorzugung nur natürlich erscheinen, denn er ist mehr wert als ich . . . usw.

Maria-Paul

»Jetzt kommt der andere dran«, fuhr sie mit einer reizenden Röte auf der Stirn fort:

Andernach, vor dem Kampf

Meine gute Laurence, meine Seele ist ein wenig von Trauer erfüllt; aber Maria-Paul hat in seinem Wesen zuviel Heiterkeit, um Dir nicht weit besser zu gefallen als ich. Du wirst eines Tages zwischen uns zu wählen haben: Nun, obwohl ich Dich mit einer Leidenschaft liebe . . .

»Sie haben mit Emigranten in Briefwechsel gestanden!« unterbrach Peyrade Laurence und hielt vorsichtshalber die Briefe zwischen sich und das Licht, um sich zu überzeugen, ob sie nicht zwischen den Zeilen eine Schrift mit sympathetischer Tinte enthielten. – »Ja«, sagte Laurence und faltete die kostbaren Briefe, deren Papier vergilbt war, wieder zusammen. »Aber kraft welchen Rechts vergewaltigen Sie auf solcherlei Weise mein Haus, meine persönliche Freiheit und alle häuslichen Rechte?« – »Ja, tatsächlich!« sagte Peyrade; »kraft welchen Rechts? Ich muß es Ihnen wohl sagen, schöne Aristokratin«, sagte er und zog einen Befehl aus der Tasche, der aus dem Justizministerium stammte und von dem Minister des Innern gegengezeichnet war. »Hier, Bürgerin, das haben die Minister auf ihre Kappe genommen . . .« – »Wir könnten Sie fragen«, flüsterte Corentin ihr zu, »kraft welchen Rechts Sie die Meuchelmörder des Ersten Konsuls bei sich aufnehmen? Sie haben mir einen Peitschenschlag über die Finger versetzt, der mich ermächtigen würde, eines Tages einen Handstreich auszuführen, um Ihre Herren Vettern ins Jenseits zu expedieren, und dabei bin ich hergekommen, um sie zu retten.«

Allein schon aus der Lippenbewegung und aus dem Blick, den Laurence Corentin zuwarf, erriet der Pfarrer, was jener große unbekannte Künstler sagte; er machte der Gräfin ein Zeichen des Mißtrauens, das nur Goulard bemerkte. Peyrade klopfte den Boden der Schatulle mit leichten Schlägen ab, um zu sehen, ob er nicht aus zwei hohlen Brettern bestehe. »O mein Gott!« sagte Laurence zu Peyrade und entriß ihm den Deckel, »zerbrechen Sie ihn nicht, warten Sie.« Sie nahm eine Nadel und drückte auf den Kopf einer Figur; die beiden Bretter sprangen unter dem Druck einer Feder auseinander, und das eine, das hohl war, zeigte die beiden Miniaturbilder der Herren de Simeuse in der Uniform des Condéschen Heeres; die Bildnisse waren in Deutschland auf Elfenbein gemalt worden. Corentin sah sich einem Gegner gegenüber, der seines ganzen Zornes würdig war, er rief Peyrade durch einen Wink in eine Ecke und besprach sich leise mit ihm.

»Und das haben Sie ins Feuer geworfen!« sagte der Abbé Goujet zu Laurence und deutete durch einen Blick auf den Brief der Marquise mit den Locken. Statt aller Antwort zuckte das junge Mädchen bedeutsam die Achseln. Der Pfarrer begriff, daß sie alles hatte opfern wollen, um die Spione aufzuhalten und Zeit zu gewinnen, und er hob die Augen mit bewundernder Geste zum Himmel auf. – »Wo ist eigentlich Gothard verhaftet worden? Ich höre ihn weinen«, sagte sie so laut, daß man sie verstehen konnte. – »Ich weiß es nicht«, erwiderte der Pfarrer. – »Ist er zum Pachthof geritten?«

»Zum Pachthof!« sagte Peyrade zu Corentin. »Lassen Sie uns Leute hinschicken.« – »Nein«, erwiderte Corentin, »dies Mädchen hätte das Heil ihrer Vettern nie einem Pächter anvertraut. Sie führt uns an der Nase herum. Tun Sie, was ich Ihnen sage, damit wir nach dem Fehler, den wir begangen haben, als wir hierher kamen, wenigstens einige Aufklärungen heimbringen.«

Corentin trat vor den Kamin, hob die langen, spitzen Rockschöße, um sich zu wärmen, und nahm die Miene, den Ton und die Manieren eines Mannes an, der zu Besuch ist. »Meine Damen, Sie können zu Bett gehen, und Ihre Leute gleichfalls. Herr Bürgermeister, Ihre Dienste sind uns jetzt entbehrlich. Die Strenge unserer Befehle erlaubt uns nicht, anders zu handeln, als wir gehandelt haben; aber wenn alle Mauern, die mir recht dick zu sein scheinen, untersucht worden sind, so brechen wir auf.«

Der Bürgermeister grüßte die Gesellschaft und ging. Weder der Pfarrer noch Mademoiselle Goujet rührten sich. Die Leute waren zu unruhig, um das Schicksal ihrer Herrin nicht noch weiter abzuwarten. Madame d'Hauteserre, die, seit Laurence gekommen war, das junge Mädchen mit der Neugier einer verzweifelten Mutter beobachtet hatte, stand auf, ergriff sie am Arm, führte sie in einen Winkel und fragte sie leise: »Hast du sie gesehen?« – »Wie hätte ich wohl Ihre Söhne unter unser Dach kommen lassen, ohne daß Sie es erfahren hätten?« erwiderte Laurence. »Durieu«, fügte sie hinzu, »sehen Sie zu, ob es möglich ist, meine arme Stella zu retten; sie atmet noch.«

»Hat sie einen weiten Weg gemacht?« fragte Corentin. – »Fünfzehn Meilen in drei Stunden«, sagte sie zum Pfarrer, der sie bestürzt ansah. »Ich bin um halb zehn fortgeritten und erst nach eins wieder dagewesen.« Sie blickte auf die Kaminuhr, die halb drei zeigte. – »Also leugnen Sie nicht«, fuhr Corentin fort, »einen Ritt von fünfzehn Meilen gemacht zu haben?« – »Nein«, sagte sie; »ich gebe zu, daß meine Vettern und die Herren d'Hauteserre in ihrer vollkommenen Unschuld darum einzukommen dachten, man möge sie nicht von der Amnestie ausschließen; sie waren auf dem Wege nach Cinq-Cygne. Deshalb bin ich ihnen, als ich glauben mußte, der Sieur Malin wolle sie in einen Verrat verwickeln, entgegengeritten, um sie zu warnen, damit sie nach Deutschland zurückkehrten; sie dürften die Grenze erreicht haben, ehe der Telegraph von Troyes sie dort signalisiert hat. Wenn ich ein Verbrechen begangen habe, möge man mich bestrafen.«

Diese Antwort, die Laurence sich gründlich überlegt hatte und die in allen Einzelheiten wahrscheinlich klang, erschütterte Corentins Überzeugungen. Die junge Gräfin beobachtete ihn aus den Augenwinkeln heraus. In diesem entscheidenden Augenblick, als alle Seelen gleichsam an diesen beiden Gesichtern hingen, als alle Blicke von Laurence zu Corentin hinüberwechselten und von Corentin zu Laurence, hallte auf dem Weg und vom Tor her auf dem gepflasterten Pfad der Rasenfläche der Hufschlag eines galoppierenden Pferdes, das aus dem Walde kam. Entsetzliche Angst malte sich auf allen Gesichtern.

Peyrade kam herein, seine Augen funkelten vor Freude; er

ging eilig auf seinen Kollegen zu und sagte laut genug, damit die Gräfin es hören konnte: »Wir haben Michu gefaßt!«

Laurence, der die Angst, die Ermattung und die Anspannung all ihrer geistigen Fähigkeiten Röte in die Wangen gejagt hatte, wurde bleich und sank, fast ohnmächtig, vernichtet in einen Sessel. Die Durieu, Mademoiselle Goujet und Madame d'Hauteserre stürzten auf sie zu, weil sie zu ersticken schien; sie gab durch eine Gebärde zu verstehen, man solle ihr die Schnüre ihres Reitkleids aufschneiden.

»Sie ist hereingefallen, ›sie‹ sind unterwegs nach Paris!« sagte Corentin zu Peyrade. »Wir müssen die Befehle ändern.«

Sie gingen hinaus und ließen einen Gendarmen an der Tür des Salons zurück. Die teuflische Geschicklichkeit der beiden Männer hatte in diesem Zweikampf einen furchtbaren Vorteil davongetragen, als Laurence in die Falle einer der ihnen vertrauten Listen gegangen war.

Um sechs Uhr morgens, bei Anbruch der Dämmerung, kehrten die beiden Agenten zurück. Sie hatten den Hohlweg untersucht und sich überzeugt, daß dort auf dem Weg nach dem Wald Pferde durchgekommen waren. Sie warteten den Bericht des Gendarmeriehauptmanns ab, der beauftragt war, die ganze Gegend auszukundschaften. Sie ließen das Schloß unter dem Befehl eines Wachtmeisters umstellt zurück und gingen zu einem Schankwirt in Cinq-Cygne, um zu frühstücken; aber immerhin hatten sie Befehl erteilt, Gothard freizulassen; der Junge hatte auf alle Fragen nur mit strömenden Tränen geantwortet; und Catherine hatte in ihrer stummen Reglosigkeit verharrt. Catherine und Gothard kamen in den Salon und küßten Laurence die Hände; die Gräfin lag auf der Bergère ausgestreckt. Durieu meldete, Stella werde nicht verenden, bedürfe aber sorglicher Pflege.

Der unruhige, neugierige Bürgermeister traf Peyrade und Corentin im Dorf. Er wollte nicht zulassen, daß höhere Beamte in einer elenden Schenke frühstückten; er nahm sie mit in sein Haus. Die Abtei lag eine Viertelstunde entfernt. Unterwegs fiel Peyrade auf, daß der Wachtmeister aus Arcis ihnen keinerlei Nachricht über Michu und Violette gegeben hatte.

»Wir haben es mit hochbegabten Leuten zu tun«, sagte Corentin, »sie sind stärker als wir. Der Priester hat sicherlich seine Hand im Spiel.«

In dem Augenblick, da Madame Goulard die beiden Beamten in ein geräumiges, ungeheiztes Zimmer führte, langte mit verstörter Miene der Gendarmerieleutnant an. »Wir haben das Pferd des Wachtmeisters aus Arcis im Walde gefunden, aber ohne seinen Reiter«, sagte er zu Peyrade. – »Leutnant«, rief Corentin, »machen Sie, daß Sie nach Michus Pavillon kommen, und überzeugen Sie sich, was dort vorgeht! Der Wachtmeister muß ermordet worden sein.«

Jene Meldung tat dem Frühstück des Bürgermeisters Abbruch. Die Pariser schlangen alles mit der Hast von Jägern hinunter, die bei einer Rast essen, und kehrten dann in ihrem Korbwagen mit dem Postpferd zum Schloß zurück, um schnell an jeden Punkt gelangen zu können, an dem ihre Anwesenheit erforderlich war. Als die beiden Männer wieder im Salon erschienen, in dem sie Unruhe, Schrecken, Schmerz und grausame Angst verbreitet hatten, fanden sie Laurence im Morgenrock, den Edelmann und seine Frau, den Abbé Goujet und seine Schwester anscheinend vollkommen ruhig um das Feuer gruppiert.

Wäre Michu tatsächlich gefaßt worden, hatte sich Laurence gesagt, so wäre er hergebracht worden. Ich fürchte, daß ich unbeherrscht gewesen bin und in die Vermutungen der beiden Schufte einiges Licht gebracht habe, aber es läßt sich wohl alles wieder gutmachen. – »Bleiben wir noch lange Ihre Gefangenen?« fragte sie die beiden Agenten mit spöttischer und völlig unbefangener Miene.

Wieso kann sie etwas von unserer Besorgnis um Michu wissen? Niemand ist von draußen her ins Schloß gekommen. Sie verhöhnt uns, sagten die beiden Spione einander durch einen Blick. »Wir werden Sie nicht mehr lange belästigen«, erwiderte Corentin; »in drei Stunden können wir Ihnen unser Bedauern aussprechen, daß wir Ihre Einsamkeit gestört haben.«

Niemand gab Antwort. Dieses Schweigen der Verachtung verdoppelte Corentins innere Wut; Laurence und der Pfarrer, die beiden hellen Köpfe dieses kleinen Kreises, hatten sich offenbar auf seine Kosten lustig gemacht. Gothard und Catherine deckten am Kamin zum Frühstück, an dem der Pfarrer und seine

Schwester teilnahmen. Weder Herren noch Diener beachteten die beiden Spione, die im Garten, im Hof, auf dem Wege spazierengingen und nur von Zeit zu Zeit in den Salon zurückkehrten.

Um halb drei kam der Leutnant wieder. »Ich habe den Wachtmeister gefunden«, sagte er zu Corentin; »er lag auf dem Weg, der von dem sogenannten Pavillon von Cinq-Cygne nach dem Pachthof Bellache führt; er hat keine Verletzung als eine furchtbare Prellung am Kopf, die wahrscheinlich von seinem Sturz herrührt. Er wurde, so sagt er, so schnell vom Pferd gehoben und so heftig nach hinten geschleudert, daß er sich gar nicht erklären kann, wie es zugegangen ist. Seine Füße haben die Bügel fahren lassen, sonst wäre er tot, denn sein erschrecktes Pferd hätte ihn querfeldein geschleift. Wir haben ihn Michu und Violette anvertraut ...« – »Was? Michu ist in seinem Pavillon?« fragte Corentin und blickte Laurence an.

Die Gräfin lächelte listig; sie nahm ihre Frauenrache.

»Ich habe mit eigenen Augen gesehen, wie er mit Violette einen Handel abschloß, den sie gestern abend begonnen hatten«, fuhr der Leutnant fort. »Violette und Michu schienen betrunken zu sein; aber das ist nicht zu verwundern, sie haben die ganze Nacht hindurch gezecht und sind sich noch nicht einig.« – »Hat Ihnen Violette das gesagt?« rief Corentin. – »Ja«, sagte der Leutnant. – »Ach, man müßte alles selber erledigen!« rief Peyrade und schaute Corentin an, der dem Scharfsinn des Leutnants ebensosehr mißtraute wie Peyrade. Der junge Mann antwortete dem Alten durch eine Kopfbewegung. – »Wann sind Sie in Michus Pavillon angelangt?« fragte Corentin, als er sah, daß Mademoiselle de Cinq-Cygne auf die Kaminuhr blickte. – »Ungefähr um zwei«, erwiderte der Leutnant.

Laurence überflog mit einem einzigen Blick Monsieur und Madame d'Hauteserre, den Abbé Goujet und dessen Schwester, die völlig im dunkeln tappten. In ihren Augen funkelte die Freude des Triumphes; sie errötete, und zwischen ihren Wimpern standen Tränen. Das gegen das größte Unglück gewappnete Mädchen konnte nur vor Freude weinen. In diesem Augenblick rührte sie alle, am meisten aber den Pfarrer, den das Männliche in ihrem Wesen bislang beinahe bekümmert hatte; jetzt erkannte er ihre große weibliche Zärtlichkeit; aber diese Befähigung zu

Gefühlen lag bei ihr wie ein verborgener Schatz in unendlicher Tiefe unter einem Granitfels.

Ein Gendarm kam und fragte, ob er Michus Sohn hereinlassen solle, der von seinem Vater komme, um mit den Pariser Herren zu sprechen. Corentin antwortete durch ein bejahendes Zeichen. François Michu, dieser durchtriebene kleine Hund, der aus angeborenem Trieb auf die Jagd ging, stand im Hof, wo der befreite Gothard einen Augenblick unter den Augen des Gendarmen mit ihm hatte plaudern können. Der kleine Michu entledigte sich seines Auftrags, indem er Gothard etwas in die Hand schob, ohne daß der Gendarm es merkte. Gothard glitt hinter François herein und gelangte bis zu Mademoiselle de Cinq-Cygne und steckte ihr unauffällig ihren ganzen Ehering zu; sie küßte ihn glühend, denn sie begriff, daß Michu ihr dadurch, daß er ihn schickte, sagen wollte: die vier Edelleute sind in Sicherheit.

»Mein Pa läßt fragen, wo er den Wachtmeister lassen soll; dem geht es nämlich gar nicht gut.« – »Wo hat er Schmerzen?« fragte Peyrade. – »Im Kopf, er ist doch mächtig auf die Erde gefallen. Für einen Gendarmen, der doch reiten können muß, ist das Pech. Er hat ein Loch, groß wie 'ne Faust, hinten im Kopf. Ist wohl grade auf einen ekligen Stein gefallen. Armer Kerl! Wenn er auch Gendarm ist, tut es ihm doch so weh, daß er einem leid tut.«

Der Gendarmeriehauptmann aus Troyes ritt in den Hof, saß ab und winkte Corentin, der, als er ihn erkannte, ans Fenster stürzte und es aufriß, um keine Zeit zu verlieren. »Was ist los?« – »Wir sind übers Ohr gehauen worden wie Holländer! Es sind fünf vor Erschöpfung krepierte Pferde, deren Fell von Schweiß starrt, gefunden worden, mitten auf der großen Allee quer durch den Wald; ich lasse sie bewachen, um herauszubekommen, woher sie stammen und wer sie geliefert hat. Der Wald ist umstellt; wer drin ist, kann nicht heraus.« – »Wann, glauben Sie, sind die Reiter in den Wald gekommen?« – »Um halb eins.« – »Daß mir kein Hase aus dem Wald herauskommt, ohne daß er gesehen wird!« flüsterte Corentin ihm zu. »Ich lasse Ihnen Peyrade hier und gehe zu dem armen Wachtmeister. Bleib hier beim Bürgermeister; ich schicke dir einen geschickten Mann zur Ablösung«, sagte er leise zu dem Provenzalen. »Wir müssen uns hiesiger Leute bedienen, sieh dir alle Gesichter an.« Er wandte sich zu der Gesellschaft und sagte in beängstigendem Ton: »Auf Wiedersehen!« Niemand grüßte die Agenten, die hinausgingen.

»Was wird Fouché zu einer ergebnislosen Haussuchung sagen?« rief Peyrade, als er Corentin in den Korbwagen half. – »Oh, es ist noch nicht alles zu Ende«, flüsterte Corentin Peyrade zu; »die Edelleute müssen im Wald sein.« Er zeigte auf Laurence, die ihnen durch die kleinen Scheiben der großen Salonfenster nachschaute. »Ich habe schon eine zur Strecke gebracht, die ihr ebenbürtig war[44] und die mir die Galle gar zu heiß machte! Wenn sie mir wieder ins Gehege kommt, zahl' ich ihr den Peitschenhieb heim.« – »Die andere war eine Dirne«, sagte Peyrade, »und die hier nimmt eine Stellung ein ...« – »Meinst du, ich mache da einen Unterschied? Im Meer ist alles Fisch!« sagte Corentin und bedeutete dem Gendarmen, der ihn kutschierte, das Postpferd mit der Peitsche anzutreiben.

Zehn Minuten später war das Schloß Cinq-Cygne völlig geräumt. »Wie habt ihr euch des Wachtmeisters entledigt?« fragte Laurence François Michu, den sie sich auf einen Stuhl hatte setzen lassen und dem sie zu essen gab. »Papa und Mama hatten mir gesagt, es gehe um Leben oder Tod, und es dürfe niemand zu uns hinein. Ich hatte durch die vielen Pferde im Wald gemerkt, daß ich es mit Gendarmenhunden zu tun hatte, und die wollte ich hindern, bei uns einzudringen. Da habe ich einen dicken Strick genommen, den ich auf unserm Speicher gefunden hatte, und ihn an einen der Bäume gebunden, wie sie am Ausgang jedes Weges stehen. Dann hab ich den Strick in Brusthöhe eines Reiters gespannt und um den Baum gegenüber gebunden, und da habe ich auf dem einen Weg ein Pferd herangaloppieren hören. Der Weg war versperrt. Die Sache hat geklappt. Der Mond schien nicht mehr, mein Wachtmeister flog zu Boden; aber er war nicht tot. Nichts zu machen, hat ein zähes Leben, so ein Gendarm! Na, man tut, was man kann.« – »Du hast uns gerettet«, sagte Laurence, gab François einen Kuß und begleitete ihn bis zum Tor. Dort flüsterte sie ihm, als sie niemanden sah, ins Ohr: »Haben sie zu essen?« – »Ich habe ihnen eben ein Brot von zwölf Pfund und vier Flaschen Wein gebracht. Davon kann man sechs Tage leben.«

Als das Mädchen in den Salon zurückkehrte, sah sie sich als Mittelpunkt der stummen Fragen des Ehepaares d'Hauteserre, des Abbé Goujet und seiner Schwester. Alle blickten sie mit ebensoviel Bewunderung wie Besorgnis an.

»Du hast sie also tatsächlich wiedergesehen?« rief Madame d'Hauteserre. Die Gräfin hob lächelnd einen Finger an die Lippen und ging in ihr Zimmer, um sich schlafen zu legen; denn jetzt, nun sie ihres Triumphes sicher war, kam ihre Erschöpfung zum Durchbruch.

Der kürzeste Weg, um von Cinq-Cygne nach Michus Pavillon zu gelangen, war der, der vom Dorf nach dem Pachthof Bellache führte und am Rondell endete, dort, wo am Tag zuvor die Spione vor Michu aufgetaucht waren. Daher schlug auch der Gendarm, der Corentin fuhr, diesen Weg ein; es war der gleiche, auf dem zuvor der Wachtmeister aus Arcis geritten war. Unterwegs überlegte der Agent, wie wohl ein Gendarm habe aus dem Sattel gehoben werden können. Er machte sich Vorwürfe, daß er an diesen wichtigen Punkt nur einen einzigen Mann geschickt habe, und er entnahm diesem Fehler einen Lehrsatz für ein Polizeihandbuch, das er zu eigenem Gebrauch verfaßte. Wenn man sich des Gendarmen entledigt hat, dachte er, dann ist man auch Violette losgeworden. Die fünf verendeten Pferde haben offenbar Michu und die vier Verschwörer aus der Umgegend von Paris in den Wald zurückgebracht. – »Hat Michu ein Pferd?« fragte er den Gendarmen, der der Brigade von Arcis angehörte. – »Ja! Und noch dazu einen famosen Klepper«, erwiderte der Gendarm, »ein Jagdpferd aus den Ställen des ehemaligen Marquis de Simeuse. Es ist zwar fünfzehn Jahre alt, aber darum nur um so besser: Michu kann zwanzig Meilen reiten, und das Fell des Tieres ist so trocken wie mein Hut. Oh, er pflegt es aber auch; er hat schon Geld dafür zurückgewiesen!« – »Wie sieht sein Pferd aus?« – »Braunes Fell, ins Schwärzliche gehend; weiße Flecken über den Hufen; mager, ganz Sehnen, wie ein Araberpferd.« – »Hast du schon mal Araberpferde gesehen?« – »Ich bin vor einem Jahr aus Ägypten zurückgekommen, da habe ich Mameluckenpferde geritten. Ich habe elf Jahre bei der Kavallerie gedient: Ich bin mit General Stengel[45] am Rhein gewesen, dann in Italien, und ich bin dem Ersten Konsul nach Ägypten gefolgt. Deshalb soll ich ja auch Wachtmeister werden.« – »Wenn ich in Michus Pavillon bin, gehst du in den Stall; und wenn du seit elf Jahren mit Pferden zu tun gehabt hast, mußt du erkennen können, ob ein Pferd gelaufen ist.« – »Sehen Sie: hier ist unser Wachtmeister zu Boden geworfen worden«, sagte der Gendarm und zeigte auf die Stelle, wo der Weg in das Rondell einmündete. »Du sagst dem Hauptmann, er solle mich hier im Pavillon abholen, wir wollen zusammen nach Troyes fahren.«

Corentin stieg aus dem Wagen und blieb eine kurze Weile stehen, um sich die Stelle anzusehen. Er untersuchte die beiden Ulmen, die einander gegenüberstanden, die eine an der Parkmauer, die andere auf der Böschung des Rondells, die der Gemeindeweg durchschnitt; dann erblickte er, was alle übersehen hatten, nämlich im Straßenstaub einen Uniformknopf, den er aufhob. Als er in den Pavillon trat, sah er Violette und Michu in der Küche am Tisch; sie stritten sich noch immer. Violette stand auf, grüßte Corentin und bot ihm zu trinken an.

»Danke! Ich möchte den Wachtmeister sehen«, sagte der junge Herr, der auf den ersten Blick merkte, daß Violette seit mehr als zwölf Stunden betrunken war. »Den pflegt meine Frau oben«, sagte Michu.

»Na, Wachtmeister, wie geht es Ihnen?« fragte Corentin, der die Treppe hinaufgesprungen war und den Gendarmen auf dem Bett der Madame Michu vorgefunden hatte; der Kopf des Verletzten war mit einer Kompresse umwickelt. Hut, Säbel und Lederzeug lagen auf einem Stuhl. Marthe, die dem weiblichen Empfinden treu blieb und zudem nichts von der Heldentat ihres Sohnes wußte, sorgte für den Wachtmeister mit ihrer Mutter gemeinsam. »Wir warten auf Monsieur Varlet, den Arzt aus Arcis«, sagte Madame Michu; »Gaucher ist unterwegs und holt ihn.« – »Lassen Sie uns einen Augenblick allein«, sagte Corentin, den dieses Schauspiel, das von der Unschuld der beiden Frauen zeugte, einigermaßen überrascht hatte.

»Wie ist Ihnen das zugestoßen?« fragte er und sah sich die Uniform an. – »Stoß gegen die Brust«, antwortete der Wachtmeister. – »Wir wollen uns einmal Ihr Lederzeug ansehen«, sagte Corentin.

Auf der gelben Schärpe mit der weißen Randschnur, die unlängst ein Gesetz der sogenannten Nationalgendarmerie verliehen hatte, denn die geringsten Einzelheiten der Uniform waren vorgeschrieben worden, befand sich ein Schild, ähnlich dem der jetzigen Feldhüter, und das Gesetz hatte vorgeschrieben, daß darauf die merkwürdigen Worte eingegraben würden: ›Achtung vor den Personen und dem Eigentum!‹ Der Strick hatte, wie es nicht anders möglich war, das Lederzeug treffen müssen, und er hatte es kräftig eingeschnitten. Corentin nahm den Waffenrock und untersuchte die Stelle, wo der auf der Straße gefundene Knopf fehlte.

»Um welche Zeit sind Sie aufgelesen worden?« fragte Corentin. – »So um die Dämmerung.« – »Wurden Sie gleich hier heraufgebracht?« fragte Corentin; es war ihm aufgefallen, daß das Bett nicht aufgedeckt war. – »Ja.« – »Wer hat Sie getragen?« – »Die Frauen und der kleine Michu, der mich bewußtlos gefunden hat.« – Gut, dann sind sie also nicht zu Bett gegangen, sagte sich Corentin. Der Wachtmeister ist weder von einem Schuß getroffen worden noch von einem Stockschlag, denn da hätte sein Gegner, um ihn zu treffen, in gleicher Höhe mit ihm und zu Pferde sein müssen; also kann er nur durch ein Hindernis bei seinem Ritt aus dem Sattel gehoben worden sein. Ein Baumast? Unmöglich. Eine Eisenkette? Die hätte Spuren hinterlassen. – »Was für eine Empfindung hatten Sie?« fragte er den Wachtmeister und trat zu ihm, um ihn sich genauer anzuschauen. »Ich wurde ganz plötzlich 'runtergerissen ...« – »Unter dem Kinn ist Ihre Haut abgeschürft.« – »Mir ist«, erwiderte der Wachtmeister, »als hätte mir ein Strick ins Gesicht geschlagen ...« – »Ich hab's«, sagte Corentin; »es ist ein Strick von einem Baum zum andern gespannt worden, um den Durchgang zu sperren ...« – »Das könnte sein«, sagte der Wachtmeister.

Corentin ging hinunter und trat ins Eßzimmer. »Na, alter Halunke, jetzt wollen wir mal Schluß machen!« sagte Michu zu Violette und sah dabei den Spion an. »Hundertundzwanzigtausend Francs für das Ganze, und Sie sind Herr auf allen meinen Äckern. Dann kann ich Rentner spielen.« – »So wahr es einen

Gott gibt, ich habe nur sechzigtausend.« – »Aber wenn ich Ihnen den Rest doch stunde! Da sitzen wir nun seit gestern und kommen mit unserm Handel nicht zum Schluß ... Erstklassiges Land!« – »Das Land ist gut!« antwortete Violette. – »Wein her, Marthe!« rief Michu. »Habt ihr denn noch immer nicht genug getrunken?« rief Marthes Mutter. »Das ist jetzt die vierzehnte Flasche seit gestern um neun ...«

»Seit heute morgen um neun sind Sie hier?« fragte Corentin Violette. – »Nein, entschuldigen Sie; seit gestern abend habe ich mich hier nicht vom Fleck gerührt, und ich habe nichts dabei gewonnen; je mehr er mir zu trinken gibt, um so mehr fordert er für seinen Besitz.« – »Wer bei Geschäften den Becher hebt, hebt auch den Preis«, sagte Corentin.

Ein Dutzend leerer Flaschen bestätigten die Worte der Alten. In diesem Augenblick winkte der Gendarm von draußen und sagte auf der Türschwelle leise zu Corentin: »Im Stall steht kein Pferd.«

»Sie haben Ihren Jungen zu Pferde in die Stadt geschickt«, sagte Corentin, als er wieder hereinkam, »da muß er ja bald wiederkommen.« – »Nein«, versetzte Marthe, »er ist zu Fuß gegangen.« – »Na, und was haben Sie dann mit Ihrem Pferd gemacht?« – »Das habe ich verliehen«, antwortete Michu ihm trocken. – »Kommen Sie einmal her, Sie Scheinheiliger«, sagte Corentin zu dem Verwalter, »ich habe ein paar Worte mit Ihnen zu flüstern.« – Corentin und Michu gingen hinaus.

»Der Karabiner, den Sie gestern nachmittag um vier luden, sollte dazu dienen, den Staatsrat zu erschießen: Notar Grévin hat Sie gesehen; aber daraufhin kann man Sie nicht fassen: da war viel Absicht vorhanden und wenig Zeugen. Sie haben Violette, ich weiß schon wie, eingeschläfert, und Sie, Ihre Frau und Ihr Junge haben die Nacht im Freien verbracht, um Mademoiselle de Cinq-Cygne von unserer Ankunft zu benachrichtigen und deren Vettern zu retten; die haben Sie hierher gebracht; wohin, das weiß ich noch nicht. Ihr Junge oder Ihre Frau haben den Wachtmeister recht raffiniert zu Fall gebracht. Kurz und gut, Sie haben uns geschlagen; Sie sind ein Hauptkerl. Aber noch ist nicht alles gesagt, das letzte Wort liegt nicht bei uns. Wollen Sie sich nicht mit uns vergleichen? Ihre Herren können dabei nur gewinnen.« – »Kommen Sie hierher; da können wir plaudern, ohne daß wir belauscht werden«, sagte Michu und führte den Spion in den Park bis zum Teich.

Als Corentin das Wasser sah, blickte er Michu scharf an, denn dieser gedachte sicherlich, ihn mittels seiner Körperkraft in sieben Fuß Schlamm unter drei Fuß Wasser zu stoßen. Michu gab ihm einen nicht minder scharfen Blick zurück. Es war, als ob eine glitschige, kalte Boa einen der falben, wilden Jaguare Brasiliens herausgefordert hätte.

»Ich habe keinen Durst«, sagte der Stutzer, blieb am Rand der Wiese stehen und steckte die Hand in die Seitentasche, um seinen kleinen Dolch zu fassen. – »Wir können uns nicht verständigen«, sagte Michu kühl. – »Verhalten Sie sich klug, mein Lieber, die Polizei behält Sie im Auge.« – »Wenn sie nicht klarer sieht als Sie, dann ist jedermann in Gefahr!« versetzte der Verwalter. – »Sie lehnen ab?« fragte Corentin nachdrücklich. – »Ich würde mir lieber hundertmal den Hals abschneiden lassen, wenn man einem Menschen den Hals hundertmal abschneiden könnte, als mit einem Kerl unter einer Decke zu stecken, wie du einer bist!«

Corentin stieg schnell in seinen Wagen, nachdem er zuvor Michu, den Pavillon und Couraut, der ihm nachbellte, mit einem Blick gemessen hatte. Er hinterließ bei der Durchreise in Troyes ein paar Befehle und kehrte nach Paris zurück. Alle Gendarmeriebrigaden erhielten einen Befehl und geheime Instruktionen.

Während der Monate Dezember, Januar und Februar wurden in den kleinsten Dörfern unablässig die emsigsten Nachforschungen angestellt. In allen Schenken wurde herumgehorcht. Drei wichtige Dinge erfuhr Corentin: Ein Pferd, ähnlich dem Michus, wurde in der Umgegend von Lagny tot aufgefunden; die fünf im Walde von Nodesme verscharrten Pferde waren um je fünfhundert Francs von Pächtern und Müllern an einen Mann verkauft worden, der nach der Personenbeschreibung Michu gewesen sein mußte. Als das Gesetz über die Hehler und Mitschuldigen des Verschwörers Georges erlassen wurde, beschränkte Corentin seine Überwachung auf den Wald von Nodesme. Als aber dann Moreau, die Royalisten und Pichegru verhaftet worden waren, tauchten in der Gegend keine fremden Gesichter mehr auf. Michu verlor damals seine Stellung; der Notar von Arcis überbrachte ihm den Brief, in dem der Staatsrat, der jetzt Senator geworden war, Grévin bat, dem Verwalter seine Abrechnung abzufordern und ihn zu entlassen. Michu ließ sich in aller Form eine Entlassung geben und wurde frei. Zur großen Verwunderung der Gegend zog er nach Cinq-Cygne, wo Laurence ihn zum Pächter aller Reservate des Schlosses machte. Der Tag seines Einzugs fiel schicksalsvoll mit der Hinrichtung des Herzogs von Enghien zusammen. In ganz Frankreich wurden zugleich Verhaftung, Verurteilung und Tod des Fürsten bekanntgegeben: eine furchtbare Vergeltung, die dem Prozeß gegen Polignac, Rivière und Moreau voranging.

ZWEITES KAPITEL

Corentins Rache

Bis der Michu zugedachte Bauernhof gebaut war, wohnte der vermeintliche Judas in den Ökonomiegebäuden, über den Ställen, und zwar auf der Seite nach der berühmten Bresche zu. Michu schaffte sich zwei Pferde an, eins für sich und eins für seinen Sohn; beide begleiteten mit Gothard Mademoiselle de Cinq-Cygne auf all ihren Ritten, die, wie man sich denken kann, das Ziel hatten, den vier Edelleuten Nahrung zu bringen und darüber zu wachen, daß es ihnen an nichts fehle. François und Gothard durchsuchten mit Couraut die Umgebung des Verstecks, um sicher zu sein, daß niemand in der Nähe war. Laurence und Michu überbrachten die Speisen, die Marthe, deren Mutter und Catherine bereiteten, ohne daß die Dienerschaft es wußte; sie mußten das Geheimnis so scharf wie möglich bewahren, denn keiner von ihnen zweifelte daran, daß es im Dorf Spione gab. Deshalb wurde dieser Ritt auch nie öfter als zweimal in der Woche unternommen, und stets zu verschiedenen Stunden, bald bei Tage, bald zur Nachtzeit. Diese Vorsichtsmaßregeln dauerten so lange wie der Prozeß gegen Polignac, Rivière und Moreau. Als der Senatsbeschluß, der die Familie Bonaparte zur Kaiserwürde berief und Napoleon zum Kaiser ernannte, der Billigung des französischen Volks unterbreitet wurde, unterschrieb Herr d'Hauteserre in der Liste, die Goulard ihm vorlegte. Schließlich wurde bekannt, der Papst werde Napoleon salben. Jetzt widersetzte Mademoiselle de Cinq-Cygne sich nicht mehr, als eine Eingabe gemacht werden sollte, damit die beiden jungen d'Hauteserres und ihre Vettern von der Liste der Emigranten gestrichen würden und ihre Bürgerrechte zurückerhielten. Der biedere d'Hauteserre reiste eilends nach Paris und suchte dort den ehemaligen Marquis de Chargeboeuf auf, der mit Talleyrand bekannt war. Dieser Minister, der damals in Gunst stand, ließ die Bittschrift Josephine zugehen; Josephine gab sie ihrem Gatten, der bereits als Kaiser bezeichnet und mit Majestät angeredet wurde, ehe noch das Ergebnis der Volksabstimmung vorlag. Monsieur de Chargeboeuf, Monsieur d'Hauteserre und Abbé Goujet, der gleichfalls nach Paris gekommen war, erhielten eine Audienz bei Talleyrand, und der Minister versprach ihnen seine Unterstützung. Napoleon hatte die Hauptakteure der großen gegen ihn gerichteten royalistischen Verschwörung schon begnadigt; aber obwohl die vier Edelleute nur verdächtig waren, berief der Kaiser dennoch, als er eine Sitzung des Staatsrats verließ, den Senator Malin, Fouché, Talleyrand, Cambacérès, Lebrun und Dubois, den Polizeipräfekten, in sein Arbeitszimmer.

»Meine Herren«, sagte der künftige Kaiser, der noch die Tracht des Ersten Konsuls trug, »wir haben von den Herren de Simeuse und d'Hauteserre, Offizieren im Heere des Prinzen Condé, eine Bitte um die Ermächtigung erhalten, nach Frankreich zurückkehren zu dürfen.« – »Sie sind bereits in Frankreich«, sagte Fouché. – »Wie tausend andere, denen ich in Paris begegne«, erwiderte Talleyrand. – »Ich glaube nicht«, sagte Malin, »daß Sie diesen vieren begegnet sind, sie halten sich nämlich im Wald von Nodesme versteckt; sie glauben, dort zu Hause zu sein.« Er hütete sich, dem Ersten Konsul und Fouché die Worte zu sagen, denen er sein Leben verdankte; aber dadurch, daß er sich auf die Berichte Corentins stützte, überzeugte er die sich Beratenden, daß die vier Edelleute an dem Komplott der Herren Rivière und Polignac beteiligt gewesen seien; und er gab ihnen auch noch Michu zum Mitschuldigen. Der Polizeipräfekt bestätigte die Aussagen des Senators. »Aber wie soll dieser Verwalter erfahren haben, daß die Verschwörung entdeckt war, als nur erst der Kaiser, sein Rat und ich von diesem Geheimnis wußten?« fragte der Polizeipräfekt.

Niemand achtete auf Dubois' Bemerkung. »Wenn sie in einem Walde verborgen sind, und Sie haben sie seit sieben Monaten nicht gefunden«, sagte der Kaiser zu Fouché, »dann haben sie für ihr Unrecht wohl zur Genüge gebüßt.« – »Es genügt«, sagte Malin, den der Scharfblick des Polizeipräfekten erschreckte, »daß sie meine Feinde sind, damit ich das Verhalten Eurer Majestät nachahme: Ich bitte also um ihre Streichung und mache mich zu ihrem Fürsprecher.« – »Sie sind Ihnen weniger gefährlich, wenn sie wieder hereingelassen werden, als wenn sie Emigranten bleiben; denn dann haben sie den Eid auf die Verfassung des Kaiserreichs und die Gesetze geleistet«, sagte Fouché und blickte Malin fest an. – »Worin bedrohen sie den Herrn Senator?« fragte Napoleon.

Talleyrand unterhielt sich einige Minuten lang leise mit dem Kaiser. Die Streichung und Wiedereinsetzung der Herren de Simeuse und d'Hauteserre schien bewilligt.

»Sire«, sagte Fouché, »Sie werden von diesen Leuten noch hören.« Talleyrand hatte auf die Bitte des Herzogs von Grandlieu im Namen der Herren deren Edelmannswort gegeben, was stets verführerisch auf Napoleon wirkte, daß sie nichts gegen den Kaiser unternehmen würden und sich ohne Hintergedanken unterwürfen. »Die Herren d'Hauteserre und de Simeuse wollen nach den letzten Ereignissen nie mehr die Waffen wider Frankreich tragen. Sie haben Sympathien für die kaiserliche Regierung und gehören zu jenen Leuten, die Eure Majestät erobern muß; sie werden sich damit begnügen, auf französischem Boden zu leben und den Gesetzen zu gehorchen«, sagte der Minister. Und er unterbreitete dem Kaiser einen Brief, den er erhalten hatte und in dem diese Gesinnung ausgesprochen war. »Etwas so Offenes muß aufrichtig sein«, sagte der Kaiser und schaute Lebrun und Cambacérès an. »Haben Sie noch Einwendungen?« fragte er Fouché. – »Im Interesse Eurer Majestät«, erwiderte der künftige Polizeiminister, »bitte ich um den Auftrag, den Herren ihre Streichung zu übermitteln, sobald sie endgültig bewilligt worden ist.« – »Gut«, erwiderte Napoleon, da er auf Fouchés Gesicht einen besorgten Ausdruck las.

Der kleine Staatsrat wurde aufgehoben, ohne daß die Angelegenheit erledigt zu sein schien; aber das Ergebnis war immerhin, daß in Napoleons Gedächtnis ein zweifelnder Gedanke bezüglich der vier Edelleute zurückblieb. Monsieur d'Hauteserre, der an den Erfolg glaubte, hatte bereits einen Brief geschrieben, in dem er diese gute Nachricht mitteilte. Die Bewohner von Cinq-Cygne waren also nicht weiter erstaunt, als sie es einige Tage danach erlebten, daß Goulard kam, um Madame d'Hauteserre und Laurence zu melden, sie hätten die vier Edelleute nach Troyes zu senden; hier würde ihnen der Präfekt die Verfügung übergeben, die sie in ihre Rechte wieder einsetzte, sobald sie den Eid geleistet und sich den Gesetzen des Kaiserreichs unterworfen hätten. Laurence erwiderte dem Bürgermeister, sie würde ihre Vettern und die Herren d'Hauteserre benachrichtigen.

»Dann sind sie also nicht hier?« fragte Goulard. Madame d'Hauteserre warf dem Mädchen einen ängstlichen Blick zu; Laurence ließ den Bürgermeister stehen und ging, um sich mit Michu zu beraten. Michu hatte nichts dagegen einzuwenden, die Emigranten auf der Stelle zu befreien. Laurence, Michu, sein Sohn und Gothard ritten also in den Wald; sie nahmen ein weiteres Pferd mit, denn die Gräfin sollte die vier Edelleute nach Troyes begleiten und mit ihnen zurückkehren. Alle, die von dieser guten Nachricht erfuhren, sammelten sich auf dem Rasenplatz, um den freudigen Zug aufbrechen zu sehen. Die vier jungen Leute kamen aus ihrem Versteck, stiegen ungesehen zu Pferde und schlugen, begleitet von Mademoiselle de Cinq-Cygne, den Weg nach Troyes ein. Michu vermauerte, unterstützt von seinem Sohn und Gothard, den Kellereingang, und alle drei machten sich zu Fuß auf den Heimweg. Unterwegs fiel es Michu ein, daß die silbernen Bestecke und der silberne Becher, die seine Herren benützt hatten, in der Höhle zurückgeblieben waren; er kehrte allein um. Als er am Saum des Teichs ankam, hörte er Stimmen in dem Keller, und quer durchs Gestrüpp ging er rasch auf den Eingang zu.

»Sie wollen gewiß Ihr Silber holen?« fragte Peyrade lächelnd und zeigte ihm durchs Laub seine dicke rote Nase.

Michu wußte nicht, weshalb, denn schließlich waren die jungen Herren in Sicherheit, aber ihn schmerzten alle Gelenke, so heftig überkam ihn jene unbestimmte, undefinierbare Besorgnis, wie ein kommendes Unglück sie verursacht; trotzdem trat er vor und sah auf der Treppe Corentin mit einem Wachsstock in der Hand.

»Wir sind nicht heimtückisch«, sagte er zu Michu; »wir hätten Ihre ›Vormaligen‹ schon seit einer Woche fassen können, aber wir wußten, daß sie von der Liste gestrichen sind ... Sie sind mir ein tüchtiger Kerl! Und Sie haben uns zuviel Mühe gemacht, als daß wir nicht wenigstens unsere Neugier befriedigen wollten.« – »Ich würde einiges darum geben«, rief Michu, »wenn ich wüßte, wie und durch wen wir verkauft worden sind.« – »Wenn Ihnen das soviel zu schaffen macht, mein Junge«, sagte Peyrade lächelnd, »dann sehen Sie sich doch mal die Eisen Ihrer Pferde an; dann dürfte Ihnen klar werden, daß Sie sich selber verraten haben.« – »Nichts für ungut«, sagte Corentin und gab dem Gendarmeriehauptmann einen Wink, mit den Pferden zu kommen. – »Dieser schuftige Pariser Hufschmied, der die Pferde so gut auf englische Art zu beschlagen wußte und der jetzt nicht mehr in Cinq-Cygne ist, war einer der Ihren!« rief Michu. »Sie brauchten nur bei feuchtem Wetter einen Ihrer Spione als Holzsammler oder Wilddieb zu verkleiden und die Spuren unserer Pferde im Gelände aufsuchen und verfolgen zu lassen, denn sie waren mit Stolleneisen beschlagen! Wir sind quitt.«

Michu tröstete sich schnell, denn jetzt war die Entdeckung des Verstecks gefahrlos, da die Edelleute wieder Franzosen waren und ihre Freiheit zurückerhalten hatten. Trotzdem hatte er bei all seinen Ahnungen recht. Die Polizei und die Jesuiten besitzen die Eigentümlichkeit, daß sie weder ihre Feinde noch ihre Freunde je im Stich lassen.

Der gute d'Hauteserre kehrte aus Paris wieder, und er war ziemlich erstaunt, daß er nicht der erste war, der die gute Nachricht überbrachte. Durieu rüstete zum üppigsten Diner. Die Dienerschaft zog ihre Livreen an, und es wurde voller Ungeduld auf die Geächteten gewartet, die gegen vier Uhr anlangten. Sie waren zugleich freudig gestimmt und gedemütigt, denn sie standen auf vier Jahre unter der Aufsicht der politischen Polizei und waren verpflichtet, sich jeden Monat in der Präfektur zu melden; auch durften sie während zweier Jahre den Bereich der Gemeinde Cinq-Cygne nicht verlassen. »Ich schicke Ihnen das amtliche Register zur Unterschrift«, hatte der Präfekt zu ihnen gesagt. »Dann kommen Sie in ein paar Monaten um die Aufhebung dieser Bedingungen ein, die übrigens allen Komplicen Pichegrus auferlegt worden sind. Ich werde Ihre Bitte unterstützen.« Diese leidlich verdienten Einschränkungen stimmten die jungen Leute ein wenig traurig. Laurence lachte auf. »Dem Kaiser der Franzosen«, sagte sie, »mangelt es an Erziehung, er ist noch nicht an Begnadigungen gewöhnt.«

Die Edelleute fanden alle Bewohner des Schlosses am Tor, und am Wegrand standen die meisten Dorfbewohner, die gekommen waren, um die jungen Männer zu sehen, da ihre Abenteuer sie im ganzen Département berühmt gemacht hatten. Madame d'Hauteserre hielt ihre Söhne lange in den Armen, mit tränenüberströmtem Gesicht; sie konnte kein Wort hervorbringen und blieb einen Teil des Abends hindurch erschüttert, wenn auch glücklich. Als die beiden Zwillinge de Simeuse erschienen und vom Pferd stiegen, erscholl ein allgemeiner Ruf der Überraschung, so auffallend war ihre Ähnlichkeit: derselbe Blick, dieselbe Stimme, dasselbe Gehaben. Beide hoben sich mit genau der gleichen Bewegung im Sattel, als sie das Bein über die Pferdekruppe schwangen, um abzusitzen, und sie warfen ihnen auch mit der gleichen Bewegung die Zügel über. Ihre Kleidung, die bei beiden genau die gleiche war, half noch, sie zu wahren Ebenbildern zu machen. Sie trugen Stiefel *à la Suwarow,* die überm Fußspann glatt anlagen, enge weiße Lederhosen, grüne Jagdjacken mit Messingknöpfen, schwarze Halsbinden und wildlederne Handschuhe. Die beiden jungen Herren, die damals im Alter von einunddreißig Jahren standen, waren, nach einem Ausdruck jener Zeit, charmante Kavaliere. Sie waren mittelgroß, aber gut gewachsen, hatten mit langen Wimpern geschmückte Augen, die wie die der Kinder feucht schimmerten, schwarzes Haar, schöne Stirnen und einen Teint von oliviger Weiße. Ihre Redeweise, die sanft war wie die der Frauen, rann ihnen anmutig von den schönen roten Lippen. Ihre Umgangsformen waren eleganter und höflicher als die der Landedelleute und verrieten, daß ihnen die Kenntnis der Dinge und der Menschen jene zweite Erziehung verliehen hatte, die noch wertvoller ist als die erste und die Männer weltgewandt macht. Dank Michu hatte es ihnen während ihrer Verbannung nie an Geld gefehlt, sie hatten reisen können und waren an ausländischen Höfen wohl aufgenommen worden. Der alte Edelmann und der Abbé fanden sie ein bißchen hochmütig; aber in ihrer Lage war das vielleicht die Auswirkung eines schönen Charakters. Sie bezeigten bis in die geringsten Kleinigkeiten die sorgfältige Erziehung, die sie genossen hatten, und entfalteten eine Gewandtheit, die allen Leibesübungen überlegen ist. Die einzige Unähnlichkeit, vermöge derer man sie unterscheiden konnte, bestand im Ideellen. Der Jüngere bezauberte ebensosehr durch seine Heiterkeit, wie der Ältere durch seine Melancholie; aber dieser rein seelische Gegensatz machte sich erst nach längerer Vertrautheit bemerklich.

»Ach, mein Mädchen«, sagte Michu leise zu Marthe, »wie sollte man sich diesen beiden jungen Kerlen nicht ergeben zeigen?« Marthe, die die Zwillinge als Frau wie als Mutter bewunderte, drückte ihrem Mann die Hand und stimmte ihm mit einem anmutigen Nicken zu. Die Dienerschaft erhielt die Erlaubnis, ihre neuen Herren zu umarmen.

Während der sieben Monate der Zurückgezogenheit, zu der sich die vier jungen Herren verurteilt hatten, begingen sie mehrmals die ziemlich notwendige Unvorsichtigkeit einiger Ritte; sie wurden dabei von Michu, seinem Sohn und Gothard überwacht. Während dieser Spazierritte, die in schönen, hellen Nächten erfolgten, hatte Laurence dadurch, daß sie die Gegenwart an die Vergangenheit ihres gemeinsamen Lebens anknüpfte, erkannt, wie unmöglich es ihr sein würde, zwischen den beiden Brüdern zu wählen. Eine gleiche und reine Liebe teilte ihr Herz zwischen den Zwillingen. Sie glaubte zwei Herzen zu haben. Die beiden Brüder ihrerseits hatten noch nicht miteinander von ihrer sich anbahnenden Rivalität zu sprechen gewagt. Vielleicht hatten sie alle drei diese Angelegenheit schon dem Zufall anheimgestellt? Die Geistesverfassung, in der Laurence sich befand, übte ohne Zweifel ihre Wirkung auf sie, denn nach einem Augenblick sichtlichen Zögerns reichte sie beiden Brüdern je einen Arm, um sich in den Salon zu begeben. Ihr folgten Monsieur und Madame d'Hauteserre, die ihre Söhne am Arm führten und ausfragten. In diesem Augenblick riefen alle Umstehenden: »Hoch leben die Cinq-Cygnes und die Simeuses!« Laurence wandte sich um, nach wie vor zwischen den beiden Brüdern, und dankte mit einer anmutigen Geste.

Als diese neun Menschen dann begannen, sich zu beobachten – denn bei jedem Wiedersehen, selbst im Familienkreis, ergibt sich stets ein Augenblick, da man nach langer Trennung einander beobachtet –, schien es der Mutter und dem Abbé Goujet beim ersten Blick, den Adrien d'Hauteserre auf Laurence warf und den sie gewahrten, daß der junge Herr die Gräfin liebe. Adrien, der jüngere d'Hauteserre, war von zarter, weicher Gemütsart. Ihm war trotz der Katastrophen, die das Männliche in ihm auf die Probe gestellt hatten, das Herz jung geblieben. Darin vielen Soldaten gleich, deren Seele sich infolge der beständigen Gefahren jungfräulich erhält, fühlte er sich im Bann der schönen Schüchternheit der Jugend. Er unterschied sich sehr von seinem Bruder, einem Mann von gewalttätigem Aussehen, einem großen Jäger und unerschrockenen Soldaten, der, voller Entschlossenheit, aber materiell gesinnt, ohne geistige Regsamkeit und ohne Feingefühl in den Dingen des Herzens war. Der eine war ganz Seele, der andere ganz Tat; beide aber besaßen in gleichem Maße das Ehrgefühl, das für das Leben als Edelmann genügt. Adrien d'Hauteserre war braun, klein, mager und dürr, und dennoch wirkte er sehr kräftig, wogegen sein hochgewachsener, blasser, blonder Bruder schwach zu sein schien. Adrien war von nervösem Temperament und stark nur durch seine seelischen Eigenschaften; Robert gefiel sich darin, wiewohl er sympathisch war, seine rein körperliche Kraft zu bekunden. Eine Familie zeigt oft solche Wunderlichkeiten, deren Ursachen interessant sein könnten; aber hier kann von ihnen nur so weit die Rede sein, als wir erklären müssen, weshalb Adrien in seinem Bruder kein Rivale erwachsen sollte. Robert empfand für Laurence die Neigung eines Verwandten und die Achtung, die ein Adliger einem Mädchen seiner Klasse entgegenbringt. Soweit es sich um Empfindungen handelte, gehörte der Ältere der d'Hauteserres zu jenen Männern, die die Frau als vom Manne abhängig ansehen; sie beschränken ihr Recht auf Mütterlichkeit auf das rein Physische, verlangen jede Vollkommenheit von ihr, aber rechnen sie ihr nicht an. Ihrer Meinung nach ist die Anerkennung der Frau in der Gesellschaft, in der Politik, in der Familie ein sozialer Umsturz. Wir stehen dieser alten Anschauung der primitiven Völker heute so fern, daß fast alle Frauen darüber entrüstet sind, sogar jene, die die verhängnisvolle Freiheit, wie die neuen Sekten sie bieten, nicht wollen; aber Robert d'Hauteserre hatte nun eben das Unglück, daß er so dachte. Robert war ein Mensch aus dem Mittelalter, der Jüngere war der Mann von heute. Statt die beiden Brüder in der Empfindung, die sie einander entgegenbrachten, zu trennen, hatten diese Unterschiede sie einander nähergebracht. Gleich am ersten Abend erkannten der Pfarrer, Mademoiselle Goujet und Madame d'Hauteserre diese Nuancen und erwogen sie; während sie ihre Partie Boston spielten, ahnten sie bereits die Schwierigkeiten, die sich in Zukunft ergeben sollten.

Laurence, die mit dreiundzwanzig Jahren infolge der Gedanken, die sie sich in ihrer Einsamkeit gemacht, und der Ängste, die ihr ein so weitausgreifendes und mißglücktes Unternehmen auferlegt hatte, wieder zur Frau geworden war, empfand ein unermeßliches Bedürfnis nach inniger Zuneigung; sie entfaltete alle Reize ihres Geistes und war bezaubernd. Sie offenbarte ihre ganze Zärtlichkeit mit der Naivität eines fünfzehnjährigen Kindes. Während der letzten dreizehn Jahre war Laurence nur im Leiden Frau gewesen; jetzt wollte sie sich entschädigen und zeigte sich dementsprechend als so liebevoll und kokett, wie sie bisher groß und stark gewesen war. Daher machte denn auch den vier alten Leuten, die als letzte im Salon blieben, das neue Verhalten dieses reizenden Mädchens große Sorge. Welche Gewalt mußte nicht die Leidenschaft bei einem Mädchen dieses Charakters und dieses Adels haben! Die beiden Brüder liebten dieselbe Frau mit der gleichen blinden Zärtlichkeit. Welchen von den beiden würde Laurence erwählen? Den einen wählen, hieß das nicht: den andern töten? Als Gräfin und Stammhalterin ihres Geschlechts brachte sie ihrem Gatten Titel und schöne Privilegien und eine alte Erlauchtheit zu; vielleicht würde der Marquis de Simeuse, wenn er an diese Vorteile dachte, sich opfern, damit Laurence seinen Bruder heiratete, der nach den alten Gesetzen arm und titellos war. Aber würde der jüngere seinen Bruder des großen Glücks berauben wollen, Laurence zur Frau zu erhalten? Aus der Ferne hatte dieser Liebeskampf wenig Aufregendes gehabt; und solange die beiden Brüder in Gefahr geschwebt hatten, hätte überdies der Zufall die Schwierigkeit lösen können; aber was sollte jetzt werden, nun sie alle vereinigt waren? Wenn Maria-Paul und Paul-Maria, die beide in dem Alter standen, in dem die Leidenschaften ihre volle Gewalt ausüben, sich in die Blicke, die Freundlichkeiten, die Aufmerksamkeiten und Worte ihrer Kusine teilen mußten, würde da nicht zwischen ihnen eine Eifersucht entstehen, deren Folgen furchtbar werden konnten? Was sollte aus dem schönen, gleichmäßigen, gemeinsamen Dasein der Zwillinge werden? Auf diese Mutmaßungen, denen jeder von ihnen, einer nach dem andern, während der letzten Bostonpartie Ausdruck gab, erwiderte Madame d'Hauteserre, sie glaube nicht, daß Laurence einen ihrer Vettern heiraten werde. Die alte Dame hatte während des Abends eine jener unerklärlichen Vorahnungen gehabt, die ein Geheimnis zwischen den Müttern und Gott sind. Laurence fühlte sich im Innersten nicht minder beängstigt, als sie sich ihren Vettern gegenüber sah. Dem erregten Drama der Verschwörung, den Gefahren, denen die beiden Brüder ausgesetzt gewesen waren, dem Unheil ihrer Verbannung folgte ein Drama, an das sie nie gedacht hatte. Das edle Mädchen konnte seine Zuflucht nicht zu dem Gewaltmittel nehmen, keinen der beiden Zwillinge zu heiraten; sie war zu ehrlich, zu heiraten, während in ihrem tiefsten Herzen eine unwiderstehliche Leidenschaft fortdauerte. Ledig zu bleiben, die beiden Vettern zu ermüden, indem sie sich nicht entschied, und den zum Gatten zu nehmen, der ihr trotz ihrer Launen treu bleiben würde, das war eine Entscheidung, die sich ihren Blicken unklar dargeboten hatte. Beim Einschlafen sagte sie sich, es sei das Klügste, alles dem Zufall zu überlassen. Der Zufall ist für die Frauen in Liebesdingen die Vorsehung.

Am folgenden Tage fuhr Michu nach Paris, von wo er einige Tage später mit vier schönen Pferden für seine neuen Herren zurückkehrte. In sechs Wochen sollte die Jagd eröffnet werden, und die junge Gräfin hatte sich unvernünftigerweise gesagt, daß die gewaltsamen Ablenkungen durch diese sportliche Betätigung ein

Mittel gegen die Schwierigkeiten des Zusammenlebens im Schloß sein würden. Es ereignete sich zunächst ein unvorhergesehener Umstand, der die Zeugen dieser seltsamen Liebe überraschte und ihre Bewunderung erregte. Ohne überlegte Verabredung wetteiferten beide Brüder in zärtlichen Aufmerksamkeiten gegen ihre Kusine, und sie fanden darin einen seelischen Genuß, der ihnen zu genügen schien. Zwischen ihnen und Laurence gestaltete sich ein ebenso geschwisterliches Leben, wie es zwischen ihnen beiden herrschte. Nichts war natürlicher. Nach einer so langen Trennung empfanden sie das Bedürfnis, ihre Kusine genau zu beobachten, sie kennenzulernen und sich ihr bekannt zu machen, so daß ihr das Recht der Wahl bliebe. Unterstützt wurden sie in dieser Prüfung durch jene gegenseitige Zuneigung, die aus ihrem gedoppelten Leben ein einziges Leben machte. Die Liebe konnte zwischen den beiden Brüdern genausowenig unterscheiden, wie es die Mutterliebe vermocht hatte. Laurence sah sich gezwungen, ihnen, um sie erkennen zu können, ohne daß sie sich irrte, verschiedene Halsbinden zu geben, dem älteren eine weiße, dem jüngeren eine schwarze. Ohne diese vollkommene Ähnlichkeit, ohne die Gleichheit der Lebensführung, die jeden irreführte, erschiene eine solche Situation mit Recht unmöglich. Sie ist ohnehin nur dadurch, daß sie tatsächlich bestand, erklärlich, welche Tatsache zu jenen gehört, an die man nur glaubt, wenn man sie sieht; und wenn man sie gesehen hat, so ist der Geist in noch größerer Verlegenheit, sie sich zu erklären, als vorher, sie zu glauben. Sprach Laurence, so hallte ihre Stimme in zwei gleichermaßen liebevollen und treuen Herzen auf die gleiche Art und Weise wider; gab sie einem geistvollen, scherzhaften oder schönen Gedanken Ausdruck, so traf ihr Blick auf den Ausdruck des Erfreutseins in zwei Blicken, die ihr in all ihren Bewegungen folgten, die ihre geringsten Wünsche deuteten und ihr in immer neuen Nuancen zulächelten, heiter bei dem einen, zärtlich und melancholisch bei dem andern. Wenn es sich um ihre Geliebte handelte, bezeigten die beiden Brüder jene wunderbaren, raschen Eingebungen des Herzens, die mit den Taten in Einklang stehen und die, nach der Meinung des Abbés Goujet, an das Erhabene rührten. So ließ der ältere oft, wenn es galt, irgend etwas zu holen, wenn es sich um jene kleinen Aufmerksamkeiten handelte, die die Männer einer geliebten Frau so gern erweisen, seinem Bruder das Vergnügen, sie zu erfüllen, während er einen zugleich rührenden und stolzen Blick auf seine Kusine warf. Der jüngere setzte seinen Stolz darein, solcherlei Schulden zu begleichen. Dieser Wettstreit des Edelsinns bei einer Empfindung, in der der Mann oft bis zur eifersüchtigen Wildheit des Tieres geht, verwirrte den alten Leuten, die ihm zuschauten, alle Begriffe.

Dergleichen kleine Einzelheiten lockten der Gräfin oft Tränen in die Augen. Eine einzige Empfindung, die aber vielleicht bei gewissen bevorzugten Wesen ungeheuer groß ist, kann eine Vorstellung von ihren Gefühlen vermitteln; sie wird begreiflich, wenn man an den vollendeten Zusammenklang zweier schöner Stimmen in einem harmonischen Duett denkt, wie etwa derer der Sontag[46] und der Malibran[47], an die vollkommene Vereinigung zweier Instrumente in den Händen genialer Spieler, deren melodische Klänge wie die Seufzer eines einzigen leidenschaftlichen Wesens in die Seele dringen. Bisweilen glaubte der Pfarrer, wenn er den Marquis de Simeuse in einen Sessel versunken einen tiefen, schwermütigen Blick auf seinen Bruder werfen sah, der mit Laurence plauderte und lachte, dieser ältere sei eines übergroßen Opfers fähig. Aber bald fing er in seinen Augen wieder den Blitz der unbesieglichen Leidenschaft auf. Sooft sich einer der Zwillinge mit Laurence allein sah, konnte er sich für den ausschließlichen Geliebten halten. »Dann kommt es mir vor, sie seien nur einer«, sagte die Gräfin zum Abbé Goujet, der sie nach dem Zustand ihres Herzens fragte. Da erkannte der Priester, daß in ihr keinerlei Koketterie sei. Laurence glaubte tatsächlich nicht, von zwei Männern geliebt zu werden. »Aber, liebe Kleine«, sagte eines Abends Madame d'Hauteserre, deren Sohn schweigend in stiller Liebe zu Laurence hinsiechte, »einmal wirst du doch wählen müssen!« – »Lassen Sie uns glücklich sein«, antwortete sie, »Gott wird uns vor uns selbst retten.«

Adrien d'Hauteserre verbarg in seinem Herzen eine Eifersucht, die ihn verzehrte, und er bewahrte über seine Qualen Schweigen, da er sich darüber klar war, wie wenig Hoffnung er hatte. Er begnügte sich mit dem Glück, das reizende Mädchen vor sich zu sehen, das während der wenigen Monate, die dieser Wettstreit dauerte, in all seinem Glanz erstrahlte. Wirklich pflegte sich Laurence, die zu gefallen wünschte, zu jener Zeit mit all der Sorgfalt, die geliebte Frauen auf sich selber verwenden. Sie machte die Mode mit und fuhr mehr als einmal nach Paris, um mit Schals oder irgendeiner Neuheit schöner zu erscheinen. Schließlich machte sie, um den Vettern wenigstens die geringsten Genüsse eines Zuhause zu verschaffen, die sie so lange hatten entbehren müssen, trotz des lauten Geschreis ihres Vormunds, aus ihrem Schloß den behaglichsten Wohnsitz, den es damals in der Champagne gab.

Robert d'Hauteserre begriff nichts von diesem stummen Drama. Er gewahrte nicht einmal die Liebe seines Bruders zu Laurence. Das junge Mädchen neckte er gern ihrer Koketterie wegen, denn diesen häßlichen Fehler verwechselte er mit dem Verlangen, zu gefallen; aber auf diese Weise täuschte er sich in allem, was Gefühlsdinge, Geschmack und höhere Bildung betraf. Daher machte Laurence, sobald dieser aus dem Mittelalter stammende Mensch auf den Schauplatz trat, aus ihm, ohne daß er es merkte, den Einfältigen des Dramas; sie belustigte die Vettern, indem sie mit Robert diskutierte, indem sie ihn mit kleinen Schritten mitten in das Sumpfgelände führte, wo Dummheit und Unwissenheit einsinken. Sie glänzte in jenen geistreichen Mystifikationen, zu deren Vollkommenheit es gehört, daß das Opfer nichts merkt So grobschlächtig aber Roberts Charakter auch sein mochte, nie trat er während dieser schönen Zeit, der einzigen glücklichen, die diese drei anmutigen Wesen durchleben sollten, durch ein männliches Wort, das die Frage vielleicht entschieden hätte, zwischen Laurence und die Simeuses. Er war beeindruckt durch die Aufrichtigkeit der beiden Brüder. Sicherlich erriet Robert, wie eine Frau davor zittern konnte, dem einen Beweise der Zärtlichkeit zu geben, die sie dem andern versagte oder die ihn bekümmert hätten; wie glücklich der eine der Brüder über jeden Vorzug war, der dem andern zuteil wurde, und wie sehr er doch zugleich im tiefsten Herzen darunter leiden mochte. Dieser Respekt Roberts erklärt die Situation ausgezeichnet; sie hätte in den Zeiten des Glaubens, als noch der Pontifex maximus die Macht besaß, einzugreifen und den gordischen Knoten solcher seltenen Phänomene, die an die undurchdringlichsten Geheimnisse grenzen, zu durchschneiden, sicherlich einen Freibrief erhalten. Die Revolution hatte diese Herzen im katholischen Glauben gestählt; also machte die Religion diese Krisis noch furchtbarer, denn die Größe der Charaktere steigert auch Ausmaß und Gewalttätigkeit der Situationen. Daher erwarteten weder Monsieur und Madame d'Hauteserre noch der Pfarrer, noch auch seine Schwester von den beiden Brüdern oder von Laurence etwas Niedriges.

Dieses Drama, das auf geheimnisvolle Weise innerhalb der Grenzen der Familie eingeschlossen blieb, wo alle es schweigend beobachteten, nahm einen gleicherweise raschen wie langsamen Verlauf, es brachte so viele unerhoffte Genüsse, kleine Kämpfe, enttäuschte Wünsche, unerfüllte Hoffnungen, so viel grausames Warten, so viele Verschiebungen der Aussprache auf den nächsten Tag, so viele stumme Erklärungen mit sich, daß die Bewohner von Cinq-Cygne der Krönung des Kaisers Napoleon nicht das geringste Augenmerk zollten. Die Leidenschaften schlossen übrigens einen Waffenstillstand, indem sie eine gewaltsame Ablenkung in den Genüssen der Jagd suchten, die den Körper aufs höchste ermüdet und dadurch der Seele die Gelegenheiten raubt, über die so gefährlichen Steppen der Träumerei zu schweifen Weder Laurence noch ihre Vettern dachten an die Politik, denn jeder Tag besaß neue Reize.

»Wahrhaftig«, sagte Mademoiselle Goujet eines Abends, »ich weiß nicht, wer von all diesen Liebenden am meisten liebt!« Adrien, der mit den vier Bostonspielern allein im Salon war, blickte zu ihr auf und erblaßte. Seit mehreren Tagen hielt ihn nur noch die Freude im Leben zurück, daß er Laurence sehen und reden hören konnte. »Ich glaube«, sagte der Pfarrer, »daß die Gräfin in ihrer Eigenschaft als Frau mit viel mehr Selbstvergessenheit liebt.«

Wenige Augenblicke danach kehrten Laurence, die beiden Brüder und Robert zurück. Die Zeitungen waren gerade eingetroffen. Da England einsah, wie wirkungslos die Verschwörungen im Innern blieben, bewaffnete es Europa gegen Frankreich. Das Unheil von Trafalgar hatte einen der außerordentlichsten Pläne vernichtet, die menschliches Genie je entworfen hat; durch ihn hätte der Kaiser Frankreich seine Wahl mit den Trümmern der englischen Macht bezahlt. Zu jener Zeit wurde das Lager bei Boulogne aufgehoben. Napoleon, dessen Soldaten wie immer der

Zahl nach unterlegen waren, sollte Europa auf Schlachtfeldern entgegentreten, auf denen er noch nicht erschienen war. Die ganze Welt befaßte sich mit dem Ausgang dieses Feldzugs.

»Oh, diesmal wird er unterliegen«, sagte Robert, als er die Zeitungen gelesen hatte. – »Er hat die gesamten Kräfte Österreichs und Rußlands auf dem Hals«, sagte Maria-Paul. – »In Deutschland hat er noch nie gekämpft«, fügte Paul-Maria hinzu.

»Von wem redet ihr?« fragte Laurence. »Vom Kaiser«, erwiderten die drei Edelleute.

Laurence warf ihren beiden Liebhabern einen Blick der Geringschätzung zu, der sie demütigte, der aber Adrien entzückte. Der Verschmähte machte eine bewundernde Geste, und in seinem Blick lag ein Stolz, der zur Genüge sagte, daß wenigstens er an nichts mehr dachte als an Laurence. – »Sie sehen«, sagte der Abbé Goujet leise, »die Liebe hat ihn seinen Haß vergessen lassen.«

Es war der erste, der letzte, der einzige Vorwurf, den die beiden Brüder sich zuzogen; aber in diesem Augenblick waren sie ihrer Kusine in der Liebe unterlegen, wie sie denn auch zwei Monate später von dem erstaunlichen Triumph von Austerlitz nur dadurch erfuhren, daß der biedere Monsieur d'Hauteserre mit seinen Söhnen darüber sprach. Der alte Herr war seinem Plan getreu geblieben; er wollte, daß seine Söhne darum bäten, dienen zu dürfen; zweifellos würden sie ihrem Rang entsprechend eingestellt werden und konnten noch eine schöne militärische Laufbahn durchmessen. Die Partei des reinen Royalismus war auf Cinq-Cygne die stärkere geworden. Die vier jungen Edelleute und Laurence verspotteten den vorsichtigen Greis, der künftiges Unheil zu wittern schien. Die Vorsicht ist vielleicht weniger eine Tugend als die Bekundung eines Spürsinns des Geistes, sofern diese beiden Wörter sich miteinander paaren lassen; aber sicherlich wird ein Tag kommen, da Physiologen wie Philosophen anerkennen, daß die Sinne gewissermaßen nur die Hülle einer lebendigen, durchgreifenden Aktion sind, die vom Geist ausgeht.

Nach dem Friedensschluß zwischen Frankreich und Österreich Ende Februar des Jahres 1806 kam ein Verwandter, der sich bei Gelegenheit der Streichung aus der Emigrantenliste für die Herren de Simeuse eingesetzt hatte und ihnen später noch große Beweise seiner Anhänglichkeit geben sollte; es war der ehemalige Marquis de Chargeboeuf, dessen Besitztümer sich vom Département Seine-et-Marne bis ins Département Aube erstreckten, der in einer Art Kalesche, die zu jener Zeit aus Spottsucht eine *Halbberline* genannt wurde, von seinem Landsitz nach Cinq-Cygne fuhr. Als der ärmliche Wagen über den gepflasterten Weg rollte, bekamen die Bewohner des Schlosses, die gerade frühstückten, einen Lachanfall; aber als sie den Kahlkopf des alten Herrn erblickten, der zwischen den beiden Ledergardinen der Halbberline hervorlugte, nannte Monsieur d'Hauteserre den Namen des Besuchers, und alle standen auf, um dem Haupt der Familie de Chargeboeuf entgegenzugehen. »Wir sind im Unrecht, daß wir ihn uns haben zuvorkommen lassen«, sagte der Marquis de Simeuse zu seinem Bruder und den d'Hauteserres; »wir hätten uns bei ihm bedanken müssen.«

Ein wie ein Bauer gekleideter Diener, der von einem Sitz auf dem Wagenkasten aus kutschierte, steckte eine Fuhrmannspeitsche in einen Peitschenhalter aus grobem Leder und sprang herab, um dem Marquis beim Aussteigen zu helfen; aber Adrien und der jüngere Simeuse kamen ihm zuvor, lösten das Wagenleder, das mit Messingknöpfen befestigt war, und holten den wackeren Mann trotz seiner Proteste heraus. Der Marquis bildete sich ein, daß seine gelbe Halbberline mit den Ledergardinen ein ausgezeichneter, bequemer Wagen sei. Der Diener war schon dabei, mit Gothards Hilfe die beiden guten, schweren Pferde mit den glänzenden Kruppen auszuspannen, die sicherlich ebenso oft für die Feldarbeit wie als Wagenpferde benutzt wurden.

»Trotz der Kälte? Aber Sie sind ein Ritter aus der alten Zeit«, sagte Laurence zu ihrem bejahrten Verwandten, nahm seinen Arm und führte ihn in den Salon. – »Es ist nicht an Ihnen, einen alten Knacker zu besuchen«, sagte er und gab auf diese Weise dem gegen seine jungen Verwandten gerichteten Vorwurf Ausdruck.

Weshalb kommt er nur hierher? fragte sich der alte Monsieur d'Hauteserre.

Monsieur de Chargeboeuf, ein freundlich aussehender Herr von siebenundsechzig Jahren in heller Kniehose und mit gebrechlichen kleinen Beinen in buntgewebten Strümpfen, trug einen Haarbeutel, gepudertes Haar und Taubenflügel. Sein Jagdrock aus grünem Tuch mit goldenen Knöpfen war mit goldenen Verschnürungen geschmückt. Seine weiße Weste blendete durch dicke Goldstickereien. Dieser Aufputz, der damals unter alten Leuten noch Mode war, paßte gut zu seinem Gesicht, das dem des großen Friedrich ziemlich ähnlich sah. Er setzte seinen Dreispitz nie auf, um nicht die Wirkung des Halbmonds zu zerstören, den eine Schicht Puder auf seinen Schädel zeichnete. Mit der rechten Hand stützte er sich auf einen Stock mit schnabelförmiger Krücke; Stock und Hut hielt er beide gleichzeitig mit einer Geste, die Ludwigs XIV. würdig gewesen wäre. Der würdige Greis legte seinen seidenen Überrock ab und sank in einen Sessel; Stock und Dreispitz hielt er mit den Knien, was eine Pose war, deren Geheimnis stets nur den Lebemännern am Hofe Ludwigs XV. vertraut gewesen ist; die Hände blieben frei und konnten mit der Tabaksdose spielen, stets einem Schmuckstück von großem Wert. Daher zog denn auch der Marquis sogleich aus der Tasche seiner Weste, die von einem mit goldenen Arabesken bestickten Schutzstreifen geschlossen wurde, eine kostbare Tabatiere hervor. Während er sich anschickte, eine Prise zu nehmen, und mit einer weiteren reizenden Geste und freundlichen Blicken ringsum Tabak anbot, stellte er fest, welche Freude sein Besuch bereitete. Er schien jetzt zu verstehen, weshalb die jungen Emigranten ihm gegenüber ihre Pflicht versäumt hatten. Es war, als sage er sich: Wenn man in Liebesdinge verstrickt ist, macht man keine Besuche.

»Wir dürfen Sie doch einige Tage hier festhalten?« fragte Laurence. – »Unmöglich«, antwortete er. »Wenn uns die Ereignisse nicht so getrennt hätten, denn Sie haben größeren Abstand zwischen uns gelegt als die räumliche Entfernung, die uns trennt, dann würden Sie wissen, liebes Kind, daß ich Töchter und Schwiegertöchter, Enkelinnen und Enkel habe. Die alle wären besorgt, wenn sie mich heute abend nicht sähen, und ich habe achtzehn Meilen zu fahren.« – »Sie haben recht gute Pferde«, sagte der Marquis de Simeuse. – »Oh, ich komme von Troyes; da hatte ich gestern zu tun.«

Nach den unumgänglichen Fragen nach der Familie, nach der Marquise de Chargeboeuf und nach all den im Grunde ganz gleichgültigen Dingen, für die man sich aber aus Höflichkeit lebhaft interessieren muß, hatte Monsieur d'Hauteserre den Eindruck, als sei Monsieur de Chargeboeuf gekommen, um seine jungen Verwandten vor jeder Unvorsichtigkeit zu warnen. Nach der Meinung des alten Marquis hatten sich die Zeiten sehr verändert, und niemand konnte noch wissen, was aus dem Kaiser alles werden könne. »Oh!« sagte Laurence, »er wird zum Gott!«

Der gütige alte Herr meinte, daß Konzessionen gemacht werden müßten. Als Monsieur d'Hauteserre äußern hörte, wie notwendig es sei, sich zu unterwerfen, und zwar mit weit mehr Entschiedenheit und Festigkeit, als er selber sie je in seine Lehren zu legen vermocht hatte, blickte er seine Söhne beinahe flehentlich an.

»Würden Sie diesem Menschen tatsächlich dienen?« fragte der Marquis de Simeuse den Marquis de Chargeboeuf. – »Aber selbstverständlich, wenn es im Interesse meiner Familie läge.«

Schließlich wies der alte Herr, wenn auch unbestimmt, auf ferne Gefahren hin; als Laurence ihn aufforderte, sich näher zu erklären, ermahnte er die vier Edelleute, nicht mehr zu jagen, sondern sich still im Hause zu halten.

»Sie sehen den Gutsbereich von Gondreville noch immer als Ihr Eigentum an«, sagte er zu den Herren de Simeuse, »und auf diese Weise entfachen Sie aufs neue einen furchtbaren Haß. Ich ersehe aus Ihrem Erstaunen, wie wenig Sie wissen, daß in Troyes, wo noch Ihres Mutes gedacht wird, viel Übelwollen gegen Sie besteht. Niemand scheut sich, offen zu erzählen, wie Sie den Nachforschungen der Polizei des Kaiserreichs entgangen sind; die einen loben Sie dabei, die andern sehen in Ihnen Feinde des Kaisers. Einige treue Anhänger wundern sich über Napoleons Milde Ihnen gegenüber. Aber das ist noch das geringste. Sie haben Leute genarrt, die sich für schlauer hielten als Sie, und Niedriggestellte verzeihen nie. Früher oder später wird die Justiz, die hier in Ihrem Département von Ihrem Feinde, dem Senator Malin, abhängig ist, – denn er hat seine Kreaturen überall untergebracht, sogar in den höheren Beamtenstellen, – seine Justiz also wird sich sehr freuen, wenn sie Sie in irgendeine schlimme Geschichte verwickelt findet. Ein Bauer wird Streit mit Ihnen anfangen, wenn Sie sein Feld betreten; Sie haben geladene Flinten, Sie sind temperamentvoll, dann ist das Unglück schnell geschehen. In Ihrer Lage muß man hundertmal recht haben, um nicht ins Unrecht gesetzt zu werden. Ich habe meine Gründe, wenn ich so zu Ihnen rede. Die Polizei überwacht nach wie vor das Arrondissement, in dem Sie sich aufhalten; in dem kleinen Nest Arcis unterhält sie eigens einen Kommissar, um den Senator des Kaiserreichs gegen Ihre Anschläge zu schützen. Er hat Angst vor Ihnen, und er sagt es offen.« – »Aber da verleumdet er uns!« rief der jüngere Simeuse. – »Er verleumdet Sie? Das will ich glauben! Aber was glaubt das Publikum? Darauf kommt es an. Michu hat den Senator aufs Korn genommen, und der hat es nicht vergessen. Seit Ihrer Rückkehr hat die Gräfin Michu zu sich genommen. Für viele Leute und für die Mehrheit des Publikums hat Malin also recht. Es ist Ihnen ja bekannt, wie heikel die Lage der Emigranten denen gegenüber ist, die im Besitz von deren Gütern sind. Der Präfekt, ein Mann von Geist, hat gestern ein paar Worte über Sie fallen lassen, die mich beunruhigt haben. Kurzum, ich wollte, Sie blieben nicht hier ...«

Diese Antwort wurde in tiefer Bestürzung aufgenommen. Maria-Paul schellte heftig. »Gothard«, sagte er, als der Kleine eintrat, »holen Sie Michu her!«

Der ehemalige Verwalter von Gondreville ließ nicht auf sich warten. »Freund Michu«, fragte der Marquis de Simeuse, »ist es wahr, daß du Malin hast erschießen wollen?« – »Ja, Herr Marquis; und wenn er wiederkommt, werde ich ihm auflauern.« – »Weißt du, daß wir im Verdacht stehen, wir hätten dich dazu angestiftet? Daß unsere Kusine beschuldigt wird, an deinem Plan beteiligt gewesen zu sein, weil sie dich zum Pächter genommen hat?« – »Gütiger Himmel!« rief Michu, »liegt denn über mir ein Fluch? Kann ich Sie denn nie in aller Ruhe von Malin befreien?« – »Nein, mein Junge, nein«, sagte Paul-Maria. »Aber du wirst die Gegend hier verlassen und unsern Dienst aufgeben müssen; wir wollen für dich sorgen und dir Gelegenheit zur Vermehrung deines Vermögens geben. Verkauf, was du hier besitzt, mach dein Geld flüssig, dann schicken wir dich nach Triest zu einem unserer Freunde, der weitreichende Beziehungen hat und dich nutzbringend verwenden kann, bis es uns allen hier besser geht.«

Michu traten Tränen in die Augen; er blieb wie angewurzelt auf dem Parkettriegel stehen, auf den er getreten war. »Waren Zeugen dabei, als du Malin auflauertest, um ihn zu erschießen?« fragte der Marquis de Chargeboeuf. – »Notar Grévin sprach mit ihm; das hat mich am Schießen gehindert, und das war ein Glück! Die Frau Gräfin weiß, weshalb«, sagte Michu und sah seine Herrin an. – »Dieser Grévin ist aber doch wohl nicht der einzige, der es weiß?« fragte Monsieur de Chargeboeuf, dem dieses Verhör, obwohl es innerhalb der Familie stattfand, unangenehm zu sein schien. – »Der Spion, der damals hier war, um meine Herren zu umgarnen, hat es auch gewußt«, antwortete Michu.

Monsieur de Chargeboeuf stand auf, wie um in die Gärten hinauszusehen, und sagte: »Na, Sie haben Cinq-Cygne tatsächlich in die Höhe gebracht!« Dann ging er hinaus; Laurence und die beiden Brüder, die den Sinn dieser Ausfragerei errieten, folgten ihm.

»Sie sind offen und großherzig, aber immer noch unvorsichtig«, sagte der Greis zu ihnen. »Daß ich Sie vor einem Gerücht warne, das eine Verleumdung sein muß –, nichts ist natürlicher; aber nun machen Sie für schwache Menschen wie Monsieur und Madame d'Hauteserre und ihren Sohn eine Wahrheit daraus. Ach, ihr jungen Leute! ihr jungen Leute! Ihr solltet Michu hier lassen und selber fortgehen, selber! Aber auf alle Fälle schreiben Sie, wenn Sie hier bleiben, dem Senator ein paar Zeilen über Michu; sagen Sie ihm, Sie hätten durch mich von den Gerüchten erfahren, die über Ihren Pächter umliefen, und Sie hätten ihn fortgeschickt.« – »Wir?« riefen die beiden Brüder, »wir sollten an Malin schreiben, an den Mörder unserer Eltern, an den schamlosen Räuber unseres Vermögens?« – »Das alles stimmt; aber er ist am kaiserlichen Hof eine der wichtigsten Persönlichkeiten und zudem König des Départements Aube!« – »Er, der für den Fall, daß Condés Armee in Frankreich einrücken würde, für Ludwigs XVI. Tod gestimmt hat, und im andern Fall für lebenslängliche Haft?« rief die Gräfin de Cinq-Cygne. – »Er, der vielleicht zum Tode des Herzogs von Enghien geraten hat?« rief Paul-Maria. – »Oh, wenn Sie aufzählen wollen, was seinen Anspruch auf die Verleihung des Adels begründet, dann sagen Sie auch: Er, der Robespierre am Rockschoß zog, damit er hinfiel, sowie er sah, daß die, die aufstanden, um ihn zu stürzen, in der Überzahl waren; er, der Bonaparte hätte füsilieren lassen, wenn der 18. Brumaire mißglückt wäre; er, der die Bourbonen zurückführen würde, wenn Napoleon je schwankte; er, den der Stärkere stets auf seiner Seite finden wird, um ihm Degen oder Pistole zu reichen, damit er einem Gegner, der noch Besorgnisse einflößt, den Garaus mache! Aber das ist nur ein Grund mehr!« – »Wir sind recht tief gesunken!« sagte Laurence.

»Ihr Kinder!« sagte der alte Marquis de Chargeboeuf, nahm sie alle drei bei der Hand und führte sie abseits auf eine der Rasenflächen, die noch von einer leichten Schneeschicht bedeckt waren, »Sie werden auffahren, wenn Sie hören, was ein verständiger Mann Ihnen rät; aber ich bin es Ihnen schuldig, daß ich es Ihnen sage. Hören Sie, was ich tun würde: Ich würde einen älteren Mann zum Vermittler nehmen, zum Beispiel mich, und ich würde ihn beauftragen, von Malin gegen Anerkennung des Verkaufs von Gondreville eine Million zu fordern ... Oh, er würde einwilligen und die ganze Sache geheimhalten! Dann hätten Sie bei dem jetzigen Zinsfuß der Staatspapiere hunderttausend Francs Rente, und Sie könnten sich in einem andern Winkel Frankreichs irgendeinen schönen Landsitz kaufen; Cinq-Cygne ließen Sie von Monsieur d'Hauteserre verwalten und zögen das Los, wer von Ihnen beiden der Gatte dieser schönen Erbin werden soll. Aber wenn ein Greis redet, so geht das jungen Leuten genauso ins Ohr, wie es Greisen ins Ohr eingeht, wenn junge Leute reden; es ist ein Geräusch, dessen Sinn man nicht erfaßt.«

Der alte Marquis bedeutete seinen drei Verwandten, daß er keine Antwort wünsche, und kehrte in den Salon zurück, in dem während ihrer Unterhaltung der Abbé Goujet und seine Schwester erschienen waren. Der Vorschlag, über die Hand ihrer Kusine das Los zu ziehen, hatte die beiden Simeuses empört, und Laurence fühlte sich von der Bitterkeit des Heilmittels abgestoßen, das ihr Verwandter empfahl. Alle drei waren daher weniger liebenswürdig gegen den alten Mann, ohne jedoch unhöflich zu werden. Das herzliche Einvernehmen war gestört. Monsieur de Chargeboeuf, der die Abkühlung merkte, warf mehrmals mitleidige Blicke auf die drei reizenden jungen Menschen. Obgleich die Unterhaltung sich allgemeinen Themen zuwandte, kam er nochmals darauf zurück, wie nötig es sei, sich den Ereignissen zu fügen; er lobte Monsieur d'Hauteserre, weil dieser so beharrlich wünschte. daß seine Söhne in den Militärdienst einträten.

»Bonaparte«, sagte er, »ernennt Herzöge. Er hat einen Lehnsadel des Kaiserreichs geschaffen, er wird auch Grafen ernennen. Malin möchte gern Graf von Gondreville werden. Dieser Gedanke«, fügte er mit einem Blick auf die Herren de Simeuse hinzu, »kann Ihnen Nutzen bringen.« – »Oder Unheil«, versetzte Laurence.

Als seine Pferde angespannt waren, brach der Marquis auf; alle gaben ihm bis zum Wagen das Geleit. Als er in seinem Gefährt saß, winkte er Laurence, und sie hüpfte mit der Leichtigkeit eines Vogels auf den Wagentritt. »Sie sind keine gewöhnliche Frau, und Sie sollten mich verstehen«, sagte er leise zu ihr. »Malin wird zu sehr von Gewissensbissen geplagt, um Sie in Ruhe zu lassen; er wird Ihnen eine Falle stellen. Haben Sie wenigstens acht auf alles, was Sie unternehmen, sogar auf das geringste! Und schließen Sie einen Vergleich, das ist mein letztes Wort.«

Die beiden Brüder blieben neben ihrer Kusine mitten auf dem Rasen stehen und sahen starr der Halbberline nach, als sie im Tor abbog und rasch auf dem Weg nach Troyes davonrollte; Laurence hatte ihnen wiederholt, was der gute Marquis ihr als letztes gesagt hatte. Die Erfahrung wird stets unrecht behalten, wenn sie sich in einer Halbberline, in buntgewirkten Strümpfen und mit einem Haarbeutel im Nacken zeigt. Keiner dieser jungen Leute vermochte zu begreifen, welcher Wandel sich in Frankreich vollzog; ihre Nerven bebten vor Entrüstung, und in ihren Adern kochte mit ihrem adligen Blut die Ehre.

»Das ist nun das Oberhaupt der Chargeboeufs!« sagte der Marquis de Simeuse, »ein Mann, der die Devise führt: ›Es komme ein Stärkerer! *(Adsit fortior)*‹, einen der schönsten Schlachtrufe ...« – »Er ist *Boeuf*[48] geworden«, sagte Laurence mit bitterem Lächeln. – »Wir leben nicht mehr in den Zeiten des heiligen Ludwig!« sagte der jüngere Simeuse. – »Singend sterben!« rief die Gräfin; »dieser Ruf der fünf jungen Mädchen, die unser Haus begründeten, soll der meine sein!« – »Lautet der unsere nicht: *Si meurs!* Pardon wird also nicht gegeben!« fuhr der ältere Simeuse fort. »Wenn wir es uns überlegen, wird uns klar, daß unser Verwandter Boeuf gründlich wiedergekäut hat, was er uns sagte. Gondreville als der Name eines Malin!« – »Unser Wohnsitz!« rief der jüngere. – »Mansard hat ihn für den Adel entworfen, und nun soll das Volk darin hecken!« sagte der ältere. – »Wenn es so kommen sollte, möchte ich Gondreville lieber in Flammen aufgehen sehen!« rief Mademoiselle de Cinq-Cygne.

Ein Mann aus dem Dorf, der gekommen war, um sich ein Kalb anzusehen, das Monsieur d'Hauteserre ihm verkaufen wollte, hatte, als er aus dem Stall trat, diesen letzten Satz gehört. »Laßt uns hineingehen«, sagte Laurence lächelnd; »wir hätten beinahe eine Unvorsichtigkeit begangen und dem Boeuf eines Kalbes wegen recht gegeben. – Mein guter Michu«, sagte sie, als sie in den Salon kamen, »ich hatte deinen Streich schon vergessen, aber wir stehen hier in der Gegend nicht im Ruf der Heiligkeit, also kompromittiere uns bitte nicht. Hast du dir noch andere kleine Sünden vorzuwerfen?« – »Ich werfe mir vor, daß ich den Mörder meiner alten Herrschaft nicht erschossen habe, bevor ich der neuen zu Hilfe kam.« – »Michu!« rief der Pfarrer. – »Aber ich gehe nicht außer Landes«, fuhr er fort, ohne den Ausruf des geistlichen Herrn zu beachten, »ehe ich nicht weiß, daß Sie in Sicherheit sind. Ich sehe hier Gesindel herumstreifen, das mir nicht gefällt. Als wir das letztemal im Wald auf Jagd waren, kam der Mensch, der jetzt auf Gondreville an meiner Stelle den Verwalter spielt, und fragte mich, ob wir auf unserem eigenen Grund und Boden wären. ›Oh, mein Junge‹, habe ich ihm geantwortet, ›es ist nicht ganz leicht, sich in zwei Monaten abzugewöhnen, was man zwei Jahrhunderte lang getrieben hat.‹« – »Das war falsch, Michu«, sagte der Marquis de Simeuse, wenngleich er vor Vergnügen schmunzelte. – »Was hat er dann geantwortet?« fragte Monsieur d'Hauteserre. – »Er hat gesagt«, erwiderte Michu, »er werde dem Senator über unsere Anmaßung berichten.«

»Graf de Gondreville!« rief der ältere d'Hauteserre. »Haha, ist das eine Maskerade! Freilich, zu Bonaparte wird gesagt ›Eure Majestät‹.« – »Und ›Eure Hoheit‹ zu Monseigneur, dem Großherzog von Berg«, sagte der Pfarrer. – »Wer ist denn das?« fragte Monsieur de Simeuse. – »Murat, Napoleons Schwager«, erwiderte der alte d'Hauteserre. – »Herrlich!« rief Mademoiselle de Cinq-Cygne. »Und wird auch zur Witwe des Marquis de Beauharnais ›Eure Majestät‹ gesagt?« – »Gewiß«, antwortete der Pfarrer. – »Wir sollten nach Paris gehen, um uns all das anzuschauen!« rief Laurence. – »Ach, Mademoiselle«, sagte Michu, »ich war da, als ich meinen Jungen auf die Schule brachte, und ich kann Ihnen schwören, mit der sogenannten Kaiserlichen Garde ist nicht zu spaßen. Wenn die ganze Armee von der Art ist, so kann die Geschichte länger dauern als wir.« – »Man hört schon von adligen Familien, die sich um Ämter bemühen«, sagte Monsieur d'Hauteserre. – »Und nach den gegenwärtigen Gesetzen«, sagte der Pfarrer, »sind Ihre Söhne zum Militärdienst gezwungen. Das Gesetz kennt weder Stand noch Namen mehr.« – »Dieser Mensch stiftet uns mit seinem Hof mehr Schaden, als es die Revolution mit ihrem Fallbeil getan hat!« rief Laurence. – »Die Kirche betet für ihn«, sagte der Pfarrer.

Diese Worte, die Schlag auf Schlag fielen, waren jedes ein Kommentar zu den verständigen Worten des alten Marquis de Chargeboeuf; aber die jungen Leute hatten einen zu festen Glauben, hatten zu viel Ehrgefühl, um in einen Vergleich einzuwilligen. Sie sagten sich auch, was sich zu allen Zeiten die Besiegten gesagt haben: das Glück der siegreichen Partei müsse einmal enden; der Kaiser werde nur vom Heer gestützt; die Fakten müßten früher oder später vor dem Recht weichen, und was dergleichen mehr ist. Trotz aller Warnungen fielen sie in die Grube, die vor ihnen gegraben worden war und die vorsichtige und fügsame Leute wie der biedere d'Hauteserre vermieden hätten. Wenn die Menschen ehrlich wären, würden sie vielleicht zugeben, daß niemals ein Unglück über sie hereingebrochen ist, ohne daß sie zuvor irgendeine offene oder geheime Warnung erhalten hätten. Viele haben den tiefen Sinn einer solchen geheimnisvollen oder offenbaren Warnung erst nach der Katastrophe erkannt.

»Auf alle Fälle weiß die Frau Gräfin, daß ich nicht außer Landes gehen kann, ohne vorher meine Abrechnung vorgelegt zu haben«, sagte Michu leise zu Mademoiselle de Cinq-Cygne. Sie gab dem Pächter statt aller Antwort ein Zeichen, daß sie ihn verstanden habe, und er ging. Michu, der auf der Stelle seine

Ländereien an Beauvisage, den Pächter von Bellache, verkaufte, konnte aber erst nach etwa drei Wochen Zahlung erlangen. Einen Monat nach dem Besuch des Marquis also schlug Laurence ihren beiden Vettern, die sie davon unterrichtet hatte, daß ihr Vermögen noch vorhanden sei, vor, die im Walde vergrabene Million am Mittfastentage zu holen. Die großen Schneemengen, die bisher gefallen waren, hatten Michu gehindert, den Schatz zu heben; er hätte dies Werk auch lieber im Dabeisein seiner Herren durchgeführt. Michu wollte unbedingt aus der Gegend verschwinden, weil er sich vor sich selbst fürchtete.

»Malin ist gänzlich unerwartet auf Gondreville eingetroffen«, sagte Michu zu seiner Herrin, »niemand weiß, weshalb. Ich würde der Versuchung, Gondreville nach dem Tod seines Besitzers zum Verkauf zu bringen, nicht widerstehen können. Ich fühle mich schuldbewußt, wenn ich meinen Eingebungen folge!« – »Aus welchem Grund mag er mitten im Winter Paris verlassen haben?« – »Ganz Arcis spricht darüber«, antwortete Michu. »Er hat seine Familie in Paris gelassen, nur seinen Diener hat er bei sich. Monsieur Grévin, der Notar aus Arcis, Madame Marion, die Frau des Generalsteuereinnehmers des Départements Aube, und die Schwägerin des Marion, der Grévin seinen Namen geliehen hat, leisten ihm Gesellschaft.«

Laurence hielt den Mittfastentag für trefflich geeignet, da man sich dann der Leute entledigen konnte. Die Maskenzüge lockten die Bauern in die Stadt, und keiner arbeitete auf den Feldern. Aber gerade die Wahl des Tages half dem Verhängnis, das bei so vielen Kriminalaffären wahrzunehmen ist. Der Zufall stellte seine Berechnungen mit genauso viel Geschicklichkeit an wie Mademoiselle de Cinq-Cygne die ihrigen. Monsieur und Madame d'Hauteserre mußten in höchste Angst geraten, wenn sie erfuhren, daß in einem Schloß am Saum eines Waldes elfhunderttausend Francs in Gold verborgen lägen; und also waren sogar die jungen d'Hauteserres, als sie um Rat gefragt wurden, der Meinung, es solle ihnen nichts davon gesagt werden. Das Geheimnis des Unternehmens blieb also unter Gothard, Michu, den vier Edelleuten und Laurence. Nach langen Berechnungen schien es möglich, jedem Pferd in einem langen Sack achtundvierzigtausend Francs auf die Kruppe zu laden. So würden drei Ritte genügen. Aus Vorsicht wurde beschlossen, alle Leute, deren Neugierde gefährlich werden konnte, nach Troyes zu schicken, damit sie sich dort die Lustbarkeiten zu Mittfasten ansähen. Catherine, Marthe und Durieu, auf die Verlaß war, sollten das Schloß bewachen. Die Leute nahmen den gewährten Urlaub nur zu gern an und zogen schon vor Tagesanbruch los. Gothard striegelte und sattelte unter Michus Beihilfe in aller Frühe die Pferde. Die Karawane schlug den Weg durch die Gartenanlagen von Cinq-Cygne ein, und von dort aus wollten Herren wie Leute in den Wald reiten. In dem Augenblick, da sie aufsaßen, denn das Parktor war so niedrig, daß sie zu Fuß durch den Park gegangen waren und ihre Pferde am Zügel geführt hatten, kam der alte Beauvisage, der Pächter von Bellache, vorbei.

»Halt«, rief Gothard, »da ist jemand.« – »Ich bin es bloß«, sagte der ehrliche Pächter und trat vor. »Meinen Gruß, die Herren. Sie gehen also trotz der Präfekturerlasse auf die Jagd? Ich reiche deswegen keine Klage ein, aber nehmen Sie sich in acht! Wenn Sie Freunde haben, so haben sie auch recht viele Feinde.« – »Gebe Gott«, sagte der dicke d'Hauteserre lächelnd, »daß uns unsere Jagd glückt, dann wirst du nämlich deine Herren wiederbekommen.« Diese Worte, denen die Ereignisse einen ganz andern Sinn gaben, trugen Robert einen strengen Blick der Gräfin ein. Der älteste Simeuse glaubte, Malin werde das Gut Gondreville gegen eine Entschädigung zurückerstatten. Sie waren Kinder, sie wollten das Gegenteil dessen tun, was der Marquis de Chargeboeuf ihnen geraten hatte. Daran hatte Robert, der ihre Hoffnungen teilte, bei diesem verhängnisvollen Wort gedacht. – »Auf jeden Fall reinen Mund halten, alter Freund!« sagte Michu zu Beauvisage und nahm als der letzte den Torschlüssel an sich.

Es war einer jener schönen Tage gegen Ende März, an denen die Luft trocken, der Boden sauber und der Himmel klar ist; die Temperatur steht dann in einem gewissen Gegensatz zu den noch unbelaubten Bäumen. Das Wetter war so mild, daß das Auge auf den Feldern stellenweise grüne Flecken gewahrte.

»Wir ziehen aus, um einen Schatz zu suchen, während doch du der wahre Schatz unseres Hauses bist, Kusine«, sagte lachend der ältere Simeuse. Laurence ritt voraus; zu beiden Seiten ihres

Pferdes hatte sie je einen ihrer Vettern. Dann folgten die beiden d'Hauteserres und als letzter Michu. Gothard bildete die Vorhut, um das Gelände aufzuklären.

»Da unser Vermögen jetzt wiedergefunden werden soll, wenigstens zum Teil, so heirate meinen Bruder«, sagte der Jüngere leise. »Er betet dich an, und dann seid ihr so reich, wie es die Adligen heutzutage sein müssen.« – »Nein, laß ihm das ganze Vermögen, und ich heirate dich, denn ich bin reich genug für zwei«, sagte sie. – »So sei es!« rief der Marquis de Simeuse; »ich gehe weg von euch und suche mir eine Frau, die es wert ist, deine Schwester zu werden.« – »Also liebst du mich weniger, als ich glaubte?« entgegnete Laurence und sah ihn mit eifersüchtigem Ausdruck an. – »Nein, ich liebe euch beide mehr, als ihr mich liebt!« erwiderte der Marquis. – »Und du würdest dich also opfern?« fragte Laurence den älteren Simeuse und warf ihm einen Blick zu, der in diesem Augenblick ihm den Vorzug gab. Der Marquis bewahrte Schweigen. – »Ja, dann würde ich immer nur an dich denken, und das wäre unerträglich für meinen Gatten«, erwiderte Laurence, der dieses Schweigen eine Regung der Ungeduld entriß. – »Wie sollte ich ohne dich leben?« rief der Jüngere und blickte den Bruder an. – »Aber du kannst uns doch nicht beide heiraten!« sagte der Marquis. »Und«, fügte er in dem barschen Ton eines hinzu, der bis ins Herz getroffen ist, »es wird Zeit für eine Entscheidung.«

Er trieb sein Pferd an, damit die beiden d'Hauteserres nichts hörten. Die Pferde seines Bruders und der Gräfin taten wie das seine. Als sie einen gehörigen Abstand zwischen sich und die drei andern gelegt hatten, wollte Laurence reden, aber zunächst waren Tränen ihre einzige Sprache. »Ich gehe in ein Kloster«, sagte sie schließlich. – »Und läßt die Cinq-Cygnes aussterben?« fragte der jüngere Simeuse; »und statt eines Menschen, der sich in sein Unglück schickt, machst du zwei Menschen unglücklich! Nein, der von uns beiden, der nur dein Bruder sein darf, wird sich darein ergeben. Als wir erfuhren, daß wir nicht so arm sind, wie wir glaubten, haben wir uns besprochen«, sagte er mit einem Blick auf den Marquis. »Wenn ich der Bevorzugte bin, so gehört unser ganzes Vermögen meinem Bruder; wenn ich der Unglückliche bin, gibt er es mir, und ebenso die Titel der Simeuses, denn er wird dann ein Cinq-Cygne! Jedenfalls hat dann der, der nicht glücklich wird, die Möglichkeit zu standesgemäßer Lebensführung. Und wenn er fühlt, daß er vor Kummer hinsiecht, muß er im Krieg den Tod suchen, damit er das Ehepaar nicht traurig stimmt.« – »Wir sind echte Ritter des Mittelalters, wir sind unserer Väter würdig!« rief der Ältere. »Rede, Laurence!« – »Es kann so nicht weitergehen«, sagte der Jüngere. – »Glaube nicht, Laurence, daß das Sichopfern freudlos sei«, sagte der Ältere. – »Meine lieben Geliebten«, sagte sie, »ich bringe es nicht fertig, mich zu entscheiden; ich liebe euch beide, als wäret ihr nur ein einziges Wesen, und wie eure Mutter euch geliebt hat. Gott wird uns helfen. Ich will nicht wählen. Wir wollen es dem Zufall überlassen; ich stelle nur eine Bedingung.« – »Welche?« – »Die, daß der, der mein Bruder bleiben muß, mich nicht eher verlasse, als bis ich es ihm erlaube. Ich allein will Richterin sein über das Rätliche seines Fortgehens.« – »Ja«, sagten die beiden Brüder, ohne sich darüber klar zu sein, was die Kusine meinte. – »Der erste, an den heute abend bei Tisch nach dem Gebet Madame d'Hauteserre das Wort richtet, soll mein Gatte werden. Aber keiner darf eine List gebrauchen, um sie zu veranlassen, daß sie ihn fragt.« – »Wir wollen offenes Spiel spielen«, sagte der Jüngere.

Beide Brüder küßten Laurence die Hand. Die Gewißheit einer Lösung, von der jeder denken konnte, sie sei für ihn günstig, machte die Zwillinge froh. – »Auf jeden Fall, liebe Laurence, wirst du einen von uns zum Grafen de Cinq-Cygne machen«, sagte der Ältere. – »Und wir spielen darum, wer kein Simeuse bleiben soll«, sagte der Jüngere.

»Ich glaube wahrhaftig, Mademoiselle ist nicht mehr lange ledig«, sagte Michu hinter den beiden d'Hauteserres. »Meine beiden Herren sind recht lustig. Wenn meine Herrin ihre Wahl trifft, bleibe ich hier; diese Hochzeit muß ich mitmachen!«

Keiner der beiden Hauteserres gab eine Antwort. Plötzlich flog zwischen ihnen und Michu eine Elster auf; der Verwalter, der wie alle primitiven Menschen abergläubisch war, vermeinte Totenglocken zu hören. Der Tag begann also heiter für die Liebenden, die selten Elstern sehen, wenn sie im Walde beisammen sind. Michu erkundete mit Hilfe seines Plans die Stellen; jeder der Edelleute hatte sich mit einem Spaten versehen, das Geld war bald gefunden. Der Teil des Waldes, in dem es verborgen lag, war einsam; er lag fern von jeder Straße und Behausung; daher begegnete die goldbeladene Karawane niemandem. Das war ein Unglück. Als zum letztenmal von Cinq-Cygne aufgebrochen wurde, um die letzten zweihunderttausend Francs zu holen, schlug der Reiterzug, den das Gelingen kühn gemacht hatte, einen kürzeren Weg ein als bei den ersten Ritten. Dieser Weg führte über eine Höhe, von der aus man den Park von Gondreville sehen konnte.

»Feuer!« rief Laurence, als sie eine bläuliche Rauchsäule sah. – »Das muß irgendein Freudenfeuer sein«, sagte Michu. Laurence, die die verborgensten Pfade im Walde kannte, löste sich von dem Reitertrupp, gab ihrem Pferd die Sporen und jagte bis zum Pavillon von Cinq-Cygne, der vormaligen Behausung Michus. Obgleich der Pavillon leer und geschlossen war, stand das Gittertor offen, und Laurence fielen die Hufspuren mehrerer Pferde auf. Die Rauchsäule erhob sich auf einer Wiese des englischen Parks, und sie nahm an, daß dort Unkraut verbrannt wurde.

»Siehe da, Sie sind auch dabei, Mademoiselle«, rief Violette, der auf seinem Klepper im Galopp aus dem Park kam und vor Laurence haltmachte. »Aber es ist nur ein Karnevalsschabernack, nicht wahr? Er wird nicht ermordet?« – »Wer denn?« – »Ihre Vettern wollen doch nicht seinen Tod?« – »Wessen Tod?« – »Des Senators.« – »Du bist verrückt, Violette!« – »Ja, was haben Sie denn hier zu suchen?« fragte er.

Bei dem Gedanken, daß ihre Vettern Gefahr liefen, sprengte die furchtlose Reiterin davon; sie kam auf dem Schauplatz an, als die Beutel gerade gefüllt waren. »Los! Ich weiß nicht, was vorgeht, aber wir wollen schleunigst nach Cinq-Cygne zurück!«

Während die Edelleute mit dem Fortschaffen des geretteten Vermögens beschäftigt waren, spielte sich auf dem Schloß von Gondreville eine seltsame Szene ab.

Um zwei Uhr nachmittags saßen der Senator und sein Freund Grévin im großen Salon des Erdgeschosses vor dem Kamin bei einer Partie Schach. Madame Grévin und Madame Marion plauderten am Kamin auf einem Kanapee. Alle Leute des Schlosses waren fort, um sich einen merkwürdigen Maskenzug anzusehen, der im Arrondissement Arcis seit langem angekündigt worden war. Die Familie des Verwalters, der im Pavillon von Cinq-Cygne an Michus Stelle getreten war, war ebenfalls hingegangen. Also waren nur der Kammerdiener des Senators und Violette im Schloß. Der Pförtner und zwei Gärtner waren mit ihren Frauen auf ihrem Posten geblieben; aber ihr Häuschen lag am Eingang der Höfe, am Ende der Allee nach Arcis, und die Entfernung zwischen diesen Dienerschaftsgebäuden und dem Schloß machte es unmöglich, von dort aus sogar einen Flintenschuß zu hören. Übrigens standen jene Leute auf ihren Türschwellen und schauten nach Arcis hin, das nur eine halbe Stunde entfernt liegt; sie hofften, den Maskenzug ankommen zu sehen. Violette wartete in einem großen Vorzimmer darauf, daß der Senator und Grévin ihn empfangen würden, um über die Verlängerung seines Pachtvertrages zu verhandeln.

In diesem Augenblick stürzten sich fünf Leute mit Masken vor den Gesichtern und Handschuhen an den Händen auf den Kammerdiener und Violette; die fünf glichen nach Wuchs, Manieren und Haltung den Herren d'Hauteserre, de Simeuse und Michu. Sie steckten den beiden Überfallenen zusammengeknüllte Taschentücher als Knebel in den Mund und fesselten sie in einer Vorratskammer an Stühle. Trotz der Geschwindigkeit der Angreifer ließ sich das nicht durchführen, ohne daß der Kammerdiener und Violette einen Schrei ausgestoßen hätten. Dieser Schrei wurde im Salon vernommen. Die beiden Frauen meinten, es sei ein Schreckensschrei gewesen. »Horch!« sagte Madame Grévin, »Diebe!« – »Ach was! Es war bloß ein Fastnachtsjuchzer!« sagte Grévin, »der Maskenzug kommt ins Schloß.«

Diese Erörterung gab den fünf Unbekannten Zeit, die Türen noch dem Ehrenhof hin zu schließen und den Kammerdiener und Violette einzusperren. Madame Grévin, eine eigensinnige Dame, wollte durchaus die Ursache des Lärms wissen; sie stand auf und geriet unter die fünf Maskierten, die mit ihr verfuhren, wie sie mit Violette und dem Kammerdiener umgegangen waren; dann drangen sie gewaltsam in den Salon ein, wo sich die beiden Stärksten des Grafen de Gondreville bemächtigten; sie steckten ihm einen Knebel in den Mund und trugen ihn durch den Park davon, während die drei andern Madame Marion und dem Notar gleichfalls Knebel in den Mund steckten und sie an ihren

Sesseln festbanden. Die Durchführung dieses Anschlags beanspruchte höchstens eine halbe Stunde. Die drei Unbekannten, zu denen bald auch die beiden stießen, die den Senator fortgeschleppt hatten, durchsuchten das Schloß vom Keller bis zum Boden. Sie öffneten alle Schränke, ohne ein einziges Schloß zu erbrechen; sie klopften die Mauern ab und blieben bis fünf Uhr abends unbehelligt. In diesem Augenblick war es dem Kammerdiener gelungen, mit den Zähnen die Stricke zu durchnagen, die Violettes Hände fesselten. Sowie der Pächter sich befreit sah, begann er um Hilfe zu schreien. Als die fünf Unbekannten diese Schreie hörten, eilten sie in den Park, sprangen auf ihre Pferde, die denen von Cinq-Cygne sehr ähnlich sahen, und ritten davon, doch nicht schnell genug, so daß Violette sie noch sehen konnte. Er befreite den Kammerdiener, der nun seinerseits die Frauen und den Notar losband, sprang auf seinen Klepper und setzte den Missetätern nach. Als er am Pavillon ankam, fand er zu seiner Bestürzung die beiden Flügel des Tores offen, während draußen Mademoiselle de Cinq-Cygne Posten stand.

Als die junge Gräfin verschwunden war, holte Grévin Violette zu Pferde ein. Der Feldhüter der Gemeinde Gondreville war bei ihm; der Pförtner hatte ihm ein Pferd aus den Ställen des Schlosses gegeben. Die Frau des Pförtners war unterwegs, um die Gendarmerie von Arcis zu benachrichtigen. Violette erzählte Grévin sofort von seiner Begegnung mit Laurence und von der Flucht des verwegenen Mädchens, dessen fester, entschlossener Charakter ihnen bekannt war.

»Sie hat Schmiere gestanden«, sagte Violette. – »Sollten tatsächlich die Adligen von Cinq-Cygne den Handstreich ausgeführt haben?« rief Grévin. – »Nanu!« antwortete Violette, »haben Sie denn den dicken Michu nicht erkannt, der sich auf mich geworfen hat? Ich habe seinen Griff gespürt. Übrigens waren ja die fünf Pferde die von Cinq-Cygne.«

Als der Notar die Hufspur der Pferde auf dem Sand des ›Sterns‹ und im Park sah, ließ er den Feldhüter als Posten am Tor zurück, um selber darüber zu wachen, daß die kostbaren Abdrücke erhalten blieben; Violette schickte er zum Friedensrichter nach Arcis, damit dieser sie amtlich feststelle. Danach kehrte er schleunigst in den Salon des Schlosses Gondreville zurück, wo gerade der Leutnant und der Unterleutnant der Kaiserlichen Gendarmerie angelangt waren, begleitet von vier Gendarmen und einem Wachtmeister. Der Leutnant war, wie man sich denken kann, der Wachtmeister, dem François vor zwei Jahren zu einem Loch im Kopf verholfen und der durch Corentin erfahren hatte, wer sein boshafter Gegner war. Dieser Mensch, der Giguet hieß und dessen Bruder im Heer diente, wo er einer der besten Artillerieobersten wurde, empfahl sich durch seine Tüchtigkeit als Gendarmerieoffizier. Später erhielt er den Befehl über die Schwadron des Départements Aube. Der Unterleutnant hieß Welff; er hatte seinerzeit Corentin von Cinq-Cygne nach dem Pavillon und vom Pavillon nach Troyes gefahren. Unterwegs hatte der Pariser den Ägyptenkämpfer zur Genüge über alles aufgeklärt, was er als den Gaunerstreich der Gräfin und Michus bezeichnete. Die beiden Offiziere mußten also großen Eifer zeigen, wenn es gegen die Bewohner von Cinq-Cygne ging, und das taten sie auch. Malin und Grévin hatten beide, der eine für den andern, an dem sogenannten Gesetzbuch vom Brumaire des Jahres IV mitgearbeitet; es war das Gesetzbuch des als national bezeichneten Konvents, das vom Direktorium feierlich veröffentlicht wurde. Grévin, der jene Gesetze gründlich kannte, konnte also in dieser Angelegenheit mit erschreckender Schnelligkeit vorgehen; freilich nur unter der fast zur Gewißheit gewordenen Annahme der Schuld Michus und der Herren d'Hauteserre und de Simeuse. Außer einigen alten Richtern entsinnt sich heute niemand mehr der Organisation dieser Rechtsprechung, die Napoleon gerade damals durch die Veröffentlichung seiner Gesetzbücher und durch die Schaffung seines Richterstandes, wie er noch heute in Frankreich herrscht, umstieß.

Das Gesetzbuch vom Brumaire des Jahres IV behielt dem Direktor des Geschworenen-Kollegiums des Départements die sofortige Verfolgung des auf Gondreville begangenen Verbrechens vor. Es möge dabei beachtet werden, daß der Konvent das Wort Verbrechen aus der Rechtssprache gestrichen hatte. Er erkannte nur noch Vergehungen gegen das Gesetz an, Vergehungen, die Geldstrafen, Gefängnis, Ehrenstrafen oder Leibesstrafen bedingten. Der Tod war eine Leibesstrafe. Die Leibesstrafe des Todes sollte jedoch im Frieden unterdrückt und in vierundzwanzig Jahre Zwangsarbeit umgewandelt werden. Der Konvent war also der Meinung, daß vierundzwanzig Jahre Zwangsarbeit der Todesstrafe gleichkämen. Was soll man von dem Strafgesetz sagen, das lebenslängliche Zwangsarbeit verhängt? Die damals von Napoleons Staatsrat vorbereitete Gerichtsordnung hob die Stellung des Direktors des Geschworenen-Kollegiums auf; ein solcher Direktor vereinigte in der Tat eine ungeheure Macht in seiner Hand. Soweit es auf die Verfolgung der Vergehen und die Erhebung der Anklage ankam, war der Direktor des Geschworenen-Kollegiums gewissermaßen zugleich Kriminalpolizist, Staatsanwalt, Untersuchungsrichter und Gericht der zweiten Instanz. Sein Verfahren und seine Anklageschrift mußten lediglich von einem Kommissar der Exekutivgewalt gutgeheißen und vom Verdikt der acht Geschworenen gebilligt werden, denen er die Ergebnisse seiner Untersuchung auseinandersetzte; sie hörten auch die Zeugen und Angeklagten und fällten einen vorläufigen Spruch, der das Anklageurteil hieß. Der Direktor mußte auf die Geschworenen, die in seinem Arbeitszimmer versammelt waren, einen solchen Einfluß ausüben, daß sie nur noch seine Mitarbeiter sein konnten. Diese Geschworenen bildeten die Anklagejury. Dann gab es noch weitere Geschworene, die die Jury des Kriminalgerichts zusammensetzten und die Angeklagten abzuurteilen hatten. Im Gegensatz zu den Anklagegeschworenen hießen diese die Urteilsgeschworenen. Das Strafgericht, dem Napoleon soeben den Namen *Cour Criminelle* gegeben hatte, bestand aus einem Präsidenten, vier Richtern, dem öffentlichen Ankläger und einem Regierungskommissar. Von 1799 bis 1806 gab es jedoch sogenannte Sondergerichte, die in gewissen Départements bestimmte Attentate ohne Geschworene aburteilten; sie bestanden aus Richtern, die aus den Zivilgerichten berufen wurden und zu einem Sondergerichtshof zusammentraten. Der Konflikt der Sondergerichte mit den Strafgerichten brachte gewisse Kompetenzstreitigkeiten mit sich, die der Kassationshof entschied. Wenn das Département Aube ein Sondergericht gehabt hätte, wäre das Urteil über ein gegen einen Senator des Kaiserreichs gerichtetes Attentat zweifellos von ihm gefällt worden; aber dieses friedliche Département kannte keine Ausnahmerechtsprechung. Grévin schickte also den Unterleutnant zum

Direktor des Geschworenen-Kollegiums in Troyes. Der Ägyptenkämpfer jagte mit verhängtem Zügel hin; und als er nach Gondreville zurückkam, brachte er den fast souveränen Richter mit.

Der Direktor des Geschworenen-Kollegiums von Troyes war ein ehemaliger Amtsverweser, ein ehemaliger besoldeter Sekretär eines der Konventskomitees, ein Freund Malins, der ihm seine Stellung verschafft hatte. Dieser Richter hieß Lechesneau und war ein echter Praktiker in der alten Kriminaljustiz; er hatte Malin wie Grévin bei ihren juristischen Arbeiten für den Konvent eifrig geholfen. Daher empfahl Malin ihn Cambacérès, der ihn zum Staatsanwalt in Italien ernannte. Zum Unglück für seine Laufbahn knüpfte Lechesneau in Turin mit einer großen Dame ein Liebesverhältnis an, und Napoleon sah sich gezwungen, ihn seines Amtes zu entheben, damit ihm ein Strafprozeß erspart blieb, den der Gatte wegen Entführung des dem Ehebruch entstammenden Kindes anhängig gemacht hatte. Lechesneau, der Malin alles verdankte und die Bedeutung eines solchen Attentats witterte, hatte den Gendarmeriehauptmann und einen Trupp von zwölf Leuten mitgebracht.

Ehe er aufbrach, hatte er sich natürlich mit dem Präfekten verständigt; der aber konnte sich, da die Nacht hereingebrochen war, nicht mehr des Telegraphen bedienen. Es wurde ein reitender Bote nach Paris geschickt, der den Polizeiminister, den Justizminister und den Kaiser von diesem unerhörten Verbrechen in Kenntnis setzen sollte. Lechesneau fand die Damen Marion und Grévin, Violette, den Kammerdiener des Senators und den Friedensrichter mit seinem Kanzlisten im Salon von Gondreville vor. Im Schloß waren die Untersuchungen schon durchgeführt worden. Der Friedensrichter nahm, unterstützt von Grévin, die ersten Ergebnisse der Voruntersuchung auf. Dem Richter machte zunächst die tiefe Überlegung großen Eindruck, die aus der Wahl des Tages und der Stunde sprach. Die Stunde machte es unmöglich, sofort nach Indizien und Beweisen zu suchen. Um diese Jahreszeit ist es um halb sechs, so spät war es gewesen, als Violette die Attentäter hatte verfolgen können, beinahe dunkel; und für die Missetäter bedeutet Dunkelheit oft Straflosigkeit. Und wenn ein Tag der Lustbarkeiten gewählt worden war, an dem jedermann den Maskenzug in Arcis sehen wollte und an dem der Senator in seinem Hause allein sein mußte, hieß das nicht alle Zeugen ausschalten?

»Wir müssen dem Scharfsinn der Beamten der Polizeipräfektur Gerechtigkeit widerfahren lassen«, sagte Lechesneau; »sie haben uns unablässig vor den Adligen auf Cinq-Cygne gewarnt und stets behauptet, daß sie früher oder später einen schlimmen Streich ausführen würden.«

Da Lechesneau des Eifers des Aube-Präfekten gewiß war, der inzwischen an alle Präfekturen rings um Troyes seine Stafetten schickte, damit nach den Spuren der fünf Maskierten und des Senators gesucht werde, legte er zunächst die Grundzüge seiner Untersuchung fest. Diese Arbeit war schnell geschehen, da zwei so starke Juristenköpfe wie Grévin und der Friedensrichter dabei halfen. Der Friedensrichter Pigoult, ehemaliger Vorsteher des Pariser Büros, in dem auch Malin und Grévin die Juristerei erlernt hatten, wurde drei Monate darauf zum Präsidenten des Gerichtshofs von Arcis ernannt. Was Michu anging, so wußte Lechesneau von den Drohungen, die er früher gegen Marion ausgestoßen hatte, und von dem Hinterhalt, dem der Senator in seinem Park entgangen war. Diese beiden Tatsachen, deren eine sich aus der andern ergab, mußten als die Prämissen zu dem gegenwärtigen Attentat hingestellt werden, und sie bezeichneten den ehemaligen Verwalter um so eindeutiger als den Führer der Missetäter, als auch Grévin, seine Frau, Violette und Madame Marion erklärten, sie hätten unter den Maskierten einen erkannt, der Michu aufs Haar geähnelt habe. Die Farbe des Haares, die des Bartes, die untersetzte Gestalt des Betreffenden hätten die Verkleidung beinahe überflüssig gemacht. Wer außer Michu hätte übrigens das Tor von Cinq-Cygne mit einem Schlüssel öffnen können? Der jetzige Verwalter und seine Frau sagten, als sie von Arcis zurückkamen und verhört wurden, aus, sie hätten beide Tore abgeschlossen. Der Friedensrichter untersuchte die Tore gemeinsam mit dem Feldhüter und seinem Kanzlisten und fand keinerlei Spuren eines gewaltsamen Einbruchs.

»Als wir ihn vor die Tür setzten, hat er wahrscheinlich die Doppelschlüssel des Schlosses behalten«, sagte Grévin. »Und er muß einen verzweifelten Streich geplant haben, denn er hat innerhalb von zwanzig Tagen seinen gesamten Besitz verkauft und vorgestern in meinem Büro den Kaufpreis erhoben.« – »Die andern haben ihm alles auf den Rücken geladen!« rief Lechesneau, dem das auffiel. »Er hat ja gezeigt, daß er ihnen mit Leib und Seele ergeben ist.«

Wer konnte denn auch die Inneneinrichtung des Schlosses besser kennen als die Herren de Simeuse und d'Hauteserre? Keiner der Eindringlinge hatte sich beim Durchstöbern geirrt; überallhin hatten sie sich mit einer Sicherheit bewegt, was bewies, daß die Gruppe genau wußte, was sie wollte, und vor allem, wo es zu holen war. Keiner der Schränke, die offen geblieben waren, war gewaltsam geöffnet worden: also besaßen die Delinquenten die Schlüssel; und seltsam, sie hatten nicht das geringste mitgenommen. Also handelte es sich nicht um Diebstahl. Schließlich hatte Violette, der bereits die Pferde des Schlosses von Cinq-Cygne erkannt hatte, die Gräfin vor dem Pavillon des Verwalters Schmiere stehen sehen. Aus diesem Gesamtbild der Tatbestände und Aussagen ergab sich auch für einen gänzlich unvoreingenommenen Richter die Wahrscheinlichkeit einer Schuld der Herren de Simeuse, d'Hauteserre und Michus; und diese Wahrscheinlichkeit mußte für einen Direktor des Geschworenen-Kollegiums zur Gewißheit werden. Was beabsichtigten sie jetzt mit dem künftigen Grafen de Gondreville? Wollten sie ihn zur Aufgabe seines Guts zwingen, für dessen Kauf der Verwalter angeblich schon 1799 die Kapitalien besessen hatte? Hier bekam alles ein anderes Ansehen.

Der gelehrte Kriminalist fragte sich, was das Ziel der emsigen Nachforschungen im Schloß gewesen sein möge. Hätte es sich um einen Racheakt gehandelt, so hätten die Verbrecher Malin umbringen können. Vielleicht war der Senator tot und begraben. Die Entführung deutete zumindest auf eine Freiheitsberaubung hin. Wozu diese Freiheitsberaubung, nachdem die Nachforschungen im Schloß durchgeführt worden waren? Es war doch Wahnsinn, anzunehmen, die Entführung eines Würdenträgers des Kaiserreichs könne lange geheim bleiben! Die schnelle Entdekkung, die diesem Attentat folgen mußte, hob seinen Nutzen wieder auf.

Auf diese Einwendungen erwiderte Pigoult, die Justiz könne

nie alle Motive der Verbrecher enträtseln. Bei allen Kriminalverbrechen gebe es zwischen Richter und Verbrecher und zwischen Verbrecher und Richter dunkle Punkte; das Gewissen habe seine Abgründe, in die menschliches Licht nur durch das Geständnis der Schuldigen falle.

Grévin und Lechesneau nickten beipflichtend, ohne deswegen die Blicke von dem Dunkel abzuwenden, das aufzuklären ihnen wichtig war. – »Und der Kaiser hat sie obendrein noch begnadigt«, sagte Pigoult zu Grévin und Madame Marion; »er hat sie von der Emigrantenliste gestrichen, obwohl sie der letzten Verschwörung gegen ihn angehörten!«

Lechesneau schickte, ohne länger zu zögern, seine ganze Gendarmerie in den Wald und das Tal von Cinq-Cygne; er gab dabei Giguet den Friedensrichter zum Begleiter; jener Friedensrichter wurde nach dem Wortlaut des Gesetzes jetzt zu seinem Hilfskriminalpolizeioffizier. Er beauftragte ihn, in der Gemeinde Cinq-Cygne die Grundlagen für die Untersuchung zu sammeln und im Notfall alle Verhöre vorzunehmen; der Beschleunigung halber diktierte und unterschrieb er auch gleich den Haftbefehl gegen Michu, dessen Schuld offenbar zu sein schien. Als der Friedensrichter und die Gendarmen fort waren, machte Lechesneau sich an die wichtige Aufgabe, die Haftbefehle gegen die Simeuses und die d'Hauteserres zu erlassen. Nach der gesetzlichen Vorschrift mußten diese Dokumente alles aufzählen, was den Beschuldigten zur Last gelegt wurde.

Giguet und der Friedensrichter fuhren so schnell nach Cinq-Cygne, daß sie die Dienerschaft des Schlosses trafen, als sie gerade aus Troyes zurückkam. Er hielt die Leute an und führte sie zum Bürgermeister, wo er sie einem Verhör unterwarf; jeder sagte ganz naiv, ohne zu ahnen, wie wichtig seine Antwort sei, er habe tags zuvor die Erlaubnis erhalten, für einen ganzen Tag nach Troyes zu gehen. Auf eine Zwischenfrage des Friedensrichters erwiderten sie gleichermaßen, Mademoiselle habe ihnen diese kleine Abwechslung, die sie nicht erwartet hatten, von sich aus angeboten. Die Aussagen schienen dem Friedensrichter so wichtig, daß er den Ägyptenkämpfer nach Gondreville schickte, um Lechesneau zu bitten, er möge doch selber herüberkommen und die Verhaftung der Edelleute auf Cinq-Cygne vornehmen;

so könnten sie gleichzeitig vorgehen, denn er begebe sich nach Michus Pachthof, um das vermutliche Haupt der Übeltäter dort zu überraschen. Diese neuen Indizien schienen so entscheidend zu sein, daß Lechesneau auf der Stelle nach Cinq-Cygne aufbrach, Grévin empfahl er, sorgfältig die Spuren zu bewachen, die die Pferde im Park hinterlassen hatten. Der Direktor des Geschworenen-Kollegiums wußte, welche Freude sein Vorgehen gegen die alten Adligen, die Feinde des Volkes, die jetzt zu Feinden des Kaisers geworden waren, in Troyes auslösen würde. In solcher Gemütsverfassung hält ein Richter leicht bloße Annahmen für offenkundige Beweise. Dennoch erachtete Lechesneau, als er im eigenen Wagen des Senators von Gondreville aus nach Cinq-Cygne fuhr (zweifellos hätte er es ohne die Leidenschaft, der er seine Ungnade verdankte, denn der Kaiser wurde prüde, zu einer der ersten Richterstellen gebracht), die Verwegenheit der jungen Herren und Michus als sehr unklug; ihm schien, als sei sie kaum vereinbar mit der Intelligenz der Mademoiselle de Cinq-Cygne. Im tiefsten Innern glaubte er an andere Absichten als die, von dem Senator eine Abtretung Gondrevilles zu erpressen. In allen Ämtern, auch bei der Richterschaft, findet sich etwas, das als das Berufsgewissen bezeichnet werden muß. Lechesneaus Ratlosigkeit entsprang der Gewissenhaftigkeit, mit der jeder Mensch ihm obliegende Pflichten erledigt und mit der sich die Gelehrten der Wissenschaft, die Künstler der Kunst und die Richter der Rechtsprechung widmen. Daher bieten auch vielleicht die Richter den Angeklagten mehr Sicherheiten als die Geschworenen. Der Richter vertraut nur den Gesetzen der Vernunft, während der Geschworene sich von den Gefühlswallungen fortreißen läßt. Der Direktor des Geschworenen-Kollegiums stellte sich mehrere Fragen und nahm sich vor, bei der Verhaftung der Verdächtigen befriedigende Antworten darauf zu suchen. Obwohl die Nachricht von der Entführung Malins die Stadt Troyes bereits in Aufregung versetzt hatte, war sie in Arcis um acht Uhr noch unbekannt, denn als der Friedensrichter und die Gendarmerie geholt worden waren, hatte alle Welt beim Abendessen gesessen; auf Cinq-Cygne endlich wußte niemand etwas davon, obwohl Tal und Schloß bereits zum zweitenmal umstellt wurden, diesmal freilich von der Justiz und nicht von der Polizei; Unterhandlungen, die mit der einen möglich sind, sind bei der andern oft unmöglich.

Laurence hatte Marthe, Catherine und den Durieus nur zu sagen brauchen, sie sollten im Schloß bleiben, ohne ins Freie zu gehen oder auch nur hinauszuschauen, um strengen Gehorsam zu finden. Nach jedem Ritt machten die Pferde im Hohlweg vor der Bresche halt, und von dort aus hatten Robert und Michu, die Kräftigsten der Truppe, die Beutel heimlich durch die Bresche in einen Keller unter der Treppe jenes Turms tragen können, der der Mademoisellen-Turm genannt wird. Als sie gegen halb sechs wieder im Schloß anlangten, machten die vier Edelleute und Michu sich sogleich daran, das Gold dort unten zu vergraben. Laurence und die d'Hauteserres hielten es für geraten, den Keller zu vermauern. Diese Arbeit übernahm Michu; Gothard sollte ihm helfen, er eilte auf den Pachthof, um ein paar Säcke Gips zu holen, die von der Erbauung des Hofs her übriggeblieben waren, und Marthe kehrte nach Hause zurück, um ihm die Säcke heimlich auszuhändigen. Der von Michu erbaute Pachthof stand auf der Höhe, von der aus er einst die Gendarmen beobachtet hatte, und man erreichte ihn durch den Hohlweg. Michu war ausgehungert und beeilte sich daher so sehr, daß er schon gegen halb acht mit seiner Arbeit fertig war. Er schritt auf dem Heimweg tüchtig aus, da er Gothard abfangen wollte, damit dieser einen letzten Sack Gips, den nötig zu haben er geglaubt hatte, nicht erst hinunterzuschleppen brauchte. Sein Pachthof war bereits von dem Feldhüter von Cinq-Cygne, dem Friedensrichter, seinem Kanzlisten und drei Gendarmen umstellt, sie hielten sich alle versteckt und ließen ihn hinein, als sie ihn kommen hörten.

Michu traf Gothard, der den Sack auf der Schulter hatte, und rief ihm schon von weitem zu: »Ich bin fertig, Junge, trag ihn wieder hinein und iß mit uns zu Abend.« Die Stirn schweißbedeckt, die Kleider mit Gips und Splittern der schmutzigen Steine besudelt, die aus dem Schutt der Bresche stammten, kam Michu fröhlich in die Küche seines Pachthofs, wo Marthes Mutter und Marthe selber die Suppe aufgetragen hatten und auf ihn warteten.

Gerade, als Michu den Hahn der Wasserleitung aufdrehte, um

sich die Hände zu waschen, trat der Friedensrichter mit seinem Kanzlisten und dem Feldhüter ein. »Was wollen Sie von uns, Monsieur Pigoult?« fragte Michu. – »Im Namen des Kaisers und des Gesetzes: ich verhafte Sie!« sagte der Friedensrichter.

Jetzt erschienen auch die drei Gendarmen, sie führten Gothard herbei. Als Marthe und ihre Mutter die betreßten Hüte sahen, wechselten sie einen entsetzten Blick. »Ach was! Warum denn?« fragte Michu und setzte sich an den Tisch. »Fülle mir auf, ich habe Hunger«, sagte er zu seiner Frau. – »Das wissen Sie ebensogut wie wir«, antwortete der Friedensrichter und gab seinem Kanzlisten einen Wink, mit dem Protokoll zu beginnen, nachdem er dem Pächter den Haftbefehl gezeigt hatte.

»Na, spielst du den Erstaunten, Gothard? Willst du nun mit uns essen oder nicht?« fragte Michu; »laß die ruhig ihr dummes Zeug schreiben.« – »Sie erkennen an, in welchem Zustand Ihre Kleider sind?« fragte der Friedensrichter. »Sie leugnen auch die Worte nicht, die Sie auf Ihrem Hof zu Gothard sagten?«

Michu, den seine ob seiner Kaltblütigkeit fassungslose Frau bediente, aß mit der Gier des Hungrigen und gab keine Antwort; sein Mund war voll und sein Herz unschuldig. Gothards Eßlust war einer grauenhaften Angst gewichen.

»Heraus mit der Sprache«, sagte der Feldhüter Michu ins Ohr, »was haben Sie mit dem Senator angestellt? Wie die Leute von der Justiz sagen, handelt es sich für Sie um die Todesstrafe.« – »Oh, mein Gott!« rief Marthe, die die letzten Worte gehört hatte und wie vom Blitz getroffen umsank. – »Violette muß uns einen schändlichen Streich gespielt haben!« rief Michu, dem die Worte der Gräfin einfielen. – »Sie wissen also, daß Violette Sie gesehen hat?« fragte der Friedensrichter.

Michu biß sich auf die Lippen und beschloß, nichts mehr zu sagen. Gothard ahmte diese Zurückhaltung nach. Als der Friedensrichter merkte, wie nutzlos seine Bemühungen blieben, Michu zum Reden zu bringen, und da er überdies um das wußte, was in der Gegend als Michus Verderbtheit bezeichnet wurde, befahl er, ihm wie Gothard die Hände zu fesseln und sie zum Schloß Cinq-Cygne zu führen; er selber machte sich ebenfalls nach dort auf den Weg, um wieder mit dem Direktor des Geschworenen-Kollegiums zusammenzutreffen.

Die Edelleute und Laurence hatten zu großen Hunger und waren viel zu erpicht auf das Abendessen, als daß sie es noch hätten hinausschieben wollen, um zuvor Toilette zu machen. Die Gräfin kam im Reitkleid, die Edelleute in weißer Lederhose, Reitstiefeln und grüner Tuchjacke; im Salon fanden sie Monsieur und Madame d'Hauteserre, die ziemlich unruhig waren. Der gute alte Herr hatte das Kommen und Gehen bemerkt; vor allem aber war ihm aufgefallen, welches Mißtrauen ihm bezeigt wurde, denn Laurence hatte ihn schließlich nicht gut der Aufsicht der Leute unterstellen können. Als daher einer seiner Söhne einer Antwort auf seine Frage ausgewichen und einfach weggegangen war, hatte er zu seiner Frau gesagt: »Ich fürchte, Laurence brockt uns wieder etwas ein!«

»Was habt ihr denn heute gejagt?« fragte Madame d'Hauteserre Laurence. – »Oh, Sie werden eines Tages schon erfahren, an welchem schlimmen Streich Ihre Söhne teilgenommen haben«, erwiderte sie lachend.

Obgleich diese Worte im Scherz gesprochen worden waren, erzitterte die alte Dame. Catherine meldete, es sei angerichtet. Laurence gab Monsieur d'Hauteserre den Arm und lächelte über die Bosheit, die sie ihren Vettern antat, indem sie einen von ihnen zwang, der alten Dame, die nach ihrer Vereinbarung zum Orakel geworden war, den Arm zu bieten. Der Marquis de Simeuse führte Madame d'Hauteserre zu Tisch. Die Situation wurde jetzt so feierlich, daß Laurence und ihre beiden Vettern, als das Benedicite gesprochen war, ihr Herz heftig pochen fühlten. Madame d'Hauteserre, die servierte, fiel die Angst auf, die sich auf den Gesichtern der beiden Simeuses spiegelte, während das Lammgesicht der Gräfin von heftiger Erregung zeugte.

»Es muß doch irgend etwas Außerordentliches geschehen sein!« rief sie und blickte sie alle an. – »Mit wem sprechen Sie?« fragte Laurence. »Mit euch allen«, antwortete die alte Dame. »Ich, Mutter«, sagte Robert, »habe bloß einen Bärenhunger.«

Madame d'Hauteserre, die noch immer unruhig war, reichte dem Marquis de Simeuse einen Teller, den sie eigentlich dem Jüngeren zugedacht hatte. »Es geht mir wie eurer Mutter, ich irre mich immer, trotz eurer Halstücher. Ich glaubte, Ihrem Bruder den Teller zu reichen«, sagte sie. »Sie haben ihm mehr gereicht, als Sie glaubten«, sagte der Jüngere erbleichend; »jetzt ist er Graf de Cinq-Cygne.«

Der arme Junge, der sonst so heiter gewesen war, wurde für immer traurig. Aber er brachte noch die Kraft auf, Laurence lächelnd anzuschauen und seinen tödlichen Schmerz zurückzudrängen. In einem einzigen Augenblick verwandelte sich der Liebhaber in den Bruder.

»Wie! die Gräfin hätte ihre Wahl getroffen?« rief die alte Dame. – »Nein«, sagte Laurence, »wir haben es dem Zufall überlassen, und Sie waren sein Werkzeug.« Sie berichtete, was sie morgens vereinbart hatten. Der ältere Simeuse fühlte, als er sah, wie das Gesicht seines Bruders immer bleicher wurde, von Sekunde zu Sekunde immer wieder das Verlangen auszurufen: Heirate du sie, ich will sterben! Als das Dessert aufgetragen wurde, hörten die Bewohner von Cinq-Cygne ein Pochen an dem Fenster des Eßzimmers, das auf den Garten hinausging. Der ältere d'Hauteserre, der aufstand und es öffnete, verschaffte dem Pfarrer Eingang, dessen Hose am Spaliergitter zerrissen war, als er die Mauer des Parks überklettert hatte.

»Fliehen Sie! Sie sollen verhaftet werden!« – »Warum denn?« – »Das weiß ich noch nicht, aber es wird gegen Sie vorgegangen!«

Diese Worte wurden mit allgemeinem Gelächter empfangen. »Wir sind unschuldig!« riefen die vier Edelleute. – »Unschuldig oder schuldig«, sagte der Pfarrer, »steigen Sie zu Pferde und suchen Sie die Grenze zu erreichen. Da können Sie dann Ihre Unschuld nachweisen. Eine Verurteilung in contumaciam kann aufgehoben werden, ein Urteil in offener Hauptverhandlung, das von den Volksleidenschaften durchgesetzt ist und von Vorurteilen gefordert wird, nicht. Denken Sie an das Wort des Präsidenten Harlay[49]: ›Würde ich beschuldigt, ich hätte die Türme von Notre-Dame gestohlen, so würde ich zunächst einmal fliehen!‹« – »Aber fliehen, heißt das nicht, seine Schuld zugeben?« rief der Marquis de Simeuse. – »Flieht nicht!« sagte Laurence. – »Immer solche sublimen Dummheiten!« rief der Pfarrer verzweifelt. »Wenn ich Gottes Macht besäße, würde ich Sie entrücken. Aber wenn ich in diesem Zustand hier gesehen werde, würde dieser merkwürdige Besuch gegen Sie wie gegen mich ausgebeutet werden. Ich mache mich auf demselben Weg aus dem Staube. Denken Sie nach! Noch haben Sie Zeit! Die Herren von der Justiz haben nicht an die Grenzmauer des Pfarrhofs gedacht, und Sie sind auf allen Seiten umstellt.«

Ein paar Augenblicke später erfüllten der Hall der Schritte einer großen Menschenmenge und das Säbelklirren der Gendarmerie den Hof und klangen bis in das Eßzimmer hinauf, als der arme Pfarrer gerade fortgehastet war; er hatte mit seinen Ratschlägen nicht mehr Erfolg gehabt als der Marquis de Chargeboeuf mit den seinigen.

»Unser gemeinsames Dasein«, sagte der jüngere Simeuse melancholisch zu Laurence, »ist eine Ungeheuerlichkeit, und wir erliegen einer ungeheuerlichen Liebe. Diese Ungeheuerlichkeit hat Besitz ergriffen von deinem Herzen. Vielleicht sind die Zwillinge, von denen uns die Geschichte berichtet, alle unglücklich gewesen, weil in ihnen die Gesetze der Natur umgestoßen worden sind. Sieh, mit welcher Beharrlichkeit uns das Schicksal verfolgt. Jetzt ist deine Entscheidung durch das Verhängnis abermals verzögert worden.«

Laurence war völlig benommen; wie ein Summen vernahm sie folgende für sie unheilvolle Worte, die der Direktor des Geschworenen-Kollegiums aussprach: »Im Namen des Kaisers und des Gesetzes: ich verhafte die Herren Paul-Maria und Maria-Paul de Simeuse, Adrien und Robert d'Hauteserre. Die Herren«, fügte er hinzu, wobei er denen, die ihn begleiteten, die Schmutzspuren auf den Kleidern der Verhafteten zeigte, »werden nicht leugnen, daß sie einen Teil des heutigen Tages zu Pferde verbracht haben?« – »Wessen klagen Sie sie an?« fragte Laurence hochmütig. – »Mademoiselle verhaften Sie nicht?« fragte Giguet. – »Ich lasse sie gegen Bürgschaft in Freiheit, bis die Anklagen, die gegen sie erhoben werden, genauer untersucht worden sind.«

Goulard bot seine Bürgschaft an, er bat die Gräfin lediglich um ihr Ehrenwort, nicht zu entfliehen. Laurence schmetterte den ehemaligen Reitknecht des Hauses Simeuse durch einen Blick voller Hochmut zu Boden, der ihr in jenem Mann einen Todfeind schuf; ihm quoll eine Träne aus den Augen, eine jener Tränen der Wut, die auf eine ganze Hölle von Schmerzen deuten.

Die vier Edelleute tauschten einen furchtbaren Blick und blieben starr stehen. Monsieur und Madame d'Hauteserre fürchteten, von den vier jungen Herren und von Laurence getäuscht worden zu sein, und saßen in einem Zustand unbeschreiblicher Betäubung da. Diese Eltern, die zusehen mußten, wie ihnen die Söhne entrissen wurden, um die sie so viele Ängste erlitten und die sie endlich zurückerhalten hatten, blickten, in ihre Sessel gedrückt, vor sich hin, ohne etwas zu sehen, und horchten, ohne etwas zu hören.

»Muß ich Sie erst bitten, mein Bürge zu sein, Monsieur d'Hauteserre?« rief Laurence ihrem ehemaligen Vormund zu, den dieser Ruf auffahren ließ; er war für ihn hell und schneidend wie der Klang der Posaune des Jüngsten Gerichts. Der Greis wischte sich die Tränen ab, die ihm in die Augen traten; er begriff alles und sagte leise zu seiner Nichte: »Verzeihung, Gräfin ... Sie wissen, ich bin mit Leib und Seele der Ihre.«

Lechesneau, dem die Ruhe dieser beim Abendessen sitzenden Schuldbeladenen zunächst einigen Eindruck gemacht hatte, gelangte zu seinen ersten Empfindungen über ihre Schuld zurück, als er die Erstarrung der Eltern und den nachdenklichen Ausdruck der Gräfin sah, die sich über die ihnen gelegte Falle klarzuwerden suchte.

»Meine Herren«, sagte er höflich, »Sie sind zu gut erzogen, um nutzlosen Widerstand zu leisten; folgen Sie mir alle vier in die Ställe, wo wir in Ihrer Gegenwart die Eisen Ihrer Pferde ablösen müssen; sie dürften für den Prozeß wichtige Beweisstücke ergeben und vielleicht Ihre Unschuld oder Ihre Schuld dartun. Kommen auch Sie mit, Mademoiselle ...«

Lechesneau hatte den Hufschmied von Cinq-Cygne und dessen Gesellen als Sachverständige kommen lassen. Während der Verrichtung in den Ställen langte der Friedensrichter mit Gothard und Michu an. Allen Pferden wurden die Eisen abgenommen und zusammengebunden, wobei sie mit Zeichen versehen wurden; sie sollten mit den Spuren verglichen werden, die die Pferde der Urheber des Anschlags im Park hinterlassen hatten; das nahm Zeit in Anspruch. Trotzdem ließ Lechesneau die Angeklagten unter der Aufsicht der Gendarmen zurück und ging ins Eßzimmer, als ihm Pigoults Ankunft gemeldet wurde, um das Protokoll zu diktieren; der Friedensrichter wies ihn darauf hin, in welchem Zustand Michus Kleidung sei, und berichtete ihm über die Einzelheiten der Verhaftung.

»Sie müssen den Senator ermordet und ihn irgendwo eingemauert haben«, sagte Pigoult abschließend zu Lechesneau. – »Das befürchte ich jetzt ebenfalls«, antwortete der Richter. – »Wohin hast du den Gips getragen?« fragte er Gothard. Gothard begann zu weinen. – »Die Justiz macht ihm Angst«, sagte Michu, dessen Augen wie die eines im Netz gefangenen Löwen Flammen sprühten.

In diesem Augenblick langten die Leute von der Dienerschaft an, die bisher beim Bürgermeister zurückgehalten worden waren. Sie drängten sich ins Vorzimmer, wo Catherine und die Durieus weinend saßen; von ihnen erfuhren sie, wie wichtig die Aussagen waren, die sie gemacht hatten. Auf alle Fragen des Direktors und des Friedensrichters antwortete Gothard nur durch ein Schluchzen; durch sein Weinen steigerte er sich schließlich in eine Art Krampfanfall hinein, so daß sie erschraken und ihn in Ruhe ließen. Als der kleine Schlaukopf merkte, daß er nicht mehr überwacht wurde, schaute er Michu lächelnd an, und Michu zollte ihm durch einen Blick seinen Beifall. Lechesneau ließ den Friedensrichter allein, um die Sachverständigen zur Eile anzutreiben.

»Monsieur Pigoult«, sagte Madame d'Hauteserre schließlich, »können Sie uns den Anlaß zu diesen Verhaftungen erklären?« – »Die Herren werden beschuldigt, den Senator mit bewaffneter Hand entführt und seiner Freiheit beraubt zu haben; denn daß sie ihn gemordet hätten, nehmen wir trotz des Anscheins noch nicht an.« – »Und welche Strafe hätten die Urheber dieses Verbrechens zu gewärtigen?« fragte der alte Marquis. – »Da die Gesetze, die das neue Gesetzbuch nicht ausdrücklich aufhebt, in Kraft bleiben, steht darauf die Todesstrafe«, antwortete der Friedensrichter. – »Die Todesstrafe!« rief Madame d'Hauteserre und fiel in Ohnmacht.

In diesem Augenblick trat der Pfarrer mit seiner Schwester ein, die nach Catherine und der Durieu rief.

»Aber wir haben ihn nicht einmal gesehen, Ihren verfluchten Senator!« rief Michu. – »Eben das können Madame Marion, Madame Grévin, Monsieur Grévin, der Kammerdiener des Senators und Violette von Ihnen nicht behaupten«, sagte Pigoult mit dem bissigen Lächeln des überzeugten Richters. – »Jetzt begreife ich überhaupt nichts mehr!« sagte Michu, der ob dieser Antwort erstarrte und bereits zu vermuten begann, er sei mitsamt seinen Herren in ein gegen sie gerichtetes Komplott verwickelt worden.

Jetzt kamen alle aus den Ställen zurück. Laurence eilte zu Madame d'Hauteserre, die wieder zu sich gekommen war und zu ihr sagte: »Es steht die Todesstrafe darauf!« – »Die Todesstrafe ...!« wiederholte Laurence und blickte die vier Edelleute an.

Das Wort verbreitete überall Schrecken, und das machte Giguet als ein Mann, der von Corentin gelernt hatte, sich zunutze. »Es läßt sich noch alles beilegen«, sagte er und führte den Marquis de Simeuse in eine Ecke des Eßzimmers, »vielleicht ist das Ganze nur ein Scherz? Zum Teufel! Sie sind Soldat gewesen. Unter Soldaten versteht man sich. Was haben Sie mit dem Senator angestellt? Wenn Sie ihn umgebracht haben, ist es aus; aber wenn Sie ihn nur seiner Freiheit beraubt haben, dann geben Sie ihn heraus! Sie sehen doch, daß Ihr Anschlag mißglückt ist. Ich bin überzeugt, daß der Direktor des Geschworenen-Kollegiums die Strafverfolgung im Einverständnis mit dem Senator niederschlagen wird.« – »Wir verstehen absolut nichts von allen Ihren Fragen«, sagte der Marquis de Simeuse. – »Wenn Sie diese Tonart anschlagen, kann es weit kommen«, sagte der Leutnant.

»Liebe Kusine«, sagte der Marquis de Simeuse zu Laurence, »wir müssen ins Gefängnis; aber mach dir keine Sorge, in ein paar Stunden sind wir wieder da: Es liegen in dieser Sache Mißverständnisse vor, die sich aufklären werden.« – »Das wünsche ich in Ihrem Interesse, meine Herren«, sagte der Richter und gab Giguet einen Wink, die vier Edelleute, Gothard und Michu abzuführen. – »Bringen Sie sie nicht nach Troyes«, sagte er zu dem Leutnant; »behalten Sie sie auf Ihrer Dienststelle in Arcis; sie müssen morgen dabeisein, wenn wir bei Tag die Eisen ihrer Pferde mit den Spuren im Park vergleichen.«

Lechesneau und Pigoult brachen erst auf, nachdem sie zuvor Catherine, Monsieur d'Hauteserre, seine Frau und Laurence vernommen hatten. Die Durieus, Catherine und Marthe erklärten, sie hätten ihre Herren nur beim Mittagessen gesehen; Monsieur d'Hauteserre sagte aus, er habe sie auch um drei Uhr noch getroffen. Als Laurence gegen Mitternacht zwischen Monsieur und Madame d'Hauteserre dem Abbé Goujet und seiner Schwester gegenübersaß, und zwar ohne die vier jungen Herren, die seit achtzehn Monaten das Leben, die Liebe und die Freude dieses Schlosses waren, verharrte sie lange in einem Schweigen, das niemand zu brechen wagte. Nie ist ein Kummer tiefer und umfassender gewesen. Endlich wurde ein Seufzer vernehmlich, und alle blickten auf. Marthe, die vergessen in einem Winkel saß, erhob sich und sagte: »Der Tod, gnädige Frau! . . . Sie werden getötet, trotz ihrer Unschuld!«

»Was haben sie getan?« fragte der Pfarrer. Laurence ging ohne ein Wort hinaus. Sie bedurfte der Einsamkeit, um inmitten dieses unvorhergesehenen Unheils ihre Kräfte wiederzufinden.

DRITTES KAPITEL

Ein politischer Prozeß während des Kaiserreiches

Nach vierunddreißig Jahren, einem Zeitraum, währenddessen drei große Revolutionen erfolgt sind, können sich heute nur noch sehr alte Leute des unerhörten Aufsehens entsinnen, das die Entführung eines Senators des französischen Kaiserreichs in Europa machte. Kein Prozeß, es seien denn die Trumeaux's[50], des Krämers an der Place Saint-Michel, und der Witwe Morin[51] während des Kaiserreichs, die Fualdès'[52] und Castaings[53] unter der Restauration und die der Madame Lafarge[54] und Fieschis[55] unter der gegenwärtigen Regierung – kein Prozeß konnte sich an Interesse und Merkwürdigkeit mit dem der jungen Herren vergleichen, die unter der Anklage standen, Malin entführt zu haben. Ein solcher Anschlag gegen ein Mitglied seines Senats weckte den ganzen Zorn des Kaisers, dem die Verhaftung der Verdächtigen fast gleichzeitig mit dem Verbrechen selbst und mit dem negativen Ergebnis der Nachforschungen gemeldet wurde. Der Wald war in allen seinen Tiefen durchsucht, das Département Aube und die benachbarten Départements in ihrer ganzen Ausdehnung durchstreift worden, und nicht die geringste Spur vom Durchzug oder vom Kerker des Grafen de Gondreville hatte sich gefunden. Napoleon berief den Justizminister zu sich, der Erkundigungen beim Polizeiminister eingezogen hatte und ihm auseinandersetzte, in welcher Situation Malin den Simeuses gegenüber gestanden hatte. Der Kaiser, der damals mit ernsten Dingen beschäftigt war, fand die Lösung des Problems in den früheren Ereignissen. »Diese jungen Leute sind wahnsinnig«, sagte er. »Ein Rechtsgelehrter wie Malin muß doch gewaltsam erzwungene Urkunden anfechten! Überwachen Sie die Adligen, damit wir erfahren, wie sie es anfangen, den Grafen de Gondreville wieder freizulassen.«

Er gab Befehl, in dieser Sache die größte Schnelligkeit zu entfalten; er erblickte in ihr ein Attentat gegen seine Institutionen, ein verhängnisvolles Beispiel des Widerstandes gegen die Auswirkungen der Revolution, einen Schlag gegen die große Frage der konfiszierten Güter und ein Hindernis gegen jene Verschmelzung der Parteien, die die ständige Sorge seiner Innenpolitik war. Schließlich sah er sich auch durch diese jungen Leute getäuscht, da sie ihm versprochen hatten, sich ruhig zu verhalten. »Fouchés Prophezeiung hat sich erfüllt!« rief er, als ihm der Satz einfiel, der seinem gegenwärtigen Polizeiminister vor zwei Jahren entschlüpft war, freilich nur unter dem Eindruck des Berichtes, den Corentin über Laurence erstattet hatte.

Unter einer konstitutionellen Regierung, wo niemand sich für ein blindes und stummes, undankbares und kühles Staatswesen interessiert, kann man sich schwerlich vorstellen, welchen Eifer ein Wort des Kaisers in seinem politischen oder administrativen Apparat auslöste. Sein gewaltiger Wille schien sich in gleichem Maße den Dingen wie den Menschen mitzuteilen. Nachdem der Kaiser sein Wort gesprochen hatte, vergaß er die ganze Angelegenheit, da er von der Koalition von 1806 überrascht wurde. Er dachte an neue Schlachten, die er liefern mußte, und er beschäftigte sich damit, seine Regimenter zu formieren, um die preußische Monarchie mit einem großen Schlag ins Herz zu treffen; aber sein Wunsch, die Rechtsprechung zu beschleunigen, fand eine kräftige Förderung in der Unsicherheit, unter der damals die Stellung aller Richter des Kaiserreichs litt. In jenem Augenblick bereiteten Cambacérès[56] in seiner Eigenschaft als Erzkanzler und der Justizminister Régnier[57] die Errichtung der erstinstanzlichen Gerichte, der kaiserlichen Gerichtshöfe und des Kassationshofes vor; sie brachten die Frage der Richtertracht in Fluß, auf die Napoleon mit Recht großen Wert legte; sie unterzogen das Personal einer Musterung und forschten nach den Resten der aufgehobenen Gerichte aus der Zeit der Monarchie. Natürlich glaubten die Richter des Départements Aube, wenn sie in der Angelegenheit der Entführung des Grafen de Gondreville großen Eifer bezeigten, würde das eine ausgezeichnete Empfehlung für sie sein. Napoleons Vermutungen wurden also für die Höflinge und die große Masse zu Gewißheiten.

Noch herrschte auf dem Festland Friede, und in Frankreich war die Bewunderung für den Kaiser ungeteilt: Er schmeichelte den Interessen, den Eitelkeiten, den Personen, den Dingen, kurz allem, sogar den Erinnerungen. Der Anschlag erschien somit aller Welt als ein Angriff auf das öffentliche Wohl. Daher wurden die armen Edelleute von allen Seiten mit Schmähungen überschüttet. Die Adligen, die in der Minderzahl und auf ihre Güter beschränkt waren, bedauerten die Angelegenheit unter sich, aber kein einziger wagte es, den Mund aufzutun. Wie hätte man sich auch der entfesselten öffentlichen Meinung widersetzen können? Im ganzen Département wurden die Leichen der elf im Jahre 1792 durch die Fensterläden des Hôtels Cinq-Cygne hindurch Erschossenen wieder aufs Tapet gebracht und gegen die Angeklagten ausgespielt. Es wurde befürchtet, die Emigranten würden, kühn geworden, samt und sonders gegen die Käufer ihrer Güter gewalttätig vorgehen, um die Rückerstattung dadurch vorzubereiten, daß sie auf diese Weise gegen eine ungerechte Beraubung protestierten. Die vier edlen Menschen wurden also als Räuber, Diebe und Mörder bezeichnet, und vor allem Michus Mittäterschaft wurde ihnen verhängnisvoll. Dieser Mensch, der oder dessen Schwiegervater alle Köpfe hatte abhauen lassen, die während der Schreckensherrschaft im Département gefallen waren, wurde zum Gegenstand der lächerlichsten Märchen. Die Erbitterung war um so lebhafter, als Malin fast allen Beamten des Départements Aube ihre Stellungen verschafft hatte.

Keine hochherzige Stimme erhob sich, um der öffentlichen Meinung zu widersprechen. Auch besaßen die Unglücklichen kein gesetzliches Mittel, die Anklagen zu bekämpfen; denn da das Gesetzbuch vom Brumaire des Jahres IV sowohl die Grundlagen der Anklage wie auch das Urteil in die Hand der Geschworenen legte, hatte es den Angeklagten nicht die ungeheure Rechtssicherheit der Berufung geben können, sobald es sich um einen begründeten Verdacht handelte. Am zweiten Tage nach der Verhaftung wurden die Herren und die Dienerschaft des Schlosses von Cinq-Cygne vor die Anklagegeschworenen geladen. Cinq-Cygne war unter der Obhut des Pächters und unter der Oberaufsicht des Abbé Goujet und seiner Schwester belassen worden, die ins Schloß zogen. Mademoiselle de Cinq-Cygne, Monsieur und Madame d'Hauteserre siedelten in das kleine Haus über, das Durieu in einem der langen, ausgedehnten Vororte von Troyes besaß, die sich rings um die Stadt erstreckten. Laurence krampfte sich das Herz zusammen, als sie aus mehreren der kleinen Zwischenfälle, wie sie in den Gerichtsstädten der Provinz stets den Verwandten der in eine Strafsache verwickelten Leute begegnen, die Wut der Massen, die Bosheit der Bürger und die Feindseligkeit der Behörden erkannte. Statt ermutigender oder teilnehmender Worte hört man Unterhaltungen, aus denen grauenhafte Rachbegierden hervorbrechen, Beweise des Hasses statt der Bekundungen strenger Höflichkeit oder der vom Anstand gebotenen Zurückhaltung; vor allem aber macht sich eine Absonderung bemerkbar, die gewöhnliche Menschen sich sehr zu Herzen nehmen und die um so schneller auftritt, als Unglück stets Mißtrauen erweckt. Laurence, die ihre Selbstbeherrschung zurückgewonnen hatte, rechnete auf die klar zutage liegende Unschuld, und sie verachtete die Masse zu sehr, um vor dem mißbilligenden Schweigen zu erschrecken, mit dem ihr begegnet wurde. Sie machte Monsieur und Madame d'Hauteserre Mut, während sie zugleich an den Rechtskampf dachte, der vor dem Kriminalgericht stattfinden würde, und zwar, nach der Geschwindigkeit des Verfahrens zu urteilen, schon sehr bald. Aber sie sollte noch einen Schlag erhalten, den sie nicht erwartete und der ihren Mut minderte. In diesem Zusammenbruch und der allgemeinen Entfesselung, gerade als die heimgesuchte Familie sich gewissermaßen in einer Wüste sah, wuchs plötzlich in den Augen der Gräfin ein Mann empor, der nun die ganze Schönheit seines Charakters zeigte. An dem Tage, da die Anklage – nachdem sie durch die Formel: ›Ja, es wird stattgegeben‹, welche der Obmann der Gendarmerie unter die Anklageschrift setzte, bestätigt worden war – dem öffentlichen Ankläger zugestellt und der gegen die Angeklagten erlassene Haftbefehl in die Verhängung der Untersuchungshaft umgewandelt wurde, kam der Marquis de Chargeboeuf in seiner alten Kalesche seiner jungen Verwandten mutig zu Hilfe. Da er, das Oberhaupt jener hochangesehenen Familie, die Beschleunigung des Verfahrens voraussah, war er eilends nach Paris gefahren und brachte einen der abgefeimtesten und anständigsten Staatsanwälte der alten Zeit mit; es war Bordin, der in Paris zehn Jahre lang der Rechtsbeistand des Adels blieb und dessen Nachfolger später der berühmte Advokat Derville wurde. Dieser würdige Mann wählte auf der Stelle zum Advokaten den Enkel eines ehemaligen Vorsitzenden des königlichen Gerichts der Normandie; der junge Mann wollte die Richterlaufbahn einschlagen und hatte seine Studien unter Bordins Anleitung gemacht. Der junge Advokat – um einen abgeschafften Titel zu benutzen, den aber der Kaiser wieder einführen sollte – wurde denn auch wirklich nach diesem Prozeß zum Stellvertreter des Generalstaatsanwalts zu Paris ernannt, und er wurde einer unserer berühmtesten juristischen Beamten. Monsieur de Granville übernahm die Verteidigung als eine Gelegenheit, mit Glanz zu debütieren. Um jene Zeit wurden die Advokaten durch Offizialverteidiger ersetzt. Das Recht der Verteidigung war nicht beschränkt; alle Bürger konnten für die Sache der Unschuld eintreten; aber die Angeklagten nahmen dennoch vielfach ehemalige Advokaten, um sich verteidigen zu lassen. Der alte Marquis, den die Verwüstung, die der Schmerz bei Laurence angerichtet hatte, erschreckte, war wundervoll in seinem Zartgefühl und seinem Takt. Er erinnerte nicht an seine in den Wind geredeten Ratschläge; er stellte Bordin als ein Orakel hin, dessen Anweisungen buchstäblich befolgt werden müßten, den jungen Granville aber als einen Verteidiger, zu dem man volles Vertrauen haben könne. Laurence reichte dem alten Marquis die Hand und drückte die seine mit einer Lebhaftigkeit, die ihn entzückte. »Sie hatten recht«, sagte sie. – »Wollen Sie jetzt auf meine Ratschläge hören?« fragte er. Die junge Gräfin machte wie das Ehepaar d'Hauteserre ein Zeichen der Zustimmung. »Nun, dann kommen Sie in mein Haus; es liegt in der Stadtmitte, dicht beim Gerichtsgebäude; Sie und Ihre Advokaten dürften dort besser aufgehoben sein als hier, wo Sie dicht aufeinanderhocken und viel zu weit vom Schlachtfeld entfernt sind. Von hier aus müßten Sie ja jeden Tag die ganze Stadt durchqueren.«

Laurence nahm das Anerbieten an; der alte Herr führte sie und Madame d'Hauteserre in sein Haus, das während des ganzen Prozesses die Wohnstätte der Verteidiger und der Bewohner von Cinq-Cygne blieb. Nach dem Abendessen ließ Bordin sich bei verschlossenen Türen von Laurence umständlich alle Einzelheiten der Angelegenheit erzählen; er bat sie, nicht das geringste auszulassen, obwohl der Marquis ihm und dem jungen Advokaten während der gemeinsamen Reise von Paris nach Troyes schon einiges von den früheren Geschehnissen erzählt hatte. Bordin hörte zu, die Füße am Kamin, ohne sich irgendwie aufzuspielen. Der junge Advokat freilich konnte nicht umhin, seine Aufmerksamkeit zwischen seiner Bewunderung für Mademoiselle de Cinq-Cygne und den Grundlagen des Prozesses zu teilen.

»Ist das auch wirklich alles?« fragte Bordin, als Laurence die Ereignisse des Dramas so berichtet hatte, wie sie in dieser Erzählung bisher geschildert worden sind. – »Ja«, antwortete sie.

Einige Augenblicke herrschte im Wohnzimmer des Hôtels Chargeboeuf, in dem sich diese Szene, eine der ernstesten und seltensten, die sich während eines Lebens ereignen können, abspielte, tiefstes Schweigen. Jeder Prozeß wird vor den Richtern schon von den Advokaten beurteilt, gerade wie der Tod des Kranken von den Ärzten vorausgeahnt wird, ehe der Kampf beginnt, den die einen gegen die Natur, die andern gegen die Justiz zu führen haben. Laurence, Monsieur und Madame d'Hauteserre und der Marquis hielten die Augen auf das dunkle, von tiefen Pockennarben entstellte Greisengesicht des alten Staatsanwalts geheftet, der Worte über Leben und Tod auszusprechen im Begriff stand. Laurence sah den jungen Advokaten an und fand, daß sein Gesicht bekümmert geworden war.

»Nun, mein lieber Bordin?« fragte der Marquis und hielt ihm seine Tabaksdose hin, aus der der Anwalt mit zerstreuter Miene eine Prise nahm.

Bordin rieb sich die Waden seiner mit grobgewirkten Strümpfen aus schwarzer Florettseide bekleideten Beine; er trug nämlich Kniehosen aus schwarzem Tuch und einen Rock, der sich in seiner Form den Röcken näherte, die man Röcke à la française nennt; er ließ seinen boshaften Blick über seine Klienten schweifen und legte einen furchtsamen Ausdruck hinein, vor dem sie erstarrten. »Soll ich Ihnen das vorsezieren«, fragte er, »und ganz offen reden?« – »Aber gewiß doch, Monsieur Bordin!« erwiderte Laurence.

»Alles Gute, das Sie getan haben, verwandelt sich in Anklagen wider Sie«, sagte der alte Praktiker. »Ihre Verwandten sind nicht zu retten, nur das Strafmaß kann erniedrigt werden. Daß Sie Michu befohlen haben, seinen Besitz zu verkaufen, wird als der klarste Beweis für Ihre verbrecherischen Absichten gegen den Senator gelten. Ihre Leute haben Sie eigens nach Troyes geschickt, um allein zu sein, und das wird um so eher Glauben finden, als es sogar die Wahrheit ist. Der ältere d'Hauteserre hat Beauvisage gegenüber ein furchtbares Wort fallen lassen, das Sie alle ins Verderben stürzt. Sie haben auf Ihrem Hof ebenfalls etwas gesagt, das Ihre schlimmen Absichten gegen Gondreville schon im voraus erkennen ließ. Sie selber standen im Augenblick des Handstreichs am Gitter auf der Lauer; wenn Sie nicht unter Anklage gestellt worden sind, dann einzig, um nicht irgendein Element in die Sache hineinzutragen, das Anteilnahme wecken könnte.«

»Die Sache ist unhaltbar!« sagte Monsieur de Granville. – »Sie ist um so unhaltbarer«, fuhr Bordin fort, »als die Wahrheit nicht mal gesagt werden kann. Michu und die Herren de Simeuse und d'Hauteserre müssen sich darauf beschränken, daß sie ganz einfach behaupten, sie seien während eines Teils des Tages mit Ihnen im Walde gewesen und zum Essen nach Cinq-Cygne geritten. Aber wenn wir feststellen können, daß Sie sämtlich um drei Uhr, als das Attentat erfolgte, im Schloß waren, welches sind da unsere Zeugen? Marthe, die Frau eines Angeklagten; die

Durieus und Catherine, bei Ihnen bedienstete Leute; Monsieur und Madame hier, Vater und Mutter zweier Angeklagten! Solche Zeugen haben keinen Wert, das Gesetz erlaubt nicht, sie in dieser Sache zu verwenden, der gesunde Menschenverstand läßt sie nicht gelten, wenn sie zu Ihren Gunsten aussagen. Wenn Sie etwa gar aussagten, Sie hätten elfhunderttausend Francs in Gold aus dem Walde holen wollen, so würden Sie alle Angeklagten als Diebe auf die Galeeren bringen. Der öffentliche Ankläger, die Geschworenen, die Richter, das Publikum und Frankreich würden glauben, daß Sie dieses Gold auf Gondreville gestohlen und den Senator seiner Freiheit beraubt haben, um den Diebstahl in Ruhe begehen zu können. Wenn wir die Anklage nehmen, wie sie in diesem Augenblick steht, so ist die Angelegenheit nicht klar; aber in ihrer lauteren Wahrheit würde sie völlig durchsichtig werden: Alle dunklen Punkte würden die Geschworenen durch den Diebstahl aufklären; denn Royalist ist heutzutage gleichbedeutend mit Räuber! Der gegenwärtige Fall stellt eine vom politischen Standpunkt aus zulässige Rache dar. Die Angeklagten verfallen der Todesstrafe, aber die entehrt nicht in aller Augen; wenn Sie die Sache aber durch das Beiseiteschaffen des Geldes komplizieren, die nie als legitim betrachtet werden kann, so gehen Sie der Wohltat der Teilnahme verlustig, die zum Tode Verurteilte stets finden, wenn ihr Verbrechen als entschuldbar erscheint. Im ersten Augenblick, als Sie noch Ihre Verstecke, den Plan des Waldes, die Blechröhren und das Gold zeigen konnten, um den Nachweis über die Verwendung Ihres Tages zu führen, wäre es noch möglich gewesen, sich unparteiischen Richtern gegenüber herauszureden; aber wie die Dinge jetzt liegen, muß geschwiegen werden. Gebe Gott, daß noch keiner der sechs Angeklagten die Sache verraten hat; aber wir wollen versuchen, aus ihren Verhören Nutzen zu ziehen.«

Laurence rang vor Verzweiflung die Hände und hob die Augen mit einem trostlosen Blick gen Himmel, denn jetzt sah sie den Abgrund, in den ihre Vettern gestürzt waren, in seiner ganzen Tiefe. Der Marquis und der junge Verteidiger pflichteten der furchtbaren Rede Bordins bei. Der gute d'Hauteserre weinte.

»Warum haben sie nicht auf den Abbé Goujet gehört, der ihnen Flucht angeraten hat?« sagte d'Hauteserre erbittert. »Ach!« rief der ehemalige Anwalt, »wenn Sie sie hätten retten können und es nicht getan haben, dann haben Sie ihren Tod selbst verschuldet! Die Verurteilung in contumaciam verschafft stets Zeit. Mit der Zeit können Unschuldige alles aufklären. Diese Begebenheit scheint mir die dunkelste zu sein, die mir während meines ganzen Lebens vorgekommen ist, und ich habe manche entwirrt!« – »Sie ist für jedermann unerklärlich, selbst für uns«, sagte Monsieur de Granville. »Wenn die Angeklagten unschuldig sind, dann ist der Handstreich von andern ausgeführt worden. Fünf Personen kommen nicht wie durch Zauber in eine Gegend, sie verschaffen sich nicht so leicht Pferde, die genauso beschlagen sind wie die der Angeklagten, sie können sich ihnen nicht ähnlich machen, und sie werfen Malin nicht in eine Grube, einzig um Michu und die Herren d'Hauteserre und de Simeuse ins Verderben zu stürzen. Die Unbekannten, die wahren Schuldigen, hatten irgendein Interesse daran, sich in die Haut dieser fünf Unschuldigen zu stecken; um sie aufzufinden, nach ihren Spuren zu suchen, müßten wir, wie die Regierung, ebensoviel Agenten und Augen haben, wie es in einem Umkreis von zwanzig Meilen Gemeinden gibt . . .« – »Das ist völlig unmöglich«, sagte Bordin. »Daran darf man nicht einmal denken. Seit die menschliche Gesellschaft die Justiz erfunden hat, hat sie noch keine Möglichkeit entdeckt, der angeklagten Unschuld die gleiche Macht zu geben, die dem Richter wider das Verbrechen zur Verfügung steht. Die Justiz ist nicht zweiseitig. Die Verteidigung hat weder Spione noch Polizei, sie verfügt zugunsten ihrer Klienten nicht über die Macht der Gesellschaft. Die Unschuld hat nur die Dialektik der Vernunft für sich; und diese Dialektik, die vielleicht auf Richter Eindruck macht, ist den voreingenommenen Köpfen der Geschworenen gegenüber oft ohnmächtig. Das ganze Land ist gegen Sie. Die acht Geschworenen, die die Anklageschrift bestätigt haben, waren Besitzer konfiszierter Güter. Unter unsern Urteilsgeschworenen haben wir bestimmt wieder Leute, die, wie jene, Käufer oder Verkäufer konfiszierter Güter oder Beamte sind. Kurz, wir werden eine Malin-Jury haben! Daher brauchen wir für die Verteidigung ein ganzes System; rütteln Sie nicht daran, gehen Sie in Ihrer Unschuld zugrunde! Sie werden verurteilt. Wir gehen vor den Kassationshof und versuchen, die Sache dort hinzuschleppen. Wenn es mir in der Zwischenzeit gelingt, Beweismittel zu finden, die für Sie sprechen, dann reichen Sie ein Gnadengesuch ein. Das ist die Anatomie der Angelegenheit und meine Meinung. Sollten wir triumphieren – denn in der Justiz ist alles möglich –, so wäre es ein Wunder; aber Ihr Advokat ist von allen, die ich kenne, derjenige, der am ehesten imstande ist, dieses Wunder zu vollbringen, und ich werde ihm helfen.«

»Der Senator muß den Schlüssel zu diesem Rätsel haben«, sagte Monsieur de Granville, »denn man weiß stets, wer einem grollt, und auch, aus welchem Grunde. Ich kann ihn mir vorstellen, wie er gegen Ende des Winters Paris verläßt, allein, ohne Begleiter, nach Gondreville kommt, sich dort mit seinem Notar einschließt und sich gewissermaßen den fünf Leuten ausliefert, die ihn packen.« – »Gewiß«, sagte Bordin, »sein Verhalten ist mindestens ebenso merkwürdig wie das Ihre; aber wie sollen wir als die Angeklagten, die wir sind, angesichts eines gegen uns erbitterten Landes zu Anklägern werden? Da brauchten wir das Wohlwollen und die Unterstützung der Regierung und tausendmal mehr Beweise als unter gewöhnlichen Umständen. Ich wittere da Vorbedacht, und zwar den raffiniertesten Vorbedacht, bei unsern unbekannten Gegnern, die genau wußten, wie Michu und die Herren de Simeuse Malin gegenüber eingestellt waren. Nicht reden! Nichts stehlen! Das ist Vorsicht! Ich erblicke hinter diesen Maskierten etwas ganz anderes als Missetäter ... Aber sagen Sie das einmal den Geschworenen, die man uns geben wird!«

Dieser Scharfblick in Privatangelegenheiten, der manchen Advokaten und gewisse Richter so groß macht, erstaunte und verwirrte Laurence; diese beängstigende Logik zog ihr das Herz zusammen.

»Auf hundert Kriminalfälle«, sagte Bordin, »fallen nicht zehn, die die Justiz in ihrer ganzen Ausdehnung aufrollt, und vielleicht bleibt ihr das Geheimnis in einem Drittel der Fälle verborgen. Ihr Fall gehört zu denen, die sowohl den Angeklagten wie den Anklägern unentwirrbar bleiben, der Justiz wie dem Publikum. Der Souverän hat anderes zu tun, als den Herren de Simeuse zu Hilfe zu kommen, auch wenn sie ihn nicht hätten stürzen wollen. Aber wer, zum Teufel, hat es auf Malin abgesehen? Und was wollte man von ihm?«

Bordin und Monsieur de Granville sahen einander an; es hatte ganz den Anschein, als zweifelten sie an Laurences Aufrichtigkeit. Diese Regung war für das junge Mädchen unter den tausend Schmerzen, die der Prozeß ihr brachte, einer der brennendsten. Sie warf den Verteidigern einen Blick zu, der jeden schlimmen Argwohn in ihnen tötete.

Am folgenden Tage wurden den Verteidigern die Akten zugestellt; sie konnten sich mit den Angeklagten in Verbindung setzen. Bordin teilte der Familie mit, daß die sechs Angeklagten sich als Leute aus guter Familie ›gut gehalten hatten‹, um einen Berufsausdruck zu gebrauchen. – »Monsieur de Granville wird Michu verteidigen«, sagte Bordin. – »Michu?« rief Monsieur de Chargeboeuf, da dieser Wechsel ihn erstaunte. – »Er ist der Mittelpunkt der ganzen Angelegenheit, und bei ihm liegt die Gefahr«, erwiderte der ehemalige Staatsanwalt. – »Wenn er der am meisten Gefährdete ist, scheint es mir nur gerecht!« rief Laurence.

»Wir gewahren Möglichkeiten«, sagte Monsieur de Granville, „und wir werden sie genau untersuchen. Wenn wir sie retten können, dann geschieht das, weil Monsieur d'Hauteserre Michu befohlen hatte, einen der Pfosten an der Schranke des Hohlwegs auszubessern, und weil im Walde ein Wolf gesehen worden ist: Denn vor einem Kriminalgericht hängt alles von den Debatten ab, und die Debatten werden sich um Kleinigkeiten drehen; Sie werden es erleben, wie sie zu Unermeßlichkeiten werden.«

Laurence verfiel jener innerlichen Niedergeschlagenheit, die die Seele aller Menschen, die denken und handeln, peinigt, wenn ihnen die Nutzlosigkeit alles Denkens und Handelns bewiesen wird. Hier handelte es sich nicht mehr darum, mit Hilfe ergebener Leute, fanatischer Sympathien, die ins Dunkel des Geheimnisses gehüllt sind, einen Menschen oder die Macht zu stürzen: Sie sah die ganze Gesellschaft gegen sich und ihre Vettern bewaffnet. Man stürmt nicht ganz allein ein Gefängnis, man befreit keine Gefangenen aus der Mitte einer feindseligen Volksmenge, noch dazu unter den Augen einer Polizei, die durch die angebliche Verwegenheit der Angeklagten auf der Hut ist. Als daher der junge Advokat, erschreckt durch die dumpfe Starrheit dieses edlen, großherzigen Mädchens, die ihre Gesichtszüge noch stumpfer machte, ihren Mut zu heben suchte, erwiderte sie: »Ich schweige, ich leide und warte ab.« Tonfall, Gebärde und Blick machten diese Antwort zu einem jener erhabenen Worte, denen nur ein ausgedehnteres Theater fehlt, um berühmt zu werden. Ein paar Augenblicke darauf sagte der gute d'Hauteserre zum Marquis de Chargeboeuf: »Welche Mühe habe ich mir für meine beiden unglücklichen Söhne gegeben! Ich habe wieder fast achttausend Francs Rente in Staatspapieren für sie zusammengebracht. Wenn sie hätten in den Militärdienst eintreten wollen, so hätten sie höhere Chargen erreicht und könnten sich heute vorteilhaft verheiraten. Jetzt werden all meine Pläne zunichte!« – »Wie kannst du«, sagte seine Frau, »an ihre Einkünfte und ihr Vorwärtskommen denken, während es sich um ihre Ehre und ihren Kopf handelt!« – »Monsieur d'Hauteserre denkt an alles«, versetzte der Marquis.

Während die Bewohner von Cinq-Cygne die Eröffnung der Verhandlung vor dem Kriminalgericht abwarteten und immer von neuem um die Erlaubnis baten, die Gefangenen besuchen zu dürfen, ohne daß sie sie erlangten, ereignete sich im Schloß in tiefster Heimlichkeit etwas von allergrößter Bedeutung. Marthe war gleich nach ihrer Vernehmung vor den Anklagegeschworenen, deren Ergebnis so unwesentlich war, daß der öffentliche Ankläger sie nicht einmal vor das Kriminalgericht lud, nach Cinq-Cygne zurückgekehrt. Wie alle Menschen von übergroßer Empfindlichkeit, war die arme Frau, als sie im Salon saß, wo sie Mademoiselle Goujet Gesellschaft leistete, in einen Zustand der Stumpfheit verfallen, der Mitleid erregte. Ihr, wie übrigens auch dem Pfarrer und allen, die nicht wußten, was die Angeklagten an dem bewußten Tage getrieben hatten, schien ihre Unschuld zweifelhaft. Es gab Momente, in denen Marthe glaubte, daß Michu, seine Herren und Laurence irgendeinen Racheakt an dem Senator verübt hätten. Die unglückliche Frau kannte Michus Ergebenheit zur Genüge, um zu begreifen, daß er von allen Angeklagten in der größten Gefahr schwebte, sei es seines Vorlebens wegen, sei es aufgrund der Rolle, die er bei der Ausführung gespielt hatte. Der Abbé Goujet, seine Schwester und Marthe verirrten sich in den Mutmaßungen, zu denen diese Auffassung Anlaß zu bieten schien; aber da sie immerfort darüber nachgrübelten, ließen sie ihr Denken an einer beliebigen Deutung haften. Der absolute Zweifel, den Descartes verlangt und der im Gehirn des Menschen so wenig erreichbar ist wie in der Natur die absolute Leere, dieser Zweifel und die geistige Tätigkeit, deren Folge er wäre, schüfen wie die Wirkung der Luftpumpe einen monströsen Ausnahmezustand. Um was es sich auch handle, an irgend etwas glaubt man immer. Nun aber fürchtete Marthe die Schuld der Angeklagten so sehr, daß ihre Furcht dem Glauben gleichkam; und diese Geistesverfassung wurde ihr zum Verhängnis. Fünf Tage nach der Verhaftung der Edelleute wurde sie in dem Augenblick, da sie zu Bett gehen wollte, nämlich gegen zehn Uhr abends, von ihrer Mutter, die zu Fuß vom Pachthof herübergekommen war, in den Hof gerufen.

»Ein Arbeiter aus Troyes will dich in Michus Namen sprechen; er wartet im Hohlweg«, sagte sie zu Marthe. Beide eilten, um den kürzesten Weg zu wählen, durch die Bresche. Im Dunkel der Nacht und des Wegs konnte Marthe lediglich den Umriß eines Menschen erkennen, der sich von der Finsternis abhob.

»Sagen Sie ein Wort, damit ich erkenne, ob Sie wirklich Madame Michu sind«, flüsterte jener Mensch mit ziemlich unruhiger Stimme. – »Freilich«, sagte Marthe; »was wollen Sie?« – »Gut«, erwiderte der Unbekannte; »geben Sie mir die Hand, haben Sie keine Angst vor mir. – Ich komme«, fügte er hinzu und neigte sich zu Marthes Ohr, »von Michu, um Ihnen einen kleinen Brief zu bringen. Ich bin einer der Angestellten des Gefängnisses, und wenn meine Vorgesetzten merkten, daß ich nicht da bin, wären wir alle verloren. Verlassen Sie sich auf mich. Ihr wackerer Vater hat mir seinerzeit die Stelle verschafft. Deshalb hatte auch Michu Zutrauen zu mir.«

Er drückte Marthe einen Brief in die Hand und verschwand im Walde, ohne eine Antwort abzuwarten. Marthe durchrann ein Schauder, als ihr einfiel, daß sie jetzt ohne Zweifel das Geheimnis der ganzen Angelegenheit erfahren werde. Sie lief mit ihrer Mutter zum Pachthof und schloß sich ein, um folgenden Brief zu lesen:

›Meine liebe Marthe! Du kannst auf die Verschwiegenheit des Mannes zählen, der Dir diesen Brief überbringt; er kann weder lesen noch schreiben und ist einer der zuverlässigsten Republikaner der Verschwörung Babeufs. Dein Vater hat sich seiner oft bedient, und er betrachtet den Senator als einen Verräter. Also, liebe Frau: Wir haben den Senator in dem Keller eingesperrt, in dem wir schon einmal unsere Herren versteckt hatten. Der Schuft hat nur für fünf Tage Lebensmittel, und da es in unserm Interesse liegt, daß er am Leben bleibt, so bring ihm, wenn Du diesen Brief erhalten hast, auf der Stelle für mindestens weitere fünf Tage zu essen. Der Wald dürfte überwacht sein; triff also alle Vorsichtsmaßregeln, die wir bei unsern jungen Herrn getroffen haben. Sag kein Wort zu Malin, sprich nicht mit ihm und lege eine unserer Masken an; sie liegen auf einer der Stufen des Kellers. Wenn Du unsere Köpfe nicht in Gefahr bringen willst, bewahrst Du über das Geheimnis, das ich Dir anvertrauen muß, das tiefste Schweigen. Sag Mademoiselle de Cinq-Cygne kein Wort darüber, sie könnte plaudern. Sei unbesorgt um mich. Wir sind des guten Ausgangs der Angelegenheit gewiß, und wenn es sein muß, ist Malin unser Retter. Schließlich brauche ich Dir wohl nicht erst zu sagen, daß Du diesen Brief, sowie Du ihn gelesen hast, verbrennen mußt, denn wenn man nur eine einzige Zeile davon läse, würde es mich den Kopf kosten. Ich umarme dich tausendmal. Michu‹

Das Vorhandensein des Kellers unter der Bodenerhebung mitten im Wald war nur Marthe, ihrem Sohn, Michu, den vier Edelleuten und Laurence bekannt; wenigstens mußte Marthe das glauben, da ihr Mann ihr von seiner Begegnung mit Peyrade und Corentin nie etwas erzählt hatte. Also konnte der Brief, der übrigens von Michu geschrieben und unterzeichnet zu sein schien, nur von ihm herrühren. Wenn Marthe auf der Stelle ihre Herrin und die beiden Rechtsbeistände, die um die Unschuld der Angeklagten wußten, um Rat gefragt hätte, so hätte der gewitzte Anwalt sicherlich einige Aufklärung über die perfiden Ränke erhalten, von denen seine Klienten umsponnen waren; aber Marthe, die, wie die meisten Frauen, ganz ihrer ersten Regung folgte und zudem von den Erwägungen, die ihr in die

Augen sprangen, überzeugt war, warf den Brief in den Kamin. Aber ein sonderbares blitzhaftes Bedenken trieb sie, die nichtbeschriebene Seite des Briefes und die ersten Zeilen, deren Inhalt niemanden gefährden konnte, aus dem Feuer zu reißen und in den Saum ihres Rocks einzunähen. Da das Wissen, das Opfer faste seit vierundzwanzig Stunden, sie nicht wenig beängstigte, wollte sie ihm noch in dieser Nacht Wein, Brot und Fleisch bringen. Es bis auf den nächsten Tag zu verschieben, erlaubte ihr die Neugier sowenig wie die Menschlichkeit. Sie heizte ihren Ofen, bereitete unter Beihilfe ihrer Mutter eine Pastete aus Hasen- und Entenfleisch und einen Reiskuchen, briet zwei Hähnchen, holte drei Flaschen Wein und buk zwei runde Brote. Morgens gegen halb drei machte sie sich auf den Weg nach dem Walde. Die Speisen trug sie in einem Tragkorb, und Couraut begleitete sie; der Hund diente bei all diesen Streifzügen mit wunderbarer Intelligenz als Aufklärer. Fremde witterte er auf riesige Entfernungen, und sowie er ihre Anwesenheit wahrgenommen hatte, kehrte er mit leisem Knurren zu seiner Herrin zurück, sah sie an und drehte die Schnauze nach der gefährlichen Seite.

Marthe kam etwa um drei bei dem kleinen Teich an, wo sie Couraut als Wache zurückließ. Nachdem sie in halbstündiger Arbeit den Eingang freigelegt hatte, trat sie mit einer Blendlaterne an die Kellertür; ihr Gesicht war mit einer Maske bedeckt, die sie wirklich auf einer der Stufen gefunden hatte. Die Einkerkerung des Senators schien lange vorher geplant worden zu sein. Im oberen Teil der Eisentür, die den Keller schloß, war aufs Geratewohl ein Loch von etwa einem Quatdratfuß angebracht, das Marthe vorher nicht gesehen hatte; damit es aber Malin nicht mit Hilfe der Zeit und der Geduld, über die alle Gefangenen verfügen, gelänge, den eisernen Riegel zu lockern, der die Tür versperrte, war dieser mit einem Vorhängeschloß versehen worden. Der Senator, der sich von seinem Mooslager erhoben hatte, stieß einen Seufzer aus, als er ein maskiertes Gesicht erblickte, denn daran erkannte er, daß es sich noch immer nicht um seine Befreiung handelte. Er beobachtete Marthe, so gut es bei dem ungleichen Licht der Blendlaterne ging, und an ihren Kleidern, ihrer Korpulenz und ihren Bewegungen erkannte er sie. Als sie durch das Loch die Pastete reichte, ließ er sie fallen, um nach ihrer Hand zu greifen, er versuchte, ihr in aller Geschwindigkeit zwei Ringe vom Finger zu ziehen: ihren Ehering und ein Ringlein, das Mademoiselle de Cinq-Cygne ihr geschenkt hatte. »Sie werden doch nicht etwa leugnen, daß Sie es sind, liebe Madame Michu?« fragte er.

Sowie Marthe die Finger des Senators fühlte, ballte sie die Faust und versetzte ihm einen kräftigen Stoß gegen die Brust. Dann ging sie ohne ein Wort davon und schnitt sich einen starken Stecken, mit dessen Hilfe sie dem Senator die übrigen Lebensmittel hineinreichte. »Was will man von mir?« fragte er.

Marthe machte sich aus dem Staube, ohne zu antworten. Auf dem Heimweg kam sie gegen fünf Uhr an den Waldrand; dort meldete Couraut ihr die Nähe eines Unerwünschten. Sie kehrte um und ging auf den Pavillon zu, den sie so lange bewohnt hatte; aber als sie in die Allee hinaustrat, sah der Feldhüter von Gondreville sie aus der Ferne. Sie entschloß sich, geradeswegs auf ihn zuzugehen. »Sie sind recht früh auf den Beinen, Madame Michu!« sagte er und trat auf sie zu. – »Wir sind so übel dran«, antwortete sie, »daß ich die Arbeit einer Magd tun muß; ich gehe nach Bellache und hole Saatkorn.« – »Haben Sie denn in Cinq-Cygne kein Saatkorn?« fragte der Feldhüter.

Marthe gab keine Antwort und setzte ihren Weg fort. Als sie auf den Pachthof Bellache kam, bat sie Beauvisage, ihr verschiedene Sorten Saatkorn zu geben; sie sagte, Monsieur d'Hauteserre habe ihr empfohlen, es bei ihm zu holen, da er seine Sorten auffrischen wolle. Als Marthe fort war, kam der Feldhüter von Gondreville auf den Pachthof, um sich zu erkundigen, was Marthe dort habe holen wollen. Sechs Tage später ging Marthe, da sie vorsichtig geworden war, schon um Mitternacht fort, um die Vorräte hinzubringen; sie wollte nicht wieder mit den Feldhütern zusammentreffen, die offenbar den Wald überwachten. Als sie dem Senator noch ein drittesmal zu essen gebracht hatte, überkam sie eine unbestimmte Angst, als sie den Pfarrer die öffentlichen Vernehmungen der Angeklagten vorlesen hörte; die Verhandlungen hatten gerade begonnen. Sie nahm den Abbé Goujet beiseite, nahm ihm einen Eid ab, daß er über das, was sie ihm zu sagen hätte, Schweigen bewahren werde, als handele es sich um eine Beichte, und zeigte ihm die Fetzen des Briefs, den sie von Michu bekommen hatte; sie verriet ihm dessen ganzen Inhalt und weihte ihn in das Geheimnis des Verstecks ein, in dem der Senator sich befand. Der Pfarrer fragte Marthe auf der Stelle, ob sie Briefe von ihrem Mann besäße, damit er die Handschriften vergleichen könne. Marthe ging nach ihrem Pachthof, wo sie eine Vorladung zur Vernehmung als Zeugin vor dem Gerichtshof vorfand. Als sie zum Schloß zurückkehrte, waren auch der Abbé Goujet und seine Schwester auf Ansuchen der Angeklagten geladen worden. Sie mußten sich also unverzüglich nach Troyes begeben. So sahen sich alle handelnden Personen dieses Dramas, und auch die, die gewissermaßen nur Statisten waren, auf dem Schauplatz vereinigt, wo um das Schicksal der beiden Familien gespielt wurde.

Es gibt wenig Orte in Frankreich, wo die Justiz den Dingen jenes Ansehen leiht, das sie stets begleiten sollte. Ist sie nicht nächst der Religion und dem Königtum das größte Triebwerk der Gesellschaft? Überall, sogar in Paris, verringern die Schäbigkeit des Gebäudes, die schlechte Raumverteilung und der Mangel an Dekorum die Wirkung dieser ungeheuren Macht – und das bei der eitelsten und in bezug auf Monumente theatralischsten Nation, die es heute gibt. Die Anordnung ist in fast allen Städten die gleiche. Im Hintergrund irgendeines langen rechteckigen Saals sieht man auf einer Estrade einen mit grünem Tuch bedeckten Tisch, hinter dem die Richter auf gewöhnlichen Lehnstühlen sitzen. Links steht der Stuhl des öffentlichen Anklägers, und auf derselben Seite läuft an der Wand entlang eine lange Tribüne mit Stühlen für die Geschworenen. Den Geschworenen gegenüber erstreckt sich eine zweite Tribüne, auf der sich eine Bank für die Angeklagten und die sie bewachenden Gendarmen befindet. Der Schreiber sitzt am Fuß der Estrade an dem Tisch, auf dem die Beweisstücke liegen. Vor der Einführung der kaiserlichen Rechtsprechung hatten der Regierungskommissar und der Direktor des Geschworenen-Kollegiums jeder noch einen Stuhl und einen Tisch für sich, der eine rechts, der andere links vom Richtertisch. Zwei Gerichtsdiener bewegen sich in dem Raum, der vor der Estrade für das Auftreten der Zeugen freibleibt. Die Verteidiger sitzen unterhalb der Tribüne der Angeklagten. Am andern Ende des Saals verbindet eine Holzbalustrade die beiden Tribünen; dadurch wird ein Raum abgetrennt, in dem für die vernommenen Zeugen und die privilegierten Zuschauer Bänke stehen. Dem Gerichtshof gegenüber befindet sich ferner noch über der Eingangstür eine elende Tribüne; sie ist den Behörden und Frauen vorbehalten, die der Präsident, der auch die Saalpolizei ausübt, aus dem Département auswählt. Das nichtprivilegierte Publikum steht in dem Raum, der zwischen der Tür und der Balustrade übrigbleibt. Dieses normale Aussehen der französischen Tribunale und der gegenwärtigen Geschworenengerichte war auch das des Kriminalgerichts zu Troyes.

Im April 1806 hatten weder die vier Richter und der Präsident, die den Gerichtshof bildeten, noch der öffentliche Ankläger, noch der Direktor des Geschworenen-Kollegiums, noch der Regierungskommissar, noch die Gerichtsdiener, noch die Verteidiger, kurz, außer den Gendarmen niemand, eine Amtstracht oder ein unterscheidendes Merkmal, das die Kahlheit der Dinge und den recht mageren Anblick der Gesichter in eine höhere Sphäre gehoben hätte. Es war auch kein Kruzifix vorhanden, das dem Gericht und den Angeklagten seine Mahnung hätte vor Augen halten können. Alles war traurig und vulgär. Der im Interesse der Gesellschaft so notwendige Apparat ist vielleicht für den Verbrecher ein Trost. Der Andrang des Publikums war genau derselbe, wie er bei allen solchen Anlässen gewesen ist und sein wird, solange nicht die Sitten einer Reform unterzogen werden, solange Frankreich nicht einsieht, daß die Zulassung des Publikums zur Sitzung noch nicht die Öffentlichkeit mit sich zu bringen braucht; denn die Öffentlichkeit der ganzen Verhandlung bildet eine so unerhörte Strafe, daß der Gesetzgeber sie keinesfalls auferlegt hätte, wenn er sie hätte ahnen können. Die Sitten sind oft grausamer als die Gesetze. Die Sitten sind die Menschen; aber das Gesetz ist die Vernunft eines Landes. Die Sitten, die oft keine Vernunft haben, siegen über das Gesetz. Es bildeten sich Menschenansammlungen um das Gerichtsgebäude. Wie bei allen berühmten Prozessen war der Präsident gezwungen, die Türen durch Soldaten bewachen zu lassen. Das Publikum, das sich hinter der Schranke drängte, stand so eng, daß man keine Luft bekam. Monsieur de Granville, der Michu verteidigte, Bordin, der

Verteidiger der Herren de Simeuse, und ein Advokat aus Troyes, der für die Herren d'Hauteserre und Gothard, die drei am wenigsten Gefährdeten der Anklage, plädierte, waren schon vor Eröffnung der Sitzung auf ihrem Posten; ihre Gesichter schauten zuversichtlich drein. Ebenso wie der Arzt den Kranken von seinen Befürchtungen nichts merken läßt, zeigt auch der Advokat seinem Klienten stets ein hoffnungsvolles Gesicht. Es ist dies einer der seltenen Fälle, in denen die Lüge zur Tugend wird. Als die Angeklagten eintraten, erhob sich beim Anblick der vier jungen Leute, die durch zwanzig Tage einer in Ungewißheit verbrachten Haft ein wenig die Farbe verloren hatten, ein wohlwollendes Gemurmel. Die vollkommene Ähnlichkeit der Zwillinge erregte stärkstes Interesse. Vielleicht dachte jeder, die Natur müsse einer ihrer merkwürdigsten Seltenheiten einen besonderen Schutz gewähren, und jedermann fühlte sich versucht, die Vergeßlichkeit des Schicksals ihnen gegenüber wieder gutzumachen; ihre edle, schlichte Haltung, in der keine Spur von Scham, aber auch kein Geltungsdrang lag, rührte viele Frauen. Die vier Edelleute und Gothard erschienen in der Kleidung, die sie bei ihrer Verhaftung getragen hatten; Michu jedoch, dessen Kleider zu den Beweisstücken gehörten, hatte seinen besten Anzug angezogen: einen blauen Rock, eine braune Samtweste à la Robespierre und eine weiße Halsbinde. Der arme Kerl zahlte jetzt den Tribut für sein schlimmes Äußeres. Wenn er seinen gelben, klaren und tiefen Blick auf die Versammlung richtete, oder wenn er unversehens eine Bewegung machte, wurde ihm durch ein Gemurmel des Grauens geantwortet. Das Publikum wollte den Finger Gottes darin erblicken, daß er auf der Anklagebank erscheinen mußte, auf die sein Schwiegervater so viele Opfer gebracht hatte. Dieser wahrhaft große Mensch blickte seine Herren an und unterdrückte dabei ein ironisches Lächeln. Er schien ihnen sagen zu wollen: Ich schade Ihnen! Die fünf Angeklagten tauschten herzliche Begrüßungen mit ihren Verteidigern aus. Gothard spielte immer noch den Idioten.

Nach der Ablehnung gewisser Geschworenen und Richter, die die Verteidiger – in diesem Punkt beraten vom Marquis de Chargeboeuf, der sich mutig neben Bordin und Monsieur de Granville setzte – scharfsinnig begründeten, wurden, als die

Geschworenen zusammengestellt und die Anklageschrift verlesen worden war, die Angeklagten getrennt, um einzeln vernommen zu werden. Alle antworteten in auffälliger Übereinstimmung. Nach einem morgendlichen Spazierritt im Wald seien sie um ein Uhr zum Mittagessen nach Cinq-Cygne zurückgekehrt; nach der Mahlzeit seien sie von drei bis halb sechs Uhr wieder im Wald gewesen. Das war der gemeinsame Grundzug der Aussage aller Angeklagten; alle Abweichungen davon erklärten sich durch die besondere Lage der einzelnen. Als der Präsident die Herren de Simeuse bat, die Gründe für den Ausritt zu so früher Morgenstunde anzugeben, erklärten beide, sie hätten seit ihrer Rückkehr nach Frankreich daran gedacht, Gondreville zurückzukaufen, und um mit Malin, der am Tage zuvor eingetroffen war, unterhandeln zu können, seien sie mit ihrer Kusine und Michu ausgeritten, um den Wald abzuschätzen und ihr Gebot auf diese Schätzung zu basieren. Unterdessen hätten die Herren d'Hauteserre, ihre Kusine und Gothard einen Wolf gehetzt, den die Bauern gesichtet hatten. Hätte nur der Direktor des Geschworenen-Kollegiums die Spuren ihrer Pferde im Walde mit der gleichen Sorgfalt geprüft wie die der Pferde, die den Park von Gondreville durchquerten, so würde man den Beweis dafür haben, daß sie sich in recht weiter Entfernung vom Schloß befunden hätten.

Das Verhör der Herren d'Hauteserre bestätigte das der Herren de Simeuse und stimmte mit ihren Aussagen in der Voruntersuchung überein. Die Notwendigkeit, ihren Spazierritt zu rechtfertigen, hatte jedem der Angeklagten den Gedanken eingegeben, ihn mit der Jagd zu begründen. Ein paar Tage zuvor hatten Bauern gemeldet, es sei ein Wolf im Wald, und das nahm jeder zum Vorwand. Der öffentliche Ankläger jedoch wies Widersprüche zwischen den ersten Verhören, in denen die Herren d'Hauteserre ausgesagt hatten, sie hätten alle gemeinsam Jagd auf den Wolf gemacht, und dem in der Verhandlung befolgten System nach, das nur den Herren d'Hauteserre und Laurence die Jagd zuwies, während die Herren de Simeuse den Wald abgeschätzt haben sollten. Monsieur de Granville machte darauf aufmerksam, daß das Vergehen erst zwischen zwei und halb sechs Uhr begangen worden sei, und daß also den Angeklagten Glauben geschenkt werden müsse, wenn sie darlegten, wie sie den Vormittag verbracht hätten. Der Ankläger erwiderte, die Angeklagten hätten ein Interesse daran, die Vorbereitungen zur Freiheitsberaubung des Senators zu vertuschen.

Jetzt zeigte es sich aller Augen, wie geschickt die Verteidigung zu Werke ging. Richter, Geschworene und Publikum begriffen bald, daß der Sieg heiß umkämpft werden würde. Bordin und Monsieur de Granville schienen alles vorausgesehen zu haben. Die Unschuld muß klar und verständlich Rechenschaft über ihre Handlungen ablegen können. Es ist also Pflicht der Verteidigung, dem unwahrscheinlichen Roman der Anklage einen wahrscheinlichen Roman entgegenzuhalten. Für den Verteidiger, der seinen Klienten als unschuldig ansieht, wird die Anklage zur Fabel. Das öffentliche Verhör der vier Edelleute erklärte die Dinge ausreichend zu ihren Gunsten. So weit ging alles gut. Aber Michus Vernehmung wurde ernster; mit ihr begann der Kampf. Jetzt begriffen alle, weshalb Monsieur de Granville die Verteidigung des Dieners der der Herren vorgezogen hatte.

Michu gab zu, er habe Marion bedroht, aber er leugnete die Absicht zu einer Gewalttat, die jenen Drohungen unterlegt wurde. Was den Anschlag gegen Malin betraf, so sagte er, er sei ganz einfach im Park spazierengegangen; der Senator und Monsieur Grévin hätten es vielleicht mit der Angst bekommen, als sie die Mündung seines Gewehrlaufs gesehen hätten; deshalb schöben sie ihm ein feindseliges Verhalten unter, während doch alles ganz harmlos gewesen sei. Er machte darauf aufmerksam, daß jemand, der nicht an die Jagd gewöhnt ist, am Abend ein Gewehr leicht für auf sich gerichtet halten kann, während es ruhig auf der Schulter liegt. Um den Zustand seiner Kleidung im Augenblick der Verhaftung zu erklären, sagte er, er sei auf dem Nachhauseweg in der Bresche hingefallen. »Da ich nicht mehr deutlich sehen konnte, als ich hindurchging«, sagte er, »habe ich mich irgendwie an die Steine geklammert, die unter mir zusammenbrachen, als ich über sie hinweg in den Hohlweg klettern wollte.« Was den Gips betraf, den Gothard ihm gebracht, so antwortete er wie bei allen Vernehmungen: Dieser Gips habe dazu gedient, einen der Pfosten an der Schranke des Hohlwegs neu zu vergipsen.

Der öffentliche Ankläger und der Vorsitzende forderten ihn auf, zu erklären, wie er gleichzeitig in der Bresche beim Schloß und oben im Hohlweg habe sein können, um dort einen Pfosten der Schranke zu vergipsen, zumal da der Friedensrichter, die Gendarmen und der Feldhüter behaupteten, sie hätten ihn von unten kommen hören. Michu erwiderte, Monsieur d'Hauteserre hätte ihm Vorwürfe gemacht, daß er die kleine Ausbesserung nicht schon längst vorgenommen habe, auf die der Marquis Wert legte, weil dieser Weg zum Anlaß von Schwierigkeiten mit der Gemeinde werden könnte; er sei also hinuntergegangen, um Monsieur d'Hauteserre zu melden, er habe die Schranke instand gesetzt.

Monsieur d'Hauteserre hatte tatsächlich am oberen Ende des Hohlwegs eine Schranke errichten lassen, um zu verhindern, daß die Gemeinde den Weg mit Beschlag belegte. Als Michu merkte, welche Wichtigkeit dem Zustand seiner Kleidung und dem Gips beigemessen wurde, dessen Gebrauch sich nicht leugnen ließ, hatte er sich diese Ausrede ausgedacht. Wenn in der Gerichtspraxis die Wahrheit oft genug wie ein Märchen klingt, ähnelt auch das Märchen häufig der Wahrheit. Der Verteidiger und der öffentliche Ankläger legten beide großes Gewicht auf diesen Umstand, der durch die Bemühungen des Verteidigers wie durch den Argwohn des Anklägers eine gewaltige Bedeutung erhielt.

In der Verhandlung gab Gothard, den Monsieur de Granville sicherlich ins Bild gesetzt hatte, zu, Michu habe ihn gebeten, ihm die Gipssäcke zu bringen; denn bislang hatte er immer nur zu weinen angefangen, wenn er vernommen werden sollte. »Weshalb haben nicht Sie oder Gothard den Friedensrichter und den Feldhüter sofort zu der Schranke geführt?« fragte der öffentliche Ankläger. – »Ich habe mir nie einfallen lassen, daß ich eines Kapitalverbrechens beschuldigt werden könnte«, sagte Michu.

Mit Ausnahme Gothards wurden alle Angeklagten hinausgeführt. Als Gothard allein dastand, beschwor ihn der Vorsitzende, im eigenen Interesse die Wahrheit zu sagen; er wies ihn darauf hin, daß ohnehin sein angeblicher Schwachsinn verschwunden sei. Keiner der Geschworenen halte ihn für idiotisch. Wenn er vor dem Gerichtshof auch weiterhin schweige, könne er sich eine schwere Strafe zuziehen, während er wahrscheinlich, wenn er die Wahrheit sage, aus der ganzen Anklage ausscheiden werde. Gothard weinte, schwankte und sagte schließlich, Michu habe ihn gebeten, ihm mehrere Säcke Gips zu bringen, aber jedesmal sei er ihm vor dem Pachthof begegnet. Er wurde gefragt, wieviel Säcke er gebracht habe. »Drei«, erwiderte er.

Es entspann sich zwischen Gothard und Michu eine Debatte darüber, ob es einschließlich dessen, den er ihm im Augenblick der Verhaftung gebracht, oder ohne den letzten drei gewesen seien; in jenem Fall wären nur zwei zur Verwendung gekommen. Diese Debatte endigte zu Michus Gunsten. Für die Geschworenen war festgestellt, daß nur zwei Säcke verwendet worden waren; aber sie schienen in diesem Punkt schon zu einer Überzeugung gelangt zu sein; Bordin und Monsieur de Granville hielten es für nötig, sie mit Gips zu sättigen und sie so zu ermüden, daß sie überhaupt nichts mehr verständen. Monsieur de Granville beantragte, es sollten Sachverständige ernannt werden, um den Zustand der Schranke zu untersuchen.

»Der Direktor des Geschworenen-Kollegiums«, sagte der Verteidiger, »hat sich damit begnügt, den Weg abzugehen, weniger, um dort eine ernstliche Untersuchung anzustellen, als vielmehr, um dort eine Ausflucht Michus zu entdecken; aber unserer Meinung nach hat er seine Pflicht versäumt, und sein Fehler muß uns zum Nutzen gereichen.«

Der Gerichtshof ernannte tatsächlich Sachverständige, die untersuchen sollten, ob einer der Pfosten der Schranke kürzlich vergipst worden sei. Der öffentliche Ankläger aber wollte vor dem Sachverständigenurteil in diesem Punkt den Sieg davontragen. »Sie sollten sich, um ganz allein den Pfosten zu vergipsen, die Zeit zwischen halb sechs und halb sieben ausgesucht haben, um die es nicht mehr hell ist?« – »Monsieur d'Hauteserre hatte mich gescholten!« – »Aber«, sagte der öffentliche Ankläger, »wenn Sie den Gips an der Schranke verwendet haben, so haben Sie doch einen Kübel und eine Kelle gebraucht. Wenn Sie nun gleich zu Monsieur d'Hauteserre gegangen sind, um ihm zu melden, Sie hätten seinen Befehl ausgeführt, dann können Sie doch unmöglich erklären, wie es kommt, daß Gothard Ihnen nochmals Gips brachte. Sie müssen doch an Ihrem Pachthof vorübergekommen sein; dann hätten Sie dort Ihre Werkzeuge abgelegt und Gothard Bescheid gesagt.«

Diese niederschmetternden Argumente riefen ein furchtbares Schweigen unter den Zuschauern hervor. »Also, gestehen Sie«, fuhr der Ankläger fort, »keinen Pfosten haben Sie vermauert ...« – »Glauben Sie vielleicht, den Senator?« fragte Michu mit tiefironischer Miene.

Monsieur de Granville ersuchte den öffentlichen Ankläger förmlich, sich über diesen Punkt auszusprechen. Michu sei der Entführung, der Freiheitsberaubung angeklagt, nicht des Mordes. Keine Fragestellung konnte folgenschwerer sein. Das Gesetzbuch vom Brumaire des Jahres IV verbot dem öffentlichen Ankläger, während der Verhandlung irgendeinen neuen Punkt einzuführen; er mußte sich bei Strafe der Nichtigkeit des Urteils an den Wortlaut der Anklageschrift halten. Der öffentliche Ankläger erwiderte, Michu, als der Haupturheber des Anschlags, als derjenige, der im Interesse seiner Herren die ganze Verantwortung auf sich genommen, habe sehr wohl den Eingang zu dem noch unbekannten Ort, wo der Senator schmachte, vermauern müssen.

Er wurde mit Fragen bedrängt, von Gothard in die Enge getrieben, in Selbstwidersprüche verwickelt, und so schlug Michu schließlich mit der Faust heftig auf das Geländer der Angeklagtentribüne und rief: »Ich habe mit der Entführung des Senators nichts zu tun; ich glaube vielmehr, daß seine Feinde ihn einfach eingesperrt haben; aber wenn er wieder auftaucht, werden Sie ja sehen, daß da der Gips zu nichts hat dienen können.«

»Gut«, sagte der Advokat und wandte sich an den öffentlichen Ankläger, »Sie haben für die Verteidigung meines Klienten mehr getan als alles, was ich hätte vorbringen können.« Auf diese verwegene Behauptung hin, die die Geschworenen überraschte und der Verteidigung einen Vorteil gab, wurde die erste Sitzung aufgehoben. Bordin und die Advokaten der Stadt beglückwünschten den jungen Verteidiger begeistert. Der öffentliche Ankläger, den dieser Satz beunruhigte, fürchtete, in eine Falle getappt zu sein; und wirklich hatte er sich in einem Netz gefangen, das von den Verteidigern sehr geschickt gestellt worden war; Gothard hatte seine Rolle zu diesem Zweck ausgezeichnet gespielt. Die

Witzbolde der Stadt sagten, der ganze Fall sei neu vergipst worden, der öffentliche Ankläger führe keine gute Kelle, und die Simeuses würden weißgewaschen wie Gips. In Frankreich gehört alles in den Bereich des Scherzes, der Scherz ist König: Man scherzt auf dem Schafott, an der Beresina, auf den Barrikaden, und irgendein Franzose wird ohne Zweifel auch vor dem Gerichtshof des Jüngsten Tags noch Witze machen.

Am folgenden Tage wurden die Belastungszeugen verhört: Madame Marion, Madame Grévin, Monsieur Grévin, der Kammerdiener des Senators und Violette; ihre Aussagen kann man sich nach dem, was geschehen war, leicht vorstellen. Alle erkannten die fünf Angeklagten wieder, die vier Edelleute unter mehr oder minder langem Zögern, Michu aber mit voller Bestimmtheit. Beauvisage wiederholte den Ausspruch, der Robert d'Hauteserre entschlüpft war. Der Bauer, der das Kalb hatte kaufen wollen, gab die Worte der Mademoiselle de Cinq-Cygne an. Bei ihrer Vernehmung bestätigten die Sachverständigen ihren Bericht über den Vergleich der Hufspuren mit den Eisen, die die Pferde der vier Edelleute getragen hatten; denn nach der Anklageschrift deckten sie sich genau. Dieser Umstand wurde naturgemäß zum Gegenstand einer heftigen Debatte zwischen Monsieur de Granville und dem öffentlichen Ankläger. Der Verteidiger nahm sich den Hufschmied von Cinq-Cygne vor, und es gelang ihm, in der Verhandlung festzustellen, daß wenige Tage zuvor gleiche Eisen an Leute verkauft worden waren, die keiner im Dorf kannte. Ferner erklärte der Schmied, daß er nicht nur die Pferde des Schlosses von Cinq-Cygne so beschlagen habe, sondern noch viele andere im Bezirk. Schließlich war das Pferd, dessen Michu sich gewöhnlich bediente, ausnahmsweise einmal in Troyes beschlagen worden, und unter den Spuren im Park fand sich kein Abdruck dieser Eisen. »Der Doppelgänger Michus hat das nicht gewußt«, sagte Monsieur de Granville, mit einem Blick auf die Geschworenen, »und die Anklage hat nicht festgestellt, daß wir uns eines der Pferde aus dem Schloß bedient hätten.«

Auch die Aussage Violettes über die Ähnlichkeit der Pferde, die er nur von hinten und aus der Ferne gesehen hatte, widerlegte er. Trotz der unglaublichen Anstrengungen des Verteidigers aber wurde Michu von der Fülle der positiven Zeugnisse schwer belastet. Ankläger, Publikum, Gerichtshof und Geschworene hatten alle die Empfindung, die Schuld des Dieners ziehe die der Herren mit sich, genau wie die Verteidigung es vorausgesagt hatte. Bordin hatte den Angelpunkt des Prozesses richtig erkannt, als er Michu Monsieur de Granville als Verteidiger zuwies, aber die Verteidigung gab auf diese Weise ihre Geheimnisse preis. So war denn alles, was den ehemaligen Verwalter von Gondreville anging, von brennendem Interesse. Michus Haltung war übrigens prächtig. Er entfaltete in der Verhandlung den ganzen Scharfsinn, den die Natur ihm verliehen hatte; und je länger das Publikum ihn sah, um so mehr erkannte es seine Überlegenheit an. Aber sonderbar! Nur um so sicherer schien er der Urheber des Anschlags zu sein. Die Entlastungszeugen, die in den Augen der Geschworenen und des Gesetzes weniger wichtig waren als die Belastungszeugen, schienen nur ihre Pflicht zu tun; man hörte sie an, um sein Gewissen zu beruhigen. Zunächst wurden weder Marthe noch Monsieur und Madame d'Hauteserre vereidigt; für Catherine und die Durieus in ihrer Eigenschaft als Dienstboten galt das gleiche. Monsieur d'Hauteserre sagte aus, er habe Michu tatsächlich den Auftrag gegeben, den umgestürzten Pfosten wieder aufzurichten. Die Erklärung der Sachverständigen, die nunmehr ihren Bericht verlasen, bestätigte die Aussage des alten Edelmannes; aber sie wandten die Sache dennoch zugunsten des Direktors des Geschworenen-Kollegiums, indem sie erklärten, es sei ihnen unmöglich, den Zeitpunkt festzustellen, an dem jene Arbeit ausgeführt worden sei: Es könnten ebensoviel Wochen seither verstrichen sein wie zwanzig Tage. Das Auftreten der Mademoiselle de Cinq-Cygne erregte die lebhafteste Neugier; aber als sie nach dreiundzwanzig Tagen der Trennung ihre Vettern auf der Anklagebank wiedersah, durchlitt sie eine so heftige Gemütsbewegung, daß sie wirkte, als sei sie schuldig. Sie verspürte ein furchtbares Verlangen, an der Seite der Zwillinge zu sitzen; und wie sie später erzählte, mußte sie ihre ganze Kraft aufwenden, um ihre Wut zu unterdrücken, die sie antrieb, den öffentlichen Ankläger zu töten, um in den Augen der Welt mit ihnen schuldig zu sein. Sie erzählte unbefangen: Als sie nach Cinq-Cygne zurückgekehrt seien, habe sie, da sie im Park Rauch gesehen, an einen Brand geglaubt. Lange habe sie geglaubt, der Rauch rühre nur von verbranntem Unkraut her. »Später jedoch«, sagte sie, »ist mir eine Einzelheit eingefallen, die ich der Beachtung des Gerichts anheimstelle. Ich fand in den Schnüren meines Reitkleids und in den Falten meiner Halskrause Aschenreste, die aussahen, als rührten sie von verbrannten Papieren her, die der Wind fortgetragen hatte.« – »War der Rauch beträchtlich?« fragte Bordin. – »Ja«, sagte Mademoiselle de Cinq-Cygne; »ich glaubte an einen Brand.«

»Das kann dem Prozeß eine neue Wendung geben«, sagte Bordin. »Ich ersuche den Gerichtshof, eine sofortige Nachforschung der Stelle anzuordnen, wo der Brand stattgefunden hat.« Der Vorsitzende ordnete jene Nachforschung an.

Grévin wurde auf Ansuchen der Verteidiger zurückgerufen und über diesen Umstand befragt; er erklärte, nichts darüber zu wissen. Aber Bordin und Grévin tauschten ein paar Blicke aus, mit denen sie sich gegenseitig verständigten. Da liegt der heikle Punkt! sagte sich der alte Anwalt. Sie haben es! dachte der Notar.

Aber die beiden Füchse begriffen, daß die Nachforschung nutzlos sein würde. Bordin sagte sich, Grévin würde verschwiegen sein wie eine Mauer, und Grévin zollte sich selber Beifall, daß er die Spuren des Feuers hatte beseitigen lassen. Um diesen Punkt zu erledigen, der in der Verhandlung nebensächlich war und kindisch anmutet, aber für die Rechtfertigung, die die Geschichte den jungen Herren schuldet, von sehr großer Wichtigkeit ist, erklärten die Sachverständigen und Pigoult, die mit dem Besuch des Parks beauftragt worden waren, sie hätten keine Stelle gefunden, an der man Spuren eines Feuers habe wahrnehmen können. Bordin ließ zwei Arbeiter vorladen, die aussagten, sie hätten auf Befehl des Feldhüters einen Teil der Wiese umgegraben, deren Gras verbrannt gewesen sei; aber sie sagten, sie hätten nicht darauf geachtet, von welchem Stoff die Asche hergerührt habe. Der Feldhüter, der auf Ansuchen der Verteidigung nochmals aufgerufen wurde, sagte, er habe von dem Senator, als er am Schloß vorüberging, um sich den Maskenzug in Arcis anzusehen, den Befehl erhalten, diesen Teil der Wiese, der dem Senator morgens bei einem Spaziergang aufgefallen sei, umgraben zu lassen. »Waren dort Unkraut oder Papiere verbrannt worden?« – »Ich habe nichts gefunden, was darauf hindeutete, daß Papiere verbrannt worden wären«, erwiderte der Feldhüter. – »Wenn dort Unkraut verbrannt worden ist«, sagten die Verteidiger, »dann hat doch irgend jemand es hinschaffen und anzünden müssen.«

Die Aussagen des Pfarrers von Cinq-Cygne und der Mademoiselle Goujet machten einen günstigen Eindruck. Als sie von der Vesper kamen und nach dem Wald zu gingen, hätten sie die Edelleute und Michu gesehen, die aus dem Schloß kamen und in den Wald ritten. Die Stellung und das moralische Ansehen des Abbé Goujet liehen seinen Worten Gewicht.

Das Plädoyer des öffentlichen Anklägers war etwa das, was all solche Anklagereden sind. Er glaubte der Verurteilung sicher zu sein. Die Angeklagten seien unverbesserliche Feinde Frankreichs, der öffentlichen Einrichtungen und der Gesetze. Sie hätten einen Drang zum Unruhestiften. Obwohl sie in die Anschläge wider das Leben des Kaisers verwickelt gewesen seien, obwohl sie der Armee Condés angehört hätten, habe der großmütige Herrscher sie von der Emigrantenliste gestrichen. Jetzt zahlten sie ihm den Lohn für seine Milde! Kurzum, es waren sämtliche oratorischen Deklamationen, die man im Namen der Bourbonen gegen die Bonapartisten wiederholte und die man heute im Namen der jüngeren Linie gegen die Republikaner und die Legitimisten wiederholt. Diese Gemeinplätze, die bei einer gefestigten Regierung einen Sinn hätten, werden zumindest komisch anmuten, wenn die Geschichte später einmal feststellt, daß sie im Munde des Vertreters der Öffentlichkeit zu allen Zeiten völlig gleich gelautet haben. Man kann jenes Wort, das gelegentlich früherer Unruhen geprägt wurde, auf sie anwenden: Das Flaschenschild hat gewechselt, aber der Wein ist immer noch derselbe! Der öffentliche Ankläger, der übrigens einer der hervorragendsten Staatsanwälte des Kaiserreichs war, schob das Vergehen auf die Absicht der heimgekehrten Emigranten, gegen die Beschlagnahme ihrer Güter zu protestieren. Recht hübsch weckte er im Publikum ein Grauen über die Lage des Senators. Dann häufte er die Beweise, die halben Beweise und die Wahrscheinlichkeiten mit einem Talent, das noch von dem sicheren Lohn für seinen Eifer angestachelt wurde; und dann setzte er sich in aller Ruhe und erwartete die Salven der Verteidiger.

Monsieur de Granville hat nur diesen einen Kriminalprozeß geführt, aber er machte ihm einen Namen. Einmal fand er für sein Plädoyer jenen Schwung der Beredsamkeit, den wir heute bei Berryer bewundern. Alsdann besaß er die Überzeugung von der Unschuld der Angeklagten; und sie ist stets eins der gewaltigsten Hilfsmittel des Worts. Die Hauptpunkte seiner Verteidigung, die die Zeitungen jener Tage ungekürzt mitteilten, waren die folgenden. Zunächst zeigte er Michus Leben im wahren Licht. Es war ein schöner Bericht, den die höchsten Empfindungen durchhallten, und er weckte zahlreiche Sympathien. Als Michu sich von einer so beredten Stimme rehabilitiert sah, trat ein Augenblick ein, in dem ihm Tränen aus den gelben Augen quollen und über sein furchtbares Gesicht niederrannen. Er stand jetzt als das da, was er wirklich war: als ein Mensch, schlicht und durchtrieben wie ein Kind, aber als ein Mann, dessen Leben nur von einem einzigen Gedanken beherrscht worden war. Plötzlich hatte sich über ihn Klarheit ergeben, vor allem durch seine Tränen, die tiefen Eindruck auf die Geschworenen machten. Der geschickte Verteidiger benutzte diese Regung der Teilnahme, um in die Erörterung der Anklagepunkte einzutreten.

»Wo ist das Corpus delicti, wo ist der Senator?« fragte er. »Sie klagen uns an, wir hätten ihn eingesperrt, ja mit Steinen und Gips eingemauert! Aber dann wissen ja nur wir, wo er ist; und da Sie uns seit dreiundzwanzig Tagen gefangenhalten, ist er inzwischen aus Mangel an Nahrungsmitteln gestorben. Dann sind wir Mörder, und Sie haben uns nicht des Mordes angeklagt. Wenn er aber lebt, dann haben wir Mitschuldige; wenn wir Mitschuldige hätten und der Senator wäre am Leben, würden wir ihn da nicht schleunigst erscheinen lassen? Würden wir nicht, nachdem die Absichten, die Sie uns unterschieben, fehlgeschlagen sind, unsere Lage sinnlos verschlimmern? Durch unsere Reue könnten wir für eine mißglückte Rache Verzeihung erlangen; und dabei sollten wir einen Menschen, von dem wir keinen Nutzen haben können, hartnäckig gefangenhalten? Ist das nicht absurd? Tragen Sie Ihren Gips wieder nach Hause, er hat seinen Zweck verfehlt!« rief er dem öffentlichen Ankläger zu. »Denn wir sind entweder geistesschwache Verbrecher, und dafür halten Sie uns nicht, oder unschuldig, Opfer unerklärlicher Umstände, unerklärlich für uns wie für Sie! Sie sollten vielmehr nach den Papieren suchen, die bei dem Senator verbrannt worden sind, denn die deuten auf gewichtigere Interessen als die unsern; sie würden Ihnen Aufklärung geben über seine Entführung.« Er ließ sich mit wunderbarem Geschick auf diese Hypothesen ein. Er legte großes Gewicht auf die Moralität der Entlastungszeugen, deren religiöser Glaube lebendig sei, die an ein künftiges Leben glaubten und an ewige Strafen. An dieser Stelle wurde er erhaben, und er verstand es, tief zu rühren. »Wie!« rief er, »diese Verbrecher setzen sich ruhig zu Tisch, als sie durch ihre Kusine von der Entführung des Senators hören? Als der Gendarmerieoffizier ihnen die Mittel sagt, allem ein Ende zu machen, weigern sie sich, den Senator herauszugeben; sie wissen gar nicht, was man von ihnen will!« Er ließ jetzt eine geheimnisvolle Begebenheit durchblicken, deren Schlüssel die Zeit in Händen halte, die diese ungerechte Anklage schon entschleiern würde. Als er sich auf diesem Gebiet befand, hatte er den tollkühnen und geistreichen Einfall, sich in die Lage eines Geschworenen zu versetzen; er erzählte, wie er mit seinen Kollegen beraten würde; er stellte sich als so unglücklich dar, wenn er der Anlaß einer grausamen Verurteilung gewesen und nachher der Irrtum ans Tageslicht gekommen wäre; er malte seine Gewissensbisse so vortrefflich aus und ging mit solcher Kraft auf die Zweifel ein, die sein Plädoyer in ihm erregen würde, daß er die Geschworenen in eine furchtbare Ungewißheit versetzte.

Die Geschworenen waren damals noch nicht abgestumpft gegen derartige Redekünste, die noch den Reiz der Neuheit besaßen, und die Jury war erschüttert. Nach dem glühenden Plädoyer Granvilles hatten die Geschworenen den feinen, bestechenden ehemaligen Staatsanwalt anzuhören, der die Einwände häufte und alle dunklen Punkte des Prozesses hervorhob, so daß er ihn vollkommen unerklärlich machte. Er legte es darauf an, den Geist und die Vernunft zu packen, wie Monsieur de Granville sich an das Herz und die Phantasie gewandt hatte. Kurzum, er wußte die Geschworenen mit so ernsthafter Überzeugung zu umgarnen, daß der öffentliche Ankläger sein Gebäude in Trümmer stürzen sah. Das war so klar, daß der Advokat der Herren d'Hauteserre und Gothards alles der Klugheit der Geschworenen anheimstellte, da er fand, die Anklage gegen seine Klienten falle von selber zusammen.

Der öffentliche Ankläger bat, seine Erwiderung auf den nächsten Tag verschieben zu dürfen. Vergebens widersetzte sich Bordin, der den Freispruch in den Augen der Geschworenen las, wenn sie nur unter dem Druck dieses Plädoyers zu beraten hätten, aus juristischen und faktischen Gründen einer Vertagung, damit nicht noch eine Nacht die Herzen seiner unschuldigen Klienten auf die Folter spanne. Der Gerichtshof zog sich zur Beratung zurück. »Das Interesse der Öffentlichkeit scheint mir ebenso wichtig zu sein wie das der Angeklagten«, sagte der Vorsitzende. »Der Gerichtshof würde jeden Begriff der Billigkeit verletzen, wenn er der Verteidigung eine solche Bitte abschlüge: er muß sie also auch der Anklage gewähren.«

»Alles ist Glückssache«, sagte Bordin und blickte seine Klienten an. »Heute abend würden Sie freigesprochen, morgen können Sie verurteilt werden.« – »Auf jeden Fall«, sagte der ältere Simeuse, »können wir Sie nur bewundern.«

Mademoiselle de Cinq-Cygne hatte Tränen in den Augen. Nach den von den Verteidigern ausgesprochenen Zweifeln hatte sie nicht mehr an einen solchen Erfolg geglaubt. Sie wurde beglückwünscht, und alle kamen, um ihr den Freispruch ihrer Vettern zu verheißen. Aber der Prozeß sollte den jähesten, den unheilvollsten und ungeahntesten Theatercoup erleben, der je eine Wendung in einem Kriminalprozeß gebracht hat.

Am Tage nach Granvilles Plädoyer wurde morgens gegen fünf Uhr der Senator auf der Landstraße nach Troyes gefunden. Er war während des Schlafs von unbekannten Befreiern der Fesseln entledigt worden und befand sich jetzt auf dem Wege nach Troyes; er ahnte nichts von dem Prozeß, er wußte nicht, welchen Widerhall sein Name in Europa gefunden hatte, und er war glücklich, wieder freie Luft zu atmen. Der Mann, der in diesem Drama den Angelpunkt bildete, war ebenso bestürzt über das, was er erfuhr, wie die, die ihm begegneten, es über seinen Anblick waren. Es wurde ihm der Wagen eines Pächters gegeben, und so kam er schnell nach Troyes und zum Präfekten. Der

Präfekt benachrichtigte auf der Stelle den Direktor des Geschworenen-Kollegiums, den Regierungskommissar und den öffentlichen Ankläger, die nach dem Bericht, den Graf de Gondreville erstattete, Leute ausschickten, um Marthe bei den Durieus aus dem Bett zu holen, während der Direktor des Geschworenen-Kollegiums einen Haftbefehl gegen sie begründete und erließ. Auch Mademoiselle de Cinq-Cygne, die nur gegen Bürgschaft auf freiem Fuß war, wurde aus einem der seltenen Augenblicke des Schlummers geweckt, die sie in ihren beständigen Ängsten fand; sie wurde auf der Präfektur behalten, wo sie vernommen werden sollte. Dem Gefängnisdirektor wurde der Befehl erteilt, die Angeklagten von jedem möglichen Verkehr abzuschließen, selbst von dem mit den Verteidigern. Um zehn Uhr erfuhr die versammelte Menge, daß die Sitzung auf ein Uhr nachmittags vertagt worden sei.

Diese Vertagung, die zusammentraf mit der Nachricht von der Befreiung des Senators, der Verhaftung Marthes, der der Mademoiselle de Cinq-Cygne und dem Verbot, mit den Angeklagten zu reden – all das trug den Schrecken ins Hôtel Chargeboeuf. Die ganze Stadt, sämtliche Neugierige, die nach Troyes gekommen waren, um dem Prozeß beizuwohnen, die Berichterstatter der Zeitungen und sogar die Leute aus dem Volk waren in einer leicht begreiflichen Aufregung. Gegen zehn Uhr kam der Abbé Goujet und suchte Monsieur und Madame d'Hauteserre und die Verteidiger auf. Sie saßen gerade beim Frühstück, soweit man unter solcherlei Umständen frühstücken kann; der Pfarrer nahm Bordin und Monsieur de Granville beiseite und teilte ihnen mit, was Marthe ihm anvertraut, außerdem gab er ihnen das Fragment des Briefes, den sie erhalten hatte. Die beiden Verteidiger tauschten einen Blick; dann sagte Bordin zu dem Pfarrer: »Kein Wort darüber! Wir halten alles für verloren; wir wollen wenigstens eine anständige Haltung bewahren.«

Marthe war nicht stark genug, um den vereinten Kräften des Direktors des Geschworenen-Kollegiums und des öffentlichen Anklägers zu widerstehen. Überdies sprachen zu viele Beweise gegen sie. Auf eine Anregung des Senators hin hatte Lechesneau die untere Kruste des letzten von Marthe gebrachten Brotes holen lassen, die im Keller geblieben war; ebenso die leeren Flaschen und mehrere andere Gegenstände. Während der langen Stunden seiner Gefangenschaft hatte Malin allerlei Vermutungen über seine Lage angestellt und nach den Indizien geforscht, die ihn auf die Spur seiner Feinde führen konnten; selbstverständlich teilte er seine Beobachtungen dem Richter mit. Michus erst unlängst erbauter Pachthof müsse einen neuen Backofen haben; da die Ziegel und Backsteine, auf denen das Brot ruhe, mit ihren Fugen irgendein Bild ergäben, könne nachgewiesen werden, daß das Brot in jenem Ofen gebacken worden sei, wenn ein Abdruck der Ofensohle aufgenommen werde, deren Unebenheiten sich auf der Kruste wiederfinden würden. Ferner seien die mit grünem Wachs versiegelten Flaschen wahrscheinlich denen gleich, die sich in Michus Keller befänden. Diese scharfsinnigen Bemerkungen führten, als er sie dem Friedensrichter mitgeteilt hatte, der in Marthes Gegenwart die Untersuchung vornahm, zu dem von dem Senator vorhergesehenen Ergebnis. Da Marthe sich zudem von der scheinbaren Gutmütigkeit fangen ließ, mit der Lechesneau, der öffentliche Ankläger und der Regierungskommissar sie darauf aufmerksam machten, daß nur ein freimütiges Geständnis ihrem Mann das Leben retten könne, gestand sie, als diese offenkundigen Beweise sie niederschmetterten, daß das Versteck, in das der Senator gebracht worden war, nur Michu und den Herren de Simeuse und d'Hauteserre bekannt gewesen sei und daß sie dem Senator dreimal bei Nacht Lebensmittel gebracht habe. Als Laurence über das Versteck vernommen wurde, mußte sie zugeben, daß Michu es entdeckt und es ihr schon vor diesem Ereignis gezeigt habe, weil dort die Edelleute den Nachforschungen der Polizei entzogen werden sollten.

Sobald diese Verhöre beendet waren, wurden die Jury und die Advokaten von der Wiederaufnahme der Verhandlung verständigt. Um drei Uhr eröffnete der Präsident die Sitzung; er verkündete, daß die Verhandlung auf neuer Grundlage fortgeführt werde. Der Präsident zeigte Michu drei Weinflaschen und fragte ihn, ob er sie als seine Flaschen anerkenne; er zeigte ihm, daß das Wachs an zwei leeren Flaschen das gleiche sei wie an einer vollen, die der Friedensrichter morgens in Marthes Gegenwart aus dem Pachthof geholt hatte. Michu wollte sie nicht als die seinen anerkennen, aber die Geschworenen erkannten diese neuen Beweisstücke an, als der Präsident ihnen erklärte, die leeren Flaschen seien in dem Versteck gefunden worden, in dem der Senator gefangengehalten worden war. Jeder Angeklagte wurde einzeln über den Keller unter den Trümmern des Klosters vernommen. Es wurde nach einer neuen Vernehmung aller Belastungs- und Entlastungszeugen in der Verhandlung festgestellt, daß dieses von Michu entdeckte Versteck nur ihm, Laurence und den vier Edelleuten bekannt war. Es läßt sich denken, welchen Eindruck es auf das Publikum und die Geschworenen machte, als der öffentliche Ankläger verkündete, daß dieser nur den Angeklagten und zwei der Zeugen bekannte Keller dem Senator als Gefängnis gedient habe. Marthe wurde hereingeführt. Ihr Erscheinen weckte im Publikum und unter den Angeklagten die lebhaftesten Befürchtungen. Monsieur de Granville erhob sich, um sich der Vernehmung der Frau als Zeugin gegen den Mann zu widersetzen. Der öffentliche Ankläger wies darauf hin, daß Marthe nach ihrem eigenem Geständnis an dem Vergehen mitschuldig sei; sie werde also weder vereidigt, noch brauche sie Zeugnis abzulegen; sie solle nur im Interesse der Wahrheit vernommen werden. »Wir brauchen übrigens nur ihre Aussagen vor dem Direktor des Geschworenen-Kollegiums verlesen zu lassen«, sagte der Präsident und ließ den Gerichtsschreiber das Protokoll vom Morgen verlesen.

»Bleiben Sie bei diesem Geständnis?« fragte der Präsident. Michu sah seine Frau an; Marthe erkannte ihren Fehler und fiel ohnmächtig nieder. Man kann ohne Übertreibung sagen, daß auf die Anklagebank und die Verteidiger der Blitz herniederfuhr. »Ich habe aus dem Gefängnis niemals an meine Frau geschrieben, und ich kenne keinen der Angestellten«, sagte Michu. Bordin reichte ihm die Fragmente des Briefes, Michu brauchte nur einen Blick darauf zu werfen. »Meine Schrift ist gefälscht!« rief er. – »Das Leugnen ist Ihre letzte Ausflucht«, sagte der öffentliche Ankläger.

Jetzt wurde unter den für seinen Empfang vorgeschriebenen Förmlichkeiten der Senator hereingeführt. Sein Auftreten war ein Theatereffekt. Malin, den die Richter ohne Mitleid mit den einstigen Besitzern des schönen Landsitzes Graf de Gondreville nannten, blickte auf Verlangen des Vorsitzenden die Angeklagten lange und mit der größten Aufmerksamkeit an. Er gab zu, daß die Kleidung seiner Entführer allerdings genau dieselbe gewesen sei wie die der Edelleute; aber er erklärte, infolge der Verwirrung seiner Sinne im Augenblick der Entführung könne er nicht mit Sicherheit behaupten, daß die Angeklagten auch die Schuldigen seien.

»Ja, mehr noch«, sagte er, »ich bin überzeugt, daß diese vier Herren nichts damit zu tun haben. Die Hände, die mir die Augen verbanden, waren rauh. Daher«, sagte Malin und sah Michu an, »würde ich eher glauben, daß mein ehemaliger Verwalter es übernommen hat; aber ich bitte die Herren Geschworenen, meine Aussage wohl zu erwägen. Mein Argwohn in dieser Hinsicht ist sehr gelinde, und zwar aus folgendem Grunde: Die beiden Leute, die sich meiner bemächtigt hatten, setzten mich hinter dem, der mir die Augen verbunden hatte, aufs Pferd; sein Haar war rot wie das des Angeklagten Michu. So sonderbar meine Beobachtung auch sein mag, ich muß sie dennoch zur Sprache bringen, weil sie die Grundlage zu einer dem Angeklagten günstigen Überzeugung bildet, und ich bitte ihn, keinen Anstoß daran zu nehmen. Als ich mich an den Rücken des Unbekannten klammerte, mußte ich trotz des schnellen Ritts seinen Geruch wahrnehmen. Nun aber habe ich keinesfalls den wiedererkannt, der Michu eigentümlich ist. Was die Person angeht, die mir dreimal Lebensmittel brachte, so bin ich sicher, daß es Marthe war, Michus Frau. Gleich das erstemal habe ich sie an einem Ring erkannt, den ihr Mademoiselle de Cinq-Cygne geschenkt und den abzuziehen sie vergessen hatte. Das Gericht und die Herren Geschworenen werden die Widersprüche würdigen, die in diesen Tatsachen liegen und die ich mir noch nicht erklären kann.«

Mit wohlwollendem Gemurmel und einstimmigem Beifall wurde Malins Aussage aufgenommen. Bordin bat den Gerichtshof um die Erlaubnis, ein paar Fragen an diesen wertvollen Zeugen richten zu dürfen. »Der Herr Senator glaubt also, daß seine Freiheitsberaubung andere Gründe hat als die Interessen, die die Anklage den Angeklagten unterlegt?« – »Sicherlich!« sagte der Senator; »aber ich kenne die Motive nicht; denn ich erkläre, daß ich während der zwanzig Tage der Gefangenschaft niemanden gesehen habe.« – »Glauben Sie«, fragte der öffentliche Ankläger, »daß Ihr Schloß Gondreville Dokumente, Urkunden oder Wertpapiere bergen konnte, die eine Durchsuchung durch die Herren de Simeuse hätten nötig machen können?« – »Das glaube ich nicht«, sagte Malin. »Ich traue es den Herren in diesem Fall nicht zu, daß sie sie durch Gewalt in ihren Besitz haben bringen wollen. Sie hätten sie doch nur von mir zu verlangen brauchen, dann hätten sie sie erhalten.« – »Hat der Herr Senator nicht in seinem Park Papiere verbrennen lassen?« fragte Monsieur de Granville unvermittelt.

Der Senator sah Grévin an. Nachdem er mit dem Notar rasch einen verständnisvollen Blick getauscht hatte, der Bordin nicht entging, erwiderte er, er habe keine Papiere verbrannt. Als der öffentliche Ankläger ihn um Auskunft über den Hinterhalt im Park bat, dessen Opfer er fast geworden wäre, und ihn fragte, ob er sich nicht über die Richtung des Gewehrlaufs getäuscht haben könne, sagte der Senator, Michu habe in einem Baum gehockt. Diese Antwort, die Grévins Aussage bestätigte, machte großen Eindruck. Die Edelleute blieben während der Aussage ihres Gegners, der sie mit seiner Großmut überschüttete, unbewegt. Laurence litt die furchtbarsten Qualen, und der Marquis de Chargeboeuf mußte sie immer wieder am Arm zurückhalten. Als der Graf de Gondreville sich zurückzog, grüßte er die vier Edelleute, die seinen Gruß nicht erwiderten. Dieser kleine Zug entrüstete die Geschworenen.

»Sie sind verloren!« flüsterte Bordin dem Marquis zu. – »Leider! Und abermals durch den Stolz, den sie empfinden!« erwiderte Monsieur de Chargeboeuf.

»Unsere Aufgabe ist nur zu leicht geworden, meine Herren«, sagte der öffentliche Ankläger, als er aufstand und die Geschworenen ansah.

Er erklärte die Verwendung der beiden Säcke Gips mit der Einmauerung der eisernen Klammer, die gebraucht worden war, um das Vorhängeschloß anzubringen, das den großen Riegel hielt, der den Keller verbarrikadierte; die genaue Beschreibung finde sich in dem am Morgen von Pigoult aufgenommenen Protokoll. Er wies mit Leichtigkeit nach, daß einzig die Angeklagten von dem Vorhandensein des Kellers gewußt hätten. Er deckte die Lügen der Verteidigung auf und pulverisierte alle ihre Argumente unter den neuen Beweisen, die wie ein Wunder gekommen waren. Man stand 1806 dem höchsten Wesen von 1793 noch zu nahe, um von der göttlichen Gerechtigkeit zu reden: Das Eingreifen des Himmels ersparte er den Geschworenen also. Abschließend sagte er, die Justiz werde ein Auge auf die unbekannten Mitschuldigen haben, die den Senator befreit hätten; dann setzte er sich und erwartete zuversichtlich das Schuldig.

Die Geschworenen glaubten an ein Geheimnis; aber sie waren sämtlich überzeugt, daß jenes Geheimnis mit den Angeklagten zu tun habe, die aus einem privaten Interesse von höchster Wichtigkeit schwiegen.

Monsieur de Granville, für den jetzt klar war, daß irgendeine Machenschaft vorlag, stand auf; aber es war, als werde er überschrien, weniger von den neu hinzugekommenen Aussagen, als vielmehr von der offenkundigen Überzeugung der Geschworenen. Er übertraf vielleicht noch sein Plädoyer vom Tag zuvor. Seine zweite Rede war sicherlich logischer und gedrungener als die erste. Aber er fühlte, wie seine Glut an der Kälte der Jury abglitt: Er sprach umsonst, und er war sich dessen bewußt! Eine furchtbare, eisige Situation. Er machte darauf aufmerksam, wie sehr die Befreiung des Senators, die wie durch Zauber und sicherlich ohne Beihilfe irgendeines der Angeklagten oder Marthes erfolgt war, seine ersten Schlußfolgerungen bestätigte; gestern hätten die Angeklagten an einen Freispruch glauben können; und wenn es, wie die Anklage behauptete, bei ihnen stand, den Senator festzuhalten oder freizulassen, so hätten sie ihn doch schwerlich vor dem Urteilsspruch befreit! Er versuchte begreiflich zu machen, daß nur im Dunkel verborgene Feinde diesen Streich hätten durchführen können.

Sonderbar! Monsieur de Granville erregte nur bei dem öffentlichen Ankläger und den Richtern Zweifel, denn die Geschworenen hörten nur zu, weil es ihre Pflicht war. Selbst das Publikum, das sonst stets den Angeklagten günstig gesonnen ist, war von ihrer Schuld überzeugt. Es gibt eine Gedankenatmosphäre. In einem Gerichtssaal lasten die Gedanken der Menge auf den Richtern und den Geschworenen; und ebenso umgekehrt. Als der Verteidiger diese Stimmung wahrnahm, die man erkennt oder spürt, schwang er sich in seinen Schlußworten zu einer Art fiebriger Begeisterung auf, in die ihn seine Überzeugung hineintrieb.

»Im Namen der Angeklagten«, rief er, »vergebe ich Ihnen im voraus einen verhängnisvollen Irrtum, den nichts zerstreuen wird. Wir alle sind das Spielzeug einer unbekannten und machiavellistischen Macht. Marthe Michu ist das Opfer eines schmählichen Verrats, und die Öffentlichkeit wird das erkennen, wenn das Unglück nicht wieder gutzumachen ist . . .«

Bordin griff die Aussage des Senators als Waffe auf und verlangte die Freisprechung der Angeklagten.

Der Vorsitzende faßte das Ergebnis der Verhandlungen mit um so größerer Unparteilichkeit zusammen, als die Geschworenen sichtlich überzeugt waren. Er neigte die Waage sogar zugunsten der Angeklagten, indem er der Aussage des Senators großes Gewicht lieh. Diese Höflichkeit konnte den Erfolg der Anklage nicht mehr in Frage stellen. Um elf Uhr abends verurteilte der Gerichtshof, nachdem der Direktor des Geschworenen-Kollegiums die verschiedenen Antworten erteilt hatte, Michu zum Tode, die Herren de Simeuse zu vierundzwanzig und die Herren d'Hauteserre zu zehn Jahren Zuchthaus; Gothard wurde freigesprochen. Der ganze Saal wollte sehen, wie die fünf Schuldigen sich im letzten Augenblick hielten, als sie frei vor den Gerichtshof geführt wurden, damit sie das Urteil vernähmen. Die vier Edelleute warfen einen Blick auf Laurence, die ihnen aus trockenem Auge den flammenden Blick der Märtyrer zuwarf. »Sie würde weinen, wenn wir freigesprochen worden wären!« sagte der jüngere Simeuse zu seinem Bruder.

Niemals haben Angeklagte einer ungerechten Verurteilung eine heiterere Stirn und eine würdigere Haltung entgegengestellt, als diese fünf Opfer eines grauenhaften Komplotts. »Unser Verteidiger hat Ihnen verziehen!« sagte der älteste Simeuse zum Gerichtshof.

Madame d'Hauteserre erkrankte und lag drei Monate lang im Hôtel Chargeboeuf zu Bett. Der gute d'Hauteserre kehrte ruhig nach Cinq-Cygne zurück; aber von einem jener Greisenleiden verzehrt, für die es keine der Ablenkungen der Jugend gibt, traten bei ihm oft Augenblicke der Geistesabwesenheit ein, die dem Pfarrer bewiesen, daß dieser arme Vater noch immer gleichsam am Tage nach der verhängnisvollen Entscheidung lebte Die schöne Marthe brauchte nicht erst gerichtet zu werden: Zwanzig Tage nach der Verurteilung ihres Mannes starb sie im Gefängnis; ihren Sohn empfahl sie Laurence, in deren Armen sie verschied. Als das Urteil bekannt geworden war, löschten politische Ereignisse von höchster Bedeutung die Erinnerung an diesen Prozeß aus, so daß bald nicht mehr von ihm gesprochen wurde. Die Gesellschaft gleicht dem Ozean, sie nimmt nach einer Katastrophe ihr Niveau und ihr früheres Verhalten wieder an und verwischt die Spur des Geschehenen durch das Sichregen ihrer verzehrenden Interessen.

Laurence wäre ohne die Festigkeit ihrer Seele und ohne ihre Überzeugung von der Unschuld der Vettern zugrunde gegangen; aber sie gab neue Beweise von der Größe ihres Charakters, sie setzte Monsieur de Granville und Bordin durch die zur Schau getragene Heiterkeit in Erstaunen, die höchstes Unglück schönen Seelen aufprägt. Sie wachte bei Madame d'Hauteserre und pflegte sie, und jeden Tag ging sie zwei Stunden lang ins Gefängnis. Sie sagte, sie würde einen ihrer Vettern heiraten, wenn sie im Zuchthaus wären.

»Im Zuchthaus?« rief Bordin. »Aber wir dürfen an nichts anderes denken, als den Kaiser um ihre Begnadigung zu bitten.« – »Ihre Begnadigung, und durch einen Bonaparte?« rief Laurence voll Grauen aus.

Dem alten, würdigen Anwalt sprang die Brille von der Nase; er ergriff sie noch, ehe sie hingefallen war, und blickte das junge Mädchen an, das jetzt einer Frau glich; er durchschaute diesen Charakter in seiner ganzen Größe, und er nahm den Marquis de Chargeboeuf am Arm und sagte zu ihm: »Herr Marquis, lassen Sie uns nach Paris eilen, um die Verurteilten ohne sie zu retten!«

Die Berufung der Herren de Simeuse und d'Hauteserre sowie Michus waren die erste Sache, die das Kassationsgericht zu entscheiden hatte. Das Urteil wurde also glücklicherweise durch die Zeremonien der Einsetzung des Gerichtshofes verzögert.

Gegen Ende September wurde nach drei Sitzungen, die die Plädoyers und der Generalstaatsanwalt Merlin[58], der selber das Wort führte, beanspruchten, die Berufung verworfen. Der Kaiserliche Gerichtshof in Paris war eben errichtet worden, Monsieur de Granville wurde dort zum Stellvertreter des Generalstaatsanwalts ernannt; und da das Département Aube unter die Gerichtsbarkeit jenes Gerichtshofs fiel, hatte er die Möglichkeit, innerhalb seines Ministeriums zugunsten der Angeklagten Schritte zu unternehmen; er ermüdete damit seinen Gönner Cambacérès. Bordin und Monsieur de Chargeboeuf kamen am Morgen nach dem Spruch in sein Stadthaus im Marais[59], wo sie ihn in den Flitterwochen fanden; er hatte nämlich in der Zwischenzeit geheiratet. Trotz aller Geschehnisse, die in das Dasein seines ehemaligen Advokaten getreten waren, ersah Monsieur de Chargeboeuf aus der Niedergeschlagenheit des jungen Substituten nur zu gut, daß er seinen Klienten treu geblieben war. Gewisse Advokaten, die Künstler des Berufs, machen aus ihren Prozessen ihre Geliebten. Der Fall ist selten; man verlasse sich nicht darauf. Als Monsieur de Granville mit seinen ehemaligen Klienten in seinem Arbeitszimmer allein war, sagte er zu dem Marquis: »Ich habe Ihren Besuch nicht erst abgewartet, ich habe sogar meinen ganzen Einfluß schon aufgebraucht. Versuchen Sie nicht, Michu zu retten, dann würden Sie die Begnadigung der Herren de Simeuse nicht erlangen. Ein Opfer muß fallen.« – »Mein Gott!« sagte Bordin und zeigte dem jungen Beamten die drei Gnadengesuche, »kann ich es auf mich nehmen, das Gesuch Ihres ehemaligen Klienten zu unterschlagen? Wenn ich dieses Blatt ins Feuer werfe, so heißt das, ihm den Kopf abschneiden.«

Er reichte ihm Michus Gesuch. Monsieur de Granville nahm es und sah es an. »Unterschlagen können wir es nicht, aber ich muß Ihnen sagen: Wenn Sie alles verlangen, werden Sie nichts erhalten.« – »Haben wir noch Zeit, Michu zu fragen?« sagte Bordin. – »Ja. Der Hinrichtungsbefehl gehört ins Ressort des Generalstaatsanwalts, und wir können Ihnen einige Tage Frist bewilligen. Man tötet zwar Menschen«, fügte er mit einer gewissen Bitterkeit hinzu, »aber man tut es unter Förmlichkeiten, vor allem in Paris.«

Monsieur de Chargeboeuf hatte bereits vom Justizminister Auskünfte erhalten, die Granvilles bekümmerten Worten ungeheures Gewicht liehen. »Michu ist unschuldig, ich weiß es, ich sage es selber«, fuhr der Beamte fort; »aber was vermag einer allein gegen alle? Und bedenken Sie, daß es heute meine Rolle ist, zu schweigen. Ich muß das Schafott errichten lassen, auf dem mein ehemaliger Klient hingerichtet wird.«

Monsieur de Chargeboeuf kannte Laurence zu genau, um nicht zu wissen, daß sie nie einwilligen würde, ihre Vettern auf Michus Kosten zu retten. Der Marquis machte also einen letzten Versuch. Er hatte den Minister der auswärtigen Angelegenheiten um eine Audienz bitten lassen, um zu erfahren, ob es in der hohen Diplomatie noch ein Rettungsmittel gebe. Er nahm Bordin mit, der den Minister kannte und ihm einige Dienste geleistet hatte. Die beiden alten Herren fanden Talleyrand in die Betrachtung seines Kaminfeuers versunken, die Füße vor sich hingestreckt, den Kopf in die Hand und den Ellbogen auf den Tisch gestützt; die Zeitung lag am Boden. Der Minister hatte gerade den Spruch des Kassationshofs gelesen.

»Wollen Sie sich bitte setzen, Herr Marquis«, sagte der Minister. »Und Sie, Bordin«, fügte er hinzu und wies auf einen Platz am Tisch vor sich, »schreiben Sie:

Majestät!

Vier unschuldige Edelleute sind von der Jury schuldig gesprochen worden, Ihr Kassationsgericht hat das Urteil soeben bestätigt.

Eure Kaiserliche Majestät kann sie nur noch begnadigen. Jene Edelleute erbitten diese Gnade von Ihrer erhabenen Milde einzig, damit sie Gelegenheit haben, ihren Tod zu etwas Nutzbringendem zu machen, indem sie unter Ihren Augen kämpfen, und sie nennen sich Eurer Kaiserlichen und Königlichen Majestät ... usw.«

»Nur Fürsten verstehen es, so zu verpflichten«, sagte der Marquis de Chargeboeuf, als er diesen kostbaren Entwurf der Bittschrift aus Bordins Händen entgegennahm; die vier Edelleute sollten sie unterschreiben und erhoffen, dafür empfehlende Nachschriften hochgestellter Persönlichkeiten zu erlangen. – »Das Leben Ihrer Verwandten, Herr Marquis«, sagte der Minister, »hängt vom Glückszufall der Schlachten ab: Versuchen Sie, am Tag nach einem Sieg anzukommen, dann sind sie gerettet!« Er griff zur Feder und schrieb eigenhändig einen vertraulichen Brief an den Kaiser und einen zweiten von zehn Zeilen an den Marschall

Duroc[60]; dann schellte er, ließ sich von seinem Sekretär einen diplomatischen Paß geben und fragte den alten Anwalt ruhig: »Welches ist nun im Ernst Ihre Meinung über diesen Prozeß?« – »Wissen Sie denn nicht, Monseigneur, wer uns so umgarnt hat?« – »Ich vermute es, aber ich habe meine Gründe, nach Gewißheit zu suchen«, sagte der Fürst. »Kehren Sie nach Troyes zurück, bringen Sie mir morgen um die gleiche Stunde Mademoiselle de Cinq-Cygne hierher, aber heimlich; gehen Sie zur Fürstin, die ich von Ihrem Besuch in Kenntnis setzen werde. Wenn Mademoiselle de Cinq-Cygne, die wir so aufstellen werden, daß sie den Mann sehen kann, der vor mir stehen wird, ihn als jemanden erkennt, der zur Zeit der Verschwörung der Herren de Polignac und de Rivière bei ihr gewesen ist, dann – was ich auch sage, was er auch erwidere: Keine Geste und kein Wort! Denken Sie im übrigen nur daran, die Herren de Simeuse und d'Hauteserre zu retten; belasten Sie sich nicht mit dem argen Burschen, Ihrem Wildhüter.«

»Der ist ein wunderbarer Mensch, Monseigneur!« – »Begeisterung? Und bei Ihnen, Bordin! Dann ist an dem Mann was dran. Unser Souverän ist von einer fabelhaften Eitelkeit, Herr Marquis«, sagte er, das Thema wechselnd; »er will mich verabschieden, um ohne Widerspruch Dummheiten machen zu können. Er ist ein großer Soldat und kann die Gesetze des Raums und der Zeit verändern; aber Menschen zu wandeln würde ihm nicht gelingen, und dabei möchte er sie zu seinem Gebrauch umschmelzen. Jetzt vergessen Sie nicht, daß die Begnadigung Ihrer Verwandten nur durch ein einziges Wesen erlangt werden kann – durch Mademoiselle de Cinq-Cygne.«

Der Marquis fuhr allein nach Troyes und sagte Laurence, wie die Dinge standen. Laurence erhielt vom kaiserlichen Staatsanwalt die Erlaubnis, Michu zu besuchen, und der Marquis begleitete sie bis an das Tor des Gefängnisses, wo er auf sie wartete. Als sie wieder herauskam, standen ihr die Augen voll Tränen.

»Der arme Mann«, sagte sie, »versuchte vor mir niederzuknien, weil er mich bitten wollte, daß ich nicht mehr an ihn dächte; er vergaß, daß er Eisenfesseln an den Beinen trug! Ach, Marquis, ich will für ihn plädieren! Ja, ich will hingehen und diesem Kaiser die Stiefel küssen! Und wenn es mir mißlingt, nun, dann sorge ich dafür, daß dieser Mann ewig in unserer Familie fortlebt. Reichen Sie sein Gnadengesuch ein, um Zeit zu gewinnen; ich will sein Bildnis haben. Kommen Sie.«

Als der Minister am folgenden Morgen durch ein vereinbartes Zeichen erfuhr, daß Laurence auf ihrem Posten stehe, schellte er; sein Diener erhielt Befehl, Monsieur Corentin eintreten zu lassen.

»Mein Lieber, Sie sind ein geschickter Mann«, sagte Talleyrand zu ihm, »ich möchte Sie verwenden.« – »Monseigneur . . .« – »Hören Sie zu. Wenn Sie Fouché dienen, erhalten Sie Geld, aber niemals erlangen Sie Ehre oder eine Stellung, mit der man sich sehen lassen kann; wenn Sie dagegen mir immer so dienen, wie Sie ihm letzthin in Berlin gedient haben, dann können Sie sich Ansehen erwerben.« – »Monseigneur sind sehr gütig . . .« – »Bei Ihrer letzten Affäre haben Sie Genie bezeigt, auf Gondreville . . .« – »Wovon reden Monseigneur?« fragte Corentin mit nicht zu kühler, doch auch nicht zu überraschter Miene. – »Monsieur Corentin«, sagte der Minister trocken, »Sie werden es zu nichts bringen, Sie fürchten . . .« – »Was, Monseigneur?« – »Den Tod!« sagte der Minister mit seiner schönen, tiefen, hohlen Stimme. »Jetzt gehen Sie, mein Lieber!«

»Er ist es«, sagte der Marquis de Chargeboeuf, als er eintrat; »aber wir hätten die Gräfin fast umgebracht, sie ringt nach Atem!« – »Nur er ist imstande, dergleichen Streiche zu spielen«, sagte der Minister. »Herr Marquis, Sie laufen Gefahr, keinen Erfolg zu haben«, fuhr er fort. »Schlagen Sie zum Schein die Straße nach Straßburg ein, ich werde Ihnen Dubletten der Pässe schicken. Sorgen Sie für Doppelgänger, wechseln Sie geschickt die Straße und vor allem den Wagen, lassen Sie Ihre Doppelgänger statt Ihrer in Straßburg haltmachen und fahren Sie über die Schweiz und Bayern nach Preußen. Tiefstes Schweigen und Vorsicht! Sie haben die Polizei gegen sich, und Sie wissen nicht, was das heißt: die Polizei!«

Mademoiselle de Cinq-Cygne bot Robert Lefebvre[61] eine genügende Summe, die ihn bewog, nach Troyes zu kommen und Michu zu malen, und Monsieur de Granville versprach dem damals berühmten Maler alle nur erdenklichen Erleichterungen. Monsieur de Chargeboeuf brach mit Laurence in seiner alten

Halbberline auf; ein Diener, der Deutsch sprach, begleitete sie. Aber bei Nancy holte er Gothard und Mademoiselle Goujet ein, die ihnen in einer vortrefflichen Kalesche vorausgeeilt waren. Er nahm die Kalesche und gab ihnen die Halbberline. Der Minister hatte recht. In Straßburg weigerte sich der Generalkommissar der Polizei, den Paß der Reisenden mit seinem Visum zu versehen, indem er seine strengen Befehle vorschützte. Zur gleichen Zeit jedoch verließen der Marquis und Laurence Frankreich über Besançon mit ihren diplomatischen Pässen. In den ersten Oktobertagen durchquerte Laurence die Schweiz, ohne diesem herrlichen Lande die geringste Beachtung zu schenken. Sie saß auf dem Rücksitz der Kalesche in jener Erstarrung, in die der Verbrecher fällt, wenn er die Stunde seiner Hinrichtung erfährt. Die ganze Natur überdeckt sich dann mit brodelndem Dunst, und die gewöhnlichsten Dinge nehmen ein phantastisches Aussehen an. Der Gedanke: Wenn es mir nicht gelingt, dann bringen sie sie um, fiel etwa so auf ihre Seele herab, wie ehedem bei der Hinrichtung durchs Rad die Stange des Henkers auf die Glieder des Verurteilten. Sie fühlte sich mehr und mehr gebrochen; sie verlor ihre ganze Energie, während sie des grausamen, entscheidenden und raschen Augenblicks harrte, da sie dem Manne gegenüberstehen würde, von dem das Schicksal der vier Edelleute abhing. Sie hatte sich entschlossen, dieser Niedergeschlagenheit ihren Lauf zu lassen, weil sie ihre Kräfte nicht nutzlos verschwenden wollte. Da der Marquis außerstande war, die Berechnung starker Seelen zu verstehen, die sich auf verschiedene Weise äußert, denn bei solchem letzten Warten überlassen sich gewisse überlegene Geister einer erstaunlichen Lustigkeit, fürchtete er, Laurence nicht lebend bis zu dieser Begegnung zu geleiten, die feierliche Bedeutung nur für sie hatte, aber immerhin über die gewohnten Maße des Privatlebens hinausragte. Für Laurence war es der Tod aller ihrer großherzigen Empfindungen, wenn sie sich vor diesem Manne demütigen mußte, der der Gegenstand ihres Hasses und ihrer Verachtung war. »Danach«, sagte sie, »wird die Laurence, die dann weiterlebt, der, die jetzt zugrunde gehen soll, nicht mehr ähnlich sein.«

Nichtsdestoweniger wurde es beiden Reisenden schwer, die ungeheure Bewegung von Menschen und Dingen, in die sie hineingerieten, als sie preußischen Boden betraten, nicht zu beachten. Der Feldzug von Jena hatte begonnen. Laurence und der Marquis sahen die prächtigen Divisionen des französischen Heeres wie in den Tuilerien bei der Parade an sich vorüberziehen. Durch diese Entfaltung militärischen Glanzes, der sich nur mit den Worten und Bildern der Bibel schildern läßt, nahm der Mann, der diese Massen belebte, in Laurences Phantasie gigantische Proportionen an. Bald darauf klangen ihr Siegesworte ans Ohr. Die kaiserlichen Heere hatten zwei bedeutende Vorteile errungen. Der Prinz von Preußen[62] war gefallen, einen Tag vor dem Eintreffen der beiden Reisenden in Saalfeld; sie versuchten, Napoleon einzuholen, der mit der Geschwindigkeit des Blitzes vorrückte. Endlich, am 13. Oktober, einem Datum schlimmer Vorbedeutung, fuhr Mademoiselle de Cinq-Cygne mitten durch die Korps der großen Armee an einem Fluß entlang; sie sah nichts als ein Durcheinander; sie wurde von einem Dorf ins andere geschickt, von einer Division zur andern; es ängstigte sie, daß sie mit einem Greis allein war, umhergeworfen auf einem Ozean von hundertfünfzigtausend Menschen, die einem zweiten von hundertfünfzigtausend gegenüberstanden. Er ermüdete sie, über die Hecken eines aufgeweichten Weges hinweg, dem sie über einen Hügel hin folgten, immer diesen Fluß zu sehen; und schließlich fragte sie einen Soldaten nach seinem Namen. »Die Saale«, erwiderte er und zeigte ihr das preußische Heer, das auf der andern Uferseite des Wasserlaufs in großen Massen gruppiert lag.

Die Nacht brach herein, Laurence sah, wie die Feuer entzündet wurden und die Waffen blinkten. Der alte Marquis, dessen Unerschrockenheit etwas Ritterliches hatte, saß neben seinem Diener und lenkte selber zwei gute Pferde, die am Vortage erstanden worden waren. Der alte Herr wußte genau, daß er auf einem Schlachtfeld weder Postillione noch Pferde finden würde. Plötzlich wurde die verwegene Kalesche, der Gegenstand des Staunens für alle Soldaten, von einem Feldgendarmen angehalten; dieser Mann kam mit verhängtem Zügel auf den Marquis zugesprengt und schrie ihn an: »Wer sind Sie? Wohin wollen Sie? Was suchen Sie?« – »Den Kaiser!« erwiderte der Marquis de Chargeboeuf; »ich überbringe eine wichtige Depesche der Minister für den Großmarschall Duroc.« – »Schon gut, aber hier können Sie nicht bleiben«, sagte der Gendarm.

Mademoiselle de Cinq-Cygne und der Marquis waren um so eher gezwungen, dort zu bleiben, als der Tag zur Neige ging.

»Wo sind wir?« fragte sie zwei Offiziere, die sie kommen sah und deren Uniform von einem Überwurf aus Tuch verdeckt wurde. »Sie befinden sich vor der Vorhut des französischen Heeres, Madame«, erwiderte der eine der beiden Offiziere. »Aber hier können Sie nicht bleiben, denn wenn der Feind eine Bewegung macht und die Artillerie zu schießen beginnt, ständen Sie zwischen zwei Feuern.« – »Ach!« sagte sie mit gleichgültiger Miene.

Bei diesem Ach sagte der andere Offizier: »Wie kommt die Frau hierher?« – »Wir warten«, antwortete sie, »auf einen Gendarmen, der fortgeritten ist, um uns Monsieur Duroc zu melden; er soll sich für uns einsetzen, damit wir den Kaiser sprechen können.« – »Den Kaiser sprechen . . .?« fragte der erste Offizier. »Was fällt Ihnen ein? Am Vorabend einer Entscheidungsschlacht?« – »Ach, Sie haben recht«, sagte sie, »ich darf ihn erst übermorgen sprechen; der Sieg wird ihn milde stimmen.«

Die beiden Offiziere ritten zwanzig Schritt weiter und hielten dann; ihre Pferde standen reglos. Die Kalesche wurde jetzt von einer ganzen Schar Generale, Marschälle und Offiziere umringt, die alle sehr glänzend aussahen und die den Wagen respektierten, weil er gerade an dieser Stelle stand. – »Mein Gott!« sagte der Marquis zu Mademoiselle de Cinq-Cygne, »ich fürchte, wir haben mit dem Kaiser gesprochen.« – »Dem Kaiser?« fragte ein Generaloberst, »der hält da drüben!« Jetzt sah Laurence wenige Schritte vor sich den, der gefragt hatte: Wie kommt die Frau hierher? Er war allein. Jener eine der beiden Offiziere, eben der Kaiser, trug seinen berühmten Überrock über einer grünen Uniform und saß auf einem Schimmel mit prachtvollem Zaumzeug. Er beobachtete durch ein Fernrohr das preußische Heer jenseits der Saale. Laurence durchschaute jetzt, warum die Kalesche respektiert wurde und warum das Gefolge des Kaisers sie unbehelligt ließ. Eine krampfhafte Erregung überkam sie; die Stunde war gekommen. Sie hörte das dumpfe Geräusch größerer Menschenmassen und ihrer Waffen; im Geschwindschritt wurde jene Höhe besetzt. Die Batterien schienen eine Sprache zu haben, die Munitionswagen polterten, und das Eisen funkelte.

»Der Marschall Lannes[63] soll mit seinem ganzen Korps weiter vorn in Stellung gehen; Marschall Lefebvre und die Garde halten diese Höhe besetzt«, sagte der andere Offizier; es war der Generalmajor Berthier.

Der Kaiser saß ab. Bei der ersten Bewegung, die er machte, sprang Roustan, sein berühmter Mameluck, herbei, um das Pferd zu halten. Laurence war starr vor Staunen: so viel Einfachheit kam ihr unglaublich vor.

»Ich bleibe die Nacht über auf dieser Höhe«, sagte der Kaiser.

In diesem Augenblick kam Großmarschall Duroc, den der Gendarm endlich gefunden hatte, auf den Marquis de Chargeboeuf zu und fragte ihn nach dem Grund seines Kommens; der Marquis erwiderte, ein Brief des Ministers der auswärtigen Angelegenheiten werde ihm sagen, wie dringlich es sei, daß sie beide, Mademoiselle de Cinq-Cygne und er, beim Kaiser eine Audienz erhielten. »Seine Majestät wird zweifellos in ihrer Unterkunft speisen«, sagte Duroc und nahm den Brief entgegen, »und wenn ich gesehen habe, um was es sich handelt, werde ich Sie wissen lassen, ob es möglich ist. Wachtmeister«, sagte er zu dem Gendarmen, »begleiten Sie diesen Wagen und bringen Sie ihn hinter die Hütte weiter hinten.« – Monsieur de Chargeboeuf folgte dem Gendarmen und ließ seinen Wagen hinter einer elenden Hütte aus Lehm und Holzfachwerk halten, die von einigen Obstbäumen umgeben und von Infanterie- und Kavalleriedetachements bewacht war.

Man kann sagen, daß dort die Majestät des Krieges in ihrem ganzen Glanz erstrahlte. Von dieser Höhe aus sah man im Mondschein die Linien der beiden Heere. Nach einer Stunde des Wartens, die von dem beständigen Hin und Her der kommenden und gehenden Adjutanten ausgefüllt wurde, ließ Duroc, der selber kam, Mademoiselle de Cinq-Cygne und den Marquis de Chargeboeuf in die Hütte treten, deren Fußboden wie der unserer Scheunen aus gestampftem Lehm bestand. Vor einem abgedeckten Tisch und einem rauchenden Feuer aus frischem Holz saß Napoleon auf einem groben Stuhl. Seine kotbespritzten Stiefel zeugten von Ritten querfeldein. Er hatte den bekannten Überrock abgelegt, und jetzt brachte seine berühmte grüne Uniform, über die das große rote Ordensband lief und die gehoben wurde durch den weißen Untergrund seiner Kaschmirhose und -weste, das bleiche, furchtbare Cäsarengesicht wunderbar zur Geltung. Seine Hand ruhte auf einer entfalteten Karte, die auf seinen Knien lag. Berthier stand in seinem glänzenden Kostüm als Vizekronfeldherr des Kaiserreichs da. Constant, der Kammerdiener, reichte dem Kaiser auf einem Tablett seinen Kaffee.

»Was wollen Sie?« fragte er mit gespielter Schroffheit und schoß Laurence den Strahl seines Blicks quer durch den Kopf. »Sie haben also jetzt keine Angst mehr davor, mich vor der Schlacht zu sprechen? Um was handelt es sich?« – »Majestät«, sagte sie und blickte ihn mit nicht minder festem Blick an, »ich bin Mademoiselle de Cinq-Cygne.« – »Na, und?« erwiderte er zornig, denn ihm schien, als trotze ihm dieser Blick. – »Verstehen Sie denn nicht? Ich bin die Gräfin de Cinq-Cygne, und ich bitte Sie um eine Begnadigung«, sagte sie, warf sich auf die Knie und hielt ihm das von Talleyrand entworfene Gesuch hin, dem die Kaiserin, Cambacérès und Malin Empfehlungen beigefügt hatten.

Der Kaiser hob die Flehende huldvoll auf, indem er einen scharfen Blick auf sie warf, und fragte: »Wollen Sie endlich verständig sein? Begreifen Sie, was das französische Kaiserreich werden soll ...?« – »Ach, in diesem Augenblich begreife ich nur den Kaiser«, sagte sie, besiegt von der Gutmütigkeit, mit der der Mann des Schicksals diese Worte gesprochen hatte, die die Gnade schon ahnen ließen.

»Sind sie unschuldig?« fragte der Kaiser. – »Alle!« sagte sie voll Begeisterung. – »Alle? Nein, der Wildhüter ist ein gefährlicher Mensch; er würde mir meinen Senator erschießen, ohne Sie um Ihre Meinung zu fragen ...« – »O Majestät«, sagte sie, »wenn Sie einen Freund hätten, der sich Ihnen geweiht hat, würden Sie den im Stich lassen? Würden Sie ihn nicht ...« – »Sie sind eine Frau«, unterbrach er sie mit einem Anflug des Spotts. – »Und Sie ein Mann aus Eisen!« erwiderte sie mit einer Festigkeit, die ihm gefiel. – »Dieser Mensch ist von der Rechtsprechung des Landes verurteilt worden«, sagte er. – »Aber er ist unschuldig!« – »Sie Kind . . .!« versetzte er.

Er nahm Mademoiselle de Cinq-Cygne bei der Hand und führte sie auf die Höhe hinaus. »Da sehen Sie«, sagte er mit der ihm eigenen Beredsamkeit, die Feiglinge in Helden verwandelte, »da sehen Sie dreihunderttausend Menschen; die sind ebenfalls unschuldig! Ja, und morgen werden dreißigtausend Menschen tot sein, gefallen für ihr Land! Vielleicht wird unter den Preußen ein großer Mechaniker, ein Metaphysiker, ein Genie hingemäht. Sicherlich werden wir auch auf unserer Seite unbekannte große Männer verlieren. Ja, vielleicht werde ich meinen besten Freund fallen sehen? Werde ich Gott deswegen anklagen? Nein, ich werde schweigen. Sie müssen wissen, Mademoiselle, daß man für die Gesetze seines Landes sterben muß, wie man hier für dessen Ruhm stirbt«, fügte er hinzu und führte sie wieder in die Hütte. »Gehen Sie, kehren Sie nach Frankreich zurück«, sagte er, indem er den Marquis ansah, »meine Befehle werden Ihnen folgen.«

Laurence glaubte noch an eine Verwandlung der Strafe für Michu; und im Überschwang ihrer Dankbarkeit beugte sie das Knie und küßte dem Kaiser die Hand.

»Sie sind Monsieur de Chargeboeuf?« fragte Napoleon da und blickte den Marquis scharf an. – »Ja, Majestät.« – »Haben Sie Kinder?« – »Viele Kinder.« – »Weshalb geben Sie mir nicht einen Ihrer Enkel? Er könnte einer meiner Pagen sein ...« – Aha, da kommt der Unterleutnant zum Vorschein, dachte Laurence; er will für seine Gnade bezahlt werden. Der Marquis verneigte sich, ohne etwas zu erwidern. Zum Glück stürzte General Rapp in die Hütte. »Majestät, die Gardekavallerie und die des Großherzogs von Berg können morgen nicht vor Mittag zu uns stoßen.« – »Einerlei«, sagte Napoleon, indem er sich zu Berthier wandte, »es gibt auch für uns Stunden des Aufschubs; wir wollen sie benutzen.«

Auf einen Wink zogen der Marquis und Laurence sich zurück und stiegen wieder in den Wagen; der Wachtmeister brachte sie auf die Straße und begleitete sie bis zu einem Dorf, in dem sie die Nacht verbrachten. Am folgenden Tage fuhren sie unter dem Donner von achthundert Kanonen, die zehn Stunden lang grollten, vom Schlachtfeld weg, und unterwegs hörten sie von dem erstaunlichen Sieg bei Jena. Acht Tage darauf sahen sie die Vororte von Troyes wieder. Ein Befehl des Obersten Richters, der dem Kaiserlichen Staatsanwalt am erstinstanzlichen Gericht zu Troyes übermittelt wurde, ordnete an, daß die Edelleute bis zur Entscheidung des Kaisers und Königs gegen eine Kaution in Freiheit zu setzen seien; zugleich aber schickte die Staatsanwaltschaft den Hinrichtungsbefehl für Michu. Diese Anweisungen waren an eben dem Morgen eingetroffen. Laurence ging gegen zwei Uhr, noch in ihren Reisekleidern, ins Gefängnis. Sie setzte es durch, daß sie bei Michu bleiben durfte, an dem die traurige Zeremonie vorgenommen wurde, die man die ›Toilette‹ nennt. Der gute Abbé Goujet, der um die Erlaubnis gebeten hatte, ihn zum Schafott begleiten zu dürfen, hatte ihm zuvor die Absolution erteilt; Michu war untröstlich, daß er in Ungewißheit über das Schicksal seiner Herren sterben sollte. Als Laurence erschien, stieß er einen Freudenschrei aus. »Jetzt kann ich sterben!« rief er.

»Sie sind begnadigt; ich weiß nicht, unter welchen Bedingungen«, sagte Laurence, »aber begnadigt sind sie; und trotz alles Abratens habe ich auch für dich noch alles versucht, mein Freund. Ich glaubte, dich gerettet zu haben, aber der Kaiser hat mich mit herrscherlicher Liebenswürdigkeit getäuscht.« – »Es stand da oben geschrieben«, sagte Michu, »daß der Wachhund an der selben Stelle sterben sollte wie seine alten Herren!«

Die letzte Stunde ging schnell vorüber. Michu wagte im Augenblick des Aufbruchs um keine andere Gnade zu bitten, als daß er Mademoiselle de Cinq-Cygne die Hand küssen dürfe; sie aber reichte ihm ihre Wangen hin und ließ sich von dem edlen Opfer innig küssen. Michu weigerte sich, auf den Karren zu steigen. »Unschuldige dürfen zu Fuß gehen!« sagte er.

Er wollte nicht, daß der Abbé Goujet ihm den Arm reichte; würdig und entschlossen schritt er zum Schafott. Als er sich aufs Brett legte, bat er den Scharfrichter, den Rock, der ihm den Hals hinaufgerutscht war, herabzuziehen: »Mein Anzug gehört Ihnen; achten Sie darauf, daß Sie ihn nicht zerschneiden.«

Die vier Edelleute hatten kaum Zeit, Mademoiselle de Cinq-Cygne zu sehen: Eine Ordonnanz des Generals, der den Wehrkreis befehligte, brachte ihnen Patente als Unterleutnants im gleichen Kavallerieregiment und den Befehl, sofort in Bayonne zur Ersatzschwadron ihres Truppenteils zu stoßen. Nach einem herzzerreißenden Abschied, denn sie alle ahnten, was ihnen bevorstand, kehrte Mademoiselle de Cinq-Cygne in ihr verödetes Schloß zurück. Die beiden Brüder fielen gemeinsam unter den Augen des Kaisers bei Sommo-Sierra[64], wo der eine den andern verteidigte; beide waren schon Schwadronschefs. Ihr letztes Wort lautete: Laurence, si meurs!

Der ältere d'Hauteserre fiel als Oberst beim Sturm auf die Schanze an der Moskwa, wo sein Bruder an seine Stelle trat.

Adrien, der in der Schlacht bei Dresden zum Brigadegeneral befördert worden war, wurde ebendort schwer verwundet und konnte nach Cinq-Cygne zurückkehren, um sich pflegen zu lassen. Die Gräfin, die damals zweiunddreißig Jahre alt war, wollte diesen letzten der vier Edelleute, die sie eine kurze Zeitlang um sich gesehen hatte, retten und heiratete ihn; aber sie bot ihm ein verwelktes Herz, das er annahm: Wer liebt, zweifelt an nichts oder an allem.

Die Restauration fand Laurence ohne Begeisterung, für sie kamen die Bourbonen zu spät; nichtsdestoweniger konnte sie sich nicht beklagen: Ihr Gatte, der mit dem Titel eines Marquis de Cinq-Cygne zum Pair von Frankreich ernannt wurde, brachte es 1816 bis zum Generalleutnant, und für die hervorragenden Dienste, die er damals leistete, erhielt er den blauen Cordon.

Michus Sohn, für den Laurence wie für ein eigenes Kind sorgte, wurde 1827 als Advokat zugelassen. Nachdem er seinen Beruf zwei Jahre lang ausgeübt hatte, wurde er beim Gerichtshof von Alençon zum stellvertretenden Richter ernannt; 1829 wurde er Königlicher Staatsanwalt beim Gerichtshof zu Arcis. Laurence, die die Anlage der Kapitalien Michus überwacht hatte, überreichte dem jungen Mann am Tage, da er großjährig wurde, Staatspapiere über zwölftausend Francs Rente; später vermittelte sie seine Heirat mit dem reichen Fräulein Girel in Troyes. Der Marquis de Cinq-Cygne starb 1829 in den Armen seiner Gattin, seines Vaters, seiner Mutter und seiner Kinder, die ihn vergötterten. Zur Zeit seines Todes hatte noch niemand das Geheimnis der Entführung des Senators gelichtet. Ludwig XVIII. weigerte sich nicht, das Unglück, das diese Begebenheit angerichtet hatte, wieder gutzumachen, aber über die Ursachen dieses Unsterns schwieg er sich der Marquise de Cinq-Cygne gegenüber aus; sie hielt ihn hinfort für mitschuldig an der Katastrophe.

SCHLUSS

Der verstorbene Marquis de Cinq-Cygne hatte seine Ersparnisse sowie auch die seines Vaters und seiner Mutter dazu benutzt, ein prachtvolles Stadtpalais in der Rue du Faubourg-du-Roule[65] zu erwerben; es wurde einbezogen in das ansehnliche Majorat, das er gegründet hatte, um die Pairswürde zu erhalten. Dadurch fand die knickerige Sparsamkeit des Marquis und seiner Eltern, die Laurence oft Kummer gemacht hatte, ihre Erklärung. Seit dieser Erwerbung verbrachte denn auch die Marquise, die auf ihrem Landsitz lebte, um für ihre Kinder zu sparen, ihre Winter um so lieber in Paris, als ihre Tochter Berthe und ihr Sohn Paul ein Alter erreicht hatten, in dem ihre Erziehung die Pariser Möglichkeiten unentbehrlich machte. Madame de Cinq-Cygne verkehrte nur wenig in der Gesellschaft. Ihr Gatte wußte um den Schmerz, der im Herzen dieser Frau wohnte; er entfaltete für sie das feinste Zartgefühl, und als er starb, hatte er nur sie in der Welt geliebt. Dieses edle Herz, das eine Zeitlang verkannt worden war, dem aber die großmütige Tochter der Cinq-Cygne in den letzten Jahren ebensoviel Liebe zurückgab, wie ihr von ihm zuteil geworden war, dieser Gatte wurde glücklich.

Für Laurence bestand das Leben vor allem in den Freuden der Familie. Keine Pariser Frau ist je von ihren Freunden mehr geliebt oder geachtet worden. Bei ihr zu verkehren, ist eine Ehre. Sie ist sanft, nachsichtig, geistvoll und vor allem schlicht, und also gefällt sie den auserlesenen Seelen; trotz ihrer schmerzvollen Haltung zieht sie sie an; aber jeder scheint diese so starke Frau zu schützen, und dieses Gefühl eines heimlichen Beschützens erklärt vielleicht den Reiz ihrer Freundschaft. Ihr während ihrer Jugend so kummerreiches Leben ist an ihrem Lebensabend schön und heiter. Man kennt ihre Leiden. Niemand hat je danach gefragt, welches das Urbild des Porträts sei, das Robert Lefebvre gemacht hatte und das seit dem Tode des Inspektors der düstere Hauptschmuck des Salons ist. Laurence zeigt in ihrer Physiognomie die Reife unter Schwierigkeit gediehener Früchte; eine Art religiösen Stolzes schmückt heute ihre geprüfte Stirn. Als die Marquise ein Haus zu machen begann, belief sich ihr Vermögen, das durch das Gesetz über die Entschädigungen[66] vermehrt wurde, die Gehälter ihres Gatten nicht eingerechnet, auf zweihunderttausend Francs Rente. Laurence hatte die elfhunderttausend Francs geerbt, die die Simeuses hinterließen. Hinfort gab sie jährlich hunderttausend Francs aus und legte den Rest beiseite als Mitgift für Berthe.

Berthe ist das lebende Abbild ihrer Mutter, aber ohne deren kriegerische Verwegenheit; sie ist ihre feine, geistvolle Mutter, aber frauenhafter, wie Laurence melancholisch sagt. Die Marquise wollte ihre Tochter nicht vor deren zwanzigstem Lebensjahr verheiraten. Die Ersparnisse der Familie, die der alte d'Hauteserre verständig verwaltete und 1830 in Staatspapieren anlegte, gerade in dem Augenblick, da die Renten fielen, bildeten eine Mitgift von ungefähr achtzigtausend Francs Rente für Berthe, die 1833 zwanzig wurde.

Um diese Zeit hatte die Fürstin von Cadignan, die ihren Sohn, den Herzog von Maufrigneuse, verheiraten wollte, eine Freundschaft zwischen dem jungen Herrn und der Marquise de Cinq-Cygne angeknüpft. Georges de Maufrigneuse speiste dreimal wöchentlich bei der Marquise, und er begleitete Mutter und Tochter in die ›Italienische Oper‹; wenn sie im Bois spazierenfuhren, ritt er neben ihrer Kalesche her. Daraus ersah die Gesellschaft des Faubourg Saint-Germain, daß Georges Berthe liebte. Nur konnte niemand wissen, ob Madame de Cinq-Cygne den Wunsch hatte, ihre Tochter zur Herzogin zu machen, bis sie Fürstin würde, oder ob die Fürstin für ihren Sohn eine so schöne Mitgift begehrte; ob die berühmte Diana dem Provinzadel entgegenkam, oder ob der Provinzadel sich vor der Berühmtheit der Fürstin von Cadignan, vor ihren Neigungen und ihrem kostspieligen Lebenswandel fürchtete. Die Fürstin hatte in dem Wunsch, ihrem Sohn nicht zu schaden, zumal da sie fromm geworden war, ihr intimes Leben auf ihre vier Wände beschränkt; die schöne Jahreszeit verbrachte sie in einer Villa in Genf.

Eines Abends hatte die Fürstin von Cadignan die Marquise d'Espard und de Marsay, den Vorsitzenden des Staatsrats, bei sich. Sie sah diesen ehemaligen Liebhaber an jenem Abend zum letztenmal, denn im folgenden Jahr starb er. Rastignac, der Unterstaatssekretär in de Marsays Ministerium war, zwei Gesandte, zwei berühmte Redner, die der Pairskammer noch verblieben waren, die alten Herzöge von Lenoncourt und von Navarreins, der Graf de Vandenesse mit seiner jungen Frau und d'Arthez waren ebenfalls anwesend und bildeten einen ziemlich wunderlichen Kreis, dessen Zusammensetzung sich leicht erklärt: Es handelte sich darum, für den Fürsten von Cadignan vom Premierminister einen Passierschein zu erhalten. De Marsay, der die Verantwortung nicht übernehmen wollte, kam, um der Fürstin zu sagen, daß die Angelegenheit in guten Händen sei. Ein alter Politiker sollte ihnen im Laufe des Abends die Entscheidung bringen. Die Marquise und Mademoiselle de Cinq-Cygne wurden gemeldet. Laurence, deren Prinzipien unbeugsam waren, war nicht erstaunt, sondern entrüstet, als sie die erlauchtesten Vertreter der Legitimität in beiden Kammern mit dem Premierminister dessen plaudern sah, den sie nie anders nannte als den Herzog von Orléans[67]; sie hörten auf ihn und lachten mit ihm. De Marsay glänzte, wie Lampen, die erlöschen wollen, mit einem letzten Leuchten auf. Hier vergaß er gern die Sorgen der Politik. De Marsay ließ die Marquise de Cinq-Cygne gelten, genau wie man sagt, daß der österreichische Hof damals Herrn von Saint-Aulaire[68] gelten ließ: der Mann von Welt half über den Minister hinweg. Aber als sei ihr Stuhl aus glühendem Eisen, so sprang sie auf, als sie hörte, daß der Graf de Gondreville gemeldet wurde.

»Adieu, Madame«, sagte sie in trockenem Ton zu der Fürstin. Sie ging mit Berthe hinaus und berechnete die Richtung ihrer Schritte so, daß sie diesem verhängnisvollen Manne nicht zu begegnen brauchte.

»Sie haben Georges vielleicht die Heirat verdorben«, sagte die Fürstin leise zu de Marsay.

Der ehemalige Schreiber aus Arcis, ehemaliger Volksvertreter, Thermidorianer, Tribun, Staatsrat, Graf des Kaiserreichs und Senator, Pair Ludwigs XVIII., der neue Juli-Pair machte der

Fürstin von Cadignan eine servile Verbeugung. »Zittern Sie nicht länger, schöne Dame, wir führen keinen Krieg mit den Fürsten«, sagte er und nahm neben ihr Platz.

Malin hatte die Achtung Ludwigs XVIII. genossen, dem seine alte Erfahrung nicht nutzlos war. Er hatte viel dazu beigetragen, Decazes[69] zu stürzen, und nachdrücklich zu dem Ministerium Villèle[70] geraten. Von Karl X. wurde er kühl aufgenommen, und deshalb machte er sich Talleyrands Groll zu eigen. Seit 1789 gehörte er bereits der zwölften Regierung an und stand bei ihr, der er zu dienen die Ehre hat und die er ohne Zweifel auch noch stürzen wird, in großer Gunst; aber seit fünfzehn Monaten hatte er die Freundschaft abgebrochen, die ihn sechsunddreißig Jahre lang mit dem berühmtesten unserer Diplomaten verbunden hatte. An jenem Abend sagte er über diesen großen Diplomaten das Wort: »Kennen Sie den Grund seiner Feindseligkeit gegen den Herzog von Bordeaux[71] ...? Der Prätendent ist zu jung ...« – »Sie geben da«, erwiderte Rastignac, »den jungen Leuten einen merkwürdigen Rat.«

De Marsay, der seit der Bemerkung der Fürstin sehr nachdenklich geworden war, nahm keinen Teil an diesen Scherzen; er sah Gondreville hinterhältig an und wartete offenbar, ehe er redete, daß der alte Herr, der früh zu Bett ging, aufbräche. Alle Anwesenden, die Zeugen des Fortgehens der Madame de Cinq-Cygne gewesen waren und deren Gründe kannten, ahmten de Marsays Schweigen nach. Gondreville, der die Marquise nicht erkannt hatte, wußte nicht, worauf diese allgemeine Zurückhaltung beruhte; aber durch das Gewohntsein schwieriger Angelegenheiten, durch die Gepflogenheiten der Politik hatte er sich Takt erworben; er war überdies ein Mann von Geist: Er hatte den Eindruck, daß seine Anwesenheit lästig sei, und verabschiedete sich. De Marsay, der am Kamin stand, sah dem siebzigjährigen Greis, als er davonging, auf eine Weise nach, die ernste Gedanken erraten ließ.

»Ich hatte unrecht, Madame, daß ich Ihnen meinen Mittelsmann nicht nannte«, sagte schließlich der Premierminister, als er den Wagen rollen hörte. »Aber ich will meinen Fehler wieder gutmachen und Ihnen die Mittel an die Hand geben, mit den Cinq-Cygnes Frieden zu schließen. Es ist jetzt mehr als dreißig

Jahre her, daß die Geschichte sich zutrug; sie ist so alt wie die vom Tode Heinrichs IV., die, unter uns, trotz des Sprichworts, wie viele andere historische Katastrophen zu den unbekanntesten Geschichten gehört. Ich schwöre Ihnen übrigens, daß die Marquise, selbst wenn diese Geschichte sie nichts anginge, darum nicht minder neugierig auf sie sein würde. Schließlich wirft sie ein Licht auf einen berühmten Übergang aus unsern jüngsten Annalen: auf den über den Sankt Bernhard. Die Herren Gesandten werden aus ihr ersehen, daß unsere heutigen Politiker in bezug auf die Tiefe recht weit zurückstehen hinter den Machiavellis, die die Volksfluten 1793 über die Stürme emporhoben und von denen einige, wie die Ballade sagt, einen Hafen gefunden haben. Um heutzutage in Frankreich etwas zu gelten, muß man in den Orkanen jener Zeit herumgewirbelt worden sein.« – »Aber mir scheint«, sagte die Fürstin lächelnd, »in dieser Hinsicht läßt Ihr jetziger Stand nichts zu wünschen übrig ...« Ein dezentes Lachen glitt über alle Lippen, und auch de Marsay konnte sich eines Lächelns nicht erwehren. Die Gesandten schienen ungeduldig zu sein, de Marsay bekam einen Hustenanfall, und es trat Schweigen ein.

»In einer Juninacht des Jahres 1800«, sagte der Premierminister, »verließen gegen drei Uhr morgens, gerade als das Kerzenlicht im Tagesgrauen erblaßte, zwei Leute, die des Bouillottespiels müde waren, oder die nur gespielt hatten, um die andern zu beschäftigen, den Salon des Ministeriums des Auswärtigen, das damals in der Rue du Bac lag, und gingen in ein Boudoir. Diese beiden jungen Leute, von denen der eine tot ist und der andere mit einem Fuß im Grabe steht, sind beide, jeder in seiner Art, gleich merkwürdig. Beide sind Priester gewesen, und beide sind abtrünnig geworden; beide haben geheiratet. Der eine war einfacher Oratorianer gewesen, der andere hatte die Bischofsmitra[72] getragen. Der erste hieß Fouché, den Namen des andern nenne ich Ihnen nicht; aber beide erschienen damals als einfache französische Bürger, waren jedoch tatsächlich alles andere als schlicht. Als man sie in das Boudoir treten sah, bezeigten die Leute, die noch anwesend waren, ein wenig Neugier. Ein Dritter folgte ihnen. Dieser, der sich für sehr viel intelligenter hielt als die beiden ersten, hieß Sieyès; und Sie alle wissen, daß auch er vor der Revolution der Kirche angehört hatte. Der, dem das Gehen schwer wurde, war damals Außenminister, Fouché war Polizeiminister. Sieyès hatte auf das Konsulat verzichtet. Ein kleiner, kühler, strenger Herr verließ seinen Platz und schloß sich jenen dreien an, wobei er im Dabeisein eines Mannes, durch den ich diese Äußerung weiß, mit lauter Stimme sagte: ›Ich fürchte das Glücksspiel von Priestern.‹ Er war Kriegsminister. Carnots Wort beunruhigte die beiden Konsuln, die im Salon spielten, nicht. Cambacérès und Lebrun waren damals in der Gewalt ihrer Minister, die unendlich viel stärker waren als sie. Fast alle diese Staatsmänner sind tot, man braucht auf sie keine Rücksicht mehr zu nehmen; sie gehören der Geschichte an, und die Geschichte jener Nacht ist furchtbar; ich erzähle Sie Ihnen, weil ich allein sie kenne, weil Ludwig XVIII. sie der armen Madame de Cinq-Cygne nicht erzählt hat, und weil es der gegenwärtigen Regierung gleichgültig ist, ob sie sie erfährt. Alle vier setzten sich. Der Hinkende mußte die Tür schließen, ehe man ein Wort sprach; es heißt sogar, er habe den Riegel vorgeschoben. Nur wohlerzogene Leute denken an dergleichen kleine Aufmerksamkeiten. Die drei Priester zeigten die bleichen und unbewegten Gesichter, die Sie an ihnen kennen. Nur Carnot hatte Farbe im Gesicht. Daher sprach der Offizier auch als erster.

Um was handelt es sich? – Um Frankreich, dürfte der Fürst gesagt haben, den ich als einen der außerordentlichsten Männer unserer Zeit bewundere. Um die Republik, hat Fouché sicherlich gesagt. Um die Macht, hat Sieyès wahrscheinlich gesagt.«

Alle Gäste sahen einander an. De Marsay hatte die drei Leute in Stimme, Blick und Geste vortrefflich nachgeahmt.

»Die drei Priester standen in wundervollem Einverständnis«, fuhr er fort, »Carnot musterte seine Kollegen und den ehemaligen Konsul ohne Zweifel mit ziemlich würdiger Miene. Ich glaube, innerlich muß er recht verblüfft gewesen sein. ›Glauben Sie an den Erfolg?‹ fragte Sieyès ihn. ›Man kann von Bonaparte alles erwarten‹, erwiderte der Kriegsminister; ›die Alpen hat er glücklich überschritten.‹ – ›In diesem Augenblick‹, sagte der Diplomat mit berechneter Langsamkeit, ›steht für ihn alles auf dem Spiel.‹ – ›Nun, sagen wir es offen‹, bemerkte Fouché: ›Was wollen wir tun, wenn der Erste Konsul besiegt wird? Ist es möglich, noch ein Heer aufzustellen? Sollen wir seine ergebenen Diener bleiben?‹ – ›Es gibt in diesem Augenblick keine Republik mehr‹, bemerkte Sieyès; ›er ist auf zehn Jahre Konsul.‹ – ›Er hat mehr Macht, als Cromwell hatte‹, fügte der Bischof hinzu, ›und er hat nicht für den Tod des Königs gestimmt.‹ – ›Wir haben einen Herrn‹, sagte Fouché; ›werden wir ihn stützen, wenn er die Schlacht verliert, oder werden wir auf die reine Republik zurückgreifen?‹ – ›Frankreich‹, erwiderte Carnot sentenziös, ›wird nur dann Widerstand leisten können, wenn es die Energie des Konvents wiedergewinnt.‹ – ›Ich bin Carnots Meinung‹, sagte Sieyès. ›Wenn Bonaparte besiegt heimkehrt, muß er beseitigt werden: Er hat uns seit sieben Monaten zu arge Dinge gesagt.‹ – ›Er hat das Heer!‹ erwiderte Carnot nachdenklich. – ›Dann haben wir das Volk!‹ rief Fouché. – ›Sie sind rasch bei der Hand, Monsieur!‹ erwiderte der große Herr mit jener Baßstimme, die er sich erhalten hat und vor der der Oratorianer in sich zusammensank.

›Seien Sie offen‹, sagte ein ehemaliges Konventsmitglied, das den Kopf vorreckte, ›wenn Bonaparte siegt, beten wir ihn an; den Besiegten begraben wir.‹ – ›Sie haben mitgehört, Malin‹, sagte der Hausherr, ohne sich aufzuregen, ›Sie werden einer der Unsern sein.‹ Und er winkte ihm, sich zu setzen. Diesem Umstand verdankte dieser Mann, dieses recht obskure Konventsmitglied, daß er wurde, was er noch in diesem Augenblick ist, wie wir eben gesehen haben. Malin war verschwiegen, und beide Minister blieben ihm treu; aber er wurde auch zum Drehpunkt der Maschine und zur Seele der ganzen Machenschaft. ›Dieser Mann ist noch nie besiegt worden!‹ rief Carnot in überzeugtem Tonfall, ›und eben jetzt hat er Hannibal übertroffen.‹ – ›Für den Fall eines Unglücks haben wir hier das Direktorium‹, fuhr Sieyès verschlagen fort, indem er jeden einzelnen darauf aufmerksam machte, daß sie fünf Personen waren. ›Und‹, sagte der Außenminister, ›wir alle sind an der Erhaltung der Französischen Republik interessiert, wir drei haben das Ordenskleid abgelegt; der General hat für den Tod des Königs gestimmt. Was Sie angeht‹, sagte er zu Malin, ›so besitzen Sie Güter der Emigranten.‹ – ›Wir haben alle die gleichen Interessen‹, sagte Sieyès bestimmt, ›und unsere Interessen stehen im Einklang mit denen des Landes.‹ – ›Das ist selten der Fall!‹ sagte der Diplomat lächelnd. – ›Wir müssen handeln‹, fügte Fouché hinzu. ›Die Schlacht spinnt sich an, und Melas[73] besitzt überlegene Streitkräfte. Genua ist aufgegeben, und Masséna hat den Fehler begangen, sich nach Antibes einzuschiffen: Es ist also nicht sicher, ob er zu Bonaparte stoßen kann; der ist dann nur auf seine eigenen Streitkräfte angewiesen.‹ – ›Von wem haben Sie diese Nachricht?‹ fragte Carnot. – ›Sie ist zuverlässig‹, erwiderte Fouché; ›Sie werden die Depesche zur Börsenstunde bekommen.‹«

»Die machten keine Umstände«, sagte de Marsay lächelnd und hielt einen Augenblick inne. »›Nun aber können wir nicht erst, wenn die Nachricht von der Katastrophe eintrifft‹, fuhr Fouché fort, ›die Klubs organisieren, den Patriotismus wecken und die Konstitution abändern. Unser 18. Brumaire muß vorbereitet sein.‹ – ›Dafür möge der Polizeiminister sorgen‹, sagte der Diplomat, ›und vor allem müssen wir Lucien mißtrauen!‹ (Lucien Bonaparte war Innenminister.) ›Den lasse ich verhaften‹, sagte Fouché. – ›Meine Herren‹, rief Sieyès, ›unser Direktorium soll keinen anarchistischen Umwälzungen mehr unterworfen sein. Wir organisieren eine oligarchische Macht, einen Senat auf Lebenszeit, eine gewählte Kammer, die wir in der Hand haben; ... wir müssen aus den Fehlern der Vergangenheit lernen.‹ – ›Bei diesem System kann ich den Frieden aufrechterhalten‹, sagte der Bischof. – ›Machen Sie mir einen zuverlässigen Menschen ausfindig, durch den ich mit Moreau in Briefwechsel treten kann, denn die Deutschland-Armee wird unsere einzige Stütze sein‹, rief Carnot, der in tiefes Sinnen versunken war.«

»Wahrhaftig«, fuhr de Marsay nach einer Pause fort, »jene Männer hatten recht, meine Herren! Sie waren in dieser Krisis groß, und ich hätte es gemacht wie sie. – ›Meine Herren ...!‹ rief Sieyès in ernstem, feierlichem Ton«, fuhr de Marsay in seiner Erzählung fort. »Dieses Wort ›Meine Herren!‹ wurde vollauf verstanden: Alle Blicke sprachen das gleiche Gelübde, das gleiche Versprechen aus: ewiges strenges Schweigen und völlige Solidarität, falls Bonaparte als Sieger heimkehren sollte. ›Wir wissen alle, was wir zu tun haben‹, fügte Fouché hinzu. Sieyès hatte ganz leise den Riegel zurückgezogen; sein Priesterohr hatte ihn nicht getäuscht. Lucien trat ein. ›Eine gute Nachricht, meine

Herren! Ein reitender Bote bringt Madame Bonaparte einige Zeilen vom Ersten Konsul: Er hat mit einem Sieg bei Montebello den Anfang gemacht.‹ Die drei Minister sahen einander an. ›Handelt es sich um eine große Schlacht?‹ fragte Carnot. ›Nein, um ein Gefecht, in dem Lannes sich mit Ruhm bedeckt hat. Das Treffen war blutig. Er wurde mit seinen zehntausend Mann von achtzehntausend angegriffen, eine Division, die man ihm zu Hilfe schickte, hat ihn vor dem Schlimmsten bewahrt. Ott ist auf der Flucht. Kurz, Melas' Operationsbasis ist durchbrochen.‹ – ›Wann hat der Kampf stattgefunden?‹ fragte Carnot. – ›Am Achten‹, sagte Lucien. – ›Wir haben den Dreizehnten‹, fuhr der kundige Minister fort, ›nun, allem Anschein nach werden die Geschicke Frankreichs in der Stunde entschieden, in der wir hier plaudern.‹ – (Wirklich begann die Schlacht bei Marengo im Morgengrauen des 14. Juni.) ›Vier Tage tödlichen Harrens!‹ rief Lucien. ›Tödlichen?‹ sagte der Außenminister kühl und mit fragendem Blick. – ›Vier Tage!‹ wiederholte Fouché. Ein Augenzeuge hat mir versichert, daß die beiden Konsuln diese Einzelheiten erst in dem Augenblick erfuhren, in dem die sechs Persönlichkeiten wieder in den Salon traten. Es war vier Uhr morgens. Fouché brach als erster auf. Mit teuflischer, stummer Geschäftigkeit tat dieses düstere, tiefe, ungewöhnliche Genie – das so gut wie unbekannt ist, das aber sicherlich dem Genie eines Philipp II., des Tiberius und des Borgia ebenbürtig war –, was ich Ihnen jetzt erzählen werde. Sein Verhalten zur Zeit der Affäre von Walcheren war das eines vollendeten Strategen, eines großen Politikers und eines weitblickenden Organisators. Er ist der einzige Minister, den Napoleon gehabt hat. Sie wissen, daß er Napoleon damals Angst machte. Fouché, Masséna und der Fürst, das sind in der Diplomatie, im Kriege und in der Verwaltung die drei größten Männer, die stärksten Köpfe, die ich kenne. Wenn Napoleon sie offen an sein Werk gefesselt hätte, dann gäbe es kein Europa mehr, sondern nur noch ein ungeheures französisches Kaiserreich. Fouché hat sich von Napoleon erst dann abgewendet, als er sah, wie Sieyès und der Fürst von Talleyrand beiseite geschoben wurden. In einem Zeitraum von drei Tagen organisierte Fouché, ohne die Hand zu zeigen, die die Asche dieses Feuers schürte, jene allgemeine Angst, die auf ganz Frankreich lastete und die republikanische Energie von 1793 wieder weckte. Da in diesen dunklen Winkel unserer Geschichte hineingeleuchtet werden muß, will ich Ihnen sagen, daß jene Bewegung, die von ihm ausging – denn er hielt alle Fäden der ehemaligen Bergpartei in der Hand –, die republikanischen Verschwörungen hervorrief, durch die das Leben des Ersten Konsuls bedroht wurde, als er bei Marengo gesiegt hatte. Das Bewußtsein, welches Unheil er angerichtet hatte, gab ihm die Kraft, Bonaparte trotz dessen gegenteiliger Ansicht zu überzeugen, die Republikaner hätten mit diesen Unternehmungen mehr zu tun gehabt als die Royalisten. Fouché war ein wunderbarer Menschenkenner; er zählte auf Sieyès dessen getäuschten Ehrgeizes wegen, auf Talleyrand, weil er ein großer Herr war, auf Carnot seiner strengen Ehrlichkeit wegen; aber den Mann von heute abend fürchtete er; ich will Ihnen sagen, wie er ihn hineinzog. Er war damals nur erst Malin, der Malin, der mit Ludwig XVIII. korrespondierte. Der Polizeiminister zwang ihn, die Proklamationen der revolutionären Regierung zu entwerfen: ihre Akte, ihre Erlasse und die Ächtung der Aufrührer des 18. Brumaire; ja, mehr noch, dieser Mitschuldige wider Willen ließ sie in der nötigen Anzahl von Abzügen drucken und hielt sie in Ballen verschnürt in seinem Hause bereit. Der Drucker wurde als Verschwörer verhaftet, denn es wurde ein revolutionärer Drucker ausgewählt, und die Polizei ließ ihn erst zwei Monate später wieder frei. Dieser Mensch ist 1816, noch immer im Glauben an eine Verschwörung der Bergpartei, gestorben. Eine der sonderbarsten Szenen, die Fouchés Polizei gespielt hat, ist ohne Widerrede die folgende: Der berühmteste Bankier jener Zeit erhielt eine Eilnachricht, die die Schlacht bei Marengo als verloren meldete. Erst gegen sieben Uhr abends erklärte sich, wie Sie sich erinnern werden, das Glück für Napoleon. Um Mittag sah der Bote, den der damalige Finanzkönig auf den Kriegsschauplatz entsandt hatte, das französische Heer als vernichtet an, und er beeilte sich, eine Eilnachricht abzuschicken. Der Polizeiminister ließ die Ausrufer und Zettelankleber der öffentlichen Anschläge kommen; und einer seiner Vertrauten erschien mit einem Rollwagen, auf den die Drucksachen geladen worden waren; in diesem Augenblick verbreitete der Abendkurier, der einen erstaunlich schnellen Ritt hinter sich gebracht hatte, die Siegesnachricht, die Frankreich wahrhaft aus dem Häuschen brachte. An der Börse traten beträchtliche Verluste ein. Aber die Versammlung der Zettelankleber und Ausrufer, die die Ächtung und den politischen Tod Bonapartes verkünden sollten, wurde in Schach gehalten und mußte warten, bis die Proklamation und das Plakat gedruckt worden waren, auf denen der Sieg des Ersten Konsuls in den Himmel gehoben wurde. Malin, auf den die ganze Verantwortung für das Komplott fallen konnte, erschrak so sehr, daß er die Ballen auf Karren lud und nächtlicherweile nach Gondreville fuhr; dort hat er sicherlich die gefährlichen Papiere in den Kellern des Schlosses vergraben lassen, das er unter dem Namen eines Mannes namens ... er hat ihn dann zum Vorsitzenden eines Kaiserlichen Gerichtshofes ernennen lassen ... er hieß ... Marion, gekauft hatte! Dann kam er gerade rechtzeitig nach Paris zurück, um den Ersten Konsul beglückwünschen zu können. Napoleon eilte nach der Schlacht bei Marengo, wie Sie wissen, mit beängstigender Geschwindigkeit aus Italien nach Frankreich; aber für die, die die geheime Geschichte dieser Zeit bis in die Hintergründe kennen, steht fest, daß seine Schnelligkeit durch eine Botschaft Luciens veranlaßt worden war. Der Innenminister hatte die Haltung der Bergpartei gewittert, und ohne zu ahnen, woher der Wind wehte, fürchtete er das Gewitter. Außerstande, die drei Minister zu beargwöhnen, schrieb er die ganze Bewegung dem Haß zu, den sein Bruder sich am 18. Brumaire zugezogen hatte, und ferner dem festen Glauben der letzten Anhänger des Jahres 1793 an eine unvermeidliche Schlappe in Italien. Die zu Saint Cloud gerufenen Worte: Tod den Tyrannen! hallten Lucien immer noch in den Ohren. Die Schlacht bei Marengo hielt Napoleon bis zum 25. Juni in der Lombardei zurück; am 2. Juli traf er in Frankreich ein. Nun stellen Sie sich die fünf Verschwörer vor, wie sie den Ersten Konsul in den Tuilerien zu seinem Sieg beglückwünschten. Fouché sagte im Salon zu dem Tribun – denn dieser Malin, den Sie eben gesehen haben, ist auch ein bißchen Tribun gewesen –, er solle noch warten, es sei noch nicht alles vorüber. Wirklich schien es Talleyrand und Fouché, daß Bonaparte der Revolution noch nicht so sehr vermählt sei wie sie selber, und zu ihrer eigenen Sicherheit ketteten sie ihn durch die Angelegenheit des Herzogs von Enghien daran fest. Die Hinrichtung des Prinzen hängt durch greifbare Verästelungen mit dem zusammen, was während des Feldzugs von Marengo im Gebäude des Auswärtigen Amts eingefädelt wurde. Sicherlich ist es heute für jeden, der gutunterrichtete Leute gekannt hat, klar, daß Bonaparte sich von Fouché und Talleyrand wie ein Kind hat gängeln lassen, sie wollten ihn unwiderruflich mit dem Hause Bourbon entzweien, dessen Gesandte gerade bei dem Ersten Konsul ihre Versuche unternahmen.«

»Als Talleyrand bei Madame de Luynes seinen Whist spielte«, sagte jetzt eine der Persönlichkeiten, die zuhörten, »zog er plötzlich um drei Uhr morgens seine Uhr, unterbrach das Spiel und fragte unvermittelt seine drei Partner, ob der Prinz von Condé noch andere Kinder habe als den Herzog von Enghien. Eine so ungereimte Frage aus dem Munde Talleyrands erregte die größte Überraschung. – ›Weshalb fragen Sie uns nach Dingen, die Sie so genau wissen?‹ wurde gefragt. – ›Um Ihnen mitzuteilen, daß das Haus Condé in diesem Augenblick erlischt.‹ – Nun aber war Talleyrand seit Beginn des Abends im Hôtel Luynes gewesen, und ohne Zweifel wußte er, daß es Bonaparte unmöglich war, Gnade walten zu lassen.«

»Aber«, sagte Rastignac zu de Marsay, »ich sehe nicht ein, was Madame de Cinq-Cygne mit alledem zu tun hat.« – »Richtig, Sie waren noch so jung, mein Lieber, daß ich den Schluß vergaß. Sie kennen die Geschichte von der Entführung des Grafen de Gondreville, die der Anlaß des Todes der beiden Simeuses und des älteren d'Hauteserre wurde. D'Hauteserre ist der Graf und spätere Marquis de Cinq-Cygne; er wurde es durch seine Heirat mit Mademoiselle de Cinq-Cygne.« De Marsay erzählte nun, da mehrere Anwesende, denen dieses Abenteuer unbekannt war, ihn darum baten, den ganzen Prozeß, und er fügte hinzu, daß die fünf Unbekannten Spione der Polizei des Kaiserreichs gewesen seien, die den Auftrag hatten, die Drucksachenballen zu vernichten, die zu verbrennen der Graf de Gondreville eigens dorthin gekommen war, als er glaubte, das Kaiserreich stehe gefestigt. »Ich habe Fouché in Verdacht«, fuhr er fort, »daß er zugleich nach Beweisen für die Korrespondenz zwischen Gondreville und Ludwig XVIII. hat suchen lassen, mit dem Malin stets in Verbindung gestanden hat, sogar während der Schreckenszeit. Aber bei dem Hauptagenten, der noch lebt, hat bei dieser furchtbaren Begebenheit die Leidenschaft ihre Rolle gespielt; dieser Mensch gehört zu jenen subalternen großen Männern, die sich nicht ersetzen lassen, und er hat durch erstaunliche Kraftproben Aufsehen erregt. Wie es scheint, hatte ihn Mademoiselle de Cinq-Cygne schlecht behandelt, als er gekommen war, um die Simeuses zu verhaften. Jetzt, Madame, sind Sie im Besitz des ganzen Geheimnisses; Sie können es der Marquise de Cinq-Cygne erklären und ihr begreiflich machen, weshalb Ludwig XVIII. Schweigen bewahrt hat.«

Anmerkungen

Eine dunkle Begebenheit

1 Johann Kaspar Lavater (1741–1801), Schweizer Theologe und Philosoph, schrieb die berühmt gewordenen ›Physiognomischen Fragmente‹, mit zahlreichen Kupferstichen illustrierte Versuche über die Entsprechungen von Gesicht und Charakter, unter besonderer Berücksichtigung der Nase.

2 Franz Josef Gall (1758–1828), badischer Arzt, versuchte, aus der Form des Schädels die fundamentalen Eigenschaften und Fähigkeiten eines Individuums zu erkennen. In Deutschland wurde seine Lehre verlacht; erst als er 1807 nach Paris kam, setzte der Erfolg ein, nicht zuletzt durch den Snobismus der Salons, wo die Schädellehre, gewissermaßen als Gesellschaftsspiel, die Physiognomik ablöste.

3 François Mansard (1598–1666), französischer Architekt, erbaute u. a. das Hôtel de La Vrillière (die heutige Banque de France), die Fassade des Hôtel Carnavalet, einen Teil der Val-de-Grâce, das Schloß zu Maisons.

4 Baukundlicher Begriff, in der Bedeutung von ›Kleines Stockwerk zum Schmuck oder zur Verdeckung des Daches‹.

5 ›Eher den Tod‹.

6 Louis de Saint-Just (1767–1794), Mitglied des Konvents und des Wohlfahrtsausschusses, einer der eifrigsten Parteigänger Robespierres, mit dem zusammen er hingerichtet wurde.

7 François-Emile Babeuf (1760–1797), genannt Gracchus, Agitator und Verfechter kommunistischer Lehren, zettelte eine Verschwörung gegen das Direktorium an, wurde zum Tode verurteilt und erdolchte sich, ehe er das Schafott bestieg.

8 Die Festung Mainz war 1792 von General Custine besetzt worden und wurde von den Preußen am 23. Juli 1793 nach einer viermonatigen Belagerung, die Goethe geschildert hat und an der viele Emigranten teilnahmen, zurückerobert.

9 Alexander Fürst Suwarow (1729–1800), russischer General, kämpfte erfolgreich in den Türkenkriegen Katharinas II., warf die polnische Erhebung 1794 nieder, vertrieb 1799 die Franzosen aus Oberitalien, wurde im 2. Koalitionskrieg von Masséna zurückgedrängt und führte seine Truppen über den St. Gotthard (Schlacht an der Teufelsbrücke) nach Zürich.

10 Clichyens: So wurde unter dem Direktorium ein royalistischer Klub

bezeichnet, der sich zunächst, von 1795–1797, im Jardin de Clichy versammelte, später im Haus des Abgeordneten Delahaye. Die Clichyens riefen zur Gegenrevolution auf und hatten sich eine royalistische Mehrheit im Rat der Alten und im Rat der Fünfhundert gesichert. Der Staatsstreich vom 18. Fructidor des Jahres V im September 1797 trieb sie auseinander; einige von ihnen wurden nach Cayenne verbannt.

11 Parteibezeichnung der royalistisch gesinnten Pariser Jugend, die sich seit Robespierres Hinrichtung 1794 als Vorkämpferin der Gegenrevolution aufwarf.

12 Ursprünglich savoyischer Singtanz, dann französisches Revolutionslied (1792), gegen Marie Antoinette gerichtet.

13 Eine der beiden durch die Konstitution des Jahres VIII geschaffenen Versammlungen, die hundert vom Senat ernannte Mitglieder umfaßte und mit den Regierungsrednern über geplante Gesetze diskutierte; 1807 aufgelöst.

14 Manuel Godoy, Herzog von Alcudia (1767–1851), spanischer Staatsmann, Geliebter der Königin Maria Louise, 1792 Premierminister, 1795 seiner Verdienste beim Friedensschluß mit Frankreich wegen zum ›Friedensfürsten‹ ernannt, trat 1798 zurück, wurde 1801 zum Befehlshaber der Land- und Seestreitkräfte ernannt und 1807 mit unumschränkter Gewalt bekleidet, aber durch seine hochstaplerische Politik und seine Verschwendungssucht 1808 gestürzt; lebte später in kargen Verhältnissen in Paris.

15 Joseph Fouché (1759–1820), skrupelloser französischer Politiker, ehemaliger Mönch, Konventsmitglied, Polizeiminister Napoleons, Herzog von Otranto, Gouverneur der Illyrischen Provinzen, während der Hundert Tage nochmals Polizeiminister, betrieb nach Waterloo Napoleons zweite Abdankung, trat an die Spitze der provisorischen Regierung, vermittelte die Kapitulation von Paris, wurde von Ludwig XVIII. wiederum zum Polizeiminister ernannt, trat schon im September 1815 zurück und ging als Gesandter nach Dresden, wurde 1816 durch das Dekret gegen die Königsmörder verbannt, ging nach Prag und starb in Triest. Seine ›Memoiren‹ sind unecht. (Vgl. seine Biographie von Stefan Zweig.)

16 Die wichtigste Episode dieses Aufstands ereignete sich nach Balzac in und um Fougères und wird in *Les Chouans* erzählt.

17 Lenoir, Jean-Charles-Pierre (1732–1807), war in verschiedenen Stellungen in der Verwaltung tätig und wurde 1776 zum Generalleutnant der Polizei berufen. Er wirkte als solcher neun Jahre, trug zur Abschaffung der Folter bei, sorgte für die Reinigung und Be-

leuchtung der Straßen von Paris und gründete den ›Mont-de-Piété‹, das berühmte Leihhaus.

18 Thomas Mahi, Marquis de Favras (1745–1790), politischer Agent des Grafen der Provence (des späteren Ludwigs XVIII.), zettelte 1789 eine ausgedehnte antirevolutionäre Verschwörung an, deren Haupt, unter Übergehung des Königs, der Graf der Provence war. Nach seiner Verhaftung wurde er von seinen Komplicen im Stich gelassen; er weigerte sich mit bewundernswerter Standhaftigkeit, den Namen des Haupts der Verschwörung zu nennen, und wurde hingerichtet.

19 In der Rue Saint-Nicaise wurde am 24. Dezember 1800 auf den Ersten Konsul, als er zur Oper fuhr, mittels einer Höllenmaschine ein Attentat verübt, bei dem er unverletzt blieb.

20 Charles Pichegru (1761–1804), 1793 Divisionsgeneral, errang in den Niederlanden schöne Erfolge; 1795 besetzte er Amsterdam, im folgenden Jahre bemächtigte sich seine Kavallerie der im Texel eingefrorenen holländischen Flotte. In Paris schlug er den Aufstand der Vorstädte vom 12. Germinal nieder, danach besetzte er Mannheim. Um jene Zeit knüpfte er Verbindungen mit dem Prinzen Condé und den Royalisten im Innern Frankreichs an. Er darf als Anstifter des Aufstands der Sektionen gelten, der 1796 von Bonaparte auf den Stufen von Saint-Roch niederkartätscht wurde. Auch als er in den Rat der Fünfhundert gewählt worden war, setzte er seine Verschwörertätigkeit fort; am 18. Fructidor 1798 wurde er verhaftet und nach Sinnimari (Franz. Guayana) deportiert, von wo er entwich. Nach Reisen in Deutschland und England tat er sich mit Georges Cadoudal zusammen; aber ein Freund, dem er sich anvertraut hatte, lieferte ihn der Polizei aus. Sein Prozeß befand sich noch im Stadium der Vorbereitung, als er erdrosselt in seinem Bett aufgefunden wurde.

21 Georges Cadoudal (1771–1804), Sohn eines Landwirts aus Auray, nahm teil am Krieg in der Vendée, anfangs als Unterführer, und setzte den Krieg bis 1800 fort. Einer seiner Offiziere warf die Höllenmaschine in der Rue Saint-Nicaise; Georges hat stets geleugnet, an dem Anschlag beteiligt gewesen zu sein. Nachdem er Weisungen des Grafen von Artois (des späteren Karls X.) empfangen hatte, bereitete Georges mit Pichegru und Moreau ein neues Komplott vor mit dem Ziel, den Ersten Konsul zu entführen, und hielt sich deswegen sieben Monate in Paris verborgen. Am 9. März wurde er entdeckt und verhaftet, zum Tode verurteilt und am 25. Juni mit seinem Gefährten hingerichtet.

22 Jean-Victor Moreau (1763–1813), französischer General, 1796 Kommandeur der Rhein-Mosel-Armee, kämpfte später in Italien, war Oberkommandierender der Rhein-Armee, siegte bei Hohenlinden (3. Dezember 1800) über Erzherzog Johann und wurde Nebenbuhler Bonapartes. In der Hoffnung, Erster Konsul zu werden, trat er in Verbindung zu den Royalisten. Er wurde lediglich mit zwei Jahren Verbannung bestraft und erhielt die Erlaubnis, sich in den Vereinigten Staaten niederzulassen. Auf Bitten des Zaren Alexander I. kehrte er 1813 nach Europa zurück und fiel in der Schlacht bei Dresden in den Reihen der Russen durch eine französische Kugel.

23 Louis Antoine Henri de Bourbon, Herzog von Enghien, lebte seit 1801 in Ettenheim in Baden; Bonaparte sah in ihm einen der Führer der Monarchisten, ließ ihn am 15. 3. 1804 durch einen völkerrechtswidrigen Handstreich verhaften und in Vincennes erschießen.

24 Armand, Herzog von Polignac (1771–1847), Bruder des künftigen Ministers Karls X., wurde nach dem oben angedeuteten Komplott zum Tode verurteilt, auf Joséphines Fürsprache hin begnadigt, erst in der Festung Ham, dann im Temple gefangengehalten, darauf in ein Irrenhaus übergeführt, aus dem er 1813 entwich. Unter der Restauration wurde er zum Pair von Frankreich ernannt.

25 Charles-François de Riffardeau, Marquis und später Herzog von Rivière (1763–1828), hatte an Georges Cadoudals Verschwörung teilgenommen und versuchte nach Napoleons Rückkehr von Elba 1815 den Süden gegen ihn aufzuwiegeln. 1816 wurde er zum Botschafter in Konstantinopel ernannt.

26 Charlotte Corday d'Armont (1768–1793), aus der Familie Pierre Corneilles, erdolchte Marat und wurde hingerichtet.

27 Tontinen: von dem Neapolitaner Lorenzo Tonti im 17. Jahrhundert ins Leben gerufene Leibrentengesellschaften, bei denen die länger lebenden Mitglieder Zinsen oder Kapital der früher sterbenden erbten; in Frankreich wurde die erste 1653 gegründet. 1770 wurden diese Gemeinschaften verboten. – Die 1791 von dem Volkswirtschaftler Joachim Lafarge gegründete Tontine war mehr eine Sparkasse; ihre 1809 erfolgte Liquidation zog sich bis in die ersten Jahre der Dritten Republik hin.

28 ›Mannjungfrau‹, mit männlichem Mut begabtes Mädchen.

29 Die Zeitung ›La Gazette‹ wurde 1631 gegründet, vertrat royalistische und nach 1851 religiöse Interessen.

30 Unübersetzbares Wortspiel mit dem Namen Goulard und goulu = gefräßig.

31 Jacques-Antoine-Marie de Cazalès (1758–1805) war Dragonerrittmeister, als der Adel des Languedoc ihn in die Generalstände entsandte. Glühender Verteidiger des Adels und der Geistlichkeit. Die Geschehnisse des 10. August zwangen ihn, Frankreich zu verlassen und in die Armee Condés einzutreten. Er unternahm Schritte beim Konvent, um zur Verteidigung Ludwigs XVI. nach Paris kommen zu können. Während der Revolution erfüllte er verschiedene diplomatische Missionen; unter dem Konsulat kehrte er nach Frankreich zurück.

32 Louis-Thibaut, Graf Dubois-Dubais (1743–1834), alter Abgeordneter der Gesetzgebenden Versammlung und des Konvents; als solcher stimmte er für den Tod Ludwigs XVI. Seit dem 18. Brumaire Senator. Unter der Restauration von 1816–1818 verbannt.

33 Fouché war gerade zum Herzog von Otranto ernannt und interimistisch mit dem Ministerium des Innern betraut worden, als, während Napoleon 1809 in Österreich kämpfte, die Engländer auf der holländischen Insel Walcheren landeten und Belgien bedrohten. Fouché mobilisierte sofort die Nationalgarde, unterstellte sie dem Kommando Bernadottes, obwohl dieser damals in Ungnade war, schüchterte durch energische Maßnahmen die Engländer ein und zwang sie, sich wieder einzuschiffen. Aber in einer Proklamation, die die nationale Begeisterung anfachen sollte, sagte er ungeschickterweise: »Wir wollen Europa beweisen, daß, wenn auch das Genie Napoleons Frankreich Glanz durch seine Siege zu verleihen vermag, seine Anwesenheit nicht erforderlich ist, um die Feinde zurückzuwerfen.« Das war der Grund, daß Napoleon nach seiner Rückkehr nach Frankreich Fouché sofort das Ministerportefeuille entzog.

34 Jean-Baptiste de Gouey, Graf de la Besnardière (1765–1843), ehemaliger Oratorianer, trat während der Revolution ins Außenministerium ein und diente während des Direktoriums unter Talleyrand, unter Napoleon, der ihn schätzte, unter Ludwig XVIII., der ihn zum Grafen machte, und unter Karl X., der ihn zum Staatsrat ernannte; stets mit der gleichen Kompetenz und der gleichen Treue.

35 Friedrich von Gentz (1764–1832), bedeutender Publizist, erbitterter Gegner der Französischen Revolution und Napoleons, den er mit Pamphleten bekämpfte; während der Restauration Sekretär aller Kongresse der Heiligen Allianz.

36 Henry Dundas, Viscount Melville (1741–1811), englischer Staats-

mann, Freund und Amtsgehilfe Pitts, in dessen Ministerium er 1791 Innenminister und 1794 Kriegsminister war.

37 Géraud-Christophe-Michel Duroc (1772–1813), französischer General, Herzog von Friaul, Großmarschall des Palastes, gefallen in der Schlacht bei Bautzen.

38 Léon Bouthillier, Graf von Chavigny und Buzençais (1608–1652), französischer Staatsmann, einer der treuesten Agenten Richelieus.

39 Tristan L'Ermite, Louis, unter Karl VII. und Ludwig XI. Generalprofos, Freund und Vertrauensmann Ludwigs XI. (Vgl. Alfred Neumanns Roman ›Der Teufel‹.)

40 Harmodios ermordete mit Aristogeiton 514 v. Chr. in Athen den Peisistratiden Hipparchos; beide wurden hingerichtet. Seither gelten sie als Idealgestalten von Tyrannenmördern.

41 Jacques Clément (1554–1579), fanatischer Mönch, Mörder Heinrichs III.

42 Johann-Jakob Ankarstroëm (1760–1792), schwedischer Edelmann, ermordete, unzufrieden mit der aristokratischen Politik Gustafs III., zusammen mit einigen anderen Edelleuten den König bei einem Maskenball; er endete auf dem Schafott.

43 Joseph-Pierre Picot de Limoëlan (1768–1826), Chevalier, nahm am Chouan-Aufstand teil, erhielt Amnestie, organisierte 1800 das Höllenmaschinenattentat gegen den Ersten Konsul, entging der Guillotine, flüchtete nach Amerika und starb im Geruch der Heiligkeit als Priester und Almosenier einer Sekte.

44 Es handelte sich um Marie de Verneuil, eine Spionin im Dienst Fouchés, die Corentins Liebe zurückgewiesen hatte. Dieser rächte sich, indem er sie in der Falle fing, die er dem Marquis de Montauran, dem Haupt der Chouans, 1791 gestellt hatte.

45 Henri Stengel (1744–1796), elsässischer Herkunft, General der leichten Kavallerie, fiel in der Schlacht bei Mondovi.

46 Henriette Sontag (1805–1854), deutsche Sängerin, trat seit 1826 in Paris in der Italienischen Oper auf, wo sie vier Jahre lang die gefeierte Rivalin der Malibran war, zumal in Rossini-Rollen. Sie heiratete den Grafen Rossi und erschien erst 1852 wieder auf der Bühne.

47 Maria-Felicia Malibran, geborene Garcia (1808–1836); von ihrem Vater, einem berühmten spanischen Tenor, hart erzogen; trat 1828 zum erstenmal in der Italienischen Oper auf. (Vgl. Hans Kühner: ›Genien des Gesanges‹, Basel 1951.)

48 Wortspiel mit dem Familiennamen Chargebœuf und bœuf = Ochse.

49 Achille de Harlay (1536–1619), Präsident des Pariser Parlaments,

gerechter und tapferer Richter. Der Ausspruch wird auch Montaigne zugeschrieben.

50 Der Prozeß des Krämers Trumeaux, eines Giftmörders, wurde im März 1802 verhandelt.

51 Die Witwe Victorine Morin wurde 1812 wegen Giftmordversuchs zu einer Zuchthausstrafe verurteilt; vgl. das Gespräch zwischen Poiret und Mlle Michonneau in ›Vater Goriot‹.

52 Antoine-Bernardin Fualdès (1761–1817), während des Kaiserreichs Staatsanwalt, durch die Restauration abgesetzt, wurde in Rodez durch zwei seiner ehemaligen Freunde ermordet, die bereits Verbrechen begangen hatten und seine Enthüllungen fürchteten. Der Mord geschah unter zugleich gemeinen und romantischen Umständen in einem Freudenhaus. Der Prozeß zog sich lange hin und erregte in ganz Europa Aufsehen.

53 Edme-Samuel Castaing (1797–1823), Arzt, vergiftete zwei Freunde und wurde zum Tode verurteilt.

54 Marie Lafarge (1816–1852) wurde angeklagt, ihren Mann vergiftet zu haben, und zu lebenslänglichem Zuchthaus verurteilt. Über ihre Schuld oder Unschuld wurde noch viele Jahre später leidenschaftlich diskutiert.

55 Der Korse Giuseppe Fieschi beging am 28. Juli 1835 ein Attentat auf Louis-Philippe, und zwar mittels einer aus vierundzwanzig gekoppelten Gewehrläufen bestehenden Apparatur, einem Vorläufer der Mitrailleuse. Der König und die Prinzen blieben unverletzt; unter den rund fünfzig Opfern befand sich der napoleonische Marschall Mortier, Herzog von Treviso.

56 Jean-Jacques Régis de Cambacérès (1753–1824), Präsident des Konvents, Mitglied des Wohlfahrtsausschusses, dann Zweiter Konsul, war während des Kaiserreiches Erzkanzler und Senatspräsident, mithin höchster Staatsbeamter nach dem Kaiser.

57 Claude-Ambroise Régnier (1746–1814), Herzog von Massa, Abgeordneter der Generalstaaten, Mitglied des Rats der Alten, hatte während des Kaiserreichs als Großrichter die Oberleitung der Justiz und der Polizei. Bei großen Prozessen fungierte er als Präsident des Kassationsgerichts.

58 Philippe-Antoine, Graf Merlin (1754–1838), ehemaliger Abgeordneter der Gesetzgebenden Versammlung, dann des Konvents, darauf Mitglied des Wohlfahrtsausschusses, darauf Justizminister, nach dem 18. Fructidor Mitglied des Direktoriums, wurde 1801 zum Generalstaatsanwalt beim Kassationsgericht ernannt. Die Restauration schickte ihn in die Verbannung, aus der er 1830 zurückkehrte.

59 Stadtviertel in Paris, III. und IV. Arrondissement, mit vielen alten Adelspalästen.

60 Siehe Anmerkung 37.

61 Robert Lefebvre (1756–1830), Schüler Regnaults, anfangs Historien-, dann Porträtmaler.

62 Louis-Ferdinand, Prinz von Preußen, genial und musisch, fiel am 10. Oktober 1806 bei Saalfeld. (Drama von Fritz von Unruh.)

63 Jean Lannes (1769–1809); Marschall von Frankreich, Herzog von Montebello; trat 1792 in ein Freiwilligenbataillon ein, war drei Jahre später General, nahm am Ägyptenfeldzug teil, förderte den Staatsstreich vom 18. Brumaire, zeichnete sich bei Montebello und Marengo aus, nahm 1809 Saragossa und wurde in der Schlacht bei Essling tödlich verwundet.

64 Sommo-Sierra: 30. November 1808 Sieg Napoleons über die Spanier.

65 So hieß damals der jenseits der Kirche Saint-Philippe gelegene Teil des Faubourg Saint-Honoré.

66 Das vom Ministerium Villèle bei der Thronbesteigung Karls X. vorgeschlagene Gesetz wurde 1825 trotz einer lebhaften Opposition von beiden Kammern angenommen; es gewährte allen Grundeigentümern, deren Besitz während der Revolution konfisziert worden war, eine Entschädigung in der Höhe der zwanzigfachen Einkünfte des Jahres 1790.

67 Sie meinte damit den Bürgerkönig Louis-Philippe.

68 Louis-Clair de Beaupoil, Graf von Sainte-Aulaire (1778–1854), Literat und Diplomat, während des Kaiserreichs Präfekt, unter der Restauration liberaler Abgeordneter, trat erst nach der Juli-Revolution in den diplomatischen Dienst, zunächst als Gesandter in Rom, dann, 1833–1841, in Wien.

69 Elie, Herzog von Decazes (1780–1861), Ratgeber König Louis' von Holland, als welcher er das Mißfallen Napoleons erregte, schloß sich der Restauration an, protestierte gegen die Hundert Tage und wurde nach der Rückkehr Ludwigs XVIII. aus Gent Polizeipräfekt. Im September 1815 wurde er Fouchés Nachfolger als Polizeiminister. Nach dem Rücktritt des Herzogs von Richelieu 1818 bildete er ein gemäßigtes Ministerium, das 1819 umgebildet wurde, dessen Präsidentschaft er übernahm und das er liberal leitete. Die Ermordung des Herzogs von Berry am 14. Februar 1820 führte zu seinem Sturz: er hatte die königliche Familie und die Ultras gegen sich. Ludwig XVIII., der ihn seines freimütigen

Charakters und seiner schwunghaften Geistigkeit wegen schätzte, ernannte ihn zum Pair von Frankreich.

70 Jean-Baptiste-Séraphin-Joseph, Graf de Villèle (1773–1854), übernahm 1821 die Präsidentschaft des nach ihm benannten Ministeriums, dem auch Chateaubriand angehörte. Es wurde am 3. Januar 1828 gestürzt.

71 Sohn des ermordeten Herzogs von Berry und Enkel Karls X. (1820–1883), lebte nach seiner Verbannung 1830 als Graf von Chambord zunächst in Prag, später in Schloß Frohsdorf bei Wien. Die Legitimisten erkannten ihn als Kronprätendenten an und nannten ihn Heinrich V. Nach dem Sturz Napoleons III. trat er als Thronkandidat auf, wollte aber weder die Trikolore anerkennen noch eine liberale Verfassung garantieren. Seine Ehe mit einer Prinzessin von Modena blieb kinderlos.

72 Talleyrand wurde 1788 Bischof von Autun.

73 Michael Baron von Melas (1735–1806), österreichischer General; kämpfte 1799 als Oberbefehlshaber gemeinsam mit Suworow in Italien, wurde am 14. Juni 1800 bei Marengo geschlagen.

Biographische Notizen über die Romangestalten

Eine dunkle Begebenheit

BORDIN war vor der Revolution Staatsanwalt am Châtelet gewesen. Seine Schreiber waren damals Alain und Frédéric Mongenod, die er während der Revolution mit Ratschlägen und Geld unterstützte; 1809 war er Anwalt am Seine-Tribunal und verteidigte Mme des Tours-Minières (›Die Kehrseite der Zeitgeschichte‹). Zu Beginn der Restauration wurde er der bevorzugte Anwalt des Adels; 1816 konsultierte ihn Mme d'Espard (›Die Entmündigung‹); überdies setzte er sich für den Chevalier de Valois ein (›Die alte Jungfer‹).

CINQ-CYGNE, Laurence Marquise de, lieh François Michu ihren Schutz und förderte seine juristische Laufbahn. Unter der Restauration und dem Julikönigtum wohnte sie abwechselnd in der Champagne, wo sie eine Art moralischen Königtums ausübte, dem nur der Einfluß Gondrevilles entgegenstand (›Der Abgeordnete von Arcis‹), und in ihrem Pariser Stadthaus; sie widmete sich der Wohltätigkeit, wodurch sie in Beziehungen zu Mme de La Chanterie trat (›Die

Kehrseite der Zeitgeschichte‹); sie verkehrte auch in der Gesellschaft und willigte nur auf Zureden des Erzbischofs von Paris ein, der Fürstin von Cadignan (im gleichnamigen Roman) einen Besuch zu machen.

CORENTIN, geboren 1777 zu Vendôme, Lieblingsschüler und vielleicht natürlicher Sohn Fouchés, legte die ersten Proben seiner kriminalistischen Fähigkeiten 1799 bei der Erhebung der Chouans in Fougères ab. Er war beauftragt, sich durch Verrat des Marquis de Montauran zu bemächtigen, des Haupts der Aufständischen: er wurde durch seine Mitarbeiterin Marie de Verneuil hintergangen, die, anstatt den Marquis zu umgarnen, sich in den jungen Royalisten verliebte, worauf Corentin beide in einen Hinterhalt lockte, wo sie getötet wurden (›Die Chouans‹). Unter Karl X. war Corentin Chef der politischen Geheimpolizei des Château; sein Freund Peyrade veranlaßte ihn, sich um die Privatangelegenheiten des Dichters Lucien de Rubempré zu kümmern, wobei er unter der Soutane von dessen Gönner den Sträfling Jacques Collin entdeckte, ihn demaskierte, Lucien ruinierte und in den Selbstmord trieb; indessen vermochte er gegen Collin nichts auszurichten, der trotz Corentin Chef der Sicherheitspolizei wurde (›Glanz und Elend der Kurtisanen‹). Zehn Jahre danach war Corentin noch immer im Amt; er setzte zu jener Zeit seine ganze Tatkraft daran, die Intrigen zu vereiteln, durch die Théodose de La Peyrade, der Neffe seines ehemaligen Kollegen, das Vertrauen und Vermögen der Familie Thuillier erschleichen wollte; er brachte es dahin, daß Théodose sich mit jenen Kleinbürgern (im gleichnamigen Roman) überwarf, verheiratete ihn mit Peyrades Tochter und machte ihn zu seinem Nachfolger.

GONDREVILLE, N. Malin, Graf de, geboren 1763, gab 1809 in seinem Pariser Stadthaus ein großes Fest, zu dem der Kaiser erscheinen sollte (›Ehefrieden‹); unter der Julimonarchie hatte er den größten politischen Einfluß im Arrondissement Arcis bis zu den Wahlen von 1839, bei denen eine ganz persönliche Opposition sich gegen ihn stellte (›Der Abgeordnete von Arcis‹).

GRANVILLE, N. Vicomte, später Graf de, geboren 1779, wurde in seiner juristischen Laufbahn zunächst durch Cambacérès gefördert, der ihn veranlaßte, vom Anwaltsstand in den Richterstand überzuwechseln; unter dem Kaiserreich wurde er Generalanwalt, dann Präsident der Pariser Kammer. Unter der Restauration wurde er zum Generalstaatsanwalt ernannt. 1820 setzte er beim Tribunal die Rehabilitierung César Birotteaus (im gleichnamigen Roman) durch; im Mai 1839 erlaubte seine Stellung ihm, den Skandal zu unterdrücken, den Lucien de Rubemprés Selbstmord verursacht hatte, mit

Jacques Collin zu unterhandeln, damit dieser die Briefe der Mme. de Sérisy herausgab, und den Eintritt des ehemaligen Sträflings in den Polizeidienst anzubahnen (›Glanz und Elend der Kurtisanen‹). Die Julimonarchie beließ Granville im Amt und ernannte ihn zum Pair von Frankreich (›Eine Evastochter‹; ›Vetter Pons‹). Sein Privatleben wurde durch Mißgriffe und Kummer getrübt; er hatte während des Kaiserreiches ein junges Mädchen geheiratet, dessen Bigotterie ihm alle Ehefreuden verbot; er suchte das Glück in einer Liaison mit einer jungen Arbeiterin, die ihn nach der Geburt zweier Kinder um eines andern Liebhabers willen verließ; einer seiner natürlichen Söhne von ihr wurde ein Übeltäter (›Eine doppelte Familie‹). Sein einziger Trost war damals die Freundschaft mit Philippe de Sucy (›Lebwohl‹), M. de Sérisy (›Glanz und Elend der Kurtisanen‹) und Octave de Bauvan (›Honorine‹), Männern, die ebenso vom Unglück verfolgt wurden wie er.

GREVIN wurde Notar in Arcis, kam durch seine Praxis zu Vermögen und wollte 1839 seine Enkelin Cécile Beauvisage reich verheiraten (›Der Abgeordnete von Arcis‹).

MARSAY, Henry de, natürlicher Sohn des Lord Dudley und der berühmten Marquise de Vordac, hatte seine ganze Jugend, die er bis zur Juli-Revolution hinzog, den Frauen und den Salons gewidmet. Paquita Valdès, die Favoritin seiner natürlichen Schwester, die Marquise de San Réal (›Das Mädchen mit den Goldaugen‹), Lady Dudley, die zweite Frau seines Vaters (›Die Lilie im Tal‹), Delphine de Nucingen (›Vater Goriot‹), die Herzogin von Maufrigneuse (›Das Antiquitätenkabinett‹; ›Die Geheimnisse der Fürstin von Cadignan‹), Coralie (›Verlorene Illusionen‹) usw. waren seine bekanntesten Geliebten. Den Entschluß, Politiker zu werden, faßte er anläßlich einer seiner ersten Liebesenttäuschungen (›Noch eine Frauenstudie‹); als Minister wurde er von der Fürstin von Cadignan (im gleichnamigen Roman) betrogen. Er starb, körperlich und seelisch erschöpft, im Jahre 1834.

MICHU, François, geboren 1793, wurde durch seine Gönnerin Mme de Cinq-Cygne in seiner Laufbahn als Anwalt gefördert, trat 1820 in den Richterstand über, wurde stellvertretender Richter in Alençon und wurde nach seinem Auftreten im Prozeß Victurnien d'Esgrignons 1824 zum königlichen Staatsanwalt ernannt (›Das Antiquitätenkabinett‹). Er übte sein Amt in Arcis aus und wurde 1839 Gerichtspräsident jener Stadt. Er hielt an der von seinem Vater gepflegten Treue fest und unterhielt nur Umgang mit seinen Beamten und der Familie Cinq-Cygne (›Der Abgeordnete von Arcis‹).

PEYRADE, N. de La Peyrade, genannt Peyrade, geboren um 1758 im Comtat; obwohl er sich während des Kaiserreiches und unter Ludwig XVIII. als geschickt erwiesen hat, wurde er von Karl X. kaltgestellt. Er führte ein elendes Leben, als die Leidenschaft des Barons de Nucingen für Esther Gobseck, die Geliebte Luciens de Rubempré, ihn in Zwistigkeiten mit Luciens Gönner verwickelte, dem Kanonikus Carlos Herrera, der in Wahrheit der berühmte Sträfling Jacques Collin war. Er unterlag: seine Tochter Lydie wurde entführt und vergewaltigt, er selber kam ins Gefängnis, wurde indessen durch Corentin gerächt (›Glanz und Elend der Kurtisanen‹).

RASTIGNAC, Eugène Baron de, geboren 1797 in Rastignac von adligen, aber armen Eltern, gelangte zu Macht und Vermögen durch seine Geliebte Delphine de Nucingen, Tochter des Vater Goriot (im gleichnamigen Roman) und Frau des berühmten Finanzmanns in ›Das Bankhaus Nucingen‹. Wie sein Freund Marsay verbrachte er seine Jugend mit Ausschweifungen und Intrigen (›Verlorene Illusionen‹; ›Glanz und Elend der Kurtisanen‹). Die Juli-Revolution berief ihn zur Macht; 1832 war er Unterstaatssekretär unter de Marsay (›Die Geheimnisse der Fürstin von Cadignan‹) und blieb es bis nach 1834 (›Eine Evastochter‹). 1838 heiratete er Augusta de Nucingen, die Tochter seiner ehemaligen Geliebten (›Tante Bette‹). 1839 wurde er Graf und zum zweitenmal Minister (›Der Abgeordnete von Arcis‹). 1845 erhielt er die Pairswürde; er besaß damals 300 000 Francs Rente (›Die Komödianten wider ihr Wissen‹).

Der Abgeordnete von Arcis

Übertragung von Ernst Sander

Wie Balzacs Roman ›Die Kleinbürger‹ ist auch ›Der Abgeordnete von Arcis‹ (›Le Député d' Arcis‹) unvollendet geblieben. Das Werk ist mehrmals unter verschiedenen Titeln angezeigt worden, wie ›Une Election en province‹, ›Le Député à Paris‹, ›Une Election en Champagne‹. Es dürfte 1846/1847 entstanden sein, zu einer Zeit also, da Balzacs Schaffenskraft nachzulassen begann. Er griff damals mehrere Themen auf, um sie, nachdem einige Seiten geschrieben worden waren, wieder fallenzulassen. Von ›Der Abgeordnete von Arcis‹ wurde nur der erste Teil niedergeschrieben und vom 7. April bis zum 3. Mai 1847 in ›L'Union monarchique‹ veröffentlicht, und zwar unter dem Titel ›L'Election‹ (›Die Wahl‹). Nach Balzacs Tod vertraute seine Witwe Charles Rabou das Fragment zur Vollendung an. Rabou überarbeitete den ersten Teil und ließ ihn nochmals 1853 in ›Le Constitutionnel‹ erscheinen, aber mit einer Fortsetzung, die, an Balzacs hinterlassenen Text angefügt, 1854 in einer vierbändigen Buchausgabe erschien. Aber damit ließ Rabou es nicht bewenden. 1855 folgte, in fünf Bänden, ein zweiter Teil ›Le Comte de Sallenauve‹, und im gleichen Jahr gar noch ein dritter ›La Famille Beauvisage‹ in vier Bänden. Jene Fortsetzungen sind freie Erfindungen Charles Rabous, abgesehen von den ersten Seiten des zweiten Teils. Auf allen drei Teilen ist vermerkt worden: ›Par M. de Balzac terminé par M. Ch. Rabou‹.

Balzac hat dem Vorabdruck von ›Der Abgeordnete von Arcis‹ in ›L'Union monarchique‹ folgende Notiz vorangestellt:

»Vor Beginn der Schilderung der Wahlen in der Provinz, dem Hauptthema dieser Studie, erübrigt sich wohl der Hinweis, daß die Stadt Arcis-sur-Aube nicht der Schauplatz der Geschehnisse gewesen ist, um die es geht.

Das Arrondissement Arcis geht zur Wahl nach Bar-sur-Aube, das fünfzehn Meilen von Arcis entfernt liegt; es gibt in der Kammer also keinen Abgeordneten von Arcis.

Rücksichtnahmen, wie die Geschichte der Sitten unserer Zeit sie fordert, haben diese Vorsichtsmaßregeln diktiert. Vielleicht ist es eine geschickt ersonnene Kombination, die Schilderung einer Stadt zum Rahmen von Ereignissen zu machen, die sich anderswo abgespielt haben. Dieses Mittel ist im Verlauf der ›Menschlichen Komödie‹ bereits mehrmals angewandt worden, trotz der Unzuträglichkeit, die darin besteht, die Umrahmung gelegentlich ebenso ansehnlich zu gestalten wie das Gemälde.«

Die Wahl

Gegen Ende April 1839 bot morgens um zehn Uhr der Salon der Madame Marion, der Witwe eines ehemaligen Generalsteuereinnehmers des Départements Aube, einen befremdlichen Anblick. Von sämtlichen Einrichtungsgegenständen waren nur die Gardinen an den Fenstern, die Kamingarnitur, der Kronleuchter und der Teetisch noch vorhanden. Der Aubussonteppich, der vierzehn Tage früher als sonst von den Nägeln gelöst worden war, hinderte das Betreten der Freitreppe, und das Parkett war über die Maßen abgerieben worden, ohne dadurch heller geworden zu sein. Das war sozusagen ein häusliches Omen für den Ausfall der Wahlen, zu denen ganz Frankreich sich anschickte. Bisweilen sind die Dinge genauso vernunftbegabt wie die Menschen, was ein Argument zugunsten der okkulten Wissenschaften ist.

Der alte Diener des Obersts Giguet, des Bruders der Madame Marion, war gerade mit dem Wegwischen des Staubs fertiggeworden, der sich während des Winters in den Parkettspalten angesammelt hatte. Die Zofe und die Köchin schleppten mit einer Geschwindigkeit, die davon zeugte, daß ihre Begeisterung ihrer Anhänglichkeit gleichkam, die Stühle aus allen Zimmern des Hauses und stapelten sie im Garten auf.

Wir wollen schnell noch sagen, daß die Bäume bereits ihre breiten Blätter entfaltet hatten; durch sie hindurch war ein wolkenloser Himmel zu sehen. Die Frühlingsluft und die Maisonne gestatteten, die Fenstertür und die beiden Fenster des Wohnzimmers offenzulassen.

Die alte Dame wies die beiden Frauen an, hinten im Wohnzimmer die Stühle aufzustellen, vier Reihen tief. Dazwischen sollte ein Durchgang von etwa drei Fuß frei bleiben. Bald stellte jede Reihe eine Front von zehn Stühlen unterschiedlicher Art dar. Eine Stuhlreihe zog sich längs der Fenster und der Glastür hin. An das andere Ende des Wohnzimmers, den vierzig Stühlen gegenüber, schob Madame Marion drei Sessel hinter den

Diese eines Vaters würdigen Worte standen im Einklang mit dem ganzen Leben dessen, der sie gesprochen hatte. Oberst Giguet, einer der am höchsten geachteten Offiziere der Großen Armee, zeichnete sich durch einen Charakter aus, dessen Urgrund eine ausgeprägte Redlichkeit im Verein mit großem Zartgefühl bildete. Nie hatte er sich vorgedrängt. Die Gunstbezeigungen hätten zu ihm kommen müssen. Daher war er auch zwölf Jahre lang ein schlichter Artilleriehauptmann in der Garde geblieben. Erst 1813 wurde er zum Abteilungschef ernannt und 1814 zum Major befördert. Seine an Fanatismus grenzende Anhänglichkeit an Napoleon ließ es nicht zu, daß er nach der ersten Abdankung in die Dienste der Bourbonen trat. Kurzum, im Jahre 1815 hatte er sich so für den Kaiser eingesetzt, daß er verbannt worden wäre, hätte nicht der Graf de Gondreville ihn aus der Liste streichen lassen und schließlich eine Pension und den Rang eines Obersts für ihn durchgesetzt.

Madame Marion, geborene Giguet, hatte noch einen zweiten Bruder, der es bis zum Gendarmerieoberst in Troyes gebracht hatte. Dorthin war sie ihm seinerzeit gefolgt. Dort hatte sie auch Monsieur Marion geheiratet, den Generalsteuereinnehmer des Départements Aube.

Der selige Monsieur Marion, der Generalsteuereinnehmer, hatte einen Bruder, der erster Präsident eines Kaiserlichen Gerichts gewesen war. Als einfacher Advokat in Arcis hatte dieser Justizbeamte während der Schreckenszeit dem berüchtigten Malin de l'Aube, dem Volksrepräsentanten, seinen Namen geliehen, als Malin das Gut Gondreville kaufte. Daher stand der ganze Einfluß Malins, der Senator und Graf geworden war, der Familie Marion zur Verfügung. So war es geschehen, daß der Bruder des Advokaten das Amt des Generalsteuereinnehmers erhalten hatte, und zwar zu einer Zeit, da die Regierung noch nicht die Wahl zwischen dreißig Bewerbern hatte, sondern nur zu froh war, wenn sie jemand fand, der zur Annahme einer so unsicheren Stellung bereit war.

Der Generalsteuereinnehmer Marion wurde der Erbe seines Bruders, des Präsidenten, und Madame Marion die Erbin ihres Bruders, des Gendarmerieobersts. Im Jahre 1814 erlitt der Generalsteuereinnehmer Rückschläge. Er starb zur gleichen Zeit wie das Kaiserreich, aber seine Witwe fand in den Überresten der verschiedenen zusammengebrachten Vermögen noch so viel, daß sie fünfzehntausend Francs Zinsen hatte. Der Gendarmerieoberst Giguet hatte sein Hab und Gut seiner Schwester vermacht, als er hörte, daß sein bei der Artillerie stehender Bruder um das Jahr 1806 eine der Töchter eines reichen Hamburger Bankiers geheiratet habe. Man kennt ja die übertriebene Vorliebe Europas für die prächtigen Haudegen des Kaisers Napoleon!

1814 war Madame Marion nahezu ruiniert. Sie siedelte wieder in ihre Heimatstadt Arcis über und kaufte an der Grande-Place eins der schönsten Häuser der Stadt. Seiner Lage nach muß es früher vom Schloß abhängig gewesen sein. Von Troyes her, wo der Generalsteuereinnehmer tonangebend gewesen war, war sie es gewohnt, viele Leute bei sich zu sehen. Also tat sie ihren Salon in Arcis allen Hochmögenden der liberalen Partei auf. Eine Frau, die die Vorteile einer Salonkönigin genossen hat, verzichtet darauf nicht so leicht. Von allen Gewohnheiten sind die der Eitelkeit die zähesten.

Napoleons Soldaten waren zunächst bonapartistisch eingestellt, dann liberalistisch. Dann wurden sie nahezu alle durch eine der seltsamsten Metamorphosen zu Liebhabern des konstitutionellen Systems. So wurde Oberst Giguet der naturgegebene Vorsitzende des Wahlkomitees von Arcis, das sich aus dem Notar Grévin, dessen Schwiegersohn Beauvisage und dem jungen Varlet zusammensetzte, dem ersten Arzt von Arcis und Schwager Grévins, Persönlichkeiten, die samt und sonders in dieser Geschichte vorkommen werden, zum Nachteil unserer politischen Gepflogenheiten viel zu wahrheitsgetreu.

»Wenn unser lieber Junge nicht gewählt wird«, sagte Madame Marion nach einem Blick in den Flur und in den Garten, weil sie sich hatte überzeugen wollen, daß niemand sie belauschen könne, »dann bekommt er auch Mademoiselle Beauvisage nicht; denn der Erfolg seiner Kandidatur schließt für ihn eine Heirat mit Cécile ein.«

»Cécile . . .?« fragte der alte Herr, riß die Augen auf und starrte seine Schwester geradezu bestürzt an.

»Du bist im ganzen Département vielleicht der einzige, lieber

Bruder, der die Mitgift und die Hoffnungen der Mademoiselle Beauvisage hat übersehen können.«

»Sie ist nämlich die reichste Erbin des Départements Aube«, sagte Simon Giguet.

»Aber mir scheint, mein Sohn ist auch nicht gerade zu verachten«, entgegnete der alte Offizier. »Er ist dein Erbe, sein mütterliches Vermögen hat er bereits, und ich gedenke, ihm etwas anderes zu hinterlassen als bloß meinen Namen . . .«

»All das zusammengenommen wiegt nicht dreißigtausend Francs Zinsen auf, und es gibt bereits Leute, die sich mit einem solchen Vermögen eingestellt haben, ganz abgesehen von ihren Stellungen . . .«

»Und . . .?« fragte der Oberst.

»Und sie haben einen Korb bekommen!«

»Was wollen die Beauvisages eigentlich?« fragte der Oberst und blickte abwechselnd Schwester und Sohn an.

Es könnte als ungewöhnlich betrachtet werden, daß der Oberst Giguet, der Bruder der Madame Marion, bei der die Gesellschaft von Arcis seit vierundzwanzig Jahren tagtäglich zusammenkam, in deren Salon das Echo aller Gerüchte, aller Boshaftigkeit, allen Geschwätzes des Départements Aube widerhallte und von wo es vielleicht gar seinen Ursprung nahm, nichts von so gearteten Ereignissen und Tatsachen gewußt habe. Indessen dürfte seine Ahnungslosigkeit ganz natürlich wirken, sobald darauf hingewiesen wird, daß dieses noble Überbleibsel der napoleonischen Phalangen mit den Hühnern schlafen ging und aufstand, wie alle alten Leute, die möglichst lange leben wollen. Deswegen nahm er niemals an den intimen Unterhaltungen teil. In der Provinz gibt es nämlich zwei Arten von Unterhaltungen. Die eine bewegt sich im Offiziellen, wenn alle beisammen sind, Karten spielen oder plaudern; die andere kocht langsam bei kleinem Feuer, wie eine gut bereitete Suppe, wenn am Kamin nur noch drei oder vier Freunde übriggeblieben sind, deren man sicher ist und die nichts von dem Gesagten ausplaudern, nur im eigenen Hause, wenn sie wiederum mit drei oder vier durchaus verläßlichen Freunden unter sich sind.

Der Oberst lebte seit neun Jahren, seit dem Triumph seiner politischen Ideen, nahezu außerhalb der Gesellschaft. Er stand stets gleichzeitig mit der Sonne auf, widmete sich der Gärtnerei, hatte eine Schwäche für Blumen, züchtete indessen lediglich Rosen. Er hatte die geschwärzten Hände des echten Gärtners und sorgte für seine Beete. Seine Karrees! Dies Wort erinnerte ihn an die bunten Männerkarrees, die auf den Schlachtfeldern aufgereiht standen. Er hatte stets etwas mit seinem Gärtnerburschen zu besprechen, und so mischte er sich, zumal seit zwei Jahren, nur wenig in die Gesellschaft, wo er nur dann und wann verkehrte. Im Familienkreis nahm er nur die Hauptmahlzeit ein. Er stand zu viel zu früher Stunde auf, um mit seinem Sohn und seiner Schwester frühstücken zu können. Den Bemühungen dieses Obersts ist die berühmte Giguet-Rose zu verdanken, die alle Liebhaber kennen. Der alte Herr war zu etwas wie einem häuslichen Fetisch geworden und wurde, wie man sich denken kann, nur bei ganz großen Gelegenheiten vorgeführt. Manche Familien erfreuen sich eines Halbgottes dieser Art und schmücken sich damit wie mit einem Titel.

»Ich glaube, ich weiß andeutungsweise«, antwortete Madame Marion ihrem Bruder, »daß Madame Beauvisage seit der Juli-Revolution danach trachtet, in Paris zu leben. Da sie, solange ihr Vater am Leben ist, hierbleiben muß, hat sie ihren Ehrgeiz auf das Haupt ihres künftigen Schwiegersohns übertragen, und die schöne Dame träumt vom Glanz des politischen Lebens.«

»Könntest du Cécile lieben?« fragte der Oberst seinen Sohn.

»Ja, Vater.«

»Gefällst du ihr?«

»Ich glaube, ja, Vater. Aber es handelt sich auch darum, der Mutter und dem Großvater zu gefallen. Obgleich der wackere Grévin sich meiner Wahl entgegenstemmen will, würde der Erfolg Madame Beauvisage dahin bringen, mich hinzunehmen. Sie hofft dann nämlich, mich nach ihrem Belieben zu lenken, unter meinem Namen Minister zu sein ...«

»Nein, wie komisch!« rief Madame Marion aus. »Und für was hält sie uns ...?«

»Wem hat sie eigentlich Körbe erteilt?« fragte der Oberst seine Schwester.

»Na, seit drei Monaten haben Antonin Goulard und der Staatsanwalt Monsieur Frédéric Marest, so heißt es, gleichlautende Antworten bekommen, aus denen sich herauslesen läßt, was man will, nur kein ›Ja‹!«

»Du großer Gott!« sagte der alte Herr und hob die Arme gen Himmel, »in was für einer Zeit leben wir! Cécile ist doch die Tochter eines Mützennähers und die Enkelin eines Pächters. Will denn Madame Beauvisage einen Grafen de Cinq-Cygne als Schwiegersohn haben?«

»Lieber Bruder, mach dich nicht über Leute wie die Beauvisages lustig. Cécile ist so reich, daß sie sich überall einen Mann aussuchen kann, sogar in der Partei, der die Cinq-Cygnes angehören. Aber ich höre die Türglocke dir Wähler ankündigen. Ich lasse dich allein und bedaure nur, daß ich nicht anhören kann, was jetzt geredet wird ...«

Obwohl das Jahr 1839, politisch betrachtet, dem Jahre 1847 recht fern ist, erinnert man sich wohl auch heute noch der Wahlen, deren Ergebnis die Koalition[1] war, ein kurzlebiger Versuch, den die Abgeordnetenkammer zur Verwirklichung der Drohung einer parlamentarischen Regierung unternahm. Es war eine Drohung à la Cromwell, die ohne einen Cromwell und unter einem dem Betrug abgeneigten Fürsten nur auf den Triumph des gegenwärtigen Systems hinauslaufen konnte, bei dem die Kammern und die Minister den Schauspielern aus Holz ähneln, die der Eigentümer der Guignolet-Bühne zur größten Genugtuung der stets verblüfften Passanten spielen läßt.

Das Arrondissement Arcis-sur-Aube befand sich damals in einer eigenartigen Lage. Es hielt sich bei der Wahl eines Abgeordneten für frei. Zwischen 1816 und 1836 war stets einer der mächtigsten Redner der Linken gewählt worden, einer der Siebzehn, die von der liberalen Partei als »große Bürger« bezeichnet wurden[2], mit einem Worte, der berühmte François Keller vom Bankhaus Gebrüder Keller, der Schwiegersohn des Grafen von Gondreville. Gondreville, eine der prächtigsten Besitzungen Frankreichs, liegt eine Viertelmeile von Arcis entfernt. Jener Bankier, der unlängst zum Grafen und zum Pair von Frankreich ernannt worden war, rechnete wohl damit, sein Mandat auf seinen damals dreißig Jahre alten Sohn zu übertragen, um ihn eines Tages für die Pairswürde geeignet zu machen.

Charles Keller war bereits Schwadronschef, einer der Günstlinge des Kronzprinzen und zum Vicomte ernannt. Er gehörte der Hofpartei des Bürgerkönigtums an. Die glänzendste Zukunft schien diesem unermeßlich reichen, mutigen jungen Herrn verheißen, der sich durch seinen Eifer für die neue Dynastie hervortat, Enkel des Grafen de Gondreville und Neffe der Marschallin von Carigliano war. Die Wahl nun aber, die für seine Laufbahn so notwendig war, bot große Schwierigkeiten dar, die es zu überwinden galt.

Seit der Zulassung der Bürgerklasse zur Regierung empfand Arcis ein vages Verlangen, sich als unabhängig zu bezeigen. Daher waren die letzten Wahlen François Kellers durch ein paar Republikaner gestört worden, deren rote Mützen und zuckende Bärte die Einwohner von Arcis nicht sonderlich erschreckt hatten. Dadurch, daß der radikale Kandidat die Stimmung in der Gegend ausbeutete, konnte er dreißig oder vierzig Stimmen auf sich vereinigen. Einige Bürger, die sich gedemütigt fühlten, daß ihre Stadt der Zahl der »faulen Wahlbezirke« der Opposition beigezählt wurde, vereinigten sich, obwohl sie Gegner der Demokratie waren, mit den Demokraten. In Frankreich bilden sich bei der geheimen Abstimmung politisch-chemische Verbindungen, bei denen die Gesetze der Affinität umgestürzt werden.

Nun aber hätte die Wahl des jungen Majors Keller im Jahre 1839, nachdem zwanzig Jahre lang sein Vater gewählt worden war, auf eine wahre sklavische Abhängigkeit der Wähler schließen lassen, und dagegen empörte sich der Stolz einiger reichgewordener Wähler, die da glaubten, sie seien genausoviel wert wie Monsieur Malin, Graf de Gondreville, wie die Bankiersgebrüder Keller, wie die Cinq-Cygnes und wohl gar der König der Franzosen[3]! Daher erwarteten zahlreiche Parteigänger des alten Gondreville, des Königs des Départements Aube, einen neuen Beweis seiner so häufig erprobten Geschicklichkeit. Der alte Staatsmann würde wohl, um den Einfluß seiner Familie im Arrondissement Arcis nicht zu gefährden, als Kandidaten einen Einheimischen vorschlagen, der dann gegen Übernahme einer öffentlichen Funktion sein Mandat an Charles Keller abtreten würde. In diesem parlamentarischen Fall muß sich der Erwählte des Volkes einer nochmaligen Wahl unterziehen.

Als Simon Giguet den alten Freund des Grafen, den ehemaligen Notar Grévin, hatte aushorchen wollen, hatte dieser bejahrte Mann geantwortet, ohne daß er die Absichten des Grafen de Gondreville kenne, mache er Charles Keller zu seinem Kandidaten, für dessen Wahl er seinen ganzen Einfluß einsetzen werde. Sobald diese Antwort des wackeren Grévin sich in Arcis herumgesprochen hatte, erhob sich gegen ihn eine Reaktion. Obwohl dieser Aristides der Champagne während der dreißig Jahre seines Notariats das Vertrauen der Stadt besessen hatte, obwohl er von 1804 bis 1814 und während der Hundert Tage Bürgermeister von Arcis gewesen war; obwohl die Opposition ihn bis zum Triumph von 1830 als Stadtoberhaupt in Kauf genommen hatte, dem Zeitpunkt, da er die Ehren des Bürgermeisteramts zurückgewiesen hatte, indem er sein Alter geltend machte; kurzum, obwohl die Stadt, um ihm ihre Liebe und Verehrung zu bezeigen, seinen Schwiegersohn Beauvisage als Bürgermeister eingesetzt hatte, lehnte man sich gegen ihn auf, und ein paar junge Leute gingen sogar so weit, daß sie ihn als einen Schwätzer hinstellten. Die Parteigänger Simon Giguets wandten sich an Philéas Beauvisage, den Bürgermeister, und brachten ihn um so eher auf ihre Seite, als er, ohne sich schlecht mit seinem Schwiegervater zu stehen, eine Unabhängigkeit zur Schau trug, die in Kälte entartete, die ihm jedoch der kluge Schwiegervater hingehen ließ, da er darin ein vortreffliches Mittel zum Einwirken auf die Stadt Arcis erblickte.

Der am Abend zuvor in aller Öffentlichkeit zur Rede gestellte Herr Bürgermeister hatte erklärt, er würde lieber den Erstbesten auf der Liste der in Arcis Wählbaren wählen, als seine Stimme Charles Keller zu geben, für den er übrigens grenzenlose Hochachtung empfinde.

»Arcis soll künftig kein ›fauler Wahlbezirk‹ sein!« hatte er gesagt. »Oder ich emigriere nach Paris.«

Man schmeichle den im Augenblick herrschenden Leidenschaften, und man wird überall zum Helden, sogar in Arcis-sur-Aube.

»Jetzt hat der Herr Bürgermeister der Festigkeit seines Charakters das Siegel aufgedrückt«, hieß es.

Nichts marschiert schneller als eine legale Revolte. Im Verlauf des Abends hatten Madame Marion und ihr Freundeskreis für den nächsten Morgen eine Versammlung der »Unabhängigen Wähler« zugunsten Simon Giguets organisiert, des Sohnes des Obersts. Dieser »nächste Morgen« war jetzt angebrochen und hatte für den Empfang der Freunde, auf deren Unabhängigkeitssinn man baute, das ganze Haus um und um gekehrt.

Simon Giguet, der geborene Kandidat für eine Kleinstadt, die eifersüchtig auf die Wahl eines ihrer Söhne bedacht ist, hatte sich, wie man sieht, die Bewegung der Geister zunutze gemacht, um der Repräsentant der Bedürfnisse und Interessen der Lause-Champagne zu werden. Freilich waren alles Ansehen, aller Reichtum der Familie Giguet das Werk des Grafen de Gondreville. Aber spielen, wenn es sich um Wahlen handelt, Gefühlsmomente eine Rolle?

Dieser Roman wird zur Belehrung der Städte geschrieben, die das Unglück haben, die Wohltaten eines nationalen Repräsentanten nicht zu kennen und die folglich nicht wissen, durch welche inneren Kämpfe, um den Preis welcher Opfer à la Brutus eine Kleinstadt einen Abgeordneten gebiert! So etwas ist ein majestätisches Naturschauspiel, dem sich nur dasjenige einer Niederkunft vergleichen läßt. Es kostet dieselben Anstrengungen, dieselben Unreinlichkeiten, dieselben reißenden Schmerzen und führt zum selben Triumph!

Nun aber könnte man sich fragen, warum ein einziger Sohn, dessen Vermögen durchaus zugänglich war, ein Mann wie Simon Giguet lediglich schlichter Advokat in der Kleinstadt Arcis war, wo Advokaten im Grunde überflüssig sind.

An dieser Stelle sind ein paar Worte über den Kandidaten notwendig. Der Oberst hatte zwischen 1803 und 1813 von seiner 1814 gestorbenen Frau drei Söhne gehabt, deren ältester, nämlich Simon, seine jüngeren Geschwister überlebt hatte. Sie waren beide gestorben, der eine 1818, der andere 1825. Bis Simon als der einzige übriggeblieben war, hatte er wie jemand erzogen werden müssen, für den die Ausübung eines lukrativen Berufs etwas Lebensnotwendiges war. Nun er einziger Sohn war, erlebte Simon einen Umschwung der Glücksumstände. Madame Marion hatte für ihren Neffen stark mit dem Erbteil des Großvaters gerechnet, des Hamburger Bankiers. Aber dieser Deutsche starb im Jahre 1826 und hinterließ seinem Enkel Giguet ein Kapital, das nur zweitausend Francs Zinsen brachte. Jener Bankier war mit großen zeugerischen Fähigkeiten begabt. Er hatte die Unannehmlichkeiten seines Geschäfts durch die Freuden des Vaterwerdens bekämpft. Also hatte er in seinem Testament die Familien von elf anderen Kindern begünstigt, die stets um ihn waren und die ihn glauben machten, was übrigens vollauf den Anschein hatte, daß Simon Giguet reich sei.

Der Oberst hatte Wert darauf gelegt, daß sein Sohn einen freien Beruf ergriff. Und zwar aus folgendem Grunde. Unter der Restauration hatten die Giguets von seiten der Regierung keine Gunstbezeigung erwarten können. Auch wenn Simon nicht der Sohn eines glühenden Bonapartisten gewesen wäre, gehörte er dennoch einer Familie an, deren Mitglieder sich verdientermaßen die Mißbilligung der Familie de Cinq-Cygne zugezogen hatten, und zwar durch den Umstand, daß der Gendarmen-Oberst Giguet und die Marions, Madame Marion eingeschlossen, als Belastungszeugen in dem berühmten Prozeß gegen die Herren de Simeuses aufgetreten waren, die 1805 als schuldig an der Freiheitsberaubung des Grafen de Gondreville, des damaligen Senators, verurteilt worden waren, ungeachtet ihrer vollkommenen Schuldlosigkeit. Jener Volksrepräsentant hatte das Vermögen der Familie de Simeuse an sich gebracht. Die Erben schienen die Schuldigen an jenem Verbrechen zu sein, zumal in einer Zeit, da der Verkauf von Nationalgütern ein geheiligtes Recht der Politik war. (Siehe ›Eine dunkle Begebenheit‹[4].)

Grévin war nicht nur einer der wichtigsten Zeugen, sondern überdies noch einer der eifrigsten Antreiber jenes Falles gewesen. Noch immer teilte jener Kriminalprozeß das Arrondissement Arcis in zwei Parteien, deren eine an der Unschuld der Verurteilten und folglich an der Familie Cinq-Cygne festhielt, wogegen die andere für den Grafen de Gondreville und dessen Anhänger war.

Wenn unter der Restauration die Gräfin de Cinq-Cygne den Einfluß, den die Rückkehr der Bourbonen ihr verschaffte, dahingehend ausnützte, daß sie im Département Aube alles nach ihrem Ermessen anordnen konnte, verstand der Graf de Gondreville sich darauf, dem Königtum der Cinq-Cygnes ein Gegengewicht durch die geheime Autorität zu schaffen, die er über die Liberalen der Gegend ausübte, und zwar durch den Notar Grévin, den Oberst Giguet und seinen Schwiegersohn Keller, der den Cinq-Cygne zum Trotz immer wieder zum Abgeordneten von Arcis-sur-Aube gewählt worden war, und schließlich durch den Einfluß, den er sich im Kronrat bewahrte, solange Ludwig XVIII. lebte. Erst nach dem Tode dieses Königs konnte die Gräfin de Cinq-Cygne es durchsetzen, daß Michu zum Präsidenten des Gerichts Erster Instanz zu Arcis eingesetzt wurde. Sie hatte großen Wert darauf gelegt, diesen Posten dem Sohn des Verwalters zu verschaffen, der zu Troyes auf dem Schafott als Opfer seiner Treue zu der Familie Simeuse geendet hatte und dessen lebensgroßes Bildnis ihren Salon in Paris und auf Cinq-Cygne schmückte. Bis 1823 hatte der Graf de Gondreville die Macht besessen, die Ernennung Michus zu hintertreiben.

Es war sogar auf den Rat des Grafen de Gondreville hin geschehen, daß Oberst Giguet seinen Sohn hatte Advokat werden lassen. Simon mußte im Arrondissement Arcis um so mehr glänzen, als er dort der einzige Advokat war. In kleinen Ortschaften vertreten nämlich die Advokaten ihre Fälle stets selber. Simon hatte ein paar Triumphe vor dem Schwurgericht des Départements Aube davongetragen. Aber nichtsdestoweniger blieb er der Zielpunkt der Spöttereien des Staatsanwalts Frédéric Marest, Olivier Vinets, dessen Stellvertreter, und des Präsidenten Michu, der drei stärksten Köpfe des Gerichts. Diese drei werden wichtige Gestalten in dem Wahldrama werden, dessen erste Szene sich vorbereitete.

Wie übrigens fast alle Menschen zahlte Simon Giguet der Großmacht Lächerlichkeit ein gut Teil an Tributen. Er hörte sich gern sprechen. Er ergriff bei jeder Gelegenheit das Wort. Er haspelte feierlich faserige, trockene Phrasen ab, und das galt in den gehobenen Kreisen des Bürgertums von Arcis als Beredsamkeit. Der arme Kerl gehörte zur Gattung der Langweiler, die beanspruchen, alles zu erklären, sogar die einfachsten Dinge. Er erklärte den Regen. Er erklärte die Ursachen der Juli-Revolution. Er erklärte auch das Nichtdurchschaubare. Er erklärte Louis-Philippe, er erklärte Monsieur Odilon Barrot[5], er erklärte Monsieur Thiers[6], er erklärte die Orientfrage[7]. Er erklärte die Champagne, er erklärte 1789. Er erklärte den Zolltarif und das Wohl der Menschheit, den Magnetismus und die Zweckmäßigkeit der Zivilliste.

Jener junge, magere Mann mit der galligen Gesichtsfarbe, der so lang aufgeschossen war, daß seine rednerische Nullität als gerechtfertigt gelten mußte, denn es geschieht selten, daß ein hochgewachsener Mann über große Fähigkeiten verfügt, übertrieb noch den Puritanismus der Leute der äußersten Linken, die ohnehin schon sämtlich so affektiert nach Art der Prüden waren, die Liebesbindungen geheimhalten müssen. Er ging immer schwarz gekleidet und trug eine weiße Halsbinde, die er unten am Hals herabhängen ließ. Daher schien sein Gesicht aus einer weißen Papiertüte hervorzukommen, denn er behielt den hohen, gestärkten Hemdkragen bei, den die Mode glücklicherweise in Acht und Bann getan hat. Seine Hose, seine Fräcke wirkten immer, als seien sie viel zu weit. Er besaß das, was man in der Provinz »Würde« nennt, das heißt, daß er sich steif hielt und daß er langweilig war. Sein Freund Antonin Goulard warf ihm vor, er äffe Monsieur Dupin[8] nach. Tatsächlich bevorzugte der Advokat gar zu sehr Schuhe und Strümpfe aus schwarzer Florettseide. Simon Giguet kam das Ansehen zugute, das sein alter Vater genoß, und ferner der Einfluß, den seine Tante auf eine Kleinstadt ausübte, deren wichtigste Bewohner seit vierundzwanzig Jahren in ihren Salon kamen. Simon besaß jetzt bereits etwa zehntausend Francs Zinsen, ungerechnet die Honorare, die seine Praxis ihm einbrachte, und das Vermögen seiner Tante, das eines Tages an ihn fallen mußte. Das alles ließ seine Wahl ihm als unbezweifelbar erscheinen.

Nichtsdestoweniger hallte das erste Ertönen der Haustürglocke, das die Ankunft der einflußreichsten Wähler verkündete, im Herzen des Ehrgeizigen wider und trug unbestimmte Ängste hinein. Simon verhehlte sich weder die Geschicklichkeit noch die riesigen Hilfsmittel des alten Grévin, noch auch das Gaukelwerk, das das Ministerium entfalten würde, wenn es die Kandidatur eines jungen, tapferen Offiziers unterstützte, der damals in Afrika war, zudem befreundet mit dem Kronprinzen, Sohn eines derjenigen, die ehedem als »große Bürger Frankreichs« bezeichnet wurden, und Neffe einer Marschallin.

»Mir ist«, sagte er zu seinem Vater, »als hätte ich eine Kolik.

Ich verspüre eine süßliche Hitze unterhalb der Magengrube, und die macht mich beklommen . . .«

»Die ältesten Soldaten«, antwortete der Oberst, »empfanden ein ähnliches Gefühl, wenn zu Beginn der Schlacht die Kanonen zu dröhnen anfingen.«

»Wie wird das erst in der Abgeordnetenkammer werden ...?« fragte der Advokat.

»Der Graf de Gondreville hat uns gesagt«, antwortete der alte Offizier, »daß mehr als einem Redner diese und jene der kleinen Unannehmlichkeiten zustoßen, die für uns alte Haudegen den Beginn der Schlachten anzeigten. Und all das um ein paar unnützer Worte willen. Schließlich willst du doch Abgeordneter werden«, sagte der alte Herr und zuckte die Achseln, »dann sei es auch!«

»Lieber Vater, der Triumph bedeutet Cécile! Und Cécile stellt ein riesiges Vermögen dar! Heutzutage ist ein großes Vermögen die Macht.«

»Ach, wie die Zeiten sich geändert haben! Unter dem Kaiser hat man tapfer sein müssen!«

»Jede Zeit kann in einem Ausspruch resümiert werden!« sagte Simon zu seinem Vater und wiederholte damit eine Bemerkung des alten Grafen de Gondreville, die diesen Greis gut kennzeichnet. »Wenn man unter dem Kaiserreich jemandem den Garaus machen wollte, sagte man: ›Er ist ein Feigling!‹ Heutzutage sagt man: ›Er ist ein Gauner!‹«

»Armes Frankreich, wohin bist du gebracht worden ...!« rief der Oberst. »Ich gehe lieber wieder zu meinen Rosen.«

»Oh, bleib hier, Vater! Du hast doch hier die Schlüsselgewalt!«

Als erster fand sich der Bürgermeister Monsieur Philéas Beauvisage ein. Mit ihm kam der Nachfolger seines Schwiegervaters, der meistbeschäftigte Notar der Stadt, Achille Pigoult, der Enkel eines alten Herrn, der während der Revolution, des Kaiserreichs und der ersten Tage der Restauration in Arcis Friedensrichter geblieben war.

Achille Pigoult war etwa zweiunddreißig Jahre alt. Er war achtzehn Jahre lang Schreiber beim alten Grévin gewesen, ohne Aussicht zu haben, jemals Notar zu werden. Sein Vater, der Sohn des Friedensrichters von Arcis, der angeblich an einem

Schlagfluß gestorben war, hatte äußerst schlechte Geschäfte gemacht.

Der Graf de Gondreville, mit dem der alte Pigoult durch die Beziehungen von 1793 verbunden war, hatte das Geld für eine Kaution geliehen und auf diese Weise dem Enkel des Friedensrichters, der im Prozeß Simeuse die Voruntersuchung durchgeführt hatte, den Ankauf von Grévins Büro und Praxis erleichtert. Achille hatte sich am Kirchplatz niedergelassen, in einem Haus, das dem Grafen de Gondreville gehörte. Der Pair von Frankreich hatte es ihm zu einem so niedrigen Preis vermietet, daß leicht zu durchschauen war, welch großen Wert der durchtriebene Politiker darauf legte, den ersten Notar von Arcis stets in der Hand zu haben.

Der junge Pigoult, ein dürres Männlein, dessen Augen durch seine grüne Brille zu dringen schienen, die die Bosheit seines Blicks nicht milderte, war über alle Interessen der Stadt im Bilde. Der Gewohnheit des steten Umgangs mit geschäftlichen Dingen dankte er eine gewisse Leichtigkeit der Ausdrucksweise. Er galt als ein Spottvogel, und er sprach unverhohlen alles mit mehr Geist aus, als die Eingeborenen an ihre Unterhaltungen wandten. Der Notar war noch Junggeselle und erwartete eine reiche Heirat vom Wohlwollen seiner beiden Gönner, Grévins und des Grafen de Gondreville. Daher konnte der Advokat Giguet eine Geste der Überraschung nicht unterdrücken, als er Achille an der Seite Philéas Beauvisages erblickte. Der kleine Notar, dessen Gesicht mit so viel Blatternarben bedeckt war, daß es wirkte wie ein Netz aus weißen Fäden, bildete einen völligen Gegensatz zu der dicken Gestalt des Herrn Bürgermeisters, dessen Gesicht dem Vollmond ähnelte, aber einem fröhlichen.

Philéas' lilien- und rosenfarbener Teint wurde noch durch ein freundliches Lächeln gehoben, das indessen weniger von einer seelischen Anlage als von jener Beschaffenheit der Lippen herrührte, für die das Wort »puppig« gebildet worden ist. Philéas Beauvisage war mit einer so großen Selbstzufriedenheit begabt, daß er jedermann anlächelte, unter welchen Umständen auch immer. Sogar bei einem Begräbnis hätten seine puppigen Lippen gelächelt. Die überströmende Lebendigkeit seiner blauen, kindlichen Augen strafte jenes ewige, unerträgliche Lächeln nicht Lügen. Diese innerliche Genugtuung wirkte um so eher als eitel Wohlwollen und Leutseligkeit, als Philéas sich eine Ausdrucksweise zugelegt hatte, die sich durch den maßlosen Gebrauch von Höflichkeitsfloskeln auszeichnete. Stets hatte er »die Ehre«. Allen Erkundigungen nach der Gesundheit Abwesender verband er die Beiworte »lieb«, »gut« und »vortrefflich«. Er verschwendete Phrasen des Beileids oder der Komplimente bei allen kleinen Nöten oder Freuden des Menschenlebens. Auf diese Weise tarnte er mit einer Sintflut von Gemeinplätzen seine Unfähigkeit, seinen absoluten Mangel an Bildung und eine Charakterschwäche, die nur durch das ein wenig veraltete Wort »Wetterfahne« ausgedrückt zu werden vermag.

Man sei unbesorgt! Diese Wetterfahne hatte als Achse die schöne Madame Beauvisage, geborene Séverine Grévin, die berühmte Frau des Arrondissements. Als daher Madame Beauvisage das erfuhr, was sie betreffs der Wahlen als den »Schwabenstreich« ihres Mannes bezeichnete, hatte sie ihm am selben Morgen noch gesagt: »Du hast nicht übel daran getan, als du dir den Anschein der Unabhängigkeit gabst. Aber geh nicht zu der Zusammenkunft bei den Giguets, ohne daß du dich von Achille Pigoult begleiten läßt. Ich habe ihm schon gesagt, er solle dich abholen!« Achille Pigoult als Mentor Beauvisage zuzuerteilen, hieß das nicht, an der Versammlung bei den Giguets einen Spitzel der Partei Gondreville teilnehmen zu lassen? Deswegen kann sich jetzt jeder die Grimasse ausmalen, die Simons puritanisches Gesicht verzerrte, als er sich genötigt sah, einen Stammgast des Salons seiner Tante freundlich willkommen zu heißen, einen einflußreichen Wähler, in dem er fortan einen Feind sah.

»Ach!« sagte er sich, »wie falsch habe ich gehandelt, als ich ihm die Kaution ablehnte, als er mich darum bat! Der alte Gondreville ist intelligenter gewesen als ich ...«

»Guten Tag, Achille«, sagte er und setzte eine zwangslose Miene auf, »sicher werden Sie mir schwer zu schaffen machen...!«

»Ich glaube nicht, daß Ihre Zusammenkunft eine Verschwörung gegen die Unabhängigkeit unserer Stimmabgabe ist«, antwortete der Notar lächelnd. »Spielen wir nicht offenes Spiel?«

»Offenes Spiel!« wiederholte Beauvisage. Und der Bürgermeister begann das ausdruckslose Lachen zu lachen, mit dem manche Leute jeden ihrer Sätze abschließen, und das man den Kehrreim der Unterhaltung nennen sollte. Danach nahm der Herr Bürgermeister das ein, was man seine »dritte Pose« nennen muß. Er reckte sich auf, zog die Brust ein und faltete die Hände hinter dem Rücken. Er trug einen schwarzen Frack und eine schwarze Hose, dazu eine prächtige weiße Weste. Sie war halb offen, so daß zwei Diamantknöpfe im Wert von mehreren tausend Francs sichtbar waren. »Wir bekämpfen uns und sind nichtsdestoweniger gute Freunde«, fuhr Philéas fort. »Das macht das Wesen konstitutioneller Sitten aus! (He! he! he!) So verstehe ich die Ehe zwischen Monarchie und Freiheit. (Ha! ha! ha!)«

Dann nahm der Herr Bürgermeister Simons Hand und sagte zu ihm: »Wie ist das werte Befinden, lieber Freund? Ihrer guten Tante und unserem würdigen Oberst geht es heute morgen sicherlich ebensogut wie gestern ... wenigstens darf man das annehmen ...! (He! he! he!)«, fügte er mit einer Miene vollkommener Seligkeit hinzu. »... Vielleicht macht Ihnen die Zeremonie, die sich hier vollziehen soll, ein bißchen zu schaffen ... Ei, ja doch, junger Mann, wir treten also in die politische Laufbahn ein ... (Ha! ha! ha!) Dies ist unser erster Schritt ... es gibt kein Zurück mehr ... das ist ein großer Entschluß, und mir ist es lieber, daß Sie statt meiner sich in die Gewitter und Stürme der Abgeordnetenkammer stürzen (Hi! hi! hi!), wie angenehm es auch sein möge, in seiner Person (Hi! hi! hi!) ein Vierhundertdreiundfünfzigstel der souveränen Macht Frankreichs verkörpert zu sehen ...! (Hi! hi! hi!)«

Philéas Beauvisages Stimme hatte eine angenehme Klangfülle, die vollauf mit den Rundungen seines Gesichts harmonierte, das hellgelb gefärbt war wie ein Riesenkürbis, ferner mit seinem dicken Buckel und seiner breiten, gewölbten Brust. Jene Stimme, die ihrem Volumen nach zur Baßlage neigte, wurde samtig wie die eines Baritons und nahm in den Lachlauten, mit denen Philéas den Ausklang seiner Sätze begleitete, etwas Silbriges an. Hätte Gott zur Vervollständigung der Arten in sein irdisches Paradies einen Provinzbourgeois setzen wollen, so hätte er mit seinen Händen keinen schöneren, vollkommeneren Typus erschaffen können als Philéas Beauvisage.

»Ich bewundere den Opfermut derjenigen, die sich in die Ungewitter des politischen Lebens stürzen können ... (He! he! he!); dazu sind Nerven nötig, die ich nicht habe. Aber wer hätte uns 1812, 1813 gesagt, daß es mal so weit kommen würde ... Ich zweifle an nichts mehr in einer Zeit, da der Asphalt, das Gummi, die Eisenbahnen und die Dampfkraft den Erdboden, die Überröcke und die Entfernungen verändern. (He! he! he! he!)«

Diese letzten Worte wurden ausgiebig mit dem Lachen gewürzt, durch das Philéas die vulgären Scherze schmackhafter machte, die die Bürger sich leisten. Aber er begleitete sie mit einer Geste, die er sich zu eigen gemacht hatte: Er ballte die rechte Faust und schob sie in die gerundete Fläche der linken Hand, wobei er sie fröhlich darin rieb. Dieses Verhalten paßte zu seinem Lachen bei den häufigen Gelegenheiten, wo er glaubte, einen Geistesblitz von sich gegeben zu haben. Vielleicht erübrigt sich die Bemerkung, daß Philéas in Arcis als ein liebenswürdiger, reizender Mensch galt.

»Ich will versuchen«, antwortete Simon Giguet, »ein würdiger Vertreter ...«

»Der Hammel der Champagne zu sein«, unterbrach Achille Pigoult lebhaft seinen Freund.

Der Kandidat schluckte die Bosheit ohne zu antworten, da er zwei neuen Wählern entgegengehen mußte.

Der eine war der Wirt des ›Maulesels‹, des besten Wirtshauses in Arcis. Es liegt an der Grand-Place, an der Ecke der Rue de Brienne. Dieser würdige Gastwirt hieß Poupart. Er hatte die Schwester eines Dieners der Gräfin de Cinq-Cygne geheiratet, des berühmten Gothard, eines der Akteure in dem Kriminalprozeß. Dieser Gothard war seinerzeit freigesprochen worden. Obgleich Poupart einer der den Cinq-Cygnes ergebensten Einwohner von Arcis war, hatte ihn der Diener des Obersts Giguet so beharrlich und geschickt ausgehorcht, daß er einem Gegner der Cinq-Cygnes einen Streich zu spielen glaubte, wenn er seinen Einfluß für die Wahl Simon Giguets geltend machte. Und er hatte in diesem Sinne kurz zuvor mit einem Apotheker namens Fromaget gesprochen, der, da er das Schloß Gondreville nicht belieferte, sich nichts Besseres wünschte, als gegen die Kellers intrigieren zu können.

Diese beiden dem Kleinbürgertum angehörenden Persönlichkeiten konnten dank ihren Verbindungen über eine gewisse Anzahl von unschlüssigen Stimmen verfügen; denn sie berieten eine beträchtliche Zahl von Leuten, denen die politischen Anschauungen der Kandidaten gleichgültig waren. Daher bemächtigte sich der Advokat Pouparts und überlieferte den Apotheker seinem Vater, der im Begriff war, die schon angelangten Wähler zu begrüßen.

Der Unteringenieur des Arrondissements, der Sekretär des Bürgermeisteramts, vier Gerichtsvollzieher, drei Anwälte, der Schreiber des Gerichts und der des Friedensgerichts, die Einnehmer der direkten und der indirekten Steuern, zwei Ärzte, Konkurrenten Varlets, Grévins Schwager, ein Müller, die beiden Adjunkte Philéas', der Buchhändler und Druckereibesitzer von Arcis und ein Dutzend Bürger traten nacheinander an und gingen gruppenweise im Garten auf und ab. Sie warteten, bis die Versammlung so zahlreich war, daß die Sitzung eröffnet werden konnte. Endlich, gegen Mittag, nahmen etwa fünfzig Personen, sämtlich im Sonntagsstaat, auf den Sitzgelegenheiten Platz, die Madame Marion für sie vorbereitet hatte. Die meisten waren aus purer Neugierde gekommen, um die schönen Räume zu sehen, von denen im ganzen Arrondissement geredet wurde. Die Fenster wurden offengelassen, und bald herrschte eine so tiefe Stille, daß das Rascheln von Madame Marions Seidenkleid zu hören war. Sie hatte dem Verlangen nicht widerstehen können, in den Garten hinabzusteigen und sich an eine Stelle zu setzen, von der aus sie die Wähler hören konnte. Die Köchin, die Zofe und der Diener hielten sich im Eßzimmer auf und teilten die Aufgeregtheit ihrer Herrschaft.

»Meine Herren«, sagte Simon Giguet, »einige unter Ihnen wollen meinem Vater die Ehre erweisen, ihm den Vorsitz dieser Versammlung anzubieten. Aber Oberst Giguet beauftragte mich, Ihnen seinen Dank auszusprechen und Ihnen alle Dankbarkeit zu bekunden, die dieser Wunsch verdient. Er erblickt darin eine Belohnung für seine dem Vaterland geleisteten Dienste. Wir befinden uns im Haus meines Vaters, um seiner Hausherrnpflichten willen glaubt er, ablehnen zu müssen, und er schlägt Ihnen an seiner Statt einen ehrenhaften Kaufherrn vor, dem Ihre Stimmen bereits das erste Amt der Stadt anvertraut haben, nämlich Monsieur Philéas Beauvisage.«

»Bravo! Bravo!«

»Wir sind uns, wie ich glaube, alle einig, bei dieser – ihrem Wesen nach freundschaftlichen ... aber gänzlich freien – Zusammenkunft, die in nichts der großen, vorbereitenden Wahlversammlung Eintrag tut, bei der Sie die Kandidaten befragen, bei der sie deren Verdienste abwägen ... wir wollen also, sage ich, bei dieser Versammlung die konstitutionellen Formen der vom Volke gewählten Kammer nachahmen.«

»Ja! Ja!« wurde einstimmig gerufen.

»Folglich«, fuhr Simon fort, »habe ich die Ehre, nach dem einstimmigen Wunsch der Versammlung den Herrn Bürgermeister zu bitten, er möge den Sessel des Vorsitzenden einnehmen.« Philéas stand auf, durchschritt das Zimmer und spürte dabei, daß er rot wurde wie eine Kirsche. Als er dann hinter dem Tisch saß, sah er nicht hundert Augen, sondern hunderttausend Kerzenlichter. Mit einem Wort, die Sonne schien in diesem Raume die Rolle einer Feuersbrunst zu spielen, und er hatte, wie er sich ausdrückte, einen Kloß im Halse.

»Sie müssen danken!« flüsterte Simon ihm zu.

»Meine Herren ...« Es war so still, daß Philéas etwas wie Leibschmerzen verspürte.

»Was soll ich denn sagen, Simon?« entgegnete er ganz leise.

»Na, und?« fragte Achille Pigoult laut.

»Meine Herren«, sagte der Advokat, den der grausame Zwischenruf des kleinen Notars ärgerte, »die Ehre, die Sie dem Herrn Bürgermeister erweisen, kann ihn zwar überraschen, aber nicht wundern.«

»So ist es«, sagte Beauvisage, »ich bin viel zu empfänglich für diese Aufmerksamkeit meiner Mitbürger, um mich dadurch nicht über die Maßen geschmeichelt zu fühlen.«

»Bravo!« rief der Notar ganz allein.

»Der Teufel soll mich holen«, sagte sich Beauvisage, »wenn man mich je wieder dahinbringt, eine Rede zu halten ...«

»Wollen die Herren Fromaget und Marcellot die Funktionen der Stimmenzähler übernehmen?« fragte Simon Giguet.

»Es entspräche eher der Regel«, sagte Achille Pigoult und

stand auf, »wenn die Versammlung von sich aus die beiden Walter dieser Ämter erwählte, und sei es nur, um zu tun wie in der Kammer.«

»Das ist auch tatsächlich besser«, sagte der gewaltige Monsieur Mollot, der Gerichtsschreiber. »Denn sonst wäre, was hier geschieht, eine Komödie, und wir wären nicht frei. Warum sollte andernfalls nicht einfach damit fortgefahren werden, alles nach dem Wunsch Monsieur Simons zu regeln?«

Simon sagte ein paar Worte zu Beauvisage. Dieser stand auf und brachte ein »Meine Herren ...« hervor, das als eine Äußerung brennenden Interesses gelten konnte.

»Verzeihung, Herr Präsident«, sagte Achille Pigoult, »aber Sie sollen präsidieren und nicht diskutieren ...«

»Meine Herren, wenn wir ... mit den parlamentarischen Gebräuchen konform gehen wollen«, sagte Beauvisage, dem Simon soufflierte, »dann möchte ich ... den ehrenwerten Monsieur Pigoult bitten ... an dem Tisch hier ... das Wort zu ergreifen ...«

Pigoult hastete zu dem Teetisch hin, pflanzte sich daran auf, die Finger leicht auf die Kante gestützt, und legte einen Beweis seiner Kühnheit ab, indem er ohne Hemmung drauflos redete, fast wie der berühmte Monsieur Thiers.

»Meine Herren, der Vorschlag, zu tun wie in der Kammer, ist nicht von mir ausgegangen; denn bis heute sind die Kammern mir wahrhaftig als unnachahmlich erschienen. Nichtsdestoweniger habe ich nur zu sehr eingesehen, daß eine Versammlung von sechzig und einigen Notabeln der Champagne provisorisch einen Präsidenten einsetzen muß, da es keine Herde ohne Hirten gibt. Wenn wir in geheimer Wahl abgestimmt hätten, wäre, dessen bin ich sicher, unser schätzenswerter Bürgermeister einstimmig gewählt worden. Sein Widerstreben gegen die von seiner Familie unterstützte Kandidatur beweist uns, daß er im höchsten Maße Zivilcourage besitzt, weil er sich von den stärksten Banden, denen der Familie, freizumachen weiß! Das Vaterland über die Familie zu stellen, das kostet eine solche Anstrengung, daß wir, um dazu zu gelangen, uns zu sagen genötigt sind, daß seit zweitausendfünfhundert und einigen Jahren Brutus von der Höhe seines Richterstuhls aus uns mustert. Es dünkte den Advokaten Giguet, dem das Verdienst zukommt, unsere Gefühle hinsichtlich der

Wahl eines Präsidenten zu erraten, ganz natürlich, auch bei derjenigen der Stimmenzähler zu leiten. Aber als Sie meiner Bemerkung zustimmten, haben Sie wohl gemeint, es habe mit dem einen Mal sein Bewenden, und damit haben Sie recht gehabt! Unser gemeinsamer Freund Simon Giguet, der sich als Kandidat vorstellen soll, hätte den Anschein erweckt, er stelle sich als unser Herr und Meister vor, und dadurch hätte er uns das Wohltuende der bescheidenen Haltung vergessen lassen können, die sein verehrter Vater eingenommen hat. Was nun aber tut im gegenwärtigen Augenblick unser würdiger Präsident, wenn er sich zu der Art und Weise der Vorsitzführung bekennt, die der Kandidat ihm vorgeschlagen hat? Er beraubt uns unserer Freiheit! Ich frage Sie: Ist es zulässig, daß der Präsident unserer Wahl uns auffordert, durch Sitzenbleiben oder Aufstehen die beiden Stimmenzähler zu wählen ...? Dies hier, meine Herren, ist bereits eine Wahl. Könnten wir tatsächlich in Freiheit wählen? Kann man an der Seite seines Nachbars sitzen bleiben? Man könnte mir ja vorschlagen, es könne ja jeder aufstehen, wie ich glaube, aus Höflichkeit. Und da wir alle für jeden von uns aufstehen würden, fände gar keine Wahl statt, denn es würde ja notwendigerweise jeder von jedem gewählt werden.«

»Recht hat er«, sagten die sechzig Zuhörer.

»Also müßte jeder von uns zwei Namen auf einen Zettel schreiben, und die beiden, die sich neben den Herrn Präsidenten setzen dürfen, könnten sich dann als zwei Zierstücke der Gesellschaft betrachten. Sie werden befähigt sein, gemeinschaftlich mit dem Herrn Präsidenten die Mehrheit festzustellen, wenn wir durch Sitzenbleiben oder Aufstehen über die zu fassenden Beschlüsse die Entscheidung fällen. Wir sind hier, wie ich glaube, versammelt, um einem Kandidaten die Kräfte zu versprechen, über die jeder von uns bei der vorbereitenden Wahlversammlung verfügt, an der alle Wähler des Arrondissements teilnehmen werden. Diese Handlung ist, wie ich ausdrücklich erkläre, eine ernste Angelegenheit. Handelt es sich nicht um ein Vierhundertstel der Regierungsgewalt, wie der Herr Bürgermeister vorhin mit so schlagfertigem Geist erklärt hat, wie er für ihn bezeichnend ist und den wir von je geschätzt haben?«

Oberst Giguet zerschnitt ein Papierblatt in schmale Streifen, und Simon ließ einen Federhalter und ein Tintenfaß holen. Die Sitzung wurde vertagt. Diese einleitende Diskussion über die Geschäftsordnung hatte Simon bereits tief beunruhigt und die sechzig geladenen Bürgersleute aufmerken lassen. Es wurde jetzt mit der Beschriftung der Zettel begonnen, und es gelang dem durchtriebenen Pigoult, Monsieur Mollot, den Gerichtsschreiber, und Monsieur Godivet, den Steuereinnehmer, durchzubringen. Diese beiden Wahlergebnisse verstimmten, wie es nicht anders sein konnte, den Apotheker Fromaget und den Anwalt Marcellot.

»Sie haben zur Bekundung unserer Unabhängigkeit herhalten müssen«, sagte Achille Pigoult zu den beiden. »Seien Sie stolzer darauf, abgelehnt worden zu sein, als Sie es gewesen sein würden, wenn Sie gewählt worden wären.« Gelächter brodelte auf.

Simon Giguet stellte dadurch die Stille wieder her, daß er den Präsidenten ums Wort bat, dessen Hemd schon feucht war, und er raffte all seinen Mut zusammen und sagte: »Das Wort hat Monsieur Simon Giguet.«

»Meine Herren«, sagte der Advokat, »es sei mir gestattet, Monsieur Achille Pigoult zu danken. Er hat, wenngleich unsere Zusammenkunft rein freundschaftlich ist ...«

»Es ist die vorbereitende Versammlung für die große vorbereitende Versammlung«, sagte der Anwalt Marcellot.

»Eben das hatte ich erklären wollen«, entgegnete Simon. »Ich danke Monsieur Achille Pigoult vor allem dafür, daß er für die Strenge der parlamentarischen Formen eingetreten ist. Es geschieht zum erstenmal, daß das Arrondissement Arcis sich in voller Freiheit ...«

»In voller Freiheit?« unterbrach Pigoult den Redner.

»In voller Freiheit!« rief die Versammlung.

»In voller Freiheit«, fuhr Simon Giguet fort, »seiner Rechte in der großen Schlacht für die Wahl der Abgeordnetenkammer bedient. Und da wir in ein paar Tagen eine Versammlung veranstalten, an der sämtliche Wähler teilnehmen, um sich über die Eignung der Kandidaten ein Urteil zu bilden, müssen wir uns sehr glücklich schätzen, daß wir uns hier, im kleinen Ausschuß, an die bei dergleichen Versammlungen üblichen Gepflogenheiten haben gewöhnen können. Wir sind dadurch besser in der Lage, über die politische Zukunft der Stadt Arcis zu entscheiden. Denn heute handelt es sich darum, eine Stadt anstelle einer Familie zu substituieren, das Land anstelle eines Mannes . . .«

Danach verbreitete Simon sich über die Geschichte der Wahlen während der letzten zwanzig Jahre. Unter Billigung von François Kellers ständiger Wiederwahl sagte er, jetzt sei der Augenblick gekommen, das Joch der Familie Gondreville abzuschütteln. Arcis dürfte hinfort weder ein liberales Lehen noch ein Lehen der Cinq-Cygnes sein. Im gegenwärtigen Augenblick erhöben sich in Frankreich fortschrittliche Anschauungen, und diese würden nicht durch die Familie Keller repräsentiert. Der zum Vicomte ernannte François Keller gehöre den Hofkreisen an, würde also nicht mehr unabhängig sein; denn wenn er hier als Kandidat aufgestellt würde, so geschähe das sehr viel mehr aus dem Gedanken heraus, ihn zum Nachfolger in der Pairswürde seines Vaters als zum Nachfolger eines Abgeordneten zu machen, usw. usw. Kurzum, Simon stellte sich seinen Mitbürgern zur Wahl und verpflichtete sich, die Haltung des berühmten Monsieur Odilon Barrot einzunehmen und das ruhmreiche Banner des Fortschritts nie im Stich zu lassen.

Der »Fortschritt«, das war eins der Wörter, hinter denen man damals mehr lügnerischen Ehrgeiz als Ideen zu gruppieren trachtete. Denn nach 1830 konnte jenes Wort nur die Ansprüche von ein paar ausgehungerten Demokraten repräsentieren, machte indessen in Arcis noch großen Eindruck und gab denjenigen Halt und Ansehen, die es auf ihre Fahne geschrieben hatten. Sich als ein Mann des Fortschritts zu bezeichnen, hieß, sich zum Philosophen in allen Dingen und als Puritaner in der Politik aufzuwerfen. Auf diese Weise bekannte man sich zu den Eisenbahnen, zu wasserdichten Regenmänteln, zu Besserungsanstalten, zu Holzpflaster für die Straßen, zur Befreiung der Neger, zu Sparkassen, zu Schuhen ohne Naht, zur Gasbeleuchtung, zu Asphaltgehsteigen, zum allgemeinen Stimmrecht, zur Herabsetzung der Zivilliste. Kurzum, es hieß, sich gegen die Verträge von 1815 erklären, gegen die ältere Linie des Königshauses, gegen den nordischen Koloß[9], gegen das perfide Albion, gegen alles, was die Regierung an Gutem und Schlechtem unternahm. Wie man sieht, kann das Wort »Fortschritt« ebensogut »Nein!«

wie »Ja!« bedeuten ... Es war die Auffrischung des Wortes »Liberalismus« und somit ein neues Schlagwort für neue Regungen des Ehrgeizes.

»Wenn ich das, was zu tun wir hier zusammengekommen sind, recht verstanden habe«, sagte Jean Violette, ein Strumpffabrikant, der vor zwei Jahren die Firma Beauvisage gekauft hatte, »so handelt es sich darum, daß wir uns samt und sonders verpflichten, alle unsere Mittel dafür einzusetzen, daß Monsieur Simon Giguet bei den Wahlen anstelle des Grafen François Keller zum Abgeordneten gewählt wird. Wenn jeder von uns sich zu dieser Einstellung bekennt, brauchen wir lediglich mit ›Ja‹ oder ›Nein‹ abzustimmen.«

»Das hieße, allzu schnell zur Sache zu kommen! So kann man bei politischen Angelegenheiten nicht vorgehen, sonst wäre es keine Politik mehr!« rief Pigoult, dessen sechsundachtzigjähriger Großvater gerade den Saal betreten hatte. »Der Vorredner trifft bereits die Entscheidung über etwas, das, meinem bescheidenen Dafürhalten nach, mir erst das Thema der Diskussion zu sein scheint. Ich bitte ums Wort.«

»Das Wort hat Monsieur Achille Pigoult«, sagte Beauvisage; endlich vermochte er diesen Satz mit seiner munizipalen und konstitutionellen Würde auszusprechen.

»Meine Herren«, sagte der kleine Notar, »gäbe es in Arcis ein Haus, in dem man sich nicht gegen den Einfluß des Grafen de Gondreville und der Kellers erheben dürfte, wäre es dann nicht dieses ...? Der würdige Oberst Giguet ist hier der einzige, der nicht die Auswirkungen der Senatorenmacht verspürt hat, denn er hat ganz bestimmt niemals etwas vom Grafen de Gondreville erbeten, der ihn aus der Liste der Verbannten von 1815 hat streichen und ihm die Pension hat zukommen lassen, deren er sich erfreut, ohne daß der verehrungswürdige Oberst, unser aller Stolz, deswegen auch nur einen Finger gerührt hätte ...«

Ein für den alten Herrn schmeichelhaftes Gemurmel begrüßte diese Bemerkung.

»Aber«, fuhr der Redner fort, »die Marions sind von dem Grafen mit Wohltaten überschüttet worden. Ohne diese Protektion hätte der selige Oberst Giguet niemals das Kommando über die Gendarmerie des Départements Aube erhalten. Der selige

Monsieur Marion wäre nie Präsident des Kaiserlichen Gerichts geworden ohne die Unterstützung des Grafen, dem auch ich selber stets verpflichtet sein werde ...! Sie werden es somit ganz natürlich finden, daß ich in diesem Kreis als sein Fürsprecher auftrete ...! Mit einem Wort, es gibt in unserm Arrondissement keinen, der von jener Familie nicht mit Wohltaten bedacht worden wäre ...« (Es entstand ein Gemurmel.)

»Ein Kandidat sitzt immer auf dem Armensünderstuhl«, fuhr Achille feurig fort, »also bin ich berechtigt, ihn über sein Leben zu verhören, ehe ich die meiner Stimme innewohnende Macht auf ihn übertrage. Nun aber wünsche ich bei meinem Mandatsträger keine Undankbarkeit, denn mit der Undankbarkeit geht es wie mit dem Unglück, das eine zieht das andere nach sich. Wir seien, sagen Sie, das Sprungbrett der Kellers gewesen. Nun, was ich eben gehört habe, läßt mich fürchten, das Sprungbrett der Familie Giguet zu werden. Wir leben in einem positivistischen Jahrhundert, nicht wahr? Gut und schön, untersuchen wir doch mal, welches die Resultate der Wahl Simon Giguets für das Arrondissement Arcis sein würden. Es wird Ihnen etwas von Unabhängigkeit vorgeredet? Simon, den ich als Kandidaten malträtiere, ist mein Freund, wie er der Freund aller ist, die mir zuhören, und ich persönlich wäre sehr angetan davon, wenn ich es erlebte, daß er ein Redner der Linken und seinen Platz zwischen Garnier-Pagès[10] und Laffitte[11] einnehmen würde. Aber was würde dabei für das Arrondissement herauskommen ...? Das Arrondissement wird der Hilfeleistungen des Grafen de Gondreville und der Kellers verlustig gehen ... Wir alle jedoch bedürfen für einen Zeitraum von fünf Jahren beider. Es wird zu der Marschallin von Carigliano gegangen und um die Rehabilitierung eines schlecht angeschriebenen Leichtfußes gebeten werden. Wir bedürfen des Kredits der Kellers bei zahlreichen Angelegenheiten, die auf deren Empfehlungen hin entschieden werden. Wir haben es von je erlebt, daß der alte Graf de Gondreville ohne weiteres bereit war, uns unter die Arme zu greifen: Es genügte, aus Arcis zu sein, um bei ihm ohne langes Warten im Vorzimmer vorgelassen zu werden. Diese drei Familien kennen alle in Arcis ansässigen Familien ... Wo ist die Kasse der Familie Giguet, und wie groß wird ihr Einfluß in den

Ministerien sein . . .? Welchen Kredit besitzt sie an der Pariser Börse? Wenn wir unsere elende Holzbrücke in Stein neu bauen müssen, kann die Familie Giguet dann beim Département und beim Staat die erforderlichen Geldmittel durchsetzen . . .? Wenn wir Charles Keller wählen, verlängern wir einen Bündnis- und Freundschaftspakt, bei dem für uns bis zum heutigen Tage nichts als Vorteile herausgekommen sind. Wenn wir meinen guten, vortrefflichen Schulkameraden, meinen würdigen Freund Simon Giguet wählen, müssen wir uns auf Verluste gefaßt machen bis zu dem Tage, da er Minister wird! Ich kenne zur Genüge seine Bescheidenheit, als daß ich glauben könnte, er würde mich nicht Lügen strafen, wenn ich an seiner Ernennung zu diesem Posten zweifelte . . .! (Lachen). Ich bin zu dieser Versammlung gekommen, um gegen ein Geschehnis zu opponieren, das ich als verhängnisvoll für unser Arrondissement erachte. Charles Keller gehört den Hofkreisen an, könnte man mir sagen. Na, desto besser! Dann brauchen wir die Kosten seiner politischen Lehrjahre nicht zu bezahlen. Er weiß in den Staatsgeschäften Bescheid, er kennt sich in den parlamentarischen Notwendigkeiten aus, er ist näher daran, Staatsmann zu werden, als mein Freund Simon, der wohl nicht den Ehrgeiz hegt, sich in unserer armen kleinen Stadt Arcis zum Pitt oder Talleyrand aufzuwerfen . . .«

»Ihr entstammt Danton . . .!« rief Oberst Giguet, den diese nur allzu gerechte Improvisation wütend gemacht hatte.

»Bravo . . .!« Dieser Einwurf fand Beifall. Sechzig Männer klatschten in die Hände.

»Mein Vater ist ein heller Kopf«, sagte Simon ganz leise zu Beauvisage.

»Ich verstehe nicht, daß gelegentlich einer Wahl«, sagte der alte Oberst, der aufgesprungen und dem alles Blut ins Gesicht geschossen war, »an den Banden hin und her gezerrt wird, die uns mit dem Grafen de Gondreville verknüpfen. Das Vermögen meines Sohnes ist das seiner Mutter. Er hat den Grafen de Gondreville um nichts gebeten. Auch wenn der Graf gar nicht existierte, wäre Simon, der er ist: der Sohn eines Obersts der Artillerie, der seine Stellung dem dankt, was er geleistet, ein Advokat, der seine Gesinnung nie gewandelt hat. Ich würde dem Grafen de Gondreville laut ins Gesicht sagen: ›Wir haben

Ihren Schwiegersohn zwanzig Jahre lang gewählt. Heute wollen wir deutlich machen, daß wir, als wir ihn wählten, aus freiem Willen gehandelt haben, und wir nehmen einen Mann aus Arcis, um darzutun, daß der alte Geist von 1789, dem Sie Ihr Vermögen zu verdanken haben, noch immer in der Heimat der Danton, Malin, Grévin, Pigoult, Marion lebendig ist . . .« Da hatten sie es!

Und der alte Herr setzte sich wieder. Jetzt erhob sich großer Lärm. Achille tat den Mund zu einer Antwort auf. Beauvisage, der nicht geglaubt hätte, er sei Präsident, wenn er nicht seine Klingel geschwungen hätte, steigerte den Tumult dadurch, daß er Ruhe verlangte. Es war zu diesem Zeitpunkt zwei Uhr.

»Ich nehme mir die Freiheit, dem ehrenwerten Oberst Giguet, dessen Gefühle nur zu begreiflich sind, zu bedenken zu geben, daß er eigenmächtig das Wort ergriffen hat; und das verstößt gegen die parlamentarischen Gepflogenheiten«, sagte Achille Pigoult.

»Ich halte es nicht für erforderlich, den Oberst zur Ordnung zu rufen«, sagte Beauvisage. »Er ist Vater . . .« (Es trat wieder Stille ein.)

»Wir sind nicht hierhergekommen«, rief Fromaget, »um zu allem ja und Amen zu sagen, was die Herren Giguet Vater und Sohn wollen . . .« – »Nein! Nein!« schrie die Versammlung.

»Es geht schief!« sagte Madame Marion zu ihrer Köchin.

»Meine Herren«, fuhr Achille fort, »ich beschränke mich darauf, meinen Freund Simon Giguet kategorisch zu fragen, was er für unsere Interessen zu unternehmen gedenkt . . .!«

»Ja! Ja!«

»Seit wann«, fragte Simon Giguet, »wollen gute Bürger wie die von Arcis mit der heiligen Mission der Abgeordneten Schacher treiben?«

Man kann sich nicht vorstellen, was für eine Wirkung hochherzige Gefühle auf eine Versammlung ausüben. Man applaudiert den großen Maximen und stimmt dennoch für Verfall und Demütigung seines Landes wie ein Zuchthäusler, der die Bestrafung Robert Macaires wünscht, wenn er der Aufführung des Stückes beiwohnt und nichtsdestoweniger irgendeinem Monsieur Germeuil den Hals abschneidet.[12]

»Bravo!« riefen ein paar Wähler. »Das ist so echt Giguet!«

»Sie werden mich in die Kammer schicken, und wenn Sie es bloß darum täten, daß ich dort die Prinzipien verträte, die Prinzipien von 1789! Daß ich, wenn Sie es so wollen, vielleicht nur ein einzelner innerhalb der Opposition wäre, aber einer, der mit ihr zusammen abstimmt, der der Regierung ein Licht aufsteckt, der gegen die Mißbräuche zu Felde zieht und in jeder Hinsicht für den Fortschritt eintritt ...«

»Was verstehen Sie unter Fortschritt? Für uns besteht der Fortschritt darin, daß aus der Lause-Champagne[13] Ackerland gemacht wird«, sagte Fromaget.

»Fortschritt! Ich will Ihnen erklären, was ich darunter verstehe!« rief Giguet, der durch den Zwischenruf in Harnisch geriet.

»Fortschritt: Das ist die Rheingrenze für Frankreich«, sagte der Oberst, »und das Zerreißen der Verträge von 1815!«

»Fortschritt: das heißt, das Getreide immer sehr teuer verkaufen und das Brot immer wohlfeil bleiben lassen!« rief Achille Pigoult spöttisch. Er glaubte einen Witz zu machen, indem er einer der Unsinnigkeiten Ausdruck gab, die in Frankreich herrschen.

»Fortschritt ist das Glück aller, und es wird durch den Triumph der humanitären Doktrinen erreicht.«

»Was habe ich gesagt ...?« fragte der gerissene Notar die neben ihm Sitzenden.

»Pst! Ruhe! Zuhören!« riefen ein paar Wissensbegierige.

»Meine Herren«, sagte der dicke Mollot grinsend, »die Debatte kommt in Schwung, schenken Sie dem Redner Ihre Aufmerksamkeit, lassen Sie ihn sich erklären ...«

»In allen Zeiten des Übergangs, meine Herren«, fuhr Simon Giguet mit ernster Stimme fort, »und in einer dieser Zeiten befinden wir uns ...«

»Buh ...! Buh ...!« machte einer von Achille Pigoults Freunden, der über (im Zusammenhang mit Wahlen wundervolle) bauchrednerische Fähigkeiten verfügte. Ein tolles Gelächter überkam die Versammlung, die in erster Linie eine Versammlung von Bewohnern der Champagne war. Simon Giguet kreuzte die Arme und wartete, bis dieser Gewittersturm von Gelächter vorübergegangen war.

»Wenn hier der Anspruch erhoben worden ist, mir eine Lehre zu erteilen«, fuhr er fort, »und mir zu sagen, ich marschierte in der Heerschar der ruhmreichen Verteidiger der Menschenrechte, die Ruf auf Ruf laut werden lassen, Buch auf Buch veröffentlichen, ich bekennte mich zu dem unsterblichen Priester, der die Zivilliste überwacht, zu den Philosophen, die Ehrlichkeit für das Spiel mit unseren Institutionen verlangen, dann danke ich dem Unbekannten, der mich unterbrochen hat! Für mich ist der Fortschritt die Verwirklichung alles dessen, was uns von der Juli-Revolution versprochen worden ist, nämlich die Reform des Wahlrechts, nämlich die . . .«

»Dann sind Sie ja Demokrat!« rief Achille Pigoult.

»Nein«, widersprach der Kandidat. »Heißt es, Demokrat sein, wenn man die geregelte, legale Entwicklung unserer Institutionen wünscht? Für mich ist der Fortschritt die wiederhergestellte Brüderlichkeit unter den der großen französischen Familie Angehörenden, und wir können uns nicht verhehlen, daß viele Leiden . . .«

Um drei Uhr erklärte Simon Giguet noch immer den Fortschritt, und einige der Anwesenden ließen regelmäßige Schnarchlaute ertönen, die von tiefem Schlummer kündeten. Der boshafte Achille Pigoult hatte jedermann verpflichtet, fromm dem Redner zu lauschen, der sich in seine Phrasen und Umschreibungen verlor.

Um die gleiche Zeit blieben mehrere Gruppen von Bürgern, ob nun wahlberechtigt oder nicht, vor dem Schloß von Arcis stehen, dessen Gitter an der Place gelegen ist, wo sich die Eingangstür des Hauses Marion befindet.

Diese Place stellt eine Örtlichkeit dar, in die mehrere Landstraßen und Stadtstraßen einmünden. Es steht darauf eine Markthalle und dem Schloß gegenüber, an der andern Seite der Place, die nicht gepflastert ist und in die der Regen Rillen eingräbt, erstreckt sich ein herrlicher Promenadenweg, der die Bezeichnung »Seufzerallee« trägt. Gereicht dieser Name den Frauen der Stadt zur Ehre oder Schande? Diese Zweideutigkeit ist sicherlich ein Geistesblitz des Ortes. Zwei schöne, mit alten, sehr buschigen Linden bestandene Alleen führen von der Place zum Boulevard, der um die Stadt herumführt und einen weiteren

Spazierweg bildet. Er ist menschenverlassen wie alle Provinzpromenaden, auf denen man weit mehr ruhig umherliegende Schmutzhaufen als hastige Spaziergänger sieht, wie auf denen von Paris.

Gerade als Achille Pigoult auf dem Höhepunkt der Diskussion diese mit einer Kaltblütigkeit und einem Mut bis zum Dramatischen steigerte, die eines Redners im echten Parlament würdig gewesen wären, lustwandelten, nebeneinander hergehend, vier Persönlichkeiten unter den Linden eines der Seitenwege der Seufzerallee. Als sie auf der Place anlangten, hielten sie wie auf Verabredung inne und schauten zu den Einwohnern von Arcis hin, die das Schloß umsummten wie Bienen, die am Abend in ihren Korb zurückkehren. Jene vier Spaziergänger bilden die ganze Regierungspartei von Arcis: der Unterpräfekt, der Staatsanwalt, dessen Stellvertreter und Monsieur Martener, der Untersuchungsrichter. Der Gerichtspräsident ist, wie man bereits weiß, ein Parteigänger der älteren Linie des Königshauses und der ergebene Diener der Familie Cinq-Cygne.

»Nein, ich verstehe die Regierung nicht«, sagte der Unterpräfekt nochmals und zeigte auf die immer dichter werdenden Gruppen. »Bei einer so ernsten Lage der Dinge werde ich ohne Instruktionen gelassen ...«

»In dieser Hinsicht geht es Ihnen wie vielen Leuten!« antwortete Olivier Vinet lächelnd.

»Was haben Sie eigentlich der Regierung vorzuwerfen?« fragte der Staatsanwalt.

»Das Ministerium ist in großer Verlegenheit«, entgegnete der junge Martener. »Es weiß, daß dieses Arrondissement gewissermaßen den Kellers gehört, und es wird sich hüten, etwas gegen sie zu unternehmen. Dem einzigen Mann, der einen Vergleich mit Monsieur de Talleyrand aushält, muß man Schonung angedeihen lassen. Sie müßten den Polizeikommissar nicht zum Präfekten, sondern zum Grafen de Gondreville schicken.«

»Inzwischen«, sagte Frédéric Marest, »regt sich die Opposition, und Sie sehen ja, wie weit der Einfluß des Obersts Giguet sich erstreckt. Unser Bürgermeister Monsieur Beauvisage präsidiert bei dieser vorbereitenden Versammlung ...«

»Immerhin«, sagte Olivier Vinet tückisch zu dem Unterpräfekten, »ist Simon Giguet doch Ihr Freund, Ihr Schulkamerad. Er wird sich Monsieur Thiers anschließen, und Sie wagen nichts, wenn Sie seine Wahl begünstigen.«

»Das Ministerium kann mich noch vor seinem Sturz absetzen. Wir wissen zwar, wann wir entlassen werden, aber wir wissen nie, wann man uns zurückholt«, sagte Antonin Goulard.

»Der Krämer Coffinet . . .! Das ist jetzt der siebenundsechzigste Wähler, der zu Oberst Giguet hineingeht«, sagte Monsieur Martener. Er kam seinem Beruf als Untersuchungsrichter dadurch nach, daß er die Wähler zählte.

»Wenn Charles Keller wirklich der Kandidat der Regierungspartei ist«, sprach Antonin Goulard weiter, »hätte man es mir dann nicht sagen müssen, anstatt Simon Giguet Zeit zu lassen, sich der Geister zu bemächtigen?«

Die vier Persönlichkeiten gelangten langsamen Ganges an die Stelle, wo der Boulevard endet und zum öffentlichen Platz wird.

»Da kommt Monsieur Groslier!« sagte der Richter, als er einen Mann zu Pferde erblickte.

Dieser Reiter war der Polizeikommissar. Er gewahrte die auf der Straße beisammenstehende Regierung von Arcis und ritt auf die vier Beamten zu.

»Na, Monsieur Groslier . . .?« fragte der Unterpräfekt und ging dem Kommissar ein paar Schritte entgegen, um in einigem Abstand von den andern mit ihm zu plaudern.

»Monsieur«, sagte der Polizeikommissar leise, »der Herr Präfekt hat mich beauftragt, Ihnen eine traurige Nachricht zu überbringen. Der Herr Vicomte Charles Keller ist tot. Die Nachricht ist vorgestern telegrafisch in Paris eingetroffen, und die beiden Herren Keller, der Herr Graf de Gondreville, die Marschallin de Carigliano sind seit gestern auf Gondreville, also die ganze Familie. Abd-el-Kader[14] ist in Afrika wieder zur Offensive übergegangen, und der Krieg dort wird erbittert geführt. Der arme junge Herr ist eins der ersten Opfer der Feindseligkeiten. Sie sollen hier an Ort und Stelle, hat der Herr Präfekt mir gesagt, vertrauliche Instruktionen über die Wahl erhalten . . .«

»Durch wen . . .?« fragte der Unterpräfekt.

»Wenn ich das wüßte, wäre es nicht mehr vertraulich«, antwortete der Kommissar. »Der Herr Präfekt selber hat keine

Ahnung. Es wird, hat er mir gesagt, ein Geheimnis zwischen Ihnen und dem Minister sein.« Und nachdem er gesehen hatte, wie der glückliche Unterpräfekt einen Finger auf die Lippen legte und ihm Schweigen anempfahl, ritt er weiter.

»Nun, hat die Präfektur was Neues zu vermelden . . .?« fragte der Staatsanwalt, als Antonin Goulard wieder zu der von den drei Beamten gebildeten Gruppe zurückkam.

»Nichts allzu Erfreuliches«, antwortete Antonin mit geheimnisvoller Miene und schritt hurtiger aus, als wolle er die Justizbeamten loswerden.

Als sie schweigend auf der Mitte der Place anlangten, denn den drei Justizbeamten hatte die erkünstelte Eile des Unterpräfekten einen Stich versetzt, gewahrte Monsieur Martener die alte Madame Beauvisage, Philéas' Mutter. Es umstanden sie nahezu alle auf dem Platz versammelten Bürger, und sie schien ihnen etwas zu erzählen. Ein Anwalt namens Sinot, dessen Klientel aus den Royalisten des Arrondissements Arcis bestand und der es sich versagt hatte, zu Giguets Versammlung zu gehen, löste sich aus der Gruppe, lief zur Tür des Hauses Marion und schellte dort kräftig.

»Was geht da vor sich?« fragte Frédéric Marest, ließ sein Lorgnon fallen und wies den Unterpräfekten und den Richter auf diesen Umstand hin.

»Die Sache ist die, meine Herren«, antwortete Antonin Goulard, »daß Charles Keller in Afrika gefallen ist und daß dies Geschehnis Simon Giguet die schönsten Aussichten eröffnet! Sie kennen Arcis. Es konnte hier kein anderer Regierungskandidat aufgestellt werden als Charles Keller. Jeder andere hätte den Lokalpatriotismus gegen sich gehabt . . .«

»Ein solcher Hansnarr sollte gewählt werden . . .?« fragte Olivier Vinet lachend.

Der Staatsanwaltsstellvertreter war etwa dreiundzwanzig Jahre alt. Als ältester Sohn eines der berühmtesten Generalstaatsanwälte, der in seine hohe Stellung durch die Juli-Revolution gelangt war, hatte er seinen Eintritt in die Gerichtskarriere natürlich dem Einfluß seines Vaters zu verdanken. Jener Generalstaatsanwalt, der ständig wiedergewählte Abgeordnete der Stadt Provins, ist im Abgeordnetenhaus einer der Stützpfeiler der

Mitte. Daher hatte der Sohn, dessen Mutter eine Demoiselle de Chargeboeuf ist, eine Sicherheit in der Ausübung seiner Funktionen und in seinem Gehaben, aus der deutlich sprach, wieviel sein Vater galt. Er gab seiner Meinung über Menschen und Dinge unverhohlen Ausdruck. Er hoffte nämlich, nicht allzu lange in der Stadt Arcis zu bleiben und als Staatsanwalt nach Versailles versetzt zu werden, was ein verläßliches Sprungbrett für einen Posten in Paris ist. Die unbekümmerte Miene dieses kleinen Vinet, ein gewisser Juristendünkel, den die Gewißheit, seinen Weg zu machen, ihm lieh, ärgerten Fréderic Marest um so mehr, als ein Höchstmaß an bissiger Geistesschärfe dem ehrgeizigen Streben des Untergebenen noch zugute kam. Der Staatsanwalt, ein Mann von vierzig Jahren, der unter der Restauration sechs Jahre gebraucht hatte, um erster Staatsanwaltsstellvertreter zu werden, und den die Juli-Revolution im Gericht von Arcis vergessen hatte, obwohl er achtzehntausend Francs Zinsen hatte, saß unausgesetzt in der Klemme zwischen dem Verlangen, sich auf guten Fuß mit einem Generalstaatsanwalt zu stellen, der, wie so viele Abgeordnete, die zugleich Juristen waren, eines Tages Justizminister werden konnte, und der Notwendigkeit, seine Würde zu wahren.

Olivier Vinet war klein, schmächtig und blond. Er hatte ein fades Gesicht, das zwei grüne Augen voller Bosheit belebten. Er war einer jener spottsüchtigen, dem Vergnügen zugetanen jungen Leute, die sich darauf verstehen, das steife, schroffe, pedantische Wesen zur Schau zu tragen, mit dem die Richter sich wappnen, wenn sie zu Amt und Würden gelangt sind. Der große, dicke, kräftige und gravitätische Staatsanwalt hatte sich seit ein paar Tagen eine Methode ausgedacht, durch die er sich, was den unangenehmen Vinet betraf, aus der Affäre zog: Er behandelte ihn wie ein Vater ein verwöhntes Kind.

»Olivier«, antwortete er seinem Stellvertreter und klopfte ihm auf die Schulter, »jemand, der soviel Fassungskraft wie Sie besitzt, sollte bedenken, daß der Advokat Giguet Abgeordneter werden könnte. Sie hätten es fertiggebracht, Ihre Äußerung ebenso vor den Leuten von Arcis zu tun wie unter Freunden.«

»Es ist etwas gegen Giguet im Gange«, sagte da Monsieur Martener.

Dieser junge, etwas schwerfällige, indessen durchaus befähigte Mann war der Sohn eines Arztes in Provins. Er verdankte seine Stellung dem Generalstaatsanwalt Vinet, der längere Zeit in Provins Advokat gewesen war und die aus Provins Stammenden begönnerte wie der Graf de Gondreville die aus Arcis Stammenden. (Siehe ›Pierrette‹.)[15]

»Was denn?« fragte Antonin.

»Der Lokalpatriotismus wendet sich auf erschreckende Weise gegen einen Mann, den man den Wählern aufzwingt«, fuhr der Richter fort. »Aber wenn es sich für die guten Leute von Arcis darum handelt, einem der ihrigen hochzuhelfen, dann sind Eifersucht und Neid stärker als der Lokalpatriotismus.«

»Das klingt sehr einfach«, sagte der Staatsanwalt, »aber es stimmt nur zu sehr . . . Wenn Sie fünfzig regierungstreue Stimmen vereinen können, sind Sie wahrscheinlich Herr und Meister der Wahlen hier«, fügte er hinzu und schaute Antonin Goulard an.

»Es genügt, Simon Giguet einen Kandidaten entgegenzustellen, der von seinem Schlage ist«, sagte Olivier Vinet.

Der Unterpräfekt ließ sein Gesicht eine Regung der Befriedigung durchzucken, die keinem seiner drei Gefährten entgehen konnte. Er stand sich übrigens recht gut mit ihnen. Sie waren alle vier Junggesellen, alle vier ziemlich wohlhabend, und so hatten sie ohne eine bestimmte Absicht ein Bündnis geschlossen, um der Langweiligkeit der Provinz zu entgehen. Den drei Beamten war übrigens schon eine gewisse Eifersucht aufgefallen, die Goulard gegen Giguet hegte. Eine kurze Bemerkung über beider Vorleben dürfte sie verständlich machen.

Antonin Goulard war der Sohn eines ehemaligen Pikörs der Familie Simeuse, der durch den Kauf von Nationalgütern reich geworden war. Wie Simon Giguet stammte auch Antonin aus Arcis. Der alte Goulard, sein Vater, hatte die Abtei von Valpreux (Verstümmelung von Val-des-Preux)[16] verlassen, um nach dem Tode seiner Frau nach Arcis überzusiedeln, und er hatte seinen Sohn auf das kaiserliche Gymnasium geschickt, wie es der Oberst Giguet bereits ebenfalls mit seinem Sohn Simon getan hatte. Die beiden Landsleute waren also Schulkameraden geworden und studierten gemeinsam in Paris Jura. Ihre Freundschaft fand dort ihre Fortsetzung in den Amüsements der Jugend. Sie gelobten sich, einander beim Weiterkommen zu helfen, obwohl sie beide verschiedengeartete Laufbahnen eingeschlagen hatten. Aber das Schicksal wollte es, daß sie einander Nebenbuhler wurden. Aber ungeachtet Goulards ziemlich ausgeprägter Vorzüge, ungeachtet des Kreuzes der Ehrenlegion, das der Graf de Gondreville als Ersatz für die nicht stattgehabte Beförderung ihm verschafft hatte und dessen Bändchen in seinem Knopfloch leuchtete wie eine Blume, war das Angebot seines Herzens und seiner Stellung auf ehrenhafte Weise zurückgewiesen worden, als Antonin sich ein halbes Jahr vor dem Tage, da diese Geschichte beginnt, heimlich bei Madame Beauvisage eingefunden hatte.

In der Provinz bleibt kein Schritt dieser Art geheim. Der Staatsanwalt Frédéric Marest, dessen Vermögen, mit dem Ordensband geschmücktes Knopfloch, dessen Stellung denen Antonin Goulards völlig gleichkamen, hatte drei Jahre zuvor einen Korb bekommen, der mit dem Altersunterschied begründet worden war.

Daher verschanzten sich der Unterpräfekt und der Staatsanwalt den Beauvisages gegenüber innerhalb der Grenzen einer korrekten Höflichkeit und machten sich im kleinen Kreis über sie lustig. Beim Aufundabgehen hatten die beiden das Geheimnis der Kandidatur Simons erraten und einander mitgeteilt; denn am Abend zuvor hatten sie die Hoffnungen der Madame Marion durchschaut. Sie waren beide besessen von dem Gefühl, das den »Hund des Gärtners«[17] antreibt, und so erfüllte sie beide ein geheimes, gutwilliges Einverständnis, die Heirat des Advokaten mit der reichen Erbin zu hintertreiben, deren Hand ihnen verweigert worden war.

»Gebe Gott, daß ich Herr und Meister der Wahlen bleibe«, fuhr der Unterpräfekt fort, »und daß der Graf de Gondreville mich zum Präfekten ernennen läßt. Ich habe genausowenig Lust wie Sie, noch länger hier zu bleiben, obgleich ich aus Arcis bin.«

»Sie haben doch jetzt eine schöne Gelegenheit, sich zum Abgeordneten wählen zu lassen, lieber Chef«, sagte Olivier Vinet zu Marest . . . »Suchen Sie doch meinen Vater auf. Er langt sicherlich in ein paar Stunden in Provins an. Dann können wir ihn bitten, Sie als Kandidaten der Regierung aufstellen zu lassen . . .«

»Bleiben Sie hier«, entgegnete Antonin, »das Ministerium hat bestimmte Absichten über die Kandidatur von Arcis . . .«

»Ach, Unsinn! Schließlich gibt es zwei Ministerien: das, was die Wahlen zu gängeln glaubt, und das, was durch die Wahlen zu profitieren glaubt«, sagte Vinet.

»Wir wollen Antonins Schwierigkeiten nicht noch komplizierter machen«, antwortete Frédéric Marest und zwinkerte seinem Stellvertreter zu.

Die vier Justizbeamten, die inzwischen auf der Place weit über die Seufzerallee hinaus gelangt waren, gingen weiter bis zum Wirtshaus ›Zum Maulesel‹, wobei sie sahen, daß Poupart just das Haus der Madame Marion verließ. In diesem Augenblick spie der Torweg des Hauses die siebenundsechzig Verschwörer aus.

»Sie haben also jenes Haus betreten?« fragte ihn Antonin Goulard und zeigte auf die Mauern des Marionschen Gartens, die gegenüber den Pferdeställen des ›Maulesels‹ die Landstraße nach Brienne säumen.

»Ich setze keinen Fuß hinein, Herr Unterpräfekt«, antwortete der Gastwirt. »Monsieur Kellers Sohn ist tot, ich habe da nichts mehr zu tun. Gott hat es auf sich genommen, reinen Tisch zu machen . . .«

»Na, und was nun, Pigoult . . .?« fragte Olivier Vinet, als er die ganze Opposition der bei Madame Marion stattgehabten Versammlung kommen sah.

»Tja«, antwortete der Notar, auf dessen Stirn der von seinen Anstrengungen zeugende Schweiß noch nicht getrocknet war, »Sinot hat uns gerade eine Nachricht mitgeteilt, die sie alle einig gemacht hat. Mit Ausnahme von fünf Andersdenkenden, nämlich Poupart, meinem Großvater, Mollot, Sinot und mir haben alle geschworen, wie damals im Ballhaus, sich mit allen ihnen zur Verfügung stehenden Mitteln für den Triumph Simon Giguets einzusetzen. Ich selber habe ihn mir zum Todfeind gemacht. Oh, wir haben uns wacker erhitzt! Ich habe es immer so gedreht, daß die Giguets gegen die Gondrevilles vom Leder zogen! Auf diese Weise wird der alte Graf auf meiner Seite stehen. Schon morgen wird er alles wissen, was die sogenannten Patrioten von Arcis über ihn gesagt haben, über seine Korruptheit und seine Infamien. Dadurch werden sie seine Protektion los, oder sein Joch, wie sie sagen.«

»Dann sind sie also ein Herz und eine Seele«, sagte Olivier Vinet lächelnd.

»Für heute wenigstens«, antwortete Monsieur Martener.

»Oh!« rief Pigoult, »die allgemeine Stimmung der Wähler ist darauf gerichtet, einen Einheimischen zu wählen. Wen wollen Sie Simon Giguet entgegenstellen? Einen Mann, der vorhin zwei volle Stunden lang den Begriff ›Freiheit‹ erklärt hat ...«

»Schließlich könnten wir den alten Grévin nehmen!« rief der Unterpräfekt.

»Der hat keinen Ehrgeiz«, antwortete Pigoult. »Vor allem muß der Graf de Gondreville befragt werden. Sehen Sie nur, mit welcher Fürsorglichkeit er den alten, goldigen Trottel Beauvisage heimgeleitet«, sagte er und deutete auf den Advokaten, der den Bürgermeister am Arm führte und leise auf ihn einredete. Beauvisage grüßte nach rechts und links alle Einwohner, die ihn mit der Ergebenheit anschauten, die die Provinzler dem reichsten Mann ihrer Stadt zu bezeigen pflegen.

»Er betreut ihn als den Vater und den Bürgermeister!« entgegnete Vinet.

»Oh, er mag getrost scheinheilig die Augen verdrehen«, antwortete Pigoult, der den Hintergedanken im Wortspiel des Staatsanwaltsstellvertreters begriffen hatte, »Céciles Hand hängt weder vom Vater noch von der Mutter ab.«

»Von wem denn sonst ...?«

»Von meinem ehemaligen Chef. Auch wenn Simon zum Abgeordneten von Arcis gewählt werden würde, hätte er damit noch nicht gewonnenes Spiel ...«

Obgleich der Unterpräfekt und Frédéric Marest auch zu Pigoult sagen mochten, was sie wollten, er weigerte sich, diese Äußerung zu erläutern. Sie schien ihnen trächtig von Ereignissen zu sein und enthüllte eine gewisse Kenntnis der Absichten der Familie Beauvisage.

Ganz Arcis war in Bewegung, und zwar nicht nur um der Trauernachricht willen, die kurz zuvor an die Familie Gondreville gelangt war, sondern mehr noch des großen Entschlusses wegen, der im Haus der Giguets gefaßt worden war. Dort waren im gegenwärtigen Augenblick die drei Dienstboten und Madame Marion damit beschäftigt, alles wieder instand zu setzen, damit sie am Abend ihre Stammgäste empfangen konnten, die sicherlich die Neugier samt und sonders herlocken würde.

Die Champagne erweckt den Anschein, als sei sie ein armes Land, und sie ist ja auch nichts als ein armes Land. Im allgemeinen wirkt sie trübselig. Das Gelände ist dort flach. Durchquert man die Dörfer und sogar die Städte, so gewahrt man nur schäbige Bauten aus Holz oder Lehm. Die luxuriösesten sind aus Backstein. Kaum für die öffentlichen Gebäude wird Haustein verwendet. Deshalb sind in Arcis das Schloß, das Gerichtsgebäude und die Kirche die einzigen Steinbauten. Dennoch ist die Champagne oder, wenn man will, sind die Départements Aube, Marne und Haute-Marne bereits reich mit jenen Weinpflanzungen begabt, die Weltruf besitzen, und überdies findet sich dort eine Fülle blühender Gewerbezweige.

Auch wenn man die Manufakturen von Reims außer acht läßt, ist fast die gesamte Wirkwarenfabrikation Frankreichs, ein beachtlicher Handelszweig, um Troyes angesiedelt. In einem Umkreis von zehn Meilen ist das Land von Handwerkern bevölkert, deren Gewerbe, wenn man durch die Dörfer geht, man durch die offenen Türen wahrnehmen kann. Jene Handwerker stehen mit Kommissionären in Verbindung, und diese wieder mit einem Spekulanten, der als Fabrikant bezeichnet wird. Dieser Fabrikant nun steht in Geschäftsbeziehungen zu Pariser Firmen oder oft auch mit den einfachen, kleinen Detailhändlern. Beide führen Aushängeschilder, auf denen das Wort »Wirkwarenfabrik« zu lesen steht. Aber weder die einen noch die andern fertigen einen Strumpf, eine Mütze oder eine Socke an. Die Wirkwaren kommen nur zum großen Teil aus der Champagne, denn es gibt auch in Paris Handwerker, die mit denen der Champagne den Wettbewerb aufnehmen können. Dieser Zwischenhandel zwischen Erzeuger und Verbraucher ist kein nur für die Wirkerei typischer Übelstand. Es gibt ihn in den meisten Handelszweigen, und er verteuert die Ware um den vollen, von Zwischenhändlern eingestrichenen Gewinn. Die kostspieligen Trennwände niederzureißen, die dem Verkauf der Erzeugnisse schaden, wäre ein grandioses Unternehmen, das durch seine Ergebnisse die Wichtigkeit einer politischen Tat erlangen würde. Tatsächlich würde die ganze Industrie dabei gewinnen, wenn sie im Inland so billig verkaufte, wie es nach dem Ausland erforderlich ist, um den Konkurrenzkampf mit dem Ausland siegreich zu bestehen. Diese Schlacht ist genauso mörderisch wie die mit Waffen geführte.

Aber die Beseitigung von Mißbräuchen dieser Art würde den modernen Philanthropen nicht den Ruhm und die Vorteile eintragen wie die Polemik für die faulen Nüsse der Negrophilie oder der Strafrechtsreform. Daher wird der Schleichhandel dieser »Bankiers in Waren« noch geraume Zeit auf den Produzenten und den Erzeugern lasten. In Frankreich, diesem so geistreichen Land, scheint Vereinfachen dasselbe zu sein wie Zerstören. Die Revolution von 1789 erweckt dort nach wie vor Angstgefühle.

Man sieht aus dem Gewerbefleiß, den ein von der Natur stiefmütterlich behandeltes Gebiet entfaltet, welche Fortschritte dort die Landwirtschaft machen würde, wenn das Kapital sich bereit fände, den Boden zu kommanditieren, der in der Champagne nicht undankbarer als in Schottland ist, wo das Kapital Wunder vollbracht hat. Daher wird an dem Tage, wo die Landwirtschaft der unfruchtbaren Teile jener Départements Herr geworden ist, da die Industrie einiges Kapital auf die Kreide der Champagne gesät hat, der Wohlstand sich verdreifachen. Gegenwärtig gibt es dort keinen Luxus, die Behausungen sind ärmlich. Aber der Komfort der Engländer wird in das Land eindringen, das Geld wird den raschen Umlauf erreichen, der schon die Hälfte des Reichtums ist und der in vielen unerschlossenen Gebieten Frankreichs bereits einsetzt.

Die Schriftsteller, die Verwaltungsfachleute, die Kirche von den Kanzeln herab, die Presse mittels ihrer Spalten, alle, denen der Zufall die Macht verleiht, die Massen zu beeinflussen, müßten es sagen und immer wieder sagen: Sparen ist ein soziales Verbrechen. Die unvernünftige Sparsamkeit der Provinz hemmt das Leben der Industrie und beeinträchtigt die Gesundheit der Nation.

Auf diese Weise ist die Kleinstadt Arcis, die keinen Durchgangshandel und keinen Fremdenverkehr hat, dem Anschein nach zu völliger sozialer Reglosigkeit verurteilt, und dabei eine verhältnismäßig reiche Stadt, voller Kapital, das sich langsam durch die Herstellung von Wirkwaren angesammelt hat.

Monsieur Philéas Beauvisage war der Alexander oder, wenn man will, der Attila dieses Geschäftszweigs. Folgendermaßen hatte dieser ehrenwerte Industrielle seine Suprematie über die Baumwolle erobert. Er war der einzige überlebende Sohn der Eheleute Beauvisage, die ehemals Pächter der prächtigen, vom Gutsbesitz Gondreville abhängigen Farm Bellache gewesen waren. Die Eltern hatten 1811 ein Opfer gebracht, um ihn vor der Einziehung zum Militärdienst zu bewahren; sie hatten einen Ersatzmann gekauft. Seither hatte die inzwischen Witwe gewordene Mutter Beauvisage ihren einzigen Sohn 1813 abermals vor der Einberufung zu den Gardes d'Honneur bewahrt, dank der Fürsprache des Grafen de Gondreville. Im Jahre 1813 war Philéas einundzwanzig Jahre alt gewesen und hatte sich schon seit drei Jahren dem friedlichen Handel mit Wirkwaren gewidmet. Da damals der Pachtvertrag auf Bellache ablief, hatte die alte Pächtersfrau seine Verlängerung abgelehnt. Sie glaubte für ihre alten Tage genug damit zu tun zu haben, wenn sie ihr Erworbenes nutzbar machte. Damit nichts ihr Alter trübe, wollte sie bei Monsieur Grévin, dem Notar von Arcis, die Liquidation der Erbschaft ihres Mannes betreiben, obwohl ihr Sohn keine Abrechnung von ihr verlangte. Daraus ergab sich, daß sie ihm etwa hundertfünfzigtausend Francs schuldete. Die gute Frau verkaufte nichts von ihrem Landbesitz, dessen Großteil von dem unglücklichen Michu stammte, dem früheren Verwalter der Familie Simeuse. Sie übergab die Summe in bar ihrem Sohn und legte ihm dabei nahe, die Firma seines Chefs zu übernehmen, des Sohns des alten Friedensrichters, dessen Geschäfte so schlecht geworden waren, daß, wie bereits gesagt, gemutmaßt wurde, er sei freiwillig aus dem Leben geschieden. Philéas Beauvisage, ein vernünftiger, von Achtung für seine Mutter erfüllter junger Mensch, hatte den Handel mit seinem Chef bald geschlossen, und da er von seinen Eltern den Schädelbuckel geerbt hatte, mit dem die Phrenologen den »Erwerbssinn« verbinden, wirkte sich sein jugendlicher Eifer auf diesen Erwerbszweig aus, der ihn wunderbar dünkte und den er durch Spekulation erweitern wollte. Der Vorname Philéas, der als ungewöhnlich anmuten könnte, ist eine der tausend Absonderlichkeiten, die der Revolution zu verdanken sind. Die Beauvisages waren der Familie Simeuse verbunden und folglich gute Katholiken. Sie hatten ihr Kind taufen lassen wollen. Der Pfarrer von Cinq-Cygne, den die Pächtersleute befragten, riet ihnen, dem Sohn den heiligen Philéas als Schutzpatron zu geben. Dieser griechische Name werde die Obrigkeit zufriedenstellen. Das Kind war nämlich zu einer Zeit zur Welt gekommen, da die Kinder unter den wunderlichen Namen des republikanischen Kalenders in das Zivilstandsregister eingetragen wurden.

Im Jahre 1814 war der Wirkwarenhandel, der in normalen Zeitläuften kein allzu riskantes Geschäft ist, von allen Schwankungen der Baumwollpreise abhängig. Der Baumwollpreis nun aber hing vom Triumph oder der Niederlage des Kaisers Napoleon ab, dessen Gegner, die englischen Generale, in Spanien zu sagen pflegten: »Die Stadt ist genommen, laßt die Baumwollballen vorrücken . . .«

Pigoult, der Ex-Chef des jungen Philéas, lieferte seinen Arbeitern auf dem Lande den Rohstoff. Zu der Zeit, da er sein Handelshaus an den jungen Beauvisage verkaufte, besaß er einen gehörigen Posten Baumwolle, die er bei voller Hausse gekauft hatte, während von Lissabon aus Riesenmengen zu sechs Sous das Kilo in das Kaiserreich eingeführt wurden, und zwar auf Grund des berüchtigten kaiserlichen Dekrets. Der in Frankreich durch die Einführung dieser Baumwolle bewirkte Preisrückgang war die Ursache für den Tod Pigoults, Achilles' Vater, und der Beginn von Philéas' Vermögen. Denn weit davon entfernt, wie sein Chef den Kopf zu verlieren, verschaffte er sich einen Mittelpreis, indem er billig die doppelte Menge der von seinem Vorgänger übernommenen Baumwolle kaufte. Diese einfache Idee erlaubte es Philéas, seine Produktion zu verdreifachen und sich als Wohltäter der Arbeiter aufzuspielen. Er konnte seine Wirkwaren mit Gewinn über Paris und Frankreich ausschütten, während die Glücklichsten höchstens zum Einkaufspreis verkauften. Zu Beginn des Jahres 1814 waren Philéas' Lagerräume geleert. Die Aussicht auf einen Krieg im Inland, dessen unselige Begleiterscheinungen in der Hauptsache auf der Champagne lasten mußten, machte ihn vorsichtig. Er ließ nichts fabrizieren, machte seine Kapitalien in Gold flüssig und hielt sich für jedes Ereignis bereit.

Zu jener Zeit waren die Zollschranken hingeschwunden. Für seinen Kampf auf französischem Gebiet hatte der Kaiser seine dreißigtausend Zöllner nicht entbehren können. Die durch tausend in die Hecke unserer Grenzen geschlagene Lücken eingeführte Baumwolle schob sich auf alle Märkte Frankreichs. Man kann sich nicht vorstellen, wie intelligent und flink zu jener Zeit die Baumwolle war, und auch nicht, mit welcher Gier sich die Engländer eines Landes bemächtigten, wo Baumwollstrümpfe sechs Francs kosteten und wo Perkalhemden ein Gegenstand des Luxus waren! Die zweitrangigen Fabrikanten, die wichtigsten Hersteller, hatten auf das Genie Napoleons gesetzt und die aus Spanien gekommene Baumwolle gekauft. Sie hatten in der Hoffnung gearbeitet, später den Pariser Händlern die Preise diktieren zu können. Philéas behielt das alles im Auge. Als dann der Krieg die Champagne verheerte, hielt er sich zwischen der französischen Armee und Paris auf. Nach jeder verlorenen Schlacht fand er sich bei den Arbeitern ein, die das von ihnen Gefertigte in Fässer gepackt hatten, die Silos der Wirkerei. Und dann kaufte dieser Kosak des Strumpfhandels, Gold in der Hand, von Dorf zu Dorf unter Herstellungspreis die mit Waren gefüllten Tonnen auf, die ja von einem Tag zum andern die Beute des Feindes werden konnten, dessen Füße ebenso mit Strümpfen versehen werden mußten wie der Schlund mit Feuchtigkeit.

Philéas entfaltete unter diesen unglückseligen Umständen eine Tatkraft, die fast der des Kaisers glich. Dieser General der Strickwaren führte auf dem Gebiet des Handels den Feldzug von 1814 mit einem Mut durch, von dem niemand etwas weiß. Eine Meile hinter dem Ort, vor dem der Heerführer sich um eine Meile weiter nach vorn befand, raffte er siegreich baumwollene Mützen und Strümpfe an sich, auf dem gleichen Gelände, wo der Kaiser durch seine Rückschläge unsterblichen Lorbeer pflückte. Das Genie war auf beiden Seiten das gleiche, obwohl es sich in andersgearteten Sphären auswirkte, und obwohl der eine eine gleich große Zahl von Köpfen bedecken wollte, wie der andere welche fallen ließ. Da Philéas sich die Transportmittel schaffen mußte, um seine Tonnen voll Wirkwaren in Sicherheit zu bringen, die er in einem Pariser Vorort einlagerte, requirierte er häufig Pferde und Packwagen, als gehe es dabei um das Heil des Kaiserreichs. Aber galt die Majestät des Handels nicht ebensoviel wie die Napoleons? Hatten die englischen Kaufleute, nachdem sie für Europa bezahlt hatten, nicht den Koloß gestürzt, der ihre Läden bedroht hatte ...? Zu der Zeit, da der Kaiser in Fontainebleau abdankte, war der triumphierende Philéas in seiner Branche zum Herrn des Marktes geworden. Durch seine geschickten Manöver hielt er den Baumwollpreis niedrig und verdoppelte sein Vermögen in dem Augenblick, da die glücklichsten Fabrikanten noch diejenigen waren, die ihre Waren mit fünfzig Prozent Verlust losschlagen konnten. Im Besitz von dreihunderttausend Francs kehrte er nach Arcis zurück. Für die Hälfte davon kaufte er Staatsrentenpapiere, die auf sechzig standen und ihm fünfzehntausend Francs Zinsen abwarfen. Hunderttausend Francs wurden dazu bestimmt, das für sein Handelsunternehmen erforderliche Kapital zu verdoppeln. Den Rest benutzte er zum Bau, zur Möblierung und zur Ausschmückung eines schönen Hauses an der Place du Pont in Arcis.

Bei der Rückkehr des triumphierenden Wirkwarenhändlers wurde natürlich Monsieur Grévin sein Vertrauensmann. Der Notar hatte damals eine einzige, zwanzigjährige Tochter unter die Haube zu bringen. Grévins Schwiegervater, der vierzig Jahre lang in Arcis Arzt gewesen war, lebte noch. Grévin war bereits Witwer; er kannte das Vermögen der Mutter Beauvisage. Er glaubte an die Tatkraft, die Fähigkeit eines jungen Mannes, der den Mut aufgebracht hatte, den Feldzug von 1814 auf diese Weise zu führen. Séverine Grévin hatte als Mitgift das Vermögen ihrer Mutter, sechzigtausend Francs. Was konnte der alte Biedermann Varlet Séverine hinterlassen? Höchstens die gleiche Summe. Grévin war damals fünfzig Jahre alt. Er hatte Angst, er werde sterben. Er glaubte unter der Restauration keine Gelegenheit mehr zu finden, seine Tochter nach seinem Geschmack zu verheiraten. Er hatte nämlich für sie ehrgeizige Pläne gehegt. Unter diesen Umständen brachte er es klug zuwege, sich von Philéas um die Hand seiner Tochter bitten zu lassen.

Séverine Grévin, ein gut erzogenes, schönes Mädchen, galt zu jener Zeit als eine der guten Partien von Arcis. Überdies konnte eine verwandtschaftliche Bindung mit dem intimsten Freund des Senators Grafen de Gondreville, der Pair von Frankreich geblieben war, dem Sohn eines Pächters von Gondreville nur zur Ehre gereichen. Die Witwe Beauvisage hätte ein Opfer gebracht, um dazu zu gelangen. Doch als sie von dem Erfolg ihres Sohnes erfuhr, nahm sie davon Abstand, ihm ein Heiratsgut zu geben. Das war eine weise Zurückhaltung, die der Notar auf der Stelle nachahmte. So wurde denn die Ehe zwischen dem Sohn eines ehedem den Simeuses so getreuen Pächters mit der Tochter eines ihrer grausamsten Feinde vollzogen. Vielleicht war das die einzige Anwendung, die Ludwigs XVIII. Ausspruch: »Eintracht und Vergessen« fand.

Bei der zweiten Rückkehr der Bourbonen starb der alte Arzt Monsieur Varlet im sechsundsiebzigsten Lebensjahr und hinterließ in seinem Keller zweihunderttausend Francs in Gold, abgesehen von seinem sonstigen Besitz, der den gleichen Wert darstellte. Auf diese Weise hatten Philéas und seine Frau ab 1816 unabhängig von ihrem Geschäft dreißigtausend Francs Zinsen; denn Grévin hatte das Vermögen seiner Tochter in Immobilien anlegen wollen, und dem hatte Beauvisage sich durchaus nicht widersetzt. Die Summen, die Séverine Grévin aus der Erbschaft ihres Großvaters zufielen, ergaben kaum fünfzehntausend Francs Einkünfte, trotz der schönen Gelegenheiten zu Anlagen, denen der alte Grévin nachgespürt hatte.

Jene beiden ersten Jahre genügten für Madame Beauvisage und Grévin, Philéas' abgründige, alberne Dummheit zu durchschauen. Der alte Notar hatte die blitzschnell zugreifende kaufmännische Raffgier für die Auswirkung einer überlegenen Befähigung gehalten, gerade wie ihn die Jugend Kraft gedünkt hatte, das Glück für Genialität in Geschäftsdingen. Aber Philéas konnte zwar lesen, schreiben und gut rechnen, hatte aber niemals auch nur das mindeste gelesen. Er war von krasser Unbildung, nicht das kleinste Gespräch konnte man mit ihm führen, stets wartete er mit einer Sintflut von freundlich dargebrachten Gemeinplätzen auf. Einzig in seiner Eigenschaft als Pächterssohn mangelte es ihm nicht an gesundem, kaufmännischem Menschenverstand. Die Worte anderer mußten saubere, klare, faßbare Vorschläge ausdrücken. Er jedoch wartete seinem Gegner nie mit gleicher Münze auf. Philéas war gutmütig und sogar zartsinnig. Er weinte bei der geringsten rührseligen Geschichte. Zumal diese Güte war es, was ihn seine Frau hochachten ließ. Ihre Überlegenheit löste in ihm die tiefste Bewunderung aus. Séverine war eine Frau, die den Kopf voller Einfälle hatte. Wie Philéas behauptete, wußte sie schlechthin alles. Sie sah um so richtiger, als sie ihren Vater in allen Dingen um Rat fragte. Schließlich besaß sie noch große Charakterfestigkeit, und durch diese wurde sie zur absoluten Herrin. Seit dies Ergebnis erreicht worden war, empfand der alte Notar weniger Reue, da er ja seine Tochter glücklich sah, weil sie eine Oberherrschaft ausübte, wie sie Frauen dieser Charakteranlage stets zur Genugtuung gereicht. Aber es blieb die Frau, das Weibliche. Folgendes, so hieß es, hatte die Frau gefunden.

Während der Reaktion von 1815 wurde nach Arcis als Unterpräfekt ein Vicomte de Chargeboeuf geschickt. Er entstammte dem armen Zweig, und er wurde auf die Fürsprache der Marquise de Cinq-Cygne hin ernannt, mit deren Familie er verwandt war. Der junge Herr blieb fünf Jahre lang Unterpräfekt. Die schöne Madame Beauvisage, so hieß es, sei nicht unbeteiligt an diesem für seine Beförderung viel zu langen Verbleiben des Vicomte in dieser Unterpräfektur gewesen. Dennoch wollen wir uns beeilen, zu sagen, daß die Gerüchte nie durch einen der Skandale bestätigt worden sind, durch die in der Provinz Liebschaften enthüllt werden, die vor den Argusaugen der Kleinstadt so schwer zu verbergen sind. Wenn Séverine den Vicomte de Chargeboeuf geliebt hat, wenn sie von ihm geliebt worden ist, dann sei das in aller Harmlosigkeit und in allen Ehren geschehen, sagten die Freunde Grévins und Marions. Diese zweifache Koterie zwang ihre Meinung dem ganzen Arrondissement auf. Allein auf die Royalisten hatten die Marions und die Grévins keinen Einfluß, und die Royalisten hatten den Unterpräfekten für überaus glücklich gehalten.

Sobald die Marquise de Cinq-Cygne erfuhr, was über ihren Verwandten in den Schlössern herumgeredet wurde, ließ sie ihn nach Cinq-Cygne kommen. Und ihr Abscheu vor allen denen, die den Handlungsträgern der Justiztragödie, die für ihre Familie so verhängnisvoll gewesen war, näher oder ferner standen, war so groß, daß sie es dem Vicomte zur Pflicht machte, sich einen andern Aufenthaltsort zu suchen. Sie setzte die Versetzung ihres Vetters nach der Unterpräfektur Sancerre durch und versprach ihm eine Präfektur. Einige intelligente Beobachter behaupteten, der Vicomte habe lediglich den leidenschaftlich Verliebten gespielt, um Präfekt zu werden, denn er habe ja um den Haß der Marquise gegen den Namen Grévin gewußt. Andern fiel die Koinzidenz zwischen dem Auftauchen des Vicomte de Chargeboeuf in Paris und den Reisen auf, die Madame de Beauvisage unter den nichtigsten Vorwänden nach dort unternahm.

Ein unvoreingenommener Historiker geriete in große Verlegenheit, wenn er sich eine Meinung über Geschehnisse bilden müßte, die in dem Mysterium des Privatlebens begraben liegen. Nur ein einziger Umstand hat dem Anschein nach für die Sache der üblen Nachrede gesprochen. Cécile-Renée Beauvisage war 1820 geboren worden, zu dem Zeitpunkt, da Monsieur de Chargeboeuf seine Unterpräfektur verließ, und unter den Vornamen des glücklichen Unterpräfekten findet sich der Name René. Dieser Name nun aber wurde von Céciles Paten gegeben, dem Grafen de Gondreville. Hätte die Mutter etwas dagegen eingewendet, daß ihre Tochter diesen Namen erhielt, so würde sie dadurch irgendwie die Beargwöhnungen bestätigt haben. Da die Welt immer recht haben will, galt das für eine Bosheit des alten Pairs von Frankreich. Madame Keller, die Tochter des Grafen, die den Vornamen Cécile trug, war die Taufpatin. Was nun die Ähnlichkeit der Cécile-Renée Beauvisage betrifft, so ist sie frappant! Die junge Dame ähnelt weder ihrem Vater noch ihrer Mutter, und im Lauf der Zeit ist sie das lebende Abbild des Vicomte geworden. Auch dessen aristokratische Umgangsformen weist sie auf. Diese doppelte, moralische und physische Ähnlichkeit ist von den Bewohnern von Arcis, wohin der Vicomte nicht mehr zurückkehrte, nie bemerkt worden.

Übrigens hatte Séverine Philéas auf ihre Art glücklich gemacht. Er hatte eine Schwäche für gute Küche und die Behaglichkeiten des Lebens. Sie wartete ihm mit den erlesensten Weinen, mit einer Tafel auf, die eines Bischofs würdig gewesen wäre. Dafür sorgte die beste Köchin des Départements. Aber all das geschah, ohne daß irgendwelcher Luxus zur Schau getragen wurde. Das Haus wurde nach dem Zuschnitt des bürgerlichen Lebens der Stadt Arcis geführt. In Arcis lautet die gängige Redensart, man müsse bei Madame Beauvisage speisen und den Abend bei Madame Marion verbringen.

Das Übergewicht, das die Restauration im Arrondissement Arcis der Familie Cinq-Cygne einräumte, hatte natürlich die Bande zwischen allen Familien der Gegend enger geknüpft, die etwas mit dem Kriminalprozeß um Gondrevilles Entführung zu tun gehabt hatten. Die Marions, die Grévins und die Giguets schlossen sich um so enger aneinander an, als der Triumph ihrer Einstellung, der sogenannten ›konstitutionellen‹, bei den Wahlen eine vollkommene Harmonie verlangte.

Aus purer Berechnung beschäftigte Séverine Philéas Beauvisage mit dem Wirkwarenhandel, auf den jeder andere als er hätte verzichten können. Sie schickte ihn auf Geschäftsreisen nach Paris und aufs Land. Daher verdiente Philéas, der auf diese Weise seinem Erwerbstrieb frönen konnte, bis 1830 jedes Jahr eine Summe, die derjenigen seiner Ausgaben gleichkam, ganz abgesehen von den Zinsen seiner Kapitalien, eben dadurch, daß er sein Gewerbe in aller Bequemlichkeit ausübte, sozusagen in Pantoffeln, um eine gängige Redewendung zu gebrauchen. Die Zinsen des Vermögens des Ehepaars Beauvisage, die seit fünfzehn Jahren durch Grévins sorgsame Verwaltung zum Kapital geschlagen wurden, mußten also im Jahre 1830 fünfhunderttausend Francs ergeben. Soviel betrug zu jener Zeit auch tatsächlich Céciles Mitgift, die der alte Notar in dreiprozentigen Rentenpapieren anlegte, die damals auf fünfzig standen, was überdies noch dreißigtausend Francs Zinsen ergab. Auf diese Weise täuschte sich niemand bei der Abschätzung des Vermögens der Beauvisages, von dem damals angenommen wurde, daß es achtzigtausend Francs Zinsen ergebe. Seit 1830 hatten sie ihre Wirkwarenhandlung an Jean Violette verkauft, einen ihrer Kommissionäre, den Enkel eines der Hauptbelastungszeugen im Prozeß Simeuse, und hatten danach ihre Kapitalien, die auf dreihunderttausend Francs geschätzt wurden, angelegt. Aber Monsieur und

Madame Beauvisage hatten ja Aussicht auf die beiden Erbschaften, des alten Grévin und der alten Pächtersfrau Beauvisage, von der angenommen wurde, daß sie zwischen fünfzehn- und zwanzigtausend Francs Zinsen bringen würde. Die großen Vermögen in der Provinz sind das Ergebnis der Zeit, multipliziert mit der Sparsamkeit. Dreißig Jahre des Alterns sind dort stets ein Kapital.

Wenn das Ehepaar Beauvisage Cécile als Mitgift eine Summe gab, die fünfzigtausend Francs Zinsen brachte, so behielten sie für sich immer noch jene beiden Erbschaften, dreißigtausend Francs Zinsen und ihr Haus in Arcis. War die Marquise de Cinq-Cygne erst gestorben, so konnte Cécile ganz sicher den jungen Marquis heiraten. Aber die Gesundheit jener Dame, die mit ihren sechzig Jahren noch kräftig und fast schön war, tötete jene Hoffnung, sofern sie überhaupt in den Herzen Grévins und seiner Tochter eine Stätte gehabt hatte, wie ein paar Leute behaupteten, die sich über die Körbe wunderten, die so respektablen Männern wie dem Unterpräfekten und dem Staatsanwalt erteilt worden waren.

Das Haus der Beauvisages, eines der schönsten in Arcis, liegt an der Place du Pont, in der Verlängerung der Rue Vide-Bourse, an der Ecke der Rue du Pont, die bis zur Place de l'Eglise ansteigt. Obwohl es, wie viele Häuser in der Provinz, weder Hof noch Garten hat, macht es dort einen gewissen Eindruck, trotz seines geschmacklosen Zierwerks. Die Haustür, aber eine zweiflügelige, geht auf den Platz hinaus. Die Fenster des Erdgeschosses bieten nach der Straße zu den Ausblick auf das Gasthaus ›Zur Post‹, und über den Platz hinweg die Aussicht auf die ziemlich malerische Aube-Landschaft. Die Flußschiffahrt beginnt unterhalb der Brücke. Oberhalb der Brücke befindet sich ein weiterer kleiner Platz. Dort wohnt Monsieur Grévin, und dort beginnt die Landstraße nach Sézanne. Sowohl nach der Straße wie nach dem Platz hin wirkt das sorgfältig weiß angestrichene Haus der Beauvisages, als sei es aus Stein erbaut worden. Die hohen Jalousien, die Außenumrahmungen der Fenster, alles trägt dazu bei, dieser Behausung ein gewisses Ansehen zu geben, das durch den im allgemeinen schäbigen Anblick der Häuser von Arcis noch gesteigert wird. Diese sind fast sämtlich aus Holz und mit einem Bewurf bedeckt, mittels dessen die Solidität des Steins vorgetäuscht werden soll. Dennoch ermangeln jene Häuser nicht einer gewissen Naivität, eben weil jeder Architekt oder jeder Bürger sich den Kopf zerbrochen hat, wie das Problem zu lösen sei, das diese Bauart aufwirft. Man erblickt auf jedem der Plätze, die sich an beiden Seiten der Brücke befinden, ein Musterbeispiel dieser für die Champagne typischen Bauten.

In der Mitte der am Platz gelegenen Häuserreihe, zur Linken des Hauses des Ehepaars Beauvisage, erblickt man das weinhefefarben getünchte, mit grün gestrichenen Holzteilen aufwartende, gebrechliche Geschäftshaus des Jean Violette. Er ist der Enkel des berüchtigten Pächters von Grouage, eines der Hauptzeugen in der Affäre der Entführung des Senators. Jenem Violette hatte Beauvisage im Jahre 1830 seinen Betrieb und seine Geschäftsverbindungen abgetreten. Wie es hieß, hatte er ihm auch Geld geliehen.

Arcis hat eine Holzbrücke. Hundert Meter von dieser Brücke entfernt, flußaufwärts, führt eine zweite Brücke über die Aube, auf der sich die hohen Holzbauten einer Mühle mit mehreren Gängen erheben. Der Raum zwischen der öffentlichen Brücke und der Privatbrücke bildet ein großes Becken, an dessen Ufern große Häuser stehen. Durch einen bogenförmigen Ausschnitt und oberhalb der Dächer gewahrt man die Anhöhe, auf der das Schloß von Arcis, seine Gärten, sein Park, seine Ringmauern und seine Bäume gelegen sind, die den Oberlauf der Aube und die mageren Weidewiesen des linken Ufers überragen.

Das Rauschen der Aube, die jenseits der Mühlenbrücke über ein Wehr hinabstürzt, die Musik der Räder, auf die das aufgepeitschte Wasser in das Bassin fällt und dort Kaskaden bildet, beleben die Rue du Pont und heben sich von der Ruhe des Flusses ab, der abwärts zwischen den Gärten Monsieur Grévins dahinfließt, dessen Haus an der Ecke der Brücke am linken Ufer liegt, und zwischen dem Hafen am rechten Ufer, wo die Flußkähne vor einer Reihe ziemlich armseliger, aber pittoresker Häuser ihre Waren entladen. Die Aube schlängelt sich in die Ferne zwischen weit auseinander oder enggedrängt stehenden Bäumen einher, großen oder kleinen, mit mannigfachem Laubwerk, je nach der Laune der Uferanlieger.

Die Physiognomie der Häuser ist so abwechslungsreich, daß ein Tourist dort je eine Probe der Häuser aller Länder finden würde. So steht im Norden, am Ufer des Beckens, in dessen Wassern sich Enten tummeln, ein gewissermaßen südliches Haus, dessen Dach sich unter Ziegeln mit Traufen beugt, wie es in Italien üblich ist. Daneben liegt ein Gärtchen, das von einer Ecke des Uferdamms gestützt wird. Darin stehen Reben, eine Laube und ein paar Bäume. In manchen Einzelheiten erinnert es an Rom, wo am Ufer des Tiber einige Häuser einen ähnlichen Anblick bieten. Gegenüber, auf dem anderen Ufer, steht ein großes Haus mit vorspringendem Dach und Galerien, das einem Schweizerhaus ähnelt. Um die Illusion zu vervollständigen, gewahrt man zwischen diesem Bauwerk und dem Wehr eine ausgedehnte Wiese mit dem Schmuck ihrer Pappeln, die ein kleiner, sandiger Weg durchquert. Und schließlich verkörpert der Schloßbau, der um so imposanter wirkt, als er von so gebrechlichen Häusern umgeben ist, den Glanz der französischen Aristokratie.

Obgleich die beiden Stadtgegenden an der Brücke von dem Weg nach Sézanne durchschnitten werden, einer schauderhaften Landstraße in schlechtem Zustand, und obgleich sie der belebteste Teil der Stadt sind, da das Friedensgericht und das Bürgermeisteramt von Arcis an der Rue Vide-Bourse gelegen sind, würde ein Pariser diese Stätte über die Maßen ländlich und einsam finden. Jene Gegend ist so urtümlich, daß man auf der Place du Pont, gegenüber dem Gasthaus ›Zur Post‹, einen Ziehbrunnen sehen kann. Ein ganz ähnlicher hat sich einmal in dem prächtigen Hof des Louvre befunden!

Nichts verdeutlicht das Provinzleben besser als die tiefe Stille, die diese Kleinstadt einhüllt und die auch an ihrem belebtesten Punkt herrscht. Man kann sich sehr leicht vorstellen, in welchem Maß die Anwesenheit eines Fremden, und bleibe er nur einen halben Tag dort, beunruhigend wirkt, mit welcher Schaubegier sich aus allen Fenstern Gesichter beugen, um ihn zu beobachten, und in welchem Zustand des einander Bespitzelns die Einwohner leben. Das Leben gewinnt dort einen so klösterlichen Anstrich, daß mit Ausnahme der Sonn- und Festtage ein Fremder auf den Ringpromenaden, auf der Seufzerallee, nirgendwo, jemandem begegnet, nicht einmal auf der Straße. Jetzt vermag jedermann einzusehen, warum das Erdgeschoß des Hauses des Ehepaars Beauvisage auf gleicher Höhe mit der Straße und dem Platz lag. Der Platz diente ihm als Hof. Wenn der ehemalige Wirkwarenhändler an sein Fenster trat, konnte er nacheinander die Place de l'Eglise, die beiden Brückenplätze und die Landstraße nach Sézanne überblicken. Er sah die Postkutscher und die Reisenden am Gasthaus ›Zur Post‹ anlangen. Und schließlich gewahrte er an Sitzungstagen das Menschengewoge am Friedensgericht und vor dem Bürgermeisteramt. Deswegen hätte Beauvisage sein Haus nicht einmal gegen das Schloß eingetauscht, trotz dessen herrschaftlichem Aussehen, seinen Hausteinen und seiner herrlichen Lage.

Wenn man Beauvisages Haus betrat, sah man eine Säulenhalle vor sich, in deren Hintergrund eine Treppe anstieg. Zur Rechten gelangte man in ein geräumiges Wohnzimmer, dessen beide Fenster auf den Platz hinausgingen, und zur Linken in ein schönes Eßzimmer mit Fenstern nach der Straße hin. Der erste Stock diente als Wohnung.

Obgleich die Beauvisages vermögend waren, bestand ihr Hauspersonal lediglich aus der Köchin und einer Zofe, einer Art Bäuerin, die häufiger wusch, bügelte und bohnerte, als sie Madame und Mademoiselle beim Ankleiden half. Die beiden waren es gewohnt, einander zur Hand zu gehen, um sich die Zeit zu vertreiben. Seit dem Verkauf der Wirkwarenhandlung waren Philéas' Pferd und Kutschwagen, die im Gasthaus ›Zur Post‹ Unterkunft gefunden hatten, außer Dienst gestellt und verkauft worden.

Als Philéas heimkam, hatte seine Frau, die von dem Beschluß der Versammlung bei Giguet vernommen hatte, ihre Halbstiefelchen angezogen und ihren Schal umgelegt. Sie wollte zu ihrem Vater gehen, denn sie konnte sich nur zu gut ausmalen, daß Madame Marion ihr am Abend einige Eröffnungen bezüglich Céciles und Simons machen würde. Er berichtete seiner Frau von Charles Kellers Tode und fragte sie in aller Harmlosigkeit, was sie darüber denke: »Was sagst du dazu, Frau?« Darin offenbarte sich seine Gewohnheit, in allen Belangen Séverines Meinung zu respektieren. Dann nahm er in einem Sessel Platz und wartete auf eine Antwort.

Im Jahre 1839 war Madame Beauvisage vierundvierzig Jahre alt, hatte sich aber so gut gehalten, daß sie für Mademoiselle Mars[18] hätte einspringen können. Erinnert man sich der bezauberndsten Célimène[19], die das Théâtre-Français je gehabt hat, so hat man eine genaue Vorstellung vom Äußeren Séverine Grévins. Es war die gleiche Üppigkeit der Formen, die gleiche Schönheit des Gesichts, die gleiche Reinheit der Konturen. Aber die Frau des Wirkwarenhändlers war von kleinem Wuchs, und so fehlte ihr die noble Anmut, die Koketterie à la Sévigné[20], durch die die große Schauspielerin in der Erinnerung derer fortlebt, die das Kaiserreich und die Restauration erlebt haben.

Das Provinzleben und die geringe Nachlässigkeit in der Kleidung, der Séverine seit zehn Jahren nachgab, liehen ihrem schönen Profil und ihren schönen Zügen etwas Vulgäres, und ein Bäuchlein hatte ihren Körper entstellt, der während der zwölf ersten Ehejahre zu herrlich gewesen war. Allein Séverine glich diese Unvollkommenheiten durch einen herrscherlichen, hochfahrenden, gebieterischen Blick und eine gewisse stolze Kopfhaltung aus. Ihr noch schwarzes, langes, dichtes Haar war auf dem Kopf zu einem aus Flechten bestehenden Aufbau zusammengefügt worden und lieh ihr ein jugendliches Aussehen. Ihre Brust und ihre Schultern waren schneeig, aber rundlich und üppig, so daß es die Beweglichkeit ihres zu kurz geratenen Halses hinderte. An den Enden ihrer dicken, molligen Arme hingen hübsche kleine, leider zu fette Hände. Mit einem Wort, sie strotzte so sehr von Leben und Gesundheit, daß ihre Haut oberhalb der Schuhe zwar in Grenzen gehalten wurde, aber dennoch einen leichten Wulst bildete. Ihre Ohren schmückten zwei Ringe, deren jeder tausend Taler wert war. Sie trug eine Spitzenhaube und rosa Schleifen, einen Überwurf aus Wollmusselin mit abwechselnd rosa und flachsgrauen Streifen, mit grünen Borten gesäumt, der sich unten öffnete und einen mit schmaler Valenciennespitze besetzten Unterrock sehen ließ, sowie einen grünen Kaschmirschal mit Pailletten, dessen Spitze am Boden schleppte. Ihre Füße schienen sich in den Schnürstiefeln aus bronziertem Leder nicht wohl zu fühlen.

»Schwerlich haben Sie so großen Hunger«, sagte sie und richtete den Blick auf Beauvisage, »daß Sie nicht eine halbe Stunde warten könnten. Mein Vater ist jetzt mit dem Essen fertig, und ich kann nicht in Ruhe essen, ohne zu wissen, was er denkt und ob wir nach Gondreville fahren müssen.«

»Geh nur, geh nur, Beste, ich warte auf dich«, sagte der Wirkwarenhändler.

»Mein Gott, ob ich es Ihnen je abgewöhnen kann, mich zu duzen?« sagte sie und vollführte dabei eine ziemlich bezeichnende Schulterbewegung.

»Seit 1817 ist mir das im Dabeisein anderer Leute nie passiert«, sagte Philéas.

»Vor den Dienstboten und vor Ihrer Tochter passiert es Ihnen immerfort.«

»Ganz wie Sie wollen, Séverine«, antwortete Beauvisage traurig.

»Vor allem sagen Sie Cécile kein Wort von dieser Entscheidung der Wähler«, fügte Madame Beauvisage hinzu und legte sich vor dem Spiegel ihren Schal zurecht.

»Möchtest du, daß ich mit dir zu deinem Vater gehe?« fragte Philéas.

»Nein, bleiben Sie bei Cécile. Muß uns heute übrigens nicht Jean Violette den Rest seiner Kaufsumme zahlen? Sicher kommt er und bringt seine zwanzigtausend Francs. Schon dreimal hat er uns jetzt um drei Monate vertröstet. Gewähren Sie ihm keinen Aufschub mehr. Und wenn er nicht bei Kasse ist, dann bringen Sie seinen Wechsel zu Courtel, dem Gerichtsvollzieher. Die Sache muß in Ordnung kommen, erheben Sie Klage. Achille Pigoult kann Ihnen sagen, wie Sie es anstellen müssen, damit wir zu unserm Gelde kommen. Dieser Violette ist der würdige Sohn seines Großvaters! Ich halte ihn für durchaus fähig, bankrott zu machen und sich dadurch zu bereichern.

»Er ist recht intelligent«, sagte Beauvisage.

»Sie haben ihm für dreißigtausend Francs eine Kundschaft und ein Geschäft überlassen, was beides bestimmt fünfzigtausend Francs wert war, und im Lauf von acht Jahren hat er Ihnen bloß zehntausend Francs gezahlt . . .«

»Ich bin niemals gegen einen Schuldner gerichtlich vorgegangen«, antwortete Beauvisage, »und ich will lieber mein Geld verlieren als einen armen Kerl quälen . . .«

»Einen Kerl, der sich über Sie ins Fäustchen lacht!«

Beauvisage blieb stumm. Da er auf diese grausame Bemerkung keine Antwort fand, blickte er auf die Bohlen, die den Fußboden des Wohnzimmers bildeten. Vielleicht ließe sich das allmähliche Hinschwinden von Beauvisages Intelligenz und Willenskraft durch den Mißbrauch erklären, den er mit dem Schlafe trieb. Er ging jeden Abend um acht zu Bett und stand am andern Morgen um acht auf. Seit zwanzig Jahren schlief er seine zwölf Stunden, ohne daß er jemals nachts aufgewacht wäre, oder, wenn dieses gewichtige Geschehnis einmal eingetreten war, dann hatte es für ihn ein außergewöhnliches Ereignis gebildet, von dem er dann den ganzen Tag lang sprach. Für seine Toilette brauchte er etwa eine Stunde. Seine Frau hatte ihm nämlich angewöhnt, beim Frühstück vor ihr immer nur rasiert, sauber und angezogen zu erscheinen. Als er sich noch als Kaufmann betätigt hatte, hatte er nach dem Frühstück das Haus verlassen, war seinen Geschäften nachgegangen und erst zur Hauptmahlzeit zurückgekehrt. Seit 1832 hatte er seine Geschäftsgänge durch einen Besuch bei seinem Schwiegervater und durch einen Spaziergang ersetzt, oder durch Besuche in der Stadt. Bei jedem Wetter trug er Stiefel, eine blaue Tuchhose, eine weiße Weste und einen blauen Frack. Diese Art der Kleidung war ebenfalls von seiner Frau verlangt worden. Seine Wäsche zeichnete sich durch eine Weiße und eine Feinheit aus, die um so mehr ins Auge fielen, als Séverine ihn zwang, sie täglich zu wechseln. Diese an sein Äußeres gewendete Sorgfalt, die in der Provinz etwas Seltenes ist, trug dazu bei, daß er in Arcis als das betrachtet wurde, was man in Paris für einen eleganten Mann ansieht.

Von außen her betrachtet, mutete dieser würdige, ernste Händler mit baumwollenen Wirkwaren an wie eine Persönlichkeit. Seine Frau war nämlich klug genug gewesen, niemals eine Äußerung zu tun, durch die die Öffentlichkeit von Arcis über ihre Enttäuschung und die Nichtigkeit ihres Mannes ins Vertrauen gezogen worden wäre. Dank seinem Lächeln, seinen überhöflichen Redensarten und seinem Auftreten als reicher Mann galt er für einen der bedeutendsten Mitbürger. Es hieß, Séverine sei deswegen so eifersüchtig, so daß sie ihn daran hindere, an Abendgesellschaften teilzunehmen, während doch Philéas die

Rosen und Lilien seiner Gesichtsfarbe durch einen schweren, glücklichen Schlaf pflegte.

Beauvisage lebte, wie es ihm gefiel, wurde von seiner Frau verhätschelt, von seinen beiden Hausangestellten gut bedient und von seiner Tochter umschmeichelt. Er behauptete, er sei der glücklichste Mensch von ganz Arcis, und das war er ja auch. Séverines Empfindungen für diese Null von Mann entbehrten nicht des schirmenden Mitleids einer Mutter für ihre Kinder. Sie tarnte die harten Worte, die sie ihm gelegentlich sagen mußte, mit einer scherzenden Miene. Es gab keine ruhigere Ehe, und Philéas' Abneigung gegen Abendgesellschaften, bei denen er einschlief, bei denen er nicht mitspielen konnte, da er kein einziges Kartenspiel kannte, hatte Séverine gänzlich die Oberherrschaft bei ihren geselligen Abendveranstaltungen eingeräumt. Céciles Kommen machte Philéas' Verlegenheit ein Ende. Er rief: »Wie schön bist du doch!«

Madame Beauvisage fuhr jäh herum und warf der Tochter einen durchbohrenden Blick zu, der sie erröten ließ.

»Aber Cécile, wer hat Ihnen gesagt, Sie sollten so große Toilette machen . . .?« fragte die Mutter.

»Gehen wir heute abend etwa nicht zu Madame Marion? Ich habe mich so angezogen, weil ich sehen wollte, wie mein neues Kleid mir steht.«

»Cécile, Cécile!« sagte Séverine, »warum wollen Sie Ihre Mutter hinters Licht führen . . .? Das ist nicht wohlgetan, ich bin unzufrieden mit Ihnen, Sie wollen mit irgendeinem Gedanken hinterm Berge halten . . .«

»Was hat sie denn getan?« fragte Beauvisage. Er war entzückt, seine Tochter so herausgeputzt zu erblicken.

»Was sie getan hat? Das werde ich ihr schon sagen . . .«, stieß Madame Beauvisage hervor und drohte ihrer einzigen Tochter mit dem Finger.

Cécile stürzte auf ihre Mutter zu, küßte sie auf die Wangen und liebkoste sie. Für einige Töchter ist das ein Mittel, recht zu behalten.

Cécile Beauvisage, ein junges, neunzehnjähriges Mädchen, hatte gerade ein flachsgraues, mit Schnüren von dunklerem Grau besetztes Seidenkleid angezogen, das vorn wie ein Überrock aussah. Das ärmellose Oberteil war mit Knöpfen besetzt, lief vorn spitz zu und wurde hinten geschnürt wie ein Korsett. Ebenjenes falsche Korsett hob auf das vollkommenste Rücken, Hüften und Brüste hervor. Der mit drei Reihen von Fransen garnierte Rock warf reizende Falten und kündete durch Schnitt und Machart von dem Können einer Pariser Schneiderin. Ein hübsches, spitzenbesetztes Busentuch bedeckte die Brust. Die Erbin hatte um den Hals sehr elegant ein kleines rosa Tuch geschlungen. Auf dem Kopf trug sie einen Strohhut mit einem Moosröschen. Ihre Hände steckten in schwarzen, fingerlosen Filethandschuhen. Sie hatte Schnürstiefelchen aus bronziertem Leder an. Kurzum, bis auf ihre sonntägliche Miene wirkte sie wie eine der gezeichneten Figurinen in den Modezeitschriften, was Céciles Eltern entzücken mußte. Übrigens war Cécile gut gewachsen, mittelgroß und vollkommen proportioniert. Ihr kastanienbraunes Haar hatte sie, der Mode von 1839 entsprechend, in zwei dicke Zöpfe geflochten, die ihr Gesicht umrahmten und am Hinterkopf wieder zusammentrafen. Ihr gesundes Gesicht bildete ein vornehmes Oval und fiel durch den aristokratischen Schnitt auf, den sie weder dem Vater noch der Mutter dankte. Ihre hellbraunen Augen zeigten jedoch nicht den sanften, stillen und fast schwermütigen Ausdruck, den man für gewöhnlich bei jungen Mädchen antrifft.

Cécile war quicklebendig und gesund. Durch eine Art von bürgerlichem Tatsachensinn und die Ungezwungenheit der Umgangsformen, wie verzogene Kinder sie sich angewöhnen, verdarb sie alles, was ihr an Romantischem innewohnte. Nichtsdestoweniger hätte ein Ehemann, der befähigt gewesen wäre, sie umzuerziehen und die Spuren des Provinzlebens auszulöschen, noch immer aus diesem Block eine bezaubernde Frau herausmeißeln können. Tatsächlich hatte Séverines Stolz auf die Tochter den Auswirkungen ihrer Zärtlichkeit die Waage gehalten. Madame Beauvisage hatte den Mut aufgebracht, ihre Tochter gut zu erziehen. Sie hatte sich ihr gegenüber eine vorgebliche Strenge angewöhnt, durch die sie Gehorsam erzwang und durch die sie das wenige Üble, das sich in dieser Seele fand, unterdrückte. Mutter und Tochter waren immer zusammen gewesen. Daher besaß Cécile, was bei jungen Mädchen seltener ist, als man meinen sollte, eine Reinheit des Denkens, eine Unverbrauchtheit des Herzens, eine Harmlosigkeit, die tatsächlich vorhanden, ungebrochen und vollkommen war.

»Ihre Toilette gibt mir zu denken«, sagte Madame Beauvisage. »Sollte Ihnen Simon Giguet gestern etwas gesagt haben, was Sie mir verbergen?«

»Na ja!« sagte Philéas. »Ein Mann, dem das Mandat seiner Mitbürger zuteil wird . . .«

»Liebe Mama«, flüsterte Cécile der Mutter zu, »er ödet mich zwar an, aber es gibt in Arcis nur noch ihn für mich.«

»Du hast ihn richtig beurteilt. Aber warte, bis dein Großvater sich geäußert hat«, sagte Madame Beauvisage und küßte die Tochter auf die Wangen. Ihre Antwort hatte ein gut Teil gesunden Menschenverstand enthüllt und die Bresche aufgezeigt, die der Gedanke an die Heirat in ihre Unschuld geschlagen hatte.

Grévins Haus ist auf dem rechten Ufer der Aube gelegen und bildet die Ecke an dem kleinen Platz jenseits der Brücke; es ist eins der ältesten in Arcis. Deswegen ist es ein Holzbau, und die Zwischenräume seiner leichten Wände sind mit Kieselsteinen ausgefüllt. Aber es ist mit einem Mörtel verkleidet, den die Maurerkelle geglättet hat, er ist grau getüncht. Trotz dieser koketten Schminke wirkt es nicht minder wie ein Kartenhaus.

Der Garten zieht sich längs der Aube hin und wird durch eine Terrassenmauer gestützt, auf der Blumentöpfe stehen. Dieses schlichte Haus, dessen Fenster verläßliche, wie die Hauswände grau gestrichene Laden haben, birgt ein Mobiliar, das mit der Einfachheit des Äußeren im Einklang steht. Betritt man es, so erblickt man in einem kleinen, mit Kieselsteinen beschütteten Hof grünes Gitterwerk, die Einfriedigung des Gartens. Im Erdgeschoß ist das ehemalige Büro zum Wohnzimmer umgestaltet worden. Seine Fenster gehen auf den Fluß und auf den Platz hinaus, und es stehen darin alte Möbel mit Bezügen aus arg verschlissenem, grünem Utrechter Plüsch. Das ehemalige Arbeitszimmer dient dem Notar im Ruhestand als Eßzimmer. All das läßt auf einen durch und durch philosophischen alten Herrn schließen, auf einen der Lebensläufe, die verflossen sind wie das Wasser von die Felder durchziehenden Bächen, Lebensläufe, wie sie die Harlekine des politischen Lebens schließlich ersehnen, wenn sie von hohen gesellschaftlichen Stellungen und den unsinnigen Kämpfen mit der Entwicklung des Menschengeschlechts enttäuscht sind.

Während Séverine die Brücke überschreitet und Ausschau hält, ob ihr Vater mit dem Essen fertig ist, dürfte es nicht unnütz sein, einen flüchtigen Blick auf die Individualität, auf das Leben und die Meinungen dieses alten Herrn zu werfen, den die Freundschaft des Grafen Malin de Gondreville zu einer Respektsperson für die ganze Stadt gemacht hatte.

Es möge also die schlichte, harmlose Geschichte dieses Notars folgen, der lange Zeit hindurch gewissermaßen der einzige Notar in Arcis war. Im Jahre 1787 gingen zwei junge, aus Arcis stammende Leute nach Paris. Sie waren an einen Advokaten beim Rat namens Danton empfohlen worden. Dieser illustre Patriot stammte ebenfalls aus Arcis. Man sieht dort noch sein Haus, und auch seine Familie existiert noch. Dieser Umstand vermöchte den Einfluß zu erklären, den die Revolution auf dieses Eckchen der Champagne ausgeübt hat. Danton brachte seine beiden Landsleute bei dem Prokurator am Châtelet unter, der so berühmt durch seinen Prozeß gegen den Grafen Morton de Chabrillant geworden ist. Es handelte sich dabei um eine Loge bei der Uraufführung von ›Figaros Hochzeit‹. Das Parlamentsgericht machte die Sache zu der seinigen, da es sich in der Person seines Prokurators als beleidigt betrachtete.

Der eine hieß Malin, und der andere Grévin. Beide waren einzige Söhne. Malin hatte als Vater den Eigentümer eben des Hauses, in dem gegenwärtig Grévin wohnt. Beide hegten für einander eine wechselseitige, verläßliche Zuneigung. Malin, ein durchtriebener, sehr intelligenter, ehrgeiziger junger Mensch, besaß eine ausgeprägte Rednergabe. Grévin war ehrenhaft und fleißig. Er fühlte sich zu nichts anderem berufen, als Malin zu bewundern. Bei Ausbruch der Revolution kehrten sie in die Heimat zurück, der eine als Advokat nach Arras, der andere als Notar nach Arcis. Grévin, der bescheidene Gefolgsmann Malins, ließ diesen als Abgeordneten in den Konvent wählen. Malin ließ Grévin zum Syndikus von Arcis ernennen. Bis zum 9. Thermidor[21] blieb Malin ein obskures Konventsmitglied, hielt sich stets zu den Mächtigen und zermalmte die Schwachen. Tallien[22] jedoch überzeugte ihn von der Notwendigkeit, Robespierre zu stürzen. Malin zeichnete sich in dieser schrecklichen parlamentarischen Schlacht aus. Im richtigen Augenblick hatte er Mut. Von jenem Augenblick an begann dieser Mann eine politische Rolle zu spielen, als einer der Helden der niederen Sphäre. Er verließ die Partei der Thermidorianer, schloß sich den Clichy-Leuten an und wurde in den Rat der Alten gewählt. Er wurde der Freund Talleyrands und Fouchés, konspirierte mit ihnen gegen Bonaparte, und wurde gleich ihnen nach dem Sieg bei Marengo[23] einer der glühendsten Parteigänger des Generals. Er wurde zum Tribun ernannt, trat als einer der ersten in den Staatsrat ein, wurde einer der Mitarbeiter am Code Napoléon und als einer der ersten zur Würde eines Senators erhoben, und zwar unter dem Namen Graf de Gondreville. Dies ist die politische Seite jenes Lebens. Jetzt möge die finanzielle folgen.

Grévin wurde im Arrondissement Arcis das aktivste und geschickteste Werkzeug bei der Vermögensbildung des Grafen de Gondreville. Das Gut Gondreville gehörte den Simeuses, einer guten, alten Provinzadelsfamilie, die durch das Schafott dezimiert worden war und deren Erben, zwei junge Herren, in der Armee Condés dienten. Der Besitz wurde als Nationalgut ausgeboten und von Malin durch Grévins Eingreifen erworben. Als Strohmann dabei diente Monsieur Marion. Grévin ließ seinen Freund den besten Teil der Kirchengüter erwerben, die die Republik im Département Aube feilbot. Malin schickte an Grévin die zu diesen Ankäufen erforderlichen Geldbeträge und vergaß dabei übrigens seinen Bevollmächtigten nicht. Als das Direktorium errichtet wurde[24], als Malin in allen Ratskollegien der Republik Sitz und Stimme hatte, wurden die Ankäufe auf Malins Namen überschrieben. Grévin wurde Notar und Malin Staatsrat. Grévin wurde Bürgermeister von Arcis, Malin Senator und Graf de Gondreville. Malin heiratete die Tochter eines millionenschweren Heereslieferanten, Grévin heiratete die einzige Tochter des Biedermanns Varlet, des angesehensten Arztes von Arcis. Der Graf de Gondreville hatte dreihunderttausend Francs Zinsen, ein Stadtpalais in Paris und das prächtige Schloß Gondreville. Die eine seiner Töchter verheiratete er an den einen der Kellers, der Pariser Bankiers, die andere an den Marschall Herzog von Carigliano.

Grévin verfügt über fünfzehntausend Francs Zinsen, besitzt das Haus, in dem er sein friedliches Leben zu Ende lebt und dabei Ersparnisse macht. Er hat die geschäftlichen Angelegenheiten seines Freundes betreut, der ihm dieses Haus für sechstausend Francs verkauft hat.

Der Graf de Gondreville ist achtzig, und Grévin ist sechsundsiebzig Jahre alt. Der Pair von Frankreich lustwandelt in seinem Park, der ehemalige Notar im Garten des Vaters Malin. Alle beide sind in weichen Flanell gehüllt und häufen Taler auf Taler. Kein Wölkchen hat je diese sechzigjährige Freundschaft getrübt. Stets hat der Notar dem Konventsmitglied, dem Staatsrat, dem Senator, dem Pair von Frankreich gehorcht. Als nach der Juli-Revolution Malin durch Arcis kam, fragte er Grévin: »Willst du das Kreuz?«[25] – »Was sollte ich denn damit anfangen?« antwortete Grévin. Keiner der beiden hatte je den andern im Stich gelassen. Beide hatten einander aufgeklärt und beraten, der eine neidlos und der andere ohne Dünkel oder verletzende Anmaßung. Malin war stets verpflichtet gewesen, auf Grévin Rücksicht zu nehmen, denn Grévins ganzer Stolz war der Graf de Gondreville. Grévin war ebensosehr Graf de Gondreville wie der Graf de Gondreville selber.

Allein seit der Juli-Revolution, dem Zeitpunkt, da Grévin sein Alter zu spüren begann, hatte er mit der Vermögensverwaltung des Grafen Schluß gemacht. Und der durch sein Alter und die Teilnahme an den stürmischen politischen Geschehnissen geschwächte Graf hatte sich vorgenommen, still und ruhig weiterzuleben. Die beiden alten Herren waren ihrer selbst sicher, aber da sie einander nicht mehr wie bisher bedurften, kamen sie kaum noch zusammen. Wenn der Graf auf sein Gut fuhr oder von dort nach Paris zurückkehrte, sprach er bei Grévin vor, und dieser stattete dem Grafen während dessen Aufenthalt auf Gondreville nur einen oder zwei Besuche ab. Zwischen ihren Kindern bestand keinerlei Verbindung. Weder Madame Keller noch die Herzogin von Carigliano hatten je Beziehungen zu Mademoiselle Grévin unterhalten, weder vor noch nach ihrer Hochzeit mit dem Wirkwarenhändler Beauvisage. Diese unwillentliche oder beabsichtigte Geringschätzung überraschte Séverine höchlichst.

Grévin, der Bürgermeister von Arcis unter dem Kaiserreich, erwies sich jedermann gefällig, und konziliant, wie er war, hatte er vielen Schwierigkeiten vorgebeugt. Seine Ungezwungenheit, seine Gutmütigkeit und Redlichkeit trugen ihm die Achtung und Zuneigung des ganzen Arrondissements ein. Jeder, nebenbei gesagt, respektierte in ihm den Mann, der über die Gunst, die Macht und den Einfluß des Grafen de Gondreville verfügte. Allein nachdem er sich von seiner Tätigkeit als Notar und seiner Beteiligung an den öffentlichen und privaten Geschäften zurückgezogen hatte, seit acht Jahren also, war die Erinnerung an ihn in Arcis so gut wie erloschen. Dort wartete jedermann von Tag zu Tag, daß er endlich sterbe. Gerade wie sein Freund Malin schien Grévin mehr zu vegetieren als zu leben. Er zeigte sich nirgendwo, er betreute seinen Garten, beschnitt seine Bäume und schaute sich seine Gemüsebeete, seine Propfungen an. Und wie alle sehr alten Leute versuchte er sich seinen Zustand auszumalen, wenn er tot sei. Das Leben dieses Siebzigjährigen verlief vollkommen geregelt. Genau wie sein Freund, der Oberst Giguet, stand er bei Tagesanbruch auf, ging vor neun Uhr abends zu Bett und war von der Anspruchslosigkeit der Geizhälse. Er trank nur wenig Wein, aber dieser Wein war erlesen. Er nahm weder Kaffee noch Liköre zu sich, und die einzige körperliche Betätigung, der er sich hingab, war die, die das Gärtnern mit sich brachte. Bei jedem Wetter trug er die gleiche Kleidung: plumpe, eingefettete Schuhe, gewalkte Strümpfe, eine graue Flanellhose mit Schnallen, ohne Träger, eine lange Weste aus leichtem, himmelblauem Tuch mit Hornknöpfen, und einen Überrock aus grauem Wollstoff, dem gleichen, aus dem die Hose bestand. Auf dem Kopf hatte er eine kleine, runde Otterfellmütze, und die behielt er auch im Hause auf. Im Sommer ersetzte er diese Mütze durch eine Art Käppchen aus schwarzem Samt, und den Flanellüberrock durch einen solchen aus eisengrauem Tuch. Sein Wuchs betrug fünf Fuß vier Zoll. Er hatte das Bäuchlein aller alten Herren, denen es gut geht, was seinen ohnehin schon langsamen Gang noch schwerfälliger machte, wie es bei allen Stubenhockern der Fall ist.

Sobald es Tag war, kleidete dieser Biedermann sich an, wobei er an sein Äußeres die peinlichste Sorgfalt wandte. Er rasierte sich eigenhändig. Danach unternahm er einen Rundgang durch seinen Garten, lugte nach dem Wetter aus, schaute nach dem Barometer und machte selber die Laden seines Wohnzimmers auf. Danach hackte er dann Unkraut, suchte die Raupen ab, jätete. Bis zum Frühstück hatte er immer was zu tun. Nach dem Frühstück blieb er ruhig sitzen, verdaute bis zwei Uhr und hing irgendwelchen Gedanken nach. Zwischen zwei und fünf Uhr besuchte ihn fast stets seine Enkeltochter. Eine der Hausangestellten brachte sie hin, manchmal wurde sie auch von ihrer Mutter begleitet. An gewissen Tagen erfuhr dies mechanische Dasein eine Unterbrechung: Dann mußte er den Pachtzins in Empfang nehmen und die Naturalleistungen, die sogleich verkauft wurden. Aber diese kleine Störung trat nur an Markttagen ein, und zwar in jedem Monat nur einmal. Was wurde aus dem Gelde? Das wußte niemand, nicht mal Séverine und Cécile. Grévin bewahrte darüber Stillschweigen, wie ein Priester das Beichtgeheimnis wahrt. Dabei hatte das gesamte Gefühlsleben des alten Mannes sich schließlich auf seine Tochter und seine Enkelin konzentriert. Sie hatte er noch lieber als sein Geld.

Der auf Reinlichkeit erpichte Siebzigjährige mit dem völlig runden Gesicht, der kahlen Stirn, den blauen Augen und dem weißen Haar hatte im Charakter einen Zug der Unbedingtheit, wie es bei allen der Fall ist, denen weder Menschen noch Dinge je Widerstand geleistet haben. Sein einziger Fehler, der übrigens gänzlich verborgen blieb, da der Alte nie Gelegenheit hatte, ihn zu bekunden, war ein steter, schrecklicher nachtragender Groll, eine Empfindlichkeit, die durch Malin niemals verletzt worden war. Grévin hatte alle Zeit dem Grafen de Gondreville gedient, und dieser hatte sich stets als dankbar bezeigt. Nie hatte Malin den Freund gedemütigt oder gekränkt. Er kannte ihn ja von Grund auf. Die beiden Freunde hatten das Du ihrer jungen Jahre beibehalten und ebenso den herzlichen Händedruck. Nie hatte der Senator Grévin den Abstand von ihrer beider Stellung fühlen lassen. Immer war er den Wünschen seines Kindheitsfreundes zuvorgekommen. Immer hatte er ihm alles angeboten, im Wissen, daß Grévin sich mit wenig begnügte. Grévin, der glühende Verehrer der klassischen Literatur, der Purist, der gute Verwalter, besaß tiefgehende und ausgedehnte Kenntnisse auf dem Gebiet der Gesetzgebung. Er hatte für Malin Arbeiten gefertigt, die im Staatsrat den Ruhm des Mitarbeiters an den Gesetzbüchern begründeten. Séverine hatte ihren Vater sehr lieb. Sie und ihre Tochter überließen es niemandem, für seine Wäsche zu sorgen. Sie strickten ihm Strümpfe für den Winter, sie gaben auf ihn auch in den kleinsten Dingen Obacht, und Grévin wußte, daß sich in ihrer beider liebevolle Zuneigung kein böser Gedanke mischte. Die mögliche Million aus der väterlichen Erbschaft hätte ihre Tränen nicht getrocknet. Alte Leute sind empfänglich für selbstlose Zärtlichkeit. Jeden Tag, ehe Madame Beauvisage und Cécile den wackeren Alten verließen, kümmerten sie sich darum, was der Vater am nächsten Tag zu essen bekomme, und schickten ihm, was an Frühgemüse auf den Markt kam.

Madame Beauvisage hatte von je gewünscht, ihr Vater möge sie auf Schloß Gondreville vorstellen und mit den Töchtern des Grafen zusammenbringen. Aber der weise alte Herr hatte ihr oftmals dargelegt, wie schwierig es sei, in dauernde Beziehungen zur Herzogin von Carigliano zu treten, die in Paris wohne und nur selten nach Gondreville komme, oder zu der glänzenden Madame Keller, wenn man in Arcis eine Wirkwarenfabrik betreibe.

»Dein Leben ist abgeschlossen«, hatte Grévin zu seiner Tochter gesagt, »vermache alles, was du besitzt, Cécile. Sie wird sicher einmal reich genug sein, um dir, wenn du dem Handel den Rücken kehrst, das Dasein im Großen und Breiten zu gewähren, auf das du ein Anrecht hast. Such einen Schwiegersohn, der ehrgeizig ist und materielle Mittel besitzt, dann kannst du eines Tages nach Paris übersiedeln und den Tölpel von Beauvisage hierlassen. Wenn ich lange genug lebe, um einen Enkelschwiegersohn zu bekommen, dann lotse ich euch auf das Meer der politischen Interessen, wie ich es ja auch mit Malin gemacht habe, und dann gelangt ihr in eine Position, wie sie die Kellers innehaben . . .«

Diese paar Worte, die vor der Revolution von 1830 gesprochen wurden, ein Jahr, nachdem der alte Notar sich in diesem

Haus zur Ruhe gesetzt hatte, erklären seine vegetative Haltung. Grévin wollte am Leben bleiben. Er wollte seiner Tochter, seiner Enkelin und seinen Urenkeln den Weg zur Größe öffnen. Der alte Mann hegte Ehrgeiz für die dritte Generation. Als er so gesprochen, hatte er davon geträumt, Cécile mit Charles Keller zu verheiraten. Daher weinte er jetzt seinen zunichte gewordenen Hoffnungen nach. Er wußte keine Lösung mehr. Er besaß keine Beziehungen in der Pariser Gesellschaft. Er gewahrte im Département Aube für Cécile keinen andern Mann als den jungen Marquis de Cinq-Cygne. Er überlegte, ob er mittels der Kraft des Goldes die Schwierigkeiten überwinden könne, die die Juli-Revolution zwischen den ihren Prinzipien treuen Royalisten und deren Besiegern hatte entstehen lassen. Das Glück seiner Enkelin erschien ihm als so gefährdet, wenn er sie der hochmütigen Marquise de Cinq-Cygne auslieferte, daß er beschloß, sich der Freundin alter Menschen, der Zeit, anzuvertrauen. Er hoffte, seine Hauptfeindin, die Marquise de Cinq-Cygne, werde sterben, und er glaubte, er könne deren Sohn dadurch verlocken, daß er sich des Großvaters des Marquis bediente, des alten d'Hauteserre, der damals auf Cinq-Cygne lebte und von dem er wußte, daß er den Berechnungen der Habsucht zugänglich sei. Wenn der Verlauf der Ereignisse das Drama auf das Schloß Cinq-Cygne verlagert, soll erklärt werden, warum der Großvater des jungen Marquis einen andern Namen als sein Enkel trug.

Wenn Cécile Beauvisage zweiundzwanzig würde, ohne daß der Plan gelang, dann gedachte Grévin seinen Freund Gondreville zu Rate zu ziehen, der ihr dann in Paris unter den Herzögen des Kaiserreichs einen Mann aussuchen würde, der ihrem Herzen und ihrem Ehrgeiz genugtat.

Bei Séverines Kommen saß ihr Vater am Ende der Terrasse auf einer Holzbank unter blühendem Flieder und trank seinen Kaffee; es war halb sechs. An dem Schmerz, der sich auf dem Gesicht des Vaters abzeichnete, erkannte sie, daß er die Nachricht wußte. Wirklich, der alte Pair von Frankreich hatte kurz zuvor einen Diener zu seinem Freunde geschickt, mit der Bitte, zu ihm zu kommen. Bislang hatte der alte Grévin den Ehrgeiz seiner Tochter nicht allzu sehr ermutigen wollen. In diesem Augenblick nun aber, inmitten der einander widersprechenden Erwägungen, die bei seinem bekümmerten Nachsinnen aufeinanderstießen, entschlüpfte ihm sein Geheimnis.

»Mein liebes Kind«, sagte er zu ihr, »ich hatte für deine Zukunft die schönsten und stolzesten Pläne geschmiedet. Jetzt hat der Tod sie umgestoßen. Cécile wäre Vicomtesse Keller geworden. Denn ich hätte dafür gesorgt, daß Charles zum Abgeordneten von Arcis ernannt worden wäre, und eines Tages wäre er dann seinem Vater in der Pairswürde nachgefolgt. Weder Gondreville noch seine Tochter Madame Keller hätten die sechzigtausend Francs Zinsen abgelehnt, die Céciles Mitgift abwirft, vor allem nicht mit der Aussicht auf die hunderttausend weiteren, die ihr eines Tages bekommen werdet ... Du hättest mit deiner Tochter in Paris gewohnt und dort deine Rolle als Schwiegermutter in den hohen Regierungskreisen gespielt (Madame Beauvisage machte eine Geste der Genugtuung). Jetzt hat uns hier der Schicksalsschlag ereilt, der diesen reizenden jungen Menschen niedergeworfen hat, dem bereits die Freundschaft des Kronprinzen galt ... Nun aber ist dieser Simon Giguet, der sich auf die politische Bühne drängt, ein Dummkopf, und zwar ein Dummkopf schlimmster Sorte, da er sich für einen Adler hält ... Ihr seid viel zu sehr mit den Giguets und der Familie Marion liiert, als daß ihr nicht eure Ablehnung in eine sehr gute Form kleiden müßtet, und abgelehnt muß nun mal werden ...«

»Wir sind, wie stets, ebenfalls dieser Meinung, Vater.«

»Dies alles zwingt mich, meinen alten Malin zu besuchen, erstens, um ihn zu trösten, und zweitens, um ihn um Rat zu fragen. Cécile und du, ihr würdet mit einer alten Familie des Faubourg Saint-Germain nur unglücklich werden. Man würde euch auf tausendfache Weise eure Herkunft spüren lassen. Wir müssen also nach irgendeinem Herzog von Bonapartes Gnaden Ausschau halten, der verarmt ist. Damit hätten wir für Cécile einen schönen Titel, und es müßte bei der Eheschließung Gütertrennung vereinbart werden. Du kannst sagen, ich hätte bereits über Céciles Hand verfügt. Auf diese Weise machen wir kurzen Prozeß mit allen albernen Heiratsanträgen wie der Antonin Goulards. Der kleine Vinet wird sich gleichfalls anbieten, er wäre noch allen übrigen Heiratslustigen vorzuziehen, die kommen und nach der Mitgift umherschnuppern werden ... Er hat Talent, versteht sich auf Kniffe und Pfiffe, und er gehört durch seine Mutter zu den Chargeboeufs. Aber er besitzt zuviel Charakter und würde seine Frau völlig beherrschen. Und er ist so jung, daß er unbedingt geliebt werden würde. Du kämest um zwischen diesen beiden Leidenschaften, denn ich kenne dich in- und auswendig, mein Kind!«

»Ich werde heute abend bei den Marions in einer peinlichen Lage sein«, sagte Séverine.

»Gut, mein Kind«, antwortete Grévin, »schick mir Madame Marion. Ich werde selber mit ihr reden!«

»Ich habe ganz genau gewußt, Vater, daß Sie sich über unsere Zukunft Gedanken machten, aber ich bin mir nicht gewärtig gewesen, daß sie sich so glänzend gestalten sollte«, sagte Madame Beauvisage, ergriff leidenschaftlich die Hände des Vaters und küßte sie.

»Ich habe so reiflich darüber nachgedacht«, fuhr Grévin fort, »daß ich im Jahre 1831 das Stadtpalais Beauséant gekauft habe.« Madame Beauvisages Gesicht zuckte vor Überraschung zusammen, als sie dieses sorglich gehütete Geheimnis vernahm. Allein sie unterbrach den Vater nicht. – »Das soll mein Hochzeitsgeschenk sein«, sagte er. »Im Jahr 1832 habe ich es für sieben Jahre an Engländer vermietet, für vierundzwanzigtausend Francs. Ganz hübsches Geschäft, es hat mich nämlich nur dreihundertfünfundzwanzigtausend Francs gekostet, und auf diese Weise sind beinahe zweihunderttausend wieder hereingekommen. Der Mietvertrag läuft am 15. Juli dieses Jahres ab.«

Séverine küßte den Vater auf die Stirn und auf beide Wangen. Diese letzte Enthüllung hatte ihre Zukunftsaussichten so sehr erweitert, daß sie sich davon beinahe geblendet vorkam. »Mein Vater muß auf meinen Rat hin seinen Enkelkindern nur das Eigentumsrecht an diesem Erbstück einräumen«, dachte sie, als sie die Brücke überschritt, »dann bekomme ich die Nutznießung daran. Ich will nicht, daß meine Tochter und mein Schwiegersohn mich vor die Tür setzen. Sie wohnen dann nämlich bei mir!«

Beim Nachtisch, als die beiden Hausangestellten in der Küche beim Essen saßen und Madame Beauvisage die Gewißheit hatte, nicht belauscht zu werden, erachtete sie es als notwendig, Cécile eine kleine Lehrstunde zu erteilen.

»Liebes Kind«, sagte sie zu ihr, »benehmen Sie sich heute abend als eine wohlerzogene junge Dame und setzen Sie von heute an eine bedachtsame Miene auf, unterlassen Sie alles leichtfertige Geplauder, gehen Sie nicht unbegleitet mit Monsieur Giguet spazieren, und auch nicht mit Monsieur Olivier Vinet, mit dem Unterpräfekten, mit Monsieur Martener, kurzum, mit niemandem, nicht mal mit Achille Pigoult. Sie sollen sich mit keinem der jungen Leute aus Arcis oder dem Département verheiraten. Sie sind dazu auserkoren, in Paris zu glänzen. Deswegen müssen Sie jeden Tag reizende Kleider tragen, damit Sie sich an die Eleganz gewöhnen. Wir wollen versuchen, eine Zofe der jungen Herzogin von Maufrigneuse zu bestechen. Auf diese Weise bekommen wir heraus, wo die Fürstin von Cadignan und die Marquise de Cinq-Cygne ihre Kleider anfertigen lassen ...! Oh, ich will nicht, daß wir auch nur im mindesten provinzlerisch wirken. Du wirst dich künftig jeden Tag drei Stunden im Klavierspiel üben. Ich lasse vorerst täglich Monsieur Moïse aus Troyes kommen, bis ich im Bilde bin, welchen Lehrer ich aus Paris kommen lassen kann. Sie müssen Ihre sämtlichen Talente ausbilden. Sie werden nämlich nur noch ein Jahr unverheiratet bleiben. Jetzt wissen Sie Bescheid. Ich werde ein Auge darauf haben, wie Sie sich heute abend benehmen. Es kommt darauf an, daß Simon in gehöriger Entfernung von Ihnen gehalten wird, ohne daß Sie sich geradezu über ihn lustig machen.«

»Seien Sie unbesorgt, Mama, ich will mich daran machen, den ›Unbekannten‹ zu vergöttern.« Dieser Ausspruch, der Madame Beauvisage lächeln ließ, bedarf einer Erklärung.

»Na ja, ich habe ihn noch nicht gesehen«, hatte Philéas gesagt, »aber jedermann spricht von ihm. Wenn mich verlangt, zu wissen, wer er ist, schicke ich den Wachtmeister oder Monsieur Groslier hin und lasse ihn um seinen Paß bitten ...«

Es gibt in Frankreich keine Kleinstadt, in der sich nicht zu gegebener Zeit das Drama oder die Komödie des »Fremden« abspielte. Häufig ist der Fremde ein Abenteurer, der die Leute übers Ohr haut und dann wieder verschwindet, wobei er den guten Ruf einer Frau oder das Geld einer Familie mitnimmt.

Häufiger noch ist der Fremde wirklich ein Fremder, und sein Leben bleibt lange genug ein Geheimnis, so daß die kleine Stadt sich in einem fort mit seinem Tun und Lassen beschäftigt. Nun aber war Simon Giguets möglicher Aufstieg zur Macht nicht das einzige wichtige Geschehnis gewesen. Seit zwei Tagen hatte die Aufmerksamkeit der Stadt Arcis als Zielpunkt eine vor drei Tagen eingetroffene Persönlichkeit, die zufällig für die gegenwärtige Generation der »erste Unbekannte« war. Daher bestritt in diesem Augenblick der »Unbekannte« in allen Häusern die Kosten der Unterhaltung. Er war sozusagen der vom Himmel in die Stadt der Frösche gefallene kleine Balken.[26]

Die Lage von Arcis-sur-Aube erklärt die Wirkung, die die Ankunft eines Fremden dort zeitigen mußte. Sechs Meilen vor Troyes, auf der großen Landstraße nach Paris, beginnt vor einer Ferme mit dem Namen ›La Belle-Etoile‹ eine Straße zweiter Ordnung, die nach der Stadt Arcis führt. Sie durchquert dabei weite Ebenen, in denen die Seine ein enges grünes, von Pappeln überschattetes Tal bildet. Es hebt sich vom kreidigen Weiß der Äcker der Champagne ab. Die Straße, die Arcis mit Troyes verbindet, ist sechs Meilen lang und bildet die Sehne des Bogens, dessen beide Spitzen Arcis und Troyes darstellen, so daß der kürzeste Weg von Paris nach Arcis jene Straße zweiter Ordnung ist, die man bei La Belle-Etoile einschlägt. Wie bereits gesagt, ist die Aube erst von Arcis an bis zu ihrer Mündung schiffbar. Auf diese Weise ist diese sechs Meilen von der großen Landstraße entfernt gelegene Stadt von Troyes durch einförmiges Flachland geschieden. Sie liegt verloren inmitten von Äckern und hat weder auf dem Wasser- noch auf dem Landwege Handel oder Verkehr. Sézanne indessen, das ein paar Meilen von Arcis auf dem andern Ufer der Aube liegt, wird von einer großen Landstraße durchquert, die um acht Poststationen kürzer ist als die alte, über Troyes führende Landstraße nach Deutschland. Arcis ist also eine gänzlich abseits gelegene Stadt, durch die keine Postwagenlinie führt und die mit Troyes und der Poststation La Belle-Etoile nur durch Zubringerverkehr verbunden ist. Alle Einwohner kennen einander. Sie kennen sogar die Handelsreisenden, die kommen, um für Pariser Firmen Geschäfte abzuschließen. Somit muß also wie in allen kleinen Provinzstädten in ähnlicher Lage ein Fremder dort alle Zungen in Bewegung setzen und jedermanns Phantasie anregen, wenn er länger als zwei Tage bleibt, ohne daß jemand seinen Namen erfährt noch was er tut und treibt.

Da nun aber ganz Arcis drei Tage vor dem Morgen, da durch den Willen des Schöpfers so vieler Geschichten diese hier beginnt, noch still und friedlich war, hatte alle Welt über die Straße von La Belle-Etoile einen Fremden ankommen sehen, der einen hübschen Tilbury lenkte, vor den ein Pferd gespannt war, das viel Geld gekostet haben mußte. Er wurde von einem Däumling von Dienerchen begleitet, das auf einem Sattelpferd ritt. Der Zubringer, der den Verkehr mit dem Postwagen nach Troyes durchführte, hatte von La Belle-Etoile drei aus Paris gekommene Koffer ohne Adresse mitgebracht. Sie gehörten jenem Unbekannten, der im Gasthaus ›Zum Maulesel‹ abgestiegen war.

Jedermann in Arcis bildete sich an jenem Abend ein, diese Persönlichkeit sei in der Absicht hergekommen, das Gut Arcis zu kaufen, und es wurde von ihm in vielen Haushalten als von dem künftigen Besitzer des Schlosses gesprochen. Der Tilbury, der Reisende, seine Pferde, sein Diener, all das schien auf einen den höchsten gesellschaftlichen Sphären Angehörenden zu deuten. Der Unbekannte war wohl müde. Er zeigte sich nicht, vielleicht verbrachte er einen Teil seiner Zeit damit, sich in den Zimmern einzurichten, die er gewählt hatte. Er hatte dabei verkündet, daß er eine gewisse Zeit dableiben müsse. Er hatte im Stall die Box sehen wollen, in der seine Pferde untergebracht werden sollten, und sich dabei als sehr anspruchsvoll bezeigt. Er wollte, daß sie gesondert von denen des Gastwirts und den vielleicht noch ankommenden gestellt wurden. Auf so viele Forderungen hin hielt der Wirt des Hotels ›Zum Maulesel‹ seinen Gast für einen Engländer. Schon am Abend des ersten Tages wurden von einem Neugierigen im ›Maulesel‹ ein paar Versuche, über ihn etwas zu erfahren, unternommen; aber es war aus dem kleinen Groom nichts herauszubekommen. Er lehnte es ab, sich über seinen Herrn zu äußern, und zwar nicht durch ein unumwundenes Nein oder durch Stillschweigen, sondern durch Spottreden, die nicht zu seinem jugendlichen Alter paßten und auf große Verderbtheit schließen ließen.

Nachdem er sorgfältig Toilette gemacht und gespeist hatte, stieg er gegen sechs Uhr zu Pferde, verschwand, gefolgt von seinem »Tiger«[27], auf der Landstraße nach Brienne und kam erst sehr spät wieder.

Der Gastwirt, seine Frau und die Zimmermädchen untersuchten die Koffer und die Sachen des Unbekannten. Aber sie entdeckten nichts, was sie über Rang, Namen, Stellung oder Pläne dieses mysteriösen Gastes hätte aufklären können. Es kam zu tausend Kommentaren, die fast sämtlich auf das Eingreifen des Staatsanwaltes abzielten.

Bei seiner Rückkehr ließ der Unbekannte die Wirtin heraufkommen. Sie legte ihm das Buch vor, in das er, der Polizeivorschrift entsprechend, seinen Namen, seinen Stand, sein Reiseziel und den Ort seiner Herkunft eintragen sollte.

»Ich schreibe nichts«, sagte er zu der Wirtin. »Wenn Sie deswegen Schwierigkeiten haben sollten, sagen Sie einfach, ich hätte mich geweigert, und schicken den Unterpräfekten zu mir. Ich habe nämlich keinen Paß. Man wird Ihnen mancherlei Fragen über mich stellen, Madame«, fuhr er fort, »antworten Sie dann, was Sie wollen. Ich will, daß Sie nichts über mich wissen, auch wenn Sie wider meinen Willen etwas erfahren sollten. Wenn Sie mir lästig werden, siedele ich in das Hotel ›Zur Post‹ an der Place du Pont über. Aber bedenken Sie, daß ich gedenke, mindestens vierzehn Tage hierzubleiben ... Es würde mich sehr verdrießen. Ich weiß nämlich, daß Sie die Schwester Gothards sind, eines der Helden der Affäre Simeuse.«

»Das genügt mir, Monsieur!« sagte die Schwester Gothards, des Verwalters auf Schloß Cinq-Cygne.

Auf diese Äußerung hin konnte der Unbekannte die Hotelwirtin etwa zwei Stunden lang bei sich behalten und sich alles sagen lassen, was sie über Arcis wußte, über alle Vermögensverhältnisse, über alle Interessen und über die Beamten. Am andern Tage verschwand er zu Pferde, von seinem »Tiger« gefolgt, und kehrte erst um Mitternacht zurück.

Jetzt dürfte man den Scherz verstanden haben, den Cécile gemacht und von dem Madame Beauvisage gemeint hatte, er sei aus der Luft gegriffen. Beauvisage und Cécile, die zunächst über den von Séverine formulierten Tagesbefehl verdutzt gewesen waren, gerieten darob in Entzücken. Während seine Frau ein Abendkleid anzog, um zu Madame Marion zu gehen, hörte der Vater zu, wie seine Tochter Mutmaßungen äußerte, denen nachzuhängen in solcherlei Fällen für junge Mädchen etwas nur zu Natürliches ist. Als dann Mutter und Tochter aufgebrochen waren, ging er, erschöpft von seinem Tagewerk, zu Bett.

Wie alle sich denken können, die Frankreich oder die Champagne kennen, was nicht dasselbe ist, und vielleicht gar die kleinen Städte, hatte sich am Abend dieses Tages bei Madame Marion eine tolle Menschenmenge eingefunden. Der Triumph des jungen Giguet wurde als ein Sieg über den Grafen de Gondreville betrachtet, und die Unabhängigkeit von Arcis in bezug auf die Wahl schien für alle Zeit gesichert. Die Nachricht vom Tode des armen Charles Keller wurde als ein Gottesgericht angesehen und brachte alle Rivalitäten zum Schweigen. Antonin Goulard, Frédéric Marest, Olivier Vinet, Monsieur Martener, kurzum, die Autoritäten, die bislang in diesem Salon verkehrt hatten, dessen Gesinnung ihnen nicht als im Gegensatz zu der durch den Volkswillen im Juli 1830 eingesetzten Regierung zu stehen geschienen hatte, waren gekommen, weil sie es nun mal gewohnt waren. Allein sie waren samt und sonders von einer Neugier besessen, deren Ziel das Verhalten der Familie Beauvisage war.

Der Salon hatte seine ursprüngliche Gestalt wiedererhalten. Er wies nicht die geringste Spur der Sitzung mehr auf, die, wie es schien, das Schicksal des Advokaten Simon entschieden hatte. Um acht Uhr waren vier Spieltische in Funktion getreten, an deren jedem vier Spieler saßen. Der kleine Salon und das Eßzimmer waren voller Menschen. Nie zuvor, ausgenommen bei großen Gelegenheiten wie Bällen oder Geburtstagen, hatte Madame Marion sich Gruppen am Eingang des Salons bilden sehen. Im Eßzimmer wirkten sie wie ein Kometenschweif.

»Das ist die Morgenröte der Gunst«, sagte Olivier zu ihr und wies sie auf dieses Schauspiel hin, das so erquicklich für eine Hausherrin ist, die eine Schwäche für Empfänge hat.

»Niemand weiß, wie weit Simon es noch bringen kann«, antwortete Madame Marion. »Wir leben in einer Zeit, da Leute, die beharrlich sind und viel Haltung besitzen, alles beanspruchen können.« Diese Antwort wurde beträchtlich weniger für Vinet als für Madame Beauvisage erteilt, die gerade mit ihrer Tochter eingetreten war und ihre Freundin beglückwünscht hatte.

Um jeder indirekten Frage aus dem Weg zu gehen und sich jeder Auslegung von einfach so hingesprochenen Worten zu entziehen, setzte Céciles Mutter sich an einen Whisttisch und konzentrierte sich gewaltsam darauf, hundert Spielmarken zu gewinnen. Hundert Spielmarken sind fünfzig Sous ...! Wenn ein Spieler in Arcis eine solche Summe verloren hat, wird zwei Tage lang davon gesprochen.

Cécile war dabei, mit Mademoiselle Mollot zu plaudern, einer ihrer besten Freundinnen. Sie schien sie heute doppelt so gern zu haben. Mademoiselle Mollot galt als die Schönheit von Arcis, wie Cécile dort als die Erbin galt.

Monsieur Mollot, der Schreiber am Gericht von Arcis, bewohnte auf dem großen Platz ein Haus, das ebenso gelegen war wie das Haus der Beauvisages an der Place du Pont. Madame Mollot, die unablässig am Fenster ihres Wohnzimmers im Erdgeschoß zu sitzen pflegte, war durch dieses Verhalten von einer hitzigen, chronischen Neugier befallen worden, die zu einer sich hinziehenden, zäh verwurzelten Krankheit gediehen war. Madame Mollot hatte sich der Spionage hingegeben, wie eine nervöse Frau von ihren eingebildeten Krankheiten spricht, nämlich mit Koketterie und Leidenschaft. Sobald ein Bauer von der Straße nach Brienne her auf den Platz hinaustrat, musterte sie ihn eingehend und suchte zu ergründen, was er wohl in Arcis zu tun habe. Sie beruhigte sich erst, wenn sie über ihren Bauern genau Bescheid wußte. Sie brachte ihr Leben damit hin, sich ein Urteil über die Geschehnisse, die Menschen, die Dinge und die Ehen in Arcis zu bilden. Diese große, hagere Frau, die Tochter eines Richters in Troyes, hatte Monsieur Mollot, einem ehemaligen Bürovorsteher Grévins, eine so ansehnliche Mitgift eingebracht, daß er sein Amt als Gerichtsschreiber hatte kaufen können. Bekanntlich steht der Gerichtsschreiber im Rang eines Richters, gerade wie bei den königlichen Gerichten der Oberschreiber im Rang eines Rats steht. Monsieur Mollot hatte seine Stellung dem Grafen de Gondreville zu verdanken, der durch ein paar Zeilen an die Staatskanzlei die Angelegenheit von Grévins Bürovorsteher geregelt hatte. Der ganze Ehrgeiz der Familie Mollot, des Vaters, der Mutter und der Tochter, bestand darin, Ernestine Mollot, die einzige Tochter übrigens, mit Antonin Goulard zu verheiraten. Daher hatte der Korb, den die Beauvisages auf die Versuche des Unterpräfekten hin erteilt hatten, die freundschaftlichen Bande zwischen den Mollots und der Familie Beauvisage noch enger geknüpft.

»Da ist einer, der sehr ungeduldig ist!« sagte Ernestine zu Cécile und deutete dabei auf Simon Giguet. »Oh, er möchte nur zu gern kommen und mit uns plaudern. Aber jeder, der hereinkommt, glaubt sich verpflichtet, ihm zu gratulieren und sich mit ihm zu unterhalten. Jetzt habe ich ihn schon an die fünfzigmal sagen hören: ›Ich glaube, die guten Wünsche meiner Mitbürger gelten nicht mir, sondern meinem Vater. Auf alle Fälle aber dürfen Sie überzeugt davon sein, daß ich mich nicht nur unsern Interessen im allgemeinen widmen werde, sondern überdies Ihren eigenen.‹ Wahrhaftig, ich kann ihm den Satz von den Lippen ablesen, und jedesmal, wenn er zu dir hersieht, macht er Märtyreraugen ...«

»Ernestine«, antwortete Cécile, »weich diesen ganzen Abend nicht von meiner Seite. Ich will nicht seine durch Phrasen mit lauter ›Achs!‹ und Seufzern getarnten Heiratsanträge anhören müssen.«

»Dann willst du also nicht die Frau des Justizministers werden?«

»Ach, sind sie erst so weit?« fragte Cécile lachend.

»Ich versichere dir«, entgegnete Ernestine, »daß eben, ehe du kamst, Monsieur Miley, der Steuereinnehmer, in seiner Begeisterung behauptet hat, innerhalb dreier Jahre würde Simon Justizminister sein.«

»Wird dabei mit der Protektion des Grafen de Gondreville gerechnet?« fragte der Unterpräfekt, der sich zu den beiden jungen Mädchen gesetzt hatte, weil er ahnte, daß sie sich über seinen Freund Giguet lustig machten.

»Ach, Monsieur Antonin«, sagte die schöne Ernestine Mollot, »Sie haben doch meiner Mutter versprochen, herauszubekommen, wer der schöne Unbekannte ist. Was wissen Sie über ihn Neues?«

»Die heutigen Geschehnisse, Mademoiselle, sind sehr viel wichtiger!« sagte Antonin und rückte zu Cécile wie ein Diplomat, der entzückt ist, daß er der allgemeinen Aufmerksamkeit entschlüpft, weil er sich in eine Plauderei mit jungen Mädchen flüchten konnte. »Mein gesamtes Leben als Unterpräfekt oder Präfekt steht auf dem Spiel ...«

»Wie das? Wollen Sie etwa nicht dafür sorgen, daß Ihr Freund Simon einstimmig gewählt wird?«

»Simon ist mein Freund, aber die Regierung ist meine Herrin, und ich gedenke alles zu tun, was Simons Erfolg verhindert. Und da kommt Madame Mollot. Sie ist mir als Frau eines Mannes, den sein Amt an die Regierung bindet, ihre Mitwirkung schuldig.«

»Wir verlangen nichts Besseres, als Ihnen zur Seite zu stehen«, antwortete die Gerichtsschreibersgattin. »Mein Mann hat mir erzählt«, sagte sie leise, »was heute morgen geschehen ist ... Eine klägliche Geschichte! Nur ein einziger hat sich als talentvoll bezeigt, nämlich Achille Pigoult. Alle sind sich einig in der Behauptung, er sei ein Redner, der in der Abgeordnetenkammer zu glänzen vermöchte. Daher erkläre ich, obwohl er nichts hat, und meine Tochter einziges Kind ist und zunächst mal ihre Mitgift hat, die sechzigtausend Francs beträgt, und ferner unsere Erbschaft, von der ich nicht rede, und schließlich die Erbschaften vom Onkel meines Mannes, dem Müller, und von meiner Tante Lambert in Troyes, die wir beerben müssen; nun also, ich erkläre, wenn Monsieur Achille Pigoult uns die Ehre erwiese, an meine Tochter zu denken, und sie zur Frau haben wollte, ich sie ihm geben würde, so wahr ich hier stehe, vorausgesetzt, daß er meiner Tochter gefiele. Aber das Dummchen will nur eine Neigungsehe schließen ... Dergleichen Ideen setzt Mademoiselle Beauvisage ihr in den Kopf ...« Der Unterpräfekt empfing diese doppelte Breitseite als ein Mann, der sich im Besitz von dreißigtausend Francs Zinsen weiß und eine Präfektur erwartet.

»Mademoiselle hat recht«, antwortete er und blickte Cécile an. »Sie ist reich genug für eine Liebesheirat ...«

»Wir wollen nicht vom Heiraten sprechen«, sagte Ernestine.

»Damit stimmen Sie meine arme, liebe kleine Cécile nur traurig. Sie hat mir nämlich vorhin gestanden, daß sie, um nicht ihres Vermögens wegen, sondern um ihrer selbst willen geheiratet zu werden, ein Abenteuer mit einem Unbekannten wünscht, der keine Ahnung von Arcis und von den Erbschaften hat, die sie zu einer Lady Krösus machen müssen, also das Ausspinnen eines Romans, in dem sie schließlich geheiratet und um ihrer selbst willen geliebt würde ...«

»Das ist ja eine ganz reizende Geschichte. Ich habe schon immer gewußt, daß Mademoiselle genausoviel Geist wie Geld hat!« rief Olivier Vinet und gesellte sich zu der Gruppe der jungen Damen, aus Haß gegen die Höflinge Simon Giguets, des Idols des Tages.

»Kommen wir auf diese Weise, Monsieur Goulard«, fragte Cécile lächelnd, »wieder, wie der Faden ins Nadelöhr, auf den Unbekannten zu sprechen ...?«

»Den«, sagte Ernestine, »hat sie sich nämlich zum Helden des Romans erkoren, den ich Ihnen skizziert habe ...«

»Ach was!« sagte Madame Mollot. »Einen Mann von fünfzig Jahren ...! Pfui, pfui!«

»Wieso wissen Sie denn, daß er fünfzig ist?« fragte Olivier Vinet lächelnd.

»Wahrhaftig«, sagte Madame Mollot, »heute morgen hat die Neugier mich so gezwickt, daß ich mein Opernglas benutzt habe!«

»Bravo!« sagte der Ingenieur vom Amt für Brücken- und Straßenbau. Er machte der Mutter den Hof, um die Tochter zu bekommen.

»Also«, fuhr Madame Mollot fort, »habe ich den Unbekannten beobachten können, wie er sich eigenhändig rasierte, und zwar mit Rasiermessern von einer Eleganz ...! Der Griff ist aus Gold oder vergoldetem Silber.«

»Aus Gold! Aus Gold!« sagte Vinet. »Solange man die Dinge nicht ganz genau kennt, muß man sie sich in der besten Qualität vorstellen. Daher erkläre ich, der ich diesen Herrn nie gesehen habe, Ihnen, daß ich sicher bin, er ist mindestens ein Graf[28] ...«

Der Ausspruch wurde für einen Witz gehalten und weidlich belacht. Die kleine, lachende Gruppe erregte die Eifersucht der alten Witwen und die Aufmerksamkeit der schwarzbefrackten Männerherde, die sich um Simon Giguet geschart hatte. Was nun aber den Advokaten betraf, so war er verzweifelt, daß er nicht sein Glück und seine Zukunft der reichen Cécile zu Füßen legen konnte. – »O Vater«, dachte der Staatsanwaltsstellvertreter, als er seines unfreiwilligen Wortwitzes wegen beglückwünscht wurde, »an was für einem Gericht hast du mich debütieren lassen! – Ein richtiger Graf, meine Damen!« fuhr er fort. »Ein Mann von ebenso vornehmer Abkunft wie Manieren, wie von Vermögen und Ausstattung, ein Löwe, ein Elegant, ein Gelbbehandschuhter[29] . . .!«

»Monsieur Olivier«, sagte Ernestine, »er hat den hübschesten Tilbury der Welt.«

»Nanu, Antonin? Du hast mir nicht gesagt, er hätte einen Tilbury, als wir heute morgen über diesen Verschwörer sprachen. Aber ein Tilbury ist ein mildernder Umstand. Es kann sich nur noch um einen Republikaner handeln . . .«

»Meine jungen Damen, es gibt nichts, was ich nicht täte, um Ihnen eine Freude zu machen . . .«, sagte Antonin Goulard. »Wir werden schon herausbekommen, ob er ein richtiger Graf ist, damit Sie Ihren Roman fortspinnen können.«

»Und dann wird vielleicht eine Geschichte daraus«, sagte der Ingenieur des Arrondissements.

»Zum praktischen Gebrauch für Unterpräfekten«, sagte Olivier Vinet.

»Wie stellen Sie sich dazu?« fragte Madame Mollot.

»Oh!« entgegnete der Unterpräfekt, »fragen Sie Mademoiselle Beauvisage, wen sie zum Manne nehmen würde, wenn sie dazu verurteilt wäre, unter den hier Anwesenden zu wählen. Dann würde sie nämlich niemals antworten . . .! Lassen Sie der Macht ihre Koketterie. Seien Sie unbesorgt, meine Damen. In zehn Minuten werden Sie wissen, ob der Unbekannte ein Graf oder ein Geschäftsreisender ist.«

Antonin Goulard wandte sich von der kleinen Gruppe der jungen Damen ab. Denn es befand sich darunter, außer Mademoiselle Berton, der Tochter des Einnehmers der direkten Steuern, einem unbedeutenden jungen Mädchen, das bei Cécile und Ernestine eine Satellitenrolle spielte, noch Mademoiselle Herbelot, die Tochter des zweiten Notars von Arcis, eine dreißigjährige alte Jungfer, säuerlich, geziert und gekleidet wie alle alten Jungfern: Sie trug auf einem grünen Halbseidenkleid ein gesticktes Busentuch, dessen Ecken vorn über der Taille zusammengeknotet waren, entsprechend der Mode, die zur Zeit der Schrekkensherrschaft geherrscht hatte.

»Julien«, sagte der Unterpräfekt im Vorsaal zu seinem Diener, »du hast ein halbes Jahr auf Gondreville gedient. Weißt du, wie eine Grafenkrone aussieht?«

»Sie hat Perlen auf den neun Zacken.«

»Gut, dann mach dich auf die Socken zum ›Maulesel‹ und sieh zu, daß du einen Blick auf den Tilbury des Herrn werfen kannst, der dort logiert. Dann kommst du wieder und sagst mir, was auf den Wagenschlag gemalt ist. Kurzum, mach deine Sache gut, heimse alles Geschwätz ein ... Wenn du den Diener siehst, dann frag ihn, zu welcher Stunde der Herr Graf morgen den Unterpräfekten empfangen könne, vorausgesetzt, daß du die neun beperlten Zacken siehst. Betrink dich nicht, führe keine langen Reden, komm schleunigst wieder, und wenn du zurück bist, zeig dich an der Salontür und erstatte mir Bericht ...«

»Jawohl, Herr Unterpräfekt.«

Das Gasthaus ›Zum Maulesel‹ nimmt, wie bereits gesagt worden ist, an der Place die Ecke gegenüber dem Winkel der Einfriedigungsmauer der Gärten des Marionschen Hauses ein, an der andern Seite der Landstraße nach Brienne. Auf diese Weise mußte die Lösung des Problems auf der Stelle erfolgen. Antonin Goulard nahm seinen Platz bei Mademoiselle Beauvisage wieder ein.

»Wir hatten hier gestern soviel über den Fremden geredet«, sagte da Madame Mollot, »daß ich die ganze Nacht von ihm geträumt habe ...«

»Haha!« sagte Vinet, »träumen Sie noch immer vom Unbekannten, schöne Dame?«

»Sie unverschämter Mensch! Wenn ich wollte, brächte ich Sie dahin, von *mir* zu träumen!« entgegnete sie. »Heute morgen also, als ich aufstand ...« Es erübrigt sich, darauf hinzuweisen, daß Madame Mollot in Arcis als eine Frau von Geist gilt, das heißt, daß sie sich so leicht ausdrücken kann, daß sie mit diesem

Vorzug Mißbrauch treibt. Einem wie der Unbekannte in diese Gefilde verirrten Pariser wäre sie vielleicht über die Maßen geschwätzig vorgekommen ... »Ich mache also, wie angebracht, meine Toilette, und blicke mechanisch vor mich hin ...!«

»Durchs Fenster ...«, sagte Antonin Goulard.

»Freilich, mein Ankleidezimmer geht doch auf den Platz hinaus. Nun wissen Sie ja, daß Poupart den Unbekannten in einem der Zimmer untergebracht hat, deren Fenster dem meinen gegenüberliegen ...«

»*Ein* Zimmer, Mama?« fragte Ernestine. »Der Graf bewohnt drei Zimmer ...! Der kleine, ganz schwarz livrierte Diener ist in dem ersten. Aus dem zweiten ist etwas wie ein Wohnzimmer gemacht worden, und im dritten schläft der Unbekannte.«

»Dann hat er also die Hälfte der Zimmer vom ›Maulesel‹?« fragte Mademoiselle Herbelot.

»Ja, aber, ihr Mädchen, was hat denn das mit seiner Person zu tun?« fragte Madame Mollot eingeschnappt. Es ärgerte sie, von den jungen Damen unterbrochen worden zu sein. »Es handelt sich doch um seine Person.«

»Bitte den Redner nicht unterbrechen«, sagte Olivier Vinet.

»Da ich mich gerade bückte ...«

»Da ich gerade saß ...«, sagte Antonin Goulard.

»Madame tat ihre Pflicht«, entgegnete Vinet. »Sie machte Toilette und wartete wieder einmal auf jemanden!«[30] Solche Scherze sind in der Provinz beliebt. Dort hat man seit allzu langer Zeit einander alles gesagt, um nicht seine Zuflucht zu Dummheiten zu nehmen, an denen unsere Väter vor der Einführung der englischen Heuchelei ihren Spaß hatten, einer der Waren, gegen die die Zollstellen machtlos sind.

»Bitte den Redner nicht unterbrechen«, sagte Mademoiselle Beauvisage lächelnd zu Vinet, und dieser lächelte zurück.

»Unwillkürlich richteten sich meine Blicke auf das Fenster des Zimmers, in dem sich der Unbekannte am Abend zuvor schlafen gelegt hatte. Wirklich, ich weiß nicht, um wieviel Uhr, denn ich selber bin erst lange nach Mitternacht eingeschlafen ... Ich habe das Unglück, mit einem Mann vermählt zu sein, der schnarcht, daß die Balken und die Wände wackeln ... Wenn ich als erste einschlafe, oh, ich habe einen so festen Schlaf, daß ich nichts höre. Aber wenn mein Mann als erster weg ist, dann ist es mit meiner Nachtruhe aus . . .«

»Es kommt doch aber auch vor, daß Sie zusammen weg sind!« sagte Achille Pigoult, der gerade zu der fröhlichen Gruppe getreten war. »Ich merke, es handelt sich um Ihren Schlaf . . .«

»Schweigen Sie lieber, Sie schlimmer Mensch!« entgegnete Madame Mollot kokett.

»Hast du verstanden?« flüsterte Cécile Ernestine zu.

»Also war er eine Stunde nach Mitternacht noch nicht wieder zurück!« sagte Madame Mollot.

»Er hat Sie betrogen! Ohne Ihr Wissen heimzukommen!« sagte Achille Pigoult. »Oh, das ist ein ganz Geriebener. Der steckt uns noch alle in den Sack und verkauft uns auf der Place du Marché!«

»An wen?« fragte Vinet.

»An einen Handel! An eine Idee! An ein System!« antwortete der Notar, und der Staatsanwaltsstellvertreter lächelte ihm mit schlauer Miene zu.

»Stellen Sie sich meine Überraschung vor«, fuhr Madame Mollot fort, »als ich einen Stoff von einer Pracht, einer Schönheit, einem Glanz gewahre . . . Ich sage mir: Sicher hat er einen Schlafrock aus dem Glasstoff, den wir auf der Ausstellung der Industrieprodukte gesehen haben. Also hebe ich mein Opernglas und sehe genauer hin . . . Ja, du großer Gott, und was sehe ich? Über dem Schlafrock, da, wo der Kopf hätte sein müssen, sehe ich eine enorme Masse, etwas wie ein Knie . . . Nein, ich kann Ihnen nicht sagen, welche Neugier mich gepackt hat . . .!«

»Ich kann es mir denken«, sagte Antonin.

»Nein, das können Sie nicht«, sagte Madame Mollot, »denn dieses Knie . . .«

»Ah, ich verstehe«, sagte Olivier Vinet und lachte schallend, »der Unbekannte machte ebenfalls Toilette, und Sie haben seine beiden Knie gesehen . . .«

»Unsinn!« rief Madame Mollot aus. »Sie lassen mich ungereimtes Zeug erzählen. Der Unbekannte stand, er hielt einen Schwamm über eine riesengroße Waschschüssel, und das kommt bei Ihren schlechten Scherzen heraus, Monsieur Olivier. Ich hätte, was Sie meinen, gern genauer untersucht . . .«

»Oh, genauer untersucht! Madame, Sie kompromittieren sich . . .!« sagte Antonin Gollard.

»Lassen Sie mich doch ausreden«, sagte Madame Mollot. »Es war sein Kopf! Er wusch sich den Kopf, und er hat kein einziges Haar . . .«

»Wie unvorsichtig!« sagte Antonin Goulard. »Schwerlich ist er mit Heiratsgedanken hierhergekommen. Hier muß man, wenn man heiraten will, Haare haben . . . Die sind sehr gefragt.«

»Ich hatte also recht, wenn ich sagte, unser Unbekannter müsse fünfzig sein. Erst von diesem Alter an trägt man Perücken. Und tatsächlich, als der Unbekannte mit seiner Toilette fertig war, hat er sein Fenster aufgemacht. Ich habe ihn von weitem mit einer prächtigen schwarzen Mähne wiedergesehen, und er hat mich durch sein Lorgnon angeschaut, als ich auf meinen Balkon getreten bin. Auf diese Weise, meine liebe Cécile, werden Sie diesen Herrn kaum zum Helden Ihres Romans erwählen.«

»Warum denn nicht? Fünfzigjährige sind nicht zu verachten, wenn sie Grafen sind«, entgegnete Ernestine.

»Vielleicht hat er sogar Haare«, sagte Olivier Vinet boshaft, »und dann wäre er durchaus heiratsfähig. Die Sache ist die, daß man herausbekommen müßte, ob, was er Madame Mollet gezeigt hat, tatsächlich sein nackter Kopf gewesen ist, oder . . .«

»Schweigen Sie!« sagte Madame Mollot.

Antonin schickte schleunigst den Diener der Madame Marion mit einer Weisung für Julien zum ›Maulesel‹ hinüber.

»Mein Gott, was macht schon bei einem Ehemann das Alter aus?« fragte Mademoiselle Herbelot.

»Vorausgesetzt, daß man einen hat«, fügte der Staatsanwaltsstellvertreter hinzu, der ob seiner kalten Bosheit und seiner Spöttereien gefürchtet war.

»Aber«, entgegnete die alte Jungfer, die die gehässige Bemerkung gespürt hatte, »ich hätte lieber einen nachsichtigen, guten Mann von fünfzig, der voller Aufmerksamkeit für seine Frau ist, als einen jungen Mann von zwanzig und einigen Jahren ohne Herz, mit einer Intelligenz, die alle Welt beißt, sogar seine Frau.«

»Darüber ließe sich reden«, sagte Olivier Vinet. »Denn um

einen Fünfzigjährigen mehr zu lieben als einen Jüngling in voller Manneskraft, muß man zwischen den beiden die Wahl haben.«

»Oh!« sagte Madame Mollot, um diesem Kampf zwischen der alten Jungfer und dem jungen Vinet, der stets zu weit ging, Einhalt zu gebieten, »wenn eine Frau Lebenserfahrung besitzt, dann weiß sie, daß zwischen einem Ehemann von fünfzig und einem von fünfundzwanzig kein Unterschied besteht, wenn er nur achtenswert ist . . . Das Wichtigste in der Ehe ist die Harmonie, die man darin sucht. Wenn Mademoiselle Beauvisage nach Paris gehen und dort eine Rolle spielen will, und darauf würde ich an ihrer Stelle bedacht sein, dann suchte ich mir meinen Mann ganz bestimmt nicht in der Stadt Arcis aus . . . Hätte ich das Vermögen besessen, das sie einmal haben wird, dann hätte ich meine Hand sehr wohl einem Grafen gewährt, einem Mann, der mich in eine hohe gesellschaftliche Stellung gebracht hätte, und ich hätte dabei nicht gebeten, er solle mir seinen Geburtsschein zeigen.«

»Ihnen hätte es genügt, ihn bei seiner Toilette zu beobachten«, sagte Vinet leise zu Madame Mollot.

»Aber der König macht doch Grafen, Madame!« sagte Madame Marion, die seit ein paar Augenblicken den Kreis der jungen Mädchen im Auge behielt.

»Ach, Madame!« entgegnete Vinet, »es gibt junge Mädchen, denen Grafen lieber sind, die nicht erst gemacht zu werden brauchen . . .«

»Hören Sie mal, Monsieur Antonin«, sagte da die über den Sarkasmus Olivier Vinets lachende Cécile, »unsere zehn Minuten sind um, und wir wissen nicht, ob der Unbekannte ein Graf ist.«

»Die Regierung muß unfehlbar sein!« sagte Olivier Vinet und blickte Antonin an.

»Ich halte mein Versprechen«, entgegnete der Unterpräfekt, als er an der Salontür den Kopf seines Dieners erscheinen sah. Und abermals verließ er seinen Platz neben Cécile.

»Sprechen Sie von dem Fremden?« fragte Madame Marion. »Weiß man etwas über ihn?«

»Nein, Madame«, antwortete Achille Pigoult. »Aber er ist ohne sein Wissen etwas wie ein Athlet in einer Zirkusmanege, nämlich der Zielpunkt der Blicke von zweitausend Stadtbewohnern. Ich selber weiß übrigens etwas«, fügte der kleine Notar hinzu.

»Ach, dann sagen Sie es doch, Monsieur Achille!« bat Ernestine inständig.

»Sein Diener heißt Paradis . . .!«

»Paradis!« rief Mademoiselle Herbelot.

»Paradis!« echoten alle, die den Kreis bildeten.

»Kann man denn überhaupt Paradis heißen?« fragte Madame Herbelot. Sie hatte gerade neben ihrer Schwägerin Platz genommen.

»Das soll beweisen«, erwiderte der kleine Notar, »daß sein Herr ein Engel ist; denn wenn sein Diener ihm folgt . . . Sie verstehen . . .«

»Ist das der Weg zum Paradies! Hübscher Scherz!« sagte Madame Marion. Sie legte Wert darauf, Achille Pigoult für ihren Neffen zu gewinnen.

»Monsieur«, sagte im Eßzimmer Antonins Diener zu seinem Herrn, »der Tilbury trägt ein Wappen . . .«

»Ein Wappen . . . !«

»Und, Monsieur, hören Sie nur, es ist ein ganz komisches Wappen! Es ist eine Krone mit neun Zacken drauf, und mit Perlen . . .«

»Dann ist er ein Graf!«

»Und ein geflügeltes Ungeheuer, das galoppiert, daß die Funken stieben, absolut wie ein Postillion, der was verloren hat! Und folgendes steht auf dem Spruchband geschrieben«, sagte er und zog einen Zettel aus der Hosentasche. »Mademoiselle Anicette, die Zofe der Fürstin von Cadignan, die gerade, selbstverständlich im Wagen (das Fuhrwerk der Cinq-Cygnes hält vor dem ›Maulesel‹), jenem Herrn einen Brief überbracht hat, hat mir den Text aufgeschrieben . . .«

»Zeig mal her!« Der Unterpräfekt las: ›*Quo me trahit fortuna.*‹[31] Antonin war zwar nicht kundig genug, um die Familie zu kennen, die diese Devise trug, aber er meinte, die Cinq-Cygnes hätten ihr Fuhrwerk schwerlich zur Verfügung gestellt und die Fürstin von Cadignan hätte schwerlich eine Eilnachricht geschickt, wenn es sich nicht um eine Persönlichkeit aus dem höchsten Adel handelte. »Aha! Du kennst die Zofe der Fürstin von Cadignan ...! Du bist ein Glückspilz ...«, sagte Antonin zu seinem Diener.

Julien, ein junger Bauernbursche, hatte ein halbes Jahr auf Gondreville gedient und war dann bei dem Herrn Unterpräfekten eingetreten, der einen gut erzogenen Diener hatte haben wollen.

»Aber, Monsieur, Anicette ist doch das Patenkind meines Vaters. Papa hat der Kleinen was Gutes tun wollen. Ihr Vater ist nämlich tot. Und da hat er sie nach Paris geschickt, um Näherin zu werden. Meine Mutter hat sie nämlich nicht leiden können.«

»Ist sie hübsch?«

»Ziemlich, Herr Unterpräfekt. Beweis dafür ist, daß sie in Paris Pech gehabt hat. Aber schließlich ist sie begabt, sie kann Kleider nähen und frisieren, und da ist sie zur Fürstin von Cadignan gekommen, durch die Fürsprache von Monsieur Marin, des ersten Kammerdieners vom Herrn Herzog von Maufrigneuse ...«

»Was hat sie dir über Cinq-Cygne gesagt? Sind viele Leute da?«

»Viele, Monsieur. Die Fürstin und Monsieur d'Arthez ... der Herzog von Maufrigneuse und die Herzogin, der junge Marquis ... Mit einem Wort, das ganze Schloß ist voll ... Monseigneur der Bischof von Troyes wird heute abend erwartet ...«

»Monseigneur Troubert ...? Ich wüßte gern, ob er einige Zeit dort bleiben wird ...«

»Anicette glaubt es, und sie glaubt auch, Monseigneur komme wegen des Grafen, der im ›Maulesel‹ logiert. Es werden noch weitere Gäste erwartet. Der Kutscher hat gesagt, es werde viel von den Wahlen gesprochen ... Der Herr Präsident Michu soll auch ein paar Tage dableiben ...«

»Versuch, die Zofe in die Stadt kommen zu lassen. Sie kann ja sagen, sie habe dort was zu besorgen ... Hast du Absichten auf sie ...?«

»Wenn sie ein bißchen was hätte, würde ich nicht nein sagen ...! Sie ist nämlich nicht auf den Kopf gefallen.«

»Sag ihr doch, sie solle dich in der Unterpräfektur besuchen.«

»Ja, Monsieur, ich will hingehen ...«

»Mich selber läßt du aus dem Spiel! Sonst käme sie nämlich nicht. Rede ihr was von einer gut bezahlten Stellung vor . . .«

»Ach, Monsieur . . . ich habe auf Gondreville gedient.«

»Weißt du nicht, warum die Botschaft aus Cinq-Cygne um diese Zeit überbracht worden ist? Es ist nämlich halb zehn . . .«

»Anscheinend ist es etwas sehr Eiliges; denn der Graf, der gerade aus Gondreville zurückgekommen war . . .«

»Ist denn der Fremde auf Gondreville gewesen?«

»Da hat er zu Abend gegessen, Herr Unterpräfekt. Und passen Sie mal auf, es ist zum Lachen! Der kleine Diener ist, mit Verlaub, voll wie eine Strandhaubitze. Er hat in der Anrichte soviel Champagner getrunken, daß er sich nicht mehr auf den Beinen halten kann. Sicher hat man ihn aus Spaß sich vollaufen lassen.«

»Na, und der Graf?«

»Der Graf lag schon zu Bett. Als er den Brief gelesen hatte, ist er wieder aufgestanden. Jetzt zieht er sich an. Der Tilbury wird angespannt. Der Graf verbringt den Abend auf Cinq-Cygne.«

»Dann ist er also eine ziemlich große Persönlichkeit?«

»Oh, freilich, Monsieur! Denn Gothard, der Verwalter von Cinq-Cygne, hat heute vormittag seinen Schwager Poupart aufgesucht und ihm die größte Verschwiegenheit über alles eingeschärft, was jenen Herrn betrifft, und er möge ihn bedienen, wie wenn es sich um einen König handelte . . .«

»Sollte Vinet recht gehabt haben?« fragte sich der Unterpräfekt. »Ist hier tatsächlich eine Art Verschwörung im Gange?«

»Der Herzog Georges von Maufrigneuse hat Monsieur Gothard in den ›Maulesel‹ geschickt. Wenn Poupart heute vormittag hierher in diese Versammlung gekommen ist, dann nur, weil der Graf gewollt hat, daß er hingehe. Wenn jener Herr Monsieur Poupart sagen würde, er solle heute abend nach Paris reisen, würde er losfahren . . . Gothard hat seinem Schwager gesagt, er solle für jenen Herrn alles durcheinanderbringen und die Neugierigen an der Nase herumführen.«

»Wenn du Anicettes habhaft werden kannst, dann vergiß nicht, es mir sofort zu melden . . .!« sagte Antonin.

»Aber ich kann sie ja doch auf Cinq-Cygne besuchen, wenn Monsieur mich zu ihr nach Val-Preux schicken wollte.«

»Guter Gedanke! Du kannst das Fuhrwerk benutzen, um hinzukommen ... Aber was hattest du von dem kleinen Diener erzählen wollen?«

»Das ist ein kecker Bursche, dieser kleine Lümmel, Herr Unterpräfekt! Stellen Sie sich vor: Sternhagelvoll, wie er war, ist er auf dem prachtvollen englischen Pferd seines Herrn weggeritten, einem Rassepferd, das sieben Meilen in der Stunde macht, um einen Brief nach Troyes zu bringen, damit er morgen da ist... Und das mit neuneinhalb Jahren! Wie wird der erst sein, wenn er zwanzig ist?«

Geistesabwesend hatte der Unterpräfekt dem letzten Geschwätz der Verwaltungsbeamten zugehört. Und dann hatte Julien ein paar Minuten lang geplappert. Antonin Goulard hörte Julien zu und dachte an den Unbekannten.

»Warte«, sagte der Unterpräfekt zu seinem Diener.

»Was für ein Wirrwarr ...!« sagte er sich, als er langsamen Schrittes zurückging. »Ein Mann, der mit dem Grafen de Gondreville zu Abend ißt und über Nacht auf Cinq-Cygne bleibt ...! Das ist mir eine mysteriöse Angelegenheit ...!«

»Na, und?« rief ihm der ganze Kreis um Mademoiselle Beauvisage entgegen, als er wiedererschien.

»Na ja, er ist tatsächlich Graf, und zwar aus altem Adel, dafür stehe ich ein!«

»Oh, ganz wie ich es wollte!« rief Cécile aus.

»Mademoiselle«, sagte Antonin lächelnd und blickte boshaft zu Madame Mollot hinüber, »er ist groß und gut gewachsen und trägt keine Perücke ...! Sein kleiner Diener war besoffen wie sieben nackte Wilde. Er war in Gondrevilles Anrichte mit Champagner vollgepumpt worden, und dieser neunjährige Junge hat Julien, der ihm was über die Perücke seines Herrn vorgeredet hatte, mit dem Stolz eines alten Lakaien geantwortet: ›Mein Herr, und eine Perücke? Dann würde ich ihm davonlaufen ... Er färbt sich das Haar, und das reicht mir gerade!‹«

»Ihr Opernglas vergrößert die Dinge sehr«, sagte Achille Pigoult zu Madame Mollot, die zu lachen angefangen hatte.

»Und weiter: Der Tiger des schönen Grafen reitet, betrunken wie er ist, nach Troyes und überbringt einen Brief, und erledigt den Auftrag, trotz der Dunkelheit, in fünf Viertelstunden.«

»Diesen Tiger möchte ich mir mal ansehen«, sagte Vinet.

»Wenn er tatsächlich auf Gondreville zu Abend gegessen hat«, sagte Cécile, »dann erfahren wir, wer dieser Graf ist. Mein Großpapa fährt nämlich morgen früh hin.«

»Besonders seltsam dürfte Ihnen erscheinen«, sagte Antonin Goulard, »daß aus Cinq-Cygne Mademoiselle Anicette, die Zofe der Fürstin von Cadignan, mit einer Eilnachricht an den Unbekannten geschickt worden ist, und daß er dort den Abend verbringen wird ...«

»Donnerwetter!« sagte Olivier Vinet, »das ist kein Mensch mehr, das ist ein Teufel, ein Phönix, eine in ihrer Art einzige Persönlichkeit! Er müßte also ein Freund beider Schlösser sein und pokulieren ...«

»O pfui«, sagte Madame Mollot, »was für Ausdrücke haben Sie ...«

»Pokulieren ist ein Ausdruck von edelster Latinität, Madame«, entgegnete ernst der Staatsanwaltsstellvertreter ... »Er wird also wahrscheinlich am Morgen mit König Louis-Philippe pokulieren und am Abend in Holyrood[32] bei Karl X. bankettieren. Es gibt nur *einen* Grund, der einem Christenmenschen erlaubte, in beiden Lagern zu verkehren, bei den Montecchi und den Capuletti! Ha! Jetzt weiß ich, wer dieser Unbekannte ist! Er ist ...«

»Er ist ...?« wurde von allen Seiten gefragt.

»Der Direktor der Eisenbahn Paris–Lyon, oder Paris–Dijon, oder Montereau–Troyes.«

»Stimmt!« sagte Antonin. »Getroffen! Nur die Bank, die Industrie oder die Spekulationen können überall willkommen sein.«

»Ja, im gegenwärtigen Augenblick hasten die großen Namen, die großen Familien, die alten und die neuen Pairs im Eiltempo in die Kommandite!« sagte Achille Pigoult.

»Die Francs verlocken die Franken«, entgegnete Olivier Vinet, ohne dabei zu lachen.

»Sie sind schwerlich der Ölzweig[33] des Friedens«, sagte Madame Mollot lächelnd.

»Aber ist es nicht demoralisierend, die Namen der Verneuils, der Maufrigneuses und der Héronvilles mit denen der du Tillets und der Nucingens bei Börsenspekulationen verkuppelt zu sehen?«

»Unser Unbekannter muß wohl eine minderjährige Eisenbahn sein«, sagte Olivier Vinet.

»Na ja, morgen geht in ganz Arcis alles drunter und drüber«, sagte Achille Pigoult. »Ich will den Herrn aufsuchen, um der Notar der Angelegenheit zu sein! Es dürften zweitausend Aktenstücke ausgefertigt werden müssen.«

»Unser Roman wird zu einer Lokomotive«, sagte Ernestine bekümmert zu Cécile.

»Ein mit einer Eisenbahn doublierter Graf«, erwiderte Achille Pigoult, »ist eben deswegen desto mehr zur Ehe geeignet... Aber ist er denn noch Junggeselle?«

»Ach, das erfahre ich morgen durch Großpapa«, sagte Cécile mit großspurigem Enthusiasmus.

»Nein, wie witzig!« rief Madame Marion mit erzwungenem Auflachen. »Wie, Cécile, mein Kätzchen, denken Sie tatsächlich an den Unbekannten...?«

»Aber der Ehemann ist doch stets ein Unbekannter«, sagte Olivier Vinet hastig und machte Mademoiselle Beauvisage ein Zeichen, das sie wunderbar verstand.

»Warum sollte ich nicht an ihn denken?« fragte Cécile. »Das ist nicht kompromittierend. Er ist doch, wie die Herren hier sagen, entweder ein großer Spekulant oder irgendein großer Herr... Wahrhaftig, mir ist einer so recht wie der andere. Ich mag nun mal Paris! Ich will einen Wagen haben, ein Stadtpalais, eine Loge im Théâtre-Italien, usw.«

»So ist es!« sagte Olivier Vinet. »Wenn man träumt, darf man sich nichts versagen. Nebenbei gesagt, wenn ich das Glück hätte, Ihr Bruder zu sein, würde ich Sie mit dem jungen Marquis de Cinq-Cygne verheiraten. Der scheint mir ein fideles Kerlchen zu sein, das die Taler lustig tanzen läßt und sich über den Widerwillen seiner Mutter gegen die Schauspieler in der großen Tragödie schieflacht, bei der der Vater unseres Präsidenten so jämmerlich umgekommen ist.«

»Es würde für Sie leichter sein, Ministerpräsident zu werden!« sagte Madame Marion. »Es wird nie zu einer Ehe zwischen der Enkelin der Grévins und den Cinq-Cygnes kommen...!«

»Romeo hätte aber dennoch beinah Julia geheiratet!« sagte Achille Pigoult. »Und Mademoiselle ist schöner als ...«

»Oh, jetzt kommen Sie uns mit Opernzitaten!« sagte harmlos der Notar Herbelot, der gerade mit seiner Whistpartie zu Ende gekommen war.

»Mein Kollege«, sagte Achille Pigoult, »kennt sich in der Geschichte des Mittelalters nicht gut aus ...«

»Komm, Malvina!« sagte der dicke Notar, ohne seinem jungen Kollegen zu antworten.

»Sagen Sie mal, Monsieur Antonin«, fragte Cécile den Unterpräfekten, »die Zofe der Fürstin von Cadignan ... kennen Sie sie?«

»Nein, aber Julien kennt sie. Sie ist das Patenkind seines Vaters, und die beiden stehen recht gut miteinander.«

»Versuchen Sie doch durch Julien, sie für uns zu kapern. Auf den Lohn würde es Mama nicht ankommen ...«

»Mademoiselle, Hören ist Gehorchen, sagt man in Asien zu den Despoten«, erwiderte der Unterpräfekt. »Sie werden schon sehen, was ich unternehme, um Ihnen gefällig zu sein!« Er ging hinaus und befahl Julien, sich auf den Wagen zu setzen, der nach Cinq-Cygne zurückfuhr, und Anicette um jeden Preis zu überreden.

In diesem Augenblick gesellte sich Simon Giguet, der gerade mit seinen Wortbücklingen vor allen einflußreichen Leuten von Arcis fertig geworden war und seine Wahl als gesichert ansah, zu dem Kreis, der Cécile und Mademoiselle Mollot umgab. Der Abend war bereits ziemlich fortgeschritten. Es hatte zehn geschlagen. Nachdem auf ungeheuerliche Weise dem Backwerk, den Gläsern mit Mandelmilch, Punsch, Limonade und verschiedenen Fruchtsäften zugesprochen worden war, brachen alle, die an jenem Tag lediglich aus politischen Gründen zu Madame Marion gekommen und an dieses für sie aristokratische Parkett nicht gewöhnt waren, um so schneller auf, als sie niemals so spät zu Bett zu gehen pflegten. Also war die Abendgesellschaft drauf und dran, einen intimen Charakter anzunehmen. Simon Giguet hoffte, er könne ein paar Worte mit Cécile wechseln, und schaute sie mit dem Blick eines Eroberers an. Dieser Blick verletzte Cécile.

»Mein Lieber«, sagte Antonin, der auf dem Gesicht des Freundes die Aureole des Erfolgs glänzen sah, zu Simon, »du kommst in einem Augenblick, da die Leute von Arcis unrecht haben . . .«

»Sehr unrecht«, sagte Ernestine, die von Cécile mit dem Ellbogen angestoßen worden war. »Cécile und ich machen einander den Unbekannten streitig!«

»Dabei ist er gar kein Unbekannter mehr«, sagte Cécile. »Er ist ein Graf!«

»Irgendein Hanswurst!« entgegnete Simon verächtlich.

»Würden Sie das einem Manne ins Gesicht sagen, Monsieur Simon«, antwortete Cécile, »dem die Fürstin von Cadignan vorhin ihre Bedienung geschickt, der heute auf Gondreville gespeist hat und der diesen Abend bei der Marquise de Cinq-Cygne verbringt?« Das wurde so heftig und in einem so harten Tonfall gesagt, daß Simon völlig aus der Fassung geriet.

»Ach, Mademoiselle«, sagte Olivier Vinet, »wenn man einander ins Gesicht sagte, was wir alle uns übereinander hinterm Rücken sagen, dann wäre kein gesellschaftliches Leben mehr möglich. Die Freuden des Gesellschaftslebens, vor allem in der Provinz, bestehen doch darin, übereinander Schlechtes zu reden . . .«

»Monsieur Simon ist eifersüchtig auf deinen Enthusiasmus für den unbekannten Grafen«, sagte Ernestine.

»Mir scheint«, sagte Cécile, »daß Monsieur Simon nicht das Recht hat, auf irgendeine meiner Neigungen eifersüchtig zu sein.« Nach diesem scharf betonten Ausspruch, der Simon hatte zu Boden schmettern sollen, stand Cécile auf. Alle traten beiseite und ließen sie durch, und sie ging zu ihrer Mutter, die gerade ihre Whistabrechnungen abschloß.

»Aber Kleines!« rief Madame Marion und lief der Erbin nach, »mir scheint, du bist recht hart mit meinem armen Simon umgesprungen!«

»Was hat das liebe Kätzchen denn angestellt?« fragte Madame Beauvisage.

»Mama, Monsieur Simon hat meinem Unbekannten durch das Wort ›Hanswurst‹ eine Ohrfeige versetzt.«

Simon war seiner Tante nachgegangen und gelangte in das Gefilde der Spieltische. Die vier Leute, für die es um so gewichtige Interessen ging, standen jetzt also mitten im Salon beisammen, Cécile und deren Mutter an der einen Seite des Tisches, Madame Marion und ihr Neffe an der andern.

»Wirklich, Madame«, sagte Simon Giguet, »Sie müssen doch zugeben, daß man sich gedrängt fühlen muß, jemanden ins Unrecht zu setzen, wenn man sich über das ärgert, was ich eben über einen gewissen Herrn geäußert habe, von dem ganz Arcis spricht und der im ›Maulesel‹ logiert . . .«

»Finden Sie, daß er Ihnen Konkurrenz macht?« fragte Madame Beauvisage wie im Scherz.

»Es würde mich bestimmt arg gegen ihn aufbringen, wenn er die Ursache auch nur der geringsten Mißhelligkeit zwischen Mademoiselle Cécile und mir wäre«, sagte der Kandidat und blickte das junge Mädchen mit flehender Miene an.

»Sie hatten einen schneidenden Ton angeschlagen, als Sie Ihr Urteil abgaben. Und der beweist, daß Sie sehr despotisch sein werden, und da haben Sie recht. Wenn Sie Minister sein wollen, müssen Sie viel kurz und klein schneiden . . .«

In diesem Augenblick nahm Madame Marion Madame Beauvisage beim Arm und führte sie zu einem Kanapee. Cécile, die sich allein sah, gesellte sich wieder zu dem Kreis, in dem sie gesessen hatte, um der Antwort zu entgehen, die Simon ihr geben konnte, und der Kandidat blieb mit ungemein dummem Gesicht vor dem Tisch stehen und beschäftigte sich mechanisch damit, mit den Spielmarken zu spielen.

»Es gibt Spielmarken, die die Buße des Verlierenden darstellen«, sagte Olivier Vinet, der diese kleine Szene verfolgt hatte. Diese Äußerung wurde zwar mit gesenkter Stimme getan, aber von Cécile vernommen, die nicht umhin konnte, darüber zu lachen.

»Liebe Freundin«, sagte Madame Marion ganz leise zu Madame Beauvisage, »Sie sehen, daß jetzt nichts die Wahl meines Neffen hindern kann.«

»Ich bin darüber entzückt, um Ihres- und um der Abgeordnetenkammer willen«, sagte Séverine.

»Mein Neffe, meine Liebe, wird es noch sehr weit bringen . . . Und zwar aus folgendem Grunde: Sein eigenes Vermögen, das, was ihm sein Vater hinterlassen wird, und das meinige werden etwa dreißigtausend Francs Zinsen abwerfen. Wenn man Abgeordneter ist und über ein solches Vermögen verfügt, kann man auf alles und jedes Anspruch erheben.«

»Madame, wir zollen ihm unsere Bewunderung, und unsere besten Wünsche werden ihn auf seiner politischen Laufbahn begleiten, aber ...«

»Ich verlange von Ihnen keine Antwort!« unterbrach Madame Marion lebhaft ihre Freundin. »Ich bitte Sie lediglich, über diesen Vorschlag nachzudenken. Passen unsere Kinder zueinander? Können wir sie miteinander verheiraten? Wir werden während der ganzen Zeit der Kammersitzungen in Paris wohnen. Und wer weiß, ob der Abgeordnete von Arcis dort nicht durch einen schönen Posten in der Justiz festgehalten wird ...? Bedenken Sie doch den Weg, den der aus der Provinz stammende Monsieur Vinet gemacht hat! Mademoiselle de Chargeboeuf wird vorgeworfen, daß sie ihn geheiratet habe. Jetzt wird sie bald die Gattin des Justizministers, und Monsieur Vinet kann jederzeit Pair von Frankreich werden.«

»Madame, ich bin nicht ermächtigt, meine Tochter nach meinem Gefallen zu verheiraten. Erstens wollen ihr Vater und ich ihr bei der Wahl völlige Freiheit lassen. Wenn sie den Unbekannten heiraten will, geben wir ihr, vorausgesetzt, daß er ein passender Mann ist, unsere Zustimmung. Zweitens ist Cécile ganz und gar von ihrem Großvater abhängig, der ihr im Ehekontrakt ein Stadtpalais in Paris verschreiben will, das Palais Beauséant, das er vor zehn Jahren für uns gekauft hat und das heute achthunderttausend Francs wert ist. Es ist eins der schönsten im Faubourg Saint-Germain. Überdies hat er zweihunderttausend Francs in Reserve für die Kosten der Einrichtung. Ein Großvater, der sich so verhält und der meine Schwiegermutter dahin bringen will, daß sie ebenfalls im Hinblick auf eine passende Heirat ein paar Opfer bringt, hat wohl ein Anrecht auf seinen Rat ...«

»Ganz bestimmt!« sagte Madame Marion. Sie war bestürzt über diese vertrauliche Mitteilung, durch die die Eheschließung ihres Neffen mit Cécile nur desto schwieriger geworden war.

»Cécile würde von ihrem Großvater Grévin nichts zu erwarten haben«, fuhr Madame Beauvisage fort, »wenn sie heiratete, ohne ihn zu befragen. Der von meinem Vater ausgesuchte Schwiegersohn ist tot. Seine neuen Absichten kenne ich nicht. Wenn Sie irgendwelche Vorschläge zu machen haben, dann gehen Sie doch zu meinem Vater.«

»Gut, ich gehe hin«, sagte Madame Marion.

Madame Beauvisage gab Cécile einen Wink, und beide verließen den Salon

Am folgenden Tag fanden Antonin und Frédéric Marest ihrer Gewohnheit gemäß sich nach der Hauptmahlzeit mit Monsieur Martener und Olivier unter den Linden der Seufzerallee ein, wo sie ihre Zigarren rauchten und spazierengingen. Diese Promenade gehört zu den kleinen Freuden der Hochmögenden in der Provinz, wenn sie miteinander auf gutem Fuß stehen.

Nach einem Hinundherwandeln gesellte sich Simon Giguet zu den Spaziergängern und führte seinen Schulkameraden Antonin über die Avenue hinaus, nach dem Platz zu, wo er mit geheimnisvoller Miene zu ihm sagte:

»Du mußt einem alten Kameraden treu bleiben. Er will dir die Offiziersrosette und eine Präfektur verschaffen.«

»Du stehst erst am Beginn deiner politischen Laufbahn«, sagte Antonin lachend, »und willst mich schon bestechen, du leidenschaftlicher Puritaner?«

»Willst du mir helfen?«

»Mein Lieber, du weißt, daß Bar-sur-Aube nach hier zur Abstimmung kommt. Wer kann unter diesen Umständen für eine Mehrheit bürgen? Mein Kollege in Bar-sur-Aube würde sich über mich beschweren, wenn ich nicht die gleichen Anstrengungen wie er im Sinne der Regierung unternähme. Dein Versprechen knüpft sich an Bedingungen, während meine Absetzung sicher wäre.«

»Aber ich habe doch keine Konkurrenten.«

»Das glaubst du«, sagte Antonin, »aber

›Er findet sich schon ein, darüber sei dir klar.‹«

»Und meine Tante, die doch weiß, daß ich auf glühenden Kohlen sitze, und die nicht kommt ...!« rief Giguet. »Oh, diese drei Stunden kommen mir vor wie drei Jahre ...!« Und nun ließ er sich sein Geheimnis entschlüpfen! Er gestand seinem Freunde ein, Madame Marion sei zum alten Grévin gegangen, um ihn als Zukünftigen für Cécile vorzuschlagen.

Die beiden Freunde waren bis zur Höhe der Landstraße nach Brienne gegenüber dem Hotel ›Zum Maulesel‹ weitergegangen. Während der Advokat die abschüssige Straße entlangblickte, auf der seine Tante von der Brücke her kommen mußte, schaute der Unterpräfekt sich die Rinnen an, die der Regen auf dem Platz ausgewaschen hatte. Arcis hat weder Sandsteinplatten noch Kieselsteinpflaster, denn die Ebenen der Champagne liefern kein geeignetes Baumaterial, und noch weniger Kieselsteine, die dick genug zur Fertigung eines Pflasters aus einer Kieselsteinschicht wären. Eine oder zwei Straßen und ein paar kleine Plätze haben Fahrdämme; aber alle andern sind unzulänglich makadamisiert, und das sagt genug über ihren Zustand bei Regenwetter aus. Dadurch, daß der Unterpräfekt tat, als mache er sich Gedanken über diesen wichtigen Gegenstand, gab er sich eine gewisse Haltung. Aber es entging ihm nichts von den inneren Schmerzen, die sich auf dem verzerrten Gesicht seines Kameraden abzeichneten.

In diesem Augenblick kam der Unbekannte vom Schloß Cinq-Cygne zurück, wo er offenbar genächtigt hatte. Goulard beschloß, selber das Geheimnis aufzuklären, in das der Unbekannte sich hüllte, der physisch in jenen kleinen Überrock aus grobem Tuch gehüllt war, den man Paletot nennt und der damals Mode war. Ein wie eine Decke über die Füße des Unbekannten gebreiteter Mantel ließ von seinem Körper nichts sehen. Und schließlich reichte ihm noch ein riesengroßes Halstuch aus rotem Kaschmir bis an die Augen. Der verwegen schief aufgesetzte Hut wirkte keineswegs lächerlich. Nie zuvor war ein Geheimnis auf so geheimnisvolle Weise eingepackt und eingewickelt.

»Obacht!« rief der Tiger, der dem Tilbury voranritt. »Papa Poupart! Aufmachen!« schrie er mit leicht verärgerter Stimme.

Die drei Bediensteten des ›Maulesels‹ stürzten herbei, und der Tilbury verschwand, ohne daß jemand auch nur einen einzigen der Züge des Unbekannten hätte wahrnehmen können. Der Unterpräfekt folgte dem Tilbury und trat auf die Schwelle des Gasthauses.

»Madame Poupart«, sagte Antonin, »bitte fragen Sie doch mal Ihren Monsieur ... Monsieur ...«

»Ich weiß nicht, wie er heißt«, sagte Gothards Schwester.

»Das ist ein Verstoß! Die Polizeivorschriften sind unmißverständlich, und Monsieur Groslier versteht keinen Spaß, wie alle Polizeikommissare, die nichts zu tun haben.«

»In Wahlzeiten begehen Gastwirte nie Verstöße«, sagte der Tiger, der vom Pferd gestiegen war.

»Diesen Ausspruch muß ich Vinet erzählen«, sagte sich der Unterpräfekt. – »Frag deinen Herrn, ob er für den Unterpräfekten von Arcis zu sprechen ist.« Und Antonin Goulard ging wieder zu den drei Spaziergängern, die am Ende der Avenue stehengeblieben waren, als sie den Unterpräfekten im Gespräch mit dem Tiger sahen, der seines Namens und seiner treffenden Antworten wegen bereits berühmt war.

»Monsieur bitten den Herrn Unterpräfekten, doch heraufzukommen. Er freut sich, ihn kennenzulernen«, sagte Paradis nach ein paar Minuten zum Unterpräfekten.

»Sag mal, Kleiner«, sagte Olivier zu ihm, »was zahlt dein Herr eigentlich einem Jungen von deinem Schlag und deiner Klugheit?«

»Zahlen, Monsieur ...? Für wen halten Sie uns? Der Herr Graf läßt sich das Geld aus der Tasche ziehen ... und ich bin zufrieden.«

»Der Junge ist in einer guten Schule«, sagte Frédéric Marest.

»Es ist die hohe Schule, Herr Staatsanwalt!« erwiderte Paradis und ließ die fünf ob seiner Schlagfertigkeit verblüfften Freunde stehen.

»Solch ein Figaro!« rief Vinet.

»Man darf uns nicht zu gering einschätzen«, antwortete der Junge. »Mein Herr sagt immer, ich sei ein kleiner Robert Macaire. Seit wir verstehen, uns Zinsen zu verschaffen, sind wir Figaro plus Geld.«

»Wieviel gaunerst du dir denn zusammen?«

»Bei manchen Rennen verdiene ich tausend Taler ... ohne meinen Herrn zu verkaufen ...«

»Ein sublimer Knabe!« sagte Vinet. »Er kennt sich im Turf aus!«

»Und in allen *gentlemen riders*[34]«, sagte der Kleine und streckte Vinet die Zunge heraus.

»Dieser Paradis kann noch gut werden ...!« sagte Frédéric Marest.

Der Wirt des ›Maulesels‹ führte Antonin Goulard. Er fand den Unbekannten in dem Zimmer vor, aus dem er einen Wohnraum gemacht hatte. Er wurde durch ein Lorgnon gemustert, das auf die impertinenteste Weise gehalten wurde.

»Monsieur«, sagte Antonin Goulard gewissermaßen von oben herab, »ich höre eben von der Frau des Gastwirts, daß Sie es ablehnen, die polizeilichen Verfügungen zu befolgen, und da ich mir vollauf klar darüber bin, daß Sie eine vornehme Persönlichkeit sind, komme ich selber ...«

»Sie heißen Goulard?« fragte der Unbekannte mit Kopfstimme.

»Ich bin der Unterpräfekt, Monsieur ...«, antwortete Antonin Goulard.

»Gehörte Ihr Vater nicht zu den Anhängern der Simeuses ...?«

»Und ich, Monsieur, gehöre zur Regierung. Die Zeiten haben sich gewandelt.«

»Haben Sie einen Diener namens Julien, der die Zofe der Fürstin von Cadignan abspenstig machen will ...?«

»Monsieur, ich gestatte niemandem, so mit mir zu reden«, sagte Goulard. »Sie verkennen meinen amtlichen Charakter ...«

»Und wollen den meinigen wissen!« gab der Unbekannte zurück. »Ich gebe mich also zu erkennen ... Es kann in das Fremdenbuch des Wirts geschrieben werden: ›Impertinent ... kommt aus Paris ... Ausfragen ... Alter zweifelhaft ... Macht eine Vergnügungsreise.‹ Es würde in Frankreich eine schätzenswerte Neuerung sein, wenn man England und seine Methode, die Leute nach Belieben kommen und gehen zu lassen, nachahmte, ohne sie zu schikanieren, ohne sie alle paar Augenblicke nach ›Ausweisen‹ zu fragen ... Ich habe keinen Paß. Was wollen Sie jetzt tun?«

»Der Herr Staatsanwalt steht da drüben, unter den Linden ...«, sagte der Unterpräfekt.

»Monsieur Marest ...! Bestellen Sie ihm einen schönen Gruß von mir ...«

»Aber wer sind Sie denn?«

»Alles, was Sie wollen, mein lieber Monsieur Goulard«, sagte der Unbekannte, »Sie nämlich müssen entscheiden, ›als was‹ ich in diesem Arrondissement auftrete. Geben Sie mir einen guten Rat über mein Verhalten. Da, lesen Sie ...« Und der Unbekannte hielt dem Unterpräfekten einen Brief hin, der folgendermaßen lautete:

Präfektur des Départements Aube
(Kabinett)

Herr Unterpräfekt,
Sie haben sich mit dem Überbringer dieses Schreibens über die Wahl in Arcis ins Einvernehmen zu setzen, und Sie haben ihm in allem, was er von Ihnen verlangen könnte, entgegenzukommen. Ich ersuche Sie um Wahrung völliger Diskretion und darum, daß Sie ihn mit aller seinem Rang gebührenden Rücksichtnahme behandeln.

Der Brief war vom Präfekten eigenhändig geschrieben und unterzeichnet worden.

»Sie haben mehr Glück als Verstand gehabt!«[35] sagte der Unbekannte, als er den Brief wieder an sich nahm.

Antonin Goulard, den das noble Aussehen und die Manieren dieser Persönlichkeit bereits stutzig gemacht hatten, wurde respektvoll.

»Wieso denn?« fragte der Unterpräfekt.

»Dadurch, daß Sie Anicette an sich locken wollten ... Sie hat uns von den Bestechungsversuchen dieses Julien erzählt, den Sie Julian Apostata[36] nennen könnten, weil er von Paradis besiegt worden ist, meinem Tiger, und schließlich eingestanden hat, Sie wünschten, daß Anicette in den Dienst der reichsten Familie von Arcis trete. Da nun aber die reichste Familie von Arcis die Beauvisages sind, gehe ich wohl nicht fehl mit der Annahme, daß Mademoiselle Cécile sich dieses Schatzes erfreuen will.«

»Ja ...«

»Na, schön. Anicette tritt heute morgen in den Dienst der Beauvisages!« Er pfiff. Paradis kam so schnell herein, daß der Unbekannte zu ihm sagte: »Du hast gelauscht!«

»Wider Willen, Herr Graf. Die Wände sind papierdünn ... Wenn der Herr Graf wollen, gehe ich in ein Zimmer im Oberstock ...«

»Nein, du kannst ruhig zuhören, das ist dein gutes Recht. Es liegt bei mir, leiser zu sprechen, wenn ich nicht will, daß du Einblick in meine Angelegenheiten erhältst ... Du reitest zurück nach Cinq-Cygne und gibst der kleinen Anicette in meinem Namen dies Zwanzigfrancsstück ... – Dann sieht es so aus, als habe Julien sie in Ihrem Auftrag verlockt. Dies Geldstück bedeutet, daß sie Julien folgen kann«, sagte der Unbekannte zu Goulard. »Anicette ist für den Erfolg unseres Kandidaten vielleicht nicht ganz unnütz.«

»Anicette ...?«

»Freilich, Herr Unterpräfekt. Ich bediene mich seit zweiunddreißig Jahren der Kammerkätzchen ... Mein erstes Abenteuer hatte ich als Dreizehnjähriger, ganz genauso wie der Regent, der Urgroßvater unseres Königs[37]. Sind Sie über das Vermögen dieser Demoiselle Beauvisage im Bilde?«

»Das kann man nicht abschätzen. Denn gestern bei Madame Marion hat Madame Séverine gesagt, Monsieur Grévin, Céciles Großvater, würde seiner Enkelin das Palais Beauséant und zweihunderttausend Francs zur Hochzeit schenken ...«

Die Augen des Unbekannten drückten keinerlei Überraschung aus: Er wirkte, als komme ihm dies Vermögen recht mäßig vor.

»Kennen Sie sich in Arcis gut aus?« fragte er Goulard.

»Ich bin hier Unterpräfekt und in der Gegend geboren worden.«

»Na, gut. Wie kann man der Neugier entgegenwirken?«

»Nun, indem man sie stillt. Sie haben doch einen Vornamen, Herr Graf. Tragen Sie ihn in das Fremdenregister ein und setzen Sie Ihren Titel dazu.«

»Gut. Graf Maxime ...«

»Und wenn Sie sich dann noch den Rang eines Administrators des Eisenbahnwesens zulegen, ist Arcis befriedigt, und man kann mit diesem Gaukelspiel die ganze Stadt vierzehn Tage lang amüsieren.«

»Nein, ich wähle lieber den Beruf des Irrigators, das ist ungewöhnlicher ... Ich komme, um die Äcker der Champagne zu ameliorieren. Das ist ein Grund, mein lieber Monsieur Goulard, mich zusammen mit den Beauvisages morgen zum Essen in Ihr Haus zu laden ... ich lege Wert darauf, sie kennenzulernen und unter die Lupe zu nehmen.«

»Ich bin nur zu glücklich, Sie bei mir zu sehen«, sagte der Unterpräfekt. »Aber ich bitte Sie um Nachsicht für die Unzulänglichkeit meines Hauses ...«

»Wenn ich entsprechend den Wünschen derer, die mich herschicken, bei der Wahl in Arcis Erfolg habe, werden Sie Präfekt, lieber Freund«, sagte der Unbekannte. »Da, lesen Sie«, sagte er und hielt Antonin zwei weitere Briefe hin.

»Vortrefflich, Herr Graf«, sagte Goulard und reichte die Briefe zurück.

»Rekapitulieren Sie alle Stimmen, über die die Regierung verfügen kann. Vor allem dürfen wir nicht den Anschein erwecken, als steckten wir unter einer Decke. Ich bin ein Spekulant und pfeife auf die Wahlen ...!«

»Ich kann Ihnen ja den Polizeikommissar schicken, der Sie dann zwingt, sich in Pouparts Fremdenliste einzutragen.«

»Tadelloser Einfall ... Jetzt auf Wiedersehen. Was für eine Stadt ist dies!« sagte der Graf laut. »Keinen Schritt kann man hier tun, ohne alle Welt, bis zum Unterpräfekten, auf dem Nacken zu haben.«

»Sie bekommen es mit dem Polizeikommissar zu tun«, sagte Antonin.

Zwanzig Minuten später wurde bei Madame Mollot von einer heftigen Auseinandersetzung zwischen dem Unterpräfekten und dem Unbekannten gesprochen.

»Na, aus welchem Holz ist der Balken, der in unsern Sumpf gefallen ist?«[38] fragte Olivier Goulard, als er ihn aus dem ›Maulesel‹ kommen sah.

»Es ist ein Graf Maxime. Er will sich mit der geologischen Struktur der Champagne beschäftigen und nach Mineralquellen suchen«, antwortete der Unterpräfekt gleichmütig.

»Sagen Sie lieber: Hilfsquellen«, entgegnete Olivier.

»Hofft er, Kapital in der Stadt aufzutreiben ...?« fragte Monsieur Martener.

»Ich zweifle daran, daß unsere Royalisten auf diese Goldminen 'reinfallen«, antwortete Olivier Vinet lächelnd.

»Was schließen Sie aus der Miene und den Gesten der Madame Marion?« brach der Unterpräfekt die Unterhaltung ab und wies auf Simon und seine Tante, die miteinander redeten.

Simon war seiner Tante entgegengegangen und besprach sich mit ihr auf dem Platze.

»Ja, wenn er erhört worden wäre, würde doch meiner Meinung nach ein Wort genügen, um es ihm mitzuteilen«, entgegnete der Staatsanwaltsstellvertreter.

»Na, und?« fragten die beiden Beamten Simon aus einem Munde, als er wieder unter den Linden ankam.

»Ja, meine Tante wiegt sich in Hoffnungen. Madame Beauvisage und der alte Grévin, der grade nach Gondreville fahren wollte, sind über unsern Antrag nicht überrascht gewesen. Man hat über die beiderseitigen Vermögen gesprochen, man will Cécile völlig freie Wahl lassen. Schließlich hat Madame Beauvisage gesagt, was sie selber betreffe, so sähe sie nicht, was sich gegen eine Eheschließung einwenden lasse, durch die sie sich geehrt fühle. Aber daß sie dennoch ihre Antwort von meiner Wahl und vielleicht von meinem Debüt in der Kammer abhängig mache, und der alte Grévin hat verlauten lassen, der Graf de Gondreville müsse gefragt werden. Ohne dessen Ansicht zu kennen, treffe er nie eine wichtige Entscheidung.«

»Dann«, sagte Goulard unumwunden, »wirst du Cécile nicht heiraten, alter Junge!«

»Und warum nicht?« rief Giguet ironisch.

»Mein Lieber, Madame Beauvisage verbringt mit ihrer Tochter und ihrem Mann vier Abende der Woche im Salon deiner Tante. Deine Tante ist die eleganteste und wichtigste Frau in Arcis. Obwohl zwischen ihr und Madame Beauvisage ein Altersunterschied von zwanzig Jahren besteht, wird sie von Madame Beauvisage beneidet. Und du glaubst, man müsse einen Korb nicht in ein paar Höflichkeitsformeln hüllen . . .?«

»Weder ja noch nein sagen«, fiel Vinet ein, »heißt nein sagen, unter Berücksichtigung der intimen Beziehungen eurer beiden Familien. Wenn Madame Beauvisage das größte Vermögen in Arcis besitzt, ist Madame Marion die angesehenste Dame. Denn abgesehen von der Frau unseres Gerichtspräsidenten, die keinen Besuch empfängt, ist sie die einzige, die sich darauf versteht, gesellschaftlichen Verkehr zu pflegen. Sie ist die Königin von Arcis. Madame Beauvisage scheint ihren Korb mit Höflichkeiten füllen zu wollen, und weiter gar nichts.«

»Mir scheint, der alte Grévin hat sich über Ihre Tante lustiggemacht, mein Lieber«, sagte Frédéric Marest.

»Sie haben gestern den Grafen de Gondreville angegriffen, Sie haben ihn verletzt, Sie haben ihn gröblich beleidigt, denn Achille Pigoult hat ihn tapfer verteidigen müssen ... und nun soll er über Ihre Heirat mit Cécile um Rat gefragt werden ...!«

»Schwerlich kann man neckischer sein als der alte Papa Grévin«, sagte Vinet.

»Madame Beauvisage ist ehrgeizig«, antwortete Goulard, »und weiß nur zu gut, daß ihre Tochter einmal zwei Millionen bekommt. Sie will die Schwiegermutter eines Ministers oder eines Gesandten werden, damit sie in Paris thronen kann.«

»Ja, und warum nicht?« fragte Simon Giguet.

»Ich wünsche es dir«, sagte der Unterpräfekt und warf dem Staatsanwaltsstellvertreter einen Blick zu. Als die beiden ein paar Schritte weit weg waren, fingen sie an zu lachen. »Nicht mal Abgeordneter wird er!« sagte Antonin zu Olivier, »die Regierung hat ganz bestimmte Absichten. Sie werden daheim einen Brief Ihres Vaters vorfinden, der Ihnen einschärft, sich der Leute in Ihrem Ressort zu versichern, deren Stimmen der Regierung gehören. Davon hängt Ihre Beförderung ab. Und er empfiehlt Ihnen absolute Geheimhaltung.«

»Und für wen sollen unsere Gerichtsvollzieher, unsere Advokaten, unsere Friedensrichter, unsere Notare stimmen?« fragte der Staatsanwaltsstellvertreter.

»Für den Kandidaten, den ich Ihnen nennen werde ...«

»Aber woher wissen Sie denn, daß mein Vater mir geschrieben hat, und was er mir schreibt ...?«

»Von dem Unbekannten.«

»Dem Mann mit den Goldminen!«

»Mein lieber Vinet, wir dürfen ihn nicht kennen. Reden wir lieber von ihm, als sei er ein gänzlich Fremder ... Er hat auf der Durchreise in Provins Ihren Vater aufgesucht. Vorhin hat diese Persönlichkeit mir ein paar Zeilen des Präfekten unter die Nase gehalten, des Inhalts, ich möge bei den Wahlen in Arcis allen Instruktionen folgen, die der Graf Maxime mir geben werde. Ich habe ganz genau gewußt, daß ich eine Schlacht würde schlagen müssen! Lassen Sie uns zusammen essen, und dann wollen wir unsere Batterien richten. Es handelt sich für Sie darum, Staatsanwalt in Mantes, und für mich, Präfekt zu werden. Wir dürfen nicht den Anschein erwecken, als mischten wir uns in die Wahlen ein, denn wir befinden uns zwischen Amboß und Hammer. Simon ist der Kandidat einer Partei, die das gegenwärtige Ministerium stürzen will und die Erfolg haben könnte; aber für so intelligente Leute wie Sie und ich gilt es, nur einen einzigen Entschluß zu fassen ...«

»Und welchen?«

»Denen zu dienen, die die Ministerien machen und stürzen ... Und der Brief, der mir gezeigt worden ist, stammt von einer der Persönlichkeiten, die die Gevattern des unwandelbaren Gedankens sind.«

Bevor wir weitererzählen, muß dargelegt werden, wer jener Goldgräber war, und was er in der Champagne ausbuddeln wollte.

Etwa zwei Monate vor dem Triumph Simon Giguets als Kandidat sagte um elf Uhr abends in einem Stadtpalais im Faubourg Saint-Honoré, als bei der Marquise d'Espard gerade der Tee gereicht wurde, der Chevalier d'Espard, ihr Schwager, wobei er seine Tasse niedersetzte und die Runde musterte, die sich um den Kamin gebildet hatte: »Maxime war heute abend recht traurig, finden Sie nicht ...?«

»Aber«, antwortete Rastignac, »seine Traurigkeit ist doch durchaus erklärlich, er ist achtundvierzig. In diesem Alter schließt man keine neuen Freundschaften mehr. Und als wir de Marsay begruben, hat Maxime den einzigen Menschen verloren, der imstande war, ihn zu verstehen, ihm zu helfen und sich von ihm helfen zu lassen ...«

»Sicher drücken ihn Schulden. Könnten Sie ihm nicht behilflich sein, sie zu bezahlen?« fragte die Marquise Rastignac.

Rastignac war gegenwärtig zum zweitenmal Minister. Vor kurzem war er fast wider seinen Willen zum Grafen erhoben worden. Sein Schwiegervater, der Baron de Nucingen, war Pair von Frankreich geworden. Sein Bruder war Bischof. Der Baron de Roche-Hugon, sein Schwager, war Gesandter, und er selber galt bei allen künftigen Regierungsumbildungen als unentbehrlich.

»Sie vergessen stets, liebe Marquise«, antwortete Rastignac, »daß unsere Regierung ihr Geld nur gegen lauteres Gold eintauscht. Von Menschen hat sie keine Ahnung.«

»Ist Maxime danach geartet, sich eine Kugel durch den Kopf zu schießen?« fragte du Tillet.

»Ach, das möchtest du wohl, dann wären wir quitt!« antwortete dem Bankier der Graf Maxime de Trailles, von dem alle glaubten, daß er schon weggegangen sei.

Und der Graf tauchte wie eine Geistererscheinung aus der Tiefe eines Sessels auf, der hinter demjenigen des Marquis d'Espard stand. Alle fingen an zu lachen.

»Möchten Sie eine Tasse Tee?« fragte ihn die junge Gräfin de Rastignac, die die Marquise gebeten hatte, an ihrer Stelle die Pflichten der Hausherrin zu erfüllen.

»Gern«, antwortete der Graf und ließ sich vor dem Kamin nieder.

Dieser Mann, der Fürst aller Pariser Taugenichtse, hatte sich bis zu diesem Tage in der gehobenen Sphäre gehalten, die die Dandys innehatten. Damals wurden sie »die Gelbbehandschuhten« genannt, seither »die Löwen«. Es erübrigt sich, die Geschichte seiner Jugend zu erzählen, die von galanten Abenteuern erfüllt und durch schreckliche Tragödien gekennzeichnet war, bei denen er indessen stets den Anstand zu wahren verstanden hatte. Für diesen Mann waren die Frauen immer nur Mittel gewesen. Er glaubte an ihre Schmerzen so wenig wie an ihre Freuden. Er hielt sie, wie der verstorbene de Marsay, für boshafte Kinder. Nachdem er sein eigenes Vermögen verzehrt, hatte er dasjenige einer berühmten Dirne verschlungen, der sogenannten »Schönen Holländerin«, der Mutter der berühmten Esther Gobseck. Dann hatte er das Unglück der Madame de Restaud verschuldet, der Schwester der Madame Delphine de Nucingen, der Mutter der jungen Gräfin de Rastignac.

Die Pariser Gesellschaft bietet unvorstellbare Bizarrerien dar.

Die Baronin de Nucingen saß in diesem Augenblick im Salon der Madame d'Espard dem Urheber aller Leiden ihrer Schwester gegenüber, einem Mörder, der bloß das Glück einer Frau getötet hatte. Er war wohl aus folgendem Grunde da. Madame de Nucingen hatte bei der Marquise zusammen mit ihrer Tochter gespeist, die seit einem Jahr mit dem Grafen de Rastignac verheiratet war. Dieser hatte seine politische Laufbahn mit dem Posten eines Unterstaatssekretärs in dem berühmten Ministerium des verstorbenen de Marsay begonnen, des einzigen großen Staatsmanns, den die Juli-Monarchie hervorgebracht hat.

Graf Maxime de Trailles war der einzige, der wußte, wieviel Unheil er verursacht hatte. Freilich hatte er sich dadurch, daß er stets die Regeln des »Ehrenkodex« eingehalten, stets der öffentlichen Mißbilligung entzogen. Obwohl er in seinem Leben höhere Summen vergeudet hatte, als die Insassen sämtlicher Zuchthäuser Frankreichs während ebenjener Zeit hatten stehlen können, hatte er nie gegen die Justiz verstoßen. Stets hatte er der Ehre genuggetan. Seine Spielschulden hatte er gewissenhaft bezahlt. Er war ein glänzender Spieler. Er spielte mit den größten Herrn und Botschaftern. Er aß bei allen Mitgliedern des Diplomatischen Korps. Er focht Zweikämpfe aus. Er hatte in seinem Leben zwei oder drei Männer getötet. Beinahe ermordet hatte er sie, denn er war von einer Gewandtheit und Kaltblütigkeit ohnegleichen. Kein junger Herr war wie er gekleidet oder konnte es in der Vornehmheit der Umgangsformen, der Eleganz der Äußerungen und der Ungezwungenheit mit ihm aufnehmen, in dem, was man früher »den Hauch der großen Welt« nannte. In seiner Eigenschaft als Page des Kaisers war er seit seinem zwölften Lebensjahr in der Reitbahn ausgebildet worden. Er galt als einer der besten Bereiter. Er hatte von je fünf Pferde in seinem Stall gehabt, sie bei Rennen laufen lassen und stets die Mode beherrscht. Kurzum, niemand überstand ein Souper unter jungen Leuten besser als er. Er vertrug mehr als der ausgepichteste Trinker unter ihnen. Frisch und munter ging er daraus hervor, bereit, gleich wieder von vorn anzufangen, als sei das Schwelgen sein Element. Maxime war einer der verachteten Menschen, die die Verachtung, die sie einflößen, durch das Herausfordernde ihrer Haltung und die Furcht, die sie erregen, zu unterdrücken verstehen. Er verkannte nie die Lage, in der er sich befand. Daher rührte seine Stärke. Starke Menschen sind immer ihre eigenen Kritiker.

Unter der Restauration hatte er seinen Stand als Page des Kaisers wacker ausgebeutet. Seiner vorgeblich bonapartistischen Einstellung schrieb er die Ablehnung zu, auf die er bei den verschiedenen Ministerien gestoßen war, wenn er gebeten hatte, den Bourbonen dienen zu dürfen. Denn trotz seiner Verbindungen, seiner Abkunft und seiner gefährlichen Fähigkeiten hatte er nichts erreichen können und war dann der heimlich schwelenden Verschwörung beigetreten, der die Bourbonen der älteren Linie erlagen. Maxime gehörte einem Bunde an, dessen Anfänge auf Liebesfreuden und Amüsement gerichtet gewesen waren (siehe ›Die Geschichte der Dreizehn‹[39]) und der sich natürlich fünf Jahre vor der Juli-Revolution der Politik zugewandt hatte. Als dann die jüngere Linie im Gefolge des Pariser Pöbels über die ältere hinweggeschritten war und sich auf den Thron gesetzt hatte, beutete Maxime abermals seine Anhänglichkeit an Napoleon aus, um den er sich kümmerte wie um seine erste Liebelei. Er leistete zu jener Zeit große Dienste, die anerkennen zu müssen große Verlegenheit bereitete, denn er wollte allzuoft von Leuten bezahlt werden, die zu rechnen verstanden. Bei der ersten Ablehnung nahm Maxime eine feindselige Haltung ein, wobei er drohte, gewisse wenig angenehme Einzelheiten zu enthüllen. Dynastien, die am Anfang stehen, haben nämlich, wie die Kinder, befleckte Windeln.

Während seines Ministeriums hatte de Marsay die Fehler derjenigen, die die Nützlichkeit dieser Persönlichkeit verkannt hatten, wiedergutgemacht. Er hatte ihn mit jenen geheimen Missionen beauftragt, für die es eines Gewissens bedarf, das vom Hammer der Notwendigkeit geschmiedet worden ist, einer Gewandtheit, die vor keinem gesetzten Maß zurückscheut, und vor allem jener Kaltblütigkeit, jener Dreistigkeit, jener Blicksicherheit, die die »bravi«[40] des Gedankens und der hohen Politik ausmachen. Solcherlei Werkzeuge sind zugleich selten und notwendig. Aus Berechnung verankerte de Marsay Maxime de Trailles in der höchsten Gesellschaft. Er schilderte ihn als einen Menschen, der durch Leidenschaften gereift, durch Erfahrung klug geworden sei, der sich in Menschen und Dingen auskenne, dem Reisen und eine gewisse Beobachtungsgabe Kenntnisse der europäischen Interessen, der ausländischen Kabinette und der verwandtschaftlichen Verbindungen aller Familien des Kontinents eingetragen hätten. De Marsay überzeugte Maxime von der Notwendigkeit, sich einen eigenen Ehrenkodex aufzustellen. Er stellte ihm dar, daß Diskretion weniger eine Tugend als eine Spekulation sei. Er bewies ihm, daß die Regierung niemals ein verläßliches und sicheres, elegantes und geschliffenes Werkzeug im Stich lassen werde.

»In der Politik darf man nur einmal erpressen!« sagte er, als er ihn tadelte, eine Drohung begangen zu haben.

Maxime war ganz der Mann danach, die Tiefe dieses Ausspruchs zu sondieren.

Nach de Marsays Tod war der Graf Maxime de Trailles wieder seinem früheren Leben anheimgefallen. Alljährlich fuhr er zum Spielen in einen Badeort und verbrachte den Winter in Paris. Aber obgleich ihm aus gewissen überaus geizigen Kassen ein paarmal beträchtliche Summen zuflossen, langte ein solcher Halbsold, den man einem unerschrockenen Manne nun einmal schuldig war, den man von einem Augenblick zum andern brauchen konnte und der in die Geheimnisse der Gegendiplomatie eingeweiht war, für die verschwenderischen Kosten eines so glänzenden Lebens nicht aus, wie der König der Dandys, der Tyrann von vier oder fünf Pariser Klubs, es führte. Daher hegte der Graf Maxime häufig Besorgnisse über die Finanzfrage. Er besaß weder Grundbesitz noch Vermögen, und so hatte er nie seine Stellung dadurch festigen können, daß er sich zum Abgeordneten hätte wählen lassen. Da er keine sichtbaren Funktionen ausübte, war es ihm auch unmöglich, irgendeinem Ministerium das Messer an die Gurgel zu setzen und sich zum Pair von Frankreich ernennen zu lassen. Jetzt nun aber sah er sich von der Zeit überrannt; denn seine Verschwendung hatte seine Person genauso mitgenommen wie seine diversen Liebesabenteuer. Trotz seines schönen Äußeren kannte er sich und konnte er keiner Selbsttäuschung erliegen. Er erwog, einen Schlußpunkt zu setzen und zu heiraten.

Als intelligenter Mensch gab er sich keinen Illusionen über

sein Ansehen hin. Er wußte, daß es trügerisch sei. Es konnte für ihn somit keine Frauen in der hohen Pariser Gesellschaft oder in Bürgerkreisen geben. Es bedurfte für ihn eines großen Aufwands an Bosheit, an vorgetäuschter Biederkeit und erwiesenen Gefälligkeiten, um sich ertragen zu lassen; denn jeder wünschte seinen Sturz, und eine Pechsträhne konnte ihm den Garaus machen. War er einmal um ein paar nicht eingelöster Wechsel willen ins Clichy-Gefängnis gesteckt worden oder ins Ausland geflohen, so war er damit in den Abgrund gefallen, in dem man so viele politische Wracks liegen sehen kann, die einander keinen Trost zusprechen. Gerade zur gegenwärtigen Zeit fürchtete er den Einsturz einiger Teile des bedrohlichen Gewölbes, das die Schulden über mehr als einem Pariser Kopf errichten. Er hatte die Sorgen auf seiner Stirn sichtbar werden lassen, er hatte es vorhin abgelehnt, bei Madame d'Espard zu spielen, er hatte mit den Damen geplaudert und dabei Beweise seiner Geistesabwesenheit gegeben. Und schließlich hatte er stumm und in sich versunken in dem Sessel gehockt, aus dem er gerade aufgetaucht war wie Banquos Geist[41]. Graf Maxime de Trailles merkte, daß alle direkten oder indirekten Blicke ihm galten, als er mitten vor dem Kamin im hellen Schein des Kreuzfeuers der beiden Kandelaber saß. Die wenigen, über ihn gewechselten Worte hatten ihn irgendwie zum Einnehmen einer stolzen Pose genötigt, und er bezeigte sich als ein Mann von Geist, ohne Arroganz, aber in der Absicht, darzutun, daß er über die Mutmaßungen erhaben sei.

Nie hätte einem Maler ein günstigerer Augenblick begegnen können, um das Porträt dieses ganz sicher ungewöhnlichen Mannes zu treffen. Muß man nicht mit seltenen Fähigkeiten begabt sein, um eine solche Rolle zu spielen, um dreißig Jahre lang in einem fort die Frauen verführt zu haben, um sich zu entschließen, seine Gaben nur in einer verborgenen Sphäre zu betätigen, indem man ein Volk zur Revolte anstachelt, indem man den Geheimnissen einer arglistigen Politik auf die Spur kommt, indem man nur in den Boudoirs oder den Kabinetten Triumphe erringt? Liegt nicht etwas Großes darin, sich bis zu den höchsten Berechnungen der Politik aufzuschwingen und dann kaltlächelnd in das Nichts eines frivolen Lebens zurückzutaumeln?

Was für eine eiserne Natur muß doch ein Mann besitzen, der die Wechselfälle des Spiels erträgt, blitzschnelle Reisen in politischer Mission, den steten Kriegszustand der Eleganz in der Gesellschaft, die für ein Liebesleben erforderlichen großen Geldausgaben; der aus seinem Gedächtnis eine Bibliothek der Lügen und Listen macht; der so viele unterschiedliche Gedanken, so viele Machenschaften mit einer undurchdringlichen Eleganz der Umgangsformen tarnt! Hätte der Wind der Gunst diese immer gesetzten Segel gebläht, wäre der Zufall der Umstände Maxime zu Hilfe gekommen, so wäre er Mazarin[42] geworden, der Marschall von Richelieu[43], Potemkim[44] oder vielleicht richtiger noch Lauzun[45], ohne Pignerol[46].

Obgleich der Graf ziemlich hochgewachsen und von trockener Konstitution war, hatte er sich einen leichten Bauch zugelegt, aber er trug ihn majestätisch, um einen Ausdruck Brillat-Savarins[47] zu gebrauchen. Übrigens war seine Kleidung so gut geschneidert, daß er in seiner ganzen Person etwas Jugendliches bewahrte, etwas Geschmeidiges, Gelockertes. Er verdankte es wohl den unablässigen körperlichen Betätigungen, die er trieb, der Gewohnheit, zu fechten, zu reiten und auf Jagd zu gehen. Maxime besaß alle Eleganz, allen körperlichen Adel der Aristokratie, was noch durch seine überlegene Haltung gesteigert wurde. Sein langes, bourbonisches Gesicht wurde von einem Backenbart eingerahmt, von einem sorgfältig gekräuselten, elegant geschnittenen, pechschwarzen Haarkranz. Diese Farbe glich der seines üppigen Haarwuchses. Sie hielt sich durch den ständigen Gebrauch eines sehr teuren indischen Kosmetikums, das in Persien angewandt wird und über das Maxime Schweigen bewahrte. Auf diese Weise täuschte er auch die geübtesten Blicke über das Weiß, das schon seit langem sein Haar heimgesucht hatte. Die Eigentümlichkeit dieses Färbemittels, dessen sich die Perser für ihre Bärte bedienen, besteht darin, daß es die Gesichtszüge nicht verhärtet. Es läßt sich durch mehr oder weniger Indigo nuancieren und harmoniert dann mit der Haarfarbe. Wahrscheinlich hatte Madame Mollot dieser Prozedur zugeschaut. Aber bei gewissen Abendgesellschaften werden noch immer Scherze darüber gemacht, was Madame Mollot nun eigentlich gesehen habe.

Maxime hatte eine sehr schöne Stirn, blaue Augen, eine griechische Nase, einen angenehmen Mund und ein gutgeschnittenes Kinn. Aber der Umkreis seiner Augen war von zahlreichen feinen Linien umgeben, die mit einem Rasiermesser hätten eingeschnitten worden sein können. Sie waren nur aus einer gewissen Entfernung sichtbar. Seine Schläfen wiesen ähnliche Spuren auf. Auch das Gesicht war einigermaßen durchfurcht. Die Augen waren wie diejenigen der Spieler, die zahllose Nächte durchwacht haben, mit etwas wie einer Glasur bedeckt. Aber ihr Blick, obwohl geschwächt, wirkte deswegen nur um so furchtbarer. Er erschreckte. Man spürte dahinter eine brütende Hitze, eine Lava nicht völlig erloschener Leidenschaften. Sein ehedem frischer, roter Mund hatte ebenfalls kalte Farbtöne angenommen. Er war nicht mehr gerade, er senkte sich nach rechts. Diese Kurvung schien auf eine gewisse Verzogenheit hinzudeuten. Das Laster hatte seine Lippen schiefgezogen, aber seine Zähne waren nach wie vor schön und weiß.

Die Merkmale des Welkens gingen im Gesamt seiner Züge und seiner Person unter. Die äußere Erscheinung war noch immer verführerisch, so daß kein junger Herr den Wettstreit mit Maxime aufnehmen konnte, wenn er im Bois de Boulogne ritt. Dort wirkte er jünger und eleganter als der jüngste und eleganteste unter ihnen. Dieses Vorrecht ewiger Jugend haben mehrere Männer jener Zeit besessen.

Der Graf war um so gefährlicher, als er dem Anschein nach lenksam und indolent war und nicht die furchtbare Entschlußkraft durchblicken ließ, die er bei allem und jedem einsetzte. Die entsetzliche Gleichgültigkeit, die es ihm ermöglichte, mit der gleichen Geschicklichkeit einen Volksaufstand zu inszenieren, die er bei einer Hofintrige anzuwenden verstand, mit dem Ziel, die Autorität eines Fürsten zu festigen, besaß etwas Anmutsvolles. Man mißtraut niemals der Ruhe, der schmucklosen Glätte, vor allem in Frankreich nicht, wo wir an viel Getobe um der nichtigsten Dinge willen gewöhnt sind.

Der Graf war nach der Mode von 1839 gekleidet. Er trug einen schwarzen Frack, eine dunkelblaue, mit hellblauen Blümchen bestickte Kaschmirweste, schwarze Hose, graue Seidenstrümpfe und Lackschuhe. Seine immer in der Westentasche stekkende goldene Uhr war durch eine elegante Kette an einem der Knopflöcher befestigt.

»Rastignac«, sagte er und nahm die Tasse Tee entgegen, die die hübsche Madame de Rastignac ihm reichte, »kommen Sie mit zur österreichischen Botschaft?«

»Mein Lieber, ich bin zu jung verheiratet. Ich fahre lieber mit meiner Frau heim.«

»Soll das heißen, später tätest du es nicht mehr ...«, fragte die junge Gräfin, wobei sie sich umwandte und ihren Mann anblickte.

»Später kommt der Weltuntergang«, antwortete Maxime. »Aber heißt es nicht, mich meinen Prozeß gewinnen lassen, wenn man mir Madame als Richterin gibt?«

Mit einer anmutigen Geste ließ der Graf die hübsche Gräfin sich zu ihm setzen. Sie hörte ihm ein paar Worte lang zu, schaute ihre Mutter an und sagte zu Rastignac: »Wenn du mit Monsieur de Trailles zur Botschaft willst, kann meine Mutter mich ja heimfahren.«

Ein paar Minuten danach brachen die Baronin de Nucingen und die Gräfin de Rastignac gemeinsam auf. Maxime und Rastignac gingen bald, und als sie beide im Wagen des Grafen saßen, fragte der junge Ehemann: »Was wollen Sie nun eigentlich von mir, Maxime? Was könnte so dringlich sein, daß Sie mich deswegen an der Gurgel packen? Was haben Sie zu meiner Frau gesagt?«

»Daß ich mit Ihnen sprechen müsse«, antwortete Monsieur de Trailles. »Sie sind gut dran! Sie haben schließlich die einzige Erbin von Nucingens Millionen geheiratet, und Sie haben sie sich ehrlich verdient ... durch zwanzig Jahre Zwangsarbeit!«

»Maxime!«

»Ich dagegen bedeute für alle Welt ein Fragezeichen«, sagte er und berücksichtigte dabei die Unterbrechung. »Ein Dreckskerl, ein du Tillet, überlegt, ob ich den Mut habe, mich umzubringen! Es wird Zeit, ein ordentlicher Mensch zu werden. Will man mich loswerden oder nicht? Sie könnten das wissen, und Sie wissen es auch«, sagte Maxime und gebot durch eine Handbewegung Rastignac Schweigen. »Folgendes ist mein Plan, hören Sie zu. Sie müssen mir helfen, ich habe Ihnen bereits geholfen, ich kann

Ihnen auch weiterhin helfen. Das Leben, das ich führe, ödet mich an, und ich will einen Ruheposten haben. Sehen Sie zu, daß Sie mich bei der Schließung einer Ehe unterstützen, die mir eine halbe Million verschafft. Bin ich erst verheiratet, dann ernennen Sie mich zum Gesandten bei irgendeiner elenden amerikanischen Republik. Auf diesem Posten bleibe ich so lange, wie es erforderlich ist, meine Versetzung auf einen Posten gleicher Art in Deutschland zu legitimieren. Wenn ich was tauge, wird man mir weiterhelfen. Wenn ich nichts tauge, soll man mich verabschieden. Vielleicht bekomme ich einen Sohn, den ich streng erziehen werde. Seine Mutter muß reich sein, ich mache einen Diplomaten aus ihm, er kann Botschafter werden.«

»Hier meine Antwort«, sagte Rastignac. »Es gibt einen Kampf, der heftiger sein wird, als Kreti und Pleti es glauben, zwischen einer Macht in den Windeln und einer Macht in den Kinderschuhen. Die Macht in den Windeln ist die Abgeordnetenkammer, die möchte, daß sie nicht durch eine erbliche Kammer im Zaum gehalten wird ...«

»Haha!« lachte Maxime, »Sie sind Pair von Frankreich!«

»Würde ich es heutzutage nicht unter jedem Regime sein ...?« fragte der neugebackene Pair. »Aber unterbrechen Sie mich nicht, es handelt sich bei all diesem Durcheinander lediglich um Sie. Die Abgeordnetenkammer wird fatalerweise zur ganzen Regierung werden, wie uns de Marsay gesagt hat – der einzige Mann, durch den Frankreich hätte gerettet werden können –, insofern sie das Kabinett bestimmt, denn die Völker sterben nicht, sie sind Sklaven oder frei, mehr läßt sich darüber nicht sagen Die Macht in Kinderschuhen ist das im August 1830 gekrönte Königtum. Das gegenwärtige Ministerium ist erledigt, es hat die Kammer aufgelöst und will Wahlen anberaumen, damit das künftige Ministerium es nicht tut; aber es glaubt an keinen Sieg. Ginge es siegreich aus den Wahlen hervor, so geriete die Dynastie in Gefahr, während, wenn das Ministerium eine Niederlage erleidet, die dynastische Partei noch lange vorteilhaft weiterkämpfen kann. Die Fehler der Kammer kommen einem Willen zugute, der unglücklicherweise in der Politik alles ist. Wenn man alles ist, wie Napoleon es war, kommt ein Augenblick, da man auf eine Ergänzung bedacht sein muß, und da man alle überlegenen Leute beiseite geschoben hat, findet der Große, der alles ist, keine Ergänzung. Die Ergänzung ist das, was man als ›Kabinett‹ bezeichnet, und es gibt in Frankreich kein Kabinett, es gibt nur einen lebenslänglichen Willen. In Frankreich können nur die Regierungen Fehler begehen, die Opposition kann keine machen, sie kann so viel Schlachten verlieren, wie sie liefert, es genügt ihr, wie den Alliierten von 1814, ein einziges Mal zu siegen. Kurz und gut, mit drei ›glorreichen Tagen‹[48] zerstört sie alles. Daher bedeutet, sich als Erben der Macht zu verhalten, nicht zu regieren, sondern abzuwarten. Ich gehöre durch meine persönlichen Anschauungen der Aristokratie an, und durch meine öffentlich bekundeten Anschauungen dem Juli-Königtum. Das Haus Orléans hat mir zur Wiederherstellung des Vermögens meiner Familie verholfen, und ich bleibe ihm für immer verbunden.«

»Selbstverständlich ist dieses ›für immer‹ dasjenige des Monsieur de Talleyrand«, sagte Maxime.

»Gegenwärtig kann ich also nichts für Sie tun«, fuhr Rastignac fort. »Für das nächste halbe Jahr kommen wir nicht zur Regierung. Ja, diese sechs Monate werden eine Agonie sein, ich habe es im voraus gewußt. Wir kannten unser Schicksal, als wir uns bildeten, wir sind ein Ministerium von Lückenbüßern. Aber wenn Sie sich in der Wahlschlacht, die jetzt anhebt, hervortun, wenn Sie eine Stimme, einen der dynastischen Sache treu ergebenen Abgeordneten bringen, dann wird Ihr Wunsch erfüllt werden. Dann kann ich von Ihrer Gutwilligkeit sprechen, ich kann die Nase in Geheimakten stecken, in vertrauliche Berichte und eine harte Aufgabe für Sie ausfindig machen. Gelingt Ihnen deren Durchführung, kann ich auf Ihre Talente hinweisen, auf Ihre aufopfernde Arbeit, und eine Belohnung verlangen. Einheiraten, mein Lieber, können Sie nur in eine ehrgeizige Fabrikantenfamilie, und zwar in der Provinz. In Paris sind Sie zu bekannt. Es handelt sich also darum, einen Millionär aufzutreiben, einen Emporkömmling, der eine Tochter und der Lust hat, in den Tuilerien zu paradieren!«

»Verschaffen Sie mir durch Ihren Schwiegervater ein Darlehen von fünfundzwanzigtausend Francs, damit ich so lange warten kann. Er dürfte dann daran interessiert sein, daß ich nicht mit höfischem Weihwasser abgespeist werde nach dem Erfolg, und die Heirat vorwärtstreiben.«

»Sie sind intelligent, Maxime, Sie mißtrauen mir. Aber ich habe geistvolle Menschen gern, ich werde Ihre Sache in Ordnung bringen.«

Sie waren angelangt. Der Graf de Rastignac gewahrte im Salon den Innenminister und machte sich daran, mit ihm in einer Ecke zu plaudern. Der Graf Maxime de Trailles war dem Augenschein nach mit der alten Gräfin de Listomère beschäftigt. In Wirklichkeit jedoch folgte er dem Verlauf der Unterhaltung der beiden Pairs von Frankreich. Er spähte nach ihren Gesten, er interpretierte ihre Blicke, und schließlich fing er einen wohlwollenden Augenblitz auf, den der Minister ihm zuwarf.

Maxime und Rastignac gingen um ein Uhr morgens zusammen fort, und ehe jeder in seinen Wagen stieg, sagte Rastignac auf den Treppenstufen zu de Trailles: »Kommen Sie zu mir, wenn die Wahlen näherrücken. Bis dahin habe ich herausbekommen, in welcher Örtlichkeit die Opposition die schlechtesten Aussichten hat, und welche Hilfsquellen sich dort für zwei Geister wie die unsern finden.«

»Mit den fünfundzwanzigtausend Francs ist es eilig!« antwortete ihm de Trailles.

»Gut, halten Sie sich eine Weile verborgen.«

Fünfzig Tage danach, eines Morgens ganz früh, kam der Graf de Trailles geheimnisvoll in einer Mietdroschke in die Rue de Bourbon gefahren. Am Eingang des prächtigen Palais, das der Baron Nucingen für seinen Schwiegersohn gekauft hatte, schickte er die Droschke weg, hielt Ausschau, ob auch niemand ihm folge, und wartete dann in einem kleinen Salon, bis Rastignac aufstand. Ein paar Minuten später führte der Diener Maxime in das Arbeitszimmer, in dem der Staatsmann sich befand.

»Mein Lieber«, sagte der Minister zu ihm, »ich kann Ihnen ein Geheimnis sagen, das die Zeitungen erst in zwei Tagen unter die Leute bringen werden und aus dem Sie Nutzen ziehen können. Der arme Charles Keller, der so gut Mazurka tanzte, ist in Afrika gefallen, und er war unser Kandidat im Arrondissement Arcis. Dieser Tod hinterläßt eine Lücke. Hier die Abschriften von zwei Berichten, der eine vom Unterpräfekten, der andere vom Polizeikommissar, der den Minister benachrichtigt hat, die Wahl unseres armen Freundes werde auf Widerstand stoßen. In dem Bericht des Polizeikommissars finden sich Auskünfte über die Lage in der Stadt. Sie dürften einem Manne wie dir genügen, denn der Ehrgeiz des Konkurrenten des armen, toten Charles Keller beruht auf seinem Wunsch, eine Erbin zu heiraten ... Für jemanden, der wie du das Gras wachsen hört, genügt diese Andeutung. Die Cinq-Cygnes, die Fürstin von Cadignan und Georges de Maufrigneuse halten sich in der Nähe von Arcis auf. Du dürftest die legitimistischen Stimmen nötig haben. Also ...«

»Erspar dir alle unnützen Worte. Ist der Polizeikommissar noch dort?«

»Ja.«

»Schreib mir ein paar Zeilen für ihn.«

»Mein Lieber«, sagte Rastignac und überreichte Maxime ein ganzes Aktenbündel, »hier drin finden Sie zwei für Sie an Gondreville geschriebene Briefe. Sie sind Page gewesen, er Senator, ihr werdet gut miteinander auskommen. Madame Françoise Keller ist fromm, hier ist ein Brief der Marschallin von Carigliano an sie. Die Marschallin ist dynastisch geworden. Sie empfiehlt Sie wärmstens und wird übrigens zu Ihnen stoßen. Jetzt sage ich Ihnen nur noch das eine: Mißtrauen Sie dem Unterpräfekten. Ich halte ihn für fähig, sich in diesem Simon Giguet eine Stütze beim Expräsidenten des Rats zu deichseln. Wenn Sie Briefe, Vollmachten, Empfehlungen brauchen, dann schreiben Sie mir.«

»Und die fünfundzwanzigtausend Francs?« fragte Maxime.

»Unterschreiben Sie diesen Wechsel auf die Order du Tillet. Hier ist das Geld in bar.«

»Die Sache gelingt mir«, sagte der Graf. »Sie können denen von Château[49] versprechen, daß der Abgeordnete von Arcis ihnen mit Leib und Seele gehören wird. Wenn es schiefgeht, soll man mich getrost sitzenlassen!«

Eine Stunde später befand Maxime de Trailles sich im Tilbury auf der Landstraße nach Troyes.

(Hier endet der erste Teil des Romans ›Der Abgeordnete von Arcis‹, der einzige, der von Balzac geschrieben worden ist, ohne daß er schriftliche oder mündliche Andeutungen über die Fortsetzung hinterlassen hätte.)

Anmerkungen

Der Abgeordnete von Arcis

1 Die abermalige Berufung Molés zum Regierungschef im April 1837 dünkte die dynastische Opposition, trotz des Versagens seines ersten Ministeriums, ein unerträglicher Versuch Louis-Philippes zur »persönlichen« Machtergreifung zu sein. Die Herbstwahlen von 1837, die dem Ministerium Molé nur eine schwache Mehrheit brachten, vollzogen sich unter der Parole »Substitution der parlamentarischen Regierung durch die persönliche Regierung«. Und für die parlamentarische Regierung gab Duvergnier de Hauranne alsbald folgende Formel: »Von dem Augenblick an, da die Wahlen etwas anderes sind als eine Scheinhandlung, muß notwendigerweise der auf legale Weise befragten Nation die entscheidende Stimme eingeräumt werden.« Die Sitzungsperiode von 1838 verging unter Scharmützeln, bei denen die dynastische Linke unter Odilon Barrot, die linke Mitte mit Thiers und die von Guizot kommandierten Doktrinäre des rechten Flügels der Mitte sich zu einer Koalition gegen das »Ministerium des Hofs« zusammenschlossen. Im Januar 1839 versuchte die Koalition die Kammer zur Annahme einer an den König gerichteten Denkschrift zu bewegen, deren Ankündigungen in hohem Maße an die Formulierungen der berühmten Denkschrift gemahnten, die die »221« an Karl X. gerichtet hatten. Sie wurde von einer sehr schwachen Minderheit bekämpft. Molé hielt seine Majorität für zu schwach und trat zurück. Das mußte zu einer Auflösung der Kammer führen. Die Wahlen vom März 1839 räumten der Koalition weitere 45 Sitze ein. Molé unterbreitete dem König abermals seine Demission. Allein die aus allzu disparaten Elementen bestehende Koalition konnte sich über den Besitz der Regierungsgewalt nicht einigen.

2 Bei den allgemeinen Wahlen von 1824, die der Kammerauflösung vom vorhergegangenen Dezember folgten, gehörten von 430 gewählten Abgeordneten nur 15 der Linken an. Die Zahl dieser Opponenten erhöhte sich durch ein paar Überläufer aus der Partei der Doktrinäre auf 19.

3 Louis-Philippe führte nicht den Titel »König von Frankreich«, sondern »König der Franzosen«.

4 Anmerkung Balzacs im Text.

5 Odilon Barrot (1791–1873). Die Politik Barrots zu erklären ist nicht ganz einfach. Während der Restauration war er ein einfacher Advo-

kat. Dennoch bekämpfte er die königliche Regierung unter dem Banner des Liberalismus. Daher gelangte er durch die Julirevolution in die Abgeordnetenkammer, wo er sich bis zum Ende des Regimes als ein glänzender Redner hervortat. Bald jedoch trennte er sich von denen, die an die Macht zu bringen er beigetragen hatte, und bekämpfte nacheinander sämtliche Ministerien Lous-Philippes, ausgenommen dasjenige Thiers'. Seine erbitterte, unvorsichtige Opposition gegen das letzte Ministerium Guizot, bei der er die »dynastische Linke« um sich sammelte, wurde zur Hauptursache der Februar-Revolution, die er schmerzlich bedauerte.

6 Adolphe Thiers (1797–1877), Staatsmann und Historiker. Was Thiers' Charakter und Politik betrifft, so waren sie beide schwankend und gewissermaßen von einer Zusammenhanglosigkeit, die nur durch das Vorhandensein zweier entgegengesetzter Neigungen erklärt zu werden vermag: das Streben zur Macht und das Streben nach Volkstümlichkeit, die einzig die Opposition gegen die Regierung verleiht. Er war von Natur autoritär veranlagt, drängte indessen unter der Restauration zum Sturz der legitimen Dynastie. Zu Beginn der Juli-Monarchie war er Parteigänger der »Résistance« (der »Beharrenden«). Dennoch trennte er sich bald von Guizot, bekämpfte ihn eifrig in den Reihen der Opposition und versuchte, als er selber 1840 Minister geworden war, sich gegen den Willen des Königs zum Verfechter der liberalen Politik zu machen, der sogenannten »Nationalitäten-Politik« (die er gegen Ende des zweiten Kaiserreiches nachdrücklich in Verruf bringen sollte). Und schließlich arbeitete er, obwohl überzeugter Royalist, unter Louis-Philippe durch seine ›Histoire du Consulat et de l'Empire‹ wirksam an der Entstehung der Napoleon-Legende und der Wiedererrichtung des Kaiserreiches mit (dem er, als es errichtet worden war, jede Mitarbeit verweigerte). Schließlich aber, in den ersten Jahren der Dritten Republik, vergaß er seine alten Überzeugungen und seine Erfahrungen in Geschichte und Politik und setzte 1873 seinen ganzen Einfluß gegen den Versuch einer royalistischen Restauration ein.

7 Am 20. Februar 1840 hatte die Kammer es abgelehnt, dem Herzog von Nemours, der sich in Algerien ausgezeichnet hatte, eine hohe Dotation zu gewähren, und das Ministerium Soult hatte zurücktreten müssen. Thiers trat am 1. März die Nachfolge an, hatte indessen sogleich wichtige Fragen zu lösen, die, im Zusammenhang mit dem französischen Einfluß im Orient, der Vertrag von London stellte. Durch diesen Vertrag beanspruchten Rußland, Preußen, England und Österreich, mit Ausschluß Frankreichs, den Konflikt

zwischen dem Sultan und Mehmet-Ali, dem Pascha von Ägypten und alten Verbündeten Frankreichs, zu regeln, der sich selbständig machen wollte und französische Hilfe erbat. Die öffentliche Meinung drängte zum Kriege, das Ministerium bereitete ihn schon vor, als der König erklärte, er werde Frankreich keinesfalls in einen so ungleichen Kampf verstricken. Thiers mußte zurücktreten, und Mehmet-Ali hatte sich dem Willen Europas zu beugen. Die öffentliche Meinung Frankreichs hat es Louis-Philippe nie verziehen, daß er »den Frieden um jeden Preis« erhalten wollte. Dieser heimliche Groll verfolgte den König bis zum Ende seiner Regierung; er wurde zu einer der Ursachen der Februar-Revolution.

8 André-Marie-Jean-Jacques Dupin (1783–1855), »der älteste der drei Dupins«, unter der Restauration politisierender Advokat, 1827 Abgeordneter, einer der »221« und einer der Drahtzieher der Juli-Revolution. Unter Louis-Philippe wurde Dupin Generalstaatsanwalt am Kassationsgericht und Kammerpräsident. Seine Redeweise war bäuerlich rauh, schneidend und scharfsinnig, aber verletzend. Als Richter war er von rascher Auffassungsgabe. Sein Urteil war sicher und unparteiisch. Das kann man von seinem Charakter als Politiker nicht behaupten: 1830 war er konstitutioneller Royalist, 1848 Republikaner, und als Kammerpräsident wurde er mitschuldig an dem Staatsstreich vom 2. Dezember. Er selber rühmte sich, stets die »Unabhängigkeit des Herzens« bewahrt zu haben.

9 Rußland.

10 Etienne-Joseph-Louis Garnier-Pagès (1801–1841) war unter der Juli-Monarchie der redegewandte Führer der radikalen Partei in der Abgeordnetenkammer. Seine Kenntnis der Geschäfte und die Redlichkeit seines Charakters hatten ihm die Achtung weitester Kreise eingetragen.

11 Jacques Laffitte (1767–1844), Sohn eines Zimmermanns, war zunächst Angestellter in der Firma des Bankiers Perregoux, der ihn 1800 zu seinem Teilhaber machte. 1814 wurde er Gouverneur der Bank von Frankreich und 1816 Abgeordneter. Seither wurde er beständig wiedergewählt. Er hielt sich zur Linken, bekämpfte alle Handlungen aller Ministerien der Restauration und trat im Juli 1830 aktiv gegen die »Ordonnanzen« (die Kabinettsordres Karls X., die u. a. die Pressefreiheit einschränkten) auf. Zu jener Zeit versammelten sich in seinem Hause die Häupter des Aufruhrs, und er war es, der vorschlug, zunächst die Regentschaft, dann den Thron dem Herzog von Orléans anzubieten. Daher gehörte er dem ersten von Louis-Philippe ernannten Ministerium an. Am 3. November

übernahm er dessen Leitung. Er vertrat darin die Politik des »Mouvement«, des Fortschritts, mithin die radikalsten Ideen. Diese Tendenz mißfiel dem König, der von Natur aus ziemlich autoritär war und den Sturz des Kabinetts Laffitte betrieb; er fand am 13. März 1831 statt. Die Revolution von 1830 und die ihr nachfolgenden Wirren hatten Laffitte sehr hohe Geldverluste eingetragen. Es ist ihm nie gelungen, sie wieder auszugleichen.

12 Monsieur Germeuil ist eine der Gestalten in ›L'Auberge des Adrets‹, einem Werk von Benjamin Anthier, Saint-Amand und Paulyeuthe, das zum erstenmal am 2. Juli 1823 im ›Ambigu‹ aufgeführt wurde. Es war ein dreiaktiges Melodram von plattester Ungereimtheit. Bei der Uraufführung fiel es durch. Frédérick Lemaître, der großartige Schauspieler der Romantik, arbeitete es gründlich um und flößte ihm, ungeachtet der Einwände der Autoren, neues Leben ein. Er machte daraus eine Posse, eine Karikatur des Melodrams. Er selber spielte die Rolle des Briganten Robert Macaire, des Mörders des M. Germeuil, und schuf daraus die Gestalt des Pariser Apachen mit dessen Durchtriebenheit und Redegewandtheit und steigerte sie, wie auch die seines Kumpans Bertrand, ins Satirische. Dadurch wurden Robert Macaire und Bertrand legendäre Gestalten, deren sich die Karikaturisten, so Daumier, bemächtigten. Es sei darauf hingewiesen, daß auf deutschen Provinzbühnen noch vor dem ersten Weltkrieg eine Posse mit Gesang ›Robert und Bertram‹ gespielt wurde.

13 Der unfruchtbare Teil der Champagne zwischen der Marne und dem Unterlauf der Aube.

14 Abd-el-Kader (um 1807–1883), berühmter arabischer Emir, griff von 1832 bis 1847 in den Krieg der Franzosen gegen Algerien ein, erlangte von General Bugeaud den sehr günstigen Vertrag von Tafna und versuchte die Gründung eines Araberreichs. Aber nach der Eroberung seiner Smala (seiner fliegenden Zeltstadt) durch den Herzog von Aumale (den vierten Sohn Louis-Philippes) 1843 und der Niederlage seiner marokkanischen Verbündeten bei Isly 1844 mußte er sich 1847 dem General de Lamoricière ergeben und wurde in Toulon, dann in Paris, darauf in Amboise interniert. Erst 1853 erhielt er die Freiheit wieder und war fortan ein getreuer Freund Frankreichs.

15 Anmerkung Balzacs.

16 Einfügung Balzacs.

17 Titel einer Verskomödie Lope de Vegas, die von dem alten kasti-

lianischen Sprichwort: »Der Hund des Gärtners mag sein Futter nicht und knurrt, wenn die Ochsen es fressen« angeregt worden ist.

18 Anne Boutet, genannt Mlle Mars (1779–1847), hochbegabte, schöne Schauspielerin, die in den Komödien Molières und Marivaux' glänzte.

19 Weibliche Hauptgestalt in Molières Komödie ›Le Misanthrope‹ (1667).

20 Marie de Rabutin-Chantal, Marquise de Sévigné (1626–1696), berühmt durch die köstlichen, eleganten und geistvollen Briefe, Musterstücke französischer Prosa, die sie an ihre Tochter, die Gräfin de Grignan, schrieb.

21 Der 27. Juli 1794, Sturz Robespierres, Ende der Schreckensherrschaft.

22 Jean-Lambert Tallien (1767–1820), Konventsmitglied, Gegner der Girondisten, trug wesentlich zu Robespierres Sturz bei.

23 Entscheidender Sieg Bonapartes über die Österreicher am 14. Juni 1800.

24 Am 27. Oktober 1795.

25 Der Ehrenlegion.

26 La Fontaine, Fables III, 4: ›Les grenouilles qui demandent un roi.‹

27 Reitknecht.

28 Unübersetzbares Wortspiel mit comte – Graf und conte – Erzählung, Märchen.

29 Gelbe Handschuhe galten damals als der Gipfel der Eleganz. Balzac selber trieb damit einen erheiternden Aufwand, wie aus seinen Briefen hervorgeht.

30 Unübersetzbares Wortspiel. Madame Mollot schaut zu dem Gasthaus ›Zum Maulesel‹ (›Le Mulet‹) hinüber; »garder le mulet« bedeutet aber auch »auf jemanden warten«.

31 Lateinisch: Wohin das Schicksal mich reißt.

32 Schloß in Edinburgh, Aufenthaltsstätte der Maria Stuart und Karls X. nach seiner Vertreibung durch die Juli-Revolution.

33 Wortspiel mit dem Vornamen Olivier und olivier = Ölbaum.

34 Englisch: Herrenreiter.

35 »Faire de la prose sans le savoir«: Anspielung auf Molière, ›Le Bourgeois gentilhomme‹, II, 6.

36 Römischer Kaiser 361–363, geboren 331, Neffe Konstantins. Er war christlich erzogen worden, trat aber zum Heidentum über und unternahm vergebliche Anstrengungen, dieses wiederherzustellen. Er residierte eine Zeitlang in Paris.

37 Herzog Philipp von Orléans, Sohn der Lieselotte von der Pfalz, Regent während der Minderjährigkeit Ludwigs XV. von 1715–1723.

38 La Fontaine, Fables, III, 4.

39 Anmerkung Balzacs.

40 Italienisch: Ursprünglich: die Tapferen, später: gedungene Banditen.

41 Shakespeare, ›Macbeth‹, III, 4.

42 Giulio Mazarini, genannt Mazarin (1602–1661), Kardinal, geschmeidiger, kluger Diplomat, von Richelieu Ludwig XIII. als Nachfolger empfohlen, Minister Ludwigs XIV. dank der Gunst Annas von Österreich.

43 Louis-François-Armand du Plessis, Herzog von Richelieu (1696 bis 1788), Marschall von Frankreich, einer der glänzendsten Lebemänner des 18. Jahrhunderts, bis ins hohe Alter erfolgreicher Liebhaber, dabei ein Feldherr und Politiker sehr hohen Ranges.

44 Gregor Alexandrowitsch Potemkin (1736–1791), Günstling Katharinas der Großen. Als Feldherr bewährte er sich im Krieg gegen die Türken, wurde daraufhin der erste Regent Neurußlands. Auf ihrer berühmten Reise in die Krim 1787 erlebte Katharina z. T. wirklich nur »Potemkinsche Dörfer«, da der Feldherr ein größerer Organisator als Verwirklicher seiner kühnen Pläne war.

45 Antonin Nompar de Caumont, Herzog von Lauzun (1632–1723), Marschall von Frankreich, Typ des gewandten Höflings am Hof Ludwigs XIV., bekannt durch seinen Liebesroman mit der Grande Mademoiselle, der Kusine des Königs, der ihm mehrere Festungshaften eintrug.

46 Festungsstadt in Piemont, mehrfach in französischem Besitz. Dort wurden politische Gefangene untergebracht, so Lauzun und der »Mann mit der eisernen Maske«.

47 Anthelme Brillat-Savarin (1755–1826), einer Juristenfamilie entstammend, mußte trotz seines angenehmen Charakters und seiner maßvollen politischen Ansichten 1793 nach Amerika emigrieren. Unter dem Direktorium kehrte er nach Frankreich zurück. Das Konsulat gab ihm einen Posten am Kassationsgericht. Als ein glücklicher Skeptiker nahm er alle politischen Umschwünge in Kauf. Er behauptete, sie hätten niemals seine Verdauung beeinträchtigt. Er war geistvoll und kultiviert. Sein noch heute berühmtes Hauptwerk ist die ›Physiologie du goût ou Méditation sur la gastronomie transcendante‹ (1825).

48 Die Tage der Juli-Revolution 1830.

49 Unter »Château« sind die weiteren Kreise um den König zu verstehen, unter »Petit Château« seine engere Umgebung.

Biographische Notizen über die Romangestalten

Der Abgeordnete von Arcis

GONDREVILLE, N. Malin, Graf de, geboren 1763, war nur der Enkel eines Maurers und schlug durch Protektion Dantons die Advokatenlaufbahn ein. Nachdem er dem Konvent angehört und Tribun gewesen war, wurde er unter dem Konsulat Staatsrat. Napoleon adelte ihn und gab ihm den Titel, der früher den Simeuses gehört hatte. Malin war Freund und Vertrauensmann Talleyrands und Fouchés, war aber dennoch Geheimagent Ludwigs XVIII. geblieben. Seine zweideutigen politischen Intrigen geben den Schlüssel zu der mysteriösen Entführung, deren Opfer er 1806 wurde. Durch eine Polizeimachenschaft wurde die Schuld daran den Simeuses und den Hauteserres zugeschoben (›Eine dunkle Begebenheit‹).

GREVIN hatte von je sein Glück und Vermögen an Malin de Gondreville gekettet. Er führte 1806 die Untersuchung über die mysteriöse Entführung des Senators des Kaiserreichs (›Eine dunkle Begebenheit‹).

MICHU, François, geboren 1793, Sohn des Gutsverwalters der Simeuses, hatte 1803 trotz seines jugendlichen Alters seinem Vater geschickt geholfen, die Gendarmen bei der Verfolgung der Simeuses und d'Hauteserres auf eine falsche Fährte zu führen, die in die Verschwörung Moreaus, Pichegrus und Cadoudals verwickelt waren. Der Tod seiner Eltern im Dienst der Simeuses sicherte ihm die Protektion der Marquise de Cinq-Cygne (›Eine dunkle Begebenheit‹).

TRAILLES, Maxime, Graf de, geboren 1791, Typ des »Condottiere« der Salons, hatte seine sämtlichen Geliebten ruiniert: Sarah Gobseck (›César Birotteau‹) und Anastasie de Restaud (›Vater Goriot‹, ›Gobseck‹). Er wurde von seinen Gläubigern verfolgt (›Ein Geschäftsmann‹) und war unter der Juli-Monarchie genötigt, ein Werkzeug in Privatintrigen zu werden (›Béatrix‹). Er zeichnete sich in zweideutigen politischen Manövern aus (›Die Geheimnisse der Fürstin von Cadignan‹). 1841 hatte er einen Sitz in der Kammer inne (›Die Komödianten wider ihr Wissen‹).

Z. Marcas

Übertragung von Ernst Sander

Balzac gibt an, die Novelle ›Z. Marcas‹ sei im Mai 1840 in seinem Landhaus Les Jardies entstanden. Sie erschien, überarbeitet, erstmals in der ersten Nummer von Balzacs kurzlebiger Zeitschrift ›Revue parisienne‹, in der auch seine berühmte Studie über Stendhals ›La Chartreuse de Parme‹ sowie unter dem Titel ›Les Fantaisies de Claudine‹, die Novelle ›Ein Fürst der Bohème‹ veröffentlicht wurden. 1841 wurde sie dem Sammelwerk ›Le Fruit défendu‹ nachgedruckt, an dem mehrere Autoren mitgearbeitet hatten. 1846 wurde sie den ›Szenen aus dem politischen Leben‹ der ›Menschlichen Komödie‹ eingegliedert.

Das kleine Werk wurde dem Grafen Wilhelm von Württemberg gewidmet, einem Vetter König Wilhelms I. von Württemberg. Der Graf war der Schwiegersohn von Napoleons Stiefsohn Eugène de Beauharnais, dem mit einer bayerischen Prinzessin vermählten späteren Herzog von Leuchtenberg. Balzac hatte ihn 1845 in Bad Cannstatt kennengelernt und gehofft, durch ihn eine heimliche Trauung mit Mme Hanska zu erwirken.

Wie Balzac den seltsamen Namen ›Z. Marcas‹ fand, berichtet Léon Gozlan in ›Balzac en pantouffles‹: Balzac schleppte Gozlan stundenlang durch Paris und las, auf Gozlans Vorschlag, Ladenschilder, seiner Theorie eingedenk, daß Name, Schicksal und Charakter eine unlösliche Einheit bildeten, bis er in der Rue du Bouloi an einer kleinen Tür den Namen ›Marcas‹ entdeckte, den er sofort pathetisch interpretierte als den eines großen Künstlers. Es ergab sich dann, daß der Träger ein kleiner Schneider war, worauf Balzac antwortete: »Der Name hätte ein besseres Los verdient! Ich mache ihn unsterblich!«

Niemals habe ich jemanden kennengelernt, und ich nehme dabei nicht einmal die bemerkenswerten Menschen dieser Zeit aus, dessen Anblick ergreifender gewesen wäre als der dieses Mannes. Die eingehende Musterung seiner Züge flößte zunächst ein Gefühl voller Schwermut ein und endete mit der Auslösung einer beinahe schmerzlichen Empfindung. Es bestand eine gewisse Harmonie zwischen der Person und dem Namen. Jenes Z., das dem

Marcas vorherging, das auf der Adresse seiner Briefe zu sehen war und das er bei seiner Unterschrift nie ausließ, dieser letzte Buchstabe des Alphabets bot dem Geiste irgend etwas schicksalhaft Verhängnisvolles dar.

Marcas! Man spreche diesen aus zwei Silben bestehenden Namen mehrmals vor sich hin! Gewahrt man dann darin nicht eine düstere Bedeutung? Kommt es einem nicht so vor, als gehe der Mann, der ihn trägt, einem Märtyrertum entgegen? Obwohl dieser Name fremdartig und eigenbrötlerisch-wild ist, hat er dennoch das Recht, der Nachwelt überliefert zu werden. Er ist gut zusammengefügt, er läßt sich leicht aussprechen, er hat die wünschenswerte Kürze berühmter Namen. Ist er nicht ebenso klangvoll wie absonderlich? Aber ist einem nicht auch, als sei er unvollendet? Ich möchte es nicht auf mich nehmen, zu behaupten, Namen übten keinerlei Einfluß auf das Schicksal aus. Zwischen den Fakten des Lebens und den Namen der Menschen gibt es geheime, unerklärliche Übereinstimmungen oder auffällige Dissonanzen, die überraschen. Oftmals offenbaren sich darin ferne, aber wirksame Zusammenhänge. Unser Erdball ist trächtig, er birgt schlechthin alles. Vielleicht wird eines Tages auf die Geheimwissenschaften zurückgegriffen werden.

Gewahrt man im Bau des Z nicht etwas Widersprüchliches? Spiegelt es nicht das zufällige, phantastische Zickzack eines qualvollen Lebens? Welcher Wind hat auf diesen Buchstaben eingeblasen, der in jeder Sprache, zu der er zugelassen ist, kaum fünfzig Wörter befehligt? Marcas hieß mit Vornamen Zephirin. Sankt Zephirin wird in der Bretagne hoch verehrt. Marcas war Bretone.

Man betrachte diesen Namen nochmals ganz genau: Z. Marcas! Das ganze Leben des Mannes liegt in der phantastischen Zusammenstellung jener sieben Lettern. Sieben! Die bedeutungsvollste unter den kabbalistischen Zahlen. Der Mann starb mit fünfunddreißig Jahren, und so hat sein Leben aus sieben Lustren bestanden. Marcas! Überkommt einen nicht die Vorstellung von etwas Kostbarem, das durch einen Fall zerbricht, mit oder ohne Geräusch?

Im Jahre 1836 beendete ich in Paris mein Rechtsstudium. Ich wohnte damals in der Rue Corneille, und zwar in einem Hotel, das ganz und gar für die Unterbringung von Studenten bestimmt war, eins der Hotels, deren Treppe sich ganz hinten hinaufwindet. Zunächst erhält sie ihr Licht von der Straße her, dann durch von Nachbarn geduldete Fenster, und schließlich durch eine Dachluke. Es gab dort vierzig möblierte Zimmer, in der Art wie eben Studentenzimmer möbliert sind. Was braucht die Jugend mehr als das, was darin stand: ein Bett, ein paar Stühle, eine Kommode, einen Spiegel und einen Tisch? Sobald der Himmel blau ist, macht der Student sein Fenster auf. Doch in dieser Straße gibt es keine Nachbarin, mit der man kokettieren kann. Gegenüber stellt das seit langem geschlossene Odéon[1] dem Blick seine allmählich schwarz werdenden Mauern entgegen, die kleinen Fenster seiner Logen und sein breites Schieferdach. Ich war nicht reich genug, um ein schönes Zimmer zu bewohnen. Nicht einmal ein Zimmer für mich allein konnte ich mir leisten. Juste und ich, wir teilten uns eins mit zwei Betten; es lag im fünften Stock.

An dieser Seite der Treppe lag nur unser Zimmer und ein anderes kleines, das Z. Marcas innehatte, unser Nachbar. Juste und ich hatten etwa sechs Monate lang nicht die leisteste Ahnung von dieser Nachbarschaft. Eine alte Frau, die das Hotel leitete, hatte uns zwar gesagt, das kleine Zimmer sei besetzt. Aber sie hatte hinzugefügt, wir würden nicht gestört werden, der Betreffende sei außerordentlich ruhig. Tatsächlich sind wir sechs Monate lang unserm Nachbarn nicht begegnet und haben aus seinem Zimmer keinerlei Geräusch gehört, trotz der geringen Dicke der Wand, die uns von ihm trennte. Es war eine der Trennwände aus Latten mit Gipsbewurf, die in den Pariser Häusern das Übliche sind.

Unser Zimmer war sieben Fuß hoch und mit einer schauderhaften billigen blauen, mit Blumensträußen übersäten Tapete beklebt. Der gestrichene Fliesenboden entbehrte des Glanzes, der ihm durch Bohnerbesen zuteil wird. Vor unsern Betten lag lediglich ein dünner Flickenteppich. Der Kamin stand allzu dicht unter dem Dach und rauchte so stark, daß wir auf unsere Kosten eine drehbare Knieröhre anbringen lassen mußten. Unsere Betten waren Pritschen aus getünchtem Holz, ähnlich denen in Internaten. Auf dem Kamin waren immer nur zwei Messingleuchter mit oder ohne Kerzen vorhanden, unsere beiden Pfeifen, Tabak, loser oder in Beuteln, und ferner Aschenhäufchen, die unsere Besucher oder wir selber, wenn wir Zigarren rauchten, dort hinterließen. Zwei Kalikovorhänge glitten über die Gardinenstange am Fenster, an dessen jeder Seite zwei kleine Büchergestelle aus Kirschholz hingen, wie alle sie kennen, die sich im Quartier latin herumgetrieben haben. Darin brachten wir die paar Bücher unter, die wir bei unserm Studium brauchten. Die Tinte im Tintenfaß war stets wie die erstarrte Lava im Krater eines Vulkans. Kann heutzutage nicht jedes Tintenfaß ein Vesuv werden? Die zusammengedrehten Schreibfedern dienten zum Reinigen unserer Pfeifenrohre. Im Gegensatz zu den Gesetzen des Kredits war Papier bei uns noch seltener als Geld.

Wie ließe sich erwarten, daß junge Menschen in dergleichen Logierhäusern zum Bleiben zu bewegen wären? Damit hing es zusammen, daß die Studenten in den Cafés studierten, im Theater, auf den Parkwegen des Luxembourg, bei den Grisetten, überall, sogar im Gebäude der Juristischen Fakultät, nur nicht in ihren schauerlichen Buden, schauerlich, wenn man darin seinen Studien nachgehen soll, aber reizend, sobald man darin schwatzt und raucht. Man lege ein Tuch auf den Tisch, stelle sich das improvisierte Essen darauf angerichtet vor, das der beste Restaurateur der Stadtgegend herschickte, vier Gedecke und zwei Mädchen, lasse dieses Interieur lithographieren, und dann kann sogar eine fromme Seele nicht umhin zu lächeln.

Wir waren damals auf nichts bedacht, als uns zu amüsieren. Der Grund für unsern ungeordneten Lebenswandel entstammte dem, was an der gegenwärtigen Politik das Bedenklichste ist. Juste und ich gewahrten keinerlei Aussicht auf eine Stellung in den beiden Berufen, die einzuschlagen wir von unsern Eltern gezwungen worden waren. Es gibt hundert Advokaten, hundert Ärzte, von denen nur je einer Amt und Nahrung findet. Die große Zahl verstopft diese beiden Wege, die zu Glück und Vermögen zu führen scheinen und dabei nur zwei Arenen sind: Man bringt einander darin um, man bekämpft sich, und zwar nicht eben mit der blanken Waffe oder der Feuerwaffe, sondern durch Intrigen und Verleumdungen, durch ein Übermaß an Arbeit, durch Feldzüge auf dem Gebiet der Intelligenz, die ebenso mörderisch sind, wie die in Italien es für die republikanischen Soldaten waren. Heute ist alles ein Kampf der Intelligenz. Da muß man achtundvierzig Stunden hintereinander in seinem Lehnstuhl und vor einem Tisch hockenbleiben, wie ein General zwei Tage lang im Sattel geblieben ist. Der Zustrom an Bewerbern hat die Medizin gezwungen, sich in Kategorien zu unterteilen: Es gibt den Mediziner, der schreibt, den Mediziner, der Dozent ist, den politisierenden Mediziner und den polemisierenden Mediziner; also vier verschiedene Arten, Arzt zu sein, vier bereits überfüllte Sektionen. Was die fünfte Unterabteilung betrifft, die der Doktoren, die Heilmittel verkaufen, so ist die Konkurrenz groß, und man bekämpft auf diesem Gebiet einander mit den Fäusten mittels infamer Plakate an den Pariser Hauswänden. An allen Gerichten gibt es fast genausoviel Advokaten wie Streitfälle. Der Advokat hat sich in den Journalismus, die Politik, die Literatur gestürzt. Der um den geringsten Posten im Justizwesen bestürmte Staat hat schließlich von den Bittstellern den Nachweis eines bestimmten Vermögens verlangt. Der birnenförmige Kopf[2] des Sohnes eines reichen Krämers wird künftig dem Quadratschädel eines jungen, begabten, aber mittellosen jungen Mannes vorgezogen werden. Ein junger Mensch, der alle seine Kräfte einsetzt, der all seine Energie entfaltet und bei Null anfängt, kann es erleben, daß er sich nach zehn Jahren unterhalb seines Ausgangspunkts befindet. Heutzutage muß das Talent das Glück haben, das der Unfähigkeit zum Erfolg verhilft, und mehr noch: Wenn es ihm an den niedrigen Voraussetzungen fehlt, die der kriechenden Mittelmäßigkeit zum Erfolg verhelfen, wird er nie vorankommen.

Wenn wir uns völlig in unserm Zeitalter auskennten, würden wir auch uns selber besser kennen und den Müßiggang der Denker einer ziellosen Tätigkeit, die Lässigkeit und die Freuden des Lebens nutzlosen Arbeiten vorziehen, die unsern Mut ermatten und die Schwungkraft unserer Intelligenz abnützen würden. Wir haben den sozialen Zustand lachend, rauchend und bei Spaziergängen analysiert. Dennoch sind unsere Überlegungen, unsere Gespräche nicht minder weise, nicht minder tiefgründig gewesen.

Angesichts des Helotentums, zu dem die Jugend verdammt ist, staunten wir über die brutale Gleichgültigkeit der Regierung gegenüber allem, was mit Intelligenz, mit Denken und mit Poesie zu tun hat. Was für Blicke tauschten Juste und ich manchmal aus, wenn wir die Zeitungen lasen, von den politischen Geschehnissen vernahmen, die Debatten in den beiden Kammern überflogen, über das Verhalten eines Hofs diskutierten, dessen geflissentliche Ahnungslosigkeit nur mit der Plattheit der Hofschranzen, der Mittelmäßigkeit der Männer verglichen werden kann, die um den neuen Thron Spalier bilden und samt und sonders ohne Geist und Weitblick, ohne Ruhm und Wissen, ohne Einfluß oder Sinn für Größe sind. Wie gereicht der gegenwärtige Hof, sofern er überhaupt ein Hof ist, dem Hof Karls X. zum Lobe! Welcher Haß gegen das Land spricht aus der Naturalisierung vulgärer, talentloser Ausländer, die feierlich in die Pairskammer eingeführt werden! Welch eine Rechtsverweigerung! Welch ein den jungen Berühmtheiten, den auf heimischem Boden geborenen Aufstrebenden angetaner Schimpf! Wir betrachteten alle diese Dinge wie ein Schauspiel und ächzten und stöhnten darüber, ohne zu einem Entschluß über uns selber zu gelangen.

Juste, den niemand aufsuchte und der es nie über sich gebracht hätte, seinerseits jemanden aufzusuchen, war mit seinen fünfundzwanzig Jahren ein tiefsinniger Politiker, ein Mann von wunderbarer Fähigkeit, die entlegenen Beziehungen zwischen dem gegenwärtigen und dem künftigen Geschehen zu erfassen. Im Jahre 1831 hat er mir vorausgesagt, was eintreten müsse und was auch tatsächlich eingetreten ist: die Morde, die Verschwörungen, die Herrschaft der Juden, die Hemmung der fortschrittlichen Bewegungen in Frankreich, der Mangel an Intelligenz in der höchsten Sphäre, und der Überfluß an Talenten in den untersten Schichten der Gesellschaft, wo der schönste Mut unter Zigarrenasche erlischt. Was sollte er werden? Seine Familie wollte, daß er Medizin studierte. Arzt sein, hieß das nicht, zwanzig Jahre lang auf eine richtige Praxis warten? Wißt ihr, was er geworden ist? Nein. Nun, er ist Arzt geworden, aber er hat Frankreich den Rücken gekehrt, er ist in Asien. In diesem Augenblick erliegt er vielleicht in einer Wüste den Anstrengungen, vielleicht verröchelt er unter den Hieben einer Barbarenhorde, vielleicht ist er aber auch Premierminister irgendeines indischen Fürsten. Was mich betrifft, so fühle ich mich zur Tat berufen. Als ich mit zwanzig Jahren von einem Gymnasium abging, verbot es sich mir, anders denn als gemeiner Soldat in den Militärdienst zu treten. Der traurigen Aussichten, die der Advokatenstand darbietet, war ich müde, und so habe ich mir die Kenntnisse erworben, deren ein Seemann bedarf. Ich tue wie Juste, ich kehre Frankreich den Rücken. Dort vergeudet man, um sich eine Stellung zu schaffen, eine Zeit und eine Energie, die zu den höchsten Schöpfungen nötig gewesen wären. Macht es wie ich, ihr Freunde. Ich gehe dorthin, wo man sein Schicksal nach eigenem Ermessen gestaltet.

Diese großen Entschlüsse sind kaltblütig in dem kleinen Hotelzimmer in der Rue Corneille gefaßt worden, zu einer Zeit, da wir zum Ball Musard[3] zu gehen pflegten, lustige Mädchen umschwänzelten und ein tolles, dem Anschein nach sorgloses Leben führten. Unsere Entschlüsse, unsere Überlegungen haben geraume Zeit hin und her geschwankt. Marcas, unser Zimmernachbar, war irgendwie der Führer, der uns am Rand des Abgrunds oder des reißenden Stroms entlanggeleitete, der uns ihn ermessen lehrte, der uns im voraus zeigte, welches unser Schicksal sein würde, wenn wir uns hineinfallen ließen. Er war es, der uns vor dem Aufschub der Zahlungsfrist durch Ausflüchte warnte, den man mit dem Elend abschließt und die die Hoffnung sanktioniert, dadurch nämlich, daß man unsichere, erbettelte Stellungen annimmt, von denen aus man den Kampf aufnimmt, dadurch, daß man sich im Strudel von Paris treiben läßt, dieser großen Kurtisane, die einen nimmt und einen sitzenläßt, die einem zulächelt und einem den Rücken kehrt, und alles mit der gleichen Leichtigkeit, an der die größte Willenskraft zuschanden wird durch arglistiges Wartenlassen, und wo das Unglück vom Zufall ausgehalten wird.

Unsere erste Begegnung mit Marcas blendete uns gewissermaßen. Wenn wir vor der Essensstunde von der Universität hereinkamen, stiegen wir stets in unser Zimmer hinauf und blieben dort eine Weile. Wir warteten aufeinander, weil wir wissen wollten, ob sich an unsern Plänen für den Abend nichts geändert habe. Eines Nachmittags um vier hatte Juste Marcas auf der Treppe gesehen. Ich war ihm auf der Straße begegnet. Es war November, und Marcas hatte keinen Mantel angehabt. Er trug dicksohlige Schuhe, eine lange Hose, einen blauen, bis zum Hals zugeknöpften Überrock mit viereckigem Kragen, was seinem Oberkörper um so mehr ein militärisches Aussehen lieh, als er eine schwarze Halsbinde trug. Eine solche Kleidung ist nichts Ungewöhnliches, aber sie paßte gut zur Haltung und zur Physiognomie des Mannes. Mein erster Eindruck bei seinem Anblick war weder Überraschung noch Erstaunen, noch Traurigkeit, noch Interesse, noch Mitleid, vielmehr eine Neugierde, die alle diese Empfindungen enthielt. Er ging langsam, in einer Gangart, die tiefe Schwermut ausdrückte, den Kopf vorgeneigt, aber nicht gesenkt nach der Art derer, die sich einer Schuld bewußt sind. Sein dicker, kräftiger Kopf schien die Schätze zu enthalten, deren ein Ehrgeiziger erster Ordnung bedarf. Es war, als sei er mit Gedanken beladen. Er unterlag der Last eines seelischen Schmerzes, allein in seinen Zügen war nicht die leiseste Spur von Gewissensbissen wahrzunehmen. Was nun sein Gesicht betrifft, so können wenige Worte es verdeutlichen. Gemäß leidlich volkstümlicher Auffassung hat jedes Menschenantlitz Ähnlichkeit mit einem Tier. Marcas' Tier nun aber war der Löwe. Sein Haar ähnelte einer Mähne, seine Nase war kurz, zusammengedrückt, breit und an der Spitze gespalten wie die eines Löwen, seine Stirn wurde wie bei einem Löwen durch eine tiefe Furche in zwei kräftige Wölbungen geteilt. Seine behaarten Backenknochen sprangen durch die Magerkeit seiner Wangen um so stärker hervor. Sein sehr großer Mund und seine hohlen Wangen wurden durch Falten von stolzer Zeichnung belebt und durch ein Kolorit von gelblichen Farbtönen gesteigert. Dieses nahezu erschreckende Gesicht schien von zwei Lichtern durchleuchtet zu werden, zwei schwarzen Augen. Freilich waren sie von unendlicher Sanftmut, ruhig, tief und gedankenvoll. Wenn es gestattet ist, sich so auszudrücken: Diese Augen waren gedemütigt. Marcas hatte Scheu, jemanden anzublicken, weniger um seinetwillen als wegen derjenigen, auf die er seinen bannenden Blick richten mußte. Er besaß eine Macht, und er wollte sie nicht ausüben. Er schonte die ihm Begegnenden. Er zitterte davor aufzufallen. Das geschah nicht aus Bescheidenheit, sondern aus Resignation, nicht aus christlicher Resignation, die Mitgefühl in sich beschließt, sondern aus einer Resignation heraus, zu der die

Vernunft riet, die die gegenwärtige Nutzlosigkeit der Begabung aufzeigte, die Unmöglichkeit, in ein Milieu einzudringen und darin zu leben, das uns gemäß wäre. In gewissen Augenblicken konnte dieser Blick Blitze schleudern. Von diesem Munde, der sehr dem Mirabeaus ähnelte, mußte eine Donnerstimme ausgehen können.

»Ich bin eben auf der Straße einem toll aussehenden Mann begegnet«, sagte ich beim Eintreten zu Juste.

»Das könnte unser Nachbar gewesen sein«, antwortete mir Juste und entwarf tatsächlich ein Bild des Mannes, den ich gesehen hatte.

»Welch eine Erniedrigung, und dabei welche Größe!«

»Die eine bedingt die andere.«

»Wie viele zunichte gewordenen Hoffnungen! Wie viele gescheiterten Pläne!«

»Ein Ruinenfeld von sieben Meilen! Obelisken, Paläste, Türme: die Ruinen von Palmyra[4] in der Wüste!« sagte Juste lachend.

Fortan nannten wir unsern Nachbarn »die Ruinen von Palmyra«. Als wir fortgingen, um in dem schäbigen Restaurant in der Rue de La Harpe zu essen, wo wir abonniert waren, fragten wir nach dem Namen von Nr. 37 und erfuhren jetzt den zauberkräftigen Namen Z. Marcas. Wie Kinder, die wir ja auch waren, wiederholten wir mehr als hundertmal unter den mannigfachsten drolligen, aber melancholischen Reflexionen diesen Namen, dessen Aussprache sich zu unserm Spiel willig darbot. Juste gelang es dann und wann, das Z hervorzustoßen wie eine losschnellende Rakete, und wenn er die erste Silbe glanzvoll hatte erklingen lassen, schilderte er durch die dumpfe Kürze, mit der er die zweite hervorbrachte, einen Absturz.

»Das ist denn doch! Wovon und wie mag er leben?«

Zwischen dieser Frage und der harmlosen Spionage, zu der die Neugier rät, lag nur noch die Zeitspanne, deren es zur Ausführung unseres Vorhabens bedurfte. Anstatt zu bummeln, gingen wir heim, jeder mit einem Roman unterm Arm. Und dann wurde gelesen und gelauscht. In der völligen Stille unserer Mansarden hörten wir das regelmäßige, weiche Geräusch der Atmung eines Schlafenden.

»Er schläft«, sagte ich zu Juste. Ich hatte es als erster bemerkt.

»Und dabei ist es sieben Uhr abends!« antwortete mir der »Doktor«.

Diesen Namen nämlich hatte ich Juste gegeben. Er nannte mich dafür »Justizminister«.

»Man muß recht unglücklich sein, wenn man soviel schläft wie unser Nachbar«, sagte ich und kletterte mit einem großen Messer, in dessen Griff ein Korkenzieher war, auf unsere Kommode. Oben in die Trennwand bohrte ich ein rundes Loch von der Größe eines Fünfsousstücks. Ich hatte nicht bedacht, daß kein Licht brennen könne, und so sah ich, als ich das Auge an das Loch legte, nur Dunkelheit. Als wir gegen ein Uhr morgens unsere Romane zu Ende gelesen hatten und dabei waren, uns auszukleiden, hörten wir bei unserem Nachbarn Geräusche: Er stand auf, ließ ein Phosphorstreichholz aufflammen und steckte seine Kerze an. Abermals stieg ich auf die Kommode. Jetzt konnte ich sehen. Marcas saß an seinem Tisch und kopierte Prozeßakten. Sein Zimmer war halb so groß wie das unsrige, das Bett stand in einer Nische neben der Tür, denn der Raum des Korridors, der bei seiner Bude endete, ließ jene Nische entstehen. Das Grundstück nun aber, auf dem das Haus errichtet worden war, mußte nicht rechteckig gewesen sein, die Außenmauer verlief in seiner Mansarde schräg. Er hatte keinen Kamin, sondern einen kleinen weißen Kachelofen mit grünen Flecken, dessen Abzugsrohr unmittelbar durch das Dach ging. Das in der schrägen Wand eingelassene Fenster hatte häßliche rote Vorhänge. Ein Lehnstuhl, ein Tisch und ein schäbiger Nachttisch bildeten das Mobiliar. Seine Wäsche bewahrte er in einem Wandschrank auf. Die Tapete an den Wänden war schauderhaft. Augenscheinlich hatte man, bis Marcas gekommen war, dort immer nur einen Dienstboten untergebracht.

»Was hast du gesehen?« fragte mich der Doktor, als er mich hinabsteigen sah.

»Sieh es dir selber an!« antwortete ich.

Am nächsten Morgen um neun lag Marcas zu Bett. Er hatte zum Frühstück Zervelatwurst gegessen. Wir sahen auf einem Teller zwischen Brotkrumen die Reste dieses uns wohlbekannten Nahrungsmittels. Marcas schlief. Erst um elf wachte er auf.

Er machte sich wieder an die während der Nacht angefangene Abschrift, die auf dem Tisch lag. Als wir fortgingen, erkundigten wir uns nach dem Preis jenes Zimmers und erfuhren, daß es monatlich fünfzehn Francs koste. Nach ein paar Tagen wußten wir völlig über Marcas' Lebensweise Bescheid. Er fertigte Abschriften, die wahrscheinlich stückweise bezahlt wurden, für den Inhaber einer Schreibstube, der im Hof der Sainte-Chapelle wohnte. Er arbeitete die halbe Nacht hindurch. Wenn er von sechs bis zehn geschlafen hatte, stand er auf und machte sich wieder an die Arbeit, bis drei Uhr. Dann ging er fort, um seine Abschriften vor der Hauptmahlzeit abzuliefern. Er aß in der Rue Michel-de-Comte[5] bei Mizerai, weil dort das Essen nur neun Sous kostete. Dann ging er wieder heim und schlief bis sechs. Es wurde uns klar, daß Marcas im Monat keine fünfzehn Sätze sprach. Er redete mit niemandem und hielt in seiner gräßlichen Mansarde nicht einmal Selbstgespräche.

»Ganz entschieden sind ›die Ruinen von Palmyra‹ entsetzlich schweigsam«, rief Juste aus.

Bei einem Mann von so imponierendem Äußeren wohnte diesem Schweigen etwas tief Bedeutungsvolles inne. Bisweilen, wenn wir ihm begegneten, tauschten wir beiderseitig gedankenvolle Blicke aus, denen indessen keine Kontaktaufnahme folgte. Unmerklich wurde jener Mann zum Gegenstand heimlicher Bewunderung, ohne daß wir uns deren Ursache zu erklären vermochten. Beruhte sie auf seiner verborgen-schlichten Lebensweise, seiner mönchischen Regelmäßigkeit, seiner einsiedlerhaften Bedürfnislosigkeit, seiner nichtigen Arbeit, die dem Denken erlaubte, neutral zu bleiben oder sich zu üben, und die vom Warten auf irgendein glückliches Ereignis oder von einem für das Leben geltenden Entschluß sprach? Nachdem wir die Ruinen von Palmyra lange durchschweift hatten, vergaßen wir sie. Wir waren ja noch so jung! Dann kam der Karneval, der Pariser Karneval, der einmal den alten Karneval von Venedig auslöschen und ganz Europa nach Paris locken wird, wenn nicht mißzufriedene Polizeipräfekten sich dem entgegenstemmen. Man sollte während des Karnevals das Spiel dulden. Aber die albernen Moralisten, die die Spielsäle haben schließen lassen[6], sind schwachsinnige Rechner, die diese notwendige Wunde erst wieder aufklaffen lassen werden, wenn sich erwiesen hat, daß Frankreich Millionen in Deutschland läßt.

Dieser fröhliche Karneval führte, bei uns wie bei allen Studenten, zu schlimmen Notlagen. Wir hatten uns aller Luxusdinge entledigt, wir hatten verkauft, was wir an doppelten Kleidungsstücken besaßen, das zweite Paar Stiefel, die zweite Weste, alles, was wir doppelt besaßen, ausgenommen unsern Freund. Wir aßen Brot und Aufschnitt, wir nahmen uns beim Gehen in acht, wir hatten angefangen zu arbeiten. Wir schuldeten dem Hotel zwei Monatsmieten, und wir waren uns gewiß, daß jeder von uns beim Portier eine sechzig oder achtzig Zeilen lange Rechnung liegen habe, zum Gesamtbetrag von vierzig oder fünfzig Francs. Wir waren jetzt weder laut noch lustig, wenn wir über den fliesenbelegten Treppenabsatz gingen, der sich unten an der Treppe befindet. An dem Tag, da uns der Tabak für unsere Pfeifen ausging, wurden wir uns bewußt, daß wir seit ein paar Tagen unser Brot ohne Butter aßen. Die Sorge war groß.

»Keinen Tabak mehr!« sagte der Doktor.

»Keinen Mantel mehr!« sagte der Justizminister.

»Ach, ihr komischen Kerle! Ihr habt euch als Postillions von Lonjumeau[7] verkleidet! Ihr habt euch als Holzauslader[8] angezogen und bei Véry[9], und manchmal auch im Rocher-de-Cancale[10] am Morgen soupieren und am Abend frühstücken wollen! Jetzt begnügt euch gefälligst mit trockenem Brot, ihr Herren! Eigentlich müßtet ihr«, sagte ich und ließ meine Stimme anschwellen, »euch unter euern Betten schlafen legen. Ihr seid nicht würdig, darauf zu liegen ...« – »Richtig, Justizminister! Aber keinen Tabak mehr zu haben!« sagte Juste.

»Es wird Zeit, an unsere Tanten, Mütter und Schwestern zu schreiben, wir hätten keine Wäsche mehr. Die Lauferei in Paris würde sogar gestrickten Draht durchscheuern. Wir finden die Lösung eines schönen Problems der Chemie, wenn wir Wäsche in Geld verwandeln.«

»Aber wir müssen leben, bis die Antwort da ist.«

»Ja, dann muß ich diejenigen meiner Freunde anpumpen, die mit ihrem Kapital noch nicht am Ende sind.«

»Und was wird dabei herauskommen?«

»Na, zehn Francs!« antwortete ich voller Stolz.

Marcas hatte alles gehört. Es war Mittag, er klopfte an unsere Tür und sagte zu uns: »Meine Herren, hier haben Sie Tabak. Sie können ihn mir ja bei der erstbesten Gelegenheit wiedergeben.«

Betroffen standen wir da, nicht des Anerbietens wegen, das angenommen wurde, sondern um des Reichtums, der Tiefe und Fülle dieser Stimme willen, die sich nur mit der G-Saite von Paganinis Geige[11] vergleichen ließ. Marcas verschwand, ohne unsere Dankesworte abzuwarten. Juste und ich schauten einander in tiefstem Schweigen an. Wir hatten uns von jemanden helfen lassen, der offenbar weit ärmer war als wir! Juste setzte sich hin und schrieb an seine gesamte Verwandtschaft, und ich zog los, um über den Pump zu verhandeln. Bei einem Landsmann machte ich zwanzig Francs ausfindig. Zu jener unseligen, schönen Zeit waren die Spielsäle noch offen, und wenn deren Glücksadern auch hart waren wie der Gangstein[12] Brasiliens, liefen die jungen Leute hinein und riskierten es, mit geringem Einsatz ein paar Goldstücke zu gewinnen. Der Landsmann hatte türkischen Tabak, den ein Seemann aus Konstantinopel mitgebracht hatte. Er gab mir davon soviel ab, wie wir von Z. Marcas bekommen hatten. Ich brachte die reiche Ladung glücklich in den Hafen, und wir gingen im Triumph zu unserm Nachbarn und erstatteten ihm eine wollüstige, eine blonde Perücke türkischen Tabaks für seinen Knaster zurück.

»Ihr habt mir nichts schuldig bleiben wollen«, sagte er. »Ihr gebt mir Gold für Kupfer. Ihr seid Kinder ... gute Kinder ...«

Diese drei Sätze wurden in verschiedenen Tonlagen hingesprochen und unterschiedlich akzentuiert. Die Worte waren nichts, aber der Klang ... Ja, der Klang machte, daß wir für zehn Jahre Freunde wurden. Marcas hatte seine Abschriften versteckt, als er uns kommen hörte. Wir erkannten, daß es taktlos gewesen wäre, auf seine Mittel zur Bestreitung des Daseins zu sprechen zu kommen, und wir schämten uns, ihn bespitzelt zu haben. Sein Wandschrank stand offen. Es lagen nur zwei Hemden darin, eine weiße Halsbinde und ein Rasiermesser. Das Rasiermesser ließ mich zusammenfahren. Neben dem Fenster hing ein Spiegel, der hundert Sous gekostet haben mochte. Die schlichten, sparsamen Gesten dieses Mannes hatten eine Art wilder Größe. Wir blickten einander an, der Doktor und ich, als wollten wir herausbekommen, was wir antworten sollten. Als Juste merkte, daß es mir an Worten gebrach, fragte er Marcas scherzend: »Treiben Sie Literatur?«

»Davor habe ich mich sorglich gehütet!« antwortete Marcas. »Sonst wäre ich nicht so reich.«

»Ich hätte gemeint«, sagte ich zu ihm, »daß einzig die Poesie in heutiger Zeit jemanden eine so schlechte Unterkunft gewähren könne, wie wir alle sie haben.«

Meine Bemerkung ließ Marcas lächeln, und dieses Lächein lieh seinem gelben Gesicht Anmut.

»Der Ehrgeiz sucht die Erfolglosen nicht minder hart heim«, sagte er. »Deswegen solltet ihr, die ihr am Beginn eures Lebens steht, die gebahnten Pfade einschlagen! Schlagt es euch aus dem Kopf, höhergeartete Menschen zu werden. Ihr würdet darüber zugrunde gehen!«

»Sie raten uns also, zu bleiben, was wir sind?« fragte der Doktor lächelnd.

Die Jugend bezeigt in ihren Scherzen eine so ansteckende, kindliche Anmut, daß Justes Satz Marcas abermals lächeln ließ.

»Welche Erlebnisse haben Ihnen diese schreckliche Weltanschauung aufzwingen können?« fragte ich ihn.

»Ich habe einmal vergessen, daß der Zufall das Resultat einer ungeheuren Gleichung ist, von der wir nicht alle Wurzeln kennen. Wenn man von der Null ausgeht, um zum Einer zu kommen, sind die Möglichkeiten unberechenbar. Für die Ehrgeizigen ist Paris eine riesige Roulette, und alle jungen Menschen glauben, sie könnten durch Verdoppelung des Einsatzes gewinnen.«

Er bot uns von dem Tabak an, den ich ihm gegeben hatte, als Aufforderung, mit ihm gemeinsam zu rauchen. Der Doktor holte unsere Pfeifen, Marcas stopfte die seine. Aber dann ging er mit zu unserm Zimmer, nahm den Tabak mit und setzte sich. Es gab in dem seinen nur einen Stuhl und seinen Lehnsessel. Behend wie ein Eichhörnchen eilte Juste hinab und erschien mit einem Kellner wieder, der drei Flaschen Bordeaux, Brie-Käse und Brot brachte.

»Gut«, dachte ich, ohne mich auch nur um einen Sou zu irren, »fünfzehn Francs!«

Tatsächlich legte Juste mit ernster Miene hundert Sous auf den Kaminsims.

Es bestehen unermeßliche Unterschiede zwischen dem sozial gebundenen Menschen und dem in unmittelbarer Naturnähe lebenden. Als Toussaint-Louverture[13] gefangen war, ist er gestorben, ohne ein Wort zu sprechen. Als Napoleon auf seinem Felsen saß, hat er geschwatzt wie eine Elster, er hat sich aussprechen wollen. Z. Marcas beging, aber einzig zu unserm Nutzen, den gleichen Fehler. Das Schweigen und dessen ganze Majestät finden sich nur bei den Wilden. Es gibt keinen Verbrecher, der seine Geheimnisse zusammen mit seinem Kopf in den roten Korb fallen lassen könnte, der nicht das rein soziale Verlangen empfände, sie irgend jemandem auszuplaudern. Ich irre mich. Wir haben es erlebt, daß einer der Irokesen des Faubourg Saint-Marceau die Pariser Eigenart auf die Höhe der Wilden erhob: Ein Mann, ein Republikaner, ein Verschwörer, ein Greis hat alles übertroffen, was wir von der Festigkeit der Natur wußten, und zugleich alles, was Cooper[14] den Rothäuten an Verachtung und Ruhe inmitten ihrer Niederlagen zugeschrieben hat. Morey[15], dieser Guatimozim[16] vom Berge, hat eine in den Annalen der europäischen Justiz unerhörte Haltung bewahrt. Folgendes hat uns Marcas an jenem Vormittag erzählt, während er Käsebrote aß und seinen Bericht mit Wein anfeuchtete. Der ganze Tabak ging dabei drauf. Bisweilen ließen die Droschken, die die Place de l'Odéon überquerten, und die Omnibusse, die sie durchpflügten, ihr dumpfes Rollen ertönen, wie um zu bezeugen, daß Paris nach wie vor vorhanden sei.

Seine Familie stammte aus Vitré[17]. Seine Eltern lebten von fünfzehnhundert Francs Zinsen. Seine Schulzeit hatte er als Freischüler auf einem Priesterseminar verbracht und sich dann geweigert, Priester zu werden. Er hatte in sich den Brandherd eines übermäßigen Ehrgeizes verspürt und war als Zwanzigjähriger zu Fuß nach Paris gekommen, im Besitz von zweihundert Francs. Sein Jurastudium hatte er hinter sich gebracht, indem er bei einem Advokaten arbeitete. Später war er dessen Bürovorsteher geworden. Er war Doktor der Rechte, kannte sich in der alten und neuen Gesetzgebung aus und konnte darin die berühmtesten Advokaten übertreffen. Er beherrschte das Völkerrecht. Er kannte alle europäischen Verträge und die internationalen Gepflogenheiten. Menschen und Dinge hatte er in fünf Hauptstädten studiert: in London, Berlin, Wien, Petersburg[18] und Konstantinopel. Niemand wußte über die Präzedenzfälle in der Kammer besser Bescheid als er. Fünf Jahre lang hatte er für eine Tageszeitung die Berichte über die Kammersitzungen geschrieben. Er improvisierte, er sprach bewundernswürdig und konnte lange mit jener wohlklingenden, tiefen Stimme sprechen, die uns in die Seele gedrungen war. Durch die Erzählung seiner Lebensgeschichte bewies er uns, daß er ein großer Redner war, ein bündiger, ernster Redner, und zugleich von durchdringender Beredsamkeit: Er gemahnte an Berryer[19] um seiner Wärme, seiner den Massen sympathischen Gesten willen. Er gemahnte an Monsieur Thiers[20] seiner Intelligenz, seiner Gewandtheit wegen, aber er wäre weniger diffus gewesen, weniger verlegen, Folgerungen zu ziehen: Er rechnete damit, jäh zur Macht zu kommen, ohne sich zuvor auf Doktrinen festgelegt zu haben, wie sie dem Mann der Opposition zunächst nötig sind und wie sie den Staatsmann später hemmen.

Marcas hatte alles gelernt, was ein echter Staatsmann wissen muß. Daher erstaunte er über die Maßen, als er Gelegenheit bekam, die profunde Unwissenheit der Leute festzustellen, denen es gelungen war, in Frankreich die Führung der öffentlichen Angelegenheiten auszuüben. Zwar hatte die Berufung ihm zum Studium geraten, aber die Natur hatte sich verschwenderisch bezeigt. Sie hatte ihm alles gewährt, was nicht erworben werden kann: eine lebendige Vorstellungskraft, Selbstbeherrschung, geistige Geschmeidigkeit, blitzschnelle Urteilskraft, Entschlossenheit und, was das Geniale an solcherlei Menschen ist, eine fruchtbare Fülle an Mitteln und Wegen.

Als Marcas sich genügend gerüstet glaubte, erkannte er, daß Frankreich inneren Streitigkeiten anheimgefallen war. Sie waren ein Ergebnis des Triumphs der Linie Orléans über die ältere Linie. Offenbar hat der Schauplatz der politischen Kämpfe sich gewandelt. Der Bürgerkrieg kann nicht mehr lange Zeit beanspruchen, er wird nicht mehr in der Provinz stattfinden. In

Frankreich ist nur noch ein Kampf von kurzer Dauer möglich, und zwar lediglich am Sitz der Regierung, und er wird den moralischen Krieg beenden, der zuvor von Elite-Intelligenzen geführt werden wird. Dieser Stand der Dinge wird so lange dauern, wie Frankreich seine merkwürdige Regierung hat. Sie ist mit derjenigen keines anderen Landes vergleichbar, denn zwischen der englischen Regierung und der unsrigen besteht ein genauso großer Unterschied wie zwischen den beiden Territorien. Der rechte Ort für Marcas war also die politische Presse. Da er arm war und sich also nicht wählen lassen konnte, mußte er jäh und unerwartet ans Licht treten. Er entschloß sich zum höchsten Opfer, das ein überlegener Mensch bringen kann, nämlich dazu, daß er sich irgendeinem reichen, ehrgeizigen Abgeordneten unterstellte und für diesen arbeitete. Als ein neuer Bonaparte suchte er seinen Barras[21]. Dieser neue Colbert[22] hoffte, einen Mazarin zu finden. Er erwies ungeheure Dienste, aber er erwies sie nur, er brüstete sich nicht damit, er trat nicht hervor, er jammerte nicht vernehmlich über Undankbarkeit. Er erwies seine Dienste in der Hoffnung, daß sein Gönner ihn in den Stand setzte, zum Abgeordneten gewählt zu werden. Marcas wünschte nichts als das Darlehen, das zur Erwerbung eines Hauses in Paris erforderlich war, damit er den Forderungen des Gesetzes entsprach. Richard III. wollte nichts als sein Pferd.

Innerhalb dreier Jahre schuf Marcas eine der fünfzig vorgeblichen politischen Kapazitäten, die die Tennisschläger sind, mit denen zwei hinterlistige Hände einander die Portefeuilles zuschleudern, gerade wie ein Marionettenspieler in seinem Freilufttheater den Polizeikommissar und Polichinell aufeinander losgehen läßt, in der Hoffnung auf gute Einnahmen. Dieser Mann existiert einzig und allein durch Marcas. Aber er besitzt gerade genug Verstand, um den Wert seines Schönfärbers richtig einzuschätzen, um zu wissen, daß Marcas, wenn er einmal vorangekommen war, stets so etwas wie ein notwendiger Mann bleiben mußte, während er selber in die polaren Kolonien des Luxembourg verbannt, also kaitgestellt werden würde. Also beschloß er, dem Aufstieg seines heimlichen Leiters unsichtbare Hindernisse in den Weg zu legen, und er tarnte diesen Gedanken mit den Formeln unverbrüchlicher Anhänglichkeit. Wie alle kleinen

Leute verstand er sich trefflich aufs Verstellen. Ferner machte er Fortschritte auf dem Gefilde der Undankbarkeit, da er ja doch Marcas umbringen mußte, um nicht von ihm umgebracht zu werden. Die beiden dem Anschein nach so einigen Männer haßten einander, seit der eine den andern einmal getäuscht hatte. Der Staatsmann gehörte einem Ministerium an, Marcas verblieb in der Opposition, um zu verhindern, daß sein Minister angegriffen wurde, dem er durch einen Gewaltstreich Lobesworte der Opposition verschaffte. Um seinen Helfershelfer nicht belohnen zu müssen, schützte der Staatsmann vor, es sei unmöglich, einen Mann der Opposition ohne geschickte Machenschaften mit einem Ruck in eine Stellung hineinzupraktizieren. Marcas hatte mit einer Anstellung gerechnet, um durch eine Heirat die so sehr begehrte Wählbarkeit zu erlangen. Er war zweiunddreißig Jahre alt. Er sah die Auflösung der Kammer voraus. Nachdem er den Minister bei dessen Böswilligkeit ertappt hatte, stürzte er ihn oder trug doch zumindest wesentlich zu seinem Sturz bei und stieß ihn in den Schlamm.

Jeder gestürzte Minister muß, um wieder zur Macht zu gelangen, dartun, daß er zu fürchten ist. Dieser Mann, den die königliche Geschwätzigkeit berauscht, der geglaubt hatte, er würde längere Zeit Minister bleiben, erkannte sein Unrecht. Er gestand es ein und griff Marcas, der sich während dieses Kampfes in Schulden gestürzt hatte, mit einer kleinen Geldsumme unter die Arme. Er unterstützte die Zeitung, an der Marcas arbeitete, und ließ ihm deren Leitung übertragen. Obwohl Marcas jenen Mann verachtete, hatte er also eine Art Handgeld entgegengenommen. Er willigte ein, so zu tun, als mache er gemeinsame Sache mit dem gestürzten Minister. Ohne vorerst alle bislang versteckten Batterien seiner Überlegenheit offen feuern zu lassen, wagte Marcas sich weiter vor als das erstemal. Er ließ die Hälfte dessen, wozu er befähigt war, sehen. Das Ministerium hatte nur eine Dauer von hundertachtzig Tagen, dann war es erledigt. Marcas, der in Beziehungen zu ein paar Abgeordneten gesetzt worden war, hatte sie in seinen Händen zu Wachs werden lassen und ihnen eine hohe Meinung von seinen Talenten beigebracht. Seine Marionette gelangte von neuem in ein Ministerium, und die Zeitung wurde regierungstreu. Der Minister vereinigte sie mit einer anderen, einzig um Marcas auszuschalten, der gelegentlich dieser Fusion seinen Posten einem reichen, unverschämten Konkurrenten überlassen mußte, dessen Name bekannt war und der bereits den Fuß im Steigbügel hatte. Marcas sank ins tiefste Elend zurück. Sein hochmütiger Schützling wußte nur zu gut, in welchen Abgrund er ihn gestürzt hatte. Was sollte er anfangen? Die unter der Hand ins Bild gesetzten regierungstreuen Zeitungen wollten nichts von ihm wissen. Die Zeitungen der Opposition lehnten es ab, ihn in ihre Redaktionen aufzunehmen. Marcas konnte weder zu den Republikanern noch zu den Legitimisten übergehen, zwei Parteien, deren Ziel der Umsturz der gegenwärtigen Dinge ist.

»Die Ehrgeizigen haben eine Schwäche für das Aktuelle«, sagte er uns lächelnd.

Er lebte von ein paar Artikeln über Handelsunternehmungen. Er arbeitete mit an einem der Nachschlagewerke, die die Spekulation und nicht die Wissenschaft zu produzieren versucht hat. Schließlich wurde eine Zeitung gegründet, die nur zwei Jahre am Leben bleiben sollte, aber erpicht darauf war, Marcas als Chefredakteur zu bekommen. Von jetzt an erneuerte er seine Bekanntschaft mit den Feinden des Ministers. Er konnte in die Partei eintreten, die den Sturz des Ministeriums anstrebte. Und da es nun soweit war, daß er seinen Triumph ausspielen konnte, verlor er seinen leitenden Posten.

Marcas' Zeitung war seit einem halben Jahr tot, er hatte nirgendwo eine Anstellung bekommen können, man stellte ihn als einen gefährlichen Menschen hin, die Verleumdung hackte auf ihn ein: Er hatte vor kurzem durch ein paar Artikel und eine Schmähschrift eine riesige Finanz- und Industrieoperation zunichte gemacht. Es war bekannt, daß er das Sprachrohr eines Bankiers sei, der, wie behauptet wurde, ihn reich bezahlt habe und von dem er sich wohl einige Gefälligkeiten als Gegendienst für seinen Eifer erwarte. Marcas fühlte sich angeekelt von Menschen und Dingen, er war eines fünfjährigen Kampfes müde. Er wurde mehr als ein Condottiere denn als ein großer Feldherr angesehen. Die Notwendigkeit, seinen Lebensunterhalt zu verdienen, hatte ihn daran gehindert, Boden zu gewinnen. Er war verzweifelt über den Einfluß des Geldes auf das Denken. Er war dem tiefsten Elend anheimgefallen. Also hatte er sich in seine Mansarde zurückgezogen und verdiente täglich dreißig Sous. Diese Summe langte haargenau zur Bestreitung seiner Bedürfnisse. Das Nachgrübeln hatte etwas wie Wüsten rings um ihn ausgebreitet. Er las die Zeitungen, um über das, was sich ereignete, auf dem laufenden zu sein. Auch Pozzo di Borgo[23] hat eine Zeitlang so gelebt. Sicherlich brütete Marcas über einem ernsthaften Angriffsplan. Vielleicht hatte er sich an die Vorstellung gewöhnt und bestrafte sich für seine Mißgriffe durch ein pythagoräisches Schweigen. Er gab uns keine Gründe für sein Verhalten an.

Es ist unmöglich, die Szenen im Stil der hohen Komödie zu erzählen, die hinter dieser algebraischen Synthese seines Lebens verborgen sind: Das nutzlose Wachestehen zu Füßen des Glücks, das davonflog, die langen Jagdstreifereien durch das Pariser Gestrüpp, die Gänge als keuchender Bittsteller; die unternommenen Versuche bei Schwachsinnigen, die hochfliegenden Pläne, die durch das Eingreifen einer ungeschickten Frau zunichte wurden; die Besprechungen mit Ladeninhabern, die wollten, daß ihr Kapital ihnen Theaterlogen, die Pairswürde, gehörige Zinsen einbrachte; die auf dem Gipfel angelangten Hoffnungen, die dann in die Tiefe auf blinde Klippen stürzten; die durch die Annäherung entgegengesetzter Interessen, die, nachdem sie eine Woche lang gut zusammengegangen waren, sich wieder trennten, vollbrachten Wunder; das tausendmal sich wiederholende Mißvergnügen, zu erleben, daß ein mit der Ehrenlegion ausgezeichneter Narr, der ungebildet war wie ein Ladenschwengel, einem Mann von Talent vorgezogen wurde; alsdann das, was Marcas als die Kunstgriffe der Dummheit bezeichnete: Man schlägt auf einen Mann ein, er scheint überzeugt, er nickt, alles wird ins reine kommen. Am andern Morgen hat dies Stück Gummi, das für einen Moment zusammengedrückt worden war, während der Nacht seine alte Konsistenz wieder angenommen, es hat sich sogar noch aufgebläht, und nun muß alles wieder von vorn anfangen. Man macht sich von neuem ans Werk, bis man erkannt hat, daß man es nicht mit einem Manne, sondern mit Mastix zu tun hat, das an der Sonne trocknet.

Diese tausenderlei Mißgeschicke, diese ungeheuren Verluste an menschlicher Kraft, die über sterile Punkte ausgegossen wurde, die Schwierigkeit, das Richtige durchzusetzen, die unglaubliche Leichtigkeit, das Falsche zu tun; zwei große Partien zweimal gespielt, zweimal gewonnen und zweimal verloren zu haben; der Haß eines Staatsmannes, eines Holzkopfs mit geschminkter Maske und falschem Haar, an den man jedoch geglaubt hatte: Alle diese großen und kleinen Dinge hatten Marcas nicht entmutigt, aber für den Augenblick niedergeschlagen. In den Tagen, da das Geld bei ihm Eingang gefunden, hatten seine Hände es nicht festgehalten. Er hatte sich die himmlische Freude gegönnt, alles an seine Familie zu schicken, an seine Schwestern, seine Brüder, seinen alten Vater. Er selber brauchte, wie der gestürzte Napoleon, täglich nur dreißig Sous, und in Paris kann jeder energiebegabte Mann täglich dreißig Sous verdienen.

Als Marcas uns seine Lebensgeschichte zu Ende erzählt hatte, die übrigens mit Erwägungen durchsetzt und von Maximen und Bemerkungen unterbrochen worden war, die von einem großen Politiker kündeten, genügten ein paar Fragen und gegenseitige Antworten über den Lauf der Dinge in Frankreich und Europa, um uns deutlich zu machen, daß Marcas der geborene Staatsmann war, denn die Menschen können leicht und schnell beurteilt werden, sobald sie einwilligen, sich auf das Gebiet der Schwierigkeiten zu begeben: Für überlegene Menschen gibt es manches Schiboleth[24], und wir gehörten dem Stamm der modernen Leviten an, ohne vorerst schon im Tempel zu sein. Wie ich euch bereits gesagt habe, verbarg unser leichtfertiges Leben die Pläne, die Juste seinerseits durchgeführt hat, und auch die, die ich zu Ende bringen will.

Nach dem Austausch unserer Meinungen verließen wir alle drei das Haus und gingen in Erwartung der Essensstunde trotz der Kälte im Jardin du Luxembourg spazieren. Während dieses Ganges galt unsere stets ernste Unterhaltung den schmerzhaften Punkten der politischen Situation. Jeder von uns brachte dabei seinen Satz, seine Beobachtung oder sein Wortspiel an den Mann, seinen Scherz oder seine Maxime. Es war nicht mehr ausschließlich die Rede von einem Leben in kolossalen Proportionen, wie Marcas es uns zuvor ausgemalt hatte, Marcas, der Soldat der politischen Kämpfe. Es war auch nicht mehr der grausige Monolog des in der Mansarde des Hotels ›Corneille‹ an den Strand geworfenen Schiffers, sondern ein Dialog, in dem zwei kenntnisreiche junge Leute, die sich ein Urteil über ihre Epoche gebildet hatten, unter der Leitung eines hochbegabten Mannes ihre eigene Zukunft zu erhellen trachteten.

»Warum«, fragte ihn Juste, »haben Sie nicht geduldig eine Gelegenheit abgewartet, warum haben Sie nicht getan wie der einzige Mann, der es seit der Juli-Revolution verstanden hat, sich dadurch bekannt zu machen, daß er sich immer oberhalb der Flut hielt?«[25]

»Habe ich Ihnen nicht gesagt, daß wir nicht sämtliche Wurzeln des Zufalls kennen? Carrel[26] war in der gleichen Lage wie jener Redner. Dieser düstere junge Mann, dieser bittere Geist trug eine ganze Regierung im Kopf. Der, von dem Sie sprechen, hat immer nur den einen Gedanken, nämlich sich hinter jedem Ereignis auf die Kruppe zu setzen. Von den beiden war Carrel der Starke. Na ja, der eine wird Minister, Carrel bleibt Journalist. Der unzulängliche, aber raffinierte Mann lebt, Carrel stirbt. Ich weise Sie darauf hin, daß dieser Mann fünfzehn Jahre darangesetzt hat, um seinen Weg zu machen, und dabei hat er lediglich ein Stück Weg zurückgelegt. Er kann auf der großen Heerstraße zur Macht zwischen zwei Karren voller Intrigen geraten und zermalmt werden. Er hat kein Haus, er hat nicht wie Metternich das Palais der Gunst oder wie Villèle das Schutzdach einer kompakten Mehrheit[27]. Ich glaube nicht, daß die gegenwärtige Form in zehn Jahren noch besteht. Wenn ich also ein so trauriges Glück annehme, komme ich nicht mehr zur rechten Zeit, denn um nicht von der Bewegung hinweggefegt zu werden, die ich voraussehe, müßte ich schon eine hohe Stellung eingenommen haben.«

»Welche Bewegung denn?« fragte Juste.

»Der August 1830«, antwortete Marcas feierlich und streckte die Hand gegen Paris aus, »der August, den die Jugend durchführt, die das Reisig gebündelt hat, und die Intelligenz, die die Ernte hat reifen lassen, der August hat den Anteil der Jugend und der Intelligenz vergessen. Die Jugend wird bersten wie der Kessel einer Dampfmaschine. Die Jugend hat in Frankreich keinen Vorteil, dort ballt sie sich zu einer Lawine verkannter Fähigkeiten zusammen, aus legitimem und unruhigem Ehrgeiz. Sie heiratet nur selten, die Familien wissen nicht, was sie aus ihren Kindern machen sollen: Welches das Stichwort ist, das diese Massen in Bewegung setzen wird, weiß ich nicht. Aber sie werden sich auf den gegenwärtigen Zustand der Dinge werfen und ihn umstürzen. Es gibt Gesetze der Fluktuation, die die Generationen beherrschen und die das römische Reich verkannt hat, als die Barbaren anlangten. Heutzutage sind die Barbaren die Intelligenzen. Die Gesetze des Überdrucks wirken sich gegenwärtig mitten unter uns langsam und still aus. Die Regierung ist die Hauptschuldige. Sie verkennt die beiden Mächte, denen sie alles verdankt. Sie hat sich die Hände durch die Absurditäten der Übereinkunft binden lassen, sie ist hergerichtet wie ein Opfer. Ludwig XIV., Napoleon und England waren und sind erpicht auf die intelligente Jugend. In Frankreich ist die Jugend verurteilt durch die neue Legalität, durch die schlechten Bedingungen des Wahlgesetzes, durch die Unzulänglichkeit der Zusammensetzung des Ministeriums. Wenn Sie die Zusammensetzung der wählbaren Kammer überprüfen, so finden Sie darin keinen einzigen dreißigjährigen Abgeordneten: Ein junger Richelieu und Mazarin, ein junger Turenne und Colbert, ein junger Pitt und Saint-Just, ein junger Napoleon und Fürst Metternich fänden dort nicht Platz. Burke, Sheridan und Fox[28] hätten dort nicht Sitz und Stimme. Man hätte die politische Mündigkeit auf das einundzwanzigste Jahr festsetzen und die Wählbarkeit von jeder Art von Bedingung freimachen können, und die Départements hätten dennoch nur Abgeordnete wie die gegenwärtigen gewählt, Leute ohne eine Spur von politischem Talent, außerstande, den Mund aufzutun, ohne die Grammatik zu verstümmeln, Leute, unter denen sich innerhalb von zehn Jahren kaum ein Staatsmann gefunden hat. Die Ursachen eines künftigen Begebnisses kann man erahnen, aber das Begebnis selber kann man nicht voraussehen. Augenblicklich wird die ganze Jugend dazu gedrängt, republikanisch zu werden, weil sie in der Republik nur zu gern ihre Emanzipation erblickt. Sie wird der jungen Volksrepräsentanten und der jungen Generale gedenken! Die Unklugheit der Regierung läßt sich nur mit ihrem Geiz vergleichen.«

Dieser Tag sollte unser ganzes Dasein durchdröhnen. Marcas bestärkte uns in unseren Entschlüssen, Frankreich den Rücken zu kehren, wo die überlegenen, von Betätigungsdrang erfüllten Jungen unter dem Gewicht von emporgekommenen, neidischen und unersättlichen Mittelmäßigkeiten erdrückt werden. Wir aßen zusammen in der Rue de la Harpe. Es bildete sich zwischen uns und ihm eine höchst respektvolle Neigung aus. Er jedoch ließ uns in der Sphäre der Ideen das tätigste Gönnertum zuteil werden. Dieser Mann wußte schlechthin alles, er hatte alles ergründet. Um unsertwillen befaßte er sich eingehend mit dem politischen Globus und suchte die Länder aus, in denen die Möglichkeiten für das Gelingen unserer Pläne am zahlreichsten und am günstigsten waren. Er bezeichnete uns die Punkte, auf die wir unsere Studien ausrichten sollten. Er trieb uns an, uns zu beeilen, indem er uns den Wert der Zeit erklärte, indem er uns deutlich machte, daß die Auswanderung stattfinden und daß ihre Wirkung darin bestehen würde, daß Frankreich die Elite seiner Tatkraft, seiner jungen Geister einbüße; daß diese, wie es nicht anders sein konnte, geschickten Intelligenzen sich die besten Posten erwählen würden, und daß es sich darum handelte, als die ersten hineinzugelangen. Fortan durchwachten wir recht oft die Nächte beim Lampenschein. Unser großherziger Lehrer schrieb für uns einige Denkschriften, zwei für Juste und drei für mich, die wunderbare Lehrbücher sind, Unterweisungen, wie einzig die Erfahrung sie zu geben vermag, Absteckpfähle, die nur das Genie einrammen kann. Es finden sich in diesen nach Tabak duftenden Blättern voller Buchstaben einer fast hieroglyphischen Kakographie glückliche Fingerzeige, treffsichere Voraussagen. Es stehen darin Mutmaßungen über gewisse Punkte Amerikas und Asiens, die, seit und ehe Juste und ich haben aufbrechen können, sich verwirklicht haben.

Marcas war, wie übrigens auch wir, in tiefstem Elend angelangt. Zwar verdiente er seinen täglichen Lebensunterhalt, aber er besaß weder Wäsche noch Garderobe noch Schuhzeug. Er machte sich nicht besser als er war. Er hatte, als er von der Ausübung der Macht geträumt hatte, vom Luxus geträumt. Darum erkannte er sich jetzt auch nicht als den wahren Marcas an. Er hatte seine eigene Daseinsform durch die Laune des wirklicher

Lebens verlassen. Er lebte durch den anfachenden Atem seines Ehrgeizes, er träumte von Rache und empfand Selbstgenuß, sich einem so hohlen Gefühl hinzugeben. Der echte Staatsmann muß vor allem gleichgültig gegen die vulgären Leidenschaften sein. Er darf sich, wie der Gelehrte, nur für das begeistern, was seinen Tätigkeitsbereich betrifft. Gerade in jenen Elendstagen erschien Marcas uns groß und sogar furchterregend. In seinem Blick lag etwas Erschreckendes. Er schaute betrachtend in eine andere Welt als die, auf die die Augen gewöhnlicher Menschen fallen. Er war für uns ein Gegenstand des durchdringenden Betrachtens und des Erstaunens; denn die Jugend (wer von uns hätte das nicht empfunden?), die Jugend verspürt ein lebhaftes Verlangen zum Bewundern. Sie klammert sich gern an, sie wird von Natur aus dazu getrieben, sich denjenigen Männern unterzuordnen, die sie für überlegen hält, wie sie sich großen Dingen widmet. Unser Erstaunen wurde vor allem durch seine Gleichgültigkeit gegenüber dem Liebesleben erregt: Nie hatte die Frau sein Leben in Verwirrung gebracht. Wenn wir von diesem ewigen Gesprächsthema unter Franzosen redeten, sagte er einfach zu uns: »Die Abendkleider kosten zuviel!« Er hatte den Blick bemerkt, der zwischen Juste und mir ausgetauscht worden war, und fuhr folgendermaßen fort: »Ja, sie kosten viel. Die Frau, die man kauft, und das ist noch die billigste, kostet viel Geld. Die, die sich hingibt, beansprucht all unsere Zeit! Die bringt allen Tatendrang, allen Ehrgeiz zum Erlöschen. Napoleon hatte sie auf das reduziert, was sie sein darf. In dieser Hinsicht ist er groß gewesen. Er ist sich nicht in den kostspieligen Launen Ludwigs XIV. und Ludwigs XV. ergangen. Aber dennoch hat er heimlich geliebt.«

Wir entdeckten, daß, wie Pitt, der sich England zur Frau erkor, Marcas Frankreich in seinem Herzen trug. Er trieb einen Götzendienst mit seinem Vaterland. Unter seinen Gedanken war kein einziger, der nicht Frankreich gegolten hätte. Der Grimm, in seinen Händen das Heilmittel für das Übel zu halten, dessen Heftigkeit ihn betrübte, und es nicht anwenden zu können, nagte unaufhörlich an ihm. Allein dieser Grimm wurde noch gesteigert durch die Unterlegenheit Frankreichs gegenüber Rußland und England. Frankreich steht erst an dritter Stelle!

Dieser Aufschrei kehrte in allen seinen Gesprächen wieder. Das Siechtum des Landes war ihm ins Innere gedrungen. Er bewertete die Kämpfe des Hofs mit der Kammer als Portiersnörgeleien. Sie enthüllten so viel Wankelmut, so viel unaufhörliche Gärungen, daß sie dem Gedeihen des Landes schadeten.

»Man schenkt uns den Frieden und belastet dadurch die Zukunft«, sagte er.

Eines Abends waren Juste und ich beschäftigt und in tiefes Schweigen versunken. Marcas war aufgestanden, um an seinen Abschriften zu arbeiten. Er hatte nämlich trotz unseren inständigen Bitten abgelehnt, sich dabei von uns helfen zu lassen. Wir hatten uns erboten, jeder von uns solle sich abwechselnd seiner Abschreibeaufgabe unterziehen, damit er selber nur ein Drittel seiner abgeschmackten Arbeit zu leisten brauche. Er war zornig geworden, wir hatten nicht länger darauf bestanden. Wir hörten auf unserm Korridor das Geräusch von leichten, eleganten Stiefeln, hoben die Köpfe und schauten einander an. Es wurde an Marcas' Tür geklopft. Er ließ immer draußen den Schlüssel stecken. Wir hörten, wie unser großer Mann sagte: »Herein!« und dann: »Sie hier, Monsieur?«

»Ich und kein anderer«, antwortete der ehemalige Minister.

Es war der Diokletian[29] des unbekannten Märtyrers. Unser Nachbar und jener Mensch besprachen sich eine Zeitlang leise. Plötzlich aber brach Marcas, dessen Stimme selten vernehmlich gewesen war, wie es bei einer Unterredung vorkommt, bei der der Bittende zunächst die Gegebenheiten darlegt, auf einen Vorschlag, der uns unbekannt blieb, laut heraus.

»Sie würden mich innerlich auslachen«, sagte er, »wenn ich Ihnen glaubte. Mit den Jesuiten ist es aus, aber der Jesuitismus ist ewig. Sie sind weder in Ihrem Macchiavellismus noch in Ihrer Großmut glaubwürdig. Sie wissen zwar zu rechnen, aber man weiß nie, womit man bei Ihnen zu rechnen hat. Ihr Hof besteht aus Eulen, die das Licht scheuen, aus alten Leuten, die vor der Jugend zittern oder die sich nicht um sie kümmern. Die Regierung modelt sich nach dem Hof. Sie haben die Überbleibsel des Kaiserreichs zusammengesucht, wie die Restauration die Voltigeurs Ludwigs XIV. angeworben hatte.[30] Bislang ist das Zurückweichen aus Angst und Feigheit für geschickte Manöver gehalten worden. Aber die Gefahren nahen, und die Jugend wird hervorbrechen wie 1790. Sie hat zu jener Zeit schöne Taten vollbracht. Heutzutage wechselt ihr die Minister, wie ein Kranker in seinem Bett den Platz wechselt. Dieses Schwanken zeugt von der Altersschäche eurer Regierung. Ihr habt ein System politischer Zechprellerei, das sich gegen euch wenden wird, denn Frankreich wird solcherlei listiger Ausflüchte müde werden. Frankreich wird euch nicht sagen, daß es müde sei, man weiß ja nie, wie man zugrunde geht, das Warum ist Sache des Historikers. Aber ihr geht bestimmt zugrunde, weil ihr die Jugend Frankreichs nicht um ihre Kräfte und ihre Energie gebeten habt, um ihren Opferwillen und ihre Glut; weil ihr euern Haß gegen die fähigen Leute gekehrt habt, weil ihr in dieser schönen Generation keine liebevolle Auslese getroffen, weil ihr in allen Belangen die Mittelmäßigkeit gewählt habt. Jetzt kommen Sie und bitten um meine Unterstützung. Aber Sie gehören zu jener altersschwachen Masse, die der Eigennutz widerwärtig macht, die zittert und bebt, die zusammenschrumpft, und die, weil sie immer kleiner wird, auch Frankreich klein machen will. Meine starke Natur, meine Ideen würden für Sie gleichwertig mit einem Gift sein. Sie haben mich zweimal übers Ohr gehauen, ich habe Sie zweimal gestürzt, wie Sie wissen. Wenn wir uns zum drittenmal zusammentäten, dann müßte es sich um den Ernstfall handeln. Ich würde mich umbringen, wenn ich mich täuschen ließe, denn dann würde ich an mir selbst verzweifeln. Der Schuldige wären nicht Sie, sondern ich.«

Danach vernahmen wir die demütigsten Worte, die glühendste Beschwörung, das Land nicht der überlegenen Talente zu berauben. Es kam die Rede auf das Vaterland, und Marcas stieß ein beziehungsreiches »Uh! Uh!« aus. Er verspottete seinen angeblichen Chef. Der Staatsmann wurde deutlicher. Er erkannte die Überlegenheit seines ehemaligen Beraters an. Er verpflichtete sich, ihn in den Stand zu setzen, im Verwaltungsdienst zu bleiben, Abgeordneter zu werden. Dann schlug er ihm eine hervorragende Stellung vor. Er sagte ihm, fortan wolle er, der Minister, sich dem unterordnen, dessen Stellvertreter nach außen hin er künftig nur sein könne. Er stand auf der neuen Ministerliste und wollte nicht zur Macht zurückkehren, ohne daß Marcas einen seiner Leistungsfähigkeit entsprechenden Posten erhielt. Er hatte bereits von dieser Bedingung gesprochen. Marcas war als eine Notwendigkeit angesehen worden.

Marcas lehnte ab.

»Ich bin nie in der Lage gewesen, meine Verpflichtungen einzuhalten. Jetzt bietet sich eine Gelegenheit, meinen Verheißungen treu zu bleiben, und Sie lassen sie sich entgehen.«

Auf diesen letzten Satz gab Marcas keine Antwort. Die Stiefel vollführten ihr Geräusch auf dem Korridor, und das Geräusch bewegte sich auf die Treppe zu.

»Marcas! Marcas!« schrien wir beide und stürzten in sein Zimmer. »Warum lehnen Sie ab? Er war doch glaubwürdig. Seine Bedingungen sind ehrenvoll. Außerdem sollen Sie ja die Minister sehen.«

Im Handumdrehen sagten wir Marcas tausend Gründe. Die Stimme des künftigen Ministers hatte ehrlich geklungen. Ohne ihn gesehen zu haben, waren wir davon überzeugt, daß er nicht gelogen habe.

»Ich habe keinen Frack«, antwortete uns Marcas.

»Verlassen Sie sich auf uns«, sagte Juste zu ihm und sah mich an.

Marcas brachte den Mut auf, sich uns anzuvertrauen. Seine Augen blitzten auf, er fuhr sich mit der Hand durchs Haar strich es sich mit einer der Gesten, aus denen der Glaube an das Glück spricht, aus der Stirn, und als er sozusagen sein Gesicht enthüllt hatte, gewahrten wir einen uns völlig unbekannten Mann: einen erhabenen Marcas, Marcas an der Macht, den Geist in seinem Element, den Vogel aufs neue in der Luft, den Fisch wieder im Wasser, das Pferd über seine Steppe galoppierend. Das ging schnell vorüber. Die Stirn verdunkelte sich wieder, ihn überkam etwas wie eine Vision seines Schicksals. Der hinkende Zweifel folgte dicht hinter der weißgeflügelten Hoffnung. Wir überließen den Mann sich selbst.

»Na ja«, sagte ich zum Doktor. »Versprochen ist versprochen, aber wie es halten?«

»Wir wollen beim Einschlafen darüber nachdenken«, antwortete mir Juste, »und morgen früh teilen wir einander unsere Einfälle mit.«

Am nächsten Morgen machten wir einen Rundgang durch den Jardin du Luxembourg.

Wir hatten Zeit gehabt, über das Ereignis des Vortages nachzudenken, und wir waren beide überrascht, wie wenig Gewandtheit Marcas den kleinen Nöten des Daseins gegenüber besaß, er, den bei der Lösung der schwierigsten Probleme der theoretischen und praktischen Politik nichts in Verlegenheit setzte. Aber diese höher gearteten Naturen sind samt und sonders verdächtig, sich an Sandkörnern zu stoßen und sich die schönsten Unternehmungen entgehen zu lassen, weil ihnen tausend Francs fehlen. Es ist die Geschichte Napoleons, der, da es ihm an Stiefeln mangelte, nicht nach Indien aufgebrochen ist.

»Was ist dir eingefallen?« fragte mich Juste.

»Das Mittel, auf Kredit eine vollständige Ausstattung zu beschaffen.«

»Bei wem?«

»Bei Humann.«

»Na, hör mal!«

»Humann[31], mein Lieber, geht nie zu seinen Kunden. Die Kunden kommen zu ihm, so daß er nicht weiß, ob ich reich bin. Er weiß lediglich, daß ich elegant bin und die Anzüge, die er mir macht, gut trage. Ich werde ihm sagen, es sei bei mir ein Onkel aus der Provinz hereingeschneit, dessen Gleichgültigkeit in Garderobefragen mir in den besten Gesellschaftskreisen, wo ich mich zu verheiraten suche, unendlich schaden könnte. Er wäre nicht Humann, wenn er seine Rechnung vor Ablauf dreier Monate schickte.«

Der Doktor fand diesen Einfall vortrefflich für ein Vaudeville, aber miserabel in den Wirklichkeiten des Lebens und bezweifelte den Erfolg. Aber, ich schwöre es euch, Humann hat Marcas tatsächlich eingekleidet, und als der Künstler, der er ist, verstand er sich darauf, ihn so anzuziehen, wie ein Politiker angezogen sein muß.

Juste bot Marcas zweihundert Francs in Gold an. Sie waren der Erlös zweier auf Kredit gekaufter und auf dem Mont-de-Piété[32] versetzter Uhren. Ich hatte nichts von sechs Hemden gesagt, vor allem, was hinsichtlich der Leibwäsche nötig war. Sie hatten mich nichts als die Freude gekostet, sie von der ersten

Verkäuferin eines Wäschegeschäfts zu erbitten, mit der ich während des Karnevals geliebäugelt hatte. Marcas nahm alles entgegen. Er bedankte sich bei uns nicht mehr als es notwendig war. Er erkundigte sich lediglich, auf welche Weise wir in den Besitz all dieser Reichtümer gelangt waren, und wir brachten ihn zum letztenmal zum Lachen. Wir schauten unseren Marcas an wie Reeder, die all ihren Kredit und all ihre Hilfsmittel erschöpft haben, um ein Schiff auszurüsten, es wohl anschauen, wenn es die Segel setzt.

Hier verstummte Charles. Seine Erinnerungen schienen ihm schwer auf dem Herzen zu liegen.

»Na?« wurde ihm zugerufen, »und was ist dann geschehen?«

»Ich will es euch in zwei Worten sagen. Es ist nämlich kein Roman, sondern eine Geschichte. Wir kommen nicht mehr mit Marcas zusammen. Das Ministerium dauerte drei Monate, nach der Sitzungsperiode wurde es gestürzt. Marcas kam wieder zu uns, ohne einen Sou, von der Arbeit erschöpft. Er hatte den Krater der Macht ergründet. Er kehrte daraus mit einem beginnenden Nervenfieber zurück. Die Krankheit machte rasche Fortschritte, wir pflegten ihn. Gleich zu Anfang brachte Juste den Chefarzt des Krankenhauses zu ihm, in das er als Assistenzarzt eingetreten war. Ich, der damals das Zimmer ganz allein bewohnte, wurde der aufmerksamste aller Krankenpfleger. Aber alle Betreuung, alle ärztliche Kunst waren vergeblich. Im Januar 1838 fühlte Marcas selber, daß er nur noch ein paar Tage zu leben habe. Der Staatsmann, dem er sechs Monate lang hingebungsvoll gedient hatte, besuchte ihn nicht und ließ sich nicht einmal nach ihm erkundigen. Marcas bekundete uns die tiefste Verachtung für die Regierung. Er schien an der Zukunft Frankreichs zu zweifeln, und dieser Zweifel war die Ursache seiner Krankheit gewesen. Er hatte den Verrat im Herzen der Macht zu sehen geglaubt, keinen handgreiflichen, ohne weiteres in die Augen fallenden, aus Fakten hervorgehenden Verrat, sondern einen, den ein System erzeugt, die Unterwerfung der Nationalinteressen unter einen Egoismus. Sein Glaube an den Niedergang des Landes reichte hin, seine Krankheit zu verschlimmern. Ich bin Zeuge der Vorschläge gewesen, die ihm von einem der Führer des von ihm bekämpften, entgegengesetzten Systems gemacht wurden. Sein Haß gegen die, denen zu dienen er versucht hatte, war so gewaltig, daß er freudig bereit gewesen wäre, einer Koalition[33] beizutreten, die sich unter den Ehrgeizigen zu bilden begann. Bei ihnen gab es wenigstens eine Idee, die nämlich, das Joch des Hofes abzuschütteln. Aber Marcas antwortete dem Unterhändler mit dem Ausspruch im Hôtel-de-Ville: ›Es ist zu spät!‹[34]

Marcas hinterließ nichts zur Bestreitung der Bestattungskosten. Juste und ich hatten große Mühe, ihm die Schmach des Armenkarrens zu ersparen, und wir folgten beide als die einzigen dem Leichenwagen Z. Marcas', der auf dem Mont-Parnasse-Friedhof in ein Massengrab geworfen wurde.«

Wir alle hatten einander bekümmert angeblickt, als wir dieser Erzählung lauschten, der letzten, mit der Charles Rabourdin uns aufwartete, am Vorabend des Tages, da er sich in Le Havre auf einer Brigg nach den Malaiischen Inseln einschiffte; denn wir kannten mehr als einen Marcas, mehr als ein Opfer der Hingabe an die Politik, eine Hingabe, die mit Verrat oder Vergessen gelohnt wird.

Anmerkungen

Z. Marcas

1 Das Odéon war 1782 auf Kosten des Grafen der Provence, des späteren Ludwigs XVIII., erbaut worden. Es hatte ihn zwei Millionen gekostet. Im Theater sollte die Truppe des Théâtre-Français spielen, was auch bis zum 3. September 1793 geschah. Während der Revolution führte es nacheinander die Bezeichnungen ›Théâtre de la Nation‹ und ›Théâtre de l'Egalité‹, bis es 1796 den Namen ›Théâtre de l'Odeon‹ erhielt. 1799 wurde es durch einen Brand halb zerstört, 1807 unter dem Namen ›Théâtre de l'Impératrice‹ neu eröffnet und während der Restauration in ›Second Théâtre-Français‹ umgetauft. Am 20. März 1818 brannte es abermals ab. Im folgenden Jahr entstand es aufs neue aus den Ruinen, und zwar so, wie es heute noch besteht. Aber trotz eines Ensembles ersten Ranges gedieh das Theater nicht. 1825 traten an die Stelle der Tragödie die Oper, dann die komische Oper, die italienische Oper, die Komödie, dann sogar öffentliche Ballveranstaltungen. Nach mancherlei neuen Versuchen unter der Restauration und der Juli-Monarchie mußte es seine Pforten schließen, worauf Balzac anspielt. Erst 1841 wurde es unter dem Namen ›Second Théâtre-Français‹ neu eröffnet.

2 Anspielung auf Louis-Philippe.

3 Philippe Musard (1793–1859), der »Quadrillenkönig«, trat zunächst in London hervor. Dort wurden seine Tänze auf den Hofbällen gespielt. 1830 kehrte er nach Paris zurück und wurde Balldirektor an verschiedenen Theatern, zuletzt an der Großen Oper. Er schrieb seine Quadrillen teils nach Opernmotiven, teils nach eigenen Einfällen und hatte damit ungeheuren Erfolg. Seit 1840 veranstaltete er in der Rue Vivienne Bälle, die viel besucht wurden. Seinen größten Triumph feierte er indessen als Orchesterdirigent bei den Opernbällen. Es heißt, er habe sogar das ›Dies Irae‹ zu einer Quadrille umgearbeitet.

4 »Palmenstadt«, in Syrien, Hauptstadt des palmyrischen Reichs, im 3. Jahrhundert n. Chr. von Odenathos gegründet, unter dessen Witwe es die höchste Blüte erreichte, bereits 272 von Kaiser Aurelian erobert, 744 nochmals durch die Sarazenen verwüstet.

5 Kleine Straße in der Nähe des Archivgebäudes, des ehemaligen Stadtpalais Soubise, im Marais.

6 Das Direktorium hatte alle Spielsäle, von denen es übrigens da-

mals in Paris nur noch sieben gab, verpachtet. Die Gesamtpachtsumme erbrachte jährlich über fünfeinhalb Millionen. Dieses Pachtsystem wurde in den ersten Regierungsjahren Louis-Philippes abgeschafft. Am 31. Dezember 1837 mußten sämtliche Spielsäle schließen.

7 Im Oktober 1836 wurde Adolphe Adams komische Oper ›Der Postillion von Lonjumeau‹ im Théâtre Feydeau (der Opéra-Comique) uraufgeführt. Fortan war die Postillionstracht als Karnevalskostüm besonders beliebt. Es bestand aus einem kleinen, steifen Hut, einem kurzen Rock mit Metallknöpfen, sehr hohen, bis zur Mitte des Oberschenkels reichenden Stiefeln, Perücke und Peitsche. Die Ehemänner, deren Frauen sich als Holzauslader verkleideten, legten das Postillionskostüm an.

8 Das Holzausladerkostüm war die Lieblingstracht der Loretten ab 1830. Es war recht kleidsam und verbarg nichts. Im wesentlichen bestand es aus einer kurzen Jacke aus möglichst dünnem, spitzengesäumtem Stoff, die in eine hautenge, unten breite Hose gestopft wurde. Dazu kam eine rote, flatternde Schärpe.

9 Das 1805 gegründete Café Véry lag im Tuileriengarten auf der Terrasse des Feuillants. 1808 siedelte es ins Palais Royal über. Dieses in den Annalen der Pariser Gastronomie gefeierte Restaurant blieb bis 1843 Eigentum der Familie Véry. Balzac erwähnt es häufig.

10 Berühmtes Pariser Restaurant in der Rue Montorgueil, geleitet von dem Meisterkoch Borel.

11 Eins der Lieblingsstücke des virtuosen, legendenumwobenen Geigers Niccolò Paganini (1782–1840).

12 Muttergestein für Erzadern.

13 Die Befreiung der Neger und die Anerkennung ihrer Bürgerrechte durch die Nationalversammlung im Jahre 1790 war das Signal zum Aufstand in Haïti. Es war ein schrecklicher, blutiger Aufstand, der mit dem Namen des Negerführers Toussaint-Louverture (1743–1803) verbunden ist. Als er 1790 zu den Waffen griff, handelte es sich für ihn und seine Neger zunächst darum, die Autorität des Königs von Frankreich gegen die weißen Parteigänger der Revolution zu verteidigen. Diese politische Einstellung machte Toussaint zum Verbündeten der Spanier bis 1794. Aber die Nachricht von der Befreiung der Neger führte ihn zur französischen Partei zurück. Er unterstützte mit allen seinen Kräften den französischen General Laveaux, bis zu dem Tage, da er, seiner eigenen Macht gewiß und zum Divisionsgeneral ernannt, Laveaux heim nach Frankreich schickte, sich alsdann der Kommissare der Republik entledigte und

sich anschickte, die ganze Insel seinem intelligenten, geschickten und wohltätigen Despotismus zu unterwerfen. Er vernichtete die Mulattenpartei (1799) und verjagte 1801 die Spanier aus dem Teil der Insel, den sie noch besetzt hielten. Fortan war er seiner Sache sicher und unterhandelte von gleich zu gleich mit dem Ersten Konsul. Das war sein Ende. 60000 Mann unter dem Befehl des Generals Leclerc landeten auf Haïti und zwangen nach blutigen Kämpfen die Neger, zu kapitulieren und ihren Führer auszuliefern (1802). Leclerc starb, und im folgenden Jahre wurden die durch eine Epidemie dezimierten Weißen sämtlich niedergemetzelt. Fortan herrschte auf der Insel fast das ganze 19. Jahrhundert hindurch Bürgerkrieg. Toussaint-Louverture wurde in Frankreich in strenger, unwürdiger Haft gehalten und starb auf Fort Joux.

14 James Fenimore Cooper (1789–1851), amerikanischer Erzähler, schrieb u. a. die berühmte Serie der Lederstrumpfromane.

15 Pierre Morey war nach den Tagen der Juli-Revolution mit einer Medaille ausgezeichnet worden; er gehörte der »Gesellschaft für Menschenrechte« an. Nach dem Höllenmaschinenattentat auf Louis-Philippe, bei dem der König unverletzt blieb, durch Fieschi am 28. Juli 1835 wurde Morey als Komplice des Attentäters verhaftet. Er war unschuldig, er hatte lediglich Fieschi im Jahre 1834, lange vor dem Attentat, ein paar Monate lang beherbergt. Trotzdem wurde er zum Tode verurteilt und 1836 hingerichtet. Noch auf dem Schafott bewahrte er seine kaltblütige Energie. Anderen Berichten zufolge soll Morey Fieschi erst *nach* dem Attentat beherbergt haben.

16 Letzter mexikanischer Aztekenkaiser, 1525 zu Tode gemartert.

17 Im Département Ille-et-Vilaine, in der Nähe von Rennes.

18 Das heutige Leningrad, damals die Hauptstadt Rußlands.

19 Nicolas Berryer (1757–1841), Advokat, verteidigte den Marschall Ney vor dem Pairsgericht, ohne dessen Verurteilung zum Tod durch Erschießen verhindern zu können. – Sein Sohn Antoine (1790–1868) war Redner der legitimistischen Partei und Gegner des Zweiten Kaiserreichs, zugleich ein bedeutender Advokat.

20 Adolphe Thiers (1797–1877), Staatsmann und Historiker, trug zur Errichtung der Juli-Monarchie bei, wurde 1832 Minister, 1836 und 1840 Präsident des Staatsrats. 1863 und 1869 opponierte er als Abgeordneter gegen die »Nationalitäten-Politik« Napoleons III. und warnte die Kammer vor einem Konflikt mit Preußen. 1871 wurde er von der Nationalversammlung zum Präsidenten der Republik gewählt.

21 Paul Vicomte de Barras (1755–1829), Mitglied des Konvents, dann des Direktoriums, betrieb die Vermählung Bonapartes mit Joséphine de Beauharnais und sorgte dafür, daß Bonaparte den Oberbefehl über die Italienarmee bekam.

22 Jean-Baptiste Colbert (1619–1683), bedeutender, auf vielen Gebieten fruchtbarer Staatsmann, von Mazarin an Ludwig XIV. empfohlen.

23 Charles-André, Graf Pozzo di Borgo (1768–1848), korsischer Diplomat. Zunächst auf Korsika gemeinsam mit Pasquale Paoli Führer der Unabhängigkeitspartei, die sich aus Haß gegen die Revolution England in die Arme warf. Von diesem Entschluß her datiert Pozzos Haß gegen die Bonapartes, die zusammen mit den Arenas die Häupter der französischen Partei waren. Pozzo mußte die Insel verlassen und wurde preußischer, österreichischer und englischer Geheimagent. Schließlich trat er in russische Dienste und warb mehr oder weniger öffentlich an allen Höfen Europas, um immer neue Koalitionen gegen Napoleon zustande zu bringen. Er stellte also seinen persönlichen Haß gegen den Kaiser, den dieser erwiderte, in den Dienst der politischen Kämpfe. Pozzo triumphierte 1813, als es ihm gelungen war, ganz Europa gegen Frankreich zu vereinigen. Unter der Restauration wurde er zum russischen Botschafter in Paris ernannt. Er vertrat Rußland auf allen Kongressen der Heiligen Allianz. Er starb in Paris.

24 Hebräisches Wort, das Kornähre, aber auch Fluß oder Strom bedeutet. An seiner Aussprache erkannten die Gileaditer die ihnen feindlichen Ephraimiter (Buch der Richter, 12,6). Hier im Sinne von Erkennungs- und Losungswort.

25 Vermutlich eine Anspielung auf Thiers. Siehe Anmerkung 20.

26 Armand Carrel (1800–1836) hatte 1823 in Spanien gegen die französischen königlichen Truppen gekämpft, was für seine republikanische Gesinnung zeugt. Das Kriegsgericht sprach ihn frei. Er arbeitete fortan mit Thiers zusammen an der von diesem gegründeten Zeitung ›Le National‹, deren Leitung er am Vorabend der Juli-Revolution übernahm. Seine leidenschaftlichen Polemiken trugen ihm drei Duelle ein. Das dritte kostete ihn das Leben: Emile de Girardin streckte ihn durch einen Pistolenschuß nieder.

27 Am 24. Dezember 1823 setzte das Ministerium Villèle beim König die Auflösung der Kammer durch. Die Wahlen vom 24. Februar 1824 ergaben den Liberalen nur 15 Sitze von 430; der gesamte Rest gehörte der monarchistischen Rechten an. Nach dem Ausspruch

Ludwigs XVIII. war die »unauffindbare Kammer« gefunden worden. Das Gesetz gegen Gotteslästerung (auf die Todesstrafe gesetzt wurde), das Gesetz, das die Entschädigung der Emigranten durch eine Milliarde vorsah, sowie das Pressegesetz waren das Werk dieser »systematisch regierungstreuen« Majorität, die bei den Wahlen im November 1827 nicht wieder erreicht wurde: Bei ihnen gelangten nur 170 regierungstreue Abgeordnete in die Kammer, und Villèle mußte zurücktreten.

28 Diese drei englischen Politiker waren befreundet und Anhänger der Anschauungen der Whigs, als der Ausbruch der französischen Revolution sie trennte und zu Gegnern machte. Edmund Burke (1730 bis 1797) schrieb seine ›Gedanken über die französische Revolution‹, in denen er leidenschaftlich die Prinzipien bekämpfte, die bislang die seinen gewesen waren, während Richard Brinsley Sheridan (1751–1816), der nicht nur Politiker, sondern einer der größten englischen Komödiendichter war, mit Charles-James Fox (1748 bis 1806) die liberale Politik verfolgte, die zum Abschluß eines Bündnisses mit dem Frankreich Napoleons tendierte.

29 Gaius Aurelius Valerius Diocletianus (239–313), Dalmatiner, der Legende nach Sohn eines Sklaven, 284 vom Heer zum Kaiser ausgerufen, teilte das Reich, behielt sich die Ostgebiete vor, versuchte Reformen, führte das orientalische Zeremoniell ein, veranstaltete eine Christenverfolgung, dankte 305 ab und starb 313. Sein riesiger Palast in Split (Dalmatien) beherbergt noch heute einen beträchtlichen Teil jener Stadt.

30 Voltigeurs sind ursprünglich Kunst- und Luftspringer. Napoleon bezeichnete mit diesem Namen seine Plänklertruppen. Während der ersten Hälfte des 19. Jahrhunderts war die Bezeichnung ein Spottname für die »militanten« Parteigänger jedweden politischen Regimes, zumal aber für die Bonapartisten, dann die Liberalen, die ehemaligen Emigranten und Legitimisten. Die Anspielung auf die »Voltigeurs Ludwigs XIV.« ist undurchsichtig.

31 Der Schneider Humann, ein Spezialist für Damenreitkleider, wohnte Rue Neuve-des-Petits-Champs 83.

32 Das altberühmte, 1777 gegründete, 1804 neu eingerichtete Pariser Leihhaus in der Rue des Francs-Bourgeois, Haupteingang Rue des Blancs-Manteaux.

33 Gemeint ist die Koalition der dynastischen Linken unter Odilon Barrot mit dem Führer der linken Mitte, Thiers, und dem der Doktrinäre des rechten Flügels der Mitte, Guizot, gegen das »Ministerium des Hofes«.

34 Am 30. Juli 1830, mitten in der Pariser Revolution, erhielt Collin de Sussy vom Herzog von Mortemart den Auftrag, der Munizipalkommission, die im Hôtel-de-Ville, dem Pariser Rathaus, tagte, den Widerruf der »Ordonnanzen« (Kabinett-Ordres) vom 25. Juli mitzuteilen. Er wurde von drohenden Nationalgardisten und Delegierten der Volksvereinigungen vor La Fayette geführt. Schon bei de Sussys ersten Worten kam es zu Rufen: »Es ist zu spät! Es ist zu spät! Karl X. hat aufgehört zu regieren!« Später wurde behauptet, La Fayette selber habe jenen Ausspruch getan.

Biographische Notizen über die Romangestalten

Z. Marcas

RABOURDIN, Charles, ist der Sohn Xavier Rabourdins, des Bürochefs im Finanzministerium unter der Regierung Ludwigs XVIII., den eine Kabale seiner Untergebenen 1824 gezwungen hatte, aus seinem Amt auszuscheiden (›Die Beamten‹).

Szenen aus dem Soldatenleben

Die Königstreuen

Übertragung von Ernst Sander

Der Roman ›Les Chouans‹ ist das erste der Werke Balzacs, das er für würdig hielt, unter seinem Namen erscheinen zu lassen; es ist zugleich, abgesehen von der kurzen Novelle ›Une Passion dans le Désert‹, das einzige Werk der umfangreich geplanten Reihe ›Szenen aus dem Soldatenleben‹, das der Autor vollendet hat. Jene Reihe sollte fünfundzwanzig weitere Romane und Erzählungen umfassen; es ist indessen nicht einmal zur Niederschrift von Skizzen oder Entwürfen gekommen.

Als Entstehungszeit von ›Les Chouans‹ gibt Balzac an: »Fougères, August 1827.« Das ist ein Gedächtnisfehler; denn erst am 1. September 1828 bat Balzac einen Freund seiner Familie, den General de Pommereul, um Gastfreundschaft in Fougères, einer altertümlichen, bretonischen Kleinstadt im Département Ille-et-Vilaine. Balzac wollte dort den Schauplatz seines Werkes kennenlernen, dessen Handlung er bereits entworfen hatte. Der Roman war ursprünglich ›Le Gars‹ (›Der Junge‹, ›Der Bursche‹) betitelt, welchen Titel Mme de Pommereul vulgär fand. Balzac verbrachte gut einen Monat in Fougères, von Mitte September bis Ende Oktober 1828, studierte unter der Führung des Generals Land und Leute und begann mit der Niederschrift, die er Ende November 1828 in Paris abschloß. Die erste Buchausgabe erschien am 28. März 1829 unter dem neuen Titel ›Le Dernier Chouan ou la Bretagne en 1800‹. Die zweite, sehr stark überarbeitete Buchausgabe wurde 1834 veröffentlicht, und zwar unter dem Titel: ›Les Chouans ou la Bretagne en 1799‹. 1845 erfolgte eine weitere, tiefgreifende Bearbeitung mit dem Ziel, das Werk dem Rahmen der ›Menschlichen Komödie‹ einzupassen, deren ›Szenen aus dem Soldatenleben‹ es eingegliedert wurde. Diese Ausgabe enthält zum erstenmal die Widmung »Dem ersten Freunde das erste Werk« an Théodore Dablin.

Dablin (1783–1861), von Balzac »Väterchen Dablin« genannt, ein ehemaliger Eisenwarenhändler, der sich mit zweiundvierzig Jahren zur Ruhe gesetzt hatte, war seit 1819 mit Balzac befreundet. Er war ein reicher, kultivierter Herr und begeisterter Sammler von Antiquitäten, welche Neigung Balzac sicherlich von ihm übernommen hat. Von je hat er Balzac großzügig und uneigennützig unterstützt. Die schönsten Stücke seiner Kunstsammlung hat er testamentarisch dem Louvre vermacht.

ERSTES KAPITEL

Der Hinterhalt

In den ersten Tagen des Jahres VIII, zu Anfang des Vendémiaire, oder, damit wir uns dem jetzt geltenden Kalender anpassen, gegen Ende September 1799, erklommen etwa hundert Bauern und eine recht ansehnliche Zahl von Bürgern, die am Morgen von Fougères aufgebrochen waren und sich nach Mayenne begeben wollten, den Bergrücken La Pélerine, der ungefähr auf halber Wegstrecke zwischen Fougères und Ernée gelegen ist, einem Städtchen, wo die Reisenden für gewöhnlich eine Rastpause einlegen. Jener Trupp, der in mehr oder minder zahlreiche Gruppen unterteilt war, bot eine Sammlung so absonderlicher Trachten und eine Gemeinschaft von Individuen dar, die aus so unterschiedlichen Ortschaften stammten und so mannigfache Berufe ausübten, daß es nicht unnütz sein dürfte, ihre vielfältigen Eigenarten zu schildern, weil dadurch dieser Geschichte das lebhafte Kolorit zuteil wird, auf das man heutzutage so großen Wert legt, obwohl dadurch nach der Meinung gewisser Kritiker der Schilderung des Seelenlebens geschadet wird.

Einige der Bauern, und es war die Mehrzahl, gingen barfuß und trugen als einzige Bekleidung ein großes Ziegenfell, das sie vom Hals bis zu den Knien bedeckte, und eine grobgewebte weiße Leinenhose, deren schlecht gesponnene Fäden von der handwerklichen Ungeschicktheit des Landes zeugten. Die platt anliegenden Strähnen ihres langen Haars vermengten sich so allgemein mit dem Haar des Ziegenfells und verbargen so völlig die dem Erdboden zugekehrten Gesichter, daß man ohne weiteres das Fell für ihr eigenes halten und auf den ersten Blick diese Bedauernswerten mit den Tieren verwechseln konnte, deren Bälge ihnen als Kleidung dienten. Allein durch die Haare hindurch sah man bald ihre Augen funkeln wie Tautropfen in dichtem Laubwerk, und ihre Blicke, die zwar von menschlichen Verstandeskräften zeugten, lösten sicherlich mehr Schrecken als Freude aus. Auf den Köpfen trugen sie schmutzige Kappen aus roter Wolle; sie ähnelten der phrygischen Mütze, die die Republik damals als Symbol der Freiheit erkoren hatte. Alle hatten auf der Schulter einen dicken, knotigen Eichenknüppel, an dessen Ende ein unzulänglich gefüllter, leinener Quersack herniederbaumelte. Andere trugen über der Kappe einen plumpen, breitkrempigen Filzhut, um dessen Kopfteil eine Art Raupe aus bunter Wolle geschlungen war. Die letzteren waren ganz und gar in die Leinwand gekleidet, aus der die Hosen und die Quersäcke der ersteren bestanden; sie boten in ihrer Tracht fast nichts, was der neuzeitlichen Zivilisation angehört hätte. Das lange Haar fiel ihnen auf den Kragen eines rundgeschnittenen Rockes mit kleinen, viereckigen Seitentaschen, der ihnen nur bis zu den Hüften reichte; das ist ein den Bauern des Westens eigentümliches Kleidungsstück. Unter diesem offen getragenen Rock gewahrte man eine mit dicken Knöpfen versehene Weste aus demselben Leinen. Einige unter ihnen marschierten in Holzschuhen, während andere aus Sparsamkeit ihre Lederschuhe in der Hand trugen. Diese vom langen Gebrauch schmutzige, vom Schweiß oder vom Staub geschwärzte Tracht war zwar weniger originell als die bereits geschilderte, hatte indessen das historische Verdienst, den Übergang zu der fast prunkvollen Kleidung einiger Männer zu bilden, die, hier und dort verstreut, inmitten der Schar leuchteten wie Blumen. Wirklich, ihre blauen Leinenhosen, ihre roten oder gelben Westen, die mit zwei Parallelreihen von Messingknöpfen verziert waren und viereckigen Brustpanzern glichen, hoben sich so lebhaft von der weißen Gewandung und den Fellen ihrer Kameraden ab, wie Kornblumen und Mohn von einem Getreidefeld. Einige trugen die Holzschuhe, wie die Bauern der Bretagne sie selbst anzufertigen verstehen; aber die meisten hatten plumpe, eisenbeschlagene Stiefel und derbe Tuchanzüge an; diese hatten den Schnitt des alten französischen Fracks, dessen Form von unsern Bauern fromm bewahrt wird. Ihr Hemdkragen wurde mit Silberknöpfen festgehalten, die die Gestalt von Herzen oder Ankern hatten. Schließlich schienen ihre Quersäcke besser gefüllt als die ihrer Gefährten; überdies hatten mehrere ihre Marschausrüstung durch eine Kürbisflasche ergänzt, die offenbar Schnaps enthielt; sie trugen sie an einer Schnur um den Hals. Ein paar Städter inmitten dieser halbwilden Männer wirkten, als bezeichneten sie die äußerste Grenze der Kultur dieser Landstriche. Sie trugen runde Hüte, Klapphüte oder Mützen; sie hatten Stulpenstiefel oder Schuhe mit Gamaschen an; gerade wie die Bauern wiesen sie in ihrer Kleidung beträchtliche Unterschiede auf. An die zehn unter ihnen trugen den unter dem Namen »Carmagnole«[1] bekannten Republikanerrock. Andere, sicherlich reiche Handwerker, waren von Kopf bis Fuß in Tuch von gleicher Farbe gekleidet. Die am sorgsamsten auf ihr Äußeres Bedachten zeichneten sich durch Fräcke und Gehröcke aus blauem oder grünem, mehr oder weniger fadenscheinigem Tuch aus. Sie waren gewissermaßen Persönlichkeiten, trugen Stiefel von unterschiedlicher Form und schwenkten dicke Stöcke wie Leute, die gute Miene zum bösen Spiel machen. Einige sorglich gepuderte Köpfe mit gut geflochtenen Zöpfen kündeten von jener Gepflegtheit, die uns an Ansätze von Reichtum oder Bildung denken läßt. Betrachtete man diese Menschen, die erstaunt waren, sich beisammen zu sehen, so hätte man meinen können, es handele sich um die Bevölkerung eines Marktfleckens, die eine Feuersbrunst von Heim und Herd verjagt hatte. Allein die Zeitumstände und die Örtlichkeit gaben dieser Menschenmasse eine völlig andere Bedeutung. Ein in die Geheimnisse der bürgerlichen Zwistigkeiten, die damals Frankreich aufwühlten, eingeweihter Beobachter hätte leicht die kleine Zahl von Bürgern erkennen können, mit deren Treue innerhalb dieser Schar die Republik rechnen konnte; sie bestand nahezu gänzlich aus Leuten, die vier Jahre zuvor noch Kleinkrieg gegen sie geführt hatten. Ein letzter, recht deutlich hervortretender Zug ließ keinen Zweifel über die geteilten Ansichten dieser Ansammlung. Nur die Republikaner marschierten mit einer gewissen Munterkeit. Was die übrigen Individuen der Schar betraf, so zeigten sie, bei allen auffälligen Unterschieden der Tracht, in ihren Gesichtern und ihrer Haltung den einförmigen Ausdruck, den das Unglück verleiht. Bürger und Bauern waren von tiefem Trübsinn gezeichnet; ihr Schweigen hatte etwas Grimmiges, und sie schienen sich unter dem Joch desselben Gedankens zu beugen, sicherlich eines furchtbaren, aber sorgsam verhehlten Gedankens, denn ihre Gesichter waren undurchdringlich, und einzig die ungemeine Langsamkeit ihres Schreitens vermochte geheime Berechnungen zu verraten. Von Zeit zu Zeit schüttelten einige unter ihnen, die durch um den Hals hängende Rosenkränze auffielen, trotz der Gefahr, die sie liefen, wenn sie dieses Zeichen einer mehr unterdrückten als abgeschafften Religion beibehielten, das Haar und hoben mißtrauisch die Köpfe. Dann musterten sie verstohlen die Gehölze, die Pfade und Felsen, die die Landstraße umschlossen, freilich wie Hunde, die, die Nase im Wind, das Wild zu wittern trachten; doch wenn sie dann nichts vernahmen als das monotone Geräusch des Schritts ihrer schweigsamen Gefährten, senkten sie aufs neue die Köpfe und nahmen wiederum ihre verzweifelte Haltung an, Verbrechern vergleichbar, die zum Zuchthaus geführt werden, um dort zu leben, um dort zu sterben.

Der Marsch dieser Kolonne in Richtung auf Mayenne, die heterogenen Elemente, aus denen sie sich zusammensetzte, und die verschiedenartigen Empfindungen, die sie bekundete, das alles fand eine recht natürliche Erklärung durch das Vorhandensein einer anderen Truppe, die die Spitze des Detachements bildete. Etwa hundertfünfzig Soldaten mit Waffen und Bagage marschierten unter dem Befehl eines Halbbrigadechefs voran. Es ist angebracht, diejenigen, die der Tragödie der Revolution nicht beigewohnt haben, darauf hinzuweisen, daß dieser Dienstgrad den Rang eines Obersten ersetzte, der von allen Patrioten als zu aristokratisch in Acht und Bann getan worden war. Jene Soldaten gehörten dem Ersatztruppenteil einer Infanterie-Halbbrigade an, die in Mayenne in Quartier lag. In jenen unruhigen Zeiten wurden sämtliche Soldaten der Republik von den Einwohnern des Westens »Blaue« genannt. Dieser Spitzname rührte von den ersten, blauen und roten Uniformen her, die noch so frisch in der Erinnerung sind, daß ihre Beschreibung sich erübrigt. Das Detachement der Blauen diente also als Eskorte dieser Schar von Männern, die fast alle unzufrieden waren, daß sie nach Mayenne geführt wurden, wo die soldatische Disziplin ihnen allen schleunigst den gleichen Geist, die gleiche Tracht und die Einförmigkeit des Verhaltens zuteil werden lassen sollte, deren sie vorerst noch völlig ermangelten.

Jene Kolonne war das mühsam im Distrikt von Fougères zusammengebrachte Kontingent, das dieser bei der Aushebung stellen mußte, die das Direktorium[2] der Französischen Republik durch ein Gesetz vom 10. vorhergegangenen Messidor[3] befohlen hatte. Die Regierung hatte hundert Millionen und hunderttausend Mann verlangt, um ihren Armeen schnelle Hilfe senden zu können, die damals von den Österreichern in Italien und von den Preußen in Deutschland geschlagen worden waren und in der Schweiz von den Russen bedroht wurden, denen Suworow[4] Hoffnung auf die Eroberung Frankreichs gemacht hatte. Die westlichen Départements, bekannt unter den Namen Vendée und Bretagne, und ein Teil der Basse-Normandie waren seit drei Jahren durch die Bemühungen des Generals Hoche[5] nach vier Kriegsjahren befriedet worden; sie schienen diesen Augenblick wahrgenommen zu haben, um den Kampf von neuem zu beginnen. Angesichts so vieler Bedrohungen hatte die Republik ihre ursprüngliche Tatkraft wiedergefunden. Sie hatte zunächst die Verteidigung der angegriffenen Départements ins Auge gefaßt, und zwar dadurch, daß sie durch einen der Artikel jenes Messidor-Gesetzes die Sorge dafür den patriotisch gesonnenen Einwohnern übertrug. Da nämlich die Regierung weder Truppen noch Geld hatte, über die sie im Landesinnern hätte verfügen können, wich sie der Schwierigkeit durch eine gesetzgeberische Gaskonnade[6] aus: Da sie nichts in die aufständischen Départements entsenden konnte, beschenkte sie sie mit ihrem Vertrauen. Vielleicht hatte sie sich auch erhofft, dadurch, daß sie die Bürger gegeneinander bewaffnete, könne sie den Aufstand im Keim ersticken. Jener Artikel, die Quelle furchtbarer Repressalien, war folgendermaßen abgefaßt: »In den westlichen Départements werden Kompanien von Freischärlern gebildet.« Diese unpolitische Verfügung ließ den Westen eine so feindselige Haltung einnehmen, daß das Direktorium verzweifelte, auf Anhieb über ihn zu triumphieren. Daher verlangte es wenige Tage später von den beiden Kammern besondere Maßnahmen bezüglich der leichten Kontingente, die kraft des Artikels aufgestellt wurden, der zur Errichtung von Freischärler-Kompanien ermächtigte. Also befahl ein neues Gesetz, das wenige Tage vor dem Beginn dieser Geschichte bekanntgegeben und am dritten Ergänzungstage des

Jahres VII[7] erlassen worden war, jene schwachen Aushebungsergebnisse sollten in Legionen gegliedert werden. Die Legionen sollten die Namen der Départements Sarthe, Orne, Mayenne, Ille-et-Vilaine, Morbihan, Loire-Inférieure und Maine-et-Loire führen. »Diese Legionen«, so sagte das Gesetz, »sind ausschließlich für die Bekämpfung der Chouans bestimmt und dürfen unter keinen Umständen an die Landesgrenzen geschickt werden.« Diese langweiligen, aber unbekannten Einzelheiten erklären zugleich den Schwächezustand, in dem das Direktorium sich befand, und den Marsch der von den Blauen geleiteten Männerschar. Daher ist es vielleicht angebracht, hinzuzufügen, daß diese schönen, patriotischen Bestimmungen des Direktoriums keine andere Durchführung erlebten als ihre Bekanntmachung im »Bulletin des Lois«, dem »Gesetzblatt«. Da die Dekrete der Republik nicht mehr durch große, moralische Ideen, durch Patriotismus oder den Terror gestützt wurden, der sie ehedem zu etwas Durchführbarem gemacht hatte, schufen sie lediglich Millionen und Soldaten, von denen nichts ins Schatzamt noch in die Armee gelangte. Die Spannkraft der Revolution war in ungeschickten Händen verbraucht worden, und den Gesetzen wurde bei ihrer Anwendung der Stempel der Zeitumstände aufgeprägt, statt daß sie diese beherrscht hätten.

Die Départements Mayenne und Ille-et-Vilaine wurden zu jener Zeit von einem alten Offizier befehligt, der es für richtig hielt, seine Maßnahmen je nach den Umständen zu treffen, und der also versuchen wollte, der Bretagne ihre Kontingente zu entreißen, und vor allem das von Fougères an sich zu bringen, denn Fougères war einer der furchtbarsten Brandherde der Chouannerie, der Umtriebe der Königstreuen. Er hoffte, auf diese Weise die Kräfte jener bedrohlichen Distrikte zu schwächen. Dieser der Republik ergebene Offizier benützte die illusorischen Gesetzesverordnungen, um zu versichern, er werde die »Ausgehobenen« auf der Stelle ausrüsten und bewaffnen, und er halte den Sold, den die Regierung diesen Ausnahmetruppen verheißen hatte, für einen Monat bereit. Obwohl die Bretagne sich zu jener Zeit aller Art von Militärdienst widersetzte, gelang das Vorhaben zunächst, weil den Versprechungen Glauben geschenkt wurde, und zwar mit solcher Schnelligkeit, daß es den Offizier beunruhigte. Aber er war einer der alten Wachhunde, die hinters Licht zu führen schwierig ist. Sobald er im Distrikt einen Teil der Kontingente herbeieilen sah, argwöhnte er in einem so raschen Sichsammeln von Männern einen geheimen Beweggrund, und vielleicht war er auf der richtigen Spur, wenn er meinte, sie wollten sich bloß Waffen verschaffen. Ohne auf die Nachzügler zu warten, traf er also Maßnahmen, um die Durchführung seines Rückzugs auf Alençon zu versuchen, um sich den bereits unterworfenen Gebieten zu nähern, obwohl der immer weiter um sich greifende Aufstand dieser Gegenden den Erfolg dieses Planes recht problematisch machte. Jener Offizier, der, seinen Instruktionen entsprechend, tiefes Schweigen über die Mißerfolge unserer Armeen und über die nicht eben beruhigenden Nachrichten bewahrte, die aus der Vendée gekommen waren, hatte also an dem Morgen, da diese Geschichte beginnt, versucht, durch einen Eilmarsch nach Mayenne zu gelangen, wo er, so hatte er sich vorgenommen, gemäß seinem guten Willen das Gesetz durchführen würde, indem er die Kader seiner Halbbrigade mit seinen bretonischen »Rekruten« auffüllte. Das Wort »Rekrut«, das später so bekanntgeworden ist, hatte in den Gesetzeserlassen zum erstenmal den Namen »Aufgebotener« ersetzt, der ursprünglich die republikanischen Ersatzmannschaften bezeichnet hatte. Bevor der Befehlshaber von Fougères abmarschiert war, hatte er an seine Soldaten die für jeden notwendigen Patronen und Brotrationen verteilen lassen, und zwar heimlich, da er nicht wollte, daß die Rekruten argwöhnten, es stehe ihnen ein langer Marsch bevor; und er rechnete fest damit, in dem Rastort Ernée nicht anzuhalten, weil die Mannschaften des Kontingents, wenn sie sich von ihrem Erstaunen erholt hatten, sich leicht mit den Chouans ins Einvernehmen hätten setzen können, den Chouans, die sicherlich in der Umgebung ihr Wesen trieben. Das düstere Schweigen, das in der Schar der durch das Manöver des alten Republikaners überraschten »Aufgebotenen« herrschte, und die Langsamkeit ihres Marsches über den Bergrücken erregten im höchsten Grade das Mißtrauen des Halbbrigadechefs, der Hulot hieß; die am meisten hervorstechenden Züge der vorhergegangenen Schilderung hatten ihn höchlichst interessiert; daher marschierte er schweigend, umgeben von fünf jungen Offizieren, die sämtlich die Gedankenversunkenheit ihres Chefs respektierten. Aber in dem Augenblick, da Hulot auf dem Kamm von La Pélerine anlangte, wandte er plötzlich ganz instinktiv den Kopf, um die unruhigen Gesichter der Aufgebotenen zu mustern, und dann brach er das Schweigen. Tatsächlich hatte das fortgesetzte Trödeln dieser Bretonen zwischen ihnen und ihrer Eskorte bereits einen Abstand von etwa zweihundert Schritten entstehen lassen. Hulot zog jetzt eine für ihn typische Grimasse.

»Was, zum Teufel, ist eigentlich in all die Kerls gefahren?« rief er mit dröhnender Stimme. »Ich glaube, unsere Rekruten marschieren rückwärts statt vorwärts!«

Auf diese Worte hin wandten die ihn begleitenden Offiziere sich jäh um, als führen sie durch ein plötzliches Geräusch aus dem Schlaf auf. Die Sergeanten und Korporale taten wie sie, und die Kompanie blieb stehen, ohne das erwünschte Befehlswort »Halt!« vernommen zu haben. Die Offiziere warfen zunächst einen Blick auf das Detachement, das, wie eine lange Schnecke, den Berg La Pélerine hinankroch; aber diese jungen Leute, die die Vaterlandsverteidigung, wie so viele andere, ausgezeichneten Studien entrissen hatte, und denen der Krieg noch nicht das künstlerische Gefühl ausgelöscht hatte, wurden so betroffen über den ihren Augen sich bietenden Anblick, daß sie keine Erwiderung auf eine Bemerkung fanden, deren Bedeutsamkeit ihnen unbekannt war. Obgleich sie aus Fougères kamen, von wo aus das sich jetzt ihren Augen darbietende Bild gleichfalls sichtbar war, freilich mit den Abweichungen, die der Wechsel des Blickpunkts mit sich bringt, konnten sie es sich nicht versagen, es ein letztes Mal zu bewundern, ähnlich den »dilettanti«[8], denen ein Musikstück um so größeren Genuß bereitet, je besser sie dessen Einzelheiten kennen.

Von der Höhe des Bergs La Pélerine aus liegt vor dem Auge des Wanderers das große Tal des Couësnon, von dessen höchsten Punkten einen die Stadt Fougères am Horizont einnimmt. Ihre Burg beherrscht von der Höhe des Felsens aus, auf dem sie erbaut worden ist, drei oder vier wichtige Landstraßen; diese Lage hat sie ehedem zu einem der Schlüssel der Bretagne gemacht. Von hier aus nahmen die Offiziere in seiner ganzen Ausdehnung jenes Becken wahr, das ebenso bemerkenswert durch die verschwenderische Fruchtbarkeit seines Bodens wie durch die Mannigfaltigkeit des Landschaftsbildes ist. Auf allen Seiten erheben sich amphitheatralisch Schieferberge; sie verbergen ihre rötlichen Flanken unter Eichenwäldern und verstecken in ihren Hängen Täler voller Kühle. Jene Felsgebilde ziehen einen weiten, dem Anschein nach kreisförmigen Wall, auf dessen Grund sich weich eine riesige Wiesenebene breitet wie ein englischer Park. Die Menge der grünen Hecken, die unregelmäßige und zahlreiche, sämtlich mit Bäumen bepflanzte Anwesen umgeben, leihen diesem Grünteppich ein Aussehen, das unter den Landschaften Frankreichs eine Seltenheit ist, und er umschließt fruchtbare Geheimnisse an Schönheit in seinen vielfachen Gegensätzen, deren Wirkungen weit genug sind, um auch die kältesten Seelen zu ergreifen. In diesem Augenblick wurde dieses Landschaftsbild von dem flüchtigen Glanz belebt, durch den die Natur bisweilen ihre unvergänglichen Schöpfungen noch zu verschönern beliebt. Während das Detachement das Tal durchquerte, hatte die aufgehende Sonne langsam die leichten, weißen Dünste zerstreut, die an Septembermorgen über den Weidewiesen schweben. Gerade als die Soldaten sich umwandten, schien eine unsichtbare Hand der Landschaft die letzten Schleier zu entziehen, mit denen sie sich verhüllt hatte, dünnes Gewölk, gleich der Hülle aus durchsichtigem Gazestoff, die über kostbare Kleinodien gebreitet wird und die die Neugier auf das darunter Liegende anreizt. In der von den Offizieren überschauten Weite bot der Himmel nicht das leiseste Wölkchen dar, das durch seine silbrige Helle den Glauben hätte erwecken können, das unermeßliche blaue Gewölbe sei das Firmament. Es wirkte weit eher wie ein seidener Baldachin, den die unregelmäßig gestalteten Berggipfel trugen, und der in den Lüften ausgespannt war, um das herrliche Miteinander von Feldern, Wiesen, Bächen und Gehölzen zu beschirmen. Die Offiziere wurden es nicht müde, diese Raumesweite anzuschauen, der soviel ländliche Schönheit entsprang. Die einen zögerten lange, ehe sie ihre Blicke in der erstaunlichen Fülle der Wäldchen ruhen ließen, die von den strengen Farben einiger gilbender Baumgruppen noch um Bronzetöne bereichert und von dem Smaragdgrün der unregelmäßig eingeschnittenen Wiesen noch deutlicher hervorgehoben wurden. Die andern verweilten bei den Kontrasten, die durch rötliche Felder entstanden, auf denen der geerntete Buchweizen in kegelförmigen Hocken aufgerichtet stand; sie glichen den Gewehrpyramiden, die die Soldaten im Biwak zusammenstellen; und dazwischen lagen andere Felder im Goldglanz der Stoppeln des gemähten Roggens. Hier und dort lenkten der düstere Schiefer von ein paar Hausdächern, denen weißer Rauch entstieg, und dann die lebendigen, silbrigen Einschnitte, die die gewundenen Bachläufe des Couësnon bildeten, den Blick durch einige jener optischen Fallen auf sich, die, ohne daß man zu sagen vermöchte, warum, die Seele unentschlossen und träumerisch stimmen. Die von den Herbstbrisen gewürzte Kühle und der starke Duft der Wälder stiegen auf wie eine Weihrauchwolke und berauschten die Bewunderer dieses schönen Landes, die voller Entzücken seine unbekannten Blumen, seinen kräftigen Pflanzenwuchs, sein Grün betrachteten, das mit dem Englands, seines Nachbarlandes, wetteifert; beide Länder führen ja den gleichen Namen. Einige Stücke Vieh verlebendigten noch diese ohnehin schon so dramatische Szenerie. Die Vögel sangen und ließen auf diese Weise dem Tal eine süße, gedämpfte Melodie zuteil werden, die in den Lüften vibrierte. Wenn die gesammelte Phantasie in vollem Maße das reiche Zusammenwirken von Schatten und Licht wahrnehmen will, die dunstigen Weiten der Bergzüge, die phantastischen Fernsichten an Stellen, wo keine Bäume standen, wo die Wasser sich dehnten, wo sie in koketten Krümmungen entflohen; wenn die Erinnerung sozusagen dieser Zeichnung Farben verleiht, die genauso flüchtig ist wie der Augenblick, in dem sie erfaßt wird, dann werden alle Menschen, für die solcherlei Bilder einen Wert besitzen, eine unvollkommene Vorstellung von dem magischen Anblick haben, von dem die noch eindrucksfähige Seele der jungen Offiziere gewissermaßen überwältigt wurde.

Als sie jetzt bedachten, wie widerwillig alle diese armen Leute ihre Heimat und die ihnen liebgewordenen Gebräuche verließen, um vielleicht in der Fremde zu sterben, hatten sie unwillkürlich Nachsicht mit einem Zögern, das sie verstanden. Dann jedoch tarnten sie in ihrer den Soldaten angeborenen Großzügigkeit ihr Mitgefühl mit dem vorgetäuschten Verlangen, sich über die militärischen Möglichkeiten dieser schönen Gegend klarzuwerden. Aber Hulot, der fortan der »Major« genannt werden muß, um ihm nicht die wenig wohlklingende Bezeichnung Halbbrigadechef zu geben, war einer jener Offiziere, die sich angesichts einer drohenden Gefahr nicht vom Zauber einer Landschaft gefangennehmen lassen, und sei es die des irdischen Paradieses. Also schüttelte er ablehnend den Kopf und zog die beiden dicken, schwarzen Augenbrauen zusammen, die seinen Zügen einen strengen Ausdruck gaben.

»Warum, zum Teufel, kommen sie nicht?« fragte er nochmals mit seiner von den Kriegsdrangsalen rauh gewordenen Stimme. »Ist etwa in dem Dorf irgendeine Madonna, der sie die Hand drücken wollen?«

»Du fragst, warum?« antwortete eine Stimme.

Als der Major Töne vernahm, die aus dem Horn zu kommen schienen, mit dem die Bauern dieser Täler ihre Herden zusammenzurufen pflegen, wandte er sich jäh um, als habe er eine Degenspitze gespürt, und gewahrte zwei Schritte von sich entfernt eine Persönlichkeit, die noch weit absonderlicher wirkte als alle, die nach Mayenne geführt wurden, um der Republik zu dienen. Jener Unbekannte, ein vierschrötiger, breitschultriger Mann, bot ihm einen Kopf dar, der beinah so dick war wie der eines Ochsen; mit einem solchen wies er übrigens mehr als nur diese eine Ähnlichkeit auf. Weite Nüstern ließen seine Nase noch kürzer erscheinen, als sie es ohnehin schon war. Seine breiten, über schneeweißen Zähnen aufgeworfenen Lippen, seine großen, runden, schwarzen, von drohenden Brauen überschatteten Augen, seine Hängeohren und sein rotes Haar gehörten weniger unserer schönen kaukasischen Rasse an, als der Gattung der Pflanzenfresser. Schließlich machte das völlige Fehlen der andern Merkmale des in der Gemeinschaft lebenden Menschen diesen barhäuptigen Kopf noch merkwürdiger. Das von der Sonne bronzefarben getönte Gesicht, dessen eckige Konturen eine unbestimmte Ähnlichkeit mit dem Granit darboten, der den Boden dieser Gegend bildet, war der einzige sichtbare Körperteil dieses eigenartigen Wesens. Vom Hals an war es in einen Kittel gehüllt, eine Art Bluse aus rostrotem Leinen, das noch gröber war als das der Hosen der am wenigsten mit Glücksgütern gesegneten unter den Rekruten. Dieser »Sarrau« genannte Kittel, in dem ein Altertumsforscher die »Saye« (Saga) oder den »Sayon« der Gallier wiedererkannt haben würde, endete in der Körpermitte und war durch grobgeschnitzte, zum Teil noch mit der Rinde versehene Holzstücke an zwei Röhren aus Ziegenfell befestigt. Die Geißhäute, wie sie in der Landessprache genannt werden, die seine Beine und Schenkel umhüllten, ließen keine menschliche Form erkennen. Riesige Holzschuhe verbargen seine Füße. Sein langes, glänzendes Haar sah aus wie das seiner Ziegenfelle und fiel an beiden Seiten seines Gesichts in zwei gleichen Teilen nieder, wie bei mittelalterlichen Statuen, die man noch in einigen Kathedralen sieht. Statt des Knotenstocks, den die Rekruten auf der Schulter trugen, stützte er die Brust wie auf ein Gewehr auf eine dicke Peitsche, deren geschickt geflochtene Lederschnur die doppelte Länge gewöhnlicher Peitschen zu haben schien. Das unvermittelte Erscheinen dieses bizarren Wesens schien leicht erklärbar zu sein. Einige Offiziere vermuteten beim ersten Hinsehen, der Unbekannte sei ein »Aufgebotener« oder ein »Rekrut« (es waren damals noch beide Ausdrücke im Schwange), der zu der Kolonne zurückwollte, als er gesehen, daß sie haltgemacht hatte. Nichtsdestoweniger befremdete das Nahen dieses Mannes den Major auf eigentümliche Weise; zwar wirkte er nicht im mindesten betroffen, aber seine Stirn wurde sorgenvoll; und nachdem er den Fremden eingehend gemustert hatte, wiederholte er mechanisch und als hänge er unheilvollen Gedanken nach: »Ja, warum kommen sie nicht? Weißt *du* es etwa?«

»Das ist so«, antwortete der düstere Zwischenredner mit einer Aussprache, die bewies, wie schwer es ihm fiel, französisch zu sprechen, »das ist so«, sagte er und streckte seine rauhe, breite Hand in Richtung auf Ernée aus, »weil da Maine ist, und da endet die Bretagne.«

Dann stampfte er heftig auf den Boden und warf den schweren Handgriff seiner Peitsche dem Major zu Füßen. Der Eindruck, den die Zuschauer dieser Szene durch die lakonische Standrede des Unbekannten empfingen, ähnelte demjenigen, den ein Beckenschlag mitten in ein Musikstück hinein machen würde. Das Wort »Standrede« reicht kaum hin, um den Haß und das Racheverlangen wiederzugeben, die eine hochfahrende Geste, eine kurze Äußerung und die Haltung ausdrückten, die von einer wilden, kalten Energie erfüllt gewesen war. Die Ungeschlachtheit dieses wie mit Axthieben zugehauenen Mannes, sein rauhes Äußeres, die stupide Unbildung, die seinen Zügen eingekerbt war, machten aus ihm etwas wie einen barbarischen Halbgott. Er behielt die Haltung eines Propheten bei und wirkte so wie der Geist der Bretagne, der sich aus einem dreijährigen Schlummer erhoben hatte, um aufs neue einen Krieg zu beginnen, bei dem der Sieg sich nie ohne Trauerflor auf beiden Seiten zeigte.

»Das ist ja ein reizender Kauz«, sagte Hulot zu sich selbst. »Er sieht mir ganz danach aus, als sei er der Abgesandte von Leuten, die drauf und dran sind, mit Flintenschüssen zu parlamentieren.«

Als der Major diese Worte zwischen den Zähnen hervorgebrummelt hatte, ließ er seine Blicke von jenem Mann über die Landschaft, von der Landschaft über das Detachement, von dem Detachement über die steilen Böschungen der Landstraße schweifen, deren Ränder von den hohen Ginsterbüschen der Bretagne überschattet wurden; dann richtete er sie plötzlich wieder auf den Unbekannten, den er gewissermaßen einem stummen Verhör unterzog; es endete mit der unvermittelten Frage: »Wo kommst du her?«

Sein begieriges, durchbohrendes Auge suchte die Geheimnisse dieses undurchdringlichen Gesichts zu erraten, das während dieser Zwischenzeit den nichtigen Ausdruck des Stumpfsinns angenommen hatte, in den der Bauer sich einhüllt, wenn er ruht.

»Aus dem Land der ›Gars‹«, antwortete der Mann, ohne irgendwelche Verwirrung zu zeigen.

»Du heißt?«

»Marche-à-terre.«

»Warum führst du, gegen das Gesetz, deinen Chouan-Decknamen?«

Marche-à-terre, da er sich nun mal diesen Namen zugelegt hatte, blickte den Major mit einer so durch und durch echten Schwachsinnsmiene an, daß der Offizier glaubte, er sei nicht verstanden worden.

»Gehörst du zum Aufgebot von Fougères?«

Auf diese Frage antwortete Marche-à-terre mit einem jener »Weiß ich nicht«, deren trostloser Tonfall jede Unterhaltung abstoppt. Ruhig setzte er sich an den Wegrain, zog aus seinem Kittel ein paar Brocken dünnen, schwärzlichen Buchweizenfladens, eines ortsüblichen Nahrungsmittels, dessen traurige Genüsse nur Bretonen zu schätzen wissen, und begann mit stumpfsinniger Gleichgültigkeit zu essen. Er erweckte so völlig den Glauben an ein Nichtvorhandensein jedweder Intelligenz, daß die Offiziere ihn bei seinem Tun bald mit einem der Tiere verglichen, die die fetten Wiesen des Tals abweideten, bald mit den Indianern Amerikas oder einem Eingeborenen vom Kap der Guten Hoffnung. Sogar der Major ließ sich durch dies Verhalten täuschen und schenkte seinen unruhigen Gedanken nicht länger Gehör; als er jedoch einen letzten, vorsichtig prüfenden Blick auf den Mann warf, von dem er geargwöhnt hatte, daß er der Herold eines bevorstehenden Gemetzels sei, gewahrte er in dessen Haar, auf dessen Kittel und Ziegenfellen Dornen, Laubreste und Reisigstückchen, als habe jener Chouan einen langen Weg durch Gestrüpp zurückgelegt. Er warf seinem Adjutanten Gérard, neben dem er stand, einen bedeutungsvollen Blick zu, drückte ihm kräftig die Hand und sagte leise zu ihm: »Wir haben Wolle holen wollen, und jetzt werden wir geschoren zurückkehren.«

Die verwunderten Offiziere blickten einander schweigend an.

An dieser Stelle ist eine Abschweifung am Platze, um gewissen Stubenhockern, die es gewohnt sind, an allem zu zweifeln, weil sie nichts sehen, und die die Existenz Marche-à-terres und der Bauern des Westens, deren Verhalten zu jener Zeit erhaben war, leugnen könnten, die Befürchtungen des Majors Hulot verständlich zu machen.

Das Wort »Gars«, dessen Aussprache »Gâ« lautete, ist ein Überrest der keltischen Sprache. Es ist aus dem Niederbretonischen ins Französische übergegangen, und in unserer heutigen Sprache ist dieses Wort dasjenige, das die meisten Erinnerungen an die Vorzeit in sich birgt. Der »Gais«[9] war die wichtigste Waffe der Gälen oder Gallier; »gaisole« bedeutete »bewaffnet«; »Gais« Tapferkeit, »Gas« Kraft. Diese Nebeneinanderstellung beweist die Verwandtschaft des Wortes »Gars« mit jenen Ausdrücken aus der Sprache unserer Vorfahren. Das Wort hat Ähnlichkeit mit dem lateinischen Wort »vir«, Mann, der Wurzel von »virtus«, Kraft, Mut. Diese Darlegung hat ihre Rechtfertigung in ihrer nationalen Eigentümlichkeit; überdies vermag sie vielleicht dazu zu dienen, im Bewußtsein einiger Leute die Worte »gars«, »garçon«, »garçonnette«, »garce« und »garcette«[10] zu rehabilitieren, die gemeinhin als unschicklich aus der Umgangssprache verbannt sind, deren Ursprung indessen kriegerisch ist und die hier und dort im Verlauf dieser Geschichte in Erscheinung treten werden. – »C'est une fameuse garce!«[11] ist ein häufig mißverstandenes Lob, das Madame de Staël[12] in einem kleinen Ort des Vendômois aufgeschnappt hat, wo sie ein paar Exilstage verbrachte. Die Bretagne ist in ganz Frankreich die Landschaft, wo das gallische Brauchtum die stärksten Spuren hinterlassen hat[13]. Die Teile jener Provinz, wo noch heute die ungesellige Lebensweise und der Aberglaube unserer Vorfahren einem sozusagen in die Augen springen, heißen das Land der Gars. Wenn eine Gegend von vielen »Wilden« wie dem Mann bewohnt wird, der soeben in dieser Geschichte aufgetreten ist, pflegen die Leute des Landstrichs von ihnen zu sagen: »Die ›Gars‹ dieses oder jenes Kirchspiels«; und dieser klassische, typische Name ist so etwas wie eine Belohnung für die Treue, mit der sie sich bemühen, die Überlieferung der gälischen Sprache und Sitten zu bewahren; daher weist ihr Leben tiefe Spuren des Volksglaubens und der abergläubischen Gepflogenheiten alter Zeiten auf. Dort werden die feudalen Bräuche noch respektiert. Dort finden die Altertumsforscher noch aufrechtstehende Druidensteine, und der Geist der zeitgenössischen Kultur schreckt davor zurück, in riesige Urwälder einzudringen. Eine unglaubwürdige Wildheit, eine brutale Halsstarrigkeit, aber auch die Heiligkeit des Eides; völliges Fehlen unserer Gesetze, unserer Sitten, unserer Kleidung, unserer neuen Münzen, unserer Sprache, aber auch patriarchalische Schlichtheit und heroische Tugend wirken dort zusammen, um die Bewohner jener Landstriche noch ärmer an intellektueller Kombinationsgabe zu machen als die Mohikaner und Rothäute Nordamerikas, aber auch ebenso groß, ebenso durchtrieben, ebenso hart wie diese. Der Platz, den die Bretagne in der Mitte Europas einnimmt, macht sie für den Forscher merkwürdiger als Kanada. Sie ist rings vom Licht der Aufklärung umgeben, dessen wohltätige Wärme nicht zu ihr gelangt, und so gleicht dieses Land einem gefrorenen Stück Steinkohle, das auch inmitten eines glühenden Herdes dunkel und schwarz bleiben würde. Die Bemühungen einiger großer Geister, diesen schönen Teil Frankreichs, der so reich an unbekannten Schätzen ist, dem gesellschaftlichen Leben und dem Wohlstand zu gewinnen, sind sämtlich, wie auch die Versuche der Regierung, im Schoß der Reglosigkeit einer Bevölkerung erstorben, die sich der Praktizierung von aus unvordenklichen Zeiten stammenden Lebensgewohnheiten hingibt. Dieser unselige Zustand läßt sich zur Genüge durch die Beschaffenheit eines nach wie vor von Schluchten, Wildbächen, Seen und Sümpfen durchzogenen Bodens erklären; er starrt von Hecken, von Erdwällen, die aus jedem Feld eine Zitadelle machen; er entbehrt der Landstraßen und Kanäle; ferner möge als Erklärung die geistige Haltung einer unwissenden Bevölkerung dienen; sie hängt Vorurteilen an, deren Gefahren durch die Einzelheiten dieser Geschichte deutlich gemacht werden sollen, und will von unserer modernen Landwirtschaft nichts wissen. Die pittoreske Beschaffenheit dieses Landes, die abergläubischen Vorstellungen seiner Bewohner schließen den Zusammenschluß der Individuen und die Wohltaten aus, die sich aus dem Vergleich und dem Austausch von Ideen ergeben. Es gibt dort keine Dörfer. Die spärlichen Wohnstätten, die man »Logis« nennt, sind dünn über das Land ausgesät. Jede Familie lebt dort wie in einer Wüste. Die einzigen bekannten Zusammenkünfte sind die kurzlebigen Versammlungen, die der Sonntag oder die Kirchenfeste dem Kirchspiel bescheren. Jene wortkargen Zusammenkünfte, die der »Rektor«[14] leitet, der einzige Beherrscher dieser ungeschlachten Geister, dauern immer nur ein paar Stunden. Nachdem der Bauer der furchteinflößenden Stimme dieses Priesters gelauscht hat, kehrt er für eine Woche in seine ungesunde Behausung zurück; er verläßt sie nur um der Feldarbeit willen; und er geht nur wieder heim, um zu schlafen. Der einzige Besuch, den er bekommt, ist der des Rektors, der Seele der Gegend. Daher geschah es auf die Stimme jenes Priesters hin, daß Tausende von Männern sich auf die Republik stürzten, und daß diese Teile der Bretagne fünf Jahre vor dem Zeitpunkt, da diese Geschichte einsetzt, Massen von Kämpfern für die erste Chouannerie stellten. Die Gebrüder Cottereau, kühne Schmuggler, die jenem Krieg ihren

Namen liehen[15], übten ihr gefährliches Gewerbe von Lanval bis Fougères aus. Aber die Aufstände jener ländlichen Gegenden hatten nichts Nobles, und man kann mit voller Berechtigung sagen, daß, wenn die Vendée aus dem Straßenraub einen Krieg, die Bretagne aus dem Krieg einen Straßenraub gemacht habe[16]. Die Ächtung der Fürsten[17], die Abschaffung der Religion waren für die Chouans lediglich Vorwände zum Plündern, und was in diesem Bürgerkrieg geschah, ist irgendwie bezeichnend für die wüste Rauheit der Sitten dieser Landstriche. Wenn wahre Verteidiger der Monarchie auftraten und Soldaten unter dieser unaufgeklärten, kriegerischen Bevölkerung anwerben wollten, versuchten sie, freilich vergebens, unter der weißen Fahne[18] jenen Unternehmungen, die die Chouannerie verhaßt gemacht haben, eine gewisse Größe zu leihen. Die Chouans, die »Königstreuen«, sind ein denkwürdiges Beispiel dafür geblieben, wie gefährlich es ist, die unzivilisierten Massen eines Landes aufzuwiegeln. Die Schilderung des ersten Tales, das die Bretagne den Augen des Wanderers darbietet, die Beschreibung der Männer, aus denen das Detachement der Aufgebotenen bestand, die Darstellung des auf dem Kamm von La Pélerine plötzlich aufgetauchten Gars geben in der Verkürzung ein getreues Abbild der Provinz und ihrer Bewohner. Aus diesen Einzelheiten vermag eine geübte Phantasie sich einen Begriff von dem Schauplatz und den Werkzeugen des Kriegs zu machen. Das waren seine Elemente. Die beblühten Hecken jener schönen Täler verbargen zu jener Zeit unsichtbare Angreifer. Jedes Feld war damals eine Festung, jeder Baum barg eine Falle, jeder alte, hohle Weidenstamm enthielt eine Kriegslist. Überall war Kriegsschauplatz. An jeder Landstraßenbiegung warteten Mündungen auf die Blauen, die von jungen Mädchen lachend ins Geschützfeuer gelockt wurden, Mädchen, die sich nicht für hinterhältig hielten; sie unternahmen mit ihren Vätern und ihren Brüdern Wallfahrten und baten Madonnen aus wurmzerfressenem Holz um Tücken und um Vergebung. Die Frömmigkeit oder vielmehr der Fetischismus dieser unwissenden Kreaturen nahm dem Mord seine Gewissensbisse. So geschah es, daß, als dieser Kampf einmal angezettelt worden war, alles im Lande zu einer Gefahr wurde: der Lärm wie die Stille, die Schonung wie der Schrecken, der heimische Herd wie die offene Landstraße. Allen Verrätereien lag Überzeugung zugrunde. Wilde dienten Gott und dem König auf die Weise, wie Mohikaner Krieg führen. Aber damit jede Einzelheit der Schilderung dieses Ringens genau und wahr wird, muß der Historiker hinzufügen, daß in dem Augenblick, da Hoches Friedensschluß unterzeichnet wurde, die ganze Gegend wieder fröhlich und freundschaftlich wurde. Die Familien, die einander am Vorabend noch zerfleischt hatten, aßen am nächsten Tag ohne Gefahr unter dem gleichen Dach zu Abend.

In dem Augenblick, da Hulot sich der geheimen Tücke bewußt wurde, die unter Marche-à-terres Ziegenfell lauerte, war er zu der Überzeugung gelangt, daß der glückliche, dem guten Geist Hoches zu verdankende Friede, dessen Aufrechterhaltung ihn als unmöglich gedünkt hatte, jetzt gebrochen war. So brach denn also der Krieg aufs neue aus und würde wohl schrecklicher werden als ehedem, und das nach einer drei Jahre währenden Spanne der Untätigkeit. Die seit dem 9. Thermidor[19] milder gewordene Revolution würde vielleicht wieder zu der Schreckensherrschaft ausarten, die sie allen Wohlgesinnten hassenswert gemacht hatte. Wie stets hatte das Geld der Engländer die Zwietrachten Frankreichs geschürt. Die Republik war von dem jungen Bonaparte, anscheinend ihrem Schutzgeist, verlassen worden[20]; es war, als sei sie außerstande, sich so vieler Feinde zu erwehren, und der grausamste unter ihnen trat als letzter in Erscheinung. Der Bürgerkrieg, den tausenderlei kleine Einzelerhebungen angekündigt hatten, nahm den Charakter eines völlig neuen Ernstes zu dem Zeitpunkt an, da die Chouans den Plan faßten, eine so starke Eskorte anzugreifen. Das waren die Erwägungen, die sich, wenngleich sehr viel weniger knapp, in Hulots Hirn abrollten, sobald er im Auftauchen Marche-à-terres das Indiz eines geschickt angelegten Hinterhalts erkannt zu haben glaubte; denn zunächst war einzig er sich der geheimen Gefahr bewußt geworden.

Das Schweigen, das dem prophetischen Satz folgte, den der Major an Gérard gerichtet und der die vorhergegangene Szene abgeschlossen hatte, ließ Hulot seine Kaltblütigkeit wiedergewinnen. Beinah hätte der alte Soldat gewankt. Er konnte nicht die Wolken verjagen, die seine Stirn bedeckt hatten, als er erwog, daß er bereits von den Schrecknissen eines Krieges umringt sei, dessen Abscheulichkeiten sogar Menschenfresser hätten empören können. Der Hauptmann Merle und der Adjutant Gérard, seine beiden Freunde, suchten sich die ihnen gänzlich neue Furcht zu erklären, von der das Antlitz ihres Chefs kündete; sie musterten Marche-à-terre, der am Wegrain saß und seine Fladen aß, ohne daß sie sich über die geringste Beziehung zwischen diesem tierischen Menschenwesen und der Unruhe ihres unerschrockenen Majors klarwerden konnten. Bald jedoch hellte Hulots Miene sich auf. Während er all das Unglück der Republik bedauerte, freute es ihn, für sie kämpfen zu können, und er gelobte sich freudig, sich nicht von den Chouans übertölpeln zu lassen und den auf so finstere Weise abgefeimten Menschen zu durchschauen, den gegen ihn einzusetzen sie ihm die Ehre erwiesen hatten. Ehe er irgendeinen Entschluß faßte, begann er die Lage zu erwägen, in der seine Gegner ihn überrumpeln wollten. Als er erkannte, daß der Weg, in dessen Mitte er sich befand, durch eine Art Schlucht führte, die zwar nicht eigentlich tief eingeschnitten war, aber von Wald flankiert, und in die mehrere Fußpfade einmündeten, runzelte er nachdrücklich die dichten schwarzen Brauen, dann sagte er mit gedämpfter, aber sehr erregter Stimme zu seinen beiden Freunden: »Wir sitzen in einem komischen Wespennest.«

»Und wovor haben Sie nun eigentlich Furcht?« fragte Gérard.

»Furcht . . .?« entgegnete der Major. »Nun ja, Furcht. Ich habe von je gefürchtet, an einer Waldecke abgeknallt zu werden wie ein Köter, ohne daß erst gerufen wurde: ›Halt, wer da?‹ «

»Pah!« sagte Merle lachend, »das ›Halt, wer da?‹ ist auch gänzlich überflüssig.«

»Besteht denn tatsächlich Gefahr für uns?« fragte Gérard; er war ebenso erstaunt über Hulots Kaltblütigkeit, wie er es über dessen schnell wieder gewichenes Erschrecken gewesen war.

»Still!« sagte der Major. »Wir stecken im Wolfsrachen, und darin ist es finster wie in einem Backofen; es muß eine Kerze angesteckt werden. Ein Glück«, fuhr er fort, »daß wir die Höhe dieses Bergrückens halten.« – Er kennzeichnete ihn durch ein energisches Beiwort und sagte dann: »Schließlich bekomme ich vielleicht doch noch heraus, was hier gespielt werden soll.« Der

Major zog die beiden Offiziere mit sich fort und umstellte Marche-à-terre; der Gars tat, als glaube er, er sei ihnen im Wege, und stand sofort auf. – »Bleib liegen, du Strauchdieb!« brüllte Hulot ihn an, versetzte ihm einen Stoß und ließ ihn wieder auf die Böschung fallen, auf der er gesessen hatte. Von diesem Moment an ließ der Halbbrigadechef den unbekümmerten Bretonen nicht aus den Augen. – »Ihr Freunde«, sprach er dann mit gesenkter Stimme weiter zu den beiden Offizieren, »es ist an der Zeit, Ihnen zu sagen, daß der ganze Kram dahinten nicht aus noch ein weiß. Infolge eines Durcheinanders in den beiden Gesetzgebenden Versammlungen hat das Direktorium unserer Sache abermals einen Stoß versetzt. Diese Pentarchen[21] oder richtiger Hampelmänner, weil das französischer klingt, haben einen guten Degen verloren; Bernadotte[22] will nicht mehr mitmachen.«

»Wer tritt denn an seine Stelle?« fragte Gérard lebhaft.

»Milet-Mureau[23], eine alte Perücke. Sie haben sich da oben recht schlechtes Wetter ausgesucht, um solch einen Knacker in See stechen zu lassen. Jetzt werden auf allen Seiten die englischen Raketen losgeschossen. Alle Brummkäfer von Vendéern und Chouans schwirren in der Luft herum, und die, die hinter diesen Marionetten stecken, haben es verstanden, den Augenblick abzupassen, wo wir unterliegen.«

»Wieso denn?« fragte Merle.

»Unsere Armeen sind an allen Ecken und Enden geschlagen worden«, fuhr Hulot fort und dämpfte mehr und mehr die Stimme. »Die Chouans haben bereits zweimal Kuriere abgeschnappt, und meine Depeschen und die letzten Dekrete habe ich nur durch einen Sondereilboten bekommen, den Bernadotte mir in dem Augenblick schickte, da er aus dem Ministerium ausschied[24]. Glücklicherweise haben mir Freunde vertraulich über dieses Debakel berichtet. Fouché[25] hat herausbekommen, daß Pariser Verräter den Tyrannen Ludwig XVIII.[26] veranlaßt haben, seinen Spitzeln und Agenten im Landesinneren einen Anführer zu schicken. Man meint, Barras[27] verrate die Republik. Kurz und gut, Pitt und die Prinzen haben einen Ci-devant[28] hergeschickt, einen kraftvollen, begabten Mann, der dadurch, daß er die Streitkräfte der Vendéer und der Chouans zusammenfaßt, der Republik die Mütze[29] abreißen möchte. Dieser Kamerad ist im Morbihan gelandet, ich habe es als erster erfahren und es den Pariser Schlauköpfen gemeldet; er hat sich den Namen ›der Gars‹ beigelegt. Alle diese Viecher«, sagte er und deutete dabei auf Marche-à-terre, »suchen sich Namen aus, die einem anständigen Patrioten Leibschmerzen machen würden, wenn er sie trüge. Unser Mann ist also hier in diesem Distrikt. Das Kommen dieses Chouans da«, und er wies abermals auf Marche-à-terre, »kündigt mir an, daß wir ihn auf dem Hals haben. Aber einem alten Affen braucht man das Grimassenschneiden nicht erst beizubringen, und Sie werden mir helfen, meine Hänflinge in den Käfig zu bringen, und zwar ›haste was kannste‹! Ich wäre ein schöner Narr, wenn ich mich durch diesen Ci-devant auf den Leim locken ließe wie eine Krähe, der unter dem Vorwand aus London kommt, er müsse uns unsere Hüte abstauben!«

Als die beiden Offiziere von diesen geheimgehaltenen, kritischen Umständen erfuhren, nahmen sie im Bewußtsein, daß ihr Major sich nie ohne guten Grund beunruhigte, die ernste Haltung an, die Offiziere bei höchster Gefahr bezeigen, sofern sie innerlich gestählt und daran gewöhnt sind, in menschlichen Dingen etwas weiter zu sehen. Gérard, den sein seither abgeschaffter Rang seinem Vorgesetzten annäherte, wollte antworten und nach allen politischen Neuigkeiten fragen, von denen offenbar ein gut Teil verschwiegen worden war; allein ein Wink Hulots erlegte ihm Stillschweigen auf; und die drei ließen es sich angelegen sein, Marche-à-terre zu betrachten. Der Chouan ließ sich nicht die leiseste Regung anmerken, als er sich von diesen Männern überwacht sah, die er in gleichem Maße durch ihre Intelligenz wie durch ihre Körperkraft zu fürchten hatte. Die Neugier der beiden Offiziere, denen diese Art von Krieg etwas Neues war, war auf das heftigste angestachelt durch den Beginn einer Affäre, die von nahezu romanhaftem Interesse war; deswegen wollten sie sie ins Lächerliche ziehen; aber bei dem ersten Wort, das ihnen entschlüpfte, blickte Hulot sie ernst an und sagte zu ihnen: »Beim Donner Gottes! Wir wollen doch nicht auf dem Pulverfaß rauchen, Bürger! Zur Unzeit Mut bekunden heißt sich einen Spaß daraus machen, wenn man Wasser in einem Korb wegträgt. – Gérard«, flüsterte er alsdann seinem

Adjutanten zu, »machen Sie sich unauffällig an diesen Briganten da heran; bei der geringsten verdächtigen Bewegung müssen Sie bereit sein, ihm Ihren Degen durch den Leib zu rennen. Ich selber will Maßnahmen treffen, die Unterhaltung fortzuführen, sofern unsere Unbekannten eine anspinnen wollen.«

Gérard neigte zum Zeichen des Gehorsams leicht den Kopf; dann begann er die auffälligen Punkte des Tals zu betrachten, mit denen der Leser schon vertraut geworden ist; er schien sie aufmerksamer mustern zu wollen und trat sozusagen auf der Stelle, ohne zu tun als ob; aber man kann sich wohl denken, daß die Landschaft das letzte war, was er beobachtete. Marche-à-terre seinerseits tat, als habe er keine Ahnung, daß das Verhalten der Offiziere ihn in Gefahr bringe; aus der Art, wie er mit seinem Peitschenende spielte, hätte man glauben können, er angele im Chausseegraben.

Während Gérard auf diese Weise versuchte, vor dem Chouan Stellung zu beziehen, sagte der Major ganz leise zu Merle: »Unterstellen Sie einem Sergeanten zehn ausgesuchte Männer und postieren Sie selbst sie oberhalb von uns, an der Stelle auf dem Kamm dieses Hügels, wo der Weg breiter wird und eine Hochfläche bildet; von dort aus können Sie ein ganzes Stück der Straße nach Ernée überblicken. Suchen Sie sich eine Stelle aus, wo neben dem Weg kein Wald ist und von wo aus der Sergeant das Gelände im Auge behalten kann. Nehmen Sie La-clef-des-coeurs mit, der ist gescheit. Es gibt nichts zu lachen; ich kann für unser Fell nicht gutsagen, wenn wir nicht höllisch auf der Hut sind.«

Während Hauptmann Merle diesen Befehl mit einer Schnelligkeit ausführte, deren Bedeutung verstanden wurde, schwenkte der Major die rechte Hand und gebot so den ihn umstehenden, plaudernden und albernden Soldaten Schweigen. Mit einer andern Handbewegung befahl er, die Waffen aufzunehmen. Als Stille herrschte, richtete er den Blick von einer Seite der Landstraße auf die andere und lauschte mit beunruhigter Aufmerksamkeit, als hoffe er, ein unterdrücktes Geräusch zu vernehmen, Waffengeklirr oder Schritte, die Vorläufer des erwarteten Kampfes. Sein dunkles, scharfes Auge schien die Wälder bis in die tiefsten Gründe zu sondieren; und da er kein Merkmal feststellte, untersuchte er den Sand der Landstraße, nach Art der Indianer; er versuchte, Spuren der unsichtbaren Feinde wahrzunehmen, deren Kühnheit ihm bekannt war. Verärgert, weil er nichts gewahrte, was seine Befürchtungen gerechtfertigt hätte, ging er weiter bis zu den Böschungen der Landstraße, erstieg mühselig die leichten Erhebungen und ging langsam auf den Kämmen entlang. Plötzlich empfand er, wie sehr seine Erfahrung für das Heil der Truppe notwendig war, und klomm wieder hinab. Sein Gesicht hatte sich verdüstert; denn zu jener Zeit bedauerten die Befehlshaber es stets, die gefährlichste Aufgabe nicht persönlich auf sich nehmen zu können.

Den andern Offizieren und den Soldaten war die Nachdenklichkeit ihres Chefs aufgefallen, dessen Charakter sie schätzten und dessen Tapferkeit bekannt war; sie meinten jetzt, seine außergewöhnliche Aufmerksamkeit künde eine Gefahr an; aber da sie außerstande waren, deren Ernst zu erraten, blieben sie reglos stehen und hielten fast den Atem an, was aus Instinkt geschah. Wie die Hunde, die die Absichten eines erfahrenen Jägers zu erkunden suchen, dessen Befehl sie nicht begreifen, dem sie indessen pünktlich gehorchen, blickten die Soldaten abwechselnd auf das Tal des Couësnon, die Gehölze an der Landstraße und das strenge Gesicht ihres Majors, aus dem sie ihr Schicksal zu lesen versuchten. Sie befragten einander mit den Augen, und von Mund zu Mund ging mehr als ein Lächeln.

Als Hulot seine Grimasse zog, sagte Beau-pied, ein junger Sergeant, der als der hellste Kopf der Kompanie galt, leise: »In was für einem Dreck stecken wir eigentlich, daß dieser alte Haudegen von Hulot uns eine so morastige Fresse schneidet? Er sieht aus wie ein ganzer Kriegsrat.«

Hulot hatte Beau-pied einen strengen Blick zugeworfen; sofort trat wieder das unter Waffen gebotene Schweigen ein. Mitten in dieser feierlichen Stille vollführten die zögernden Schritte der Rekruten, unter deren Füßen der Sand dumpf knirschte, ein regelmäßiges Geräusch, das dieser allgemeinen Angst noch eine vage Erregung hinzugesellte. Dieses undefinierbare Gefühl wird nur denjenigen verständlich sein, die im Banne grausamen Wartens in der Stille der Nächte das schwere Klopfen ihres Herzens verspürt haben, das durch irgendein Geräusch verstärkt wurde, dessen monotone Wiederkehr ihnen Tropfen für Tropfen Grauen einzuflößen schien. Der Major nahm mitten auf der Landstraße Aufstellung und begann zu überlegen: »Sollte ich mich irren?« Er musterte bereits mit geballtem Zorn, der ihm aus den Augen blitzte, den still dahockenden, blöde dreinschauenden Marche-à-terre; allein die wilde Ironie, die er aus dem stumpfen Blick des Chouans herauszulesen vermochte, überzeugte ihn davon, daß er nicht aufhören dürfe, Vorsichtsmaßnahmen zu ergreifen. Da trat Hauptmann Merle zu ihm; er hatte Hulots Befehle befolgt. Die stummen Schauspieler dieser Szene – sie ähnelte tausend andern, die diesen Krieg zum dramatischsten von allen gemacht haben – warteten jetzt voller Ungeduld auf neue Eindrücke, voller Begier, daß die unklaren Punkte ihrer militärischen Lage sich durch andere Vorkehrungen erhellten.

»Wir haben recht gehandelt, Hauptmann«, sagte der Major, »als wir an den Schluß des Detachements die kleine Schar von Patrioten stellten, auf die wir uns unter diesen Aufgebotenen verlassen können. Nehmen Sie noch ein Dutzend zuverlässige Burschen, stellen Sie sie unter den Befehl des Leutnants Lebrun, und bringen Sie sie rasch an den Schluß des Detachements; sie sollen die dort befindlichen Patrioten unterstützen und die ganze Schar dieser komischen Vögel antreiben, und zwar mit Nachdruck, damit sie im Handumdrehen auf die Höhe gelangen, die die Kameraden besetzt halten. Ich warte auf Sie.«

Der Hauptmann verschwand inmitten der Truppe. Der Major musterte nacheinander vier unerschrockene Männer, deren Geschicklichkeit und Beweglichkeit ihm bekannt waren, winkte sie stumm zu sich heran und machte ihnen das vertrauliche Zeichen, das darin besteht, daß man mehrmals rasch hintereinander den Zeigefinger an die Nase legt; sie traten zu ihm.

»Ihr habt mit mir zusammen unter Hoche gedient«, sagte er zu ihnen, »als wir diese Briganten zur Vernunft gebracht haben, die sich ›Jäger des Königs‹ nennen; ihr wißt, wie sie sich verstecken, um die Blauen abzuknallen.«

Bei diesen Lobesworten über ihre Sachkenntnis hoben die vier Soldaten die Köpfe und verzogen bedeutungsvoll den Mund. Sie setzten die heldischen Kriegergesichter auf, deren sorglose Schicksalsergebenheit verkündete, daß seit dem Beginn des Ringens Frankreichs mit Europa ihre Gedanken nicht weiter gereicht hatten als rückwärts bis zu ihren Patronentaschen und vorwärts bis zu ihren Bajonetten. Ihre Lippen waren vorgestülpt und sahen aus wie ein Geldbeutel, dessen Schnüre zugezogen werden; sie blickten ihren Major mit aufmerksamer, begieriger Miene an. »Also«, fuhr Hulot fort; er besaß auf hervorragende Weise die Fähigkeit, die pittoreske Soldatensprache zu reden, »so gute Kaninchen wie wir brauchen sich nicht von Chouans anstänkern zu lassen, und hier stecken welche im Busch, oder ich will nicht Hulot heißen. Ihr vier zieht jetzt los und kämmt die beiden Seiten dieser Landstraße durch. Inzwischen rückt das Detachement langsam nach. Also macht euern Kram gut, laßt euch dabei keinen verpassen und erkundet, was da gespielt wird. Abtreten!«

Dabei zeigte er ihnen die gefährlichen Erhebungen an den Wegseiten. Alle legten zum Zeichen des Dankes den Handrükken vorn an ihre alten Dreispitze, deren hohe Krempe vom Regen aufgeweicht und vom Alter erschlafft war, so daß sie sich unter dem Kopfteil zusammenknüllte. Einer von ihnen, er hieß Larose und war ein Hulot wohlbekannter Korporal, schlug an sein Gewehr und sagte: »Denen pfeifen wir ein Klarinettensolo vor, Herr Major.«

Sie zogen los, die einen rechts, die andern links. Nicht ohne heimliches Erschauern sah die Kompanie sie an beiden Seiten der Landstraße verschwinden. Der Major teilte jene Angst; er glaubte, sie in einen sicheren Tod zu schicken. Unwillkürlich durchfuhr ihn sogar ein Frösteln, als er die Spitzen ihrer Hüte nicht mehr sehen konnte. Offiziere und Mannschaften lauschten dem immer schwächer werdenden Geräusch der Schritte im dürren Laub, und was sie dabei verspürten, war um so ätzender, als sie es tief in sich verbargen. Es gibt im Krieg gelegentlich Momente, da vier gefährdete Männer mehr Schrecken verursachen als die Tausende von Toten auf dem Schlachtfeld von Jemappes[30]. Soldatengesichter haben einen so wechselnden, schnell vorübergehenden Ausdruck, daß die Maler, die sie darstellen wollen, genötigt sind, an die Erinnerungen der Soldaten zu appellieren und es dann friedliebenden Gemütern zu überlassen, die dramatischen Gesichter zu betrachten, denn diese in den Einzelheiten so reichen Gewitterstürme könnten nur mittels unermeßlicher Umschweife verdeutlicht werden.

Als die Bajonette der vier Soldaten nicht mehr funkelten, kam Hauptmann Merle zurück; er hatte die Befehle des Majors mit Blitzesschnelle durchgeführt. Durch ein paar Kommandorufe stellte Hulot jetzt den Rest seiner Truppe mitten auf dem Weg in Gefechtsordnung auf; dann befahl er, weiter auf den Kamm von La Pélerine vorzurücken, wo seine kleine Avantgarde hielt; er selber jedoch marschierte als letzter und schaute sich immerfort um, um die leichtesten Veränderungen wahrzunehmen, die an allen Punkten dieser Szenerie erfolgen konnten, die die Natur so entzückend geschaffen hatte und die der Mensch so furchterregend machte. Er kam an die Stelle, wo Gérard Marche-à-terre bewachte, als der letztere, der anscheinend gleichgültigen Blikkes alle Maßnahmen des Majors verfolgt hatte, aber der jetzt mit unglaublicher Gewitztheit die beiden Soldaten betrachtete, die in das Gehölz an der rechten Seite der Landstraße eindrangen, zu pfeifen begann, drei- oder viermal, und zwar so, daß er den hellen, durchdringenden Ruf des Käuzchens ausstieß. Die drei berühmten Schmuggler, deren Name bereits erwähnt worden ist, bedienten sich während der Nacht bestimmter Klangabwandlungen dieses Rufs, um einander von Überfällen, drohenden Gefahren und allem, was sie anging, zu benachrichtigen. Dadurch hatten sie den Spitznamen »Chuin« bekommen, der im Dialekt jener Gegend Waldkauz oder Uhu bedeutet. Dieses verstümmelte Wort bezeichnete dann diejenigen, die im ersten Krieg das Gehaben und die Signale der drei Brüder nachahmten. Als der Major dieses verdächtige Pfeifen vernahm, blieb er stehen und blickte Marche-à-terre starr an. Er tat, als habe er sich von der einfältigen Haltung des Chouans täuschen lassen, um ihn bei sich zu behalten wie ein Barometer, das ihm die Bewegungen des Gegners anzeigte. Daher hielt er Gérards Hand fest, der drauf und dran war, den Chouan zu erledigen. Dann stellte er ein paar Schritte von dem Spion entfernt zwei Soldaten auf und befahl diesen mit lauter, vernehmlicher Stimme, sich bereit zu halten, ihn zu erschießen, wenn er sich das geringste Zeichen entschlüpfen ließe. Obwohl Marche-à-terre in höchster

Gefahr schwebte, zeigte er keinerlei innere Bewegung, und diese Fühllosigkeit fiel dem ihn beobachtenden Major auf.

»Der Gimpel versteht seine Sache schlecht«, sagte er zu Gérard. »Haha! Es ist nicht so einfach, aus dem Gesicht eines Chouans etwas abzulesen; aber dieser hier hat sich durch das Bestreben verraten, zu zeigen, daß er furchtlos sei. Siehst du, Gérard, wenn er den Entsetzten gespielt hätte, dann würde ich ihn für einen Halbidioten gehalten haben. Er und ich hätten zueinander gepaßt. Ich war nämlich am Ende meines Lateins. Ja, ja, wir werden angegriffen! Aber mögen sie kommen, jetzt bin ich bereit.«

Als der alte Offizier diese Worte mit leiser Stimme und triumphierender Miene gesprochen hatte, rieb er sich die Hände und sah Marche-à-terre spöttisch an; dann kreuzte er die Arme über der Brust, blieb zwischen seinen Lieblingsoffizieren mitten auf dem Weg stehen und wartete auf das Ergebnis seiner Maßnahmen. Er war des Kampfes sicher und betrachtete ruhigen Blickes seine Soldaten.

»Oh, hier wird's Schläge setzen«, sagte Beau-pied leise, »der Major hat sich die Hände gerieben.«

Die kritische Situation, in der der Major Hulot und sein Detachement sich befanden, ist eine von denen, wo das Leben so unwiderruflich auf dem Spiel steht, daß energische Menschen ihre Ehre dareinsetzen, sich kaltblütig und unbekümmert zu zeigen. Hier läßt sich über Männer ein Urteil letzter Instanz fällen. Dabei war es der Ehrgeiz des Majors, der besser denn seine beiden Offiziere über die Gefahr im Bilde war, als der ruhigste zu wirken. Er richtete den Blick abwechselnd auf Marche-à-terre, den Weg und die Waldstücke und wartete nicht ohne Bangen auf das Krachen des Massenfeuers der Chouans, von denen er meinte, sie hielten sich rings um ihn her gleich Wichtelmännern versteckt; aber sein Gesicht blieb unbewegt. Als alle Augen der Soldaten sich auf die seinen hefteten, zog er seine braunen, blatternarbigen Backen in leichte Falten, zog den rechten Mundwinkel nachdrücklich in die Höhe und zwinkerte; diese Grimasse wurde von seinen Soldaten stets für ein Lächeln gehalten; dann klopfte er Gérard auf die Schulter und sagte zu ihm: »Jetzt haben wir Ruhe; was haben Sie mir vorhin sagen wollen?«

»In was für einer neuen Krise sind wir eigentlich, Herr Major?«

»Neu ist die Geschichte nicht«, entgegnete er leise. »Ganz Europa steht gegen uns, und diesmal hat es leichtes Spiel. Während die Direktoren gegeneinander auskeilen wie Pferde ohne Hafer in einem Stall und unter ihrer Regierung alles in Fetzen geht, lassen sie die Armeen ohne Unterstützung. In Italien sind wir erledigt! Ja, ihr Freunde, infolge der katastrophalen Geschehnisse an der Trebia[31] haben wir Mantua räumen müssen, und unlängst hat Joubert[32] die Schlacht bei Novi[33] verloren. Ich hoffe, Masséna[34] hält die Schweizer Pässe, die Suworow bedroht. Am Rhein sitzen wir fest. Das Direktorium hat Moreau[35] hingeschickt. Ob dieser wackere Knabe die Grenzen halten wird . . .? Ich wünschte es; aber die Koalition wird uns schließlich zermalmen, und leider ist der einzige General, der uns retten könnte, da, wo der Pfeffer wächst, nämlich unten in Ägypten! Und obendrein, wie soll er zurückkommen? England beherrscht das Meer.«

»Bonapartes Fernsein beunruhigt mich nicht, Herr Major«, antwortete der junge Adjutant Gérard, bei dem eine sorgsame Erziehung einen überlegenen Geist entwickelt hatte. »Sollte unsere Revolution zum Stillstand gekommen sein? Ach, es ist nicht nur unsere Pflicht, das französische Territorium zu verteidigen; wir haben eine doppelte Aufgabe. Müssen wir nicht auch die Seele des Landes bewahren, die großherzigen Grundsätze der Freiheit, der Unabhängigkeit, die von unsern Volksvertretungen wiedererweckte menschliche Vernunft, die, wie ich hoffe, sich immer weiter verbreiten wird? Frankreich ist wie ein Wanderer, der beauftragt ist, ein Licht zu tragen; mit der einen Hand hält er es, mit der andern verteidigt er sich; wenn, was Sie sagen, wahr ist, wären wir seit zehn Jahren niemals von mehr Leuten umringt gewesen, die danach trachten, es auszublasen. Die Doktrinen und das Land, alles steht vor dem Untergang.«

»Leider ja!« sagte seufzend Major Hulot. »Diese Hanswurste von Direktoren haben es fertiggebracht, sich mit allen zu verkrachen, die den Kahn hätten steuern können. Bernadotte, Carnot[36], alle bis auf den Bürger Talleyrand haben uns verlassen. Kurz und gut, es bleibt uns nur noch ein einziger guter Patriot, nämlich Freund Fouché; der hält durch die Polizei alles zusammen; der ist schon ein Kerl! Daher ist er es auch, der mich zur rechten Zeit vor diesem Aufstand gewarnt hat. Und dennoch, ich bin überzeugt, daß wir in einer Falle sitzen.«

»Ach, wenn die Armee sich nicht ein bißchen in unsere Regierung einmischt«, sagte Gérard, »dann bringen die Advokaten uns in eine schlimmere Lage als die, in der wir uns vor der Revolution befanden. Verstehen diese Duckmäuser sich etwa aufs Kommandieren?«

»Ich befürchte in einem fort«, entgegnete Hulot, »zu hören, sie unterhandelten mit den Bourbonen. Bei Gottes Donner! Wenn die zu einem Einvernehmen kämen, dann säßen wir hier schön in der Klemme!«

»Nein, nein, Herr Major, dazu kommt es nicht«, sagte Gérard. »Wie Sie sagten: Die Armee wird ihre Stimme erheben, und vorausgesetzt, daß sie ihre Ausdrücke nicht Pichegrus[37] Vokabular entnimmt, hoffe ich, daß wir uns nicht zehn Jahre lang abgeschunden haben, um dann zu sehen, daß andere den Flachs spinnen, den wir haben aufsprießen lassen.«

»Ach ja!« rief der Major. »Wir haben zuviel eingesetzt, um abermals das Kostüm zu wechseln.«

»Also gut und schön«, sagte Hauptmann Merle, »wir wollen hier deswegen stets als gute Patrioten handeln und unsere hiesigen Chouans daran zu hindern versuchen, daß sie sich mit der Vendée in Verbindung setzen; denn wenn sie sich verständigen und England sich einmischt, kann ich mich diesmal nicht für die Freiheitsmütze der einen und unteilbaren Republik verbürgen.«

Jetzt unterbrach der Käuzchenruf, der in ziemlich weiter Ferne erscholl, die Unterhaltung. Der Major wurde unruhiger und sah von neuem zu Marche-à-terre hin, dessen unbewegliches Gesicht sozusagen kein Lebenszeichen von sich gab. Die durch einen Offizier zusammengetriebenen Rekruten standen wie eine Viehherde mitten auf der Landstraße, etwa dreißig Schritte von der kampfbereiten Kompanie entfernt. Zehn Schritte hinter ihnen die von Leutnant Lebrun befehligten Soldaten und Patrioten. Der Major überschaute diese Schlachtordnung und warf einen letzten Blick auf den kleinen Trupp, der vorn auf der Landstraße postiert worden war. Er war mit seinen Maßnahmen zufrieden und drehte sich um, um den Marschbefehl zu geben, als er die dreifarbenen Kokarden der beiden Soldaten gewahrte, die vom Durchkämmen der Waldstücke an der linken Straßenseite zurückkamen. Die beiden Kundschafter auf der rechten Seite sah der Major nicht wieder erscheinen; er wollte deren Rückkehr abwarten.

»Vielleicht wird von dort aus die Bombe losplatzen«, sagte er zu seinen beiden Offizieren und deutete auf das Gehölz, in dem seine beiden verlorenen Söhne waren, als seien sie darin begraben.

Während die beiden Tirailleurs Hulot eine Art Meldung erstatteten, ließ der Major Marche-à-terre aus den Augen. Da fing der Chouan wieder heftig zu pfeifen an, so daß sein Käuzchenruf auch in großer Entfernung vernehmlich sein mußte; dann, ehe einer der beiden ihn Bewachenden auch nur hätte anlegen können, hatte er ihnen einen Peitschenhieb versetzt, der sie auf den Straßendamm hinstreckte. Zugleich dröhnte den Republikanern Geschrei oder vielmehr ein wüstes Geheul in die Ohren. Eine furchtbare Salve aus dem Waldstück oberhalb der Böschung, an der der Chouan gesessen hatte, ließ sieben oder acht Soldaten fallen. Marche-à-terre, auf den fünf oder sechs Mann geschossen hatten, ohne ihn zu treffen, kletterte mit der Schnelligkeit einer Wildkatze die Böschung hinauf und verschwand im Walde; seine Holzschuhe kollerten in den Graben, und man konnte jetzt ohne weiteres sehen, daß seine Füße in den dicken, eisenbeschlagenen Schuhen steckten, die die »Jäger des Königs« für gewöhnlich trugen. Bei den ersten von den Chouans ausgestoßenen Schreien waren sämtliche Rekruten in das rechts gelegene Waldstück gesprungen wie ein Vogelschwarm, der beim Nahen eines Wanderers aufstiebt.

»Feuer auf diese Köter!« brüllte der Major.

Die Kompanie schoß auf sie, aber die Rekruten hatten vor dieser Ballerei hinter Bäumen Deckung gefunden; und ehe die Gewehre von neuem geladen worden waren, waren sie verschwunden.

»Da dekretiere einer Département-Legionen! Was?« sagte

Hulot zu Gérard. »Man muß verblödet wie ein Direktorium sein, um sich auf die Aushebung in dieser Gegend zu verlassen. Die beiden Kammern täten besser, uns nicht soviel Uniformen, Geld und Munition zu *bewilligen*, sondern sie uns zu *schicken*.«

»Diese Lümmel fressen eben lieber ihre Fladen als Kommißbrot«, sagte Beau-pied, der Witzbold der Kompanie.

Auf diese Worte hin höhnten Pfiffe und schallendes Gelächter aus der Mitte der republikanischen Truppe die Deserteure, aber dann trat plötzlich wieder Stille ein. Die Soldaten sahen nämlich, wie die beiden Jäger, die der Major zum Durchstöbern des Gehölzes rechts der Straße weggeschickt hatte, mühselig die Böschung hinabklommen. Der leichter Verwundete der beiden stützte seinen Kameraden, der den Boden mit seinem Blute tränkte. Die beiden armen Soldaten waren gerade bis auf die Mitte des Hanges gelangt, als Marche-à-terres widerliches Gesicht erschien; er zielte so gut auf die beiden Blauen, daß er sie mit einem einzigen Schuß erledigte; schwerfällig rollten sie in den Graben. Kaum war sein dicker Kopf sichtbar geworden, als auch schon dreißig Gewehrläufe sich hoben; aber wie eine Geistererscheinung war er hinter den fatalen Ginsterbüschen verschwunden. Diese Geschehnisse, die soviel Worte erforderten, vollzogen sich in Sekundenschnelle; und ebenso rasch stießen die Soldaten und Patrioten der Nachhut wieder zu dem Rest der Eskorte.

»Vorwärts!« schrie Hulot.

Die Kompanie bewegte sich hastig auf die höher gelegene, baumlose Stelle zu, auf der das Pikett postiert worden war. Dort stellte der Major die Kompanie in Gefechtsordnung auf; er gewahrte indessen von seiten der Chouans keine neue Eröffnung der Feindseligkeiten und glaubte, der einzige Zweck des Hinterhalts sei die Befreiung der Rekruten gewesen.

»Aus ihrem Geschrei«, sagte er zu seinen beiden Freunden, »schließe ich, daß es nur wenige sind. Wir wollen im Geschwindschritt weitermarschieren; vielleicht kommen wir bis Ernée, ohne daß sie uns in den Rücken fallen.«

Diese Worte wurden von einem einberufenen Patrioten vernommen; er trat aus dem Glied und nahm vor Hulot Haltung an.

»Herr General«, sagte er, »ich habe diesen Krieg schon mal als Gegen-Chouan mitgemacht. Darf ich Ihnen mal was sagen?«

»Der ist Advokat, so einer glaubt immer, er sei im Gerichtssaal«, flüsterte der Major dem Hauptmann Merle zu. – »Also los, plädiere«, sagte er zu dem jungen, aus Fougères stammenden Soldaten.

»Herr Major, sicher haben die Chouans die Männer, die sie sich vorhin geschnappt haben, mit Waffen versehen. Wenn wir jetzt vor ihnen auskneifen, können sie uns an jeder Waldecke auflauern und uns bis auf den letzten Mann abknallen, ehe wir in Ernée sind. Es muß plädiert werden, wie du gesagt hast, aber mit Patronen. Während des Scharmützels, das länger dauern wird, als du glaubst, müßte einer meiner Kameraden die Nationalgarde und die Freischärler-Kompanien aus Fougères herbeiholen. Obwohl wir bloß Rekruten sind, wirst du schon sehen, ob wir zur Rasse der Schwarzröcke gehören.«

»Du glaubst also, daß die Chouans sehr zahlreich sind?«

»Überzeug dich selber, Bürger Major!«

Er führte Hulot an eine Stelle der Hochfläche, wo der Sand aussah, als sei er mit dem Rechen geglättet; als er ihn darauf hingewiesen hatte, führte er ihn auf einem Fußpfad weiter, und dort erblickten sie die Spuren einer großen Zahl von Männern. Die Blätter waren dort in die festgetretene Erde eingedrückt.

»Es sind die Gars aus Vitré«, sagte der aus Fougères. »Sie sind ausgerückt, um sich mit denen aus der Basse-Normandie zu vereinigen.«

»Wie heißt du, Bürger?« fragte Hulot.

»Gudin, Herr Major.«

»Na gut, Gudin, ich befördere dich zum Korporal dieser Bürgersleute. Du machst mir den Eindruck eines verläßlichen Mannes. Ich beauftrage dich damit, unter deinen Kameraden den Mann auszusuchen, der nach Fougères geschickt werden muß. Du hältst dich an meiner Seite. Erst mal birgst du jetzt mit deinen Aufgebotenen die Gewehre, die Patronentaschen und Uniformen unserer armen Kameraden, die die Briganten da auf dem Weg umgelegt haben. Ihr sollt nicht hierbleiben und beschossen werden, ohne daß das Feuer erwidert wird.«

Die unerschrockenen Männer aus Fougères machten sich daran, den Gefallenen ihre Sachen abzunehmen, und die ganze Kompanie leistete ihnen durch ein wohlgezieltes Feuern in das Wäldchen Schützenhilfe, so daß es ihnen gelang, den Gefallenen alles abzunehmen, ohne daß sie dabei auch nur einen einzigen Mann verloren hätten.

»Diese Bretonen«, sagte Hulot zu Gérard, »werden prachtvolle Infanteristen, wenn sie sich je an den Kommißfraß gewöhnen.«

Gudins Beauftragter verschwand im Laufschritt auf einem Pfad, der in das zur Linken gelegene Gehölz einbog. Die Soldaten sahen ihre Waffen nach und machten sich kampfbereit; der Major schritt sie ab, lächelte ihnen zu, pflanzte sich ein paar Schritte vor ihnen mit seinen Lieblingsoffizieren auf und erwartete festen Fußes den Angriff der Chouans. Für eine Weile herrschte abermals Stille, aber sie war nicht von langer Dauer. Dreihundert Chouans, die genauso gekleidet waren wie die Aufgebotenen, quollen aus dem Waldstück zur Rechten heraus, stießen ein Geheul aus und besetzten ungeordnet die ganze Straße vor dem schwachen Bataillon der Blauen. Der Major stellte seine Soldaten in zwei gleichstarken Gruppen auf, jede mit einer zehn Mann breiten Front. In die Mitte dieser beiden Truppenkörper postierte er seine zwölf in aller Hast ausgerüsteten Ausgehobenen und stellte sich an deren Spitze. Diese kleine Heerschar wurde von zwei Flügeln zu je fünfundzwanzig Mann gedeckt, die an beiden Wegseiten unter dem Befehl Gérards und Merles vorgingen. Jene beiden Offiziere sollten im rechten Augenblick die Chouans in der Flanke fassen und sie daran hindern, »auszuschwärmen«. Dieses Dialektwort jener Gegenden bezeichnet das Sichverteilen über das Gelände, wo jeder Bauer sich dann so aufstellen durfte, daß er gefahrlos auf die Blauen schießen konnte; die republikanischen Truppen wußten dann nicht mehr, wo sie den Gegner packen sollten.

Diese Maßnahmen, die der Major mit der Schnelligkeit befahl, welche die gegebenen Umstände erforderten, teilten sein Selbstvertrauen den Soldaten mit; alle marschierten schweigend den Chouans entgegen. Nach den paar Minuten, deren es bedurfte, damit die beiden Truppenkörper aufeinander zurückten, erfolgte eine gezielte Salve, die auf beiden Seiten Verluste ergab.

In diesem Augenblick langten die beiden Flügel der Republikaner, denen die Chouans nichts hatten entgegenstellen können, an deren Flanken an, und durch ein lebhaftes Feuer, Schuß auf Schuß, säten sie Tod und Unordnung in ihre Gegner. Dieses Manöver stellte zwischen beiden Parteien nahezu ein zahlenmäßiges Gleichgewicht her. Aber die Chouans bezeigten charakterlich eine beispiellose Unerschrockenheit und Standhaftigkeit; sie wichen nicht vom Fleck, ihre Verluste ließen sie unerschüttert; sie schlossen sich zusammen und versuchten, die kleine, gut ausgerichtete Schar der Blauen zu umzingeln; sie nahm so wenig Raum ein, daß sie einer Bienenkönigin inmitten des Schwarms ähnelte. Jetzt entspann sich einer der grausigen Kämpfe, wo an die Stelle des selten zu vernehmenden Gewehrfeuers das Geklirr der blanken Waffen beim Nahkampf tritt, wo Mann gegen Mann steht, und wo, bei gleicher Tapferkeit, die Zahl den Sieg entscheidet. Die Chouans hätten ihn auf Anhieb davongetragen, wenn es den beiden von Merle und Gérard befehligten Flügeln nicht gelungen wäre, mehrere Salven abzugeben, die die Nachhut des Gegners von der Seite her trafen. Die Blauen jener beiden Flügel hätten ihre Stellungen beibehalten und damit fortfahren müssen, geschickt in ihre furchtbaren Gegner hineinzufeuern; aber angestachelt durch den Anblick der Gefahr, in der das heroische, jetzt gänzlich von den Jägern des Königs eingeschlossene Bataillon schwebte, stürzten sie sich wie Rasende mit aufgepflanztem Bajonett auf den Weg und stellten für ein paar Minuten das Gleichgewicht wieder her. Beide Trupps gaben sich jetzt einer Erbitterung hin, die alle Wut und Grausamkeit des Parteigeistes noch verschärfte und die aus diesem Krieg eine Ausnahmeerscheinung gemacht haben. Jeder war seiner Gefahr gewärtig und verstummte. Die Szene war düster und kalt wie der Tod. Inmitten dieser Stille waren durch das Klirren der Waffen und das Knirschen des Sandes unter den Füßen nur die dumpfen, schlimmen Ausrufe vernehmlich, die die schwer verwundet oder sterbend zu Boden Gestürzten ausstießen. Mitten in der Schar der Republikaner verteidigte das Dutzend der Einberufenen den Major, der damit beschäftigt war, seine Weisungen und mannigfachen Befehle zu erteilen, mit solcher Tapferkeit, daß mehr als einmal ein paar Soldaten ausriefen: »Bravo, ihr Rekruten!«

Hulot stand gleichmütig da und hatte seine Augen überall; bald gewahrte er unter den Chouans einen Mann, der, gleich ihm von einer Elitetruppe umgeben, ihr Anführer sein mußte. Es dünkte ihn erforderlich, sich diesen Offizier genau anzusehen; allein er unternahm mehrere vergebliche Versuche, dessen Züge zu erkennen, die ihm die roten Kappen und die breitkrempigen Hüte immer wieder entzogen. Er erblickte lediglich Marche-à-terre, der neben seinem Befehlshaber stand und dessen Befehle mit rauher Stimme wiederholte, wobei sein Karabiner nie untätig blieb. Der Major wurde wütend über dieses immer wieder eintretende Mißgeschick. Er zog den Degen, feuerte seine Rekruten an, stürzte sich auf das Zentrum der Chouans, und zwar mit solchem Ungestüm, daß er in ihre Masse eine Lücke riß und ihren Anführer flüchtig erblicken konnte, aber leider war dessen Gesicht unter einem großen Filzhut mit weißer Kokarde gänzlich verborgen. Aber der Unbekannte, den ein so tollkühner Angriff überrascht hatte, warf sich zurück und verschob dabei plötzlich seinen Hut; und so konnte Hulot in aller Hast das Signalement dieser Persönlichkeit aufnehmen. Der junge Anführer, den Hulot auf höchstens fünfundzwanzig Jahre schätzte, trug einen Jagdrock aus grünem Tuch. In seinem weißen Gürtel steckten Pistolen. Seine dicken Schuhe waren eisenbeschlagen wie die der Chouans. Jagdgamaschen, die bis zu den Knien hinaufreichten und sich an eine Hose aus sehr grobem Zwillich anschlossen, vervollständigten diese Gewandung, die eine mittelgroße, aber schlanke und gut proportionierte Gestalt erkennen ließ. Voller Zorn, daß er die Blauen bis zu seiner Person vorgedrungen sah, zog er sich den Hut ins Gesicht und rückte gegen sie vor; aber auf der Stelle war er von Marche-à-terre und ein paar um ihn besorgten Chouans umgeben. Hulot glaubte, durch die Zwischenräume hindurch, die die jenen jungen Herrn umdrängenden Köpfe ließen, auf dem halb aufgeknöpften Rock ein breites rotes Ordensband[38] wahrzunehmen. Die Blicke des Majors, die zunächst von dieser damals völlig in Vergessenheit geratenen königlichen Auszeichnung angezogen worden waren, richteten sich plötzlich auf das Gesicht, das er indessen bald wieder aus den Augen verlor, da er durch das Hinundher des Kampfes gezwungen war, über die Sicherheit und die Bewegungen seiner kleinen Kämpferschar zu wachen. So hatte er nur funkelnde Augen erblickt, deren Farbe ihm entging, blondes Haar und recht feine, sonnengebräunte Züge. Indessen machte ihn das Schimmern eines nackten Halses betroffen, dessen Weiß durch eine schwarze, locker und lässig geknüpfte Halsbinde noch mehr hervorgehoben wurde. Das ungestüme, bewegliche Verhalten des jungen Anführers war soldatisch, und zwar nach der Art der Menschen, die dem Kampf eine gewisse, der Überlieferung entsprechende Poesie zuteil werden lassen wollen. Seine gut behandschuhte Hand schwang in der Luft einen im Sonnenlicht flammenden Degen Seine Haltung zeugte von Eleganz und zugleich von Kraft. Seine ihm bewußte Erregung wurde noch durch den Zauber der Jugend und vornehmes Gehaben gesteigert; beides schuf diesen Emigranten zu einem anmutigen Bild des französischen Adels; er bildete einen kräftigen Gegensatz zu Hulot, der, vier Schritte von ihm entfernt, seinerseits ein lebendiges Abbild der kraftvollen Republik abgab, für die dieser alte Soldat kämpfte; sein strenges Gesicht, seine blaue Uniform mit den verschossenen roten Aufschlägen, die schwärzlich angelaufenen und nach hinten niederhängenden Schulterstücke veranschaulichten seine Bedürftigkeit und seinen Charakter.

Die anmutige Haltung und der Gesichtsausdruck des jungen Mannes entgingen Hulot nicht; im Verlangen, mit ihm handgemein zu werden, rief er: »Los, du Operntänzer, komm doch her, daß ich dich zuschanden haue!«

Der ob seiner für den Augenblick mißlichen Lage aufgebrachte royalistische Anführer trat mit einer verzweifelten Bewegung vor; doch als seine Leute sahen, wie er sich auf diese Weise preisgab, stürzten sich alle auf die Blauen. Plötzlich überschallte eine geschmeidige, helle Stimme das Kampfgetöse: »Hier ist der heilige Lescure[39] gestorben! Wollt ihr ihn nicht rächen?«

Auf diese magischen Worte hin wurde die Energie der Chouans furchtbar, und die Soldaten der Republik kostete es große Mühe, sich zu halten, ohne daß ihre kleine Gefechtsordnung durchbrochen wurde.

»Wenn es diesen jungen Mann nicht gäbe«, sagte Hulot und wich Schritt für Schritt zurück, »wären wir nicht angegriffen worden. Hat man es je erlebt, daß die Chouans sich auf eine Schlacht eingelassen hätten? Aber desto besser, uns soll man nicht abknallen wie Köter längs der Landstraße.« Dann hob er die Stimme, so daß sie durch den Wald dröhnte: »Vorwärts, keine Müdigkeit vorgeschützt, ihr Kerls! Wollen wir uns etwa von Buschkleppern anstänkern lassen?«

Das Verbum, durch das wir hier den Ausdruck ersetzen, dessen der wackere Major sich bediente, ist nur ein schwaches Äquivalent; aber alle Veteranen werden wohl imstande sein, den richtigen Ausdruck an seine Stelle zu setzen, und der entspricht gewiß weit mehr dem Soldatengeschmack.

»Gérard, Merle«, fuhr der Major fort, »rufen Sie Ihre Leute zusammen, lassen Sie sammeln, formieren Sie sich weiter hinten, schießen Sie auf diese Hunde und machen Sie ihnen den Garaus.«

Die Durchführung von Hulots Befehl war schwierig, denn als er die Stimme seines Gegners vernahm, rief der junge Anführer: »Bei der heiligen Anna von Auray, laßt sie nicht entkommen! Schwärmt aus, ihr Gars!«

Als die beiden von Merle und Gérard befehligten Flügel sich vom Hauptkampfgetümmel lösten, wurde jede der kleinen Scharen sofort von den fanatischen, an Zahl beträchtlich überlegenen Chouans verfolgt. Von allen Seiten umgaben die alten Ziegenhäute Merles und Gérards Soldaten, wobei sie abermals ihr düsteres, einem Geheul gleichendes Geschrei ausstießen.

»Haltet doch das Maul, ihr Herren, man hört uns ja sonst gar nicht verrecken!« rief Beau-pied.

Dieser Scherz fachte den Mut der Blauen aufs neue an. Statt an einem Punkte zu kämpfen, verteidigten die Republikaner an drei verschiedenen Stellen die Hochfläche von La Pélerine, und das Knallen des Gewehrfeuers erweckte sämtliche Echos dieser bislang so friedlichen Täler. Der Sieg hätte noch stundenlang unentschieden bleiben können, oder der Kampf hätte aus Mangel an Kämpfern aufhören müssen. Blaue und Chouans fochten mit gleicher Tapferkeit. Auf beiden Seiten steigerte sich die Kampfeswut noch mehr, als in der Ferne ein schwacher Trommelwirbel erscholl; nach der Richtung dieses Geräusches zu urteilen, mußte der Truppenkörper, den es ankündigte, durch das Couësnon-Tal marschieren.

»Das ist die Nationalgarde von Fougères!« rief Gudin laut. »Vannier muß ihr unterwegs begegnet sein.«

Auf diesen Ausruf hin, der an das Ohr des jungen Anführers der Königstreuen und seines wüsten Adjutanten gedrungen war, wichen die Royalisten zurück, doch dem gebot ein wilder Schrei Marche-à-terres bald Einhalt. Auf ein paar mit leiser Stimme gegebene Befehle des Anführers hin, die Marche-à-terre an die Chouans auf Niederbretonisch weitergab, führten sie ihren Rückzug mit einer Geschicklichkeit durch, die die Republikaner und sogar deren Major aus der Fassung brachte. Auf den ersten Befehl hin traten die kampftüchtigsten Chouans in Linie an und bildeten eine beachtliche Front, hinter der die Verwundeten und der Rest der übrigen sich zurückzogen, um ihre Gewehre zu laden. Dann gewannen die Verwundeten mit der Behendigkeit, von der Marche-à-terre bereits ein Beispiel gegeben hat, die Böschung, die die Landstraße zur Rechten flankierte, und es folgte ihnen die Hälfte der Chouans, die sie geschmeidig erkletterten und ihren oberen Rand besetzten, wobei sie die Blauen nichts sehen ließen als ihre energischen Köpfe. Dort suchten sie Dekkung hinter den Bäumen und richteten ihre Gewehrläufe auf den Rest der Eskorte, die sich auf mehrfach wiederholte Befehle Hulots hin rasch in Linie aufgestellt hatte, um auf der Landstraße den Chouans eine gleichartige Front entgegenzustellen. Diese wichen langsam zurück und verteidigten das Gelände, indem sie Schwenkungen vollführten, durch die sie sich im Feuerschutz ihrer Kameraden neu formieren konnten. Als sie an den die Landstraße säumenden Graben gelangten, kletterten sie ihrerseits die Böschung hinan, deren oberer Rand von den Ihrigen besetzt war, vereinigten sich mit ihnen und ertrugen tapfer das Feuer der Republikaner, die geschickt genug auf sie schossen, um den Graben mit Leichen zu füllen. Die Leute, die oben in Dekkung waren, antworteten mit einem nicht minder mörderischen Feuer. In diesem Augenblick langte die Nationalgarde von Fougères im Laufschritt auf dem Kampfplatz an, und ihr Erscheinen machte dem Treffen ein Ende. Schon hatten die Nationalgardisten und einige hitzige Soldaten die Straßenböschung erstiegen und wollten in den Wald eindringen; aber der Major brüllte ihnen mit seiner martialischen Stimme nach: »Wollt ihr euch da drin hinmachen lassen?«

Da traten sie wieder zu dem Bataillon der Republik, das das Schlachtfeld behauptet hatte, wenn auch unter großen Verlusten. Sämtliche alten Hüte wurden auf die Bajonettspitzen gesteckt, die Gewehre emporgereckt, und die Soldaten riefen wie aus einem Munde mit zwei Wiederholungen: »Es lebe die Republik!« Auch die Verwundeten, die am Straßenrand saßen, teilten diese Begeisterung, und Hulot drückte Gérard die Hand, wobei er zu ihm sagte: »Na, das nenne ich Kerls!«

Merle erhielt den Auftrag, die Toten in einer Schlucht an der Landstraße zu begraben. Andere Soldaten befaßten sich mit dem Transport der Verwundeten. Die Karrenwagen und Pferde der benachbarten Bauernhöfe wurden requiriert, und alle machten sich eilends daran, die leidenden Kameraden auf die Uniformstücke der Toten zu betten. Bevor abmarschiert wurde, brachte die Nationalgarde von Fougères einen schwerverwundeten Chouan vor Hulot, den sie unten an der steilen Böschung gefaßt hatte, über die hinweg die Chouans entkommen waren; seine schwindenden Kräfte hatten ihn im Stich gelassen, und er war hinabgerollt.

»Ich danke euch für euer Eingreifen, Bürger«, sagte der Major. »Bei Gottes Donner! Ohne euch hätten wir womöglich eine verdammt harte Viertelstunde zu überstehen gehabt. Nehmt euch zusammen! Jetzt geht der Krieg los. Lebt wohl, gute Leute.« Dann wandte Hulot sich an den Gefangenen: »Wie heißt dein Befehlshaber?« fragte er ihn.

»Der Gars.«

»Wer? Marche-à-terre?«

»Nein, der Gars.«

»Von woher ist der Gars gekommen?«

Auf diese Frage hin schwieg der Jäger des Königs, dessen rauhes, wildes Gesicht durch Schmerzen entstellt war, nahm seinen Rosenkranz und begann Gebete zu sprechen.

»Der Gars ist doch sicherlich der junge Ci-devant mit der

schwarzen Halsbinde? Der Tyrann und seine Bundesgenossen Pitt und Koburg[40] haben ihn hergeschickt.«

Bei diesen Worten hob der Chouan, der nicht mit Geistesgaben gesegnet war, stolz den Kopf: »Gott und der König haben ihn hergeschickt!« Diese Worte stieß er mit einer Heftigkeit hervor, die seine Kräfte erschöpfte. Der Major sah ein, daß es schwierig sei, einen Sterbenden zu verhören, aus dessen ganzem Verhalten ein düsterer Fanatismus sprach; er wandte den Kopf ab und runzelte die Brauen. Zwei Soldaten, Freunde derjenigen, die Marche-à-terre so brutal mit einem Peitschenhieb an der Böschung der Landstraße niedergestreckt und dann dort erschossen hatte, traten ein paar Schritte zurück, legten auf den Chouan an, dessen starre Augen sich vor den auf ihn gerichteten Läufen nicht senkten, schossen aus nächster Nähe auf ihn, und er sank um. Als die Soldaten herantraten, um den Toten auszuplündern, schrie er nochmals laut: »Es lebe der König!«

»Ja, ja, du Tückebold«, sagte La-clef-des-coeurs, »hau ab und friß Fladen bei deiner lieben Muttergottes. Läßt der Bursche uns noch den Tyrannen hochleben, wenn wir glauben, er sei hinüber!«

»Hier, Herr Major«, sagte Beau-pied, »die Papiere des Buschkleppers.«

»Haha!« rief La-clef-des-coeurs, »seht euch bloß mal diesen Infanteristen des lieben Gottes an, was der für Farben auf dem Bauch hat!«

Hulot und ein paar Soldaten traten an die Leiche des völlig nackten Chouans heran und bemerkten auf seiner Brust etwas wie eine bläuliche Tätowierung; sie stellte ein flammendes Herz dar. Es war das Bundesabzeichen der Angehörigen der Bruderschaft vom »Heiligen Herzen Jesu«[41]. Unterhalb dieser Zeichnung konnte Hulot lesen: »Marie Lambrequin«. Das war offenbar der Name des Chouans.

»Da hast du es, La-clef-des-coeurs!« sagte Beau-pied. »Hundert Dekaden[42] lang könntest du nicht erraten, was dieses Ausrüstungsstück bedeuten soll.«

»Wie kann ich mich in den päpstlichen Uniformen auskennen!« entgegnete La-clef-des-coeurs.

»Du gemeiner Sandlatscher, willst du dir denn nie ein bißchen Bildung zulegen?« erwiderte Beau-pied. »Ist dir nicht klar, daß diesem Lumpenkerl versprochen worden ist, er werde auferstehen, und daß er sich den Wanst angepinselt hat, um sich selbst wiederzuerkennen?«

Bei diesem Witz, dem eine gewisse Grundlage nicht abzusprechen war, konnte sogar Hulot nicht umhin, die allgemeine Heiterkeit zu teilen. Merle war gerade mit der Beerdigung der Gefallenen fertig geworden, und die Verwundeten waren, so gut oder schlecht wie es eben ging, von ihren Kameraden auf zwei Karrenwagen nebeneinandergelegt worden. Die übrigen Soldaten stellten sich von sich aus in zwei Reihen längs dieser improvisierten Lazarettwagen auf und stiegen die Rückseite des Berges gegen Maine zu hinab; man überschaut von dort aus das schöne Tal von La Pélerine, das mit dem Couësnon-Tal wetteifert. In Begleitung seiner beiden Freunde Merle und Gérard folgte Hulot jetzt langsam seinen Soldaten; er wünschte, ohne weiteren Zwischenfall nach Ernée zu gelangen, wo die Verwundeten Hilfe finden würden. Dieses Gefecht, das inmitten der großen Ereignisse, die sich in Frankreich anbahnten, fast unbekannt geblieben ist, erhielt den Namen der Örtlichkeit, bei der es sich abgespielt hatte. Allein im Westen fand es einige Beachtung, weil dessen Bewohner bei dieser zweiten bewaffneten Erhebung einen Wandel in der Art feststellten, wie die Chouans die Kampfhandlungen eröffneten. Ehedem hätten jene Leute kein so ansehnliches Detachement angegriffen. Nach Hulots Mutmaßungen mußte der junge Royalist, den er erblickt hatte, der Gars sein, der neue, von den Fürsten nach Frankreich entsandte Befehlshaber, der, gemäß den Gepflogenheiten der royalistischen Anführer, seinen Titel und seinen Namen mit einem der Spitznamen tarnte, die als »Decknamen« bezeichnet wurden. Dieser Umstand machte den Major nach seinem traurigen Sieg ebenso besorgt, wie er es gewesen war, als er den Hinterhalt geargwöhnt hatte; mehrmals wandte er sich um und betrachtete die Hochfläche von La Pélerine, die er hinter sich gelassen hatte und von der her dann und wann noch der gedämpfte Trommelklang der Nationalgarde erklang; sie zog zu der gleichen Zeit in das Couësnon-Tal hinab wie die Blauen in das La-Pélerine-Tal.

»Ist sich einer von euch«, fragte er unvermittelt seine beiden

Freunde, »klar über das Motiv des Angriffs der Chouans? Für die ist doch ein Schußwechsel ein Handelsgeschäft, und ich sehe nicht ein, was dieser hier ihnen einbringen könnte. Sie haben mindestens hundert Mann verloren, und wir«, fügte er hinzu, verzog die rechte Backe und kniff die Augen ein, um ein Lächeln anzudeuten, »noch keine sechzig. Bei Gottes Donner! Die Spekulation ist mir unverständlich. Die Lümmel hätten lieber auf den Angriff auf uns verzichten sollen; dann wären wir durchgerutscht wie von der Post beförderte Briefe; ich sehe nicht ein, was für sie dabei herausgekommen ist, daß sie unsern Leuten Löcher ins Fell schossen.« Und er wies mit einer bekümmerten Geste auf die beiden Karrenwagen mit den Verwundeten. – »Vielleicht haben Sie uns bloß Guten Tag sagen wollen«, fügte er hinzu.

»Aber Herr Major, sie haben uns doch unsere hundertfünfzig Zeisige abgenommen«, antwortete Merle.

»Die Aufgebotenen wären ohnehin wie die Frösche in den Wald gehüpft, und wir hätten sie nie wieder herausgefischt, vor allem nicht, nachdem wir eine Salve auf sie losgeknallt hätten«, erwiderte Hulot. – »Nein, nein«, fuhr er fort«, »dahinter steckt etwas.« Er blickte nochmals nach La Pélerine zurück. – »Da!« rief er. »Seht ihr?«

Obgleich die drei Offiziere schon weit von der verhängnisvollen Hochfläche entfernt waren, erkannten ihre geübten Augen mit Leichtigkeit Marche-à-terre und einige Chouans, die sie abermals besetzt hatten.

»Laufschritt!« brüllte Hulot seine Truppe an. »Macht, daß ihr weiterkommt, und treibt die Pferde an. Sind euch denn die Beine eingefroren? Sind die Biester ebenfalls Pitts und Koburgs?«

Diese Worte zwangen die kleine Einheit zu schneller Vorwärtsbewegung.

»Was das Geheimnis betrifft, dessen Dunkelheit mich undurchdringlich anmutet, so wolle Gott, ihr Freunde«, sagte er zu den beiden Offizieren, »daß es seine Lösung nicht in Flintenschüssen aus Ernée findet. Ich befürchte nur zu sehr, daß die Landstraße nach Ernée uns ebenfalls von den Subjekten des Königs abgeschnitten ist.«

Das strategische Problem, das den Schnurrbart des Majors Hulot sich sträuben ließ, wurde in diesem Augenblick für die Leute, die er auf dem Kamm von La Pélerine wahrgenommen hatte, zur Ursache einer nicht minder lebhaften Unruhe. Sobald der Trommelklang der Nationalgarde von Fougères nicht mehr vernehmlich gewesen war und Marche-à-terre die Blauen unten an dem langen Berghang erspäht hatte, den sie hinabgestiegen waren, ließ er fröhlich den Käuzchenruf erschallen, und die Chouans kamen wieder zum Vorschein, freilich geringer an Zahl. Mehrere von ihnen hatten es wohl auf sich genommen, die Verwundeten im Dorf La Pélerine unterzubringen, das an dem nach dem Couësnon-Tal zugekehrten Hang des Bergs gelegen war. Einige Anführer der Jäger des Königs waren zu Marche-à-terre hingetreten. Vier Schritte von ihnen entfernt saß der junge Adlige auf einem Granitblock und schien in eine Unzahl von Gedanken versunken zu sein, die die Schwierigkeit seines Unternehmens schon jetzt in ihm ausgelöst hatte. Marche-à-terre machte aus seiner Hand über der Stirn eine Art Schirm, um seine Augen vor dem Sonnenglanz zu schützen, und betrachtete bekümmert die Landstraße, der die Blauen durch das Tal von La Pélerine folgten. Seine kleinen schwarzen, durchdringenden Augen versuchten zu erkennen, was auf dem andern Abhang am Ende des Tals vor sich ging.

»Die Blauen werden die Post abfangen«, sagte mit wilder Stimme derjenige der Anführer, der am dichtesten bei Marche-à-terre stand.

»Bei der heiligen Anna von Auray!« entgegnete ein anderer, »warum hast du uns losschlagen lassen? Etwa um dein Fell zu retten?«

Marche-à-terre warf dem Fragenden einen giftigen Blick zu und stieß seinen schweren Karabiner auf den Boden.

»Bin ich der Oberbefehlshaber?« fragte er. »Wenn ihr alle gekämpft hättet wie ich, wäre keiner der Blauen entkommen«, fuhr er nach einer Pause fort und zeigte auf die Reste von Hulots Detachement. »Dann wäre der Wagen vielleicht bis hierher gekommen.«

»Glaubst du«, entgegnete ein Dritter, »daß sie auf den Gedanken gekommen wären, ihn zu eskortieren oder zurückzuhalten, wenn wir sie ruhig hätten passieren lassen? Du hast dein hündisches Fell retten wollen, weil du glaubtest, die Blauen seien nicht auf dem Marsch. – Damit seine Schnauze heil blieb«, fügte der Redner hinzu und wandte sich nach den andern um, »hat er uns bluten lassen, und jetzt werden wir auch noch zwanzigtausend Francs in gutem Geld einbüßen . . .«

»Paß du nur selber auf deine Schnauze auf!« schrie Marche-à-terre, wich drei Schritte zurück und legte auf seinen Angreifer an. »Du haßt nämlich nicht die Blauen, du hängst bloß am Golde. Paß auf, jetzt verreckst du ohne Beichte, du verdammter Schuft, der du dieses ganze Jahr nicht gebeichtest hast.«

Diese Beleidigung reizte den Chouan so sehr, daß er erbleichte, und während er sich anschickte, auf Marche-à-terre anzulegen, entrang sich seiner Brust ein dumpfes Grollen. Der junge Anführer warf sich zwischen die beiden und schlug ihnen mit dem Lauf seines Karabiners die ihrigen aus den Händen; dann forderte er eine Erklärung des Streits, denn der Wortwechsel war auf Niederbretonisch vonstatten gegangen, und dieses Idiom war ihm nicht völlig vertraut.

»Herr Marquis«, sagte Marche-à-terre am Schluß dessen, was er vorbrachte, »es ist um so unrechter von ihnen, daß sie wütend auf mich sind, weil ich Pille-miche zurückgelassen habe, weil der vielleicht den Wagen vor den Klauen der Diebe bewahren wird.«

Und er deutete auf die Blauen, die für diese getreuen Diener von Thron und Altar samt und sonders die Mörder Ludwigs XVI. und Strauchdiebe waren.

»Das ist denn doch!« rief der junge Herr zornig aus. »Ihr seid also noch hier, bloß um einen Wagen anzuhalten, ihr Feiglinge, die ihr in dem ersten Kampf, in dem ich befehligte, nicht mal habt siegen können? Aber wie kann man auch bei solchen Absichten siegen? Sind die Verteidiger Gottes und des Königs denn Plünderer? Bei der heiligen Anna von Auray! Wir haben der Republik den Krieg erklärt, nicht den Postkutschen! Wer sich künftig solcher schmachvoller Angriffe schuldig macht, erhält nicht die Absolution und bekommt keinen der Gunstbeweise, die den tapferen Dienern des Königs vorbehalten sind.«

In der Truppe erhob sich dumpfes Gemurmel. Es war leicht zu erkennen, daß die Autorität des neuen Befehlshabers, die bei diesen undisziplinierten Horden ohnehin schwierig aufrechtzuerhalten war, drauf und dran war, ins Wanken zu geraten. Der junge Herr, dem diese Regung nicht entgangen war, überlegte bereits, wie er die Ehre des Oberbefehls retten könnte, als mitten in die Stille hinein der Trab eines Pferdes erscholl. Alle Köpfe wandten sich dem unvermuteten Ankömmling zu. Es war eine junge Dame, die quer auf einem kleinen bretonischen Pferd saß, das sie, als sie den jungen Herrn gewahrte, in Galopp setzte, um möglichst schnell bei dem Trupp der Chouans anzulangen.

»Was ist eigentlich mit euch los?« fragte sie und musterte abwechselnd die Chouans und deren Chef.

»Ob Sie es glauben oder nicht, Madame, sie warten auf den Postwagen von Mayenne nach Fougères und wollen ihn plündern, obwohl wir gerade, um unsere Jungs aus Fougères zu befreien, ein Scharmützel hinter uns gebracht haben, das uns große Verluste gekostet hat, ohne daß wir die Blauen hätten vernichten können.«

»Na, und was ist dabei so schlimm?« fragte die junge Dame, deren den Frauen angeborenes Feingefühl ihr enthüllt hatte, was hinter diesem Auftritt steckte. »Sie haben Männer verloren, an denen wird es uns niemals mangeln. Der Postwagen transportiert Geld, und daran dürfte es uns stets fehlen! Wir wollen unsere Männer begraben; die gehen dann in den Himmel ein; und dann nehmen wir das Geld, und das wandert in die Taschen dieser wackeren Leute. Wo liegt da die Schwierigkeit?«

Die Chouans billigten diese Rede mit einmütigem Grinsen.

»Sehen Sie denn darin nichts, was Sie erröten lassen könnte?« fragte der junge Herr leise. »Sind Sie in so großer Geldnot, daß Sie es auf der Landstraße rauben müssen?«

»Ich bin so ausgehungert danach, Marquis, daß ich, wie ich glaube, mein Herz als Pfand dafür setzen würde, wenn es noch mir gehörte«, sagte sie und lächelte kokett. »Aber woher kommen Sie eigentlich, daß Sie meinen, Sie könnten sich der Chouans bedienen, ohne daß Sie sie hier und da mal ein paar Blaue ausplündern ließen? Kennen Sie nicht das Sprichwort: ›Diebisch wie ein Waldkauz‹? Was ist denn ein Chouan anderes? Übrigens«, sagte sie lauter, »wäre das nicht eine gerechte Tat? Haben die Blauen nicht alle Kirchengüter weggenommen, und die unsern dazu?«

Ein zweites Gemurmel, das ganz anders klang als das Grollen, mit dem die Chouans dem Marquis geantwortet hatten, begrüßte diese Worte. Der junge Herr, dessen Stirn sich verdunkelt hatte, nahm jetzt die junge Dame beiseite und sagte mit dem vorwurfsvollen Tonfall eines wohlerzogenen Menschen zu ihr: »Kommen die Herren nun also zum vereinbarten Tag nach La Vivetière?«

»Ja«, sagte sie, »alle, l'Intimé, Grand-Jacques und vielleicht auch Ferdinand.«

»Dann erlauben Sie bitte, daß ich nach dort zurückkehre; ich könnte dergleichen Räubereien nicht durch mein Dabeisein gutheißen. Ja, Madame, ich habe ›Räubereien‹ gesagt. Es liegt Adel darin, bestohlen zu werden, aber . . .«

»Gut also«, fiel sie ihm ins Wort, »dann übernehme ich eben Ihren Anteil und danke Ihnen, daß Sie ihn mir überlassen. Dieser Mehranteil an der Beute kommt mir sehr zustatten. Meine Mutter hat die Geldübersendung so lange hinausgezögert, daß ich in einer verzweifelten Lage bin.«

»Adieu«, rief der Marquis.

Und er verschwand; aber die junge Dame setzte ihm schleunigst nach.

»Warum bleiben Sie nicht bei mir?« Sie warf ihm den halb despotischen, halb schmeichlerischen Blick zu, mit dem die Frauen, die ein Anrecht auf den Respekt eines Mannes haben, so gut ihre Wünsche auszudrücken wissen.

»Wollen Sie nicht den Postwagen ausrauben?«

»Ausrauben?« wiederholte sie. »Welch seltsamer Ausdruck! Lassen Sie mich Ihnen erklären . . .«

»Schon gut«, sagte er, nahm ihre Hände und küßte sie mit der oberflächlichen Galanterie eines Höflings. – »Hören Sie mich an«, fuhr er nach einer Pause fort, »wenn ich während des Überfalls auf die Postkutsche hierbliebe, würden unsere Leute mich umbringen; denn ich würde . . .«

»Sie würden keinen umbringen«, entgegnete sie heftig, »denn sie würden Ihnen mit aller Ihrem Rang gebührenden Rücksicht die Hände binden; und nachdem sie bei den Republikanern eine Kontribution erhoben hätten, deren sie für ihre Ausrüstung, ihren Lebensunterhalt, ihre Käufe von Schießpulver bedürfen, würden sie Ihnen blind gehorchen.«

»Ja, wollen Sie denn, daß ich hier den Befehl übernehme? Wenn mein Leben für die Sache nötig ist, die ich verteidige, dann erlauben Sie mir bitte, die Ehre meiner Stellung zu retten. Wenn ich verschwinde, könnte ich von dieser feigen Tat nichts gewußt haben. Ich komme dann wieder und begleite Sie.«

Und damit entfernte er sich rasch. Die junge Dame lauschte dem Geräusch seiner Schritte mit spürbarem Mißvergnügen. Als das Rascheln des dürren Laubes unmerklich aufgehört hatte, stand sie betroffen da, dann kehrte sie hastig zu den Chouans zurück. Jäh ließ sie sich zu einer verächtlichen Gebärde hinreißen und sagte zu Marche-à-terre, der ihr beim Absitzen behilflich war: »Dieser junge Herr möchte gegen die Republik einen regulären Krieg führen . . .! Na ja, noch ein paar Tage, dann ist er andern Sinnes geworden. – Wie er mich behandelt hat«, sagte sie sich nach einer Pause.

Sie nahm auf dem Felsblock Platz, der dem Marquis als Sitzgelegenheit gedient hatte, und wartete stumm auf das Kommen des Postwagens. Es gehörte nicht zu den unbedenklichsten Phänomenen der damaligen Zeit, daß jene junge, adlige Dame, die sich mit leidenschaftlicher Heftigkeit in den Kampf der Monarchien gegen den Geist des Jahrhunderts gestürzt hatte und die durch den Ungestüm ihrer Gefühle zu Handlungen getrieben wurde, an denen sie selber sozusagen keinen Anteil hatte, in dieser Hinsicht vielen anderen glich, die sich zu einer bei großen Dingen oft fruchtbaren Begeisterung hinreißen ließen. Wie sie, spielten viele Frauen heldenhafte oder schmähliche Rollen in diesen unruhigen Zeiten. Die royalistische Sache fand keine ergebeneren Emissäre als jene Frauen; aber keine der Heldinnen jener Partei bezahlte die Irrungen der treuen Ergebenheit oder das Unselige dieser ihrem Geschlecht verbotenen Situation durch eine so schreckliche Buße, wie es die Verzweiflung dieser Frau war, als sie auf dem Granitblock an der Landstraße saß und der noblen Geringschätzung und der Loyalität des jungen Anführers ihre Bewunderung nicht versagen konnte. Unwillkürlich versank sie in tiefe Grübelei. Bittere Erinnerungen ließen sie die Unschuld ihrer ersten Lebensjahre zurückwünschen und bedauern, daß sie kein Opfer dieser Revolution geworden war, deren damals siegreicher Vormarsch von so schwachen Händen nicht aufgehalten werden konnte.

Der Postwagen, der bei dem Angriff der Chouans eine gewisse Rolle spielte, hatte die Kleinstadt Ernée kurz vor dem Scharmützel der beiden Parteien verlassen. Nichts kennzeichnet ein Land besser als der Zustand seiner sozialen Einrichtungen. In dieser Hinsicht verdient jener Postwagen eine ehrenvolle Erwähnung. Nicht einmal die Revolution hat die Macht besessen, ihm etwas anzuhaben; er rollt noch heutzutage einher. Als Turgot[43] das Privileg zurückkaufte, das eine Gesellschaft unter Ludwig XIV. zu dem Zweck erworben hatte, ausschließlich Reisende im ganzen Königreich zu befördern, und nun Unternehmungen ins Werk setzte, die die Bezeichnung »Turgotinen« erhielten, zogen die alten Karrossen der Herren de Vouges, Chanteclaire und der Witwe Lacombe[44] sich in die Provinz zurück. Einer dieser schlechten Wagen hielt also die Verbindung zwischen Mayenne und Fougères aufrecht. Ein paar Dickköpfe hatten ihn ehedem »die Turgotine« getauft, entweder, um Paris nachzuäffen, oder aus Haß gegen einen Minister, der Neuerungen durchzusetzen versuchte. Jene Turgotine war ein schäbiges Kabriolett mit zwei sehr hohen Rädern, in dem zwei ein wenig wohlbeleibte Männer schwerlich Platz gefunden hätten. Der geringe Raum dieser gebrechlichen Apparatur ließ keine große Beladung zu, und der Kasten, der den Sitz bildete, war ausschließlich dem Postdienst vorbehalten; führten die Reisenden einiges Gepäck mit sich, so mußten sie es wohl oder übel zwischen den Beinen halten, die ohnehin schon durch die Kleinheit eines Wagenschlags gemartert wurden, der seiner Form nach so ziemlich einem Blasebalg glich. Seine ursprüngliche Farbe wie auch die der Räder stellte für die Reisenden ein unlösbares Rätsel dar. Zwei Ledervorhänge, die trotz ihres langen Dienstes sehr unbequem zu handhaben waren, sollten die unglücklichen Insassen vor Kälte und Regen schützen. Der Kutscher saß auf einem Bänkchen, das dem der schäbigsten Pariser »Coucous«[45] glich; durch die Art, wie er zwischen seinen zweibeinigen und vierbeinigen Opfern hockte, nahm er gezwungenermaßen an der Unterhaltung teil. Jenes Fahrzeug besaß eine phantastische Ähnlichkeit mit jenen hinfälligen Greisen, die eine gehörige Anzahl von Katarrhen und Schlaganfällen hinter sich gebracht haben und die der Tod zu respektieren scheint; es ächzte während der Fahrt und kreischte bisweilen auf. Wie ein in tiefen Schlaf versunkener Fahrgast neigte es sich abwechselnd nach hinten und vorn, als versuche es dem ungestümen Vorwärtsdrang zu widerstreben, mit dem es die beiden bretonischen Pferdchen über eine leidlich holprige Landstraße dahinzogen. Dieses Monument eines andern Zeitalters barg drei Fahrgäste, die bei der Ausfahrt aus Ernée, wo die Pferde gewechselt worden waren, eine während des Wartens mit dem Kutscher angesponnene Unterhaltung fortsetzten.

»Wieso sollen sich hier Chouans gezeigt haben?« fragte der Wagenführer. »In Ernée ist mir gesagt worden, der Major Hulot habe Fougères noch nicht verlassen.«

»Ach, ach, mein Bester«, antwortete ihm der am wenigsten bejahrte der Fahrgäste, »du riskierst nichts als deine Haut! Wenn du, wie ich, dreihundert Taler bei dir hättest und als ein guter Patriot bekannt wärest, dann würdest du kaum so sorglos sein.«

»Jedenfalls haben Sie ein recht loses Maulwerk«, antwortete der Kutscher kopfschüttelnd.

»Wenn die Schafe gezählt sind, frißt sie der Wolf«, antwortete der zweite Mitfahrende.

Dieser letztere war schwarz gekleidet, schien etwa vierzig Jahre alt zu sein und sah aus, als sei er ein Rektor aus der Umgegend. Sein Kinn stützte sich auf einen Doppelwulst, und seiner blühenden Gesichtsfarbe nach mußte er der Gattung der Geistlichen angehören. Obwohl er kurz und dick war, entfaltete er jedesmal, wenn es aus- oder einzusteigen galt, eine gewisse Beweglichkeit.

»Sind Sie etwa ebenfalls Chouan?« rief der Mann mit den dreihundert Talern, dessen weiter Ziegenpelz eine Hose aus gutem Tuch und einen sehr sauberen Kittel bedeckte; beides ließ auf einen wohlhabenden Landwirt schließen. »Bei der Seele des heiligen Robespierre, ich schwöre euch, es würde euch übel ergehen.«

Daraufhin richtete er seine grauen Augen vom Kutscher auf den anderen Fahrgast und zeigte ihnen die beiden Pistolen, die er im Gürtel stecken hatte.

»Vor so was haben die Bretonen keine Angst«, sagte der Rektor verächtlich. »Sehen wir außerdem so aus, als seien wir scharf auf Ihr Geld?«

Jedesmal, wenn das Wort »Geld« ausgesprochen wurde, verstummte der Kutscher, und der Rektor besaß Verstand genug, um zu bezweifeln, daß der Patriot die Taler bei sich habe, und zu glauben, der Wagenführer befördere welche.

»Hast du heute was geladen, Coupiau?« fragte der Abbé.

»Ach, Monsieur Gudin, sozusagen nix«, antwortete der Kutscher.

Der Abbé Gudin hatte die Gesichter des Patrioten und Coupiaus gemustert; er fand, sie seien bei dieser Antwort beide gleich unerschütterlich geblieben.

»Dein Glück!« entgegnete der Patriot. »Da kann ich also, wenn was passiert, meine Maßnahmen zur Rettung meiner Taler treffen.«

Eine so despotisch verlangte Diktatur empörte Coupiau; er erwiderte barsch: »Ich bin der Herr und Gebieter meiner Kutsche, und wenn ich Sie schon kutschiere . . .«

»Bist du Patriot oder bist du Chouan?« fiel ihm sein Gegner lebhaft ins Wort.

»Keins von beiden«, antwortete ihm Coupiau. »Ich bin Postillion und Bretone, was mehr ist; und darüber hinaus habe ich weder Angst vor den Blauen noch vor den Edelleuten.«

»Du meinst wohl: vor den Raubrittern[46]?« entgegnete der Patriot ironisch.

»Sie holen sich nur wieder, was ihnen weggenommen worden ist«, warf der Rektor energisch ein.

Die beiden Fahrgäste schauten einander ins Weiße der Augen, wenn dieser Ausdruck auf jenen Blickwechsel angewandt werden darf. Ganz hinten im Wagen saß nämlich ein dritter Fahrgast, der bei diesem Hinundhergerede das tiefste Schweigen bewahrt hatte. Der Postillion, der Patriot und sogar Gudin hatten dieser stummen Persönlichkeit keinerlei Beachtung geschenkt. Es war in der Tat einer jener lästigen, ungeselligen Mitreisenden, die in einem Postwagen wie ein schicksalsergebenes Kalb mit gefesselten Beinen wirken, das zum nächsten Markt gebracht wird. Sie bemächtigen sich zunächst des ihnen zustehenden Platzes und schlafen schließlich ein, ohne den Schultern ihrer Nachbarn auch nur die mindeste menschliche Rücksichtnahme zu zollen. Der Patriot, Gudin und der Kutscher hatten ihn also gutgläubig seinem Schlummer überlassen, nachdem sie sich überzeugt hatten, daß es unnütz sei, mit einem Mann zu sprechen, dessen versteintes Gesicht davon zeugte, daß er sein Leben lang mit der Elle Leinwand abgemessen habe, und dessen Kopf damit beschäftigt gewesen war, sie teurer zu verkaufen, als sie ihm selbst gekommen war. Dieses dicke, in seine Ecke gekauerte Männlein hatte dann und wann seine kleinen, fayenceblauen Augen geöffnet und sie nacheinander mit Ausdrücken des Schreckens, des Zweifels und des Mißtrauens während jener Diskussion auf jeden der Redenden gerichtet. Indessen schien er lediglich seine Mitreisenden zu fürchten und sich kein bißchen Gedanken über die Chouans zu machen. Wenn er den Kutscher anblickte, hätte man meinen können, es handle sich um zwei Freimaurer. In diesem Augenblick setzte die Schießerei auf La Pélerine ein. Der bestürzte Coupiau brachte seine Kutsche zum Stehen.

»O weh!« sagte der Geistliche, der sich auszukennen schien, »das ist ein ernstliches Gefecht, daran sind viele beteiligt.«

»Das Ärgerliche, Monsieur Gudin, ist, daß man nicht weiß, wer siegt!« rief Coupiau.

Diesmal drückten alle Gesichter einmütig Angst aus.

»Wir wollen den Wagen in dem Gasthaus da unten einstellen«, sagte der Patriot, »und ihn dort verstecken, bis wir wissen, wie der Kampf ausgegangen ist.«

Diese Äußerung dünkte Coupiau so vernünftig, daß er sich darein schickte. Der Patriot half dem Kutscher, den Wagen hinter einem Holzstapel so zu verstecken, daß er allen Blicken verborgen blieb. Der mutmaßliche Rektor nahm die Gelegenheit wahr, ganz leise zu Coupiau zu sagen: »Hat er tatsächlich Geld bei sich?«

»Hehe, Monsieur Gudin, wenn das, was er bei sich hat, in die Tasche von Euer Hochwürden käme, dann würde sie nicht schwer davon.«

Die Republikaner, die es eilig hatten, nach Ernée zu kommen, zogen an dem Gasthaus vorüber, ohne hineinzugehen. Beim Erschallen ihres hastigen Marschtritts traten Gudin und der Gastwirt, die die Neugierde anstachelte, vor das Hoftor, um sie sich anzuschauen. Plötzlich lief der dicke Geistliche auf einen Soldaten zu, der hinterhertrottete.

»Aber Gudin!« rief er, »du Dickkopf, du ziehst also mit den Blauen? Was fällt dir ein, mein Junge?«

»Ja, Onkel«, antwortete der Korporal. »Ich habe geschworen, Frankreich zu verteidigen.«

»Aber du Unseliger, du bringst dich ja um dein Seelenheil!« sagte der Onkel und versuchte, in seinem Neffen die religiösen Gefühle zu erwecken, die im Herzen der Bretonen so mächtig sind.

»Lieber Onkel, wenn der König sich an die Spitze seiner Armeen gestellt hätte, dann möchte ich nicht behaupten, daß ...«

»Ach, du Narr, wer hat dir was vom König aufgebunden? Verleiht deine Republik Pfründen? Sie hat alles über den Haufen geworfen. Was soll aus dir werden? Bleib bei uns, einmal siegen wir ja doch, und dann wirst du Rat an irgendeinem Parlamentsgericht.«

»Die Parlamentsgerichte ...?« sagte Gudin spöttisch. »Leb wohl, Onkel.«

»Keine drei Louis bekommst du von mir«, sagte der Onkel wütend. »Ich enterbe dich!«

»Danke«, sagte der Republikaner.

Sie gingen auseinander. Der Dunst des Ziders[47], mit dem der Patriot während des Vorbeimarschs der kleinen Truppeneinheit Coupiau bewirtete, hatte die Intelligenz des Kutschers trefflich vernebelt; aber er kam fröhlich wieder zu sich, als der Wirt, der sich nach dem Ergebnis des Kampfes erkundigt hatte, verkündete, die Blauen hätten die Oberhand behalten. So setzte denn Coupiau seinen Kutschwagen wieder in Marsch, der dann alsbald hinten im Tal von La Pélerine auftauchte, von wo er ohne weiteres von den Hochebenen des Maine und denjenigen der Bretagne wahrzunehmen war wie ein Schiffswrack, das nach einem Sturm auf den Wellen treibt.

Als Hulot auf dem Gipfel einer Anhöhe angelangt war, die die Blauen jetzt erstiegen hatten, von wo aus man noch in der Ferne La Pélerine erblicken konnte, wandte er sich um, um festzustellen, ob die Chouans dort noch immer verweilten; die Sonne, die die Läufe ihrer Gewehre auffunkeln ließ, zeigte sie ihm wie blinkende Punkte. Er warf einen letzten Blick auf das Tal, das er verlassen mußte, um in das von Ernée einzubiegen, und glaubte auf der großen Landstraße Coupiaus Fuhrwerk zu erkennen.

»Ist das nicht der Postwagen von Mayenne?« fragte er seine beiden Freunde.

Die beiden Offiziere richteten den Blick auf die alte Turgotine und erkannten sie genau.

»Nanu?« fragte Hulot. »Wie kommt es, daß wir ihr nicht begegnet sind?«

Stumm blickten sie einander an.

»Abermals ein Rätsel!« rief der Major. »Aber mir geht allmählich die Wahrheit auf.«

Zur gleichen Zeit meldete Marche-à-terre, der ebenfalls die Turgotine wahrgenommen hatte, sie seinen Kameraden, und ein allgemeines Freudengeschrei entriß die junge Dame ihrer Grübelei. Die Unbekannte trat vor und erblickte den Kutschwagen, der sich mit verhängnisvoller Geschwindigkeit dem rückwärtigen Hang von La Pélerine näherte. Bald langte die unglückselige Turgotine auf der Hochfläche an. Die Chouans, die sich dort abermals versteckt hatten, stürzten sich jetzt mit gieriger Hast auf ihre Beute. Der stumme Fahrgast ließ sich hinten im Wagen niederfallen, kuschelte sich zusammen und suchte zu wirken wie ein Gepäckballen.

»Ha! Fein!« rief Coupiau von seinem Bock herunter und zeigte ihnen den Bauern, »ihr habt wohl den Patrioten da gewittert; der hat nämlich Gold, einen ganzen Sack voll!«

Die Chouans begrüßten diese Worte mit allgemeinem, schallendem Gelächter und riefen: »Pille-miche! Pille-miche! Pille-miche!«

Mitten in diesem Gelächter, dem Pille-miche selbst antwortete wie ein Echo, stieg Coupiau beschämt von seinem Bock herunter. Als der berüchtigte Cibot, genannt Pille-miche, seinem Nachbarn beim Verlassen des Wagens half, erhob sich ein respektvolles Gemurmel.

»Das ist ja der Abbé Gudin!« riefen mehrere Stimmen.

Bei diesem hochgeachteten Namen wurden sämtliche Hüte abgenommen; die Chouans knieten vor dem Priester nieder und baten ihn um seinen Segen, den der Abbé ihnen mit ernster Miene erteilte.

»Der würde den heiligen Petrus hinters Licht führen und ihm die Paradiesesschlüssel abnehmen«, sagte der Rektor und schlug Pille-miche auf die Schulter. »Ohne ihn hätten die Blauen uns geschnappt.«

Doch als er die junge Dame erblickte, trat der Abbé Gudin auf sie zu und begann ein paar Schritte abseits ein Gespräch mit ihr. Marche-à-terre, der behend die Wagenlade geöffnet hatte, brachte mit wilder Freude einen Sack zum Vorschein, aus dessen Form zu schließen war, daß er Geldrollen enthielt. Sogleich machte er sich an die Verteilung. Jeder Chouan erhielt das ihm Zukommende mit einer solchen Genauigkeit, daß sich bei dieser Teilung nicht der mindeste Streit erhob. Dann ging er zu der jungen Dame und dem Priester und bot ihnen etwa sechstausend Francs dar.

»Kann ich das mit gutem Gewissen annehmen, Monsieur Gudin?« fragte sie. Sie spürte die Notwendigkeit einer Billigung.

»Wieso denn nicht, Madame? Hat die Kirche nicht ehedem die Einziehung der Güter der Protestanten gutgeheißen? Mit wieviel größerem Recht muß sie die Beschlagnahme derjenigen der Revolutionäre billigen, die Gott leugnen, die Kapellen niederreißen und die Religion verfolgen.«

Der Abbé ließ der Predigt die Tat folgen und steckte ohne Skrupel diese neue Art des Zehnten ein, die Marche-à-terre ihm hingehalten hatte. »Überdies«, fügte er hinzu, »kann ich jetzt alles, was ich besitze, der Verteidigung Gottes und des Königs weihen. Mein Neffe ist mit den Blauen auf und davon!«

Coupiau jammerte und greinte, er sei ruiniert.

»Komm mit uns«, sagte Marche-à-terre zu ihm, »dann bekommst du deinen Anteil.«

»Aber dann wird geglaubt, ich hätte es absichtlich getan, um mich ausrauben zu lassen, wenn ich zurückkomme, und keiner hat mir was angetan.«

»Weiter hast du keine Sorgen ...?« fragte Marche-à-terre.

Er gab ein Zeichen, und eine Salve durchsiebte die Turgotine. Auf diesen unvorhergesehenen Feuerüberfall hin stieß die alte Kutsche einen so kläglichen Schrei aus, daß die von Natur abergläubischen Chouans erschrocken zurückwichen; Marche-à-terre indessen hatte in einem Winkel des Kutschkastens das bleiche Gesicht des wortkargen Fahrgasts hochzucken und wieder verschwinden sehen.

»Du hast also ein weiteres Stück Geflügel in deinem Hühnerkäfig?« fragte Marche-à-terre ganz leise Coupiau.

Pille-miche, der die Frage gehört hatte, zwinkerte zum Zeichen des Einverständnisses.

»Ja«, antwortete der Postillion, »aber wenn ich fortan mit euch mitmache, stelle ich die Bedingung, daß ihr mich diesen wackeren Mann heil und gesund nach Fougères bringen laßt. Im Namen der Heiligen von Auray habe ich mich dazu verpflichtet.«

»Wer ist es denn?« fragte Pille-miche.

»Das kann ich euch nicht sagen«, antwortete Coupiau.

»Laß ihn doch!« fiel Marche-à-terre ein und versetzte Pille-miche einen Ellbogenstoß. »Er hat bei der heiligen Anna von Auray geschworen und muß sein Gelübde halten.«

»Aber«, sagte der Chouan zu Coupiau, »fahr den Hang nicht zu schnell hinab; wir wollen dich nämlich einholen, und zwar aus guten Gründen. Ich will die Fresse deines Fahrgastes sehen, und dann geben wir ihm einen Passierschein.«

In diesem Augenblick wurde der Galopp eines Pferdes vernehmlich, und dieses Geräusch näherte sich rasch La Pélerine. Bald erschien der junge Anführer. Sofort verbarg die junge Dame den Geldbeutel, den sie in der Hand hielt.

»Sie können das Geld ohne Gewissensnöte behalten«, sagte der junge Herr und zog den Arm der Dame wieder hervor. »Diesen Brief hier, der für Sie bestimmt ist, habe ich unter denjenigen gefunden, die mich auf La Vivetière erwarteten; er ist von Ihrer Frau Mutter.« Nachdem er abwechselnd die Chouans, die sich wieder in das Gehölz zurückzogen, und den Wagen gemustert hatte, der in das Couësnon-Tal hinabfuhr, fügte er noch hinzu: »Trotz meiner Eile bin ich nicht früh genug gekommen. Gebe der Himmel, daß ich mich in dem, was ich vermutete, getäuscht habe!«

»Es ist das Geld meiner armen, guten Mutter«, rief die Dame; sie hatte den Brief entsiegelt, und dessen erste Zeilen hatten ihr diesen Ausruf entrissen.

Im Gehölz erscholl unterdrücktes Gelächter. Sogar der junge Herr konnte sich eines Lächelns nicht erwehren, als er die junge Dame mit dem Beutel in der Hand dastehen sah, der ihren Anteil an der Plünderung ihres eigenen Geldes enthielt. Auch sie fing zu lachen an.

»Na, meinetwegen, Marquis, Gott sei gelobt! Diesmal komme ich ohne Tadel davon«, sagte sie zu dem Anführer.

»Nehmen Sie denn alles leicht, sogar Ihre Gewissensbisse...?« fragte der junge Herr.

Sie wurde rot und schaute den Marquis so zerknirscht an, daß es ihn entwaffnete. Der Abbé erstattete ihr höflich, aber mit zweideutiger Miene, den Zehnten zurück, den er einkassiert hatte; dann folgte er dem jungen Anführer, der dem Seitenweg zuschritt, auf dem er gekommen war. Ehe die junge Dame sich ihnen zugesellte, gab sie Marche-à-terre einen Wink; er trat zu ihr hin.

»Sie begeben sich jetzt stracks über Mortagne hinaus«, sagte sie leise zu ihm. »Ich weiß, daß die Blauen unverzüglich eine hohe Summe in bar nach Alençon schicken müssen, für die Förderung der Kriegsvorbereitungen. Wenn ich deinen Kameraden die heutige Beute überlasse, so nur unter der Bedingung, daß sie sich bereitfinden, mich zu entschädigen. Aber der Gars darf keinesfalls etwas von diesem Vorhaben erfahren; vielleicht wäre er dagegen; wenn es mißlingt, werde ich ihn schon besänftigen.«

»Madame«, sagte der Marquis zu ihr, als sie auf der Kruppe seines Pferdes Platz genommen und das ihrige dem Abbé überlassen hatte, »unsere Pariser Freunde schreiben mir, wir müßten auf der Hut sein. Die Republik will versuchen, uns durch List und Tücke zu bekämpfen.«

»Gar nicht übel«, antwortete sie. »Sie haben recht gute Einfälle, diese Leute! Ich will am Krieg teilnehmen und werde die Gegner schon zu finden wissen.«

»Das glaube ich«, rief der Marquis. »Pichegru legt mir nahe, gegen alle meine wie auch immer gearteten Freunde vorsichtig und argwöhnisch zu sein. Die Republik erweist mir die Ehre, mich für gefährlicher als alle Vendéer zusammen zu halten, und sie zählt auf meine Schwächen, um sich meiner Person zu bemächtigen.«

»Mißtrauen Sie mir etwa?« fragte sie und schlug ihn mit der Hand, mit der sie sich an ihm festhielt, aufs Herz.

»Würden Sie dann hier sein, Madame . . .?« fragte er und wandte ihr die Stirn zu, die sie küßte.

»Auf diese Weise«, warf der Abbé ein, »ist Fouchés Polizei für uns gefährlicher als die mobilen Bataillone und die Gegen-Chouans.«

»Ganz wie Sie sagen, Ehrwürden.«

»Haha!« rief die Dame. »Will Fouché denn Frauen gegen uns schicken . . .? Ich bin darauf gefaßt«, fügte sie nach einer kleinen Pause mit ihrer tiefen Stimme hinzu.

Drei oder vier Flintenschüsse von der öden Hochfläche entfernt, die die Anführer verlassen hatten, trug sich eine der Szenen zu, die noch eine Zeitlang auf den großen Landstraßen sich häufig ereignen sollten. Am Ausgang des Dörfleins La Pélerine hatten Pille-miche und Marche-à-terre in einem Hohlweg abermals den Postwagen angehalten. Nach schlaffem Widerstand war Coupiau von seinem Bock herabgeklettert. Der wortkarge Fahrgast war von zwei Chouans aus seinem Versteck hervorgeholt worden und kniete in einem Ginstergestrüpp.

»Wer bist du?« fragte ihn Marche-à-terre mit unheilverkündender Stimme.

Der Fahrgast verharrte in Schweigen, bis Pille-miche die Frage wiederholte und ihm einen Kolbenstoß versetzte. »Ich bin«, sagte er jetzt und warf einen Blick auf Coupiau, »Jacques Pinaud, ein armer Leinenhändler.«

Coupiau schüttelte den Kopf; er glaubte nicht, daß er dadurch sein Gelübde breche. Dieses Zeichen klärte Pille-miche auf, und er legte auf den Fahrgast an, während Marche-à-terre ihm durch ein letztes, kategorisches Ultimatum bedeutete: »Du bist zu fett, um die Sorgen armer Leute zu haben! Wenn du dich noch einmal nach deinem wahren Namen fragen läßt, steht hier mein Freund Pille-miche und erwirbt sich mit einem einzigen Schuß die Achtung und Dankbarkeit deiner Erben. – Wer bist du also?« fragte er nochmals nach einer Pause.

»D'Ogremont aus Fougères.«

»Aha!« riefen die beiden Chouans.

»Nicht ich habe Ihren Namen genannt, Monsieur d'Ogremont«,

sagte Coupiau. »Die heilige Jungfrau ist meine Zeugin daß ich mich gut für Sie eingesetzt habe.«

»Da Sie Monsieur d'Ogremont sind«, entgegnete Marche-à-terre mit respektvoll-ironischer Miene, »müssen wir Sie wohl ungeschoren lassen. Aber da Sie weder ein guter Chouan noch ein waschechter Blauer sind, obgleich ausgerechnet Sie die Güter der Abtei Juvigny aufgekauft haben, werden Sie uns«, fügte der Chouan hinzu, nachdem er eine Miene aufgesetzt hatte, als überzähle er in Gedanken seine Gefährten, »ein Lösegeld von dreihundert Talern zu je sechs Francs bezahlen. Das ist die Neutralität schon wert.«

»Dreihundert Taler zu je sechs Francs!« wiederholten im Chor der unglückliche Bankier, Pille-miche und Coupiau, aber jeder mit einem anderen Gesichtsausdruck.

»Ach, mein lieber Herr!« fuhr d'Ogremont fort, »ich bin völlig verarmt! Die Zwangsanleihe von hundert Millionen dieser verteufelten Republik, die mir eine Riesensumme auferlegt, hat mich blank gemacht.«

»Wieviel hat sie denn von dir gefordert, deine Republik?«

»Tausend Taler, lieber Herr«, antwortete der Bankier mit erbarmenswürdiger Miene im Glauben, er erhalte einen Nachlaß.

»Wenn deine Republik dir eine so ansehnliche Zwangsanleihe entreißt, dann siehst du wohl, was es bei uns zu gewinnen gibt; unsere Regierung ist nicht so kostspielig. Dreihundert Taler, ist das etwa zuviel für dein Fell?«

»Woher soll ich die denn nehmen?«

»Aus deinem Geldschrank«, sagte Pille-miche. »Und gib uns ja keine beschnittenen Münzen, sonst kürzen wir dir die Fußnägel überm Feuer.«

»Wo soll ich sie euch zahlen?« fragte d'Ogremont.

»Dein Landhaus bei Fougères liegt nicht weit vom Pachthof Gibarry entfernt, und da wohnt mein Vetter Galope-chopine, der früher der große Cibot genannt wurde; dem kannst du sie bringen«, sagte Pille-miche.

»Das entspricht nicht der Form«, sagte d'Ogremont.

»Was macht uns das aus?« entgegnete Marche-à-terre. »Wenn sie nicht ab heute in vierzehn Tagen an Galope-chopine ausgehändigt sind, dann bedenke, daß wir dir einen kleinen Besuch abstatten werden, der dich von der Gicht heilen wird, wenn du welche in den Füßen hast.«

»Was dich betrifft, Coupiau«, fuhr Marche-à-terre fort, »so soll dein Name fortan lauten ›Mène-à-bien‹.«

Mit diesen Worten gingen die beiden Chouans weg. Der Fahrgast stieg wieder in den Kutschwagen, der sich, dank Coupiaus Peitsche, rasch nach Fougères hin fortbewegte.

»Hätten Sie Waffen bei sich gehabt«, sagte Coupiau zu ihm, »so hätten wir uns etwas besser zur Wehr setzen können.«

»Du Schafskopf, ich habe zehntausend Francs da drin«, entgegnete d'Ogremont und zeigte auf seine plumpen Schuhe. »Kann man sich zur Wehr setzen, wenn man eine so hohe Summe bei sich hat?«

Mène-à-bien kratzte sich hinter den Ohren und blickte zurück; aber seine neuen Kameraden waren schon verschwunden.

Hulot und seine Soldaten machten halt in Ernée, um die Verwundeten in das Krankenhaus dieser Kleinstadt einzuliefern; dann gelangten sie nach Mayenne, ohne daß ein weiterer ärgerlicher Zwischenfall den Marsch der republikanischen Truppen unterbrochen hätte. Dort konnte der Major am andern Tag alle Zweifel bezüglich der Fahrt der Postkutsche lösen; denn an jenem Tag erfuhren die Einwohner von der Plünderung des Wagens. Wenige Tage später dirigierten die Behörden eine genügende Zahl einberufener Patrioten nach Mayenne, so daß Hulot das Kader seiner Halbbrigade auffüllen konnte. Bald folgte ein wenig beruhigendes Gerücht über den Aufstand dem andern. Die Revolte war an allen Punkten ausgebrochen, wo während des letzten Krieges die Chouans und die Vendéer die wichtigsten Brandherde dieser Feuersbrunst gelegt hatten. In der Bretagne hatten die Royalisten sich zu Herren von Pontorson aufgeworfen, damit sie einen Zugang zum Meere hin hatten. Die Kleinstadt Saint-James, die zwischen Pontorson und Fougères gelegen ist, war von ihnen genommen worden, und gegenwärtig schien es, als wollten sie sie zum Waffenplatz, zum Zentrum ihrer Vorratslager oder ihrer Operationen machen. Von dort aus konnten sie gefahrlos mit der Normandie und dem Morbihan Verbindungen unterhalten. Die Unterführer durchstreiften diese drei Gebiete, um die Parteigänger der Monarchie aufzuwiegeln und deren Unternehmungen zu koordinieren. Diese Umtriebe geschahen zum gleichen Zeitpunkt, da aus der Vendée Nachrichten eintrafen, wo ähnliche Umtriebe das Land aufgewühlt hatten, und zwar unter dem Einfluß von vier berühmten Anführern, dem Abbé Vernal, den Grafen de Fontaine, de Châtillon und Suzannet[48]. Der Chevalier de Valois, der Marquis d'Esgrignon und die Troisvilles standen, wie es hieß, im Département Orne mit ihnen in ständiger Verbindung. Der Leiter des weit ausgreifenden Operationsplanes, der sich langsam, aber furchtbar abrollte, war im Grunde der Gars; das war der Deckname, den die Chouans dem Marquis de Montauran nach seiner Landung gegeben hatten. Die durch Hulot den Ministern übermittelten Auskünfte erwiesen sich in allen Punkten als richtig. Die Autorität des vom Ausland gesandten Anführers war sogleich anerkannt worden. Der Marquis hatte sogar so viel Gewalt über die Chouans gewonnen, daß er ihnen das wahre Ziel des Krieges begreiflich machen und sie davon überzeugen konnte, daß die Ausschreitungen, deren sie sich schuldig gemacht hatten, die edle Sache besudelten, der sie sich angeschlossen hatten. Der kühne Charakter, die Tapferkeit, die Kaltblütigkeit, die Fähigkeit dieses jungen Edelmannes erweckten den Gegnern der Republik Hoffnungen und kamen der düsteren Begeisterung jener Gegenden so sehr entgegen, daß auch die weniger Eifrigen daran mitarbeiteten, dort entscheidende Ereignisse für die gestürzte Monarchie vorzubereiten. Hulot erhielt keine Antwort auf die wiederholten Fragen und Rapporte, die er nach Paris gerichtet hatte. Dieses verwunderliche Stillschweigen kündigte sicherlich eine neue Krise der Revolution an.

»Sollte es sich jetzt«, sagte der alte Chef zu seinen Freunden, »mit der Regierung so verhalten wie mit dem Gelde? Werden alle Bittschriften abschlägig beschieden?«

Aber das Gerücht von der märchenhaften Rückkehr des Generals Bonaparte und von den Ereignissen des 18. Brumaire verbreitete sich mit Windeseile. Jetzt verstanden die militärischen Befehlshaber im Westen das Schweigen der Minister. Dennoch waren jene Truppenführer nur desto ungeduldiger, von der auf ihnen lastenden Verantwortung befreit zu werden, und sie wurden recht neugierig, die Maßnahmen kennenzulernen, die die neue Regierung ergreifen würde. Bei der Nachricht, der General

Bonaparte sei zum Ersten Konsul ernannt worden, empfanden die Offiziere große Freude: Zum erstenmal erlebten sie es, daß einer der Ihrigen zur Führung der Staatsgeschäfte gelangte. Frankreich, das sich jenen jungen General zum Idol erkoren hatte, erzitterte vor Hoffnung. Die Tatkraft der Nation erwachte wieder. Die ihrer trübsinnigen Haltung müde Hauptstadt gab sich den Festen und Freudenräuschen hin, deren sie so lange entwöhnt gewesen war. Die ersten Taten des Konsulats taten keiner Hoffnung Abbruch, und die Freiheit wurde durch sie nicht ins Bockshorn gejagt. Der Erste Konsul erließ an die Einwohnerschaft des Westens eine Proklamation. Diese an die Masse gerichteten, gewandten Worte, deren Erfinder Bonaparte gewissermaßen gewesen ist, riefen in jenen Zeiten des Patriotismus und der Mirakel an Wunder grenzende Wirkungen hervor. Seine Stimme dröhnte durch die Welt wie die eines Propheten; denn keine seiner Proklamationen war bislang durch einen Sieg der Gegner widerlegt worden.

»*Einwohner,*

zum zweitenmal entbrennt in den Départements des Westens ein ruchloser Krieg.

Die Rädelsführer dieser Unruhen sind von den Engländern gekaufte Verräter oder Straßenräuber, die im Bürgerkrieg nichts suchen als Nahrung und Straflosigkeit für ihre Untaten.

Solchen Menschen schuldet die Regierung weder Schonung noch eine Erklärung ihrer Grundsätze.

Aber es gibt auch Bürger, die dem Vaterland treu und nur von den Ränken der andern verführt worden sind; eben diese Bürger sind der Aufklärung und der Wahrheit würdig.

Ungerechte Gesetze sind angenommen und durchgeführt worden; Willkürakte haben die Sicherheit der Bürger und die Gewissensfreiheit beunruhigt; überall haben unbegründete Eintragungen in die Emigrantenlisten Bürger getroffen; kurzum, die großen Grundsätze der sozialen Ordnung sind vergewaltigt worden.

Die Konsuln erklären, daß, da die Freiheit des Kultus durch die Verfassung garantiert wird, das Gesetz vom 2. Prairial des

Jahres III, das den Bürgern die Nutzung der für die religiösen Kulte bestimmten Gebäude überläßt, durchgeführt wird.

Die Regierung will verzeihen: Sie gewährt der Reue Gnade; die Nachsicht soll ungeteilt und unbedingt sein; aber sie wird jeden, wen auch immer, zu treffen wissen, der nach dieser Erklärung noch wagen sollte, der nationalen Souveränität Widerstand zu leisten[49].«

»Na, schön«, sagte Hulot nach der öffentlichen Verlesung dieser konsularischen Rede, »klingt das nicht ziemlich väterlich? Aber ihr werdet schon sehen, daß kein einziger royalistischer Buschklepper dadurch anderer Meinung wird.«

Der Major hatte recht. Jene Proklamation diente lediglich dazu, jeden desto fester an seine Partei anzuschließen. Ein paar Tage danach erhielten Hulot und seine Kameraden Verstärkung. Der neue Kriegsminister[50] teilte ihnen mit, der General Brune[51] sei ausersehen, das Kommando über die Truppen im Westen Frankreichs zu übernehmen. Hulot, dessen Erfahrung bekannt war, wurde mit der provisorischen Regierung der Départements Orne und Mayenne betraut. Bald belebte eine bislang unbekannte Tatkraft alle Ressorts der Regierungsstellen. Ein Rundschreiben des Kriegsministers und des Ministers der Allgemeinen Polizei kündigte an, daß den Chefs der militärischen Kommandostellen anvertraute kräftige Maßnahmen getroffen worden seien, um den Aufstand »im Keim« zu ersticken. Aber die Chouans und die Vendéer hatten sich bereits die Untätigkeit der Republik zunutze gemacht, um die Landgebiete aufzuwiegeln und sich ihrer völlig zu bemächtigen. Deswegen wurde eine zweite Proklamation des Konsulats erlassen. Diesmal sprach der General zu den Truppen.

»Soldaten,

im Westen sind nur noch Straßenräuber, Emigranten und von England Gedungene übrig.

Die Armee besteht aus mehr denn sechzigtausend Tapferen; ich möchte bald erfahren, daß die Anführer der Rebellen ausgelebt haben. Ruhm wird nur durch Strapazen erworben; könnte er schon durch das Verbleiben in den Stabsquartieren der großen

Städte erworben werden, wer wäre seiner dann nicht teilhaftig ...?

Soldaten, welchen Dienstgrad ihr in der Armee auch einnehmen mögt, die Dankbarkeit der Nation wartet euer. Um ihrer würdig zu sein, müßt ihr der Unbill der Jahreszeiten, dem Eis, dem Schnee, den harten Nachtfrösten trotzen, eure Feinde bei Tagesanbruch überrumpeln und die Erbärmlichen, die Schande des französischen Namens, ausrotten.

Führt einen kurzen, guten Feldzug durch; seid erbarmungslos gegenüber den Rebellen, aber haltet strenge Disziplin.

Nationalgardisten, vereinigt die Kräfte eurer Arme mit denen der Linientruppen.

Wenn ihr unter euch Parteigänger der Briganten feststellt, dann nehmt sie fest! Nirgendwo dürfen sie Unterschlupf gegen den Soldaten finden, der sie verfolgt; und wenn es Verräter geben sollte, die es wagen, sie aufzunehmen und zu schützen, so sollen sie mit ihnen umkommen[52].«

»Das ist ja ein wackerer Kumpan!« rief Hulot aus. »Ganz wie bei der Italienarmee läutet er zur Messe und liest sie dann. Das ist eine Sprache, was?«

»Ja, aber er spricht ganz allein und im eigenen Namen«, sagte Gérard, der sich über die Folgen des 18. Brumaire Sorgen zu machen begann.

»Heiliger Strohsack, was macht denn das, wo er doch Offizier ist!« rief Merle.

Ein paar Schritte von ihnen entfernt hatten sich mehrere Soldaten um die Proklamation geschart, die an der Hausmauer angeschlagen worden war. Aber da kein einziger von ihnen lesen konnte, schauten sie sie sich an, die einen unbeteiligt, die andern neugierig, während einige nach einem vorübergehenden Bürger Ausschau hielten, der nach Gelehrsamkeit aussah.

»Sieh doch mal nach, La-clef-des-coeurs, was mit dem Wisch da los ist«, sagte Beau-pied spöttelnd zu seinem Kameraden.

»Das ist leicht zu erraten«, antwortete La-clef-des-coeurs.

Bei diesen Worten blickten alle die drei Kameraden an, die stets bereit waren, ihre Rollen zu spielen.

»Da, sieh«, fuhr La-clef-des-coeurs fort und deutete auf eine plumpe Vignette am Kopfende der Proklamation, auf der seit ein paar Tagen ein Zirkel die Waage von 1793 ersetzt hatte. »Das soll heißen, daß wir alten Krieger wacker losmarschieren sollen! Sie haben einen immer offenen Zirkel hineingesetzt, das ist ein Emblem.«

»Mein Junge, es steht dir nicht, wenn du den Gelehrten spielst; so was wird ein ›Problem‹ genannt. Ich habe bei der Artillerie gedient«, sprach Beau-pied weiter. »Meine Offiziere redeten von nichts anderem.«

»Ein Emblem ist es.«

»Nein, ein Problem.«

»Wette?«

»Um was?«

»Um deine deutsche Pfeife!«

»Topp!«

»Bitte Herrn Adjutant was fragen zu dürfen: Das da ist doch ein Emblem und kein Problem, nicht wahr?« fragte La-clef-des-coeurs Gérard, der nachdenklich Hulot und Merle folgen wollte.

»Beides«, antwortete er ernst.

»Der Adjutant macht sich über uns lustig«, fuhr Beau-pied fort. »Der Papierwisch da besagt, daß unser General vom Italienkrieg jetzt Konsul geworden ist, und das ist ein famoser Dienstgrad; und daß wir jetzt Mäntel und Stiefel kriegen.«

ZWEITES KAPITEL

Eine Idee Fouchés

In den letzten Tagen des Brumaire[53], als Hulot am Vormittag gerade seine Halbbrigade exerzieren ließ, die auf höheren Befehl ganz und gar in Mayenne zusammengezogen worden war, überbrachte ein aus Alençon gekommener Eilbote ihm Depeschen, bei deren Lesung sich auf seinem Gesicht ein ziemlich starker Verdruß abzeichnete.

»Da haben wir's!« rief er übelgelaunt und stopfte die Papiere in seinen Hut. »Zwei Kompanien sollen unter meinem Befehl nach Mortagne in Marsch gesetzt werden. Da sind nämlich die Chouans.«

»Sie kommen mit«, sagte er zu Merle und Gérard. »Wenn ich auch nur ein Wort von meiner Depesche verstände, will ich geadelt werden. Vielleicht bin ich bloß ein bißchen blöd; macht nichts, es geht los! Wir dürfen keine Zeit verlieren.«

»Herr Major, was steckt denn so Barbarisches in der Jagdtasche da?« fragte Merle und deutete mit der Stiefelspitze auf den aus dem Ministerium stammenden Umschlag der Depesche.

»Bei Gottes Donner! Nur was, das uns anöden soll.«

Wenn der Major sich diesen soldatischen Ausruf entfahren ließ, der übrigens von Zurückhaltung zeugte, so kündigte sich stets ein Gewittersturm an. Die unterschiedlichen Betonungen dieser Redewendung bildeten gewissermaßen Grade und stellten für die Halbbrigade ein verläßliches Thermometer der Geduld des Chefs dar; und die Freimütigkeit des alten Soldaten hatte das Wissen darum so leicht gemacht, daß der erbärmlichste Tambour dadurch, daß er die Variationen der kleinen Grimasse beobachtete, bei der der Major die Backe hochzog und mit den Augen zwinkerte, seinen Hulot bald auswendig kannte. Diesmal hatte der Tonfall, mit dem er seinen Ausspruch begleitete, die beiden Freunde stumm und vorsichtig gemacht. Sogar die Blatternarben, die sein Kriegergesicht furchten, wirkten tiefer, und sein Teint brauner als gewöhnlich. Seine breite, tressenbesetzte hintere Hutspitze rührte an eine der Epauletten, als er seinen Dreispitz wieder aufgesetzt hatte; Hulot rückte ihn so wütend zurecht, daß die gedrehten Fransen daran völlig durcheinander gerieten. Aber da er unbeweglich stehenblieb, mit geballten Fäusten, gewaltsam über der Brust gekreuzten Armen und gesträubtem Schnurrbart, erkühnte Gérard sich, ihn zu fragen: »Soll sofort abmarschiert werden?«

»Ja, wenn die Patronentaschen gefüllt sind.«

»Sie sind es.«

»Stillgestanden! Gewehr über! In Reihen links brecht ab! Ohne Tritt marsch!« kommandierte Gérard auf einen Wink seines Chefs hin.

Und die Trommler setzten sich an die Spitze der beiden von Gérard bezeichneten Kompanien. Bei dem Trommelklang schien der in Gedanken versunkene Major aufzuwachen; er zog mit seinen beiden Freunden, denen er kein Wort sagte, aus der Stadt. Merle und Gérard blickten einander mehrmals stumm an, als wollten sie einander fragen: »Ob er uns noch lange so kurzhält?« Im Verlauf des Marschs warfen sie verstohlen beobachtende Blicke auf Hulot, der damit fortfuhr, undeutliche Worte zwischen den Zähnen hervorzustoßen. Manchmal dröhnten seine Äußerungen den Soldaten in die Ohren wie Flüche; aber keiner von ihnen wagte ein Wort zu flüstern; denn, wenn es sein mußte, wußten sie alle die strenge Disziplin zu wahren, an die die ehedem in Italien von Bonaparte befehligten alten Krieger sich gewöhnt hatten. Die meisten von ihnen gehörten, wie auch Hulot, den Resten der berühmten Bataillons an, die in Mainz[54] unter dem Versprechen kapituliert hatten, nicht an den Landesgrenzen verwendet zu werden, und die Armee hatte sie »die Mainzer« getauft. Schwerlich gab es Soldaten und Vorgesetzte, die einander besser verstanden.

Am Tage nach dem Abmarsch befanden Hulot und seine Freunde sich frühmorgens auf der Landstraße nach Alençon, etwa eine Meile von dieser Stadt entfernt, in Richtung Mortagne, und zwar auf dem Teil des Weges, der an den von der Sarthe bewässerten Weidewiesen entlangführt. Die malerischen Anblicke jener Wiesen tun sich allmählich zur Linken auf, während die Rechte, flankiert von dichtem Gehölz, das sich an den großen Wald von Menil-Broust anschließt, ein »Repoussoir«[55], sofern dieser Fachausdruck aus der Malerei hier entlehnt werden darf, zu dem köstlichen Ausblick auf den Fluß bildet. Längs der Seitenwege der Landstraße verlaufen Gräben, deren immer wieder auf die Felder geworfenes Erdreich hohe Böschungen bildet, auf denen »Ajonc« wächst; so wird im ganzen Westen der Stechginster genannt. Dieser dichte Büsche bildende Strauch liefert während des Winters ein treffliches Futter für Pferde und Vieh; aber solange er nicht abgeschnitten war, versteckten die Chouans sich hinter den dunkelgrünen Büscheln. Jene Böschungen und jene Stechginsterbüsche, die dem Wanderer das Näherkommen der Bretagne vermelden, machten also jenen Teil der Landstraße damals genauso gefährlich, wie er schön ist. Die Gefahren, auf die man während der Fahrt von Mortagne nach Alençon und von Alençon nach Mayenne stoßen konnte, waren die Ursache von Hulots Abmarsch; und ebendort ließ er sich endlich den geheimen Grund seines Zorns entschlüpfen. Er eskortierte jetzt nämlich eine alte, von Postpferden gezogene Kutsche, wodurch seine ermüdeten Soldaten gezwungen wurden, langsam zu marschieren. Die der Garnison Mortagne angehörenden Kompanien der Blauen hatten jene schreckliche Kutsche bis an die Grenzen ihres Standortes begleitet, wo Hulot sie in dieser Dienstleistung abgelöst hatte, die von seinen Soldaten mit Recht als »eine patriotische Schinderei« bezeichnet wurde. Die Abgelösten marschierten nach Mortagne zurück, in der Ferne wirkten sie wie schwarze Punkte. Eine der beiden Kompanien des alten Republikaners hielt sich in einigem Abstand hinten, und die andere ein paar Schritte vor jener Kalesche. Hulot, der zwischen Merle und Gérard halbwegs zwischen der Vorhut und dem Wagen marschierte, sagte plötzlich zu den beiden: »Donnerwetter noch mal, könnt ihr euch vorstellen, daß der General uns aus Mayenne abkommandiert hat, bloß damit wir die beiden Weiber da in dem alten Packwagen begleiten?«

»Aber Herr Major, als wir vorhin bei den Bürgerinnen antraten, da haben Sie sie doch mit einer Miene gegrüßt, die alles andere als schiefmäulig war.«

»Ha, das ist ja gerade die Gemeinheit! Diese Pariser Stutzer haben uns die größte Rücksicht gegenüber ihren verdammten Weibsbildern empfohlen! Darf man gute, tapfere Patrioten wie uns dadurch entehren, daß man sie zum Gefolge einer Schürze macht? Ach, ich gehe meinen graden Weg und mag auch bei andern keinen Zickzackkurs. Als ich gesehen habe, daß Danton Mätressen hatte, daß Barras Mätressen hatte, da habe ich zu ihnen gesagt: ›Bürger, wenn euch die Republik dazu ausersehen hat, sie zu regieren, dann hat sie euch dadurch nicht zu den Amüsements des *Ancien Régime* ermächtigt.‹ Wollt ihr mir jetzt etwa sagen, das liege an den Frauen? Ja, Frauen muß man haben, das stimmt. Gute Kerle, seht ihr, die brauchen Frauen, und zwar gute Frauen. Aber Schluß mit dem Gerede, wenn Gefahr droht. Wozu hätte es denn genützt, die Mißstände der alten Zeiten wegzufegen, wenn die Patrioten wieder von vorn damit anfangen? Seht euch den Ersten Konsul an: Das ist ein Mann!

Keine Weibergeschichten, immer bei der Sache. Ich wette meine linke Schnurrbarthälfte, daß er keine Ahnung von dem blöden Auftrag hat, den wir hier durchzuführen haben.«

»Du lieber Himmel, Herr Major«, antwortete Merle lachend, »ich habe die Nasenspitze der jungen Dame gesehen, die da hinten in der Postkutsche sitzt, und ich gestehe, daß jedermann, ohne sich entehrt zu fühlen, Lust haben könnte wie ich, um den Wagen herumzustreichen und mit den Fahrgästen eine nette kleine Unterhaltung anzuknüpfen.«

»Nimm dich in acht, Merle«, sagte Gérard. »Die beiden Haubenlerchen werden von einem Bürger begleitet, der gewitzt genug aussieht, dir eine Falle zu stellen.«

»Was? Dieser ›Incroyable‹[56], dessen kleine Augen in einem fort von einer Straßenseite zur andern wandern, als ob er da Chouans sähe; dieser Stutzer, von dem man kaum die Beine sieht, und der, wenn die seines Pferdes von der Kutsche verdeckt werden, wie ein Enterich wirkt, dessen Kopf aus einer Pastete herausguckt? Wenn dieser läppische Lümmel mich je daran hindert, seine niedliche Grasmücke zu karessieren ...«

»Enterich, Grasmücke! Mein armer Merle, du tobst ja mächtig im Geflügel herum! Aber trau dem Enterich nicht! Seine grünen Augen kommen mir perfide vor wie die einer Viper und raffiniert wie die einer Frau, die ihrem Ehemann verzeiht. Ich hege weniger Mißtrauen gegen die Chouans als gegen diese Advokaten, deren Gesichter aussehen wie Limonadenkaraffen.«

»Pah!« rief Merle fröhlich. »Wenn der Major nichts dagegen hat, riskiere ich's! Die Frau da hat Augen wie Sterne, man kann alles aufs Spiel setzen, um sie zu sehen.«

»Den Kameraden hat's gepackt«, sagte Gérard zum Major. »Er fängt an, Dummheiten zu reden.«

Hulot zog seine Grimasse, zuckte die Achseln und antwortete: »Ich rate ihm, die Suppe zu beschnuppern, ehe er sie sich auffüllt.«

»Der wackere Merle«, fuhr Gérard fort und schloß aus der Langsamkeit, mit der der Hauptmann sich vorwärtsbewegte, daß er sich allmählich von dem Wagen einholen lassen wollte, »wie munter er ist! Er ist der einzige Mensch, der beim Tod eines Kameraden lachen könnte, ohne für fühllos gehalten zu werden.«

»So ist nun mal der echt französische Soldat«, sagte Hulot ernst.

»Haha, jetzt rückt er seine Epauletten auf der Schulter zurecht, damit man sieht, daß er Hauptmann ist«, rief Gérard lachend. »Als ob der Dienstgrad bei so was was ausmachte!«

Der Wagen, auf den der Offizier zuschwänzelte, enthielt in der Tat zwei Frauen, deren eine die Zofe der andern zu sein schien.

»Diese Weiber sind immer zu zweit«, sagte Hulot.

Ein dürrer, magerer kleiner Mann ließ sein Pferd bald vor, bald hinter der Kutsche einhertänzeln; aber obgleich er die beiden bevorzugten Insassinnen zu begleiten schien, hatte bislang niemand ihn das Wort an sie richten sehen. Diese Stummheit, ein Zeichen der Verachtung oder des Respekts, das zahlreiche Gepäck und die Schachteln derjenigen, die der Major eine »Prinzessin« nannte, alles, bis zu dem Kostüm des ihr aufwartenden Kavaliers, hatte Hulots Galle noch mehr gereizt. Die Tracht des Unbekannten war ein genaues Abbild der Mode, die damals die Karikaturen der »Incroyables« gezeitigt hatten. Man stelle ihn sich in einen Frack gezwängt vor, dessen Vorderteile so kurz waren, daß sie fünf oder sechs Zoll breit die Weste sehen ließen, und dessen Schöße so lang waren, daß sie einem Kabeljauschwanz glichen, und so wurden sie damals auch bezeichnet. Eine riesige Binde beschrieb so zahlreiche Windungen um seinen Hals, daß der kleine, aus diesem Musselinlabyrinth herausragende Kopf den gastronomischen Vergleich des Hauptmanns Merle nahezu rechtfertigte. Der Unbekannte trug eine eng anliegende Hose und Stiefel à la Suworow. Eine riesige weiß-blaue Kamee diente ihm als Busennadel. Zwei Uhrketten schlüpften parallel aus seinem Gürtel; sein Haar, das an jeder Gesichtsseite in Korkzieherlocken niederhing, bedeckte fast gänzlich seine Stirn. Und schließlich, als letzte Zier, stiegen sein Hemdkragen und der seines Fracks so hoch empor, daß sein Kopf wirkte wie ein in eine Papiermanschette gehüllter Blumenstrauß. Man füge diesem auffälligen Beiwerk, das sich wider einander verschworen hatte und keine Einheit bildete, noch den burlesken Farbengegensatz der gelben Hose, der roten Weste und des zimtfarbenen Fracks hinzu, und man hat ein getreues Bild dessen, was den Elegants zu Beginn des Konsulats für das Äußerste an gutem Ton galt. Dieses völlig barocke Kostüm schien eigens erfunden worden zu sein, um der Anmut als Prüfstein zu dienen und darzulegen, daß es nichts Lächerliches gibt, was die Mode nicht zu heiligen verstände. Der Reiter schien die Dreißig erreicht zu haben, war aber in Wirklichkeit kaum zweiundzwanzig; vielleicht dankte er sein Aussehen den Ausschweifungen, vielleicht auch den Gefahren jener Zeit. Trotz dieser Quacksalbertoilette ließ seine Haltung eine gewisse Eleganz der Umgangsformen erkennen, das Merkmal eines wohlerzogenen Mannes. Als der Hauptmann in der Nähe der Kalesche angelangt war, schien der Stutzer seine Absicht erraten zu haben und begünstigte sie, indem er den Schritt seines Pferdes verlangsamte; Merle, der ihm einen sardonischen Blick zugeworfen hatte, begegnete einem jener undurchdringlichen Gesichter, die durch die Wechselfälle der Revolution daran gewöhnt worden sind, alle Gefühlsregungen, auch die leisesten, zu verbergen. Als der aufgebogene Rand des alten Dreispitzes und die Hauptmanns-Epauletten von den Damen bemerkt wurden, fragte eine Stimme von engelhafter Weichheit: »Herr Offizier, hätten Sie wohl die Güte, uns zu sagen, an welchem Punkt der Landstraße wir uns befinden?«

In einer von einer unbekannten Reisenden gestellten Frage liegt ein unbeschreiblicher Zauber; das geringste Wort scheint dann ein ganzes Abenteuer zu enthalten; und wenn die Frau einen Schutz erbittet, wenn sie sich auf ihre Schwachheit beruft und auf eine gewisse Unkenntnis der Dinge, ist dann nicht jeder Mann sofort geneigt, eine unmögliche Fabel zu konstruieren, in der er sich glücklich macht? Daher trugen auch die Worte »Herr Offizier« und die höfliche Form der Frage in des Hauptmanns Herz eine nie gekannte Erregung. Er versuchte, die Reisende zu mustern, und wurde arg enttäuscht, denn ein eifersüchtiger Schleier verbarg ihm ihre Züge; kaum konnte er ihre Augen erblicken, die durch die Gaze hindurchschimmerten wie zwei von der Sonne getroffene Onyxsteine.

»Sie befinden sich jetzt eine Meile vor Alençon, Madame.«

»Schon Alençon!« Und die unbekannte Dame warf sich tief

in den Wagen zurück oder vielmehr, sie ließ sich zurückgleiten, ohne noch etwas zu antworten.

»Alençon«, wiederholte die andere Frau, die zu erwachen schien. »Da sehen Sie also die Heimat wieder.«

Sie blickte den Hauptmann an und verstummte. Merle war in seiner Hoffnung, die schöne Unbekannte zu sehen, getäuscht; er machte sich daran, deren Gefährtin anzuschauen. Es war ein blondes Mädchen von etwa sechsundzwanzig Jahren, mit hübscher Taille; ihr Gesicht hatte die Frische der Haut, den kräftigen Glanz, der die Frauen aus Valognes, Bayeux und der Umgebung von Alençon auszeichnet. Der Blick ihrer blauen Augen zeugte nicht eben von Intelligenz, aber von einer gewissen Festigkeit, in die sich Zärtlichkeit mischte. Sie trug ein Kleid aus gewöhnlichem Stoff. Ihr Haar war nach der Mode der Landschaft Caux[57] anspruchslos in ein Häubchen gesteckt; es lieh ihrem Gesicht eine liebreizende Einfalt. Ihre Haltung hatte durchaus nicht das Vornehme, das in den Salons üblich ist, ermangelte indessen der angeborenen Würde nicht, über die ein bescheidenes junges Mädchen verfügt, das das Bild seines vergangenen Lebens betrachten kann, ohne darin etwas zu finden, das bereut werden müßte. Auf den ersten Blick hatte Merle in ihr eine der Feldblumen erkannt, die, wenn sie in die Pariser Treibhäuser gebracht werden, wo so viele dörrende Strahlen zusammentreffen, nichts von ihren reinen Farben und von ihrer ländlichen Wahrhaftigkeit einbüßen. Das naive Verhalten des jungen Mädchens und die Bescheidenheit seines Blicks lehrten Merle, daß sie keinen Lauscher haben wolle. Tatsächlich begannen, als er sich entfernt hatte, die beiden Unbekannten mit leiser Stimme ein Gespräch, dessen Gemurmel kaum an sein Ohr drang.

»Sie sind so überstürzt abgereist«, sagte das junge Landmädchen, »daß Sie sich nicht einmal die Zeit genommen haben, sich richtig anzuziehen. Sie sehen mir schön aus! Wenn wir noch über Alençon hinausfahren, müssen Sie unbedingt ein anderes Kleid anziehen ...«

»Oh, oh, Francine!« rief die Unbekannte aus.

»Wie bitte?«

»Dies ist nun schon dein dritter Versuch, Ziel und Ursache dieser Reise herauszubekommen.«

»Habe ich auch nur das Geringste gesagt, das mir diesen Vorwurf hätte eintragen können . . .?«

»Oh, ich habe deine kleinen Schliche nur zu gut gemerkt. Wenn du auch treuherzig und schlicht warst: Du hast in meiner Schule einiges an Listen gelernt. Du fängst an, das direkte Ausfragen zu verabscheuen. Da hast du ganz recht, mein Kind. Es ist von allen bekannten Methoden, hinter ein Geheimnis zu kommen, meiner Meinung nach die albernste.«

»Na, gut«, entgegnete Francine, »da man Ihnen nichts verheimlichen kann, müssen Sie doch zugeben, Marie, daß Ihr Verhalten sogar die Neugier einer Heiligen anstacheln müßte? Gestern morgen waren Sie völlig mittellos, heute haben Sie die Hände voll Geld, in Mortagne wird Ihnen der geplünderte Postwagen gegeben, dessen Kutscher getötet worden ist; Sie werden von den Truppen des Gouverneurs geschützt, und es folgt Ihnen ein Mann, den ich als Ihren bösen Geist betrachte . . .«

»Wer, Corentin . . .?« fragte die junge Unbekannte, und sprach diese beiden Wörter mit einer von Verachtung strotzenden Stimme aus, die noch durch die Geste betont wurde, mit der sie auf den Reiter deutete. »Hör, Francine«, fuhr sie fort, »erinnerst du dich an ›Patriot‹, den Affen, den ich dazu abgerichtet hatte, Danton nachzuahmen, und der uns soviel Spaß gemacht hat?«

»Freilich, Mademoiselle.«

»Na, und hast du etwa vor dem Angst gehabt?«

»Er war angekettet.«

»Und Corentin trägt einen Maulkorb, mein Kind.«

»Wir haben stundenlang an ›Patriot‹ unsern Spaß gehabt«, sagte Francine, »ich weiß, aber am Ende hat er uns stets einen üblen Streich gespielt.« Bei diesen Worten lehnte sich Francine mit einem Ruck neben ihrer Herrin im Wagen zurück, ergriff deren Hände, streichelte sie schmeichlerisch und sagte mit zärtlichem Stimmklang: »Sie haben mich durchschaut, Marie, und trotzdem antworten Sie mir nicht. Wie können Sie nach all dem Traurigen, das mich so sehr geschmerzt hat, oh, so sehr, innerhalb von vierundzwanzig Stunden so ausgelassen heiter sein, ganz wie damals, als Sie sich das Leben nehmen wollten? Woher rührt dieser Wandel? Ich habe das Recht, Sie um einen kleinen

Rechenschaftsbericht über Ihre Seele zu bitten. Sie gehört eher mir als wem auch immer, denn nie wird Sie jemand so liebhaben wie ich. Sprechen Sie doch, Mademoiselle.«

»Ja, aber, Francine, erblickst du denn nicht rings um uns her den geheimen Grund meiner Heiterkeit? Schau dir doch die gilbenden Schöpfe der fernen Bäume dort an! Keiner sieht aus wie der andere. Von weitem würde man meinen, sie seien ein alter Gobelin aus einem Schloß. Schau die Hecken dort an; jeden Augenblick können dahinter Chouans auftauchen. Wenn ich die Stechginsterbüsche da betrachte, ist mir, als gewahrte ich Gewehrläufe. Ich habe eine Schwäche für die neu auflebende Gefahr, die uns umgibt. Jedesmal, wenn die Landstraße ein düsteres Aussehen annimmt, vermute ich, daß wir gleich Schüsse zu hören bekommen, und dann pocht mir das Herz, und es durchwogt mich eine mir unbekannte Erregung. Und es ist kein Erbeben vor Angst noch sind es Aufwallungen eines Lustgefühls; nein, es ist etwas Besseres, es ist das Spiel alles dessen, was sich in mir regt, es ist das Leben. Wie sollte ich nicht freudig erregt sein, daß mein Leben fortan bewegter werden soll!«

»Ach, Sie rücken mit nichts heraus, Sie Grausame. Heilige Jungfrau«, fügte Francine hinzu und hob die Augen schmerzlich zum Himmel auf, »wem wird sie beichten, wenn sie sich mir gegenüber in Schweigen hüllt?«

»Francine«, entgegnete die Unbekannte ernst, »ich kann dir mein Vorhaben nicht anvertrauen. Diesmal ist es etwas Grausiges.«

»Warum wissentlich Böses tun?«

»Ja, da ist nichts zu machen; ich ertappe mich dabei, daß ich denke, wie wenn ich fünfzig wäre, und daß ich handele, als sei ich noch fünfzehn. Du bist stets meine Vernunft gewesen, du armes Mädchen; aber in diesem Fall muß ich mein Gewissen ersticken. Aber«, sagte sie nach einer Pause mit einem unwillkürlichen Seufzer, »es gelingt mir nicht. Wie soll ich da einen Beichtvater neben mir dulden, der so streng ist wie du?« Und sie schlug sie sanft auf die Hand.

»Na, wann hätte ich Ihnen je Ihr Tun vorgeworfen?« rief Francine. »Bei Ihnen hat sogar das Böse etwas Gnadenvolles. Ja, die heilige Anna von Auray, zu der ich so oft für Ihr Seelenheil bete, würde Sie von allem lossprechen. Bin ich denn letztlich nicht bei Ihnen auf dieser Landstraße, ohne zu wissen, wohin Sie fahren?« Und in ihrem Überschwang küßte sie ihr die Hände.

»Du kannst mich ja verlassen«, entgegnete Marie, »wenn dein Gewissen ...«

»Aber so schweigen Sie doch, Madame«, erwiderte Francine und zog einen kummervollen Schmollmund. »Oh, wollen Sie mir denn nicht sagen ...«

»Nichts«, sagte die junge Dame mit fester Stimme. »Nur dies eine sollst du wissen! Ich hasse dieses Unternehmen noch mehr als den, dessen vergoldete Zunge es mir erklärt hat. Ich will offen und ehrlich sein und dir gestehen, daß ich mich nie ihren Wünschen gefügt haben würde, wenn ich in dieser unedlen Farce nicht ein Gemisch von Schrecken und Liebe wahrgenommen hätte, das mich verlockt hat. Ferner habe ich nicht aus dieser gemeinen Welt scheiden wollen, ohne versucht zu haben, darin die Blume zu pflücken, die ich mir von ihr erhoffe, und sollte ich darüber zugrunde gehen! Aber vergiß nicht, zur Ehre meines Angedenkens, daß mich, wäre ich glücklich gewesen, der Anblick ihrer ungefügen Messer, die bereit waren, mir den Kopf abzuschlagen, nicht dazu gebracht hätte, eine Rolle in dieser Tragödie zu übernehmen; denn es ist eine Tragödie. Jetzt«, fuhr sie fort und vollführte eine Geste des Ekels, »würde ich mich, falls jene Rolle mir genommen würde, sogleich in die Sarthe stürzen; und das wäre kein Selbstmord, ich habe ja noch nicht gelebt.«

»O heilige Jungfrau von Auray, verzeih ihr!«

»Wovor erschrickst du? Die banalen Wechselfälle des Lebens daheim stacheln, wie du weißt, meine Leidenschaften nicht an. Das ist vom Übel für eine Frau; aber meine Seele hat sich eine höher geartete Sensibilität geschaffen und kann also die stärksten Prüfungen ertragen. Vielleicht wäre aus mir ein so sanftmütiges Geschöpf geworden, wie du es bist. Warum habe ich mich über mein Geschlecht erhoben, oder bin ich darüber hinabgesunken? Ach, wie glücklich ist die Frau des Generals Bonaparte dran! Paß auf, ich sterbe jung, da es schon so weit mit mir gekommen ist, daß ich nicht vor einer Lustpartie zurückschrecke, bei der es Blut zu trinken gibt, wie der arme Danton gesagt hat. Aber vergiß, was ich dir da sage; die Fünfzigjährige hat gesprochen. Gottseidank wird das fünfzehnjährige Mädchen bald wieder zum Vorschein kommen.«

Die junge Bäuerin durchschauerte es. Sie allein kannte den brodelnden, ungestümen Charakter ihrer Herrin. Sie allein war in die Geheimnisse dieser an Überschwenglichkeiten reichen Seele eingeweiht, in das Gefühlsleben dieses Geschöpfs, das bislang das Leben wie einen ungreifbaren Geisterschatten hatte vorübergleiten sehen, den es stets hatte packen wollen. Diese Frau hatte mit vollen Händen gesät und nichts geerntet; sie war jungfräulich geblieben, aber angestachelt durch eine Fülle getäuschter Wünsche. Sie war eines Kampfes ohne Gegner müde und jetzt in ihrer Verzweiflung dahin gelangt, daß sie das Gute dem Bösen vorzog, wenn es sich ihr als ein Genuß darbot, und das Böse dem Guten, wenn es einiges Romantische bot, das Elend, da es etwas Größeres war, dem Mittelmaß, die düstere, unbekannte Zukunft des Todes einem an Hoffnungen oder sogar an Leiden armen Leben. Nie zuvor hatte sich so viel Schießpulver für den Funken angesammelt, nie zuvor so viel zu verzehrende Reichtümer für die Liebe; kurzum, nie zuvor hatte eine Evastochter so viel Gold in ihrem Lehm geborgen. Gleich einem irdischen Engel wachte Francine über diesem Wesen, dessen Vollkommenheit sie vergötterte, im Glauben, sie erfülle einen himmlischen Auftrag, wenn sie es für den Chor der Seraphim bewahre, aus dem es zur Buße für die Sünde des Stolzes verbannt zu sein schien.

»Da ist der Kirchturm von Alençon«, sagte der Reiter, wobei er sich zu dem Wagen hinabbeugte.

»Ich sehe ihn«, antwortete die junge Dame trocken.

»Ah, gut«, sagte er und entfernte sich mit den Anzeichen serviler Unterwürfigkeit, ungeachtet seiner Enttäuschung.

»Vorwärts, fahren Sie schneller«, sagte die Dame zu dem Postillion. »Jetzt ist nichts mehr zu befürchten. Fahren Sie in scharfem Trab, oder im Galopp, wenn Sie können. Wir sind doch schon auf dem Straßenpflaster von Alençon.«

Als sie an dem Major vorüberrollte, rief sie ihm liebenswürdig zu:

»Wir sehen einander im Gasthof wieder, Herr Major. Suchen Sie mich dort auf.«

»So ist es«, entgegnete der Major. »Im Gasthof! Suchen Sie mich auf! So redet so was mit einem Halbbrigadechef ...«

Und er drohte dem rasch auf der Landstraße einherrollenden Wagen mit der Faust.

»Beschweren Sie sich nicht deswegen, Herr Major, sie trägt ihren Generalsrang in der Tasche«, sagte Corentin lachend und versuchte, sein Pferd in Galopp zu setzen, um die Kutsche einzuholen.

»Oh, ich lasse mir von diesem Gesindel nicht dumm kommen«, sagte Hulot grollend zu seinen beiden Freunden. »Lieber würde ich die Generalsuniform in einen Chausseegraben werfen, als sie mir im Bett zu verdienen. Was wollen diese Gänse eigentlich? Begreift *ihr* etwas davon?«

»Allerdings!« sagte Merle. »Ich weiß, daß dies die schönste Frau ist, die ich je gesehen habe! Ich glaube, Sie mißverstehen das Gleichnis. Vielleicht ist sie die Frau des Ersten Konsuls?«

»Pah! Die Frau des Ersten Konsuls ist alt, und diese hier ist jung«, erwiderte Hulot. »Außerdem besagt der Befehl, den ich vom Minister erhalten habe, daß sie Mademoiselle de Verneuil heißt. Sie ist eine Ci-devant. Als ob ich mich in so was nicht auskennte! Vor der Revolution haben sie alle dieses Gewerbe getrieben; damals wurde man im Handumdrehen Halbbrigadechef; man brauchte zu ihnen nur ein paarmal zu sagen: ›Mein Herzchen!‹«

Während die Soldaten lange Beine machten, um den Ausdruck des Majors zu gebrauchen, hatte der gräßliche Wagen, der damals als Postkutsche diente, rasch das Hotel »Zu den drei Mohren« erreicht, das in der Mitte der Hauptstraße von Alençon gelegen war. Das Eisengerassel, das dieser unförmige Kasten vollführte, lockte den Wirt auf die Türschwelle. Daß die Kutsche vor dem Gasthof »Zu den drei Mohren« hielt, war ein so ungewöhnliches Ereignis, daß jedermann in Alençon seiner gewärtig gewesen wäre; und das furchtbare Geschehnis von Mortagne hatte ihr so viele Leute folgen lassen, daß die beiden reisenden Frauen, um sich der allgemeinen Neugier zu entziehen, behend in die Küche eintraten, dieses unvermeidliche Vorzimmer der Gasthöfe des gesamten Westens; der Wirt schickte sich an, ihnen zu folgen, nachdem er sich den Wagen genau angeschaut hatte, als der Postillion ihn am Arm festhielt.

»Obacht, Bürger Brutus«, sagte er, »sie haben eine Eskorte von Blauen. Da es weder einen Postschaffner noch Depeschen gibt, bringe ich dir die Bürgerinnen, sicherlich bezahlen sie wie vormalige Prinzessinnen; also . . .«

»Also wollen wir beide jetzt erst mal sofort ein Glas Wein trinken, mein Junge«, sagte der Wirt.

Nachdem Mademoiselle de Verneuil einen flüchtigen Blick auf die rauchgeschwärzte Küche und einen von rohem Fleisch blutbeschmierten Tisch geworfen hatte, eilte sie mit der Schwerelosigkeit eines Vogels in den anstoßenden Raum, da sie den Anblick und den Geruch dieser Küche ebensosehr scheute wie die Neugier eines unsauberen Kochs und einer kleinen, dicken Frau, die sie bereits mit großen Augen musterten.

»Was sollen wir tun, Frau?« fragte der Gastwirt. »Wer, zum Teufel, hätte auch glauben können, daß wir in Zeiten wie dieser so viele Gäste bekämen? Ehe ich dieser Frau da ein anständiges Mittagessen vorsetzen könnte, wird sie ungeduldig werden. Aber da kommt mir ein guter Einfall: Da es vornehme Leute sind, will ich ihnen vorschlagen, daß sie sich mit der Person zusammensetzen, die wir oben haben. Was?«

Als der Wirt nach der Neuangekommenen Ausschau hielt, sah er nur noch Francine; er führte sie hinten in die Küche, nach der Hofseite zu, um sie von denen wegzubringen, die sie etwa hätten belauschen können, und sagte leise zu ihr: »Wenn die Damen allein zu speisen wünschen, woran ich nicht die Spur zweifle, so habe ich eine sehr delikate Mahlzeit für eine Dame und deren Sohn fix und fertig. Jene Reisenden werden es sicher nicht ablehnen, mit Ihnen zu Mittag zu essen«, fügte er mit geheimnisvoller Miene hinzu. »Es sind Leute von Rang und Stand.«

Kaum hatte der Wirt den letzten Satz zu Ende gesprochen, als er im Rücken den leichten Stoß eines Reitpeitschenstiels verspürte; jäh fuhr er herum und erblickte hinter sich einen kleinen, vierschrötigen Mann, der geräuschlos aus einem Nebenraum gekommen war und dessen Erscheinen die dicke Frau, den Koch und dessen Küchenjungen zu Eis erstarren ließ. Der Gastwirt erbleichte, als er den Kopf wandte. Der kleine Mann schüttelte sein Haar zurück, das ihm gänzlich Stirn und Augen bedeckt hatte, richtete sich auf den Zehenspitzen auf, um an das Ohr des Wirts zu reichen, und sagte zu ihm: »Sie wissen ja, was eine Unvorsichtigkeit, eine Denunziation wert ist, und von welcher Farbe das Geld ist, mit dem wir beides bezahlen. Wir sind großzügig.«

Diesen Worten gesellte er eine Geste zu, die einen furchtbaren Kommentar zu ihnen bildete. Obwohl der Anblick dieser Persönlichkeit Francine durch die Körperfülle des Wirts entzogen wurde, hatte sie einige Worte der leise geäußerten Sätze aufgeschnappt und blieb wie vom Donner gerührt stehen, als sie die rauhen Laute einer bretonischen Stimme vernahm. Inmitten des allgemeinen Schreckens trat sie rasch auf den kleinen Mann zu; doch dieser, der sich mit der Geschmeidigkeit eines wilden Tieres zu bewegen schien, war bereits durch eine zum Hof führende Seitentür verschwunden. Francine glaubte sich in ihren Mutmaßungen getäuscht zu haben, denn sie gewahrte nichts als das schwarzbraune Fell eines mittelgroßen Bären. Verblüfft eilte sie ans Fenster. Durch die vom Rauch gelb angelaufenen Scheiben hindurch sah sie den Unbekannten, der schleppenden Schritts auf den Pferdestall zuging. Bevor er ihn betrat, richtete er zwei schwarze Augen auf den ersten Stock des Gasthofs und von diesem auf die Postkutsche, als wolle er einem Freund eine wichtige Beobachtung im Zusammenhang mit jenem Fahrzeug übermitteln. Trotz der Ziegenfelle und dank dieser Bewegung, die es ihr ermöglichte, das Gesicht jenes Mannes deutlich zu sehen, erkannte Francine jetzt an seiner riesigen Peitsche und seinem schleichenden, obwohl bei dieser Gelegenheit beweglichen Gang den Chouan mit dem Decknamen Marche-à-terre; sie beobachtete ihn, wenn auch undeutlich, in der Dunkelheit des Stalls; dort legte er sich so ins Stroh, daß er alles im Auge behalten konnte, was im Gasthof vor sich gehen würde. Marche-à-terre hatte sich so zusammengekauert, daß auch der abgefeimteste Spitzel ihn aus der Ferne wie aus der Nähe ohne weiteres für einen der großen Ziehhunde gehalten hätte, die sich zusammenrollen und mit der Schnauze zwischen den Pfoten schlafen. Das Verhalten Marche-à-terres bewies Francine, daß der Chouan sie nicht erkannt hatte. In Anbetracht der heiklen Umstände, in denen ihre Herrin sich befand, wußte sie nicht, ob sie sich darüber freuen oder Sorgen machen sollte. Aber der geheimnisvolle Zusammenhang, der zwischen der drohenden Bemerkung des Chouans und dem Anerbieten des Gastwirts bestand, das bei solchen Leuten nichts Ungewöhnliches ist, weil sie stets zwei Fliegen mit einer Klappe schlagen wollen, hatte ihre Neugier gereizt; sie trat von der schmutzstarrenden Fensterscheibe weg, durch die sie die unförmige, dunkle Masse wahrgenommen hatte, die ihr die Stelle zeigte, wo Marche-à-terre lag, drehte sich nach dem Wirt um und sah ihn in der Haltung eines Mannes, der etwas falsch gemacht hat und nun nicht weiß, wie er sich herauswickeln soll. Die Geste des Chouans hatte den armen Mann versteinern lassen. Jedermann im Westen kannte nur zu gut die raffinierten Martern, mit denen die Jäger des Königs Leute bestraften, die auch nur im Verdacht der Schwatzhaftigkeit standen; daher glaubte der Wirt bereits ihre Messer an seiner Kehle zu spüren. Der Koch blickte entsetzt auf den Küchenherd, wo sie oft schon ihren Denunzianten die Füße »gewärmt« hatten. Die kleine, dicke Frau hielt ein Küchenmesser in der einen Hand, in der andern eine halb durchgeschnittene Kartoffel, und schaute mit stumpfsinniger Miene ihren Mann an. Und der Küchenjunge schließlich suchte das ihm unbekannte Geheimnis dieses entsetzten Schweigens zu ergründen. Natürlich wurde Francines Neugier durch diese stumme Szene angefacht, deren Hauptdarsteller jeder vor Augen hatte, obwohl er nicht dabei war. Das junge Mädchen fühlte sich von der furchtbaren Macht des Chouans angetan, und wenn es ihrem schlichten Gemüt auch noch nicht eingefallen war, Zofenränke zu spinnen, war sie diesmal allzusehr daran interessiert, hinter dieses Geheimnis zu kommen, um nicht von ihrem vorteilhaften Äußeren Gebrauch zu machen.

»Also gut, Mademoiselle nimmt Ihr Anerbieten an«, sagte sie gewichtig zu dem Wirt, der bei diesen Worten wie aus tiefem Schlaf auffuhr.

»Welches denn?« fragte er mit ungeheuchelter Überraschung.

»Welches denn?« fragte der hinzugekommene Corentin.

»Welches denn?« fragte Mademoiselle de Verneuil.

»Welches denn?« fragte eine vierte Persönlichkeit, die auf der letzten Stufe der Treppe gestanden hatte und nun leichtfüßig in die Küche sprang.

»Na, das Mittagessen mit Ihren Standespersonen«, antwortete Francine ungeduldig.

»Standespersonen!« wiederholte die die Treppe herabgekommene Persönlichkeit mit beißender, ironischer Stimme. »Das, mein Lieber, scheint mir ein schlechter Wirtshausscherz zu sein; aber wenn du uns diese junge Bürgerin als Tischgenossin geben willst, müßte man ja verrückt sein, wenn man sich dem widersetzte, wackerer Mann«, sagte er und blickte Mademoiselle de Verneuil an. »In Vertretung meiner Mutter stimme ich zu«, sagte er noch und schlug dem verdutzten Gastwirt auf die Schulter.

Die liebenswerte Keckheit der Jugend tarnte die unverschämte Anmaßung dieser Worte, die natürlich das Augenmerk aller Schauspieler dieser Szene auf diese neue Persönlichkeit lenkte. Der Wirt nahm jetzt die Haltung des Pilatus an, wie er sich wegen Jesu Christi Tod die Hände zu waschen sucht; er trat um zwei Schritte zurück zu seiner dicken Frau und flüsterte ihr zu: »Du bist Zeugin, daß es nicht meine Schuld ist, wenn irgendein Unglück geschieht. Aber zu allem Überfluß«, fügte er noch leise hinzu, »geh und setze Monsieur Marche-à-terre über das alles ins Bild.«

Der Reisende, ein mittelgroßer junger Mann, trug einen blauen Frack und große, schwarze Gamaschen, die ihm bis übers Knie reichten, über einer gleichfalls blauen Tuchhose. Das war die schlichte, epaulettenlose Uniform der Schüler der Ecole Polytechnique[58]. Mit einem einzigen Blick hatte Mademoiselle de Verneuil unter dieser dunklen Tracht elegante Formen und jenes gewisse Etwas zu erkennen gewußt, das von adliger Herkunft kündet. Das Gesicht des jungen Mannes wirkte beim ersten Anblick ziemlich gewöhnlich; aber nur zu bald konnte man an der Bildung einiger Züge eine Seele feststellen, die zu großen Dingen fähig war. Eine bräunliche Gesichtsfarbe, blondes, gelocktes Haar, funkelnde blaue Augen, eine feingeschnittene Nase, gefällige Bewegungen, alles an ihm zeugte von einem durch erhabene Gefühle geleiteten Leben und der Gewohnheit zu befehlen. Aber die charakteristischsten Anzeichen seiner hohen Begabung fanden sich in einem Kinn à la Bonaparte und in der Unterlippe, die sich der Oberlippe anschmiegte und daher die graziöse Kurvung des Akanthusblattes an einem korinthischen Kapitell beschrieb. Die Natur hatte in diese beiden Züge einen unwiderstehlichen Zauber gelegt. »Dieser junge Mann wirkt seltsam vornehm für einen Republikaner«, sagte sich Mademoiselle de Verneuil. All das mit einem Blinzeln erfassen, von dem Verlangen zu gefallen angeregt werden, mit einer weichen Bewegung den Kopf seitwärts neigen, kokett lächeln, einen der samtigen Blicke werfen, die in einem erstorbenen Herzen Liebe zu entfachen vermöchten, die langgeschnittenen dunklen Augen unter breiten Lidern verbergen, deren dichte, gebogene Wimpern eine braune Linie auf der Wange abzeichnen, auf die melodischsten Klänge der Stimme bedacht sein, um dem banalen Satz: »Wir sind Ihnen sehr verpflichtet, Monsieur« einen durchdringenden Zauber zu leihen, all dieses Gehaben erforderte nicht die Zeit, deren es zu seiner Schilderung bedurfte. Dann wandte Mademoiselle de Verneuil sich an den Wirt, fragte nach ihrem Zimmer, erblickte die Treppe, verschwand mit Francine und überließ dem Fremden die Sorge zu erraten, ob diese Antwort eine Zustimmung oder eine Weigerung enthalte.

»Wer ist diese Dame?« fragte der Schüler der Ecole Polytechnique gewandt den Wirt, der noch immer starr dastand und immer verdutzter geworden war.

»Es ist die Bürgerin Verneuil«, antwortete Corentin scharf und musterte den jungen Mann eifersüchtig. »Eine Ci-devant; was hast du mit ihr vor?«

Der Unbekannte, der ein republikanisches Lied vor sich hinsummte, hob stolz den Kopf gegen Corentin. Die beiden jungen Leute schauten einander ein Weilchen wie zwei kampfbereite Hähne an, und dieser Blick ließ zwischen ihnen einen lebenslangen Haß entstehen. So frei und offen das blaue Auge des Offiziers war, so sehr kündete das grüne Auge Corentins von Tücke und Falschheit; der eine besaß angeborene noble Manieren, der andere bloß schmeichlerische Umgangsformen; der eine stürmte vorwärts, der andere beugte sich; der eine gebot Respekt, der andere suchte ihn zu erlangen; der eine mußte sagen: »Erobern!«, der andere: »Teilen!«

»Ist der Bürger du Gua Saint-Cyr hier?« fragte ein hereinkommender Bauer.

»Was willst du von ihm?« antwortete der junge Mann und trat vor.

Der Bauer verbeugte sich tief und übergab einen Brief, den der junge Schüler las und dann ins Feuer warf; als Antwort nickte er nur, und der Mann trollte sich.

»Du kommst sicher aus Paris, Bürger?« fragte jetzt Corentin und trat mit einer gewissen Ungezwungenheit an den Fremden heran, mit einer geschmeidigen, verbindlichen Miene, die den Bürger du Gua unerträglich dünkte.

»Ja«, antwortete er trocken.

»Und du hast doch sicher schon einen Dienstgrad in der Artillerie inne?«

»Nein, Bürger, in der Marine.«

»Ach, dann kehrst du also nach Brest zurück?« fragte Corentin unbekümmert weiter.

Aber der junge Seemann wandte sich behend auf den Hacken um; er wollte nicht antworten, und bald enttäuschte er die schönen Hoffnungen, die seine Gestalt Mademoiselle de Verneuil hatte hegen lassen. Mit kindlicher Leichtherzigkeit kümmerte er sich um sein Mittagessen, fragte den Koch und die Wirtin nach ihren Rezepten, wunderte sich über die Provinzbräuche als ein seinem Zaubergehäuse entrissener Pariser, bekundete die Abneigungen eines Dämchens und bezeigte mit einem Wort genausowenig Charakter, wie sein Gesicht und sein Gehaben viel davon verheißen hatten; Corentin lächelte mitleidig, als er ihn beim Kosten des besten normannischen Ziders das Gesicht verziehen sah.

»Puah!« rief er aus, »wie könnt ihr nur so was schlucken, ihr Leute? Da ist gleichzeitig was zu essen und zu trinken drin. Die Republik hat ganz recht, mißtrauisch gegen eine Provinz zu sein, wo man mit Stangen die Äpfel abschlägt und die Reisenden auf der Landstraße heimtückisch abknallt. Setzt uns bitte keine Karaffe mit dieser Medizin da auf den Tisch, sondern guten weißen und roten Burgunder. Vor allem seht zu, ob oben gut geheizt ist. Diese Leute sehen mir ganz danach aus, als seien sie in der Kultur ein gut Stück zurück. – Ach«, fuhr er seufzend fort, »es gibt in der Welt nur *ein* Paris, und es ist sehr schade, daß man es nicht mit auf See nehmen kann! – Wie, du Saucenschänder«, sagte er zu dem Koch, »du schüttest Essig in dieses Hühnerfrikassee, wenn du Zitronen da hast ... – Und Sie, Frau Wirtin, Sie haben mir so grobe Bettücher gegeben, daß ich diese Nacht kein Auge geschlossen habe.« Dann fing er an, mit einem dicken Spazierstock zu spielen, und führte damit bubenhaft sorgfältig Fechtbewegungen aus, deren mehr oder weniger große Vollendung und Geschicklichkeit den mehr oder weniger ehrenhaften Rang anzeigten, den ein junger Mann in der Klasse der Incroyables innehatte.

»Und mit solchen Herrchen wie dem da«, sagte Corentin vertraulich zu dem Gastwirt, dem er dabei spähend ins Gesicht blickte, »hofft man, die Marine der Republik wieder in die Höhe zu bringen?«

»Dieser Mensch«, flüsterte der Seemann der Wirtin zu, »ist irgendein Spitzel Fouchés. Dem steht die Polizei ins Gesicht geschrieben, und ich möchte beschwören, daß der Fleck, den er am Kinn hat, Pariser Straßenschmutz ist. Aber wie du mir, so ich ...«

In diesem Augenblick betrat eine Dame, auf die der Seemann mit allen Zeichen zur Schau getragenen Respekts zustürzte, die Gasthausküche.

»Liebe Mama«, sagte er zu ihr, »kommen Sie nur herein. Ich glaube, ich habe als Ihr Stellvertreter Tischgäste geladen.«

»Tischgäste!« antwortete sie ihm. »Welch ein Unsinn!«

»Es ist Mademoiselle de Verneuil«, entgegnete er leise.

»Die hat doch nach der Affäre Savenay auf dem Schafott geendet; sie war nach Le Mans gekommen, um ihren Bruder, den Fürsten von Loudon, zu retten«, sagte die Mutter kurz angebunden zu ihm.

»Da irren Sie sich, Madame«, entgegnete Corentin freundlich, wobei er besonderen Nachdruck auf das Wort »Madame« legte; »es gibt zwei Fräulein de Verneuil; die großen Familien haben immer mehrere Zweige.«

Überrascht ob dieser Vertraulichkeit wich die Fremde ein

paar Schritte zurück, als wolle sie sich diesen unerwarteten Zwischenredner genauer ansehen; sie heftete auf ihn schwarze Augen voll jener den Frauen so selbstverständlichen Scharfsicht und schien nachzuforschen, aus welchem Grunde er soeben bekräftigt habe, daß Mademoiselle de Verneuil am Leben sei. Gleichzeitig entkleidete Corentin, der die Dame verstohlen beobachtete, sie aller Freuden der Mutterschaft und gewährte ihr lediglich die der Liebe; er verweigerte einer Frau, deren blendende Haut, deren noch dichte, geschwungene Brauen, deren noch kaum gelichtete Wimpern er bewunderte und deren üppiges dunkles Haar über die Stirn gescheitelt war und die Jugendlichkeit eines geistvollen Kopfes hervorhob, das Glück, einen zwanzigjährigen Sohn zu haben. Die schwachen Falten der Stirn waren weit davon entfernt, von den Jahren zu zeugen; sie kündeten von jungen Leidenschaften. Kurzum, wenn die durchdringenden Augen ein wenig verschleiert waren, so wußte man nicht, ob diese Störung von den Anstrengungen der Reise herrührte oder vom allzu häufigen Genuß der Liebeslust. Schließlich fiel Corentin noch auf, daß die Unbekannte in einen Mantel von englischem Tuch gehüllt war, und daß die Form ihres sicherlich aus dem Ausland stammenden Huts keiner der sogenannten »griechischen« Moden angehörte, die damals noch die Pariser Toiletten beherrschten. Corentin war eins jener Menschenwesen, die durch ihren Charakter dahin gebracht werden, immer eher das Schlechte denn das Gute zu argwöhnen, und es stiegen ihm auf der Stelle Zweifel über die Staatsgesinnung der beiden Reisenden auf. Die Dame ihrerseits, die mit gleicher Schnelligkeit ihre Beobachtungen über Corentins Person angestellt hatte, wandte sich ihrem Sohn mit einer vielsagenden Miene zu, die halbwegs durch die Worte: Was ist das eigentlich für ein komischer Kerl? Gehört er zu den Unsrigen?« wiedergegeben werden kann. Auf diese stumme Frage antwortete der Seemann durch eine Haltung, einen Blick und eine Handbewegung, die besagten: »Wirklich, ich habe keine Ahnung, aber für mich ist er noch verdächtiger als für Sie.« Dann überließ er seiner Mutter die Sorge, dies Geheimnis zu ergründen, und wandte sich an die Wirtin, der er zuflüsterte: »Versuchen Sie doch, herauszubekommen, wer dieses Männlein da ist, ob er tatsächlich die junge Dame begleitet, und warum.«

»Du bist also sicher«, fragte Madame du Gua und blickte Corentin an, »daß Mademoiselle de Verneuil noch am Leben ist?«

»Sie ist so gewiß mit Haut und Haar am Leben, ›Madame‹, wie der Bürger du Gua Saint-Cyr.«

Diese Antwort barg eine tiefe Ironie, deren Geheimnis nur der Dame bekannt war, und jede andere an ihrer Stelle hätte die Fassung verloren. Ihr Sohn blickte Corentin starr an, und dieser zog kaltblütig die Uhr aus der Tasche und ahnte anscheinend nichts von der Verwirrung, die seine Antwort erzeugt hatte. Die Dame war beunruhigt und begierig, auf der Stelle zu erfahren, ob jener Satz eine Perfidie enthalte oder ob er nur eine Auswirkung des Zufalls gewesen sei; sie sagte mit dem natürlichsten Gesichtsausdruck zu Corentin: »Mein Gott, wie unsicher doch die Landstraßen sind! Wir sind oberhalb von Mortagne von den Chouans angegriffen worden. Fast wäre mein Sohn umgekommen; als er mich verteidigte, ist sein Hut von zwei Kugeln durchlöchert worden.«

»Wie, Madame? Sie haben in der Postkutsche gesessen, die die Briganten trotz der Eskorte ausgeplündert haben und die uns hierher gebracht hat? Dann müssen Sie ja den Wagen kennen! Bei meiner Fahrt durch Mortagne ist mir gesagt worden, die Chouans hätten, zweitausend an der Zahl, sich über die Kutsche hergemacht, und alles sei umgekommen, sogar der Fahrgast. So hat man mir die Geschichte geschildert!« Der Maulaffenton, den Corentin anschlug, und seine dümmliche Miene ließen ihn in diesem Augenblick einem Bewohner der tiefsten Provinz gleichen, der mit Schmerz innewird, daß eine politische Neuigkeit falsch sei. – »Ach, Madame«, fuhr er fort, »wenn die Reisenden schon so dicht bei Paris ermordet werden, dann malen Sie sich mal aus, wie gefährlich die Landstraßen der Bretagne sein müssen. Du lieber Himmel, ich kehre lieber nach Paris zurück und reise nicht weiter.«

»Ist Mademoiselle de Verneuil jung und schön?« wandte die Dame, die ein plötzlicher Einfall betroffen gemacht hatte, sich fragend an die Wirtin.

In diesem Augenblick unterbrach der Wirt diese Unterhaltung, an der teilzunehmen für jene drei Persönlichkeiten etwas Grausames an sich hatte, und meldete, das Mittagessen sei aufgetragen. Der junge Seemann bot seiner Mutter mit einer gespielten Vertraulichkeit den Arm, die Corentins Argwohn bestätigte; zu diesem sagte er laut, als er auf die Treppe zuschritt: »Bürger, wenn du die Bürgerin Verneuil begleitest und sie dem Vorschlag des Wirts zustimmt, dann genier dich nicht ...«

Obgleich diese Worte leichthin und wenig einladend geäußert worden waren, stieg Corentin ebenfalls hinauf. Der junge Herr drückte der Dame lebhaft die Hand, und als zwischen ihnen und dem Pariser sieben oder acht Treppenstufen lagen, sagte er leise zu ihr: »Da sehen Sie, welchen ruhmlosen Gefahren Ihre unbedachten Unternehmungen uns aussetzen. Wenn wir entdeckt werden, wie sollen wir dann entkommen? Und welch eine Rolle lassen Sie mich hier spielen!«

Alle drei gelangten in ein ziemlich geräumiges Zimmer. Man brauchte nicht weit im Westen umhergereist zu sein, um sich bewußt zu werden, daß der Wirt zur Bewillkommnung seiner Gäste all seine Schätze hervorgekramt und einen ungewöhnlichen Luxus entfaltet hatte. Die Wärme eines großen Kaminfeuers hatte die Feuchtigkeit des Raums vertrieben. Und schließlich waren die Tischwäsche, die Sitzgelegenheiten und das Geschirr nicht allzu unsauber. Daher nahm Corentin auch wahr, daß der Wirt sich ein Bein ausgerissen hatte, damit wir uns eines volkstümlichen Ausdrucks bedienen, um sich das Wohlgefallen der Gäste zu erwerben. »Diese Leute«, so hatte er sich gesagt, »sind nämlich nicht das, als was sie erscheinen wollen. Der kleine junge Herr hat es faustdick hinter den Ohren; ich habe ihn für dumm gehalten, aber jetzt halte ich ihn für ebenso durchtrieben, wie ich es gelegentlich bin.«

Der junge Seemann, seine Mutter und Corentin warteten auf Mademoiselle de Verneuil, die zu benachrichtigen der Wirt weggegangen war. Aber die schöne Reisende erschien nicht. Der Schüler der Ecole Polytechnique war darauf gefaßt gewesen, daß sie Schwierigkeiten machen würde; er ging hinaus, trällerte dabei »Veillons au salut de l'empire«[59] und begab sich zum Zimmer der Mademoiselle de Verneuil, beherrscht von dem prickelnden Verlangen, ihrer Skrupel Herr zu werden und sie mitzubringen. Vielleicht wollte er die ihn bedrängenden Zweifel zunichte machen, oder vielleicht auch an der Unbekannten die Macht erproben, die jeder Mann auf eine hübsche Frau auszuüben bestrebt ist.

»Wenn der ein Republikaner ist«, sagte sich Corentin, als er ihn hinausgehen sah, »will ich gehängt werden! Er hat in den Schultern die Bewegungen der Hofleute, und wenn die da seine Mutter ist«, dachte er weiter und sah Madame du Gua an, »dann bin ich der Papst! Ich halte sie für Chouans. Ob wir herausbekommen, was es mit ihnen auf sich hat?«

Bald ging die Tür auf, und der junge Seemann erschien und führte an der Hand Mademoiselle de Verneuil; er geleitete sie mit selbstgefälliger Höflichkeit an den Tisch. Die gerade verflossene Stunde war für den Teufel nicht verloren gewesen. Unter Francines Beistand hatte Mademoiselle de Verneuil sich mit einer Reisetoilette bewaffnet, deren Wirkung vielleicht noch gefährlicher als die eines Ballkleids war. Ihre Schlichtheit besaß jenes Verlockende, das von der Kunst herrührt, mit der eine Frau, die schön genug ist, um allen zusätzlichen Putz entbehren zu können, ihre Toilette so weit einzuschränken versteht, daß sie nur noch eine Annehmlichkeit zweiten Ranges darstellt. Sie trug ein grünes Kleid, dessen hübscher Schnitt, dessen mit Verschnürungen besetztes Oberteil ihre Körperformen auf eine einem jungen Mädchen nicht eben geziemende, raffinierte Weise hervorhob und ihre geschmeidige Taille, ihren eleganten Oberkörper und ihre anmutigen Bewegungen betonte. Lächelnd und mit jener angeborenen Freundlichkeit, wie sie Frauen bezeigen können, die in einem rosigen Mund regelmäßige, wie Porzellan durchschimmernde Zähne zeigen können, trat sie ein; auf ihren Wangen waren zwei Grübchen, die jugendlich wirkten wie die eines Kindes. Nun sie die Kapuze nicht mehr trug, die sie anfangs den Blicken des jungen Seemanns fast gänzlich entzogen hatte, konnte sie leicht all die kleinen, dem Anschein nach so harmlosen Künsteleien anwenden, durch die eine Frau alle ansprechenden Züge ihres Gesichts und alle Anmut ihres Kopfes zur Geltung zu bringen und bewundern zu lassen weiß. Ein gewisser Einklang zwischen ihrem Gehaben und ihrer Toilette verjüngte sie so trefflich, daß Madame du Gua sich für freigiebig hielt, wenn sie ihr zwanzig Jahre zugestand. Das Kokette dieser Toilette, die augenscheinlich angefertigt worden war, um Gefallen zu erregen, mußte dem jungen Mann Hoffnung einflößen; aber Mademoiselle de Verneuil hatte ihn mit einem matten Neigen des Kopfes begrüßt, ohne ihn anzublicken, und sie schien ihn mit einer mutwilligen Unbekümmertheit sich selbst zu überlassen, die ihn aus der Fassung brachte. Diese Zurückhaltung erschien in den Augen der Fremden weder als eine Vorsichtsmaßnahme noch als Koketterie, sondern als eine natürlich zur Schau getragene Gleichgültigkeit. Der naive Ausdruck, den die Reisende ihren Zügen zu geben wußte, machte sie undurchschaubar. Sie ließ sich keinerlei vorbedachten Triumph anmerken und schien mit den hübschen kleinen Verführungskünsten begabt zu sein, die bereits das Selbstgefühl des jungen Seemanns übertölpelt hatten. So geschah es, daß der Unbekannte sich mit einer gewissen Verstimmung wieder auf seinen Platz setzte.

Mademoiselle de Verneuil nahm Francine bei der Hand und wandte sich an Madame du Gua: »Madame«, sagte sie mit einschmeichelnder Stimme zu ihr, »hätten Sie wohl die Güte, zu erlauben, daß dieses Mädchen, das ich mehr als eine Freundin denn als eine Dienerin betrachte, mit uns speist? In gewittrigen Zeiten wie dieser können Treue und Ergebenheit nur mit dem Herzen bezahlt werden, und ist das außerdem nicht alles, was uns übrigbleibt?«

Madame du Gua antwortete auf diesen letzten, mit gesenkter Stimme gesprochenen Satz mit einer ein wenig förmlichen, leichten Verneigung, aus der ihr Verdruß sprach, mit einer so hübschen Frau zusammenzutreffen. Dann neigte sie sich dem Ohr ihres Sohnes zu und sagte: »Oh, gewittrige Zeiten, Treue und Ergebenheit, Madame, und die Dienerin, das kann nicht Mademoiselle de Verneuil sein, sondern eine von Fouché hergeschickte Dirne.«

Die Tischgäste wollten sich gerade setzen, als Mademoiselle de Verneuil Corentin gewahrte, der damit fortfuhr, die beiden Unbekannten einer strengen Analyse zu unterwerfen, die durch seine Blicke ziemlich beunruhigt wurden.

»Bürger«, sagte sie zu ihm, »du bist sicherlich zu wohlerzogen, mir in dieser Weise auf Schritt und Tritt zu folgen. Die Republik hat zwar meine Eltern aufs Schafott geschickt, aber sie hat nicht die Großmut aufgebracht, mir einen Vormund zu geben. Wenn du mich auch auf Grund einer unerhörten chevaleresken Galanterie wider meinen Willen (und sie ließ sich einen Seufzer entschlüpfen) begleitet hast, so bin ich jetzt entschlossen, nicht zu dulden, daß deine schützende Fürsorglichkeit, mit der du mich überschüttest, so weit geht, daß sie dir lästig fällt. Ich bin hier in Sicherheit; du kannst mich allein lassen.«

Sie warf ihm einen entschlossenen, verächtlichen Blick zu. Sie wurde verstanden; Corentin unterdrückte ein Lächeln, das die Winkel seiner durchtriebenen Lippen fast gekräuselt hätte, und verneigte sich respektvoll.

»Bürgerin«, sagte er, »ich werde es mir stets zur Ehre gereichen lassen, dir zu gehorchen. Die Schönheit ist die einzige Königin, der ein wahrer Republikaner freudig dienen kann.«

Als Mademoiselle de Verneuil ihn weggehen sah, blitzten ihre Augen in einer so naiven Freude auf, sie blickte Francine mit einem Lächeln des Einverständnisses an, das so von Glück durchdrungen war, daß Madame du Gua, die, als sie eifersüchtig wurde, vorsichtig geworden war, sich geneigt fühlte, ihren Argwohn, den die vollkommene Schönheit der Mademoiselle de Verneuil sie hatte fassen lassen, aufzugeben.

»Vielleicht ist sie dennoch Mademoiselle de Verneuil«, flüsterte sie ihrem Sohn zu.

»Und die Eskorte?« antwortete ihr der junge Herr, den der Verdruß klug gemacht hatte. »Ist sie die Gefangene oder der Schützling, die Freundin oder die Feindin der Regierung?«

Madame du Gua zwinkerte, als wolle sie sagen, sie werde sich schon darauf verstehen, dies Geheimnis aufzuklären. Indessen schien Corentins Verschwinden das Mißtrauen des Seemanns zu mildern; sein Gesicht verlor den strengen Ausdruck, und er warf Mademoiselle de Verneuil Blicke zu, aus denen ein maßloser Drang zu den Frauen, nicht aber der respektvolle Eifer einer entstehenden Liebe sprach. Das junge Mädchen wurde darob nur desto argwöhnischer und richtete lediglich an Madame du Gua freundliche Worte. Der junge Herr, der seinen Ärger hinunterschlucken mußte, versuchte in der Bitterkeit seines Verdrusses, ebenfalls den Fühllosen zu spielen. Mademoiselle de Verneuil schien diesen Kniff nicht zu bemerken und gab sich schlicht ohne Schüchternheit und zurückhaltend ohne Prüderie. Dieses Zusammentreffen von Menschen, denen es nicht bestimmt zu sein schien, Beziehungen zueinander anzuknüpfen, erzeugte also keinerlei lebhaftere Sympathie. Es ergab sich sogar eine recht vulgäre Verlegenheit, eine Gezwungenheit, die alle Freude zunichte machte, die Mademoiselle de Verneuil und der junge Seemann sich kurz zuvor versprochen hatten. Allein die Frauen verfügen untereinander über ein so wunderbar taktvolles Schicklichkeitsgefühl, über so intime Bande oder ein so nachdrückliches Verlangen nach Gemütsbewegungen, daß sie bei dergleichen Gelegenheiten stets das Eis zu brechen wissen. Als hätten die beiden schönen Tischgenossinnen denselben Gedanken gehabt, begannen sie plötzlich in aller Unschuld über ihren einzigen Kavalier Scherze zu machen und in bezug auf ihn mit Spöttereien, Aufmerksamkeiten und kleinen Gefälligkeiten zu wetteifern; diese geistige Einmütigkeit ließ ihnen ihre Freiheit. Ein Blick oder ein Wort, die, wenn sie der Verlegenheit entspringen, Gewicht haben, wurden jetzt bedeutungslos. Kurzum, nach einer halben Stunde schienen diese beiden bereits heimlich verfeindeten Frauen die besten Freundinnen der Welt zu sein. Der junge Seemann ertappte sich jetzt dabei, daß er Mademoiselle de Verneuil wegen ihrer Geistesfreiheit ebenso grollte, wie er es wegen ihrer Zurückhaltung getan hatte. Er war so verstimmt, daß er in dumpfem Zorn bedauerte, sein Mittagessen mit ihr geteilt zu haben.

»Madame«, sagte Mademoiselle de Verneuil zu Madame du Gua, »ist Ihr Herr Sohn immer so traurig wie in dieser Minute?«

»Mademoiselle«, antwortete er, »ich habe überlegt, wozu ein Glück dienlich ist, das entfliehen will. Das Geheimnis meiner Traurigkeit beruht in der Lebhaftigkeit meiner Freude.«

»Das ist Süßholzgeraspel«, entgegnete sie lachend, »und es schmeckt mehr nach dem Hof als nach der Ecole Polytechnique.«

»Es drückt einzig und allein einen sehr natürlichen Gedanken aus«, sagte Madame du Gua; sie hatte ihre Gründe, die Unbekannte sich geneigt zu machen.

»Aber so lachen Sie doch«, sprach Mademoiselle de Verneuil weiter und lächelte dem jungen Herrn zu. »Wie mögen Sie erst sein, wenn Sie weinen, wenn Sie das, was Sie ein Glück nennen, schon so traurig stimmt?«

Jenes Lächeln wurde von einem aufreizenden Blick begleitet, der das Ebenmaß ihrer Maske der Aufrichtigkeit zerstörte; er gab dem Seemann ein wenig Hoffnung. Aber Mademoiselle de Verneuil stand unter dem Einfluß ihrer weiblichen Natur, die die Frauen stets zu viel oder zu wenig tun heißt; sie schien sich bald durch einen Blick, in dem fruchtbare Liebesverheißungen zu funkeln schienen, des jungen Herrn zu bemächtigen; bald stellte sie seinen galanten Äußerungen eine kalte, strenge Sittsamkeit entgegen; das war der altbekannte Kniff, hinter dem die Frauen ihre wahren Empfindungen verbergen. Einen Augenblick lang, einen einzigen nur, da jeder der beiden vom andern glaubte, er halte die Lider gesenkt, teilten sie einander ihre Gedanken unverhohlen mit; allein sie hatten es genauso eilig, ihre Blicke zu verhüllen, wie sie es gehabt hatten, dieses Aufleuchten auszutauschen, das ihre Herzen aufwühlte, indem es sie erhellte. Es beschämte sie, einander in einem einzigen Blickwechsel so viel gesagt zu haben, und so wagten sie nicht mehr, einander anzuschauen. Mademoiselle de Verneuil, die eifrig darauf bedacht war, den Unbekannten seinem Irrtum zu entreißen, bannte sich in eine kalte Höflichkeit; sie wirkte sogar, als scheine sie das Ende der Mahlzeit voller Ungeduld zu erwarten.

»Sie haben wohl im Gefängnis viel zu erdulden gehabt, Mademoiselle?« fragte Madame du Gua.

»Ach, Madame, mir ist, als sei ich noch immer darin.«

»Hatte Ihre Eskorte den Zweck, Sie zu schützen, Mademoiselle, oder Sie zu überwachen? Sind Sie der Republik wertvoll oder verdächtig?«

Mademoiselle de Verneuil hatte instinktiv gespürt, daß sie Madame du Gua wenig Interesse einflöße; und sie erschrak ob dieser Frage.

»Madame«, antwortete sie, »im gegenwärtigen Augenblick weiß ich nicht genau, wie es um die Art meiner Beziehungen zur Republik bestellt ist.«

»Vielleicht zittert sie vor Ihnen?« fragte der junge Herr mit einiger Ironie.

»Warum respektieren wir nicht lieber Mademoiselles Geheimnisse?« entgegnete Madame du Gua.

»Oh, Madame, die Geheimnisse eines jungen Mädchens, das vom Leben noch nichts kennt als dessen Unglück, sind nicht eben wissenswert.«

»Aber«, antwortete Madame du Gua, die ein Gespräch fortsetzen wollte, durch das sie vielleicht erfahren konnte, was sie wissen wollte, »der Erste Konsul scheint doch die besten Absichten zu haben. Heißt es nicht, er wolle die Auswirkung der Gesetze gegen die Emigranten eindämmen?«

»Das stimmt, Madame«, sagte sie mit vielleicht allzu großem Eifer. »Aber warum wiegeln wir dann die Vendée und die Bretagne auf? Warum stecken wir dann Frankreich in Brand . . .?«

Dieser hochherzige Ausruf, mit dem sie sich selbst etwas vorzuwerfen schien, ließ den Seemann zusammenfahren. Mit äußerster Aufmerksamkeit blickte er Mademoiselle de Verneuil an; allein er konnte in ihren Zügen weder Haß noch Liebe entdekken. Jene Haut, deren Kolorit von geistigem Hochstand zeugte, war undurchdringlich. Eine unbezwingliche Neugier heftete ihn plötzlich an dieses eigenartige Geschöpf, zu dem ihn bereits ein maßloses Begehren hingezogen hatte.

»Aber«, fuhr sie nach einer Pause fort, »reisen Sie etwa nach Mayenne, Madame?«

»Ja«, antwortete der junge Herr, und seine Miene wirkte fragend.

»Nun, Madame«, fuhr Mademoiselle de Verneuil fort, »da Ihr Herr Sohn der Republik dient . . .« Sie sprach diese Worte mit dem Anschein nach gleichgültiger Miene; aber sie warf dabei den beiden Unbekannten einen jener flüchtigen Blicke zu, die nur den Frauen und den Diplomaten eigen sind. – »Sollten Sie Angst vor den Chouans haben?« sprach sie weiter. »Da wäre eine Eskorte nicht zu verachten. Wir sind beinahe Reisegefährten geworden; fahren Sie doch mit uns bis Mayenne.«

Sohn und Mutter zögerten und schienen einander zu befragen.

»Ich weiß nicht, Mademoiselle«, antwortete der junge Herr, »ob es klug ist, Ihnen zu gestehen, daß Interessen von hoher Wichtigkeit für heute nacht unsere Anwesenheit in der Umgebung von Fougères erfordern, und daß wir noch keine Fahrgelegenheit nach dort ausfindig gemacht haben; aber die Frauen sind von Natur so großherzig, daß ich mich schämen müßte, wenn ich mich Ihnen nicht anvertraute. Nichtsdestoweniger«, fügte er hinzu, »müssen wir, ehe wir uns Ihren Händen anbefehlen, wissen, ob wir auch heil und gesund wieder daraus hervorgehen werden. Sind Sie die Herrscherin oder die Sklavin Ihrer republikanischen Eskorte? Entschuldigen Sie den Freimut eines jungen Mariners; aber Ihre Lage kommt mir nicht ganz natürlich vor ...«

»Wir leben in einer Zeit, da nichts, was geschieht, natürlich ist. Daher können Sie bedenkenlos zustimmen, glauben Sie es mir. Und vor allem«, fügte sie hinzu und legte Nachdruck auf ihre Worte, »haben Sie keinerlei Verrat in einem Anerbieten zu fürchten, das Ihnen in aller Aufrichtigkeit eine junge Dame macht, die nicht den leisesten Anteil an den politischen Haßgefühlen hat.«

»Eine so unternommene Reise wird indessen nicht völlig gefahrlos sein«, entgegnete er und legte in seinen Blick eine solche Gewitztheit, daß die banale Antwort geistvoll klang.

»Was fürchten Sie denn noch?« fragte sie mit spöttischem Lächeln. »Ich erblicke keinerlei Gefahr für irgend jemanden.«

»Ist die Frau, die so spricht, die gleiche, deren Blick mein Begehren geteilt hat?« fragte sich der junge Herr. »Wie sie ihre Worte betont! Sie stellt mir irgendeine Falle.«

Da erscholl der helle, durchdringende Ruf eines Käuzchens, das oben auf dem Kamin zu sitzen schien, wie eine düstere Warnung.

»Was ist das?« fragte Mademoiselle de Verneuil. »Unsere Fahrt beginnt nicht unter glücklichen Vorzeichen. Und wie kommt es, daß die Käuzchen hier am hellen lichten Tag rufen?« fragte sie mit einer überraschten Geste.

»Das kann gelegentlich vorkommen«, sagte der junge Herr kalt. – »Mademoiselle«, fuhr er fort, »vielleicht bringen wir Ihnen Unglück. Denken Sie das nicht ebenfalls? Also wollen wir lieber nicht gemeinsam reisen.«

Diese Worte wurden mit einer Ruhe und Zurückhaltung gesprochen, die Mademoiselle de Verneuil überraschten.

»Monsieur«, sagte sie mit durch und durch aristokratischer Impertinenz, »nichts liegt mir ferner, als Sie zwingen zu wollen. Wir wollen uns doch das bißchen Freiheit bewahren, das die Republik uns läßt. Wenn Madame allein wäre, würde ich darauf bestehen ...«

Die schweren Schritte eines Soldaten hallten im Korridor, und bald erschien mit saurem Gesicht der Major Hulot.

»Kommen Sie hierher, Herr Oberst«, sagte Mademoiselle de Verneuil lächelnd und deutete mit der Hand auf einen Stuhl neben dem ihren. – »Wir wollen uns, da es denn sein muß, mit Staatsangelegenheiten befassen. Aber lachen Sie doch! Was haben Sie? Sind etwa Chouans hier?«

Der Major war beim Anblick des jungen Unbekannten stehengeblieben und hatte Mund und Nase aufgesperrt; er musterte ihn mit eigenartiger Aufmerksamkeit.

»Mutter, möchten Sie noch von dem Hasenbraten? Mademoiselle, Sie essen ja gar nichts«, sagte der Seemann zu den Tischgenossen. Aber der Verdutztheit Hulots und der Aufmerksamkeit Mademoiselles de Verneuil wohnte etwas grausig Ernstes inne, das zu verkennen gefährlich war.

»Was hast du denn, Major? Solltest du mich etwa kennen?« fuhr der junge Herr unvermittelt fort.

»Vielleicht«, antwortete der Republikaner.

»Wahrhaftig, ich glaube, ich habe dich in der Schule gesehen.«

»Ich habe nie eine Schule besucht«, entgegnete der Major barsch. »Und von welcher Schule kommst du denn?«

»Von der Ecole Polytechnique.«

»Haha! Ja, aus dieser Kaserne, wo man in den Schlafsälen Offiziere ausbilden will«, antwortete der Major, dessen Abneigung gegen die aus dieser gelehrten Bildungsanstalt hervorgegangenen Offiziere unüberwindlich war. »Bei welcher Waffe dienst du denn?«

»Bei der Marine.«

»So so!« lachte Hulot boshaft. »Kennst du viele Schüler dieser Anstalt in der Marine? – Daraus gehen nämlich«, fuhr er mit ernster Stimme fort, »nur Offiziere der Artillerie und der Genietruppen hervor.«

Der junge Herr ließ sich nicht aus der Fassung bringen.

»Mit mir ist des Namens wegen, den ich trage, eine Ausnahme gemacht worden«, antwortete er. »In unserer Familie haben alle bei der Marine gestanden.«

»So so!« entgegnete Hulot. »Wie ist denn dein Familienname, Bürger?«

»Du Gua Saint-Cyr.«

»Dann bist du also nicht bei Mortagne ermordet worden?«

»Es hätte wenig daran gefehlt«, fiel Madame du Gua lebhaft ein, »mein Sohn hat zwei Kugeln abbekommen . . .«

»Hast du Papiere?« fragte Hulot, ohne auf die Mutter zu hören.

»Wollen Sie sie lesen?« fragte der junge Seemann keck; seine blauen, boshaften Augen musterten bald das düstere Gesicht des Majors, bald das der Mademoiselle de Verneuil.

»Will mich etwa ein Gelbschnabel wie du anöden? Los, heraus mit deinen Papieren, sonst ohne Tritt marsch!«

»Na na, guter Mann, ich bin kein Gimpel. Habe ich es nötig, dir Rede und Antwort zu stehen? Wer bist du eigentlich?«

»Der militärische Befehlshaber des Départements«, erwiderte Hulot.

»O weh! Dann kann sich mein Fall sehr ernst gestalten; es würde heißen, ich sei mit der Waffe in der Hand ergriffen worden.« Und er hielt dem Major ein Glas mit Bordeaux hin.

»Ich habe keinen Durst«, antwortete Hulot. »Also los, heraus mit deinen Papieren.«

Da in diesem Augenblick von der Straße her Waffengeklirr und die Schritte einiger Soldaten erschollen, trat Hulot ans Fenster und setzte eine befriedigte Miene auf, die Mademoiselle de Verneuil erbeben ließ. Dieses Zeichen der Anteilnahme durchwellte den jungen Herrn, dessen Gesicht kalt und stolz geworden war, mit Wärme. Er stöberte in seiner Fracktasche, entnahm ihr ein elegantes Portefeuille und überreichte dem Major Papiere, die Hulot langsam zu lesen begann, wobei er das Signalement des Passes mit dem Gesicht des verdächtigen Reisenden verglich. Während dieser Überprüfung setzte der Käuzchenschrei von neuem ein, aber diesmal waren darin ohne weiteres der Klang und das Vibrieren einer menschlichen Stimme zu erkennen. Da gab der Major mit spöttischer Miene dem jungen Herrn die Papiere zurück.

»Das alles ist gut und schön«, sagte er. »Aber du mußt mir zum Distriktskommando folgen. Ich mache mir nämlich nichts aus Musik.«

»Warum wollen Sie ihn mit zum Distriktskommando nehmen?« fragte Mademoiselle de Verneuil, und ihre Stimme klang ganz anders.

»Kindchen«, antwortete der Major und zog seine übliche Grimasse, »das geht Sie nichts an.«

Mademoiselle de Verneuil fühlte sich durch diesen Ton und die Ausdrucksweise des alten Offiziers gereizt, mehr aber noch durch die Demütigung, die sie angesichts eines Mannes erlitten hatte, dem sie gefiel; sie stand auf und verzichtete jäh auf die harmlose, bescheidene Haltung, die sie bislang bezeigt hatte; ihre Gesichtsfarbe rötete sich, und ihre Augen funkelten.

»Sagen Sie mal, hat dieser junge Mann allem genügt, was das Gesetz verlangt?« fragte sie nicht unfreundlich, aber mit einem Beben in der Stimme.

»Ja, dem Anschein nach«, antwortete Hulot ironisch.

»Gut, dann meine ich, daß Sie ihn ›dem Anschein nach‹ in Ruhe lassen sollten«, fuhr sie fort. »Haben Sie Angst, daß er Ihnen entwischt? Sie werden ihn mit mir zusammen bis Mayenne eskortieren; er und seine Frau Mutter fahren mit in der Postkutsche. – Na, und was nun . . .?« fragte sie weiter, als sie sah, daß Hulot seine kleine Grimasse zog. »Halten Sie ihn immer noch für verdächtig?«

»Na, ein bißchen, glaube ich.«

»Was wollen Sie denn mit ihm anfangen?«

»Nichts, sofern ihm der Kopf nicht mit einigem Blei aufgefrischt wird. Er ist nämlich ein Leichtfuß«, entgegnete der Major voller Ironie.

»Soll das ein Witz sein, Herr Oberst?« rief Mademoiselle de Verneuil aus.

»Los, Kamerad«, sagte der Major und machte dem Seemann ein Zeichen mit dem Kopf. »Los, bißchen rasch!«

Auf diese Unverschämtheit Hulots hin wurde Mademoiselle de Verneuil ruhig und lächelte.

»Sie bleiben hier«, sagte sie zu dem jungen Herrn und schützte ihn mit einer würdevollen Handbewegung.

»Oh, der schöne Kopf«, flüsterte der Seemann seiner Mutter zu, die die Brauen runzelte.

Der Verdruß und tausend aufgestörte, aber zurückgedrängte Empfindungen entfalteten jetzt neue Reize auf dem Antlitz der Pariserin. Francine, Madame du Gua und deren Sohn waren sämtlich aufgestanden. Mademoiselle de Verneuil trat hastig zwischen sie und den Major, der lächelte, und öffnete behend zwei der Verschnürungen ihres Spenzers. Dann gab sie der Verblendung nach, die die Frauen überkommt, wenn ihr Selbstgefühl heftig angegriffen wird, aber auch, weil es sie schmeichelt oder weil sie darauf erpicht sind, ihre Macht auszuüben, wie ein Kind es sein kann, das das neue Spielzeug probieren will, das ihm geschenkt worden ist; sie reichte hastig dem Major einen offenen Brief.

»Lesen Sie«, sagte sie mit sardonischem Lächeln zu ihm.

Sie drehte sich nach dem jungen Herrn um, dem sie in der Trunkenheit des Triumphs einen Blick zuwarf, in dem Bosheit und ein Ausdruck von Verliebtheit sich mischten. Beider Stirnen hellten sich auf; Freude belebte ihre erregten Gesichter, und in ihren Seelen erhoben sich tausend einander widersprechende Gedanken. Durch einen einzigen Blick schien Madame du Gua die Großherzigkeit der Mademoiselle de Verneuil weit mehr der Liebe als dem Mitleid zuzuschreiben, und sicherlich hatte sie damit recht. Die hübsche Reisende errötete zunächst und senkte bescheiden die Lider; sie erriet alles, was dieser Frauenblick besagte. Dann hob sie angesichts dieser drohenden Anklage stolz den Kopf und forderte alle Blicke heraus. Der zu Stein erstarrte Major reichte den von allen Ministern gegengezeichneten Brief, der alle Behörden veranlaßte, dieser mysteriösen Frau zu gehorchen, zurück; aber er zog den Degen aus der Scheide, nahm ihn, zerbrach ihn über dem Knie und warf die Stücke weg.

»Mademoiselle«, sagte er, »Sie werden wahrscheinlich genau wissen, was Sie zu tun haben; aber ein Republikaner hat seine eigenen Gedanken und seinen Stolz. Ich kann nicht dienen, wo hübsche Mädchen das Kommando führen; noch heute abend bekommt der Erste Konsul mein Abschiedsgesuch, und dann kann

Ihnen jemand anders als ich gehorchen. Wo ich mich nicht mehr auskenne, mache ich halt; vor allem, wenn mir nahegelegt wird, zu verstehen.«

Es entstand ein kurzes Stillschweigen; aber dieses wurde nur zu bald durch die junge Pariserin gebrochen, die auf den Major zuschritt, ihm die Hand bot und zu ihm sagte: »Herr Oberst, Ihr Bart ist zwar ein bißchen lang, aber Sie dürfen mich küssen; Sie sind ein Mann.«

»Ich bin darauf stolz«, antwortete er und drückte ziemlich linkisch einen Kuß auf die Hand dieses seltsamen Mädchens. – »Was aber dich betrifft, Kamerad«, fügte er hinzu und drohte dem jungen Herrn mit dem Finger, »so bist du diesmal grade noch davongekommen!«

»Herr Major«, entgegnete lachend der Unbekannte, »es wird Zeit, daß mit dem Scherzen Schluß gemacht wird; wenn du willst, folge ich dir zum Distriktskommando.«

»Nimmst du dorthin auch deinen unsichtbaren Pfeifer Marche-à-terre mit . . .?«

»Wen? Marche-à-terre?« fragte der Seemann mit allen Anzeichen des ungespieltesten Erstaunens.

»Hat er etwa vorhin nicht gepfiffen?«

»Na«, entgegnete der Fremde, «was für ein Zusammenhang besteht denn zwischen mir und dem Gepfeife, das sag mir mal! Ich habe gemeint, daß die Soldaten, die du herkommandiert hast, sicher doch, um mich zu verhaften, dich dadurch benachrichtigt hätten, sie seien da!«

»Hast du das tatsächlich geglaubt?«

»Du lieber Gott, freilich! Aber trink doch dein Glas Bordeaux; er ist köstlich.«

Überrascht von dem ungezwungen wirkenden Erstaunen des Seemanns von der unglaublichen Unbeschwertheit seines Gehabens und der Jugendlichkeit seines Gesichts, das die Locken seines blonden, sorglich frisierten Haares fast kindlich erscheinen ließ, schwankte der Major zwischen tausend Verdächten. Es fiel ihm auf, daß Madame du Gua das Geheimnis der Blicke zu erhaschen versuchte, die ihr Sohn Mademoiselle de Verneuil zuwarf, und er fragte sie barsch: »Wie alt sind Sie eigentlich, Bürgerin?«

»Ach, Herr Offizier, die Gesetze unserer Republik fangen an, recht grausam zu werden! Ich bin achtunddreißig.«

»Und wenn ich erschossen werden sollte: Ich glaube von alledem noch immer nichts. Marche-à-terre ist hier, er hat gepfiffen, Sie sind verkappte Chouans. Bei Gottes Donner, ich lasse das Gasthaus umzingeln und durchstöbern.«

In diesem Augenblick schnitten unregelmäßige Pfeiflaute, ähnlich denen, die zuvor vernehmlich gewesen waren und die vom Hof des Wirtshauses her erklangen, dem Major das Wort ab; zum Glück stürzte er hinaus auf den Korridor und gewahrte auf diese Weise nicht die Blässe, die seine Worte über das Antlitz der Madame du Gua gebreitet hatten. Hulot sah, daß der Pfeifer ein Postillion war, der seine Pferde an den Wagen spannte; er verzichtete auf seinen Verdacht, so lächerlich kam es ihm vor, daß Chouans sich mitten in Alençon hineinwagen sollten, und er kam verwirrt zurück.

»Ich verzeihe ihm; aber später soll er die Minuten teuer bezahlen, die er uns hier hat durchleben lassen«, flüsterte die Mutter ernst dem Sohn zu, als Hulot das Zimmer wieder betrat.

Das verlegene Gesicht des wackeren Offiziers war der Ausdruck des Kampfes, den die Strenge seiner Pflichten in seinem Herzen seiner angeborenen Güte lieferte. Er behielt seine mürrische Miene bei, vielleicht, weil er jetzt glaubte, sich getäuscht zu haben; indessen nahm er das Glas Bordeaux und sagte: »Kamerad, entschuldige bitte, aber deine Schule liefert der Armee so junge Offiziere ...«

»Die Briganten haben doch noch weit jüngere?« fragte lachend der vermeintliche Seemann.

»Für wen haben Sie eigentlich meinen Sohn gehalten?« warf Madame du Gua ein.

»Für den Gars, den Anführer, den das Londoner Kabinett den Chouans und den Vendéern geschickt hat; es wird gesagt, er sei der Marquis de Montauran.«

Nach wie vor musterte der Major scharf die Gesichter der beiden verdächtigen Persönlichkeiten, die einander mit jenem eigenartigen Ausdruck anschauten, den nach und nach zwei eingebildete Nichtwisser annehmen und den man durch folgenden Dialog wiedergeben könnte: »Kennst du dich da aus? – Nein.

Und du? – Keinen Schimmer von einer blassen Ahnung. – Was redet der uns bloß vor? – Er träumt.« Und dann folgt das beleidigende, spöttische Lachen der Dummheit, wenn sie zu triumphieren glaubt.

Der jähe Wandel im Gehaben und die Betäubung Maries de Verneuil, als sie den Namen des royalistischen Truppenführers aussprechen hörte, fielen nur Francine auf, der einzigen, der die kaum wahrnehmbaren Nuancen dieses jungen Gesichts bekannt waren. Der so unversehens in die Flucht geschlagene Major hob die beiden Stücke seines Degens auf, blickte Mademoiselle de Verneuil an, deren warmherziger Ausdruck das Geheimnis entdeckt hatte, sein Herz zu rühren, und sagte zu ihr: »Was Sie betrifft, Mademoiselle, so widerrufe ich nicht; die Stücke meines Degens sollen an Bonaparte gelangen, sofern nicht . . .«

»Ach, was gehen mich Bonaparte, eure Republik, die Chouans, der König und der Gars an?« rief sie aus und unterdrückte ziemlich ungeschickt eine geschmacklose Aufwallung.

Unbekannte, launische Regungen oder die Liebe gaben diesem Gesicht leuchtende Farben, und man erkannte, daß diesem jungen Mädchen von dem Augenblick an, da sie darin ein einziges Geschöpf deutlich wahrgenommen hatte, die ganze Welt nichts mehr gelten mußte; aber plötzlich gewann sie wieder eine erzwungene Ruhe, als sie wie eine bedeutende Schauspielerin sah, daß sie das Ziel aller Blicke der Zuschauer sei. Mit einem Ruck stand der Major auf. Besorgt und erregt folgte Mademoiselle de Verneuil ihm, hielt ihn im Korridor an und fragte ihn feierlichen Tons: »Sie hatten also wichtige Gründe, in jenem jungen Herrn den Gars zu vermuten?«

»Bei Gottes Donner, Mademoiselle, der Kerl, der Sie begleitet, hat mir mitgeteilt, die Fahrgäste und der Postkutscher seien von den Chouans ermordet worden, was ich bereits wußte; aber die Namen der toten Reisenden, die habe ich nicht gewußt, und sie heißen du Gua Saint-Cyr!«

»Ach, wenn Corentin damit zu tun hat, wundere ich mich über nichts mehr«, rief sie mit einer Geste des Abscheus.

Der Major entfernte sich; er wagte nicht, Mademoiselle de Verneuil anzublicken, deren gefährliche Schönheit seinem Herzen bereits Unruhe schuf.

»Wäre ich zwei Minuten länger geblieben, so hätte ich die Dummheit begangen, meinen Degen wieder an mich zu nehmen und sie zu eskortieren«, sagte er sich, als er die Treppe hinabschritt.

Als Madame du Gua sah, wie die Augen des jungen Herrn an der Tür hingen, durch die Mademoiselle de Verneuil hinausgegangen war, sagte sie leise zu ihm: »Immer dasselbe! Sie werden nur an der Frau zugrunde gehen. Eine hübsche Puppe läßt Sie alles vergessen. Warum haben Sie es geduldet, daß sie mit uns zu Mittag aß? Was ist mir das für eine Demoiselle de Verneuil, die sich bereit findet, mit ihr unbekannten Leuten zu speisen? Die von den Blauen eskortiert wird und die durch einen Brief entwaffnet, den sie wie einen Liebesbrief in ihrem Spenzer für alle Fälle bereithält? Sie ist eine der schlechten Kreaturen, mit deren Hilfe Fouché sich Ihrer bemächtigen will, und der Brief, den sie vorgezeigt hat, ist abgefaßt worden, um die Blauen gegen Sie aufzubieten.«

»Ach was, Madame«, antwortete der junge Herr in einem so scharfen Ton, daß es der Dame zu Herzen ging und sie erbleichen ließ, »ihre Hochherzigkeit straft Ihre Mutmaßung Lügen. Vergessen Sie nicht, daß einzig die Sache des Königs uns zusammenhält. Sie haben Charette zu Ihren Füßen gesehen; muß jetzt die Welt für Sie nicht leer sein? Müßten Sie fortan nicht leben, um ihn zu rächen?«[60]

Die Dame blieb nachdenklich stehen wie jemand, der vom Gestade aus seine Schätze bei einem Schiffbruch untergehen sieht und nun um so glühender sein verlorenes Vermögen begehrt. Mademoiselle de Verneuil kam wieder herein; der junge Seemann tauschte mit ihr ein Lächeln und einen Blick voll sanften Spottes. So ungewiß die Zukunft auch anmutete, von so kurzer Dauer ihrer beider Vereinigung auch sein mochte, die Verheißungen jener Hoffnung waren deswegen nur desto schmeichelnder. Jener Blick war zwar rasch gewesen, war jedoch dem scharfblikkenden Auge der Madame du Gua nicht entgangen, und sie hatte ihn verstanden; daher zog sich ihre Stirn leicht zusammen, und ihre Züge vermochten eifersüchtige Gedanken nicht völlig zu verhehlen. Francine beobachtete jene Frau; sie sah ihre Augen aufblitzen, ihre Wangen sich lebhafter färben; sie glaubte wahrzunehmen, wie ein Höllengeist sich dieses Antlitzes bemächtigte, das die Beute einer entsetzlichen Umwälzung geworden war; aber der Blitz ist nicht flüchtiger, der Tod nicht schneller, als es dieser vorübergehende Ausdruck war; Madame du Gua setzte ihre heitere Miene mit einer solchen Sicherheit wieder auf, daß Francine geträumt zu haben vermeinte. Nichtsdestoweniger erzitterte sie, als sie bei dieser Frau eine Heftigkeit feststellte, die derjenigen der Mademoiselle de Verneuil zumindest gleichkam; sie erzitterte, weil sie die schrecklichen Zusammenstöße voraussah, zu denen es zwischen zwei Menschen dieses Schlages unbedingt kommen mußte, und es durchschauerte sie, als sie Mademoiselle de Verneuil auf den jungen Offizier zutreten und ihm einen der leidenschaftlichen Blicke, die berauschen, zuwerfen und seine beiden Hände ergreifen sah; sie zog ihn zu sich und führte ihn mit boshafter Koketterie ins Licht.

»Jetzt müssen Sie mir gestehen«, sagte sie und trachtete, in seinen Augen zu lesen, »daß Sie nicht der Bürger du Gua Saint-Cyr sind.«

»Doch, Mademoiselle.«

»Aber seine Mutter und er sind vorgestern ermordet worden.«

»Das tut mir aber mal leid«, antwortete er lachend. »Wie dem auch sei, ich bin Ihnen deswegen nicht minder verpflichtet und werde Ihnen stets große Dankbarkeit bewahren; ich wollte nur, ich könnte sie Ihnen bezeigen.«

»Ich hatte geglaubt, einen Emigranten zu retten; aber als Republikaner sind Sie mir lieber.«

Nach diesen Worten, die ihren Lippen wie eine Unbesonnenheit entschlüpft waren, wurde sie verwirrt; sogar ihre Augen schienen zu erröten, und ihre Haltung bezeigte nur noch eine köstliche Naivität des Gefühls; lässig ließ sie die Hände des Offiziers los, nicht etwa aus Scham darüber, sie gedrückt zu haben, sondern aus einer Erwägung heraus, die ihr Herz allzu schwer belastete, und sie überließ ihn dem Rausch der Hoffnung. Plötzlich schien sie sich um dieser Freiheit willen zu grollen, zu der sie vielleicht ein flüchtiges Reiseabenteuer ermächtigt hätte; sie gewann ihre gemessene Haltung wieder, grüßte ihre beiden Reisegefährten und zog sich mit Francine zurück. Als sie in ihrem Zimmer waren, verschränkte Francine die Finger, drehte die Handflächen nach außen, blickte ihre Herrin mit gerungenen Händen an und sagte: »Ach, Marie! Wie vielerlei Dinge innerhalb so kurzer Zeit! Nur Sie können dergleichen Geschichten anstellen!«

Mademoiselle de Verneuil vollführte einen Sprung und fiel Francine um den Hals.

»Ach, das ist doch Leben, ich bin im Himmel!«

»Vielleicht auch in der Hölle«, entgegnete Francine.

»Bleib mir mit der Hölle vom Halse!« erwiderte Mademoiselle de Verneuil heiter. »Komm, gib mir die Hand. Fühle, wie mir das Herz pocht. Ich habe Fieber. Die ganze Welt bedeutet mir jetzt nichts! Wie oft habe ich diesen Mann in meinen Träumen erblickt! Ach, was für einen schönen Kopf er hat, und wie seine Augen funkeln!«

»Ob er Sie lieben wird?« fragte mit versagender Stimme das naive, schlichte Bauernmädchen, dessen Gesicht Wehmut überschattete.

»Das fragst du noch?« antwortete Mademoiselle de Verneuil. – »Aber sag mal, Francine«, fügte sie hinzu und bezeigte ihr gegenüber eine weniger ernste, halb komische Haltung, »wäre das denn so schwierig?«

»Ja, aber wird er Sie immer liebhaben?« entgegnete Francine lächelnd.

Eine Weile blickten sie einander betroffen an, Francine, weil sie viel Einsicht bekundet hatte, und Marie, weil sie zum erstenmal in der Liebe eine Glück verheißende Zukunft gewahrte; daher verharrte sie wie über einen Abgrund gebeugt, dessen Tiefe sie dadurch hatte ermessen wollen, daß sie auf das Geräusch eines achtlos hineingeworfenen Steins lauschte.

»Ach, das ist schließlich *meine* Sache«, sagte sie mit der Geste eines Spielers, der am Ende ist. »Nie werde ich eine verratene Frau bedauern; sie muß es sich selber zuschreiben, wenn sie verlassen wird. Ich werde den Mann, dessen Herz mir gehört hat, lebendig oder tot festzuhalten wissen. – Aber«, sagte sie nach einer Weile des Schweigens überrascht, »woher kommt dir ein solches Wissen, Francine?«

»Mademoiselle«, antwortete das Bauernmädchen hastig, »ich höre im Korridor Schritte.«

»Oh«, sagte sie horchend, »das ist nicht *er!* – Doch«, fuhr sie fort, »das ist keine Antwort. Ich verstehe dich: ich will sie abwarten oder zu erraten suchen.«

Francine hatte recht gehabt. Drei Schläge an die Tür unterbrachen das Gespräch. Auf Mademoiselles de Verneuil Aufforderung zum Eintreten erschien alsbald Hauptmann Merle.

Der Hauptmann erwies Mademoiselle de Verneuil eine militärische Ehrenbezeigung, erkühnte sich, ihr einen liebelnden Blick zuzuwerfen, wurde von ihrer Schönheit völlig geblendet und fand nichts anderes zu sagen als: »Mademoiselle, ich stehe Ihnen zu Diensten!«

»Sie sind wohl nach dem Abschiedsgesuch Ihres Halbbrigadechefs mein Beschützer geworden? So wird Ihr Regiment doch genannt?«

»Mein Vorgesetzter ist der Bataillonsadjutant Gérard; er hat mich hergeschickt.«

»Hat Ihr Major denn solche Angst vor mir?« fragte sie.

»Da sehen Sie falsch, Mademoiselle, Hulot hat keine Angst; aber die Frauen, sehen Sie, das ist nicht seine Sache; es hat ihn gewurmt, daß sein Befehlshaber eine Haube trägt.«

»Dabei«, entgegnete Mademoiselle de Verneuil, »ist es doch seine Pflicht, seinen Vorgesetzten zu gehorchen! Ich bin versessen auf Gehorsam, und ich sage Ihnen von vornherein, ich mag es nicht, wenn man sich mir widersetzt.«

»Das dürfte auch schwierig sein«, antwortete Merle.

»Lassen Sie uns beraten«, erwiderte Mademoiselle de Verneuil. »Sie haben frische Truppen hier, sie sollen mich nach Mayenne begleiten, wo ich heute abend anlangen kann. Können wir dort andere Soldaten vorfinden, damit wir weitermarschieren können, ohne uns dort aufzuhalten? Die Chouans wissen nichts von unserm kleinen Unternehmen. Wenn wir auf diese Weise bei Nacht reisen, müßten wir sehr viel Pech haben, wenn wir einer so großen Anzahl von ihnen begegneten, daß wir angegriffen werden könnten. Also sagen Sie mal: Glauben Sie, daß das möglich wäre?«

»Ja, Mademoiselle.«

»Wie ist der Weg von Mayenne nach Fougères?«

»Schlecht. Es geht fortwährend bergauf und bergab, die reinste Eichhörnchengegend.«

»Also los, los«, sagte sie. »Und da wir beim Verlassen Alençons keinerlei Gefahr zu befürchten haben, marschieren Sie voraus; wir werden Sie schon einholen.«

»Man könnte meinen, sie habe zehn Dienstjahre als Offizier hinter sich«, dachte Merle, als er ging. »Hulot irrt sich, dies junge Mädchen ist keine von denen, die sich mittels eines Federbetts eine Rente verdienen. Und, heiliges Kanonenrohr, wenn der Hauptmann Merle Bataillonsadjutant werden will, dann rate ich ihm nicht, Sankt Michael für den Teufel zu halten.«

Während der Besprechung der Mademoiselle de Verneuil mit dem Hauptmann war Francine hinausgegangen, und zwar in der Absicht, von einem Korridorfenster aus einen Punkt des Hofes zu überblicken, zu dem seit ihrer Ankunft in dem Gasthof eine unwiderstehliche Neugier sie hinzog. Sie betrachtete das Stroh im Pferdestall mit so tiefer Aufmerksamkeit, daß man hätte meinen können, sie sei vor einer Madonna im Gebet versunken. Bald erblickte sie Madame du Gua, die sich mit der Behutsamkeit einer Katze, die sich nicht die Pfoten schmutzig machen will, auf Marche-à-terre zubewegte. Der Chouan erhob sich, als er die Dame sah, und bewahrte ihr gegenüber eine äußerst respektvolle Haltung. Diese seltsame Zusammenkunft erweckte Francines Neugier; sie eilte in den Hof hinab, schlich längs der Hauswand hin, um von Madame du Gua nicht gesehen zu werden, und versuchte, sich hinter der Stalltür zu verstecken; sie ging auf den Zehenspitzen, hielt den Atem an, hütete sich, das leiseste Geräusch zu machen, und es gelang ihr, sich dicht bei Marche-à-terre aufzustellen, ohne dessen Aufmerksamkeit erregt zu haben.

»Und wenn das, trotz all diesen Erkundigungen«, sagte die Unbekannte zu dem Chouan, »nicht ihr Name ist, schießt du sie erbarmungslos nieder wie eine tolle Hündin.«

»In Ordnung«, antwortete Marche-à-terre.

Die Dame entfernte sich. Der Chouan stülpte sich die rote Wollkappe wieder über den Kopf, blieb stehen, kratzte sich hinter dem Ohr wie einer, der in Verlegenheit ist, und sah unvermittelt, wie durch Zauberei, Francine vor sich erscheinen.

»Heilige Anna von Auray!« rief er aus. Jäh ließ er seine Peitsche fallen, faltete die Hände und blieb starr vor Entzücken stehen. Eine schwache Röte färbte sein plumpes Gesicht, und seine Augen funkelten wie in den Schmutz gefallene Diamanten. »Ist das wirklich das Cottin-Mädchen?« fragte er mit so gedämpfter Stimme, daß nur sie sie vernehmen konnte. – »Sie sind aber mal *godaine!*« fuhr er nach einer Pause fort.

Das ziemlich bizarre Wort »godain, godaine« ist ein Kraftausdruck im Dialekt jener Gegenden und dient den Verliebten dazu, den Zusammenklang von reicher Kleidung und Schönheit auszudrücken.

»Ich wage gar nicht, Sie anzurühren«, fügte Marche-à-terre hinzu, streckte aber dennoch seine breite Hand gegen Francine aus, um sich von dem Gewicht einer dicken Goldkette zu überzeugen, die sie um den Hals trug und die ihr bis zur Taille hinabhing.

»Und daran tun *Sie* gut, Pierre«, antwortete Francine aus dem Instinkt der Frauen heraus, der sie, wenn er nicht unterdrückt wird, zu Despotinnen macht. Sie genoß die Verdutztheit des Chouans und wich dann hochmütig zurück; allein sie glich die Härte ihrer Worte durch liebenswürdige Blicke aus und trat wieder näher zu ihm hin. – »Pierre«, fuhr sie fort, »hat jene Dame was über die junge Demoiselle gesagt, der ich diene?«

Marche-à-terre blieb stumm, und in seinem Gesicht vollzog sich ein Kampf, der wie das Morgengrauen zwischen nächtlichen Finsternissen und dem Tageslicht war. Abwechselnd blickte er Francine, die große Peitsche, die er hatte fallen lassen, und die Goldkette an, die auf ihn eine ebenso mächtige Verführungskraft auszuüben schien wie das Gesicht der Bretonin; dann machte er seiner Unruhe ein Ende, indem er die Peitsche aufhob, und fuhr fort zu schweigen.

»Ach, es ist nicht weiter schwierig, zu erraten, daß die Dame dir befohlen hat, meine Herrin umzubringen«, fuhr Francine fort; sie kannte die verschwiegene Treue des Gars und wollte seine Skrupel zerstreuen.

Marche-à-terre senkte bedeutungsvoll den Kopf. Für das Cottin-Mädchen war das eine Antwort.

»Also, Pierre, wenn ihr das geringste Unheil widerfährt, wenn ihr ein einziges Haar gekrümmt wird, haben wir uns hier einander zum letztenmal gesehen, und zwar bis in alle Ewigkeit; denn *ich* komme ins Paradies, und *du* kommst in die Hölle.«

Kein Besessener, wie ihm die Kirche ehedem unter großem Gepränge die bösen Geister austrieb, konnte tiefer bewegt sein als Marche-à-terre bei dieser Vorhersage; sie war mit einer Gläubigkeit ausgesprochen worden, die sie für ihn zu einer Art Gewißheit machte. Seine anfangs von einer ungebärdigen Zärtlichkeit erfüllten Blicke, die alsdann von den Pflichten eines Fanatismus bekämpft worden waren, der ebenso gebieterisch war wie der der Liebe, wurden plötzlich wild, als er die gebieterische Miene der unschuldigen Herrin gewahrte, der er sich ehedem geweiht hatte. Francine deutete sich das Schweigen des Chouans auf ihre Weise.

»Du willst also nichts für mich tun?« fragte sie ihn vorwurfsvoll.

Auf diese Worte hin warf der Chouan seiner Geliebten einen Blick zu, der schwarz war wie ein Rabenflügel.

»Bist du frei?« fragte er mit einem Knurren, das einzig für Francine vernehmlich war.

»Wäre ich sonst hier . . .?« antwortete sie unwillig. »Aber du, was tust *du* hier? Du treibst dich noch immer als Chouan herum, du läufst auf den Landstraßen herum wie ein tollwütiges Tier, das beißen will. O Pierre, wenn du klug wärst, dann kämst du mit mir. Jene schöne Demoiselle, die, ich kann es dir ja sagen, ehemals bei uns zu Hause die Ammenmilch erhalten hat, die hat sich meiner angenommen. Ich habe jetzt zweihundert Francs gute Renten. Also kurz und gut, Mademoiselle hat mir für fünfhundert Taler das große Haus gekauft, das meinem Onkel Thomas gehört hat, und ich habe zweitausend Francs Ersparnisse.«

Aber ihr Lächeln und die Aufzählung ihrer Schätze scheiterten an dem undurchdringlichen Gesichtsausdruck Marche-à-terres.

»Die Rektoren haben gesagt, wir müßten in den Krieg ziehen«, antwortete er. »Für jeden umgelegten Blauen gibt es Ablaß.«

»Aber vielleicht legen die Blauen *dich* um.«

Er antwortete damit, daß er die Arme niederfallen ließ, als

bedaure er die Geringfügigkeit des Opfers, das er Gott und dem König darbrachte.

»Und was soll dann aus mir werden?« fragte das junge Mädchen schmerzlich.

Marche-à-terre sah Francine stumpfsinnig an; seine Augen schienen größer zu werden; es entrannen ihnen zwei Tränen, die parallel über seine behaarten Backen hinab auf die Ziegenfelle rollten, mit denen er bedeckt war, und seiner Brust entrang sich ein dumpfes Ächzen.

»Heilige Anna von Auray . . .! Pierre, das ist also alles, was du mir nach einer Trennung von sieben Jahren zu sagen hast? Du hast dich arg verändert.«

»Ich liebe dich noch immer«, antwortete der Chouan mit rauher Stimme.

»Nein«, flüsterte sie ihm zu, »der König bedeutet dir mehr als ich.«

»Wenn du mir so kommst«, entgegnete er, »dann gehe ich.«

»Also gut, dann leb wohl«, erwiderte sie traurig.

»Leb wohl«, wiederholte Marche-à-terre.

Er ergriff Francines Hand, drückte sie, küßte sie, schlug ein Kreuzeszeichen und machte wie ein Hund, der einen Knochen gestohlen hat, daß er in den Stall kam.

»Pille-miche«, sagte er zu seinem Kameraden, »ich sehe die Hand vor Augen nicht. Hast du dein Tabakshorn bei dir?«

»Oh, verdammt noch mal . . .! Die schöne Kette«, antwortete Pille-miche und fummelte in einer Tasche herum, die auf der Innenseite seiner Geißenhaut angebracht war.

Er hielt Marche-à-terre den kleinen Kegel aus Ochsenhorn hin, in den die Bretonen den feinkörnigen Tabak tun, den sie an den langen Winterabenden selber reiben. Der Chouan reckte den Daumen hoch, so daß sich oberhalb seines linken Handgelenks die Höhlung bildete, in die sich die alten Krieger ihre Tabaksprisen hineindosieren; er schüttelte kräftig das Horn, dessen Spitze Pille-miche abgeschraubt hatte. Ein sehr feiner Staub fiel langsam aus dem kleinen Loch, in das das kegelförmige bretonische Gerät auslief. Marche-à-terre vollzog sieben- oder achtmal stumm diese Handhabung, als besitze jenes Pulver die Macht, die Art und Weise seiner Gedanken zu wandeln. Unvermittelt vollführte er eine verzweifelte Geste, warf Pille-miche das Tabakshorn zu und raffte einen im Stroh versteckten Karabiner an sich.

»Sieben oder acht solche Prisen hintereinander, dabei kommt nichts 'raus«, sagte der geizige Pille-miche.

»Los!« rief Marche-à-terre mit krächzender Stimme. »Es gibt was zu tun.«

Etwa dreißig Chouans, die unter den Raufen und im Stroh geschlafen hatten, hoben die Köpfe, sahen Marche-à-terre stehen und verschwanden sogleich durch eine Tür, die zu den Gärten hinausging, von wo aus man die Felder gewinnen konnte. Als Francine aus dem Stall herauskam, fand sie die Postkutsche abfahrbereit vor. Mademoiselle de Verneuil und ihre beiden Reisegenossen waren schon eingestiegen. Die Bretonin durchfuhr es, als sie ihre Herrin im Wagenschlag neben der Frau sitzen sah, die kurz zuvor ihren Tod befohlen hatte. Der Verdächtige setzte sich vor Marie, und sobald Marie ihrerseits saß, setzte sich das schwere Gefährt in Bewegung und fuhr in scharfem Trab davon.

Die Sonne hatte die grauen Herbstwolken zerstreut, und ihre Strahlen verlebendigten die Melancholie der Felder durch einen Anhauch von Festlichkeit und Jugend. Viele Liebesleute halten solcherlei Willkürlichkeiten des Himmels für Vorzeichen. Francine wurde auf seltsame Weise durch das Schweigen überrascht, das zunächst zwischen den Reisenden herrschte. Mademoiselle de Verneuil hatte wiederum ihre kalte Miene aufgesetzt, hielt die Augen niedergeschlagen, den Kopf sanft geneigt, die Hände unter einer Art Umhang verborgen, in den sie sich gehüllt hatte. Wenn sie aufschaute, so geschah es lediglich, um einen Blick auf die Landschaftsbilder zu werfen, die in rascher Bewegung vorüberglitten. Sie war sich gewiß, daß sie bewundert werde, und so entzog sie sich der Bewunderung; aber ihre zur Schau getragene Sorglosigkeit zeugte mehr von Koketterie denn von Arglosigkeit. Die rührende Reinheit, die dem Ausdruck, durch den schwache Seelen sich enthüllen, so viel Harmonie leiht, schien ihren Zauber einem Geschöpf zu verweigern, das seine lebhafte Eindruckskraft für die Stürme der Liebe bestimmt. Der Unbekannte war im Bann der lustvollen Empfindungen, wie der Beginn eines flüchtigen Liebeserlebnisses sie mit sich bringt; er versuchte vorerst noch nicht, sich den Widerstreit zu erklären, der zwischen der Koketterie und der Überschwenglichkeit dieses eigenartigen Mädchens bestand. Die gespielte Unbekümmertheit gestattete ihm nicht, nach Herzenslust ein Gesicht zu betrachten, das die Ruhe jetzt im gleichen Maß verschönte, wie es zuvor die Erregung getan hatte. Wir beschuldigen nur ungern den Quell unserer Genüsse.

Für eine hübsche Frau ist es schwierig, sich im Wagen den Blicken ihrer Reisegenossen zu entziehen, deren Augen sich auf sie richten, als wollten sie in ihr bei der Einförmigkeit der Reise eine weitere Ablenkung suchen. Der junge Offizier war nur zu glücklich, die Gier seiner entstehenden Leidenschaft stillen zu können, ohne daß die Unbekannte seinem Blick auswich oder wegen seiner Beharrlichkeit gekränkt war; deswegen gefiel er sich darin, genau die reinen, schimmernden Linien anzuschauen, die den Umriß dieses Gesichts bildeten. Es war für ihn wie ein Bild. Bald ließ das Licht die rosige Transparenz der Nasenflügel hervortreten, und den doppelten Bogen, der die Nase mit der Oberlippe vereinte; bald beleuchtete ein matter Sonnenstrahl die Nuancen des Teints, der unter den Augen und um den Mund perlmutterfarben, auf den Wangen hellrosa, gegen die Schläfen hin und auf dem Hals matt war. Er bewunderte die Gegensätze von Hell und Dunkel, die das Haar hervorrief, dessen schwarze Wülste das Gesicht umrahmten und ihm eine flüchtige Anmut aufprägten; denn bei der Frau ist alles flüchtig! Ihre heutige Schönheit ist häufig nicht die gestrige, und vielleicht zu ihrem Glück! Der vermeintliche Seemann war überdies noch in einem Alter, da der Mann dergleichen Nichtigkeiten, die die ganze Liebe ausmachen, genießen kann; er erwartete beglückt die Bewegung, die das Atmen den Brüsten lieh und die von den Lidern und den verführerischen Augen wiederholt wurde. Manchmal erspähte er auch dank seiner Gedanken einen Einklang zwischen dem Ausdruck der Augen und der unmerklichen Biegung der Lippen. Jede Geste erschloß ihm eine Seele, jede Bewegung ein neues Antlitz dieses jungen Mädchens. Wenn ein paar Einfälle diese beweglichen Züge erregt hatten, wenn eine plötzliche Röte sie überzog, wenn ein Lächeln Leben darin verbreitete, genoß er tausend Entzückungen dadurch, daß er die Geheimnisse dieser mysteriösen Frau zu erraten trachtete. Alles war Falle für die Seele, Falle für die Sinne. Das Schweigen endlich war weit davon entfernt, dem Einvernehmen der Herzen Hindernisse entgegenzustellen; es wurde für die Gedanken zu einem gemeinsamen Bande. Mehrere Blicke, bei denen Marie de Verneuils Augen denen des Fremden begegneten, lehrten sie, daß dieses Schweigen sie bloßstellen müsse; deswegen richtete sie jetzt an Madame du Gua einige der bedeutungslosen Fragen, die ein Vorspiel der Unterhaltungen sind; sie konnte jedoch nicht umhin, den Sohn mit hineinzuziehen.

»Wie haben Sie sich nur entschließen können, Madame«, fragte sie, »Ihren Sohn in die Marine eintreten zu lassen? Heißt das nicht sich zu beständiger Unruhe verurteilen?«

»Mademoiselle, es ist doch das Schicksal der Frauen, der Mütter, will ich lieber sagen, immer um das zu zittern, was ihnen am teuersten ist.«

»Ihr Sohn sieht Ihnen sehr ähnlich.«

»Finden Sie?«

Diese unschuldige Bestätigung des Alters, das Madame du Gua sich gegeben hatte, ließ den jungen Herrn lächeln und bereitete der vorgeblichen Mutter neuen Verdruß. Der Haß dieser Frau wuchs mit jedem der leidenschaftlichen Blicke, den ihr Sohn auf Marie warf. Das Schweigen, das Reden, alles entfachte in ihr eine grausige Wut, die mit den liebenswürdigsten Manieren getarnt wurde.

»Mademoiselle«, sagte da der Unbekannte, »Sie irren sich. Seeleute sind nicht stärker gefährdet als die andern Offiziere. Die Frauen sollten keinen Widerwillen gegen die Marine hegen: Genießen wir nicht vor den Landtruppen den ungeheuren Vorzug, unsern Geliebten treu zu bleiben?«

»Oh, nur notgedrungen«, antwortete lachend Mademoiselle de Verneuil.

»Immerhin ist es Treue«, entgegnete Madame du Gua beinahe düster.

Die Unterhaltung belebte sich; sie erstreckte sich auf Dinge, die nur für die drei Reisegenossen von Interesse waren; denn unter so gearteten Umständen geben Leute von Geist dem Banalen neue Bedeutungen; aber das dem Anschein nach oberflächliche Gespräch, bei dem diese Unbekannten sich darin gefielen, einander auszufragen, barg die Begierden, Leidenschaften und Hoffnungen, die sie durchwallten. Die Klugheit und Bosheit Maries, die in einem fort auf der Hut war, lehrten Madame du Gua, daß einzig Verleumdung und Verrat sie über eine Rivalin triumphieren lassen konnten, die ebenso gefährlich durch ihren Geist wie durch ihre Schönheit war. Die Reisenden hatten die Eskorte eingeholt, und der Wagen fuhr jetzt weniger schnell. Der junge Seemann stellte fest, daß es eine lange Steigung zu erklimmen galt, und er schlug Mademoiselle de Verneuil vor, ein Stückchen zu Fuß zu gehen. Der gute Geschmack, die liebenswürdige Höflichkeit des jungen Herrn schienen die Pariserin zu bestimmen, und ihr Einverständnis war für ihn schmeichelhaft.

»Sind Sie ebenfalls unserer Ansicht?« fragte sie Madame du Gua. »Möchten auch Sie zu Fuß gehen?«

»Diese Kokette«, dachte die Dame beim Aussteigen.

Marie und der Unbekannte gingen zusammen, aber in einigem Abstand voneinander. Der Seemann war bereits in heftigem Begehren entbrannt; er war begierig, die ihm gegenüber bezeigte Zurückhaltung, von der er sich nicht nasführen ließ, zu Fall zu bringen. Das glaubte er dadurch zuwege bringen zu können, daß er mit ihr tändelnd plauderte, vermöge der französischen Liebenswürdigkeit, des bisweilen leichtfertigen, bisweilen ernsten, immer jedoch ritterlichen, oftmals spöttischen Geistes, der die hervorragenden Männer des ins Exil gegangenen Adels auszeichnete. Aber die lachlustige Pariserin zog den jungen Republikaner so boshaft auf, sie verstand es, ihm seine frivolen Absichten so verächtlich vorzuwerfen, wobei sie sich vorzugsweise an die klugen Gedanken und an die Exaltationen hielt, die wider seinen Willen alles, was er sagte, durchdrangen, daß er ohne weiteres erriet, was sie geheimhielt, nämlich, daß er ihr gefalle. Die Unterhaltung schlug also um. Der Fremde sah fortan die Hoffnungen, die ihr ausdrucksvolles Gesicht erweckt hatte, für erfüllbar an. Von Minute zu Minute wurde er sich neuer Schwierigkeiten bewußt, wenn er die Sirene richtig einschätzen wollte, in die er sich mehr und mehr verliebte, und er war genötigt, seine Urteile über ein Mädchen zu suspendieren, das sich ein Spiel daraus machte, sie alle zu entkräften. Anfangs war er durch die Betrachtung der Schönheit verlockt worden; jetzt wurde er zu dieser unbekannten Seele durch eine Neugier hingezogen, die anzustacheln sich Marie gefiel. Unmerklich gewann diese Unterhaltung einen Charakter der Intimität, der merklich von der Gleichgültigkeit abstach, die Mademoiselle de Verneuil ihr aufzuprägen sich bemühte, ohne daß es ihr gelang. Obgleich Madame du Gua den beiden Liebenden gefolgt war, waren diese, ohne es zu merken, schneller gegangen als sie, und bald waren sie um etwa hundert Schritte von ihr getrennt. Die beiden bezaubernden Menschenwesen gingen über den feinen Sand der Landstraße; sie empfanden einen kindlichen Reiz darin, das leichte Scharren ihrer Füße zu vereinen; sie waren glücklich, daß der gleiche Lichtstrahl sie umspielte, der der Frühlingssonne anzugehören schien, und daß sie gemeinsam die Herbstdüfte atmeten, die schwer waren von so viel pflanzlichem Vergehen: Es war, als seien sie von den Lüften der Schwermut keimender Liebe zugetragene Nahrung. Obgleich beide in ihrem gegenwärtigen Beieinander nur ein alltägliches Abenteuer zu erblicken schienen, teilten der Himmel, die Gegend und die Jahreszeit ihren Empfindungen einen Hauch von Gewichtigkeit mit, der ihnen den Anschein leidenschaftlicher Liebe gab. Sie begannen damit, den Tag und dessen Schönheit zu preisen; dann sprachen sie über ihre seltsame Begegnung, von dem bevorstehenden Abbrechen einer so lieblichen Bindung und von der Leichtherzigkeit, mit der man sich auf Reisen Menschen erschließt, die man ebenso schnell wieder aus den Augen verliert, wie man sie erblickt hat. Im Zusammenhang mit dieser letzten Bemerkung nahm der junge Herr die stillschweigende Erlaubnis wahr, die ihn zu ein paar zärtlichen Vertrauensbekundungen zu ermächtigen schien, und als ein Mann, dem solcherlei Umstände etwas Gewohntes sind, versuchte er das Wagnis von Geständnissen.

»Fällt Ihnen auf, Mademoiselle«, sagte er zu ihr, »wie selten in Zeiten des Schreckens gleich den unseren die Gefühle der allgemein üblichen Straße folgen? Steht nicht alles rings um uns her unter der Drohung einer unerklärlichen Plötzlichkeit? Heutzutage wird auf einen Blick hin geliebt und gehaßt. Man vereint sich fürs Leben oder verläßt einander mit der Schnelligkeit, mit der man dem Tod entgegeneilt. Bei allen Dingen hat man es eilig, wie die Nation bei ihren Tumulten. Inmitten der Gefahren müssen die Umarmungen heftiger sein als im gewöhnlichen Einerlei des Lebens. In Paris hat letzthin jeder, wie auf dem Schlachtfeld, alles gewußt, was ein Händedruck auszusagen vermag.«

»Man hat die Notwendigkeit verspürt, rasch und viel zu erleben«, antwortete sie, »weil man damals wenig Zeit zum Leben gehabt hat.« Und nachdem sie ihrem jungen Gefährten einen Blick zugeworfen hatte, der ihm das Ziel von ihrer beider kurzen Reise zu zeigen schien, fügte sie mit leichter Bosheit hinzu: »Für einen jungen Menschen, der gerade die Schule hinter sich hat, sind Sie recht gut über die Dinge des Lebens unterrichtet.«

»Was halten Sie von mir?« fragte er nach kurzem Schweigen. »Sagen Sie mir ohne Schonung Ihre Meinung.«

»Sicherlich wollen Sie sich auf diese Weise das Recht erwerben, zu mir über mich zu sprechen . . .?« entgegnete sie lachend.

»Das ist keine Antwort«, erwiderte er nach einer kleinen Pause. »Nehmen Sie sich in acht; oftmals ist Schweigen eine Antwort.«

»Errate ich nicht alles, was Sie mir sagen möchten? Ach, mein Gott, Sie haben schon viel zu viel gesagt.«

»Oh, wenn wir einander verstehen«, versetzte er lachend, »erlange ich mehr, als ich zu hoffen wagte.«

Sie begann so anmutig zu lächeln, daß sie den höflichen Kampf anzunehmen schien, mit dem jeder Mann nur zu gern eine Frau bedroht. Jetzt überzeugten sie einander im Ernst wie im Scherz, daß es ihnen unmöglich sei, einander jemals etwas anderes zu sein, als sie es in diesem Augenblick waren. Der junge Mann konnte sich einer Liebe überlassen, die keinerlei Zukunft hatte, und Marie konnte darüber lachen. Als sie dann zwischen sich eine imaginäre Schranke errichtet hatten, schienen sie beide ungemein erpicht darauf zu sein, Vorteile aus der gefährlichen Freiheit zu ziehen, die sie einander zugestanden hatten. Da stieß Marie unversehens an einen Stein und stolperte.

»Nehmen Sie doch meinen Arm«, sagte der Unbekannte.

»Es muß wohl sein, Sie Tollkopf! Sie wären allzu stolz, wenn ich es ablehnte. Würde das nicht den Anschein erwecken, ich fürchtete Sie?«

»Ach, Mademoiselle«, antwortete er und drückte ihren Arm, damit sie das Pochen seines Herzens spüre, »Sie machen mich noch stolz auf diese Gunst.«

»Nun, meine Nachgiebigkeit wird Ihnen Ihre Illusionen rauben.«

»Wollen Sie mich jetzt schon vor der Gefahr schützen, die von Ihnen erregte Gefühle bilden?«

»Bitte hören Sie auf«, sagte sie, »mich in solche kleinen Boudoireinfälle, solche Alkovenrätselfragen einzuwickeln. Ich begegne bei einem Mann Ihres Charakters ungern dem Geist, den auch die Dummen haben können. Verstehen Sie ...? Wir sind hier unter einem schönen Himmel, mitten in der freien Landschaft; vor uns und über uns ist alles groß. Sie wollen mir sagen, ich sei schön, nicht wahr? Doch, doch, Ihre Augen beweisen es mir, und außerdem weiß ich es; aber ich bin keine Frau, die durch Komplimente angenehm berührt werden könnte. Sie möchten doch nicht etwa zu mir von Ihren ›Gefühlen‹ reden?« fragte sie mit sardonischer Emphase. »Vermuten Sie bei mir vielleicht die Einfalt, an plötzliche Sympathien zu glauben, die stark genug wären, ein ganzes Leben durch die Erinnerung an einen Vormittag zu beherrschen?«

»Nicht an einen Vormittag«, antwortete er, »sondern an eine schöne Frau, die sich großherzig gezeigt hat.«

»Sie vergessen«, antwortete sie lachend, »etwas weit Anziehenderes, nämlich eine Unbekannte, bei der alles absonderlich anmutet: der Name, die Stadt, die Situation, die Freiheit des Geistes und Benehmens.«

»Sie sind mir durchaus keine Unbekannte«, rief er, »ich habe Sie zu erraten gewußt, und ich möchte Ihren Vorzügen nichts hinzufügen, höchstens ein wenig mehr Glauben an die Liebe, die Sie auf der Stelle einflößen.«

»Ach, Sie armer, siebzehnjähriger Junge, Sie sprechen schon von Liebe?« fragte sie lächelnd. »Nun, meinetwegen«, fuhr sie fort. »Das ist halt ein Gesprächsthema zwischen zwei Leuten, wie Regen und schönes Wetter, wenn man einen Besuch macht; wollen wir es ergreifen? Sie werden in mir weder falsche Bescheidenheit noch Kleinlichkeit finden. Ich kann das Wort ›Liebe‹ hören, ohne zu erröten; es ist mir gegenüber so viele Male ausgesprochen worden, ohne daß das Herz dabei mitschwang, daß es für mich nahezu bedeutungslos geworden ist. Es ist mir im Theater wiederholt worden, in Büchern, in der Gesellschaft, überall; aber nie bin ich etwas begegnet, das diesem herrlichen Gefühl geähnelt hätte.«

»Haben Sie danach gesucht?«

»Ja.«

Dies Wort wurde so lässig hingesprochen, daß der junge Herr eine überraschte Geste tat und Marie anstarrte, als sei er plötzlich anderer Meinung über ihren Charakter und ihre wahre Stellung geworden.

»Mademoiselle«, fragte er mit schlecht verhehlter Anteilnahme, »sind Sie Mädchen oder Frau, Engel oder Satan?«

»Beides bin ich«, antwortete sie lachend. »Wohnt einem jungen Mädchen nicht stets etwas Diabolisches und Engelhaftes inne, einem Mädchen, das nie geliebt hat, nicht liebt und vielleicht niemals lieben wird?«

»Und fühlen Sie sich dabei glücklich ...?« fragte er und bediente sich dabei eines freien Tons und Verhaltens, wie wenn er seiner Befreierin schon weniger Achtung zolle.

»Ach, glücklich?« entgegnete sie. »Nein. Wenn es mir widerfährt, zu denken, ich sei allein, beherrscht von gesellschaftlichen Konventionen, die mich notwendigerweise arglistig machen, dann beneide ich die Männer um ihre Vorrechte. Doch wenn ich all die Mittel bedenke, die die Natur uns Frauen gegeben hat, um euch Männer einzuwickeln, euch in die unsichtbaren Netze einer Macht zu verstricken, der keiner von euch widerstehen kann, dann dünkt meine Rolle hienieden mich lächerlich; urplötzlich kommt sie mir gering vor, und ich spüre, daß ich einen Mann verachten würde, wenn er sich durch banale Verführungskünste täuschen ließe. Kurzum, bald werde ich mir unseres Joches bewußt, und es gefällt mir, dann jedoch dünkt es mich wieder entsetzlich, und ich sträube mich dagegen; bald verspüre ich in mir den Drang zur Hingabe, der die Frau auf so noble Weise schön macht, und dann wieder empfinde ich ein verzehrendes Verlangen zum Herrschen. Vielleicht macht der naturgegebene Kampf zwischen dem guten und dem bösen Prinzip das Leben jedes Geschöpfes hienieden aus. Engel oder Satan, so haben Sie sich ausgedrückt. Ach, nicht erst heute erkenne ich meine Doppelnatur. Aber wir Frauen verstehen noch besser als ihr unsere Unzulänglichkeit. Besitzen wir nicht einen Instinkt, der uns in allen Dingen eine Vollkommenheit ahnen läßt, die zu erreichen wohl unmöglich ist? Aber«, fügte sie hinzu, blickte zum Himmel auf und stieß einen Seufzer aus, »was uns in den Augen von euch Männern größer macht ...«

»Das ist ...?« fragte er.

»Nun ja«, antwortete sie, »das ist, daß wir alle mehr oder weniger gegen ein unvollkommenes Schicksal ankämpfen.«

»Mademoiselle, warum müssen wir einander eigentlich heute abend verlassen?«

»Ach«, sagte sie und belächelte den leidenschaftlichen Blick, den der junge Herr ihr zugeworfen hatte, »wir wollen lieber wieder in den Wagen steigen; die frische Luft tut uns nicht gut.«

Jäh machte Marie kehrt, der Unbekannte folgte ihr und drückte ihr den Arm auf eine Weise, die zwar wenig respektvoll war, aber gleichzeitig der Ausdruck herrischen Begehrens und der Bewunderung. Sie schritt schneller aus; der Seemann ahnte, daß sie einer vielleicht ungelegenen Liebeserklärung entfliehen wollte, und wurde darob nur desto feuriger; er setzte alles aufs Spiel, um dieser Frau eine erste Gunstbezeigung zu entreißen, und indem er sie verschmitzt ansah, sagte er: »Wollen Sie, daß ich Ihnen ein Geheimnis enthülle?«

»Oh, sagen Sie es schnell, wenn es Sie betrifft!«

»Ich stehe nicht im Dienst der Republik. Wohin reisen Sie? Ich komme mit.«

Bei diesem Satz zuckte Marie heftig zusammen; sie zog ihren Arm zurück und bedeckte sich mit beiden Händen das Gesicht, um die Röte oder vielleicht auch die Blässe zu verbergen, die ihre Züge verändert hatte; aber plötzlich gab sie ihr Gesicht wieder frei und sagte mit weicherer Stimme: »Sie haben also angefangen, wie Sie enden möchten; Sie haben mich getäuscht?«

»Ja«, sagte er.

Bei dieser Antwort wandte sie der schwerfälligen Postkutsche, der sie entstiegen waren, den Rücken zu und fing beinahe an zu laufen.

»Aber«, wandte der Unbekannte ein, »die freie Luft bekam Ihnen doch nicht ...?«

»Sie hat sich geändert«, sagte sie, und ihr Stimme klang dabei ernst; im Bann gewittriger Gedanken ging sie weiter.

»Sie schweigen?« fragte der Fremde, dessen Herz sich mit jener süßen, etwas bänglichen Vorahnung füllte, die das Erwarten der Lust einem einflößt.

»Oh!« sagte sie kurz, »die Tragödie hat rasch begonnen.«

»Welche Tragödie meinen Sie?« fragte er.

Sie blieb stehen; sie musterte den Schüler zunächst mit einer Miene, die ein Doppelausdruck von Furcht und Neugier prägte; dann verbarg sie die Gefühle, die sie durchwallten, hinter einer undurchdringlichen Ruhe und tat damit dar, daß sie für ein junges Mädchen ungemeine Lebensgewandtheit besaß.

»Wer sind Sie?« fuhr sie fort. »Aber ich weiß es ja! Beim ersten Erblicken habe ich es geahnt. Sie sind der royalistische Befehlshaber, der ›der Gars‹ genannt wird. Der Exbischof von Autun[61] hat recht gehabt, als er uns sagte, wir müßten stets an Ahnungen glauben, die Unglück verheißen.«

»Welches Interesse haben Sie denn, diesen Burschen kennenzulernen?«

»Welches Interesse könnte er denn haben, sich vor mir zu verbergen, wenn ich ihm schon das Leben gerettet habe?« Sie fing an zu lachen, aber es klang gezwungen. – »Ich habe klüglich gehandelt, als ich Sie daran hinderte, mir zu sagen, Sie liebten mich. Vernehmen Sie denn, Monsieur, daß ich Sie verabscheue. Ich bin Republikanerin, Sie sind Royalist; ich würde Sie ausliefern, wenn Sie nicht mein Wort hätten, wenn ich Sie nicht schon einmal gerettet hätte, und wenn ...« Sie hielt inne. Dies Zurückgreifen auf sich selber, diese Kämpfe, die zu verbergen sie sich nicht länger bemühte, beunruhigten den Unbekannten, der, freilich vergebens, versuchte, sie zu durchschauen. – »Wir müssen uns in dieser Sekunde trennen, ich will es, adieu«, sagte sie. Sie machte mit einem Ruck kehrt, tat ein paar Schritte und kam zurück. – »Unfug; ich habe ein ungeheueres Interesse daran, herauszubekommen, wer Sie sind«, fuhr sie fort. »Verbergen Sie mir nichts, sagen Sie mir die Wahrheit. Wer sind Sie?

Denn Sie sind so wenig ein Schüler dei Ecole, wie Sie siebzehn Jahre alt sind ...«

»Ich bin ein Seemann, der vollauf bereit ist, dem Ozean den Rücken zu kehren und Ihnen überall hin zu folgen, wohin Ihre Phantasie mich führen will. Wenn ich das Glück habe, Ihnen irgendwie geheimnisvoll zu erscheinen, werde ich mich hüten, Ihnen Ihre Neugier zu nehmen. Warum sollten wir die ernsten Interessen des wirklichen Lebens mit dem Leben des Herzens vermengen, in dem wir begannen, einander so gut zu verstehen?«

»Unsere Seelen hätten einander verstehen können«, sagte sie ernst. »Aber, Monsieur, ich habe kein Recht, Ihr Vertrauen zu verlangen. Sie dürfen niemals den vollen Umfang Ihrer Verpflichtungen mir gegenüber erfahren: Ich bleibe stumm.«

In tiefstem Schweigen gingen sie ein paar Schritte weiter.

»Wie sehr mein Leben Sie interessiert!« fuhr der Unbekannte fort.

»Monsieur«, antwortete sie, »ich bitte Sie: Sagen Sie mir Ihren Namen, oder schweigen Sie. Sie sind ein Kind«, fügte sie achselzuckend hinzu, »und Sie tun mir leid.«

Die Hartnäckigkeit, mit der die Reisende darauf bestand, in sein Geheimnis einzudringen, ließ den angeblichen Seemann zwischen Klugheit und Begehrlichkeit schwanken. Der Unwille einer Frau, die man begehrt, übt eine mächtige Anziehungskraft aus; ihre Unterwerfung wie ihr Zorn sind gleichermaßen fordernd; sie greift alle Fibern im Herzen des Mannes an; sie durchdringt es und unterjocht es. War dies bei Mademoiselle de Verneuil eine weitere Koketterie? Trotz seines leidenschaftlichen Liebesverlangens brachte der Fremde die Kraft auf, einer Frau zu mißtrauen, die ihm gewaltsam ein Geheimnis entreißen wollte, bei dem es für ihn um Leben und Tod ging.

»Warum«, fragte er und nahm ihre Hand, die sie ihm zerstreut überließ, »warum hat meine Indiskretion, die diesem Tag eine Zukunft hätte geben können, seinen Zauber zunichte gemacht?«

Mademoiselle de Verneuil, die wirkte, als habe sie Schmerzen, bewahrte Schweigen.

»Wodurch habe ich Sie betrüben können?« fuhr er fort. »Und was könnte ich tun, um Sie zu beschwichtigen?«

»Sagen Sie mir Ihren Namen.«

Nun war es an ihm, stumm weiterzugehen; so legten sie ein paar Schritte zurück. Unvermittelt blieb Mademoiselle de Verneuil stehen wie jemand, der einen wichtigen Entschluß gefaßt hat.

»Herr Marquis de Montauran«, sagte sie würdevoll, aber ohne eine Aufwallung gänzlich unterdrücken zu können, die ihren Zügen eine Art nervösen Zuckens lieh, »was es mich auch kosten könnte, ich bin froh, daß ich Ihnen einen guten Dienst erweisen kann. Hier müssen wir uns trennen. Die Eskorte und die Postkutsche sind für Ihre Sicherheit allzu notwendig, als daß Sie nicht beides annehmen müßten. Fürchten Sie nichts von seiten der Republikaner; alle diese Soldaten, sehen Sie, haben Ehre im Leib, und ich will dem Adjutanten Befehle geben, die er getreulich ausführen wird. Was mich betrifft, so kann ich mit meiner Zofe zu Fuß nach Alençon zurückkehren; es können uns ja ein paar Soldaten begleiten. Hören Sie mir gut zu, schließlich handelt es sich um Ihren Kopf. Wenn Sie, ehe Sie in Sicherheit sind, dem gräßlichen Stutzer begegnen, den Sie im Gasthaus gesehen haben, so machen Sie, daß Sie wegkommen; er würde Sie nämlich sofort ausliefern. Was mich betrifft . . .« Sie machte eine Pause. – »Was mich betrifft, so stürze ich mich wieder voller Stolz in die Drangsale des Lebens«, fuhr sie leise fort und drängte ihr Aufschluchzen zurück. »Adieu. Möchten Sie glücklich sein! Adieu.«

Und sie gab dem Hauptmann Merle, der gerade auf der Höhe des Hügels angelangt war, einen Wink. Der junge Herr war einer so jähen Trennung nicht gewärtig gewesen.

»Warten Sie!« rief er mit einer Art recht gut gespielter Verzweiflung.

Dieser sonderbare Stimmungsumschwung eines Mädchens, für das er in jener Stunde sein Leben geopfert haben würde, hatte den Unbekannten so überrascht, daß er eine klägliche List ersann, um gleichzeitig seinen Namen geheimzuhalten und die Neugier der Mademoiselle de Verneuil zu stillen.

»Fast haben Sie es erraten«, sagte er, »ich bin Emigrant, zum

Tode verurteilt, und ich heiße Vicomte de Bauvan. Die Liebe zur Heimat hat mich nach Frankreich zurückgeführt, zu meinem Bruder. Ich hoffe, durch den Einfluß der Madame de Beauharnais, die heute die Gattin des Ersten Konsuls ist, von der Emigrantenliste gestrichen zu werden; aber wenn das fehlschlägt, will ich auf heimischer Erde sterben, indem ich an Montaurans Seite kämpfe; er ist mein Freund. Zunächst möchte ich heimlich mittels eines Passes, den er mir hat zukommen lassen, erkunden, ob von meinen bretonischen Besitzungen noch etwas übriggeblieben ist.«

Während der junge Edelmann sprach, prüfte Mademoiselle de Verneuil ihn mit durchdringenden Blicken. Sie versuchte, an der Wahrheit seiner Worte zu zweifeln; aber da sie leichtgläubig und vertrauensvoll war, gewann sie langsam einen heiteren Gesichtsausdruck zurück und rief: »Monsieur, ist das, was Sie mir in diesem Augenblick gesagt haben, auch wahr?«

»Völlig wahr«, entgegnete der Unbekannte, der im Umgang mit Frauen der Ehrlichkeit wenig Gewicht beizulegen schien.

Mademoiselle de Verneuil stieß einen lauten Seufzer aus wie jemand, der ins Leben zurückkehrt.

»Ach!« rief sie, »das freut mich sehr.«

»Dann hassen Sie also meinen armen Montauran?«

»Nein«, sagte sie, »Sie könnten mich nicht verstehen. Ich hätte nicht gewollt, daß *Sie* von den Gefahren bedroht würden, gegen die ich ihn zu verteidigen versuchen möchte, da er Ihr Freund ist.«

»Wer hat Ihnen gesagt, daß Montauran in Gefahr sei?«

»Nun, auch wenn ich nicht aus Paris käme, wo von nichts die Rede ist als von seinem Unternehmen, hat uns doch, wie ich meine, der Major in Alençon genug darüber gesagt.«

»Jetzt muß ich Sie fragen, wie Sie ihn vor allen Gefahren behüten könnten.«

»Und wenn ich nicht antworten wollte?« fragte sie mit verächtlicher Miene, unter der die Frauen so gut zu verbergen wissen, was in ihnen vorgeht. »Mit welchem Recht wollen Sie meine Geheimnisse kennenlernen?«

»Mit dem Recht, das einem Mann eingeräumt werden muß, der Sie liebt.«

»Schon . . .?« fragte sie. »Nein, Sie lieben mich nicht, Sie sehen in mir lediglich den Gegenstand einer schnell hinschwindenden Galanterie. Habe ich Sie nicht auf der Stelle durchschaut? Kann eine Dame, die mit den Gepflogenheiten der guten Gesellschaft vertraut ist, sich bei den heutzutage herrschenden Sitten täuschen, wenn sie einen Schüler der Ecole Polytechnique sich gewählter Ausdrücke bedienen hört und sieht, wie er so schlecht, wie Sie es getan haben, die Manieren eines großen Herrn mit der rauhen Schale des Republikaners tarnt? In Ihrem Haar ist noch ein Rest von Puder, und Sie benützen ein Edelmanns-Parfüm, das eine Frau von Welt am ehesten wittern muß. Daher habe ich um Ihretwillen gezittert, daß mein Überwacher, der über die volle weibliche Gewitztheit verfügt, Sie erkennen könne, und ich habe ihn auf der Stelle verabschiedet. Monsieur, ein echter republikanischer Offizier, der aus der Ecole hervorgegangen ist, würde nicht glauben, er könne bei mir sein Glück versuchen, und er würde mich auch nicht für eine hübsche Intrigantin halten. Erlauben Sie mir, Monsieur de Bauvan, daß ich Ihnen bei dieser Gelegenheit mit einer kleinen weiblichen Beweisführung aufwarte. Sind Sie so jung, daß Sie dies nicht wissen? Von allen Geschöpfen unseres Geschlechts ist dasjenige am schwersten zu unterwerfen, dessen Wert beziffert und das der Liebesspiele überdrüssig ist. Diese Art von Frau verlangt, wie mir gesagt worden ist, gewaltige Verführungskünste; sie gibt nur ihren Verliebtheiten nach; und der Anspruch, ihr Wohlgefallen zu finden, ist bei einem Mann die größte der Geckenhaftigkeiten. Doch lassen wir diese Gattung von Frauen, der mich einzugliedern Sie die Liebenswürdigkeit haben, einmal beiseite; sie sind gehalten, schön zu sein; Sie müssen verstehen, daß eine junge, adlige, schöne, geistvolle Frau (diese Vorzüge gestehen Sie mir ja zu) sich nicht verkauft, und daß sie nur auf *eine* Art gewonnen werden kann, nämlich wenn sie geliebt wird. Sie verstehen mich wohl! Falls sie aber liebt und eine Torheit begehen möchte, muß diese durch eine gewisse Größe gerechtfertigt sein. Verzeihen Sie mir diesen bei unserm Geschlecht so seltenen Luxus an Logik; aber um Ihrer Ehre und . . . um der meinen willen«, sagte sie und verneigte sich, »möchte ich nicht, daß wir uns über unsere guten Eigenschaften täuschten, oder daß Sie glaubten, Mademoiselle de Verneuil, ob nun Engel oder Satan, Mädchen oder Frau, sei fähig, sich durch banale Galanterien nehmen zu lassen.«

»Mademoiselle«, sagte der Marquis, dessen Überraschung zwar unterdrückt, aber ungemein groß war und der unvermittelt wieder zu einem der großen Welt Angehörenden wurde, »ich bitte Sie inständig, zu glauben, daß ich Sie für eine sehr vornehme Dame von Herz und hoher Gesinnung halte, oder . . . für ein gutes Mädchen; Sie haben die Wahl.«

»So viel verlange ich gar nicht von Ihnen, Monsieur«, sagte sie lachend. »Lassen Sie mir mein Inkognito. Übrigens ist meine Maske besser als die Ihrige, und ich will sie lieber beibehalten, und sei es nur, um zu erfahren, ob die Leute, die mir von Liebe sprechen, es auch ehrlich meinen . . . Wagen Sie also bei mir keine leichtfertigen Versuche. – Hören Sie zu, Monsieur«, sagte sie zu ihm und faßte ihn kräftig beim Arm, »wenn Sie mir beweisen könnten, daß Sie mich wahrhaft lieben, könnte keine menschliche Macht uns trennen. Ja, ich möchte mich einer großen männlichen Persönlichkeit zugesellen, einen gewaltigen Ehrgeiz und schöne Gedanken zu den meinen machen. Edle Herzen sind nicht untreu, denn die Beständigkeit ist eine Kraft, die ihnen wohl ansteht; ich würde auch stets bereit sein, aus meinem Körper für den Mann, dem meine Liebe gehört, eine Stufe zum Höhersteigen zu machen, mich für ihn zu opfern, ihn immer und ewig zu lieben, auch wenn er mich nicht mehr lieben sollte. Ich habe mich nie erkühnt, einem andern Herzen das Verlangen des meinen anzuvertrauen, noch die leidenschaftlichen Aufschwünge der Begeisterung, die mich verzehrt; aber Ihnen könnte ich sehr wohl etwas darüber sagen, da wir uns trennen müssen, sobald Sie in Sicherheit sind.«

»Uns trennen . . .? Nie!« sagte er; er war elektrisiert von den Klängen, die diese starke Seele erschallen ließ; sie schien gegen einen ungeheuren Gedanken anzukämpfen.

»Sind Sie frei?« fuhr sie fort und warf ihm einen verächtlichen Blick zu, der ihn klein machte.

»Oh, frei . . . ja, abgesehen von meiner Verurteilung zum Tode.«

Da sagte sie ihm mit einer Stimme, die von bitteren Empfindungen erfüllt war: »Wenn dies alles nicht nur ein Traum wäre, wie schön könnte dann Ihr Leben sein . . .! Aber wenn ich auch

Torheiten geredet habe, begehen wollen wir keine. Wenn ich an alles denke, was Sie sein müßten, um mich nach meinem wahren Wert einzuschätzen, dann zweifle ich an allem.«

»Und ich würde an nichts zweifeln, wenn Sie mir gehö ...«

»Still!« rief sie; sie hatte ihn diesen Satz im Tonfall echter Leidenschaft aussprechen hören. »Die frische Luft taugt jetzt ganz entschieden nichts mehr für uns; lassen Sie uns wieder zu unsern Anstandsdamen gehen.«

Die Postkutsche hatte die beiden bald eingeholt; sie nahmen ihre Plätze wieder ein und legten ein paar Meilen in tiefstem Schweigen zurück; beide hatten Stoff zu ausführlichen Betrachtungen gefunden, und so scheuten ihre Augen sich fortan nicht mehr, einander zu begegnen. Beide schienen ein gleiches Interesse daran zu haben, einander zu beobachten und einander ein wichtiges Geheimnis zu verbergen; allein sie fühlten sich durch das gleiche Verlangen zueinander hingezogen, ein Verlangen, das nach ihrer Unterhaltung die Maße der Leidenschaft angenommen hatte; denn sie hatten aneinander wechselseitig Eigenschaften erkannt, die in ihren Augen das Lustvolle noch steigerten, das sie sich von ihrer beider Kampf oder Vereinigung versprachen. Vielleicht war jeder von ihnen, als er in ein abenteuerliches Leben hineingeraten war, zu jener seltsamen Auffassung der Moral gelangt, bei der man, sei es aus Müdigkeit, sei es, um das Schicksal herauszufordern, sich gegen ernsthafte Überlegungen sperrt und sich den Möglichkeiten des Zufalls überläßt, indem man bei einer Unternehmung beharrt, eben weil dabei kein Ende abzusehen ist, und bei der man dennoch die notwendige Lösung erleben will. Hat die moralische Natur nicht wie die physische ihre Schlünde und Abgründe, in die sich die starken Charaktere nur zu gern hineinwagen und dabei ihr Leben aufs Spiel setzen wie ein Spieler sein ganzes Vermögen? Dem Edelmann und Mademoiselle de Verneuil war irgendwie eine Offenbarung von Ideen zuteil geworden, die nach der Unterhaltung, deren Folge sie waren, ein ihnen gemeinsames Gut darstellten; sie hatten auf diese Weise unvermutet einen gewaltigen Schritt getan; denn die Sympathie der Seelen folgt derjenigen der Sinne. Nichtsdestoweniger waren sie, je mehr sie sich schicksalhaft zueinander hingezogen fühlten, desto mehr daran interessiert, einander auszuforschen, und sei es nur, um durch unwillentliche Berechnung die Summe ihrer künftigen Genüsse zu erhöhen. Der junge Herr staunte noch immer über die Tiefe der Gedanken dieses absonderlichen Mädchens; er fragte sich zunächst, wie sie so viele erworbene Kenntnisse mit soviel Frische und Jugend verbinden könne. Dann glaubte er in der übertriebenen Keuschheit, die Marie allem, was sie tat und sagte, zu leihen trachtete, einen übertriebenen Wunsch zu erkennen, keusch zu wirken; er hielt sie für eine Heuchlerin, er schalt sich seiner Lustempfindungen wegen und wollte in der Unbekannten nur noch eine geschickte Komödiantin erblicken: Damit hatte er recht. Wie alle Mädchen der Welt war Modemoiselle de Verneuil um so schlichter geworden, je mehr sie an Gluten verspürt hatte; und so hatte sie, wie es nicht anders sein konnte, die prüde Haltung angenommen, durch die die Frauen ihr heftiges Begehren zu gut zu tarnen verstehen. Sie möchten sich samt und sonders der Liebe als Jungfrauen darbieten; und wenn sie es nicht sind, ist ihre Verstellung stets eine Huldigung, die sie ihrer Liebe erweisen. Diese Erwägungen vollzogen sich im Innern des Edelmanns rasch, und sie machten ihm Freude. Tatsächlich mußte für sie beide diese Prüfung ein Fortschritt sein, und der Liebende gelangte dadurch bald in jene Phase der Leidenschaft, in der der Mann gerade in den Mängeln seiner Geliebten Gründe findet, sie noch mehr zu lieben. Mademoiselle de Verneuil hing länger ihren Gedanken nach, als der Emigrant es tat; vielleicht ließ ihre Phantasie sie eine größere Spanne der Zukunft durchmessen: Der junge Herr gehorchte lediglich einem der tausend Gefühle, die er in seinem Mannesleben erproben mußte, und das junge Mädchen gewahrte ein ganzes Leben vor sich und gefiel sich darin, es schön zu gestalten, es mit Glück zu erfüllen, mit großen, noblen Gefühlen. Sie war glücklich im Reich der Gedanken, sie war gleichermaßen in diese Traumgebilde wie in die Wirklichkeit verliebt, in die Zukunft wie in die Gegenwart; Marie versuchte, zurückzuschreiten, um ihre Macht über dieses junge Herz noch mehr zu befestigen; sie handelte dabei völlig instinktiv, wie alle Frauen es tun. Nachdem sie mit sich übereingekommen war, sich rückhaltlos zu verschenken, wünschte sie sozusagen Streit um die Einzelheiten; am liebsten hätte sie all ihr Tun, ihre Worte und Blicke wieder in die Vergangenheit entrückt, um sie in Einklang mit der Würde der geliebten Frau zu bringen. So kam es, daß ihre Augen bisweilen eine Art Entsetzen ausdrückten, wenn sie das Gespräch überdachte, das sie geführt und in dem sie sich so aggressiv gezeigt hatte. Doch wenn sie dieses von Kraft zeugende Gesicht betrachtete, sagte sie sich, daß ein so mächtiges Menschenwesen großherzig sein müsse, und zollte sich Beifall, daß ihr etwas Besseres zuteil geworden sei als vielen andern Frauen, da sie in ihrem Liebhaber einen Mann von Charakter erkannte, einen zum Tode Verurteilten, der eben noch seinen Kopf aufs Spiel gesetzt hatte und gegen die Republik Krieg führte. Der Gedanke, ungeteilt eine solche Seele einnehmen zu dürfen, lieh alsbald allem ein andersgeartetes Aussehen. Zwischen dem Augenblick, da sie vor fünf Stunden ihr Gesicht und ihre Stimme darauf eingestellt hatte, den Edelmann zu reizen, und dem gegenwärtigen Augenblick, da sie ihn durch einen Blick aus der Fassung bringen konnte, waltete ein Unterschied wie zwischen einem erstorbenen und einem lebendigen Weltall. Herzhaftes Lachen und fröhliche Koketterie verbargen eine ungeheure Leidenschaft, die sich darbot wie ein Unglück, nämlich lächelnd. In der seelischen Verfassung, in der Mademoiselle de Verneuil sich befand, nahm das äußere Leben also für sie den Charakter einer Phantasmagorie an. Die Kutsche rollte durch Dörfer, durch Täler, durch Bergland, von denen kein einziges Abbild sich ihrem Gedächtnis einprägte. Sie langte in Mayenne an; die Soldaten der Eskorte wurden abgelöst; Merle sprach sie an, sie antwortete, durchfuhr eine ganze Stadt und befand sich wieder auf der Landstraße; aber die Gesichter, die Häuser, die Gassen, die Landschaften, die Menschen verwehten wie die ungewissen Gebilde eines Traumes. Dic Nacht kam. Marie fuhr unter einem diamantenen Himmel dahin, eingehüllt von einem sanften Licht, und bereits auf der Landstraße nach Fougères, und es wurde ihr nicht bewußt, daß der Himmel ein anderes Aussehen gewonnen habe, ohne zu wissen, was Mayenne, was Fougères war, noch wohin sie fuhr. Daß sie nach wenigen Stunden den Mann ihrer Wahl, von dem sie sich erwählt glaubte, verlassen könne, war für sie etwas Unmögliches. Die Liebe ist die einzige Leidenschaft, die weder Vergangenheit noch Zukunft duldet. Wenn gelegentlich ihre Gedanken sich durch Worte verrieten, ließ sie sich Sätze entschlüpfen, die nahezu allen Sinnes bar waren, aber die im Herzen dessen, der sie liebte, widerhallten wie Verheißungen der Liebeslust. In den Augen der beiden Zeugen dieser sich anbahnenden Leidenschaft nahm diese einen erschreckenden Verlauf. Francine kannte Marie so gut wie die Fremde den jungen Herrn, und dieses der Vergangenheit entstammende Wissen ließ sie stumm einer grausigen Lösung entgegensehen. Tatsächlich sollten sie nur zu bald das Ende dieses Dramas erleben, das Mademoiselle de Verneuil, vielleicht unwissentlich, so wehmutsvoll eine Tragödie genannt hatte.

Als die vier Reisenden etwa eine Meile über Mayenne hinaus waren, hörten sie einen Reiter, der sich ihnen mit äußerster Schnelligkeit näherte; als er an dem Wagen angelangt war, beugte er sich vor, um sich zu überzeugen, daß Mademoiselle de Verneuil darin sitze, und sie erkannte Corentin; diese sinistre Persönlichkeit nahm sich heraus, ihr ein Zeichen des Einverständnisses zu machen, dessen Vertraulichkeit etwas sie Verletzendes innewohnte; dieser durch Niederträchtigkeit gekennzeichnete Wink ließ sie zu Eis erstarren, und er ritt eilig davon. Der Emigrant schien durch diesen Zwischenfall unangenehm berührt worden zu sein; auch seiner vorgeblichen Mutter war er nicht entgangen; Marie indessen schmiegte sich leicht an ihn und schien sich durch einen Blick in sein Herz zu flüchten, als sei es die einzige Zufluchtsstätte, die sie auf Erden besaß. Da erhellte sich die Stirn des jungen Herrn; er kostete die Gefühlswallung aus, die ihn die Geste durchleben ließ, mit der seine Geliebte wie aus Versehen die Weite ihrer Neigung offenbart hatte. Eine unerklärliche Angst hatte alle Koketterie hinschwinden lassen; die Liebe hatte sich für einen Augenblick unverhüllt gezeigt. Sie schwiegen, um diese Süße einer Minute andauern zu lassen. Zu ihrer beider Unglück sah Madame du Gua alles, was zwischen ihnen vorging; wie ein Geizhals, der ein Festmahl gibt, schien sie ihnen die Bissen in den Mund zu zählen und ihnen das Leben zuzumessen. Ganz in ihrem Glück befangen gelangten die Liebenden, ohne sich um den zurückgelegten Weg zu kümmern, auf den Teil der Landstraße, der in der Tiefe des Tals von Ernée verläuft und das erste der drei Becken bildet, in denen sich die Geschehnisse ereignet haben, die dieser Geschichte als Eröffnung dienen. Dort gewahrte Francine seltsame Gestalten und wies auf sie hin; sie schienen sich wie Geisterschatten zwischen den Bäumen und den Stechginsterbüschen zu bewegen, von denen die Felder umsäumt waren. Als jedoch der Kutschwagen in der Nähe jener Schattengestalten angelangt war, belehrte eine allgemeine Salve, deren Kugeln pfeifend über die Köpfe der Reisenden hinwegflogen, diese, daß bei dieser Geistererscheinung alles auf Wirklichkeit beruhe. Die Eskorte war in einen Hinterhalt geraten.

Bei dieser lebhaften Knallerei bedauerte Hauptmann Merle höchlichst, den Irrtum der Mademoiselle de Verneuil geteilt zu haben, die, im Glauben, eine nächtliche, schnelle Reise verbürge die Sicherheit, ihn nur etwa sechzig Mann hatte mitnehmen lassen. Als daher der Hauptmann auf Gérards Befehl hin die kleine Truppe in zwei Kolonnen geteilt hatte, um beide Straßenseiten zu besetzen, hastete jeder der beiden Offiziere im Laufschritt durch die Ginster- und Stechginsterflächen, im Versuch, die Angreifer niederzukämpfen, ehe sie sich über deren Anzahl klar geworden waren. Die Blauen begannen, diese dichten Gebüsche zur Rechten und zur Linken mit einer der Unvorsichtigkeit nahen Unerschrockenheit durchzukämmen; sie beantworteten den Angriff der Chouans durch ein anhaltendes Feuer auf das Ginstergestrüpp, aus dem die Gewehrschüsse gekommen waren. Die erste Regung der Mademoiselle de Verneuil war gewesen, aus der Kalesche zu springen und möglichst weit zurückzulaufen, um sich von dem Schlachtfeld zu entfernen; aber da sie sich ihrer Furcht schämte, und da das Gefühl sie antrieb, das darauf drängt, in den Augen des geliebten Wesens groß zu erscheinen, blieb sie reglos stehen und versuchte, kaltblütig dem Kampf zuzuschauen.

Der Emigrant war ihr gefolgt; er nahm ihre Hand und legte sie auf sein Herz.

»Ich hatte Angst«, sagte sie lächelnd. »Aber jetzt . . .«

Da rief die entsetzte Zofe ihr zu: »Marie, Obacht!« Doch Francine, die aus dem Wagen springen wollte, fühlte, daß sie darin von einer kräftigen Hand festgehalten wurde. Die Schwere dieser riesigen Pranke ließ sie einen gellenden Schrei ausstoßen; sie fuhr herum und verstummte, als sie Marche-à-terres Gesicht erkannte.

»Ich werde also Ihren Ängsten«, sagte der Fremde zu Mademoiselle de Verneuil, »die Enthüllung der süßesten Herzensgeheimnisse danken. Dank Francine weiß ich jetzt, daß Sie den anmutigen Namen Marie tragen. Den Namen der Gottesmutter, den ich in allen meinen Bedrängnissen ausgerufen habe! Marie, den Namen, den ich fortan nur noch in der Freude aussprechen werde, und den ich jetzt nicht mehr sagen kann, ohne eine Gotteslästerung zu begehen, weil ich Religion und Liebe vermenge. Aber wäre es denn ein Verbrechen, gleichzeitig zu beten und zu lieben?«

Bei diesen Worten drückten sie einander fest die Hand, blickten einander stumm an, und das Übermaß ihrer Empfindungen nahm ihnen die Kraft und die Fähigkeit, ihnen Ausdruck zu geben.

»Für euch besteht keine Gefahr!« sagte Marche-à-terre barsch zu Francine und lieh dabei seiner rauhen, gutturalen Stimme einen unheilvollen Ausdruck des Vorwurfs; er betonte jedes Wort auf eine Weise, daß das harmlose Bauernmädchen darob schier betäubt wurde.

Zum erstenmal wurde sich das arme Mädchen der blutgierigen Wüstheit in den Blicken Marche-à-terres bewußt. Das Mondlicht schien das einzige zu sein, das zu diesem Gesicht paßte. Der ungebärdige Bretone hielt seine Kappe in der Hand, in der andern seinen Karabiner; er stand gedrungen wie ein Kobold da, umhüllt von dem weißen Licht, dessen Fluten allen Formen ein so bizarres Aussehen leiht; er gehörte mehr der Märchenwelt als der Wirklichkeit an. Seinem Erscheinen und seinem Vorwurf wohnte etwas von der Flüchtigkeit eines Phantoms inne. Brüsk wandte er sich Madame du Gua zu, mit der er ein paar hastige Worte wechselte; Francine, die das Niederbretonische einigermaßen verlernt hatte, konnte nichts davon verstehen. Die Dame schien Marche-à-terre mannigfache Befehle zu geben. Diese kurze Besprechung wurde durch eine herrische Geste der Dame abgeschlossen; sie wies den Chouan auf das Liebespaar hin. Ehe er gehorchte, warf Marche-à-terre einen letzten Blick auf Francine, die er zu bedauern schien; am liebsten hätte er etwas zu ihr gesagt: Aber die Bretonin wußte ja, daß ihrem Liebhaber Schweigen befohlen worden war. Die rauhe, gegerbte Haut dieses Mannes brachte es fertig, sich auf der Stirn in Falten zu legen; er zog die Brauen heftig zusammen. Leistete er dem abermaligen Befehl, Mademoiselle de Verneuil umzubringen, Widerstand? Sicherlich ließ ihn diese Grimasse Madame du Gua noch häßlicher erscheinen, aber Francine mutete das Aufblitzen seiner Augen beinahe freundlich an; sie erriet aus diesem Blick, daß sie die Energie dieses Wilden durch ihren weiblichen Willen würde beugen können, und so hoffte sie, nächst Gott über dieses gläubige Herz herrschen zu können.

Maries holdes Gespräch wurde durch Madame du Gua unterbrochen, die herzugelaufen kam und sie schreiend anpackte, als bedrohe sie eine Gefahr; dabei wollte sie lediglich ein Mitglied des royalistischen Komitees von Alençon, das sie erkannt hatte, ungestört dem Emigranten etwas sagen lassen.

»Mißtrauen Sie dem Mädchen, das Sie im Hotel ›Zu den drei Mohren‹ getroffen haben.«

Nachdem der Chevalier de Valois dem jungen Herrn diesen Satz zugeraunt hatte, stieg er auf ein kleines bretonisches Pferd und verschwand in dem Ginstergestrüpp, aus dem er aufgetaucht war. Zu dieser Zeit knatterte das Gewehrfeuer des Scharmützels mit erstaunlicher Lebhaftigkeit, doch ohne daß die beiden Parteien handgemein geworden wären.

»Herr Adjutant, sollte dies nicht ein Scheinangriff sein, um unsere Reisenden zu entführen und ihnen ein Lösegeld aufzuerlegen ...?« fragte La-clef-des-coeurs.

»Da hast du dich richtig in sie hineingedacht, oder der Teufel soll mich holen«, antwortete Gérard und eilte auf die Landstraße.

In diesem Augenblick wurde das Feuer der Chouans langsamer, denn das einzige Ziel des Scharmützels war die Mitteilung des Chevaliers an den Befehlshaber gewesen; Merle, der sah, wie sie in kleiner Zahl zwischen den Hecken davonliefen, hielt es nicht für angebracht, sich unnützerweise auf einen gefährlichen Kampf einzulassen. Durch zwei Befehle ließ Gérard die Eskorte wieder auf der Landstraße antreten und marschierte weiter; Verluste hatte er nicht erlitten. Der Hauptmann konnte Mademoiselle de Verneuil beim Einsteigen die Hand reichen, denn der Edelmann war wie vom Donner gerührt stehengeblieben. Die erstarrte Pariserin stieg ein, ohne die Höflichkeit des Republikaners anzunehmen; sie wandte den Kopf ihrem Liebhaber zu, sah ihn starr dastehen und war verdutzt über die jähe Wandlung, die die mysteriösen Worte des Reiters in ihm vollbracht hatten. Langsam kam der junge Emigrant wieder zu sich, und aus seiner Haltung sprach ein tiefes Ekelgefühl.

»Habe ich nicht recht gehabt?« flüsterte Madame du Gua dem jungen Herrn zu, als sie ihn zum Wagen zurückführte. »Gewiß sind wir in den Händen einer Kreatur, mit der um Ihren Kopf gefeilscht worden ist; aber da sie so dumm gewesen ist, sich in Sie zu vergaffen, anstatt ihr Gewerbe zu treiben, brauchen Sie sich nicht wie ein Knabe zu verhalten; tun Sie, als liebten Sie sie, bis wir auf La Vivetière sind ... Sind wir erst dort, so ...!«

»Aber sollte er sie etwa schon lieben ...?« fragte sie sich, als sie den jungen Herrn in der Haltung eines Schlafenden auf seinem Platz sitzen sah.

Dumpf rollte die Kalesche über den Sand der Landstraße. Beim ersten Blick, den Mademoiselle de Verneuil um sich warf, kam ihr alles verwandelt vor. Schon schlich der Tod sich in ihre Liebe ein. Vielleicht waren es nur Nuancen; aber für die Augen einer liebenden Frau sind Nuancen genauso grell wie lebhafte Farben. Aus dem Blicke Marche-à-terres hatte Francine erkannt, daß das Schicksal der Mademoiselle de Verneuil, über die zu wachen ihr befohlen worden war, in andern Händen als den ihrigen liege; ihr Gesicht war bleich geworden; sie konnte ihren Tränen nicht wehren, als ihre Herrin sie anschaute. Die unbekannte Dame verbarg unzulänglich unter einem falschen Lächeln die Bosheit einer weiblichen Rache, und die jähe Veränderung, die eine kriecherische Güte gegenüber Mademoiselle de Verneuil in ihrer Haltung, ihrer Stimme und ihren Zügen zuwege gebracht hatte, war so geartet, daß sie einer mit Scharfblick Begabten Angst machen mußte. Daher schauerte Mademoiselle de Verneuil instinktiv zusammen und fragte sich dabei: »Warum fröstelt mich ...? Sie ist doch seine Mutter.« Aber sie zitterte an allen Gliedern und fragte sich plötzlich: »Ist sie aber auch wirklich seine Mutter?« Sie sah einen Abgrund vor sich, den ein letzter Blick, den sie auf die Unbekannte warf, vollends erhellte. »Diese Frau liebt ihn!« dachte sie. »Aber warum ist sie jetzt so zuvorkommend zu mir, wo sie mir doch zuvor soviel Kälte bezeigt hat? Ist es um mich geschehen? Oder hat sie etwa Angst vor mir?« Was nun den Edelmann betraf, so erbleichte und errötete er abwechselnd, behielt indessen eine ruhige Haltung bei und schlug die Augen nieder, um die befremdlichen Regungen zu verbergen, die ihn durchwallten. Ein gewaltsames Zusammenpressen zerstörte die anmutige Kurvung seiner Lippen, und seine Gesichtsfarbe gilbte unter der Macht eines stürmischen Gedankens. Mademoiselle de Verneuil konnte nicht einmal mehr erraten, ob in seiner Wut noch Liebe sei. Der Weg, der an dieser Stelle durch einen Wald führte, wurde düster und hinderte die stummen Handlungsträger daran, einander mit Blicken zu befragen. Das Rauschen des Windes, das Rascheln der Laubbäume, der taktmäßige Marschtritt der Eskorte liehen dieser Szene das Feierliche, das den Herzschlag beschleunigt. Mademoiselle de Verneuil vermochte nicht vergeblich über die Ursache dieser Veränderung nachzugrübeln. Die Erinnerung an Corentin durchzuckte sie blitzartig und brachte ein Bild ihres wahren Schicksals mit sich, das sie plötzlich vor Augen hatte. Zum erstenmal seit dem Vormittag machte sie sich ernstlich Gedanken über ihre Lage. Bis zu diesem Augenblick hatte sie sich dem Glück zu lieben hingegeben, ohne an sich selbst noch an die Zukunft zu denken. Sie war außerstande, ihre Befürchtungen länger zu ertragen; sie suchte und erwartete mit der holden Geduld der Liebe einen der Blicke des jungen Herrn, und sie flehte so innig, ihre Blässe und ihr Beben waren von so eindringlicher Beredsamkeit, daß er schwankend wurde; aber dadurch wurde der Sturz nur desto tiefer.

»Ist Ihnen nicht wohl, Mademoiselle?« fragte er.

Diese aller Sanftheit bare Stimme, die Frage an sich, der Blick, die Geste, alles diente dazu, das arme Mädchen zu überzeugen, daß die Ereignisse dieses Tages einer seelischen Täuschung angehörten, einer Fata Morgana, die jetzt hinschwand wie Wolken, die sich kaum gebildet haben und die der Wind verweht.

»Ob mir nicht wohl ist . . .?« entgegnete sie und lachte gezwungen auf. »Die gleiche Frage hätte ich an Sie richten können.«

»Ich habe gemeint, Sie verständen einander«, sagte Madame du Gua mit geheuchelter Gutmütigkeit.

Weder der Edelmann noch Mademoiselle de Verneuil antworteten. Das junge, auf doppelte Weise gekränkte Mädchen war tief beleidigt durch die Erkenntnis, daß ihre machtvolle Schönheit machtlos sei. Sie wußte, daß sie, wenn sie nur wollte, jederzeit die Ursache dieser Situation erfahren konnte; aber sie war nicht erpicht darauf, sie zu durchschauen, und so schreckte vielleicht zum erstenmal ein weibliches Wesen vor einem Geheimnis zurück. Das menschliche Leben ist auf eine klägliche Weise reich an Situationen, bei denen entweder als Folge zu angestrengten Grübelns oder einer Katastrophe unsere Gedanken an nichts mehr haften, ohne Substanz sind, ohne einen Ausgangspunkt; Situationen, bei denen die Gegenwart keine Bande mehr findet, um sich mit der Vergangenheit oder mit der Zukunft zu verknüpfen. In dieser Verfassung war jetzt Mademoiselle de Verneuil. In sich zusammengesunken saß sie im Wagen; sie wirkte wie ein entwurzelter Strauch. Stumm und schmerzlich bewegt schaute sie niemanden mehr an; sie umhüllte sich mit ihrem Leid und verblieb mit so viel Willenskraft in der unbekannten Welt, in die hinein alle Unglücklichen sich flüchten, daß sie nichts mehr sah. Krächzend flogen Raben über sie hin; aber obgleich sie, wie alle starken Seelen, in einem Winkel ihres Inneren zum Aberglauben neigte, schenkte sie ihnen keinerlei Beachtung. Eine ganze Weile fuhren die Reisenden schweigend weiter. »Schon getrennt!« dachte Mademoiselle de Verneuil. »Dabei hat niemand ringsum ein Wort gesagt. Etwa Corentin? Es liegt nicht in seiner Interessensphäre. Wer also hat aufstehen und mich anklagen können? Kaum bin ich geliebt worden, da drohen schon wieder die Schrecknisse des Verlassenseins. Ich säe Liebe und ernte Verachtung. Soll es denn immer und ewig mein Schicksal sein, stets das Glück zu erblicken und es stets wieder zu verlieren?« Sie verspürte jetzt in ihrem Inneren unbekannte Wirrnisse, denn im Grunde liebte sie zum erstenmal. Indessen hatte sie sich noch nicht in solchem Maße preisgegeben, als daß sie nicht ein Hilfsmittel gegen ihren Schmerz in dem angeborenen Stolz einer jungen, schönen Frau hätte finden können. Das Geheimnis ihrer Liebe, dieses so oft unter Qualen gewahrte Geheimnis, war ihr nicht entschlüpft. Sie richtete sich auf; es beschämte sie, durch ihr stummes Leiden das Maß ihrer Leidenschaft anzudeuten; sie schüttelte in einem Anfall von Heiterkeit den Kopf, zeigte ein lachendes Gesicht oder vielmehr eine lachende Maske, und dann zwang sie ihre Stimme, um deren Schwanken nicht laut werden zu lassen.

»Wo sind wir eigentlich?« fragte sie den Hauptmann Merle, der sich immer in einer gewissen Entfernung von dem Wagen hielt.

»Dreieinhalb Meilen vor Fougères.«

»Dann kommen wir also bald hin?« fragte sie ihn; sie wollte ihn ermutigen, eine Unterhaltung anzuknüpfen; sie gelobte sich, dem jungen Hauptmann dabei einige Achtung zu bezeigen.

»Solche Meilen«, entgegnete Merle ganz heiter, »sind an sich nicht lang; aber in diesem Lande hier nehmen sie sich heraus, nie aufzuhören. Wenn Sie auf der Höhe der Steigung angelangt sind, die wir gerade hinaufmarschieren, werden Sie ein Tal erblicken, das genauso aussieht wie das, das wir gerade verlassen haben, und dann können Sie am Horizont den Gipfel von La Pélerine sehen. Gebe es Gott, daß die Chouans dort nicht Rache nehmen! Jetzt dürfte Ihnen klar sein, daß man bei dem ewigen Hinauf und Hinab nicht recht vorwärtskommt. Von La Pélerine aus sehen Sie dann noch . . .«

Bei diesem Ausspruch zuckte der Emigrant abermals zusammen, aber nur so leicht, daß lediglich Mademoiselle de Verneuil dieses Erbeben wahrnahm.

»Was hat es denn mit dieser La Pélerine auf sich?« fragte das junge Mädchen hastig und unterbrach den in seine bretonische Topographie verstrickten Hauptmann.

»Das ist«, erwiderte Merle, »die höchste Erhebung eines Gebirgszugs, der seinen Namen dem Tal des Maine gibt, in das wir hinabmarschieren werden; es trennt jene Provinz vom Couësnon-Tal, an dessen Ausgang Fougères gelegen ist, die erste Stadt der Bretagne. Dort haben wir gegen Ende des Vendémiaire gegen den Gars und seine Buschklepper gekämpft. Wir hatten Aufgebotene bei uns, die, weil sie ihre Heimat nicht verlassen wollten, gedachten, uns an der Grenze umzubringen; aber Hulot machte nicht viel Federlesens; er hat ihnen . . .«

»Dann haben Sie also den Gars gesehen?« fragte sie. »Was für ein Mensch ist er denn ...?«

Ihre scharfen, boshaften Augen wichen nicht von dem Gesicht des angeblichen Vicomte de Bauvan.

»Ach, mein Gott, Mademoiselle«, antwortete der immerfort unterbrochene Merle, »er ähnelt dem Bürger du Gua so sehr, daß, wenn dieser nicht die Uniform der Ecole Polytechnique trüge, ich wetten würde, er sei es.«

Mademoiselle de Verneuil starrte in das kalte, starre Gesicht des jungen Herrn, der sie verachtete; aber sie gewahrte an ihm nichts, was ein Gefühl der Furcht hätte verraten können; sie unterrichtete ihn durch ein bitteres Lächeln von der Aufdeckung des Geheimnisses, die ihr in diesem Augenblick gelungen war; des Geheimnisses, das er so tückisch gewahrt hatte; dann sagte sie mit spöttischer Stimme, mit vor Freude geblähten Nasenflügeln, den Kopf zur Seite gewandt, um den Edelmann im Auge zu behalten und um gleichzeitig Merle zu sehen, zu dem Republikaner: »Dieser Befehlshaber, Herr Hauptmann, macht dem Ersten Konsul große Sorgen. Er ist kühn, so wird behauptet; die Sache ist nur die, daß er sich wie ein Tollkopf auf gewisse Unternehmungen einläßt, zumal den Frauen gegenüber.«

»Damit rechnen wir ja grade«, erwiderte der Hauptmann, »um unsere Rechnung mit ihm zu begleichen. Wenn wir ihn bloß zwei Stunden in Händen haben, jagen wir ihm einiges Blei in den Schädel. Stieße er mit uns zusammen, so würde der Koblenzer[62] es mit uns genauso machen und uns ins Jenseits befördern; also jede Wette ...«

»Ach«, sagte der Emigrant, »wir haben nichts zu befürchten! Ihre Soldaten kommen gar nicht bis nach La Pélerine; dazu sind sie viel zu erschöpft, und wenn Sie damit einverstanden sind, könnnen Sie zwei Schritte von hier Rast machen. Meine Mutter steigt bei La Vivetière aus; da drüben biegt der Weg nach dort ab, nur ein paar Flintenschüsse weiter. Die beiden Damen wollen sich dort ausruhen; sie müssen müde sein durch die ununterbrochene Fahrt von Alençon bis hierher. – Und da Mademoiselle«, sagte er mit erzwungener Höflichkeit und wandte sich seiner Geliebten zu, »die Großzügigkeit besessen hat, unserer Reise ebensoviel Sicherheit wie Annehmlichkeit zuteil werden zu lassen, wird sie vielleicht geruhen, im Haus meiner Mutter zu Nacht zu speisen. – Kurz und gut, Herr Hauptmann«, sprach er weiter, jetzt zu Merle, »die Zeiten sind nicht so schlecht, als daß sich nicht noch auf La Vivetrière ein Stückfaß Zider für Ihre Leute zum Anstechen fände. Lassen Sie's gut sein, der Gars hat schwerlich alles weggenommen; meine Mutter wenigstens glaubt ...«

»Ihre Mutter ...?« unterbrach ihn Mademoiselle de Verneuil voller Ironie; die seltsame, ihr gemachte Einladung ließ sie unbeantwortet.

»Mein Alter scheint Ihnen heute abend unglaubwürdig vorzukommen«, entgegnete Madame du Gua. »Ich hatte das Unglück, sehr früh verheiratet zu werden; ich habe meinen Sohn mit fünfzehn Jahren bekommen ...«

»Irren Sie sich auch nicht, Madame? Sollten Sie nicht dreißig gewesen sein?«

Madame du Gua erbleichte und schluckte diesen Sarkasmus hinunter; sie wollte, sie wäre in der Lage gewesen, sich zu rächen, und war jetzt gezwungen, ihr zuzulächeln; denn sie wollte um jeden Preis, selbst um den der grausamsten Boshaftigkeiten, das Gefühl kennenlernen, das in dem jungen Mädchen lebendig war; deswegen tat sie, als habe sie sie nicht verstanden.

»Nie zuvor haben die Chouans einen so grausamen Anführer gehabt, wenn man den Gerüchten Glauben schenkt, die über ihn im Umlauf sind«, sagte sie gleichzeitig zu Francine und deren Herrin.

»Oh, für grausam halte ich ihn nicht«, antwortete Mademoiselle de Verneuil. »Aber er versteht zu lügen und kommt mir sehr leichtgläubig vor: Ein Parteiführer darf niemandes Spielzeug sein.«

»Kennen Sie ihn denn?« fragte kalt der junge Emigrant.

»Nein«, erwiderte sie und warf ihm einen Blick der Verachtung zu. »Ich habe geglaubt, ihn zu kennen ...«

»Oh, Mademoiselle, er ist ganz bestimmt ein Halunke«, warf der Hauptmann kopfschüttelnd ein und lieh durch eine ausdrucksvolle Geste dem Wort das besondere Gepräge, das es damals besaß und seither eingebüßt hat. »Diese alten Familien treiben bisweilen kräftige Sprossen. Er kommt aus einem Lande zurück, wo es die Ci-devants, wie man sagt, nicht ganz leicht gehabt haben; und die Männer, müssen Sie wissen, sind wie die Mispeln, sie reifen auf Stroh. Wenn dieser Bursche geschickt ist, kann er uns lange zu schaffen machen. Er hat sich tadellos darauf verstanden, unsern Freischärler-Kompanien Plänkler-Kompanien entgegenzustellen und die Anstrengungen der Regierung zu neutralisieren. Wenn wir den Royalisten ein Dorf niederbrennen, dann läßt der den Republikanern zwei in Brand stecken. Er operiert über sehr weite Landstrecken hin und zwingt uns auf diese Weise zum Einsatz einer ansehnlichen Menge von Truppen, und noch dazu in einem Augenblick, da wir nicht allzu viele haben. Oh, der versteht sein Handwerk.«

»Er mordet sein Vaterland!« fiel Gérard mit lauter Stimme dem Hauptmann ins Wort.

»Nun«, entgegnete der Edelmann, »wenn sein Tod das Land befreit, dann erschießen Sie ihn doch möglichst schnell.«

Dann sondierte er mit einem Blick die Seele der Mademoiselle de Verneuil, und es spielte sich zwischen den beiden eine der stummen Szenen ab, deren dramatische Lebendigkeit und aufblitzende Pfiffigkeit nur sehr unvollkommen durch die Sprache wiedergegeben werden können. Die Gefahr macht interessant. Wenn es sich um den Tod handelt, erregt sogar der niedrigste Verbrecher stets ein wenig Mitleid. Obwohl nun aber Mademoiselle de Verneuil sich jetzt gewiß war, der Liebhaber, der sie verschmähte, sei der gefährliche Anführer, wollte sie sich dessen noch nicht durch seine Hinrichtung versichern; sie hatte eine völlig andersgeartete Neugier zu befriedigen. Sie zog es vor, entsprechend ihrer Liebe zu zweifeln oder zu glauben; sie begann, mit der Gefahr zu spielen. Ihr von spöttischer Perfidie erfüllter Blick wies den jungen Anführer mit triumphierender Miene auf die Soldaten hin; indem sie ihm auf diese Weise das Bild seiner Gefahr vor Augen führte, gefiel sie sich darin, ihn nachdrücklich spüren zu lassen, daß sein Leben von einem einzigen Wort abhänge, und schon schienen ihre Lippen sich zu bewegen, um es auszusprechen. Wie ein nordamerikanischer Indianer starrte sie auf die Fibern des Gesichts ihres an den Marterpfahl gebundenen Gegners und schwang voller Anmut den

Tomahawk; sie genoß dabei eine völlig unschuldige Rache und strafte wie eine noch liebende Geliebte.

»Hätte ich einen Sohn wie den Ihren«, sagte sie zu der sichtlich bangenden Fremden, »so würde ich von dem Tage an, da ich ihn der Gefahr ausgesetzt hätte, Trauer um ihn tragen.«

Sie erhielt keine Antwort. Zwanzigmal wandte sie den Kopf nach den Offizieren hin, und dann wieder jäh nach Madame du Gua, konnte indessen zwischen dieser und dem Gars kein Geheimzeichen wahrnehmen, das ihr eine Intimität bestätigt hätte, die sie argwöhnte und an der sie zweifeln wollte. Eine Frau zögert nur zu gern bei einem Kampf zwischen Leben und Tod, wenn sie das Urteil in der Hand hält. Der junge Befehlshaber lächelte mit der ruhigsten Miene und hielt ohne Zittern die Marter aus, die Mademoiselle de Verneuil über ihn verhängte; seine Haltung und sein Gesichtsausdruck kündeten von einem Mann, dem die Gefahren, denen er sich ausgesetzt hat, nichts ausmachen; bisweilen schien er ihr zu sagen: »Jetzt haben Sie eine Gelegenheit, Ihre gekränkte Eitelkeit zu rächen; ergreifen Sie sie! Ich würde in Verzweiflung geraten, wenn ich meine Verachtung für Sie aufgeben müßte.« Mademoiselle de Verneuil begann, den Anführer von der Höhe ihrer Stellung aus mit Impertinenz und zur Schau getragener Würde anzuschauen; denn im Grunde ihres Herzens bewunderte sie seinen Mut und seine Ruhe. Sie freute sich über die Entdeckung, daß ihr Geliebter einen alten Adelsnamen trug; der Glanz eines solchen gefällt jeder Frau; sie empfand etwas Lustvolles, ihn in einer Lage zu sehen, in der er, der Vorkämpfer einer durch das Unglück geadelten Sache, mit allen Fähigkeiten einer starken Seele gegen eine Republik rang, die so oft gesiegt hatte, und ihn in den Klauen der Gefahr jene Tapferkeit entfalten zu sehen, die so große Macht über das Herz der Frauen besitzt; zwanzigmal stellte sie ihn auf die Probe und gehorchte dabei vielleicht jenem Instinkt, der die Frauen dazu treibt, mit ihrer Beute zu spielen wie die Katze mit der gefangenen Maus.

»Auf Grund welches Gesetzes verurteilen Sie eigentlich die Chouans zum Tode?« fragte sie Merle.

»Na, auf Grund desjenigen vom 14. Fructidor letzten Jahres,

das die aufständischen Départements in die Acht erklärt und in ihnen Kriegsgerichte einsetzt«, antwortete der Republikaner.

»Was verschafft mir eigentlich jetzt die Ehre, Ihre Blicke auf mich zu ziehen?« fragte sie den jungen Anführer, der sie aufmerksam musterte.

»Ein Gefühl, das ein galanter Mann keiner Frau, welcher auch immer, offen bekennen könnte«, antwortete der Marquis de Montauran leise und neigte sich zu ihr hin. »Man muß«, sagte er laut, »in dieser Zeit leben, um es zu erleben, daß Mädchen das Amt des Henkers ausüben und ihn sogar noch durch die Art überbieten, wie sie mit dem Beil spielen ...«

Sie blickte Montauran fest an; dann aber sagte sie in ihrer Hingerissenheit, von diesem Mann in dem Augenblick beleidigt worden zu sein, da sein Leben in ihrer Hand lag, leise zu ihm und lachte dabei mit gelinder Bosheit auf: »Sie haben einen zu schlechten Kopf; die Henker werden ihn nicht wollen; ich bewahre ihn auf.«

Der verdutzte Marquis blickte eine Sekunde lang dieses unerklärliche Mädchen an, dessen Liebe über alles triumphierte, sogar über die ätzendsten Beleidigungen, und das sich durch die Verzeihung einer Kränkung rächte, die Frauen nie zu verzeihen pflegen. Seine Augen blickten jetzt weniger streng, weniger kalt drein, und es glitt sogar ein schwermütiger Ausdruck in seine Züge. Seine Liebe war bereits größer, als er es geglaubt hatte. Mademoiselle de Verneuil war zufrieden mit diesem geringen Pfand der angestrebten Versöhnung; sie schaute den Anführer zärtlich an und warf ihm ein Lächeln zu, das einem Kuß ähnelte; dann lehnte sie sich im Wagen zurück; sie wollte die künftige Entwicklung dieses Glücksdramas nicht gefährden; sie glaubte dessen Knoten durch jenes Lächeln aufs neue geknüpft zu haben. Sie war so schön! Sie verstand sich so trefflich darauf, in der Liebe über alle Hindernisse zu siegen! Sie war es so sehr gewohnt, mit allem ihr Spiel zu treiben und weiterzuschreiten, wie es gerade kam! Sie hatte eine so große Schwäche für das Unvorhergesehene und die Stürme des Lebens!

Bald bog auf eine Weisung des Marquis hin der Wagen von der Landstraße ab und fuhr in Richtung auf La Vivetière, und zwar durch einen Hohlweg; seine hohen, mit Apfelbäumen bepflanzten Böschungen ließen ihn eher als eine Schlucht denn als einen Weg erscheinen. Die Reisenden ließen die Blauen ihnen langsam zum Herrenhaus folgen, dessen graue Giebel zwischen den Bäumen abwechselnd auftauchten und verschwanden; einige Soldaten brachten es auf dieser Wegstrecke kaum fertig, ihre Schuhe aus dem zähen Lehmboden zu ziehen.

»Das hat eine verdammte Ähnlichkeit mit dem Weg zum Paradies«, rief Beau-pied.

Dank der Erfahrung des Postillions erblickte Mademoiselle de Verneuil bald das Schloß La Vivetière. Es lag auf dem Rücken einer Art von Vorgebirge und wurde von zwei tiefen Teichen geschützt und umgeben, so daß man nur hingelangen konnte, wenn man einem schmalen, gepflasterten Weg folgte. Der Teil jener Halbinsel, auf dem sich die Wohngebäude und die Gärten befanden, wurde in einer gewissen Entfernung vom Schloß durch einen breiten Graben beschirmt, in den sich das überschüssige Wasser der Teiche ergoß, mit denen er in Verbindung stand; er bildete auf diese Weise tatsächlich eine nahezu uneinnehmbare Insel, eine wertvolle Zufluchtsstätte für einen Befehlshaber, die lediglich durch Verrat überrumpelt werden konnte. Als Mademoiselle die klobigen, verrosteten Torangeln kreischen hörte und unter dem Spitzbogen eines im vorigen Krieg beschädigten Portals hindurchfuhr, streckte sie den Kopf vor. Die düsteren Farben des Bildes, das sich ihren Blicken darbot, löschten fast die Liebesgedanken und die Koketterie aus, zwischen denen sie schwankte. Der Wagen fuhr in einen großen, fast quadratischen Hof ein, dessen Abschluß die Steilufer der Teiche bildeten. Diese abrupten Böschungen, die von mit großen, grünen Flecken bedeckten Wassern bespült wurden, waren, und das war ihre einzige Zier, mit Bäumen bepflanzt, die gern am Wasser wachsen; ihr Laub war abgefallen, und ihre verkrüppelten Stämme, ihre übergroßen, struppigen Kronen, die sich über Schilf und Gestrüpp erhoben, muteten an wie groteske Fratzengebilde. Dieses anmutlose Buschwerk schien sich zu beleben und zu sprechen, als die Frösche quakend daraus hervorkamen und als die vom Gepolter des Wagens aufgeweckten Wasserhühner plätschernd über die Wasserfläche der Teiche hinwegflogen. Der von hohem, welkem Gras, Stechginster, niedrigen Büschen oder Unkraut umgebene

Hof schloß jeden Gedanken an Ordnung und Glanz aus. Das Schloß schien seit langem unbewohnt zu sein. Die Dächer schienen sich unter der Last der darauf wachsenden Pflanzen zu biegen. Obwohl die Mauern aus dem schieferartigen, festen Gestein erbaut waren, an dem jene Gegend überreich ist, wiesen sie zahlreiche Risse auf, in die der Efeu seine Saugnäpfe heftete. Zwei Baukörper, die rechtwinklig bei einem hohen Turm aneinanderstießen und dem Teich gegenüberlagen, bildeten das ganze Schloß; seine Türen und Fensterladen hingen morsch in den Angeln, die Gitter waren verrostet, die Fenster zerborsten; alles schien beim ersten Wehen eines Sturms zusammenstürzen zu müssen. Jetzt pfiff der Wind zwischen diesen Trümmern einher, denen der Mond durch sein ungewisses Licht die Eigenart und das Aussehen einer großen Geistererscheinung lieh. Man muß die Farben dieser granitähnlichen grauen und blauen Steine im Verein mit dem schwarzen und bräunlichen Schiefer gesehen haben, um zu wissen, wie echt der Vergleich ist, zu dem der Anblick dieses leeren, düsteren Gerippes nötigte. Seine gelockerten Steine, seine scheibenlosen Fenster, sein bezinnter Turm, seine löcherigen Dächer gaben ihm vollauf das Aussehen eines Skeletts; und die schreiend auffliegenden Raubvögel fügten dieser vagen Ähnlichkeit einen weiteren Zug hinzu. Ein paar hohe, hinter dem Haus angepflanzte Tannen wiegten über den Dächern ihr düsteres Gezweig, ein paar zum Schmuck der Ecken gestutzte Taxusbäume umrahmten es mit traurigen Bogengewinden, die aussahen wie Draperien eines Leichenwagens. Kurzum, die Form der Türen, die Plumpheit der Ornamente, die Uneinheitlichkeit der Gebäude, alles kündete einen der Herrensitze an, auf die die Bretagne so stolz ist, vielleicht sogar mit Recht; denn sie bilden auf dieser gälischen Erde eine Art Monumentalgeschichte der nebelhaften Zeiten, die der Errichtung der Monarchie vorhergingen. Mademoiselle de Verneuil, in deren Phantasie das Wort Schloß stets Bauformen im landläufigen Typ erweckte, war betroffen ob der Traurigkeit dieses Bildes; sie sprang leichtfüßig aus der Kalesche und betrachtete es voller Bangnis ganz für sich allein, wobei sie überlegte, wozu sie sich entschließen müsse. Francine hörte Madame du Gua einen freudigen Seufzer ausstoßen, nun sie sich außerhalb der Reichweite der Blauen befand, und es entschlüpfte ihr unwillkürlich ein beifälliger Ausruf, als das Portal sich geschlossen hatte und sie sich in dieser Art natürlicher Festung sah. Montauran war hastig zu Mademoiselle de Verneuil hingetreten; er erriet, welche Gedanken sie beunruhigten.

»Dieses Schloß«, sagte er mit einem Anhauch von Traurigkeit, »ist im Krieg zerstört worden, wie die Pläne, denen ich über unser Glück nachhing, durch Sie.«

»Wieso denn?« fragte sie, aufs höchste verwundert.

»Sind Sie tatsächlich eine junge, schöne, *adlige* und geistvolle Frau?« fragte er mit betonter Ironie und wiederholte ihr damit die Worte, die sie bei ihrer beider Unterhaltung auf der Landstraße so kokett hingesprochen hatte.

»Wer hat Ihnen das Gegenteil versichert?«

»Glaubwürdige Freunde, denen an meiner Sicherheit gelegen ist und die die Augen offenhalten, um Verrätereien zu vereiteln.«

»Verrätereien!« sagte sie spöttisch. »Sind Alençon und Hulot Ihnen schon so entrückt? Sie haben kein Gedächtnis, das ist für einen Parteiführer ein gefährlicher Mangel! – Aber von dem Augenblick an, da Freunde«, fügte sie mit ungemeiner Impertinenz hinzu, »so mächtig in Ihrem Herzen die Herrschaft ausüben, halten Sie lieber zu Ihren Freunden. Den Freuden der Freundschaft ist nichts vergleichbar. Adieu, weder ich noch die Soldaten der Republik werden dieses Haus betreten.«

Mit einer Gebärde verletzten Stolzes und der Verachtung eilte sie zum Portal; aber sie bezeigte dabei eine Noblesse und eine Verzweiflung, die den Marquis völlig anderen Sinnes machten; es wurde ihm zu schwer, auf die Begehrte zu verzichten, als daß er nicht unvorsichtig und leichtgläubig geworden wäre. Auch er liebte bereits. Also trugen die beiden Liebenden kein Verlangen danach, lange zu hadern.

»Fügen Sie alledem noch ein einziges Wort hinzu, und ich glaube Ihnen«, sprach er flehentlich.

»Ein Wort?« wiederholte sie ironisch und kniff die Lippen zusammen. »Ein Wort? Nicht einmal eine Geste!«

»Dann schelten Sie mich wenigstens«, bat er und versuchte, ihre eine Hand zu ergreifen; sie zog sie zurück; »sofern Sie es wagen, mit einem Rebellenanführer zu schmollen, der jetzt ebenso mißtrauisch und düster ist, wie er vor kurzem noch fröhlich und vertrauensvoll war.«

Marie hatte den Marquis ohne Zorn angeblickt; er sprach weiter: »Sie kennen mein Geheimnis, ich aber nicht das Ihre.«

Bei diesen Worten schien die Alabasterstirn braun zu werden; Marie warf einen unwilligen Blick auf den Anführer und antwortete: »Mein Geheimnis? Nie.«

In der Liebe hat jedes Wort, jeder Blick seine Augenblicksberedsamkeit; hier jedoch hatte Mademoiselle de Verneuil nichts Bestimmtes ausgedrückt, und so gewandt Montauran auch sein mochte, das Geheimnis dieses Ausrufs blieb unergründlich, obgleich die Stimme der Frau ungewöhnliche Gefühlsregungen verraten hatte, die seine Neugier heftig reizen mußten.

»Sie haben«, entgegnete er, »eine amüsante Art, alle Verdachte zu zerstreuen.«

»Haben Sie denn immer noch welche?« fragte sie und musterte ihn mit Blicken, als habe sie ihn gefragt: »Haben Sie irgendein Anrecht auf mich?«

»Mademoiselle«, antwortete der junge Herr unterwürfig und fest, »die Macht, die Sie über die republikanischen Truppen ausüben, diese Eskorte ...«

»Ah, da bringen Sie mich auf einen Gedanken. Sind meine Eskorte und ich«, fragte sie mit leiser Ironie, »Ihre Schützer also, hier in Sicherheit?«

»Ja, auf Edelmannswort! Wer Sie auch sein mögen, Sie und die Ihrigen haben in meinem Haus nichts zu befürchten.«

Dies Gelöbnis wurde auf eine so loyale und großherzige Weise gesprochen, daß Mademoiselle de Verneuil über das Schicksal der Republikaner völlig beruhigt sein mußte. Sie wollte gerade etwas sagen, als das Kommen der Madame du Gua ihr Schweigen gebot. Die Dame hatte einen Teil des Gesprächs der Liebenden mitangehört oder erraten, und es überkam sie keine geringe Unruhe, als sie sie in einem Beieinander sah, aus dem nicht die mindeste Feindschaft sprach. Als der Marquis jene Dame erblickte, bot er Mademoiselle de Verneuil die Hand und schritt mit einer Raschheit auf das Haus zu, wie wenn er sich einer lästigen Gesellschaft entziehen wolle.

»Ich bin ihm im Wege«, dachte die Unbekannte und blieb reglos stehen. Sie sah das versöhnte Liebespaar sich langsam nach der Freitreppe zu entfernen, wo sie stehenblieben und, nun ein gewisser Abstand zwischen ihr und den beiden herrschte, sogleich wieder zu plaudern anfingen. – »Ja, ja, ich bin ihnen im Wege«, fuhr sie in ihrem Selbstgespräch fort, »aber binnen kurzem wird diese Kreatur mir nicht länger im Wege sein; so Gott will, wird der Teich ihr Grab! Halte ich dann dein Edelmannswort nicht gut? Was hat man, liegt man in jenem Wasser, zu fürchten? Ist sie da nicht in Sicherheit?«

Starren Blickes schaute sie auf den ruhigen Spiegel des kleinen Sees zur Rechten, als sie es plötzlich im Dorngestrüpp der Böschung rascheln hörte und im Mondschein das Gesicht Marche-à-terres erblickte, das sich über die knotige Rinde einer alten Weide erhob. Man mußte den Chouan genau kennen, um ihn inmitten dieser Ansammlung von gekappten Bäumen zu unterscheiden, mit denen seine Gestalt so leicht zu verwechseln gewesen wäre. Madame du Gua warf zunächst einen mißtrauischen Blick in die Runde; sie sah den Postillion seine beiden Pferde nach einem Stall führen; er befand sich in demjenigen der beiden Schloßflügel, der gegenüber dem Ufer lag, wo Marche-à-terre sich versteckt hatte; Francine ging auf die beiden Liebenden zu, die in diesem Augenblick die ganze Welt vergessen hatten; da trat die Unbekannte vor und legte einen Finger auf die Lippen, um tiefes Schweigen zu gebieten; dann erriet der Chouan mehr, als er sie vernahm, die folgenden Worte: »Wieviel seid ihr hier?«

»Siebenundachtzig.«

»Sie sind nur fünfundsechzig, ich habe sie gezählt.«

»Gut«, entgegnete der Wilde mit wüster Genugtuung.

Der Chouan achtete auf die geringsten Gebärden Francines und verschwand in der Weidenrinde, als er sah, wie sie sich umwandte und mit den Blicken die Feindin suchte, die sie instinktiv überwachte.

Sieben oder acht Leute, die das Gerassel des Wagens herbeigelockt hatte, zeigten sich oben auf der Freitreppe und riefen: »Es ist der Gars! Er ist es, da steht er!« Auf diese Ausrufe hin eilten andere Männer herbei, und ihr Kommen unterbrach das Gespräch der beiden Liebenden. Der Marquis de Montauran trat hastig zu den Edelleuten hin, gab ihnen einen gebieterischen

Wink, um ihnen Schweigen aufzuerlegen, und zeigte nach der Höhe der Allee hin, aus der die republikanischen Soldaten herauskamen. Beim Erblicken dieser wohlbekannten blauen Uniformen mit den roten Aufschlägen und der blinkenden Bajonette riefen die verdutzten Verschwörer: »Sind Sie etwa gekommen, um uns zu verraten?«

»Dann würde ich Sie nicht auf die Gefahr hinweisen«, antwortete der Marquis mit einem bitteren Lächeln. – »Jene Blauen«, fuhr er nach einer Pause fort, »bilden die Eskorte dieser jungen Dame hier, deren Großherzigkeit uns in einem Gasthof zu Alençon auf eine an ein Wunder grenzende Weise aus einer Gefahr befreit hat, der wir fast erlegen wären. Wir werden Ihnen später dieses Abenteuer erzählen. Mademoiselle und ihre Eskorte sind auf mein Ehrenwort hier und müssen als Freunde empfangen werden.«

Madame du Gua und Francine waren an der Freitreppe angelangt; der Marquis bot Mademoiselle de Verneuil galant die Hand, die Gruppe der Edelleute teilte sich in zwei Spalierreihen, um die beiden durchzulassen, und alle versuchten, die Züge der Unbekannten zu sehen; denn Madame du Gua hatte bereits durch ein paar verstohlene Winke ihre Neugier angefacht. Mademoiselle de Verneuil erblickte im ersten Raum eine große, vollkommen gedeckte und für etwa zwanzig Tischgäste hergerichtete Tafel. Dieses Eßzimmer stand mit einem geräumigen Salon in Verbindung, in dem die Versammlung sich bald zusammenfand. Jene beiden Räume harmonierten mit dem Schauspiel der Verschwörung, das das Äußere des Schlosses dargeboten hatte. Die Wandtäfelung aus poliertem Nußbaumholz war von rohen, plumpen, vorspringenden, schlecht gearbeiteten Formen; sie war ausgerenkt und zerborsten und schien dem Auseinanderfallen nahe. Ihre düstere Farbe steigerte noch die Trübseligkeit dieser spiegellosen, vorhanglosen Räume, in denen ein paar hundertjährige, schadhafte Möbelstücke im Einklang mit diesem Gesamt von trümmerhaften Überbleibseln standen. Auf einem großen Tisch erblickte Marie Landkarten und aufgerollte Pläne; und alsdann in den Ecken des Raumes Waffen und aufgehäufte Karabiner. Alles zeugte von einer wichtigen Besprechung zwischen den Anführern der Vendéer und denjenigen der Chouans. Der Marquis geleitete Mademoiselle de Verneuil zu einem riesengroßen, wurmstichigen Lehnstuhl, der am Kamin stand, und Francine stellte sich hinter ihre Herrin und stützte sich auf die Rückenlehne dieses altertümlichen Möbels.

»Sie erlauben mir wohl, daß ich für eine kurze Weile die Pflichten des Hausherrn übernehme«, sagte der Marquis, wandte sich von den beiden fremden Frauen ab und mischte sich in die von seinen Gästen gebildeten Gruppen.

Francine sah, wie auf ein paar Worte Montaurans hin sämtliche Anführer ihre Waffen, die Landkarten und alles versteckten, was den Argwohn der republikanischen Offiziere hätte erwecken können; einige legten die breiten Ledergürtel ab, in denen Pistolen und Hirschfänger steckten. Der Marquis empfahl größte Zurückhaltung, bat um Entschuldigung, da er für die Unterbringung der lästigen, ihm vom Zufall bescherten Gäste sorgen müsse, und ging hinaus. Mademoiselle de Verneuil, die die Füße vor dem Kamin hochgehoben hatte und dabei war, sie sich zu wärmen, ließ Montauran an sich vorübergehen, ohne den Kopf zu wenden; dadurch täuschte sie die Erwartung der Anwesenden, die es samt und sonders verlangte, sie zu sehen. So war Francine denn die einzige Zeugin der Veränderung, die das Weggehen des jungen Anführers in der Versammlung hervorrief. Die Edelleute gruppierten sich um die unbekannte Dame, und während der gedämpften Unterhaltung, die sie mit ihnen führte, war keiner unter ihnen, der nicht mehrmals zu den beiden fremden Frauen hingeschaut hätte.

»Sie kennen Montauran«, sagte sie zu ihnen. »Er hat sich mir nichts, dir nichts in dieses Mädchen vergafft, und Sie verstehen wohl, daß auch die besten Ratschläge ihm verdächtig gewesen sind, wenn sie aus *meinem* Munde kamen. Unsere Pariser Freunde, die Herren de Valois und d'Esgrignon aus Alençon, alle hatten uns vor einer Falle gewarnt, die man ihm stellen wolle, indem man ihm eine Kreatur an den Hals werfe, und er geht der erstbesten auf den Leim, der er begegnet; einem Mädchen, das gemäß den Nachforschungen, die ich habe anstellen lassen, sich eines großen Namens bemächtigt, um ihn zu beschmutzen; das, usw. usw.«

Diese Dame, in der man wohl die Frau wiedererkannt hat, die

den Angriff auf die Turgotine entschied, wird fortan in dieser Geschichte den Namen beibehalten, der ihr dazu diente, den Gefahren bei ihrer Durchfahrt durch Alençon zu entgehen. Die Veröffentlichung ihres wahren Namens könnte lediglich eine adlige Familie kränken, die ohnehin schon durch die Verirrungen jener jungen Dame in tiefe Trauer versetzt worden ist; ihr Schicksal bildet übrigens den Inhalt einer anderen Geschichte[63]. Bald wurde die neugierige Haltung, die die Versammelten eingenommen hatten, ungehörig und beinahe feindselig. Einige ziemlich harte Ausrufe drangen an Francines Ohr; sie flüsterte ihrer Herrin etwas zu und flüchtete sich in eine Fensternische. Marie stand auf, wandte sich der Gruppe der Unverschämten zu und warf ihr einige Blicke voller Würde oder sogar voller Verachtung zu. Ihre Schönheit, die Eleganz ihres Auftretens und ihr Stolz führten bei ihren Gegnern sogleich einen Stimmungsumschwung herbei und trugen ihr ein schmeichelhaftes Gemurmel ein. Mehrere Herren, deren Äußeres die Gepflegtheit und Ritterlichkeit erkennen ließ, die man in der gehobenen Sphäre der Fürstenhöfe erwirbt, traten mit gutem Anstand auf Marie zu; ihre Zurückhaltung nötigte ihnen Respekt ab, keiner von ihnen wagte, das Wort an sie zu richten, und statt daß eine Anklage wider sie erhoben wurde, schien sie die Richterin über jene zu sein. Die Anführer in diesem für Gott und den König geführten Krieg glichen recht wenig den Phantasiegestalten, die Marie sich vielleicht ausgemalt hatte. Dieses wahrhaft grandiose Ringen schrumpfte zusammen und nahm dürftige Proportionen an, als sie, abgesehen von ein paar kraftvollen Gesichtern, diese Provinzadligen sah, denen es sämtlich an Ausdruck und Lebendigkeit gebrach. Marie hatte romantischen Vorstellungen gehuldigt; jetzt war sie unversehens in die Wirklichkeit geraten. Diese Physiognomien schienen vor allem eher von einem Verlangen nach Ränken als von der Liebe zum Ruhm auszusagen; im Grunde hatte nur der Eigennutz allen diesen Edelleuten die Waffe in die Hand gedrückt; im Kampf freilich wurden sie zu Herren; hier jedoch zeigten sie sich, wie sie waren. Die Einbuße ihrer Illusionen machte Mademoiselle de Verneuil ungerecht und hinderte sie, die wahre Hingabe und Opferwilligkeit zu erkennen, die mehrere dieser Männer auszeichneten. Die meisten jedoch bezeigten ein vulgäres Gehaben. Wenn auch einige Köpfe von ausgeprägter Eigenart sich von den übrigen abhoben, so wurden sie durch das zeremonielle Wesen und die Etikette der Aristokratie den andern angeglichen. Auch wenn Marie diesen Männern im allgemeinen Feinheit und Geist zugestanden hätte, mußte sie bei ihnen das völlige Fehlen der Schlichtheit und der Größe feststellen, an die die Triumphe und die Männer der Republik sie gewöhnt hatten. Diese nächtliche Versammlung in dem alten, verfallenen Schloß und unter diesen verdrehten Ornamenten, zu denen die Gesichter recht gut paßten, entlockte ihr ein Lächeln; sie wollte darin ein Symbol der Monarchie erblicken. Bald dachte sie voller Entzücken daran, daß der Marquis wenigstens die Hauptrolle unter diesen Leuten spiele, deren einziges Verdienst, Maries Meinung nach, darin bestand, daß sie sich für eine verlorene Sache opferten. Sie hielt in Gedanken das Gesicht ihres Liebhabers gegen diese Masse; sie gefiel sich darin, es daraus hervortreten zu lassen; sie sah in jenen hageren, schmächtigen Gestalten nur noch die Werkzeuge seiner edlen Pläne. In diesem Augenblick erklang im Nebenzimmer der Schritt des Marquis. Plötzlich teilten die Verschwörer sich in mehrere Gruppen, und das Getuschel hörte auf. Wie Schuljungen, die, wenn ihr Lehrer nicht dabei war, irgendeinen boshaften Streich ausgeheckt haben, beeilten sie sich, Ordnung und Schweigen vorzutäuschen. Montauran trat ein, Marie hatte die Freude, ihn inmitten dieser Leute zu bewundern, unter denen er der Jüngste, der Schönste, der Erste war. Wie ein König in seinem Hofstaat ging er von Gruppe zu Gruppe, verteilte ein leichtes Nicken, Händedrücke, Blicke, Worte des Einverständnisses oder des Vorwurfs, und übte sein Amt als Parteioberhaupt mit einem Anstand und einer Sicherheit aus, die sie bei diesem jungen, eben noch von ihr der Tollköpfigkeit beschuldigten Mann schwerlich vermutet hätte. Das Kommen des Marquis machte der Neugier ein Ende, die sich an Mademoiselle de Verneuil geheftet hatte; bald jedoch taten die boshaften Bemerkungen der Madame du Gua ihre Wirkung. Der Baron du Guénic, der den Decknamen »Intimé« trug und der unter all den um ernster Dinge willen hier versammelten Männern durch seinen Namen und seinen Rang ermächtigt schien, vertraulich mit Montauran zu sprechen, nahm ihn beim Arm und führte ihn in einen Winkel.

»Hör mal, lieber Marquis«, sagte er zu ihm, »wir alle sehen dich hier zu unserem Kummer eine Rieseneselei begehen.«

»Was willst du damit sagen?«

»Ja, weißt du denn, woher dieses Mädchen kommt, wer sie in Wahrheit ist und was für Absichten sie dir gegenüber hegt?«

»Lieber Intimé, ganz unter uns, schon morgen früh dürfte es mit meiner Liebesanwandlung aus sein.«

»Gut und schön; aber wenn diese Kreatur dich vor Tagesanbruch ausliefert?«

»Ich antworte dir, wenn du mir gesagt hast, warum sie es nicht schon längst getan hat«, entgegnete Montauran und setzte zum Scherz eine geckenhafte Miene auf.

»Tja, wenn sie dich mag, will sie dich vielleicht nicht verraten, bevor es mit ihrer eigenen Liebesanwandlung aus ist.«

»Mein Lieber, schau dir mal dieses reizende Mädchen an, beobachte ihr Gehaben, und dann erkühne dich zu sagen, sie sei keine Frau von edler Abkunft! Wenn sie auf dich begünstigende Blicke würfe, würdest dann nicht auch du im Grunde deiner Seele einigen Respekt vor ihr empfinden? Es hat euch bereits eine Dame gegen dieses Mädchen voreingenommen gemacht; und wenn sie nach allem, was wir einander gesagt haben, dennoch eine Verlorene wäre, eine von denen, über die unsere Freunde uns berichtet haben, so würde ich sie umbringen ...«

»Halten Sie«, sagte die dazwischentretende Madame du Gua, »Fouché für so dumm, daß er uns ein an der Straßenecke aufgegriffenes Mädchen schickte? Er hat die Verführungskraft Ihrem Wert angepaßt. Aber wenn Sie blind sind, werden Ihre Freunde die Augen offenhalten und über Sie wachen.«

»Madame«, antwortete der Gars und durchbohrte sie mit Zornesblicken, »lassen Sie sich nicht einfallen, etwas gegen dieses Mädchen oder seine Eskorte zu unternehmen; denn sonst würde nichts Sie vor meiner Rache schützen. Ich will, daß Mademoiselle mit der größten Rücksichtnahme behandelt wird, und wie eine Frau, die mir angehört. Wir sind, wie ich glaube, mit den Verneuils verwandt.«

Der Widerstand, auf den der Marquis gestoßen war, zeitigte

die übliche Wirkung, die dergleichen Hindernisse auf junge Menschen ausüben. Obgleich er so getan hatte, als nehme er Mademoiselle de Verneuil sehr leicht und als sei seine Liebe zu ihr bloß eine Laune, hatte er inzwischen durch ein Aufflammen seines Stolzes eine weite Strecke durchschritten. Indem er sich zu dieser Frau bekannte, glaubte er es seiner Ehre schuldig zu sein, daß sie respektiert werde; also ging er von Gruppe zu Gruppe, um als ein Mann, dem zu nahe zu treten gefährlich war, zu versichern, jene Unbekannte sei tatsächlich Mademoiselle de Verneuil. Sogleich verstummten alle Gerüchte. Als Montauran im Salon etwas wie Einklang hergestellt und allen Pflichten genuggetan hatte, trat er geflissentlich auf seine Geliebte zu und sagte mit gesenkter Stimme zu ihr:

»Diese Leute haben mich um einen Augenblick des Glücks gebracht.«

»Ich bin recht froh, Sie bei mir zu haben«, antwortete sie lachend. »Ich sage Ihnen von vornherein, daß ich neugierig bin; deshalb dürfen Sie sich durch meine Fragen nicht gar zu sehr ermüden lassen. Sagen Sie mir zunächst, wer der Mann da im grünen Tuchrock ist.«

»Der berühmte Major Brigaut; er stammt aus dem Marais und ist ein Waffengefährte des gefallenen Mercier, genannt La-Vendée[64].«

»Und wer ist der dicke Geistliche mit dem kupferroten Gesicht, mit dem er jetzt über mich herzieht?«

»Wissen Sie, was die beiden reden?«

»Ob ich es wissen will . . .? Ist das eine Frage?«

»Ich könnte es Ihnen nicht sagen, ohne Sie zu kränken.«

»In dem Augenblick, da Sie mich beleidigen lassen, ohne Vergeltung für die Kränkungen zu üben, die ich in Ihrem Haus empfange, trennen sich unsere Wege, Marquis! Keine Sekunde lang bleibe ich dann länger hier. Ich habe bereits einige Gewissensbisse, daß ich die armen, treuen und vertrauensseligen Republikaner hintergehe.«

Sie tat ein paar Schritte, und der Marquis folgte ihr.

»Liebe Marie, hören Sie mich an. Auf Ehrenwort, ich habe die hämischen Bemerkungen dieser Leute zum Verstummen gebracht, ehe ich wußte, ob sie falsch oder wahr waren. Dennoch ist es in meiner Lage, da unsere Freunde in den Pariser Ministerien mich haben wissen lassen, mißtrauisch gegen jede Frau zu sein, der ich unterwegs begegnen könnte, weil nämlich Fouché eine Strich-Judith gegen mich eingesetzt habe, meinen besten Freunden wohl erlaubt, zu meinen, Sie seien zu schön, um eine ehrbare Frau zu sein . . .«

Als er das sagte, tauchte der Marquis seinen Blick in die Augen der Mademoiselle de Verneuil; sie wurde rot und konnte ein paar Tränen nicht zurückdämmen.

»Ich habe diese Schmähungen verdient«, sagte sie. »Ich hatte Sie zu der Überzeugung bringen wollen, ich sei eine verächtliche Kreatur, und dennoch glauben wollen, ich würde geliebt . . . dann nämlich hätte ich nicht mehr an Ihnen zweifeln können. *Ich* habe Ihnen geglaubt, als Sie mich belogen, und Sie glauben mir nicht, wenn ich ehrlich bin. Wir wollen jetzt Schluß machen«, sagte sie, zog die Brauen zusammen und erbleichte wie eine Sterbende. »Adieu.«

Mit einer Geste der Verzweiflung eilte sie aus dem Speisezimmer.

»Marie, mein Leben gehört Ihnen«, flüsterte der junge Marquis ihr zu.

Sie blieb stehen; sie blickte ihn an.

»Nein, nein«, sagte sie, »ich will großmütig sein. Adieu. Als ich Ihnen folgte, habe ich weder an meine Vergangenheit noch an Ihre Zukunft gedacht. Ich war von Sinnen.«

»Wie? Sie verlassen mich in dem Augenblick, da ich Ihnen mein Leben anbiete . . .?«

»Sie bieten es in einem Augenblick der Leidenschaft, des Begehrens an.«

»Reuelos, und auf immer und ewig«, sagte er.

Sie trat in das Zimmer zurück. Um seinen inneren Aufruhr zu verbergen, setzte der Marquis die Unterhaltung fort.

»Der dicke Herr, nach dessen Namen Sie mich gefragt haben, ist ein furchtbarer Mann, der Abbé Gudin, einer der starrköpfigsten, vielleicht aber auch unserer Sache so ergebenen Jesuiten, daß er trotz des Edikts von 1763, durch das die Jesuiten verbannt worden sind, in Frankreich geblieben ist. Er ist die Brandfackel des Krieges in dieser Gegend und der Werber für die Religionsgemeinschaft, die ›Zum heiligen Herzen‹ genannt wird. Er hat sich daran gewöhnt, sich der Religion als eines Werkzeugs zu bedienen; er bringt seinen Glaubensgenossen die Überzeugung bei, sie würden auferstehen, und er versteht sich darauf, ihren Fanatismus durch mundgewandte Predigten zu schüren. Wie Sie sehen: Man muß die Privatinteressen jedes einzelnen benutzen, um zum großen Ziel zu gelangen. Darauf beruhen alle Geheimnisse der Politik.«

»Und der noch jugendliche, muskulöse alte Mann dort mit dem abstoßenden Gesicht? Der da drüben, der in die Fetzen einer Advokatenrobe gekleidet ist.«

»Sie halten ihn für einen Advokaten? Dabei hat er den Rang eines Brigadegenerals inne. Haben Sie nie etwas von Longuy gehört?«

»Der also ist es?« fragte Mademoiselle de Verneuil erschrocken. »Solcher Menschen bedienen Sie sich?«

»Pst! Er könnte Sie hören. Sehen Sie den andern da, der in einer sträflichen Unterhaltung mit Madame du Gua begriffen ist . . .«

»Den in Schwarz, der aussieht wie ein Richter?«

»Das ist einer von unsern Unterhändlern, La Billardière, der Sohn eines Rats am bretonischen Parlamentsgericht, sein Name lautet so ähnlich wie Flamet; aber er besitzt das Vertrauen der Fürsten.«

»Und der neben ihm, der sich gerade seine weiße Tonpfeife stopft und alle Finger seiner rechten Hand auf die Wandtäfelung stützt wie ein Bauer?« fragte Mademoiselle de Verneuil lachend.

»Wahrhaftig, Sie haben es erraten, es ist der ehemalige Jagdaufseher des verstorbenen Gatten jener Dame. Er kommandiert eine Kompanie, die ich dem Mobil-Bataillon entgegenstelle. Er und Marche-à-terre sind vielleicht die verläßlichsten Diener, die der König hier hat.«

»Aber sie, wer ist sie eigentlich?«

»Sie«, entgegnete der Marquis, »ist die letzte Geliebte Charettes[65]. Sie hat auf jedermann großen Einfluß.«

»Ist sie ihm treu geblieben?«

Statt einer Antwort verzog der Marquis zweiflerisch den Mund.

»Und schätzen Sie sie?«

»Sie sind wirklich recht neugierig.«

»Sie ist meine Feindin, weil sie nicht länger meine Rivalin sein kann«, sagte Mademoiselle de Verneuil lachend, »ich verzeihe ihr ihre vergangenen Sünden; möge sie mir die meinen verzeihen. Und jener schnurrbärtige Offizier?«

»Gestatten Sie, daß ich seinen Namen verschweige. Er will sich den Ersten Konsul dadurch vom Halse schaffen, daß er ihn mit bewaffneter Hand angreift. Ob es ihm gelingt oder nicht, Sie werden von ihm hören; er wird einmal berühmt.«

»Und Sie sind hergekommen, um dergleichen Leute zu kommandieren . . .?« fragte sie entsetzt. »Das also sind die Verteidiger des Königs? Wo sind denn die Edelleute und die großen Herren?«

»Ach«, sagte der Marquis hochfahrend, »die sind über alle Fürstenhöfe Europas verteilt. Wer wirbt denn sonst die Könige, ihre Kabinette, ihre Armeen für den Dienst des Hauses Bourbon an und hetzt sie auf diese Republik, die alle Monarchien mit dem Tode bedroht und die gesellschaftliche Ordnung mit völliger Zerstörung . . .?«

»Ach«, antwortete sie aus einer Regung der Großherzigkeit heraus, »Sie müssen fortan der reine Quell sein, aus dem ich die Gedanken schöpfen kann, die ich mir erst noch aneignen muß . . . ich bin dazu bereit. Aber lassen Sie mich glauben, daß Sie der einzige Edelmann sind, der seine Pflicht tut, indem er Frankreich mit Franzosen bekämpft und nicht mit Hilfe des Auslands. Ich bin eine Frau, und ich fühle: Ich könnte meinem Sohn verzeihen, wenn er mich im Zorn schlüge; aber wenn er kaltblütig zusähe, wie ein Fremder mich zerfleischt, würde ich ihn für eine Mißgeburt halten.«

»Sie sind und bleiben eine Republikanerin«, sagte der Marquis; er war im Bann eines köstlichen Rauschs, in den ihn die edelmütigen Worte versetzt hatten, die ihn in seinen Mutmaßungen bestärkten.

»Eine Republikanerin? Nein, das bin ich nicht mehr. Ich würde Sie nicht länger achten, wenn Sie sich dem Ersten Konsul unterwürfen«, fuhr sie fort; »aber ich möchte Sie auch nicht an der Spitze von Leuten sehen, die einen Teil Frankreichs brandschatzen, anstatt die ganze Republik anzugreifen. Für wen kämpfen Sie? Was erwarten Sie von einem König, der von Ihrer Hand wieder auf den Thron gesetzt wird? Schon einmal hat eine Frau dies schöne Meisterstück unternommen, und der befreite König hat sie lebendigen Leibes verbrennen lassen. Solcherlei Menschen sind Gesalbte des Herrn, und Heiliges anzurühren ist immer gefährlich. Überlassen Sie es Gott allein, sie einzusetzen, sie abzusetzen und sie dann abermals auf ihre purpurnen Taburetts zu setzen. Wenn Sie den Lohn erwogen haben, der Ihnen deswegen zuteil werden wird, dann sind Sie in meinen Augen noch zehnmal größer, als ich Sie glaubte; treten Sie mich dann unter Ihre Füße, wenn Sie wollen; ich gestatte es Ihnen und werde glücklich sein.«

»Sie sind hinreißend! Bitte versuchen Sie nicht, die Herren dort zu beeinflussen; sonst stände ich ohne Soldaten da.«

»Ach, wenn Sie sich von mir bekehren lassen wollten, würden wir tausend Meilen weit von hier weggehen.«

»Diese Männer, die Sie zu verachten scheinen, wissen im Kampf zu sterben«, entgegnete der Marquis ernsteren Tons, »und dann ist vergessen, was sie an Unrechtem getan haben. Überdies, wenn, was ich unternehme, von einem gewissen Erfolg gekrönt wird, verdecken die Siegeslorbeeren dann nicht alles?«

»Sie sind hier der einzige, von dem ich sehe, daß er etwas wagt.«

»Ich bin nicht der einzige«, entgegnete er mit ungeheuchelter Bescheidenheit. »Dort drüben stehen zwei neue Anführer aus der Vendée. Der erste, von dem Sie gehört haben, daß er ›Grand-Jacques‹ genannt wurde, ist der Graf de Fontaine, und den andern, La Billardière, habe ich Ihnen ja schon gezeigt.«

»Und vergessen Sie etwa Quiberon[66], wo La Billardière eine höchst eigenartige Rolle gespielt hat . . .?« fragte sie, in der plötzlich eine Erinnerung aufzuckte.

»La Billardière hat viel auf sich genommen, glauben Sie mir. Man ist nicht auf Rosen gebettet, wenn man den Fürsten dient . . .«

»Oh, Sie machen mir Angst!« rief Marie aus. »Marquis«, fuhr sie fort, und ihre Stimme schien ein Verschweigen anzudeuten, dessen geheimer Grund sehr persönlich war, »ein einziger Augenblick genügt, eine Illusion zu zerstören und Geheimnisse zu enthüllen, von denen Leben und Glück vieler Menschen abhängen . . .« Sie hielt inne, als fürchte sie, zuviel zu sagen; dann sprach sie weiter: »Ich möchte mich überzeugen, daß die Soldaten der Republik in Sicherheit sind.«

»Ich will vorsichtig sein«, sagte er und lächelte, um seine Gefühlsaufwallung zu tarnen. »Aber lassen Sie Ihre Soldaten aus dem Spiel, ich habe Ihnen für sie mit meinem Edelmannswort gebürgt.«

»Und letztlich, welches Recht hätte ich, Sie zu leiten?« fuhr sie fort. »Von uns beiden müssen immer Sie der Herr und Meister sein. Habe ich Ihnen nicht gesagt, daß ich es trostlos fände, über einen Sklaven zu herrschen?«

»Herr Marquis«, unterbrach der Major Brigaut respektvoll jenes Gespräch, »werden die Blauen noch lange hierbleiben?«

»Sie marschieren ab, sobald sie sich verschnauft haben«, rief Marie.

Der Marquis warf forschende Blicke auf die Versammlung, stellte eine gewisse Erregung fest, trat von Mademoiselle de Verneuil weg und überließ es Madame du Gua, an seine Stelle zu treten. Diese Frau trug eine lachende, perfide Maske, die das bittere Lächeln des jungen Anführers nicht zu ändern vermochte. In diesem Augenblick stieß Francine einen sogleich unterdrückten Schrei aus. Mademoiselle de Verneuil, die verwundert ihr getreues Bauernmädchen nach dem Eßzimmer hin stürzen sah, blickte Madame du Gua an, und ihre Überraschung wuchs noch, als sie sah, wie bleich das Gesicht ihrer Feindin war. Sie war begierig, das Geheimnis dieses jähen Weglaufens zu ergründen, und trat in eine Fensternische, wohin ihre Rivalin ihr folgte, um den Argwohn zunichte zu machen, den vielleicht eine Unvorsichtigkeit erweckt hatte; sie warf ihr ein Lächeln voll unenträtselbarer Tücke zu, als sie beide, nachdem sie einen Blick auf den Teich und dessen Umgebung geworfen hatten, sich zurück an den Kamin begaben, Marie, ohne etwas gesehen zu haben, was Francines Davonlaufen gerechtfertigt hätte, Madame du Gua befriedigt, daß ihr gehorcht worden war. Der Teich, von dessen Ufern her Marche-à-terre auf den Ruf jener Frau hin auf dem Hof erschienen war, mußte an den Wallgraben stoßen, der die Gärten schützte; er bildete unbestimmte Ausbuchtungen, bald teichbreit, bald eng wie die künstlichen Wasserläufe eines Parks. Das steile, schräge Ufer, das seine klaren Wasser umspülten, lag ein paar Klafter von dem Fenster entfernt. Francine hatte sich damit beschäftigt, auf der Wasseroberfläche die dunklen Linien anzuschauen, die die Kronen einiger alter Weidenbäume warfen; einigermaßen sorglos hatte sie das einförmige Sichkrümmen beobachtet, das eine leichte Brise den Zweigen zuteil werden ließ. Plötzlich glaubte sie wahrzunehmen, daß eine der auf dem Wasserspiegel schwankenden Baumgestalten die regelmäßigen, willkürlichen Bewegungen vollführte, die von etwas Lebendigem zeugen. Die Gestalt, so undeutlich sie auch war, schien die eines Menschen, eines Mannes zu sein. Zunächst schrieb Francine das, was sie sah, den gestaltlosen Gebilden zu, die das durch das Laubwerk dringende Mondlicht hervorbrachte; aber bald zeigte sich ein zweiter Kopf; dann erschienen in der Ferne noch weitere. Die kleinen Büsche an der Böschung bogen sich und richteten sich heftig wieder empor. Dann sah Francine, wie die ganze lange Buschzeile sich unmerklich bewegte, gleich einer der großen indischen Schlangen von sagenhafter Gestalt. Dann schimmerten hier und dort im Ginster und den hohen Dornsträuchern mehrere Lichtpünktchen auf und bewegten sich von der Stelle. Marche-à-terres Geliebte verdoppelte ihre Aufmerksamkeit und glaubte die erste der dunklen Gestalten zu erkennen, die im Schutz dieses sich bewegenden Ufers einherschlichen. So undeutlich die Umrisse jenes Mannes auch waren, das Pochen ihres Herzens überzeugte sie davon, daß sie in ihm Marche-à-terre zu erblicken habe. Durch eine Geste wurde ihr Gewißheit; voller Ungeduld, herauszubekommen, ob hinter diesem mysteriösen Marsch nicht eine Ruchlosigkeit stecke, eilte sie auf den Hof hinab. Als sie mitten auf dieser von Grün überwucherten Fläche angelangt war, betrachtete sie abwechselnd die beiden Schloßflügel und die beiden Böschungen, ohne auf der, die dem unbewohnten Flügel gegenüberlag, irgendeine Spur jener verschwiegenen Bewegung wahrzunehmen. Aufmerksam lauschte sie und vernahm ein leises Rascheln ähnlich dem, das wohl die Tritte eines Raubtieres in der Stille eines Waldes hervorbringen können; sie zuckte zusammen, aber zitterte nicht. Obgleich sie noch jung und unschuldig war, gab die Neugier ihr auf der Stelle eine List ein. Sie sah den Kutschwagen stehen, lief hin, kauerte sich darin nieder und hob den Kopf nur mit der Vorsichtigkeit eines Hasen, in dessen Löffeln das Gelärm einer fernen Jagd widerhallt. Sie sah Pille-miche aus dem Stalle kommen. Der Chouan war von zwei Bauern begleitet, und alle drei trugen Strohbündel; sie breiteten sie so aus, daß vor dem unbewohnten Gebäude parallel zu der mit Zwergsträuchern bestandenen Böschung eine lange Streu entstand, auf der die Chouans sich mit einer Stille fortbewegten, die auf die Vorbereitung einer grausigen Kriegslist schließen ließ.

»Du gibst ihnen Stroh, als sollten sie tatsächlich da schlafen. Genug, Pille-miche, genug«, sagte eine rauhe, tiefe Stimme, die Francine erkannte.

»Sollen sie darauf etwa nicht schlafen?« entgegnete Pille-miche und ließ ein ungefüges, tierisches Lachen erschallen. »Aber hast du keine Angst, daß der Gars böse wird?« fügte er so leise hinzu, daß Francine nichts verstand.

»Natürlich wird er böse«, antwortete Marche-à-terre halblaut; »aber wir haben dann wenigstens die Blauen aus der Welt geschafft. – Den Wagen da«, fuhr er fort, »den müssen wir beide jetzt 'reinschieben.«

Pille-miche zog den Wagen an der Deichsel, und Marche-à-terre packte eins der Räder und schob den Wagen so schnell vorwärts, daß Francine sich in der Scheune befand und darin fast eingeschlossen worden wäre, ohne Zeit gehabt zu haben, sich über ihre Lage klar zu werden. Pille-miche ging hinaus, um das Faß Zider heranrollen zu helfen, das der Marquis an die Soldaten der Eskorte auszuschenken befohlen hatte. Marche-à-terre ging an der Kalesche vorüber, um gleichfalls zu verschwinden und die Tür zuzumachen, als er sich von einer Hand festgehalten fühlte, die in das lange Haar seines Ziegenfells gepackt hatte. Er erkannte Augen, deren Sanftheit magnetische Macht auf ihn ausübte, und stand sekundenlang wie behext da. Behend sprang Francine aus dem Wagen und sagte mit der angriffslustigen Stimme, die einer aufgebrachten Frau auf so wunderbare Weise zur Verfügung steht: »Pierre, was für Nachrichten hast du eigentlich unterwegs der Dame und ihrem Sohn überbracht? Was spinnt sich hier an? Warum versteckst du dich? Ich will alles wissen.« Diese Worte gaben dem Gesicht des Chouans einen Ausdruck, den Francine an ihm nicht kannte. Der Bretone führte seine unschuldige Geliebte zur Tür hin; dort drehte er sie gegen das bleichende Mondlicht, und indem er sie aus furchtbaren Augen anstarrte, antwortete er: »Ja, bei meiner Verdammnis! Ich will es dir sagen, Francine, aber erst, wenn du mir auf diesen Rosenkranz geschworen hast . . .« Und er zog unter seiner Geißenhaut einen alten Rosenkranz hervor. – »Auf diese Reliquie, die du kennst«, fuhr er fort, »geschworen hast, mir der Wahrheit gemäß eine einzige Frage zu beantworten.« Francine wurde rot und blickte auf jenen Rosenkranz, der wohl ein Unterpfand von ihrer beider Liebe war. »Darauf«, sprach der Chouan sehr bewegt weiter, »hast du geschworen . . .«

Er sprach nicht zu Ende. Das Bauernmädchen legte seine Hand auf die Lippen ihres wüsten Liebhabers, um ihm Schweigen zu gebieten.

»Ist es denn nötig, daß ich schwöre?« fragte sie.

Er nahm seine Geliebte behutsam bei der Hand, blickte sie eine kurze Weile an und fuhr dann fort: »Heißt die junge Dame, der du dienst, tatsächlich Mademoiselle de Verneuil?«

Francine stand mit hängenden Armen da, die Lider gesenkt, den Kopf geneigt, bleich, bestürzt.

»Eine Hure ist sie!« rief Marche-à-terre mit furchtbarer Stimme.

Bei diesen Worten bedeckte die niedliche Hand abermals seine Lippen, aber diesmal wich er mit einem Ruck zurück. Die kleine Bretonin sah keinen Liebenden mehr vor sich, sondern ein wildes Tier in der ganzen Entsetzlichkeit seiner Natur. Die Brauen des Chouans waren gewaltsam zusammengezogen, seine Lippen hatten sich krampfhaft geöffnet, und er fletschte die Zähne wie ein Hund, der seinen Herrn verteidigt.

»Als Blume habe ich dich verlassen, und als ein Stück Mist finde ich dich wieder. Oh, warum bin ich von dir gegangen! Ihr kommt, um uns zu verraten, um den Gars auszuliefern.«

Diese Sätze waren mehr ein Röhren als Worte. Obwohl Francine dieses letzten Vorwurfs wegen Angst hatte, wagte sie, das wilde Gesicht zu betrachten, hob engelhafte Augen zu ihm auf und antwortete ruhig: »Bei meinem Seelenheil, das ist unwahr! Das sind so Einfälle deiner Dame.«

Nun war es an ihm, den Kopf zu senken; da langte sie nach seiner Hand, wandte sich mit einer lieblichen Bewegung ihm zu und sagte zu ihm: »Pierre, warum sind wir in all dieses verstrickt? Hör, mir ist unklar, wie du irgend etwas davon verstehen kannst, denn mir ist alles unbegreiflich! Aber vergiß nicht, daß diese schöne, edle junge Dame meine Wohltäterin ist; sie ist auch die deine, und wir leben gewissermaßen wie zwei Schwestern zusammen. Dort, wo wir mit ihr beisammen sind, darf ihr nie etwas Böses geschehen, zumindest zu unseren Lebzeiten nicht. Schwöre es mir doch! Zu niemandem als zu dir habe ich hier Vertrauen.«

»Ich führe hier nicht das Kommando«, erwiderte der Chouan bockig.

Sein Gesicht verdüsterte sich. Sie faßte ihn bei seinen dicken Hängeohren und verdrehte sie ihm sanft, als liebkose sie einen Kater.

»Gut also, versprich mir«, fuhr sie fort, als sie sah, daß er weniger streng dreinschaute, »daß du für die Sicherheit unserer Wohltäterin alle Macht einsetzen willst, die du hast.«

Er schüttelte den Kopf, als zweifle er an dem Erfolg, und diese Geste ließ die Bretonin erschauern. In diesem kritischen Augenblick war die Eskorte auf der Landstraße angelangt. Der Marschtritt der Soldaten und das Klirren ihrer Waffen weckten im Hof Echohall und schienen der Unentschlossenheit Marche-à-terres ein Ende zu machen.

»Vielleicht errette ich sie«, sagte er zu seiner Geliebten, »wenn du sie im Hausinneren halten kannst. – Und«, fügte er hinzu, »was auch geschehen möge, bleib du ebenfalls mit ihr drinnen und bewahr tiefstes Schweigen; sonst: Aus und vorbei.«

»Ich verspreche es dir«, antwortete sie in ihrer Angst.

»Gut, dann geh hinein. Geh augenblicklich hinein und verbirg deine Furcht vor jedermann, sogar vor deiner Herrin.«

»Ja.«

Sie drückte dem Chouan die Hand, der sie mit väterlicher Miene anblickte, und lief dann mit der Schwerelosigkeit eines Vogels auf die Freitreppe zu; er glitt ins Buschwerk wie ein

Schauspieler, der schleunigst in der Kulisse verschwindet, wenn der Vorhang für die Tragödie aufgeht.

»Weißt du, Merle, daß dies alles hier anmutet wie eine richtige Mausefalle?« fragte Gérard, als sie vor dem Schloß anlangten.

»Das sehe ich nur zu gut«, antwortete der Hauptmann sorgenvoll.

Die beiden Offiziere stellten schleunigst Wachposten aus, um die Landstraße und das Portal zu sichern; dann warfen sie mißtrauische Blicke auf die Böschungen und die weitere Umgebung.

»Pah!« sagte Merle, »entweder müssen wir uns voller Vertrauen dieser Bruchbude anbefehlen oder überhaupt nicht hineingehen.«

»Wir gehen hinein«, antwortete Gérard.

Die Soldaten, die sich auf das Kommando »Wegtreten« hin frei bewegen konnten, setzten sofort ihre Gewehre zu Pyramiden zusammen und stellten sich in lockerer Reihe vor der Strohstreu auf, in deren Mitte das Ziderfaß lag. Sie teilten sich in Gruppen, an die zwei Bauern Butter und Roggenbrot zu verteilen begannen. Der Marquis kam den beiden Offizieren entgegen und führte sie in den Salon. Als Gérard die Freitreppe erstiegen hatte und die beiden Schloßflügel betrachtete, wo die alten Lärchen ihre schwarzen Zweige ausstreckten, rief er Beau-pied und La-clef-des-coeurs zu sich.

»Ihr beide führt jetzt eine Erkundung in den Gärten und Gebüschen durch, verstanden? Dann stellt ihr einen Posten vor der rastenden Mannschaft auf.«

»Dürfen wir unser Biwakfeuer anstecken, bevor wir auf die Jagd gehen, Herr Adjutant?« fragte La-clef-des-coeurs.

Gérard nickte.

»Da siehst du es, La-clef-des-coeurs«, sagte Beau-pied, »der Adjutant hat falsch gehandelt, in dies Wespennest einzudringen. Wenn Hulot uns kommandierte, wäre er niemals hier hereingekrochen; wir stecken hier drin wie in einem Kochtopf.«

»Bist du aber mal blöd!« antwortete La-clef-des-coeurs. »Wie? Du, der König der Schlauköpfe, merkst nicht, daß dies das Schilderhaus der liebenswürdigen Zivilistin ist, um die unser lustiger Merle herumstreicht, der vollkommenste aller Hauptleute, und daß er sie heiraten wird? Das ist doch klar wie ein blankgeputztes Bajonett. So was gereicht der Halbbrigade zur Ehre, eine Frau wie die.«

»Stimmt«, entgegnete Beau-pied. »Du kannst noch hinzufügen, daß es hier auch guten Zider gibt; aber ich trinke ihn nur ungern angesichts dieser verdammten Gebüsche da. Mir ist immer, als sähe ich Larose und Vieux-chapeau in den Graben von La Pélerine kollern. Mein Leben lang muß ich an den Zopf des armen Larose denken; er hat gehämmert wie ein Türklopfer.«

»Beau-pied, alter Freund, du hast zuviel Phantasie für einen Soldaten. Du solltest lieber Lieder für das Institut national[67] machen.«

»Wenn ich zuviel Phantasie habe«, entgegnete ihm Beau-pied, »dann hast du dafür gar keine; es wird lange dauern, bis du Konsul geworden bist.«

Das Gelächter der Truppe machte dem Hinundhergerede ein Ende; denn La-clef-des-coeurs fand nichts, was er seinem Gegenspieler hätte antworten können.

»Wollen wir jetzt unseren Erkundungsgang antreten? Ich gehe rechts herum«, sagte Beau-pied.

»Na schön, dann gehe ich links herum«, antwortete sein Kamerad. »Aber noch einen Augenblick! Ich will ein Glas Zider trinken; die Zunge klebt mir am Gaumen wie das alte Wachstuch an Hulots berühmtem Hut.«

Die linke Seite der Gärten, die La-clef-des-coeurs nicht sofort durchstöberte, war leider die gefährliche Böschung, auf der Francine eine Bewegung von Menschen beobachtet hatte. Im Krieg ist alles Zufall. Als Gérard den Salon betrat und die Gesellschaft grüßte, warf er einen durchdringenden Blick auf die Menschen, aus denen sie sich zusammensetzte. Mit größerer Stärke kehrte in seiner Seele der Argwohn wieder; er ging unvermittelt auf Mademoiselle de Verneuil zu und sagte leise zu ihr: »Ich glaube, wir müssen schleunigst abrücken; hier ist es unsicher.«

»Sollten Sie meinerseits etwas befürchten?« fragte sie lachend. »Sie sind hier sicherer, als Sie es in Mayenne wären.«

Eine Frau verbürgt sich stets in voller Selbstsicherheit für ihren Geliebten. Die beiden Offiziere beruhigten sich. Jetzt ging die Gesellschaft in das Eßzimmer hinüber, trotz einiger beiläufiger Redensarten über einen wichtigen Gast, der auf sich warten lasse. Mademoiselle de Verneuil konnte dank dem Schweigen, das zu Beginn eines Essens stets eintritt, dieser unter den obwaltenden Umständen seltsamen Gemeinschaft einige Aufmerksamkeit zollen; irgendwie war sie ja deren Ursache, und zwar infolge der Ahnungslosigkeit, die die Frauen, da sie gewohnt sind, mit allem zu spielen, auch in den gefährlichsten Lebenslagen bezeigen. Ein Umstand überraschte sie plötzlich. Die beiden republikanischen Offiziere ragten in dieser Versammlung durch die imponierende Eigenart ihrer Gesichtszüge hervor. Ihr langes, an den Schläfen zurückgestrichenes und hinter dem Hals zu einem riesigen Zopf zusammengefaßtes Haar zeichnete auf ihren Stirnen jene Linien, die jungen Köpfen so viel Offenheit und Adel leihen. Ihre fadenscheinigen blauen Uniformen mit den verschossenen roten Aufschlägen, alles, bis zu den durch die Märsche nach hinten gerutschten Epauletten, die in der ganzen Armee, sogar bei den höheren Dienstgraden, vom Mangel an Mänteln zeugten, hob diese beiden Offiziere aus der Schar der Männer hervor, unter denen sie sich befanden. »Ja, das ist die Nation, ist die Freiheit«, sagte sie sich. Und als sie dann einen Blick auf die Royalisten warf: »Und dort ist ein Mann, ein König, dort sind Privilegien.« Sie konnte nicht umhin, Merles Gesicht zu bewundern, so sehr entsprach dieser fröhliche Soldat auf das vollkommenste den Vorstellungen, die man sich wohl von den französischen Soldaten macht; sie pfeifen mitten im Kugelregen ein Liedchen vor sich hin und vergessen nicht, über einen Kameraden, der Pech hat, einen Witz zu reißen. Gérard machte Eindruck. Er wirkte ernst und kaltblütig; er schien eine der wahrhaft republikanischen Seelen zu haben, wie sie zu jener Zeit in der französischen Armee in Hülle und Fülle anzutreffen waren; ihre auf eine noble Weise verschwiegene Opferwilligkeit prägte jenen Heeren eine bis dahin unbekannte Tatkraft auf. »Das ist ein Mann, wie ich ihn mag, einer mit großen Gesichtspunkten«, sagte sich Mademoiselle de Verneuil. »Sie stützen sich auf die Gegenwart und beherrschen sie, sie zerstören das Vergangene, aber zum Nutzen der Zukunft . . .« Dieser Gedanke stimmte sie traurig, weil er sich nicht auf den bezog, den sie liebte; sie wandte sich ihm zu, um sich durch eine andersgeartete Bewunderung an der Republik zu rächen, die sie bereits haßte. Als sie den Marquis von Männern umstanden sah, die so kühn, so fanatisch, so sichere Berechner der Zukunft waren, daß sie eine siegreiche Republik in der Hoffnung angriffen, eine tote Monarchie, eine in Acht und Bann getane Religion, umherirrende Fürsten und erloschene Privilegien wieder einzusetzen, mußte sie denken: »Dieser ist von nicht geringerer Bedeutung als der andere; denn er hockt auf Trümmern und will aus der Vergangenheit die Zukunft schaffen.« Ihr von Bildvorstellungen genährter Geist schwankte jetzt zwischen den jungen und den alten Ruinen. Wohl rief ihr Gewissen ihr zu, der eine kämpfe für einen Menschen, der andere für ein Land; aber sie war durch das Gefühl auf einem Punkt angelangt, den man sonst nur durch Erwägungen der Vernunft erreicht, zu der Erkenntnis nämlich, daß der König das Land ist.

Als der Marquis im Salon die Schritte eines Mannes vernahm, erhob er sich, um ihm entgegenzugehen. Er erkannte den erwarteten Tischgast, der über die Gesellschaft erstaunt war und etwas äußern wollte; aber der Gars gab ihm, ohne daß die Republikaner es merkten, ein Zeichen, das ihn zum Stillschweigen und zum Platznehmen an der Festtafel aufforderte. Je eingehender die beiden republikanischen Offiziere sich mit den Physiognomien ihrer Gastgeber befaßten, desto mehr erstanden ihre anfänglichen Verdächte aufs neue. Das kirchliche Gewand des Abbés Gudin und die absonderliche Kleidung der Chouans mahnten zur Vorsicht; also verdoppelten sie ihre Aufmerksamkeit und entdeckten amüsante Gegensätze zwischen dem Gehaben ihrer Tischgenossen und deren Reden. So sehr der von den einen bekundete Republikanismus als übertrieben wirkte, so sehr waren die Umgangsformen einiger anderer aristokratisch. Gewisse, von ihnen aufgefangene Blicke zwischen dem Marquis und seinen Gästen, gewisse unklugerweise geäußerte doppelsinnige Aussprüche, vor allem aber die Bartschärpen am Hals einiger Tischgenossen, die diese ungeschickt unter ihren Halsbinden zu verbergen trachteten, lehrten die beiden Offiziere schließlich eine Wahrheit, die sie beide gleichzeitig betroffen machte. Sie enthüllten einander ihre gemeinsamen Gedanken durch ein und denselben Blick; denn Madame du Gua hatte sie klüglich weit auseinander gesetzt, und so waren sie auf die Sprache ihrer Augen angewiesen. Ihre Lage gebot ihnen, geschickt zu handeln; sie wußten nicht, ob sie Herren des Schlosses oder in einen Hinterhalt gelockt worden seien; ob Mademoiselle de Verneuil die Genasführte oder die Spießgesellin dieses unerklärlichen Abenteuers sei; allein ein unvorhergesehenes Ereignis beschleunigte die Krise, ehe sie deren ganzen Ernst hätten durchschauen können. Der neu angekommene Gast war einer jener ebenso breiten wie hohen Männer, deren Gesichtsfarbe hochrot ist, die sich beim Gehen nach hinten neigen und glauben, jedermann bedürfe mehr als eines Blickes, um sie zu sehen. Obwohl von Adel, faßte er das Leben als eine scherzhafte Angelegenheit auf, der es das Beste abzugewinnen galt; aber während er vor sich selbst auf den Knien lag, war er zugleich gütig, höflich und geistreich nach Art jener Edelleute, die nach Abschluß ihrer Erziehung bei Hofe auf ihre Güter zurückkehren und niemals glauben wollen, sie könnten dort nach Ablauf von zwanzig Jahren Rost angesetzt haben. Leute dieser Art lassen es mit unerschütterlicher Selbstsicherheit an Takt mangeln; sie sagen auf geistvolle Weise eine Dummheit, mißtrauen mit viel Geschick allem Guten und geben sich unglaubliche Mühe, in eine Falle zu gehen. Als er durch ein Hantieren mit der Gabel, das auf einen starken Esser schließen ließ, die verlorene Zeit wettgemacht hatte, schaute er sich die Gesellschaft an. Sein Erstaunen steigerte sich beim Erblicken der beiden Offiziere, und er befragte mit einem Blick Madame du Gua, die statt zu antworten auf Mademoiselle de Verneuil deutete. Als der plumpe Unbekannte die Sirene gewahrte, deren Schönheit die zunächst durch Madame du Gua erregten Gefühle zum Verstummen gebracht hatte, ließ er sich zu einem der impertinenten, spöttischen Lächelblicke hinreißen, die eine ganze schlüpfrige Geschichte zu enthalten scheinen. Er neigte sich zum Ohr seines Tischnachbarn hin und sagte ihm ein paar Worte, und ebenjene Worte, die ein Geheimnis für die Offiziere und für Marie blieben, gingen von Ohr zu Ohr, von Mund zu Mund, bis in das Herz dessen, den sie tödlich treffen sollten. Die Anführer der Vendéer und der Chouans richteten mit grausamer Neugier ihre Blicke auf den Marquis de Montauran. Die Augen der Madame du Gua wanderten vom Marquis zu der erstaunten Mademoiselle de Verneuil und schleuderten freudige Blitze. Die beunruhigten Offiziere gingen mit sich zu Rate und warteten das Ergebnis dieser bizarren Szene ab. Dann blieben für eine Weile die Gabeln in allen Händen untätig; es herrschte Schweigen im Raum, und alle Blicke konzentrierten sich auf den Gars. Eine furchtbare Wut brach auf diesem zornigen, blutheißen Gesicht aus und ließ es eine wächserne Färbung annehmen. Der junge Befehlshaber wandte sich dem Gast zu, der diese Feuerwerksschwärme losgelassen hatte, und mit einer Stimme, die anmutete, als sei sie mit einem Trauerflor bedeckt, fragte er: »Beim Tod meiner Seele, Graf, ist das wahr?«

»Ehrenwort!« antwortete der Graf und verbeugte sich gravitätisch.

Für einen Augenblick schlug der Marquis die Augen nieder; doch bald hob er sie wieder und richtete sie auf Marie, die der Erörterung aufmerksam gelauscht hatte und nun diesen Blick empfing, in dem der Tod war.

»Ich würde mein Leben hingeben«, sagte er leise, »wenn ich mich noch in dieser Stunde rächen könnte.«

Madame du Gua las diesen Satz einzig aus der Bewegung der Lippen ab und lächelte dem jungen Herrn zu, wie man einem Freund zulächelt, dessen innere Not am Ende ist. Die allgemeine Verachtung für Mademoiselle de Verneuil, die sich auf allen Gesichtern abzeichnete, steigerte den Unwillen der beiden Republikaner bis zum Gipfel; sie sprangen auf.

»Was wünschen Sie, Bürger?« fragte Madame du Gua.

»Unsere Degen, ›Bürgerin‹«, antwortete Gérard ironisch.

»Die brauchen Sie bei Tisch nicht«, sagte der Marquis kalt.

»Nein; aber wir wollen jetzt ein Spiel spielen, das Sie kennen«, antwortete Gérard und trat vor. »Wir werden uns hier etwas näher besehen als auf La Pélerine.«

Die Gesellschaft war starr. In diesem Augenblick erscholl im Hof eine Salve aus allen Läufen, die für die Ohren der beiden Offiziere schrecklich war. Sie stürzten auf die Freitreppe; von dort aus sahen sie an die hundert Chouans, die auf die paar Soldaten anlegten, die ihre erste Salve überlebt hatten; sie schossen auf sie wie auf Hasen. Die Bretonen waren der Uferböschung entstiegen, wo Marche-à-terre sie unter Gefahr ihres Lebens aufgestellt hatte; denn während dieser Vorwärtsbewegung und nach den letzten Schüssen hörte man zwischen den Schreien der Sterbenden einige Chouans ins Wasser plumpsen; sie kollerten hinein wie Steine in eine Schlucht. Pille-miche zielte auf Gérard; Marche-à-terre hielt Merle in Schach.

»Herr Hauptmann«, sagte der Marquis kalt zu Merle und wiederholte ihm die Worte, die der Republikaner zu ihm gesprochen hatte, »sehen Sie: Die Menschen sind wie die Mispeln; sie reifen auf Stroh.« Und mit einer Handbewegung deutete er auf die gesamte Eskorte der Blauen, die auf der blutgetränkten Streu lag, wo die Chouans die noch Lebenden hinmachten und die Toten mit unglaublicher Schnelligkeit ausplünderten. – »Ich hatte recht, als ich Ihnen sagte, Ihre Soldaten würden nicht bis nach La Pélerine gelangen«, fügte der Marquis hinzu. »Ich glaube auch, daß Ihr Kopf eher mit Blei gefüllt werden wird als der meine; was sagen Sie dazu?«

Montauran empfand ein grausiges Verlangen, seine Rachsucht zu stillen. Seine Ironie gegenüber den Besiegten, die wüste Wildheit, sogar die Perfidie dieser militärischen Aktion, die ohne seinen Befehl vollbracht worden war und die er jetzt billigte, entsprachen den geheimen Wünschen seines Herzens. In seiner Wut hätte er am liebsten ganz Frankreich vernichtet. Die hingemetzelten Blauen, die beiden lebenden Offiziere, die sämtlich unschuldig an dem Verbrechen waren, für das er Rache verlangte, stellten in seinen Händen Karten dar, die ein verzweifelter Spieler zerreißt.

»Ich verrecke lieber auf diese Weise, als zu triumphieren wie Sie«, sagte Gérard. Als er dann seine Soldaten nackt und blutig daliegen sah, rief er: »So feige und kaltherzig ermordet!«

»Wie Ludwig XVI., Monsieur«, antwortete der Marquis rasch.

»Monsieur«, antwortete Gérard hochmütig, »in einem Königsprozeß walten Geheimnisse, die Sie niemals begreifen werden.«

»Sie klagen den König an!« schrie der Marquis außer sich.

»Sie bekämpfen Frankreich!« antwortete Gérard verächtlich.

»Albernheit!« sagte der Marquis.

»Vaterlandsmörder!« entgegnete der Republikaner.

»Königsmörder!«

»Na, hör mal, willst du dich in dem Augenblick, da du stirbst, etwa noch kabbeln?« rief Merle munter.

»Recht hast du«, sagte Gérard kalt; dann wandte er sich dem Marquis zu. »Monsieur, sofern Sie beabsichtigen, uns umzulegen«, sagte er, »dann erweisen Sie uns wenigstens die Gnade, uns auf der Stelle zu erschießen.«

»Das sieht dir mal wieder ähnlich!« erwiderte der Hauptmann, »nie kannst du die Zeit abwarten. Aber, alter Freund, wenn man einen so langen Marsch zurückzulegen hat und am andern Morgen kein Frühstück bekommt, dann ißt man gut zu Abend.«

Gérard stellte sich stolz und ohne ein Wort zu sagen an die Wand; Pille-miche legte auf ihn an und blickte dabei zu dem reglos dastehenden Marquis hinüber; er hielt das Schweigen seines Anführers für einen Befehl, und der Bataillonsadjutant fiel wie ein Baum. Marche-à-terre lief hinzu und teilte die neue Siegesbeute mit Pille-miche. Wie zwei ausgehungerte Raben zankten sie sich und knurrten einander über der noch warmen Leiche an.

»Wenn Sie zu Ende essen wollen, Herr Hauptmann, steht es Ihnen frei, mit mir zu kommen«, sagte der Marquis zu Merle; er wollte ihn für einen Gefangenenaustausch aufbewahren.

Mechanisch ging der Hauptmann mit dem Marquis wieder hinein; dabei sagte er leise vor sich hin, als mache er sich einen Selbstvorwurf: »Schuld an allem ist diese verdammte Hure. Was Hulot wohl sagen wird?«

»Diese Hure!« rief der Marquis dumpf aus. »Also ist sie wirklich eine Hure!«

Der Hauptmann schien Montauran zu Tode getroffen zu haben. Bleich, niedergeschlagen, mit düsterer Miene und schwankenden Schrittes ging der Marquis ihm nach. Im Eßzimmer hatte sich inzwischen eine andere Szene ereignet, und durch die Abwesenheit des Marquis hatte sie einen so unheilvollen Charakter angenommen, daß Marie, die ohne ihren Beschützer war, wohl in den Augen ihrer Rivalin ihr Todesurteil zu lesen glaubte. Beim Krachen der Salve waren alle Gäste aufgesprungen, bis auf Madame du Gua.

»Setzen Sie sich nur wieder«, sagte sie, »es ist nichts; unsere

Leute erledigen die Blauen.« Als sie sah, daß der Marquis nach draußen gegangen war, stand sie auf. – »Die junge Dame da«, rief sie mit der Ruhe dumpfer Wut, »hat uns den Gars entführen wollen! Sie hat versucht, ihn der Republik auszuliefern.«

»Seit heute morgen hätte ich ihn zwanzigmal ausliefern können, und dabei habe ich ihm das Leben gerettet«, erwiderte Mademoiselle de Verneuil.

Blitzschnell stürzte Madame du Gua sich auf ihre Rivalin; in ihrer blinden Wut zerriß sie die dünnen Verschnürungen des Spenzers des durch diesen plötzlichen Überfall überraschten jungen Mädchens, schändete mit brutaler Hand das geweihte Asyl, wo der Brief versteckt war, zerfetzte den Stoff, die Stikkereien, das Korsett, das Hemd; dann nahm sie diese Suche zur Stillung ihrer Eifersucht wahr und zerkratzte so gewandt und wütend die bebende Brust ihrer Nebenbuhlerin, daß sie darauf die blutigen Spuren ihrer Fingernägel zurückließ und dabei ein düsteres Lustgefühl empfand, daß sie sie diese schändliche Entblößung erleiden ließ. Bei dem schwachen Sichwehren, das Marie dem rasenden Weibe entgegensetzte, löste sich ihre Hutkappe und fiel zu Boden, ihr Haar sprengte seine Bänder und wallte in wogenden Locken nieder; ihr Gesicht leuchtete in Schamröte, dann zogen zwei Tränen ihre feuchte, brennende Spur über ihre Wangen und steigerten das Feuer ihrer Augen; schließlich gab das Beben der Scham die Zitternde den Blicken der Tischgenossen preis. Sogar verhärtete Richter würden, hätten sie sie in ihrem Schmerz gesehen, an ihre Unschuld geglaubt haben.

Der Haß rechnet so schlecht, daß Madame du Gua nicht merkte, daß niemand ihr zuhörte, als sie triumphierend ausrief: »Hier, ihr Herren! Habe ich diese abscheuliche Kreatur verleumdet?«

»So abscheulich ist sie gar nicht«, sagte leise der dicke Gast, der Urheber des Unheils. »Ich habe dergleichen Abscheulichkeiten ungeheuer gern.«

»Da, sehen Sie!« rief die grausame Vendéerin, »ein von Laplace[68] und von Dubois[69] gegengezeichneter Befehl.« Bei diesen Namen hoben einige die Köpfe. – »Und folgendermaßen lautet der Inhalt«, fuhr Madame du Gua fort.

»Die Bürger Militärbefehlshaber jedes Dienstgrads, die Distriktsverweser, die Syndici usw. der aufständischen Départements, und insbesondere die der Lokalitäten, wo sich etwa der frühere Marquis de Montauran aufhält, der Räuberhauptmann mit dem Zunamen ›Gars‹, sind gehalten, der Bürgerin Marie Verneuil Schutz und Beistand zu leisten und sich den Befehlen zu unterstellen, die sie ihnen etwa gibt, jeder auf seinem Tätigkeitsgebiet, usw.«

»Eine Nutte von der Oper legt sich einen erlauchten Namen zu und besudelt ihn mit einer solchen Infamie!« fügte sie hinzu.

Eine Bewegung des Erstaunens durchschwoll die Versammlung.

»Das Spiel ist ungleich, wenn die Republik so hübsche Mädchen gegen uns einsetzt«, sagte fröhlich der Baron du Guénic.

»Vor allem Huren, die nichts einzusetzen haben«, erwiderte Madame du Gua.

»Nichts?« fragte der Chevalier du Vissard, »Mademoiselle hat immerhin ein gewisses Gut, das ihr gehörig was einbringen muß!«

»Die Republik lacht also gern, daß sie uns Freudenmädchen als Bevollmächtigte schickt«, rief der Abbé Gudin.

»Aber leider ist Mademoiselle auf Freuden versessen, die tödlich sind«, erwiderte Madame du Gua mit einem gräßlich lustvollen Ausdruck, der auf das Ende all dieser Scherze hinwies.

»Wie kommt es dann, daß Sie noch am Leben sind, Madame?« fragte das Opfer, das seine Kleidung wieder in Ordnung gebracht hatte, und reckte sich auf.

Diese blutige Bosheit rief eine gewisse Achtung gegenüber einem so stolzen Opfer hervor und erlegte der Versammlung Schweigen auf. Madame du Gua sah über die Lippen der Anführer ein Lächeln hinirren, dessen Ironie sie in Wut versetzte; und da rief sie, ohne zu merken, daß der Marquis und der Hauptmann plötzlich eingetreten waren: »Pille-miche, bring sie weg!« Sie wies dabei den Chouan auf Mademoiselle de Verneuil hin. »Sie ist mein Beuteanteil, ich schenke ihn dir, mach damit alles, was du willst!«

Auf das Wort »alles« hin, das diese Frau ausgesprochen hatte, durchzuckte es die ganze Gesellschaft; denn hinter dem Marquis hatten sich die abscheulichen Köpfe Pille-miches und Marche-à-terres gezeigt, und die Marter wurde in ihrer vollen Gräßlichkeit offenbar.

Francine stand mit gefalteten Händen, die Augen voller Tränen, wie vom Donner gerührt. Mademoiselle de Verneuil, die in der Gefahr ihre ganze Geistesgegenwart wiedergefunden hatte, warf einen verächtlichen Blick auf die Versammelten, riß den Brief an sich, den Madame du Gua in der Hand hielt, warf den Kopf hoch, und trockenen, aber Blitze schleudernden Auges stürzte sie nach der Tür hin, wo Merles Degen nach wie vor an der Wand lehnte. Dort trat sie dem Marquis gegenüber, kalt und unbewegt wie eine Statue. Nichts plädierte für sie auf diesem Gesicht, dessen sämtliche Züge starr und fest waren. Sie war bis ins tiefste Herz getroffen, das Leben war verhaßt geworden. Der Mann, der ihr so viel Liebe bezeigt, hatte also die Spottreden vernommen, mit denen sie überschüttet worden war; er hatte als eisesstarrer Zeuge der Entehrung beigewohnt, die sie hatte erdulden müssen, als die Reize, die eine Frau der Liebe vorbehält, allen Blicken preisgegeben worden waren! Vielleicht hätte sie Montauran verziehen, was er an Verachtung empfand; aber es empörte sie, daß er sie in einer schmählichen Lage erblickt hatte; sie warf ihm einen verstumpften, haßerfüllten Blick zu, denn sie spürte in ihrem Herzen ein grausiges Rachebegehren entstehen. Da sie den Tod hinter sich stehen sah, wurde es durch ihre Ohnmacht erstickt. In ihrem Kopf hob ein Wahnsinnswirbel an; ihr brodelndes Blut ließ sie die Welt wie eine Feuersbrunst sehen; anstatt sich selber umzubringen, zog sie den Degen, schwang ihn gegen den Marquis und durchbohrte ihn bis zum Stichblatt; allein der Degen war zwischen dem Arm und den Rippen hindurchgeglitten; der Gars hielt Marie am Handgelenk fest und zog sie aus dem Zimmer, wobei Pille-miche ihm half; er hatte sich auf das rasende Geschöpf in dem Augenblick gestürzt, da es den Marquis zu töten versucht hatte. Bei diesem Anblick stieß Francine gellende Schreie aus. »Pierre! Pierre!« kreischte sie in den kläglichsten Tönen. Und schreiend lief sie ihrer Herrin nach.

Der Marquis überließ die verdutzte Versammlung sich selbst,

ging hinaus und schloß die Zimmertür. Als er auf der Freitreppe anlangte, hielt er noch immer das Handgelenk jener Frau und drückte es krampfhaft zusammen, während die kräftigen Finger Pille-miches ihr fast den Armknochen zerbrachen; sie jedoch spürte lediglich die glühend heiße Hand des jungen Anführers und musterte ihn mit kalter Miene.

»Monsieur, Sie tun mir weh!«

Statt zu antworten, betrachtete er eine Weile seine Geliebte.

»Haben auch Sie etwas auf so niedrige Weise zu rächen wie jene Frau?« fragte sie. Dann erblickte sie die auf dem Stroh liegenden Leichen und rief erbebend: »Bei der Edelmannsehre! Hahaha!« Nach diesem grauenhaften Auflachen sagte sie noch: »Welch schöner Tag!«

»Ja, schön«, wiederholte er, »und ohne ein Morgen.«

Er ließ die Hand der Mademoiselle de Verneuil los, nachdem er zum letztenmal mit einem langen Blick das entzückende Geschöpf betrachtet hatte, auf das zu verzichten ihm nahezu unmöglich war. Keine dieser beiden hochgemuten Seelen wollte nachgeben. Vielleicht erwartete der Marquis eine Träne; aber die Augen des Mädchens blieben stolz und trocken. Heftig wandte er sich ab und überließ Pille-miche das Opfer.

»Gott wird mich hören, Marquis; ich werde ihn für Sie um ein schönes Heute ohne ein Morgen bitten!«

Pille-miche, den ein so schönes Beutestück verlegen machte, zog sie mit einer Behutsamkeit mit sich fort, in die sich Respekt und Ironie mischten. Der Marquis stieß einen Seufzer aus, kehrte ins Eßzimmer zurück und bot seinen Gästen ein Antlitz dar, das wie das eines Toten war, dessen Augen nicht zugedrückt worden sind.

Daß Hauptmann Merle noch am Leben und unter ihnen war, war für die Schauspieler dieser Tragödie etwas Unerklärliches; daher betrachteten sie ihn überrascht und befragten einander mit Blicken. Merle merkte das Erstaunen der Chouans, und ganz seinem Charakter entsprechend, sagte er mit traurigem Lächeln zu ihnen: »Ich glaube nicht, meine Herren, daß sie einem Mann, der drauf und dran ist, sein letztes Quartier zu beziehen, ein Glas Wein abschlagen werden.«

Gerade in diesem Augenblick, da die Versammlung durch diese

Worte, die mit einer französischen Tollköpfigkeit hingesprochen worden waren, die den Vendéern imponieren mußte, sich beruhigt hatte, war Montauran wieder erschienen, und sein bleiches Gesicht, sein starrer Blick vereiste alle Gäste.

»Sie werden es erleben«, sagte der Hauptmann, »daß der Tod die Lebendigen in Bewegung setzt.«

»Ah«, sagte der Marquis mit der Geste eines Erwachenden, »da sind Sie ja, mein lieber Kriegsrat!«

Und er streckte ihm eine Flasche Graves[70] entgegen, als wolle er ihm zu trinken einschenken.

»Oh, danke, Bürger Marquis, ich könnte mich benebeln, wissen Sie.«

Auf diesen Witz hin sagte Madame du Gua lächelnd zu den Gästen: »Vorwärts, wir wollen ihm den Nachtisch ersparen.«

»Sie sind recht grausam in Ihrer Rachsucht, Madame«, antwortete der Hauptmann. »Sie vergessen meinen ermordeten Freund; er wartet auf mich, und ich verpasse meine Verabredungen nie.«

»Herr Hauptmann«, sagte da der Marquis und warf ihm seinen Handschuh zu, »Sie sind frei! Da, nehmen Sie, das gilt als Paß. Die Jäger des Königs wissen, daß nicht alles und jedes Stück Wild abgeschossen werden darf.«

»Zum Teufel mit dem Leben!« antwortete Merle. »Aber Sie tun da was Falsches; ich bürge Ihnen dafür, daß ich hart auf hart mit Ihnen spielen und Ihnen keine Gnade angedeihen lassen werde. Sie mögen recht tüchtig sein, aber Gérard wiegen Sie nicht auf. Obgleich Ihr Kopf mir den seinen nie bezahlen kann, muß ich ihn haben, und ich werde ihn bekommen.«

»Er hat es auch gar zu eilig gehabt«, entgegnete der Marquis.

»Adieu! Mit meinen Henkern hätte ich trinken können, bei den Mördern meines Freundes verweile ich nicht«, sagte der Hauptmann, verschwand und ließ die Versammelten verdutzt zurück.

»Nun, meine Herren, was sagen Sie zu den Schöffen, Wundärzten und Advokaten, die die Republik leiten?« fragte der Gars kalt.

»Zum Henker, Marquis«, antwortete der Graf de Bauvan,

»auf jeden Fall sind sie schlecht erzogen. Ich glaube, der da ist uns frech gekommen.«

Das jähe Verschwinden des Hauptmanns hatte einen geheimen Grund. Das verachtete, gedemütigte Geschöpf, das in diesem Augenblick vielleicht unterlag, hatte ihm bei jenem Auftritt so unvergeßliche Reize dargeboten, daß er sich beim Hinausgehen sagte: »Wenn sie schon eine Hure ist, dann ist sie schwerlich eine gewöhnliche Hure, und ich mache ganz bestimmt meine Frau aus ihr . . .« Er zweifelte so wenig daran, sie aus den Händen dieser Wilden zu retten, daß, nun sein Leben bewahrt geblieben, es sein erster Gedanke gewesen war, sie fortan unter seinen Schutz zu stellen. Leider fand der Hauptmann, als er auf der Freitreppe anlangte, den Hof leer. Er hielt Umschau, lauschte in die Stille und vernahm nichts als das geräuschvolle, lärmende Lachen der Chouans, die in den Gärten tranken und sich ihre Beute teilten. Merle wagte es, um den unheilvollen Schloßflügel herumzugehen, vor dem seine Soldaten erschossen worden waren; und von diesem Winkel aus unterschied er beim schwachen Licht einiger Kerzen die verschiedenen Gruppen, die die Jäger des Königs bildeten. Weder Pille-miche noch Marche-à-terre noch das junge Mädchen befanden sich darunter; allein in diesem Augenblick spürte er, wie er behutsam am Schoß seiner Uniform gezupft wurde, fuhr herum und sah Francine auf den Knien liegen.

»Wo ist sie?« fragte er.

»Ich weiß es nicht; Pierre hat mich davongejagt und mir befohlen, mich nicht vom Fleck zu rühren.«

»Nach welcher Richtung sind sie gegangen?«

»Dort hinaus«, antwortete sie und zeigte nach der Landstraße.

Jetzt gewahrten der Hauptmann und Francine in jener Richtung einige Schatten, die das Mondlicht auf die Wasser des Sees warf, und erkannten eine weibliche Gestalt, deren elegante Formen, obwohl sie nur undeutlich wahrnehmbar waren, ihnen Herzklopfen verursachten.

»Oh, sie ist es!« sagte die Bretonin.

Mademoiselle de Verneuil schien zu stehen, schicksalsergeben, inmitten einiger Soldaten, deren Bewegungen darauf schließen ließen, daß sie sich prügelten.

»Es sind mehrere«, rief der Hauptmann. »Macht nichts, los!«

»Sie lassen sich unnütz töten«, sagte Francine.

»Ich bin heute schon mal gestorben«, antwortete er fröhlich. Und beide schritten auf das düstere Portal zu, hinter dem jene Szene sich ereignete. Auf halbem Weg blieb Francine stehen.

»Nein, ich gehe nicht weiter«, stieß sie leise hervor; »Pierre hat mir gesagt, ich dürfe mich nicht einmischen; ich kenne ihn, wir würden alles verderben. Tun Sie, was Sie wollen, Herr Offizier, aber gehen Sie weg. Wenn Pierre Sie bei mir sähe, brächte er Sie um.«

In diesem Augenblick erschien Pille-miche außerhalb des Portals, rief nach dem Postillion, der im Stall geblieben war, gewahrte den Hauptmann, richtete sein Gewehr auf ihn und rief: »Heilige Anna von Auray! Der Rektor von Antrain hatte vollauf recht, als er uns sagte, die Blauen schlössen Pakte mit dem Teufel! Warte, warte, ich werde dir das Auferstehen schon austreiben!«

»He! Ich habe einen Freibrief fürs Leben«, rief ihm Merle zu, als er sich bedroht sah. »Hier, der Handschuh deines Kommandeurs!«

»Ja, hier spuken wohl Geister«, entgegnete der Chouan. »Ich schenke dir das Leben nicht, Ave Maria!«

Er schoß. Die Kugel drang dem Hauptmann in den Kopf, er sank um. Als Francine zu Merle hintrat, hörte sie ihn noch undeutlich sagen: »Ich bleibe lieber bei ihnen, als daß ich ohne sie zurückkehre.«

Der Chouan stürzte sich auf den Blauen, um ihn auszuplündern, und sagte dabei: »Eins ist gut bei diesen Wiedergängern, nämlich daß sie mit ihren Kleidern auferstehen.« Doch als er in der Hand des Hauptmanns, der ihm den Handschuh des Gars hatte zeigen wollen, diesen heiligen Freibrief sah, war er betroffen. »Ich möchte nicht in der Haut des Sohns meiner Mutter stecken!« rief er. Dann verschwand er mit der Fixigkeit eines Vogels.

Zum Verständnis dieses für den Hauptmann so verhängnisvollen Zusammentreffens ist es nötig, Mademoiselle de Verneuil zu folgen, als der Marquis im Bann seiner Verzweiflung und Wut sich von ihr abgewandt und sie Pille-miche überlassen hatte. Francine war in diesem Augenblick mit einer konvulsivischen

Bewegung Marche-à-terre um den Hals gefallen und, Tränen in den Augen, hatte sie sich auf das Versprechen berufen, das er ihr gegeben hatte. Ein paar Schritte von den beiden entfernt zerrte Pille-miche sein Opfer hinter sich her, als handele es sich um eine schwere Last. Mit wirrem Haar und hängendem Kopf wandte Marie die Augen nach dem Teich hin; da jedoch eine stählerne Faust sie festhielt, war sie gezwungen, langsam dem Chouan zu folgen, der sich mehrmals umdrehte, um sie anzuschauen oder zu schnellerem Gehen anzutreiben, und jedesmal ließ dabei ein nekkischer Gedanke ein furchtbares Lächeln auf seinem Gesicht erscheinen.

»Ist das ein Prachtstück von Weibsbild ...!« rief er mit ungefüger Emphase.

Als Francine das hörte, fand sie die Sprache wieder.

»Pierre?«

»Na, und?«

»Er will doch Mademoiselle umbringen.«

»Erst hinterher«, antwortete Marche-à-terre.

»Aber sie läßt es sich nicht gefallen, und wenn sie stirbt, dann sterbe auch ich.«

»Ha, wenn schon! Du hängst viel zu sehr an ihr; soll sie doch sterben!« sagte Marche-à-terre.

»Wenn wir reich und glücklich werden, danken wir es einzig ihr; aber darum geht es nicht; hast du nicht versprochen, sie vor allem Unheil zu bewahren?«

»Ich will's versuchen; aber du bleibst hier und rührst dich nicht vom Fleck.«

Sogleich war Marche-à-terres Arm frei, und Francine wartete in der grausigsten Besorgnis auf dem Hofe. Marche-à-terre kam in dem Augenblick zu seinem Kameraden, da dieser sein Opfer in die Scheune gezerrt und es gezwungen hatte, in den Wagen zu steigen. Pille-miche forderte die Hilfe seines Kameraden beim Herausziehen des Wagens.

»Was willst du mit alledem anfangen?« fragte ihn Marche-à-terre.

»Na, die Große Hure hat mir die Frau geschenkt, und alles, was sie hat, gehört mir.«

»Gut, was den Wagen angeht; den kannst du zu Geld machen; aber die Frau? Die springt dir ins Gesicht wie 'ne Katze.«

Pille-miche lachte laut und schallend auf und antwortete: »Quatsch! Die nehm' ich mit nach Hause; ich bind' sie fest.«

»Na, schön; laß uns die Pferde anspannen«, sagte Marche-à-terre.

Kurz danach lenkte Marche-à-terre, der seinen Kameraden das Beutestück hatte bewachen lassen, die Kalesche durch das Portal auf die Landstraße, und Pille-miche setzte sich neben Mademoiselle de Verneuil, ohne zu merken, daß sie drauf und dran war, sich in den Teich zu stürzen.

»He! Pille-miche!« rief Marche-à-terre.

»Was denn?«

»Ich kauf' dir deine ganze Beute ab.«

»Soll das 'n Witz sein?« fragte der Chouan und hielt seine Gefangene an den Röcken fest, wie ein Metzger ein Kalb festhält, das weglaufen will.

»Zeig sie mir mal, dann mach' ich dir 'n Preis.«

Die Unselige mußte aussteigen; sie stand zwischen den beiden Chouans, die sie jeder an einer Hand festhielten und sie anstierten, wie etwa die beiden Greise Susanna im Bade.

»Willst du«, sagte Marche-à-terre mit einem Seufzer, »willst du gute Rentenpapiere, die dir dreißig Francs einbringen?«

»Ist das dein Ernst?«

»Schlag ein«, sagte Marche-à-terre und streckte ihm die Hand hin.

»'türlich schlag' ich ein, dafür kann ich Bretoninnen haben, und was für welche! Aber der Wagen, wer soll den haben?« antwortete Pille-miche, dem ein Licht aufging.

»Ich!« rief Marche-à-terre mit erschreckender Stimmkraft, die davon überzeugte, welche Überlegenheit sein wilder Charakter ihm über all seine Genossen gab.

»Wenn nun aber Gold in dem Wagen ist?«

»Hast du eingeschlagen oder nicht?«

»Ja, ich hab' eingeschlagen.«

»Na, dann hol den Postillion; er liegt geknebelt im Stall.«

»Wenn nun aber tatsächlich Gold drin...«

»Ist welches drin?« fragte Marche-à-terre brutal Marie und rüttelte ihr den Arm.

»Etwa hundert Taler«, antwortete Mademoiselle de Verneuil.

Bei diesen Worten blickten die beiden Chouans einander an.

»He, alter Freund, wir wollen uns nicht einer Blauen wegen verkrachen«, flüsterte Pille-miche Marche-à-terre ins Ohr. »Wir wollen sie lieber mit einem Stein um den Hals in den Teich schmeißen und uns die hundert Taler teilen.«

»Ich gebe dir die hundert Taler von meinem Anteil an d'Orgemonts Lösegeld«, rief Marche-à-terre und schluckte ein Grollen über dieses Opfer hinunter.

Pille-miche stieß eine Art von heiserem Schrei aus, ging den Postillion holen, und seine Freude gedieh dem Hauptmann, dem er begegnete, zum Unheil. Als Marche-à-terre den Schuß hörte, hastete er nach der Stelle hin, wo die noch immer furchtbebende Francine mit gefalteten Händen neben dem armen Hauptmann auf den Knien lag und betete, so sehr hatte es sie entsetzt, daß sie einen Mord mitangesehen hatte.

»Lauf zu deiner Herrin«, sagte der Chouan barsch zu ihr. »Sie ist davongekommen.«

Er selbst lief und holte den Postillion, kam mit Blitzesschnelle wieder, und als er abermals an Merles Leiche vorüberkam, sah er den Handschuh des Gars, den die tote Hand noch immer krampfhaft festhielt.

»Oh, oh!« rief er aus, »da hat Pille-miche schön was angerichtet! Der wird schwerlich von seinen Zinsen leben.«

Er riß den Handschuh los und sagte zu Mademoiselle de Verneuil, die bereits mit Francine in die Kutsche gestiegen war: »Da, nehmen Sie diesen Handschuh. Wenn unsere Männer Sie unterwegs angreifen sollten, rufen Sie einfach: ›Oh! Der Gars!‹ Zeigen Sie ihnen diesen Paß vor, dann passiert Ihnen nichts. – Francine«, sagte er und drückte ihr kräftig die Hand, »mit der Frau da sind wir quitt; komm mit mir, und der Teufel möge sie holen.«

»Du willst, daß ich sie in diesem Augenblick verlasse?« antwortete Francine mit schmerzlicher Stimme.

Marche-à-terre kratzte sich am Ohr und an der Stirn; dann hob er den Kopf und ließ Augen sehen, die mit einem wildwüsten Ausdruck gewappnet waren: »Ist recht«, sagte er. »Ich lasse dich ihr für acht Tage; wenn diese Frist um ist und du kommst nicht mit mir ...« Er sprach nicht zu Ende, aber er hieb mit der flachen Hand kräftig auf die Mündung seines Karabiners. Dann tat er, als lege er auf seine Geliebte an, und lief davon; er wollte die Antwort nicht hören.

Sowie der Chouan verschwunden war, rief eine dumpfe Stimme, die aus dem Teich zu kommen schien: »Madame! Madame!«

Entsetzt zuckten der Postillion und die beiden Frauen zusammen; es waren nämlich ein paar Leichen bis dorthin geschwemmt worden. Ein hinter einem Baum versteckter Blauer zeigte sich.

»Lassen Sie mich auf den Hinterkasten Ihres Packwagens steigen, oder ich bin ein toter Mann. Das verdammte Glas Zider, das La-clef-des-coeurs hat trinken wollen, hat mehr als eine Pinte Blut gekostet! Hätte er getan wie ich und wäre auf Erkundung gegangen, dann lägen die armen Kameraden nicht da drin und trieben wie Galioten[71].«

Während dies alles im Freien geschah, berieten sich die aus der Vendée entsandten Anführer und die der Chouans, das Glas in der Hand, unter dem Vorsitz des Marquis de Montauran. Der Bordeaux, dem wacker zugesprochen wurde, belebte die Diskussion; sie war gegen Ende des Mahls gewichtig und ernst geworden. Beim Nachtisch, als die allgemeinen Richtlinien der militärischen Operationen festgelegt worden waren, tranken die Royalisten auf das Wohl der Bourbonen. Da erdröhnte Pille-miches Schuß wie ein Echo des verheerenden Kriegs, den diese frohgemuten, adligen Verschwörer gegen die Republik führen wollten. Madame du Gua zuckte zusammen; und als sie ihre Freude zeigte, der Rivalin ledig zu sein, blickten die Gäste einander schweigend an. Der Marquis stand auf und ging hinaus.

»Er hat sie doch geliebt!« sagte Madame du Gua ironisch. »Gehen Sie doch und leisten Sie ihm Gesellschaft, Monsieur de Fontaine; er ist lästig wie die Fliegen, wenn man ihn seinen trüben Gedanken überläßt.«

Sie trat an das nach dem Hof hinausgehende Fenster; sie wollte versuchen, Maries Leiche zu sehen. Sie konnte von dort aus in den letzten Strahlen des untergehenden Mondes die Kalesche erkennen, die mit unglaubwürdiger Schnelligkeit die Apfelbaum-Allee hinauffuhr. Aus der Kalesche heraus wehte im Winde der Schleier der Mademoiselle de Verneuil. Bei diesem Anblick verließ die wütende Madame du Gua die Gesellschaft. Der Marquis stand angelehnt auf der Freitreppe und war in düstere Gedanken versunken; er betrachtete die etwa hundertfünfzig Chouans, die in den Gärten die Beute unter sich aufgeteilt hatten und nun gekommen waren, um sich über das Faß Zider und das Brot herzumachen, das den Blauen zugedacht gewesen war. Diese neuartigen Soldaten, auf die die Hoffnungen der Monarchie sich gründeten, tranken in Gruppen, während an der der Freitreppe gegenüberliegenden Uferböschung sich sieben oder acht von ihnen damit belustigten, die Leichen der Blauen, an die sie Steine gebunden hatten, ins Wasser zu schmeißen. Dieser Anblick, zu dem die unterschiedlichen Bilder hinzutraten, die die bizarren Trachten und die wilden Gesichter dieser sorglosen, barbarischen Gars darboten, war so ungewöhnlich und so neu für Monsieur de Fontaine, für den die Vendéer Truppen etwas Nobles und Reguläres dargestellt hatten, daß er die Gelegenheit wahrnahm und zu dem Marquis de Montauran sagte: »Was hoffen Sie mit solcherlei Bestien erreichen zu können?«

»Nicht viel, nicht wahr, lieber Graf?« antwortete der Gars.

»Ob sie jemals lernen, richtig zu manövrieren, wenn sie den Republikanern gegenüberstehen?«

»Nie im Leben.«

»Können sie denn wenigstens Ihre Befehle verstehen und ausführen?«

»Nie im Leben!«

»Wozu sind sie Ihnen dann nütze?«

»Meinen Degen in den Wanst der Republik zu stoßen«, entgegnete der Marquis mit Donnerstimme, »mir Fougères innerhalb von drei Tagen in die Hand zu geben, und die ganze Bretagne innerhalb von zehn! Brechen Sie auf, Monsieur«, sagte er mit leiserer Stimme, »reisen Sie in die Vendée; wenn Autichamp[72], Suzannet[73] und der Abbé Bernier[74] nur so schnell marschieren wie ich, wenn sie nicht mit dem Ersten Konsul unterhandeln, wie man mich fürchten lassen will (hier drückte er dem Vendéer kräftig die Hand), dann stehen wir in zwanzig Tagen dreißig Meilen vor Paris.«

»Aber die Republik stellt uns sechzigtausend Mann und den General Brune entgegen.«

»Sechzigtausend Mann? Tatsächlich?« erwiderte der Marquis und lächelte spöttisch. »Und womit soll Bonaparte den italienischen Feldzug durchführen? Was den General Brune betrifft, so kommt er nicht; Bonaparte hat ihn gegen die Engländer in Holland eingesetzt; der General Hédouville[75], der Freund unseres Freundes Barras[76], tritt hier an seine Stelle. Verstehen Sie mich?«

Als Monsieur de Fontaine den Marquis de Montauran so reden hörte, blickte er ihn mit durchtriebener, geistvoller Miene an; er schien ihm vorzuwerfen, er verstehe wohl selber nicht den Sinn der mysteriösen Worte, die an ihn gerichtet worden waren. Zwischen den beiden Edelleuten herrschte jetzt bestes Einvernehmen; aber der junge Anführer antwortete mit einem unenträtselbaren Lächeln auf die Gedanken, die sie einander durch Blicke ausdrückten: »Monsieur de Fontaine, kennen Sie mein Wappen? Meine Devise lautet: ›Ausharren bis zum Tod.‹«

Der Graf de Fontaine ergriff Montaurans Hand, drückte sie ihm und sagte: »Ich bin bei Les Quatre-Chemins als tot liegengelassen worden; also zweifeln Sie nicht an mir; aber glauben Sie meiner Erfahrung, die Zeiten haben sich geändert.«

»O ja!« sagte La Billardière, der hinzugetreten war. »Sie sind jung, Marquis. Hören Sie mich an! Ihre Güter sind nicht alle verkauft worden ...«

»Oh! Verstehen Sie unter Aufopferung etwas, das ohne Opfer möglich ist?« fragte Montauran.

»Kennen Sie den König gut?« fragte La Billardière.

»Ja!«

»Ich bewundere Sie.«

»Der König«, antwortete der junge Befehlshaber, »ist der Priester, und ich kämpfe für den Glauben!«

Sie verabschiedeten sich, der Vendéer überzeugt von der Notwendigkeit, sich den Ereignissen fügen und seinen Glauben im Herzen bewahren zu müssen; La Billardière, um nach England zurückzukehren; und Montauran, um erbittert zu kämpfen und durch die Triumphe, die er sich erträumte, die Vendéer zu zwingen, bei seinen Unternehmungen mitzuwirken.

All das Geschehene hatte die Seele der Mademoiselle de Verneuil so aufgewühlt, daß sie sich völlig entkräftet und wie eine Gestorbene im Wagen zurücklehnte und befahl, nach Fougères zu fahren. Francine schwieg wie ihre Herrin. Der Postillion, der irgendein neues Abenteuer fürchtete, beeilte sich, auf die große Landstraße zu kommen, und war bald auf dem Gipfel von La Pélerine angelangt.

Marie de Verneuil durchfuhr im dicken, weißlichen Morgennebel das schöne, breite Couësnon-Tal, wo diese Geschichte begonnen hat, und nahm von der Höhe von La Pélerine kaum den Schieferfelsen wahr, auf dem die Stadt Fougères erbaut worden ist. Die drei Reisenden waren noch etwa drei Meilen von ihr entfernt. Da Mademoiselle de Verneuil sich von der Kälte durchdrungen fühlte, mußte sie an den armen Soldaten denken, der hinten auf dem Wagen hockte, und wollte unbedingt, trotz seiner Weigerung, daß er einsteige und sich neben Francine setze. Für eine kurze Weile entriß der Anblick von Fougères sie ihren Gedanken. Übrigens verweigerte der Posten an der Porte Saint-Léonard Unbekannten die Einfahrt in die Stadt, und so war sie genötigt, den ministeriellen Brief vorzuweisen; als sie in diese Festung einfuhr, deren einzige Verteidiger gegenwärtig ihre Einwohner waren, glaubte sie sich in Sicherheit vor jeder feindlichen Unternehmung. Der Postillion fand für sie keine andere Unterkunft als den Gasthof »Zur Post«.

»Madame«, sagte der Blaue, den sie gerettet hatte, »wenn Sie es je nötig haben, daß einem bestimmten Menschen ein Säbelhieb verabfolgt wird, gehört Ihnen mein Leben. Für so was bin ich gut. Ich heiße Jean Falcon, genannt Beau-pied, Sergeant in der ersten Kompanie von Hulots Kerls, zweiundsiebzigste Halbbrigade, auch die ›Mainzer‹ genannt. Entschuldigen Sie, daß ich so herablassend und so eitel mit Ihnen rede; aber ich kann Ihnen nur meine Sergeantenseele anbieten; mehr kann ich Ihnen augenblicklich nicht zur Verfügung stellen.«

Er machte kehrt und ging pfeifend davon.

»Je tiefer man in die Gesellschaft hinabsteigt«, sagte Marie bitter, »auf desto mehr hochherzige Gefühle stößt man, ohne daß großes Wesen davon gemacht würde. Ein Marquis gibt mir statt des Lebens den Tod, und ein Sergeant... Nun, lassen wir das.«

Als die schöne Pariserin in einem gut angewärmten Bett lag, wartete die getreue Francine vergebens auf ein freundliches Wort, wie sie es gewohnt war; doch als ihre Herrin sie bekümmert dastehen sah, winkte sie sie traurig heran.

»War das ein Tag, Francine«, sagte sie. »Ich fühle mich um zehn Jahre gealtert.«

Als sie am andern Morgen aufstehen wollte, fand Corentin sich ein; er wollte Marie sprechen; sie erlaubte ihm, einzutreten. Dennoch empfand sie, als sie diesen Mann wiedersah, zum tausendstenmal einen instinktiven Widerwillen, den zwei Jahre der Bekanntschaft nicht hatten mildern können.

»Na?« sagte er lächelnd. »Ich habe geglaubt, es würde klappen. Der, den Sie hatten, war also nicht der Richtige?«

»Corentin«, antwortete sie langsam und mit schmerzlichem Ausdruck, »bitte sprechen Sie zu mir nicht von dieser Angelegenheit, bis ich selber davon anfange.«

Der Mann ging im Zimmer auf und ab und warf schiefe Blicke auf Mademoiselle de Verneuil; er versuchte dabei, die geheimen Gedanken dieses sonderbaren Mädchens zu erraten, dessen Blick eine solche Macht besaß, daß er die geschicktesten Männer für Augenblicke aus der Fassung brachte.

»Ich habe diesen Fehlschlag vorausgesehen«, fuhr er nach einer Schweigepause fort. »Falls es Ihnen beliebt, Ihr Hauptquartier in dieser Stadt aufzuschlagen, habe ich bereits Erkundigungen eingezogen. Wir befinden uns im Herzen der Chouannerie. Wollen Sie hierbleiben?« Sie antwortete durch ein Nicken, das es Corentin ermöglichte, zum guten Teil richtige Mutmaßungen über die Geschehnisse des Vortages anzustellen. – »Ich habe für Sie ein Haus gemietet; es ist unverkauftes Nationaleigentum. Sie sind hier in dieser Stadt nicht gerade fortschrittlich eingestellt. Kein Mensch hat gewagt, die Baracke zu erstehen, weil sie einem Emigranten gehört, der als brutal gilt. Sie liegt oberhalb der Kirche Saint-Léonard; und mein Ehrenwort: Man hat von dort eine entzückende Aussicht. Man kann sich das Loch zunutze machen, es ist bewohnbar; wollen Sie hinkommen?«

»Auf der Stelle!« rief sie.

»Aber ich brauche noch ein paar Stunden, um es in Ordnung zu bringen und säubern zu lassen, damit Sie alles nach Ihrem Geschmack vorfinden.«

»Was liegt daran?« sagte sie. »Ich würde, ohne zu jammern, auch in ein Kloster oder ein Gefängnis ziehen. Immerhin, sorgen Sie dafür, daß ich mich dort heute abend in tiefster Einsamkeit ausruhen kann. Gehen Sie, verlassen Sie mich jetzt. Ihre Gegenwart ist mir unerträglich. Ich will mit Francine allein bleiben; mit ihr kann ich mich vielleicht besser verständigen als mit mir selbst... Adieu. Gehen Sie! So gehen Sie doch!«

Diese geschwind hinausgesprochenen Worte, in denen sich abwechselnd Koketterie, Despotismus und Leidenschaft ausgeprägt hatten, ließen bei ihr auf eine vollkommene innere Ruhe schließen. Wahrscheinlich hatte der Schlummer langsam die Eindrücke des vergangenen Tages geordnet, und das Nachdenken hatte ihr Rache angeraten. Wenn sich auf ihrem Antlitz noch dann und wann ein düsterer Ausdruck abzeichnete, so schien er die Fähigkeit zu bestätigen, die gewisse Frauen besitzen, nämlich die exaltierten Empfindungen in ihrer Seele zu begraben, und diese Verstellung ermöglicht es ihnen, anmutig zu lächeln, während sie den Untergang ihres Opfers berechnen. Sie saß in sich gekehrt da und grübelte darüber nach, wie sie es fertigbringen könne, den Marquis lebend in die Hände zu bekommen. Zum erstenmal hatte diese Frau ganz ihren Wünschen entsprechend gelebt; aber von diesem Leben war ihr nur ein einziges Verlangen geblieben, das nach Rache, nach einer unendlichen, vollkommenen Rache. Das war ihr einziger Gedanke, ihre einzige Leidenschaft. Die Worte und Fürsorglichkeiten Francines fanden Marie stumm; sie schien mit offenen Augen zu schlafen; und dieser lange Tag ging hin, ohne daß eine Geste oder ein Tun das äußere Leben bekundet hätten, das von unseren Gedanken Zeugnis ablegt. Sie blieb auf einer Ottomane liegen, die sie sich aus Stühlen und Kopfkissen hergerichtet hatte. Erst am Abend blickte sie Francine an und ließ lässig die folgenden Worte fallen:

»Mein Kind, ich bin gestern zu der Erkenntnis gekommen, daß man leben könnte, um zu lieben, und heute ist mir klar, daß man sterben könnte, um sich zu rächen. Ja, um ihn dort, wo er ist, aufzusuchen, um ihm aufs neue zu begegnen, ihn zu verführen und für mich zu haben, dafür würde ich mein Leben hingeben; aber wenn ich ihn nicht innerhalb weniger Tage demütig und unterworfen unter meinen Füßen habe, diesen Mann, der mich verachtet hat, wenn ich ihn nicht zu meinem Diener mache, dann stehe ich unter allen und allem, dann bin ich keine Frau mehr, dann bin ich nicht mehr ich ...!«

Das Haus, das Corentin Mademoiselle de Verneuil vorgeschlagen hatte, bot Möglichkeiten genug, dem Luxus und der Eleganz zu frönen, die diesem Mädchen angeboren waren; er hatte alles zusammengetragen, von dem er wußte, daß es ihr gefallen müsse, zusammengetragen mit der Beflissenheit eines Liebhabers für seine Geliebte, oder besser noch, mit der Dienstfertigkeit eines mächtigen Mannes, der irgendeiner Untergebenen, die er braucht, schmeicheln möchte. Am nächsten Tag kam er und schlug Mademoiselle de Verneuil vor, sich in jenes improvisierte Stadtpalais zu begeben.

Obgleich die launische Pariserin nur ihre schlechte Ottomane mit einem antiken Sofa vertauschte, das Corentin für sie aufzutreiben gewußt hatte, ergriff sie von jenem Haus Besitz, als habe es ihr von je gehört. Sie war von einer königlichen Unbekümmertheit gegenüber allem, was sie darin sah; sie bezeigte eine plötzliche Sympathie für die kleinsten Einrichtungsgegenstände und machte sie sich auf der Stelle zu eigen, als seien sie ihr seit langem vertraut; das sind banale Einzelzüge, aber sie sind nicht gleichgültig für die Schilderung von solcherlei Ausnahmecharakteren. Es schien, als habe sie schon im voraus ein Traum mit dieser Wohnstatt bekannt gemacht, in der sie von ihrem Haß lebte, wie sie darin von ihrer Liebe gelebt haben würde.

»Wenigstens habe ich in ihm«, so sagte sie sich, »nicht das beleidigende Mitleid erregt, das tötet; ich danke ihm nicht das Leben. O meine erste, meine einzige und letzte Liebe, was für ein Ende!« Mit einem Satz stürzte sie sich auf die erschrockene Francine: »Liebst du? O ja, du liebst, ich entsinne mich. Oh, wie glücklich bin ich, ein weibliches Wesen um mich zu haben, das mich versteht. Sag, meine arme Francette, dünkt der Mann dich nicht ein grausiges Geschöpf? Ha, er hat gesagt, er liebe mich, und dabei hat er nicht einmal die leichteste aller Prüfungen bestanden. Doch auch wenn die ganze Welt ihn verstoßen hätte, wäre meine Seele für ihn eine Zufluchtsstätte gewesen; hätte das Universum ihn angeklagt, ich würde ihn verteidigt haben. Früher sah ich die Welt von Menschenwesen erfüllt, die kamen und gingen; sie waren mir nichts als gleichgültig; die Welt war zwar traurig, aber nicht entsetzlich; aber jetzt, was ist die Welt denn ohne ihn? Er wird also leben, ohne daß ich bei ihm bin, ohne daß ich ihn sehe, ohne daß ich mit ihm spreche, ihn spüre, ihn halte, ihn umschlinge ... Ach, eher werde ich ihn mit eigener Hand im Schlaf erdrosseln.«

Die entsetzte Francine blickte sie eine kurze Weile stumm an.

»Den morden, den man liebt ...?« fragte sie mit sanfter Stimme.

»Ja, freilich! Wenn er nicht mehr liebt!«

Aber nach diesen fürchterlichen Worten barg sie das Gesicht in den Händen, setzte sich wieder und verharrte in Schweigen.

Am andern Tag trat, ohne angemeldet worden zu sein, ungestüm ein Mann bei ihr ein. Er hatte ein strenges Gesicht. Es war Hulot. Sie blickte auf und fuhr zusammen.

»Sie kommen«, fragte sie, »um Rechenschaft über Ihre Freunde zu fordern? Sie sind tot.«

»Ich weiß es«, antwortete er. »Und nicht im Dienst der Republik sind sie gefallen.«

»Für mich und durch mich«, erwiderte sie. »Jetzt werden Sie mir was vom Vaterland vorreden! Gibt das Vaterland denen, die für es starben, das Leben wieder? Rächt es sie auch nur? Ich jedoch will sie rächen«, rief sie. Die grausig düsteren Bilder der Katastrophe, deren Opfer sie gewesen war, waren in ihrer Phantasie jäh wiedererstanden; das anmutige Wesen, das allen weiblichen Künsten in erster Linie Scham beimischte, überkam ein Wahnsinnsanfall, und es ging mit ruckhaften Schritten auf den Major zu.

»Um einiger hingemetzelter Soldaten willen will ich unter das Fallbeil eurer Schafotte einen Kopf legen, der Tausende von Köpfen wert ist«, sagte sie. »Frauen führen nur selten Krieg; aber Sie können, so alt Sie auch sind, in meiner Schule gute Kriegslisten lernen. Ich will euren Bajonetten eine ganze Familie ausliefern: seine Ahnen und ihn, seine Zukunft, seine Vergangenheit. So gut und wahr ich zu ihm war, so perfide und falsch werde ich fortan sein. Ja, Herr Major, ich will dieses Edelmännlein zu mir ins Bett holen, und er soll es nur verlassen, um in den Tod zu gehen. So soll es sein; dann habe ich nie eine Rivalin... Der Elende hat sich selbst sein Urteil gesprochen: ›Ein Heute ohne ein Morgen!‹ Ihre Republik und ich werden gerächt. Die Republik!« sagte sie nochmals mit einer Stimme, deren bizarre Schwingungen Hulot erschreckten. »Der Rebell soll also sterben, weil er die Waffen gegen sein Land erhoben hat! Frankreich würde mir also meine Rache rauben! Ach, wie wenig ist doch ein Leben, ein Tod sühnt nur ein Verbrechen! Aber wenn auch jener Herr nur einen Kopf zu geben hat, steht mir eine Nacht zur Verfügung, um ihn daran denken zu lassen, daß er mehr verliert als nur ein Leben. Vor allem, Herr Major, da Sie es sind, der ihn töten wird (ein Seufzer entrang sich ihr), sorgen Sie dafür, daß nichts meinen Verrat verrät, und daß er in der Überzeugung stirbt, ich sei ihm treu. Nur dies erbitte ich von Ihnen. Einzig mich darf er sehen, mich und meine Liebesbezeigungen!«

Damit verstummte sie; aber durch den Purpur ihres Antlitzes hindurch gewahrten Hulot und Corentin, daß Zorn und Irrsinn die Scham nicht völlig erstickt hatten. Marie zitterte heftig, als sie diese letzten Worte sprach; sie lauschte ihnen nach, als zweifle sie daran, sie ausgesprochen zu haben; sie erbebte auf kindliche Weise und machte die unwillkürlichen Gesten einer Frau, der ein Schleier entgleitet.

»Aber Sie haben ihn doch in der Hand gehabt«, sagte Corentin.

»Möglicherweise«, antwortete sie bitter.

»Warum haben Sie mich gehindert, als ich ihn festhielt?«

»Ach, Herr Major, wir wußten ja nicht, daß *er* es war.« Unvermittelt wurde die erregte Frau, die mit hastigen Schritten hin und her lief und auf die beiden Zuschauer dieses Ungewitters verzehrende Blicke warf, ruhig. – »Ich erkenne mich nicht wieder«, sagte sie, und ihre Stimme klang wie die eines Mannes. »Warum reden wir? Wir müssen uns auf die Suche nach ihm machen!«

»Uns auf die Suche nach ihm machen!« sagte Hulot. »Seien Sie auf der Hut, liebes Kind; wir sind nicht Herren der Lage, und wenn Sie es riskieren, die Stadt zu verlassen, können Sie keine hundert Schritte tun, ohne gefangen oder getötet zu werden.«

»Für die, die sich rächen wollen, gibt es keine Gefahr«, antwortete sie mit einer verächtlichen Geste, die die beiden Männer, die zu sehen sie sich schämte, aus ihrer Nähe verbannte.

»Welch eine Frau!« rief Hulot, als er sich mit Corentin zurückzog. »Was die sich bloß gedacht haben, diese Polizeileute in Paris! Aber sie wird ihn uns niemals ausliefern«, fügte er kopfschüttelnd hinzu.

»Doch, doch!« entgegnete Corentin.

»Ja, sehen Sie denn nicht, daß sie ihn liebt?« erwiderte Hulot.

»Eben deswegen. Übrigens«, sagte Corentin und blickte den verdutzten Major an, »ich bin hier, um sie daran zu hindern, daß sie Dummheiten macht; denn meiner Meinung nach, Kamerad, gibt es keine Liebe, die dreihunderttausend Francs wert wäre.«

Als dieser Seelendiplomat sich von dem Soldaten verabschiedet hatte, folgte der letztere ihm mit den Augen; und als er das Geräusch seiner Schritte nicht mehr vernahm, stieß er einen Seufzer aus und sagte zu sich selbst: »Es hat doch gelegentlich sein Gutes, bloß so ein beschränkter Mensch wie ich zu sein! Bei Gottes Donner, wenn ich dem Gars nochmals begegne, dann kämpfen wir Mann gegen Mann miteinander, oder ich will nicht Hulot heißen; denn wenn dieser Fuchs da ihn mir zur Aburteilung vorführte, nun Kriegsgerichte eingesetzt worden sind, würde mir mein Gewissen ebenso schmutzig vorkommen wie das Hemd eines jungen Rekruten, der zum erstenmal im Feuer ist.«

Das Gemetzel von La Vivetière und das Verlangen, seine beiden Freunde zu rächen, hatten im gleichen Maße dazu beigetragen, daß Hulot seine Halbbrigade wieder übernahm, wie die Antwort, durch die ein neuer Minister, Berthier[77], ihm erklärt hatte, unter den gegenwärtigen Umständen könne sein Abschiedsgesuch nicht genehmigt werden. Dem ministeriellen Bescheid hatte ein vertrauliches Schreiben beigelegen, in dem der Minister, ohne ihn über die Mission aufzuklären, mit der Mademoiselle de Verneuil betraut war, ihm schrieb, daß dieser Nebenumstand, der mit dem eigentlichen Krieg nicht das mindeste zu schaffen habe, die Operationen nicht aufhalten dürfe. Die Beteiligung der militärischen Befehlshaber, schrieb er, müsse sich in diesem Zusammenhang darauf beschränken, dieser ehrenwerten Bürgerin, wenn es angebracht sei, zu helfen. Als Hulot durch seine Melder erfuhr, daß die Bewegungen der Chouans auf eine Zusammenziehung ihrer Streitkräfte in der Gegend von Fougères schließen ließen, hatte er heimlich durch einen Eilmarsch zwei Bataillons seiner Halbbrigade auf diesen wichtigen befestigten Platz geworfen. Die Gefahr, in der sich das Vaterland befand, der Haß gegen die Aristokratie, deren Parteigänger einen beträchtlichen Teil des Landes bedrohten, die Freundschaft: alles hatte dazu beigetragen, daß der alte Offizier das Feuer seiner Jugend wiedergewann.

»Das also ist das Leben, nach dem mich verlangte«, rief Mademoiselle de Verneuil, als sie mit Francine allein war; »so schnell auch die Stunden verrinnen mögen, für mich sind sie wie Jahrhunderte des Denkens.«

Plötzlich ergriff sie Francines Hand, und ihre Stimme, die wie die des ersten Rotkehlchens war, das nach einem Unwetter zu singen anhebt, sagte langsam:

»Ich mag tun, was ich will, mein Kind: Ich habe stets dies köstliche Lippenpaar vor Augen, dies kurze, leicht vorstehende Kinn, diese feurigen Augen; und ich habe noch immer das ›Hüh!‹ des Postillions im Ohr. Kurzum, ich träume ... und warum dann so viel Haß beim Erwachen?«

Sie stieß einen langen Seufzer aus; dann machte sie sich zum erstenmal daran, das Land anzuschauen, das durch diesen grausamen Edelmann dem Bürgerkrieg überantwortet wurde, den Mann, den sie ganz allein bekämpfen wollte. Der Anblick der Landschaft verlockte sie; sie ging ins Freie, um unter der Himmelsweite ungehinderter atmen zu können, und wenn sie ihren Weg aufs Geratewohl fortsetzte, so wurde sie gewiß durch die Behexung unserer Seele, die uns im Absurden nach Hoffnungen suchen läßt, auf die ›Promenade‹ der Stadt geführt. Die unter der Herrschaft dieses Zauberbanns gefaßten Gedanken werden oftmals Wirklichkeit; aber dann schreibt man das Vorhersehen jener »Ahnungsvermögen« genannten Macht zu, einer unerklärlichen, aber wirklich vorhandenen Macht, die die Liebe stets für willfährig hält wie einen Schmeichler, der zwischen all seinen Lügen manchmal die Wahrheit sagt.

Ein Heute ohne ein Morgen

Da die letzten Geschehnisse dieser Geschichte von der Lage der Örtlichkeiten abhängig sind, auf denen sie sich abgespielt haben, ist es unerläßlich, von diesen hier eine bis ins einzelne gehende Schilderung zu geben; denn ohne eine solche würde die Lösung nahezu unverständlich sein.

Die Stadt Fougères ist zum Teil auf einem Schieferfelsen gelegen, von dem man sagen könnte, er sei vorn von den Bergzügen herabgefallen, die nach Westen hin das große Couësnon-Tal abschließen und je nach den Ortschaften verschiedene Bezeichnungen tragen. Bei dieser Lage wird die Stadt von jenen Bergzügen durch eine Schlucht getrennt, in deren Tiefe ein Flüßchen einherströmt, genannt der Nançon. Der nach Osten blikkende Teil des Felsens hat als Blickpunkt die Landschaft, deren Anblick man vom Gipfel von La Pélerine aus genießt; und von dem nach Westen blickenden Teil aus entbreitet sich als Aussicht lediglich das gewundene Tal des Nançon; es gibt jedoch eine Stelle, von der aus man zugleich ein Segment des durch das große Tal gebildeten Kreises und die hübschen Windungen des kleinen Tals überblicken kann, das mit jenem verschmilzt. Dieser Ort, den sich die Einwohner für ihren Promenadenweg erwählt haben und wohin Mademoiselle de Verneuil sich begeben hatte, ist ausgerechnet der Schauplatz, auf dem das Drama seine Lösung finden sollte, das auf La Vivetière begonnen hatte. Deswegen muß sich, so malerisch auch die andern Teile von Fougères sein mögen, die Aufmerksamkeit ausschließlich auf die Beschaffenheit des Geländes richten, das man oben vom Promenadenweg aus gewahrt.

Um eine Vorstellung von dem Anblick zu geben, den der Felsen von Fougères von dieser Seite aus bietet, könnte man ihn mit einem jener riesigen Türme vergleichen, an deren Außenseite die sarazenischen Architekten von Stockwerk zu Stockwerk ringsum breite Balkons angebracht haben, die durch Wendeltreppen miteinander verbunden sind. Tatsächlich endet dieser Felsen mit einer gotischen Kirche, deren kleine Fialen, Glockentürme und

Strebepfeiler vollends dazu beitragen, daß er nahezu die Gestalt eines Zuckerhuts erhält. Vor der Tür jener dem heiligen Leonhard geweihten Kirche befindet sich ein kleiner, unregelmäßiger Platz, dessen Erdmassen durch eine zu einer Brustwehr überhöhte Stützmauer zusammengehalten werden; sie ist durch eine Rampe mit der Promenade verbunden. Diese Esplanade windet sich wie ein zweites Kranzgesims kreisförmig um den Felsen, und zwar ein paar Klafter unterhalb der Place Saint-Léonard, und bildet eine breite, mit Bäumen bepflanzte Fläche, die in die Befestigungen der Stadt übergeht. Dann gibt es noch, zehn Klafter von den Mauern und den Felsen entfernt, die diese Terrasse tragen, die einer glücklichen Lagerung des Schiefergesteins und geduldigem Menschenfleiß zu verdanken ist, einen in den Fels gehauenen Weg namens »Treppe der Königin«; er führt zu einer Brücke über den Nançon, die von Anne de Bretagne[78] erbaut worden ist. Und schließlich steigen unterhalb dieses Wegs, der ein drittes Kranzgesims darstellt, Gärten von Terrasse zu Terrasse bis zum Fluß hinab; sie sehen aus wie mit Blumen überladene Stufen

Parallel zu der Promenade erstrecken sich hohe Felsen, die den Namen der Vorstadt tragen, von wo aus sie sich erheben, und die die Berge von Saint-Sulpice genannt werden, längs des Flusses und senken sich in sanften Hängen in das große Tal nieder, wo sie eine jähe Wendung nach Norden beschreiben. Diese starren, keinen Pflanzenwuchs tragenden, düsteren Felsen scheinen das Schiefergestein der Promenade zu berühren; an manchen Stellen sind sie von ihr nur eine Büchsenschußweite entfernt, und sie bilden den Schutz gegen den Nordwind für ein enges, hundert Klafter tiefes Tal, in dem der Nançon sich in drei Arme teilt, die eine mit Fabrikgebäuden bestandene, entzückend bepflanzte Wiesenfläche bewässern.

Nach Süden hin, an der Stelle, wo die eigentliche Stadt endet und wo die Vorstadt Saint-Léonard beginnt, macht der Fels von Fougères eine Biegung, wird sanfter, nimmt an Höhe ab und wendet sich, dem Fluß folgend, dem großen Tal zu, den er auf diese Weise gegen die Berge von Saint-Sulpice abdrängt, wobei er einen Paß bildet, von dem aus der Fluß in zwei Wasserläufen nach dem Couësnon zu entströmt, in den er sich dann ergießt. Diese hübsche, felsige Hügelgruppe heißt »Nid-aux-crocs«; das Tal, das sie abzeichnen, wird »Tal von Gibarry« genannt, und seine fetten Weidewiesen liefern ein gut Teil der Butter, die den Feinschmeckern unter dem Namen »Pré-Valaye-Butter« bekannt ist.

An der Stelle, wo die Promenade an den Befestigungswerken endet, erhebt sich ein »Papegaut-Turm« genannter Turm. Von diesem quadratischen Bau ab, auf dem das Haus gebaut worden war, das Mademoiselle de Verneuil bewohnte, zieht sich bald eine Mauer, bald der Fels hin, wenn er glatte Wände bildet; und der Teil der Stadt, der auf dieser hohen, uneinnehmbaren Basis gelegen ist, beschreibt einen weiteren Halbmond, an dessen Ende die Felsen sich neigen und aushöhlen, um den Nançon durchzulassen. Dort ist das Stadttor gelegen, das nach der Vorstadt Saint-Sulpice führt; Tor und Vorstadt tragen den gleichen Namen. Alsdann erheben sich auf einem rundlichen Granithügel, der drei Täler beherrscht, in denen sich mehrere Landstraßen vereinen, die alten Zinnen und Feudaltürme der Burg von Fougères, eines der riesigsten unter den von den Herzögen der Bretagne errichteten Bauwerken, fünfzehn Klafter hohe, fünfzehn Fuß dicke Mauern; sie ist im Osten durch einen Teich befestigt; diesem entspringt der Nançon, durchfließt ihre Wehrgräben und treibt die Mühlen zwischen der Porte Saint-Sulpice und den Zugbrücken der Festung; im Westen wird sie durch die schroffen Granitblöcke verteidigt, auf denen sie ruht.

So bilden von der Promenade an bis zu diesen prächtigen Überresten des Mittelalters, die in Mäntel von Efeu gehüllt und mit eckigen oder runden Türmen geschmückt sind, in deren jedem sich ein ganzes Regiment unterbringen ließe, die Burg, die Stadt und deren Fels, die durch steilwandige Mauern oder in das Felsgestein gehauene Abdachungen geschützt werden, ein weites Hufeisen, das von Abstürzen durchzogen ist, an denen die Bretonen im Laufe der ihnen dabei behilflichen Zeit ein paar schmale Pfade gefurcht haben. Da und dort springen Felsblöcke vor wie Schmuckwerk. Hier sickert Wasser aus Rissen hervor, aus denen rachitische Bäume herauswachsen. Etwas weiter lassen Granittafeln, die weniger steil als die andern sind, Grün hervorsprießen, das die Ziegen anlockt. Alsdann überkleidet zwischen mehreren feuchten Spalten wachsendes Heidekraut mit seinen rosa Girlanden schwarze Einbuchtungen. In der Tiefe dieses riesigen Trichters schlängelt sich das Flüßchen durch stets frisches Wiesengelände, das weich wie ein Teppich hingebreitet daliegt.

Am Fuß der Burg und zwischen mehreren Granitmassen erhebt sich die dem heiligen Sulpizius geweihte Kirche, die der dort jenseits des Nançon gelegenen Vorstadt den Namen gibt. Jene Vorstadt, die wirkt, als sei sie in die Tiefe eines Abgrunds geworfen worden, und ihre Kirche, deren spitziger Glockenturm nicht bis zur Höhe der Felsen hinaufreicht, die nahe daran zu sein scheinen, auf sie und die sie umgebenden Hütten herabzustürzen, werden malerisch von ein paar Nebenbächen des Nançon umspült, von Bäumen beschattet und von Gärten geziert; jene Nebenbäche durchschneiden unregelmäßig den Halbmond, den die Promenade, die Stadt und die Burg bilden, und erzeugen durch ihre Einzelheiten einen naiven Gegensatz zu dem ernsten Anblick des Amphitheaters, dem sie gegenüberliegen. Schließlich werden das ganze Fougères, seine Vorstädte und seine Kirchen, und sogar die Berge von Saint-Sulpice, eingerahmt von den Höhen von Rillé, die wiederum einen Teil der allgemeinen Umwallung des großen Couësnon-Tals bilden.

Das sind die am meisten hervorstechenden Züge dieser Landschaft, deren Hauptcharakter eine herbe Wildheit ist, gemildert durch lachende Motive, durch eine glückliche Mischung der prächtigsten Menschenwerke mit den Launen eines Bodens, der von unerwarteten Kontrasten gequält wird, von irgend etwas Unvorhergesehenem, das überrascht, erstaunt und verwirrt. In keinem Teil Frankreichs trifft der Reisende so grandiose Gegensätze an, wie sie ihm durch das große Becken des Couësnon und die zwischen den Felsen von Fougères und den Rillé-Höhen verlorenen Täler dargeboten werden. Hier waltet die unerhörte Schönheit ob, in der der Zufall triumphiert und der es an keiner der naturgegebenen Harmonien mangelt. Da gibt es klare, durchsichtige, fließende Wasser; mit dem üppigsten Pflanzenwuchs jener Gegenden bekleidete Berge; düstere Felsen und elegante Fabrikgebäude; von der Natur errichtete Festungswerke und von Menschen erbaute Granittürme; alsdann sämtliche Künstlichkeiten von Licht und Schatten, sämtliche Gegensätze zwischen den verschiedenen Laubarten, wie die Zeichner sie bevorzugen; Häusergruppen, in denen eine werkfrohe Bevölkerung wimmelt, und öde Stellen, wo der Granit nicht einmal das weiße Moos duldet, das sich ans Gestein klammert; kurzum, alle Grundgedanken, die man von einer Landschaft verlangt: Anmut und Grauen, eine Dichtung voll neuerstehenden Zaubers, erhabene Bilder, köstliche Ländlichkeit! Hier steht die Bretagne in voller Blüte.

Der sogenannte Papegaut-Turm, auf dem das von Mademoiselle de Verneuil bewohnte Haus steht, hat seine Basis in der Tiefe der Schlucht und erhebt sich bis zu der Esplanade, die simsartig vor der Kirche Saint-Léonard angelegt ist. Von diesem nach drei Seiten freistehenden Haus aus kann man das große Hufeisen überblicken, das bei dem Turm beginnt, und gleichzeitig das gewundene Tal des Nançon sowie die Place Saint-Léonard. Es gehört zu einer Reihe dreihundertjähriger Wohnhäuser aus Holz, die in einer Zeile parallel zur Nordseite der Kirche verläuft und mit dieser eine Sackgasse bildet, deren Ausgang nach einer abschüssigen Straße hin mündet; sie läuft an der Kirche entlang und führt zur Porte Saint-Léonard, zu der Mademoiselle de Verneuil jetzt hinabstieg.

Natürlich betrat Marie nicht den Kirchplatz, unterhalb dessen sie sich befand; sie wandte sich der Promenade zu. Als sie die kleine, grün gestrichene Schranke durchschritten hatte, die sich vor dem damals im Turm der Porte Saint-Léonard untergebrachten Posten befand, machte die Prächtigkeit des Ausblicks ihre Leidenschaft für einen Augenblick stumm. Sie bewunderte den weiten Teil des großen Couësnon-Tals, den ihr Blick umfaßte, vom Gipfel von La Pélerine bis zu der Hochfläche, über die die Landstraße nach Vitré führt; dann verweilten ihre Augen auf dem Nid-aux-crocs und den Windungen des Gibarry-Tals, dessen Grate in das dunstige Licht der untergehenden Sonne getaucht waren. Sie erschrak fast vor der Tiefe des Nançon-Tals, dessen höchste Pappeln kaum an die Mauern der unterhalb der Treppe der Königin gelegenen Gärten heranreichten. Kurzum, sie schritt von Überraschung zu Überraschung bis zu dem Punkt, von dem aus sie das große Tal wahrnehmen konnte, durch das Gibarry-Tal hindurch, sowie die köstliche Landschaft, die vom Hufeisen der Stadt, von den Felsen von Saint-Sulpice und den Rillé-Höhen umrahmt wurde. Um diese Tagesstunde bildete der Rauch der Vorstadthäuser und der Dunst der Täler in den Lüften eine Wolke, die die Dinge nur unter einem bläulichen Thronhimmel hindurch wahrnehmbar machte; die allzu grellen Tagesfarben begannen zu ermatten; das Firmament nahm eine perlgraue Tönung an; der Mond warf seine Lichtschleier über diesen schönen Abgrund; kurzum, alles neigte dazu, die Seele in eine Träumerei zu versenken und ihr beim Erinnern an teure Menschenwesen behilflich zu sein. Plötzlich jedoch interessierte sie nichts mehr: weder die Schindeldächer der Vorstadt Saint-Sulpice noch deren Kirche, deren kühne Turmspitze sich in der Tiefe des Tals verliert, noch die hundertjährigen Mäntel von Efeu und Waldrebe, die die Mauern der alten Festung umhüllen, zwischen denen der Nançon unter den Mühlrädern wirbelt und schäumt; nichts in dieser Landschaft fesselte sie mehr. Vergebens warf die untergehende Sonne ihren Goldstaub und ihre roten Streifen auf die anmutigen, zwischen den Felsen ausgesäten Behausungen, auf den Grund der Wasser und die Wiesenflächen; sie stand reglos angesichts der Felsen von Saint-Sulpice da. Die unsinnige Hoffnung, die sie auf die Promenade geführt, hatte sich wunderbarerweise erfüllt. Zwischen den Stechginster- und Ginsterbüschen, die auf den gegenüberliegenden Höhen wuchsen, glaubte sie trotz der Geißenhäute, in die sie gekleidet waren, mehrere der Tischgäste von La Vivetière zu erkennen, unter denen der Gars auffiel; seine geringsten Bewegungen zeichneten sich im milderen Licht der untergehenden Sonne ab. Ein paar Schritte von der Hauptgruppe entfernt sah sie ihre furchtbare Feindin Madame du Gua. Für einen Augenblick konnte Mademoiselle de Verneuil meinen, sie träume; aber der Haß ihrer Rivalin bewies ihr bald, daß alles in diesem Traum leibhaftig sei. Die gespannte Aufmerksamkeit, die die kleinste Geste des Marquis in ihr wachrief, hinderte sie daran, zu bemerken, daß Madame du Gua mit einem langen Gewehr nach ihr zielte. Bald weckte der Knall eines Schusses die Echos in den Bergen, und die dicht neben Marie vorbeipfeifende Kugel offenbarte ihr die Gewandtheit ihrer Rivalin. – »Sie schickt mir ihre Karte!« sagte sie sich lächelnd. Im gleichen Augenblick erschollen zahlreiche Rufe »Wer da?« von Schildwache zu Schildwache, von der Burg bis zur Porte Saint-Léonard und vermeldeten den Chouans die Vorsicht der Bewohner von Fougères, da sogar der am wenigsten verwundbare Teil ihrer Wälle so gut bewacht war. – »Sie ist es, und er ist es«, sagte sich Marie.

Auf die Suche nach dem Marquis zu gehen, ihm zu folgen, ihn zu überraschen: das war der Gedanke, den sie mit Blitzesschnelle faßte. – »Ich bin waffenlos!« rief sie. Es fiel ihr ein, daß sie im Augenblick ihrer Abreise von Paris in eine ihrer Reiseschachteln einen eleganten Dolch geworfen hatte, der ehemals von einer Sultanin getragen worden war; mit diesem hatte sie sich versehen wollen, ehe sie das Kriegstheater betrat, wie jene spaßigen Leute, die sich mit Alben für Gedanken versehen, die ihnen vielleicht auf der Reise kommen werden; aber sie war damals weniger von der Aussicht gereizt worden, Blut vergießen zu müssen, als von der Freude, eine hübsche, mit Edelsteinen besetzte Waffe bei sich zu führen und mit deren Klinge zu spielen, die sauber war wie ein Blick. Drei Tage zuvor hatte sie tief bedauert, jene Waffe in ihren Kartons liegengelassen zu haben, als sie, um sich dem verhaßten Opfer zu entziehen, das ihre Rivalin ihr zugedacht, gewünscht hatte, sich umzubringen. Im Handumdrehen war sie zu Hause, fand den Dolch, steckte ihn sich in den Gürtel, schlang um Schultern und Taille einen großen Schal, hüllte ihr Haar in ein schwarzes Spitzentuch, bedeckte sich den Kopf mit einem der breitkrempigen Hüte, wie die Chouans sie trugen und der einem der Diener ihres Hauses gehörte, und mit der Geistesgegenwart, die einem die Leidenschaft bisweilen zuteil werden läßt, nahm sie den Handschuh an sich, den Marche-à-terre ihr als Paß gegeben hatte; dann antwortete sie der erschrockenen Francine: »Was willst du? Ich würde ihn sogar aus der Hölle herausholen!« und kehrte auf die Promenade zurück.

Der Gars stand nach wie vor an derselben Stelle, aber allein. Nach der Richtung seines Fernrohrs zu urteilen schien er mit der gewissenhaften Aufmerksamkeit eines Feldherrn die verschiedenen Übergänge über den Nançon zu überprüfen, die Treppe der Königin und den Weg, der von der Porte Saint-Sulpice um die gleichnamige Kirche herumführt und die großen Landstraßen verbindet, die im Feuerbereich der Burg liegen. Mademoiselle eilte auf den kleinen Pfaden weiter, die die Ziegen und ihre Hirten am Abhang der Promenade eingetreten haben, gelangte auf die Treppe der Königin, kam auf die Sohle der Schlucht, überschritt den Nançon, durchquerte die Vorstadt, erriet wie der Vogel in der Wüste ihren Weg mitten durch die gefährlichen Felsenschroffen von Saint-Sulpice, erreichte bald einen glitschigen Weg, der über Granitblöcke führte, und trotz der Ginsterbüsche, trotz der Dornen des Stechginsters, des spitzigen Steingerölls erklomm sie den Granithang mit jenem Höchstmaß an Energie, das dem Mann vielleicht unbekannt ist, das jedoch die von der Leidenschaft hingerissene Frau im geeigneten Augenblick aufbringt. Die Dunkelheit überraschte Marie, als sie gerade auf dem Gipfelkamm angelangt war und in den bleichen Strahlen des Monds zu erkennen versuchte, welchen Weg der Marquis wohl eingeschlagen habe; es war eine verbissene, erfolglose Suche, und das ringsum herrschende Schweigen lehrte sie, daß die Chouans und ihr Anführer sich zurückgezogen hatten. Die Stärke der Leidenschaft sank plötzlich in sich zusammen mit der Hoffnung, aus der sie entsprungen war. Nun sie bei Nacht allein war, mitten in einem unbekannten, dem Krieg anheimgefallenen Land, begann sie zu überlegen, und die Ermahnungen Hulots und der Schuß der Madame du Gua ließen sie vor Angst erschauern. Die auf Bergeshöhen so tiefe Nachtstille ließ sie, sogar auf große Entfernungen hin, das kleinste am Boden hintreibende Blatt hören, und solcherlei leise Geräusche vibrierten in den Lüften, als wollten sie der Einsamkeit oder der Stille ein trauriges Maß leihen. Der Wind sauste über die Höhe und trieb mit Ungestüm die Wolken vor sich her; dadurch entstand ein Wechsel von Dunkel und Helle, dessen Auswirkungen ihr Entsetzen noch steigerten und den harmlosesten Dingen ein phantastisches, drohendes Aussehen zuteil werden ließen. Sie wandte die Augen nach den Häusern von Fougères hin, deren anheimelnde Lichter schimmerten wie ebenso viele irdische Sterne, und plötzlich sah sie deutlich den Papegaut-Turm. Sie hatte nur einen kurzen Weg zurückzulegen, um wieder nach Hause zu gelangen; aber diese Strecke war eine Schlucht. Nur zu gut erinnerte sie sich der Abgründe, die den schmalen Pfad säumten, auf dem sie hergekommen war, und also wußte sie, daß sie sich größerer Gefahr aussetzte, wenn sie zurück nach Fougères ging, als wenn sie ihr Unternehmen fortsetzte. Es fiel ihr ein, daß der Handschuh des Marquis sie vor allen Gefahren ihres nächtlichen Spaziergangs schützen würde, wenn die Chouans das Gelände besetzt hielten. Einzig Madame du Gua konnte ihr gefährlich werden. Bei diesem Gedanken preßte Marie ihren Dolch an sich und versuchte, auf einen Landsitz zuzugehen, dessen Dächer sie flüchtig wahrgenommen hatte, als sie auf dem Felsen von Saint-Sulpice angelangt war; aber sie ging langsam, denn bislang war ihr die düstere Majestät unbekannt geblieben, die bei Nacht auf einem einsamen Menschenwesen inmitten einer wilden Landschaft lastet, wo auf allen Seiten hohe Gebirge ihre Häupter neigen wie eine Schar von Riesen. Das Rascheln ihres Kleides, das sich im Stechginster verfing, ließ sie mehr als einmal zusammenfahren, und mehr als einmal beschleunigte sie den Schritt, um ihn dann wieder zu verlangsamen, im Glauben, ihre letzte Stunde sei gekommen. Bald jedoch nahmen die Umstände einen Charakter an, dem vielleicht nicht einmal die unerschrockensten Männer Widerstand geleistet hätten, und Mademoiselle de Verneuil fiel einem der Entsetzenszustände anheim, die alle Triebfedern des Lebens so anspannen, daß alsdann im Menschen alles den äußersten Punkt erreicht, die Kraft wie die Schwäche. Die Schwächsten vollbringen dann Leistungen von unerhörter Kraft, und die Stärksten werden vor Angst wahnsinnig. Marie hörte in geringer Entfernung befremdliche Geräusche; sie waren zu gleicher Zeit deutlich und verschwommen, wie die Nacht abwechselnd dunkel und hell war; sie kündeten von Verwirrung, von Tumult, und das Ohr ermüdete, wenn es sie unterscheiden wollte; sie kamen aus dem Schoß der Erde, die unter dem Marschtritt einer ungeheuren Menschenmenge zu erzittern schien. Ein Augenblick der Helle erlaubte es Mademoiselle de Verneuil, ein paar Schritte neben sich eine lange Reihe häßlicher Gestalten wahrzunehmen, die sich bewegten wie die Ähren eines Feldes und einherglitten wie Geisterschatten; aber kaum hatte sie sie gesehen, als auch schon das Dunkel wieder herabfiel wie ein schwarzer Vorhang und ihr das furchtbare Bild entzog, das voll gelber, glänzender Augen gewesen war.

Hastig wich sie zurück und lief auf eine Böschung hinauf, um dreien jener schrecklichen Gestalten zu entschlüpfen, die auf sie zugekommen waren.

»Hast du ihn gesehen?« fragte einer.

»Ich habe einen kalten Windzug gespürt, als er an mir vorbeigegangen ist«, antwortete eine heisere Stimme.

»Und ich habe feuchte Luft und Friedhofsgeruch geatmet«, sagte der dritte.

»Ist er weiß?« begann der erste wieder.

»Warum«, fragte der zweite, »geht er allein von allen, die auf La Pélerine gefallen sind, als Geist um?«

»Ja, warum?« antwortete der dritte. »Warum werden alle vorgezogen, die dem ›Heiligen Herzen‹ angehören? Im übrigen möchte ich lieber ohne Beichte sterben, als wie er umherzuspuken, ohne zu essen und zu trinken, ohne Blut in den Adern oder Fleisch auf den Knochen zu haben.«

»Ah . . .!«

Dieser Ausruf oder vielmehr dieser schreckliche Aufschrei erscholl aus der Gruppe, als einer der drei Chouans mit dem Finger auf die schlanke Gestalt und das bleiche Gesicht der Mademoiselle de Verneuil zeigte, die mit erschreckender Schnelligkeit davonlief, ohne daß sie das geringste Geräusch hörten.

»Da war er. – Da ist er. – Wo denn? – Da. – Hier. – Jetzt ist er weg. – Nein. – Doch. – Siehst du ihn?«

Diese Worte hallten wie das monotone Murmeln der Wellen am Strand.

Tapfer ging Mademoiselle de Verneuil in Richtung auf das Haus weiter; sie erblickte die undeutlichen Gestalten einer Menschenmenge, die bei ihrem Näherkommen unter Bezeigung eines panischen Schreckens die Flucht ergriff. Es war, als werde sie von einer unbekannten Macht weitergetrieben, durch deren Einwirkung sie ermattete; die Leichtigkeit ihres Körpers, die sie unerklärlich dünkte, war für sie ein neuer Anlaß zum Erschrecken. Jene Gestalten, die sich bei ihrem Näherkommen in Massen erhoben, als stiegen sie aus der Erde empor, unter der sie gelegen zu haben schienen, stießen ein Ächzen aus, das nichts Menschliches hatte. Endlich gelangte sie, nicht ohne Mühe, in einen verwüsteten Garten, dessen Hecke und Zaun zerstört waren. Ein

Wachtposten hielt sie an; sie zeigte ihm ihren Handschuh. Da gerade der Mond ihr Gesicht beschien, entglitt der Karabiner den Händen des Chouans, der schon auf Marie angelegt hatte; er stieß bei ihrem Anblick einen heiseren Schrei aus, der über das Feld hallte. Sie sah große Gebäude; ein paar erhellte Fenster ließen auf bewohnte Räume schließen; sie gelangte bis an die Mauern, ohne auf Hindernisse zu stoßen. Durch das erste Fenster, auf das sie zutrat, sah sie Madame du Gua zusammen mit den Anführern, die nach Vivetière geladen gewesen waren. Entsetzt durch diesen Anblick und das Gefühl der ihr drohenden Gefahr, stürzte sie hastig auf eine kleine, mit dicken Eisenstangen verbarrte Fensteröffnung zu und erkannte in einem langen, gewölbten Raum den Marquis, der allein und traurig zwei Schritte von ihr entfernt dasaß. Der Widerschein des Kaminfeuers, vor dem er auf einem plumpen Stuhl hockte, überspielte sein Gesicht mit rötlichen, flackernden Farbtönen; sie prägten dieser Szene den Charakter einer Vision auf; reglos und zitternd klammerte das arme Mädchen sich an die Eisenstäbe, und in der tiefen Stille, die herrschte, hoffte sie, ihn zu vernehmen, wenn er sprechen würde; als sie ihn so niedergeschlagen, mutlos und bleich sah, schmeichelte sie sich, eine der Ursachen seiner Traurigkeit zu sein; dann wandelte ihr Zorn sich in Mitgefühl, ihr Mitgefühl in Zärtlichkeit, und plötzlich spürte sie, daß nicht nur Racheverlangen sie so weit getrieben hatte. Der Marquis erhob sich, wandte den Kopf und stand wie betäubt da, als er wie in einer Wolke das Antlitz der Mademoiselle de Verneuil erblickte; er tat eine Geste des Unwillens und der Geringschätzung und rief: »Sehe ich denn überall diese Teufelin, sogar, wenn ich wach bin?« Die tiefe Verachtung, die er ihr bezeigte, entrang dem armen Mädchen ein geistesgestörtes Lachen, das den jungen Anführer zusammenfahren ließ; er stürzte auf das Fenster zu. Mademoiselle de Verneuil lief davon. Hinter sich hörte sie die Schritte eines Mannes und glaubte, es sei Montauran; um ihm zu entkommen, hätte es für sie keine Hindernisse mehr gegeben, sie hätte Mauern überstiegen und wäre durch die Lüfte geflogen, sie hätte den Weg zur Hölle gefunden, um den in Flammenschrift auf die Stirn dieses Mannes geschriebenen Worten: »Er verachtet dich!« zu entgehen; eine innere Stimme schrie sie ihr in jener Minute mit dem

Geschmetter einer Trompete zu. Nachdem sie weitergelaufen war, ohne zu wissen, wohin, blieb sie stehen, als sie spürte, daß feuchte Luft sie anwehte. Das Geräusch der Schritte mehrerer Menschen erschreckte sie; von Furcht getrieben, stieg sie eine Treppe hinab, die sie in einen Keller führte. Auf der letzten Stufe lauschte sie; sie versuchte zu erkennen, welche Richtung ihre Verfolger einschlügen; aber trotz der ziemlich lauten Geräusche draußen hörte sie das schauerliche Ächzen einer menschlichen Stimme, das ihr Entsetzen noch steigerte. Ein Lichtstrahl, der oben von der Treppe herkam, ließ sie fürchten, ihre Zufluchtsstätte sei ihren Verfolgern bekannt; um ihnen zu entrinnen, fand sie neue Kräfte. Es fiel ihr sehr schwer, sich ein paar Augenblicke danach, als sie ihre Gedanken gesammelt hatte, darüber klar zu werden, wie sie auf die kleine Mauer hatte klettern können, wo sie sich versteckt hatte. Zunächst war sie sich nicht einmal der Unbequemlichkeit ihrer Körperlage bewußt geworden; diese jedoch wurde am Ende unerträglich, denn sie glich unter einem Gewölbebogen einer kauernden Venus, die ein Kunstfreund in eine zu enge Nische gestellt hat. Jene ziemlich breite, aus Granit errichtete Mauer bildete eine Trennwand zwischen einem Treppendurchgang und einem Keller, aus dem das Ächzen kam. Bald sah sie, wie ein mit Ziegenfellen bekleideter Unbekannter unter ihr hinabstieg und unter das Gewölbe trat, ohne daß eine seiner Bewegungen angedeutet hätte, er sei auf einer eifrigen Suche begriffen. Mademoiselle de Verneuil war begierig, herauszubekommen, ob sich ihr irgendeine Möglichkeit zur Rettung böte; ängstlich wartete sie, daß das Licht, das der Unbekannte trug, den Keller erhelle, wo sie auf dem Boden eine unförmige, aber lebende Masse liegen sah, die versuchte, durch heftige, wiederholte Bewegungen, die den ruckhaften Verrenkungen eines außerhalb des Wassers am Ufer liegenden Karpfens glichen, an einen gewissen Teil der Mauer zu gelangen.

Bald warf eine kleine Harzfackel ihr bläuliches, ungewisses Licht in den Keller. Trotz der düsteren Romantik, die diese von den Lauten eines schmerzlichen Gebets widerhallenden Gewölbe für die Phantasie der Mademoiselle de Verneuil besaßen, mußte sie erkennen, daß sie sich in einer seit langem verlassenen unterirdischen Küche befand. Im Lichtschein wurde die unförmige

Masse zu einem mehr als dicken Männlein, dessen sämtliche Glieder fest zusammengeschnürt waren; es schien jedoch, als sei es von denen, die sich seiner bemächtigt hatten, sorglos auf den feuchten Fliesen liegengelassen worden. Beim Erblicken des Fremden, der in der einen Hand die Fackel und in der andern ein Reisigbündel hielt, stieß der Gefangene ein tiefes Stöhnen aus; es erregte so sehr die Teilnahme der Mademoiselle de Verneuil, daß sie ihre eigenen Ängste, ihre Verzweiflung, die schreckliche Zwangslage ihrer zusammengepreßten, taub werdenden Glieder vergaß; sie versuchte, reglos hocken zu bleiben. Der Chouan überzeugte sich von der Festigkeit eines alten Kesselhakens, der von einer hohen, gußeisernen Platte herniederhing, warf sein Reisigbündel in den Kamin und setzte das Holz mit seiner Fackel in Brand. Da erkannte Mademoiselle unter heftigem Erschrecken den durchtriebenen Pille-miche, dem ihre Rivalin sie ausgeliefert hatte und dessen von der Flamme beleuchtetes Gesicht dem jener grotesken Buchsbaummännchen glich, die in Deutschland geschnitzt werden. Die Klagelaute, die sein Gefangener ausstieß, erzeugten ein breites Lachen auf dem faltigen, sonnenverbrannten Gesicht.

»Du siehst«, sagte er zu dem Leidenden, »daß wir Christenmenschen nicht wie du unser Wort brechen. Dies Feuer hier soll dir Beine, Zunge und Hände wieder gelenkig machen. Nanu, nanu, hier gibt's ja nicht mal 'ne Tropfpfanne, die ich dir unter die Füße stellen könnte; sie sind so dicklich, daß ihr Fett das Feuer auslöschen könnte. Dein Haushalt ist also recht schäbig ausgestattet; man kann nichts finden, was es dem Hausherrn ein bißchen bequemer macht, wenn er angewärmt wird.«

Das Opfer stieß einen gellenden Schrei aus, wie wenn es hoffte, durch die Gewölbe hindurch gehört zu werden und einen Befreier herbeizurufen.

»Oh, Sie können singen, soviel Sie wollen, Monsieur d'Orgemont! Die da oben schlafen alle, und Marche-à-terre kommt gleich und schließt die Kellertür zu.«

Während Pille-miche redete, untersuchte er mit dem Ende seines Karabiners den Kaminmantel, die Fliesen, mit denen die Küche ausgelegt war, die Mauern und Herdlöcher; er versuchte, das Versteck zu entdecken, in dem der Geizhals sein Gold untergebracht hatte. Diese Suche vollzog sich mit solcher Geschicklichkeit, daß d'Orgemont sich ganz still verhielt, als fürchte er, er sei von einem verängstigten Diener verraten worden; denn obwohl er sich niemandem anvertraut hatte, hätten seine Gepflogenheiten Anlaß zu richtigen Schlußfolgerungen geben können. Manchmal drehte Pille-miche sich unvermittelt um und sah sein Opfer an, wie bei dem Spiel, wo die Kinder aus dem naiven Gesichtsausdruck dessen, der einen vereinbarten Gegenstand versteckt hat, zu erraten trachten, ob sie sich ihm nähern oder sich davon entfernen. D'Orgemont tat, wie wenn er erschrecke, als er den Chouan an die Herdlöcher klopfen sah, die hohl klangen; er schien auf diese Weise die gierige Leichtgläubigkeit Pille-miches für einige Zeit beschäftigen zu wollen. In diesem Augenblick kamen drei andere Chouans, die die Treppe hinabgehastet waren, unversehens in die Küche. Beim Erblicken Marche-à-terres hörte Pille-miche mit seinen Nachforschungen auf; zuvor aber warf er auf d'Orgemont einen Blick, in dem sich die ganze ungestüme Wildheit ausdrückte, die seine getäuschte Habgier angefacht hatte.

»Marie Lambrequin[79] ist auferstanden«, sagte Marche-à-terre und bezeigte dabei eine Haltung, aus der hervorging, daß alles andere vor einer so gewichtigen Neuigkeit verblassen müsse.

»Das wundert mich nicht«, sagte Pille-miche, »er ist so oft zur Kommunion gegangen! Der liebe Gott schien nur für ihn da zu sein.«

»Haha!« entgegnete Mène-à-bien, »das hat ihm genützt wie Schuhe einem Toten. Er hat nämlich vor der Geschichte auf La Pélerine nicht die Absolution empfangen, und dabei hatte er sich an Goguelus Tochter vergangen, und also war er mit einer Todsünde belastet. Deshalb, hat der Abbé Gudin gesagt, muß er zwei Monate lang als Geist spuken, bis er richtig wiederkommt! Wir haben ihn mit eigenen Augen vorübergeistern sehen; er ist ganz blaß, ganz kalt, ganz leicht, und riecht nach Kirchhof.«

»Und Seine Hochwürden hat auch gesagt, wenn der Geist einen fassen könnte, so würde er sich aus dem einen Gefährten machen«, sagte der vierte Chouan.

Das groteske Gesicht dessen, der als letzter dazwischengeredet hatte, entriß Marche-à-terre der religiösen Grübelei, in die das

Geschehen eines Wunders ihn versenkt hatte, das, wie der Abbé Gudin sagte, durch Glaubensinbrunst sich bei jedem frommen Verteidiger der Religion und des Königs wiederholen könne.

»Da siehst du, Galope-chopine«, sagte er mit einem gewissen Ernst zu dem Neuling, »wohin uns die geringste Versäumnis der Pflichten führt, die unsere heilige Religion uns befiehlt. Es ist eine Mahnung, die uns die heilige Anna von Auray gibt, damit wir untereinander auch bei den geringsten Verstößen unerbittlich sind. Dein Vetter Pille-miche hat für dich um die ›Überwachung‹ von Fougères gebeten, der Gars ist einverstanden, daß sie dir anvertraut wird, und du wirst gut bezahlt; aber du weißt doch, aus welchem Mehl wir die Fladen für Verräter kneten?«

»Ja, Monsieur Marche-à-terre.«

»Du weißt, warum ich dir das sage. Manche behaupten nämlich, du seiest versessen auf Zider und schweres Geld; aber hier geht es nicht darum, sein Schäfchen ins trockene zu bringen, sondern man muß mit Leib und Seele zu uns gehören.«

»Mit Verlaub, Monsieur Marche-à-terre, Zider und Geld sind zwei schöne Dinge, und sie tun dem Seelenheil keinen Abbruch.«

»Wenn der Vetter irgendeine Dummheit macht«, sagte Pille-miche, »dann sicher nur aus Ahnungslosigkeit.«

»Auf welche Weise auch immer ein Unglück passieren möge«, rief Marche-à-terre mit einer Stimme, die das Gewölbe erzittern ließ, »er entgeht mir nicht. – Du bürgst mir für ihn«, wandte er sich an Pille-miche, »denn wenn er sich was zuschulden kommen läßt, halte ich mich an das, womit deine Geißenhaut gefüttert ist.«

»Aber bei allem Respekt, Monsieur Marche-à-terre«, fuhr Galope-chopine fort, »ist es Ihnen nicht auch schon ein paarmal unterlaufen, daß Sie die Gegen-Chouans für Chouans gehalten haben?«

»Freundchen«, entgegnete Marche-à-terre trocken, »laß dir das künftig nicht noch mal passieren, sonst haue ich dich in zwei Stücke wie eine Kohlrübe. Was die Sendboten des Gars betrifft, so haben sie seinen Handschuh. Aber seit der Geschichte auf La Vivetière knotet die Große Hure ein grünes Band darum.«

Pille-miche gab seinem Kameraden einen tüchtigen Ellbogenstoß und wies ihn auf d'Orgemont hin, der so tat, als schlafe er;

aber Marche-à-terre und Pille-miche wußten aus Erfahrung, daß dicht vor ihrem Feuer noch niemals jemand eingeschlummert war; und obgleich die letzten, an Galope-chopine gerichteten Worte mit gesenkter Stimme gesprochen worden waren, da sie ja von dem Leidenden hätten verstanden werden können, sahen die vier Chouans ihn eine Weile an; sie dachten wohl, die Angst habe ihn des Gebrauchs seiner Sinne beraubt. Plötzlich, auf einen leichten Wink Marche-à-terres hin, zog Pille-miche d'Orgemont die Schuhe und Strümpfe aus; Mène-à-bien und Galope-chopine packten ihn um den Leib und trugen ihn ans Feuer; dann nahm Marche-à-terre einen der Stricke des Reisigbündels und band die Füße des Geizhalses an dem Kesselhaken fest. Alle diese Verrichtungen und deren unglaubliche Schnelligkeit ließen das Opfer Schreie ausstoßen, die herzzerreißend wurden, als Pille-miche ihm Steinkohlen unter den Beinen angehäuft hatte.

»Ihr Freunde, ihr guten Freunde«, schrie d'Orgemont, »ihr wollt mir weh tun, ich bin doch ein Christ wie ihr!«

»Du lügst aus vollem Hals«, antwortete ihm Marche-à-terre. »Dein Bruder hat Gott verleugnet. Und du selber, du hast die Abtei Juvigny gekauft. Der Abbé Gudin sagt, Abtrünnige könne man ohne Gewissensbisse rösten.«

»Aber, Bruder im Herrn, ich weigere mich ja gar nicht, euch zu bezahlen.«

»Wir haben dir vierzehn Tage Frist gegeben; jetzt sind zwei Monate um, und da steht Galope-chopine, er hat nichts bekommen.«

»Du hast also nichts bekommen, Galope-chopine?« fragte der Geizhals verzweifelt.

»Nichts, Monsieur d'Orgemont!« antwortete Galope-chopine erschrocken.

Die Schreie, die zu einem Grunzen geworden waren, das andauerte wie das Röcheln eines Sterbenden, setzten aufs neue mit unerhörter Heftigkeit ein. Die vier Chouans waren an dieses Schauspiel so gewöhnt wie daran, daß sie ihre Hunde ohne Schuhe laufen sahen; sie musterten den sich windenden, heulenden d'Orgemont so kaltblütig, daß sie anmuteten wie Reisende, die vor dem Herd eines Gasthofs warten, bis ihr Braten lange genug geröstet ist, um gegessen zu werden.

»Ich sterbe! Ich sterbe!« schrie das Opfer . . . »und dann bekommt ihr mein Geld nicht!«

Trotz des heftigen Geschreis hatte das Feuer die Haut noch nicht angegriffen, wie Pille-miche feststellte; also wurden die Kohlen kunstvoll geschürt, so daß das Feuer leicht aufflammte; da sagte d'Orgemont mit gebrochener Stimme: »Ihr Freunde, bindet mich los. Was wollt ihr? Hundert Taler, tausend Taler, zehntausend Taler, hunderttausend Taler, ich biete euch zweihundert Taler . . .«

Seine Stimme klang so kläglich, daß Mademoiselle de Verneuil ihre eigene Gefahr vergaß und sich einen Jammerruf entschlüpfen ließ.

»Was war das?« fragte Marche-à-terre.

Die Chouans warfen bestürzte Blicke in die Runde. Diese Männer, die so tapfer vor den mörderischen Mündungen der Kanonen waren, hielten vor einem »Geist« nicht stand. Einzig Pille-miche lauschte, ohne sich ablenken zu lassen, auf die Beichte, die die wachsenden Schmerzen seinem Opfer entrissen.

»Fünfhundert Taler, ja, die gebe ich«, sagte der Geizhals.

»Pah! Wo sind sie denn?« antwortete ihm Pille-miche in aller Ruhe.

»Ach, unter dem ersten Apfelbaum. Heilige Jungfrau! Hinten im Garten, links . . . Ihr seid Straßenräuber . . . Diebe . . . Ach, ich sterbe . . . es liegen da zehntausend Francs.«

»Ich will keine Francs«, entgegnete Marche-à-terre, »wir brauchen die alte Währung. Auf den Talern deiner Republik sind heidnische Gestalten; sie kommen nie in Umlauf.«

»Es ist doch alte Währung, gute Louisdors sind es. Aber bindet mich los, bindet mich los . . . ihr wißt ja jetzt, wo mein Leben ist . . . mein Schatz.«

Die vier Chouans blickten einander an; sie überlegten, welchem von ihnen sie vertrauen könnten, daß er hingehe und die Summe ausgrabe. Da jedoch entsetzte diese kannibalische Grausamkeit Mademoiselle de Verneuil so sehr, daß sie, ohne zu wissen, ob die Rolle, die ihr bleiches Gesicht ihr zuerteilt hatte, sie auch weiterhin vor aller Gefahr bewahren würde, tapfer mit drohendem Stimmklang rief: »Fürchtet ihr nicht den Zorn Gottes? Bindet ihn los, ihr Barbaren!«

Die Chouans hoben die Köpfe; sie gewahrten in den Lüften Augen, die wie zwei Sterne funkelten, und liefen entsetzt davon. Mademoiselle de Verneuil sprang in die Küche hinab, lief zu d'Orgemont hin, zog ihn so heftig vom Feuer weg, daß der Reisigbündelstrick nachgab; dann zerschnitt sie mit ihrem Dolch die Fesseln, die ihn knebelten. Als der Geizhals frei war und auf den Füßen stand, war der erste Ausdruck seines Gesichts ein schmerzliches, aber sardonisches Lachen.

»Geht nur, geht nur zum Apfelbaum, ihr Strauchdiebe!« sagte er. »Hoho! Jetzt habe ich sie zum zweitenmal übers Ohr gehauen; daher sollen sie mich ein drittes Mal nicht zu fassen bekommen!«

In diesem Augenblick gellte draußen eine Frauenstimme.

»Ein Geist! Ein Geist!« schrie Madame du Gua, »ihr Narren, das ist *sie!* Tausend Taler dem, der mir den Kopf dieser Hure bringt!«

Mademoiselle de Verneuil erbleichte; der Geizhals indessen lächelte, nahm sie bei der Hand, zog sie unter den Kaminmantel, hinderte sie daran, Spuren ihrer Schritte zu hinterlassen, führte sie so, daß sie das Feuer unberührt ließ, das nur noch einen sehr kleinen Raum einnahm; dann drückte er auf eine Feder, die gußeiserne Platte hob sich; und als ihre gemeinsamen Feinde wieder in den Keller kamen, war die schwere Tür des Verstecks schon wieder geräuschlos niedergeglitten. Jetzt begriff die Pariserin den Zweck der Karpfenbewegungen, die sie den unglücklichen Bankier hatte tun sehen.

»Sehen Sie, Madame«, rief Marche-à-terre, »der Geist hat den Blauen als Gefährten mit sich genommen.«

Das Entsetzen mußte groß sein, denn auf diese Worte folgte eine so tiefe Stille, daß d'Orgemont und seine Begleiterin die Chouans leise sagen hörten: »Ave Sancta Anna Auriaca gratia plena, Dominus tecum« usw[80].

»Sie beten, diese Schwachköpfe!« rief d'Orgemont.

»Haben Sie nicht Angst«, fiel Mademoiselle de Verneuil ihrem Gefährten ins Wort, »daß Sie verraten, wo wir ...«

Ein Auflachen des alten Geizhalses zerstreute die Befürchtungen der jungen Pariserin.

»Hinter der Platte ist eine Granittafel von zehn Zoll Dicke. Wir hören sie, aber sie hören uns nicht.«

Dann nahm er behutsam die Hand seiner Befreierin, legte sie an einen Spalt, aus dem Stöße frischer Luft drangen, und sie merkte, daß diese Öffnung in den Schornstein des Kamins angebracht worden war.

»Haha!« lachte d'Orgemont. »Den Teufel auch! Die Beine brennen mich ein bißchen! ›Charettes Stute‹, wie sie in Nantes genannt wird, ist nicht so dumm, daß sie ihren Getreuen widerspricht: Sie weiß genau, daß sie, wenn sie nicht so tierisch blöd wären, nicht gegen ihre eigenen Interessen kämpfen würden. Jetzt betet sie ebenfalls. Es muß ein hübscher Anblick sein, wenn sie der heiligen Anna von Auray ihre Ave aufsagt. Sie täte besser daran, wieder einen Postwagen auszurauben, damit sie mir die viertausend Francs zurückzahlen kann, die sie mir schuldet. Mit den Zinsen und den Unkosten macht das gut und gern viertausendsiebenhundertachtzig Francs und soundsoviel Centimes . . .«

Als das Gebet beendet war, standen die Chouans auf und gingen weg. Der alte d'Orgemont drückte Mademoiselle de Verneuil die Hand, wie um sie zu warnen, daß nichtsdestoweniger noch immer Gefahr bestehe.

»Nein, Madame«, rief Pille-miche nach ein paar Minuten der Stille, »und wenn Sie zehn Jahre lang hierbleiben: Sie kämen nicht wieder.«

»Aber sie ist doch nicht herausgekommen, sie muß hier drinnen sein«, sagte »Charettes Stute« hartnäckig.

»Nein, Madame, nein, sie sind durch die Mauern geflogen. Hat der Teufel nicht schon einmal vor unseren Augen einen Priester davongetragen, der den Eid geleistet hat[81]?«

»Wie? Du, Pille-miche, der du genauso geizig bist wie er, kommst nicht auf den Gedanken, daß der alte Knacker sehr wohl ein paar tausend Francs hat ausgeben können, um sich in den Fundamenten dieses Gewölbes einen Schlupfwinkel einbauen zu lassen, dessen Eingang auf geheimnisvolle Weise verborgen ist?«

Der Geizhals und das junge Mädchen vernahmen ein ungefüges Lachen, das Pille-miche ausstieß.

»Kann wohl sein«, sagte er.

»Bleib hier«, fuhr Madame du Gua fort. »Warte am Ausgang. Für einen einzigen Gewehrschuß gebe ich dir alles, was du im Schatzversteck unseres Wucherers findest. Wenn du meine Verzeihung dafür willst, daß du dieses Mädchen verkauft hast, wo ich dir doch gesagt hatte, du solltest sie umbringen, dann gehorch mir.«

»Wucherer!« sagte der alte d'Orgemont. »Dabei habe ich ihr nur zu neun Prozent geliehen. Freilich habe ich eine hypothekarische Kaution! Aber schließlich sehen Sie ja, wie dankbar sie ist! Na ja, Madame, wenn Gott uns für das Böse bestraft, dann ist der Teufel dazu da, daß er uns für das Gute bestraft, und der Mensch, der zwischen diese beiden Endpunkte gestellt ist, ohne was von der Zukunft zu wissen, ist mir immer wie eine mathematische Gleichung vorgekommen, bei der das X unauffindbar ist.«

Er stieß einen für ihn charakteristischen hohlen Seufzer aus; denn wenn die Luft durch seinen Kehlkopf strömte, schien sie darin auf zwei alte, schlaffe Saiten zu stoßen und sie in Schwingungen zu versetzen. Das Geräusch, das Pille-miche und Madame du Gua vollführten, als sie von neuem die Wände, die Wölbungen und die Fliesen abklopften, schien d'Orgemont zu beruhigen; er nahm seine Befreierin bei der Hand und half ihr beim Ersteigen einer engen Saint-Gilles-Wendeltreppe[82], die in der dicken Granitmauer angebracht worden war. Als sie etwa zwanzig Stufen hinaufgestiegen waren, beleuchtete der Schein ihrer Lampe schwach ihre Köpfe. Der Geizhals blieb stehen, wandte sich zu seiner Gefährtin um und musterte deren Gesicht, wie er etwa einen zweifelhaften Wechsel, den er diskontieren sollte, geprüft und hin und her gedreht hätte; dann stieß er seinen schrecklichen Seufzer aus.

»Dadurch, daß ich Sie nach hierher mitnehme«, sagte er nach einem kurzen Schweigen, »habe ich Ihnen voll und ganz den Dienst vergolten, den Sie mir erwiesen haben; ich sehe also nicht ein, warum ich Ihnen noch etwas geben sollte ...«

»Monsieur, lassen Sie es dabei; ich verlange nichts von Ihnen«, sagte sie.

Diese letzten Worte und vielleicht auch die Verachtung, die ihr schönes Gesicht ausdrückte, beruhigten den kleinen Greis;

denn er erwiderte, wobei er abermals seufzte: »Ach, indem ich Sie hierher führte, habe ich schon zuviel getan, um nicht damit fortfahren zu müssen ...«

Höflich half er Marie beim Ersteigen einiger merkwürdig angeordneter Stufen und führte sie halb gutwillig, halb widerstrebend in ein kleines Kabinett von etwa vier Fuß im Quadrat, das durch eine von der Deckenwölbung niederhängende Lampe beleuchtet wurde. Es war ohne weiteres zu erkennen, daß der Geizhals alle Maßnahmen getroffen hatte, mehr als einen Tag an diesem Zufluchtsort zubringen zu können, falls die Wechselfälle des Bürgerkriegs ihn gezwungen hätten, länger darin zu verweilen.

»Treten Sie nicht zu nahe an die Wand heran; Sie könnten sich weiß machen«, sagte d' Orgemont plötzlich.

Und er schob einigermaßen überhastet die Hand zwischen den Schal des jungen Mädchens und die Wand, die frisch gekalkt worden zu sein schien. Die Geste des alten Geizhalses hatte eine der erwarteten entgegengesetzte Wirkung. Mademoiselle de Verneuil schaute unvermittelt geradeaus und sah in der Ecke ein Gebilde, dessen Form sie einen Entsetzensschrei ausstoßen ließ, da sie ahnte, daß ein menschliches Wesen mit Mörtel überzogen und dann dort aufgestellt worden war; d'Orgemont machte ihr erschrocken ein Zeichen, sie möge schweigen, und seine kleinen, fayenceblauen Augen kündeten von genausoviel Entsetzen wie die seiner Gefährtin.

»Sie Närrin, glauben Sie, ich hätte ihn ermordet . . .? Es ist mein Bruder«, sagte er und variierte seinen Seufzer auf eine unheimliche Weise. »Er war der erste Rektor, der den Eid geleistet hat. Dies ist der einzige Ort, wo er in Sicherheit vor der Wut der Chouans und der anderen Priester war. Einen würdigen Mann zu verfolgen, der so auf Ordnung bedacht war! Er war älter als ich; er ganz allein hat die Geduld besessen, mir die Dezimalrechnung beizubringen. Oh, er war ein guter Priester! Er war sparsam und verstand sich darauf, was auf die hohe Kante zu legen. Vor vier Jahren ist er gestorben, ich weiß nicht, an welcher Krankheit; aber sehen Sie, diese Priester, die sind es gewohnt, von Zeit zu Zeit niederzuknien, um zu beten, und er hat sich nicht daran gewöhnen können, hier aufrecht stehen zu bleiben wie ich . . . Ich habe ihn da hingestellt; sonst hätten ›sie‹ ihn wieder ausgegraben. Eines Tages kann ich ihn wohl in geweihter Erde bestatten lassen, wie der arme Mann immer gesagt hat; er hat sich doch nur aus Angst vereidigen lassen.«

Eine Träne entrollte den dürren Augen des kleinen Greises; seine fuchsrote Perücke kam dem jungen Mädchen jetzt nicht mehr so garstig vor; in geheimem Respekt vor diesem Schmerz wandte sie die Augen ab; aber trotz dieser Rührung sagte d'Orgemont nochmals zu ihr: »Treten Sie nicht zu nahe an die Wand heran, Sie . . .«

Und seine Augen wichen nicht von denen der Mademoiselle de Verneuil; er hoffte wohl, er könne sie daran hindern, die Wände dieses Gemachs genauer zu betrachten, wo die Luft den Lungen allzu karg zugemessen war, um sie atmen lassen zu können. Indessen gelang es Marie, umherzublicken, ohne daß ihr Argus es merkte, und aus den bizarren Unebenheiten der Wände schloß sie, daß der Geizhals selber sie aus Säcken voll Silber oder Gold errichtet habe. Seit einer kleinen Weile war d'Orgemont in einen Zustand grotesken Entzückens geraten. Der Schmerz, den das Rösten ihn in den Beinen empfinden ließ, und seine Angst, ein Menschenwesen inmitten seiner Schätze zu sehen, ließen sich aus jeder seiner Falten ablesen; aber gleichzeitig drückten seine trockenen Augen mit ungewohntem Feuer die köstliche Gemütsbewegung aus, die die gefährliche Nähe seiner Befreierin in ihm entfacht hatte; ihre rosige und weiße Wange verlockte zu einem Kuß; ihr dunkler, samtiger Blick trieb ihm Wellen heißen Blutes ins Herz, daß er nicht mehr wußte, ob das ein Zeichen des Lebens oder des Sterbens sei.

»Sind Sie verheiratet?« fragte er sie mit zitternder Stimme.

»Nein«, sagte sie lächelnd.

»Ich besitze so einiges«, fuhr er fort und stieß einen Seufzer aus, »obwohl ich nicht so reich bin, wie sie alle sagen. Ein junges Mädchen wie Sie muß doch Diamanten mögen, und Schmuck, und eine Equipage, und Gold«, fügte er hinzu und hielt verstört Umschau. »All das hätte ich zu geben, nach meinem Tode. Hehe, wenn Sie wollten...«

Das Auge des alten Mannes verriet so viel Berechnung, sogar bei dieser flüchtigen Liebesanwandlung, daß Mademoiselle de

Verneuil, die heftig den Kopf schüttelte, nicht umhin konnte zu denken, der Geizhals plane nur, sie zu heiraten, um sein Geheimnis im Herzen eines andern Ich zu begraben.

»Geld«, sagte sie und warf dabei d'Orgemont einen ironischen Blick zu, der ihn zugleich glücklich und wütend machte, »Geld gilt mir nichts. Sie würden dreimal so reich sein, wie Sie sind, wenn alles Gold hier wäre, das ich schon abgelehnt habe.«

»Treten Sie nicht zu nahe an die W...«

»Und dabei hat man nichts als einen Blick von mir verlangt«, fügte sie mit unglaublichem Stolz hinzu.

»Das haben Sie falsch gemacht; es war eine ausgezeichnete Spekulation. Bedenken Sie doch.«

»Bedenken Sie«, fuhr Mademoiselle de Verneuil fort, »daß ich soeben eine Stimme gehört habe, deren bloßer Klang für mich mehr Wert besitzt als alle Ihre Reichtümer.«

»Die kennen Sie ja gar nicht...«

Ehe der alte Mann Marie daran hätte hindern können, hatte sie einen kleinen, kolorierten Kupferstich, Ludwig XV. zu Pferde darstellend, mit dem Finger berührt und verschoben, und plötzlich sah sie unter sich den Marquis; er war damit beschäftigt, eine Donnerbüchse zu laden. Die Öffnung, die durch das Brettchen verdeckt wurde, auf das der Stich geklebt worden war, schien mit irgendeinem Ornament in der Decke des darunter gelegenen Zimmers in Verbindung zu stehen, in dem der royalistische General offenbar schlief. D'Orgemont rückte mit größter Behutsamkeit den alten Stich wieder zurecht und blickte das junge Mädchen mit strenger Miene an.

»Sagen Sie kein Wort, wenn Ihnen das Leben lieb ist. Sie haben«, flüsterte er ihr nach einer Pause zu, »Ihren Enterhaken nach keinem kleinen Schiff ausgeworfen. Wissen Sie, daß der Marquis de Montauran hunderttausend Francs Einkünfte aus verpachteten Gütern besitzt, die noch nicht verkauft worden sind? Nun aber ist durch ein Dekret des Ersten Konsuls, das ich in ›Le Primidi de l'Ille-et-Vilaine‹ gelesen habe, unlängst die Beschlagnahme aufgehoben worden. Haha! Jetzt finden Sie den Gars noch viel hübscher, nicht wahr? Ihre Augen blitzten wie zwei funkelnagelneue Goldstücke.«

Die Blicke der Mademoiselle de Verneuil hatten sich ungemein belebt, als sie von neuem eine wohlbekannte Stimme erklingen hörte. Seit sie dort wie in eine Silbermine eingegraben stand, hatte die Spannkraft ihrer von all diesen Geschehnissen niedergebeugten Seele sich wieder gestrafft. Sie schien einen düsteren Entschluß gefaßt zu haben und die Mittel und Wege, ihn in die Tat umzusetzen, flüchtig wahrzunehmen.

»Von einer solchen Verachtung erholt man sich nicht«, dachte sie. »Wenn er mich nicht mehr lieben darf, will ich ihn umbringen; keine andere Frau soll ihn haben.«

»Nein, Herr Abbé, nein«, rief der junge Anführer, dessen Stimme vernehmlich wurde, »es muß so sein.«

»Herr Marquis«, entgegnete der Abbé Gudin hochfahrend, »Sie erregen in der gesamten Bretagne Ärgernis, wenn Sie diesen Ball in Saint-James geben. Die Prediger und nicht die Tanzenden müssen unsere Dörfer aufwiegeln. Sorgen Sie für Gewehre und nicht für Geigen.«

»Herr Abbé, Sie haben Geist genug, um zu wissen, daß ich nur aus einer allgemeinen Versammlung unserer Parteigänger ersehen kann, was sich mit ihnen unternehmen läßt. Ein abendliches Festmahl scheint mir geeigneter für die Prüfung ihrer Physiognomien und die Erkundung ihrer Absichten zu sein als alles erdenkliche Bespitzeln, das mich, nebenbei gesagt, anekelt; wir wollen sie, das Glas in der Hand, zum Reden bringen.«

Marie erbebte, als sie diese Worte vernahm; sie hatte sofort den Plan gefaßt, zu jenem Ball zu gehen und sich dort zu rächen.

»Halten Sie mich mit Ihrem Sermon über den Tanz etwa für einen Idioten?« fuhr Montauran fort. »Würden Sie nicht liebend gern in einer Chaconne[83] mittanzen, wenn es Ihnen dadurch gelänge, unter Ihrem neuen Namen als ›Glaubensvater‹[84] wieder zugelassen zu werden...? Wissen Sie etwa nicht, daß die Bretonen, wenn sie aus der Messe kommen, zum Tanzen gehen? Wissen Sie ebenfalls nicht, daß die Herren Hyde de Neuville[85] und d'Andigné[86] vor fünf Tagen eine Besprechung mit dem Ersten Konsul über die Frage der Thronbesteigung Seiner Majestät Ludwigs XVIII. gehabt haben? Wenn ich mich im gegenwärtigen Augenblick dazu herbeilasse, einen so kühnen Handstreich zu wagen, so geschieht es einzig, um jenen Unterhandlungen das Gewicht unserer eisenbeschlagenen Schuhe hinzuzufügen. Wissen Sie nicht, daß alle Anführer der Vendée und sogar Fontaine[87] von Unterwerfung reden? Ach, Monsieur, offenbar hat man die Fürsten über die Zustände in Frankreich falsch unterrichtet. Die Opferbereitschaft, von der ihnen erzählt wird, hat lediglich die Selbstsucht als Grundlage. Herr Abbé, ich habe zwar die Füße in Blut getaucht, aber ich will nur mit gutem Bedacht bis zum Gürtel hineinwaten. Ich habe mich dem König angelobt, und nicht vier hirnverbrannten Gesellen, Leuten, die in Schulden stecken wie Rifoël, Fußbrennern und...«

»Sagen Sie doch lieber gleich: und auch keinen Abbés, die durch Straßenraub Kontributionen eintreiben, um den Krieg weiterzuführen«, versetzte der Abbé Gudin.

»Warum sollte ich das nicht sagen?« antwortete der Marquis voller Bitterkeit. »Ich sage sogar noch mehr: Die heroischen Zeiten der Vendée sind vorbei...«

»Herr Marquis, auch ohne Sie werden wir Wunder vollbringen.«

»Ja, solche wie das mit Marie Lambrequin«, antwortete lachend der Marquis. »Schon gut, Herr Abbé, und ohne Gehässigkeit! Ich weiß, daß Sie Ihre Person einsetzen und daß Sie ebensogut einen Blauen niederschießen, wie Sie ein Oremus sagen. Mit Gottes Hilfe hoffe ich zu erreichen, daß Sie, eine Mitra auf dem Haupt, an der Krönung des Königs teilnehmen.«

Dieser letzte Satz übte sicherlich auf den Abbé eine magische Gewalt aus, denn es war zu hören, wie ein Karabiner auf den Boden gestampft wurde, sowie sein Ausruf: »Ich habe fünfzig Patronen in den Taschen, Herr Marquis, und mein Leben gehört dem König.«

»Auch das ist einer von meinen Schuldnern«, sagte der Geizhals zu Mademoiselle de Verneuil. »Ich rede nicht von den fünf- bis sechshundert elenden Talern, die er sich von mir geliehen hat, sondern von einer Blutschuld, über die wir, wie ich hoffe, noch quitt werden. Es wird ihm nie soviel Übles zustoßen, wie ich ihm wünsche, diesem verdammten Jesuiten; er hatte meinem Bruder den Tod geschworen und die Stadt gegen ihn aufgewiegelt. Und warum? Weil der arme Mann Angst vor den neuen Gesetzen gehabt hat.« Er legte das Ohr an eine bestimmte Stelle seines Verstecks und sagte dann: »Jetzt räumen sie das Feld, diese Buschklepper. Sie wollen wohl wieder ein Wunder tun! Hoffentlich verabschieden sie sich nicht von mir wie das letztemal und stecken mir das Haus in Brand.«

Nach etwa einer halben Stunde, während der Mademoiselle de Verneuil und d'Orgemont einander angeschaut hatten, als wenn sie ein Gemälde betrachtet hätten, rief Galope-chopines rauhe, plumpe Stimme leise: »Die Gefahr ist vorbei, Monsieur d'Orgemont. Aber diesmal habe ich mir meine dreißig Taler redlich verdient.«

»Mein Kind«, sagte der Geizhals, »schwören Sie mir, die Augen zu schließen.«

Mademoiselle de Verneuil legte eine ihrer Hände auf die Lider; aber um noch sicherer zu gehen, blies der alte Mann die Lampe aus, nahm seine Befreierin bei der Hand, half ihr, sieben oder acht Schritte in einem schwierigen Durchgang zurückzulegen, und nach einigen Minuten ließ er behutsam ihre Hand los, und sie sah sich in dem Schlafzimmer, das der Marquis de Montauran gerade verlassen hatte und das dasjenige des Geizhalses war.

»Mein liebes Kind«, sagte der alte Mann zu ihr, »Sie können gehen. Lassen Sie das Umherschauen. Sicherlich haben Sie kein Geld? Hier, nehmen Sie, zehn Taler; sie sind zwar beschnitten, aber das fällt nicht weiter auf. Wenn Sie aus dem Garten herauskommen, finden Sie einen Pfad, der zur Stadt führt, oder, wie man jetzt sagt, zum Distriktshauptort. Aber die Chouans sind vor Fougères, und es ist nicht anzunehmen, daß Sie so bald hineinkönnen; deshalb könnten Sie einen sicheren Zufluchtsort brauchen. Behalten Sie gut, was ich Ihnen jetzt sage, und machen Sie nur im Falle äußerster Gefahr Gebrauch davon. Sie werden auf dem Weg, der durch das Gibarry-Tal zum Nid-aux-crocs führt, einen Pachthof sehen; da wohnt der große Cibot, genannt Galope-chopine. Gehen Sie hinein und sagen Sie zu seiner Frau: ›Guten Tag, Müllerin!‹ Dann wird Barbette Sie verstecken. Wenn Galope-chopine Sie entdecken sollte, wird er Sie bei Nacht für ein Gespenst halten und bei Tag die zehn Taler einstecken. Adieu! Unsere Konten sind ausgeglichen. Wenn Sie wollten«, sagte er und deutete mit einer Handbewegung auf die sein Haus umgebenden Felder, »dann gehörte all das Ihnen!«

Mademoiselle de Verneuil warf diesem sonderbaren Wesen einen Dankesblick zu; es gelang ihr, ihm einen Seufzer zu entreißen, dessen Klangabschattungen sehr variiert waren.

»Sie werden mir natürlich meine zehn Taler zurückerstatten; beachten Sie bitte, daß ich nichts von Zinsen sage. Sie können sie auf mein Konto bei Patrat einzahlen, dem Notar von Fougères; er würde, wenn Sie nur wollten, unsern Ehekontrakt aufsetzen, Sie schöner Schatz. Adieu.«

»Adieu«, sagte sie lächelnd und winkte ihm mit der Hand.

»Wenn Sie Geld brauchen«, rief er ihr nach, »leihe ich Ihnen zu fünf Prozent! Ja, bloß zu fünf. Habe ich fünf gesagt oder nicht?« Sie war davon. – »Sie sieht mir ganz so aus, als sei sie ein gutes Mädchen; aber ich will doch lieber das Geheimnis meines Kamins abändern.« Dann nahm er ein Zwölfpfundbrot und einen Schinken und kehrte in sein Versteck zurück.

Als Mademoiselle de Verneuil durch die Felder schritt, fühlte sie sich wie neugeboren; die Morgenkühle belebte ihr Gesicht; seit ein paar Stunden war ihr gewesen, als werde es von glühender Luft versengt. Sie versuchte, den Fußpfad zu finden, den der Geizhals ihr gewiesen hatte; aber seit dem Untergang des Mondes war die Dunkelheit so dicht geworden, daß sie aufs Geratewohl weitergehen mußte. Bald wurde ihr Herz von der Furcht gepackt, in einen der Abgründe zu stürzen, und das rettete ihr das Leben; denn plötzlich blieb sie stehen und ahnte, sie werde keinen Boden mehr unter den Füßen haben, wenn sie noch einen einzigen Schritt tue. Ein kühlerer Wind liebkoste ihr das Haar; instinktiv erkannte sie aus dem Murmeln der Wasser, daß sie sich unmittelbar an den Felsen von Saint-Sulpice befand. Sie schlang die Arme um einen Baum und wartete angstvoll auf die Morgenröte; sie vernahm nämlich Waffengeklirr, die Geräusche von Pferden und Menschenstimmen. Sie wußte der Dunkelheit Dank, die sie vor der Gefahr bewahrte, den Chouans in die Hände zu fallen, wenn diese, wie der Geizhals gesagt hatte, Fougères eingeschlossen haben sollten.

Wie nächtlicherweile als Signal der Freiheit angezündete Feuer glitt ein leichter Purpurschein über die Berge, an deren Fuß noch immer bläuliche Farbtöne verharrten; sie hoben sich von den hellroten Wolken ab, die über den Tälern schwebten.

Bald entstieg dem Horizont langsam eine rubinrote Scheibe; die Himmelsweiten erkannten sie wieder; die Einzelzüge der Landschaft, der Kirchturm von Saint-Léonard, die Felsen, die vom Dunkel begrabenen Wiesen erschienen unmerklich wieder, und die Bäume auf den Gipfeln zeichneten sich in den wachsenden Gluten ab. Mit einem anmutigen Schwung machte sich die Sonne aus feuerfarbenen, ockergelben und saphirblauen Bändern frei. Ihr lebendiges Licht glich sich durch gleichmäßige Linien einem Hügel nach dem andern an; es wallte von Tal zu Tal. Die Finsternisse wichen, der Tag bemächtigte sich der Natur. Ein frischer Wind durchschauerte die Luft, die Vögel sangen, überall erwachte das Leben. Aber kaum hatte das junge Mädchen Zeit gehabt, seine Blicke auf die Massen dieser so seltsamen Landschaft niederzusenken, als durch ein in diesen kühlen Gegenden ziemlich häufiges Phänomen Dünste sich ausbreiteten wie Laken, die Täler bedeckten, bis zu den höchsten Hügeln aufstiegen und jenes reiche Becken unter einem schneeigen Mantel begruben. Bald glaubte Mademoiselle de Verneuil eins der Eismeere zu erblicken, die die Alpen ausschmücken. Dann rollte diese wolkige Atmosphäre Wogen wie der Ozean; undurchdringliche Wellenkämme stiegen auf und schienen sich weich zu wiegen, sie wallten, wirbelten heftig, nahmen in den Sonnenstrahlen hellrosa Farbtöne an und waren hier und dort durchsichtig wie ein See aus flüssigem Silber. Plötzlich pfiff der Nordwind über diese Phantasmagorie und verwehte die Nebel, die einen schillernden Tau auf die Rasenflächen legten. Jetzt konnte Mademoiselle de Verneuil eine riesige braune Masse wahrnehmen, die auf den Felsen von Fougères lag. Sieben- bis achthundert bewaffnete Chouans bewegten sich in der Vorstadt Saint-Sulpice wie Ameisen in ihrem Haufen. Die Umgebung der Burg, die von dreitausend wie durch Magie angelangten Soldaten besetzt war, wurde wütend angegriffen. Die schlafende Stadt wäre trotz ihrer übergrünten Wälle und alten grauen Türme überwältigt worden, wenn Hulot nicht die Augen offengehalten hätte. Eine auf einer Bodenerhebung in der Tiefe des Beckens, das die Wälle bilden, getarnt aufgestellte Batterie erwiderte das erste Feuer der Chouans, indem sie sie auf dem zur Burg führenden Weg in der Flanke bestrich. Der Kartätschenhagel säuberte die Straße und fegte sie rein. Dann brach aus der Porte Saint-Sulpice eine Kompanie hervor, machte sich die Bestürzung der Chouans zunutze, nahm in Gefechtsordnung auf der Straße Aufstellung und begann ein mörderisches Feuer auf sie. Die Chouans gaben allen Widerstand auf, als sie sahen, daß die Wälle sich mit Soldaten bedeckten, wie wenn die Kunst eines Theatermaschinisten dort blaue Linien hervorgezaubert hätte, und als das Feuer von den Festungswerken aus das der republikanischen Plänkler unterstützte. Inzwischen hatten andere Chouans, die das kleine Nançon-Tal besetzt hatten, die Felsgalerien erklettert und waren bis auf die Promenade gelangt, die sie hinaneilten; sie wurde von Geißenfellen bedeckt, so daß sie aussah wie ein wettergebräuntes Strohdach. Zur gleichen Zeit wurden Detonationen in dem Teil der Stadt vernehmlich, der auf das Couësnon-Tal blickt. Offenbar war Fougères, das von allen Seiten her angegriffen wurde, gänzlich umzingelt. Der Feuerschein, der am Ostabhang des Felsens sichtbar wurde, bewies sogar, daß die Chouans die Vorstädte in Brand gesteckt hatten. Indessen erloschen die Flämmchen, die von den mit Ginster oder Schindeln gedeckten Dächern aufgestiegen waren, bald wieder, und ein paar schwarze Rauchsäulen zeigten an, daß die Feuersbrunst am Erlöschen war. Weiße und braune Wolken entzogen noch einmal Mademoiselle de Verneuil den Anblick dieses Geschehens; aber der Wind zerstob bald diesen Pulverrauch. Der republikanische Major hatte bereits die Schußrichtung seiner Batterie ändern lassen, so daß er nacheinander das Nançon-Tal, den Pfad der Königin und den Felsen unter Feuer nehmen konnte, als er von der Höhe der Promenade aus sah, daß seine ersten Befehle bewundernswürdig befolgt worden waren. Zwei bei dem Posten an der Porte Saint-Léonard aufgestellte Geschütze zerschmetterten das Gewimmel der Chouans, die sich dieser Stellung bemächtigt hatten, während die Nationalgarde von Fougères, die sich in aller Hast auf dem Kirchplatz gesammelt hatte, den Feind vollends zurückwarf. Der Kampf hatte höchstens eine halbe Stunde gedauert und die Blauen noch nicht hundert Mann gekostet. Schon zogen sich die geschlagenen, zusammengeschossenen Chouans auf den oftmals wiederholten Befehl des Gars hin nach allen Richtungen zurück; sein kühner Handstreich war ohne sein Wissen durch das auf La

Vivetière Geschehene vereitelt worden; denn dieses hatte Hulot dazu veranlaßt, heimlich nach Fougères zu marschieren. Erst im Lauf der letzten Nacht war die Artillerie eingetroffen; denn allein schon die Nachricht von einem Munitionstransport würde hingereicht haben, Montauran von diesem Unternehmen abzubringen, das, wäre es gewagt worden, nur einen schlimmen Ausgang genommen haben würde. Tatsächlich hatte Hulot dem Gars um so mehr eine ernste Lehre erteilen wollen, als dieser ja wünschen konnte, sein Vorhaben möge gelingen und dadurch die Entschlüsse des Ersten Konsuls beeinflussen. Beim ersten Kanonenschuß hatte der Marquis also eingesehen, daß es Wahnwitz sei, aus purer Eigenliebe die mißlungene Überrumpelung fortzusetzen. Daher hatte er, um seine Chouans nicht unnützerweise abknallen zu lassen, eilends sieben oder acht Kuriere mit Befehlen losgeschickt, damit sofort an allen Punkten der Rückzug angetreten würde. Als der Major seinen Gegner von einem zahlreichen Stab umgeben sah, in dessen Mitte sich Madame du Gua befand, hatte er versucht, auf sie nach den Felsen von Saint-Sulpice hin eine Geschützsalve abschießen zu lassen; aber der Platz war zu kundig gewählt worden, als daß der junge Anführer nicht in Deckung gewesen wäre. Hulot wechselte unverzüglich die Rolle, und aus dem Angegriffenen wurde ein Angreifer. Auf die ersten Truppenbewegungen hin, die auf die Absichten des Marquis schließen ließen, wurde die unter den Mauern der Burg aufgestellte Kompanie eingesetzt, um sich der oberen Ausgänge des Nançon-Tals zu bemächtigen und den Chouans den Rückzug abzuschneiden.

Trotz ihres Hasses machte Mademoiselle de Verneuil die Sache der Männer, die ihr Geliebter befehligte, zu ihrer eigenen; hastig lief sie zu dem andern Ausgang hin, um festzustellen, ob er noch frei sei; aber sie gewahrte Blaue, offenbar die Sieger auf der andern Seite von Fougères, die vom Couësnon-Tal durch das Gibarry-Tal zurückkamen, um sich des Nid-aux-crocs und des Teils der Felsen von Saint-Sulpice zu bemächtigen, wo sich die unteren Ausgänge des Nançon-Tals befanden. Auf diese Weise schienen die Chouans, die auf der engen Wiesenfläche dieser Schlucht eingeschlossen waren. bis auf den letzten Mann dran glauben zu müssen, so richtig waren die Voraussicht und die geschickt getroffenen Maßnahmen des alten republikanischen Majors gewesen. Aber an diesen beiden Punkten waren die Geschütze, die Hulot so gute Dienste geleistet hatten, machtlos; es kam dort zu erbitterten Kämpfen, und da die Stadt Fougères nun einmal bewahrt geblieben war, nahm das Gefecht den Charakter eines Scharmützels an, und daran waren die Chouans gewöhnt. Mademoiselle de Verneuil begriff jetzt die Anwesenheit der Menschenmassen, die sie auf dem Felde erblickt hatte, die Zusammenkunft der Anführer in d'Orgemonts Haus und alle Geschehnisse dieser Nacht, ohne zu wissen, wie sie so vielen Gefahren hatte entrinnen können. Dieses von der Verzweiflung diktierte Unternehmen interessierte sie so lebhaft, daß sie reglos stehenblieb und die mannigfach belebten Bilder betrachtete, die sich ihren Blicken darboten. Bald gewann der Kampf, der sich unterhalb der Berge von Saint-Sulpice abgespielt hatte, für sie ein weiteres Interesse. Als der Marquis und seine Freunde sahen, daß die Blauen die Chouans beinahe überwältigt hatten, eilten sie in das Nançon-Tal hinab, um ihnen zu Hilfe zu kommen. Der Fuß der Felsen bedeckte sich mit einer großen Zahl wütender Gruppen, und dort ging es um Tod und Leben auf einem Gelände und mit Waffen, die den Geißenhäuten günstiger waren. Unmerklich nahm diese in Bewegung befindliche Arena immer größeren Raum ein. Die Chouans verteilten sich und erkletterten die Felsen mittels der hier und dort darauf wachsenden Büsche. Mademoiselle de Verneuil durchlebte einen Augenblick des Schreckens, als sie etwas zu spät sah, daß ihre Feinde wieder die Höhen erklommen hatten, von wo aus sie wütend die gefährlichen Pfade verteidigten, auf denen man hinaufgelangte. Alle Zugänge dieses Bergzuges waren von den beiden Parteien besetzt; sie hatte Angst, sich mitten zwischen ihnen zu befinden, und so verließ sie den dicken Baum, hinter dem sie gestanden hatte, und begann davonzulaufen, wobei sie gedachte, sich die Empfehlungen des alten Geizhalses zunutze zu machen. Nachdem sie geraume Zeit den Abhang der Berge von Saint-Sulpice hinabgelaufen war, der nach dem Couësnon-Tal zu gelegen ist, erblickte sie in der Ferne einen Stall und meinte, er gehöre zu Galope-chopines Gehöft; er mußte während des Kampfes seine Frau ganz allein gelassen haben. Diese Annahme machte Mademoiselle de Verneuil Mut; sie hoffte, in jener Behausung gut aufgenommen zu werden und dort ein paar Stunden verweilen zu können, bis es ihr möglich sein würde, gefahrlos nach Fougères zurückzukehren. Allem Anschein nach mußte Hulot siegen. Die Chouans flohen so schnell, daß sie rings um sich her Schüsse hörte, und die Furcht, von ein paar Kugeln getroffen zu werden, ließ sie rasch auf die Hütte zueilen, deren Schornstein ihr als Richtpunkt diente. Der Pfad, dem sie gefolgt war, endete bei einer Art Schuppen, dessen mit Ginster gedecktes Dach von vier dicken Baumstämmen gestützt wurde, an denen noch die Rinde haftete. Eine Lehmmauer bildete den Abschluß des Schuppens; es befanden sich darunter eine Ziderpresse, eine Tenne zum Dreschen des Buchweizens und ein paar Ackergeräte. An einen jener Pfosten gelehnt blieb sie stehen; sie konnte sich nicht entschließen, den schlammigen Morast zu überschreiten, der dem Haus als Hof diente; als echte Pariserin hatte sie es aus der Ferne für einen Stall gehalten.

Die Hütte war gegen die Nordwinde durch eine Felserhebung geschützt, die das Dach überragte und an die sie sich anlehnte; es fehlte ihr nicht an Romantik, denn Ulmenschößlinge, Heidekraut und Felsblumen umgaben sie mit ihren Girlanden. Eine zwischen dem Schuppen und dem Wohnhaus angebrachte ländliche Treppe erlaubte es den Bewohnern, oben auf jenem Felsen frische Luft zu schöpfen. Links von der Hütte fiel die Felserhebung schroff ab und gab den Blick auf eine Folge von Feldern frei, deren erstes sicherlich zu diesem Anwesen gehörte. Auf jenen Feldern wurden anmutige Gebüsche sichtbar, die durch mit Bäumen bepflanzte Erdwälle voneinander getrennt waren; der erste schloß sich an die Einfriedigung des Hofes an. Der zu diesen Feldern führende Weg war durch einen dicken, halbverfaulten Baumstamm versperrt; das war eine bretonische Absperrung, deren Bezeichnung später zu einer Zwischenbemerkung führen wird, die jenes Land vollends verdeutlichen dürfte. Zwischen der in den Schieferfelsen gehöhlten Treppe und dem durch jenen dicken Baumstamm versperrten Weg, vor dem Morast und unter jenem überhängenden Felsen lagen ein paar plump behauene, übereinander geschichtete Granitsteine; sie bildeten die vier Ecken dieser Hütte und hielten die schlechtgestampfte Erde, die Planken und die Kieselsteine zusammen, aus denen die Mauern erbaut waren. Die eine Hälfte des Dachs war statt mit Stroh mit Ginster gedeckt worden, die andere mit Schindeln, einer Art Daubenholz, das schieferförmig zugesägt worden war, was auf zwei Unterteilungen schließen ließ; tatsächlich diente die eine, durch ein schäbiges Weidengeflecht abgeteilte als Stall, und die Menschen bewohnten die andere. Obgleich diese Hütte der Nachbarschaft der Stadt einige Verbesserungen verdankte, die zwei Meilen weiter nicht aufzufinden gewesen wären, zeugte sie doch deutlich von der ungesicherten Lebensweise, die die Kriege und die Gebräuche der Feudalzeiten den Gewohnheiten der Leibeigenen auferlegt hatten; so kommt es, daß noch heutzutage viele Bauern jener Gegenden das von ihren Edelherrn bewohnte Schloß einfach als »Wohnung« bezeichnen. Kurzum, als Mademoiselle de Verneuil nicht ohne ein leicht begreifliches Erstaunen jene Stätte musterte, bemerkte sie da und dort im Schlamm des Hofs Granitstücke, die so gelegt worden waren, daß zu dem Wohnhaus hin ein Weg entstanden war, der mehr als nur eine Gefahr darstellte; aber da sie das Gewehrfeuer vernahm, das merklich näherkam, sprang sie von Stein zu Stein, als ob sie einen Gebirgsbach überschreite, um eine Zuflucht zu erbitten. Das Haus war durch eine der Türen verschlossen, die aus zwei getrennten Teilen bestehen; der untere ist aus massivem Holz, und der obere wird durch einen Laden geschützt, der als Fenster dient. Bei vielen Läden gewisser kleiner französischer Städte sieht man diesen Türtyp, aber mit sehr viel mehr Schmuckwerk, und der untere Teil hat eine Alarmglocke. Diese hier wurde mittels eines Holzriegels geöffnet, der des goldenen Zeitalters würdig gewesen wäre, und der obere Teil wurde nur die Nacht über geschlossen, denn nur durch diese Öffnung konnte das Tageslicht in das Zimmer dringen. Zwar war ein plumpes Fenster vorhanden, aber dessen Scheiben sahen aus wie Flaschenböden, und die dicken Bleinieten, die sie festhielten, nahmen so viel Platz ein, daß das Fenster eher dazu bestimmt schien, dem Licht zu wehren denn es hereinzulassen. Als Mademoiselle de Verneuil die Tür sich in ihren Angeln drehen ließ, schlugen ihr schreckliche Wolken alkalischer Gerüche entgegen, die in Schwaden dieser Hütte entströmten, und sie sah, daß die Vierfüßler mit Fußtritten die Binnenwand zerstört hatten, die sie vom Zimmer trennte. Auf diese Weise entsprach das Innere des Pachthofs, denn ein solcher war es, vollauf dem Äußeren. Mademoiselle de Verneuil fragte sich, ob es möglich sei, daß in dieser Ansammlung von Schmutz menschliche Wesen lebten, als ein kleiner, in Lumpen gekleideter, anscheinend acht oder neun Jahre alter Junge ihr plötzlich sein frisches, helles, rosiges Gesicht mit Pausbacken, blitzenden Augen, Zähnen wie aus Elfenbein und blondem Haar darbot, das ihm in dichten Strähnen auf die halbnackten Schultern niederfiel; er hatte kräftige Glieder, und seine Haltung bekundete jenes anmutige Staunen, jene weltfremde Naivität, wodurch Kinderaugen so groß wirken. Der kleine Junge war von sublimer Schönheit.

»Wo ist deine Mutter?« fragte Marie ihn freundlich und beugte sich nieder, um ihn auf die Augen zu küssen.

Als der Kleine diesen Kuß empfangen hatte, schlüpfte er davon wie ein Aal und verschwand hinter einem Misthaufen, der zwischen dem Pfad und dem Haus oben auf einer Erhebung lag. Galope-chopine schichtete nämlich wie viele bretonische Bauern auf Grund eines ihnen eigentümlichen landwirtschaftlichen Systems seinen Dünger an hochgelegenen Stellen auf, so daß das Regenwasser ihm alle Kraft genommen hat, wenn sie sich seiner bedienen. In den paar Minuten, die Marie allein im Hause war, hatte sie schnell dessen Inventar aufgenommen. Das ganze Haus bestand nämlich aus dem Raum, in dem sie auf Barbette wartete. Das Auffälligste und Pompöseste darin war ein riesiger Kamin, dessen ›Mantel‹ aus blauem Granitstein bestand. Die Etymologie dieses Wortes wurde bewiesen durch einen Fetzen grünen Serge-Stoffs, der mit einem blaßgrünen Band gesäumt und rund geschnitten war; er hing auf ganzer Breite von dieser Platte nieder, auf der in der Mitte eine heilige Jungfrau aus bunt angemaltem Gips stand. Auf dem Sockel der Statue las Mademoiselle de Verneuil zwei Verse aus einem in dieser Gegend sehr verbreiteten frommen Gedicht:

Ich die Gottesmutter bin,
Dieser Stätte Schützerin.

Hinter der Madonna stand ein schreckliches, rot und blau hingekleckstes Bild, das tat, als sei es ein Gemälde; es stellte den heiligen Labre[88] dar. Ein Bett aus grünem Serge-Stoff, ein sogenanntes Grabbett, eine ungestalte Kinderwiege, ein Spinnrad, plumpe Stühle, eine geschnitzte Truhe, auf der ein paar Gebrauchsgegenstände standen, vervollständigten nahezu Galopechopines Mobiliar. Vor dem Fenster befand sich ein langer Tisch aus Kastanienholz, an dessen beiden Seiten zwei Bänke aus demselben Material standen; das durch die Fensterscheiben einfallende Tageslicht lieh ihnen die düstere Tönung alten Mahagonis. Ein ungefüges Ziderfaß, unter dessen Zapfen Mademoiselle de Verneuil eine gelbliche Schmutzbrühe wahrnahm, deren Feuchtigkeit den Fußboden zerfraß, obgleich dieser aus Granitstücken bestand, die durch roten Ton zusammengehalten wurden, bewies, daß der Hausherr seinen Chouan-Decknamen nicht zu Unrecht trug[89]. Mademoiselle de Verneuil kehrte den Blick nach oben, wie um diesem Anblick auszuweichen, und da war ihr, als erblicke sie sämtliche Fledermäuse, die es auf Erden gab, eine solche Menge von Spinnweben hing von der Decke herab. Auf dem langen Tisch standen zwei riesengroße, mit Zider gefüllte »Pichés«. Das ist eine Art von Krügen aus braunem Ton, von denen es in mehreren Gegenden Frankreichs Beispiele gibt, und die ein Pariser sich vorstellen kann, wenn er an die Töpfe denkt, in denen die Feinschmecker die bretonische Butter aufbewahren: rundbauchige Gefäße mit einer Glasur aus ungleichmäßigen, vielfach getönten rostroten Flecken, wie manche Muscheln sie haben. Der Krug läuft in eine Art Schnauze aus, die fast so aussieht wie der Kopf eines Froschs, der beim Luftschnappen aus dem Wasser herauskommt. Maries forschender Blick war schließlich an diesen beiden Krügen haften geblieben; aber der Kampflärm, der plötzlich vernehmlicher wurde, zwang sie, auf das Auffinden eines Verstecks bedacht zu sein, anstatt auf Barbette zu warten, als die Frau unvermutet erschien.

»Guten Tag, Müllerin«, sagte Mademoiselle de Verneuil und unterdrückte ein unwillkürliches Lächeln beim Anblick eines Gesichts, das ziemlich genauso aussah wie die Köpfe, die die Architekten an den Schlußsteinen von Fensterbögen anbringen.

»So, so, Sie kommen von d'Orgemont«, antwortete Barbette mit nicht eben dienstbeflissener Miene.

»Wo können Sie mich unterbringen? Denn wenn jetzt die Chouans . . .«

»Da!« entgegnete Barbette; sie war ebenso verblüfft über die Schönheit wie über die seltsame Kleidung eines Geschöpfes, das ihrem eigenen Geschlecht zuzurechnen sie nicht wagte. »Da, in dem Versteck des Priesters.«

Sie führte sie ans Kopfende des Bettes und ließ sie in den Zwischenraum zwischen Bett und Wand treten; aber es verschlug ihnen beiden die Sprache, als sie zu hören vermeinten, wie ein Unbekannter in den Morast sprang. Barbette blieb kaum Zeit, einen Bettvorhang abzureißen und Marie hineinzuhüllen, als sie sich Auge in Auge einem auf der Flucht begriffenen Chouan gegenübersah.

»Alte, wo kann man sich hier verstecken? Ich bin der Graf de Bauvan.«

Mademoiselle de Verneuil zuckte zusammen, als sie die Stimme des Gastes wiedererkannte, dessen wenige Worte, die für sie ein Geheimnis geblieben waren, die Katastrophe auf La Vivetière ausgelöst hatten.

»Ach, Sie sehen ja, Monseigneur. Hier ist nichts zu machen! Das einzige, was ich tun kann, ist, 'rauszugehen und aufzupassen. Wenn die Blauen kommen, sage ich Bescheid. Bliebe ich hier und sie fänden mich mit Ihnen, würden sie mir das Haus niederbrennen.«

Und Barbette ging hinaus; sie war nicht intelligent genug, die Angelegenheit der beiden Feinde abzuwägen, die dank der Doppelrolle, die ihr Mann spielte, beide ein gleiches Anrecht auf das Versteck hatten.

»Ich habe noch zwei Schüsse«, sagte der Graf verzweifelt, »aber sie haben mich schon überholt. Pah! Ich müßte schon großes Pech haben, wenn sie hierher zurückkämen und sich einfallen ließen, unter dem Bett Nachschau zu halten.«

Leichtfertigerweise lehnte er sein Gewehr an die Bettsäule, an der die in den grünen Serge-Stoff gehüllte Marie stand, und bückte sich, um festzustellen, ob er unter das Bett kriechen könne. Unfehlbar hätte er die Füße der Flüchtlingin sehen müssen; sie aber packte in diesem gefährlichen Augenblick das Gewehr, sprang mit einem Satz in den Hüttenraum und legte auf den Grafen an; er jedoch brach, als er sie erkannte, in schallendes Gelächter aus, denn Marie hatte, um sich besser verstecken zu können, ihren breiten Chouan-Hut abgesetzt, und ihr Haar fiel in dichten Locken unter einem Haarnetz aus Spitzen hernieder.

»Lachen Sie nicht, Graf, Sie sind mein Gefangener. Sobald Sie eine Bewegung machen, sollen Sie erleben, wessen eine beleidigte Frau fähig ist.«

Gerade als der Graf und Marie einander mit recht verschiedenartigen Empfindungen anblickten, erscholl zwischen den Felsen Stimmengewirr: »Rettet den Gars! Ausschwärmen! Rettet den Gars! Ausschwärmen . . .!«

Barbettes Stimme übertönte den Tumult draußen und wurde in der Hütte von den beiden Feinden mit recht unterschiedlichen Gefühlen vernommen, denn sie sprach weniger zu ihrem Sohn als zu ihnen.

»Siehst du die Blauen nicht?« kreischte Barbettes Stimme gellend. »Ob du jetzt herkommst, du schlimmer kleiner Lümmel, oder soll ich dich holen? Willst du ’ne Kugel abkriegen? Los, marsch ins Haus!«

Während all dieser kleinen Geschehnisse, die schnell aufeinander folgten, sprang ein Blauer in den Morast.

»Beau-pied!« rief Mademoiselle de Verneuil ihm zu.

Beau-pied lief auf die Stimme zu und nahm den Grafen etwas besser aufs Korn, als seine Befreierin es getan hatte.

»Aristokrat«, sagte der Soldat boshaft, »rühr dich nicht vom Fleck, oder ich mache dich hin wie die Bastille, im Handumdrehen.«

»Monsieur Beau-pied«, sprach Mademoiselle de Verneuil mit schmeichlerischer Stimme weiter, »Sie sind mir für diesen Gefangenen verantwortlich. Machen Sie, was Sie wollen, aber er muß mir in Fougères heil und lebendig übergeben werden.«

»In Ordnung, Madame.«

»Ist die Straße nach Fougères jetzt frei?«

»Sofern die Chouans nicht wieder auferstehen, ist sie sicher.«

Mademoiselle de Verneuil bewaffnete sich munter mit dem leichten Jagdgewehr, lächelte ironisch, sagte zu ihrem Gefangenen: »Adieu, Graf, auf Wiedersehen!«, setzte sich den breiten Hut auf und eilte auf dem Fußweg davon.

»Ich lerne ein bißchen zu spät«, sagte Graf de Bauvan bitter, »daß man nie mit der Ehre derer seinen Scherz treiben darf, die keine mehr haben.«

»Aristokrat!« rief Beau-pied mit harter Stimme, »wenn du nicht willst, daß ich dich in dein Ci-devant-Paradies schicke, dann sag nichts gegen diese schöne Dame.«

Auf den Pfaden, die die Felsen von Saint-Sulpice mit dem Nid-aux-crocs verbinden, kehrte Mademoiselle de Verneuil nach Fougères zurück. Als sie bei der letzteren Erhebung angelangt war und den gewundenen Weg entlanglief, der über die Unebenheiten des Granits gebahnt war, warf sie einen bewundernden Blick auf das hübsche kleine Nançon-Tal, das vor kurzem noch so wild durchtobt worden war und jetzt vollkommen ruhig dalag. Von dort aus gesehen, glich das Tal einer Straße aus Pflanzengrün. Mademoiselle de Verneuil betrat die Stadt durch die Porte Saint-Léonard, an der jener kleine Fußpfad endete. Die Einwohner waren noch beunruhigt durch den Kampf, der, nach dem aus der Ferne vernehmlichen Gewehrfeuer zu schließen, den ganzen Tag über andauern zu müssen schien; sie warteten auf die Rückkehr der Nationalgarde, um zu erfahren, wie groß deren Verluste seien. Als die Bewohner von Fougères dieses Mädchen in seinem bizarren Kostüm sahen, mit wirrem Haar, ein Gewehr in der Hand, mit einem Schal und Kleid, die an den Mauern entlanggestreift, vom Schlamm besudelt und von Tau durchfeuchtet waren, wurde ihre Neugier desto heftiger angestachelt, als die Macht, die Schönheit und die Eigenart dieser Pariserin bereits zum Gesprächsstoff geworden waren.

Die von grausiger Unruhe gemarterte Francine hatte die ganze Nacht hindurch auf ihre Herrin gewartet; und als sie sie wieder vor sich sah, wollte sie sprechen; allein ein freundschaftliches Abwinken erlegte ihr Schweigen auf.

»Ich bin nicht tot, mein Kind«, sagte Marie. »Ach, als ich von Paris fortging, hatte ich da nicht Aufregungen gewollt ...? Die habe ich jetzt gehabt«, fügte sie nach einer Pause hinzu.

Francine wollte hinausgehen und Essen bestellen; sie gab ihrer Herrin zu bedenken, das müsse sie doch nötig haben.

»Ach!« sagte Mademoiselle de Verneuil, »erst ein Bad, ein Bad! Die Toilette geht allem vor.«

Francine war in nicht geringem Maß überrascht, als sie ihre Herrin die elegantesten Kleider verlangen hörte, die sie eingepackt hatte. Nach dem Mittagessen kleidete Marie sich mit der Raffiniertheit und der sich auf alle Einzelheiten erstreckenden Sorgfalt an, die eine Frau diesem wichtigen Werk widmet, wenn sie sich auf einem Ball den Blicken eines geliebten Wesens zeigen muß. Francine konnte sich die spöttische Heiterkeit ihrer Herrin nicht erklären. Es war nicht die Freude der Liebe, denn über diesen Ausdruck irrt eine Frau sich nie; es war eine konzentrierte Bosheit, die nichts Gutes verhieß. Marie raffte eigenhändig die Gardinen ihres Fensters, von wo aus der Blick über ein reiches Panorama hinglitt; dann trat sie an das Ruhebett am Kamin heran, rückte es in ein ihrem Gesicht günstiges Licht und sagte zu Francine, sie solle sich Blumen verschaffen, damit dem Zimmer ein festliches Aussehen zuteil werde. Als Francine Blumen gebracht hatte, überwachte Marie deren Verteilung, so daß sie auf die malerischste Weise wirkten. Als sie einen letzten, befriedigten Blick auf ihr Schlafgemach geworfen hatte, sagte sie zu Francine, sie solle zum Major gehen und ihren Gefangenen anfordern. Wollüstig legte sie sich auf das Ruhebett, teils um sich auszuruhen, teils um eine Haltung der Anmut und der Schwäche anzunehmen, deren Macht bei manchen Frauen unwiderstehlich ist. Ein weiches Schmachten, die provozierende Pose ihrer Füße, deren Spitzen kaum unter den Falten des Kleides hervorlugten, die lässige Körperhaltung, die Biegung des Halses, alles, bis auf die Krümmung der schmalen Finger, die wie die Blütenglocken eines Jasminzweiges über ein Kopfkissen herabhingen, all das einte sich ihrem Blick, um eine verführerische Kraft auszuüben. Sie verbrannte Parfüm, um in der Luft jene süßen Düfte zu verbreiten, die auf die Fibern der Männer so machtvoll einwirken und oftmals die Triumphe vorbereiten, die die Frauen herbeiführen wollen, ohne sie zu erbitten. Ein paar Minuten danach hallten in dem dem Schlafzimmer benachbarten Wohnraum die schweren Schritte des alten Offiziers.

»Nun, Herr Major, wo ist mein Gefangener?«

»Ich habe gerade einem Pikett von zwölf Mann befohlen, ihn

zu erschießen, weil er mit Waffen in der Hand gefaßt worden ist.«

»Sie haben über meinen Gefangenen verfügt?« fragte sie. »Hören Sie mal zu, Herr Major. Der Tod eines Mannes nach dem Kampfe dürfte keine große Genugtuung für Sie sein, wenn ich Ihrem Gesicht glauben darf. Also übergeben Sie mir meinen Chouan und gewähren Sie seinem Tod einen Aufschub; ich nehme das auf mein Konto. Ich erkläre Ihnen hiermit, daß dieser Aristokrat für mich sehr wichtig geworden ist; er soll an der Durchführung unserer Pläne mitwirken. Überdies würde es etwas genauso Absurdes sein, diesen Dilettanten der Chouannerie zu erschießen, wie in einen Ballon hineinzuschießen, bei dem es nur eines Nadelstichs bedarf, um die Luft daraus entweichen zu lassen. Überlassen Sie doch um Gottes willen die Grausamkeiten den Aristokraten. Republiken müssen großherzig sein. Würden Sie nicht den Opfern von Quiberon[90] und so vielen andern verziehen haben? Also lassen Sie Ihre zwölf Mann eine Ronde machen und kommen Sie mit meinem Gefangenen zu mir zum Abendessen. Es ist nur noch eine Stunde lang hell, und sehen Sie«, fügte sie lächelnd hinzu, »wenn Sie zögerten, würde meine Toilette ihre ganze Wirkung einbüßen.«

»Aber, Mademoiselle«, sagte der verblüffte Major.

»Ja, was denn? Ich verstehe schon. Lassen Sie nur, der Graf wird Ihnen schwerlich entschlüpfen. Früher oder später verbrennt sich dieser dicke Schmetterling doch noch am Feuer Ihres Pelotons.«

Der Major zuckte leicht die Achseln wie ein Mann, der notgedrungen den Wünschen einer hübschen Frau gehorchen muß; nach einer halben Stunde kam er wieder; der Graf de Bauvan folgte ihm.

Mademoiselle de Verneuil tat, als überrasche sie das Kommen ihrer beiden Gäste; sie schien verwirrt, daß der Graf sie so lässig daliegen sah; aber nachdem sie in den Augen des Edelmanns gelesen hatte, daß der erste Eindruck gelungen sei, stand sie auf und bemühte sich um die beiden mit vollendeter Anmut und Höflichkeit. Es war nichts Einstudiertes oder Gezwungenes in den Posen, dem Lächeln, dem Schreiten oder der Stimme; nichts verriet etwas von Vorbedacht oder Plänen. Alles harmonierte miteinander; kein allzu auffälliger Zug gab zu der Annahme Anlaß, sie spiegele die Umgangsformen einer Welt, in der sie nicht gelebt hatte, nur vor. Als der Royalist und der Republikaner Platz genommen hatten, blickte sie den Grafen mit strenger Miene an. Der Edelmann kannte die Frauen zur Genüge, um zu wissen, daß die Kränkung, die er dieser hier angetan hatte, ihm ein Todesurteil eintragen müsse. Trotz dieses Argwohns war er weder heiter noch bekümmert; er bezeigte das Gehaben eines Mannes, der mit einer so brutalen Lösung nicht rechnet. Bald dünkte es ihn lächerlich, angesichts einer hübschen Frau Todesfurcht zu haben. Schließlich brachte Maries strenge Miene ihn auf einen Gedanken.

»Wer weiß denn«, dachte er, »ob eine erreichbare Grafenkrone ihr nicht besser gefällt als eine verlorene Marquiskrone? Montauran ist dürr wie eine Zaunlatte, und ich ...« Befriedigt schaute er an sich hinunter. »Na, das mindeste, was mir passieren kann, ist, daß ich meinen Kopf rette.«

Solcherlei diplomatische Gedanken erübrigten sich bald. Das Begehren, das der Graf Mademoiselle de Verneuil vorzutäuschen sich vorgenommen hatte, wurde zu einer heftigen Liebesanwandlung, die das gefährliche Geschöpf andauern zu lassen sich gefiel.

»Graf«, sagte sie, »Sie sind mein Gefangener, und ich habe das Recht, über Sie zu verfügen. Ihre Hinrichtung findet nur mit meiner Einwilligung statt, und ich bin viel zu neugierig, um Sie jetzt erschießen zu lassen.«

»Und wenn ich mich darauf versteifen sollte zu schweigen?« antwortete er munter.

»Einer anständigen Frau gegenüber vielleicht, aber einer Hure? Nein, Graf, das ist unmöglich.« Diese von bitterer Ironie erfüllten Worte wurden, wie Sully in bezug auf die Herzogin von Beaufort sagt, mit so spitzigem Schnabel gezischt[91], daß der verdutzte Edelmann sich damit begnügte, seine grausame Gegenspielerin anzublicken. – »Gut und schön«, fuhr sie mit spöttischer Miene fort, »um Sie nicht Lügen zu strafen und wie jene Kreaturen ›ein braves Mädchen‹ zu sein. Hier haben Sie zunächst Ihren Karabiner.« Und sie reichte ihm seine Waffe mit einer leicht spöttischen Geste ...

»Auf Edelmannsehre, Mademoiselle, Sie handeln wie . . .«

»Oh!« fiel sie ihm ins Wort, »ich habe genug von Edelmanns-Ehrenwörtern. Auf ein solches Ehrenwort hin bin ich in das Schloß La Vivetière hineingegangen. Ihr Chef hatte mir geschworen, ich und meine Leute würden dort in voller Sicherheit sein . . .«

»Solch eine Infamie!« rief Hulot und runzelte die Brauen.

»Schuld daran ist der Graf«, fuhr sie fort und wies Hulot auf den Edelmann hin. »Der Gars hat bestimmt die beste Absicht gehabt, sein Wort zu halten; aber der Herr da hat über mich irgendeine Verleumdung in Umlauf gesetzt, die alle diejenigen bestätigt hat, die zu verbreiten es ›Charettes Stute‹ gefallen hat . . .«

»Mademoiselle«, sagte der Graf ganz verwirrt, »und wenn mein Kopf unterm Fallbeil läge, würde ich versichern, nichts als die Wahrheit gesagt zu haben . . .«

»Indem Sie *was* sagten?«

»Sie seien die . . .«

»Sprechen Sie es nur aus: die Geliebte . . .«

»Des Marquis de Lenoncourt gewesen, des jetzigen Herzogs, eines meiner Freunde«, antwortete der Graf.

»Jetzt könnte ich Sie zur Hinrichtung gehen lassen«, entgegnete sie, ohne dem Anschein nach von der bewußt vorgebrachten Anklage des Grafen irgendwie berührt worden zu sein; er war völlig starr über die offenbare oder geheuchelte Unbekümmertheit gegenüber diesem Vorwurf. »Aber«, fuhr sie lachend fort, »lassen Sie für alle Zeit den grausigen Gedanken an Bleikugeln fahren, denn Sie haben mich nicht ärger beleidigt als jenen Freund, von dem Sie behaupten, ich sei seine . . . pfui, pfui! Sagen Sie, Graf, haben Sie nicht bei meinem Vater, dem Herzog von Verneuil, verkehrt? Nun? Und?«

Da Mademoiselle de Verneuil wohl meinte, Hulot sei bei einer so wichtigen Vertrauensbekundung, wie sie sie zu machen hatte, überflüssig, winkte sie den Grafen zu sich heran und flüsterte ihm ein paar Worte zu. Monsieur de Bauvan entfuhr ein dumpfer Ausruf der Überraschung, und er blickte Marie verdutzt an; sie vervollständigte indessen die Erinnerung, die sie soeben erweckt hatte, indem sie sich in der unschuldigen, naiven Haltung eines Kindes an den Kamin lehnte. Der Graf beugte ein Knie.

»Mademoiselle«, rief er, »ich flehe Sie an, gewähren Sie mir Verzeihung, so unwürdig ich deren auch immer sein möge.«

»Ich habe nichts zu verzeihen«, sagte sie. »Sie haben mit Ihrer gegenwärtigen Reue so wenig recht wie mit Ihrer schamlosen Unterstellung auf La Vivetière. Aber diese Geheimnisse übersteigen Ihre Intelligenz. Vernehmen Sie lediglich, Graf, daß die Tochter des Herzogs von Verneuil zuviel Seelengröße besitzt, um an Ihnen nicht lebhaften Anteil zu nehmen.«

»Sogar nach einer so tiefen Kränkung«, sagte der Graf mit einem gewissen Bedauern.

»Sind manche Leute nicht so hochgestellt, daß eine Kränkung nicht an sie heranreicht? Zu denen gehöre ich, Graf.«

Als das junge Mädchen diese Worte sprach, nahm sie eine so noble, stolze Haltung an, daß es auf den Gefangenen Eindruck machte, wogegen für Hulot diese Intrige immer dunkler wurde. Der Major fuhr sich mit der Hand über den Schnurrbart, als wolle er ihn aufzwirbeln, und blickte Mademoiselle de Verneuil mit beunruhigter Miene an; sie machte ihm ein Zeichen des Einverständnisses, um ihm anzudeuten, daß sie von ihrem Plan nicht abweiche.

»Jetzt«, fuhr sie nach einer Pause fort, »wollen wir plaudern. Francine, bring uns Licht, mein Kind.«

Höchst gewandt leitete sie die Unterhaltung auf die Zeit über, die binnen so weniger Jahre zum »Ancien Régime« geworden war. Sie versetzte den Grafen durch die Anschaulichkeit ihrer Bemerkungen und ihrer Bilder so trefflich in jene Epoche zurück, sie gab dem Edelmann, durch die kluge Zuvorkommenheit, mit der sie ihm die Antworten mundgerecht machte, so viele Gelegenheit, Geist zu bezeigen, daß er schließlich meinte, nie zuvor sei er so liebenswürdig gewesen, und da diese Vorstellung ihn verjüngte, versuchte er, die verführerische Gesprächspartnerin dahin zu bringen, daß sie die gute Meinung teile, die er von sich selber hatte. Das durchtriebene Mädchen gefiel sich darin, an dem Grafen alle Kunstgriffe ihrer Koketterie zu erproben; sie konnte dabei um so mehr Geschicklichkeit entfalten, als es sich dabei für sie nur um ein Spiel handelte. So ließ sie denn bald an schnelle

Fortschritte glauben, und bald bekundete sie, als sei sie erstaunt über die Heftigkeit der Gefühle, die sie empfand, eine Kälte, die den Grafen bezauberte und die dazu diente, diese unvorhergesehene Leidenschaft unmerklich zu steigern. Sie ähnelte auf das vollkommenste einem Fischer, der von Zeit zu Zeit seine Angelrute hebt, um zu sehen, ob der Fisch angebissen hat. Der arme Graf ließ sich von der harmlosen Art und Weise fangen, mit der seine Befreierin ein paar recht gut gedrechselte Komplimente entgegennahm. Die Emigration, die Republik, die Bretagne und die Chouans waren jetzt tausend Meilen weit aus seinem Gedankenkreis entschwunden. Hulot wirkte starr, reglos und stumm wie eine Herme. Sein Mangel an Bildung machte ihn zu dieser Art von Unterhaltung völlig untauglich; er ahnte irgendwie, daß die beiden Gesprächspartner sehr geistreich sein müßten; aber alle Bemühungen seiner Intelligenz reichten lediglich dazu hin, dahinterzukommen, ob sie nicht etwa mit versteckten Worten gegen die Republik komplottierten.

»Montauran, Mademoiselle«, sagte der Graf, »ist aus gutem Hause, hat Lebensart und sieht gut aus; aber von chevaleresker Höflichkeit hat er keine Ahnung. Er ist viel zu jung, um Versailles kennengelernt zu haben. Seine Erziehung weist Lücken auf; anstatt Verleumder einzusetzen, wartet er mit Messerstichen auf. Zwar kann er leidenschaftlich lieben, aber er wird niemals die erlesene Feinheit der Umgangsformen aufbringen, die Lauzun[92], Adhémar[93], Coigny[94] und so viele andere auszeichnete . . .! Er verfügt nicht über die liebenswürdige Kunst, den Frauen all die hübschen Nichtigkeiten zu sagen, die ihnen letztlich besser gefallen als alle leidenschaftlichen Ausbrüche, mit denen man sie nur zu bald langweilt. Ja, er hat zwar Glück bei den Frauen, aber er bezeigt dabei weder die überlegene Lässigkeit noch die Eleganz, die nun einmal dazu gehören.«

»Das habe ich nur zu sehr gemerkt«, antwortete Marie.

»Aha!« sagte sich der Graf, »eben hat sie einen Stimmklang und einen Blick gehabt, die beweisen, daß ich bald ›den letzten Gunstbeweis‹ von ihr erhalten werde; und wahrhaftig, um ihr anzugehören, will ich alles glauben, was sie möchte, daß ich es glaube.«

Er bot ihr die Hand; das Abendessen war aufgetragen. Mademoiselle de Verneuil übernahm die Rolle der Dame des Hauses mit einer Höflichkeit und einem Takt, die nur durch die Erziehung und durch das kultivierte Leben bei Hofe erworben werden können.

»Gehen Sie jetzt«, sagte sie zu Hulot, als die Tafel aufgehoben worden war. »Sie würden ihm Angst machen, wogegen ich, wenn ich mit ihm allein bin, bald alles erfahren haben dürfte, was ich wissen muß; er ist jetzt auf dem Punkt, wo ein Mann mir alles sagt, was er denkt, und nur noch meine Augen sieht.«

»Und danach?« fragte der Major, der den Anschein erweckte, als wolle er den Gefangenen für sich beanspruchen.

»Oh, dann ist er frei«, antwortete sie, »frei wie der Vogel in der Luft.«

»Aber er ist doch mit der Waffe in der Hand ergriffen worden.«

»Nein«, sagte sie und bediente sich jener scherzenden Sophistik, die die Frauen nur zu gern einem unumstößlichen Grund entgegenstellen, »ich hatte ihn entwaffnet. – Graf«, sagte sie, als sie in das Zimmer zurückkam, zu dem Edelmann, »ich habe Ihre Freilassung erwirkt; aber umsonst ist nur der Tod«, fügte sie lächelnd hinzu und lehnte den Kopf seitwärts, als wolle sie ihn etwas fragen.

»Verlangen Sie alles von mir, sogar meinen Namen und meine Ehre!« rief er freudetrunken, »alles lege ich Ihnen zu Füßen.«

Und er trat auf sie zu, um ihre Hand zu ergreifen; er versuchte, sie dahin zu bringen, daß sie sein Begehren für Dankbarkeit hielt; aber Mademoiselle de Verneuil war nicht danach geschaffen, sich in diesen Dingen täuschen zu lassen. Daher lächelte sie, als wolle sie diesem neuen Liebhaber einige Hoffnung machen, und sagte: »Wollen Sie mich mein Vertrauen bereuen lassen?« Dabei wich sie ein paar Schritte zurück.

»Die Phantasie eines jungen Mädchens hat es eiliger als die einer Frau«, antwortete er lachend.

»Ein Mädchen hat mehr zu verlieren als eine Frau.«

»Das stimmt; man muß mißtrauisch sein, wenn man eine Kostbarkeit bei sich trägt.«

»Wir wollen lieber einen anderen Ton anschlagen«, entgegnete sie, »und ernsthaft miteinander sprechen. Sie geben einen Ball zu Saint-James. Ich habe sagen hören, Sie hätten Ihre Magazine, Ihre Arsenale und den Sitz Ihrer Regierung nach dort verlegt. Wann findet der Ball statt?«

»Morgen abend.«

»Es wird Sie nicht wundern, Monsieur, wenn eine verleumdete Frau mit all der Hartnäckigkeit einer Frau darauf erpicht ist, eine glänzende Genugtuung für die erlittenen Beleidigungen in Anwesenheit derer zu erhalten, die Zeugen davon waren. Ich komme also auf Ihren Ball. Ich bitte Sie um die Gewährung Ihres Schutzes von dem Augenblick an, da ich erscheine, bis zu dem Augenblick, da ich mich zurückziehe. – Ich will nicht Ihr Ehrenwort«, sagte sie, als sie sah, daß er die Hand aufs Herz legte. »Ich verabscheue Schwüre; sie sehen mir zu sehr nach Vorsichtsmaßnahmen aus. Sagen Sie mir einfach, daß Sie sich verpflichten, meine Person vor jedem verbrecherischen oder schamlosen Anschlag zu schützen. Versprechen Sie mir, Ihr Unrecht dadurch wiedergutzumachen, daß Sie laut verkünden, ich sei wirklich die Tochter des Herzogs de Verneuil; dabei müssen Sie indessen all das Unglück verschweigen, das ich dem Mangel an väterlichem Schutz zu verdanken hatte: Dann sind wir quitt. Sagen Sie selber: Zwei Stunden eine Frau auf einem Ball zu beschirmen, ist das ein hohes Lösegeld ...? Nun, Sie sind ja auch keinen Heller darüber hinaus wert ...« Und durch ein Lächeln nahm sie diesen Worten alle Bitterkeit.

»Was Sie wohl für meinen Karabiner verlangen werden?« fragte der Graf lachend.

»Oh, mehr als für Sie.«

»Und was?«

»Verschwiegenheit. Glauben Sie mir, Bauvan, eine Frau kann nur von einer Frau durchschaut werden. Ich bin mir gewiß, daß ich, wenn Sie nur ein Wort verlautbaren lassen, unterwegs erledigt werden könnte. Gestern haben mich ein paar Kugeln über die Gefahren belehrt, denen ich auf der Landstraße ausgesetzt bin. Oh, jene Dame ist auf der Jagd genauso geschickt wie fingerfertig bei der Toilette. Noch nie hat eine Zofe mich so schnell entkleidet. Also bitte«, sagte sie, »sorgen Sie dafür, daß ich auf dem Ball nichts dergleichen zu befürchten habe ...«

»Dort stehen Sie unter meinem Schutz«, antwortete der Graf

hochmütig. »Aber kommen Sie denn Montaurans wegen nach Saint-James?« fragte er traurig.

»Sie wollen mehr wissen, als ich selber weiß«, sagte sie lachend. »Jetzt gehen Sie bitte«, fügte sie nach einer Pause hinzu. »Ich selber will Sie aus der Stadt hinausführen, denn ihr führt hier einen Kannibalenkrieg gegeneinander.«

»Dann nehmen Sie also ein wenig Anteil an mir?« rief der Graf. »Ach, Mademoiselle, gestatten Sie mir zu hoffen, daß Sie meiner Freundschaft gegenüber nicht unempfindlich seien; denn bei diesem Gefühl muß ich es ja wohl belassen, nicht wahr?« fügte er mit geckenhafter Miene hinzu.

»Schon gut, Sie Hellseher!« sagte sie mit dem fröhlichen Ausdruck, dessen eine Frau sich bedient, wenn sie ein Zugeständnis macht, das weder ihre Würde bloßstellt noch das verrät, was sie geheimhalten möchte.

Dann legte sie einen Pelzumhang um und begleitete den Grafen bis zum Nid-aux-crocs. Als sie am Ende des Pfads angelangt waren, sagte sie zu ihm: »Monsieur, bewahren Sie unbedingtes Stillschweigen, auch dem Marquis gegenüber.« Und sie legte einen Finger auf die Lippen.

Die Güte der Mademoiselle de Verneuil machte den Grafen kühn; er nahm ihre Hand; sie ließ ihn sie nehmen und tat, als sei das eine große Gunstbezeigung, und er küßte sie ihr zärtlich.

»Oh, Mademoiselle, zählen Sie auf mich im Leben wie im Tod«, rief er, als er sich aller Gefahr entronnen sah. »Obwohl ich Ihnen fast die gleiche Dankbarkeit wie meiner Mutter schulde, wird es mir sehr schwerfallen, für Sie lediglich Ehrerbietung zu empfinden ...«

Er schlug den Fußpfad ein; als Marie sah, daß er die Felsen von Saint-Sulpice erreicht hatte, nickte sie zufrieden und sprach leise vor sich hin: »Dieser dicke Bursche hat mir für sein Leben mehr als sein Leben erstattet! Aus dem könnte ich bei geringen Unkosten meine Kreatur machen! Geschöpf zu sein oder Schöpfer: das ist also der ganze Unterschied, der zwischen den Männern besteht!«

Sie dachte nicht weiter, warf einen verzweifelten Blick zum Himmel empor und schritt langsam zur Porte Saint-Léonard zurück, wo Hulot und Corentin auf sie warteten.

»Noch zwei Tage!« rief sie, »und ...« Sie hielt inne, als sie sah, daß sie nicht allein waren. »Dann soll er unter Ihren Gewehrkugeln fallen«, flüsterte sie Hulot zu.

Der Major wich einen Schritt zurück und musterte das Mädchen, dessen Haltung und Miene keinerlei Gewissensbisse verrieten, mit einem spöttischen Blick, der sich kaum schildern läßt. Das ist ja das Wunderbare bei den Frauen, daß sie sich nicht einmal über ihre schmählichsten Handlungen Gedanken machen; das Gefühl reißt sie hin; sogar in ihrer Heuchelei liegt etwas Selbstverständliches; einzig bei ihnen ist das Verbrechen der Niedrigkeit bar; zumeist wissen sie nicht einmal, »wie es hat geschehen können«.

»Ich gehe nach Saint-James zu dem Ball, den die Chouans veranstalten, und ...«

»Aber«, fiel ihr Corentin ins Wort, »bis nach dort sind es doch fünf Meilen; darf ich Sie hinbegleiten?«

»Sie beschäftigen sich viel«, sagte sie zu ihm, »mit einer Sache, bei der ich niemals ... an Sie denke.«

Die Verachtung, die Marie Corentin bekundete, gefiel Hulot ungemein; er schnitt seine Grimasse, als er sie in der Richtung auf Saint-Léonard verschwinden sah; Corentin folgte ihr mit den Blicken, wobei in seinen Zügen ein dumpfes Bewußtsein der fatalen Überlegenheit aufleuchtete, die er dadurch über dieses bezaubernde Geschöpf auszuüben glaubte, daß er die Leidenschaften lenkte, durch die er, wie er fest glaubte, sie eines Tages für sich gewinnen würde. Als Mademoiselle de Verneuil wieder daheim war, ging sie eilends mit sich über ihre Balltoilette zu Rate. Francine war es gewohnt, ihrer Herrin zu gehorchen, ohne deren Ziele je begreifen zu können; sie wühlte in den Kartons und schlug ein griechisches Gewand vor. Damals stand alles im Zeichen der griechischen Antike. Marie hieß diese Toilette gut, da sie leicht in einem Karton mitgenommen werden konnte.

»Francine, mein Kind, ich muß über Land laufen; überleg, ob du hierbleiben oder mitkommen willst.«

»Hierbleiben?« rief Francine. »Und wer sollte Sie dann ankleiden?«

»Wo hast du den Handschuh hingelegt, den ich dir heute morgen gab?«

»Hier ist er.«

»Näh an den Handschuh ein grünes Band, und vor allem: Steck Geld ein.« Als sie wahrnahm, daß Francine neugeprägte Münzen in der Hand hielt, rief sie: »Das allein reichte hin, daß wir umgebracht würden. Sag Jérôme, er solle Corentin wecken. Nein, der niederträchtige Kerl würde uns folgen! Schick lieber zum Major und laß ihn für mich um Talerstücke zu sechs Francs bitten.«

Mit dem weiblichen Scharfsinn, der auch die winzigsten Einzelheiten nicht außer acht läßt, dachte sie an alles. Während Francine die Vorbereitungen dieses unbegreiflichen Aufbruchs vollendete, versuchte Marie, den Käuzchenschrei nachzuahmen, und sie brachte es fertig, Marche-à-terres Signal so trefflich zu imitieren, daß eine Täuschung gelingen mußte. Um Mitternacht verließ sie durch die Porte Saint-Léonard die Stadt, schlug den kleinen Pfad zum Nid-aux-crocs ein und wagte sich, gefolgt von Francine, in das Gibarry-Tal hinein; sie ging festen Schrittes, denn es belebte sie der starke Wille, der dem Gang und dem Körper eine seltsame Macht verleiht. Es ist für die Frauen etwas Wichtiges, von einem Ball so heimzukehren, daß sie dabei einen Schnupfen vermeiden; tragen sie jedoch eine Leidenschaft im Herzen, dann wird ihr Körper erzen. Ein solches Unternehmen würde in der Seele eines wagemutigen Mannes lange in der Schwebe verharrt haben; kaum jedoch hatte Mademoiselle de Verneuil es erwogen, als die Gefahr es ihr schon desto reizvoller erscheinen ließ.

»Sie sind aufgebrochen, ohne sich Gott empfohlen zu haben«, sagte Francine; sie hatte sich umgewandt und zum Glockenturm von Saint-Léonard hingeschaut.

Die fromme Bretonin blieb stehen, faltete die Hände und richtete an die heilige Anna von Auray ein Ave; sie flehte sie an, dieser Wanderung zu gutem Gelingen zu verhelfen, während ihre Herrin nachdenklich dastand und abwechselnd die naive Pose ihrer glühend betenden Zofe, bald die Wirkungen des dunstigen Mondlichts beobachtete, das durch die Ausschnitte der Kirche glitt und dem Granit die Schwerelosigkeit einer Filigranarbeit verlieh. Rasch waren die beiden Wanderinnen bei Galopechopines Hütte angelangt. So leicht auch das Geräusch ihrer

Schritte war, es weckte dennoch einen der großen Hunde, deren Treue die Bretonen die Hut des einfachen Holzriegels anvertrauen, der ihre Türen verschließt. Der Hund lief den beiden Fremden entgegen, und sein Gebell wurde so bedrohlich, daß sie sich gezwungen sahen, ein paar Schritte zurückzuweichen und um Hilfe zu rufen; aber es rührte sich nichts. Mademoiselle de Verneuil pfiff den Käuzchenruf, und sogleich kreischten die verrosteten Türangeln auf, und Galope-chopine, der in aller Hast aufgestanden war, zeigte sein finsteres Gesicht.

»Ich muß auf schnellstem Wege nach Saint-James«, sagte Marie und zeigte dem Überwacher von Fougères den Handschuh des Marquis de Montauran. »Der Herr Graf de Bauvan hat mir gesagt, du würdest mich hinbringen und mir als Schützer dienen. Also, mein lieber Galope-chopine, verschaff uns zwei Reitesel und mach dich fertig, damit du uns begleiten kannst. Die Zeit ist kostbar, denn wenn wir nicht vor morgen abend in Saint-James anlangen, bekommen wir weder den Gars noch den Ball zu Gesicht.«

Der aus allen Wolken gefallene Galope-chopine nahm den Handschuh, drehte ihn hin und her und steckte eine Harzkerze an, die dick wie ein kleiner Finger und pfefferkuchenfarbig war. Dieser aus Nordeuropa in die Bretagne eingeführte Handelsartikel zeugt, wie alles, das sich in diesem seltsamen Land den Blicken darbietet, von völliger Ahnungslosigkeit in bezug auf alle Handelsprinzipien, sogar die banalsten. Als Galope-chopine das grüne Band erblickt, Mademoiselle de Verneuil gemustert, sich hinterm Ohr gekratzt, einen Krug Zider getrunken und der schönen Dame ein Glas davon angeboten hatte, ließ er sie am Tisch auf der blankgescheuerten Kastanienholzbank sitzen und machte sich auf die Suche nach zwei Eseln. Der violette Schein, den die aus dem Ausland stammende Kerze warf, war zu schwach, um die launischen Spiele der Mondstrahlen zu verdrängen, die die dunklen Tönungen des Fußbodens und der Möbel in dieser verräucherten Hütte mit leuchtenden Punkten nuancierten. Der kleine Junge hatte seinen hübschen, erstaunten Kopf gehoben, und über seinem schönen Haar zeigten zwei Kühe durch die Löcher der Stallwand hindurch ihre rosigen Schnauzen und ihre großen, glänzenden Augen. Der große Hund, dessen Gesichtsausdruck innerhalb der Familie nicht der dümmste war, schien die beiden fremden Frauen mit der gleichen Neugier zu prüfen, wie der Junge sie bezeigte. Ein Maler würde geraume Zeit die Effekte des Dunkels auf diesem Bild bewundert haben; Marie nun aber war wenig daran gelegen, sich auf ein Gespräch mit Barbette einzulassen, die sich wie ein Gespenst auf ihrem Lager aufgerichtet hatte und große Augen zu machen begann, als sie sie wiedererkannte; um der verpesteten Luft in diesem Elendsgelaß und den Fragen zu entgehen, die die Müllerin unfehlbar an sie richten würde, ging sie hinaus ins Freie. Behend stieg sie die Treppe zu dem Felsen hinauf, der Galope-chopines Hütte als Windschutz diente, und warf von dort oben aus bewundernde Blicke auf die mächtigen Einzelheiten dieser Landschaft, deren Blickpunkte ebenso viele Veränderungen erfuhren, wie man Schritte nach vorwärts oder nach rückwärts machte oder nach den Gipfelhöhen oder den Tälertiefen hinschaute. Jetzt umhüllte der Mondschein wie ein Lichtnebel das Couësnon-Tal. Freilich, eine Frau, die eine verschmähte Liebe im Herzen trug, mußte die Schwermut genießen, die dieses weiche Licht durch das den Massen zuteil gewordene phantastische Aussehen und durch die Tönungen, mit denen es die Wasser abschattet, in der Seele entstehen läßt. In diesem Augenblick wurde die Stille durch das Geschrei der Esel unterbrochen; schnell stieg Marie wieder zur Hütte des Chouans hinab, und es wurde sogleich aufgebrochen. Galope-chopine war mit einem doppelläufigen Jagdgewehr bewaffnet; er trug eine lange Geißenhaut, die ihn aussehen ließ wie Robinson Crusoe. Sein pickliges Runzelgesicht war unter dem breiten Hut kaum zu erkennen; die Bauern tragen ihn noch heute als ein Überbleibsel aus alten Zeiten und sind stolz darauf, daß sie sich durch die Jahre der Knechtschaft hindurch diesen altertümlichen Kopfschmuck ihrer adligen Herren erobert haben. Jene nächtliche Karawane unter dem Schutz dieses Führers, dessen Gewandung, Haltung und Gesicht etwas Patriarchalisches innewohnte, glich jener Szene aus der Flucht nach Ägypten, die wir dem düsteren Pinsel Rembrandts verdanken. Galope-chopine mied bedachtsam die große Landstraße und geleitete die beiden Fremden durch das unendliche Labyrinth der bretonischen Querwege.

Jetzt begriff Mademoiselle de Verneuil die Kriegführung der

Chouans. Beim Durcheilen dieser Wege konnte sie besser die Beschaffenheit dieses Geländes abschätzen, das sie, wenn sie es von einem erhöhten Punkt aus betrachtete, so entzückend gedünkt hatte, in das man jedoch eindringen muß, damit einem seine Gefahren und seine unüberwindlichen Schwierigkeiten deutlich werden. Seit undenklichen Zeiten haben die Bauern um jedes Ackerstück einen sechs Fuß hohen Erdwall von prismatischer Form errichtet, auf dessen Kamm Kastanienbäume, Eichen oder Buchen wachsen. Dieser so bepflanzte Wall wird »Hecke« genannt (die normannische Hecke und die langen Zweige der sie krönenden Bäume, die fast immer über den Weg hinwegragen, beschreiben darüber einen riesigen Laubengang). Die trübselig zwischen diesen einem lehmigen Boden abgewonnenen Wällen eingepferchten Wege ähneln Festungsgräben, und wenn nicht der Granit, der in diesen Gegenden nahezu immer ganz dicht unter der Erdoberfläche liegt, eine Art holprigen Pflasters bildet, werden sie so unpassierbar, daß sogar der kleinste Karrenwagen nur mit Hilfe von zwei Ochsenpaaren oder zweier kleiner, aber im allgemeinen kräftiger Pferde hindurchrollen kann. Jene Wege sind für gewöhnlich so morastig, daß die Fußgänger notwendigerweise auf dem Feld und an der Hecke entlang sich einen »rote« genannten Steig ausgetreten haben, der mit jedem Ackerstück beginnt und endet. Um von einem Feld zum andern zu gelangen, muß man daher den Erdwall auf mehreren Stufen übersteigen, die der Regen häufig glitschig macht.

Die Reisenden haben auf diesen gewundenen Wegen noch mancherlei andere Hindernisse zu überwinden. Jedes der auf solcherlei Weise befestigten Ackerstücke hat seinen Eingang, der etwa zehn Fuß breit ist und durch etwas abgeschlossen ist, das in den Westprovinzen »échalier«[95] genannt wird. Der »échalier« ist ein Baumstamm oder ein dicker Ast; die beiden Enden sind mehrfach durchbohrt und sind in einen andern klobigen Holzblock eingefügt, der ihm als Drehpunkt dient. Das äußerste Ende des »échalier« ragt ein wenig aus dem Drehpunktkloben hervor, so daß daran eine genügend schwere Last befestigt werden kann, die als Gegengewicht dient und es einem Kind ermöglicht, diesen eigenartigen ländlichen Verschluß zu handhaben, dessen anderes Ende in einem Loch ruht, das in die Innenseite des Walls gehöhlt worden ist. Manchmal sparen die Bauern den als Gegengewicht dienenden Stein dadurch, daß sie das dicke Ende des Baumstamms oder Astes überragen lassen. Dieser Verschluß fällt je nach der Erfindungsgabe des betreffenden Besitzers anders aus. Oftmals besteht der »échalier« aus einem einzigen Baumast, dessen beide Enden durch Erde in dem Wall festgehalten werden. Oft wirkt er auch wie eine quadratische Tür und besteht aus mehreren dünnen Zweigen, die in Abständen angeordnet sind wie die Sprossen einer quergelegten Leiter. Diese Tür dreht sich dann wie ein »échalier« und rollt am anderen Ende auf einem kleinen, massiven Rad. Diese Hecken und diese »échaliers« verleihen dem Land das Aussehen eines riesigen Schachbretts, auf dem jedes Feld ein von dem andern völlig abgetrenntes Fach bildet, das wie eine Festung abgeschlossen ist und wie eine solche durch Wälle geschützt wird. Das leicht zu verteidigende Tor stellt für Angreifer die schwierigste aller Eroberungen dar. Der bretonische Bauer glaubt tatsächlich, er könne die Brachfelder düngen, wenn er das Emporwuchern riesiger Ginsterbüsche begünstigt; sie werden in diesen Gegenden so schonsam behandelt, daß sie binnen kurzem bis zu Mannshöhe aufschießen. Dieses Werturteil ist der Leute würdig, die ihre Misthaufen an der höchstgelegenen Stelle ihres Hofs aufschichten; es bewirkt, daß auf einem Feld von vieren wahre Ginsterwälder wachsen, in denen man tausend Hinterhalte anlegen kann. Schließlich gibt es vielleicht kein Feld, auf dem nicht ein paar alte Mostapfelbäume ständen, die ihre niedrigen Zweige ausstrecken, den Boden überdecken und folglich das abtöten, was dieser hervorbringt; und wenn man dann noch die geringe Größe der Felder bedenkt, deren Erdwälle sämtlich riesige Bäume mit gierigen Wurzeln tragen und ein Viertel des Geländes einnehmen, bekommt man eine Vorstellung von den Akkerbaumethoden und dem Aussehen des Landes, das Mademoiselle de Verneuil jetzt durcheilte.

Es ist unbekannt, ob das Verlangen, Grenzstreitigkeiten auszuweichen, oder der der Faulheit so günstige Brauch, das Vieh einzusperren, ohne es zu hüten, es als ratsam hat erscheinen lassen, diese mächtigen Einfriedigungen zu errichten, die das Land mit ihren ununterbrochenen Hindernissen uneinnehmbar und einen von Truppenmassen geführten Krieg unmöglich machen.

Hat man Schritt für Schritt die Beschaffenheit des Geländes analysiert, dann ergibt sich einleuchtend die dadurch bedingte Erfolglosigkeit eines Kampfes zwischen regulären Truppen und Partisanen; denn fünfhundert Mann vermögen den Truppen eines ganzen Reichs Trotz zu bieten. Hierin beruht das ganze Geheimnis des Chouan-Krieges. Jetzt erkannte Mademoiselle de Verneuil die Notwendigkeit, in der sich die Republik befand, nämlich den Aufruhr mehr durch polizeiliche und ränkevolle Mittel als durch den unnützen Einsatz von Soldaten zu unterdrücken. Was ließ sich denn auch gegen Leute ausrichten, die intelligent genug waren, den Besitz der Städte gering einzuschätzen und sich statt dessen der Landgebiete mit ihren unzerstörbaren Festungswerken zu versichern? Warum nicht unterhandeln, wenn die ganze Kraft dieser verblendeten Bauern in einem geschickten, unternehmenden Anführer bestand? Sie bewunderte die hohe Begabung des Ministers, der in seinem entrückten Arbeitszimmer erraten hatte, wie zum Frieden zu gelangen sei. Sie glaubte die Erwägungen wahrzunehmen, die sich in Männern auswirken, die befähigt sind, ein ganzes Land mit einem Blick zu überschauen, und deren Tun zwar den Massen als verbrecherisch erscheinen mag, aber lediglich das Spiel eines ungeheuren Gedankens darstellt. Bei diesen schrecklichen Menschen waltet irgendeine Teilung zwischen der Macht des Verhängnisses und derjenigen des Schicksals ob, irgendein hellseherisches Vorherwissen, das sie unvermittelt emporhebt; die Menge sucht sie kurze Zeit in ihrer Mitte, dann hebt sie die Augen auf und sieht sie hoch über sich schweben. Diese Gedanken schienen das Racheverlangen, dem Mademoiselle de Verneuil nachhing, zu rechtfertigen und sogar zu adeln; ferner teilte diese Betätigung ihrer Seele und ihren Hoffnungen genügend Energie mit, um sie die ungemeinen Anstrengungen ihrer Reise ertragen zu lassen. Am Ende jedes Ackerstückes war Galope-chopine genötigt, die beiden Frauen absitzen zu lassen, um ihnen beim Übersteigen schwieriger Durchgänge behilflich zu sein, und wenn die Pfade aufhörten, mußten sie ihre Reittiere wieder besteigen und sich auf die morastigen, das Nahen des Winters spürenden Wege wagen. Das Miteinander von großen Bäumen, Hohlwegen und Einfriedigungen ließ an den tiefer gelegenen Stellen eine Feuchtigkeit entstehen, die oftmals die drei Reisenden in einen Eismantel hüllte. Nach erschöpfenden Mühseligkeiten erreichten sie bei Sonnenaufgang den Wald von Marignay. Auf dem breiten, durch den Wald führenden Weg war das Vorwärtskommen weniger schwierig. Das Gewölbe, das die Zweige bildeten, und die dicht beieinander stehenden Bäume schützten die Reisenden vor der Unbarmherzigkeit des Himmels, und die mannigfachen Schwierigkeiten, die sie zunächst hatten überwinden müssen, boten sich nicht mehr dar.

Kaum hatten sie ungefähr eine Meile in diesem Wald hinter sich gebracht, als sie in der Ferne Stimmengewirr und das Anschlagen eines Glöckchens vernahmen, dessen silbernes Klingen nichts von der Eintönigkeit besaß, die den Glocken wandernder Herden innewohnt. Im Weiterziehen lauschte Galope-chopine diesem Klang mit angespannter Aufmerksamkeit; bald trug ihm ein Windstoß psalmodierte Worte zu, deren Wohlklang großen Eindruck auf ihn zu machen schien, denn er leitete die ermüdeten Reittiere in einen Seitenpfad hinein, der die Reisenden von dem Weg nach Saint-James abbringen mußte, und begegnete den Vorstellungen der Mademoiselle de Verneuil mit tauben Ohren; ihre Befürchtungen steigerten sich in Anbetracht des düsteren Charakters der Örtlichkeit. Zur Rechten wie zur Linken stellten übereinander liegende riesige Granitblöcke bizarre Gebilde dar. Zwischen jenen Blöcken hindurch krochen riesigen, dicken Schlangen gleichende Wurzeln hindurch, um aus der Ferne nährende Säfte für ein paar hundertjährige Buchen herbeizuholen. Beide Wegseiten glichen hundertjährigen, um ihrer Stalaktiten willen berühmten Grotten. Mächtige Steingewinde, auf denen das dunkle Grün von Ilex und Farnkräutern sich mit den grünlichen oder weißlichen Flecken der Moose und Flechten vereinte, verbargen Abgründe und die Eingänge tiefer Höhlen. Als die drei Reisenden ein paar Schritte auf einem schmalen Pfad zurückgelegt hatten, bot sich den Blicken der Mademoiselle de Verneuil unvermittelt der erstaunlichste aller Anblicke dar, und jetzt begriff sie Galope-chopines Halsstarrigkeit.

Ein halbkreisförmiges, gänzlich aus Granitquadern bestehendes Becken bildete ein Amphitheater, auf dessen ungefügen Stufen sich hohe, dunkle Fichten und gilbende Kastanienbäume übereinandergestuft erhoben; es war wie ein großer Zirkus, über den die Wintersonne eher bleiche Strahlen auszuschütten als ihr Licht zu ergießen schien, und über den der Herbst überall den falben Teppich seines welken Laubs gebreitet hatte. In der Mitte dieses Theaterzuschauerraums, der die Sintflut als Baumeister gehabt zu haben schien, ragten drei mächtige Druidensteine empor und bildeten einen gewaltigen Altar, auf dem ein altes Kirchenbanner befestigt war. Etwa hundert Männer knieten barhäuptig und beteten inbrünstig in dieser Umwallung, in der ein Priester, unterstützt von zwei andern Geistlichen, die Messe las. Die Ärmlichkeit der kirchlichen Gewänder, die schwache Stimme des Priesters, die wie ein Murmeln im Raum verhallte, diese von ihrem Glauben erfüllten Männer, die ein und dasselbe Gefühl vereinte und die vor einem prunklosen Altar knieten, die Nacktheit des Kreuzes, die wilde Gewalt des Tempels, die Stunde, die Stätte, alles lieh dieser Szene die eigenartige Naivität, die die ersten Zeiten des Christentums ausgezeichnet hat. Mademoiselle de Verneuil stand tief betroffen und bewundernd da. Diese in der Waldestiefe gelesene Messe, dieser durch die Verfolgung an seinen Ursprung zurückverwiesene Kultus, die Romantik der alten Zeiten, die kühn in eine willkürliche, bizarre Landschaft geworfen worden war, diese bewaffneten Chouans, die ihre Waffen abgelegt hatten, die grausam waren und beteten, die zugleich Männer und Kinder waren, all das ähnelte nichts von alledem, was sie bislang gesehen oder sich ausgemalt hatte. Wohl erinnerte sie sich, den Prunk der römischen Kirche bewundert zu haben, der so einschmeichelnd auf die Sinne wirkt; aber Gott für sich allein, sein Kreuz auf dem Altar, seinen Altar auf dem nackten Boden kannte sie noch nicht; an Stelle des gemeißelten Blattwerks, das in den Kathedralen die gotischen Bogen krönt, stützten Herbstbäume die Himmelskuppel; anstatt der tausend durch die Glasfenster geworfenen Farben ließ die Sonne kaum ihre rötlichen Strahlen und ihre getrübten Reflexe auf den Altar, den Priester und die Anwesenden gleiten. Hier waren die Menschen nur noch Wirklichkeit und kein System; es war ein Gebet, keine Religion. Aber die menschlichen Leidenschaften, deren augenblickliche Unterdrückung diesem Bild all seine Harmonie beließ, erschienen bald in dieser geheimnisvollen Szene und belebten sie machtvoll.

Als Mademoiselle de Verneuil anlangte, ging die Verlesung des

Evangeliums gerade zu Ende. Nicht ohne ein leichtes Erschrecken erkannte sie in dem amtierenden Priester den Abbé Gudin und entzog sich hastig seinen Blicken, indem sie einen riesigen Granitblock ausnutzte, der ihr ein Versteck bot, in das sie Francine eilends hineinzog; indessen versuchte sie vergebens, Galope-chopine von der Stelle wegzuziehen, die er sich ausgesucht hatte, um der Segnungen dieser feierlichen Handlung teilhaftig zu werden. Sie hoffte, der sie bedrohenden Gefahr entgehen zu können, als sie wahrnahm, daß die Beschaffenheit des Geländes es ihr erlauben würde, sich eher als alle Anwesenden zurückzuziehen. Durch einen breiten Felsspalt hindurch sah sie, wie der Abbé Gudin auf einen Granitbrocken stieg, der ihm als Kanzel diente; von dort aus begann er seine Predigt mit den Worten: *»In nomine Patris et Filii, et Spiritus Sancti.«*[96]

Bei diesen Worten machten sämtliche Anwesenden fromm das Kreuzeszeichen.

»Meine lieben Brüder«, fuhr der Abbé mit kräftiger Stimme fort, »wir wollen zunächst für die Abgeschiedenen beten: Jean Cochegrue, Nicolas Laferté, Joseph Brouet, François Parquoi und Sulpice Coupiau, alle aus dieser Gemeinde und den Wunden erlegen, die sie im Kampf auf La Pélerine oder bei der Belagerung von Fougères erlitten haben. *De profundis*[97] usw.«

Dem Brauch entsprechend wurde dieser Psalm von den Anwesenden und den Priestern gesprochen; sie sagten abwechselnd je einen Vers, und zwar mit einer Inbrunst, die ein gutes Vorzeichen für den Erfolg der Predigt war. Als die Fürbitte für die Toten vollendet war, fuhr der Abbé mit einer Stimme fort, deren Gewalt immer mehr anschwoll, denn der ehemalige Jesuit wußte nur zu gut, daß die Leidenschaftlichkeit des Vortrags das mächtigste aller Argumente war, um seine wilden, ungesitteten Zuhörer zu überzeugen.

»Diese Verteidiger Gottes, ihr Christen, haben euch das Beispiel der Pflichterfüllung gegeben«, sagte er. »Schämt ihr euch nicht dessen, was über euch im Paradies gesagt werden könnte? Ohne diese Seligen, die dort sicherlich von allen Heiligen mit offenen Armen empfangen worden sind, könnte unser Herrgott glauben, unsere Gemeinde sei von Mohammedanern bewohnt . . .! Wißt ihr, Jungs, was von euch in der Bretagne und beim König gesagt wird ...? Ihr wißt es nicht, nicht wahr? Ich will es euch sagen: ›Wie? Die Blauen haben die Altäre umgestürzt, sie haben die Rektoren getötet, sie haben den König und die Königin ermordet, sie wollen alle Pfarrkinder der Bretagne fassen und aus ihnen Blaue machen, wie sie selber es sind, und sie wegschicken, damit sie außerhalb ihrer Pfarrgemeinden in sehr fernen Ländern kämpfen, wo man Gefahr läuft, ohne Beichte zu sterben und also für alle Ewigkeit in die Hölle zu kommen, und haben die Jungs von Marignay, deren Kirche niedergebrannt worden ist, nicht etwa mit hängenden Armen dabeigestanden? Oh, oh! Diese Republik der Verdammten hat die Güter Gottes und die der Edelherren versteigert und verkauft, sie hat den Erlös unter die Blauen verteilt; alsdann hat sie, um sich von Geld zu nähren, wie sie sich von Blut nährt, neuerdings eine Verordnung erlassen, daß von jedem Talerstück zu sechs Francs drei Francs abgegeben werden müssen, gerade wie sie von sechs Männern drei ausheben will, und die Jungs von Marignay, haben sie zu den Gewehren gegriffen, um die Blauen aus der Bretagne zu verjagen? Haha ... Ihnen wird das Paradies verweigert werden, und nie werden sie die ewige Seligkeit erlangen!‹ Das ist es, was von euch gesagt wird. Es handelt sich also um euer Seelenheil, ihr Christen. Um eure Seele, die ihr retten werdet, wenn ihr für die Kirche und den König kämpft. Die heilige Anna von Auray selber ist mir vorgestern um halb drei erschienen. Sie hat mir gesagt, was ich euch hier sage: ›Du bist ein Priester aus Marignay? – Ja, Madame, Euch zu dienen. – Gut, ich bin die heilige Anna von Auray, die Tante Gottes, nach bretonischem Brauch. Ich bin nach wie vor in Auray und überdies hier, weil ich nämlich hergekommen bin, damit du den Jungs von Marignay sagst, sie hätten kein ewiges Heil zu erhoffen, wenn sie nicht zu den Waffen griffen. Daher sollst du ihnen den Erlaß ihrer Sünden verweigern, sofern sie nicht Gott dienen. Du sollst ihre Gewehre segnen, und die Jungs, die ohne Sünde sind, werden an den Blauen nicht vorbeischießen, weil ihre Gewehre dann geweiht sind ...!‹ Dann ist sie verschwunden und hat unter der Eiche von Patte-d'oie Weihrauchduft hinterlassen. Dort hat der Herr Rektor von Saint-James eine schöne Madonna aus Holz aufgestellt. Als nun aber die Mutter von Pierre Leroi, genannt Marche-à-terre, dort hingegangen ist und gebetet hat, da ist sie am Abend von ihren Schmerzen geheilt gewesen, der guten Werke ihres Sohnes wegen. Da ist sie mitten unter euch, und ihr könnt mit eigenen Augen sehen, wie sie ohne Hilfe geht. Es ist ein Wunder geschehen, wie die Auferstehung des seligen Marie Lambrequin, um euch zu beweisen, daß Gott niemals die Sache der Bretonen im Stich lassen wird, wenn sie für seine Diener und für den König kämpfen. Also, liebe Brüder, wenn ihr euer Seelenheil erlangen und euch als Verteidiger des Königs, unseres Herrn, erweisen wollt, dann müßt ihr allem gehorchen, was derjenige euch befiehlt, den der König hergesandt hat und den wir den Gars nennen. Dann seid ihr keine Mohammedaner mehr, und ihr steht mit sämtlichen Jungs aus der ganzen Bretagne unter dem Banner Gottes. Ihr könnt aus den Taschen der Blauen alles Geld nehmen, das sie gestohlen haben; denn da, während ihr Krieg führt, eure Felder nicht bestellt werden, überlassen Gott der Herr und der König euch die Hinterlassenschaft ihrer Feinde. Wollt ihr, ihr Christen, daß gesagt wird, die Jungs von Marignay ständen hinter den Jungs des Morbihan, von Saint-Georges, von Vitré und Antrain zurück, die samt und sonders im Dienste Gottes und des Königs stehen? Wollt ihr euch alles nehmen lassen? Wollt ihr wie Ketzer mit untergeschlagenen Armen dastehen, wenn so viele Bretonen das Heil erlangen und ihren König retten? – ›Ihr sollt um meinetwillen alles verlassen!‹ hat das Evangelium gesagt. Haben wir nicht schon den Zehnten aufgekündigt? Verlaßt alles um dieses heiligen Krieges willen! Ihr werdet sein wie die Makkabäer! Kurzum: Es wird euch alles verziehen! Mitten unter euch werdet ihr die Rektoren und ihre Pfarrer finden, und ihr werdet siegen! Gebt Obacht auf dieses, ihr Christen«, sagte er abschließend, »einzig und allein für heute haben wir die Macht, eure Gewehre zu segnen. Diejenigen, die diese Gunst nicht wahrnehmen, werden nie wieder die heilige Anna von Auray so barmherzig finden, und sie wird sie nie wieder erhören, wie sie es im letzten Krieg getan hat.«

Diese durch den Glanz einer dröhnenden Stimme und durch mannigfache Gesten, die den Redner in Schweiß geraten ließen, gesteigerte Predigt hatte dem Anschein nach nur geringe Wirkung. Die Bauern standen reglos da, die Augen auf den Redner gerichtet; sie wirkten wie Statuen; aber bald bemerkte Mademoiselle de Verneuil, daß diese allgemeine Haltung das Ergebnis eines Zauberbanns war, den der Abbé auf diese Menge ausgeübt hatte. Nach Art großer Schauspieler hatte er seine gesamte Zuhörerschaft wie einen Einzelmenschen angepackt, indem er sich an die Habgier und die Leidenschaften wandte. Hatte er nicht schon im voraus für alle Ausschreitungen Absolution gewährt und die einzigen Bande gelöst, die diese grobschlächtigen Menschen an der Befolgung der religiösen und sozialen Vorschriften festhielten? Er hatte sein heiliges Amt um politischer Interessen willen prostituiert; aber in jenen Revolutionszeiten machte jeder zum Nutzen seiner Partei eine Waffe aus dem, was er besaß, und das friedliche Kreuz Jesu wurde ebensogut ein Kriegsgerät wie die nährende Pflugschar. Da Mademoiselle de Verneuil kein Menschenwesen gewahrte, mit dem sie sich hätte verständigen können, wandte sie sich um und blickte zu Francine hin; sie war nicht schlecht überrascht, als sie sah, daß Francine diese Begeisterung teilte, denn sie betete fromm ihren Rosenkranz mittels desjenigen Galope-chopines, der ihn ihr wohl während der Predigt überlassen hatte.

»Francine!« sagte sie leise zu ihr, »hast du denn Angst, eine Mohammedanische zu sein?«

»Ach, Mademoiselle«, erwiderte die Bretonin, »sehen Sie doch da hinten Pierres Mutter; sie kann wieder gehen . . .«

Francines Verhalten kündete von einer so tiefen Überzeugung, daß Marie jetzt das ganze Geheimnis dieser Predigt verstand, den Einfluß des Klerus auf die Landbevölkerung und die wunderbaren Wirkungen der Szene, die jetzt begann. Die dem Altar am nächsten stehenden Bauern traten einer nach dem andern vor, knieten nieder und hielten dem Prediger ihre Gewehre hin; er legte sie auf dem Altar nieder. Galope-chopine beeilte sich, seine alte Entenflinte hinzureichen. Die drei Priester sangen den Choral *»Veni Creator«*[98], während der Amtierende die Todeswerkzeuge in eine Wolke bläulichen Rauchs hüllte und dabei Zeichen vollführte, die sich ineinander zu verstricken schienen. Als der Wind den Weihrauch verweht hatte, wurden die Gewehre der Reihe nach verteilt. Jeder nahm das seine kniend aus der Hand der Priester entgegen, die, während sie sie ihnen aushändigten, ein lateinisches Gebet sprachen. Als die bewaffneten Männer wieder an ihre Plätze traten, entlud sich die tiefe, bislang stumme Begeisterung der Menge auf eine furchtbare, aber erschütternde Weise.

»Domine, salvum fac regem . . .!«[99]

Das war das Gebet, das der Prediger mit dröhnender Stimme begann; zweimal wurde es laut gesungen. Dieses Gebrüll hatte etwas Wildes und Kriegerisches. Die beiden Tonwerte des Wortes »regem«, das jene Bauern sich ohne weiteres übersetzten, wurden mit einer solchen Energie hervorgestoßen, daß Mademoiselle de Verneuil nicht umhin konnte, ihre Gedanken voller Rührung auf die verbannte Familie der Bourbonen zu richten. Diese Erinnerungen riefen diejenigen an ihr vergangenes Leben wach. Ihr Gedächtnis führte ihr die Feste an dem jetzt in alle Winde verstreuten Königshof zurück, bei denen sie geglänzt hatte. In diese Träumerei mischte sich die Gestalt des Marquis. Mit der für das Denken einer Frau natürlichen Behendigkeit vergaß sie das Bild, das sich ihren Blicken dargeboten hatte, und sie wandte sich wieder den Racheplänen zu, bei denen es ums Leben ging und die dennoch durch einen Blick scheitern konnten. Bei der Erwägung, sie müsse in diesem entscheidenden Augenblick ihres Lebens schön aussehen, fiel ihr ein, daß sie nichts hatte, womit sie sich für den Ball den Kopf schmücken konnte, und es verlockte sie der Gedanke, sich mit einem Zweig vom Ilexbaum zu schmücken, dessen gekräuselte Stachelblätter und rote Beeren in diesem Augenblick ihre Aufmerksamkeit auf sich gezogen hatten.

»Hoho! Mein Gewehr kann zwar vorbeischießen, wenn ich auf Vögel ziele, aber wenn auf Blaue . . . dann nie!« sagte Galope-chopine und nickte zum Zeichen der Befriedigung.

Marie musterte aufmerksamer das Gesicht ihres Geleitsmannes und stellte fest, daß es vom gleichen Typus war wie alle, die sie rings um sich her erblickt hatte. Sicherlich hatte dieser alte Chouan nicht einmal soviel Gedanken im Kopf, wie ein Kind sie gehabt hätte. Eine naive Freude furchte ihm Backen und Stirn, wenn er sein Gewehr anschaute; aber eine religiöse Überzeugung warf alsdann in den Ausdruck seiner Freude einen Zug von Fanatismus, der für eines Augenblicks Dauer auf diesem wilden

Gesicht die Laster der Kulturmenschen hervorbrechen ließ. Bald gelangten sie in ein Dorf, das heißt zu einer Gruppe von vier oder fünf Wohnstätten, ähnlich derjenigen Galope-chopines; dort trafen die neu angeworbenen Chouans ein, während Mademoiselle de Verneuil eine Mahlzeit zu sich nahm, die lediglich aus Butter, Brot und Milchspeise bestand. Jene Freischar wurde vom Rektor angeführt, der in der Hand ein plumpes, in eine Fahne umgewandeltes Kruzifix trug; ihm folgte ein Bursche, der stolz war, daß er das Kirchenbanner der Gemeinde tragen durfte. Mademoiselle de Verneuil sah sich gezwungen, sich diesem Trupp anzuschließen, der sich gleich ihr nach Saint-James begab und der sie, wie es nicht anders sein konnte, von dem Augenblick an vor jeder Gefahr schützte, da Galope-chopine die glückliche Indiskretion begangen hatte, zu sagen, die schöne Weibsperson, der er als Geleiter diene, sei die kleine Freundin des Gars.

Gegen Sonnenuntergang langten die drei Reisenden in Saint-James an, einer Kleinstadt, die ihren Namen den Engländern dankt, von denen sie während ihrer Herrschaft über die Bretagne im vierzehnten Jahrhundert erbaut worden war. Ehe Mademoiselle de Verneuil sie betrat, wurde sie Zeugin einer seltsamen Kriegsszene, der sie nicht allzuviel Beachtung schenkte; sie fürchtete, von einigen ihrer Feinde erkannt zu werden, und diese Furcht ließ sie ihre Schritte beschleunigen. Auf einem Feld lagerten fünf- bis sechstausend Bauern. Ihre Tracht war fast die gleiche wie die der Rekruten von La Pélerine und schloß jeden Gedanken an Krieg aus. Diese geräuschvolle Menschenansammlung ähnelte derjenigen gelegentlich eines großen Jahrmarkts. Es bedurfte sogar einiger Aufmerksamkeit, um zu entdecken, daß diese Bretonen bewaffnet waren, denn ihre unterschiedlich zurechtgeschnittenen Geißenhäute verbargen ihre Gewehre nahezu gänzlich, und die sichtbarste Waffe war die Sense, durch die einige die Gewehre ersetzten, die erst noch an sie verteilt werden sollten. Die einen aßen und tranken, andere prügelten sich oder stritten mit lauten Stimmen, die meisten jedoch lagen am Boden und schliefen. Es gab nicht den mindesten Anschein von Ordnung und Disziplin. Ein Offizier in roter Uniform zog die Aufmerksamkeit der Mademoiselle de Verneuil auf sich; sie vermutete, er stehe in englischen Diensten. Etwas weiter entfernt schienen zwei andere Offiziere ein paar Chouans, die intelligenter als die andern waren, in der Bedienung zweier Geschütze zu unterweisen, die wohl die ganze Artillerie der künftigen royalistischen Armee darstellten. Ein Geheul begrüßte die Ankunft der Jungen von Marignay, die an ihrem Kirchenbanner erkannt wurden. Vermöge der großen Bewegung, die dieser Trupp und die Rektoren im Lager hervorriefen, konnte Mademoiselle de Verneuil es gefahrlos durchreiten und in die Stadt gelangen. Sie kam zu einem unscheinbaren Gasthof; er lag nicht allzu weit von dem Haus entfernt, wo der Ball stattfinden sollte. Es waren so viel Menschen in der Stadt, daß sie erst nach jeder erdenklichen Mühe ein elendes Kämmerchen erhielt. Als sie darin untergekommen war und als Galope-chopine Francine die Kartons eingehändigt hatte, die die Toilette ihrer Herrin enthielten, blieb er in einer Haltung des Abwartens und der unbeschreiblichen Unentschlossenheit stehen. Zu jeder anderen Zeit hätte Mademoiselle de Verneuil ihren Spaß daran gehabt, zu beobachten, wie ein bretonischer Bauer sich außerhalb seiner Gemeinde verhält; jetzt jedoch brach sie den Zauberbann; sie entnahm ihrer Börse vier Sechsfranctaler und hielt sie ihm hin.

»Nimm nur!« sagte sie zu Galope-chopine, »und wenn du mir einen Gefallen tun willst, dann kehrst du auf der Stelle nach Fougères zurück, ohne erst durch das Lager zu reiten und vom Zider zu kosten.«

Der über eine solche Freigiebigkeit erstaunte Chouan sah abwechselnd die vier Taler an, die er genommen hatte, und dann Mademoiselle de Verneuil; aber sie machte eine Handbewegung, und er verschwand.

»Wie können Sie ihn wegschicken, Mademoiselle?« fragte Francine. »Haben Sie nicht gesehen, wie die Stadt eingeschlossen ist? Wie sollen wir herauskommen, und wer wird Sie hier beschützen?«

»Hast du nicht deinen Beschützer?« fragte Mademoiselle de Verneuil und pfiff leise und spöttisch nach der Art Marche-à-terres, wobei sie dessen Haltung nachzuahmen versuchte.

Francine wurde rot und lächelte traurig über die Fröhlichkeit ihrer Herrin.

»Aber wo ist der Ihrige?« fragte sie.

Mademoiselle de Verneuil zog jäh ihren Dolch und zeigte ihn der erschrockenen Bretonin, die sich auf einen Stuhl fallen ließ und die Hände faltete.

»Weshalb sind Sie eigentlich hierhergekommen, Marie?« rief sie mit einer flehenden Stimme, die keine Antwort erwartete.

Mademoiselle de Verneuil war damit beschäftigt, die Ilexzweige zusammenzuflechten, die sie gepflückt hatte, und sagte: »Ich weiß nicht, ob dieser Ilex sich hübsch in meinem Haar macht. Nur ein so strahlendes Gesicht wie das meine kann einen so düsteren Kopfputz vertragen; was sagst du dazu, Francine?«

Mehrere ähnliche Bemerkungen kündeten von der größten geistigen Freiheit dieses eigenartigen Mädchens, während sie Toilette machte. Wer ihr gelauscht hätte, würde schwerlich an den Ernst dieser Stunde geglaubt haben, in der sie ihr Leben aufs Spiel setzte. Eine Robe aus indischem Musselin, die ziemlich kurz war und aussah, als sei sie aus feuchtem Linnen, betonte die erlesenen Umrisse ihrer Formen; darüber legte sie einen roten Überwurf, dessen zahlreiche Falten in dem Maße länger wurden, wie sie an der Seite niederfielen; sie beschrieben den anmutigen Bogen der griechischen Tuniken. Diese üppige Tracht heidnischer Priesterinnen ließ das Kostüm weniger anstößig erscheinen, als die Mode jenes Zeitalters es den Frauen gestattete. Um die Unkeuschheit der Mode noch mehr abzuschwächen, bedeckte Marie ihre weißen Schultern, die die Tunika bis allzu tief nach unten nackt ließ, mit einem Gazeschleier. Sie wand ihre langen Flechten so, daß sie am Hinterkopf jenen unvollkommenen, abgestumpften Kegel bildeten, der durch die künstliche Verlängerung des Kopfes dem Gesicht mancher Statuen so viel Anmut leiht, und einige über der Stirn aufgesparte Locken fielen an beiden Gesichtsseiten in langen, glänzenden Rollen nieder. So gekleidet und so frisiert bot sie eine vollkommene Ähnlichkeit mit den erlauchtesten Meisterwerken des griechischen Meißels dar. Als sie durch ein Lächeln dieser Frisur ihre Billigung gezollt hatte, deren geringste Einzelheiten die schönen Züge ihres Gesichts hervorhoben, setzte sie den Ilexkranz darauf, den sie geflochten hatte und dessen zahlreiche rote Beeren auf das glücklichste in ihrem Haar die Farbe der Tunika aufnahmen. Während Mademoiselle de Verneuil ein paar Blätter zusammendrehte, um eigenwillige Wirkungen zwischen deren Oberfläche und Rückseite hervorzubringen, musterte sie das Gesamt ihrer Toilette, um die Wirkung zu beurteilen.

»Abscheulich sehe ich heute abend aus!« sagte sie, als sei sie von Schmeichlern umgeben. »Ich wirke wie eine Freiheitsstatue.«

Sorgsam steckte sie sich ihren Dolch mitten in den Ausschnitt, so daß die Rubine, die den Griff schmückten, hervorlugten; ihr rötlicher Schimmer mußte die Blicke auf die Schätze lenken, die ihre Rivalin auf so unwürdige Weise entblößt hatte. Francine konnte sich nicht dazu entschließen, ihre Herrin zu verlassen. Als sie sie zum Fortgehen bereit sah, wußte sie, nur um sie zu begleiten, Vorwände in all den Hindernissen zu finden, die Frauen zu überwinden haben, wenn sie in einer kleinen Stadt der Basse-Bretagne auf ein Fest gehen. Mußte sie nicht Mademoiselle de Verneuil den Mantel abnehmen und ihr die Überschuhe abziehen, die der Schmutz und der Mist auf der Straße sie anzuziehen gezwungen hatten, obwohl Sand gestreut worden war; mußte sie ihr nicht den Gazeschleier abnehmen, unter dem sie den Kopf vor den Blicken der Chouans verborgen hatte, die die Neugier zu dem Hause hinzog, in dem das Fest stattfand? Die Menge war so groß, daß sie zwischen einem Spalier von Chouans einherschritten. Francine versuchte nicht mehr, ihre Herrin zurückzuhalten, aber nachdem sie ihr die letzten Hilfeleistungen erwiesen hatte, wie eine Toilette sie verlangte, deren Hauptreiz in einer äußersten Frische bestand, blieb sie im Hof, um sie nicht den Zufälligkeiten ihres Schicksals zu überlassen, ohne imstande zu sein, zu ihrer Unterstützung herbeizueilen; denn die arme Bretonin sah nichts als Unheil voraus.

In dem Augenblick, da Marie de Verneuil sich zum Fest begab, hatte in Montaurans Wohnung eine recht seltsame Szene stattgefunden. Der junge Marquis legte letzte Hand an seine Toilette und legte das breite rote Seidenband[100] an, das ihm beim Fest dazu dienen sollte, sich als die wichtigste Person bei dieser Versammlung kenntlich zu machen, als der Abbé Gudin mit unruhiger Miene eintrat.

»Herr Marquis, kommen Sie schnell«, sagte er. »Sie allein können den Sturm beschwichtigen, der sich zwischen den Anführern erhoben hat, warum, das weiß ich nicht. Sie reden davon, sie wollten aus dem Dienst des Königs ausscheiden. Ich glaube, dieser Satan von Rifoël ist die Ursache des Tumults. Dergleichen Streitigkeiten werden immer durch eine Albernheit ausgelöst. Madame du Gua hat ihm vorgeworfen, wie mir gesagt worden ist, daß er in so schäbiger Kleidung zum Ball komme.«

»Dies Weibsbild muß verrückt geworden sein«, rief der Marquis, »wenn sie will, daß ...«

»Der Chevalier du Vissard«, fiel der Abbé dem Anführer ins Wort, »hat erwidert, wenn Sie ihm das Geld gegeben hätten, das ihm im Namen des Königs versprochen worden sei ...«

»Genug, genug, Herr Abbé. Jetzt ist mir alles klar. Diese Szene ist verabredet worden, nicht wahr, und Sie sind der Abgeordnete ...«

»Ich, Herr Marquis?« unterbrach der Abbé ihn abermals. »Ich werde Sie wacker unterstützen, und Sie lassen mir, wie ich hoffe, die Gerechtigkeit widerfahren zu glauben, daß die Wiederaufrichtung unserer Altäre in Frankreich, daß die Wiedereinsetzung des Königs auf dem Thron seiner Väter für mein demütiges Tun sehr viel verlockender sind als das Bistum Rennes, das Sie ...«

Der Abbé wagte nicht, fortzufahren, denn bei diesen Worten hatte der Marquis voller Bitterkeit zu lächeln begonnen. Allein der junge Anführer unterdrückte sogleich seine traurigen Gedanken; seine Stirn nahm einen strengen Ausdruck an, und er folgte dem Abbé Gudin in einen Saal, aus dem heftiger Stimmenlärm erscholl.

»Ich erkenne hier niemandes Autorität an«, rief Rifoël, warf flammende Blicke auf die ihn Umstehenden und legte die Hand auf den Säbelknauf.

»Erkennen Sie wenigstens diejenige des gesunden Menschenverstands an?« fragte der Marquis ihn kalt.

Der junge Chevalier du Vissard, bekannter unter seinem Familiennamen de Rifoël, bewahrte Schweigen angesichts des Generals der katholischen Armeen.

»Was gibt es eigentlich, meine Herren?« fragte der junge Anführer und überprüfte dabei alle Gesichter.

»Folgendes gibt es, Herr Marquis«, entgegnete ein berühmter

Schmuggler; er war verlegen wie ein Mann aus dem Volk, der, wenn er vor einem großen Herrn steht, zunächst unter dem Joch des Vorurteils verbleibt, der indessen keine Grenzen mehr kennt, sobald er die Schranke überschritten hat, die ihn von ihm trennt, weil er in ihm dann nur noch seinesgleichen sieht. »Folgendes gibt es«, sagte er, »nämlich daß Sie grade im richtigen Augenblick kommen. Ich kann keine schönen Worte drechseln, daher drücke ich mich unumwunden aus. Während des ganzen letzten Krieges habe ich fünfhundert Mann kommandiert. Seit wir wieder zu den Waffen gegriffen haben, habe ich für den Dienst des Königs tausend Köpfe zusammengebracht, die ebenso hart sind wie der meine. Seit sieben Jahren riskiere ich mein Leben für die gute Sache, ich will Ihnen nichts vorwerfen, aber jede Mühe verdient ein Entgelt. Also, erst mal will ich, daß ich Monsieur de Cottereau genannt werde. Ich will, daß mir der Dienstgrad eines Obersten zuerkannt wird; sonst unterhandle ich mit dem Ersten Konsul über meine Unterwerfung. Sehen Sie, Herr Marquis, meine Leute und ich, wir haben einen verteufelt lästigen Gläubiger, der in einem fort befriedigt werden muß! – Der hier ist es«, fügte er hinzu und schlug sich auf den Bauch.

»Sind die Geiger gekommen?« fragte der Marquis in spöttischem Tonfall Madame du Gua.

Aber der Schmuggler hatte brutal ein allzu wichtiges Thema angeschnitten, und diese ebenso berechnenden wie ehrgeizigen Menschen waren sich schon allzu lange im Ungewissen über das, was sie sich vom König zu erhoffen hatten, als daß die Verachtung des jungen Anführers dieser Szene hätte ein Ende machen können. Der junge, hitzköpfige Chevalier du Vissard trat hastig vor Montauran hin und ergriff ihn bei der Hand, um ihn zum Bleiben zu zwingen.

»Nehmen Sie sich in acht, Herr Marquis«, sagte er zu ihm, »Sie behandeln Leute zu leichtfertig, die einiges Anrecht auf die Dankbarkeit desjenigen haben, den Sie hier vertreten. Wir wissen, daß Seine Majestät Ihnen alle Vollmacht erteilt hat, unsere Dienste zu bezeugen, die ihren Lohn in dieser oder der jenseitigen Welt finden müssen; denn für uns steht jeden Tag das Schafott bereit. Was mich betrifft, so weiß ich, daß der Dienstgrad eines Brigadegenerals . . .«

»Sie meinen: eines Obersten ...«

»Nein, Herr Marquis, zum Oberst hat Charette mich befördert. Der Dienstgrad, von dem ich spreche, kann mir nicht bestritten werden; ich spreche in diesem Augenblick durchaus nicht für mich, sondern für alle meine unerschrockenen Waffenbrüder, deren Dienstleistungen bestätigt werden müssen. Ihre Unterschrift und Ihr Versprechen dürften ihnen heute genügen, und«, sagte er leise, »ich muß schon sagen, daß sie sich mit wenig begnügen. Aber«, fuhr er lauter fort, »wenn die Sonne im Versailler Schloß aufgeht und die glücklichen Tage der Monarchie überleuchtet, können dann die Getreuen, die dem König bei der Eroberung Frankreichs in Frankreich geholfen haben, leichtiglich Gunstbeweise für ihre Familien, Pensionen für die Witwen und die Rückerstattung der Güter erlangen, die ihnen so zur Unzeit konfisziert worden sind? Ich bezweifle es. Daher, Herr Marquis, werden dann die Beweise für geleistete Dienste nicht unnötig sein. Niemals werde ich dem König mißtrauen, wohl aber jenen Kormoranen von Ministern und Höflingen, die ihm mit Bemerkungen über das öffentliche Wohl in den Ohren liegen werden, über die Ehre Frankreichs, die Interessen der Krone und mit tausenderlei anderen Hirngespinsten. Dann wird man sich über einen getreuen Vendéer oder einen tapferen Chouan lustig machen, weil er dann alt ist und weil die Plempe, die er für die gute Sache gezogen hat, ihm um die von dem, was er erduldet hat, abgemagerten Beine schlenkern wird ... Finden Sie, daß wir unrecht haben?«

»Sie sprechen bewundernswert gut, Monsieur du Vissard, aber ein bißchen zu früh«, antwortete der Marquis.

»Hören Sie mal, Marquis«, sagte der Graf de Bauvan leise zu ihm, »Rifoël hat, bei Gott, wirklich sehr gute Dinge vorgebracht. Sie selber können sicher sein, beim König offene Ohren zu finden; aber wir andern, wir werden den Herrn immer nur ganz von weitem zu sehen bekommen; und ich gestehe Ihnen, wenn Sie mir nicht Ihr Wort als Edelmann geben, daß ich zur gegebenen Zeit das Amt eines Großmeisters der Wasser- und Forstverwaltung Frankreichs bekomme, dann, zum Teufel, riskiere ich meinen Hals nicht mehr. Die Normandie für den König zu erobern ist keine kleine Aufgabe; daher hoffe ich fest darauf, ›den‹ Orden zu bekommen.[101] – Aber«, fügte er errötend hinzu, »wir haben ja Zeit, uns all das zu überlegen. Gott bewahre mich davor, zu tun wie diese armen Schlucker und Sie in die Zwickmühle zu nehmen. Sie sprechen mit dem König über mich, und damit ist die Sache erledigt.«

Jeder der Anführer fand Mittel und Wege, den Marquis auf mehr oder weniger intelligente Weise wissen zu lassen, welch übertriebenen Lohn er sich für seine Dienstleistungen erwarte. Der eine bat bescheiden um den Posten eines Gouverneurs der Bretagne, dieser um einen Dienstgrad, jener um ein Kommando; Pensionen wollten sie alle.

»Ja, Baron«, sagte der Marquis zu Monsieur du Guénic, »und Sie wollen also nichts?«

»Du lieber Himmel, Marquis, diese Herren lassen mir nichts als die Krone Frankreichs, denn damit würde ich mich schließlich bescheiden können.«

»Meine Herren!« rief der Abbé Gudin mit Donnerstimme, »bedenken Sie doch, daß Sie durch Ihre Voreiligkeit am Tag des Siegs alles verderben könnten! Wird der König nicht genötigt sein, den Revolutionären Konzessionen zu machen?«

»Den Jakobinern?« rief der Schmuggler. »Ach, der König soll mir nur freie Hand lassen, dann verbürge ich mich dafür, daß ich sie mit meinen tausend Mann fasse, und dann sind wir sie bald los.«

»Monsieur ›de‹ Cottereau«, entgegnete der Marquis, »ich sehe da eben einige nicht eingeladene Leute hereinkommen. Wir müssen uns eifrig um sie bemühen und sie veranlassen, sich für die Mitwirkung bei unserem heiligen Unternehmen zu entscheiden; Sie dürften einsehen, daß dies nicht der geeignete Augenblick ist, daß wir uns mit Ihren Forderungen befassen, und seien sie noch so gerecht.«

Als er das sagte, begab der Marquis sich zur Tür, als wolle er ein paar Adligen von den benachbarten Gütern entgegengehen, die er erblickt hatte; aber der beherzte Schmuggler trat ihm mit unterwürfiger, respektvoller Miene in den Weg.

»Nein, nein, Herr Marquis, entschuldigen Sie; aber die Jakobiner haben uns 1793 zu gut gelehrt, daß nicht der, der die Ernte unter Dach schafft, den Fladen ißt. Unterzeichnen Sie mir diesen

Papierwisch, dann führe ich Ihnen morgen fünfzehnhundert Jungs zu. Wenn nicht, unterhandle ich mit dem Ersten Konsul.«

Nachdem der Marquis stolz um sich geschaut hatte, war er sich bewußt, daß die Kühnheit des alten Partisanen und seine entschlossene Miene keinem der Zuschauer dieses Wortgefechts mißfielen. Ein einziger Mann saß in einer Ecke, schien keinen Anteil an der Szene zu nehmen und beschäftigte sich damit, Tabak in seine weiße Tonpfeife zu stopfen. Die verächtliche Miene, die er den Rednern bezeigt hatte, seine bescheidene Haltung und der teilnehmende Blick, den der Marquis in seinen Augen gewahrte, ließen ihn diesen großherzigen Diener genauer betrachten; er erkannte in ihm den Major Brigaut; der Anführer trat hastig auf ihn zu.

»Und du?« fragte er ihn. »Was verlangst du?«

»Oh, Herr Marquis, wenn der König wiederkommt, bin ich zufrieden.«

»Und du selber?«

»Ach, ich ... Monseigneur wollen lachen.«

Der Marquis drückte dem Bretonen die schwielige Hand und sagte zu Madame du Gua, zu der er hingetreten war: »Madame, ich könnte bei meinem Unternehmen fallen, ehe ich Zeit gehabt habe, dem König einen getreuen Bericht über die katholischen Armeen in der Bretagne zukommen zu lassen. Wenn Sie die Restauration erleben, dann vergessen Sie weder diesen braven Mann noch den Baron du Guénic. In ihnen ist mehr an Opferwillen als in all diesen Leuten da.«

Und er deutete auf die Anführer, die mit einer gewissen Ungeduld darauf warteten, daß der junge Marquis ihre Forderungen erfülle. Alle hatten entfaltete Papierblätter in der Hand, auf denen ihnen wohl durch die royalistischen Generale der vorhergegangenen Kriege ihre Dienstleistungen bestätigt worden waren, und alle begannen zu murren. Mitten unter ihnen wechselten der Abbé Gudin, der Graf de Bauvan und der Baron du Guénic Blicke; sie wollten dem Marquis helfen, so übertriebene Forderungen zurückzuweisen; sie fanden die Lage des jungen Befehlshabers einigermaßen kritisch.

Plötzlich ließ der Marquis seine blauen, vor Ironie blitzenden Augen über die Versammelten schweifen und sagte mit klarer

Stimme: »Meine Herren, ich weiß nicht, ob die Vollmachten, die der König mir zu erteilen geruht hat, weitgehend genug sind, daß ich Ihre Bitten erfüllen kann. Er hat vielleicht nicht so viel Eifer, so viel treue Ergebenheit vorausgesehen. Sie selber sollen sich ein Urteil über meine Pflichten bilden, und ob ich ihnen wohl nachkommen kann.«

Er verschwand, kam schnell wieder und hielt einen entfalteten Brief in der Hand, der das Siegel und die Unterschrift des Königs trug.

»Hier die Bestallungsbriefe, auf Grund derer Sie mir gehorchen müssen«, sagte er. »Sie ermächtigen mich, im Namen des Königs die Provinzen Bretagne, Normandie, Maine und Anjou zu regieren und die Dienstleistungen der Offiziere anzuerkennen, die sich in seinen Armeen ausgezeichnet haben.«

Eine Bewegung der Genugtuung durchschwoll die Versammlung. Die Chouans traten zu dem Marquis hin und bildeten rings um ihn einen respektvollen Kreis. Alle Augen waren auf die Unterschrift des Königs gerichtet. Der junge Anführer, der hoch aufgerichtet am Kamin stand, warf die Briefe ins Feuer, wo sie im Handumdrehen verbrannt waren.

»Ich will nur noch über solche kommandieren«, rief der junge Herr, »die im König einen König erblicken, und nicht eine Beute, die es zu verzehren gilt. Es steht Ihnen frei, meine Herren, mich zu verlassen ...«

Madame du Gua, der Abbé Gudin, der Major Brigaut, der Chevalier du Vissard, der Baron du Guénic und der Graf de Bauvan waren begeistert und ließen den Ruf »Es lebe der König!« erschallen. Die anderen Anführer zögerten zwar zunächst einen Augenblick, in diesen Ruf einzustimmen, aber nur zu bald riß das noble Tun des Marquis sie fort; sie baten ihn, das eben Geschehene zu vergessen, und versicherten ihm, auch ohne Bestallungsbriefe werde er stets ihr Befehlshaber sein.

»Jetzt wollen wir tanzen«, rief Graf de Bauvan, »und dann komme, was mag! Schließlich«, fügte er heiter hinzu, »ist es besser, ihr Freunde, sich an Gott zu wenden als an seine Heiligen. Erst mal wollen wir kämpfen und dann weitersehen.«

»Ja, ja, das stimmt schon. Mit Verlaub, Herr Baron«, sagte

Brigaut leise zu dem getreuen du Guénic, »ich habe es noch nie erlebt, daß der Tageslohn schon am Morgen erhoben wurde.«

Die Versammlung verteilte sich in die Salons, wo bereits einige Leute beisammen waren. Vergebens versuchte der Marquis, die düstere Miene abzulegen, die sein Gesicht verändert hatte; die Anführer sahen nur zu gut, welchen unvorteilhaften Eindruck jene Szene bei einem Mann hervorgerufen hatte, dessen Opferwille nach wie vor von den schönen Illusionen der Jugend begleitet wurde, und sie schämten sich.

Berauschende Freude brach in dieser Gemeinschaft aus; sie bestand aus den schwärmerischsten Anhängern der royalistischen Partei, die, als im letzten Winkel einer nicht unterworfenen Provinz wohnend, die Ereignisse der Revolution niemals hatten richtig beurteilen können und die hypothetischsten Hoffnungen für Wirklichkeiten hielten. Die kühnen, von Montauran begonnenen Operationen, sein Name, sein Reichtum, seine Fähigkeiten hoben den Mut aller und erzeugten jenen politischen Rausch, den gefährlichsten aller Räusche, der sich nur in Strömen nahezu immer vergeblich vergossenen Bluts abkühlt. Für alle Anwesenden war die Revolution lediglich eine vorübergehende Unruhe im Königreich Frankreich, in dem sich für sie nichts geändert zu haben schien. Diese Gebiete gehörten nach wie vor dem Haus Bourbon. Die Royalisten herrschten dort so unbeeinträchtigt wie vier Jahre zuvor; Hoche hatte dort weniger einen Frieden als einen Waffenstillstand durchgesetzt. Die Edelleute sprachen somit sehr leichtfertig von den Revolutionären: Für sie war Bonaparte nichts als ein Marceau[102], der mehr Glück als sein Vorgänger gehabt hatte. Daher fanden sich denn auch die Damen fröhlich zum Tanzen bereit. Als einzige waren einige der Anführer, die mit den Blauen gekämpft hatten, sich des Ernstes der gegenwärtigen Krise bewußt, und im Wissen, daß sie, wenn sie zu ihren rückständigen Landsleuten vom Ersten Konsul und dessen Macht gesprochen hätten, nicht verstanden worden wären, plauderten sie alle untereinander und betrachteten die Damen völlig unbeteiligt, wofür diese sich rächten, indem sie sie kritisierten. Madame du Gua, die bei diesem Ball die Hausherrin zu spielen schien, versuchte die Ungeduld der Tanzbegierigen zu dämpfen; sie bedachte jede einzelne mit den üblichen Schmeicheleien. Schon waren die schrillen Töne der Instrumente, die gestimmt wurden, zu hören, als Madame du Gua den Marquis bemerkte, dessen Gesicht noch immer einen Ausdruck der Kümmernis trug; unvermittelt trat sie auf ihn zu.

»Nicht der nur allzu gewohnte Auftritt, den Sie mit jenen Flegeln hatten, macht Ihnen zu schaffen, wie ich hoffe«, sagte sie zu ihm.

Sie erhielt keine Antwort; der in seine Grübelei versunkene Marquis glaubte einen der Gründe zu hören, die Marie ihm mit prophetischer Stimme auf La Vivetière inmitten dieser selben Anführer vorgetragen hatte, um ihn zu bewegen, dem Kampf der Könige gegen die Völker den Rücken zu kehren. Allein der junge Herr besaß zuviel Seelengröße, zuviel Stolz, vielleicht zuviel Überzeugung, um das begonnene Werk im Stich zu lassen; in gerade diesem Augenblick hatte er sich entschlossen, es trotz der Hindernisse tapfer weiterzuführen. Stolz hob er den Kopf, und da erst begriff er, was Madame du Gua zu ihm gesagt hatte.

»Wahrscheinlich sind Sie in Fougères«, sagte sie mit einer Bitterkeit, die von der Vergeblichkeit der Bemühungen zeugte, durch die sie versucht hatte, den Marquis abzulenken. »Ach, ich würde mein Blut dafür opfern, um *sie* Ihnen in die Hände zu geben und Sie mit ihr glücklich zu sehen.«

»Warum haben Sie dann so scharf auf sie gezielt?«

»Weil ich wollte, daß sie entweder tot oder in Ihren Armen sei. Ja, Monsieur, ich habe den Marquis de Montauran an dem Tag lieben können, da ich glaubte, in ihm einen Helden zu erblicken. Jetzt empfinde ich für ihn nur noch eine schmerzliche Freundschaft, nun ich sehe, daß er durch das unstete Herz eines Mädchens von der Oper Abschied vom Ruhm genommen hat.«

»Was die Liebe betrifft«, entgegnete der Marquis mit einem Anflug von Ironie, »so beurteilen Sie mich recht schlecht! Liebte ich dieses Mädchen, Madame, so würde ich sie weniger heftig begehren . . . und ohne Sie dächte ich vielleicht gar nicht mehr an sie.«

»Da ist sie!« sagte Madame du Gua unvermittelt.

Die Jäheit, mit der der Marquis den Kopf wandte, tat der armen Frau grauenhaft weh; aber da das helle Licht der Kerzen es ihr ermöglichte, die leichtesten Veränderungen wahrzunehmen, die sich in den Zügen dieses so leidenschaftlich geliebten Mannes vollzogen, glaubte sie darin einige Hoffnung auf eine Rückkehr zu entdecken, als er ihr den Kopf zuwandte und dabei über diese weibliche List lächelte.

»Worüber lachen Sie denn?« fragte der Graf de Bauvan.

»Über eine Seifenblase, die gerade geplatzt ist!« antwortete Madame du Gua heiter. »Sofern man es glauben darf, wundert der Marquis sich heute, daß sein Herz einen Augenblick lang für jene Dirne geschlagen hat, die behauptete, sie sei Mademoiselle de Verneuil. Sie wissen ja.«

»Jene Dirne...?« entgegnete der Graf vorwurfsvoll. »Madame, dem Urheber des Übels kommt es zu, es wiedergutzumachen, und ich gebe Ihnen mein Ehrenwort, daß sie tatsächlich die Tochter des Herzogs von Verneuil ist.«

»Graf«, sagte der Marquis mit von Grund auf veränderter Stimme, »welcher von Ihren beiden Wortverpfändungen darf ich glauben: der von La Vivetière oder der von Saint-James?«

Eine laute Stimme meldete Mademoiselle de Verneuil. Der Graf eilte an die Tür, bot der schönen Unbekannten mit der Bezeigung tiefsten Respekts den Arm und führte sie mitten durch die neugierige Menge dem Marquis und Madame du Gua zu. »Glauben Sie einzig an die heutige«, antwortete er dem verblüfften jungen Anführer.

Madame du Gua erbleichte beim Anblick dieses fatalen Mädchens, das einen Augenblick stehenblieb und hochmütige Blicke auf die Versammlung warf, unter der sie nach Gästen von La Vivetière suchte. Sie wartete die gezwungene Begrüßung durch ihre Rivalin ab und ließ sich dann, ohne den Marquis zu beachten, durch den Grafen an einen Ehrenplatz führen; er ließ sie sich neben Madame du Gua setzen, der sie mit einem leichten, gönnerhaften Nicken gedankt hatte, die sich jedoch aus weiblichem Instinkt heraus nicht ärgerte, sondern sogleich eine lachende, freundschaftliche Miene aufsetzte. Die außergewöhnliche Kleidung und die Schönheit der Mademoiselle de Verneuil erweckten für kurze Zeit unter den Anwesenden ein Gemurmel. Als der Marquis und Madame du Gua ihre Blicke auf die Gäste von La Vivetière wandten, sahen sie sie sämtlich in einer ehrerbietigen Haltung dastehen, die nicht gespielt zu sein schien;

jeder schien auf Mittel und Wege bedacht zu sein, wie er von der jungen, verkannten Pariserin wieder in Gnaden angenommen werden könne. Die Feinde standen also einander gegenüber.

»Aber das ist ja Zauberei, Mademoiselle? Nur Sie auf Erden können die Leute so überraschen. Wie? Ganz allein sind Sie gekommen?« fragte Madame du Gua.

»Ganz allein«, wiederholte Mademoiselle de Verneuil. »Auf diese Weise, Madame, haben Sie heute abend zum Umbringen nur mich.«

»Seien Sie nachsichtig«, entgegnete Madame du Gua. »Ich kann Ihnen gar nicht sagen, wie es mich freut, Sie wiederzusehen. Wahrhaftig, die Erinnerung an all das Unrecht, das ich Ihnen antat, hat mich bedrückt, und ich habe nach einer Gelegenheit gesucht, es wiedergutzumachen.«

»Was Ihr Unrecht betrifft, Madame, so verzeihe ich Ihnen ohne weiteres das, was Sie mir selbst angetan haben; aber mir liegt der Tod der Blauen schwer auf dem Herzen, die Sie gemordet haben. Vielleicht könnte ich mich überdies noch über die Schroffheit Ihrer Umgangsformen beschweren ... Nun, ich entschuldige alles dank dem Dienst, den Sie mir erwiesen.«

Madame du Gua verlor die Fassung, als sie spürte, daß ihre schöne Rivalin ihr die Hand drückte und sie mit beleidigender Anmut anlächelte. Der Marquis war unbeweglich stehengeblieben; jetzt jedoch packte er den Grafen heftig beim Arm.

»Sie haben mich auf unwürdige Weise getäuscht«, sagte er zu ihm, »und Sie haben sogar meine Ehre bloßgestellt; ich bin kein Géronte[103] aus der Komödie, ich muß Ihr Leben haben oder Ihnen das meine geben.«

»Marquis«, entgegnete der Graf hochmütig, »ich bin bereit, Ihnen jede Erklärung zu geben, die Sie wünschen.«

Und sie begaben sich ins Nebenzimmer. Auch die am wenigsten in das Geheimnis dieser Szene Eingeweihten begannen zu verstehen, um was es hier ging, und so geschah es, daß, als die Geigen das Zeichen zum Tanz gaben, niemand sich vom Fleck rührte.

»Mademoiselle, welchen so wichtigen Dienst Ihnen zu leisten hatte ich denn die Ehre, daß ich verdienen könnte ...«, fuhr

Madame du Gua fort und biß sich in einer Art Wutanfall auf die Lippen.

»Madame, haben Sie mich nicht über den wahren Charakter des Marquis de Montauran aufgeklärt? Mit welcher Ungerührtheit hat dieser abscheuliche Mensch mich in den Untergang gehen lassen! Ich trete ihn Ihnen gern ab.«

»Was also haben Sie hier zu suchen?« fragte Madame du Gua lebhaft.

»Die Achtung und den guten Ruf, was beides Sie mir auf La Vivetière genommen haben, Madame. Was das übrige betrifft, so können Sie unbesorgt sein. Wenn der Marquis zu mir zurückkehrte, so sollten Sie wissen, daß eine Rückkehr niemals Liebe ist.«

Da ergriff Madame du Gua die Hand der Mademoiselle de Verneuil mit jener Herzlichkeit, die die Frauen einander gern bezeigen, vor allem im Dabeisein von Männern.

»Ach, arme Kleine, wie entzückt es mich, Sie so vernünftig zu sehen. Wenn der Dienst, den ich Ihnen geleistet habe, Sie zunächst auch wohl recht hart gedünkt hat«, sagte sie und drückte die Hand, die in der ihren lag, obwohl sie Lust verspürte, sie zu zerfetzen, als ihre Finger ihr deren zarte Weichheit enthüllten, »so wird er doch wenigstens vollständig sein. Hören Sie, ich kenne den Charakter des Gars«, sagte sie mit einem perfiden Lächeln, »er würde Sie getäuscht haben, er will und kann niemanden heiraten.«

»Oh . . .!«

»Ja, Mademoiselle, er hat sich zu seiner gefährlichen Mission nur bereit gefunden, um sich die Hand der Mademoiselle d'Uxelles zu verdienen, und das ist eine Verbindung, für die Seine Majestät ihm jedwede Unterstützung zugesagt hat.«

»Siehe da . . .!«

Diesem spöttischen Ausruf fügte Mademoiselle de Verneuil kein weiteres Wort hinzu. Der junge, schöne Chevalier du Vissard, der darauf brannte, sich den Scherz verzeihen zu lassen, durch den er das Zeichen zu den Kränkungen auf La Vivetière gegeben hatte, trat zu ihr hin und forderte sie ehrerbietig zum Tanzen auf; sie reichte ihm die Hand und beeilte sich, ihren Platz in der Quadrille einzunehmen, in der Madame du Gua tanzte. Die Kleidung der Damen, deren Toiletten an die Moden des verbannten Hofs erinnerten, da sie alle Puder aufgelegt hatten oder gekräuseltes Haar trugen, wirkte lächerlich, sobald man sie mit dem zugleich eleganten, reichen und strengen Gewand vergleichen konnte, das die Mode Mademoiselle de Verneuil zu tragen ermächtigte; laut wurde sie in Acht und Bann getan, heimlich jedoch von allen Damen beneidet. Die Herren wurden es nicht müde, die Schönheit natürlichen Haars und die Einzelheiten einer Gewandung zu bewundern, deren Anmut völlig derjenigen der Formen entsprach, die sie erkennen ließ.

In diesem Augenblick kehrten der Marquis und der Graf in den Ballsaal zurück und gelangten hinter Mademoiselle de Verneuil, die sich nicht umwandte. Wenn ein ihr gegenüberhängender Spiegel ihr nicht die Anwesenheit des Marquis vermeldet hätte, würde sie sie aus dem Verhalten der Madame du Gua erraten haben, die hinter einer dem Anschein nach gleichgültigen Miene schlecht die Ungeduld verbarg, mit der sie den Kampf erwartete, der früher oder später zwischen den beiden Liebhabern sich anspinnen mußte. Obwohl der Marquis sich mit dem Grafen und zwei anderen Herren unterhielt, konnte er nichtsdestoweniger die Bemerkungen der Kavaliere und der Tänzerinnen verstehen, die, den launischen Regeln des Kontertanzes entsprechend, den Platz der Mademoiselle de Verneuil und ihrer Partner eingenommen hatten.

»Oh! Mein Gott, ja Madame, sie ist allein gekommen«, sagte der eine.

»Dazu gehört große Kühnheit«, antwortete die Tanzende.

»Wenn ich so angezogen wäre, würde ich mich für nackt halten«, sagte eine andere Dame.

»Es ist zwar kein dezentes Kostüm«, entgegnete der Kavalier, »aber es ist so schön, und es steht ihr so gut!«

»Hören Sie, ich schäme mich für sie, weil sie so vollendet tanzt. Finden Sie nicht, daß sie vollauf wirkt wie ein Ballettmädchen?« entgegnete die Neidische.

»Glauben Sie, daß sie hierhergekommen ist, um im Namen des Ersten Konsuls zu unterhandeln?« fragte eine dritte Dame.

»Welch ein Scherz!« antwortete der Kavalier.

»Unschuld wird sie schwerlich als Mitgift mitbringen«, sagte die Tänzerin.

Der Gars fuhr jäh herum, um die Dame zu sehen, die sich diese boshafte Bemerkung herausgenommen hatte, und da schaute Madame du Gua ihn mit einer Miene an, die offenbar bedeuten sollte: »Da sehen Sie, was von ihr gedacht wird!«

»Madame«, sagte der Graf lachend zu Maries Feindin, »bislang haben nur die Damen sie ihr genommen . . .«

Innerlich verzieh der Marquis dem Grafen alles, was er an Unrechtem getan hatte. Als er sich erkühnte, einen Blick auf seine Geliebte zu werfen, deren Anmut, wie es fast bei allen Frauen geschieht, durch das Kerzenlicht noch gesteigert wurde, kehrte sie ihm den Rücken zu, ging an ihren Platz zurück, unterhielt sich mit ihrem Kavalier und ließ dabei einschmeichelndste Klänge ihrer Stimme an das Ohr des Marquis gelangen.

»Der Erste Konsul schickt uns recht gefährliche Gesandte«, sagte ihr Tänzer zu ihr.

»Das ist bereits auf La Vivetière gesagt worden«, entgegnete sie.

»Aber Sie haben ja ein genauso gutes Gedächtnis wie der König«, versetzte der über seine Ungeschicklichkeit verstimmte Edelmann.

»Um Kränkungen verzeihen zu können, muß man sich ihrer wohl erinnern«, antwortete sie rasch und enthob ihn durch ein Lächeln der Verlegenheit.

»Sind wir alle in diese Amnestie einbegriffen?« fragte sie der Marquis.

Sie jedoch sprang mit kindlicher Trunkenheit davon, um zu tanzen, und ließ ihn betroffen und ohne Antwort stehen; er musterte sie mit kalter Melancholie, sie merkte es, und da neigte sie den Kopf in einer der koketten Haltungen, die die anmutigen Maße ihres Halses ihr gestatteten, und vergaß dabei sicherlich keine der Bewegungen, die von der seltenen Vollkommenheit ihres Körpers zu zeugen vermochten. Marie verlockte wie die Hoffnung und entschwand wie eine Erinnerung. Sie so zu sehen hieß, sie um jeden Preis besitzen zu wollen. Sie wußte es, und das Bewußtsein, das sie jetzt von ihrer Schönheit hatte, breitete über ihr Antlitz einen unaussprechlichen Zauber. Der Marquis spürte, wie sich in seinem Herzen ein Wirbelsturm von Liebe,

Wut und Wahnwitz erhob; er drückte dem Grafen heftig die Hand und entfernte sich.

»Ja, ist er denn weggegangen?« fragte Mademoiselle de Verneuil, als sie auf ihren Platz zurückkehrte.

Der Graf eilte in das anstoßende Zimmer und gab seinem Schützling ein Zeichen des Einverständnisses, als er ihr den Gars zuführte.

»Er ist mein«, dachte sie, als sie im Spiegel den Marquis beobachtete, dessen sanft erregtes Gesicht vor Hoffnung strahlte.

Sie empfing den jungen Anführer schmollend und wortlos, aber entließ ihn lächelnd; sie sah ihn als so überlegen an, daß es sie mit Stolz erfüllte, ihn tyrannisieren zu können; sie wollte ihn ein paar freundliche Worte teuer erkaufen lassen, um ihn deren ganzen Preis zu lehren, wobei sie dem weiblichen Instinkt folgte, dem alle Frauen mehr oder weniger gehorchen. Als der Kontertanz zu Ende war, umringten alle Edelleute von La Vivetière Marie, und jeder von ihnen bat durch mehr oder minder geschickte Schmeicheleien um Verzeihung für seinen Irrtum; derjenige jedoch, den sie zu ihren Füßen hatte sehen wollen, gesellte sich nicht zu der Gruppe, die sie beherrschte.

»Er glaubt sich noch geliebt«, dachte sie, »er will sich nicht unter die Gleichgültigen mischen.«

Sie lehnte es ab, zu tanzen. Als sei dieses Fest einzig ihr zu Ehren veranstaltet worden, ging sie dann am Arm des Grafen de Bauvan, dem einige Vertraulichkeit zu bezeigen sie sich gefiel, von Quadrille zu Quadrille. Das Abenteuer auf La Vivetière war jetzt der ganzen Gesellschaft bis in alle Einzelheiten bekannt; dafür hatte Madame du Gua Sorge getragen; sie hoffte, dadurch, daß sie auf diese Weise Mademoiselle de Verneuil und den Marquis ins Gerede brachte, ihrer beider Vereinigung ein weiteres Hindernis in den Weg zu stellen; so kam es, daß das entzweite Liebespaar zum Zielpunkt der allgemeinen Aufmerksamkeit wurde. Montauran wagte nicht, seine Geliebte anzusprechen; denn das Gefühl seines Unrechts und die Heftigkeit seines neu entfachten Begehrens machten sie ihm fast zu etwas zu Fürchtendem; und das junge Mädchen seinerseits gewahrte nichts als sein erkünstelt ruhiges Gesicht, während sie tat, als schaue sie dem Tanz zu.

»Es ist entsetzlich heiß hier«, sagte sie zu ihrem Kavalier. »Wie ich sehe, ist Monsieur de Montaurans Stirn ganz feucht. Führen Sie mich auf die andere Seite, damit ich frei atmen kann; ich bin am Ersticken.«

Und mit einer Kopfbewegung wies sie den Grafen auf den anstoßenden Salon hin, in dem sich einige Spieler befanden. Dorthinein folgte der Marquis seiner Geliebten; er hatte ihre Worte einzig aus der Bewegung der Lippen erraten. Er wagte zu hoffen, daß sie sich aus der Menge lediglich entferne, um ihn wiederzusehen, und diese vermutete Gunstbezeigung lieh seiner Leidenschaft eine unbekannte Heftigkeit; denn seine Liebe war durch all die Widerstände gewachsen, die er ihr seit einigen Tagen entgegensetzen zu müssen geglaubt hatte. Mademoiselle de Verneuil gefiel sich darin, den jungen Anführer zu quälen; wenn sie den Grafen ansah, war ihr Blick sanft und samtig; doch wenn er zufällig den Augen des Marquis begegnete, wurde er hart und düster. Montauran schien eine mühselige Anstrengung zu unternehmen; er fragte mit dumpfer Stimme: »Wollen Sie mir denn nicht verzeihen?«

»Die Liebe«, antwortete sie kalt, »verzeiht nichts oder verzeiht alles. Aber«, fuhr sie fort, als sie ihn eine freudige Bewegung machen sah, »dazu ist es nötig, daß man liebt.«

Wiederum hatte sie den Arm des Grafen genommen und war hastig in eine Art Boudoir gegangen, das neben dem Spielzimmer gelegen war. Abermals folgte der Marquis Marie.

»Sie sollen mich anhören!« rief er.

»Sie könnten glauben machen, Monsieur«, antwortete sie, »ich sei um Ihretwillen hierhergekommen, und nicht aus Selbstachtung. Wenn Sie mit dieser abscheulichen Verfolgung nicht aufhören, ziehe ich mich zurück.«

»Gut«, sagte er, da ihm eine der tollsten Handlungen des letzten Herzogs von Lothringen einfiel, »lassen Sie mich nur so lange mit Ihnen sprechen, wie ich dieses Stück Kohle in der Hand halten kann.«

Er bückte sich zum Kamin nieder, nahm ein Stück glühende Holzkohle und preßte es heftig zusammen. Mademoiselle de Verneuil wurde rot, zog mit einem Ruck den Arm aus dem des Grafen und schaute den Marquis erstaunt an. Der Graf entfernte sich behutsam und ließ die beiden Liebenden allein. Ein so wahnwitziges Tun hatte Maries Herz erschüttert; denn in der Liebe wirkt nichts überzeugender als eine beherzte Dummheit.

»Damit beweisen Sie mir«, sagte sie und versuchte, ihn dazu zu bringen, daß er das Kohlestück fortwarf, »daß Sie mich der grausamsten unter allen Martern preisgeben würden. Sie übertreiben in allem und jedem. Auf das Ehrenwort eines Narren und die Verleumdungen einer Frau hin haben Sie geargwöhnt, daß die, die Ihnen gerade das Leben gerettet hatte, imstande sei, Sie zu verkaufen.«

»Ja«, sagte er lächelnd, »ich bin grausam gegen Sie gewesen; aber vergessen Sie es immerhin, ich werde es nie vergessen. Hören Sie mich an. Ich bin auf unwürdige Weise getäuscht worden, aber es sind an jenem Unheilstag so viele Umstände gegen Sie aufgetreten.«

»Und diese Umstände haben genügt, Ihre Liebe zum Erlöschen zu bringen?«

Er schob die Antwort hinaus; da tat sie eine verächtliche Geste und stand auf.

»O Marie, jetzt will ich nur noch Ihnen glauben . . .«

»Aber werfen Sie doch die Kohle weg! Sie sind wahnsinnig. Machen Sie die Hand auf, ich will es!«

Er gefiel sich darin, den zärtlichen Bemühungen seiner Geliebten einen schlaffen Widerstand entgegenzusetzen, um das schmerzhafte Lustgefühl zu verlängern, das er empfand, als ihre lieblichen, schmeichlerischen Finger ihn stark drückten; schließlich jedoch gelang es ihr, die Hand zu öffnen, die sie am liebsten geküßt hätte. Das Blut hatte die Kohle zum Erlöschen gebracht.

»Ja, und was hat Ihnen das nun genützt . . .?« fragte sie.

Sie zupfte ihr Taschentuch zu Scharpie und legte es auf eine wenig tiefe Wunde, die der Marquis gleich darauf mit seinem Handschuh bedeckte. Madame du Gua kam auf den Zehenspitzen in den Spielsalon und warf flüchtige Blicke auf die Liebenden, deren Augen sie sich geschickt entzog, indem sie sich bei den geringsten Bewegungen der beiden zurückbeugte; aber sicherlich fiel es ihr schwer, aus dem, was sie sie tun sah, sich Rede und Gegenrede des Liebespaares zu erklären.

»Wenn alles, was Ihnen über mich gesagt worden ist, wahr wäre, dann müssen Sie eingestehen, daß ich in diesem Augenblick völlig gerächt sein würde«, sagte Marie mit einem Ausdruck der Bosheit, der den Marquis erblassen ließ.

»Und welches Gefühl hat Sie also hierhergeführt?«

»Aber lieber Junge, Sie sind doch ein großer Geck. Glauben Sie etwa, Sie könnten ungestraft eine Frau wie mich verachten? – Ich bin Ihret- und meinetwegen hergekommen«, fuhr sie nach einer Pause fort, legte die Hand auf den mit Rubinen geschmückten Knauf, der sich mitten auf ihrer Brust befand, und zeigte ihm dabei die Klinge ihres Dolches.

»Was bedeutet das alles?« dachte Madame du Gua.

»Aber«, fuhr sie fort, »Sie lieben mich noch immer! Zumindest begehren Sie mich noch immer, und die Dummheit, die Sie soeben begangen haben«, fügte sie hinzu und nahm seine Hand, »hat es mir bewiesen. Ich bin wieder zu dem geworden, was ich sein wollte, und ich scheide glücklich. Wer uns Frauen liebt, dem verzeihen wir stets. Was mich betrifft, so werde ich geliebt, ich habe die Achtung des Mannes zurückerobert, der in meinen Augen die ganze Welt bedeutet; ich kann sterben.«

»Dann lieben Sie mich also noch?« fragte der Marquis.

»Habe ich das gesagt?« antwortete sie mit spöttischer Miene und verfolgte voller Freude die Fortschritte der furchtbaren Marter, die sie vom Zeitpunkt ihres Kommens an den Marquis beständig hatte erleiden lassen. »Habe ich nicht Opfer bringen müssen, um hierher zu kommen? Ich habe Monsieur de Bauvan vorm Tode gerettet, und er, der dankbarere, hat mir als Gegenleistung für meinen Schutz sein Vermögen und seinen Namen angeboten. Auf diesen Gedanken sind Sie nie gekommen.«

Diese letzten Worte machten den Marquis völlig kopflos; er rang den heftigsten Zorn nieder, dem er noch hätte anheimfallen können, da er glaubte, der Graf habe ihn hintergangen, und antwortete nicht.

»Ha! ... Überlegen Sie es sich jetzt?« fuhr sie mit bitterem Lächeln fort.

»Mademoiselle«, entgegnete der junge Herr, »Ihr Zweifel rechtfertigt den meinen.«

»Lassen Sie uns von hier weggehen«, rief Mademoiselle de

Verneuil; sie hatte einen Zipfel des Kleids der Madame du Gua erblickt und war aufgestanden; allein der Wunsch, ihre Rivalin zur Verzweiflung zu bringen, verzögerte, daß sie hinausging.

»Wollen Sie mich denn in die Hölle stürzen?« fuhr der Marquis fort, ergriff ihre Hand und drückte sie heftig.

»Haben Sie mich nicht schon vor fünf Tagen hineingestürzt? Überlassen Sie mich nicht sogar in dieser Minute der grausamsten Ungewißheit, ob Ihre Liebe aufrichtig ist oder nicht?«

»Aber weiß ich denn, ob Sie Ihre Rache nicht so weit treiben, daß Sie, anstatt meinen Tod zu wollen, sich meines ganzen Lebens bemächtigen, um ihm seinen Glanz zu nehmen . . .?«

»Ah! Sie lieben mich nicht, Sie denken an sich selber und nicht an mich«, sagte sie und vergoß vor Wut ein paar Tränen.

Die Kokette wußte nur zu gut um die Macht ihrer Augen, wenn sie tränenfeucht waren.

»Gut!« sagte er außer sich, »nimm mein Leben, aber trockne deine Tränen.«

»O mein Geliebter«, rief sie mit erstickter Stimme, »dies sind die Worte, der Tonfall und der Blick, die ich erwartete, um dein Glück dem meinen vorzuziehen! Aber«, fuhr sie fort, »ich bitte Sie um einen letzten Beweis Ihrer Neigung, von der Sie sagen, daß sie so groß sei. Ich will hier nur so lange verweilen, wie an Zeit erforderlich ist, mich zu überzeugen, daß Sie mein sind. Ich würde nicht einmal ein Glas Wasser in dem Haus annehmen, in dem eine Frau wohnt, die zweimal versucht hat, mich umzubringen, die vielleicht schon wieder ein verräterisches Komplott wider uns schmiedet, und die uns in diesem Augenblick belauscht«, fügte sie hinzu und zeigte dem Marquis mit dem Finger die wogenden Falten des Kleids der Madame du Gua. Dann wischte sie sich die Tränen ab und neigte sich zum Ohr des jungen Anführers, den ein Zittern überkam, als er sich durch die süße Feuchte ihres Atems gestreichelt fühlte. – »Bereiten Sie unseren Aufbruch vor«, sagte sie, »Sie werden mich nach Fougères zurückgeleiten, und dort erst werden Sie erfahren, ob ich Sie liebe! Zum zweitenmal vertraue ich mich Ihnen an. Wollen auch Sie sich zum zweitenmal mir anvertrauen?«

»Ach, Marie, Sie haben mich so weit gebracht, daß ich nicht mehr weiß, was ich tue! Ich bin berauscht von Ihren Worten,

Ihren Blicken, kurzum, von Ihnen, und ich bin bereit, Ihnen zu willfahren.«

»Gut, dann machen Sie mich für einen Augenblick sehr glücklich! Lassen Sie mich den einzigen Triumph auskosten, den ich begehrt habe. Ich will in freier Luft atmen, in dem Leben, das ich mir erträumt habe, und mich an meinen Illusionen weiden, ehe sie verwehen. Kommen Sie, kommen Sie und tanzen Sie mit mir.«

Zusammen kehrten sie in den Ballsaal zurück, und obwohl Mademoiselle de Verneuil in ihrem Herzen und in ihrer Eitelkeit so geschmeichelt wurde, wie eine Frau es sich nur wünschen kann, behüteten die undurchdringliche Süße ihrer Augen, das kluge Lächeln ihrer Lippen und die Schnelligkeit der Bewegungen eines lebhaften Tanzes das Geheimnis ihrer Gedanken, wie das Meer dasjenige des Verbrechers bewahrt, der ihm einen schweren Leichnam anvertraut. Dennoch entrang sich den Anwesenden ein Murmeln der Bewunderung, als sie sich in den Armen ihres Geliebten beim Walzer wiegte und als sie beide, Blick in Blick getaucht, einander wollüstig umschlungen haltend, die Augen ersterbend, schweren Kopfes, sich drehten und sich in einer Art Raserei eng aneinanderschmiegten und auf diese Weise alle Lust kundtaten, die sie sich von einem intimeren Beieinander erhofften.

»Graf«, sagte Madame du Gua zu Monsieur de Bauvan, »sehen Sie nach, ob Pille-miche im Lager ist und bringen Sie ihn zu mir; und seien Sie sicher, daß Sie für diese kleine Gefälligkeit von mir alles erhalten, was Sie wollen, sogar meine Hand. – Meine Rache kommt mich teuer zu stehen«, sagte sie, als sie ihn sich entfernen sah; »aber diesmal soll sie nicht fehlschlagen.«

Ein paar Minuten nach dieser Szene saßen Mademoiselle de Verneuil und der Marquis in einer mit vier kräftigen Pferden bespannten Berline[104]. Francine war überrascht, die beiden vorgeblichen Feinde Hand in Hand und in so gutem Einvernehmen zu sehen; sie blieb stumm und wagte nicht, sich zu fragen, ob dies seitens ihrer Herrin Perfidie sei oder Liebe. Dank der Stille und Dunkelheit der Nacht konnte der Marquis nicht merken, wie die Erregung der Mademoiselle de Verneuil wuchs, je mehr sie sich Fougères näherten. Die schwachen Farbtöne der Morgendämmerung erlaubten, in der Ferne den Kirchturm von Saint-Léonard wahrzunehmen. In diesem Augenblick sagte sich Marie: »Ich fahre in den Tod!« Bei der ersten Steigung hatten die beiden Liebenden zur gleichen Zeit denselben Gedanken; sie stiegen aus und erstiegen den Hügel zu Fuß, wie im Gedenken an ihrer beider erste Begegnung. Als Marie den Arm des Marquis genommen und ein paar Schritte getan hatte, dankte sie dem jungen Herrn durch ein Lächeln dafür, daß er ihr Schweigen geachtet hatte; als sie dann oben auf der Hochfläche angelangt waren, von wo aus man Fougères zu erblicken vermochte, machte sie sich gänzlich von ihrer Versonnenheit frei.

»Gehen Sie nicht weiter«, sagte sie, »heute würde meine Macht Sie nicht mehr vor den Blauen retten.«

Montauran bezeigte einige Überraschung; sie lächelte traurig und zeigte auf einen Felsblock, gleich als wolle sie ihn zum Niedersitzen auffordern; sie selber blieb in melancholischer Haltung stehen. Die herzzerreißenden Wallungen ihres Innern ließen es nicht länger zu, die Künsteleien zu entfalten, die sie bis jetzt verschwendet hatte. In dieser Minute würde sie auf glühende Kohlen niedergekniet sein, ohne dabei mehr zu spüren denn der Marquis, als er das glühende Holzkohlenstück in die Hand genommen hatte, um die Heftigkeit seiner Leidenschaft zu beweisen. Erst nachdem sie ihren Geliebten mit einem Blick tiefsten Schmerzes angeschaut hatte, sagte sie ihm die furchtbaren Worte: »Alles, was Sie von mir geargwöhnt haben, ist wahr!« Der Marquis fuhr unwillkürlich auf. – »Ach, ich bitte Sie«, sagte sie und faltete die Hände, »hören Sie mir zu, ohne mich zu unterbrechen. – Ich bin tatsächlich«, fuhr sie mit bewegter Stimme fort, »die Tochter des Herzogs von Verneuil, aber seine natürliche Tochter. Meine Mutter, eine Demoiselle de Casteran, die Nonne geworden ist, um den Qualen zu entrinnen, die ihre Familie ihr zu bereiten sich anschickte, büßte ihren Fehltritt durch fünfzehn Jahre der Tränen und starb in Séez. Erst auf ihrem Sterbebett hat diese geliebte Äbtissin den Mann, der sie verlassen hatte, um meinetwillen angefleht; sie wußte, daß ich ohne Freunde, ohne Vermögen, ohne Zukunft war . . . Dieser Mann, der immer unter dem Dach der Mutter Francines weilte, deren Obhut ich anvertraut worden war, hatte sein Kind vergessen. Nichtsdestoweniger hat der Herzog mich freudig aufgenommen und mich anerkannt, weil ich schön war, und vielleicht auch, weil er sich in mir verjüngt wiedersah. Er war einer der Edelherren, die unter der vorigen Regierung ihren Ruhm darin suchten, daß sie zeigten, wie man ein Verbrechen zu etwas Verzeihlichem machen könnte, indem man es mit Anmut beging. Dem möchte ich nichts hinzufügen, er war ja mein Vater! Aber lassen Sie mich Ihnen erklären, wie mein Aufenthalt in Paris mir die Seele hat verderben müssen. Die Gesellschaft des Herzogs von Verneuil und die, in die er mich einführte, schwärmte für die spottsüchtige Philosophie, für die Frankreich sich begeistert hat, weil sie dort überall mit Geist verkündet wurde. Die funkelnden Unterhaltungen, die meinem Ohr schmeichelten, empfahlen sich durch die Geschliffenheit der Bemerkungen oder durch eine geistvoll formulierte Verachtung für alles, was fromm und echt war. Indem die Männer sich über die Gefühle lustig machten, schilderten sie sie um so besser, als sie sie nicht empfanden; und sie verführten weit mehr durch epigrammatisch zugespitzte Wendungen als durch die gutmütige Lässigkeit, mit der sie es verstanden, ein ganzes Abenteuer in ein einziges Wort zu kleiden; doch oftmals sündigten sie durch allzuviel Geist und langweilten die Frauen, weil sie aus der Liebe eher eine Kunst als eine Herzensangelegenheit machten. Ich habe dieser Strömung schwachen Widerstand geleistet. Allein meine Seele, verzeihen Sie mir diesen Hochmut, war leidenschaftlich genug geartet, um zu spüren, daß der Geist alle Herzen verdorrt hatte; aber das Leben, das ich damals führte, hatte als Ergebnis einen beständigen Kampf zwischen meinen natürlichen Gefühlen und den lasterhaften Gewohnheiten, die ich ihnen aufgezwungen hatte. Ein paar überlegene Leute hatten sich darin gefallen, in mir jene Freiheit des Denkens, jene Verachtung der öffentlichen Meinung zu entwickeln, die der Frau eine gewisse innere Bescheidenheit rauben, ohne die sie an Reiz verliert. Leider hat das Unglück nicht die Macht besessen, die Fehler auszumerzen, die das Wohlleben mich hatte annehmen lassen. – Mein Vater, der Herzog von Verneuil«, fuhr sie nach einem Seufzer fort, »starb, nachdem er mich anerkannt und durch ein Testament bevorzugt hatte, das das Vermögen meines Bruders, seines legitimen Sohns, beträchtlich minderte. Eines

Morgens war ich ohne Zufluchtsstätte und ohne Schutz. Mein Bruder focht das Testament an, durch das ich reich geworden war. Drei bei einer schwerreichen Familie verbrachte Jahre hatten meine Eitelkeit ins Kraut schießen lassen. Mein Vater hatte alle meinen Launen befriedigt und in mir ein Bedürfnis nach Luxus und Gewohnheiten wachgerufen, deren Gefahren und Tyrannei meine noch junge und naive Seele sich nicht klarmachte. Ein Freund meines Vaters, der Marschall Herzog von Lenoncourt, siebzig Jahre alt, erbot sich, mir als Vormund zu dienen. Ich willigte ein; einige Tage nach dem Beginn jenes abscheulichen Prozesses befand ich mich abermals in einem glänzenden Hause, wo ich alle Vorteile genoß, die die Grausamkeit eines Bruders mir am Sarg unseres Vaters verweigert hatte. Allabendlich verbrachte der alte Marschall bei mir einige Stunden und ließ mich nur freundliche, tröstende Worte vernehmen. Sein weißes Haar und alle rührenden Beweise väterlicher Zärtlichkeit, die er mir gab, verpflichteten mich, seinem Herzen die Gefühle des meinigen darzubringen; ich gefiel mir darin, mich seine Tochter zu glauben. Ich nahm die Schmuckstücke an, die er mir schenkte, und ich verhehlte ihm keinen meiner eigenwilligen Wünsche, da ich sah, wie glücklich es ihn machte, sie zu erfüllen. Eines Abends vernahm ich, daß ganz Paris mich für die Geliebte dieses armen Greises hielt. Man bewies mir, es stehe nicht in meiner Macht, eine Unschuld zurückzuerobern, die jedermann mir ohne Grund absprach. Der Mann, der meine Unerfahrenheit mißbraucht hatte, konnte weder ein Geliebter sein noch wollte er mein Gatte werden. In der Woche, da ich diese furchtbare Entdeckung machte, am Vorabend des Tages, der für meine Eheschließung mit dem festgesetzt worden war, dessen Namen zu fordern ich verstanden hatte, als die einzige Genugtuung, die er mir bieten konnte, reiste er nach Koblenz[105] ab. Ich wurde mit Schimpf und Schande aus dem kleinen Haus gejagt, in dem der Marschall mich untergebracht hatte und das ihm nicht gehörte. Bislang habe ich Ihnen die Wahrheit gesagt, wie wenn ich vor Gott stünde; doch jetzt dürfen Sie nicht von einer Unglücklichen verlangen, daß sie Rechenschaft über Leiden ablegt, die in ihrem Gedächtnis begraben liegen. Eines Tages, Monsieur, fand ich mich mit Danton verheiratet. Ein paar Tage später riß der Orkan die Rieseneiche nieder, um die ich die Arme geschlungen hatte. Als ich mich abermals ins tiefste Elend zurückgeworfen sah, beschloß ich, diesmal zu sterben. Ich weiß nicht, ob die Liebe zum Leben, ob die Hoffnung, das Unglück müde zu machen und in der Tiefe dieses Abgrunds ohne Ende ein Glück zu finden, das mich floh, ohne mein Wissen meine Berater waren, oder ob ich durch die Vernunfterwägungen eines jungen Mannes aus Vendôme verführt worden bin, der sich seit zwei Jahren an mich geheftet hat wie eine Schlange an einen Baum, wohl in dem Glauben, das äußerste Unglück könne mich ihm geben; kurzum, ich weiß nicht, wie ich in die abscheuliche Mission habe einwilligen können, mich für dreihunderttausend Francs von einem Unbekannten lieben zu lassen, den ich dann ausliefern sollte. Ich habe Sie gesehen, Monsieur, und ich habe Sie von Anfang an durch eine der Vorahnungen erkannt, die uns Frauen niemals betrügen; indessen gefiel ich mir darin, zu zweifeln, denn je mehr ich Sie liebte, desto fürchterlicher war mir die Gewißheit. Als ich Sie aus den Händen des Majors Hulot rettete, schwor ich also meiner Rolle ab und beschloß, die Henker anstatt des Opfers zu täuschen. Ich habe unrecht gehabt, auf diese Weise mit Männern, mit ihrem Leben, ihrer Politik und mit mir selber mein Spiel zu treiben, sorglos wie ein Mädchen, das in Welt und Leben nichts erblickt als Gefühle. Ich glaubte mich geliebt, und ich habe mich gehenlassen in der Hoffnung, ein neues Leben beginnen zu können; aber alles, und vielleicht gar vor allem ich selber, hat von dem ungeregelten Leben gekündet, das hinter mir lag; denn Sie mußten ja einer so leidenschaftlichen Frau, wie ich es bin, mißtrauen. Ach, wer würde nicht meine Liebe und meine Verstellung entschuldigen? Ja, mir schien, als hätte ich schwer geträumt und sei als Sechzehnjährige erwacht. War ich denn nicht in Alençon, wo meine Kindheit mich mit ihren keuschen, reinen Erinnerungen bedachte? Ich besaß die tolle Einfalt, zu glauben, die Liebe könne mir eine Unschuldstaufe spenden. Eine Weile habe ich gedacht, ich sei noch Jungfrau, weil ich ja noch nicht geliebt hatte. Aber gestern abend hat Ihre Liebe mich echt gedünkt, und eine Stimme hat mir zugerufen: ›Warum ihn täuschen?‹ – Vernehmen Sie also, Herr Marquis«, fuhr sie mit kehliger Stimme fort, die voller Stolz die Verwerfung forderte, »vernehmen Sie, daß ich nichts als eine ehrlose Kreatur und Ihrer unwürdig bin. Von diesem Augenblick an nehme ich meine Rolle als gefallenes Mädchen wieder auf; ich bin es müde, diejenige einer Frau zu spielen, der Sie alle Heiligkeiten des Herzens wiedergegeben hatten. Die Tugend lastet auf mir. Ich würde Sie verachten, wenn Sie die Schwäche besäßen, mich zu heiraten. Eine solche Dummheit kann ein Graf de Bauvan begehen; Sie, jedoch, Monsieur, müssen Ihrer Zukunft würdig sein und mich ohne Bedauern verlassen. Die Kurtisane, sehen Sie, würde allzu anspruchsvoll sein; sie würde Sie auf ganz andere Weise lieben als das junge, schlichte, naive Mädchen, das für kurze Zeit in seinem Herzen die köstliche Hoffnung verspürt hat, es könne Ihre Lebensgefährtin sein, Sie allezeit glücklich und Ihnen Ehre machen, eine noble, eine große Gattin werden, und das aus diesem Gefühl den Mut geschöpft hat, seinen schlechten Charakter voller Laster und Infamie aufs neue erstehen zu lassen, um dadurch zwischen sich und Ihnen eine ewige Schranke zu errichten. Ich opfere Ihnen Ehre und Vermögen. Der Stolz, den dies Opfer mir gibt, wird mich ins Elend stürzen, und das Schicksal möge über mein Los nach seinem Belieben bestimmen. Nie werde ich Sie ausliefern. Ich kehre nach Paris zurück. Dort wird Ihr Name für mich ein anderes Ich sein, und der herrliche Wert, den Sie ihm aufzuprägen wissen werden, wird mich über alle meine Kümmernisse hinwegtrösten. Sie jedoch sind ein Mann, Sie werden mich vergessen. Leben Sie wohl.«

Eilends ging sie in Richtung auf die Täler von Saint-Sulpice davon und verschwand, ehe der Marquis aufgestanden war, um sie zurückzuhalten; sie jedoch war umgekehrt, hatte sich in der Höhlung eines Felsens versteckt, den Kopf gehoben und in einem Gemisch von Neugier und Zweifel zu dem Marquis hingeschaut; sie hatte gesehen, wie er davonging, ohne zu wissen, wohin, wie ein tief Niedergeschlagener. »Sollte er im Grunde ein Schwachkopf sein . . .?« fragte sie sich, als er verschwunden war und sie fühlte, daß zwischen ihnen beiden alles aus sei. »Ob er mich wohl versteht?« Sie erzitterte. Dann eilte sie mit großen Schritten Fougères entgegen, als fürchte sie, der Marquis könne ihr in diese Stadt folgen, wo er den Tod gefunden haben würde.

»Nun, Francine, was hat er zu dir gesagt . . .?« fragte sie ihre getreue Bretonin, als sie wieder beisammen waren.

»Ach, Marie, er hat mir leid getan. Ihr großen Damen, ihr erdolcht einen Mann mit der Zunge.«

»Wie war er denn, als er dich anredete?«

»Hat er mich auch nur gesehen? O Marie, er liebt dich!«

»Ach! Er liebt mich oder er liebt mich nicht!« antwortete sie. »Das sind zwei Ausdrücke, die für mich das Paradies oder die Hölle bedeuten. Zwischen diesen beiden Extremen finde ich keine Stelle, auf die ich meinen Fuß setzen könnte.«

Nachdem Marie auf diese Weise ihr schreckliches Schicksal vollzogen hatte, konnte sie sich ganz ihrem Schmerz hingeben, und ihr bis dahin von so vielen unterschiedlichen Gefühlen beherrschtes Gesicht veränderte sich so jäh, daß sie nach einem Tage, den hindurch sie unablässig zwischen der Vorahnung von Glück und Verzweiflung hin und her geschwankt hatte, den Glanz ihrer Schönheit und jene Frische verlor, deren Hauptursache im Nichtvorhandensein jedweder Leidenschaft oder in der Trunkenheit der Glückseligkeit besteht. Kurz nach Maries Ankunft hatten Hulot und Corentin sie aufgesucht; beide waren begierig, das Ergebnis ihres tollen Unternehmens zu erfahren: Sie empfing sie mit lachender Miene.

»Ja«, sagte sie zu dem Major, dessen sorgenvolles Gesicht einen fragesüchtigen Ausdruck trug, »der Fuchs kommt auf Schußweite heran, und Sie werden bald einen glorreichen Sieg davontragen.«

»Was ist denn geschehen?« fragte Corentin lässig und warf Mademoiselle de Verneuil einen jener schrägen Blicke zu, mit denen Diplomaten dieser Art die Gedanken ausspionieren.

»Ach«, antwortete sie, »der Gars ist mehr denn je in mich verliebt, und ich habe ihn gezwungen, uns bis an die Tore von Fougères zu begleiten.«

»Anscheinend ist es dort mit Ihrer Macht zu Ende gewesen«, entgegnete Corentin, »und ebenso scheint die Angst des Ci-devant noch über die Liebe hinauszugehen, die Sie ihm einflößen.«

Mademoiselle de Verneuil warf einen verächtlichen Blick auf Corentin.

»Sie beurteilen ihn nach sich selbst«, antwortete sie ihm.

»Na, gut«, sagte er unbeeindruckt, »warum haben Sie ihn nicht bis in Ihr Haus gebracht?«

»Wenn er mich wahrhaft liebte, Herr Major«, sagte sie zu Hulot und bedachte ihn mit einem Blick voller Bosheit, »würden Sie es mir dann sehr übelnehmen, wenn ich ihn dadurch rettete, daß ich ihn aus Frankreich hinausbrächte?«

Der alte Soldat trat lebhaft auf sie zu, nahm ihre Hand und küßte sie mit einer Art von Begeisterung; dann sah er ihr fest ins Auge und sagte mit düsterer Miene: »Sie vergessen meine beiden Freunde und meine dreiundsechzig Mann.«

»Ach, Herr Major!« sagte sie mit aller Naivität der Liebe, »dafür ist er nicht verantwortlich, er ist von einem schlechten Weibsstück überspielt worden, der Geliebten Charettes, die, wie ich glaube, das Blut der Blauen trinken möchte ...«

»Lassen Sie das, Marie«, versetzte Corentin, »spotten Sie nicht über den Major; er hat vorerst noch kein Verständnis für Ihre Scherze.«

»Schweigen Sie«, antwortete sie ihm, »und merken Sie sich, daß der Tag, an dem Sie mir ein wenig gar zu sehr mißfallen, für Sie kein Morgen hat.«

»Ich sehe, Mademoiselle«, sagte Hulot ohne Bitterkeit, »daß ich mich zum Kampf rüsten muß.«

»Dazu sind die Kräfte zu ungleich, lieber Herr Oberst. Ich habe in Saint-James mehr als sechstausend Mann gesehen, reguläre Truppen, Artillerie und englische Offiziere. Aber was sollte ohne ihn aus diesen Leuten werden? Ich denke wie Fouché: Sein Kopf ist alles.«

»Na also, bekommen wir den?« fragte Corentin ungeduldig.

»Das weiß ich nicht«, antwortete sie sorglos.

»Engländer ..!« rief Hulot zornig aus. »Weiter hat nichts gefehlt, um ihn zu einem vollendeten Straßenräuber zu stempeln! Ach, ich werde sie dir schon heimzahlen, deine Engländer ...!«

»Es scheint, Bürger Diplomat, daß du dich von diesem Mädchen immer wieder in die Flucht schlagen läßt«, sagte Hulot zu Corentin, als sie sich ein paar Schritte von dem Haus entfernt hatten.

»Es ist ganz natürlich, Bürger Major«, entgegnete Corentin mit nachdenklicher Miene. »daß du in allem, was sie uns gesagt hat, nur Schießerei erblickt hast. Ihr Haudegen wißt eben nicht, daß es mehrere Arten der Kriegsführung gibt. Die Leidenschaften der Männer oder der Frauen geschickt als Triebfedern benutzen, die man zum Nutzen des Staats in Bewegung setzt, die Räder in dem großen Triebwerk, das wir eine ›Regierung‹ nennen, an der richtigen Stelle einfügen und sich darin gefallen, die unbezähmbarsten Gefühle ebenfalls darin einzuschließen und sie belustigt zu überwachen wie einen Gewehrabzug, heißt das etwa nicht schaffen und sich wie Gott in den Mittelpunkt des Universums stellen . . .?«

»Du mußt mir schon erlauben, daß ich mein Handwerk dem deinen vorziehe«, entgegnete trocken der Offizier. »Macht also mit euerm Räderwerk, was ihr wollt; ich jedoch kenne keinen anderen Vorgesetzten als den Kriegsminister, ich habe meine Befehle, ich ziehe mit Kerls ins Feld, die nicht maulen und dem Feind, den du von hinten packen willst, die Stirn bieten.«

»Oh, du kannst dich marschbereit machen«, erwiderte Corentin. »Nach dem, was dieses Mädchen mich hat erraten lassen, so undurchsichtig sie dir auch immer vorgekommen sein möge, wirst du scharmützeln müssen, und ich werde dir binnen kurzem das Vergnügen eines Tête-à-tête mit dem Räuberhauptmann verschaffen.«

»Wie das?« fragte Hulot und trat zurück, um diese seltsame Persönlichkeit besser ins Auge fassen zu können.

»Mademoiselle de Verneuil liebt den Gars«, entgegnete Corentin mit gedämpfter Stimme, »und vielleicht wird sie von ihm wiedergeliebt! Ein Marquis, der Groß-Kordon des Ludwigs-Kreuzes, jung und intelligent, wer weiß, ob er nicht sogar noch reich ist, wie viele Versuchungen sind das! Sie wäre recht dumm, wenn sie nicht auf ihren eigenen Vorteil erpicht wäre und versuchte, ihn lieber zu heiraten als ihn uns auszuliefern! Sie versucht, uns an der Nase herumzuführen. Aber ich habe in den Augen dieses Mädchens eine gewisse Unsicherheit gelesen. Wahrscheinlich haben die beiden Liebenden ein Stelldichein verabredet; vielleicht hat es sogar schon stattgefunden. Na, morgen habe ich meinen Mann bei beiden Ohren! Bis jetzt war er nur der Feind der Republik, aber seit ein paar Augenblicken ist er mein persönlicher Feind geworden; nun aber haben alle, die beabsichtigen, sich zwischen mich und dieses Mädchen zu stellen, den Tod auf dem Schafott gefunden.«

Als er diese Worte gesagt hatte, versank Corentin wieder in Grübeleien, und diese hinderten ihn, den tiefen Ekel zu gewahren, der sich auf dem Gesicht des wackeren Offiziers abzeichnete, als er sich über den vollen Umfang dieses Ränkespiels und den Mechanismus der von Fouché verwandten Triebfedern klar wurde. Daher beschloß Hulot, Corentin in allem entgegenzuwirken, was den Erfolgen und den Wünschen der Regierung nicht wesentlich schaden konnte, und dem Feind der Republik die Möglichkeit zu überlassen, in Ehren und mit der Waffe in der Hand zu fallen, anstatt eine Beute des Henkers zu werden, dessen Lieferant zu sein dieser Sbirre der Staatspolizei sich bekannt hatte.

»Wenn der Erste Konsul auf mich hörte«, sagte er und wandte Corentin den Rücken, »dann würde er diese Füchse da die Aristokraten bekämpfen lassen – sie sind einander würdig – und die Soldaten für ganz was anderes verwenden.«

Corentin blickte dem Offizier, dessen Gedanken sich klar und deutlich auf seinem Gesicht abgezeichnet hatten, kalt nach, und dabei nahmen seine Augen einen sardonischen Ausdruck an, der die Überlegenheit dieses Machiavelli[106] im Taschenformat enthüllte.

»Gebt diesen Hornochsen drei Ellen blaues Tuch und hängt ihnen ein Stück Eisen an die Seite«, dachte er, »dann bilden sie sich ein, in der Politik dürfe man die Menschen nur auf eine einzige Art und Weise ums Leben bringen.« Dann schritt er ein paar Minuten langsam auf und ab, und plötzlich sagte er sich: »Ja, der Augenblick ist gekommen, diese Frau wird also mein sein! Seit fünf Jahren ist der Kreis, den ich um sie ziehe, unmerklich immer enger geworden, sie ist in meiner Gewalt, und durch sie werde ich in der Regierung genauso hoch gelangen wie Fouché. – Ja, wenn sie den einzigen Mann verliert, den sie geliebt hat, wird der Schmerz sie mir mit Leib und Seele ausliefern. Jetzt handelt es sich nur noch darum, Tag und Nacht die Augen offenzuhalten, um hinter ihr Geheimnis zu kommen.«

Unmittelbar danach hätte ein Beobachter das bleiche Gesicht dieses Menschen durch das Fenster eines Hauses hindurch erkennen können, von dem aus er alles wahrzunehmen vermochte, was in der Sackgasse geschah, die durch die parallel zur Kirche Saint-Léonard sich hinziehende Häuserreihe gebildet wurde. Mit der Geduld des Katers, der einer Maus auflauert, stand Corentin noch am nächsten Vormittag da, lauschte auf jedes Geräusch und befaßte sich damit, jeden Vorübergehenden der strengsten Prüfung zu unterwerfen. Der anbrechende Tag war ein Markttag. Obwohl in jener unheilvollen Zeit die Bauern kaum je in die Stadt zu kommen wagten, sah Corentin einen kleinen Mann mit finsterem Gesicht, der in eine Geißenhaut gehüllt war und ein rundes, plattes Körbchen trug, sich auf das Haus der Mademoiselle de Verneuil zubewegen, nachdem er ziemlich unbekümmerte Blicke um sich geworfen hatte. Corentin ging nach unten, in der Absicht, jenen Bauern abzufangen, wenn er wieder herauskomme; aber unvermittelt fiel ihm ein, daß er, wenn er unvermutet bei Mademoiselle de Verneuil erschiene, vielleicht mit einem einzigen Blick die Geheimnisse erhaschen könne, die im Korb dieses Boten verborgen waren. Überdies hatte er sagen hören, daß es nahezu unmöglich sei, mit Erfolg gegen die undurchdringlichen Antworten der Bretonen und Normannen etwas auszurichten.

»Galope-chopine!« rief Mademoiselle de Verneuil, als Francine den Chouan hereinführte. – »Sollte ich dennoch geliebt werden?« fragte sie sich.

Eine instinktive Hoffnung verbreitete leuchtende Farben auf ihrem Antlitz und Freude in ihrem Herzen. Galope-chopine blickte abwechselnd die Hausherrin und Francine an und bedachte die letztere mit mißtrauischen Blicken; aber ein Zeichen der Mademoiselle de Verneuil beruhigte ihn.

»Madame«, sagte er, »gegen zwei Uhr ist ›er‹ bei mir im Haus und erwartet Sie.«

Die Aufregung verstattete Mademoiselle de Verneuil nicht, eine andere Antwort als ein Nicken zu geben: aber sogar ein Samojede hätte dessen ganze Tragweite begriffen. In diesem Augenblick erschollen Corentins Schritte im Wohnzimmer. Galope-chopine geriet nicht im mindesten aus der Fassung, als der Blick und das Zusammenzucken der Mademoiselle de Verneuil ihm eine Gefahr ankündigten, und als der Spitzel sein abgefeimtes Gesicht zeigte, erhob der Chouan seine Stimme auf eine Weise, daß einem der Kopf hätte platzen können.

»Haha!« sagte er zu Francine, »bretonische Butter und bretonische Butter, das ist zweierlei! Sie wollen Gibarry-Butter und geben nur elf Sous für das Pfund? Dann hätten Sie mich nicht holen zu lassen brauchen! Das hier ist nämlich gute Butter«, sagte er, klappte seinen Korb auf und ließ zwei kleine, von Barbette geformte Klumpen Butter sehen. – »Alles, was recht und billig ist, gute Dame, also los, legen Sie noch einen Sou drauf.«

Seine hohle Stimme verriet keinerlei Aufregung, und seine grünen Augen unter den dichten, ergrauenden Brauen hielten ohne zu zwinkern Corentins durchdringenden Blick aus.

»Na, nun halt mal den Mund, guter Mann, du bist nicht hierhergekommen, um Butter zu verkaufen, denn du hast es mit einer Frau zu tun, die nie im Leben gefeilscht hat. Das Handwerk, das du treibst, alter Freund, wird dich eines Tages um einen Kopf kürzer machen.« Und Corentin klapste ihm freundschaftlich auf die Schulter und fügte hinzu: »Man kann nicht allzu lange der Mann der Chouans und der Mann der Blauen sein.«

Galope-chopine bedurfte seiner ganzen Geistesgegenwart, um seine Wut hinunterzuwürgen und nicht diese Anschuldigung zurückzuweisen, die seiner Habgier wegen berechtigt war. Er begnügte sich mit der Antwort: »Monsieur will sich wohl über mich lustig machen?«

Corentin hatte dem Chouan den Rücken zugekehrt; aber während er Mademoiselle de Verneuil begrüßte, deren Herz sich zusammenkrampfte, konnte er ihn ohne weiteres im Spiegel beobachten. Galope-Chopine, der meinte, der Spitzel könne ihn nicht mehr sehen, befragte durch einen Blick Francine, und Francine wies ihm die Tür und sagte: »Kommen Sie mit mir, guter Mann, wir werden schon einig werden.«

Corentin war nichts entgangen, weder das verzerrte Gesicht der Mademoiselle de Verneuil, das ihr Lächeln unzulänglich tarnte, noch die Unruhe des Chouans, noch die Geste Francines; es war ihm nichts entgangen. Er war überzeugt davon, daß Galope-chopine ein Bote des Marquis sei, und so hielt er ihn an den langen Haaren seines Ziegenpelzes fest, als er gerade hinausgehen wollte, stellte ihn vor sich auf, sah ihn starr an und fragte: »Wo wohnst du, Freundchen? Ich brauche nämlich ebenfalls Butter ...«

»Guter Herr«, antwortete der Chouan, »ganz Fougères weiß, wo ich wohne; ich bin gewissermaßen ...«

»Corentin!« rief Mademoiselle de Verneuil und schnitt Galope-chopine die Antwort ab, »Sie sind sehr dreist, daß Sie zu dieser Stunde zu mir kommen und mich überraschen! Kaum bin ich angekleidet ... Lassen Sie diesen Bauern in Ruhe, er versteht Ihre Schliche sowenig, wie ich deren Beweggründe verstehe. Gehen Sie, wackerer Mann!«

Galope-chopine zögerte einen Augenblick, ehe er verschwand. Die natürliche oder gespielte Unentschlossenheit des armen Teufels, der nicht wußte, wem er gehorchen sollte, hatte Corentin bereits getäuscht, als der Chouan auf eine gebieterische Geste des jungen Mädchens hin sich schweren Schrittes entfernte. Jetzt musterten Mademoiselle de Verneuil und Corentin einander stumm. Dieses Mal konnten Maries klare Augen dem kalten Feuer nicht standhalten, das der Blick dieses Menschen sprühte. Die Entschlossenheit, mit der der Spitzel ins Schlafzimmer eingedrungen war, ein Ausdruck seines Gesichts, den Marie nicht kannte, der matte Klang seiner scharfen Stimme, sein Gang, alles hatte sie erschreckt; sie wurde sich bewußt, daß ein heimlicher Kampf zwischen ihnen beiden begann und daß er gegen sie alle Macht seines unheilvollen Einflusses entfaltete; aber wenn sie auch in diesem Augenblick deutlich und uneingeschränkt den Abgrund wahrnahm, in dessen Tiefe sie sich stürzte, schöpfte sie doch Kräfte aus ihrer Liebe und schüttelte die Eiseskälte ihrer trüben Vorahnungen ab.

»Corentin«, fuhr sie mit einer gewissen Heiterkeit fort, »ich hoffe, Sie lassen mich jetzt meine Toilette beenden.«

»Marie«, sagte er, »ja, gestatten Sie mir, Sie so zu nennen. Sie kennen mich noch nicht! Sehen Sie, sogar ein weniger scharfsichtiger Mensch als ich hätte Ihre Liebe zu dem Marquis de Montauran längst entdeckt. Ich habe Ihnen wiederholt mein Herz und meine Hand angeboten. Sie haben mich für Ihrer unwürdig gehalten, und vielleicht haben Sie recht; aber wenn Sie meinen, Sie ständen zu hoch, Sie seien zu schön oder zu groß für mich, dann weiß ich genau, wie ich es anstellen muß, daß Sie zu mir herabsteigen. Mein Ehrgeiz und meine Lebensgrundsätze haben Ihnen wenig Achtung für mich eingeflößt; und offen gesagt: Damit haben Sie unrecht. Die Menschen sind nur das wert, als was ich sie einschätze, nämlich fast nichts. Ich steige ganz bestimmt zu einer hohen Stellung auf, deren Ehren Ihnen schmeicheln werden. Wer könnte Sie mehr lieben, wer würde Ihnen mehr an Herrschaft über sich einräumen als der Mann, der Sie seit fünf Jahren liebt? Obgleich ich es wage, Ihnen eine ungünstige Vorstellung von mir beizubringen, denn es ist Ihnen wohl unbegreiflich, daß man aus einem Übermaß an Liebe auf die Frau verzichten könnte, die man vergöttert, will ich Ihnen einen Maßstab für die Selbstlosigkeit geben, mit der ich Sie anbete. Schütteln Sie nicht so Ihr hübsches Köpfchen. Wenn der Marquis Sie liebt, dann heiraten Sie ihn; aber zuvor versichern Sie sich, daß er es ehrlich meint. Ich wäre untröstlich, wenn ich wüßte, er führe Sie hinters Licht; denn Ihr Glück ist mir wichtiger als das meine. Mein Entschluß könnte Sie wundern, aber schreiben Sie ihn lediglich der klugen Vorsicht eines Mannes zu, der nicht so dumm ist, eine Frau wider ihren Willen besitzen zu wollen. Daher messe ich mir selbst und nicht Ihnen die Schuld an der Fruchtlosigkeit meiner Bemühungen bei. Ich hatte gehofft, Sie durch Unterwürfigkeit und Ergebenheit zu erobern, denn, wie Sie wissen, suche ich Sie seit langem auf meine Art glücklich zu machen; aber Sie haben mich nun mal durch nichts belohnen wollen.«

»Ich habe Sie in meiner Nähe gelitten«, sagte sie hochmütig.

»Sagen Sie nur noch, daß Sie es bereuen.«

»Soll ich Ihnen auch noch danken, daß Sie mich in ein so infames Unternehmen verstrickt haben . . .?«

»Als ich Ihnen ein Unternehmen vorschlug, das für ängstliche Seelen vielleicht nicht ganz untadelig ist«, fuhr er kühn fort, »hatte ich lediglich Ihre Vermögensumstände im Auge. Was mich betrifft, so ist es gleich, ob ich Glück habe oder scheitere: Ich werde jetzt jedes, aber auch jedes Ergebnis dem Gelingen meiner Pläne dienstbar machen. Wenn Sie Montauran heirateten, würde ich entzückt sein, in Paris, wo ich Mitglied des Clichy-Clubs[107] bin, der Sache der Bourbonen tatkräftig zu dienen. Eine Gelegenheit, die mich mit den Prinzen in Verbindung brächte, würde mich bestimmen, der Sache einer Republik den Rücken zu kehren, die ihrem Untergang entgegengeht. Der General Bonaparte ist viel zu geschickt, um nicht zu wissen, daß er unmöglich gleichzeitig in Deutschland, in Italien und hier sein kann, wo die Revolution unterliegt. Sicherlich hat er den 18. Brumaire nur veranstaltet, um von den Bourbonen größere Vorteile zu erlangen, wenn er mit ihnen über Frankreich unterhandelt; er ist nämlich ein hochintelligenter Bursche, dem es nicht an einem gewissen Weitblick fehlt; aber die Männer mit politischem Instinkt müssen ihm auf dem Weg, den er einschlägt, voraneilen. Verrat an Frankreich: Das gehört abermals zu den Skrupeln, die wir überlegenen Leute den Dummen überlassen. Ich verhehle Ihnen nicht, daß ich die erforderlichen Vollmachten besitze, um in Unterhandlungen mit den Führern der Chouans zu treten, gerade wie ich Vollmachten habe, sie zu vernichten; denn mein Gönner Fouché ist ein ziemlich hintergründiger Mensch; er hat von je doppeltes Spiel gespielt; während der Schreckensherrschaft war er gleichzeitig für Robespierre und für Danton.«

»Den Sie feige im Stich gelassen haben«, sagte sie.

»Albernheiten«, antwortete Corentin. »Er ist tot; vergessen Sie ihn Kommen Sie, sprechen Sie offenherzig mit mir, folgen Sie meinem Beispiel. Dieser Halbbrigadechef ist gewitzter, als es den Anschein hat, und wenn Sie seine Wachsamkeit täuschen wollen, wäre ich Ihnen von Nutzen. Bedenken Sie, daß er die Täler mit Gegen-Chouans unsicher gemacht hat und Ihre Stelldicheins recht schnell herausbekommen würde! Wenn Sie hier unter seinen Augen bleiben, sind Sie seiner Polizei preisgegeben. Sie sehen ja, wie schnell er erfahren hat, daß dieser Chouan bei Ihnen sei! Muß sein militärischer Spürsinn ihm nicht sagen, daß Ihre geringsten Schritte ihn auf die des Marquis hinweisen, wenn Sie von ihm geliebt werden?«

Mademoiselle de Verneuil hatte nie zuvor eine so schmeichlerisch-herzliche Stimme vernommen; Corentin war die Aufrichtigkeit in Person und wirkte vollauf vertrauenswürdig. Das Herz des armen Mädchens war so empfänglich für hochherzige Eindrücke, daß sie drauf und dran war, ihr Geheimnis der Schlange auszuliefern, die sie mit ihren Windungen umschlang; indessen überlegte sie, daß nichts die Aufrichtigkeit dieser gekünstelten Redeweise beweise; sie machte sich also kein Gewissen daraus, ihren Überwacher zu täuschen.

»Gut denn«, antwortete sie, »Sie haben es erraten, Corentin. Ja, ich liebe den Marquis; aber ich werde von ihm nicht wiedergeliebt! Wenigstens fürchte ich es; daher scheint mir das Stelldichein, das er mir gibt, eine Falle zu sein.«

»Aber«, entgegnete Corentin, »Sie haben uns doch gestern gesagt, er habe Sie bis Fougères begleitet . . . Wenn er eine Gewalttat gegen Sie hätte begehen wollen, wären Sie nicht hier.«

»Sie haben ein dürres Herz, Corentin. Sie können weise Berechnungen über die Vorkommnisse im menschlichen Leben anstellen, aber nicht über die, die sich in einer Liebe vollziehen. Vielleicht beruht darauf die ständige Abneigung, die Sie mir einflößen. Da Sie so hellsichtig sind, sollten Sie zu verstehen suchen, wie ungeduldig ein Mann, von dem ich mich gestern gewaltsam losgerissen habe, mich heute auf der Landstraße nach Mayenne erwarten muß, in einem Haus von Florigny, gegen Abend . . .«

Bei diesem Geständnis, das ihr in einer bei diesem freimütigen, leidenschaftlichen Mädchen recht begreiflichen Aufwallung entschlüpft zu sein schien, errötete Corentin, denn er war ja noch jung; er warf auf sie verstohlen einen jener durchdringenden Blicke, die die Seele zu ergründen trachten. Die Naivität der Mademoiselle de Verneuil war so gut gespielt, daß sie den Spitzel täuschte; er antwortete ihr mit geheuchelter Gutmütigkeit: »Wollen Sie, daß ich Sie von fern begleite? Ich könnte verkleidete Soldaten mitnehmen, und wir würden bereit sein, Ihnen zu gehorchen.«

»Einverstanden«, sagte sie. »Aber versprechen Sie mir bei Ihrer Ehre . . . O nein! Daran glaube ich nicht! Also bei Ihrem Heil, aber Sie glauben ja nicht an Gott! Dann bei Ihrer Seele, aber vielleicht haben Sie keine. Welche Sicherheit können Sie mir also dafür geben, daß Sie es redlich meinen? Dennoch vertraue ich mich Ihnen an und überantworte Ihren Händen mehr als mein Leben: meine Liebe und meine Rache.«

Das leichte Lächeln, das auf Corentins bleifahlem Gesicht erschien, ließ Mademoiselle de Verneuil die Gefahr erkennen, der sie gerade entronnen war. Der Sbirre, dessen Nasenflügel sich zusammengezogen hatten, anstatt sich zu blähen, nahm die Hand seines Opfers, küßte sie unter Bezeigung tiefsten Respekts und verabschiedete sich mit einer Verbeugung, die nicht ohne Eleganz war.

Drei Stunden nach dieser Szene ging Mademoiselle de Verneuil, die Corentins Rückkehr befürchtete, verstohlen durch die Porte Saint-Léonard ins Freie und schlug den schmalen Fußweg nach dem Nid-aux-crocs ein, der in das Nançon-Tal hinabführte. Sie hielt sich für gerettet, als sie ohne Zeugen durch das Gewirr der Pfade schritt, die zu Galope-chopins Hütte führten, auf die sie fröhlich zuging, geleitet von der Hoffnung, endlich das Glück zu finden, und von dem Wunsch, den Geliebten vor dem ihn bedrohenden Schicksal zu bewahren. Während dieser Zeit war Corentin auf der Suche nach dem Major. Es kostete ihn Mühe, Hulot wiederzuerkennen, als er ihn auf dem kleinen Platz antraf, wo er mit irgendwelchen militärischen Vorbereitungen beschäftigt war. Der wackere alte Kriegsmann hatte nämlich ein Opfer gebracht, dessen Verdienstlichkeit sich dürfte würdigen lassen. Sein Zopf und sein Schnurrbart waren abgeschnitten, und sein Haar war nach kirchlichem Brauch leicht gepudert. Er trug klobige, eisenbeschlagene Schuhe, und seine alte blaue Uniform und seinen Degen hatte er gegen eine Geißenhaut ausgewechselt, was ein schlechter Tausch war; im Gürtel hatte er Pistolen stecken und sich mit einem schweren Karabiner bewaffnet, und so ließ er zweihundert Einwohner von Fougères an sich vorbeimarschieren, deren Bekleidung auch das Auge des erfahrensten Chouans getäuscht haben würde. Der kriegerische Geist dieser kleinen Stadt und der bretonische Charakter entfalteten sich in dieser Szene, die übrigens nichts Neues war. Hier und da brachten ein paar Mütter, ein paar Schwestern ihren Söhnen, ihren Brüdern eine Kürbisflasche mit Schnaps oder vergessene Pistolen. Mehrere alte Männer erkundigten sich nach der Zahl und der Güte der Patronen dieser in Gegen-Chouans verkleideten Nationalgardisten, deren Heiterkeit eher auf einen Jagdausflug denn auf ein gefährliches Unternehmen schließen ließ. Für sie schienen die Gefechte des Chouan-Krieges, in dem die Bretonen der Städte mit den Bretonen der Dörfer kämpften, die Turniere der Ritterzeit ersetzt zu haben. Vielleicht hatte diese patriotische Begeisterung etwas mit dem Ankauf von Nationalgütern zu tun. Nichtsdestoweniger trugen auch die Wohltaten der Revolution, die in den Städten besser gewürdigt wurden, der Parteigeist und ein gewisser nationaler Hang zum Kriege viel zu diesem Eifer bei. Der freudig erstaunte Hulot durchlief die Reihen und ließ sich von Gudin Auskünfte erteilen; auf ihn hatte er alle Freundschaftsgefühle übertragen, die er ehedem Merle und Gérard entgegengebracht hatte. Eine große Zahl von Einwohnern schaute den Vorbereitungen des Unternehmens mit prüfenden Augen zu und verglich die Haltung ihrer lärmenden Mitbürger mit der eines Bataillons von Hulots Halbbrigade. Die Blauen standen unbeweglich ausgerichtet und stumm da, geführt von ihren Offizieren, und warteten auf die Befehle des Majors, dem die Augen jedes Soldaten von Gruppe zu Gruppe folgten. Als Corentin in die Nähe des alten Halbbrigadechefs gelangte, konnte er sich angesichts der Veränderungen, die Hulot mit seinem Gesicht vorgenommen hatte, ein Lächeln nicht verkneifen. Der Major nahm sich aus wie ein Porträt, das dem Original nicht mehr ähnelt.

»Was gibt's denn Neues?« fragte Corentin ihn.

»Komm mit und gib mit uns ein paar Schüsse ab, dann erfährst du es«, antwortete der Major.

»Oh, ich stamme nicht aus Fougères«, entgegnete Corentin.

»Das sieht man dir an, Bürger«, sagte Gudin zu ihm.

Spöttisches Auflachen entstieg den in der Nähe stehenden Gruppen.

»Glaubst du«, entgegnete Corentin, »man könne Frankreich nur mit Bajonetten dienen . . .?«

Dann wandte er den Lachern den Rücken und wandte sich an eine Frau, um Auskunft über Ziel und Zweck dieses Unternehmens zu erhalten.

»Ach, guter Mann, die Chouans sind schon in Florigny! Es sollen mehr als dreitausend sein, und sie rücken heran und wollen Fougères nehmen.«

»Florigny!« rief Corentin erbleichend. »Das Stelldichein findet dort also nicht statt! Es ist doch wohl«, fuhr er fort, »Florigny an der Landstraße nach Mayenne gemeint?«

»Es gibt hier nur *ein* Florigny«, antwortete die Frau und

zeigte auf den Weg, der durch den Gipfel von La Pélerine abgeschlossen wurde.

»Sind Sie hinter dem Marquis de Montauran her?« fragte Corentin den Major.

»Ein bißchen«, antwortete Hulot barsch.

»Der ist nicht in Florigny«, entgegnete Corentin. »Schicken Sie Ihr Bataillon und die Nationalgarde dorthin, aber behalten Sie einige von Ihren Gegen-Chouans bei sich und warten Sie auf mich.«

»Er ist zu gewitzt, um verrückt zu sein«, rief der Major, als er Corentin sich mit langen Schritten entfernen sah. »Wahrhaftig, er ist der König aller Spitzel!«

In diesem Augenblick gab Hulot seinem Bataillon den Befehl zum Abmarsch. Die republikanischen Soldaten marschierten ohne Trommelklang und schweigend die schmale Vorortstraße entlang, die in die Landstraße nach Mayenne mündet; sie bilden zwischen den Bäumen und Häusern eine lange blaue und rote Linie; die verkleideten Nationalgardisten folgten ihnen; Hulot jedoch blieb mit Gudin und etwa zwanzig der gewandtesten unter den jungen Männern der Stadt auf dem kleinen Platz und wartete auf Corentin, dessen geheimnisvolles Gehaben seine Neugier gereizt hatte. Francine selber teilte dem scharfsinnigen Spitzel mit, daß Mademoiselle de Verneuil fortgegangen sei; sein Verdacht wurde zur Gewißheit, und er machte sich sogleich auf den Weg, um sich Aufklärung über diese aus triftigen Gründen verdächtige Flucht zu verschaffen. Die Soldaten des Wachtpostens an der Porte Saint-Léonard sagten ihm, die schöne Unbekannte habe den Weg nach dem Nid-aux-crocs eingeschlagen; deshalb eilte Corentin auf die Promenade und langte dort unglücklicherweise noch rechtzeitig genug an, um jeden Schritt Maries verfolgen zu können. Obgleich sie ein grünes Kleid angezogen hatte und darüber einen grünen Umhang trug, um weniger leicht gesehen zu werden, war an der Unregelmäßigkeit ihres fast wahnwitzigen Laufs durch die blätterlosen, rauhreifweißen Hecken zu erkennen, wohin sie ihre Schritte lenkte.

»Ha!« rief er, »du müßtest nach Florigny gehen und steigst ins Gibarry-Tal hinab? Ich bin doch bloß ein Schwachkopf, sie hat mich hineingelegt. Doch Geduld, ich lasse mein Licht bei Tage wie bei Nacht leuchten.«

Corentin ahnte jetzt halbwegs, wo die beiden Liebenden sich treffen wollten; er eilte nach dem Platz hin und langte dort an, als Hulot gerade im Begriff stand, ihn zu verlassen und seinen Truppen zu folgen.

»Halt, Herr General!«[108] rief er dem Major zu, der sich umwandte.

Im Nu hatte Corentin den Soldaten über das Geschehene unterrichtet, dessen Grundgedanke, obwohl verborgen, einige seiner Fäden blicken ließ, und Hulot, den die Scharfsicht des Diplomaten ganz betroffen machte, packte ihn heftig am Arm.

»Donnerwetter, du neugieriger Bürger, du hast recht! Die Briganten machen da hinten einen Scheinangriff! Die beiden Mobilkolonnen, die ich losgeschickt habe, um die Umgebung zwischen den Straßen nach Antrain und nach Vitré durchzukämmen, sind noch nicht zurück; auf diese Weise finden wir im Gelände Verstärkungen, die uns sicherlich von Nutzen sein werden, denn der Gars ist nicht so dumm, sein Leben aufs Spiel zu setzen, ohne seine verdammten Käuzchen mitzubringen.«

»Gudin«, sagte er zu dem jungen Fougèreser, »lauf zu Hauptmann Lebrun und sag ihm, er könne in Florigny auch ohne mich mit den Briganten fertig werden, und komm dann so schnell wie möglich wieder. Du kennst die Nebenwege; ich warte hier auf dich, und dann geht's auf die Jagd nach dem Ci-devant und an die Rache für die Ermordeten von La Vivetière. – Bei Gottes Donner, wie er läuft!« sagte er noch und blickte Gudin nach, der wie durch ein Zauberkunststück verschwand. »Der Bursche hätte Gérard gefallen!«

Als Gudin zurückkam, hatte Hulot seine kleine Schar durch ein paar Soldaten verstärkt, die den verschiedenen Wachtposten innerhalb der Stadt entstammten. Der Major sagte dem jungen Fougèreser, er solle sich ein Dutzend seiner Landsleute aussuchen, die sich am besten für das schwierige Geschäft, als Gegen-Chouans aufzutreten, eignen würden, und befahl ihm, durch die Porte Saint-Léonard hinauszurücken, damit er auf der Rückseite der Berge von Saint-Sulpice entlangziehen könne, die das große Couësnon-Tal überragten und an der die Hütte Galope-chopines gelegen war; dann setzte er selber sich an die Spitze des Rests der Truppe und rückte durch die Porte Saint-Sulpice aus der Stadt, um die Berge auf ihrer Kammhöhe zu überschreiten, wo er seinen Berechnungen nach auf Beau-pieds Leute stoßen mußte, die er als Verstärkung einer Postenkette einzusetzen gedachte; sie sollte die Felsen vom Faubourg Saint-Sulpice bis zum Nid-aux-crocs überwachen. Corentin war sich gewiß, das Schicksal des Anführers der Chouans den Händen von dessen unversöhnlichsten Feinden anbefohlen zu haben; er begab sich unverzüglich wieder auf die Promenade, um das Gesamt von Hulots militärischen Maßnahmen besser überblicken zu können. Es dauerte nicht lange, da sah er Gudins kleine Schar aus dem Nançon-Tal herauskommen und an den Felsen längs des großen Couësnon-Tals entlangmarschieren, während Hulot längs der Burg von Fougères vorstieß und den gefährlichen Fußsteig hinaufklomm, der zur Kammhöhe der Berge von Saint-Sulpice führte. Auf diese Weise entwickelten sich die beiden Truppenkörper in zwei parallelen Linien. Alle Bäume und Büsche waren vom Rauhreif mit reichen Arabesken überzogen; sie warfen einen weißlichen Schimmer über das Gelände, so daß man die beiden kleinen, sich bewegenden Heerscharen wie graue Linien erkennen konnte. Als Hulot auf dem Felsplateau angelangt war, sonderte er alle Soldaten, die in Uniform waren, aus seiner Truppe ab, und Corentin sah, wie sie auf Befehl des erfahrenen Majors eine Zeile beweglicher Wachtposten bildeten, die durch einen angemessenen Raum voneinander getrennt waren; der erste mußte mit Gudin Fühlung halten, und der letzte mit Hulot, so daß kein Gebüsch den Bajonetten dieser drei vorrückenden Linien entgehen konnte, die den Gars durch Berge und Felder in die Enge treiben sollten.

»Er ist gerissen, dieser alte Kommißwolf«, rief Corentin, als er die letzten der zwischen dem Stechginster aufblinkenden Bajonettspitzen aus den Augen verloren hatte. »Der Gars ist geliefert. Wenn Marie diesen verdammten Marquis ausgeliefert hätte, so wären wir, sie und ich, durch das stärkste aller Bande vereinigt, durch eine Infamie . . . Aber sie wird dennoch mein werden . . .!«

Die zwölf von dem Leutnant Gudin geführten jungen Fougèreser erreichten bald den Hang, den die Felsen von Saint-

Sulpice dadurch bilden, daß sie sich in kleinen Hügeln ins Gibarry-Tal hinabsenken. Gudin selber mied die Wege, übersprang behend den Sperrbaum des ersten Ginsterfelds, an das er kam und wohin ihm sechs seiner Landsleute folgten; die sechs anderen bewegten sich auf seinen Befehl hin in den Feldern zur Rechten weiter, damit die Suche auf beiden Wegseiten durchgeführt werden konnte. Gudin ging rasch auf einen Apfelbaum zu, der mitten im Ginster stand. Bei dem Rascheln, das durch das Vordringen der sechs Gegen-Chouans entstand, die er durch diesen Ginsterwald führte, wobei sie darauf bedacht waren, daß die rauhreifbedeckten Büsche sich möglichst wenig bewegten, suchten sechs oder acht Männer, an deren Spitze Beau-pied stand, hinter ein paar Kastanienbäumen Deckung, die den Wall jenes Feldes krönten. Trotz des weißen Schimmers, der das Land erhellte, und trotz ihres geübten Blicks nahmen die Fougèreser die Gegner zunächst nicht wahr, die die Bäume als Deckung benutzten.

»Pst! Da sind sie!« sagte Beau-pied, der als erster den Kopf vorgestreckt hatte. »Die Briganten haben uns überholt, aber da wir sie dicht vor unsern Gewehrläufen haben, werden wir nicht vorbeischießen, oder, bei diesem und jenem, wir taugen nicht mal zu päpstlichen Soldaten!«

Indessen hatten Gudins durchdringende Augen schließlich ein paar Gewehrläufe entdeckt, die auf seine kleine Schar gerichtet waren. In diesem Augenblick schrien, bitterer Hohn!, acht rauhe Stimmen: »Wer da?«, und unmittelbar danach knallten acht Schüsse. Die Kugeln umpfiffen die Gegen-Chouans. Einer bekam eine in den Arm, ein anderer sank um. Die fünf unverwundet gebliebenen Fougèreser antworteten mit einer Salve und riefen: »Freunde!«, worauf sie sich auf die Feinde stürzten, um an sie heranzukommen, ehe sie wieder geladen hatten.

»Das sieht uns mal wieder ähnlich!« rief der junge Leutnant, als er die Uniform und alten Hüte seiner Halbbrigade erkannte. »Wir haben gehandelt als echte Bretonen, wir haben gekämpft, ehe wir uns auf Unterhandlungen einließen!«

Die acht Soldaten standen betroffen da, als sie Gudin erkannten.

»Verdammt noch mal, Herr Leutnant, wer, zum Teufel, hätte

euch mit euern Geißenhäuten nicht für Briganten gehalten?« rief Beau-pied schmerzlich aus.

»Das Unglück ist nun mal geschehen, wir alle haben keine Schuld daran, ihr habt ja nichts vom Einsatz unserer Gegen-Chouans gewußt. Aber wie ist die Lage?« fragte ihn Gudin.

»Herr Leutnant, wir sind hinter einem Dutzend Chouans her, die sich damit amüsieren, uns das Leben schwerzumachen. Wir laufen wie vergiftete Ratten; aber da wir fortwährend über die Sperrbäume und die Heckenwälle, die der Blitz zusammenschlagen möge, klettern mußten, haben wir müde Beine bekommen und Rast gemacht. Ich glaube, die Briganten müssen jetzt in der Nähe der großen Baracke da sein, aus der Sie Rauch aufsteigen sehen.«

»Gut!« rief Gudin. »Ihr«, sagte er zu den acht Soldaten und Beau-pied, »zieht euch durch die Felder auf die Felsen von Saint-Sulpice zurück und schließt euch an die Postenkette an, die der Major da aufgestellt hat. Bei uns dürft ihr nicht bleiben, weil ihr in Uniform seid. Wir wollen, hol's der Satan, schon mit diesen Hunden fertig werden, der Gars ist bei ihnen! Die Kameraden werden euch darüber mehr als ich sagen. Haltet euch rechts und schießt nicht auf unsere andern sechs Geißenhäute, denen ihr vielleicht begegnet. Ihr könnt unsere Gegen-Chouans an ihren Halstüchern erkennen: Die sind nämlich einfach ohne Knoten zusammengerollt.«

Gudin ließ seine beiden Verwundeten unter dem Apfelbaum liegen und rückte auf Galope-chopines Haus vor, das Beau-pied ihm gezeigt hatte und dessen Schornsteinrauch ihm als Richtungspunkt diente. Während der junge Offizier durch ein in diesem Krieg ziemlich häufiges Geschehen, das indessen mörderischer hätte ausfallen können, auf die Fährte der Chouans gesetzt worden war, hatte die kleine Abteilung, die Hulot kommandierte, auf ihrer Operationslinie einen Punkt erreicht, der auf gleicher Höhe mit dem lag, zu dem Gudin mit seinen Leuten gelangt war. Der alte Offizier an der Spitze seiner Gegen-Chouans schob sich mit dem Eifer eines Jünglings an den Heckenwällen entlang, übersprang, noch ziemlich leichtfüßig, die Sperrbäume, während seine falben Augen über alle Höhen hinwegstreiften und während er wie ein Jäger auf das leiseste Geräusch lauschte. Auf dem dritten Feld, das er betrat, sah er eine etwa dreißigjährige Frau, die damit beschäftigt war, den Boden mit einer Hacke zu bearbeiten; obwohl sie gekrümmt war, schuftete sie wacker drauflos; ein kleiner, etwa sieben bis acht Jahre alter Junge, der mit einer Hippe bewaffnet war, schüttelte den Rauhreif von ein paar Stechginsterbüschen, die hier und dort aufgeschossen waren, schnitt sie ab und schichtete sie zu einem Haufen auf. Bei dem Geräusch, das Hulot machte, als er schwerfällig auf der andern Seite des Sperrbaums niederplumpste, hoben der kleine Junge und seine Mutter die Köpfe. Es war begreiflich, daß Hulot jene junge Frau für eine alte hielt. Vorzeitige Falten furchten Stirn und Halshaut der Bretonin; sie war auf so groteske Weise in eine alte Geißenhaut gekleidet, daß ohne einen schmutzigen gelben Leinenrock, das Unterscheidungsmerkmal ihres Geschlechts, Hulot schwerlich erkannt hätte, welchem Geschlecht die Bauersfrau angehöre, denn die langen Strähnen ihres dunklen Haars steckten unter einer roten Wollkappe. Die Lumpen, die den kleinen Buben nur notdürftig bedeckten, ließen seine Haut sehen.

»He, Alte«, rief Hulot mit gesenkter Stimme die Frau an, zu der er hintrat, »wo ist der Gars?«

In diesem Augenblick überstiegen die zwanzig Gegen-Chouans, die Hulot gefolgt waren, die Umwallung des Feldes.

»Ach, wenn ihr nach Le Gars wollt, dann müßt ihr dahin zurück, von wo ihr kommt«, antwortete die Frau nach einem mißtrauischen Blick auf die Schar.

»Habe ich dich nach dem Weg zum Faubourg du Gars in Fougères gefragt, altes Gerippe?« entgegnete Hulot grob. »Bei der heiligen Anna von Auray, hast du den Gars hier vorbeikommen sehen?«

»Ich weiß nicht, was Sie damit sagen wollen«, antwortete die Frau und bückte sich, um weiterzuarbeiten.

»Verdammte Schneppe, willst du vielleicht, daß die Blauen uns umlegen, die hinter uns her sind?« schrie Hulot.

Bei diesen Worten hob die Frau den Kopf und warf abermals einen mißtrauischen Blick auf die Gegen-Chouans, worauf sie antwortete: »Wie können die Blauen euch auf den Fersen sein?

Ich habe eben sieben oder acht gesehen, die den unteren Weg nach Fougères einschlugen.«

»Könnte man nicht meinen, sie wolle uns mit ihrer Nase beißen?« entgegnete Hulot. »Da, sieh dir das mal an, du alte Ziege!«

Und der Major zeigte ihr etwa fünfzig Schritte hinter sich drei oder vier seiner Wachtposten, deren Hüte, Uniformen und Gewehre unschwer zu erkennen waren.

»Willst du die abknallen lassen, die Marche-à-terre dem Gars zu Hilfe schickt, den die Fougèreser gefangennehmen wollen?«

»Ach, entschuldige!« erwiderte die Frau. »Aber man wird so leicht hinters Licht geführt! Aus welcher Gemeinde seid ihr denn?«

»Aus Saint-Georges!« riefen mehrere Fougèreser auf Niederbretonisch, »und wir kommen um vor Hunger!«

»Na, dann paßt mal auf«, antwortete die Frau. »Seht ihr den Rauch da hinten? Das ist mein Haus. Wenn ihr euch auf dem kleinen Weg rechts haltet, kommt ihr von oben her hin. Vielleicht trefft ihr unterwegs meinen Mann. Galope-chopine muß aufpassen, um den Gars zu warnen; ihr wißt ja wohl, daß er heute zu uns kommt«, setzte sie stolz hinzu.

»Danke, gute Frau«, antwortete Hulot. – »Vorwärts, ihr andern, bei Gottes Donner!« sagte er zu seinen Leuten. »Wir haben ihn.«

Auf diese Worte hin folgte die Abteilung im Laufschritt dem Major, der den ihm gewiesenen Weg eingeschlagen hatte. Als Galope-chopines Frau den so wenig katholischen Fluch des sogenannten Chouans vernommen hatte, war sie erbleicht. Sie sah zu den Gamaschen und den Geißenhäuten der jungen Fougèreser hin, setzte sich auf die Erde, schloß ihr Kind in die Arme und sagte: »Mögen die heilige Jungfrau von Auray und der selige Sankt Labre Mitleid mit uns haben! Ich glaube, das sind gar nicht unsere Leute, ihre Schuhe sind unbenagelt. Lauf den unteren Weg und sag deinem Vater Bescheid, es geht um seinen Kopf«, sagte sie zu dem kleinen Jungen, der wie ein Reh zwischen dem Ginster und dem Stechginster verschwand.

Inzwischen war Mademoiselle de Verneuil auf ihrem Wege weder einem von der Partei der Blauen noch von der der Chouans begegnet, die in dem Labyrinth der Felder rings um Galope-chopines Hütte aufeinander Jagd machten. Als sie eine bläuliche Rauchsäule aus dem halb eingefallenen Schornstein dieser jämmerlichen Behausung aufsteigen sah, verspürte sie jenes heftige Herzklopfen, dessen hastige, dröhnende Schläge gleich Wogen bis in den Hals hinaufzusteigen scheinen. Sie blieb stehen, stützte sich mit der Hand auf einen Baumast und sah zu jenem Rauch hinüber, der gleichzeitig den Freunden und den Feinden des jungen Anführers als Wegmarke dienen mußte. Nie zuvor hatte sie eine so zermalmende Gemütswallung empfunden. – »Ach, ich liebe ihn zu sehr«, sagte sie sich nahezu verzweifelt. »Heute bleibe ich vielleicht nicht mehr Herrin meiner selbst...« Hurtig durchschritt sie den Raum, der sie von der Hütte trennte, und befand sich im Hof, dessen Morast der Frost hatte hart werden lassen. Wiederum stürzte der große Hund bellend auf sie los; aber auf ein einziges Wort Galope-chopines hin wedelte er und verhielt sich still. Als Mademoiselle de Verneuil die Hütte betrat, warf sie einen der Blicke umher, die sofort alles wahrnehmen. Der Marquis war nicht da. Marie atmete freier. Voller Freude sah sie, daß der Chouan bemüht gewesen war, einige Sauberkeit in diesem einzigen, schmutzigen Raum seiner Behausung zu schaffen. Galope-chopine ergriff seine Entenflinte, verbeugte sich stumm vor seinem Gast und ging mit seinem Hund hinaus; sie folgte ihm bis an die Schwelle und sah ihn den Weg einschlagen, der rechts von seiner Hütte begann und dessen Eingang durch einen dicken, vermoderten Baumstamm verbarrt war; er bildete eine fast zerfallene Sperre. Von dort aus konnte sie eine Folge von Feldern überblicken, deren Zugänge sich dem Auge wie eine Flucht von Türen darboten, denn die Kahlheit der Bäume und Heckenwälle gestattete, die geringsten Einzelheiten der Landschaft genau zu erkennen. Als der breite Hut Galope-chopines völlig verschwunden war, wandte Mademoiselle de Verneuil sich zur Linken, um nach der Kirche von Fougères hinüberzublicken; aber der Schuppen verbarg sie ihr gänzlich. Sie schaute nach dem Couësnon-Tal hin, das sich ihren Blicken darbot wie ein großes Musselintuch, dessen Weiße den grauen, schneebeladenen Himmel noch stumpfer erscheinen ließ. Es war einer der Tage, an denen die Natur wie verstummt anmutet und an denen die Atmosphäre alle Geräusche aufsaugt. Als daher die Blauen und ihre Gegen-Chouans in drei Linien über die Felder heranrückten und ein Dreieck bildeten, das sie verengten, als sie sich der Hütte näherten, war die Stille so tief, daß Mademoiselle de Verneuil sich von diesen äußeren Gegebenheiten bewegt fühlte, die ihren Ängsten eine gewisse körperliche Traurigkeit hinzufügten. In der Luft lag Unheil. Endlich sah sie an der Stelle, wo der kleine Vorhang eines Gehölzes die Flucht der Felderzugänge schloß, einen jungen Menschen die Sperre überspringen wie ein Eichhörnchen und mit erstaunlicher Geschwindigkeit heranlaufen. – »Er ist es«, sagte sie sich. Der Gars war schlicht wie ein Chouan gekleidet; sein Gewehr trug er am Riemen über seine Geißenhaut gehängt, und ohne die Eleganz seiner Bewegungen wäre er unkenntlich gewesen. Marie zog sich hastig in die Hütte zurück; sie gehorchte dabei einem der instinktiven Antriebe, die so unerklärlich sind wie die Angst; aber bald stand der junge Anführer nur zwei Schritte von ihr entfernt vor dem Kamin, in dem ein helles, munteres Feuer glänzte. Beiden versagte die Stimme; beide scheuten sich, einander anzublicken oder eine Bewegung zu machen. Die gleiche Hoffnung einte ihre Gedanken, derselbe Zweifel schied sie; es war eine Angst, es war eine Wollust.

»Monsieur«, sagte endlich Mademoiselle de Verneuil mit bewegter Stimme, »einzig die Sorge um Ihre Sicherheit hat mich hierhergeführt.«

»Meine Sicherheit!« wiederholte er bitter.

»Ja«, antwortete sie. »Solange ich in Fougères bleibe, ist Ihr Leben in Gefahr, und Sie sind mir zu lieb, als daß ich nicht noch heute abend abreiste; suchen Sie mich also dort nicht mehr.«

»Abreisen, lieber Engel? Dann folge ich Ihnen.«

»Mir folgen? Wo denken Sie hin! Und die Blauen?«

»Aber liebe Marie, was haben denn die Blauen mit unserer Liebe zu schaffen?«

»Mir scheint es schwierig, daß Sie in Frankreich bei mir bleiben, und noch schwieriger, daß Sie das Land mit mir zusammen verlassen.«

»Gibt es für den, der wahrhaft liebt, etwas Unmögliches?«

»Ach ja, ich halte alles für möglich. Habe ich nicht den Mut aufgebracht, um Ihretwillen auf Sie zu verzichten?«

»Wie? Sie haben sich einem furchtbaren Menschen geschenkt, den Sie nicht liebten, und Sie wollen einen Mann nicht glücklich machen, der Sie anbetet, dessen ganzes Leben Sie erfüllen sollen, und der schwört, daß er niemals einer andern als Ihnen angehören will? Hör mich an, Marie, liebst du mich?«

»Ja«, sagte sie.

»Dann sei mein.«

»Haben Sie vergessen, daß ich von neuem die schändliche Rolle einer Kurtisane auf mich genommen habe, und daß *Sie mir* gehören müssen? Wenn ich Sie fliehen will, dann nur, um nicht auf Ihr Haupt die Verachtung fallen zu lassen, der ich anheimfallen könnte; ohne diese Furcht, vielleicht …«

»Aber wenn ich nun nichts fürchtete …?«

»Und wer bürgt mir dafür? Ich bin mißtrauisch. Wer in meiner Lage würde es nicht sein …? Wenn die Liebe, die wir Frauen entfachen, nicht von Dauer ist, dann muß sie doch zumindest vollkommen sein und uns mit Freuden die Ungerechtigkeit von Welt und Gesellschaft ertragen lassen. Was haben Sie für mich getan …? Sie begehren mich. Glauben Sie, daß Sie sich dadurch hoch über alle die erhoben hätten, die mich bislang gekannt haben? Haben Sie für eine Stunde der Lust Ihre Chouans aufs Spiel gesetzt, ohne sich um sie mehr Gedanken zu machen, als ich mich um die hingemetzelten Blauen gekümmert habe, als alles für mich verloren war? Und wenn ich Ihnen beföhle, auf alle Ihre Ideen zu verzichten, auf Ihre Hoffnungen, auf Ihren König, der meine Eifersucht erregt und der sich vielleicht über Sie lustig macht, wenn Sie für ihn sterben, während ich mit heiliger Ehrfurcht für Sie zu sterben wissen würde? Kurzum, wenn ich wollte, daß Sie dem Ersten Konsul Ihre Unterwerfung mitteilten, damit Sie mir nach Paris folgen könnten …? Wenn ich verlangte, daß wir uns nach Amerika begäben, um dort fern von einer Welt zu leben, in der alles eitel ist, damit ich wüßte, ob Sie mich wirklich um meinetwillen liebten, wie ich Sie in diesem Augenblick liebe? Um alles in einem Wort zusammenzufassen: Wenn ich wollte, anstatt mich zu Ihnen emporzuschwingen, daß Sie bis zu mir hinabsänken, was würden Sie dann tun?«

»Schweig, Marie, verleumde dich nicht. Armes Kind, ich habe dich durchschaut! Schau, wenn meine erste Begierde zur Leidenschaft geworden ist, dann ist aus meiner Leidenschaft jetzt Liebe geworden. Liebe Seele meiner Seele, ich weiß es, du bist genauso edel wie dein Name, du bist so groß, wie du schön bist; ich selber bin adlig genug und fühle mich groß genug, um dich der Welt und der Gesellschaft aufzuzwingen. Rührt das davon her, daß ich in dir unerhörte Wollüste ohne Ende erahne...? Rührt es davon her, daß ich in deiner Seele die köstlichen Werte vorgefunden zu haben glaube, um derentwillen wir Männer immer eine und dieselbe Frau lieben? Ich kenne die Ursache meiner Liebe nicht, aber sie ist grenzenlos, und mich dünkt, ich könne nie wieder ohne dich sein. Ja, mein Leben würde von Ekel erfüllt sein, wenn du nicht für alle Zeit bei mir wärst...«

»Auf welche Weise bei Ihnen?«

»Oh, Marie, willst du denn deinen Alphonse nicht verstehen?«

»Ach! Sollten Sie wirklich glauben, mir so sehr zu schmeicheln, wenn Sie mir Ihren Namen, Ihre Hand anbieten?« fragte sie mit zur Schau getragener Verachtung; aber sie schaute dabei den Marquis fest an, um dessen geringste Gedanken zu erforschen. »Und wissen Sie denn, ob Sie mich in zehn Monaten noch lieben werden, und was dann meine Zukunft sein würde...? Nein, nein, eine Geliebte ist die einzige Frau, die der Gefühle sicher sein kann, die ein Mann ihr bekundet; denn die Pflicht, die Gesetze, die Gesellschaft, das Interesse der Kinder sind doch lediglich ein trauriger Notbehelf, und da ihre Macht von Dauer ist, findet sie darin etwas Schmeichelhaftes und ein Glück, und beides läßt sie die größten Kümmernisse der Welt ertragen. Ihre Frau sein und die Möglichkeit vor sich sehen, Ihnen eines Tages zur Last zu werden...! Dieser Furcht ziehe ich eine flüchtige, aber echte Liebschaft vor, auch wenn sie in Tod und Elend ausmünden sollte. Ja, ich könnte, und zwar besser als jede andere, eine tugendhafte Mutter und eine getreue Gattin sein; aber damit solche Gefühle in der Seele einer Frau am Leben erhalten bleiben, darf der Mann sie nicht in einem Anfall von Leidenschaft heiraten. Überdies: Weiß ich selber denn, ob Sie mir morgen noch gefallen werden? Nein, ich will Sie nicht ins Unglück bringen, ich verlasse die Bretagne«, sagte sie, als sie ein Zögern in seinem Blick wahrnahm, »ich kehre jetzt nach Fougères zurück, und Sie werden mich dort nicht aufsuchen...«

»Gut denn! Wenn du übermorgen vom frühen Morgen an Rauch von den Felsen von Saint-Sulpice aufsteigen siehst, dann werde ich am Abend bei dir sein, als Liebhaber, als Gatte, ganz wie du willst. Dann habe ich allem getrotzt!«

»Aber Alphonse«, sagte sie trunken, »du liebst mich also so sehr, daß du dein Leben aufs Spiel setzt, ehe du es mir schenkst...?

Er antwortete nicht, er blickte sie an, sie senkte die Augen; er jedoch las auf dem glühenden Gesicht seiner Geliebten einen Fieberwahn, der dem seinen gleichkam, und da streckte er ihr die Arme entgegen. Eine Art Wahnsinn riß Marie hin; schlaff sank sie dem Marquis an die Brust, sie war entschlossen, sich ihm hinzugeben, um diesem Fehltritt das größte Glück abzugewinnen, da sie dabei ihre ganze Zukunft wagte; doch diese gestaltete sie um so gewisser, wenn sie siegreich aus dieser letzten Prüfung hervorging. Doch kaum hatte sie den Kopf an die Schulter des Geliebten geschmiegt, als draußen ein leises Geräusch vernehmlich wurde. Sie entriß sich seinen Armen wie eine Erwachende und stürzte aus der Hütte hinaus. Jetzt konnte sie wieder ein wenig Kaltblütigkeit gewinnen und ihre Lage überdenken.

»Er würde mich genommen und mich dann vielleicht ausgelacht haben«, sagte sie sich. »Ach, wenn ich das glauben könnte, würde ich ihn umbringen. – Oh, noch freilich nicht!« dachte sie weiter, als sie Beau-pied erblickte, dem sie ein Zeichen machte, das der Soldat wunderbar verstand.

Der arme Junge machte mit einem Ruck kehrt und tat, als habe er nichts gesehen. Unmittelbar danach trat Mademoiselle de Verneuil in den Wohnraum zurück und bedeutete dem jungen Anführer, sich völlig ruhig zu verhalten, indem sie die Lippen zusammenpreßte und den Zeigefinger der rechten Hand darauf legte.

»Sie sind da«, sagte sie voller Entsetzen und mit dumpfer Stimme.

»Wer?«

»Die Blauen.«

»Ha, ich will nicht sterben, ohne daß...«

»Ja, nimm...«

Er umfaßte sie, die kalt und widerstandslos war, und küßte ihre Lippen mit einem Kuß, der voll Grauen und Lust war, denn er konnte ja zugleich der erste und der letzte sein. Dann gingen sie beide zur Türschwelle und hielten die Köpfe so, daß sie alles überblicken konnten, ohne gesehen zu werden. Der Marquis gewahrte Gudin an der Spitze von etwa zwölf Männern, die den unteren Teil des Couësnon-Tals besetzt hielten. Er sah nach der Flucht der Heckendurchgänge hin: Der dicke, vermorschte Baumstamm wurde von sieben Soldaten bewacht. Er stieg auf das Ziderfaß und durchstieß das Schindeldach, um von dort aus auf den Vorsprung des Felsens zu springen; aber hastig zog er den Kopf aus dem Loch zurück, das er gemacht hatte: Auf der Anhöhe stand Hulot und schnitt ihm den Weg nach Fougères ab. Er sah zu seiner Geliebten hin, die einen Verzweiflungsschrei ausgestoßen hatte: Sie hatte das Fußgetrappel der drei Abteilungen gehört, die das Haus umzingelten.

»Geh du als erste hinaus«, sagte er, »dadurch schützt du mich.«

Als sie dieses Wort vernahm, das sie erhaben dünkte, stellte sie sich beglückt gegenüber der Tür auf, während der Marquis sein Gewehr lud. Der Marquis schätzte den Raum zwischen der Hüttenschwelle und dem dicken Baumstamm ab, stürzte den sieben Blauen entgegen, schoß in sie hinein und bahnte sich einen Weg mitten zwischen ihnen hindurch. Die drei Trupps liefen auf den Heckendurchgang zu, den der Anführer übersprungen hatte, und sahen ihn mit unerhörter Schnelligkeit über das Feld laufen.

»Feuer! Feuer in Dreiteufelsnamen! Ihr seid keine Franzosen! Schießt doch, ihr Kerls!« schrie Hulot mit Donnerstimme.

Im gleichen Augenblick, da er diese Worte oben von dem Felsvorsprung her brüllte, gaben seine Leute und die Gudins eine Salve ab, die zum Glück schlecht gezielt war. Schon war der Marquis bei dem Heckendurchgang angelangt, mit dem das erste Feld endete, aber als er in das zweite hinübersprang, wäre er fast von Gudin eingeholt worden, der ihm in aller Hast nachgestürzt war. Als der Gars diesen furchtbaren Gegner ein paar Klafter hinter sich hörte, verdoppelte er seine Geschwindigkeit. Dennoch kamen Gudin und der Marquis beinahe gleichzeitig an dem Heckendurchgang an; aber Montauran warf sein Gewehr so geschickt Gudin an den Kopf, daß er ihn traf und sein Weiterlaufen verzögerte. Es ist unmöglich, Maries Angst zu schildern, sowie die Spannung, die Hulot und seine Truppe bei diesem Schauspiel bezeigten. Alle ahmten stumm und ohne es zu merken, die Bewegungen der beiden Läufer nach. Der Gars und Gudin gelangten beide gleichzeitig bei dem weißen Rauhreifvorhang an, den das kleine Gehölz bildete; aber der Offizier blieb plötzlich zurück und suchte Deckung hinter einem Apfelbaum. Etwa zwanzig Chouans, die aus Angst, ihren Anführer zu treffen, nicht geschossen hatten, traten vor und durchsiebten den Baum mit Kugeln. Hulots gesamte kleine Schar rückte im Laufschritt vor, um Gudin zu retten, der, da er ohne Waffe war, von Apfelbaum zu Apfelbaum zurückwich; er paßte dabei die Zeit ab, da die Jäger des Königs ihre Gewehre wieder luden. Er war nicht lange in Gefahr. Die Gegen-Chouans in buntem Gemisch mit den Blauen, Hulot an der Spitze, kamen dem jungen Offizier an der Stelle zu Hilfe, wo der Marquis sein Gewehr weggeworfen hatte. In diesem Augenblick sah Gudin seinen Gegner völlig erschöpft unter einem der Bäume des kleinen Gehölzes sitzen; er ließ seine Kameraden sich mit Chouans herumschießen, die sich hinter einer Seitenhecke des Feldes verschanzt hatten, umging sie und stürzte mit der Heftigkeit eines Raubtiers auf den Marquis zu. Als die Jäger des Königs dies Vorgehen sahen, stießen sie ein schreckliches Gebrüll aus, um ihren Anführer zu warnen; dann schossen sie auf die Gegen-Chouans und hatten dabei das Glück, das Wilddiebe haben, und versuchten, ihnen standzuhalten; diese jedoch erklommen tapfer den Heckenwall, der ihren Feinden als Brustwehr diente, und nahmen blutige Rache. Die Chouans erreichten jetzt den Weg, der an dem Feld entlangführte, in dessen Umwallung diese Szene stattgefunden hatte, und bemächtigten sich der Höhen, die Hulot unvorsichtigerweise nicht besetzt gehalten hatte. Ehe die Blauen Zeit gehabt hatten, sich dessen bewußt zu werden, hatten die Chouans Deckung in den Spalten genommen, die der Kamm jener Felsen aufwies; in deren Schutz konnten sie ohne Gefahr auf Hulots Soldaten schießen, wenn diese sich anschicken sollten, sie dort zu bekämpfen. Während Hulot, dem ein paar Soldaten folgten, langsam auf das kleine Gehölz zuging, um darin nach Gudin zu suchen, blieben die Fougèreser an Ort und Stelle, plünderten die gefallenen Chouans aus und gaben den noch Lebenden den Rest. In diesem furchtbaren Kriege machte keine der beiden Parteien Gefangene. Nun der Marquis gerettet war, erkannten die Chouans und die Blauen wechselseitig die Stärke ihrer Stellungen an und sahen das Unnütze eines weiteren Kampfes ein, so daß beide Teile nur noch darauf bedacht waren, sich zurückzuziehen.

»Wenn ich diesen jungen Menschen verliere«, rief Hulot und schaute aufmerksam nach dem Gehölz hinüber, »dann will ich keine Freundschaft mehr schließen!«

»Haha!« lachte einer der jungen Leute aus Fougères, der dabei war, die Toten zu plündern, »da ist ein Vogel mit gelben Federn.«

Und er zeigte seinen Landsleuten eine mit Goldstücken gefüllte Börse, die er in der Tasche eines dicken, schwarzgekleideten Mannes gefunden hatte.

»Aber was hat er denn da?« sagte ein anderer, der aus dem Überrock des Toten ein Brevier gezogen hatte.

»Dem ist recht geschehen, es ist ein Priester!« rief er und warf das Brevier zu Boden.

»Der Dieb, er macht uns bankrott«, sagte ein Dritter, der nur zwei Sechsfrancsstücke in den Taschen des Chouans gefunden hatte, den er gerade auszog.

»Ja, aber er hat ein wunderbares Paar Schuhe an«, antwortete ein Soldat und schickte sich an, sie an sich zu nehmen.

»Die bekommst du, wenn sie auf dein Los fallen«, entgegnete ihm einer der Fougèreser, riß sie von den Füßen des Toten und warf sie auf den Haufen der schon gesammelten Ausrüstungsstücke.

Ein vierter Gegen-Chouan empfing das Geld, um es zu verteilen, wenn alle an dem Unternehmen beteiligten Soldaten beisammen waren. Als Hulot mit dem jungen Offizier zurückkam, dessen letzte Versuche, den Gars einzuholen, ebenso gefährlich wie unnütz gewesen waren, fand er etwa zwanzig seiner Soldaten und an die dreißig Gegen-Chouans vor elf gefallenen Feinden, deren Leichen in eine Furche unterhalb des Heckenwalls geworfen worden waren.

»Soldaten«, rief Hulot mit strenger Stimme, »ich verbiete

euch, dieses Gelumpe zu verteilen. Angetreten, und zwar marschmarsch!«

»Herr Major«, sagte einer der Soldaten und zeigte Hulot seine Schuhe, aus denen vorn seine fünf nackten Zehen hervorschauten, »das Geld, meinetwegen; aber dies Schuhwerk da«, fuhr er fort und zeigte mit dem Gewehrkolben auf ein Paar eisenbeschlagener Schuhe, »dies Schuhwerk da, Herr Major, das würde mir passen wie ein Handschuh.«

»Du willst an deinen Füßen englische Schuhe tragen?« entgegnete ihm Hulot.

»Herr Major«, sagte respektvoll einer der Fougèreser, »seit Kriegsbeginn haben wir immer die Beute geteilt.«

»Ich hindere euch nicht daran, euern Bräuchen zu folgen«, fiel ihm Hulot hastig ins Wort.

»Da, Gudin, hast du eine Börse; es stecken drei Louis drin; du hast es schwer gehabt; dein Chef wird nichts dagegen haben, wenn du sie nimmst«, sagte einer seiner alten Kameraden zu dem Offizier.

Hulot blickte Gudin von der Seite her an und sah, wie er blaß wurde.

»Aber das ist ja die Börse meines Onkels!« rief der junge Mensch.

Erschöpft von der Anstrengung, wie er war, tat er ein paar Schritte auf den Leichenhaufen zu, und die erste Leiche, die sich seinen Blicken darbot, war just die seines Onkels; aber kaum hatte er das rote, von bläulichen Streifen durchzogene Gesicht, die steif gewordenen Arme und die Schußwunde gesehen, als er einen unterdrückten Schrei ausstieß und rief: »Den Marschbefehl, Herr Major!«

Der Trupp der Blauen setzte sich in Bewegung. Hulot wollte seinen jungen Freund stützen und bot ihm den Arm.

»Bei Gottes Donner, so was kann vorkommen«, sagte der alte Soldat zu ihm.

»Aber er ist doch tot«, antwortete Gudin, »tot! Er war mein einziger Verwandter, und trotz seiner Flüche hat er mich liebgehabt. Wenn der König wiedergekommen wäre und die ganze Stadt meinen Kopf gewollt hätte, dann würde der biedere Mann mich unter seiner Soutane versteckt haben.«

»Der ist aber mal dumm«, sagten die Nationalgardisten, die zur Verteilung der Beute zurückgeblieben waren. »Der gute Mann ist doch reich, und wie die Dinge liegen, hat er keine Zeit gehabt, ein Testament aufzusetzen, durch das Gudin enterbt worden wäre.«

Nach vollbrachter Teilung zogen die Gegen-Chouans dem kleinen Bataillon nach und folgten ihm aus einiger Entfernung.

Als es dunkelte, schlich eine grausige Unruhe in Galope-chopines Hütte, wo bislang das Leben so harmlos und unbekümmert hingegangen war. Barbette und ihr kleiner Junge schleppten, sie eine schwere Last von Stechginster, er einen Vorrat von Gras für das Vieh, auf dem Rücken; sie kamen zu der Stunde heim, da die Familie die Abendmahlzeit zu essen pflegte. Beim Betreten ihrer Behausung hielten Mutter und Sohn vergebens nach Galope-chopine Ausschau; und nie zuvor war ihnen die erbärmliche Kammer so groß vorgekommen, so leer wirkte sie. Kein Feuer im Kamin, Dunkelheit, Stille: Alles sagte ihnen ein Unglück voraus. Als es völlig Nacht geworden war, machte Barbette sich daran, ein helles Feuer und zwei »Oribus« anzustecken; so werden die Harzkerzen in dem Gebiet zwischen den Gestaden der Armorique bis zur oberen Loire bezeichnet, und darüber hinaus noch von Amboise bis zu dem Gebiet um Vendôme. Barbette lieh diesen Zurüstungen die Langsamkeit, die unser Tun hemmt, wenn ein tiefes Gefühl sie beherrscht; sie horchte auf die geringsten Geräusche; oftmals ließ sie sich durch das Pfeifen von Windstößen täuschen; dann trat sie vor die Tür ihrer elenden Hütte und kehrte tieftraurig zurück. Sie spülte zwei Kannen aus, füllte sie mit Zider und stellte sie auf den langen Nußbaumtisch. Mehrmals sah sie ihren Jungen an, der das Backen der Buchweizenfladen überwachte; aber sprechen konnte sie nicht mit ihm. Einen Augenblick lang hingen die Augen des kleinen Jungen an den beiden Nägeln, an denen sonst immer die Entenflinte seines Vaters hing, und Barbette erschauerte wie er, als sie zu der leeren Stelle hinsah. Die Stille wurde nur durch das Muhen der Kühe unterbrochen, oder durch die Zidertropfen, die in gleichmäßigen Abständen vom Spundloch des Fasses niederfielen. Die arme Frau seufzte, als sie in drei braunen Steinguttöpfen eine

Art Suppe anrichtete; sie bestand aus Milch, in kleine Stücke geschnittenen Fladen und gerösteten Maronen.

»Sie haben auf dem Feld gekämpft, das der Béraudière gehört«, sagte der kleine Junge.

»Lauf doch mal hin und sieh nach«, antwortete die Mutter.

Der Kleine lief hin, erkannte im Mondlicht den Leichenhaufen, fand seinen Vater nicht darunter und kam fröhlich pfeifend wieder; er hatte ein paar Hundertsousstücke aufgelesen, die von den Siegern in den Boden getreten und dann im Schmutz übersehen worden waren. Er traf seine Mutter dabei an, daß sie auf einem Schemel am Kamin saß und Hanf spann. Er machte Barbette ein verneinendes Zeichen; sie hatte nicht gewagt, sich etwas Gutes zu erhoffen; als es dann von Saint-Léonard her zehn geschlagen hatte, murmelte der kleine Junge ein Gebet an die heilige Jungfrau von Auray und legte sich schlafen. Als es tagte, stieß Barbette, die nicht geschlafen hatte, einen Freudenschrei aus; sie hatte in der Ferne das Geräusch schwerer, eisenbeschlagener Schuhe gehört, das sie kannte, und bald zeigte Galope-chopine sein Runzelgesicht.

»Dank dem heiligen Labre! Ich habe ihm eine schöne Kerze gelobt; der Gars ist gerettet! Vergiß nicht, daß wir dem Heiligen jetzt drei Kerzen schulden.«

Dann langte Galope-chopine sich eine Kanne und leerte sie, ohne Atem zu schöpfen. Als seine Frau ihm die Suppe aufgetragen, ihm die Entenflinte abgenommen hatte und er auf der Nußbaumbank saß, fragte er und rückte dabei näher an das Kaminfeuer heran: »Wie sind bloß die Blauen und die Gegen-Chouans nach hier gekommen? Es wurde doch bei Florigny gekämpft. Welcher Satan mag ihnen verraten haben, daß der Gars bei uns war? Denn nur er, seine schöne Hure und wir haben es gewußt.«

Die Frau erbleichte.

»Die Gegen-Chouans haben mir vorgemacht, sie seien die Jungs aus Saint-Georges«, antwortete sie zitternd, »und da habe ich ihnen gesagt, wo der Gars ist.«

Da erbleichte Galope-chopine seinerseits und ließ seinen Napf am Tischrand stehen.

»Ich habe dir unseren Jungen geschickt, er sollte dich warnen«, fuhr die erschrockene Barbette fort, »er hat dich nicht getroffen.«

Der Chouan stand auf und schlug seine Frau so heftig, daß sie blaß wie eine Tote auf das Bett fiel.

»Verfluchte Hure, du hast mich ums Leben gebracht«, sagte er. Aber dann packte ihn Schrecken, er schloß seine Frau in die Arme. – »Barbette«, rief er, »Barbette! Heilige Jungfrau! Meine Hand war zu schwer!«

»Glaubst du«, fragte sie und schlug die Augen auf, »daß Marche-à-terre es erfährt?«

»Der Gars«, antwortete der Chouan, »hat gesagt, es solle nachgeforscht werden, wie es zu dem Verrat gekommen ist.«

»Hat er es zu Marche-à-terre gesagt?«

»Pille-miche und Marche-à-terre waren in Florigny.«

Barbette atmete erleichtert auf.

»Wenn sie dir nur ein Haar krümmen, dann sollen sie es mit mir zu tun bekommen.«

»Ach, ich habe keinen Hunger mehr«, sagte Galope-chopine bekümmert.

Seine Frau schob ihm die andere volle Kanne hin; er beachtete es nicht einmal. Da liefen Barbette zwei dicke Tränen die Backen entlang und feuchteten die Falten ihres verblühten Gesichts.

»Hör, Frau, morgen früh müssen gegenüber von Saint-Léonard auf den Felsen von Saint-Sulpice Reisigbündel aufgeschichtet und in Brand gesetzt werden. Das ist das Zeichen, das zwischen dem Gars und dem alten Rektor von Saint-Georges verabredet worden ist; er soll kommen und eine Messe lesen.«

»Kommt er denn nach Fougères?«

»Ja, ins Haus seiner schönen Hure. Ich habe heute deswegen mancherlei Lauferei! Ich glaube, er will sie heiraten und entführen; er hat mir gesagt, ich solle Mietpferde beschaffen und sie auf der Landstraße nach Saint-Malo bereithalten.«

Daraufhin legte sich der müde Galope-chopine für ein paar Stunden schlafen und machte sich dann wieder auf den Weg. Nachdem er sorgfältig alle Aufträge ausgeführt, die der Marquis ihm anvertraut hatte, kam er am anderen Morgen wieder heim. Als er erfahren hatte, Marche-à-terre und Pille-miche hätten sich nicht eingefunden, redete er seiner besorgten Frau gut zu, und sie brach fast beruhigt nach den Felsen von Saint-Sulpice auf, wo sie am Vorabend auf der Saint-Léonard gegenübergelegenen Kuppe einige reifbedeckte Reisigbündel aufgeschichtet hatte. An der Hand führte sie ihren kleinen Jungen, der in einem zerbrochenen Holzschuh Glut mitnahm. Sein Sohn und seine Frau waren kaum hinter dem Schuppendach verschwunden, als Galope-chopine hörte, wie zwei Männer über den letzten der Zeile von Heckendurchgängen sprangen, und allmählich sah er, wie in dem ziemlich dichten Nebel sich eckige Gestalten wie verschwommene Schatten abhoben. – »Das sind Pille-miche und Marche-à-terre«, sagte er sich. Und es überlief ihn kalt. Bald waren in dem kleinen Hof ihre finsteren Gestalten zu erkennen; sie ähnelten unter ihren großen, schäbigen Hüten einigermaßen den Gestalten, die Kupferstecher in ihre Landschaften setzen.

»Guten Tag, Galope-chopine«, sagte Marche-à-terre ernst.

»Guten Tag, Monsieur Marche-à-terre«, antwortete Barbettes Mann demütig. »Wollen Sie hereinkommen und ein paar Kannen trinken? Ich habe kalten Fladen und frisch geschlagene Butter.«

»Da sagen wir nicht nein, Vetter«, sagte Pille-miche.

Die beiden Chouans gingen in die Hütte. Dieser Anfang hatte nichts Erschreckendes für den Hausherrn; er beeilte sich, aus seiner großen Tonne drei Kannen abzufüllen, während Marche-à-terre und Pille-miche an beiden Seiten des langen Tisches auf den blankgescheuerten Bänken saßen, sich Fladenscheiben abschnitten und sie mit der fetten, gelblichen Butter bestrichen, aus der unter dem Messer Milchkügelchen hervorquollen. Galope-chopine stellte die mit Zider gefüllten, schaumgekrönten Kannen vor seine Gäste hin, und die drei Chouans begannen zu essen; von Zeit zu Zeit jedoch warf der Hausherr einen Seitenblick auf Marche-à-terre und ließ es sich angelegen sein, dessen Durst zu stillen.

»Gib mir dein Tabakshorn«, sagte Marche-à-terre zu Pille-miche.

Und nachdem der Bretone sich mehrere Prisen in die hohle Hand geschüttet hatte, schnupfte er wie jemand, der sich auf eine bedeutungsvolle Handlung vorbereiten will.

»Es ist kalt«, sagte Pille-miche und stand auf, um den oberen Teil der Tür zuzumachen.

Das von Nebel getrübte Tageslicht drang nur noch durch das kleine Fenster in die Kammer und erhellte matt den Tisch und die beiden Bänke; das Feuer indessen verbreitete rötliches Flakkerlicht. Galope-chopine hatte gerade zum zweitenmal die Kannen seiner Gäste gefüllt und sie ihnen hingestellt; aber sie lehnten es ab zu trinken, warfen ihre breiten Hüte hin und setzten plötzlich eine feierliche Miene auf. Ihre Gesten und der Blick, mit dem sie einander befragten, ließen Galope-chopine erschauern; er glaubte Blut unter den roten Wollkappen zu sehen, die sie trugen.

»Bring uns dein Beil«, sagte Marche-à-terre.

»Aber Herr Marche-à-terre, was wollen Sie denn damit?«

»Los, Vetter, du weißt es ganz genau«, sagte Pille-miche und steckte das Tabakshorn zu sich, das Marche-à-terre ihm zurückgereicht hatte, »du bist verurteilt.«

Die beiden Chouans standen gleichzeitig auf und langten nach ihren Karabinern.

»Monsieur Marche-à-terre, ich habe nichts über den Gars gesagt ...«

»Ich habe dir gesagt, du sollst dein Beil holen«, antwortete der Chouan.

Der unglückliche Galope-chopine stieß an die plumpe Lagerstatt seines Jungen, und drei Hundertsousstücke rollten über den Fußboden; Pille-miche hob sie auf.

»Hoho! Die Blauen haben dir neue Geldstücke gegeben«, rief Marche-à-terre.

»So wahr wie da das Bild vom heiligen Labre steht«, entgegnete Galope-chopine, »ich habe nichts gesagt. Barbette hat die Gegen-Chouans für die Jungs von Saint-Georges gehalten, weiter nichts.«

»Warum schwätzest du auch mit deiner Frau von Geschäften«, antwortete Marche-à-terre brutal.

»Außerdem, Vetter, wollen wir von dir keine Begründungen, sondern dein Beil. Du bist verurteilt.«

Auf einen Wink seines Gefährten hin half Pille-miche diesem, das Opfer zu packen. Als Galope-chopine sich in den Händen der beiden Chouans befand, wich alle Kraft von ihm; er sank auf die Knie und hob verzweifelt die Hände zu seinen Henkern auf: »Aber liebe Freunde, lieber Vetter, was soll denn aus meinem kleinen Jungen werden?«

»Für den sorge ich«, sagte Marche-à-terre.

»Liebe Kameraden«, redete der bleifahl gewordene Galope-chopine weiter, »ich bin nicht aufs Sterben vorbereitet. Wollt ihr mich ohne Beichte abhauen lassen? Ihr habt das Recht, mir das Leben zu nehmen, aber nicht das Recht, mich um die ewige Seligkeit zu bringen.«

»Das stimmt«, sagte Marche-à-terre und blickte Pille-miche an.

Die beiden Chouans standen eine Weile in der größten Verlegenheit da; diesen Gewissensfall konnten sie nicht lösen. Galope-chopine lauschte auf das leiseste Geräusch, das der Wind machte, als hege er noch einige Hoffnung. Der Ton des Zidertropfens, der in regelmäßigen Abständen aus der Tonne fiel, ließ ihn einen mechanischen Blick auf das Stückfaß richten und traurig aufseufzen. Plötzlich faßte Pille-miche den armen Sünder beim Arm, zog ihn in eine Ecke und sagte zu ihm: »Beichte mir alle deine Sünden, ich sage sie einem Priester der wahren Kirche, er wird mir die Absolution erteilen; und wenn Buße getan werden muß, erledige ich das für dich.«

Galope-chopine erlangte durch die Art, wie er seine Sünden bekannte, einigen Aufschub; aber trotz der Zahl und der Begleitumstände seiner Missetaten gelangte er schließlich an das Ende seines Rosenkranzes.

»Ach!« sagte er zum Schluß, »Vetter, wo ich doch nun mal zu dir wie zu einem Beichtvater spreche, versichere ich dir beim heiligen Namen Gottes, daß ich mir nichts vorzuwerfen habe, als dann und wann mal ein bißchen zu weit gegangen zu sein, und ich rufe den heiligen Labre als Zeugen an, der da über dem Kamin hängt, daß ich nichts über den Gars ausgeplaudert habe. Nein, gute Freunde, ich habe keinen Verrat begangen.«

»Schon gut, Vetter, in Ordnung, steh auf, darüber kannst du dich mit dem lieben Gott auseinandersetzen; alles zu seiner Zeit.«

»Aber laßt mich doch wenigstens Barbette ein bißchen Lebewohl sagen ...«

»Vorwärts«, antwortete Marche-à-terre, »wenn du nicht willst, daß wir härter mit dir umspringen, als nötig ist, dann betrag dich wie ein Bretone und hau auf anständige Art ab.«

Abermals packten die beiden Chouans Galope-chopine und legten ihn auf die Bank; er gab keine andern Zeichen des Widerstands mehr von sich als die krampfhaften Zuckungen, wie der tierische Instinkt sie erzeugt; schließlich stieß er ein paarmal ein dumpfes Geheul aus, das sogleich aufhörte, als der schwere Ton des niederfallenden Beils erscholl. Mit einem einzigen Hieb wurde der Kopf abgetrennt. Marche-à-terre packte ihn an einem Haarbüschel, ging aus der Hütte hinaus, suchte und fand an der plumpen Türumrahmung einen großen Nagel, um den er die Haare wickelte, die er gepackt hielt; er ließ den blutigen Kopf dort hängen; nicht einmal die Augen drückte er ihm zu. Die beiden Chouans wuschen sich ohne besondere Eile die Hände in einer großen Schüssel voll Wasser, setzten sich die Hüte wieder auf, hängten die Karabiner um und überstiegen den Heckendurchgang, wobei sie die Melodie des Volkslieds vom Hauptmann pfiffen. Am Ende des Ackerstücks stimmte Pille-miche mit eingerosteter Stimme aufs Geratewohl folgende Strophen aus jenem naiven Lied an, dessen bäuerliche Klänge vom Wind davongetragen wurden:

Und in dem ersten Städtchen,
Da kleidet ihr Schatz das Mädchen
In weiße Seide hold.

Und in dem zweiten Städtchen,
Da kleidet ihr Schatz das Mädchen
In Silber und in Gold.

Und Liebchen war so schön,
Daß ihr hat zu Diensten stehen
Das Regiment gewollt.

Die Melodie verhallte immer mehr, je weiter die beiden Chouans sich entfernten; aber die Stille über den Feldern war so tief, daß mehrere Töne an Barbettes Ohr gelangten; sie ging um jene

Zeit zur Hütte zurück und hielt ihren kleinen Jungen an der Hand. Eine Bauersfrau hört dieses im Westen Frankreichs so volkstümliche Lied nie kalten Herzens an; daher begann Barbette unwillkürlich seine Anfangsstrophen:

Frischauf, frischauf, du Schöne,
Jetzt geht es in den Krieg,
Frischauf, die Stunde schlug.

O tapfrer Hauptmann mein,
Es mach' dir keine Pein,
Mein Kind kannst du nicht frei'n.

Es soll nicht sein zu Land,
Es soll nicht sein auf See,
Wenn nicht Verrat gescheh'.

Der Vater nimmt sein Kind,
Reißt ab ihr Kleid geschwind,
Und wirft sie in die Flut.

Der Hauptmann weiß sich Rat,
Er wacker schwimmen tat,
Und bringt sie auf das Schiff.

Frischauf, frischauf, du Schöne,
Jetzt geht es in den Krieg,
Frischauf, die Stunde schlug.

Und in dem ersten Städtchen, usw.

Als Barbette an der Stelle des Liedes angelangt war, mit der Pille-miche begonnen hatte, war sie auf ihrem Hof angekommen; ihre Zunge erstarrte zu Eis, sie blieb reglos stehen; ein lauter, sogleich unterdrückter Schrei entrang sich ihrem klaffenden Mund.

»Was hast du denn, liebe Mutter?« fragte das Kind.

»Geh allein weiter«, rief Barbette dumpf, entriß ihm die Hand und stieß ihn mit unglaublicher Roheit vorwärts, »du hast weder Vater noch Mutter mehr.«

Der Junge rieb sich weinend die Schulter, sah den am Nagel hängenden Kopf, und sein frisches Gesicht behielt stumm das nervöse Zucken bei, das das Weinen den Zügen zuteil werden läßt. Er riß die Augen weit auf und sah lange mit stumpfsinniger Miene, die keine Gemütsbewegung verriet, den Kopf des Vaters an; dann nahm sein durch Unwissenheit verrohtes Gesicht nach und nach einen Ausdruck barbarischer Neugier an. Plötzlich ergriff Barbette aufs neue die Hand ihres Sohnes, drückte sie heftig und zog ihn raschen Schrittes ins Haus. Als Pille-miche und Marche-à-terre Galope-chopine auf die Bank gelegt hatten, war einer seiner Schuhe so unter seinen Hals geraten, daß er sich mit Blut gefüllt hatte; und das war das erste, was die Witwe sah.

»Zieh deinen Holzschuh aus«, sagte die Mutter zu ihrem Sohn. »Steck deinen Fuß da 'rein. Vergiß nie«, rief sie mit unheimlich düsterem Stimmklang, »den Schuh deines Vaters, und zieh nie einen Schuh an deine Füße, ohne dich an den zu erinnern, der mit Blut gefüllt war, das die ›Chuins‹ vergossen haben, und bring sie um, die ›Chuins‹.«

Dabei nickte sie so krampfhaft, daß die schwarzen Haarsträhnen ihr auf den Hals niederfielen und ihrem Gesicht einen unheilverkündenden Ausdruck liehen.

»Ich nehme Sankt Labre zum Zeugen«, fuhr sie fort, »daß ich dich den Blauen weihe. Du sollst Soldat werden und deinen Vater rächen. Bring sie um, bring sie um, die ›Chuins‹, und tu wie ich. Ha, sie haben meinem Mann den Kopf abgeschlagen, ich will ihnen den vom Gars geben.«

Mit einem einzigen Satz sprang sie auf das Bett, zog ein Beutelchen mit Geld aus einem Versteck hervor, ergriff wiederum die Hand des verdutzten Sohns, zog ihn gewalttätig und ohne ihm Zeit zu lassen, seinen Holzschuh wieder anzuziehen, davon, und beide gingen schnellen Schrittes in Richtung auf Fougères, ohne daß einer der beiden den Kopf zurück nach der Hütte gewandt hätte, die sie verlassen hatten. Als sie auf dem Kamm der Felsen von Saint-Sulpice anlangten, schürte Barbette das Reisigfeuer, und ihr Junge half ihr, es mit bereiften, grünen Ginsterzweigen zu bedecken, damit sich mehr Rauch entwickelte.

»Das wird länger am Leben bleiben als dein Vater, länger als ich und länger als der Gars«, sagte Barbette mit wilder Miene und zeigte ihrem Sohn das Feuer.

Zu der Zeit, da Galope-chopines Witwe und ihr Sohn mit

seinem blutigen Fuß mit einem düsteren Ausdruck der Rache und der Neugier den Rauch emporwirbeln sahen, hielt Mademoiselle de Verneuil den Blick auf ebenjenen Felsen gerichtet; sie versuchte, wenngleich vergeblich, das ihr vom Marquis angekündigte Signal wahrzunehmen. Der Nebel, der unmerklich stärker geworden war, hüllte den ganzen Bereich in einen Schleier, dessen graue Tönungen auch die der Stadt am nächsten gelegenen Teile der Landschaft verhüllten. Mit leiser Bangigkeit betrachtete sie abwechselnd die Felsen, die Burg, die Bauwerke, die in diesem Nebel aussahen wie noch dunklerer Nebel. Dicht vor ihrem Fenster hoben sich von diesem bläulichen Hintergrund ein paar Bäume ab wie Schwammkorallen, die man bei ruhiger See zu sehen vermag. Die Sonne ließ dem Himmel die bleifahle Farbe angelaufenen Silbers zuteil werden; ihre Strahlen färbten die kahlen Baumzweige, an denen noch ein paar letzte Blätter schwankten, mit einer zweifelhaften Röte. Doch Maries Seele durchwogten allzu köstliche Gefühle, als daß sie in diesem Anblick üble Vorzeichen erblickt hätte, die einen Mißklang mit dem Glück gebildet hätten, an dem sie sich im voraus weidete. Seit zwei Tagen hatten ihre Gedanken sich auf seltsame Weise gewandelt. Die Jäheit, die ungezügelten Ausbrüche ihrer Leidenschaften waren allmählich dem Einfluß der gleichmäßigen Temperatur gewichen, die wahre Liebe dem Leben spendet. Die Gewißheit, geliebt zu werden, der sie durch so viele Gefahren hindurch nachgestrebt, hatte in ihr den Wunsch erstehen lassen, in die gesellschaftlichen Verhältnisse zurückzukehren, die dem Glück die rechte Weihe geben und die sie nur aus Verzweiflung hinter sich gelassen hatte. Nur einen Augenblick lang zu lieben dünkte sie seelische Kraftlosigkeit. Dann sah sie sich plötzlich aus den sozialen Niederungen, in die das Unglück sie hinabgestürzt hatte, wieder zu dem hohen Rang emporgetragen, den ihr Vater sie kurze Zeit hatte einnehmen lassen. Ihre von den grausamen Wechselfällen einer wechselweise glücklichen oder verkannten Liebesleidenschaft niedergehaltene Eitelkeit erwachte und ließ sie alle Wohltaten einer hohen Lebensstellung erblicken. Wenn sie, die doch gewissermaßen als Marquise geboren war, Montauran heiratete, hieß das nicht für sie, in der ihr zukommenden Sphäre handeln und wirken? Nachdem sie die Wechselfälle eines vollauf abenteuerlichen Lebens kennengelernt hatte, konnte sie besser als jede andere Frau die Hoheit der Gefühle würdigen, auf die sich die Familie gründet. Ehe, Mutterschaft und die damit verbundenen Sorgen waren für sie jetzt weniger eine Aufgabe als ein Ausruhen. Sie liebte bereits das tugendsame, ruhige Leben, das sie durch jenen letzten Gewittersturm hindurch flüchtig erblickt hatte, wie eine der Tugend überdrüssige Frau einmal einen Blick auf ein verbotenes Liebeserlebnis werfen mag. Die Tugend stellte für sie eine neue Verlockung dar.

»Vielleicht«, sagte sie, als sie von dem Fenster zurücktrat, ohne das Feuer auf den Felsen von Saint-Sulpice gesehen zu haben, »bin ich recht kokett mit ihm verfahren? Aber ich habe ja auch nicht gewußt, wie sehr ich geliebt werde . . . Francine, es ist nicht länger nur ein Traum! Heute abend bin ich die Marquise de Montauran. Was habe ich denn getan, um ein so vollkommenes Glück zu verdienen? Oh, ich liebe ihn, und einzig Liebe kann Liebe vergelten. Dennoch will Gott mich wohl belohnen, daß ich mir so viel Herz bewahrt habe ungeachtet so vieler Nöte, und er will mich meine Leiden vergessen lassen; denn du weißt es ja, mein Kind, ich habe viel gelitten.«

»Heute abend Marquise de Montauran, Sie, Marie! Ach, ehe es nicht geschehen ist, werde ich nur zu träumen glauben. Wer hat ihm nur gesagt, welche Werte Sie in sich bergen?«

»Aber liebes Kind, er hat doch nicht nur schöne Augen, sondern auch eine Seele. Wenn du ihn gleich mir in der Gefahr gesehen hättest! Oh, er muß sich gut auf die Liebe verstehen, er ist so tapfer!«

»Wenn Sie ihn so sehr lieben, warum erlauben Sie dann, daß er nach Fougères kommt?«

»Haben wir denn Zeit gehabt, einander nur ein einziges Wort zu sagen, als wir überrascht wurden? Ist es überdies nicht ein Beweis der Liebe? Und bekommt man deren je genug? Inzwischen frisiere mich.«

Aber sie zerstörte an die hundertmal mit Bewegungen, die wie elektrisch waren, die wohlgelungenen Anordnungen ihrer Frisur, wobei sie Gedanken, die noch immer gewitterig waren, in alles Bedachtsein auf Koketterie mischte. Während ihr Haar zu Locken gewickelt wurde oder während ihre Flechten durch Glattstreichen mehr Glanz erhielten, überlegte sie mit einem Rest von Mißtrauen, ob der Marquis sie nicht dennoch täusche, und dann dachte sie, ein solches Bubenstück müsse unergründlich sein, da er sich ja doch tollkühn dadurch, daß er sie in Fougères aufsuchte, einer unmittelbaren Rache aussetzte. Indem sie mutwillig in ihrem Spiegel die Wirkungen eines Seitenblicks, eines Lächelns, eines leichten Stirnfaltens, einer zornigen, liebevollen oder verächtlichen Haltung probte, suchte sie nach einer Frauenlist, um bis zum letzten Augenblick das Herz des jungen Anführers auszuloten.

»Du hast recht, Francine«, sagte sie, »ich wollte, gleich dir, die Eheschließung wäre schon vollzogen. Dieser Tag ist der letzte meiner trüben Tage, er ist trächtig mit meinem Tod oder meinem Glück. Der Nebel ist abscheulich«, fügte sie hinzu und schaute abermals nach dem noch immer verschleierten Felskamm von Saint-Sulpice hinüber.

Sie machte sich eigenhändig daran, die aus Seide und Musselin bestehenden Vorhänge zu drapieren, die das Fenster schmückten; und sie gefiel sich darin, dem Tageslicht zu wehren, so daß im Schlafzimmer nur ein wollüstiges Halbdunkel herrschte.

»Francine«, sagte sie, »nimm den Krimskrams weg, der da haufenweise auf dem Kamin steht, und laß nur die Stutzuhr und die beiden Meißener Vasen stehen; ich selber will die Winterblumen hineinstecken, die Corentin für mich aufgetrieben hat ... Schaff auch alle Stühle hinaus; ich will hier nur das Kanapee und einen Sessel sehen. Wenn du damit fertig bist, mein Kind, dann bürste den Teppich, damit die Farben lebendiger schimmern; danach steckst du Kerzen in die Wandleuchter am Kamin und in die Armleuchter ...«

Lange und eingehend musterte Marie die alten Gobelins, die über die Wände dieses Schlafzimmers gespannt waren. Vermöge ihres angeborenen Geschmacks wußte sie unter den glänzenden Farbabschattungen des Gewebes die Töne herauszufinden, die dazu dienen konnten, durch die Harmonie der Farben oder durch deren Dissonanzen diesen altertümlichen Wandschmuck mit den Möbeln und den anderen Einrichtungsgegenständen dieses Boudoirs in Einklang zu bringen. Der nämliche Gedanke leitete die Anordnung der Blumen, mit denen sie die geschwungenen Vasen versah, die das Zimmer zierten. Das Kanapee wurde an den Kamin gerückt. An jede Seite des Bettes, das an der dem Kamin gegenüber befindlichen Wand stand, stellte sie zwei vergoldete Tischchen, und darauf zwei große Meißener Vasen mit Blattwerk und Blumen, die die süßesten Wohlgerüche aushauchten. Mehr als einmal durchschauerte es sie, als sie die welligen Falten des grünen Seidenstoffs über dem Bett ordnete und die Windungen der geblümten Draperien ansah, unter der es sich verbarg. Solcherlei Vorbereitungen wohnt stets ein unerklärliches Glücksgeheimnis inne, und sie bahnen ein so köstliches Glücksgeheimnis an, daß inmitten dieser wollüstigen Zurüstungen eine Frau oftmals alle ihre Zweifel vergißt, wie Mademoiselle de Verneuil jetzt die ihrigen vergaß. Waltet nicht ein frommes Gefühl in dieser Fülle von Bemühungen für ein geliebtes Menschenwesen, das nicht anwesend ist, um sie zu sehen und zu belohnen, das sie indessen später durch ein billigendes Lächeln bezahlen muß, wie es dann diesen anmutigen, stets so gut verstandenen Vorbereitungen zuteil wird? Die Frauen geben sich dabei sozusagen schon im voraus der Liebe hin, und es gibt unter ihnen keine einzige, die sich nicht sagte, was Mademoiselle de Verneuil dachte: »Heute abend werde ich sehr glücklich sein!« Auch die unschuldigste unter ihnen schreibt dann diese süße Hoffnung in die am wenigsten hervortretenden Falten der Seide oder des Musselins; und alsdann prägt die Harmonie, die sie um sich verbreitet, unmerklich allem ein Aussehen auf, das Liebe atmet. Inmitten dieser wollüstigen Atmosphäre werden für sie die Dinge zu Wesen, zu Zeugen; und jetzt schon macht sie sie zu Mitverschworenen ihrer künftigen Freuden. Bei jeder Bewegung, bei jedem Gedanken erkühnt sie sich, die Zukunft zu stehlen. Bald jedoch wartet sie nicht mehr, hofft sie nicht mehr, sondern klagt die Stille an, und das leiseste Geräusch schuldet ihr eine Vorhersage; schließlich aber legt der Zweifel eine krallige Hand auf ihr Herz; sie lodert auf, sie fühlt sich von einem Gedanken ausgewrungen, der sich wie eine rein körperliche Kraft zur Geltung bringt; es ist abwechselnd ein Triumph und eine Marter, die sie ohne die Hoffnung auf die Lust nicht ertragen würde. Zwanzigmal hatte Mademoiselle de Verneuil in der Hoffnung, sie werde oberhalb der Felsen eine Rauchsäule aufsteigen sehen, die Vorhänge gehoben; aber der Nebel schien von Minute zu Minute neue graue Tönungen anzunehmen, in denen ihre Phantasie sie schließlich düstere Vorzeichen sehen ließ. Endlich ließ sie in aufwallender Ungeduld den Vorhang herabfallen und nahm sich vor, ihn nicht wieder anzuheben. Mit schmollender Miene hielt sie in diesem Raum Umschau, dem sie eine Seele und eine Stimme gegeben hatte; sie fragte sich, ob es vergeblich gewesen sei, und dieser Gedanke ließ sie alles bedenken.

»Kleines«, sagte sie zu Francine und zog sie in ein neben ihrem Schlafzimmer gelegenes Toilettekabinett, das durch ein »Ochsenauge« erhellt wurde; es ging auf den dunklen Winkel hinaus, wo die Befestigungen der Stadt mit den Felsen der Promenade zusammenstießen. »Räume hier auf, alles muß ganz sauber sein! Das Wohnzimmer kannst du, wenn du willst, in Unordnung lassen«, fügte sie hinzu und begleitete diese Worte mit einem Lächeln, das die Frauen sich für den Umgang mit ihren Freundinnen vorbehalten und dessen pikante Verschmitztheit die Männer nie kennenlernen.

»Ach! Wie hübsch Sie sind!« rief die kleine Bretonin.

»Nun, wir Frauen sind nun einmal töricht: Muß da unser Liebhaber stets unser schönster Schmuck sein?«

Sie lag lässig hingestreckt auf der Ottomane, als Francine sich Schritt für Schritt zurückzog und dabei ahnte, daß ihre Herrin Montauran niemals ausliefern würde, gleichgültig, ob sie von ihm geliebt wurde oder nicht.

»Bist du dir auch dessen sicher, was du mir da erzählst, Alte?« fragte Hulot Barbette; sie hatte ihn wiedererkannt, als sie Fougères betrat.

»Haben Sie Augen? Da, sehen Sie sich die Felsen von Saint-Sulpice an, guter Mann, grade gegenüber von Saint-Léonard.«

Corentin wandte die Augen der Felsspitze zu, in der Richtung, die Barbettes Finger ihm wies; und da der Nebel sich zu verteilen begann, konnte er ziemlich deutlich die weiße Rauchsäule erkennen, von der Galope-chopines Frau gesprochen hatte.

»Aber wann kommt er denn, he, Alte? Heute abend oder heute nacht?«

»Guter Mann«, entgegnete Barbette, »das weiß ich nicht.«

»Warum verrätst du deine Partei?« fragte Hulot eindringlich;

er hatte die Bauersfrau ein paar Schritte von Corentin weggezogen.

»Ach, Monseigneur General, sehen Sie sich doch den Fuß meines Jungen an, er ist in das Blut meines Mannes getaucht worden, den haben die ›Chuins‹, mit Verlaub, abgeschlachtet wie ein Kalb, um ihn für die paar Worte zu bestrafen, die Sie mir vorgestern entrissen haben, als ich auf dem Feld arbeitete. Nehmen Sie meinen Jungen, da Sie ihm seinen Vater und seine Mutter weggenommen haben, aber machen Sie einen tüchtigen Blauen aus ihm, damit er viele ›Chuins‹ umbringen kann. Hier haben Sie zweihundert Taler, heben Sie sie für ihn auf; wenn er sparsam damit umgeht, kann er damit lange auskommen, sein Vater hat zwölf Jahre gebraucht, bis er sie zusammengehäuft hatte.«

Verwundert musterte Hulot diese blasse, runzlige Bauersfrau, deren Augen trocken waren.

»Aber du, Mutter, was soll denn aus dir werden? Es wäre besser, wenn du das Geld behieltest.«

»Ich«, antwortete sie und wiegte traurig den Kopf hin und her, »ich brauche nichts mehr! Auch wenn Sie mich in die tiefste Tiefe vom Melusinenturm (und sie zeigte auf einen der Türme der Burg) einsperrten, die ›Chuins‹ bekämen es dennoch heraus und brächten mich um!«

Mit einem düsteren Ausdruck des Schmerzes küßte sie ihren Jungen, blickte ihn an, vergoß zwei Tränen, blickte ihn nochmals an und verschwand.

»Herr Major«, sagte Corentin, »hier haben wir eine der Gelegenheiten, die, wenn sie voll ausgenutzt werden sollen, eher zweier guter Köpfe bedürfen als nur eines. Wir wissen alles und wir wissen nichts. Wenn wir jetzt gleich das Haus der Mademoiselle de Verneuil umzingeln ließen, hieße das sie gegen uns aufbringen. Wir alle, du, ich, deine Gegen-Chouans und deine beiden Bataillone, haben nicht die Kraft, gegen dieses Mädchen anzukämpfen, wenn sie sich in den Kopf setzt, ihren Ci-devant zu retten. Der Bursche ist ein Hofmann, und folglich abgefeimt; er ist jung und beherzt. Niemals können wir uns seiner bemächtigen, wenn er nach Fougères hereinkommt. Vielleicht ist er übrigens bereits in der Stadt. Eine Haussuchung veranstalten?

Albernheit! Dabei kommt nichts heraus, es warnt bloß und beunruhigt die Einwohner.«

»Ich gehe jetzt«, sagte Hulot ungeduldig, »und befehle dem Posten von der Wache bei Saint-Léonard, seinen Wachgang um ein paar Schritte auszudehnen, damit er bis zu der Stelle gegenüber dem Haus der Mademoiselle de Verneuil kommt. Ich vereinbare mit jedem Wachtposten ein Zeichen; ich halte mich in der Wachtstube auf, und wenn mir dann gemeldet worden ist, es sei irgendein junger Mann in die Stadt gekommen, nehme ich mir einen Unteroffizier und vier Mann, und ...«

»Und«, fuhr Corentin fort und unterbrach damit den ungestümen Soldaten, »wenn der junge Mann dann nicht der Marquis ist, wenn der Marquis nicht durchs Tor hereinkommt, wenn er schon bei Mademoiselle de Verneuil ist, wenn, wenn ...«

Jetzt blickte Corentin den Major mit einer überlegenen Miene an, die etwas so Beleidigendes hatte, daß der alte Offizier ausrief: »Bei Gottes tausendfachem Donner! Mach, daß du wegkommst, du Höllenbürger! Was geht das alles mich an? Wenn dieser unbesonnene Mensch einem meiner Posten in die Hände fällt, muß ich ihn wohl erschießen lassen; wenn ich erfahre, er sei in einem Haus, muß ich ihn wohl einkreisen, ihn fassen und erschießen lassen! Aber hol' mich der Teufel, wenn ich mir den Kopf zerbreche, um meine Uniform zu besudeln.«

»Major, der Brief der drei Minister befiehlt dir, Mademoiselle de Verneuil zu gehorchen.«

»Bürger, sie selber möge zu mir kommen, dann werde ich sehen, was ich zu tun habe.«

»Na schön, Bürger«, entgegnete Corentin hochfahrend, »sie wird schon kommen. Sie selber wird dir die Stunde und den Augenblick sagen, da der Ci-devant hereinkommt. Vielleicht ist sie sogar erst ruhig, wenn sie dich dabei gesehen hat, daß du Posten aufstellst und ihr Haus umzingeln läßt?«

»Der Teufel hat Menschengestalt angenommen«, sagte sich der alte Halbbrigadechef schmerzlich, als er Corentin nachsah, der mit großen Schritten die »Treppe der Königin« hinanstieg, wo diese Szene sich abgespielt hatte, und wieder auf die Porte Saint-Léonard zuging. – »Er wird mir den Bürger Montauran an Händen und Füßen gefesselt ausliefern«, fuhr Hulot in seinem Selbstgespräch fort, »und dann habe ich den Ärger, einem Standgericht vorsitzen zu müssen. – Aber schließlich«, dachte er achselzuckend weiter, »ist der Gars ein Feind der Republik, er hat mir meinen armen Gérard umgebracht, und immerhin gibt es dann einen Adligen weniger. Hol's der Teufel!«

Hurtig machte er kehrt und begann, alle Posten in der Stadt zu inspizieren, wobei er die »Marseillaise« vor sich hinpfiff.

Mademoiselle de Verneuil war in eine der Grübeleien versunken, deren Geheimnisse wie begraben in den Abgründen der Seele verbleiben und deren tausenderlei einander widersprechende Empfindungen oftmals denen, die ihnen anheimgefallen sind, bewiesen haben, daß man auch innerhalb von vier Wänden ein stürmisches, leidenschaftliches Leben führen kann, ohne auch nur von der Ottomane aufzustehen, auf der das Dasein sich dann verzehrt. Nun sie zur Lösung des Dramas gelangt war, das sie heraufbeschworen hatte, ließ dieses Mädchen nacheinander die Szenen der Liebe und des Zorns an sich vorübergleiten, die ihr Leben während der zehn Tage so mächtig bewegt hatten, die seit ihrer ersten Begegnung mit dem Marquis verflossen waren. In diesem Augenblick erscholl das Geräusch von Männerschritten in dem vor dem Schlafzimmer gelegenen Salon, und sie fuhr zusammen; die Tür ging auf, sie wandte lebhaft den Kopf und erblickte Corentin.

»Sie kleine Gaunerin!« sagte lachend der gehobene Agent der Polizei, »hält die Lust, mich hinters Licht zu führen, Sie immer noch gepackt? Ach, Marie, Marie, Sie spielen ein recht gefährliches Spiel, wenn Sie mich nicht an Ihren Entschlüssen teilhaben lassen und über Ihr Tun Entscheidungen fällen, ohne mich um Rat zu fragen. Wenn der Marquis seinem Schicksal entschlüpft ist ...«

»Dann war es nicht Ihre Schuld, nicht wahr?« antwortete Mademoiselle de Verneuil mit hintergründiger Ironie. »Monsieur«, fuhr sie mit ernster Stimme fort, »mit welchem Recht kommen Sie abermals in mein Haus?«

»In Ihr Haus?« fragte er mit scharfer Betonung.

»Sie geben mir zu verstehen«, entgegnete sie hoheitsvoll, »daß ich mich nicht im eigenen Haus befinde. Vielleicht haben Sie dieses Haus klüglich ausgesucht, um darin Ihre Morde desto sicherer ausführen zu können; ich werde es verlassen. Ich würde in eine Einöde gehen, um nicht länger ...«

»Spitzel sehen zu müssen, sprechen Sie es getrost aus«, erwiderte Corentin. »Aber dieses Haus gehört weder Ihnen noch mir, sondern der Regierung; und was das Weggehen betrifft, so werden Sie nichts dergleichen tun«, fügte er hinzu und bedachte sie mit einem diabolischen Blick.

In aufwallendem Unmut erhob sich Mademoiselle de Verneuil und trat ein paar Schritte vor; aber plötzlich hielt sie inne, als sie sah, daß Corentin den Fenstervorhang anhob, zu lächeln begann und sie aufforderte, zu ihm zu treten.

»Sehen Sie die Rauchsäule da drüben?« fragte er mit der tiefen Ruhe, die er auf seinem bleichen Gesicht zu bewahren verstand, wie heftig auch seine Gemütswallungen sein mochten.

»Welche Beziehungen könnten zwischen meinem Aufbruch und dem Unkraut bestehen, das da verbrannt wird?« fragte sie.

»Warum klingt Ihre Stimme so verändert?« fuhr Corentin fort. »Arme Kleine!« fügte er freundlich hinzu, »ich weiß alles. Der Marquis kommt heute nach Fougères, und nicht in der Absicht, ihn uns auszuliefern, haben Sie dies Boudoir so wollüstig mit diesen Blumen und Kerzen hergerichtet.«

Mademoiselle de Verneuil erbleichte und sah in den Augen dieses Tigers mit Menschenantlitz den Tod des Marquis geschrieben; sie empfand für ihren Geliebten eine Liebe, die an Irrsinn grenzte. Jedes ihrer Haare verursachte ihr einen wüsten Schmerz, den sie nicht zu ertragen vermochte, und sie sank auf die Ottomane. Corentin stand eine Weile mit gekreuzten Armen da, halb voller Genugtuung über eine Qual, die ihn für all die Sarkasmen und Bezeigungen der Verachtung rächte, mit denen diese Frau ihn überhäuft hatte, halb bekümmert, ein Geschöpf leiden zu sehen, dessen Joch ihm noch immer behagte, so schwer es auch sein mochte.

»Sie liebt ihn«, sprach er mit dumpfer Stimme vor sich hin.

»Ihn lieben!« rief sie. »Ach, was besagt dieses Wort? Corentin, er ist mein Leben, meine Seele, mein Atem.« Sie warf sich dem Mann, dessen Ruhe sie erschreckte, zu Füßen. – »Du Dreckseele«, sagte sie zu ihm, »lieber will ich mich erniedrigen, um ihm das Leben zu bewahren, als mich erniedrigen, um es ihm zu rauben.

Ich will ihn retten um den Preis all meines Blutes. Sprich, was verlangst du?«

Corentin durchrann ein Zittern.

»Ich bin gekommen, um Ihre Befehle entgegenzunehmen, Marie«, sagte er; seine Stimme klang dabei sanft, und mit anmutiger Höflichkeit half er ihr, aufzustehen. »Ja, Marie, Ihre Beleidigungen können mich nicht daran hindern, gänzlich Ihnen zu gehören, vorausgesetzt, daß Sie mich nicht mehr täuschen. Sie wissen, Marie: Man hintergeht mich niemals ungestraft.«

»Ach, wenn Sie wollen, daß ich Sie liebe, Corentin, dann helfen Sie mir, ihn zu retten.«

»Gut. Um welche Zeit kommt der Marquis?« fragte er und war bestrebt, seine Frage in ruhigem Tonfall zu stellen.

»Ach, das weiß ich doch nicht.«

Schweigend blickten sie einander an.

»Ich bin verloren«, sagte sich Mademoiselle de Verneuil.

»Sie hintergeht mich«, dachte Corentin. – »Marie«, fuhr er fort, »ich habe zwei Grundsätze. Der eine, nie ein Wort von dem zu glauben, was Frauen sagen, ist das Mittel, sich von ihnen nicht hineinlegen zu lassen; der andere, immer nachzuforschen, ob sie nicht irgendein Interesse daran haben, das Gegenteil von dem zu tun, was sie gesagt haben, und im gegenteiligen Sinn zu den Handlungen sich zu verhalten, deren Geheimnis sie uns haben anvertrauen wollen. Ich glaube, jetzt verstehen wir einander.«

»Wunderbar«, antwortete Mademoiselle de Verneuil. »Sie wollen Beweise für meine Verläßlichkeit; aber die spare ich mir bis zu dem Augenblick auf, da Sie mir Beweise für die Ihrige gegeben haben.«

»Adieu, Mademoiselle«, sagte Corentin trocken.

»Nun, nun«, entgegnete das junge Mädchen lächelnd, »nehmen Sie Platz, setzen Sie sich dorthin und schmollen Sie nicht, sonst würde ich es fertigbringen, den Marquis auch ohne Sie zu retten. Was die dreihunderttausend Francs betrifft, die Sie immer vor Augen haben, so kann ich sie Ihnen in Gold dort auf dem Kaminsims aufzählen, und zwar in dem Augenblick, da der Marquis in Sicherheit ist.«

Corentin stand auf, trat ein paar Schritte zurück und musterte Mademoiselle de Verneuil.

»Sie sind in kurzer Zeit reich geworden«, sagte er in einem Tonfall, dessen Bitterkeit schlecht getarnt war.

»Montauran«, fuhr sie fort und lächelte mitleidig, »könnte Ihnen sehr viel mehr als Lösegeld anbieten. Also beweisen Sie, daß Sie über die Mittel verfügen, ihn vor jeder Gefahr zu bewahren, und ...«

»Könnten Sie ihn nicht«, rief Corentin plötzlich, »in dem Augenblick seiner Ankunft entweichen lassen, da Hulot deren Zeitpunkt nicht weiß, und ...« Er hielt inne, als werfe er sich vor, zuviel zu sagen. – »Aber verlangen ausgerechnet Sie eine List von mir?« fuhr er fort und lächelte dabei aufs natürlichste. »Hören Sie, Marie, ich bin von Ihrer Aufrichtigkeit überzeugt. Versprechen Sie mir, mich für alles zu entschädigen, was ich einbüße, indem ich Ihnen gefällig bin; dann werde ich diesen Hornochsen von Major so gründlich einschläfern, daß der Marquis in Fougères die gleiche Freiheit genießt wie in Saint-James.«

»Ich verspreche es Ihnen«, sagte das junge Mädchen mit einer gewissen Feierlichkeit.

Mademoiselle de Verneuil erbebte; sie hob eine zitternde Hand und leistete den Eid, den dieser Mann von ihr verlangte; sein ganzes Gehaben hatte sich jäh verändert.

»Sie können über mich verfügen«, sagte Corentin. »Täuschen Sie mich nicht, dann werden Sie mich heute abend segnen.«

»Ich glaube Ihnen, Corentin«, rief Mademoiselle de Verneuil gerührt. Sie verabschiedete ihn mit einem lieblichen Neigen des Kopfs und lächelte ihm mit einer Güte zu, in die sich Überraschung mischte, als sie auf seinem Antlitz den Ausdruck schwermütiger Zärtlichkeit gewahrte.

»Welch ein entzückendes Geschöpf!« rief Corentin aus, als er sich entfernte. »Werde ich sie denn niemals haben, um aus ihr das Werkzeug meines Aufstiegs und den Quell meiner Liebesfreuden zu machen? Sie, und sich mir zu Füßen werfen ...! O ja, der Marquis muß sterben. Und wenn ich diese Frau nur dadurch erlangen kann, daß ich sie in einen Schmutzkübel tauche, dann tauche ich sie eben hinein. – Kurzum«, sagte er sich, als er auf dem Platz anlangte, wohin seine Füße ihn ohne sein Wissen geleitet hatten, »vielleicht mißtraut sie mir nicht mehr. Hunderttausend Taler so mir nichts, dir nichts! Sie hält mich für geldgierig. Es ist eine List, oder sie hat ihn geheiratet.« In seiner Gedankenverlorenheit wagte es Corentin nicht, einen Entschluß zu fassen. Der Nebel, den die Sonne um die Tagesmitte verscheucht hatte, gewann unmerklich all seine Kraft wieder und wurde so dicht, daß Corentin auch auf eine kurze Entfernung hin die Bäume nicht mehr wahrnehmen konnte. – »Ein neues Unheil ist das!« sagte er sich, als er langsamen Schrittes heimging. »Keine sechs Schritte weit kann man etwas sehen. Das Wetter kommt unserm Liebespaar zu Hilfe. Überwache mir einer ein Haus, das ein solcher Nebel schützt. – Wer da?« rief er und packte den Arm eines Unbekannten, der über die gefährlichsten Felsen auf die Promenade geklettert sein mußte.

»Ich bin's«, antwortete naiv eine kindliche Stimme.

»Ach so, der kleine Junge mit dem roten Fuß. Willst du nicht deinen Vater rächen?« fragte ihn Corentin.

»Doch!« sagte der Junge.

»Gut. Kennst du den Gars?«

»Ja.«

»Desto besser! Also, bleib bei mir, tu genau alles, was ich dir sagen werde, dann vollendest du das Werk deiner Mutter und verdienst schweres Geld. Magst du schweres Geld?«

»Ja.«

»Du hast was für schweres Geld übrig und willst den Gars umbringen; ich werde mich deiner annehmen. – Nur zu«, sagte sich Corentin nach einer Pause, »Marie, du selber sollst ihn uns ausliefern! Sie ist zu heftig, um sich über den Schlag klar zu werden, den ich ihr versetzen werde; überdies kennt die Leidenschaft nie Überlegung. Sie kennt die Handschrift des Marquis nicht; jetzt ist also der Augenblick gekommen, ihr eine Falle zu stellen, in die ihr Charakter sie gesenkten Kopfes hineinlaufen lassen wird. Aber um den Erfolg meiner List sicherzustellen, brauche ich Hulot; ich muß eilends zu ihm gehen.«

Zur selben Zeit ratschlagten Mademoiselle de Verneuil und Francine über Mittel und Wege, wie man den Marquis vor der zweifelhaften Großherzigkeit Corentins und vor Hulots Bajonetten bewahren könne.

»Ich will ihn warnen!« rief die kleine Bretonin.

»Närrchen, weißt du denn, wo er ist? Ich selber, der doch alle Instinkte des Herzens helfen müßten, könnte lange nach ihm suchen und würde ihn dennoch nicht treffen.«

Nachdem sie eine ganze Anzahl jener unsinnigen Pläne ausgeheckt hatten, die am Kaminfeuer leicht durchzuführen sind, rief Mademoiselle de Verneuil aus: »Wenn ich ihn sehe, wird seine Gefahr mich inspirieren.«

Dann gefiel sie sich darin, wie alle glühenden Geister, ihren Entschluß erst im letzten Augenblick zu fassen, auf ihren Stern zu vertrauen oder auf die instinktive Geschicklichkeit, die die Frauen nur selten verläßt. Vielleicht nie zuvor hatte ihr Herz sich so krampfhaft zusammengezogen. Bald saß sie wie verblödet mit starren Augen da, und bald erbebte sie bei dem leisesten Geräusch wie jene fast entwurzelten Bäume, die die Holzfäller mittels eines Seiles heftig schwanken lassen, um ihren Sturz zu beschleunigen. Plötzlich hallte in der Ferne eine heftige Detonation, als würden ein Dutzend Gewehre abgeschossen. Mademoiselle de Verneuil erbleichte, ergriff Francines Hand und sagte: »Ich sterbe. Sie haben ihn mir erschossen.«

Der schwere Schritt eines Soldaten ließ sich im Salon vernehmen. Die erschrockene Francine sprang auf und führte einen Korporal herein. Der Republikaner erwies Mademoiselle de Verneuil eine militärische Ehrenbezeigung und hielt ihr dann einen Brief hin, dessen Papier nicht gerade sauber war. Als der Soldat von dem jungen Mädchen keine Antwort erhielt, sagte er: »Madame, das schickt Ihnen der Major«, und trat ab.

In den Klauen unheilvollster Vorahnungen las Mademoiselle de Verneuil einen Brief, den Hulot wahrscheinlich in aller Hast geschrieben hatte:

»Mademoiselle, meinen Gegen-Chouans ist ein Bote des Gars in die Hände gefallen; wir haben ihn gerade erschossen. Unter den abgefangenen Briefen könnte Ihnen der, den ich Ihnen hier übermittele, von einigem Nutzen sein, usw.«

»Dem Himmel sei Dank, nicht ihn haben sie erschossen«, rief sie und warf jenen Brief ins Feuer.

Sie atmete freier und las begierig das Briefchen, das ihr geschickt worden war; es stammte vom Marquis und schien an Madame du Gua gerichtet worden zu sein.

»Nein, mein Engel, ich komme heute abend nicht nach La Vivetière. Heute abend verlieren Sie Ihre Wette mit dem Grafen, und ich triumphiere über die Republik in der Person dieses köstlichen Mädchens, das sicherlich eine Nacht wert ist, wie Sie zugeben müssen. Das wird wohl der einzige wirkliche Vorteil sein, den ich in diesem Feldzug davontrage; denn die Vendée unterwirft sich. In Frankreich ist nichts mehr zu machen, und wir werden gewiß zusammen nach England zurückkehren. Doch von ernsten Dingen lieber morgen!«

Der kleine Brief entglitt ihren Händen, sie schloß die Augen, verharrte in tiefem Schweigen, und blieb nach hinten gelehnt sitzen, den Kopf auf ein Kissen gestützt. Nach einer langen Pause richtete sie den Blick auf die Stutzuhr, die jetzt die vierte Stunde zeigte.

»Und Monsieur läßt auf sich warten«, sagte sie mit grausamer Ironie.

»Ach, und wenn er nun nicht hat kommen können?« entgegnete Francine.

»Wenn er nicht käme«, sagte Marie mit dumpfer Stimme, »dann würde *ich* ihm entgegengehen! Doch nein, jetzt kann er nicht zögern; Francine, bin ich schön?«

»Sehr blaß sind Sie!«

»Sieh«, fuhr Mademoiselle de Verneuil fort, »dies durchduftete Zimmer, diese Blumen, diese Lichter, diesen berauschenden Wohlgeruch; wird all dieses dem, dem ich heute nacht alle Entzückungen der Liebe schenken will, die Vorstellung eines Lebens im Himmel geben können?«

»Was ist denn geschehen, Mademoiselle?«

»Ich bin verraten, getäuscht, mißbraucht, zum besten gehalten, gerädert, verloren, und ich will ihn umbringen, ihn zerfetzen. Ja, ja, in seinem Verhalten war von je eine Verachtung, die er schlecht verbarg und die ich nicht sehen wollte! Oh, das gibt mir den Tod! – Ich Törin!« sagte sie lachend, »er kommt, mir bleibt die Nacht, um ihn zu lehren, ob nun verheiratet oder nicht, daß ein Mann, der mich besessen hat, mich nicht mehr verlieren kann. Ich werde die Rache nach seinen Beleidigungen bemessen, und er soll in Verzweiflung sterben. Ich habe ihm einige Seelengröße zugetraut, aber er ist wohl der Sohn eines Lakaien! Zwar hat er mich recht geschickt getäuscht, denn noch immer fällt es mir schwer, zu glauben, der Mann, der fähig war, mich mitleidlos Pille-miche zu überlassen, könne sich zu Kniffen erniedrigen, die Scapins[109] würdig wären. Es ist so leicht, eine liebende Frau zu übertölpeln, daß es die erbärmlichste aller Feigheiten ist. Möge er mich umbringen, gut; aber daß er lügt, er, den ich so groß gewähnt habe? Aufs Schafott! Aufs Schafott! Oh, ich möchte zuschauen, wenn er guillotiniert wird. Bin ich denn so grausam? Er wird unter Liebesbezeigungen sterben, unter Küssen, die ihm soviel wert sein werden wie zwanzig Lebensjahre...«

»Marie«, entgegnete Francine mit engelhafter Sanftmut, »seien Sie, wie so viele andere, das Opfer Ihres Liebhabers, aber machen Sie sich weder zu seiner Herrin noch zu seiner Henkerin. Bewahren Sie sein Bild in der Tiefe Ihres Herzens, ohne daß Sie es vor sich selbst zu etwas Grausigem machen. Wenn keinerlei Freude in einer hoffnungslosen Liebe sein sollte, was würde dann aus uns armen Frauen werden? Jener Gott, Marie, an den Sie niemals denken, wird uns belohnen, wenn wir unserer Berufung auf Erden, zu lieben und zu leiden, gehorcht haben!«

»Liebes Kätzchen«, antwortete Mademoiselle de Verneuil und streichelte Francines Hand, »deine Stimme klingt sehr lieblich und sehr verführerisch! Die Vernunft, so wie du sie hinstellst, hat viel Anziehendes! Ich möchte dir gern gehorchen...«

»Verzeihen Sie ihm, liefern Sie ihn nicht aus!«

»Schweig, schweig, sprich mir nicht länger von diesem Menschen. Im Vergleich zu ihm ist Corentin ein edler Mensch. Verstehst du mich?«

Sie stand auf und verbarg hinter einem auf grausige Weise ruhigen Gesicht die Geistesverwirrung, die über sie gekommen war, und einen unstillbaren Durst nach Rache. Ihr langsamer, abgemessener Schritt kündete von etwas Unwiderruflichem in ihren Entschlüssen. Im Banne ihrer Gedanken würgte sie ihren Schimpf hinunter; und da sie zu stolz war, ihre Qualen auch nur im geringsten einzugestehen, ging sie zum Wachtposten an der Porte Saint-Léonard und erkundigte sich dort nach der Wohnung des Majors. Kaum hatte sie ihr Haus verlassen, als Corentin es betrat.

»Oh, Monsieur Corentin«, rief Francine aus, »wenn Sie an jenem jungen Herrn Anteil nehmen, dann retten Sie ihn; Mademoiselle will ihn ausliefern. Dieser elende Wisch hat alles zunichte gemacht.«

Corentin nahm nachlässig den Brief und fragte: »Und wohin ist sie gegangen?«

»Ich weiß es nicht.«

»Ich eile«, sagte er, »sie vor ihrer eigenen Verzweiflung zu retten.«

Er verschwand, nahm den Brief mit, durchschritt in aller Hast das Haus und fragte den kleinen Jungen, der vor der Tür spielte: »Welche Richtung hat die Dame eingeschlagen, die eben hinausgegangen ist?«

Galope-chopines Sohn ging ein paar Schritte mit Corentin und zeigte ihm die abschüssige Straße, die nach der Porte Saint-Léonard führte.

»Da entlang«, sagte er, ohne zu zögern; er gehorchte der Rache, die seine Mutter ihm ins Herz gepflanzt hatte.

In diesem Augenblick traten vier verkleidete Männer in Mademoiselle de Verneuils Haus ein, ohne weder von dem kleinen Jungen noch von Corentin gesehen zu werden.

»Geh auf deinen Posten zurück«, antwortete der Spitzel. »Tu so, als spieltest du mit den Riegeln der Fensterladen; aber paß gut auf und behalt alles im Auge, sogar die Dächer.«

Corentin hastete in der ihm von dem kleinen Jungen gewiesenen Richtung davon, glaubte, Mademoiselle de Verneuil mitten im Nebel zu erkennen, und holte sie tatsächlich in dem Augenblick ein, da sie bei dem Posten von Saint-Léonard angelangt war.

»Wohin gehen Sie?« fragte er und reichte ihr den Arm. »Sie sind blaß; was ist denn geschehen? Schickt es sich, so ganz allein unterwegs zu sein? Nehmen Sie meinen Arm.«

»Wo ist der Major?« fragte sie ihn.

Kaum hatte Mademoiselle de Verneuil diese Frage gestellt, als sie draußen vor der Porte Saint-Léonard den Marschtritt eines Streiftrupps hörte und bald inmitten des Lärms die ungefüge Stimme Hulots vernahm.

»Bei Gottes Donner!« rief er, »niemals habe ich, wenn ich die Ronde hatte, so schlecht sehen können. Dieser Ci-devant kommandiert das Wetter.«

»Worüber beschweren Sie sich?« antwortete Mademoiselle de Verneuil und drückte ihm kräftig den Arm. »Dieser Nebel kann ebensogut die Rache wie die Perfidie verbergen. Herr Major«, fügte sie leise hinzu, »es geht jetzt darum, zusammen mit mir Maßregeln zu ergreifen, daß der Gars heute nicht entwischen kann.«

»Ist er bei Ihnen?« fragte er sie mit einer Stimme, aus deren Erregung sein Erstaunen herausklang.

»Nein«, antwortete sie, »aber Sie müssen mir einen verläßlichen Mann mitgeben; den schicke ich dann, damit er Ihnen die Ankunft des Marquis meldet.«

»Was wollen Sie da tun?« fragte Corentin eifrig Marie. »Ein Soldat in Ihrem Haus würde ihn verscheuchen, aber ein kleiner Junge, und ich werde schon einen auftreiben, dürfte ihm kein Mißtrauen einflößen ...«

»Herr Major«, fuhr Mademoiselle de Verneuil fort, »dank diesem Nebel, den Sie verfluchen, können Sie jetzt mein Haus umzingeln lassen. Stellen Sie überall Soldaten hin. Es muß ein Posten an der Kirche Saint-Léonard stehen, damit Sie sich der Esplanade versichern, auf die die Fenster meines Wohnzimmers hinausgehen. Postieren Sie Leute auf der Promenade; denn mein Schlafzimmerfenster liegt zwar zwanzig Fuß über dem Erdboden, aber die Verzweiflung verleiht bisweilen die Kraft, noch gefährlichere Entfernungen zu überwinden. Passen Sie auf: Ich werde jenen Herrn wahrscheinlich dazu bringen, daß er zur Haustür hinausgeht; geben Sie also nur einem beherzten Mann den Befehl, sie zu überwachen; denn«, sagte sie und stieß dabei einen Seufzer aus, »Tapferkeit kann man ihm nicht absprechen, und er wird sich wehren!«

»Gudin!« rief der Major.

Sogleich trat der junge Fougèreser aus dem mit Hulot zurückgekommenen Trupp vor, der in einer gewissen Entfernung angetreten dastand.

»Aufgepaßt, mein Junge«, sagte der alte Offizier leise, »dies verteufelte Frauenzimmer liefert uns den Gars aus, ohne daß ich wüßte, warum, ist ja auch gleichgültig, geht uns nichts an. Du nimmst zehn Mann mit und setzt sie so ein, daß die Sackgasse bewacht wird, an deren Ende das Haus des Mädchens liegt; aber mach das so, daß weder du noch deine Leute gesehen werden.«

»Zu Befehl, Herr Major, ich kenne das Gelände.«

»Gut, mein Junge«, fuhr Hulot fort, »Beau-pied soll dir meinen Befehl überbringen, wenn losgeschlagen werden muß. Versuch, selber an den Marquis heranzukommen, und wenn du ihn umlegen kannst, damit ich ihn nicht standrechtlich erschießen zu lassen brauche, bist du in vierzehn Tagen Oberleutnant, oder ich will nicht Hulot heißen. – Hier, Mademoiselle, ist ein Kerl, der sich nichts entgehen läßt«, sagte er zu dem jungen Mädchen und zeigte auf Gudin. »Er wird vor Ihrem Haus gute Wacht halten, und wenn der Ci-devant heraus oder hinein will, wird er ihn nicht verfehlen.«

Gudin rückte mit etwa zehn Mann ab.

»Sind Sie sich auch klar darüber, was Sie tun?« fragte Corentin ganz leise Mademoiselle de Verneuil.

Sie gab ihm keine Antwort und sah mit einer gewissen Genugtuung den Leuten nach, die sich unter dem Befehl des Leutnants auf der Promenade aufstellen sollten, sowie denjenigen, die sich, Hulots Befehlen gemäß, längs der dunklen Seitenmauern der Kirche Saint-Léonard zu postieren hatten.

»Es stoßen Häuser an das meine«, sagte sie zum Major, »lassen Sie die ebenfalls umzingeln. Wir wollen hernach nichts zu bereuen haben, weil wir auch nur eine einzige Vorsichtsmaßnahme außer acht gelassen haben.«

»Sie ist rasend«, dachte Hulot.

»Bin ich nicht ein Prophet?« flüsterte Corentin ihm zu. »Übrigens der, den ich ihr beigeben will, ist der kleine Junge mit dem blutigen Fuß; auf diese Weise ...«

Er sprach nicht zu Ende. Mademoiselle de Verneuil war mit einer jähen Wendung auf ihr Haus zugeeilt, wohin er ihr folgte; er pfiff dabei vor sich hin wie ein Glücklicher; als er sie einholte, war sie schon an der Haustür angelangt, wo Corentin den Sohn Galope-chopines vorfand.

»Mademoiselle«, sagte er zu ihr, »nehmen Sie diesen kleinen

Jungen mit sich, es gibt für Sie keinen unauffälligeren und tüchtigeren Sendboten. – Wenn du den Gars hast hineingehen sehen, dann läufst du weg, gleichgültig, was dir gesagt wird, und kommst zu mir in die Wachtstube; dann bekommst du von mir so viel, daß du dein Leben lang was zu essen hast.«

Bei diesen Worten, die er dem kleinen Jungen sozusagen ins Ohr flüsterte, fühlte Corentin, wie der junge Bretone ihm kräftig die Hand drückte; dann folgte er Mademoiselle de Verneuil.

»Jetzt, meine Lieben, treibt es miteinander, wenn ihr wollt!« rief Corentin, als die Haustür sich geschlossen hatte. »Wenn du der Liebe frönen willst, mein kleiner Marquis, dann geschieht es auf deinem Leichentuch.«

Aber Corentin konnte sich nicht entschließen, das verhängnisvolle Haus aus den Augen zu lassen; er begab sich auf die Promenade, wo er den Major antraf, der ein paar Befehle gab. Bald brach die Dunkelheit herein. Zwei Stunden gingen hin, ohne daß die verschiedenen Posten, die in bestimmten Abständen aufgestellt waren, irgend etwas bemerkt hätten, das hätte vermuten lassen, der Marquis habe die dreifache Kette von Männern durchbrochen, die wachsam und versteckt die drei Seiten umstellt hielten, von denen aus der Papegaut-Turm zugänglich war. Zwanzigmal war Corentin von der Promenade zur Wachtstube gegangen, ebenso oft war seine Erwartung zuschanden geworden, und sein junger Sendbote war noch immer nicht zu ihm gekommen. In seine Gedanken versunken, ging der Spitzel langsam die Promenade auf und ab und empfand das Martyrium, das drei schreckliche Leidenschaften, die ihn bestürmten, ihn erleiden ließen: Liebe, Habsucht und Ehrgeiz. Von allen Kirchtürmen schlug es acht Uhr. Der Mond ging sehr spät auf. Der Nebel und das Nachtdunkel hüllten also die Stätten in erschreckende Finsternisse, auf denen das Drama, das dieser Mann ersonnen hatte, seine Lösung finden sollte. Der oberste Polizeiagent gebot seinen Leidenschaften Schweigen, kreuzte nachdrücklich die Arme auf der Brust und ließ das Fenster nicht aus den Augen, das wie ein leuchtendes Gespinst über jenem Turm schwebte. Als sein Schritt nach der Seite der Täler hin ihn an den Rand der Abgründe führte, warf er mechanisch spähende Blicke in den Nebel, den der bleiche Schein einiger Lichter durchfurchte, die hier und dort in den Häusern der Stadt und der Vorstädte schimmerten, oberhalb und unterhalb der Befestigungen. Die tiefe Stille, die überall herrschte, wurde nur durch das Murmeln des Nançon, durch die unheimlichen, regelmäßig wiederkehrenden Glockenschläge des Belfrieds und die schweren Schritte der Posten unterbrochen, oder durch das Klirren der Waffen, wenn die Stunde der Ablösung der Wachen gekommen war. Alles war feierlich geworden, die Menschen und die Natur.

»Es ist finster wie in einem Wolfsrachen«, sagte in diesem Augenblick Pille-miche.

»Geh weiter«, antwortete Marche-à-terre, »und gib nicht mehr Laut als ein toter Hund.«

»Ich wage kaum zu atmen«, entgegnete der Chouan.

»Wenn der, der eben einen Stein hat rollen lassen, will, daß sein Herz meinem Messer als Scheide dient, braucht er nur noch mal damit anzufangen«, sagte Marche-à-terre so leise, daß seine Stimme mit dem Rieseln der Wasser des Nançon verschmolz.

»Aber das war doch ich«, sagte Pille-miche.

»Na, gut, du alter Geldsack«, entgegnete der Anführer, »kriech auf deinem Bauch wie eine Ringelnatter, sonst müssen wir unsere Knochen früher hier liegen lassen, als nötig wäre.«

»He, Marche-à-terre«, fuhr der unverbesserliche Pille-miche fort, der sich mit den Händen aufstützte, um auf dem Bauche kriechend weiterzukommen, und jetzt auf die gleiche Höhe mit seinem Kameraden gerückt war; er flüsterte ihm mit erstickter Stimme ins Ohr, so daß die ihnen folgenden Chouans keine Silbe verstehen konnten: »He, Marche-à-terre, wenn man unserer großen Hure glauben darf, muß da oben fette Beute zu machen sein. Wollen wir halbpart machen?«

»Hör mal zu, Pille-miche!« sagte Marche-à-terre und blieb auf dem Bauch liegen.

Die ganze Schar tat wie er, so erschöpft waren die Chouans von den Schwierigkeiten, die der Abgrund ihrem Marsch entgegenstellte.

»Ich kenne dich«, fuhr Marche-à-terre fort, »du bist einer von den Nimmersatten, die ebenso gern Hiebe austeilen wie einstekken, wenn ihnen keine andere Wahl bleibt. Wir kommen nicht hierher, um den Toten die Schuhe auszuziehen; hier steht Teufel gegen Teufel, und wehe denen, die zu kurze Krallen haben. Die große Hure schickt uns her, damit wir den Gars retten. Da ist er, paß auf, heb deine Hundenase und sieh nach dem Fenster da über dem Turm hin!«

In diesem Augenblick schlug es Mitternacht. Der Mond ging auf und lieh dem Nebel das Aussehen weißen Rauchs. Pille-miche zerrte Marche-à-terre heftig am Arm und zeigte ihm stumm etwa zehn Fuß über ihnen die dreieckigen Eisenspitzen einiger schimmernder Bajonette.

»Die Blauen sind schon da«, sagte Pille-miche, »und wir sind sicher nicht stark genug.«

»Geduld«, sagte Marche-à-terre, »wenn ich heute morgen alles richtig erkundet habe, müssen wir unten am Papegaut-Turm, zwischen den Wällen und der Promenade, einen kleinen Platz finden, wo immer der Mist aufgehäuft wird; und darauf kann man sich fallen lassen wie auf ein Bett.«

»Wenn Sankt Labre«, sagte Pille-miche, »das Blut, das fließen wird, in guten Zider verwandeln wollte, dann hätten die Fougèreser morgen eine gehörige Portion davon.«

Marche-à-terre legte seine breite Hand dem Freund auf den Mund; dann lief ein gedämpft von ihm gegebener Befehl von Reihe zu Reihe bis zum letzten der Chouans, die in den Lüften an dem Heidekraut der Schieferfelsen hingen. Corentin hatte tatsächlich ein viel zu geübtes Ohr, als daß er nicht das Rascheln einiger Büsche gehört hätte, an denen die Chouans zerrten, oder das leise Geräusch von Steinchen, die in den Abgrund hinabrollten. Marche-à-terre, der anscheinend die Gabe besaß, auch im Dunkeln sehen zu können, oder dessen ständig in Tätigkeit begriffene Sinne ihm die Feinheit derjenigen von Indianern hatten erwerben lassen, hatte Corentin erblickt; vielleicht hatte er ihn auch nur gewittert wie ein gut dressierter Hund. Der Diplomat der Polizei mochte in die Stille hineinhorchen und die von den Schieferfelsen gebildete natürliche Mauer betrachten, soviel er wollte, er konnte nichts entdecken. Wenn das ungewisse Nebellicht ihn ein paar Chouans wahrnehmen ließ, so hielt er sie für Teile des Felsgesteins, so sehr hatten diese menschlichen Körper das Aussehen der unbelebten Natur angenommen. Die Gefahr des Trupps war nicht von langer Dauer. Corentin wurde von einem sehr deutlichen Geräusch angelockt, das am anderen Ende der Promenade vernehmlich wurde, dort, wo die Stützmauer endete und wo der Steilabfall des Felsens begann. Genau an diesem Schnittpunkt endete ein auf dem Rand der Schieferfelsen sich hinziehender Steig, der zur Treppe der Königin führte. In dem Augenblick, da Corentin hingelangte, sah er wie durch Zauber sich eine Gestalt erheben, und als er die Hand ausstreckte, um sich dieses eingebildeten oder wirklichen Wesens zu bemächtigen, dem er keine guten Absichten zutraute, bekam er die rundlichen, weichen Körperformen einer Frau zu fassen.

»Der Teufel soll Sie holen, gute Frau!« murmelte er. »Wenn Sie es nicht mit mir zu tun bekommen hätten, würden Sie womöglich jetzt eine Kugel im Schädel sitzen haben ... Aber wo kommen Sie her, und wo wollen Sie zu dieser Stunde hin? Sind Sie stumm? – Und dabei ist es wirklich eine Frau«, sprach er zu sich selbst.

Da das Stillschweigen verdächtig wurde, antwortete die Unbekannte mit einer Stimme, die großen Schrecken verriet: »Ach, guter Mann, ich komme von der Krankenwache.«

»Das ist die angebliche Mutter des Marquis«, sagte sich Corentin. »Mal sehen, was sie vorhat.«

»Na gut, Alte, gehen Sie da entlang«, fuhr er laut fort und tat, als erkenne er sie nicht wieder. »Links also, wenn Sie nicht niedergeknallt werden wollen.«

Er blieb stehen; doch als er sah, daß Madame du Gua sich dem Papegaut-Turm zuwandte, folgte er ihr von weitem mit teuflischer Gewandtheit. Während dieser verhängnisvollen Begegnung hatten die Chouans sich sehr geschickt auf dem Misthaufen aufgestellt, zu dem Marche-à-terre sie hingeführt hatte.

»Da kommt die große Hure!« sagte Marche-à-terre ganz leise und richtete sich an dem Turm hoch, wie ein Bär es hätte tun können.

»Wir sind da«, sagte er zu der Dame.

»Gut!« antwortete Madame du Gua. »Wenn du in dem Haus, dessen Garten sechs Fuß unter dem Misthaufen endet, eine Leiter auftreiben könntest, wäre der Gars gerettet. Siehst du das Ochsenauge da oben? Das gehört zu einem Toilettekabinett neben dem Schlafzimmer, bis dahin mußt du gelangen. Dieser Teil des

Turms, an dessen Fuß ihr seid, ist der einzige nicht umstellte. Die Pferde stehen bereit, und wenn du den Übergang über den Nançon besetzt hast, können wir ihn trotz seiner Tollheit binnen einer Viertelstunde aus der Gefahr heraus haben. Aber wenn diese Hure ihm folgen will, dann erdolcht sie.«

Corentin, der im Dunkel einige der unbestimmten Formen, die er zunächst für Felsblöcke gehalten hatte, sich geschickt bewegen sah, lief sofort zum Posten an der Porte Saint-Léonard, wo er den Major völlig angekleidet auf einem Feldbett schlafend vorfand.

»Lassen Sie ihn doch!« fuhr Beau-pied Corentin barsch an, »er hat sich grade erst hingelegt.«

»Die Chouans sind da!« brüllte Corentin Hulot ins Ohr.

»Unmöglich! Aber desto besser!« rief der Major aus seiner Schlafbenommenheit heraus. »Jetzt kommt es wenigstens zum Kampf!«

Als Hulot auf der Promenade anlangte, zeigte Corentin ihm im Dunkel die sonderbare Stellung, die die Chouans besetzt hielten.

»Sie müssen die Posten, die ich zwischen der Treppe der Königin und der Burg aufgestellt hatte, überlistet oder umgebracht haben«, rief der Major. »Ach, dieser gottverdammte Nebel! Aber Geduld! Ich schicke etwa fünfzig Mann unter der Führung eines Oberleutnants an den Fuß des Felsens. Hier dürfen sie nicht angegriffen werden, denn diese Viecher sind so zäh, daß sie sich wie Steine bis auf den Grund der Schlucht rollen lassen würden, ohne sich ein Glied zu brechen.«

Die geborstene Glocke des Belfrieds schlug zwei, als der Major auf die Promenade zurückkehrte; zuvor hatte er die strengsten militärischen Vorkehrungen getroffen, um die von Marche-à-terre befehligten Chouans zu fassen. Alle Posten waren verdoppelt, und so war jetzt das Haus der Mademoiselle de Verneuil zum Mittelpunkt einer kleinen Armee geworden. Der Major fand Corentin in den Anblick des Fensters versunken, das über dem Papegaut-Turm gelegen war.

»Bürger«, sagte Hulot zu ihm, »ich glaube, der Ci-devant schlägt uns ein Schnippchen; es hat sich noch nichts gerührt.«

»Da drin ist er!« rief Corentin und zeigte auf das Fenster.

»Ich habe auf den Vorhängen den Schatten eines Mannes gesehen. Es ist mir unbegreiflich, was aus meinem kleinen Jungen geworden ist. Den haben sie umgebracht oder bestochen. Da, Major, siehst du? Ein Mann! Vorwärts!«

»Ich werde ihn doch nicht im Bett festnehmen, bei Gottes Donner! Ist er 'reingekommen, dann wird er auch wieder 'rauskommen; Gudin läßt ihn sich nicht entgehen«, rief Hulot, der seine Gründe hatte, noch zu warten.

»Vorwärts, Major, ich befehle dir im Namen des Gesetzes, augenblicklich auf dieses Haus loszumarschieren.«

»Du bist mir der Rechte, mir was zu befehlen!«

Ohne sich über die Wut des Majors aufzuregen, sagte Corentin kalt zu ihm: »Du wirst mir gehorchen! Hier ist ein formeller, vom Kriegsminister unterzeichneter Befehl, der dich dazu zwingen dürfte«, fuhr er fort und zog ein Papier aus der Tasche. »Bildest du dir vielleicht ein, wir seien so einfältig und ließen dieses Mädchen nach eigenem Ermessen handeln? Für uns handelt es sich darum, den Bürgerkrieg zu ersticken, und die Größe des Ergebnisses entschuldigt die Niedrigkeit der Mittel.«

»Ich nehme mir die Freiheit, Bürger, dich aufzufordern, mir den . . . hast du mich verstanden? In Ordnung. Hau ab, laß mich in Ruhe, und zwar so schnell wie möglich.«

»Lies doch wenigstens«, sagte Corentin.

»Öde mich nicht mit deinen Funktionen an«, rief Hulot; er war unwillig, Befehle von einem Menschen zu bekommen, den er für so verächtlich hielt.

In diesem Augenblick trat Galope-chopines Sohn zwischen sie wie eine aus der Erde geschlüpfte Ratte.

»Der Gars ist unterwegs!« rief er.

»Wohin denn . . .?«

»Durch die Rue Saint-Léonard.«

»Beau-pied«, sagte Hulot leise zu dem Korporal, den er bei sich hatte, »lauf und sag deinem Leutnant, er solle auf das Haus vorrücken und ein hübsches kleines Schützenfeuer unterhalten, hast du verstanden? – Ihr andern: In Reihen links brecht ab, marsch, marsch, auf den Turm!« rief der Major.

Zum völligen Verständnis der Lösung ist es erforderlich, zusammen mit Mademoiselle de Verneuil in deren Haus zurückzukehren.

Wenn Leidenschaften zu einer Katastrophe gelangen, unterwerfen sie uns der Gewalt eines Rauschzustandes, der den jämmerlichen Aufreizungen durch Wein oder Opium weit überlegen ist. Die Hellsicht, die den Gedanken dann zuteil wird, die Empfindlichkeit der allzu erregten Sinne rufen dann die seltsamsten und am wenigsten erwarteten Wirkungen hervor. Unter der Tyrannei eines und desselben Gedankens nehmen manche Menschen dann die unscheinbarsten Dinge klar und deutlich wahr, während die handgreiflichsten für sie gar nicht vorhanden zu sein scheinen. Mademoiselle de Verneuil befand sich im Bann dieser Art Trunkenheit, die aus dem wirklichen Leben etwas wie ein Nachtwandlerdasein macht, als sie, nachdem sie den Brief des Marquis gelesen hatte, sich beeilte, alles anzuordnen, was dazu dienlich war, daß er ihrer Rache nicht entgehen konnte, gerade wie sie zuvor alles für das erste Fest ihrer Liebe vorbereitet hatte. Doch als sie dann auf ihren Befehl hin ihr Haus sorgfältig von einer dreifachen Reihe von Bajonetten umstellt sah, glänzte ein jähes Licht in ihrer Seele auf. Sie überdachte ihr Verhalten und erkannte mit einem gewissen Entsetzen, daß sie ein Verbrechen begangen habe. In einer ersten Aufwallung von Angst stürzte sie an ihre Haustür, blieb dort eine Weile reglos stehen und bemühte sich, nachzudenken, ohne indessen einen klaren Gedanken fassen zu können. Sie zweifelte so völlig an dem, was sie soeben getan hatte, daß sie überlegte, warum sie, einen ihr unbekannten Jungen an der Hand, sich im Flur ihres Hauses befinde. Vor ihren Augen schwammen Tausende von Funken in der Luft wie Feuerzungen. Sie tat ein paar Schritte, um die grausige Betäubung abzuschütteln, die sie umhüllte, aber wie einer Schlafenden erschien ihr kein Ding in seiner wahren Gestalt und seiner wahren Farbe. Sie preßte die Hand des kleinen Jungen mit einer ihr sonst nicht eigentümlichen Heftigkeit und zog ihn so überhastet mit sich, daß es war, als sei der Betätigungsdrang einer Irren über sie gekommen. Von allem, was sich im Salon befand, nahm sie, als sie ihn durchschritt, nicht das mindeste wahr, und dabei wurde sie darin von drei Männern gegrüßt, die auseinandertraten, um ihr den Durchgang freizugeben.

»Da ist sie«, sagte einer von ihnen.

»Sie ist sehr schön«, rief der Priester.

»Ja«, antwortete der erste. »Aber wie blaß und erregt sie ist . . .«

»Und wie geistesabwesend«, fügte der dritte hinzu, »sie sieht uns nicht.«

An der Tür ihres Schlafzimmers erblickte Mademoiselle de Verneuil das sanfte, fröhliche Gesicht Francines, die ihr zuflüsterte: »Er ist da, Marie.«

Mademoiselle de Verneuil erwachte, konnte nachdenken, blickte den Jungen an, den sie an der Hand hielt, erkannte ihn und sagte zu Francine: »Schließ diesen kleinen Jungen ein, und wenn du willst, daß ich mit dem Leben davonkomme, dann paß gut auf ihn auf und laß ihn nicht entwischen.«

Während sie dies alles betont langsam sagte, starrten ihre Augen auf die Schlafzimmertür; sie blieben daran mit einer so erschreckenden Reglosigkeit haften, daß man hätte meinen können, sie sehe ihr Opfer durch die dicke Holzfüllung hindurch. Behutsam öffnete sie die Tür und schloß sie, ohne sich umzuwenden, denn sie hatte den Marquis vor dem Kamin stehen sehen. Ohne allzu gewählt zu sein, hatte die Kleidung des Edelmanns etwas Festliches und Schmuckes, das den Glanz noch steigerte, den alle Frauen an ihren Liebhabern sehen. Bei diesem Anblick fand Mademoiselle de Verneuil ihre ganze Geistesgegenwart wieder. Ihre heftig verzerrten, obwohl halb geöffneten Lippen ließen den Schmelz ihrer weißen Zähne sehen und deuteten ein gehemmtes Lächeln an, dessen Ausdruck eher furchtbar denn wollüstig war. Langsam schritt sie auf den jungen Herrn zu und deutete auf die Stutzuhr:

»Ein der Liebe würdiger Mann verdient wohl, daß man auf ihn wartet«, sagte sie mit geheuchelter Munterkeit.

Aber die Heftigkeit ihrer Empfindungen überwältigte sie; sie sank auf das neben dem Kamin stehende Sofa.

»Meine liebe Marie, Sie sind sehr verführerisch, wenn Sie zürnen!« sagte der Marquis, setzte sich zu ihr, ergriff ihre Hand, die sie ihn nehmen ließ, und flehte um einen Blick, den sie ihm verweigerte. »Ich hoffe«, fuhr er mit zärtlicher, schmeichelnder

Stimme fort, »daß es Ihnen sogleich leid tun wird, Ihren Kopf Ihrem glücklichen Gatten entzogen zu haben.«

Auf diese Worte hin wandte sie sich jäh um und blickte ihm in die Augen.

»Was bedeutet dieser schreckliche Blick?« fuhr er lachend fort. »Und deine Hand ist glühend heiß! Was hast du, Liebste?«

»Liebste!« antwortete sie mit dumpfer, veränderter Stimme.

»Ja«, sagte er und warf sich vor ihr auf die Knie, nahm ihre beiden Hände und bedeckte sie mit Küssen, »ja, Liebste, ich bin dein fürs Leben.«

Sie stieß ihn heftig zurück und sprang auf. Ihre Züge verzerrten sich, sie lachte, wie Irrsinnige lachen, und sagte: »Du glaubst ja von alledem kein Wort, du Mann, der du schurkischer bist als der gemeinste Verbrecher!« Sie stürzte auf den Dolch zu, der neben einer Blumenvase lag, und ließ ihn zwei Finger breit vor der Brust des verdutzten jungen Herrn aufblitzen. – »Pah!« sagte sie und warf die Waffe weg, »ich achte dich nicht genug, um dich umzubringen! Dein Blut ist sogar zu schlecht, um von Soldaten vergossen zu werden; für dich taugt lediglich der Henker.«

Diese Worte wurden mühsam und leise gesprochen, und sie hatte dabei mit dem Fuß aufgestampft wie ein verwöhntes Kind, das ungeduldig wird. Der Marquis näherte sich ihr und suchte sie zu umarmen.

»Rühren Sie mich nicht an!« rief sie und wich mit einer Bewegung des Schauders zurück.

»Sie ist irre«, sagte der Marquis verzweifelt vor sich hin.

»Ja, irre«, wiederholte sie, »aber noch nicht genug, um dein Spielzeug zu sein. Was alles würde ich der Leidenschaft verzeihen! Aber mich besitzen wollen ohne Liebe, und zu schreiben, an diese ...«

»An wen habe ich denn geschrieben?« fragte er mit einem Erstaunen, das schwerlich gespielt war.

»An dies keusche Weib, das mich hat morden wollen.«

Da erbleichte der Marquis, umkrampfte die Lehne des Sessels, die er in den Händen hielt, als wolle er sie zerbrechen, und rief: »Wenn Madame du Gua einer Nichtswürdigkeit fähig gewesen ist ...«

Mademoiselle de Verneuil suchte nach dem Brief, konnte ihn nicht finden, rief Francine, und die Bretonin kam.

»Wo ist jener Brief?«

»Den hat Monsieur Corentin mitgenommen.«

»Corentin? Oh, jetzt durchschaue ich alles, *er* hat den Brief verfertigt, und er hat mich getäuscht, wie er zu täuschen pflegt, mit diabolischer Kunst!«

Sie stieß einen gellenden Schrei aus, ließ sich auf das Sofa fallen, und eine Tränenflut entstürzte ihren Augen. Zweifel wie Gewißheit waren gleich grauenhaft. Der Marquis stürzte seiner Geliebten zu Füßen und wiederholte zehnmal die einzigen Worte, die er hervorzubringen vermochte: »Warum denn weinen, mein Engel? Was ist denn Schlimmes geschehen? Deine Kränkungen sind erfüllt von Liebe. Weine doch nicht, ich liebe dich, ich liebe dich immer und ewig!«

Plötzlich fühlte er, daß sie ihn mit übernatürlicher Kraft an sich preßte, und unter heftigem Schluchzen fragte sie: »Du liebst mich noch ...?«

»Du zweifelst daran«, antwortete er, und seine Stimme klang fast melancholisch.

Sie riß sich mit einem Ruck aus seinen Armen und lief, wie erschreckt und verwirrt, ein paar Schritte von ihm weg.

»Ob ich daran zweifle ...?« rief sie aus.

Sie sah den Marquis mit einer so sanften Ironie lächeln, daß ihr die Worte auf den Lippen erstarben. Sie ließ sich bei der Hand nehmen und bis zur Zimmertür führen. Marie erblickte hinten im Salon einen Altar, der während ihrer Abwesenheit in aller Hast hergerichtet worden war. Der Priester hatte jetzt sein geistliches Gewand angelegt. Brennende Kerzen warfen an die Zimmerdecke einen Glanz, der mild war wie die Hoffnung. In den beiden Männern, die sie gegrüßt hatten, erkannte sie den Grafen de Bauvan und den Baron du Guénic, die beiden von Montauran gewählten Trauzeugen.

»Weisest du mich noch immer zurück?« fragte sie der Marquis ganz leise.

Bei diesem Anblick hatte sie plötzlich einen Schritt nach rückwärts getan, um wieder in ihr Schlafzimmer zu gelangen, war auf die Knie gefallen, hatte dem Marquis die Hände entgegengehoben und gerufen: »Oh! Verzeih mir! Verzeih mir! Verzeih mir!«

Ihre Stimme erlosch, ihr Kopf sank hintenüber, ihre Augen schlossen sich, und sie blieb in den Armen des Marquis und Francines liegen, als habe sie ausgeatmet. Als sie die Augen aufschlug, begegnete sie dem Blick des jungen Anführers, und dieser Blick war erfüllt von liebender Güte.

»Marie, Geduld! Dieser Sturm ist der letzte«, sagte er.

»Der letzte!« wiederholte sie.

Francine und der Marquis schauten einander überrascht an; aber sie gebot ihnen durch eine Geste Schweigen.

»Ruft den Priester«, sagte sie, »und laßt mich allein mit ihm.«

Sie zogen sich zurück.

»Mein Vater«, sagte sie zu dem Priester, der unvermittelt vor ihr stand, »mein Vater, in meiner Kindheit hat ein Greis mit weißem Haar, ganz wie Sie, oftmals gesagt, man könne durch inbrünstigen Glauben von Gott alles erlangen; ist das wahr?«

»Es ist wahr«, sagte der Priester. »Dem, der alles erschaffen hat, ist alles möglich.«

Mademoiselle warf sich mit unglaubwürdiger Hingerissenheit auf die Knie: »O mein Gott«, sagte sie in ihrer Verzückung, »mein Glaube an dich ist gleich meiner Liebe zu ihm! Erleuchte mich! Laß hier ein Wunder geschehen, oder nimm mein Leben.«

»Sie werden erhört werden«, sagte der Priester.

Mademoiselle de Verneuil zeigte sich jetzt wieder den Blicken aller, wobei sie sich auf den Arm des alten, weißhaarigen Priesters stützte. Eine tiefe, geheime Wallung überlieferte sie der Liebe eines Geliebten, die strahlender war als an irgendeinem der vergangenen Tage, denn eine Heiterkeit, wie die Maler sie so gern den Märtyrern verleihen, prägte ihrem Antlitz etwas Ehrfurchtgebietendes auf. Sie hielt die Hand des Marquis, zusammen schritten sie auf den Altar zu, wo sie niederknieten. Diese Ehe, die nur zwei Schritte vom Hochzeitsbett entfernt eingesegnet wurde, dieser in aller Hast errichtete Altar, dieses Kreuz, diese heiligen Gefäße, dieser Kelch, den ein Priester heimlich herbeigeschafft hatte, dieser Weihrauch, der unter Gesimsen wölkte, die bislang nur den Dampf der Mahlzeiten kennengelernt hatten; dieser Priester, der nur eine Stola über seiner Soutane trug; diese Kerzen in einem Salon: All das bildete eine rührende und bizarre Szene, die das Bild jener Zeiten traurigen Angedenkens vollendet, da der Bürgerkrieg die heiligsten Institutionen über den Haufen geworfen hatte. Die religiösen Zeremonien hatten damals den vollen Reiz von Mysterien. Kinder bekamen die Nottaufe in Kammern, in denen die Mutter noch ächzte. Wie ehedem kam der Herr, schlicht und arm, um den Sterbenden Trost zu spenden. Und die jungen Mädchen empfingen zum erstenmal das geweihte Brot an der Stätte, wo sie tags zuvor noch gespielt hatten. Die Ehe des Marquis mit Mademoiselle de Verneuil mußte, wie so viele andere Ehen, durch eine Handlung geweiht werden, die der neuen Gesetzgebung zuwiderlief; später jedoch wurden alle diese zumeist am Fuß der Eichen geschlossenen Ehen sämtlich gewissenhaft anerkannt. Der Priester, der auf diese Weise die alten Bräuche bis zum letzten Augenblick beibehielt, war einer der Männer, die auch in den heftigsten Stürmen ihren Grundsätzen treu bleiben. Seine Stimme war nicht befleckt durch den von der Republik geforderten Eid; sie verbreitete mitten im Sturm nur Worte des Friedens. Er fachte nicht, wie der Abbé Gudin es getan hatte, die Feuersbrunst an; sondern er hatte sich, mit vielen anderen, der gefährlichen Aufgabe geweiht, für die katholisch gebliebenen Seelen die Pflichten seines heiligen Amts zu erfüllen. Um bei diesem gefährlichen Tun unbehelligt zu bleiben, hatte er sich all der frommen Künste bedient, die die Verfolgung notwendig gemacht hatte, und der Marquis hatte ihn nur in einer der Höhlen ausfindig machen können, die noch heutzutage die Bezeichnung »Priesterschlupf« tragen. Der Anblick dieses bleichen, leidenden Gesichts zwang so sehr zu Gebet und Ehrfurcht, daß er allein schon genügte, um diesem weltlichen Raum das Gepräge einer heiligen Stätte zu geben. Die Handlung, die Unglück und Freude mit sich brachte, stand unmittelbar bevor. Bevor der Priester die Zeremonie begann, fragte er, mitten in das tiefe Schweigen hinein, nach dem Namen der Braut.

»Marie-Nathalie, Tochter der Mademoiselle Blanche de Castéran, der verstorbenen Äbtissin von Notre-Dame de Séez, und des Victor-Amédée, Herzogs von Verneuil.«

»Geboren?«

»Auf La Chasterie bei Alençon.«

»Ich hätte nie geglaubt«, sagte ganz leise der Baron zum Grafen, »daß Montauran die Dummheit begehen würde, sie zu heiraten! Die natürliche Tochter eines Herzogs, pfui!«

»Wäre sie die eines Königs, so möchte es noch hingehen«, antwortete der Graf de Bauvan lächelnd, »aber gerade ich will ihm nichts vorwerfen; mir gefällt die andere, ich will mich jetzt an diese ›Stute Charettes‹ heranmachen. Die gurrt wenigstens nicht . . .«

Die Namen des Marquis waren schon im voraus eingetragen worden; die beiden Liebenden unterzeichneten, und nach ihnen die Zeugen. Marie vernahm in diesem Augenblick als einzige die Geräusche der Gewehre und den schweren, regelmäßigen Schritt von Soldaten, die wohl gerade die Wachtposten der Blauen abgelöst hatten, die sie selber in der Kirche hatte aufstellen lassen. Sie erbebte und hob die Augen zu dem Kreuz auf dem Altar auf.

»Sie sieht aus wie eine Heilige«, sagte Francine ganz leise.

»Gäbe man mir einige von solchen Heiligen, so würde ich verteufelt fromm werden«, ergänzte der Graf flüsternd.

Als der Priester Mademoiselle de Verneuil die übliche Frage stellte, antwortete sie mit einem »Ja«, das ein tiefer Seufzer begleitete. Sie neigte sich zum Ohr ihres Gatten und sagte zu ihm: »Binnen kurzem werden Sie wissen, warum ich meinen Eid, Sie nie zu heiraten, breche.«

Als die Zeremonie vorüber war, begab die Gesellschaft sich in einen Raum, wo das Abendessen aufgetragen worden war, und gerade als die Gäste Platz nahmen, kam Jérémie völlig entsetzt herein. Die arme Braut sprang auf, ging ihm entgegen, wobei Francine ihr folgte, und bat unter einem der Vorwände, die die Frauen so gut zu finden verstehen, den Marquis, für kurze Zeit allein den Vorsitz bei Tisch zu führen; dann nahm sie den Diener mit sich hinaus, ehe er eine Indiskretion hätte begehen können, die verhängnisvoll geworden wäre.

»Ach, Francine, zu fühlen, daß man stirbt, und nicht sagen zu können: ›Ich sterbe . . .‹«, rief Mademoiselle de Verneuil; sie ging nicht wieder hinein.

Ihr Fernbleiben konnte durch die eben stattgehabte Zeremonie entschuldigt werden. Gegen Ende der Mahlzeit, als die Unruhe des Marquis ihren Gipfelpunkt erreicht hatte, erschien Marie in allem Glanz ihres Brautgewandes. Ihr Gesicht war heiter und ruhig, während die Züge Francines, die sie begleitete, ein so tiefes Entsetzen bekundeten, daß die Gäste in diesen beiden Gesichtern ein bizarres Gemälde zu erblicken glaubten, auf dem der extravagante Pinsel des Salvatore Rosa[110] Leben und Tod dargestellt hatte, wie sie einander bei der Hand hielten.

»Meine Herren«, sagte sie zu dem Priester, dem Baron und dem Grafen, »Sie müssen heute nacht meine Gäste sein; es wäre für Sie zu gefährlich, Fougères zu verlassen. Dieses gute Mädchen hier ist von mir unterwiesen worden und wird jeden von Ihnen in sein Zimmer führen.«

»Keine Einwände«, sagte sie zu dem Priester, der etwas hatte sagen wollen. »Ich hoffe doch, Sie werden einer Frau an deren Hochzeitstag nicht ungehorsam sein.«

Eine Stunde später war sie mit ihrem Geliebten allein in dem wollüstigen Gemach, das sie so anmutig hergerichtet hatte. Endlich nahten sie dem unseligen Bett, wo, wie in einem Grab, so viele Hoffnungen zerschellen, wo das Erwachen zu einem schönen Leben etwas so Ungewisses ist, wo die Liebe stirbt oder geboren wird, je nach der Größe der Charaktere, die sich nur dort erweist. Marie blickte auf die Stutzuhr und sagte sich: »Noch sechs Stunden zu leben!«

»Ich habe also schlafen können?« rief sie, als sie gegen Morgen durch eine jener jähen Regungen auffuhr, die uns zusammenzukken lassen, wenn wir am Vortage mit uns selbst einen Pakt geschlossen haben, am Morgen zu einer bestimmten Stunde aufzuwachen. – »Ja, ich habe geschlafen«, wiederholte sie, als sie beim Schein der Kerzen sah, daß der Zeiger der Stutzuhr bald die zweite Morgenstunde anzeigen werde. Sie wandte sich um und betrachtete den schlummernden Marquis; er hatte den Kopf in die eine Hand gelehnt, wie Kinder tun, und seine andere Hand drückte mit einem halben Lächeln die seiner Frau, als sei er mitten in einem Kuß eingeschlafen.

»Ach«, sprach sie vor sich hin, »er hat den Schlummer eines Kindes! Aber wie könnte er auch mir mißtrauen, mir, die ihm ein namenloses Glück verdankt?«

Sie stieß ihn an, er erwachte und lächelte vollends. Er küßte die Hand, die er hielt, und blickte die unglückliche Frau mit so funkelnden Augen an, daß sie, die diesen wollüstigen Glanz nicht ertragen konnte, langsam die dichten Wimpern senkte, wie um sich selbst einen gefährlichen Anblick zu verbieten; aber indem sie so das Feuer ihrer Blicke verhüllte, erregte sie dadurch, daß sie sich ihm zu verweigern schien, das Begehren, daß, hätte sie nicht so tiefe Ängste zu verbergen gehabt, ihr Gatte sie allzu großer Koketterie hätte bezichtigen können. Beide hoben sie die liebreizenden Köpfe und bezeigten sich gegenseitig Dankbarkeit für die Wonnen, die sie ausgekostet hatten; aber nach einer schnellen Prüfung des köstlichen Bildes, das das Antlitz seiner Frau dem Marquis darbot, fragte er sie, der Meinung, die Wolken auf Maries Stirn seien einer Aufwallung von Schwermut zuzuschreiben, mit sanfter Stimme: »Warum dieser Schatten von Trauer, Liebste?«

»Armer Alphonse, wohin glaubst du denn, daß ich dich geführt habe?« fragte sie zitternd.

»Zum Glück.«

»Zum Tode.«

Und behend vor Angst schwang sie sich aus dem Bett; der verwunderte Marquis folgte ihr; seine Frau führte ihn ans Fenster. Marie ließ sich zu einer Irrsinnsgeste hinreißen; dann hob sie die Fenstervorhänge und ließ ihn sehen, daß auf dem Platz etwa zwanzig Soldaten standen. Der Mond hatte den Nebel verteilt und beleuchtete mit seinem weißen Schimmer die Uniformen, die Gewehre, den fühllosen Corentin, der hin und her ging wie ein auf seine Beute lauernder Schakal, und den Major, der mit verschränkten Armen unbewegt dastand, die Nase in der Luft, die Lippen aufgeworfen, wachsam und verdrossen.

»Ach, laß sie doch, Marie. Komm wieder zu mir.«

»Warum lachst du, Alphonse? Ich selber habe sie dort postiert.«

»Träumst du?«

»Nein!«

Sie blickten einander kurz an, der Marquis durchschaute alles, schloß sie in die Arme und sagte: »Laß! Ich liebe dich noch immer.«

»Dann ist noch nicht alles verloren!« rief Marie. »Alphonse«, sagte sie nach einer Pause, »es besteht noch Hoffnung.«

In diesem Augenblick vernahmen sie deutlich den gedämpften

Käuzchenruf, und plötzlich kam Francine aus dem Ankleidekabinett gestürzt.

»Pierre ist da!« sagte sie mit einer Freude, die an Wahnwitz grenzte.

Die Marquise und Francine kleideten Montauran in ein Chouan-Fell, und zwar mit jener erstaunlichen Behendigkeit, die nur Frauen zuwege bringen. Als die Marquise sah, wie ihr Mann die Waffen lud, die Francine ihm gebracht hatte, entschlüpfte sie rasch, nachdem sie ihre getreue Bretonin durch ein Zeichen verständigt hatte. Dann führte Francine den Marquis in das Toilettekabinett, das sich an das Schlafzimmer anschloß. Der junge Anführer sah eine große Menge fest aneinander geknoteter Bettücher und konnte sich von der tätigen Mitwirkung überzeugen, mit der die Bretonin daran gearbeitet hatte, die Wachsamkeit der Soldaten zu überlisten.

»Niemals kann ich da hindurchgelangen«, sagte der Marquis und musterte das enge Rund des Ochsenauges.

In diesem Augenblick bedeckte ein plumpes, schwarzes Gesicht die ganze Öffnung, und eine Francine wohlbekannte, rauhe Stimme sagte leise: »Rasch, Herr General! Die Kröten von Blauen rühren sich.«

»Oh, nur noch einen Kuß«, sagte eine zitternde, liebliche Stimme.

Der Marquis, dessen Füße bereits auf der befreienden Leiter standen, während ein Teil seines Körpers noch in dem Ochsenauge steckte, fühlte sich von einer verzweifelten Umarmung umschlungen. Er stieß einen Schrei aus, als er dabei erkannte, daß seine Frau seine Kleidung angelegt hatte; er wollte sie zurückhalten, aber sie riß sich jäh aus seinen Armen, und er sah sich gezwungen, hinabzusteigen. Er hatte einen Stoffetzen in der Hand behalten, und da gerade der Mond wieder zu scheinen begann, gewahrte er, daß der Fetzen zu der Weste gehören mußte, die er am Abend zuvor getragen hatte.

»Halt! Pelotonfeuer!«

Dieser Befehl, den Hulot mitten in eine Stille hineinbrüllte, der etwas Grausiges innegewohnt hatte, brach den Zauber, in dessen Bann dem Anschein nach Menschen und Stätte gestanden hatten. Ein Hagel von Kugeln vom Talgrund bis zum Fuß des

Turmes folgte auf die Schüsse, die die auf der Promenade postierten Blauen abgaben. Das Feuer der Republikaner dauerte ununterbrochen an und wurde stetig, erbarmungslos. Die Opfer gaben keinen Laut von sich. Die zwischen den einzelnen Salven einsetzende Stille war fürchterlich.

Corentin jedoch, der eine der in der Luft schwebenden Gestalten von der Höhe der Leiter hatte herabstürzen sehen, vermutete eine Falle.

»Keiner dieser Viechskerle jault«, sagte er zu Hulot. »Unser Liebespaar ist durchaus imstande, uns hier mit einer List an der Nase herumzuführen, während es sich vielleicht auf der anderen Seite davonmacht . . .«

In seiner Ungeduld, das Geheimnis aufzuklären, schickte der Spitzel den Sohn Galope-chopines weg: Er sollte Fackeln holen. Corentins Mutmaßung war von Hulot so gut begriffen worden, daß der alte Soldat, dem die Geräusche eines ziemlich heftigen Gefechts, das vor der Wachtstube bei Saint-Léonard stattfinden mußte, zu schaffen machten, ausrief: »Wahrhaftig, er kann nicht an zwei Stellen zugleich sein.«

Und er eilte zur Wachtstube hin.

»Dem haben wir den Kopf mit Blei gewaschen, Herr Major«, sagte Beau-pied, der Hulot entgegengegangen war. »Aber er hat Gudin erschossen und zwei Mann verwundet. Dieser Tollwütige! Er hatte drei Reihen unserer Kerls durchbrochen und wäre ins Freie gelangt, wenn ihn nicht der Posten an der Porte Saint-Léonard mit dem Bajonett aufgespießt hätte.«

Als er diese Meldung vernommen hatte, hastete der Major in die Wachtstube und sah auf dem Feldbett einen blutüberströmten Körper liegen, der gerade dort niedergelegt worden war; er trat an den vermeintlichen Marquis heran, hob den Hut hoch, der dessen Gesicht verdeckte, und sank auf einen Stuhl.

»Ich habe es ja geahnt«, rief er und kreuzte heftig die Arme, »sie hat ihn, heiliges Donnerwetter, zu lange bei sich behalten.«

Sämtliche Soldaten standen starr da. Der Major hatte das lange, dunkle Haar einer Frau sich lösen lassen. Plötzlich wurde die Stille durch das Lärmen einer größeren bewaffneten Schar unterbrochen. Corentin betrat die Wachtstube, und hinter ihm kamen vier Soldaten, die ihre Gewehre so angeordnet hatten, daß sie eine Bahre bildeten; sie trugen Montauran, dem mehrere Kugeln die Schenkel und die Arme zerschmettert hatten. Der Marquis wurde auf das Feldbett neben seine Frau gelegt; er erblickte sie und brachte die Kraft auf, mit einer krampfhaften Geste nach ihrer Hand zu langen. Die Sterbende wandte mühsam den Kopf, erkannte ihren Mann, wurde von einem Zittern durchrüttelt, das schauerlich anzusehen war, und murmelte mit fast erloschener Stimme: »Ein Heute ohne ein Morgen . . .! Gott hat mich allzu gut erhört.«

»Herr Major«, sagte der Marquis, der, ohne Maries Hand loszulassen, alle seine Kräfte zusammenraffte, »ich verlasse mich auf Ihre Anständigkeit; teilen Sie meinen Tod meinem jungen Bruder mit; er ist in London; schreiben Sie ihm, wenn er meinen letzten Wunsch erfüllen wolle, dürfe er nicht die Waffen gegen Frankreich erheben, freilich ohne je den Dienst des Königs zu verlassen.«

»Das wird geschehen«, sagte Hulot und drückte dem Sterbenden die Hand.

»Tragt sie ins nächste Hospital«, rief Corentin.

Hulot packte den Spitzel beim Arm, und zwar so kräftig, daß er ihm die Nägel ins Fleisch drückte, und sagte zu ihm: »Hier ist dein Geschäft zu Ende, darum pack dich jetzt, aber sieh dir das Gesicht des Majors Hulot so gut an, daß du ihm nie wieder in die Quere kommst, wenn du nicht willst, daß er dir den Degen durch den Leib rennt!«

Und schon zog der alte Soldat blank.

»Wieder mal einer von meinen anständigen Menschen, die es nie zu was bringen werden«, sagte sich Corentin, als er weit von der Wachtstube entfernt war.

Der Marquis konnte noch durch ein Nicken seinem Gegner danken und ihm dadurch die Achtung bezeigen, die die Soldaten für ehrenhafte Feinde hegen.

Im Jahre 1827 handelte auf dem Markt von Fougères ein von seiner Frau begleiteter alter Mann mit Vieh, und niemand hatte etwas dagegen einzuwenden, obwohl er mehr als hundert Menschen ums Leben gebracht hatte; man erinnerte sich nicht einmal mehr seines Decknamens Marche-à-terre; derjenige, dem wir wertvolle Auskünfte über alle Gestalten dieses Romans danken, sah ihn, wie er eine Kuh führte und mit der einfältigen, harmlosen Miene einherschritt, die einen sagen läßt: »Das ist mal ein wackerer Mann!«

Was Cibot, genannt Pille-miche, betrifft, so weiß der Leser bereits, wie er geendet hat. Vielleicht hat Marche-à-terre, wenngleich vergeblich, versucht, seinen Kameraden dem Schafott zu entreißen, und hat sich bei dem furchtbaren Tumult, der eine der Begleiterscheinungen des berüchtigten Prozesses gegen Rifoël, Bryond und Madame de La Chanterie[111] war, auf dem Marktplatz von Alençon befunden.

Anmerkungen

Die Königstreuen

1 Kurzer Rock, der von piemontesischen, aus Carmagnola stammenden Arbeitern getragen und von den Marseiller Revolutionären übernommen und in Paris eingeführt wurde, wo er bald als das für den echten Republikaner bezeichnende Kleidungsstück galt. Den Namen »Carmagnole« führte auch ein 1793 aufgekommener Rundtanz.

2 Directoire, Bezeichnung der französischen Regierung, die am 5. Brumaire des Jahres IV (27. Oktober 1795) eingesetzt worden war und durch den General Bonaparte am 18. Brumaire des Jahres VIII (9. November 1799) gestürzt wurde. Das Direktorium regierte mit zwei Kammern: dem »Rat der Alten« und dem »Rat der Fünfhundert«.

3 Ernte-Monat; der zehnte Monat des republikanischen Kalenders (20. Juni bis 19. Juli).

4 Graf Alexander Suworow-Ryminski, Fürst Italijski (1729–1800), berühmter russischer Feldherr, zeichnete sich im Siebenjährigen Krieg aus, befehligte 1768 in Polen, erstürmte Krakau, kämpfte 1773 als Generalmajor gegen die Türken, unterwarf, nachdem er Pugatschews Aufstand unterdrückt hatte, 1783 die Tataren, kämpfte 1787/88 nochmals erfolgreich gegen die Türken, wurde von Joseph II. zum deutschen Reichsgrafen, von Katharina II. zum russischen Grafen erhoben, erstürmte 1794 Prag und zog in Warschau ein. Als Generalfeldmarschall erhielt er 1799 den Oberbefehl über die russischen und österreichischen Truppen in Italien, nahm den Franzosen innerhalb dreier Monate sämtliche Städte und Festungen in Oberitalien weg und wurde in den russischen Fürstenstand, dann zum Generalissimus sämtlicher russischer Heere erhoben.

5 Lazare Hoche (1768–1797), während der Revolution Brigadegeneral, Kommandeur der Mosel-Armee, während der Schreckensherrschaft kurze Zeit als verdächtig in Haft, dann mit der Befriedung der Vendée beauftragt, schließlich an die Spitze der versuchten Expedition gegen Irland gestellt. Eine der größten und edelsten Gestalten der Revolution. Er starb in Wetzlar; sein Denkmal schuf Peter-Joseph Krahe.

6 Windbeutelei, Geflunker.

7 Die zwölf Monate des republikanischen Kalenders zählten jeder nur dreißig Tage; also mußten jedes Jahr am Ende des zwölften Monats fünf »Ergänzungstage« hinzugefügt werden, um die Zahl von 365 Tagen vollzumachen, deren die Erde für ihren Umlauf um die Sonne bedarf.

8 Italienisch: hier im Sinn von »Kunstfreunde«.

9 Wurfspieß.

10 Französisch: Bube, Knabe; auch Junggeselle oder Kellner; knabenhaftes Mädchen oder Unverheiratete; Göre, Dirne; Knüttel.

11 Französisch: »Das ist ein Prachtmädel!«

12 Madame de Staël (1766–1817), Tochter des berüchtigten Finanzdirektors Necker, berühmt durch ihre Romane ›Delphine‹ und ›Corinne‹, ihr Buch ›De l'Allemagne‹ und die ansehnliche Zahl ihrer Liebhaber. Napoleon nannte sie »die fürchterlichste Zunge Frankreichs«.

13 Irrtum Balzacs. Die Armorique (der Teil Galliens, der die heutige Bretagne bildet) wurde genauso schnell und gründlich romanisiert wie das übrige Gallien. Im Lauf des 5. Jahrhunderts jedoch wurde sie von britischen Auswanderern erobert, die in der Hauptsache aus Cornwall stammten und durch Invasionen der Scoten und später der Angel-Sachsen vertrieben worden waren. Diese Neuankömmlinge löschten auf dem Boden der Armorique die römische Kultur aus, führten ihre Sprache und ihr Brauchtum ein und gaben der Halbinsel den Namen »Petite-Bretagne«, »Klein-Britannien«.

14 Titel des Dorfpfarrers.

15 Nicht ihren Namen, sondern ihren Decknamen, wie Balzac ein paar Seiten später erklärt. – Der älteste der Gebrüder Cottereau, Jean, geboren 1757 in der Nähe von Lanval, übte sein Gewerbe als Salzschmuggler bis zum Ausbruch der Revolution aus. 1792 trat er den Freischaren des Fürsten von Talmont bei und führte Kleinkrieg in der Umgebung seiner Vaterstadt bis 1794; in jenem Jahr fiel er. – Von seinen drei Brüdern François, Pierre und René hat nur der letzte die Revolution überlebt. Indem Balzac die Gebrüder Cottereau etwa sechs Jahre länger am Leben läßt, schaltet er frei mit der historischen Wahrheit.

16 Die früheste Fassung der ›Königstreuen‹ zeigt Balzac als Liberalen, dessen Sympathien durchaus auf seiten der »Blauen« sind. Die späteren Überarbeitungen zeigen ihn, seiner gewandelten politi-

schen Anschauungen wegen, als »Verteidiger von Thron und Altar«. Der Satz über die Verquickung von Krieg und Straßenraub und die nachfolgenden Ausführungen zeigen die ursprüngliche Einstellung des Autors.

17 Der Prinzen des Hauses Bourbon.

18 Das Lilienbanner der Bourbonen, die Fahne Frankreichs vor Einführung der Trikolore.

19 Der Tag von Robespierres Sturz.

20 Bonaparte führte zu jener Zeit seinen ägyptischen Feldzug durch.

21 Aus fünf Häuptern bestehende Regierung.

22 Charles-Jean Bernadotte (1763–1844), Marschall von Frankreich, zeichnete sich in den Kriegen der Revolution und des Kaiserreichs aus, war aber heimlicher Gegner Bonapartes, dessen ehemalige Verlobte Désirée Clary er geheiratet hatte. 1812 wurde er von König Karl XIII. von Schweden adoptiert, ging 1813 zu den Alliierten über und wurde 1818 unter dem Namen Karl XIV. oder Karl-Johann König von Schweden, in dem seine Dynastie noch heute regiert.

23 Louis-Marie-Antoine Destouff, Baron de Milet-Mureau (1756 bis 1825), Offizier des Ancien Régime, hatte ursprünglich den Pioniertruppen angehört und trat bei Ausbruch der Revolution zur Artillerie über. Er hatte die Leitung der Genietruppen und der Artillerie inne, als er am 21. Februar 1799 zum Kriegsminister ernannt wurde. Diese Funktion übte er bis zum nächsten 2. Juli aus und übernahm sie aufs neue vertretungsweise nach der Verabschiedung seines Nachfolgers Bernadotte vom 14. bis 22. September desselben Jahrs. Am 18. Brumaire (9. November 1799; Staatsstreich Bonapartes nach der Rückkehr aus Ägypten, Errichtung der Konsulats-Regierung) fiel er in Ungnade, wurde aber dennoch später Präfekt des Kaiserreichs. Bei der Restauration schloß er sich den Bourbonen an.

24 Bernadotte war vom 2. Juli bis zum 14. September 1799 Kriegsminister. Während seiner kurzen Amtszeit regelte er die Verwaltung seines Ministeriums und reorganisierte die militärische Verteidigung. Er mußte den Intrigen Siéyès' weichen.

25 Joseph Fouché (1759–1820), Mitglied des Konvents, der Bergpartei angehörend, für die Massenerschießungen in Lyon verantwortlich, unter dem Kaiserreich Polizeiminister, zum Herzog von Otranto ernannt, später Gouverneur der Illyrischen Provinzen, verriet nach den Hundert Tagen Napoleon, blieb während der

Restauration zunächst Polizeiminister, wurde dann Gesandter in Dresden, wurde, da er für die Hinrichtung Ludwigs XVI. gestimmt hatte, abgesetzt, erwarb die österreichische Nationalität und starb verarmt in Triest. Seine Biographie schrieb Stefan Zweig.

26 Der Graf der Provence, der jüngere Bruder Ludwigs XVI., nahm diese Bezeichnung nach der Hinrichtung seines Bruders an.

27 Paul, Vicomte de Barras (1755–1829), Mitglied des Konvents, dann dem Direktorium angehörend. Er ernannte den General Bonaparte zum Oberbefehlshaber der Italien-Armee.

28 Ein »Vormaliger«, volkstümliche Bezeichnung der des Adels Entkleideten.

29 Die rote phrygische Mütze oder Jakobiner-Kappe, die noch heute im Wappen der Republik zu sehen ist.

30 Dorf im Hennegau; Sieg Dumouriez' über die Österreicher am 6. November 1792.

31 Nebenfluß des Po; Sieg Suworows über Macdonald 1799.

32 Barthélemy Joubert (1769–1799), General, bei Novi gefallen.

33 Stadt in der Provinz Alexandria; die Schlacht (Österreicher und Russen gegen Franzosen) fand am 15. August 1799 statt.

34 André Masséna (1756–1817), Marschall von Frankreich, Herzog von Rivoli, Fürst von Eßling, zeichnete sich bei Rivoli (1797), Zürich (1799), der Belagerung von Genua (1800), Eßling (1809) und Wagram (1809) aus. Napoleon nannte ihn das »Hätschelkind des Sieges«.

35 Jean-Victor Moreau (1763–1813), General, 1796 an der Spitze der Rhein-Mosel-Armee, dann in Italien; später Oberkommandierender der Rhein-Armee, Sieger bei Hohenlinden, Rivale Napoleons, nach Amerika verbannt, weil er mit den Royalisten verhandelt hatte. Fiel bei Dresden auf russischer Seite im Kampf gegen Frankreich.

36 Lazare Carnot (1753–1823), gelehrter Mathematiker, Mitglied des Konvents und des Wohlfahrtsausschusses, Schöpfer der vierzehn Armeen der Republik, entwarf sämtliche Feldzugspläne. Er wurde der »Organisator des Siegs« genannt. Führte als erster die allgemeine Wehrpflicht durch. Durch die Restauration verbannt. Er starb in Magdeburg. Sein Enkel Sadi Carnot wurde 1887 Präsident der Republik und 1894 in Lyon ermordet.

37 Charles Pichegru (1761–1804), Divisionsgeneral 1793, errang in

dem Krieg mit den Niederlanden schöne Erfolge: 1795 besetzte er Amsterdam; im folgenden Jahre bemächtigte sich seine Kavallerie der auf dem Texel eingefrorenen gegnerischen Flotte - ein einzigartiges Geschehnis in der Kriegsgeschichte! Nach Paris zurückgekehrt, warf er am 12. Germinal den Aufstand der Vorstädte nieder. Danach besetzte er Mannheim. Um jene Zeit spann er Intrigen mit dem Prinzen Condé und den Royalisten im Landesinnern an. Er führte den Aufstand der Sektionen herbei, den Bonaparte im Vendémiaire 1796 auf den Stufen von Saint-Roch niederkartätschte. Obwohl er in den Rat der Fünfhundert gewählt wurde, fuhr er fort zu komplottieren. Am 18. Fructidor 1798 wurde er verhaftet und nach Sinnamari (Französisch-Guyana) deportiert, von wo er entwich. Nach Reisen in Deutschland und England setzte er sich mit Cadoudal ins Einvernehmen, wurde aber durch einen Freund, dem er sich anvertraut hatte, an die Polizei ausgeliefert. Während sein Prozeß noch im Stadium der Untersuchung war, wurde er in seinem Bett erdrosselt aufgefunden.

38 Es handelt sich um den Cordon (Brustband) des Sankt-Ludwigs-Ordens. Er war 1693 von Ludwig XIV. einzig für katholische Offiziere gestiftet worden. Die Revolution schaffte ihn ab; am 18. September 1814 wurde er erneuert und 1831 endgültig abgeschafft. Die letzten Träger erhielten indessen das Recht, Kreuz und Band weiterzutragen.

39 Louis-Marie, Marquis de Lescure (1766–1793), wurde in dem Kampf bei La Tremblaye schwer verwundet, ließ sich aber dennoch an die Spitze seiner Truppen tragen, die, bei Cholet geschlagen, sich nach der Bretagne zurückzogen. Er starb auf dem Marsch zwischen Ernée und Fougères.

40 Als Parteigänger von Pitt und Koburg wurden während der Revolution alle echten und vermeintlichen Gegenrevolutionäre bezeichnet. - Es handelt sich um den jüngeren Pitt (1759–1806), den unversöhnlichen Gegner der Revolution und Napoleons, sowie um den österreichischen Feldmarschall Friedrich-Josias, Prinzen von Sachsen-Koburg (1737–1815), der Dumouriez bei Neerwinden besiegte, aber von Moreau bei Tourcoing und von Jourdan bei Fleurus geschlagen wurde.

41 Die Verehrung des »Heiligen Herzens«, die im 17. Jahrhundert von der seliggesprochenen Marie Alacoque gepredigt worden war, wurde erst 1765 durch ein Breve Clemens' XIII. gebilligt. Dem stellte sich innerhalb der Kirche eine starke Partei entgegen, und

die Propagierung vollzog sich im 18. Jahrhundert langsam. In Frankreich bedurfte es, um sie populär zu machen, der Vendée-Kriege, in denen die Chouans ein rotes Heiliges Herz auf der Brust trugen. Alsdann, unter der Restauration, wurde sie durch die Jesuiten und die »Congrégation« gefördert und gefestigt.

42 Zehn Tage, die Zeitspanne der Soldzahlung.

43 Anne-Robert-Jacques Turgot, Baron de l'Aulne (1727–1781), französischer Volkswirtschaftler, Finanzminister unter Ludwig XVI. Von den Lehren der Physiokraten inspiriert, wollte er große Reformen unternehmen, konnte sich aber gegen die privilegierten Klassen nicht durchsetzen und fiel bald in Ungnade.

44 Monsieur de Vouges war mit Chanteclaire und der Witwe Lacombe Miteigentümer der »Turgotinen«. Er war zu jener Zeit Sekretär im Rat Ludwigs XVI. Chanteclaire war wahrscheinlich Wagenbauer; es ist nichts über ihn bekannt, so wenig wie über die Witwe Lacombe.

45 Als »Coucou« (»Kuckuck«) wurden kleine, dem öffentlichen Verkehr dienende Wagen bezeichnet. Der Gedanke eines öffentlichen Kutschwagenverkehrs, der »carrosses à cinq sous«, stammt von Pascal, wurde aber erst unter der Restauration, im Januar 1826, in die Praxis umgesetzt. Es bildeten sich bald zahlreiche konkurrierende Omnibus-Gesellschaften, die im Februar 1835 zu einer einzigen zusammengefaßt wurden. Eine ausführliche Schilderung der »Coucous« gibt Balzac in seiner Novelle ›Ein Lebensbeginn‹.

46 Unübersetzbares Wortspiel mit »Gentilshommes« und »Gens-pillehommes«.

47 Ein in der Bretagne und der Normandie beliebtes, bierähnliches, leicht alkoholisches Getränk, das aus Äpfeln bereitet wird.

48 Das Vorbild des von Balzac erfundenen Abbé Vernal ist sicherlich der historische Abbé Bernier gewesen; dieser, der später unter seinem richtigen Namen erscheint, der Pfarrer Etienne-Alexandre Bernier (1764–1806), war einer der ersten, der die Bauern nach dem Tod Ludwigs XVI. aufwiegelte. Als ein stets selbstsicherer und einflußreicher Ratgeber hatte er sich nicht mit Charette verständigen können und sich vorzüglich an Stofflet und Autichamp angeschlossen. Aber er hatte mehr politischen Instinkt als Überzeugung, und deswegen bot er nach dem 18. Brumaire Bonaparte an, die Vendée zu befrieden. Es gelang ihm, und Bonaparte be-

lohnte den Anteil, den der Abbé Bernier am Konkordat hatte, mit dem Bistum Orléans.

Der Graf de Fontaine ist eine von Balzac erfundene Gestalt; siehe die Novelle ›Der Ball zu Sceaux‹.

Der Graf Odet de Châtillon (Lebensdaten nicht feststellbar) befehligte die Armeen der Haute-Bretagne und des Bas-Anjou im dritten Vendée-Kriege.

Pierre-Jean-Baptiste-Constant, Graf de Suzannet (1772–1815), emigrierte zu Beginn der Revolution, kämpfte 1792 unter dem Prinzen Condé und nahm 1795 an der mißglückten Landung bei Quiberon teil. 1799 gelang ihm nach einigen fruchtlosen Versuchen die Aufwiegelung der Chouans der Bretagne, und er stellte sich an deren Spitze. Nach der Niederwerfung der Revolte wurde er 1800 verhaftet und verbrachte mehrere Jahre im Gefängnis; schließlich wurde er begnadigt, gelangte wieder in den Besitz seiner Güter und hielt sich bis zu den Hundert Tagen im Hintergrund. Dann jedoch übernahm er das Kommando eines der Truppenteile, die sich der Wiedereinführung des Kaiserreichs widersetzten, und fiel in dem Gefecht bei La Roche-Servière.

49 Die vorstehenden Zeilen sind ein Bruchstück der Proklamation, die der Erste Konsul am 7. Nivôse des Jahres VIII (28. Dezember 1799) an »die Bewohner der West-Départements« erließ.

50 Das war Alexandre Berthier, der künftige Fürst von Wagram, der am 11. November 1799 in dieser Funktion Dubois-Crancé gefolgt war und sie bis zum 2. April 1800 ausübte.

51 Guillaume Brune (1763–1815), ein ehemaliger Drucker, der während der Revolution Publizist geworden war, nahm ruhmreichen Anteil an den Kämpfen der Republik, befriedete die Vendée 1800, wurde Marschall des Kaiserreichs und schloß sich der Restauration an. Seine Haltung während der Hundert Tage zog ihm den Haß der royalistischen Bevölkerung des Südens zu. Am 2. August 1815 wurde er in Avignon ermordet.

52 Auszug aus der Proklamation des Ersten Konsuls an die »England-Armee« (so wurde amtlich die im Westen stehende Armee bezeichnet) vom 15. Nivôse VIII (5. Januar 1800).

53 Der Monat Brumaire begann 1799 am 23. Oktober und endete am 21. November. Die beiden gegen Ende des ersten Kapitels wiedergegebenen Proklamationen sind jedoch, die eine am 28. Dezember 1799, die andere am 5. Januar 1800, erlassen worden; Balzac hält sich also nicht genau an die historischen Daten.

54 Am 20. Oktober 1792 hatte Custine Mainz eingenommen und sich dort festgesetzt. Fünfeinhalb Monate später wurde er von den Preußen und dem Emigrantenheer belagert. Am 23. Juli 1793 mußte er kapitulieren. Es wurden ihm die militärischen Ehren zugebilligt; die Truppen behielten ihre Waffen und ihre Freiheit, unter der Bedingung, daß sie nicht an den Landesgrenzen eingesetzt würden. Graf Custine wurde in Paris zur Verantwortung gezogen und guillotiniert.

55 Dunkel schattierte Gegenstellung im Vordergrund eines Bildes.

56 Ein »Unglaublicher«: Spitzname der jungen Royalisten zur Zeit des Direktoriums.

57 In der Normandie, nördlich der Seine: die Gegend von Yvetot, Dieppe und Le Havre.

58 Höhere Bildungsanstalt für Artillerieoffiziere und Ingenieure.

59 Französisch: »Bewachet das Heil des Reiches.« Revolutionslied, Musik nach einer Romanze von Delayrac (1787), instrumentiert 1792 von Gossec. Es war eins der patriotischen Lieder, die das Direktorium durch ein Dekret vom 18. Nivôse IV (8. Januar 1796) den Theaterdirektoren vor dem Aufgehen des Vorhangs zu spielen nahegelegt hatte.

60 François-Athanase Charette de la Contrie (geb. 1763) war am 29 März 1796 in Nantes erschossen worden. Der berühmte Anführer der Königstreuen hatte viel für die Frauen übrig; in Belleville, seinem Hauptquartier in der Basse-Vendée, hielt er sich einen ganzen Harem. Sein Adjutant Savin hat zu seiner Frau gesagt: »Ich fürchte für dich weniger das Eindringen der Blauen als einen Besuch Charettes.«

61 Talleyrand war 1788–1791 Bischof von Autun gewesen.

62 Koblenz war 1792 die Sammelstätte der Emigranten, die dort die »Armee Condé« aufstellten.

63 Bekanntlich hat Balzac seinen Erstling ›Les Chouans‹ mehrfach überarbeitet, um ihn nicht nur durch Änderungen der Namen der Handlungsträger möglichst fugenlos in die ›Menschliche Komödie‹ einzugliedern. Diese Anmerkung läßt darauf schließen, daß Balzac geplant hat, aus Madame du Gua und der Tochter der Madame de La Chanterie eine und dieselbe Gestalt zu machen (siehe den Roman ›Die Kehrseite der Zeitgeschichte‹). Das indessen hätte einige Datenänderungen vorausgesetzt; denn nach Balzacs eigener Angabe kann Mlle de La Chanterie im Jahre 1799 höchstens zehn Jahre alt gewesen sein.

64 Pierre Mercier (1774–1801), einer der Anführer der Chouannerie (nach anderen Quellen lebte er 1778–1800), nahm als Fünfzehnjähriger bzw. Neunzehnjähriger an dem Aufstand von 1793 teil und erhielt sogleich den Befehl über einen Trupp. Er geriet in Gefangenschaft, entfloh, trat bei Quiberon und Granchamp in Erscheinung und erhielt 1797 den Dienstgrad eines »Maréchal de camp« (Brigadegeneral). 1799 ging er nach England, um die emigrierten Fürsten aufzusuchen und von ihnen Unterstützung und Weisungen zu erhalten; dann nahm er den Krieg in der Bretagne wieder auf. Er nahm Saint-Brieuc ein, mußte es indessen bald wieder aufgeben. Verfolgt von den Blauen, geriet er in einen Hinterhalt und fiel. Um die Zeit, da in Balzacs Roman die Episode auf Schloß La Vivetière spielt, war er also keineswegs bereits der »gefallene« Mercier.

65 Siehe Anmerkung 60.

66 Im Jahre 1795 landeten zahlreiche Emigranten, ermutigt durch die bevorstehende Auflösung des Konvents und die royalistische Reaktion der Pariser Sektionen, unter dem Schutz eines englischen Geschwaders bei Quiberon in der Bretagne. Bald stießen Scharen von Vendéern unter Cadoudal zu ihnen. Aber der mit seinen Truppen herbeigeeilte junge General Hoche warf die Aufständischen auf die Halbinsel zurück und drängte sie ins Meer. Die Uneinigkeit der royalistischen Führer und deren mangelnde Verbindung mit dem Unterstützungsgeschwader machten Hoche den Sieg leicht. Eine große Zahl von Emigranten ertrank, als sie das untätig daliegende englische Geschwader schwimmend zu erreichen suchten; die andern ergaben sich dem General Humbert. Aber Hoche hatte strikten Befehl, in keine Kapitulation einzuwilligen. Er mußte, wider Willen, sämtliche Gefangene, über 700, erschießen lassen. Diese Katastrophe kostete die Royalisten im Ganzen über 1200 Tote. Viele schrieben sie dem Versagen des Grafen von Artois (des späteren Karls X.) zu, der, wie es hieß, ruhig an Bord eines englischen Schiffes geblieben sei und der Flucht seiner Parteigänger zugeschaut habe. »Die Feigheit Ihres Bruders hat alles verdorben!« erklärte Charette brutal in einem Brief an Ludwig XVIII. – Balzac läßt La Billardière (in ›César Birotteau‹ und ›Die Beamten‹) freiwillig einen Teil der Schuld an dem gescheiterten Unternehmen auf sich nehmen, um als getreuer Diener den König zu entlasten.

67 Am 8. August 1793 hatte der Konvent die Abschaffung der Akademien dekretiert; durch das Gesetz vom 25. Oktober 1795 schuf er ein Institut national. Es bestand aus den »Klassen«: Physikali-

sche und mathematische Wissenschaften; Moralische und politische Wissenschaften und Literatur und Schöne Künste. Die Mitgliederzahl betrug 144.

68 Pierre-Simon Laplace (1749–1827), der berühmte Mathematiker und Astronom, hatte unter dem Ancien Régime die Ecole Polytechnique aufgebaut und geleitet und ebenso die Ecole Normale. Das Konsulat ernannte ihn am 12. November 1799 zum Innenminister; aber bereits am 24. November enthob Bonaparte ihn seines Amtes, weil er meinte, er bezeige darin »den Geist des unendlich Kleinen«, d. h., er sei zu pedantisch. Unter dem Kaiserreich wurde Laplace Vizepräsident des Senats. Er schloß sich später begeistert der Restauration an und wurde Marquis und Pair von Frankreich.

69 Edmond-Louis-Alexis Dubois de Crancé (1747–1814) hätte also in seiner Eigenschaft als Kriegsminister einen Befehl des Innenministers Laplace gegenzeichnen müssen; aber das war nicht möglich; denn er war am 23. September zum Kriegsminister ernannt worden, schied indessen zwei Tage, ehe Laplace das Innenministerium übernahm, aus seinem Amt aus. Kleiner chronologischer Irrtum Balzacs!

70 Weißwein aus dem Bordelais, am linken Ufer der Garonne. Balzac schreibt übrigens »Grave«.

71 Leichte, kleine Galeere.

72 Charles de Beaumont, Graf d'Autichamp (1770–1852), früher vom Konvent zur Bewachung Ludwigs XVI. eingesetzt, zog sich nach dem 10. August, dem Tag der Entthronung und Verhaftung des Königs, auf sein Schloß im Anjou zurück und wurde dann einer der tatkräftigsten Anführer im Vendéer Aufstand; er blieb bis 1800 unter Waffen. Später wurde er Generalleutnant und Pair von Frankreich; er nahm 1823 am Spanischen Interventionskrieg teil.

73 Pierre-Jean-Baptiste Constant, Graf de Suzannet (1772–1815), Anführer der Chouans 1799; 1815, während der Hundert Tage, kämpfte er von neuem gegen das Kaiserreich und fiel in dem Gefecht bei La Roche-Servière.

74 Siehe Anmerkung 48.

75 Gabriel-Théodore-Joseph, Graf d'Hédouville (1755–1825), hatte schon 1796 unter Hoche gegen die Vendéer gekämpft. 1799 wurde er zum Oberbefehlshaber der West-Armee ernannt; er befriedete schließlich die Bretagne. Er wurde Senator und Graf des Kaiser-

reichs und Generalstabschef des Königs Jérôme von Westfalen. Er schloß sich der Restauration an und wurde Pair von Frankreich.

76 Paul-Jean-François-Nicolas, Graf de Barras (1755–1819), entstammte einer alten provenzalischen Adelsfamilie, schloß sich widerwillig der Revolution an, ließ sich aber bald von ihr fortreißen. Im Konvent stimmte er entschlossen für den Tod des Königs. Am 9. Thermidor (Sturz Robespierres) war er maßgeblich beteiligt. Er war eins der am wenigsten radikalen Mitglieder der neuen Regierung, bekämpfte indessen in den Tagen des Vendémiaire und Fructidor eifrig die Royalisten. Er wurde Mitglied des Direktoriums, dann dessen Präsident; er begünstigte Bonaparte und verheiratete ihn mit seiner ehemaligen Geliebten Joséphine de Beauharnais. Seiner Abkunft entsprechend war er Grandseigneur, seiner ausschweifenden Lebensweise wegen sehr »Ancien Régime«. Er stand in engen Beziehungen zu den Finanzleuten und den Heereslieferanten, an deren Geschäften er beteiligt war, aber auch zu gewissen aus der Emigration heimgekehrten Adligen, die um seine Geldnöte wußten und ihn in ihre royalistischen Intrigen verwikkelten. Es wurde versucht, mit ihm über die Rückkehr der Bourbonen zu unterhandeln. Vielleicht wäre er dazu geneigt gewesen, als der 18. Brumaire, Bonapartes Staatsstreich, diese Pläne zunichte machte. Barras mußte ins Exil gehen. Unter dem Kaiserreich kehrte er heim nach Frankreich und lebte zurückgezogen. 1815 gewährte die Restauration ihm die Gunst, von der Exilierung als Königsmörder ausgenommen zu werden. Er hat interessante Memoiren hinterlassen.

77 Louis-Alexandre Berthier (1753–1815), der künftige Generalstabschef Napoleons, Marschall von Frankreich und Fürst von Wagram, war vom 11. November 1799 bis zum 2. April 1800 Kriegsminister.

78 Tochter Franz' II., Herzogs der Bretagne. Sie lebte 1477–1514. 1491 wurde sie mit Karl VIII. verheiratet, 1499 mit Ludwig XII. Sie brachte als Mitgift die Bretagne an Frankreich.

79 Der im Gefecht auf La Pélerine gefallene Chouan, der auf der Brust eine Tätowierung mit dem Zeichen der Bruderschaft des Heiligen Herzens getragen hatte; eine von Balzac erfundene Gestalt.

80 Lateinisch: Gepriesen seist du, heilige Anna von Auray, die du voller Gnaden bist; der Herr sei mit dir.

81 Den von der Kirche den Priestern verbotenen Eid auf die Verfassung.

82 Eine schmale, raffiniert konstruierte Wendeltreppe ohne Spindel, so daß die Stufen in der Luft zu hängen scheinen. Die Benennung rührt von der Wendeltreppe in der Apsis der Kirche Saint-Gilles bei Arles her; sie wurde im 13. Jahrhundert erbaut und ist jetzt Ruine: nur das Portal, die Krypta und besagte Wendeltreppe sind noch vorhanden.

83 Die Chaconne (ital. Ciacona) ist wie die Passacaglia ursprünglich ein Instrumentalstück über einem Basso ostinato im Dreivierteltakt in langsamer Bewegung und mit immer neuen Variationen. Die Form ist alt und geht bis in das 12. und 13. Jahrhundert zurück. In den Opern Lullys wird die Chaconne zur großen Vokalform; man kann sie als eine Vorläuferin des Finales betrachten. Ob Chaconne und Passacaglia jemals wirkliche Tänze gewesen sind, ist fraglich.

84 Der Jesuitenorden war 1773 durch Papst Clemens XIV. unterdrückt worden. Die »Pères de la Foi« (Glaubensväter) waren nicht eigentlich Jesuiten, sondern eine Kongregation freier Priester, die freilich nach der Wiederherstellung des Jesuitenordens im Jahre 1814 die alte Gesellschaft Jesu ergänzte.

85 Jean-Guillaume, Baron Hyde de Neuville (1776–1837), seit Beginn der Revolution Agent der emigrierten Fürsten, hatte sich 1797 dem Klub der »Clichyens« angeschlossen und fuhr zwischen Frankreich und England hin und her, um den Royalisten im Landesinnern Instruktionen des Grafen von Artois zu überbringen. Nach dem 18. Brumaire (Staatsstreich Bonapartes, Errichtung der Konsular-Regierung) schlug er Bonaparte die Rückberufung der Bourbonen vor, allerdings vergeblich. Er war in das Komplott verwikkelt, das zu dem Höllenmaschinen-Attentat in der Rue Nicaise führte, das die Antwort der Royalisten auf die Weigerung des Ersten Konsuls gewesen zu sein scheint, und mußte in die Vereinigten Staaten entfliehen. Erst 1814 kehrte er zurück und wurde nacheinander Abgeordneter, Botschafter in Washington und Portugal und schließlich Minister im Kabinett Martignac. Seine Memoiren wurden erst 1888–1892 veröffentlicht.

86 Louis-Marie-Auguste-Fortuné, Graf d'Andigné (1765–1837), trat 1778 in die königliche Marine ein, emigrierte 1791 und schloß sich 1794 der Armee der Fürsten an. 1795 landete er in der Bretagne und kämpfte unter dem Befehl Scépeaulx' und des Grafen de Châtillon bis 1799. Die Zusammenkunft mit Bonaparte, die Balzac erwähnt, fand am 27. Dezember 1799 im Luxembourg-Palais statt

und verlief stürmisch. D'Andigné betätigte sich danach aufs neue als Chouan, wurde mehrfach gefangengesetzt, konnte aber immer entweichen. 1815–1830 war er Pair von Frankreich.

87 Diese von Balzac erfundene Gestalt spielt auch in dem Roman ›Die Kehrseite der Zeitgeschichte‹ eine Rolle.

88 Bénédict-Joseph Labre (1748–1783), Pilger und Bettlerasket.

89 Der Name Galope-chopine bedeutet etwa: Schoppen-Nachjager.

90 Siehe Anmerkung 66.

91 Gabrielle d'Estrées (1573–1599), einer alten Adelsfamilie entstammend, aus der mehrere berühmte Heerführer hervorgegangen sind, war eine der Geliebten Heinrichs IV., der von ihr zwei Söhne hatte: César und Alexandre de Vendôme. Der König schenkte ihr die Herrschaft Beaufort in der Champagne, die er in ein Herzogtum umwandelte.

92 Armand-Louis de Gontaut, Herzog von Biron und Lauzun (1747 bis 1793), nahm am amerikanischen Unabhängigkeitskrieg teil, war einer der wenigen Abgeordneten des Adels in den Generalständen, die sich für die Revolution aussprachen, und übernahm das Oberkommando der republikanischen Armeen am Rhein und sogar in der Vendée. Trotz seiner Erfolge im Kampf gegen die Chouans wurde er verdächtigt und vor ein Revolutionstribunal gestellt, das ihn zum Tode verurteilte.

93 Sicherlich ist François-Louis d'Adhémar, Graf de Panat, gemeint; er war Brigadegeneral, Abgeordneter des Adels von Rouergue in den Generalständen, emigrierte und starb 1792 zu Limburg.

94 François-Henri de Franquetot, Herzog von Coigny (1737–1821), nahm unter Marschall Richelieu am Hannoverschen Krieg teil. Als Erster Hofkavalier Ludwigs XVI. war er einer der der Königin Marie-Antoinette am tiefsten ergebenen Höflinge.

95 Feldzaun oder Überstieg über einen Feldzaun; Dialektausdruck für »escalier«, Treppe.

96 Lateinisch: »Im Namen des Vaters, des Sohnes und des heiligen Geistes.«

97 Lateinisch: »Aus der Tiefe ...« Erste Worte des Bußpsalms 129.

98 Lateinisch: »Komm, Schöpfer (Geist).«

99 Lateinisch: »Herr, erhalte den König gesund.«

100 Den Großkordon des Sankt-Ludwigs-Ordens; siehe Anmerkung 38.

101 Nämlich das Sankt-Ludwigs-Kreuz.

102 François-Séverin Marceau (1769–1796), General, zeichnete sich in der Vendée und bei Fleurus aus und fiel als Kommandeur der Sambre-et-Meuse-Armee bei Altenkirchen.

103 Typus des leichtgläubigen, geprellten Greises in Komödien von Corneille, Molière, Regnard und anderen.

104 Vierrädriger Kutschwagen mit zwei Sitzbänken, Glasfenstern und nach hinten rückschlagbarem Verdeck.

105 Dort wurde das Emigranten-Heer zur Bekämpfung der Revolution aufgestellt.

106 Niccolò di Bernardo dei Machiavelli (1469–1527), berühmter Florentiner Staatsmann und Geschichtsschreiber, Staatssekretär, mit wichtigen diplomatischen Missionen betraut, nach der Rückkehr der Medici 1512 seines Amts entsetzt, eingekerkert und dann verbannt. Er schrieb, außer einer ›Geschichte von Florenz 1215–1492‹ Komödien sowie das berüchtigte Werk ›Il principe‹ (Der Fürst), die Lobpreisung einer klugen, aber unsittlichen Politik.

107 Irrtum Balzacs: Der Roman ›Les Chouans‹ spielt Ende 1799; der Clichy-Club war aber bereits Ende 1797 aufgelöst worden. Er bestand aus Royalisten, die sich zwischen 1795 und 1797 anfangs im Park von Clichy, dann bei dem Abgeordneten Delahaye versammelten. Nachdem der von ihnen angezettelte Aufstand vom 13. Vendémiaire des Jahres IV (5. Oktober 1795), den Bonaparte in der Rue Saint-Honoré niederkartätschte, gescheitert war, fuhren sie mit ihren gegenrevolutionären Machenschaften fort, und es gelang ihnen, im »Rat der Alten« und im »Rat der Fünfhundert« eine royalistische Mehrheit durchzusetzen. Aber der Staatsstreich vom 8. Fructidor des Jahres V (September 1797) zersprengte sie; mehrere der Mitglieder wurden nach Cayenne verbannt.

108 Balzac, der sich in militärischen Rangbezeichnungen zumal in jungen Jahren schlecht auskannte, bezeichnet Hulot durchweg als »commandant«, also Major. Mehrmals läßt er ihn durch Mademoiselle de Verneuil mit »colonel«, also »Herr Oberst«, anreden, was notfalls als eine Höflichkeit seitens der Dame gelten könnte. Weshalb Corentin ihn hier als »mon général« bezeichnet, ist unerfindlich, sofern man es nicht als Ironie auffassen will.

109 Hauptgestalt von Molières Komödie ›Les fourberies de Scapin‹ (1671).

110 Italienischer Maler (1605–1673); seine Landschaften zeichnen sich durch leidenschaftliche Auffassung gewaltiger Naturszenen aus. Er hat sich auch als satirischer Dichter und Komponist hervorgetan.

111 Siehe Balzacs Roman ›Madame de La Chanterie‹.

Biographische Notizen über die Romangestalten

Die Königstreuen

CIBOT, Jean, genannt Pille-miche, war einer der kühnsten unter den royalistischen Briganten, die an der Affäre der »Fußbrenner von Mortagne« beteiligt waren. Er wurde 1809 verhaftet, verurteilt und hingerichtet (›Die Kehrseite der Zeitgeschichte‹).

CORENTIN, geboren 1777 in Vendôme, Vertrauensmann Fouchés. 1803 erhielt er den Auftrag, zusammen mit seinem Freund Peyrade, im Schloß Cinq-Cygne Nachforschungen vorzunehmen, um Komplicen der Verschwörung Pichegrus, Moreaus und Cadoudals ausfindig zu machen. Das gelang ihm nicht. Zwei Jahre später rächte er sich dadurch, daß er die schuldlosen Herren de Simeuse und d'Hauteserre in eine fiktive Entführung des Senators Malin de Gondreville verstrickte, die gänzlich seine Machenschaft war (›Eine dunkle Begebenheit‹). Gegen Ende der Restauration war Corentin der Chef der politischen Gegen-Polizei des »Château« geworden; als solcher wurde er durch Peyrade dazu gebracht, seine Nase in die Privatangelegenheiten des Dichters Lucien de Rubempré zu stecken. Unter der Soutane des Gönners dieses jungen Dandys entdeckte er den Sträfling Jacques Collin, demaskierte ihn, machte die ehrgeizigen Ehepläne Luciens zunichte und trieb ihn zum Selbstmord. Aber mit Jacques Collin wurde er nicht fertig; denn dieser wurde 1830 trotz Corentin Chef der Sicherheitspolizei (›Glanz und Elend der Kurtisanen‹). Elf Jahre später war Corentin noch immer im Amt; er betätigte sich jetzt damit, den Intrigen Théodoses de La Peyrade entgegenzuarbeiten, als dieser Neffe seines ehemaligen Kollegen versuchte, sich das Vertrauen und das Vermögen der Familie Thuillier zu erschleichen. Es gelang ihm, Théodose mit den Thuilliers zu entzweien, worauf er ihn mit dessen Kusine verheiratete, der Tochter La Peyrades, die er bei sich aufgenommen hatte, und ihn zu seinem Nachfolger bestimmte (›Die Kleinbürger‹).

DU GUA SAINT-CYR, Madame. Balzac hat versucht, diese Gestalt im Verlauf seiner Überarbeitungen der ›Königstreuen‹ mit der Tochter der Madame de La Chanterie zu identifizieren (›Die Kehrseite der Zeitgeschichte‹), was indessen nicht möglich war, da Mlle de La Chanterie nach Balzacs eigener Angabe 1799 erst zehn Jahre zählte.

DU GUENIC, Gaudebert-Calyste-Charles, Baron, geboren 1763, ging 1802 nach Irland, heiratete dort eine junge Adlige und kam mit ihr 1814 nach Guérande zurück. Im folgenden Jahr griff er zu den Waffen, um der Wiedererrichtung des Kaiserreichs Widerstand zu leisten; dasselbe tat er 1832, um den Versuch der Herzogin von Berry, das Bürgerkönigtum zu stürzen, zu unterstützen. Seine letzten Lebenstage wurden durch die unglücklichen Liebschaften seines Sohns Calyste verdüstert. Der Baron starb 1837, vierundsiebzig Jahre alt (›Béatrix‹).

DU VISSARD, Charles-Amédée-Louis-Joseph RIFOËL, Chevalier, stellte sich unter dem Kaiserreich zusammen mit Boislaurier und dem Baron des Tours-Minières an die Spitze des Aufstands der »Fußbrenner von Mortagne«; er wurde dazu durch seine Geliebte, die Baronin des Tours-Minières, angestachelt. Der Baron ging zur kaiserlichen Polizei über und verriet Du Vissard, der mit der Baronin 1809 verhaftet und hingerichtet wurde (›Die Kehrseite der Zeitgeschichte‹).

FONTAINE, Graf de, wurde unter der Restauration für seine Treue und Aufopferung belohnt. Er wurde der intime Freund Ludwigs XVIII., Brigadegeneral, Staatsrat, Verwalter der Krongüter, Abgeordneter, dann Pair von Frankreich. Alle seine Kinder konnte er reich verheiraten (›Der Ball zu Sceaux‹). Er protegierte den royalistischen Parfümhändler César Birotteau (im Roman dieses Titels) und starb 1824 (›Die Beamten‹).

HULOT, geboren 1766, blieb stets Republikaner. Allein seine Tapferkeit (›Die Muse des Départements‹) und seine militärischen Talente wurden nichtsdestoweniger vom Kaiser anerkannt, der ihn zum Obersten seiner Gardegrenadiere, dann zum Marschall von Frankreich und Grafen von Pforzheim ernannte. Er lebte noch unter Louis-Philippe, litt unter Taubheit und war auf sein Ruhegehalt angewiesen. Der üble Lebenswandel seines Bruders Hulot d'Ervy verursachte seinen Tod im Jahre 1841 (›Tante Bette‹).

LA BILLARDIERE, Athanase-Jean-François-Michel FLAMET, Baron de, zog sich unter der Restauration ins Zivilleben zurück, begönnerte als Bürgermeister eines Pariser Arrondissements den Parfümhändler César Birotteau (im Roman dieses Titels) und leitete später eine Abteilung im Finanzministerium. Er war nur von mittelmäßiger Intelligenz. Im Dezember 1824 starb er, und sein Tod verursachte mancherlei Wirren im Ministerium (›Die Beamten‹).

PILLE-MICHE, siehe Cibot.

Eine Leidenschaft in der Wüste

Übertragung von Felix Paul Greve. Bearbeitet von Ernst Sander.

Die Novelle ›Une Passion dans le Désert‹ erschien erstmals in der ›Revue de Paris‹ am 24. Dezember 1830 und wurde 1837 in die ›Philosophischen Studien‹ aufgenommen. 1845 ging sie in die ›Studien aus dem Soldatenleben‹ der ›Menschlichen Komödie‹ über.

»Dies Schauspiel ist beängstigend!« rief sie aus, als wir Monsieur Martins Menagerie[1] verließen. Sie hatte zugesehen, wie der verwegene Schausteller mit seiner Hyäne ›arbeitete‹, um im Plakatstil zu reden. »Durch welche Mittel«, fuhr sie fort, »kann er seine Tiere so gezähmt haben, daß er ihrer Zuneigung sicher genug ist, um . . .?« – »Diese Tatsache erscheint Ihnen als ein Problem«, unterbrach ich sie, »aber trotzdem ist sie etwas ganz Natürliches.« – »Oh!« rief sie aus und ließ ein ungläubiges Lächeln über ihre Lippen huschen. »Glauben Sie etwa, die Tiere seien aller Leidenschaften bar?« fragte ich. »Ich versichere Ihnen, daß wir ihnen alle Laster beibringen können, die wir unserer Zivilisation verdanken.« Sie schaute mich mit einem erstaunten Blick an.

»Freilich«, fuhr ich fort, »muß ich gestehen, daß mir, als ich Monsieur Martin zum erstenmal sah, wie Ihnen ein Ausruf der Überraschung entschlüpfte. Ich stand dicht neben einem ehemaligen Soldaten, dem das rechte Bein amputiert worden und der mit mir hineingegangen war. Sein Gesicht war mir aufgefallen. Er trug einen der unerschrockenen Köpfe, die mit dem Siegel des Krieges gestempelt sind und auf denen Napoleons Schlachten geschrieben stehen. Jener alte Soldat hatte vor allem etwas Offenes und Frohgemutes an sich, was mich immer für einen Menschen einnimmt. Er war zweifelsohne einer jener

Haudegen, die nichts mehr überrascht, die noch in der letzten Grimasse eines Kameraden etwas finden, worüber sie lachen können, die ihn heiteren Herzens begraben oder ausplündern; die ungerührt auf die Kugeln lauschen; deren Überlegungen kurz sind und die sogar mit dem Teufel Brüderschaft trinken würden. Nachdem er den Besitzer der Menagerie in dem Augenblick, da er aus dem Käfig trat, aufmerksam gemustert hatte, zog er die Lippen zusammen, als wollte er durch diese bezeichnende Bewegung, wie überlegene Menschen sie sich erlauben, um sich von den Dummen zu unterscheiden, spöttische Geringschätzung ausdrükken. Und als ich laut Monsieur Martins Mut Bewunderung zollte, lächelte er und sagte mit wichtiger Miene, wobei er den Kopf zurückwarf: ›Kennen wir schon!‹ – ›Wieso: Kennen wir schon?‹ erwiderte ich; ›wenn Sie mir dies Geheimnis erklären wollten, wäre ich Ihnen sehr verbunden.‹ Kurz darauf gingen wir, nachdem wir uns einander vorgestellt hatten, in das erstbeste Restaurant, das sich unseren Blicken bot, um zu Abend zu essen. Beim Dessert gab eine Flasche Champagner den Erinnerungen dieses seltsamen Soldaten ihre ganze Klarheit wieder. Er erzählte mir seine Geschichte, und ich erfuhr, daß er sein ›Kennen wir schon!‹ mit Recht ausgerufen hatte.«

Als wir daheim bei ihr waren, quälte sie mich so lange, versprach sie mir so viel, daß ich mich schließlich bereit erklärte, den Bericht des Soldaten für sie niederzuschreiben. Am Tag darauf erhielt sie also folgende Episode einer Epopöe, der man den Titel ›Die Franzosen in Ägypten‹ geben könnte.

Zur Zeit des Vorstoßes nach Oberägypten, den General Desaix[2] unternahm, wurde ein provenzalischer Soldat, der den Maugrebinen in die Hände gefallen war, von diesen Arabern in die Wüste jenseits der Nilkatarakte verschleppt. Um zwischen sich und das französische Heer einen Abstand zu legen, der ihnen ihre Unbehelligtheit sicherte, drangen die Araber im Eilmarsch vor und machten erst in der Nacht halt. Sie kampierten um einen von Palmen umstandenen Brunnen, bei dem sie früher einige Lebensmittelvorräte vergraben hatten. Da sie nicht annahmen, daß ihrem Gefangenen der Gedanke an Flucht kommen könne, begnügten sie sich damit, ihm die Hände zu fesseln, und schliefen ein, nachdem sie ein paar Datteln gegessen und ihren Pferden Gerste gegeben hatten. Sobald nun der verwegene Provenzale sah, daß seine Feinde außerstande waren, ihn zu überwachen, bediente er sich seiner Zähne, um sich eines Säbels zu bemächtigen; den klemmte er sich zwischen die Knie, damit die Klinge festen Halt hatte, und durchschnitt die Stricke, die ihn des Gebrauchs seiner Hände beraubten, und bald war er frei. Sogleich nahm er sich einen Karabiner und einen Dolch, versah sich mit einem Vorrat an trockenen Datteln, mit einem kleinen Sack Gerste, mit Pulver und Kugeln; er gürtete sich den Säbel um, bestieg ein Pferd und machte sich schnell in der Richtung aus dem Staube, in der er das französische Heer vermutete. Voller Ungeduld, ein Biwak zu gewahren, spornte er den schon ermüdeten Renner so sehr an, daß das arme Tier mit zerfetzten Flanken verendete und den Franzosen mitten in der Wüste allein ließ.

Nachdem der Soldat mit dem ganzen Mut eines entsprungenen Sträflings lange durch den Sand dahingewandert war, mußte er haltmachen; der Tag ging zur Neige. Trotz der Schönheit des Himmels in orientalischen Nächten besaß er nicht mehr die Kraft, seinen Weg fortzusetzen. Zum Glück hatte er eine Bodenwelle erreichen können, auf deren Höhe ein paar Palmen aufragten; er hatte ihre Zweige schon seit langem wahrgenommen, und in seinem Herzen waren die süßesten Hoffnungen erwacht. Er fühlte sich so erschöpft, daß er sich auf einem Granitfelsen niederlegte, der durch eine Laune der Natur wie ein Feldbett geformt war; dort schlief er ein, ohne daß er zuvor auch nur die geringsten Vorkehrungen zur Verteidigung während seines Schlummers getroffen hätte. Er hatte bereits sein Leben aufs Spiel gesetzt. Sein letzter Gedanke war sogar ein Bedauern. Er bereute, die Maugrebinen verlassen zu haben, deren unstetes Leben ihm als etwas Erfreuliches erschien, nun er fern von ihnen und von jeder Hilfe abgeschnitten war. Ihn weckte die Sonne, deren unerbittliche Strahlen senkrecht auf den Granit herabfielen und eine unerträgliche Hitze erzeugten. Nun war der Provenzale so ungeschickt gewesen, sich auf die entgegengesetzte Seite des Schattens zu legen, den die grünenden, majestätischen Wipfel der Palmen warfen . . . Er schaute zu diesen einsamen

Bäumen hin und erbebte. Sie erinnerten ihn an die eleganten, von langen Blättern gekrönten Schäfte, die die sarazenischen Säulen der Kathedrale von Arles auszeichnen. Aber als er die Palmen gezählt hatte und einen Blick um sich warf, brach die grauenhafteste Verzweiflung über seine Seele herein. Er sah einen uferlosen Ozean. Der schwärzliche Wüstensand erstreckte sich unabsehbar nach allen Richtungen hin, und er funkelte wie eine Stahlklinge, die von grellem Licht getroffen wird. Der Soldat wußte nicht, ob es ein Eismeer sei oder eine Menge spiegelglatter Seen. In Wellen aufsteigender Feuerdunst wirbelte über dieser geschwungenen Erde empor. Der Himmel hatte einen orientalischen Glanz von trostloser Reinheit; er läßt nämlich der Phantasie nichts mehr zu wünschen übrig. Himmel und Erde standen in Flammen. Die Stille erschreckte durch ihre wilde, grausame Majestät. Das Unendliche, die Unermeßlichkeit drängten von allen Seiten her auf die Seele ein: Keine Wolke am Himmel, kein Windhauch in der Luft, keine Unebenheit auf der Fläche des Sandes, die dennoch in kleinen, winzigen Wogen aufwallte; ganz hinten schloß der Horizont wie auf hoher See bei schönem Wetter alles mit einer Lichtlinie ab, die dünn war wie eine Säbelschneide. Der Provenzale umschlang den Stamm einer der Palmen, als sei er der Leib eines Freundes; dann weinte er im Schutz des schmalen und scharfen Schattens, den der Baum auf den Granit zeichnete, und er setzte sich, blieb dort sitzen und sah mit unendlicher Trauer in die unerbittliche Szenerie hinaus, die sich seinen Blicken bot. Er schrie, als wolle er die Einsamkeit auf die Probe stellen. Seine Stimme, die sich in den Höhlungen der Bodenwelle verlor, schickte nur einen mageren Hall in die Ferne, der kein Echo weckte; das Echo erklang in seinem Herzen. Der Provenzale war zweiundzwanzig Jahre alt. Er lud seinen Karabiner. Dazu ist immer noch Zeit«, sagte er sich und legte die erlösende Waffe wieder zu Boden.

Während er abwechselnd in die schwarze Ferne und die blaue Himmelsweite blickte, träumte er von Frankreich. Voller Entzücken roch er die Gossen von Paris, er mußte an alle Städte denken, durch die er gekommen war, an die Gesichter seiner Kameraden und an die kleinsten Umstände seines Lebens. Schließlich zauberte ihm seine südländische Phantasie nur zu bald in den Spielen der Hitze, die über der ausgebreiteten Wüstenfläche wogte, die Steine seiner geliebten Provence vor. Da er alle Gefahren dieser grausamen Spiegelung fürchtete, stieg er den Hügel auf der Seite hinab, die jener, auf der er tags zuvor heraufgestiegen war, gegenüberlag. Seine Freude war groß, als er in den ungeheuren Granittrümmern, die die Basis des Hügels bildeten, eine von der Natur eingeschnittene Grotte fand. Die Reste einer Matte ließen erkennen, daß diese Zufluchtsstätte einmal bewohnt gewesen war. Dann entdeckte er in ein paar Schritten Entfernung Palmen, an denen Datteln hingen, und sogleich erwachte in seinem Herzen der Instinkt, der uns ans Leben fesselt. Er hoffte, sich lange genug erhalten zu können, bis irgendein Maugrebinentrupp vorüberkomme; oder vielleicht würde er gar den fernen Donner der Kanonen hören! Denn gegenwärtig durchzog Bonaparte Ägypten. Dieser Gedanke belebte ihn; und so schlug denn der Franzose ein paar reife Datteltrauben herab, unter deren Last sich die Palmen zu beugen schienen, und als er dieses unverhoffte Manna kostete, wurde ihm klar, daß der Bewohner der Grotte die Palmen angepflanzt und gepflegt haben müsse. Das saftige, frische Fleisch der Früchte zeugte von der Betreuung der Palmen durch seinen Vorgänger. Der Provenzale durchlebte einen plötzlichen Übergang von düsterer Verzweiflung zu fast wahnsinniger Freude. Er stieg wieder auf den Hügel hinauf und verwandte den Rest des Tages dazu, eine der unfruchtbaren Palmen zu fällen, die ihm am Abend zuvor als Dach gedient hatten. Eine unklare Erinnerung gab ihm den Gedanken an die Tiere der Wüste ein; und da er voraussah, daß sie zur Tränke an die Quelle kommen würden, die unterhalb der Felsblöcke entsprang und sich im Sand verlor, so beschloß er, sich gegen ihre Besuche zu schützen, indem er vor dem Eingang seiner Einsiedelei eine Schranke anbrachte. Trotz seines Eifers, trotz der Kraft, die ihm die Furcht verlieh, während seines Schlummers zerrissen zu werden, gelang es ihm nicht, die Palme an diesem Tage in mehrere Stücke zu zerteilen; aber es gelang ihm wenigstens, sie zu fällen. Als gegen Abend dieser Fürst der Wüste stürzte, hallte der Lärm seines Falles in der Ferne wider, und es war, als stöhne die Einsamkeit auf; der Soldat fuhr zusammen, als habe er eine Stimme gehört, die ihm Unglück weissagte. Aber wie ein Erbe nicht lange um den Tod eines Verwandten trauert, so beraubte er bald den schönen Baum der breiten, langen grünen Blätter, die seinen poetischen Schmuck bilden, und er benutzte sie zur Ausbesserung der Matte, auf der er schlafen wollte. Von der Hitze und der Arbeit ermüdet, schlief er unter der roten Decke seiner feuchten Höhle ein. Mitten in der Nacht wurde sein Schlummer von einem merkwürdigen Geräusch gestört. Er richtete sich in sitzende Stellung auf, und die herrschende tiefe Stille ermöglichte ihm, das unterbrochene Geräusch eines Atmens zu vernehmen, dessen wilde Kraft keinem menschlichen Geschöpf angehören konnte. Tiefe Furcht, die das Dunkel, die Stille und die Gesichte des Erwachens noch steigerten, ließ sein Herz erstarren. Er spürte sogar kaum das schmerzhafte Sich-Zusammenziehen seiner Kopfhaut, als er mit den immer weiter sich öffnenden Pupillen seiner Augen im Dunkel zwei schwache gelbliche Lichter wahrnahm. Zunächst schrieb er diese Lichter irgendeinem Reflex seiner Augen zu; aber bald half ihm der Schimmer der Nacht, allmählich die Dinge zu unterscheiden, die sich in der Grotte befanden, und er gewahrte ein riesengroßes Tier, das wenige Schritte vor ihm lag. War es ein Löwe, ein Tiger oder ein Krokodil? Der Provenzale war nicht gebildet genug, um zu wissen, welcher Gattung sein Feind angehörte; aber seine Angst war um so überwältigender, als seine Unwissenheit ihm jedes nur erdenkliche Unglück zugleich vorspiegelte. Er durchlebte die grausame Folter, daß er dieses Atmen belauschte, jede Modulation vernahm, ohne daß ihm das geringste entging und ohne daß er es wagte, die geringste Bewegung zu machen. Ein Geruch, der ebenso stark war wie der, den die Füchse ausströmen, aber durchdringender, intensiver, erfüllte die Grotte; und als der Provenzale ihn mit der Nase eingesogen hatte, stieg seine Angst auf den Höhepunkt, denn er konnte nicht mehr am Dasein des furchtbaren Gefährten zweifeln, dessen Königshöhle ihm als Lagerstätte diente. Bald darauf erleuchtete der Widerschein des Mondes, der zum Horizont herniederglitt, die Grotte, so daß das gefleckte Fell eines Pantherweibchens unmerklich zu leuchten begann. Dieser ägyptische Löwe schlief, zusammengerollt wie ein großer Hund, wie der friedliche Inhaber einer prunkvollen Hundehütte am Eingang eines großen Stadtpalais; seine Augen, die nur einen Augenblick offen gewesen waren, hatten sich wieder geschlossen. Er lag mit dem Gesicht nach dem Franzosen zu. Tausend wirre Gedanken blitzten dem Gefangenen des Panthers durch den Kopf; erst wollte er das Tier mit einem Flintenschuß töten; aber er merkte, daß zwischen ihm und der Bestie nicht Raum genug zum Zielen sei: Der Lauf hätte über sie hinausgeragt. Und wenn sie erwachte? . . . Der bloße Gedanke ließ ihn erstarren. Als er in der großen Stille sein Herz schlagen hörte, fluchte er dem starken Pochen, das der Blutandrang hervorrief; er fürchtete, den Schlummer zu stören, der ihm erlaubte, ein Mittel zur Rettung zu überlegen. Zweimal legte er die Hand an seinen Säbel, um seinem Feind den Kopf abzuschlagen; aber die Schwierigkeit, ein hartes, glattes Fell zu durchhauen, zwang ihn, auf diesen verwegenen Plan zu verzichten. »Ihn fehlen? Das wäre sicherer Tod«, dachte er. Da waren ihm die Möglichkeiten eines Kampfes lieber, und er beschloß, den Tag abzuwarten. Und der Tag ließ nicht lange auf sich warten. Jetzt konnte der Franzose den Panther genauer ansehen; sein Maul war blutig. »Er hat gut gefressen!« dachte er, ohne sich darum zu kümmern, ob das Festmahl etwa aus Menschenfleisch bestanden hatte; »er wird keinen Hunger haben, wenn er aufwacht.«

Es war ein Weibchen. Der Pelz glänzte am Bauch und an den Schenkeln weiß. Mehrere kleine Flecke, die aussahen wie Samt, bildeten hübsche Spangen um die Tatzen. Der muskulöse Schweif war gleichfalls weiß, aber er schloß mit schwarzen Ringen ab. Das obere Haarkleid war gelb wie mattes Gold, glatt und weich, und es trug jene charakteristische Tüpfelung, die rosenförmig abgestuft ist und die den Panther von den anderen Raubkatzenarten unterscheidet. Die ruhige, furchtbare Gastgeberin schnarchte in einer nicht minder anmutigen Stellung, als es die einer auf dem Kissen einer Ottomane ruhenden Katze ist. Ihre blutigen, sehnigen, wohlbewaffneten Tatzen ruhten vor ihrem Kopf, der darauf lag und in dem die spärlichen, starren Barthaare wie Silberfäden standen. Hätte sie in einem Käfig gelegen, so hätte der Provenzale sicherlich die Anmut dieser Bestie und die kräftigen Kontraste der lebhaften Färbung bewundert, die ihrem Kleid einen kaiserlichen Glanz verliehen; aber in diesem Augenblick fühlte er, wie sein Auge sich bei dem unheildrohenden Anblick trübte. Allein schon die Anwesenheit des schlafenden Panthers übte auf ihn die Wirkung aus, die nach der Sage die magnetischen Augen der Schlange auf die Nachtigall haben. Der Mut des Soldaten versagte schließlich für kurze Zeit angesichts dieser Gefahr, während er vor den Schlünden der Kanonen, die Kartätschenladungen spien, ohne Zweifel begeistert vorgestürmt wäre. Doch schließlich dämmerte in seinem Geist ein unerschrokkener Gedanke auf, so daß der kalte Schweiß, der ihm von der Stirn herabrann, schon an seinem Ursprungsort vertrocknete. Er handelte wie die Menschen, die, vom Unglück bis zum Äußersten getrieben, schließlich dem Tode trotzen, ja, sich sogar seinen Schlägen darbieten; und ohne daß er es sich klarmachte, erblickte er in diesem Abenteuer eine Tragödie, in der er seine Rolle bis zur letzten Szene ehrenhaft zu spielen beschloß.

»Vorgestern hätten mich vielleicht die Araber getötet!« sagte er sich. Und indem er sich als einen Toten ansah, harrte er gefaßt und in unruhiger Neugier des Erwachens seiner Feindin. Als die Sonne aufging, öffnete das Pantherweibchen plötzlich die Augen; dann reckte es heftig die Tatzen auseinander, als wolle es ihnen ihre Steifheit nehmen und die Starre vertreiben. Schließlich gähnte es und zeigte dabei die furchtbare Wehr seiner Zähne und die gegabelte Zunge, die hart war wie eine Reibe. »Die tut wie eine kleine Geliebte«, dachte der Franzose, als er sah, wie die Bestie sich wälzte und die sanftesten und kokettesten Bewegungen machte. Sie leckte sich das Blut ab, das ihre Tatzen und ihre Lefzen färbte, und mit wiederholten artigen Gesten kratzte sie sich den Kopf. »Schön...! Mach ein bißchen Toilette...!« sagte der Franzose bei sich selber, denn mit dem Mut kehrte ihm auch seine Heiterkeit zurück; »jetzt wollen wir einander guten Morgen sagen.« Und er ergriff den kleinen kurzen Dolch, den er den Arabern weggenommen hatte.

In diesem Augenblick kehrte das Pantherweibchen dem Franzosen den Kopf zu und sah ihn fest an, ohne sich zu rühren. Vor der Starrheit ihrer metallischen Augen und vor deren unerträglicher Klarheit erbebte der Provenzale, zumal als die Bestie auf ihn zukam. Aber er sah sie mit einem liebkosenden Blick an, und indem er sie anblickte, als wolle er sie hypnotisieren, ließ er sie dicht an sich herankommen; dann strich er ihr mit einer Bewegung, so sanft, so liebevoll, als wolle er die hübscheste Frau streicheln, mit der Hand über den ganzen Körper hin, vom Kopf bis zum Schweif; und mit den Nägeln reizte er die geschmeidigen Wirbel, die den gelben Rücken des Panthers teilten. Wollüstig hob die Bestie den Schweif, ihre Augen umflorten sich; und als der Franzose diese berechnende Liebkosung zum drittenmal ausführte, ließ sie ein Schnurren vernehmen, ähnlich dem, durch das die Katzen ihr Wohlbehagen zu erkennen geben; aber dieses Schnurren kam aus einer so tiefen und gewaltigen Kehle, daß es in der Grotte widerhallte, gleich den letzten Baßtönen der Orgel in einer Kirche. Da der Provenzale die Bedeutung seiner Liebkosungen begriff, setzte er sie nur desto eifriger fort; er wollte diese gebieterische Kurtisane betäuben und einschläfern. Als er sicher zu sein glaubte, daß die Wildheit seiner launischen Gefährtin, die ihren Hunger zum Glück tags zuvor gestillt hatte, besänftigt war, stand er auf und wollte die Höhle verlassen. Das Pantherweibchen ließ ihn ruhig hinaus; aber als er den Hügel überschritt, sprang sie dem Soldaten mit der Leichtigkeit der Sperlinge, die von Zweig zu Zweig hüpfen, nach und rieb sich an seinen Beinen, wobei sie nach Katzenart den Rücken krümmte; dann sah sie ihren Gast mit Augen an, deren Glanz weniger unbeugsam geworden war, und stieß jenen wilden Schrei aus, den die Naturwissenschaftler mit dem Geräusch einer Säge vergleichen. »Sie ist anspruchsvoll!« rief der Franzose lächelnd.

Er versuchte, mit ihren Ohren zu spielen, ihr den Bauch zu streicheln und ihr kräftig mit den Nägeln den Kopf zu kratzen. Und als er merkte, welchen Erfolg er damit hatte, kitzelte er ihr den Schädel mit der Spitze seines Dolches und lauerte auf den Augenblick, da er sie töten könne; aber die Härte der Knochen ließ ihn bei dem Gedanken erzittern, daß es ihm nicht gelingen könne. Die Sultanin der Wüste erkannte die Talente ihres Sklaven an; sie hob den Kopf, reckte ihm den Hals hin und tat ihre Berauschtheit durch die Ruhe ihrer Stellung kund. Dem Franzosen kam der Gedanke, daß er dieser wilden Prinzessin, um sie auf einen Schlag zu töten, den Dolch in die Kehle stoßen müsse; und er hob schon die Klinge, als sie sich plötzlich, ohne Zweifel befriedigt, anmutig zu seinen Füßen niederwarf; von Zeit zu Zeit blickte sie zu ihm auf, und trotz einer angeborenen Härte spiegelte sich in ihren Augen ein dunkles Wohlwollen. Der arme Provenzale lehnte sich an eine der Palmen und aß seine Datteln; aber abwechselnd ließ er forschend den Blick durch die Wüste streifen, um nach Rettern auszuschauen, und schaute zu seiner furchtbaren Gefährtin hin, um sich ihrer ungewissen Gunst zu versichern. Das Pantherweibchen blickte jedesmal, wenn er einen Dattelkern wegwarf, auf die Stelle, wo er hinfiel, und dann zeigten ihre Augen den Ausdruck unsäglichen Mißtrauens. Sie überwachte den Franzosen mit kaufmännischer Vorsicht; aber diese Prüfung zeitigte ein für ihn günstiges Ergebnis, denn als er sein frugales Mahl beendet hatte, leckte sie ihm die Schuhe, von denen sie mit ihrer rauhen, kräftigen Zunge wie durch ein Wunder sogar den Staub beseitigte, der sich in die Falten eingelagert hatte.

»Aber wenn sie nun hungrig wird ...?« dachte der Provenzale. Trotz des Schauders, der ihn bei diesem Gedanken durchlief, begann der Soldat neugierig die Maße des Tieres abzuschätzen; es war sicherlich eins der schönsten Exemplare der Gattung; es maß in der Höhe drei Fuß und in der Länge vier, den Schweif nicht mitgerechnet. Diese gewaltige Waffe, die rund war wie ein Knüttel, maß ihrerseits beinahe drei Fuß. Der Kopf, der so groß war wie der einer Löwin, zeichnete sich durch eine seltene Feinheit des Ausdrucks aus; wohl herrschte in ihm die kalte Grausamkeit der Tiger vor, aber er hatte auch eine unbestimmte Ähnlichkeit mit der Physiognomie einer verschlagenen Frau. Das Gesicht dieser einsamen Königin schließlich verriet in diesem Augenblick eine Art Lustigkeit, ähnlich der des trunkenen Nero: Die Bestie hatte sich am Blut gesättigt und wollte spielen. Der Soldat versuchte hin und her zu gehen; der Panther ließ ihm seine Freiheit und begnügte sich damit, ihm mit den Augen zu folgen; er glich auf diese Weise weniger einem treuen Hund als einer großen Angorakatze, die alles beunruhigt, sogar die Bewegungen ihres Herrn. Als er sich umwandte, sah er hinter der Quelle die Reste seines Pferdes; bis dorthin hatte die Pantherin den Kadaver geschleppt. Zwei Drittel etwa waren verzehrt. Dieser Anblick beruhigte den Franzosen. Es war jetzt leicht, die Abwesenheit des Tieres zu erklären, sowie auch, daß es den Menschen während seines Schlummers geschont hatte. Dieser erste

Glücksumstand ermutigte ihn, es auf die Zukunft ankommen zu lassen, und er erwog die wahnsinnige Hoffnung, den ganzen Tag hindurch mit dem Pantherweibchen friedlich zusammenzuleben, indem er kein Mittel versäumte, es zu zähmen und sich seine Gunst zu gewinnen. Er kehrte zu der Bestie zurück, und ihm wurde das unsägliche Glück zuteil, daß er sah, wie sie in einer fast unmerklichen Bewegung den Schweif hob. Da setzte er sich furchtlos neben sie, und sie begannen miteinander zu spielen; er faßte ihre Tatzen, ihre Schnauze, drehte ihr die Ohren, wälzte sie auf den Rücken und kratzte ihre heißen, seidigen Flanken kräftig. Sie ließ es geschehen; und als der Soldat versuchte, ihr den Pelz an den Tatzen zu glätten, zog sie sorgfältig die Krallen ein, die krumm waren wie Damaszenerklingen. Der Franzose, der mit einer Hand seinen Dolch festhielt, überlegte noch einmal, ob er ihn der allzu vertrauensseligen Bestie in den Leib bohren solle; aber er fürchtete, sie werde ihn in dem letzten Krampf, der sie schütteln mußte, sogleich erdrosseln. Und zudem vernahm er in seinem Herzen eine Stimme des Gewissens, die ihm zurief, ein harmloses Geschöpf zu schonen. Ihm war, als habe er in dieser grenzenlosen Wüste eine Freundin gefunden. Unwillkürlich dachte er an seine erste Geliebte, die er »Migarune« genannt hatte, und zwar aus Paradoxie; sie nämlich war von so wilder Eifersucht beherrscht gewesen, daß er während der ganzen Zeit von ihrer beider Leidenschaft das Messer zu fürchten gehabt hatte; es war ihm stets angedroht worden. Diese Erinnerung an seine Jugend gab ihm den Gedanken an den Versuch ein, das junge Pantherweibchen, dessen Behendigkeit, Anmut und Weichheit er jetzt mit weniger Angst bewunderte, an diesen Namen zu gewöhnen.

Als der Tag zur Neige ging, hatte er sich mit seiner gefährlichen Lage ausgesöhnt, und er liebte seine Ängste fast. Und seine Gefährtin hatte sich schließlich schon daran gewöhnt, ihn anzuschauen, wenn er mit Falsettstimme »Migarune« rief. Beim Sonnenuntergang ließ sie wiederholt einen tiefen und melancholischen Schrei vernehmen. »Sie ist gut erzogen...!« dachte der lustige Soldat; »sie spricht ihr Gebet...!« Aber dieser unausgesprochene Scherz war ihm erst in den Sinn gekommen, als er erkannte, in welch friedlicher Haltung seine Kameradin verharrte. »Geh, kleine Blonde, du darfst dich zuerst schlafen legen«, sagte er, er zählte auf die Behendigkeit seiner Beine, um aufs schnellste davonzulaufen, wenn sie eingeschlafen wäre; er wollte sich für die Nacht ein anderes Lager suchen.

Ungeduldig harrte der Soldat der Stunde zur Flucht; und als sie gekommen war, schritt er eilig in der Richtung auf den Nil davon. Kaum aber hatte er eine Viertelstunde im Sand zurückgelegt, da hörte er auch schon das Pantherweibchen hinter sich herspringen; von Zeit zu Zeit stieß es jenen Sägeschrei aus, der noch beängstigender war als das schwere Geräusch ihrer Sprünge. »Na ja«, sagte er sich, »sie hat Freundschaft mit mir geschlossen ...! Vielleicht ist dieses junge Weibchen noch niemandem begegnet; es ist schmeichelhaft, ihre erste Liebe zu sein!«

In diesem Augenblick geriet der Franzose in jenen für den Reisenden so gefährlichen Triebsand, aus dem sich zu befreien unmöglich ist. Als er sich gefangen fühlte, stieß er einen Schrekkensschrei aus; das Pantherweibchen packte ihn mit den Zähnen am Kragen, sprang kräftig zurück und riß ihn wie durch Zauber aus dem Schlund heraus. »Ach, Migarune«, rief der Soldat und liebkoste sie begeistert, »jetzt steht es zwischen uns auf Leben und Tod... Aber keine Dummheiten!« Und er kehrte um.

Die Wüste war jetzt gleichsam bevölkert. Sie umschloß ein Wesen, mit dem der Franzose reden konnte und dessen Wildheit ihm gegenüber hingeschwunden war, ohne daß er sich die Motive dieser unglaublichen Freundschaft zu erklären vermochte. So mächtig auch das Verlangen des Soldaten war, wach und auf der Hut zu bleiben, er schlief dennoch ein. Als er erwachte, erblickte er Migarune nicht mehr; er stieg auf den Hügel und sah in die Ferne, wie sie in Sprüngen herbeigelaufen kam; all diese Tiere springen, denn den einfachen Lauf macht ihnen die große Biegsamkeit ihrer Wirbelsäule unmöglich. Migarune kam mit blutigen Lefzen. Sie erhielt die nötigen Liebkosungen, die ihr Gefährte ihr zuteil werden ließ; und sie bezeigte sogar durch ein wiederholtes ernstes Schnurren, wie glücklich sie sei. Ihre äußerst weichen Augen ruhten noch milder als am Tage zuvor auf dem Provenzalen, der wie zu einem Haustier zu ihr sprach: »Ha, ha, Mademoiselle, Sie sind doch ein anständiges Mädchen, nicht wahr? Seh' sich einer das an! ... Sie lassen sich gern streicheln. Schämen Sie sich eigentlich gar nicht? Haben Sie etwa einen Araber gefressen...? Schön! Und dabei sind das Tiere wie Sie! Aber Franzosen dürfen Sie mir nicht verspeisen...! Dann hätte ich Sie nicht mehr lieb!«

Sie spielte mit ihm, wie ein junger Hund mit seinem Herrn spielt; sie ließ sich abwechselnd auf den Rücken wälzen, schlagen und schmeicheln, und bisweilen trieb sie den Soldaten an, indem sie mit bittender Geste die Tatze auf ihn legte.

Auf diese Weise vergingen ein paar Tage. Diese Gemeinschaft erlaubte dem Provenzalen, sich an den herrlichen Schönheiten der Wüste zu erfreuen. Von dem Augenblick an, da er Stunden der Furcht und der Ruhe, Zehrung und ein Geschöpf gefunden hatte, an das er denken konnte, bewegten Gegensätze seine Seele... Es war ein Leben voller Kontraste. Die Einsamkeit offenbarte ihm all ihre Geheimnisse, hüllte ihn ein in ihren Zauber. Er erlebte im Aufgang und Untergang der Sonne Schauspiele, wie sie der Welt unbekannt waren. Er konnte erschauern, wenn er über dem Kopf das leise Schwirren der Flügel eines Vogels vernahm – eines seltenen Gastes! – oder wenn er beobachtete, wie die Wolken sich ineinanderschoben – die wechselnden und farbenreichen Wanderer! Nachts beobachtete er die Lichtwirkungen des Mondes auf dem Sandmeer, in das der Samum Wogen warf, Wellungen und rasche Veränderungen. Er lebte mit der Helle des Ostens, er bewunderte ihren märchenhaften Prunk; und oft, wenn er das furchtbare Schauspiel eines Sturmes auf dieser Ebene erlebt hatte, darin der emporgewirbelte Sand roten, trockenen Dunst und todbringende Wolken verursachte, sah er die Nacht voll Entzücken nahen, denn dann senkte sich die wohltuende Kühle des Sternenlichts nieder. Er lauschte auf die unwirkliche Musik der Himmel. Und dann lehrte ihn die Einsamkeit, die Schätze des Traums zu entbreiten. Ganze Stunden brachte er damit zu, sich eines Nichts zu entsinnen, sein vergangenes Leben mit seinem gegenwärtigen zu vergleichen. Schließlich ergriff ihn eine Leidenschaft zu seinem Pantherweibchen; er brauchte etwas, das er lieben konnte. Sei es, daß sein Wille, der kraftvoll nach außen wirkte, den Charakter seiner Gefährtin geändert hatte, sei es, daß sie, dank der Kämpfe, die in diesen Wüsten stattfanden, reichliche Nahrung fand, jedenfalls schonte sie das Leben des Franzosen, der schließlich, als er sie so völlig gezähmt sah, jedes Mißtrauen fallen ließ. Den größten Teil der Zeit verwandte er auf den Schlaf; aber wie eine Spinne in ihrem Gewebe mußte er dennoch wachen, um sich den Augenblick der Befreiung nicht entgehen zu lassen, falls jemand innerhalb seines Blickfeldes vorüberzog. Er hatte sein Hemd geopfert und eine Fahne daraus gemacht, die er oben an eine ihrer Blätter beraubte Palme hing. Die Not beriet ihn, und also fand er ein Mittel, sie mit Hilfe von Stäben aufzuspannen; es war ja möglich, daß der Wind sie in dem Augenblick, in dem der erwartete Wanderer in die Wüste spähte, gerade nicht aufblies.

Mit dem Pantherweibchen vergnügte er sich in den langen Stunden, in denen die Hoffnung ihn verließ. Er hatte schließlich die verschiedenen Flexionen ihrer Stimme, den Ausdruck ihrer Blicke verstehen gelernt; er hatte die launischen Zuckungen all der Flecke studiert, die das Gold ihres Kleides würfelten. Migarune knurrte nicht einmal mehr, wenn er die Quaste in die Hand nahm, mit der ihr furchtbarer Schweif abschloß, um die schwarzen und weißen Ringe zu zählen, diesen anmutigen Schmuck, der in der Sonne schon von fern wie Geschmeide glänzte. Er fand sein Vergnügen daran, die vollen, feinen Linien ihres Umrisses zu betrachten, die Weiße ihres Bauches, die Anmut ihres Kopfes. Vor allem aber, wenn sie spielte, sah er sie wohlgefällig an; immer von neuem überraschten ihn die Behendigkeit und die Jugend ihrer Bewegungen. Er bewunderte ihre Geschmeidigkeit, wenn sie zu springen, zu klettern, zu gleiten, zu kriechen, sich anzuklammern, sich zu wälzen, sich hinzuschmiegen und sich überall herumzuwerfen begann. Wie gewaltig auch ihr Schwung, wie glatt der Granitfels war, so blieb sie doch bei dem Wort »Migarune« auf der Stelle stehen.

Eines Tages schwebte bei grellem Sonnenschein ein ungeheurer Vogel in der Luft. Der Provenzale verließ sein Pantherweibchen, um diesen neuen Gast zu betrachten, aber nach einem Augenblick des Wartens knurrte die verlassene Sultanin dumpf. »Gott soll mich holen, ich glaube, sie ist eifersüchtig!« rief er, als er ihre wieder hart gewordenen Augen sah. »In diesen Leib ist die Seele Virginias gefahren, das steht fest...!«

Der Adler verschwand in den Lüften, während der Soldat

die gewölbte Kruppe des Pantherweibchens bewunderte. Es lag so viel Anmut und Jugend in ihrer Kontur! Sie war hübsch wie eine Frau. Der blonde Pelz ihres Kleides verschmolz in feinen Tönen mit dem matten Weiß, das die Schenkel auszeichnete. Das Licht, das die Sonne verschwenderisch herabgoß, ließ dieses lebendige Gold, diese braunen Flecken erglänzen, so daß sie unbestimmbare Reize erhielten. Der Provenzale und das Pantherweibchen schauten einander mit verständnisvoller Miene an. Die Kokette erbebte, als sie fühlte, wie ihr der Nagel ihres Freundes den Schädel kratzte; ihre Augen leuchteten auf wie zwei Blitze, und dann schloß sie sie kräftig. »Sie hat eine Seele«, sagte er, indem er gedankenvoll die Ruhe dieser Königin des Sandes anschaute, die golden war wie der Sand, weiß wie er, einsam und glühend wie er...

»Nun«, sagte sie, »ich habe Ihre Verteidigungsrede der wilden Bestien gelesen; aber wie haben diese beiden Wesen, die so sehr dazu geschaffen waren, sich zu verstehen, geendet?« – »Ach, richtig! Sie haben geendet, wie alle großen Leidenschaften enden: durch ein Mißverständnis! Man glaubt auf der einen wie auf der anderen Seite an einen Verrat, aus Stolz läßt man es zu keiner Auseinandersetzung kommen, und man überwirft sich aus Eigensinn.« – »Bisweilen gar in den schönsten Augenblicken«, sagte sie; »ein Blick, ein Ausruf, das genügt... Nun los, schließen Sie die Geschichte ab.«

»Das ist furchtbar schwierig; aber Sie werden verstehen, was der alte Brummbär mir schon anvertraut hatte, als er seine Flasche Champagner leerte und ausrief: ›Ich weiß nicht, was ich ihr getan hatte, aber sie drehte sich um, als sei sie wütend; und mit ihren scharfen Zähnen biß sie mich in den Schenkel, ganz sicher noch ziemlich leicht. Ich glaubte, sie wolle mich fressen, und bohrte ihr den Dolch in den Hals. Sie wälzte sich herum und stieß dabei einen Schrei aus, der mein Herz erstarren ließ; ich sah sie ohne Groll verenden. Um alles in der Welt, um mein Ehrenkreuz, das ich damals noch nicht besaß, hätte ich sie dem Leben zurückgeben mögen. Es war, als hätte ich wirklich einen Menschen ermordet. Und die Soldaten, die meine Fahne gesehen hatten und mir zu Hilfe kamen, fanden mich in Tränen... Nun, fuhr er nach einer Weile fort, ›ich habe inzwischen in Deutschland, Rußland und Frankreich im Felde gestanden; ich habe meinen Kadaver hübsch spazieren geführt, aber ich habe nichts gesehen, was der Wüste gleichkäme … Ach, ist das schön!‹ – ›Was haben Sie dort empfunden …?‹ fragte ich. ›Oh, das läßt sich nicht ausdrücken, junger Mann. Übrigens sehne ich mich nicht in einem fort nach meiner Palmengruppe und meinem Pantherweibchen zurück … Dazu muß ich trauriger Stimmung sein. In der Wüste, sehen Sie, da ist alles, und da ist nichts …‹ – ›Immerhin, erklären Sie mir …‹ – ›Na ja‹, sagte er und ließ sich in einer Bewegung der Ungeduld gehen, ›da ist Gott ohne die Menschen.‹«

Anmerkungen

Eine Leidenschaft in der Wüste

1 Henri Martin, geboren 1793, anfangs Matrose, dann Zirkusreiter, hatte seine Begabung als Tierbändiger im Umgang mit Pferden entwickelt. Er heiratete die Tochter eines holländischen Menageriedirektors Vandken, zähmte zunächst einen Königstiger und danach alle anderen Tiere. Anfang Dezember 1829 leitete er in Paris eine Menagerie und gab Vorstellungen. Er war so bekannt, daß eigens für ihn ein Schauspiel »Die Löwen von Mysore« geschrieben wurde, in dem er die Rolle eines den Löwen vorgeworfenen Gefangenen spielte: Ein Löwe stürzte sich auf ihn, um ihn zu verschlingen – er jedoch zwang ihn, sich ihm zu Füßen zu legen. – Wie Balzacs Schwägerin Mme Surville berichtet, dankt Balzac den Stoff zu seiner Novelle jenem Martin.

2 Desaix de Veygoux, Louis (1768–1800), zeichnete sich 1796 in der Rheinarmee aus, verteidigte zwei Monate lang die Festung Kehl, folgte Bonaparte in den Orient, eroberte Ober-Ägypten, entschied die Schlacht bei Marengo durch eine Attacke, bei der er fiel.

Biographische Notizen über die Romangestalten

Eine Leidenschaft in der Wüste

Die Gestalten dieser Novelle treten in der ›Menschlichen Komödie‹ nicht wieder auf.

HONORÉ DE BALZAC

Die Menschliche Komödie

Dünndruckausgabe in 12 Bänden

I

Balzac. Sein Leben und Werk

SITTENSTUDIEN

Szenen aus dem Privatleben

Das Haus ›Zum ballspielenden Kater‹

Der Ball zu Sceaux

Memoiren zweier Jungvermählter

Die Börse

Modeste Mignon

Ein Lebensbeginn

II

Szenen aus dem Privatleben

Albert Savarus · La Vendetta

Eine doppelte Familie · Ehefrieden

Madame Firmiani · Eine Frauenstudie

Die falsche Geliebte

Eine Evastochter

Die Botschaft · Die Grenadière

Die Verlassene · Honorine

Béatrix

III

Szenen aus dem Privatleben

Gobseck
Die Frau von dreißig Jahren
Vater Goriot
Oberst Chabert
Die Messe des Gottesleugners
Die Entmündigung
Der Ehekontrakt
Zweite Frauenstudie

Szenen aus dem Provinzleben

Ursule Mirouët

IV

Szenen aus dem Provinzleben

Eugénie Grandet

Die Ehelosen:
1. Pierrette
2. Der Pfarrer von Tours
3. Die ›Fischerin im Trüben‹

Die Pariser in der Provinz:
1. Der berühmte Gaudissart
2. Die Muse des Départements

V

Szenen aus dem Provinzleben

Die Nebenbuhler:

1. Die alte Jungfer

2. Das Antiquitätenkabinett

Verlorene Illusionen:

1. Die beiden Dichter

2. Ein großer Mann aus der Provinz in Paris

3. Die Leiden des Erfinders

VI

Szenen aus dem Pariser Leben

Geschichte der Dreizehn:

Vorrede

1. Ferragus

2. Die Herzogin von Langeais

3. Das Mädchen mit den Goldaugen

César Birotteau

Das Bankhaus Nucingen

Glanz und Elend der Kurtisanen:

1. Wie leichte Mädchen lieben

VII

Szenen aus dem Pariser Leben

Glanz und Elend der Kurtisanen:
2. Was alte Herren sich die Liebe kosten lassen
3. Wohin schlechte Wege führen
4. Vautrins letztes Abenteuer

Die Geheimnisse der Fürstin von Cadignan
Facino Cane
Sarrasine
Pierre Grassou

Die armen Verwandten:
1. Tante Bette

VIII

Szenen aus dem Pariser Leben

Die armen Verwandten:
2. Vetter Pons

Ein Geschäftsmann
Ein Fürst der Bohème
Die Beamten
Gaudissart II
Die Komödianten wider ihr Wissen
Die Kleinbürger

IX

Szenen aus dem Pariser Leben

Die Kehrseite der Zeitgeschichte:
1. Madame de la Chanterie
2. Der Aufgenommene

Szenen aus dem politischen Leben

Eine Episode aus der Zeit der Schreckensherrschaft
Eine dunkle Begebenheit
Der Abgeordnete von Arcis
Z. Marcas

Szenen aus dem Soldatenleben

Die Königstreuen
Eine Leidenschaft in der Wüste

X

Szenen aus dem Landleben

Die Bauern
Der Landarzt
Der Dorfpfarrer
Die Lilie im Tal

XI

PHILOSOPHISCHE STUDIEN

Das Chagrinleder
Jesus Christus in Flandern
Melmoth
Massimilla Doni
Das unbekannte Meisterwerk
Gambara
Der Stein der Weisen
Das verstoßene Kind
Lebwohl
Die Marañas
Der Aufgebotene
El Verdugo
Ein Drama am Meeresufer
Meister Cornelius
Die rote Herberge

XII

PHILOSOPHISCHE STUDIEN

Katharina von Medici
Das Lebenselixier
Die Verbannten
Louis Lambert
Seraphita

ANALYTISCHE STUDIEN

Physiologie der Ehe
Die kleinen Nöte des Ehelebens

